HEYNE <

Zum Buch

Im Haus ihrer Eltern, einer alteingesessenen Buchhändlerfamilie, erlebt Leonie gespenstische Dinge: Türen tauchen aus dem Nichts auf, ein sinistrer Notar fährt in einer altmodischen Kutsche vor und aus dem Radio ertönt plötzlich die Stimme von Leonies toter Großmutter, die sie vor einer großen Gefahr warnt. Schließlich verschwinden ihre Eltern durch eine geheimnisvolle Tür im Keller des Hauses. Leonie folgt ihnen und gerät in ein gewaltiges Bücherlabyrinth, in dem Scriptoren, seltsame Kreaturen, minutiös Buch führen über das Leben der Menschen.

Noch weiß Leonie nicht, dass sie über »die Gabe« verfügt und, wie einst ihre Großmutter, der uralten Gemeinschaft der Hüterinnen angehört. Doch als Unbefugte ein Buch aus dem Archiv entwenden und das Schicksal umschreiben, kommt es zur Katastrophe. Nur Leonie kann die Wirklichkeit retten, aber sie hat es mit einem schrecklichen Gegner zu tun, denn der Archivar, Herrscher über die albtraumhafte Bücherwelt unter der Erde, kennt keine Gnade.

Zu den Autoren

Wolfgang und Heike Hohlbein zählen zu den erfolgreichsten und meistgelesenen Fantasy-Autoren des deutschsprachigen Raums. Sie wurden unter anderem mit dem »Preis der Leseratten« (ZDF) und dem »Phantasie-Preis der Stadt Wetzlar« ausgezeichnet, und ihr gemeinsames Erstlingswerk, der phantastische Roman »Märchenmond«, wurde mit bisher über 700.000 verkauften Exemplaren zum Bestseller. Sie leben mit ihren Kindern in der Nähe von Düsseldorf.

Ein ausführliches Werkverzeichnis der beiden Autoren findet sich am Ende des Romans.

WOLFGANG & HEIKE

HOHLBEIN

Das Buch

Roman

WILHELM HEYNE VERLAG
MÜNCHEN

FSC
Mix
Produktgruppe aus vorbildlich bewirtschafteten Wäldern und anderen kontrollierten Herkünften

Zert.-Nr. SGS-COC-1940
www.fsc.org
© 1996 Forest Stewardship Council

Verlagsgruppe Random House FSC-DEU-0100
Das für dieses Buch verwendete FSC-zertifizierte Papier
Holmen Book Cream liefert Holmen Paper, Hallstavik, Schweden.

Vollständige deutsche Taschenbuchausgabe 06/2009

Printed in Germany 2009
Umschlaggestaltung: © Nele Schütz Design, München,
unter Verwendung einer Illustration von Peter Gric
Druck und Bindung: GGP Media GmbH, Pößneck
ISBN: 978-3-453-53276-2

www.heyne.de

Inhalt

7 Von Mäusen und Holzköpfen
32 Ein folgenschwerer Streit
41 Der Notar
64 Nach der Katastrophe
78 Nächtlicher Besuch
87 Die Tür
111 Geheimnisse
131 Die Stimme aus dem Jenseits
141 Die andere Seite
163 Der Scriptor
192 Die Flucht
225 Die Beerdigung
246 Der Advokat
259 Nächtliche Besucher
283 Der schwarze Wagen
310 Mausetod
331 Der Burgkeller
353 Die Warnung
370 Der Überfall
393 Bodyguards und Reisepläne
411 Zug in die Hölle
450 Die Folterkammer
483 Gefangen
490 Die Befreiung

509 Die Schlacht um das Archiv
534 Die Schule der Buchhändler
553 Besuch von drüben
574 Schöne neue Welt
592 Über den Styx
632 Der sicherste Ort der Welt
658 Der Hinterhalt
683 Kidnapping für Anfänger
695 Kriegsrat
716 Verraten!
739 Der Archivar
756 Meister Bernhards Entscheidung
781 Im Mauseloch
800 In die Enge getrieben
831 Willkommen in der Wirklichkeit

Von Mäusen und Holzköpfen

»Hier?« Irgendwie hatte Leonie das Kunststück fertig gebracht, ihren Gesichtsausdruck auf ein bloßes missbilligendes Stirnrunzeln zu reduzieren – das ihre Großmutter wahrscheinlich nicht einmal bemerkte, denn sie stand seit einer geschlagenen Minute da, starrte auf die Fassade des altehrwürdigen Gebäudes, und auf *ihrem* Gesicht hatte sich ein Ausdruck ausgebreitet, den Leonie nur noch als Verzückung bezeichnen konnte; auch wenn sie diese Begeisterung beim besten Willen nicht verstand. Was sie anging, erfüllte sie der Anblick mit einem Gefühl, das verdächtig nahe an blankes Entsetzen heranreichte.

Leonie räusperte sich. »Hier?«, fragte sie wieder, und diesmal gelang es ihr nicht nur, die Frage mit vollkommen ausdrucksloser Miene zu stellen, sondern sogar den leicht hysterischen Unterton aus ihrer Stimme zu verbannen.

Nicht dass es irgendeinen Unterschied gemacht hätte. Leonie war – zu Recht – stolz auf ihre schauspielerische Leistung, die Großmutter aber gar nicht zur Kenntnis nahm. Sie stand immer noch wie zur Salzsäule erstarrt da, blickte auf die gewaltige Sandsteinfassade dieses jahrhundertealten Monstrums von Haus und schien alle Mühe zu haben, nicht vor lauter Begeisterung die Fassung zu verlieren.

Und zumindest das, dachte Leonie mit einer Mischung aus Resignation und immer noch schwelendem Entsetzen, war etwas, das sie im Moment durchaus gemeinsam hatten: Auch sie selbst stand kurz davor, die Fassung zu verlieren und möglicherweise etwas sehr Dummes zu tun.

Wenn auch aus vollkommen anderen Gründen …

Leonie hob die Hand, um die juckende Stelle am Kinn zu kratzen, und ließ den Arm dann wieder sinken, ohne die Bewegung zu Ende geführt zu haben. Die Stelle, wo sie das Piercing am Morgen entfernt hatte, juckte nicht nur wie wild, sie tat auch verteufelt weh – und sie war keineswegs sicher, ob sie den kleinen Chromstift so ohne weiteres wieder einsetzen konnte. Und das Allerschlimmste war: Großmutter wusste das Opfer, das Leonie für sie gebracht hatte, nicht einmal zu würdigen.

»Ja, ja, hier«, sagte Großmutter plötzlich. Leonie blinzelte und brauchte ein paar Augenblicke, um zu begreifen, dass das die Antwort auf die Frage war, die sie vor einer guten Minute – zweimal! – gestellt hatte. Anscheinend schlug der Anblick des gewaltigen Bibliotheksgebäudes die alte Frau so sehr in seinen Bann, dass sie sich nur mit Mühe auf das konzentrieren konnte, was um sie herum vorging. »Damit hast du nicht gerechnet, wie? Die Überraschung ist mir gelungen, nicht wahr? Sag schon.«

Leonie schluckte ein paarmal, nicht nur um den bitteren Speichel loszuwerden, der sich immer wieder dort sammelte, wo vor ein paar Stunden noch das Piercing gewesen war, sondern vor allem um nicht auszusprechen, was ihr *wirklich* auf der Zunge lag. Sie lächelte gequält. »Stimmt«, antwortete sie. »Damit habe ich wirklich nicht gerechnet.«

Das war nicht einmal gelogen.

Großmutters Gesicht hellte sich auf. Mit deutlicher Anstrengung riss sie sich vom Anblick des riesigen Gebäudes los und wandte sich Leonie zu. Ihre Augen schienen von innen heraus zu leuchten, als sie zu ihrer Enkelin hochsah – und das im buchstäblichen Sinne des Wortes. Leonie – fünfzehn, sportlich, eine gute Schülerin und (nach eigener Einschätzung) verdammt gut aussehend – war alles andere als hoch gewachsen, aber ihre Großmutter reichte ihr trotzdem nur bis zum Kinn.

»Und das Beste kommt erst noch!«, sagte Großmutter. »Die eigentliche Überraschung steht dir erst noch bevor. Wart's nur ab!«

»So, so«, machte Leonie. Sie lächelte – wenigstens hoffte sie, dass ihre Großmutter das gequälte Verziehen der Lippen, zu dem sie sich durchrang, als Lächeln auffassen würde.

»Du wirst sehen«, versprach Großmutter nochmals. »Komm!« Sie ging los und Leonie erlebte eine weitere Überraschung. Sie kannte ihre Großmutter als zwar agile, aber dennoch *alte* Frau, die sich eher vorsichtig bewegte, um nicht zu sagen: betulich. Jetzt aber eilte sie mit kleinen trippelnden Schritten so schnell voraus, dass Leonie im ersten Moment Mühe hatte, überhaupt mitzukommen, als gäbe ihr der Anblick des uralten Gemäuers etwas von der Kraft zurück, die ihr die vielen Jahrzehnte abverlangt hatten, die auf ihren schmalen Schultern lasteten.

Leonie runzelte die Stirn, ein wenig verwundert über ihre eigenen Gedanken. Trotzdem beeilte sie sich weiterzugehen, um mit ihrer Großmutter Schritt zu halten. Auf der Mitte der breiten Freitreppe, die zu dem beeindruckenden, von mehr als mannshohen steinernen Säulen flankierten Eingang des Bibliotheksgebäudes hinaufführte, holte sie sie ein, konnte aber trotzdem nicht wirklich langsamer werden. Ihre Großmutter legte ein Tempo vor, das sie immer mehr in Erstaunen versetzte. Noch vor einer knappen Stunde, als sie in den Bus gestiegen waren, hatte Großmutter ihr liebe Not gehabt, die beiden Stufen hinaufzukommen, jetzt schien sie mit jedem Schritt, den sie sich dem Eingang näherten, an Kraft und Schnelligkeit zu gewinnen.

Vielleicht war es ja die Kraft der Erinnerung, überlegte Leonie. Sie selbst hatte mit Büchern nie viel am Hut gehabt – wozu auch in einer Welt, in der es Fernseher, Notebooks, Gameboys, Walkmans und MP3-Player gab? –, aber Großmutter war zeit ihres Lebens von Büchern umgeben gewesen. Sie hatte (großer Gott: vor mehr als *sechzig* Jahren!) eine Lehre als Buchhändlerin abgeschlossen und niemals in einem anderen Beruf gearbeitet. Die kleine Buchhandlung am Stadtrand, von der Leonies Eltern lebten und die sie eines Tages übernehmen sollte, hatte sie vor nahezu einem halben Jahrhundert gegründet, und obwohl sie mittlerweile die achtzig weit überschritten hatte, stand sie auch jetzt noch dann und wann im Laden; und sei es nur, um ein Schwätzchen mit einem Kunden zu halten.

Wobei sie beim Thema war, dachte Leonie mit einem lautlosen, aber inbrünstigen Seufzer. Buchhändler. Ihre Eltern erwarteten allen Ernstes, dass sie eine Lehre als *Buchhändlerin* machte und den elterlichen Laden übernahm! Dass ihre Großmutter, die eine alte

Frau war und mehr in der Vergangenheit lebte als in der Gegenwart, davon träumte, sie als ihre einzige Enkelin sollte den Familienbetrieb in der dritten Generation weiterführen, das konnte Leonie ja noch halbwegs nachvollziehen. Aber ihre Eltern? Sie konnten doch nicht im Ernst annehmen, dass ein modernes, aufgeschlossenes junges Mädchen des einundzwanzigsten Jahrhunderts auch nur die *Möglichkeit* in Betracht zog, den Rest seines Lebens in einem muffigen, kleinen Laden zu verbringen, in den sich an manchen Tagen nur ein einziger Kunde verirrte und in dem es nichts anderes als *Bücher* gab! Noch dazu eine ganz besondere Art von Büchern. Nicht etwa spannende Thriller und Fantasy-Romane von Stephen King, Grisham oder Rowling, sondern uralte Schwarten – Goethe, Kleist, Shakespeare und der ganze Kram, der keinem anderen Zweck diente, als unschuldige Schüler damit zu quälen.

Nein, für Leonie stand fest, dass sie dieses *großzügige* Ansinnen ihrer Eltern ausschlagen würde. Auch wenn Mutters Augen bei der Nachricht ihres bevorstehenden Praktikums so geleuchtet hatten wie in längst vergangenen Zeiten, als ihr kleiner Bruder noch gelebt hatte, der im Alter von zwei Jahren gestorben war. Sie war überhaupt nur mit hierher gekommen, um ihrer Großmutter einen Gefallen zu tun. Selbst das bedauerte sie mittlerweile – spätestens seit dem Moment, in dem sie sich das Piercing aus der Unterlippe gezogen hatte und ihr dabei Tränen in die Augen geschossen waren –, aber nun war es zu spät, um noch einen Rückzieher zu machen. Leonie seufzte erneut, und diesmal sogar hörbar. Na schön: Sie würde eben gute Miene zum bösen Spiel machen und den Rest dieses verlorenen Nachmittags auch noch durchstehen. Auch wenn sie beim besten Willen nicht wusste wie.

Als sie das Gebäude betraten, wurde es spürbar kühler und Leonie sah überrascht hoch, als sie das Brummen einer Klimaanlage vernahm; nach der brütenden Sommerhitze draußen eine reine Wohltat, mit der sie in einem altehrwürdigen Gebäude wie diesem zuallerletzt gerechnet hätte.

Überhaupt sah es hier eigentlich nicht so aus, wie sie sich eine jahrhundertealte Bibliothek vorgestellt hatte. Der Raum erinnerte sie eher an das Foyer eines Mittelklassehotels aus den Fünfzigerjahren, nur dass er sehr viel größer war. Der Boden war mit schwarz-weißen, hoffnungslos verkratzten Kacheln bedeckt, und überall standen schmucklose, rechteckige Tische mit zerschrammten Resopalplatten und dazu passende billige Kunststoffstühle, die aussahen, als wären sie nur zu dem einzigen Zweck entworfen worden, möglichst unbequem zu sein; an zwei oder drei Tischen saßen sogar Leute, die in Büchern lasen oder in Zeitschriften blätterten, die meisten aber waren leer. Es roch auch nicht nach alten Büchern oder Staub, sondern nach Putzmittel. Die dem Eingang gegenüberliegende Wand bestand aus einer beeindruckenden Reihe deckenhoher Milchglastüren, bewacht von einem noch beeindruckenderen Tresen, der das Gefühl, sich in einem heruntergekommenen Hotel zu befinden, noch verstärkte. Ein grauhaariger Mann, der tatsächlich so etwas wie eine Livree trug, stand dahinter und wachte mit Argusaugen darüber, dass niemand die heilige Ruhe des Lesesaales störte.

Großmutter steuerte mit energischen Schritten auf diesen Tresen zu, was offensichtlich das Missfallen des Livreeträgers erweckte, denn auf seinem Gesicht erschien ein Ausdruck, der mindestens so finster war wie Leonies Gedanken. Dann aber hellten sich seine Züge ganz plötzlich auf und ein strahlendes Lächeln breitete sich auf seinem Gesicht aus.

»Aber das ist doch … Frau Kammer!«

Die beiden letzten Worte hatte er fast geschrien, jetzt kam er mit schnellen, weit ausgreifenden Schritten um seinen Tresen herum, eilte auf Großmutter zu und schloss sie so stürmisch in die Arme, dass er sie fast von den Füßen gerissen hätte.

»Frau Kammer!«, rief er immer wieder. »Das ist ja eine Überraschung! Dass wir uns nach so langer Zeit noch einmal wiedersehen!« Plötzlich schien ihm sein eigenes Benehmen peinlich zu werden. Er ließ Großmutter los und trat fast hastig einen Schritt zurück. »Das … das ist ja wirklich eine Überraschung«, wiederholte er und räusperte sich ein paarmal. »Womit kann ich Ihnen dienen, meine Gnädigste?«

Meine Gnädigste!, dachte Leonie. Wo war sie hier bloß gelandet?

»Ich würde mich ja liebend gerne mit Ihnen über alte Zeiten austauschen, Albert«, sagte Großmutter lächelnd, »aber zumindest im Moment passt es schlecht. Wir haben nämlich einen Termin bei Herrn Professor Wohlgemut, und ich fürchte, wir sind schon jetzt zu spät dran.«

»Ich verstehe.« Albert verschwand mit schnellen Schritten hinter seinem Tresen und drückte einen Knopf. Ein Summen erklang und eine der Milchglastüren hinter ihm sprang einen Spaltbreit auf.

»Wir finden sicher noch Gelegenheit, in aller Ruhe über alte Zeiten zu plaudern.« Er wies mit einer einladenden Handbewegung auf die offen stehende Tür. »Sie kennen ja den Weg. Ich melde Sie schon mal beim Herrn Professor an.«

Großmutter bedankte sich mit einem Kopfnicken (und einem Lächeln, das sie für einen Moment zwanzig Jahre jünger aussehen ließ) und ging auf die offene Tür zu. Leonie beeilte sich ihr zu folgen, bevor Albert vielleicht auf die Idee kam, irgendwelche selbst erlebten Geschichten aus dem Dreißigjährigen Krieg zu erzählen. Der alte Mann mochte ja ganz nett sein – immerhin war er mit ihrer Großmutter befreundet und Leonie konnte sich einfach nicht vorstellen, dass Großmutter Freunde hatte, die *nicht* nett waren –, aber sie amüsierte sich trotzdem einen Moment lang bei der Vorstellung, was Albert wohl über die *reizende junge Dame* sagen würde, wenn er sie in ihrem normalen Outfit sah: schwarz gefärbtes Haar, hautenge pechschwarze Klamotten, ein (selbstverständlich umgedrehtes) silbernes Kreuz an einer Kette um den Hals, mit gepiercter Unterlippe, schwarz lackierten Fingernägeln und einem Discman am Gürtel. Vermutlich würde er sie dann nicht mehr ganz so *reizend* finden.

»Professor Wohlgemut wird dir gefallen«, bemerkte Großmutter, nachdem sie die Tür durchschritten hatten und einen langen, nur matt erhellten Gang mit weiß getünchten Wänden hinuntergingen, von dem zahlreiche Türen abzweigten. Auch hier sah es nicht aus wie in einer Bibliothek, fand Leonie, allerdings auch nicht mehr wie in einem Fünfziger-Jahre-Hotel, eher schon wie in einem hundertfünfzig Jahre alten Krankenhaus. »Er ist ein wirklich guter Freund von mir.«

Großmutter steuerte eine Gittertür ganz am Ende des Flures an, hinter der eine altmodische Liftkabine mit verspiegelten Wänden lag. »Er ist ein sehr netter Mann.« Sie blinzelte Leonie zu. »Und kaum älter als ich. Nicht einmal ganz zehn Jahre, glaube ich.«

»Aha«, sagte Leonie. Bedeutete das, dass sie sich jetzt auch noch selbst erlebte Geschichten von der Schlacht im Teutoburger Wald anhören musste?

»Das Ganze hier gefällt dir nicht, habe ich Recht?«, fragte Großmutter, als sie die Liftkabine betreten hatten und darauf warteten, dass sich das altmodische Gefährt in Bewegung setzte. Leonie wollte widersprechen, aber Großmutter hob rasch die Hand. »Oh, mach mir nichts vor. Ich weiß sehr wohl, dass du nur mitgekommen bist, um mir einen Gefallen zu tun.« Sie lächelte. »Das ist schon in Ordnung, wie ihr jungen Leute heute sagt. Ich erwarte nicht, dass du dich auf irgendetwas einlässt, was du nicht wirklich willst. Tu mir nur einen Gefallen und sieh dir an, was wir dir zeigen. Ist das in Ordnung?«

Leonie sagte gar nichts, sondern starrte ihre Großmutter nur verdattert – und mit einem heftigen schlechten Gewissen – an, aber Großmutter schien ihr Schweigen als Zustimmung zu werten, denn nach ein paar Sekunden nickte sie und drückte den Knopf für die dritte und zugleich oberste Etage, und der an drei Seiten verspiegelte Eisenkäfig setzte sich schnaubend und wackelnd in Bewegung. Durch das Gitter, das die Tür bildete, konnte Leonie die anderen Etagen sehen, an denen sie vorüberglitten. Sie unterschieden sich nicht vom Erdgeschoss: lange, weiß gestrichene Flure mit zahlreichen Türen, sonst nichts. Und sie sah kein einziges Buch.

Die Kabine hielt an und Großmutter trat als Erste hinaus und wandte sich nach links. »Da hinten ist das Büro des Professors. Er wird uns herumführen und dir alles zeigen.«

»Hast du früher hier gearbeitet?«, erkundigte sich Leonie.

»Weil ich mich hier auskenne und wegen Albert und dem Professor?« Großmutter schüttelte lächelnd den Kopf. »O nein, ich war immer nur eine kleine Buchhändlerin mit einem noch kleineren Laden, in den sich kaum noch Kunden verirren. Aber wenn man sein Leben mit Büchern verbringt und noch dazu das große Glück hat, in dieser Stadt zu wohnen, dann kann man gar nicht anders, als die Zentralbibliothek kennen zu lernen.«

Sie hatten eine gewaltige zweiflügelige Tür erreicht, die mindestens drei Meter hoch war und aussah, als wöge sie eine Tonne. Großmutter machte auch keine Anstalten, sie zu öffnen, sondern drückte einen Klingelknopf, der an der Wand daneben angebracht war. »Ich finde es einen wunderschönen Gedanken, dass etwas, das ein Mensch vor über hundert Jahren niedergeschrieben hat, noch immer da ist. Der Mensch selbst ist schon lange verschwunden, und vielleicht sogar schon vergessen, aber seine Gedanken sind immer noch da. Bücher sind Boten aus der Vergangenheit, weißt du? Botschaften aus der Vergangenheit für die Menschen der Zukunft. Wie kleine Zeitmaschinen.« Sie sah Leonie Beifall heischend an. »Das müsste dir doch gefallen. Das sind doch die Geschichten, die ihr jungen Leute heutzutage lest, oder? Wie nennt ihr sie doch gleich? Zukunftsromane?«

»Science-Fiction«, antwortete Leonie. »Aber Science-Fiction ist out. Heute ist Fantasy angesagt.«

»Fantasie, so.« Großmutter sprach es irgendwie so aus, dass man die deutsche Schreibweise hörte. »Früher nannte man es Märchen, glaube ich. Aber das Wort gefällt mir auch.«

Die Tür wurde geöffnet und eine junge Frau, der man die Sekretärin so deutlich ansah, als hätte sie sich ihre Berufsbezeichnung auf die Stirn tätowieren lassen, blickte Großmutter fragend an. Leonie lächelte ganz automatisch, aber sie war auch ein ganz kleines bisschen verwirrt: Abgesehen von dem Altersunterschied (der gute sechzig Jahre betragen musste) hätte die junge Frau eine Schwester ihrer Großmutter sein können.

»Guten Tag«, begann Großmutter. »Der Herr Professor erwartet uns.«

»Professor Wohl...« Das Gesicht der Sekretärin hellte sich auf. »Sie müssen Frau Kammer sein. Ja, der Herr Professor hat mich informiert.« Sie trat einen halben Schritt zurück und machte eine einladende Handbewegung. »Wenn Sie einen Moment hereinkommen, erkläre ich Ihnen den Weg.«

Großmutter gehorchte, aber als Leonie ihr folgen und ebenfalls durch die Tür treten wollte, machte die dunkelhaarige junge Frau eine knappe, aber sehr entschiedene Bewegung. »Es tut mir Leid«, sagte sie. »Aber Unbefugten ist das Betreten der Verwaltungsräume streng verboten.«

»Was soll denn der Unsinn?«, murrte Leonie. »Haben Sie Angst, dass ich ...«

Sie verstummte, als sie einen mahnenden Blick aus Großmutters Augen auffing. Wäre sie allein gewesen, hätte sie dieser eingebildeten Tussi gehörig die Meinung gesagt, aber sie wollte Großmutter nicht in Verlegenheit bringen. So beließ sie es bei einem Achselzucken und einem trotzigen Blick und trat wieder zurück. Die Tür wurde geschlossen und Leonie sah sich gelangweilt um. Sie hoffte, dass es nicht zu lange dauerte. Andererseits – dieser Tag war sowieso im Eimer. Was machten da schon ein paar Minuten?

Auf der anderen Seite der schweren Tür ertönte ein dumpfes Poltern, dann etwas, das beinahe wie ein Schrei klang, und schließlich wieder etwas wie ein Poltern. Leonie starrte die Tür alarmiert an – doch noch bevor sie auch nur Gelegenheit hatte, wirklich zu erschrecken, ging die Tür wieder auf und ihre Großmutter kam heraus.

»Was war los?«, fragte Leonie.

»Nichts«, antwortete Großmutter. Sie strich sich eine Strähne ihres dünnen grauen Haares zurück, die ihr in die Stirn gerutscht war, und fuhr in der gleichen Bewegung glättend über ihre Kleidung. Sie wirkte ein bisschen zerrupft, fand Leonie. Sie fragte sich, was in dem Raum hinter der geschlossenen Tür passiert war. Als Großmutter die Tür hinter sich ins Schloss zog, ohne dass die Sekretärin ihr folgte oder sie sie auch nur zu Gesicht bekommen hatten, kleidete sie ihre Frage in weitere Worte.

»Nichts«, wiederholte ihre Großmutter, allerdings in so ruppig-unwilligem Ton, dass Leonie nur erstaunt die Augen aufriss und es vorzog, die Frage nicht noch einmal zu stellen. So kannte sie ihre Großmutter gar nicht.

Großmutter wandte sich um und bedeutete Leonie mit einer entsprechenden Handbewegung, ihr zu folgen. Sie ging den Flur in umgekehrter Richtung zurück, am Lift vorbei und durch mehrere Türen, und mit jeder Tür, die sie durchschritten, konnte sie ein bisschen besser verstehen, was Großmutter gerade gemeint hatte, als sie von einer Zeitmaschine sprach. Es war tatsächlich wie eine kleine Zeitreise, denn sie bewegten sich eindeutig mit jedem Schritt ein winziges Stückchen weiter in die Vergangenheit. Die Türen wurden älter und hatten jetzt schwere, kunstvoll geschmiedete Griffe und Beschläge aus Messing, die ausgetretenen Bodendielen, über die sie gingen, knirschten unter ihren Füßen, und unter den Decken hingen keine Neonröhren mehr, sondern schimmernde Kristalllüster; und dann öffnete Großmutter eine letzte Tür und der Schritt hindurch schien endgültig der in ein lange zurückliegendes Jahrhundert zu sein.

Leonie war noch nie hier gewesen, aber ihr war sofort klar, dass das der große Saal sein musste, von dem Großmutter erzählt hatte – wobei die Betonung eindeutig auf dem Wort *groß* lag.

Sie war niemals in einem größeren Raum gewesen und sie hatte niemals mehr Bücher an einem Ort versammelt gesehen. Leonie schätzte, dass der Saal mindestens dreißig, wenn nicht vierzig oder mehr Meter lang war, gute fünfzehn Meter breit und dort, wo sich die Decke zu einem kunstvoll aus farbigem Glas gestalteten Kuppeldach emporschwang, mindestens zehn Meter hoch, wenn nicht mehr. In einer fast schon erschreckend großen Anzahl gläserner Vitrinen waren besonders kostbare Bücher und Handschriften ausgestellt, aber eine schier unvorstellbare Menge von Büchern – Zehn-, wenn nicht Hunderttausende! – war in endlosen Reihen von Regalen untergebracht, die jeden Zentimeter der Wände beanspruchten und sich bis unter die Decke hinaufzogen. Auf halber Höhe – in drei bis fünf Metern, schätzte

Leonie – lief eine Galerie mit einem kunstvoll geschnitzten Holzgeländer entlang und auch dort standen Bücher, Bücher, Bücher.

»Na?«, fragte Großmutter. Ihre Augen leuchteten. »Habe ich zu viel versprochen?«

Leonie schüttelte wortlos den Kopf und den ehrfürchtigen Ausdruck, der sich dabei auf ihrem Gesicht breit machte, musste sie dieses Mal nicht einmal schauspielern. Sie *war* beeindruckt, und das weit mehr, als sie sich selbst erklären konnte. Es war ja keineswegs so, als wäre sie das erste Mal in einer Bibliothek. Dass sie Discman und MP3-Player gedruckten Büchern vorzog, änderte nichts daran, dass sie praktisch in einer Buchhandlung aufgewachsen war und schon mehr als eine *wirklich große* Bibliothek gesehen hatte.

Aber das hier war … anders.

Leonie konnte den Unterschied gar nicht richtig in Worte fassen, aber er war da und er war einfach zu deutlich, um ihn mit einem bloßen Achselzucken abzutun.

Es begann mit dem Geruch. Es roch nach Büchern, aber eben nicht nur. Da war noch mehr; etwas, von dem Leonie ganz genau wusste, dass sie es noch nie zuvor gerochen hatte, und das ihr trotzdem auf fast schon gespenstische Weise vertraut war. Vor allem aber verstand sie plötzlich ganz genau, was ihre Großmutter vorhin hatte sagen wollen. Sie spürte plötzlich, dass all diese Bücher rings um sie herum viel mehr als nur eine gewaltige Masse bedruckten Papiers waren. Leonie weigerte sich selbst jetzt noch in Gedanken, das Wort zu benutzen, aber im Grunde wusste sie sehr wohl, was es war, das sie für einen Moment wie erstarrt innehalten und erschauern ließ: Ehrfurcht.

»Da hinten ist der Professor!« Großmutters Stimme riss Leonie zurück in die Wirklichkeit, aber etwas von dem sonderbaren Gefühl, das sie für einen Moment überkommen hatte, blieb.

Nur dass es ihr jetzt fast ein bisschen unheimlich war.

Leonie versuchte ihre Gedanken zu ordnen, während sie ihrer Großmutter folgte, die lächelnd einem Mann entgegenging, bei dem es sich einfach um den Professor handeln *musste:* Er sah aus, als wäre er mindestens fünfhundert Jahre alt, und war auf eine Weise gekleidet, die an jedem anderen Platz der Welt einfach nur lächerlich gewirkt hätte, nur eben hier nicht. Er trug braune Cordhosen und ein abgewetztes, beigefarbenes Samtjackett, dessen Ellbogen und Manschetten mit kleinen Lederflicken verstärkt waren, eine altmodische Fliege und eine gewaltige Hornbrille, deren Gläser dicker zu sein schienen als die Böden von Cola-Flaschen. Er war fast kahlköpfig, aber die wenigen Haare, die er noch hatte, hatte er sich lang wachsen lassen und zu einem albernen Pferdeschwanz zusammengebunden, der kaum so dick wie ein Babyfinger war. Wäre Leonie nicht viel zu sehr damit beschäftigt gewesen, sich über ihre eigenen Gedanken zu wundern, dann wäre sie bei seinem Anblick wahrscheinlich in schallendes Gelächter ausgebrochen.

So allerdings hatte sie Mühe, mit ihrer Großmutter Schritt zu halten, ohne über ihre eigenen Füße zu stolpern. Sie verstand einfach nicht, was mit ihr los war. Seit sie dieses sonderbare Gebäude betreten hatte, wandelten ihre Gedanken auf Pfaden, die ihr so unbekannt und vor allem unverständlich waren wie die einer Fremden.

Wohlgemut hatte Großmutter mittlerweile ebenfalls entdeckt und eilte ihr mit einem strahlenden Lächeln entgegen. Leonie hörte nicht hin, aber man konnte gar nicht übersehen, dass die beiden sich wie gute alte Freunde begrüßten. Danach wandte sich Wohlgemut an sie.

»Du musst Leonida sein. Deine Großmutter hat mir sehr viel von dir erzählt, aber ich glaube, das wäre gar nicht nötig gewesen. Weißt du, dass du ganz genauso aussiehst wie sie in deinem Alter?«

Leonie verzog das Gesicht. Sie hasste es, wenn sie mit dem Namen angesprochen wurde, der in ihrer Geburtsurkunde stand. Sie hasste auch ihre Eltern dafür, sie auf diesen Namen getauft zu haben. Wenigstens manchmal.

»Leonie«, entgegnete sie, während sie widerstrebend Wohlgemuts ausgestreckte Hand ergriff und sie schüttelte. »Meine Freunde nennen mich Leonie.«

»Freunde?« Wohlgemut verzog die Lippen zu einem hässlichen Grinsen. »Du willst mir doch nicht weismachen, dass eine so hässliche, kleine Schlampe wie du Freunde hat?«

Leonie riss ungläubig die Augen auf. »Wie?!«, krächzte sie.

»Ich sagte: Leonie ist auch ein hübscher Name und wahrscheinlich passt er besser in die heutige Zeit«, antwortete Wohlgemut.

»Nein, das meine ich nicht«, erwiderte Leonie. Wohlgemut wollte seine Hand zurückziehen, aber sie ließ nicht los, sondern verstärkte ihren Griff im Gegenteil noch ein bisschen. Sie war kräftig für ihr Alter – und erst recht für ein Mädchen; die mindestens drei Stunden wöchentlich im Fitness-Studio hatten nicht nur ihrer Figur gut getan. »Ich meine das, was Sie vorher gesagt haben.«

»Dass du aussiehst wie deine Großmutter vor siebzig Jahren? Das ist die Wahrheit.«

»Nein, nicht *das*«, beharrte Leonie. Wohlgemut blinzelte, und wenn Leonie jemals einen Ausdruck von echtem Unverständnis auf dem Gesicht eines Menschen gesehen hatte, dann jetzt auf seinem. Auch ihre Großmutter blickte sie verstört und fast ein bisschen erschrocken an und plötzlich meldete sich ihr schlechtes Gewissen. Hastig ließ sie Wohlgemuts Hand los.

»Ich ... Entschuldigung«, murmelte sie. »Ich muss wohl ... irgendetwas falsch verstanden haben.« Nein, verdammt, das hatte sie nicht. Sie hatte ganz genau gehört, was er gesagt hatte, und sie hatte sich auch sein hässliches Grinsen nicht eingebildet. Sie war doch nicht verrückt! Aber Wohlgemut blickte sie nur weiter vollkommen verständnislos an, und auch Großmutter hatte sich noch nicht wieder ganz gefangen. Was ging hier vor?

»Ja, das mhm ... scheint mir auch so«, sagte Wohlgemut unsicher. Er wich einen Schritt vor Leonie zurück und begann seine rechte Hand mit der linken zu kneten und Leonies schlechtes Gewissen verstärkte sich. Dieser Mann musste die neunzig lange hinter sich haben. Vermutlich hatte sie ihm sehr wehgetan, und was immer er auch zu ihr gesagt hatte oder nicht – so etwas stand ihr einfach nicht zu!

»Entschuldigung«, sagte sie noch einmal. »Es tut mir Leid.«

»Schon gut.« Wohlgemut machte eine großmütige Geste mit der – unversehrten linken – Hand und zwang sich zu einem leicht gequälten Lächeln, während Großmutter, die anscheinend erst jetzt überhaupt begriff, was ihre Enkelin getan hatte, plötzlich aussah, als würde sie vor Scham am liebsten im Boden versinken.

»Du willst also in die Fußstapfen deiner Großmutter und deiner Eltern treten und ebenfalls Buchhändlerin werden.« Wohlgemuts Versuch, das Thema zu wechseln, wirkte ebenso gezwungen wie ihr eigenes Lächeln in diesem Augenblick. »Das freut mich aufrichtig, Leonie. Dass Kinder eine so alte Familientradition fortführen, kommt heute leider nur noch selten vor.«

Nach dem, was gerade passiert war, wagte es Leonie einfach nicht, ihm zu widersprechen, aber das änderte nichts daran, dass der Professor so weit am Ziel vorbeigeschossen war, wie es überhaupt nur ging. Leonie hätte ohne nachzudenken hundert Berufe nennen können, die sie lieber ergreifen würde, oder auch tausend.

»Ganz so weit sind wir noch nicht«, sprang ihre Großmutter ihr bei. »Im Moment geht es nur um ein Praktikum von zwei Wochen.«

»Und da haben Sie natürlich an die Zentralbibliothek gedacht, meine Liebe.« Wohlgemut lächelte geschmeichelt. »Eine sehr kluge Entscheidung. Wir nehmen zwar eigentlich seit Jahren keine Praktikanten mehr auf, aber in diesem Fall kann ich sicher eine Ausnahme machen.« Er wandte sich direkt an Leonie. »Falls die junge Dame überhaupt Interesse hat, heißt das.«

Leonie machte eine Bewegung, die irgendwo zwischen einem Kopfschütteln, einem Nicken und einem Achselzucken angesiedelt war und deren eigentliche Bedeutung sich Wohlgemut selbst aussuchen konnte.

»Na, wir werden uns schon vertragen«, drohte er. »Und wenn nicht, dann prügeln wir dir eben so lange Verstand in dein kleines Spatzenhirn, bis du begreifst, was wir von dir wollen.«

Leonie ächzte. Also gut, offenbar war sie es, die verrückt wurde.

»Vielleicht beginnen wir mit einem kleinen Rundgang durch

die Bibliothek«, schlug Wohlgemut vor. Leonies verstörte Reaktion war ihm natürlich nicht entgangen, aber anscheinend verstand er sie so wenig wie ihre Frage von vorhin. »Möglicherweise änderst du deine Meinung ja noch, wenn du erst einmal alles gesehen hast.«

»Es lohnt sich wirklich«, versprach Großmutter. »Professor Wohlgemuts Führungen waren früher legendär, aber seit ein paar Jahren veranstaltet er sie nur noch für ganz ausgesuchte Gäste.«

Und wie sich zeigte, war das keineswegs übertrieben. Es fiel Leonie am Anfang verständlicherweise schwer, Wohlgemuts Erklärungen und Ausführungen zu folgen, aber nach und nach schlugen sie seine Worte doch in ihren Bann und schließlich vergaß sie sogar den unheimlichen Zwischenfall. Was Wohlgemut erzählte, war einfach zu interessant – selbst für jemanden, der Bücher normalerweise nur dazu benutzte, Fliegen zu erschlagen oder sie hoch genug aufzustapeln, damit man sie als Leiter benutzen konnte, um an die CDs auf dem obersten Regalbrett heranzukommen.

Sie erfuhr, dass die Bibliothek offiziell schon seit mehr als dreihundert Jahren existierte, in Wirklichkeit aber sehr viel älter sein musste. Niemand wusste genau, wann die ersten Mönche angefangen hatten, uralte Handschriften und Pergamente in den Mauern des Klosters zu sammeln, das früher einmal an dieser Stelle gestanden hatte, aber die Vermutungen reichten von fünfhundert Jahren bis zurück in eine Zeit, in der noch keltische Druiden über dieses Land geherrscht hatten. Seit dem siebzehnten Jahrhundert jedenfalls war das die Zentralbibliothek des ganzen Landes.

»Und wie viele Bücher haben Sie hier?«, fragte Leonie, als Wohlgemut – nach einer geschlagenen Stunde! – am Ende seines Vortrags angelangt war. Sie befanden sich auf einer der Galerien, die auf halber Höhe um den gesamten Raum herumführten, und Leonie hatte die Frage im Grunde nur gestellt, um Wohlgemuts endlosen Redefluss wenigstens für einen Moment zu unterbrechen. Was er zu erzählen hatte, war wirklich interessant, aber es war einfach zu *viel*. Leonie schwirrte der Kopf von all den Zahlen und Daten, mit denen der Professor sie zugeschüttet hatte.

»So ungefähr zweihunderttausend«, antwortete Wohlgemut stolz.

»Das ist eine Menge«, sagte Leonie automatisch, dann stutzte sie. »Äh … Moment. Großmutter hat erzählt, dass hier seit hundert Jahren ein Exemplar jedes Buches aufbewahrt wird, das im Land erscheint.«

»Seit hundertfünfzehn, um genau zu sein«, verbesserte sie Wohlgemut und blinzelte ihr zu. »Und auch jeder einzelnen Zeitschrift. Und jetzt wunderst du dich, weil es doch eigentlich viel mehr sein müssten in all der Zeit.« Er nickte heftig, um seine eigene Feststellung zu bestätigen. »Die zweihunderttausend sind natürlich nur die Exemplare, die wir hier oben aufbewahren, im historischen Teil der Bibliothek: alte Handschriften, unersetzliche Originale und sehr seltene Ausgaben. Alles andere lagern wir unten im Zentralarchiv im Keller.«

»Das muss aber ein wirklich großer Keller sein«, bemerkte Leonie. »Ich meine: Es müssen doch ein paar Millionen Bücher sein!«

»Viele Millionen sogar«, bestätigte Wohlgemut. Er lächelte geheimnisvoll. »Aber es ist auch ein wirklich großer Keller. Ich zeige ihn dir später einmal. Für heute sollten wir uns auf den historischen Teil konzentrieren, meine ich. Wir haben ja später Zeit genug und hier oben gibt es noch eine Menge interessanter Dinge. Dabei fällt mir ein …«, er wandte sich zu Großmutter um, »… erinnern Sie sich noch an die Handschrift von Walther von der Vogelweide, nach der ich so lange gesucht habe, meine Liebe?«

»Mehr als zehn Jahre, wenn ich mich richtig erinnere«, antwortete Großmutter. »Sagen Sie nicht, Sie haben sie bekommen?«

»Vor zwei Monaten«, bestätigte Wohlgemut. Er strahlte wie ein undichtes Atomkraftwerk. »Wollen Sie sie sehen?«

»Was für eine Frage!«, rief Großmutter.

»Und du?«, wandte sich Wohlgemut an Leonie.

Walther von der Vogelweide? Leonie verspürte einen kurzen, aber heftigen Anfall blanken Entsetzens. »Nicht … unbedingt«, antwortete sie vorsichtig. »Haben Sie vielleicht etwas von King da? Oder Clive Barker oder Jason Dark?«

Wohlgemut wirkte jetzt für einen Moment so hilflos, dass er Leonie beinahe Leid tat, aber nur beinahe. »Unten im Zentralarchiv sicher«, meinte er schließlich. »Aber hier …«

»Schon gut«, sagte Leonie. »Geht ihr nur ruhig zu eurer Handschrift. Ich warte so lange. Es gibt hier ja genug interessante Dinge, die ich mir ansehen kann. Bücher zum Beispiel.«

»Wunderbar!« Wohlgemut rieb sich ganz begeistert die Hände. »Kommen Sie, meine Liebe, kommen Sie. Ich freue mich schon seit Monaten darauf, Ihnen dieses Prachtexemplar zeigen zu können!«

Er hielt Großmutter den Arm hin und sie hakte sich bei ihm unter – ganz perfekter Gentleman und feine Lady gingen sie über die Galerie davon und die Treppe hinunter und Leonie blieb allein zurück. Zunächst war sie fast erleichtert, endlich einen Moment Ruhe zu haben, aber schon nach wenigen Minuten kam es ihr als eine gar nicht mehr so gute Idee vor, ganz allein hier zurückgeblieben zu sein, nur in Gesellschaft von *Büchern.* Sie kannte ihre Großmutter. Wenn sie erst einmal anfing, sich für ein bestimmtes Buch zu interessieren – oder gar für eine so kostbare Handschrift wie die, von der der Professor geschwärmt hatte! –, dann konnte es gut sein, dass sie alles andere um sich herum einfach vergaß; einschließlich ihrer Enkeltochter. Wenn sie Pech hatte, dann würde sie eine Stunde hier oben warten, oder auch zwei.

Aber das hatte sie sich schließlich selbst eingebrockt.

Leonie seufzte tief, drehte sich um und ließ ihren Blick über die Rücken der dicht an dicht stehenden Bücher schweifen. Einige davon waren so alt, dass die Schrift längst verblichen und unleserlich geworden war, und Leonie argwöhnte, dass das bei dem einen oder anderen Band nicht nur auf das Äußere zutraf.

Sie drehte sich weiter und hielt inne, als ihr Blick auf einen Riss zwischen zwei der schweren handgeschnitzten Bücherregale fiel. Eigentlich war es gar kein Riss, sondern ein Spalt von gut zwei Fingern Breite, und als Leonie näher trat, spürte sie, wie ihr ein kühler Lufthauch entgegenkam. Zögernd legte sie die Hand darauf und das gesamte Regal bewegte sich knirschend ein Stück nach innen. Leonie machte einen erschrockenen Schritt zurück und hätte am liebsten über ihre eigene Reaktion gelacht. Der Riss war kein Riss, so wenig wie das Regal ein einfaches Bücherregal war, vielmehr handelte es sich um eine Art Geheimtür, die in einen Raum dahinter zu führen schien, aus dem ein grauer, flackernder Lichtschein drang.

Urplötzlich war ihr Forscherdrang geweckt. Leonie sah sich noch einmal nach rechts und links um – nicht dass sie wirklich glaubte, etwas Verbotenes zu tun, aber so war es einfach spannender –, dann trat sie erneut an das Regal heran und drückte dagegen.

Angesichts des enormen Gewichtes, das die mindestens hundertfünfzig bis zweihundert Bücher auf die Regalbretter brachten, bewegte sich die Geheimtür überraschend leicht. Mit einem leisen, aber durchdringenden Quietschen schwang sie nach innen und Leonie trat mit klopfendem Herzen in den dahinter liegenden Raum.

Der voller Bücher war.

Leonie blieb geschlagene zehn Sekunden völlig reglos stehen und tat nichts anderes, als sich unbeschreiblich blöd vorzukommen. Was hatte sie denn erwartet in einer Bibliothek? Den Schatz der Nibelungen vielleicht? Sie schüttelte den Kopf, lächelte über ihre eigene Naivität und wollte sich umdrehen, um den Raum wieder zu verlassen, überlegte es sich dann aber anders und machte stattdessen einen weiteren Schritt hinein. Wenn sie schon einmal hier war, konnte sie sich ebenso gut auch noch ein bisschen umsehen.

Sie rechnete allerdings nicht ernsthaft damit, irgendetwas Außergewöhnliches zu entdecken. Wohlgemut hatte Worte wie *kostbar*, *einzigartig* und *unersetzlich* zwar äußerst verschwenderisch benutzt, aber sie glaubte nicht, dass die wirklich wertvollen Bücher in einer so staubigen Kammer aufbewahrt wurden. Ganz davon abgesehen, dass sie ein kostbares Buch selbst dann nicht erkennen würde, wenn es ihr vor die Füße fiele. Außerdem war es in der Kammer so dunkel, dass sie ohnehin nicht viel sehen konnte. Fast der gesamte vorhandene Platz wurde von bis unter die Decke reichenden Bücherregalen eingenommen, und die Scheiben des einzigen kleinen Fensters waren so verdreckt, dass das hereinfallende Licht zu einer Art grauer Nebel wurde, in dem sich die Umrisse der Dinge fortwährend auf schwer greifbare, aber beunruhigende Weise zu verändern schienen.

Nein, dachte Leonie schaudernd, das war gewiss nicht der Ort, um auf Großmutters Rückkehr zu warten.

Irgendetwas raschelte. Aus den Augenwinkeln sah Leonie einen Schemen vorbeihuschen, und für einen winzigen Moment glaubte sie, das Scharren kleiner, harter Krallen auf dem Fußboden zu hören. Leonie prallte ganz instinktiv einen Schritt zurück, und ein nicht kleiner Teil von ihr wollte nichts mehr, als auf der Stelle herumzufahren und aus dem Zimmer zu stürmen.

Stattdessen blieb sie stehen, lauschte angestrengt und versuchte noch konzentrierter, die graue Dämmerung vor sich mit Blicken zu durchdringen. War das eine Maus gewesen?

Leonie hatte die kleinen Nager weder besonders in ihr Herz geschlossen noch hatte sie hysterische Angst vor ihnen, aber sie war schließlich in einer Buchhändlerfamilie groß geworden und so wusste sie, dass Mäuse sozusagen der Todfeind jedes Bibliothekars waren. Unvorstellbar, wenn sie ein wertvolles Original von Goethes Faust anknabberte oder sich gar ein Nest aus Walther von der Vogelweides unersetzlicher Handschrift baute!

Leonie ließ sich in die Hocke sinken, kniff die Augen zu schmalen Schlitzen zusammen und versuchte unter die Regale zu spähen. Sie sah nichts anderes als Staub, der möglicherweise schon an den Fußlappen der Druidenpriester aus Wohlgemuts Vortrag geklebt hatte, aber das Licht reichte nicht, um die winzigen Pfotenabdrücke einer Maus zu erkennen, die es möglicherweise ja gab, möglicherweise aber auch nicht. Leonie war mittlerweile nicht mehr sicher, ob sie die Bewegung wirklich gesehen oder sich nur eingebildet hatte. Dieses ganze uralte Gemäuer übte anscheinend einen unguten Einfluss auf ihre Fantasie aus. Sie wollte sich gerade wieder aufrichten, als sie ein Geräusch hinter sich hörte. Leonie fuhr in der Hocke herum.

Und da war die Maus.

Sie hatte sich nicht etwa unter einem Regal verkrochen, sondern saß nicht mal einen Meter hinter ihr, hatte sich auf die Hinterläufe aufgerichtet und sog schnüffelnd die Luft ein. Ihre winzigen Schnurrhaare zitterten und in ihren rehbraunen Augen stand ein Ausdruck, den Leonie ohne den geringsten Zweifel als Neugier bezeichnet hätte, wäre ihr nicht zugleich auch bewusst gewesen, dass das vollkommen unmöglich war. Mäuse waren zu einer so komplexen Empfindung wie Neugier gar nicht fähig. Offensichtlich handelte es sich um eine sehr dumme Maus, weil sie einfach dasaß und sie ohne die geringste Scheu anblickte, statt das zu tun, was jede halbwegs vernünftige Maus beim Anblick eines Menschen tut: um ihr Leben zu rennen!

Darüber hinaus war es eine ausgesprochen hübsche Maus.

»Wenn ich du wäre, dann würde ich jetzt die Beine in die Hand nehmen und wegrennen«, sagte Leonie.

Die Maus legte den Kopf auf die Seite und blickte sie an, als hätte sie die Worte verstanden. Was natürlich ganz und gar ausgeschlossen war.

»Was ist los mit dir?«, fragte Leonie. »Bist du lebensmüde oder einfach nur dreist?«

Die Maus legte den Kopf auf die andere Seite und blickte sie weiter aus ihren winzigen Knopfaugen an. Allmählich wurde Leonie ein bisschen mulmig zumute. Um ehrlich zu sein: mehr als nur *ein bisschen.*

»Oder bist du einfach nur dumm?«, fragte Leonie. »Überleg dir lieber, was du tust – bevor ich mir überlege, was ich mit dir tue.«

Die Maus legte den Kopf erneut auf die andere Seite und runzelte nachdenklich die Stirn. Das hieß: Natürlich tat sie das nicht. Es sah nur so aus. Mäuse runzelten nicht die Stirn. Das konnten sie gar nicht. Es war nur Einbildung gewesen.

Trotzdem zitterten Leonies Finger ganz leicht, als sie die Hand ausstreckte, um die Maus zu verscheuchen.

Jedenfalls wollte sie das tun.

Unglückseligerweise ließ sich der winzige Nager von ihrem heftigen Herumgefuchtel nicht im Geringsten beeindrucken. Er zog zwar den Kopf ein, um nicht getroffen zu werden, aber das war auch schon alles.

Leonie riss ungläubig die Augen auf, erstarrte mitten in der Bewegung – und die Maus sprang mit einem Satz auf ihre ausgestreckte Hand und begann ohne die geringste Spur von Hast an ihrem Arm in die Höhe zu klettern! Leonie war so perplex, dass sie einfach wie gelähmt dahockte und nicht einmal zu atmen wagte, bis die Maus auf ihrer rechten Schulter angekommen war, wo sie sich wieder aufsetzte und reckte, um ihr Gesicht aus nächster Nähe zu beschnüffeln. Sie tat es sehr ausgiebig, bestimmt eine oder zwei Minuten lang, dann machte sie kehrt und trippelte in aller Seelenruhe den Weg zurück, den sie gekommen war, sprang wieder zu Boden und verschwand unter einem der Regale. Aber bevor sie das tat, hielt sie noch einmal kurz inne, blickte zu Leonie zurück und lächelte.

Leonie blinzelte, und als sie die Augen wieder aufschlug, war die Maus verschwunden. Ihr Herz raste, und sie merkte erst jetzt, dass sie am ganzen Leib zitterte. Für einen winzigen Moment drohte sie in Panik zu geraten. Sie wollte aufstehen, aber sie hatte mehrere Minuten in der Hocke verbracht und ihre Muskeln waren so verkrampft, dass sie drei Anläufe brauchte, bis es ihr gelang. Alles um sie herum schien sich zu drehen und ihre Panik verstärkte sich und drohte sie endgültig zu überwältigen.

Leonie zwang sich mit einer gewaltigen Willensanstrengung zur Ruhe, atmete tief ein und ballte die Hände zu Fäusten. Es gab keinen Grund, in Panik zu geraten. Sie hatte sich das alles nur eingebildet. Das war die einzig logische Erklärung. Falls es diese Maus überhaupt gegeben hatte, so hatte sie ganz bestimmt nicht die Stirn gerunzelt und ihr schon gar nicht zum Abschied zugelächelt! Nein – das Einzige hier, mit dem etwas nicht stimmte, das war sie selbst.

Seit sie diese unheimliche Bibliothek betreten hatte, schlug ihre Fantasie die wildesten Kapriolen, und Leonie begann sich allen Ernstes zu fragen, ob sie einen Grund hatte, sich Sorgen zu machen. Vielleicht war ihre Fantasie ja nicht einfach nur überreizt, sondern es lag tatsächlich an diesem Gebäude oder irgendetwas darin. Schließlich war Wohlgemut nicht müde geworden, immer und immer wieder zu betonen, wie alt viele der Bücher seien, die sie hier aufbewahrten. Wer konnte schon sagen, was für Bakterien, Keime, Sporen, Pilze oder Weiß-der-Geier-was seit Jahrhunderten in dem uralten Papier wuchsen und welche Wirkung sie auf die Gehirnchemie einer fünfzehnjährigen Freizeitpunkerin hatten?

Genau. Das war die Erklärung. Die einzig *logische* Erklärung.

Alles andere als überzeugt oder gar beruhigt ließ Leonie ihren Blick noch einmal durch den mit Schatten erfüllten Raum schweifen, dann wandte sie sich hastig um und trat wieder auf die Galerie hinaus.

Die Tür zu schließen erwies sich als weitaus schwieriger, als sie zu öffnen, denn es gab keinen Griff, an dem sie zufassen konnte. Sie zog vergebens an einem der Bretter, machte ein enttäuschtes Gesicht und besah sich die als Bücherregal getarnte Geheimtür dann etwas genauer. Die einzelnen Bretter waren nicht verdübelt, sondern lagen auf wuchtigen geschnitzten Knöpfen, die Tier- und Menschengesichter zeigten, und ein paar davon auch reine Fabelwesen. Leonie streckte die Hand aus, um eine der Schnitzereien zu ergreifen. Vielleicht konnte sie das Regal ja daran in seine ursprüngliche Position zurückziehen.

Als sie ihn fast berührt hatte, öffnete der hölzerne Kopf die Augen. Sein ohnehin schon nicht besonders hübsches Gesicht verzerrte sich zu einer abstoßend hasserfüllten Grimasse und Leonie erblickte ein Maul voller scharfer Zähne. »*Hau ab!*«, grollte eine tiefe, knarrende Stimme.

Das war eindeutig zu viel.

Leonie schrie auf, schlug beide Hände vor den Mund und prallte entsetzt zurück; allerdings nur einen halben Schritt weit, dann prallte sie gegen ein Hindernis, das ein erschrockenes Keuchen ausstieß und unter ihrem Gewicht zu wanken begann. Zusammen mit Wohlgemut, der vergebens versuchte, sie festzuhalten und gleichzeitig die eigene Balance zu wahren, stürzte sie rücklings zu Boden und knallte so unsanft mit dem Hinterkopf auf die Dielen, dass sie Sterne sah.

»Großer Gott, Kind!«, ächzte Wohlgemut. »Ist dir etwas passiert?«

Wäre Leonie nicht halb betäubt und mit der anderen Hälfte ihres Bewusstseins am Rande eines hysterischen Schreikrampfes gewesen, sie hätte über diese Frage wahrscheinlich laut gelacht. Wohlgemut lag unter ihr. Seine Kraft reichte ganz offensichtlich nicht, sich unter dem Gewicht ihres Körpers herauszuarbeiten, und zu allem Überfluss spürte sie, dass sich ihre Ellbogen schmerzhaft in seine Rippen bohrten und ihm fast den Atem nahmen. Und *er* fragte *sie*, ob ihr etwas passiert sei?

Hastig krabbelte sie von ihm hinunter, richtete sich auf Hände und Knie auf und fuhr herum, um das auf so bizarre Weise zum Leben erwachte Holzgesicht anzustarren. Wohlgemut ächzte und sagte etwas, das sie nicht verstand und das sie im Moment auch gar nicht verstehen wollte. Mit heftig klopfendem Herzen und am ganzen Leibe wie Espenlaub zitternd blickte sie das lebendig gewordene Holzgesicht an.

Bloß, dass es nicht mehr lebendig war.

Die Schnitzerei, die nicht wirklich einen Menschen zeigte, sondern nur etwas Menschen*ähnliches* – einen Troll oder Gnom oder was auch immer sich der Künstler dabei gedacht haben mochte –, war wieder ganz genau das, was sie auch die ganze Zeit über gewesen war: eine weit über hundert Jahre alte kunstvolle Schnitzerei. Das Holz war im Laufe unzähliger Jahre ausgetrocknet und gerissen und eines der spitzen Ohren war abgebrochen. Die groteske Skulptur hatte bestimmt nicht die Augen geöffnet und sie angegrinst. Und sie hatte auch *garantiert* nichts zu ihr gesagt!

Leonies Herz schlug plötzlich bis zum Hals. Was war nur mit ihr los? War sie dabei, den Verstand zu verlieren? Sie stellte sich diese Frage ganz ernsthaft, und die mögliche Antwort, die sie sich selbst gab, gefiel ihr nicht. Ihre Hände zitterten immer heftiger und ihr Herz schlug in ihrer Brust, als wollte es jeden Moment zerspringen.

»Kind, was war denn nur los?« Wohlgemut rappelte sich umständlich hoch, streckte die Arme aus, um auch ihr aufzuhelfen, aber Leonie nahm die Bewegung gar nicht zur Kenntnis. Sie starrte immer noch die Schnitzerei an. Ihre Augen, und vor allem ihr Verstand, sagten ihr wieder, dass sie sich nicht bewegte und das auch nicht getan hatte, aber es war so unglaublich realistisch gewesen.

»Hast du dich verletzt?«, fragte Wohlgemut. »Um Gottes willen, was ist denn nur passiert?«

Leonie versuchte zu antworten, aber sie brachte im ersten Moment keinen Ton heraus. Nur mit äußerster Willenskraft gelang es ihr, ihren Blick von dem Dämonenkopf aus Holz loszureißen und sich zu Wohlgemut umzuwenden. Der Professor rang immer noch hilflos die Hände. Seine Brille war verbogen, was er aber gar nicht zu bemerken schien, und er war kreidebleich geworden und trat vor Aufregung unentwegt von einem Fuß auf den anderen. »Was hast du denn, Kind? Du hast geschrien!«

»Nichts«, antwortete Leonie. »Ich habe mich erschrocken, das ist alles.« Sie stand auf. »Ist Ihnen etwas passiert? Ich meine: Ich habe Sie doch nicht etwa verletzt, oder?«

Wohlgemut machte eine wegwerfende Handbewegung, und Leonie erkannte erst jetzt, dass auch er am ganzen Leib zitterte. »Das ist jetzt nicht von Belang«, erklärte er. Er sagte nicht: *Nein.* »Was war denn los? Du hast geschrien wie am Spieß.« Er wartete Leonies Antwort gar nicht ab, sondern trat mit einem raschen Schritt an ihr vorbei und maß die wieder geschlossene Geheimtür mit einem langen misstrauischen Blick. »Warst du etwa da drin?«

»Nicht absichtlich«, sagte Leonie rasch. »Ich habe mich nur dagegen gelehnt und …«

»Das macht überhaupt nichts«, unterbrach sie Wohlgemut – in einem Ton und mit einem Blick, der das genaue Gegenteil behauptete. »Dahinter ist nichts Geheimes. Wir bewahren die weniger wertvollen Bücher in diesen Kammern auf. Exemplare, die auf die

Restaurierung warten, Dubletten und so weiter. Aber es ist nicht ungefährlich.« Sein Blick glitt wieder misstrauisch über das Regal. »In manchen dieser Alkoven liegt einfach nur Gerümpel. Man kann sich verletzten. Du hast dich erschreckt, sagst du? Wovor?«

Irgendetwas stimmte nicht, dachte Leonie. Wohlgemut sprach immer schneller. Bei den letzten Worten hatte er sich fast verhaspelt.

»Nein«, sagte sie ausweichend. *Oder doch. Eine Maus, die mir zum Abschied zugelächelt hat, und eine Skulptur aus Holz, die mir fast die Finger abgebissen hätte.* Sie konnte sich lebhaft vorstellen, wie Wohlgemut reagieren würde, wenn sie ihm *das* erzählte! Prima Idee! »Ein Schatten. Ich dachte, es wäre eine Spinne, aber ich muss mich wohl getäuscht haben.«

»Hast du Angst vor Spinnen?«, fragte Wohlgemut.

»Nicht mehr als andere auch.« Leonie seufzte tief. »Das war's dann wohl mit dem Praktikum, nehme ich an?«

»Aber wie kommst du denn darauf?«, fragte Wohlgemut in einem Ton tiefster Überraschung. »Nur wegen dieses dummen, kleinen Unfalls? Ich bitte dich, Kind – so etwas kann doch jedem passieren.«

Leonie deutete auf die Geheimtür. »Aber ich …«

»Das macht überhaupt nichts«, fiel ihr Wohlgemut ins Wort. »Du solltest in Zukunft einfach nur aufpassen, wo du hingehst. Sobald du bei uns angefangen hast, führe ich dich noch einmal herum und zeige dir alles.«

»Oh«, machte Leonie. Sie hoffte, dass man ihr die Enttäuschung nicht allzu deutlich anmerkte. »Na dann …«

Sie brach mitten im Satz ab. Während sie mit Wohlgemut geredet hatte, hatte sie sich halb umgedreht und bemerkt, dass der Professor und sie nicht alleine auf der Galerie standen. Großmutter war Wohlgemut offensichtlich gefolgt, aber sie war in drei oder vier Schritten Abstand stehen geblieben und hatte bis jetzt kein Wort gesprochen. Leonie war nicht einmal sicher, ob sie die ganze turbulente Szene überhaupt mitbekommen hatte. Sie stand wie gelähmt da und starrte aus vor Entsetzen fast aus den Höhlen quellenden Augen auf den geschnitzten Dämonenkopf und ihr Gesicht hatte jedes bisschen Farbe verloren.

Ein folgenschwerer Streit

Der Rest des Tages verlief ziemlich ereignislos, worüber sich Leonie aber nun wirklich nicht beschweren wollte – ihr Bedarf an Abenteuern war nicht nur für diesen Tag, sondern für den Rest des Jahres gedeckt. Sie hatten sich relativ schnell von Wohlgemut verabschiedet, wobei sie sich wohlweislich gehütet hatte, Großmutter auf die Szene vor dem geheimen Alkoven anzusprechen.

Während sie mit dem Bus nach Hause fuhren, wagte sie aber dennoch einen behutsamen Vorstoß. »Wie alt ist Professor Wohlgemut eigentlich?«, fragte sie.

»Weit über neunzig«, antwortete Großmutter. »Sein genaues Alter verrät er nicht, aber es würde mich nicht wundern, wenn er auch noch seinen hundertsten Geburtstag als Leiter der Zentralbibliothek feiert.« Sie lachte leise. »Einige seiner Mitarbeiter behaupten, dass sie ihn wohl umbringen werden müssen, damit der Posten irgendwann neu besetzt werden kann.«

Leonie lachte ebenfalls, auch wenn sie den Scherz im Grunde nicht besonders komisch fand. Einigen anderen Fahrgästen schien es genauso zu ergehen wie ihr; ein junger Mann, der direkt hinter Großmutter saß, verzog zwar amüsiert die Lippen, aber zwei oder drei andere blickten eher böse.

»Und er ist auch noch völlig gesund, trotz seines hohen Alters?«

»Gesund wie ein Ochse«, bestätigte Großmutter. »Wenn alle Menschen so eine Konstitution hätten wie er, dann würden die Ärzte wohl reihenweise verhungern.«

Leonie ließ eine gewisse Zeit verstreichen, in der sie schweigend aus dem Fenster blickte. Der Berufsverkehr hatte bereits eingesetzt und der Bus quälte sich durch einen ständig dichter werdenden Strom aus bunt lackiertem Blech, Glas und Kunststoff. Es war der alltäglichste Anblick, den man sich nur vorstellen konnte. Und doch: Etwas war anders. Leonie konnte den Unterschied nicht in Worte fassen, denn er war nicht greifbar, aber irgendetwas *zwischen* den Dingen schien sich verändert zu haben: als wäre ihr etwas von dem Unheimlichen, das ihr in der Bibliothek widerfahren war, in die richtige Welt nach draußen gefolgt.

Wieder so ein sonderbarer Gedanke, der so gar nicht zu ihr passen wollte. Sie schüttelte ihn ärgerlich ab, drehte sich wieder zu Großmutter um und meinte: »Sag mal – es gibt doch da so eine komische Krankheit, bei der die Leute plötzlich anfangen, vollkommen grundlos andere zu beschimpfen.«

»Ja.« Großmutter nickte. »Sie ist sehr selten, aber es gibt sie tatsächlich. Ich habe einmal ein Buch darüber gelesen. Die armen Leute fangen plötzlich an, Beschimpfungen und die übelsten Beleidigungen auszustoßen, ohne dass sie selbst etwas dagegen tun können. Eine furchtbare Krankheit, wenn du mich fragst. Wer nicht weiß, dass die Leute krank sind, reagiert natürlich entsprechend wütend.« Sie blinzelte zu Leonie hoch. »Warum fragst du danach?«

»Nur so«, antwortete Leonie hastig. »Ich habe von dieser Krankheit gehört, aber ich konnte mir einfach nicht vorstellen, dass es so etwas wirklich gibt.«

Großmutter schwieg zwar, aber sie sah ganz und gar nicht so aus, als würde sie diese Erklärung glauben, und Leonie zog es vor, das Thema nicht zu vertiefen. Der Rest des Tages verlief dann wirklich ereignislos – sieht man von einer unangenehmen Überraschung ab, mit der Leonie aber schon halbwegs gerechnet hatte: Kaum zu Hause angekommen, zog sie sich um, legte ihren gewohnten Schmuck an und trug schwarzen Nagellack und gleichfarbigen Lippenstift auf, aber als sie das Piercing wieder anbringen wollte, ging es nicht. Das einzige Ergebnis ihrer Bemühungen waren heftige Schmerzen und die Erkenntnis, dass sie das restliche Taschengeld dieser Woche für einen Besuch im Piercing-Studio einplanen konnte. Das war dann aber auch schon alles. Zumindest bis zum Abend.

Das Abendessen verlief gewohnt harmonisch, doch zu Leonies Erstaunen – und Erleichterung – verloren weder ihre Eltern noch

Großmutter ein einziges Wort über den Besuch in der Zentralbibliothek. Sie ging früh schlafen.

Und fand sich nahezu übergangslos in einem bizarren Albtraum wieder.

Leonie wusste die ganze Zeit über, dass es sich nur um einen Albtraum handelte, aber dieses Wissen, und das war das Unheimliche, änderte nichts an der furchtbaren Angst, die sie ebenfalls die ganze Zeit über hatte.

Es fing damit an, dass sie sich urplötzlich im Wohnzimmer wiederfand, wo ihre Eltern und Großmutter heftig miteinander stritten. Sie schrien sich lautstark an. Leonie konnte nicht verstehen, worum es ging, denn sie redeten in einer Sprache, die sie noch nie zuvor gehört hatte. Aber dass es sich um einen Streit handelte, stand außer Frage, denn alle drei bewarfen sich ununterbrochen mit Büchern. Dann war sie plötzlich wieder in der Geheimkammer oben auf der Galerie, und auch die Maus war wieder da, nur dass Leonie jetzt gerade fünf Zentimeter groß war und die Maus sie überragte wie ein zum Leben erwachter Berg. Leonie wollte weglaufen, aber die Maus streckte blitzschnell eine Pfote aus, hielt sie fest und hob sie in die Höhe, um sie mit einer Nase zu beschnüffeln, die größer war als ihr ganzes Gesicht.

»Wenn ich du wäre, dann würde ich jetzt die Beine in die Hand nehmen und rennen, was das Zeug hält«, sagte die Maus, dann grinste sie und schüttelte den Kopf. »Obwohl das ja eigentlich Unsinn ist, wenn ich's mir richtig überlege. Ich meine: Wenn man die eigenen Beine in der Hand hält, dann kann man ja eigentlich nicht mehr rennen, oder?«

Wie aus dem Nichts erschien Leonies Großmutter hinter der Maus. »Lass gefälligst meine Enkelin in Ruhe«, sagte sie und warf mit einem Buch nach der Maus. Noch im Flug verwandelte es sich in eine Mausefalle, aber bevor die Falle zuschnappen konnte, wechselte der Schauplatz erneut und Leonie fand sich, auf Händen und Knien hockend, in einem scheinbar endlosen gewölbten Gang wieder, dessen Wände und Decken aus dicht an dicht gestapelten Büchern bestanden. Großmutter und ihre Eltern waren nicht da, aber sie konnte sie wieder hören. Sie stritten immer noch in dieser sonderbaren unverständlichen Sprache und ihre Auseinandersetzung schien sogar noch heftiger geworden zu sein. So weit entfernt, dass sie praktisch nur Schemen erkannte, schienen Bücher durch die Luft zu fliegen, und ab und zu hörte sie einen klatschenden Laut.

Dann wachte sie auf. Gott sei Dank.

Leonie blieb minutenlang mit geschlossenen Augen liegen und lauschte in sich hinein. Kein Zweifel: Sie *hatte* einen Albtraum gehabt. Sie war in Schweiß gebadet und ihr Herz jagte wie nach einem Hundert-Meter-Sprint. Der Traum kam ihr mit jeder Sekunde, die sie darüber nachdachte, absurder vor, aber sie spürte noch immer den bitteren Nachgeschmack der abgrundtiefen Angst, mit der er sie erfüllt hatte. Und vielleicht noch unheimlicher war das Gefühl, dass dieser Traum eine bestimmte Bedeutung gehabt hatte. Als wollte er ihr etwas sagen. Aber was? Dass sie von dieser sonderbaren Maus mit ihrem noch viel sonderbareren Verhalten geträumt hatte, das konnte sie ja noch halbwegs verstehen – aber was sollte der Streit zwischen ihren Eltern und Großmutter? Solange sich Leonie erinnern konnte, hatten sie sich *nie* gestritten. Allein der Gedanke war schon lächerlich! Trotzdem bewies der Traum eine erstaunliche Hartnäckigkeit. Sie glaubte selbst jetzt noch, die aufgeregten Stimmen der drei Erwachsenen zu hören, die lauthals miteinander stritten.

Leonie setzte sich auf und tastete blind nach der Nachttischlampe neben ihrem Bett. Sie unterdrückte ein Seufzen, als das Licht anging und sie den Wecker ablas. Es war nach eins. Und das Geräusch streitender Stimmen, das aus dem Erdgeschoss heraufdrang, war immer noch da.

Leonie starrte die geschlossene Zimmertür einen Moment lang vollkommen fassungslos an und schwang ihre Beine aus dem Bett. Auf nackten Füßen ging sie zur Tür, lauschte noch einmal einen Moment und drückte dann die Klinke herunter. Im Flur brannte kein Licht, aber von unten drang ein matter gelber Schein herauf und die Stimmen waren nun deutlicher zu hören. So schwer es

Leonie auch immer noch fiel, es zu glauben: Großmutter und ihre Eltern stritten tatsächlich!

Sie redeten nicht in einer unverständlichen Traumsprache, doch es gelang Leonie dennoch nicht, zu verstehen, worum es ging. Sie verstand nur Wortfetzen. Aber die Tonlage ließ nicht den geringsten Zweifel aufkommen: Was noch nie vorgekommen war, geschah jetzt, nur eine Etage unter ihr.

Leonie blieb sekundenlang reglos an der Tür stehen und fragte sich verzweifelt, was sie tun sollte. Sie hätte ins Zimmer zurückgehen und sich wieder ins Bett legen können – sie hatte das Gefühl, dass sie es sogar *musste*. Was dort unten geschah, ging sie nichts an, und sie hatte schon gar kein Recht, hier zu stehen und zu lauschen – aber die bloße Erkenntnis, dass Großmutter und ihre Eltern nicht nur miteinander stritten, sondern sich regelrecht anschrien, schockierte sie zutiefst. Ihre Großmutter war der sanfteste Mensch, den sie kannte, und auch ihre Eltern legten normalerweise großen Wert auf einen gepflegten Umgangston.

Und dann hörte sie ganz deutlich ihren Namen.

Leonie riss ungläubig die Augen auf. Ihr Name fiel erneut – sie konnte nicht sagen, in welchem Zusammenhang, aber es war ganz eindeutig ihr Name! – und nun gab es kein Halten mehr. Rasch schloss sie die Tür hinter sich, schlich auf nackten Füßen die Treppe hinab und konzentrierte sich so angestrengt auf die Worte, die aus dem Wohnzimmer drangen, wie sie nur konnte.

Auf den letzten Stufen wurde sie immer langsamer, und als sie sich dem Wohnzimmer näherte, blieb sie schließlich ganz stehen. Die Tür stand offen, und in dem großen Spiegel, der an der gegenüberliegenden Wand hing, konnte sie ihre Eltern und Großmutter beobachten, ohne selbst sofort gesehen zu werden. Mit angehaltenem Atem lauschte sie.

»Niemals!«, sagte ihre Mutter gerade. Sie schlug zwar nicht mit der Faust auf den Tisch, so wenig wie Großmutter und sie sich gegenseitig mit Büchern bewarfen, aber Leonie wäre nicht einmal mehr erstaunt gewesen, hätte sie es getan. »Das lasse ich nicht zu!«

»Aber Anna!«, antwortete Großmutter beschwörend. »So glaub

mir doch! Ich liebe Leonie ebenso sehr wie du. Ich würde niemals zulassen, dass ihr etwas zustößt. Aber ich weiß auch, was ich gesehen habe. Du musst mir glauben, Anna! Sie hat die Gabe!«

Gabe?, dachte Leonie. Was für eine Gabe?

»Humbug!«, widersprach Mutter. »Nein!« Sie schrie es und schlug nun wirklich – wenn auch nur mit der flachen Hand, nicht mit der Faust – auf den Tisch. »Ich will von diesem Unsinn nichts mehr hören!«

»Unsinn?« Großmutter sog hörbar die Luft zwischen den Zähnen ein. »Aber Kind, was redest du nur? Du weißt doch ganz genau, was …«

»Nein!«, unterbrach sie Leonies Mutter, nun nicht mehr schreiend, aber noch immer in scharfem Ton. »Nichts weiß ich. Ich weiß nur, dass ich mein ganzes Leben lang diesen Unsinn gehört habe – und dass ich es bedaure wie nichts anderes. Die Gabe!« Sie beugte sich erregt vor und in ihren Augen erschien ein Ausdruck, der selbst Leonie schaudern ließ, obwohl sie ihren Blick nur über den Spiegel hinweg auffing. »Es ist genug! Ich habe mein ganzes Leben in den Dienst dieser so genannten *Gabe* gestellt. Ich habe auf alles verzichtet. Ich hatte keine Jugend, keine Kindheit, kein *Leben!* Ich habe fast fünfzig Jahre lang in diesen Mauern verbracht, eingesperrt mit nichts anderem als deinen Büchern!«

»Aber … aber ich dachte, du liebst Bücher«, murmelte Großmutter. Sie wirkte erschüttert.

»Natürlich tue ich das«, antwortete Mutter. »Ich mache dir keinen Vorwurf. Bitte versteh mich nicht falsch. Ich weiß, du wolltest immer nur das Beste für mich, und natürlich auch, dass du Leonie niemals bewusst in irgendeine Gefahr bringen würdest. Du glaubst an das, was du sagst und tust, und handelst nur in bester Absicht. Aber ich weiß auch, welchen Preis ich bezahlt habe, und ich werde nicht zulassen, dass meine Tochter ihn ebenfalls zahlen muss.«

»Welchen … welchen Preis denn?«, flüsterte Großmutter erschüttert.

»Mein Leben«, antwortete Leonies Mutter. »Ich kenne nichts

anderes als dieses Haus. Früher, wenn die anderen Kinder gespielt haben, da war ich hier, um dir mit deinen Büchern zu helfen. Als die anderen jungen Mädchen mit ihren Freunden ausgegangen sind, da habe ich die Bibliothek im Keller sortiert. Als die jungen Frauen mit ihren Familien in Urlaub gefahren sind, da habe ich dir geholfen, irgendwelche dubiosen Handschriften zu finden. Alles, was ich je in meinem Leben wirklich gehabt habe, alles, was meinem Leben einen Sinn gibt, ist Leonie. Ich werde nicht zulassen, dass sie dasselbe durchmachen muss wie ich. Sie wird nicht die kostbarsten Jahre ihres Lebens opfern, um auf einen Moment zu warten, der niemals kommt. Es gibt diese Gabe nicht, Mutter. Ich habe fünfzig Jahre lang darauf gewartet, dass sie sich in mir regt, aber sie existiert nicht.«

»Manchmal überspringt sie eine Generation«, murmelte Großmutter.

»Es gibt sie nicht«, sagte ihre Tochter, sehr leise und sehr bitter. »Sieh es endlich ein. Du und ich, wir haben unser beider Leben einer Sache geopfert, die niemals wirklich existiert hat. Ich werfe es dir nicht vor, aber ich werde nicht zulassen, dass Leonie den gleichen Fehler begeht wie ich.«

»Aber ich habe es *gesehen*«, flehte Großmutter.

»Du hast gesehen, was du sehen wolltest«, antwortete Leonies Mutter leise. »Ich werde nicht zulassen, dass Leonies Leben so verläuft wie meines. Wenn es sein muss, nehme ich meine Tochter und gehe fort.«

Für ein paar Sekunden kehrte vollkommenes Schweigen ein, dann senkte Großmutter den Blick und flüsterte: »Das wird nicht nötig sein.« Ganz langsam stand sie auf, trat vom Tisch zurück, drehte sich um und ging auf die Tür zu. Leonie sah im Spiegel, wie ihre Mutter den Arm ausstreckte, wie um Großmutter zurückzuhalten, aber dann ließ sie die Hand wieder sinken und drehte sich mit einem Ruck weg, und Großmutter setzte ihren Weg ungehindert fort und verließ das Wohnzimmer.

Leonie wich im letzten Moment zwei Schritte hoch auf die Treppe zurück, sodass sie sich in vollkommener Dunkelheit befand. Ihre Großmutter streifte sie fast im Vorbeigehen, ohne sie auch nur zu bemerken.

Leonies erster Impuls war, ihr nachzueilen, um sie zu fragen, was das alles zu bedeuten hätte, aber stattdessen stand sie einfach weiter wie gelähmt da, bis Großmutter das Ende des Flures erreichte und in dem Zimmer verschwunden war, das sie bewohnte, seit Leonies Eltern das Haus übernommen hatten. Erst als die Tür mit einem hörbaren Klicken ins Schloss fiel, erwachte Leonie wieder aus ihrer Erstarrung und plötzlich überschlugen sich ihre Gedanken. Was ging hier vor? Was bedeutete diese unglaubliche Szene, deren Zeugin sie gerade geworden war? Und was hatte Großmutter gemeint, als sie von dieser ominösen *Gabe* gesprochen hatte?

Sie machte wieder einen Schritt die Treppe hinab, um zu ihren Eltern zu gehen, doch plötzlich fehlte ihr auch dazu der Mut. Für Leonie war innerhalb weniger Minuten eine Welt zusammengebrochen. Noch bevor sie ihr Zimmer verlassen hatte, war sie der festen Überzeugung gewesen, in einer der glücklichsten Familien zu leben, die es gab, und jetzt …

Ihre Augen füllten sich mit brennender Hitze. Sie hatte die Hände so fest zu Fäusten geballt, dass sich ihre Fingernägel in die Handflächen gruben, ohne es zu bemerken, und ihre Arme und Knie begannen heftig zu zittern. Hinter ihrer Stirn tobte ein wahrer Sturm von Gefühlen. Vielleicht geschieht das ja alles nicht wirklich, dachte sie hysterisch. Vielleicht schlief sie ja immer noch und erlebte nur eine besonders perfide Fortsetzung des Albtraumes von gerade eben. Es war doch einfach nicht möglich, dass eine so harmonische Familie innerhalb eines einzigen Augenblickes zu nichts anderem als einer gewaltigen Lüge zerbrach!

Und durch den Schleier aus Tränen vor ihren Augen hielt sie den Blick weiter fest auf den Spiegel gerichtet. Sie konnte sehen, dass ihr Vater aufgestanden und um den Tisch herumgeeilt war, um seine Frau tröstend in die Arme zu schließen. Sie konnte nicht verstehen, was die beiden sprachen, aber der harte Ausdruck in den Augen ihrer Mutter blieb, auch wenn jetzt Tränen ihr Gesicht benetzten. Und endlich hielt es Leonie nicht mehr aus. Sie machte auf der Stelle kehrt und ging in ihr Zimmer zurück. Sie warf sich lang ausgestreckt auf das Bett, vergrub ihr Gesicht ins Kissen und weinte sich in den Schlaf.

Auch diesmal fand sie sich sofort in einem düsteren Albtraum wieder, der aber vollkommen anders war als der erste und aus dem sie genau wie beim ersten Mal schon nach kurzer Zeit schweißgebadet und mit klopfendem Herzen wieder erwachte. Für einen ganz kurzen Moment klammerte sie sich an die vollkommen absurde Hoffnung, dass auch der furchtbare Streit zwischen Großmutter und ihren Eltern nur eine weitere Facette ihres Albtraumes gewesen war, und die Welt wieder in Ordnung sein würde, wenn sie am nächsten Morgen aufstand und zum Frühstück nach unten ging. Aber schon bevor sie die Augen aufschlug, wusste sie, dass dem nicht so war. In gewissem Sinne war die heftige Szene sogar der schlimmste aller Albträume; aber er gehörte zu jener Sorte, aus der es kein Erwachen gab.

Außerdem spürte sie, dass sie nicht mehr allein im Zimmer war.

Leonie hatte das Nachtlicht brennen lassen, als sie sich aufs Bett geworfen hatte, doch nun war es vollkommen dunkel. Es war auch vollkommen still, aber Leonie spürte dennoch die Anwesenheit einer weiteren Person, die dicht neben ihrem Bett stand und schweigend auf sie herabsah. Da ihre Familie das Haus allein bewohnte, war die Auswahl derer, die da so heimlich in ihr Zimmer schleichen konnten, um sie im Schlaf zu beobachten, nicht sehr groß: Es kamen nur ihre Eltern und natürlich Großmutter in Frage. Trotzdem blieb Leonie vollkommen reglos und mit nahezu angehaltenem Atem liegen, statt sich einfach umzudrehen und die Augen aufzuschlagen. Plötzlich hatte sie Angst; eine Angst, die binnen Sekunden so stark wurde, dass sie all ihre Kraft aufbieten musste, um weiter reglos dazuliegen und nicht vor Furcht zu wimmern. Es gab keinen Grund, ängstlich zu sein, nicht einmal einen unlogischen, geschweige denn einen wirklichen. Dennoch war sie da, wurde mit jedem schweren Herzschlag, der wie ein Paukenhieb in Leonies Ohren dröhnte, schlimmer.

Irgendetwas raschelte, dann konnte sie spüren, wie der nächtliche Besucher näher kam und sich lautlos vorbeugte. Und einen Sekundenbruchteil, bevor eine knochige, schmale Hand ihr Haar berührte und es mit einem sachten elektrischen Knistern streichelte und sie ihr Kölnischwasser roch, wusste Leonie, dass es Großmutter war. Sie hätte erleichtert sein sollen. Spätestens in diesem Moment hätte sie aufhören können, mit zusammengekniffenen Augen dazuliegen und die Schlafende zu spielen, aber Leonie war immer noch wie gelähmt. Gerade hatte sie sich nicht rühren wollen; jetzt *konnte* sie es nicht.

Ihre Großmutter stand lange so da und strich ihr übers Haar und schließlich beugte sie sich vor und hauchte Leonie einen Kuss auf die Schläfe. Ihre Lippen berührten sie nicht einmal wirklich, doch sie kamen ihr so nahe, dass sie ihre Wärme spüren konnte.

»Du armes Kind«, flüsterte Großmutter. »Wenn ich doch nur etwas tun könnte. Aber das liegt nicht mehr in meiner Macht. Ich kann nur hoffen, dass du mir eines Tages verzeihst, was ich dir angetan habe.«

Und damit richtete sie sich wieder auf, drehte sich um und verließ mit nahezu lautlosen Schritten das Zimmer.

Der Notar

Der nächste Morgen begann mit etwas, das für Leonie ebenso neu wie unangenehm war: Sie hatte verschlafen. In den neun Jahren, die sie jetzt zur Schule ging, war ihr das genau dreimal passiert, und davon war sie zweimal krank gewesen. Das dritte Mal hatte es einen Stromausfall gegeben, der die Elektrowecker des gesamten Stadtviertels lahm gelegt hatte; nahezu die halbe Klasse war an diesem Morgen zu spät – oder auch gar nicht – gekommen.

Heute leuchteten die digitalen Ziffern ihres Weckers zuverlässig und hell und sie zeigten präzise elf Minuten nach acht an. Das bedeutete, dass sie genau seit acht Minuten in der Schule sein sollte, um die erste Unterrichtsstunde zu verfolgen, Mathematik, wenn sie den Stundenplan richtig im Kopf hatte. Nicht dass sie es bedauerte, eine Mathestunde zu versäumen – schon gar nicht an diesem Morgen –, aber sie war ein bisschen erstaunt über ihre eigene Reaktion. Trotz ihres rebellischen Äußeren und ihres manchmal ganz bewusst provozierenden Auftretens war Leonie ein sehr gewissenhafter Mensch, was allein schon an ihrer Erziehung lag. Sie mochte es einfach nicht, zu spät zu kommen, und eigentlich hätte sie jetzt erschrocken aufspringen und mit wehendem Nachthemd ins Bad stürzen müssen.

Stattdessen blieb sie weiter reglos liegen und starrte den Wecker an, bis die roten Leuchtziffern um zwei Minuten weitergesprungen waren. Dann stand sie ohne irgendeine Hast auf, ging ins Bad und erledigte ihre Morgentoilette so gemächlich, als hätte sie alle Zeit der Welt. Irgendwie hatte sie sogar das Gefühl, es wäre so. Ihr Leben war in der zurückliegenden Nacht so gründlich aus den Fugen geraten, dass sie im Grunde nichts mehr von dem, was jetzt geschah, noch interessierte.

Sogar sie selbst schien sich verändert zu haben. Als sie endlich fertig war und einen abschließenden Blick in den Spiegel warf, sah sie aus wie immer: glattes hellblondes Haar, das ihr bis auf die Schultern fiel, ein winziges Silberkreuz, das an einer dünnen Kette um ihren Hals hing und eine schicke weiße Rüschenbluse, die ihre zerbrechliche Gestalt hervorragend zur Geltung brachte. Sie trug weder Make-up noch Lippenstift oder Nagellack – viele ihrer Klassenkameradinnen schminkten sich schon seit Jahren, aber Leonie hielt nichts davon; sie war der Meinung, dass sie mindestens noch zehn Jahre Zeit hatte, bevor sie auch nur damit anfangen musste. Sie hatte das Glück, einen relativ dunklen Teint zu haben, sodass sie immer ein bisschen so aussah, als käme sie gerade von der Sonnenbank – obwohl sie so etwas natürlich niemals getan hätte.

Ja, das Gesicht, das ihr aus dem Spiegel entgegensah, war ganz genau so, wie es sein sollte, und doch kam ihr irgendetwas daran sonderbar vor. Da schien noch etwas anderes zu sein, als existiere unter der Oberfläche des Sichtbaren noch eine zweite, verborgene Wirklichkeit, die man nicht sehen konnte, die aber in immer stärkerem Maße versuchte, sich bemerkbar zu machen.

Leonie runzelte die Stirn über diesen seltsamen Gedanken – manchmal dachte sie schon seltsame Sachen –, streckte ihrem Spiegelbild die Zunge heraus und verließ das Bad. Schon auf der Treppe hörte sie die Stimmen ihrer Eltern, die auf der Terrasse saßen und frühstückten. Das taten sie immer, solange es das Wetter auch nur irgendwie zuließ, und normalerweise genoss Leonie die Dreiviertelstunde mit ihnen draußen in der Natur, ehe sie sich auf den Schulweg machte und Vater und Mutter in den Laden gingen, der die andere Hälfte des Hauses beanspruchte.

Heute hatte sie beinahe Angst davor. Mittlerweile hatte sie sich zwar einigermaßen beruhigt und sie sah die Welt und vor allem ihre eigene Zukunft auch nicht mehr nur grau in grau, aber sie hatte den Streit von vergangener Nacht nicht vergessen und sie konnte sich einfach nicht vorstellen, dass das gemeinsame Frühstück in harmonischer Atmosphäre ablaufen würde.

Aber sie erlebte eine Überraschung. Um genau zu sein sogar zwei.

Die erste saß in Gestalt ihrer Großmutter am Tisch. Nach der hässlichen Szene von letzter Nacht hätte Leonie niemals damit gerechnet, sie zusammen mit ihrer Mutter am Frühstückstisch zu sehen, als wäre nichts passiert, aber sie war da und sie sah genauso fröhlich und ausgeglichen aus wie immer.

Und die zweite, viel größere Überraschung war, dass das Frühstück *tatsächlich* in harmonischer, ja fast schon heiterer Stimmung stattzufinden schien. Großmutter und ihr Vater unterhielten sich leise und lachten sogar dann und wann, und ihre Mutter hatte sich bequem zurückgelehnt und nippte an ihrer morgendlichen Tasse Kaffee; das einzige kleine Laster, das sie sich gestattete. Als sie Leonie erblickte, runzelte sie zwar für einen kurzen Moment die Stirn und schien für einen noch kürzeren Moment regelrecht verwirrt zu sein, aber dann lächelte sie und deutete mit der Kaffeetasse in der Hand auf den einzigen freien Stuhl am

Tisch. Das Gedeck war bereits aufgetragen und in der Tasse dampfte heißer Pfefferminztee, Leonies Lieblingsgetränk.

Leonie begrüßte alle und nahm auch gehorsam Platz, aber sie begann nicht zu frühstücken. Stattdessen blickte sie immer wieder verwirrt von einem zum anderen. Was ging hier vor? Dieses Theater war nahezu oscarverdächtig, nichtsdestotrotz aber regelrecht peinlich!

»Warum fängst du nicht an?«, fragte ihr Vater, nachdem etliche weitere Sekunden verstrichen waren. »Ist irgendetwas mit dem Tee nicht in Ordnung? Fühlst du dich nicht wohl?«

»Ich bin … nur ein bisschen müde.« Sie maß ihre Mutter mit einem durchbohrenden Blick. »Ich habe nicht gut geschlafen.«

»Oh.« Leonies Mutter wirkte bestürzt. »Das tut mir Leid. Ich hoffe doch, es war nicht unsere Schuld. Wir haben noch bis tief in die Nacht zusammengesessen und geredet, weißt du? Hoffentlich haben wir dich nicht gestört.«

Leonie starrte sie aus fassungslos aufgerissenen Augen an. *Geredet?* So konnte man es zwar auch nennen, doch diese Bezeichnung ging doch um Lichtjahre an der Wahrheit vorbei. Sie wandte sich mit einem fast flehenden Blick an Großmutter, aber sie erntete auch von ihr nur ein schmales und durch und durch ehrlich wirkendes Lächeln.

»Trink deinen Tee, Kind«, forderte sie Leonie auf. »Und iss etwas. Danach fühlst du dich besser, du wirst sehen.«

Leonie hätte am liebsten laut aufgeschrien. Sie fand dieses Theater mittlerweile nicht mehr peinlich, sondern regelrecht entwürdigend. Natürlich war sie froh, dass Großmutter und ihre Eltern offensichtlich wieder Frieden geschlossen hatten, aber mussten sie sie deshalb behandeln, als wäre sie ein Kleinkind oder hätte nicht mehr alle Tassen im Schrank? Am liebsten wäre sie einfach aufgestanden und davongestürmt, doch sie wusste natürlich, dass sie ihre Mutter mit einem so rüden Verhalten gekränkt hätte, und das wäre trotz allem das Letzte gewesen, was sie wollte.

So schüttelte sie stattdessen nur den Kopf. »Ich habe auch gar keine Zeit. Ich komme jetzt schon zu spät zur Schule.«

»Kommst du nicht«, behauptete ihr Vater.

»Wie meinst du das? Es ist beinahe halb neu

»Ich habe mit deinem Lehrer gesprochen«,
»Es ist alles in Ordnung. Du brauchst heute nicht
sind ja sowieso nur noch zwei Tage, bis die Ferien anfang

»Nicht zur Schule?«, wiederholte Leonie misstrauisch. Sie s fragend von einem zum anderen. Ihr Vater war alles andere als autoritär oder übertrieben streng, aber was die Schule anging, verstand er normalerweise keinen Spaß.

»Wir haben in einer Stunde einen wichtigen Termin, zu dem auch du mitkommen musst«, sagte ihre Mutter.

»Was für einen Termin?«

»Einen Notartermin. Es wird wahrscheinlich den gesamten Vormittag dauern, und danach lohnt es sich nicht mehr, zur Schule zu gehen.«

»Einen *Notartermin*?«, vergewisserte sich Leonie. »Aber was habe ich denn mit einem Notar zu tun?«

»Du bist gewissermaßen die Hauptperson«, verkündete Großmutter. »Frühstücke ruhig zu Ende. Wir haben noch genug Zeit und deine Eltern werden dir unterwegs alles erklären.«

Seltsam, dachte Leonie, sie sagte *deine Eltern*, nicht Klaus und Anna, wie sie es normalerweise getan hätte.

Sie war jetzt vollkommen verwirrt. Sie verstand rein gar nichts mehr, aber ihre gerechte Empörung wuchs. Was ging hier vor?

»Ich gehe schon mal und bestelle ein Taxi.« Mutter schob ihren Stuhl zurück und stand auf. »Um diese Tageszeit dauert es manchmal ewig, bis ein Wagen kommt.«

»Taxi?«, wiederholte Leonie – nur um sicherzugehen, dass sie auch wirklich richtig gehört hatte.

»Selbstverständlich ein Taxi«, bestätigte ihre Mutter.

Leonie starrte ihre Mutter an, dann Großmutter, ihren Vater und schließlich wieder ihre Mutter. Sie sagte nichts. Hinter ihrer Stirn jagten sich die Gedanken, aber sie kamen zu keinem Ergebnis. War das eine ganz besondere Art von schlechtem Scherz, den sich ihre Familie da mit ihr erlaubte, oder schlief sie am Ende eicht noch immer und der Albtraum von vergangener Nacht auerte weiter an?

Sie spürte den Blick ihrer Großmutter auf sich ruhen und drehte den Kopf. Großmutter wirkte … überrascht. Oder war es eher beunruhigt? Aber nur für einen winzigen Moment, dann hatte sie sich wieder in der Gewalt und wedelte auffordernd zum gedeckten Frühstückstisch hin. »Du solltest wirklich etwas essen, Kind. Solche Notartermine dauern manchmal stundenlang. Du wirst bestimmt später Hunger bekommen, aber wenn es erst einmal angefangen hat, gibt es kein Zurück mehr. Das ist wie beim Zahnarzt, weißt du?«

Leonie griff widerstrebend zu, schmierte sich noch widerstrebender ein Käsebrötchen und knabberte lustlos daran herum. Ihre Großmutter betrachtete sie zufrieden und stand nach ein paar Augenblicken auf. »Es wird Zeit, dass ich mich umziehe. Schließlich kann ich ja nicht in Sack und Asche zu einem so wichtigen Termin erscheinen.«

»Tu das«, sagte Leonies Vater. »Ich fahre schon mal den Wagen zurück in die Garage. Anna hat vollkommen Recht. Wir bekommen sowieso keinen Parkplatz in der Stadt. Nicht um diese Zeit.«

Leonie verschluckte sich an ihrem Brötchen, hustete und fiel fast vom Stuhl, als ihr Vater mit schnellen Schritten um den Tisch herumeilte und ihr kräftig mit der flachen Hand zwischen die Schulterblätter schlug. »Nicht so hastig«, sagte er. »Es ist ungesund, zu schnell zu essen, das weißt du doch. Alles in Ordnung?«

Leonie schluckte den Bissen mühsam hinunter, an dem sie fast erstickt wäre, hustete noch einmal und sah ihren Vater aus großen Augen an. »Was … hast du … gesagt?«, hustete sie.

»Dass es ungesund ist, zu schnell zu essen.«

»Nein, vorher. Das mit dem Wagen.«

»Ich bringe ihn jetzt zurück in die Garage«, antwortete ihr Vater. »Was ist daran nicht in Ordnung.«

»Was für einen Wagen?«

»Den Mercedes.« Ihr Vater wirkte nun vollkommen verwirrt. »Welchen denn sonst? Oder hast du gedacht, wir nehmen zu viert

den Porsche? Großmutter und du müssten schon
sitzen.« Er lachte über seinen eigenen Scherz
Lächeln in seinen Augen verbarg sich ein Funke
Sorge. »Ist alles in Ordnung mit dir?«

Mit *ihr*?, dachte Leonie hysterisch. Mit *IHR*? Sie hustete
einmal – jetzt allerdings eher, um Zeit zu gewinnen und auf diese Weise nicht sofort antworten zu müssen –, stand auf und wich rückwärts gehend zwei Schritte vor ihrem Vater zurück.

»Was ist hier los?«, keuchte sie.

»Los?« Ihr Vater legte die Stirn in Falten. Er verstand ganz offensichtlich wirklich nicht, was sie meinte.

Leonie setzte dazu an, die Frage zu wiederholen, aber dann fuhr sie stattdessen auf dem Absatz herum und stürmte ins Haus zurück. Mit weit ausgreifenden Schritten durchquerte sie die Küche und den Hausflur. Sie fand ihre Mutter im Wohnzimmer, wo sie gerade den Telefonhörer auf die Gabel zurücklegte und sich wieder zur Tür umdrehen wollte. Ein leicht fragender Ausdruck erschien auf ihrem Gesicht, als sie den aufgelösten Zustand ihrer Tochter registrierte. »Was …?«

»Was ist hier los?«, fiel ihr Leonie ins Wort. »Ich will jetzt wissen, was hier gespielt wird!«

Sie konnte genau sehen, dass ihre Mutter erneut zu einer ausweichenden Antwort ansetzte, aber dann seufzte sie tief und sagte: »Also gut. Ich sehe ein, es war ein Fehler. Dein Vater und ich wollten dich überraschen – und vor allem wollten wir dir das Ganze ersparen. Alles, was mit Urkunden und den Gerichten zu tun hat, ist im Grunde furchtbar langweilig.«

»Aha«, machte Leonie. Sie verstand kein Wort.

»Gut, es war ein Fehler. Aber ich hoffe doch, dass du uns deswegen nicht gleich den Kopf abreißt oder uns die Freundschaft kündigst.« Sie lächelte und schien ganz offenbar darauf zu warten, dass Leonie dieses Lächeln erwiderte, zum Zeichen, dass sie ihr verziehen hatte.

Leonie tat jedoch nichts dergleichen. Sie stand einfach nur da, ohne ein Wort zu verstehen, und starrte ihre Mutter an – oder ge-

..ıer gesagt: das Foto, das hinter ihr an der Wand hing. Es war ..n ziemlich altes, schlicht gerahmtes Bild, dessen Farben schon deutlich verblasst waren und das eine gut fünfundzwanzig Jahre jüngere Ausgabe ihrer Eltern zeigte, die Hand in Hand vor dem Hintergrund eines prachtvollen Sonnenuntergangs zu sehen waren. Zwischen ihnen und der Sonne, die wie ein glühender Feuerball im Meer versank, erhob sich die schwarze Silhouette der Akropolis von Athen. Leonie selbst war noch nie dort gewesen, denn seit sie auf die Welt gekommen war, reisten ihre Eltern nicht mehr so viel wie früher, aber sie hatten natürlich oft davon erzählt. Das Foto, das Leonie jetzt anstarrte, war nur eines von gut zwei Dutzend, die die Wand hinter der Kommode bedeckten und ihre Eltern an allen möglichen Orten der Welt zeigten. Leonie kannte sogar die Geschichte, die zu jedem einzelnen dieser Bilder gehörte.

Aber wieso hatte sie nur das Gefühl, dass all diese Fotografien hier nichts zu suchen hatten?

»Leonie?«, fragte ihre Mutter.

Leonie ignorierte sie. Langsam ging sie an ihr vorbei, trat dicht an das Foto heran und streckte die Hand aus. Als sie den Rahmen von der Wand löste, konnte sie seine Umrisse immer noch auf der Tapete erkennen. Die Wand war zwar sauber, aber wenn man das Bild abnahm, sah man doch, wie stark die Farbe im Laufe der Jahre nachgedunkelt war.

»Leonie?«, fragte ihre Mutter noch einmal. Sie klang jetzt besorgt. »Geht's dir gut? Ist alles in Ordnung?«

Sie hörte immer noch nicht hin. Hilflos drehte sie das gerahmte Bild in den Händen, betrachtete den hellen Umriss, den es auf der Wand zurückgelassen hatte, dann wieder das Bild selbst. Das Foto hing dort seit fünf Jahren, oder sechs, wenn nicht länger, aber gestern Nacht …

Ein eisiger Schauer rann über Leonies Rücken. Plötzlich wagte sie es nicht, den Gedanken zu Ende zu denken. Hastig hängte sie das Bild an seinen Platz zurück und zwang ein leicht verunglücktes Lächeln auf ihr Gesicht, bevor sie sich ihrer Mutter zuwandte. »Nichts«, sagte sie. »Es ist … schon gut.«

»Was ist denn mit dem Bild?«

»Nichts«, wiederholte Leonie hastig. »Ich dachte, das Glas hätte einen Sprung, aber es war wohl nur eine Spiegelung.«

Ihre Mutter bedachte das Foto mit einem schrägen Blick, dann Leonie selbst mit einem viel längeren und eindeutig besorgten. Sie sah nicht so aus, als würde sie sich mit dieser Antwort zufrieden geben, die auch zu eindeutig nach einer Ausrede klang. Doch bevor sie noch etwas sagen konnte, erscholl draußen vor dem Haus das charakteristische Brummen eines Dieselmotors und dann ein ungeduldiges Hupen.

»Das Taxi ist da«, meinte Leonie schnell.

»Wir können den Termin verschieben«, sagte ihre Mutter, »wenn du dich nicht wohl fühlst.«

»Mit mir ist alles in Ordnung«, versicherte Leonie. »Wirklich. Ich war nur ... ein bisschen überrascht, das ist alles. Ich gehe schon mal und sage Großmutter Bescheid.« So schnell, dass es mehr nach einer Flucht als nach irgendetwas anderem aussah, fuhr sie auf dem Absatz herum und stürmte aus dem Zimmer.

Wie sich zeigte, musste sie Großmutter gar nicht holen. Vater und sie kamen ihr entgegen, noch bevor sie den halben Weg zur Treppe zurückgelegt hatte, und nicht einmal zwei Minuten später saßen sie zusammen im Taxi und fuhren in die Stadt.

Die Fahrt dauerte eine knappe halbe Stunde und Leonie sprach in dieser Zeit keine fünf zusammenhängenden Sätze. Den Zustand, in dem sie sich befand, als *Verwirrung* zu bezeichnen, wäre hoffnungslos untertrieben gewesen. Sie fühlte sich wie in einem Albtraum gefangen, so fremd, als wäre sie an diesem Morgen in einer Welt – und einem Körper! – aufgewacht, in die sie nicht gehörte.

Natürlich waren solche Gedanken der blanke Unsinn, aber sie hatte sie nun einmal, und das Chaos hinter ihrer Stirn nahm mit jeder Sekunde eher noch zu. Und natürlich blieb ihr Zustand auch ihren Eltern nicht verborgen. Sie sagten zwar nichts, aber sie tauschten viel sagende Blicke, meist, wenn sie der Meinung waren, dass Leonie es nicht merkte, und auch sie wurden immer stiller. Die letzten zehn Minuten schließlich legten sie alle in unbehaglichem Schweigen zurück.

Es war so, wie ihre Mutter prophezeit hatte: Die Kanzlei des Notars lag in einer schmalen Seitenstraße mit gepflegten Stadthäusern aus dem vorletzten Jahrhundert und war vollkommen zugeparkt. Das Taxi musste mitten auf der Straße anhalten, damit sie überhaupt aussteigen konnten, und schon der kurze Moment, den ihr Vater brauchte, um den Fahrer zu bezahlen und sich eine Quittung ausstellen zu lassen, reichte, um einen kleinen Stau zu provozieren. Ein besonders ungeduldiger Autofahrer hupte wütend.

»Furchtbar«, sagte Großmutter. »Die Menschen heute haben einfach kein Verständnis mehr füreinander.«

Sie warteten vor dem Eingang des Notariats, der unter einem gewaltigen steinernen Vordach lag. Es wurde von vier fast halbmeterdicken Säulen gestützt, und die zweiflügelige Tür aus uraltem, mit kunstvollen Schnitzereien übersäten Holz sah aus, als wöge sie mindestens eine Tonne. Der Anblick erinnerte Leonie an irgendetwas, aber sie konnte nicht sagen woran.

»Ja, früher war alles besser, nicht wahr?«, stichelte Leonies Mutter. Leonie wusste allerdings, wie wenig ernst das gemeint war. Großmutter und sie machten sich gern einen Spaß daraus, sich gegenseitig auf den Arm zu nehmen.

»Nicht alles, aber vieles, mein Kind. Die Leute hatten mehr Zeit füreinander.«

»Und es gab mehr Krankheiten, mehr Ungerechtigkeit und mehr Not …«

»… mehr Liebe und Rücksichtnahme …«

»… mehr Hunger und Kinderarbeit …«

Leonie verdrehte innerlich die Augen und unterdrückte ein Seufzen. Sie war froh, als sie sah, wie ihr Vater seine Brieftasche einsteckte und die Straße überquerte, wobei er dem Autofahrer, der immer noch ungeduldig seine Hupe malträtierte, ein strafendes Kopfschütteln zukommen ließ; ernst gemeint oder nicht – diese Diskussionen zwischen Mutter und Großmutter konnten Stunden dauern, wenn sie niemand bremste.

Sie klingelten und traten ein, als praktisch unmittelbar darauf ein leises elektrisches Summen erklang und die riesige Tür wie von Geisterhand bewegt aufsprang. Leonies Blick streifte im Vorbeigehen das kleine Messingschildchen, das neben der Tür an der Wand hing. *Dr. Fröhlich* stand da in verschnörkelten Buchstaben, *Notar.* Ein seltsamer Name für einen Notar, fand sie.

Dafür sah das Notariat aber genauso aus, wie sie es sich vorgestellt hatte. Die Wände waren mit schwerem schwarzen Holz vertäfelt, zu dem die kostbar geschnitzten Möbel hervorragend passten. Auf dem Boden lagen dicke Teppiche, und das Licht kam aus wertvollen Kronleuchtern, die unter der ebenfalls vertäfelten Decke hingen. Eine altmodisch gekleidete Sekretärin führte sie in ein großzügig angelegtes Wartezimmer, aber ihnen blieb gerade genug Zeit sich zu setzen, bevor die Tür auch schon wieder aufging und Dr. Fröhlich eintrat. Großmutter stand auf, um ihn zu begrüßen, und auch Leonie drehte sich zur Tür … und erstarrte mitten in der Bewegung.

Zu behaupten, dass Fröhlich aussah wie ein Notar, wäre hoffnungslos untertrieben gewesen. Es war, als hätte ein begnadeter Künstler ihn zu keinem anderen Zweck erschaffen, als dem allgemeinen Klischee von einem Notar bis aufs i-Tüpfelchen zu entsprechen, und ihm dann irgendwie Leben eingehaucht.

Er war unglaublich alt – mindestens zehn Jahre älter als Großmutter, schätzte Leonie, wenn nicht mehr – und trug einen dunkelgrauen zweireihigen Anzug, der wahrscheinlich noch älter war als er selbst, aber dennoch tadellos in Schuss. Manschetten und Ellbogen waren mit kleinen Lederflicken verstärkt, damit der Stoff nicht durchscheuerte, darunter trug er eine ebenfalls graue Weste und ein blütenweißes Hemd, das mit einer roten Samtfliege geschlossen wurde. In seinem rechten Auge steckte ein altmodisches Monokel. Der einzige Stilbruch war seine Frisur. Sie existierte praktisch nicht: Den dünnen Haarkranz, den ihm die Jahre noch gelassen hatten, hatte er zu einem geradezu lächerlichen Pferdeschwanz zusammengebunden, der ihm bis auf die Schultern reichte, aber kaum so dick war wie ein Kinderfinger.

Oder, um es anders auszudrücken: Vor Leonie stand …

»Professor Wohlgemut?«, murmelte sie fassungslos. »Was soll denn jetzt *dieser* Mummenschanz schon wieder?«

»Nur Doktor, nicht Professor.« Der angebliche Notar wandte sich in ihre Richtung und lächelte geschmeichelt. »Und Fröhlich, statt Wohlgemut. Du musst Leonida sein. Nach allem, was mir deine Großmutter über dich erzählt hat, sollte es mich eigentlich nicht mehr wundern, dass du dieses altmodische Wort überhaupt kennst, aber du …«

Er unterbrach sich, rückte sein Monokel zurecht und maß Leonie mit einem sehr langen, sehr aufmerksamen Blick, und während er das tat, wandelte sich der Ausdruck auf seinem Gesicht von bloßer Freundlichkeit über Verwirrung und Erschrecken bis hin zu etwas, von dem Leonie nicht sicher war, ob sie es überhaupt wirklich erkennen wollte.

»Du bist … Leonie?«, murmelte er.

»Meine Enkelin«, sagte Großmutter stolz. »Ich habe Ihnen doch von ihr erzählt, Doktor.«

»Das … das haben Sie, meine Liebe«, antwortete Fröhlich stockend. Sein Blick haftete noch immer wie gebannt auf Leonie, und was sie nun darin las, das grenzte eindeutig an Entsetzen. »Ich hatte sie mir nur … ein wenig anders vorgestellt.« Mühsam riss er sich von Leonies Anblick los, nahm das Monokel ab und drehte sich mit einem Ruck ganz zu Großmutter um.

»Bevor wir zum offiziellen Teil kommen, hätte ich Sie gern noch für einen Moment gesprochen, Frau Kammer. Unter vier Augen.«

»Was ist denn los?«, fragte Leonies Mutter. Sie klang ein bisschen alarmiert.

»Nichts«, antwortete Fröhlich, ohne dass sein Blick den Großmutters auch nur für einen Sekundenbruchteil losgelassen hätte. »Nur eine reine Formalität.« Er war ein miserabler Lügner, fand Leonie.

Ihre Mutter schien wohl ungefähr dasselbe zu denken wie sie, aber Fröhlich gab ihr keine Gelegenheit, etwas zu sagen, sondern drehte sich auf dem Absatz um und verließ den Raum. Großmutter folgte ihm und auch Leonie stand auf.

»Wohin?«, wollte ihr Vater wissen.

»Ich suche nur die Toilette«, log Leonie, ungefähr so überzeugend wie Fröhlich gerade, und genau wie er gab sie ihren Eltern keine Gelegenheit, zu protestieren, sondern lief rasch aus dem Zimmer und schloss die Tür hinter sich. Großmutter verschwand gerade hinter der Biegung des langen Korridors und Leonie schritt schneller aus, um sie einzuholen. Sie hatte endgültig genug von diesem Affentheater. Sie würde Großmutter und diesen angeblichen Dr. Fröhlich zur Rede stellen, hier und jetzt.

Auf halbem Wege kam sie an einer offen stehenden Tür vorbei. An einem Schreibtisch in dem Raum dahinter saß Fröhlichs Sekretärin, die sie nur eine halbe Sekunde lang strafend ansah, bevor ihr Gesichtsausdruck in ein verständnisvolles Lächeln überging. »Den Gang hinunter und dann links«, sagte sie.

Leonie nickte flüchtig und beschleunigte ihre Schritte. Ein kleines Messingschildchen an der Wand zeigte ihr, dass die Toiletten tatsächlich links lagen, aber sie bog rechts ab, die Richtung, in die Fröhlich und ihre Großmutter gegangen waren. Von den beiden fehlte jede Spur, doch es gab auf dieser Seite des Ganges nur eine einzige Tür, sodass kaum die Gefahr bestand, sie zu verlieren. Leonie beschleunigte ihre Schritte noch weiter, streckte schon die Hand nach dem Türgriff aus, bemerkte aber dann, dass die Tür gar nicht zu war. Sie stand einen Spaltbreit offen, gerade weit genug, um lauschen und unbemerkt hindurchspähen zu können. Nach allem, was sie bisher an diesem Morgen erlebt hatte, hatte sie kaum noch Skrupel, genau das zu tun.

Und kaum *hatte* sie es getan, waren auch diese letzten Skrupel fort, denn sie wusste, dass sie richtig gehandelt hatte.

Großmutter und der angebliche Fröhlich hatten die Maske der Freundlichkeit abgelegt und standen sich wie zwei Kampfhähne gegenüber. Fröhlich hatte sein Monokel aus dem Auge genommen und wedelte damit herum wie ein mittelalterlicher Krieger mit seinem Schwert.

»Sag mir, dass du das nicht getan hast!«, keuchte er, noch nicht wirklich schreiend, doch auch nicht mehr sehr weit davon entfernt. »Ich kenne die Antwort ja bereits, aber trotzdem: Sag mir, dass du nicht das getan hast, was ich glaube!«

»Dieses Theater ist albern, findest du nicht?«, fragte Großmutter.

»Albern?« Fröhlich japste nach Luft. »Sagtest du: *albern?* Mein Gott, hast du überhaupt eine Vorstellung davon, was du angerichtet hast?«

»Das Einzige, was ich tun konnte«, antwortete Großmutter. Sie klang fast trotzig, aber auch irgendwie traurig. »Was ich tun *musste.*«

»Unsinn!«, schnappte Fröhlich. »Du hast … etwas Ungeheuerliches getan. Ausgerechnet *du!* Wer außer dir sollte besser wissen, dass wir niemals aus persönlichen Gründen …«

»Es waren keine persönlichen Gründe«, fiel ihm Großmutter ins Wort. »Ich hatte keine andere Wahl. Unsere Zeit läuft ab – und du weißt so gut wie ich, was passiert ist. Du warst schließlich dabei, wenn ich mich richtig erinnere.«

»Ich bin mir nicht ganz sicher, ob ich das war«, antwortete Fröhlich böse. Leonie hatte nicht die geringste Ahnung, was diese knappe Bemerkung zu bedeuten hatte, aber das änderte nichts daran, dass sie ihr einen eisigen Schauer über den Rücken jagte und sie plötzlich sehr froh war, die Tür nicht aufgemacht zu haben.

»Ich hatte keine andere Wahl, bitte glaub mir«, beteuerte Großmutter. »Wir wussten immer, dass dieser Moment eines Tages kommen würde.«

»So!« Fröhlich schrie fast. »Weißt du eigentlich, was du möglicherweise angerichtet *hast*?«

»Ja«, antwortete Großmutter mit großem Ernst. »Ich bin mir der Gefahr bewusst, aber ich musste es tun. Der Moment ist nicht mehr fern, und ich fürchte, dass mir nicht mehr genug Zeit bleibt. Es ist Anna, nicht Leonie. Sie hat mir schwere Vorwürfe gemacht und sie hat Recht damit. Was ich ihr angetan habe, ist unverzeihlich. Ich werde mit dieser Schuld leben müssen, aber ich kann dasselbe nun nicht auch noch Leonie antun.«

»Dann hättest du mit ihr reden müssen.« Fröhlich sah weder so aus, noch hörte er sich so an, als hätte ihn Großmutters Argument irgendwie beeindruckt.

»Dazu ist keine Zeit mehr«, antwortete Großmutter. »Es hat bereits begonnen.«

»Unsinn!«, protestierte Fröhlich. »Wie oft haben wir das schon gedacht? Und es ist niemals passiert. Manchmal frage ich mich, ob es überhaupt jemals passieren wird. Wer weiß: Vielleicht hat deine Tochter ja sogar Recht, und wir sind es, die einem Traum nachjagen.«

»Du weißt, dass das nicht stimmt«, sagte Großmutter.

»Trotzdem.« Fröhlich schüttelte heftig den Kopf, aber er wirkte jetzt nicht mehr wirklich zornig, sondern eher verstört, fast schon ängstlich. »Was du getan hast, war unverzeihlich. Mein Gott, wenn ich mir vorstelle, was hätte passieren können.«

»Und was passiert, wenn ich fortgehe und niemand da ist, der meinen Platz einnimmt?« Großmutter schüttelte entschlossen den Kopf. »Glaub bitte nicht, dass ich es mir leicht gemacht habe, aber ich hatte keine Wahl.«

»Dann bete ich zu Gott, dass deine Wahl die richtige war«, seufzte Fröhlich. »Und dass er mächtig genug ist, uns zu helfen, falls nicht.«

»Jetzt wirst du melodramatisch«, sagte Großmutter lachend. »Aber du hattest ja schon immer einen gewissen Hang dazu.«

»Ich kann darüber nicht lachen.« Fröhlich klemmte sich das Monokel wieder ins Auge und machte eine Kopfbewegung zur Tür. »Geh und hol deine Familie, bevor sie misstrauisch wird.«

Leonie wich rasch zwei Schritte von der Tür zurück, dann wandte sie sich um und begann zu rennen. Aber nur wenige Schritte weit. Sie hörte, wie die Tür hinter ihr aufging, und fuhr abermals herum, und als ihre Großmutter aus Fröhlichs Büro trat, sah es ganz so aus, als käme Leonie gerade aus der anderen Richtung.

»Oh, hallo Leonie«, sagte Großmutter. »Hast du mich gesucht?«

»Nein«, antwortete Leonie. »Ich war nur …«

Sie deutete leicht verlegen auf die Toilettentür hinter sich. »Dort.«

»Du bist aufgeregt, vermute ich«, meinte Großmutter. »Na ja, ich an deiner Stelle wäre das wahrscheinlich auch. Sei so lieb und hol deine Eltern. Herr Dr. Fröhlich ist jetzt so weit.«

Das bezweifelte Leonie. Aber sie widersprach nicht, sondern ging gehorsam, um ihre Eltern zu holen, und nicht einmal zwei Minuten später saßen sie alle zusammen an einem Tisch, der die Abmessungen von König Artus' Tafelrunde hatte und an dem mindestens dreißig Personen Platz gefunden hätten. Er war vollkommen leer bis auf einen beeindruckenden schwarzen Aktenordner aus Leder, den Fröhlich vor sich aufklappte. Leonie reckte den Hals und sah, dass er voller augenscheinlich alter, zum Teil noch handbeschriebener Blätter war. An dem einen oder anderen erkannte sie sogar noch die Reste altmodischer roter Wachssiegel.

Fröhlich räusperte sich und sofort kehrte Ruhe ein.

»Bitte entschuldigen Sie die kleine Verzögerung«, begann er. »Eine lästige Formalität, aber Sie wissen ja, wie die Behörden in diesen Dingen sind. Es muss alles und immer seine Richtigkeit haben.« Er warf ein Beifall heischendes Lächeln in die Runde, aber als es nicht erwidert wurde, räusperte er sich erneut und schlug einen offizielleren Ton an.

Was folgte, dauerte geschlagene anderthalb Stunden, doch das bedeutete ganz und gar nicht, dass es Leonie währenddessen langweilig gewesen wäre. Sie verstand fast gar nichts von dem, was Fröhlich in gestelztem Paragraphendeutsch vorlas, aber sie verstand sehr wohl, was es bedeutete: nicht weniger, als dass Großmutter ihr die Buchhandlung und ihr gesamtes Vermögen überschrieb.

Als sie an diesem Punkt von Fröhlichs größtenteils unverständlichen Ausführungen angekommen waren, unterbrach Leonie den Redefluss des Notars. »Einen Moment«, bat sie und wandte sich an Großmutter. »Soll das heißen, dass ... dass du mir dein Geschäft ... schenkst?«

»Und alles andere auch, ja«, bestätigte Großmutter. Sie lächelte. »Vereinfacht ausgedrückt.«

»Aber ... aber das verstehe ich nicht«, sagte Leonie. Sie warf einen hilflosen Blick in Richtung ihrer Mutter, erntete aber nur ein Lächeln, das ihre Verwirrung eher noch steigerte. »Ich bin doch nur deine Enkelin. Mutter ...«

»... ist damit einverstanden«, unterbrach sie Großmutter. »Es war sogar vielmehr ihre Idee als meine. Du brauchst dir keine Gedanken zu machen. Es ist alles in Ordnung.«

Das hatte Leonie an diesem Morgen ein paarmal zu oft gehört, um sich noch damit zufrieden zu geben. »Aber das steht mir gar nicht zu!«, protestierte sie. »Und ich will es auch nicht.«

Fröhlich wollte etwas sagen, doch Großmutter brachte ihn mit einem raschen Blick zum Schweigen. »Das weiß ich«, sagte sie. »Und glaube mir, deine Mutter weiß es auch. Aber es ist in unserer Familie seit sehr langer Zeit Tradition, das Geschäft immer auf die jüngste Generation zu überschreiben. Und es ist der ausdrückliche Wunsch deiner Eltern, dass diese Tradition fortgeführt wird.«

»Außerdem ist es ohnehin nur eine Formsache«, fügte Fröhlich hinzu. »Bis zu deinem achtzehnten Geburtstag bist du zwar juristisch die Inhaberin des Geschäftes, aber deine Eltern sind als treuhänderische Verwalter eingesetzt – und dasselbe gilt auch für das Vermögen.«

»Das heißt, ich kann euch nicht morgen rausschmeißen, den Laden verkaufen und das Geld mit Freunden verjubeln?«, fragte Leonie mit gespielter Enttäuschung.

Alle lachten – außer Fröhlich vielleicht, der unangenehm berührt wirkte. Schließlich räusperte er sich affektiert. »Wenn ich dann jetzt fortfahren dürfte?«

Er durfte.

Was folgte, war eine weitere halbe Stunde weitschweifigen Beamtendeutschs und dann eine Menge Unterschriften, Stempel und wieder Unterschriften. Leonie unterbrach Dr. Fröhlich nicht mehr und sie hörte auch kaum noch hin. Sie war viel zu erschlagen von dem, was sie gerade erfahren hatte. *Sie* sollte das elterliche Geschäft erben, und noch dazu Großmutters Vermögen, von dem sie zwar keine Ahnung gehabt hatte, das aber Fröhlichs Andeutungen zufolge beachtlich sein musste? Warum? Und vor allem: Warum jetzt? Großmutter war alt, aber doch nicht so alt, dass sie ernsthaft damit rechnen musste, nur noch kurze Zeit zu leben!

Nach einer kleinen Ewigkeit waren alle Papiere unterschrieben, alle Siegel angebracht und Fröhlich klappte seinen Ordner zu. »Damit ist es amtlich und beglaubigt. Ich leite die Papiere dann gleich heute noch an das zuständige Amtsgericht weiter.« Er wandte sich lächelnd an Leonie. »Meinen herzlichen Glückwunsch, junge Dame. Falls ich es noch erleben sollte, werden wir uns an deinem achtzehnten Geburtstag wiedersehen. Aber das ist dann nur noch eine reine Formsache. Das Schlimmste hast du hinter dir.«

Eine Formsache?, dachte Leonie, so wie die *Formalität*, die er gerade mit Großmutter besprochen hatte? Sie sagte nichts, aber der durchbohrende Blick, den sie Fröhlich zuwarf, schien viel sagend genug zu sein, denn der alte Notar hielt ihm nur einen kleinen Moment lang stand, bevor er sich mit einem nervösen Räuspern abwandte und schließlich erhob.

»Dann wäre ja im Moment alles erledigt«, sagte er. »Falls es keine weiteren Fragen gibt, werde ich meine Sekretärin anweisen, Ihnen ein Taxi zu bestellen.«

Plötzlich war die Stimmung im Raum unangenehm. Leonie sah, dass das Lächeln ihrer Großmutter für einen Moment entgleiste, und auch ihre Eltern wirkten mit einem Mal angespannt. Nach einer kühlen, förmlichen Verabschiedung verließen sie das Notariat.

Das Taxi, von dem Fröhlich gesprochen hatte, wartete schon. Der Fahrer hatte eine Parklücke, nur ein paar Schritte entfernt, gefunden, sodass es diesmal keinen Verkehrsstau gab. Leonie nahm auf der hinteren Bank Platz, zwischen ihrem Vater und ihrer Mutter, während Großmutter – ganz gegen ihre sonstige Gewohnheit – vorne neben dem Fahrer saß.

Und kaum hatte sich der Wagen in Bewegung gesetzt, da hielt es Leonie endgültig nicht mehr aus. »Ich will jetzt endlich wissen, was das zu bedeuten hat«, platzte sie heraus. »Was sollte das alles? Wieso gehört plötzlich mir das Geschäft und all das Geld?«

Der Fahrer warf ihr einen überraschten Blick über den Spiegel hinweg zu und auch ihre Mutter runzelte einen Moment lang missbilligend die Stirn; einen solchen Ton war sie von ihrer Tochter nun wirklich nicht gewohnt. Es war ihr Vater, der antwortete.

»Das ist doch nur eine reine Formsache. Juristische Finessen.« Er lächelte verkrampft. »Unter anderem auch, um dem Finanzamt ein Schnippchen zu schlagen, wenn du es genau wissen willst. Bei den heutigen Erbschaftssteuern muss man zu solchen Mitteln greifen, damit überhaupt noch etwas übrig bleibt.«

Das entsprach möglicherweise sogar der Wahrheit, aber es passte leider so gar nicht zu dem Gespräch zwischen Fröhlich und Großmutter, das Leonie belauscht hatte.

»Und warum so plötzlich?«, fragte sie. »Bis gestern Abend wusste ich von gar nichts und mit einem Mal bin ich … bin ich Millionärin oder so was.«

Die Augenbrauen des Fahrers im Spiegel rutschten noch ein gutes Stück weiter nach oben und Vater sagte: »Nein, nein. Ganz so wild ist es nun auch wieder nicht.«

»Sag es ihr«, verlangte Großmutter.

Leonies Vater zog die Brauen zusammen. »Aber …«

»Sag es ihr!«, forderte Großmutter noch einmal und in schärferem Ton. Wenn Leonie es recht bedachte, klangen ihre Worte eigentlich schon fast wie ein Befehl. Ihr Vater reagierte nicht, aber er sah plötzlich sehr unglücklich aus.

»Was sollst du mir sagen?«, fragte Leonie.

Ihr Vater wich ihrem Blick aus und Großmutter sagte: »Ich muss fort.«

»Wie bitte?«, entfuhr es Leonie.

»Ich werde euch … für eine Weile verlassen«, verkündete

Großmutter. »Nicht für immer, aber doch für eine gewisse Zeit.«

»Was soll das heißen: für eine gewisse Zeit?«, hakte Leonie nach.

»Ich weiß es nicht«, antwortete Großmutter unbehaglich. »Ein Jahr, vielleicht zwei.«

»Aber du kommst doch wieder?!«

»Selbstverständlich komme ich wieder«, versicherte Großmutter fast hastig. »Aber es kann eine Weile dauern und ich bin schließlich keine zwanzig mehr. Und dein Vater hat vollkommen Recht: So kompliziert, wie die Gesetze heutzutage sind, wäre es unverantwortlich, nicht gewisse … Vorkehrungen zu treffen.«

»Aber warum weiß ich nichts davon?« Leonie kämpfte plötzlich mit den Tränen, doch sie konnte selbst nicht genau sagen, ob es Tränen des Schmerzes oder der Wut waren. »Du musst weg – aber wieso und wohin und … und wann?«

»Ich habe noch einen Verwandten«, antwortete Großmutter. »Einen Bruder. Ich habe ihn schon seit so vielen Jahren nicht mehr gesehen, dass ich seine Existenz beinahe vergessen hatte.«

Einen Bruder?, dachte Leonie. Es fiel ihr schwer, das zu glauben. In all den Jahren hatte Großmutter niemals von einem Bruder erzählt, sondern stets beteuert, dass sie und ihre Mutter ihre einzigen lebenden Verwandten waren.

»Vor ein paar Tagen kam ein Telegramm aus Kanada, wo mein Bruder lebt«, fuhr Großmutter fort. Sie sah Leonie bei diesen Worten nicht an, sondern blickte nach vorne aus dem Fenster. Was Leonie von ihrem Gesicht erkennen konnte, war das personifizierte schlechte Gewissen. »Es geht ihm nicht sehr gut. Er ist zwei Jahre älter als ich, musst du wissen, und er ist schon seit recht langer Zeit krank. Ich werde mich wohl für eine Weile um ihn kümmern müssen.«

»Und … und wann?«, fragte Leonie. In ihrem Hals saß plötzlich ein dicker, bitterer Kloß. »Ich meine: Wann musst du fort?«

»Schon heute«, sagte Großmutter leise. »Um genau zu sein: jetzt. Ich komme nicht mehr mit nach Hause, Leonie. Ich habe mein Gepäck schon gestern Abend zum Flughafen bringen lassen und mein Flugzeug geht in zwei Stunden.«

»In … zwei Stunden«, wiederholte Leonie ungläubig. Ihr Atem stockte. Sie drehte mit einem Ruck den Kopf und starrte ebenfalls aus dem Fenster. Sie hatte bisher nicht darauf geachtet, aber nun fiel ihr auf, dass sie sich nicht auf dem Weg nach Hause befanden, sondern in die entgegengesetzte Richtung fuhren. »Soll das heißen, dass …?«

»Wir sind schon auf dem Weg zum Flughafen, ja.« Großmutter sah sie immer noch nicht an. Ihre Finger hatten sich um den Griff der altmodischen Handtasche geschlossen und kneteten ihn ununterbrochen.

»Aber … aber warum?«, murmelte Leonie. Sie begann den Kampf gegen die Tränen, die immer heftiger in ihren Augen brannten, allmählich zu verlieren, doch das war ihr egal. »Ich meine: Warum so plötzlich? Warum habt ihr mir nie etwas gesagt?« Sie wandte sich fast flehend an ihre Mutter, aber die wich ihrem Blick genauso aus wie ihr Vater und auch Großmutter.

»Es ging alles so schnell«, antwortete Großmutter vom Beifahrersitz aus. »Vor ein paar Tagen wussten wir ja schließlich selbst noch nichts davon. Und wir haben bis tief in die Nacht hinein versucht, eine andere Lösung zu finden, aber es ist uns nicht gelungen. Es war ein Fehler, es dir zu verschweigen, ich weiß. Es tut mir Leid.«

Leonie schwieg. Sie fragte sich, warum sie dieses unwürdige Theater nicht endlich beendete und sagte, dass sie ganz genau wusste, worüber Großmutter und ihre Eltern *wirklich* bis tief in die Nacht hinein geredet hatten. Aber sie verzichtete darauf. Sie blickte nur aus dem Fenster, kämpfte mühsam und immer vergeblicher gegen die Tränen an und versuchte zu begreifen, was mit ihr geschah, bis sie den Flughafen endlich erreicht hatten.

Der Abschied war kurz. Großmutters Gepäck war bereits an Bord und Vater brauchte nur zehn Minuten, um das hinterlegte Ticket abzuholen und für sie einzuchecken. Sie hätten noch Zeit gehabt, bevor Großmutter einsteigen musste, aber niemand protestierte, als sie vorschlug, lieber ein wenig eher durch die Passkontrolle und den Sicherheits-Check zu gehen; nur damit auch alles klappte. Leonie verfolgte das ganze Gespräch wie in Trance. Selbst als Großmutter sie zum Abschied in die Arme schloss und auf die Stirn küsste, kam sie sich wie in einem bösen Traum gefangen vor. Sie krächzte nur ein kaum verständliches Lebewohl und wandte sich dann mit einem Ruck ab, weil Großmutter die Tränen nicht sehen sollte, die ihr über das Gesicht liefen.

Danach rechnete sie damit, dass ihre Eltern möglichst schnell nach Hause fahren würden, aber das Gegenteil war der Fall. Statt sofort wieder in ein Taxi zu steigen, gingen sie hinauf ins Restaurant, von dem aus man einen Ausblick auf die Start- und Landebahnen hatte. Sie bestellten Kaffee und Kuchen für sich, aber als sie Leonie nach ihren Wünschen fragten, sah sie sie nur entsetzt an. Ihre Großmutter hatte die Familie gerade verlassen, und das – Leonie spürte es einfach – für immer. Wie konnten sie in diesem Moment Kaffee und Kuchen bestellen, als gäbe es etwas zu feiern?

Die Zeit verging nur schleppend. Die Kellnerin brachte die Bestellung, und ihre Eltern begannen sich über alltägliche Belanglosigkeiten zu unterhalten, so als wäre nichts geschehen. Schließlich aber ließ ihr Vater seine Kaffeetasse sinken und deutete mit der freien Hand durch die große Panoramascheibe nach draußen. »Das ist Großmutters Maschine.«

Leonie fuhr fast erschrocken herum und folgte seiner Geste. Am Ende der Startbahn, durch die große Entfernung scheinbar auf die Dimensionen eines Spielzeugflugzeuges zusammengeschrumpft, war ein in drei bunten Farben lackierter Jumbojet in Position gerollt. Gerade als Leonie hinsah, setzte er sich scheinbar schwerfällig in Bewegung, gewann aber rasch an Tempo.

Der Anblick versetzte ihr einen tiefen Stich und sie spürte, wie sich ihre Augen schon wieder mit Tränen füllen wollten. Diesmal gelang es ihr, sie unter Aufbietung aller Willenskraft zurückzudrängen, aber sie saß stocksteif da und war sich dabei durchaus bewusst, dass ihr Gesicht zu einer vollkommen ausdruckslosen Maske erstarrte.

Etwas berührte ihre Finger. Leonie riss ihren Blick von dem immer schneller werdenden Jumbojet los und bemerkte, dass ihre Mutter ihre Hand ergriffen hatte. Es sollte eine Geste des Trostes werden, aber sie bewirkte in Leonie in diesem Augenblick eher das Gegenteil. Sie rührte sich nicht, doch es kostete sie große Anstrengung, ihre Hand nicht abzuschütteln.

Ihre Mutter schien das zu bemerken, denn nach einer Weile zog sie ihre Hand zurück, und in den Ausdruck von Mitleid in ihren Augen mischten sich Bedauern und ein leiser Schmerz.

»Es tut mir so Leid, Schatz«, sagte sie mitfühlend. »Aber glaub mir, wir haben uns die Entscheidung nicht leicht gemacht. Es ist besser so. Und sie kommt ja wieder.«

»Du weißt ganz genau, dass das nicht stimmt«, flüsterte Leonie. In ihrer Stimme war ein so bitterer und zugleich vorwurfsvoller Ton, dass ihre Mutter leicht zusammenzuckte und ihr Vater stirnrunzelnd in ihre Richtung sah und sichtlich dazu ansetzte, etwas zu erwidern, aber ihre Mutter legte ihm rasch die Hand auf den Unterarm und er schwieg.

Leonie sah wieder zur Startbahn. Sie bereute ihre Worte bereits. Sie hatte ihre Mutter verletzt und sie war dazu noch unfair gewesen, das wusste sie. Aber es tat so weh. Leonie begriff erst jetzt, als sie dem immer schneller und schneller werdenden Flugzeug hinterherstarrte, wie gewaltig der Verlust war, den sie erlitten hatte. Solange sie sich erinnern konnte, hatte Großmutter selbstverständlich zu ihrem Leben dazugehört. Sie konnte sich einfach noch nicht vorstellen, dass sie nun nicht mehr da sein sollte. Es war buchstäblich kein Tag vergangen, an dem sie sie nicht gesehen hatte, und gerade in den letzten Jahren, in denen ihre Mutter immer stärker in die Buchhandlung eingebunden gewesen war, hatte sie eigentlich mit Großmutter die meiste Zeit verbracht. Sie waren mehr als Großmutter und Enkelin gewesen, nämlich trotz des gewaltigen Altersunterschiedes sehr gute Freundinnen. Und all das sollte jetzt vorbei sein, von einem Moment auf den anderen und ohne dass sie wirklich wusste warum? Nein, so unfair *konnte* das Schicksal einfach nicht sein.

Das Flugzeug wurde immer noch schneller. Als es abhob, bemerkte Leonie einen verschwommenen Reflex auf der großen, leicht gebogenen Panoramascheibe. Es war nur ein Huschen, etwas, das sich für einen Sekundenbruchteil im Glas spiegelte und dann wieder verschwunden war, aber Leonie erkannte trotzdem ganz deutlich eine schmale, vom Alter gebeugte Gestalt, die einen zweireihigen grauen Anzug trug, Weste und Fliege und ein Monokel im rechten Auge.

Sie fuhr so erschrocken herum, dass sie gegen den Tisch stieß und Geschirr und Besteck klirrten. Hinter ihr war niemand. Das Restaurant war gut besucht und etliche Gäste blickten wie sie gerade aus dem Fenster und sahen dem startenden Flugzeug nach, aber es war kein hundertjähriger Notar mit Monokel und dünnem Pferdeschwanz unter ihnen.

»Was hast du?«, fragte ihre Mutter leicht alarmiert.

»Nichts«, antwortete Leonie. Sie musste sich getäuscht haben. In dem Zustand, in dem sie sich befand, war es ja kein Wunder, dass ihre Fantasie anfing, ihr böse Streiche zu spielen.

Das Flugzeug war in der Luft, als sie sich wieder zum Fenster umdrehte, und neigte sich zur Seite, während es allmählich an Höhe gewann.

»Sei nicht traurig, Schatz«, sagte ihre Mutter leise. »Sie kommt ja zurück. Bestimmt.«

Und in diesem Moment explodierte der Jumbo und verwandelte sich in einen lodernden Feuerball.

Nach der Katastrophe

Es wurde Abend, bis sie nach Hause kamen, und obwohl bis spät in die Nacht nicht eine Minute verging, in der Leonie nicht über die unvorstellbare Katastrophe nachdachte, konnte sie hinterher nicht *wirklich* sagen, was genau geschehen war oder auch nur in welcher Reihenfolge. Sie erinnerte sich nur an Lärm, Flammen und reines Chaos. Das Flugzeug hatte sich in eine brodelnde Feuerkugel verwandelt, aus der Stichflammen und brennende Trümmerstücke in alle Richtungen flogen, und noch bevor der gewaltige Lärm der Explosion über ihnen zusammenschlug, erbebte die riesige Fensterscheibe wie unter einem Fausthieb, als sie die Druckwelle traf. Hinterher wurde ihr klar, dass alles noch viel schlimmer hätte kommen können. Hätte die Explosion die Fensterscheibe zerschmettert, dann wäre die Anzahl der Opfer bestimmt noch viel größer gewesen, denn zweifellos hätten sich die Scherben in gefährliche Geschosse verwandelt, die unter die Zuschauer gefahren wären. Das geschah nicht, aber natürlich brach in dem großen Restaurant – wie übrigens auf dem gesamten Flughafen – sofort Panik aus. Leonie erinnerte sich nur noch an Schreie, durcheinander rennende Menschen und umstürzende Tische, Stühle und an Geschirr, das klirrend zerbrach.

Wie sie nach Hause gekommen waren, wusste sie nicht mehr. Viele Fluggäste und Besucher hatten den Flughafen in heller Panik verlassen, aber sie und ihre Eltern hatten nicht zu ihnen gehört, und als sie endlich gehen wollten, da hatten sie es gar nicht mehr gekonnt. Sowohl in den Parkhäusern als auch auf der Straße vor dem Flughafengebäude herrschte ein hoffnungsloses Chaos. Selbst wenn sie ein freies Taxi gefunden hätten – was nicht der Fall war –, wären sie keinen Meter von der Stelle gekommen. Kurz darauf hatten dann auch noch Feuerwehr, Polizei und Rettungsdienst das Gelände praktisch abgeriegelt, von dem Belagerungsring aus Reportern, Fotografen und Fernsehteams, der sich hinter den Absperrungen gebildet hatte, ganz zu schweigen.

Leonie erinnerte sich an all das und zugleich auch nicht. In ihrem Kopf purzelten die Bilder durcheinander wie Splitter eines zerbrochenen Spiegels, und alles, was sie spürte, war eine dumpfe Betäubung. Keinen Schmerz, keinen Schrecken. Sie hatte sich leicht verletzt: Als das Flugzeug explodierte, hatte sie ganz instinktiv die Hände vors Gesicht gerissen und sich dabei eine üble Schramme an der Tischkante zugezogen, aber selbst diesen Schmerz spürte sie kaum.

In ihr war nichts weiter als eine große, schreckliche Leere. Es war, als hätte die Explosion nicht nur das Flugzeug zerstört, sondern auch etwas in ihr vernichtet. Sie hätte Schmerz empfinden sollen, denn neben all den anderen Menschen – im Fernsehen hatten sie von mehr als zweihundert Opfern gesprochen – war auch ihre Großmutter ums Leben gekommen, aber sie empfand … nichts. Der Tag ging zu Ende und draußen vor den Fenstern wurde es allmählich dunkel. Leonie lag angezogen auf dem Bett, starrte die Decke über sich an und wartete darauf, dass diese entsetzliche Leere aus ihrem Inneren verschwand, aber das geschah nicht. Sie wäre ja schon froh gewesen, wenn wenigstens der Schmerz gekommen wäre, aber selbst dieser oft letzte Begleiter des Menschen ließ sie jetzt im Stich.

Irgendwann hielt sie es nicht mehr aus. Sie sah nicht auf die Uhr, aber ihr Gefühl sagte ihr, dass es spät am Abend sein musste, als sie das Zimmer verließ und mit hängenden Schultern ins Bad schlich. Unten im Wohnzimmer lief der Fernseher und sie glaubte, die Stimmen ihrer Eltern zu hören, doch sie achtete kaum darauf, sondern setzte ihren Weg fort, ohne auch nur einen Blick über das Geländer in die Tiefe zu werfen. Die Welt dort unten interessierte sie nicht. Vielleicht würde sie nie wieder etwas wirklich interessieren.

Das Licht im Bad ging automatisch an, als sie den Raum betrat – nur eine der technischen Spielereien, die ihr Vater so liebte und mit denen das ganze Haus von oben bis unten gespickt war – und sie ging langsam zum Waschbecken, drehte den Kaltwasserhahn auf und hielt die Handgelenke fast eine Minute lang unter den eisigen Strahl. Die Kälte ließ sie mit den Zähnen klappern, aber die erhoffte Wirkung blieb aus. Wie der brennende Schmerz an ihrer Hand schien auch die Kälte sonderbar irreal; als wäre sie etwas, das gar nicht sie betraf, sondern wie das Gesicht, das ihr aus dem Spiegel entgegenblickte, ihr zwar seit fünfzehn Jahren vertraut war und trotzdem das einer Fremden zu sein schien.

Als sie den Wasserhahn zudrehte, fiel ihr Blick auf etwas Kleines, Silberfarbenes, das am Rand des Waschbeckens lag. Verwirrt griff sie danach und drehte es im Licht.

Es dauerte eine Weile, bis sie überhaupt erkannte, was sie da in der Hand hielt. Eine kleine silberne Nadel mit einer verchromten Kugel an jedem Ende. So etwas benutzte man in einem Piercing-Studio, wenn sie sich richtig erinnerte. Etliche von Leonies Klassenkameraden und -kameradinnen hatten solche Piercings, daher kannte sie sie, obwohl sie selbst so etwas nie getragen hätte. Aber wie kam dieses Piercing hierher?

Leonie dachte einen Moment lang ebenso angestrengt wie vergeblich über diese Frage nach, dann legte sie die Nadel wieder auf den Waschbeckenrand zurück und starrte in den Spiegel …

… der keiner mehr war.

Stattdessen blickte sie in eine hellen, scheinbar endlosen Tunnel, dessen Wände aus reinem weißen Licht zu bestehen schienen. An seinem Ende – eine Galaxie und zwei Unendlichkeiten entfernt – schimmerte ein noch helleres Licht, und während Leonie verständnislos in diese weiße Unendlichkeit blinzelte, bewegte sich das Licht, kam näher und begann wirbelnde Formen und Umrisse zu bilden. Es vergingen nur wenige Atemzüge, bis aus den wogenden Lichtschleiern ein Gesicht geworden war.

Das Gesicht ihrer Großmutter.

»Groß…mutter«, hauchte sie stockend.

»Sie darf es nicht tun, Leonie«, sagte Großmutter. »Du musst sie aufhalten!«

»Aber was … was bedeutet das?« Leonie blinzelte und presste die Lider so fest zusammen, dass ihre Augen wehtaten, und schlug sie wieder auf. Das Gesicht war immer noch da.

»Ich weiß, dass ich einen Fehler gemacht habe«, erklärte Großmutter. »Einen furchtbaren Fehler. Aber sie darf nicht versuchen, ihn durch einen noch schlimmeren Fehler wieder gutzumachen. Sag ihr das!«

»Ich verstehe nicht, was du meinst«, keuchte Leonie.

Das Gesicht antwortete nicht. Für einen ganz kurzen Moment bohrte sich der Blick der uralten, gütigen Augen Großmutters in den Leonies, und sie gewahrte eine Furcht und ein Entsetzen darin, die sie erschauern ließen.

Dann verschwand das Gesicht.

Der leuchtende Tunnel erlosch und Leonie blickte wieder in den Spiegel und in ihr eigenes schreckensbleiches Gesicht.

»Großmutter?«, flüsterte sie, und dann schrie sie auf, riss die Arme in die Höhe und schlug mit solcher Wucht gegen den Spiegel, dass er zerbrach. »Großmutter!«, schrie sie noch einmal. »*Großmutter, komm zurück!*«

Die Tür wurde aufgerissen, dann griffen starke Hände nach Leonies Schultern, zerrten sie vom Waschbecken fort und zwangen sie sich umzudrehen. Hinter ihr regneten die Scherben des zerborstenen Spiegels ins Waschbecken. Leonie schrie immer noch nach ihrer Großmutter und versuchte sich loszureißen. Erst als ihre Mutter sie grob bei den Handgelenken ergriff und so fest rüttelte, dass ihre Zähne schmerzhaft aufeinander schlugen, hörte sie auf.

Schlagartig wich alle Kraft aus ihrem Körper. Ihre Knie wurden weich. Sie sank nach vorne und wäre gestürzt, hätte Mutter sie nicht aufgefangen und in die Arme geschlossen. Leonie begann schluchzend zu weinen. »Großmutter«, wimmerte sie. »Das war … Großmutter.«

Ihre Mutter begann ihr tröstend über das Haar zu streichen. »Weine ruhig, mein Liebling«, flüsterte sie. »Das ist schon in Ordnung. Lass alles raus.«

Leonie machte sich mit einiger Mühe aus ihrer Umarmung los und fuhr sich mit dem Handrücken über die Augen, um die Tränen fortzuwischen. Sie hatte sich an den Scherben des Spiegels geschnitten. Es tat nicht sehr weh, aber sie spürte, wie sie ihr Gesicht zusätzlich mit Blut verschmierte.

»Um Gottes willen, Leonie«, keuchte ihre Mutter. »Was ist denn mit deinen Händen?«

»Großmutter«, stammelte Leonie. »Der Spiegel …«

»Das spielt doch jetzt keine Rolle«, sagte ihre Mutter. »Du hast dich geschnitten!«

»Nein, du … du verstehst nicht. Es war Großmutter. Sie hat zu mir gesprochen und …«

Ihre Mutter hörte gar nicht zu. Mit sanfter Gewalt führte sie

Leonie zum Waschbecken, drehte den Wasserhahn auf und hielt ihre Hände unter den Strahl. Diesmal tat das kalte Wasser regelrecht weh, aber Leonie sah auch schon nach ein paar Sekunden, dass sie nicht ernst verletzt war. Die Schnitte, die sie sich an den Spiegelscherben zugezogen hatte, waren nicht sehr tief. Die meisten hatten bereits aufgehört zu bluten.

»Anscheinend hast du noch einmal Glück gehabt.« Ihre Mutter schüttelte den Kopf. »Das hätte schlimm ausgehen können. Es ist meine Schuld. Ich hätte dich nicht allein lassen dürfen. Nicht nach so einem Tag.«

»Der Spiegel …«, begann Leonie, wurde aber sofort wieder von ihrer Mutter unterbrochen.

»Jetzt vergiss doch diesen dummen Spiegel«, sagte sie. »Hauptsache, dir ist nichts Schlimmes passiert.« Sie griff nach einem Handtuch, befeuchtete einen Zipfel und wollte das Blut aus Leonies Gesicht wischen, aber sie drehte den Kopf weg und wich ihr aus.

»Du verstehst nicht«, sagte sie. »Ich habe sie gesehen. Ihr Gesicht war im Spiegel! Sie … sie hat mit mir gesprochen!«

Ihre Mutter sah sie durchdringend an, dann drehte sie sich zur Seite und maß die Spiegelscherben im Waschbecken mit einem sehr langen undeutbaren Blick. »Sie fehlt dir sehr, nicht wahr? Mir fehlt sie jedenfalls. Ich habe es noch gar nicht ganz verstanden. Es ist alles so furchtbar schnell gegangen.« Ihre Stimme wurde leiser, und obwohl sie weiter starr auf die funkelnden Scherben im Waschbecken blickte, sah Leonie, dass in ihren Augen plötzlich Tränen schimmerten. Mit einem Mal kam ihr zu Bewusstsein, dass sie nicht die Einzige war, die einen schrecklichen Verlust erlitten hatte. Sie hatte ihre Großmutter verloren, aber ihre Mutter hatte schließlich ihre *Mutter* verloren.

»Ich habe sie wirklich gesehen«, sagte sie sehr leise, aber auch sehr ernst.

»Ich weiß«, antwortete Mutter. »Auch ich sehe sie überall. Ich höre ihre Schritte und ich rieche sogar ihr Kölnischwasser.« Sie lächelte traurig. »Weißt du noch, wie oft ich mich darüber beschwert habe, dass sie mit dem Zeug das ganze Haus verpestet? Wie froh wäre ich, wenn ich es jetzt noch einmal riechen könnte.« Sie zog die Unterlippe zwischen die Zähne und biss darauf. »Käme sie doch zurück. Sie könnte darin baden, wenn sie es wollte. Gott, könnte ich doch nur noch irgendetwas tun, um sie zurückzuholen!«

Leonie schwieg. Ihre Mutter hatte den Sinn ihrer Worte noch nicht einmal ansatzweise verstanden, aber sie versuchte es auch nicht. Andererseits war es ja vielleicht tatsächlich so, wie ihre Mutter glaubte: Sie hatte die Schwere des Schlags, den sie erlitten hatte, noch gar nicht erfasst – wie konnte sie da sicher sein, dass ihr ihre Nerven nicht einfach einen Streich gespielt hatten?

Ihre Mutter seufzte, dann trat sie an den Badezimmerschrank, um das Erste-Hilfe-Kästchen herauszunehmen. Sorgfältig reinigte sie Leonies Schnittwunden, versorgte die kleineren mit Heftpflaster und die beiden etwas tieferen Schnitte mit einer Mullbinde. »Das ist halb so wild«, erklärte sie, als sie fertig war. »Wahrscheinlich brauchen wir den Verband gar nicht, aber sicher ist sicher.« Sie zwang sich zu einem Lächeln. »Eigentlich bin ich ja heraufgekommen, um dich zu holen. Wir müssen … ein paar Dinge besprechen. Fühlst du dich in der Lage dazu?«

Das fast unmerkliche Zögern in ihren Worten machte Leonie klar, dass es sich bei den *paar Dingen*, die ihre Eltern mit ihr besprechen wollte, ganz bestimmt nicht um etwas Angenehmes handelte, dennoch nickte sie.

»Bist du sicher?«, fragte ihre Mutter. »Ich meine: Wir können es verschieben, wenn du dich nicht wohl fühlst.«

»Es geht schon«, meinte Leonie leise.

»Gut«, sagte ihre Mutter. »Dann mach dich ein bisschen frisch und komm nach unten ins Wohnzimmer.«

Sie ging. Leonie blieb noch eine kurze Weile reglos stehen, bevor sie wieder ans Waschbecken trat und sich das Gesicht wusch. Anschließend trocknete sie sich übertrieben sorgfältig mit dem Handtuch ab, das ihre Mutter gerade benutzt hatte. Ihr war selbst klar, dass sie das nur tat, um Zeit zu gewinnen. Ohne dass ein

Grund dafür zu bestehen schien, fürchtete sie sich fast davor, nach unten zu gehen – als ob es noch irgendetwas gäbe, was ihr das Schicksal antun konnte!

Als sie sich vom Waschbecken abwenden wollte, fiel ihr Blick wieder auf das kleine Piercing, und sie fragte sich erneut, wie die Metallnadel eigentlich hierher kam. Niemand in diesem Haus hatte Verwendung für etwas Derartiges, und die wenigen Freunde Leonies betraten niemals dieses Badezimmer, das der Familie vorbehalten war. Außerdem hatte sie keine Freunde, die sich piercten. Und dennoch konnte sie sich des immer stärker werdenden Gefühls nicht erwehren, dass es mit diesem merkwürdigen Schmuckstück etwas ganz Besonderes auf sich hatte. Ohne selbst recht zu wissen warum, nahm sie die Metallnadel vom Waschbeckenrand und steckte sie ein, bevor sie das Bad verließ.

Wie ihre Mutter angekündigt hatte, hielten sie und ihr Vater sich im Wohnzimmer auf, und wie Leonie erwartet hatte, waren sie nicht allein. Doktor Fröhlich stand hoch aufgerichtet zwischen ihnen. Sie waren offensichtlich in eine Debatte verstrickt, die man ebenso gut auch als ausgewachsenen Streit hätte bezeichnen können. Er hatte das Monokel abgenommen und fuchtelte damit herum wie der böse Zauberer aus dem Märchen mit seinem Zauberstab und seine Wangen zierten hektische rote Flecken.

»Störe ich?«, fragte Leonie.

Fröhlich brach mitten im Satz ab und sah für einen Moment regelrecht komisch aus, wie er so mit offenem Mund dastand, aber Leonie war nicht zum Lachen zumute. Für einen ganz kurzen Augenblick blitzte ein Bild in ihrer Erinnerung auf: Fröhlichs Gestalt, die sich in der Fensterscheibe des Restaurants spiegelte, unmittelbar bevor das Flugzeug explodiert war.

»Oh, hallo Leonida.« Fröhlich fand seine Fassung wieder, klemmte das Monokel ins Auge und kam auf sie zu. Bevor Leonie etwas dagegen tun konnte, ergriff er ihre Hand. Vermutlich sollte es eine Geste des Trostes sein, aber Leonie war die Berührung äußerst unangenehm. Sie zog die Hand zurück und Fröhlich sah für eine Sekunde irgendwie hilflos aus, dann fing er sich wieder.

»Mein herzliches Beileid«, sagte er. »Du armes Kind. Ich kann gar nicht in Worte fassen, wie sehr ich den Verlust teile, den du erlitten hast. Deine Großmutter war eine so wunderbare Person.«

Leonie sah aus den Augenwinkeln, wie schwer es ihrer Mutter fiel, einfach dazustehen und nichts zu sagen. In ihrem Gesicht arbeitete es und sie hatte die Hände zu Fäusten geballt. Ihr Vater dagegen wirkte völlig ruhig, fast gelassen, aber Leonie ließ sich von dieser scheinbaren Gleichmut nicht täuschen. Ihr Vater sah meistens so aus, als interessiere ihn das, was in der Welt rings um ihn vorging, nicht wirklich, aber das genaue Gegenteil war der Fall. Er war ein sehr aufmerksamer Beobachter, und obwohl er wenig sprach, hatte das, was er sagte, meistens Hand und Fuß.

»Danke«, sagte Leonie. »Aber Sie sind doch nicht nur gekommen, um mir das zu sagen, oder?«

Fröhlich wirkte noch irritierter als bisher. Wenn er schauspielert, dachte Leonie, dann perfekt. Er wirkte tatsächlich so, als könne er ihre Feindseligkeit nicht verstehen. »Nein, ich … nicht nur«, gestand er unsicher. »Da sind noch ein oder zwei Dinge, die geklärt werden müssen. Ich habe das meiste schon mit deinen Eltern besprochen, aber natürlich …« Er druckste einen Moment herum. »Es wäre schon vonnöten, dich anzuhören. Schon aus rein juristischen Gründen.«

»Und das muss heute sein?«, fragte Leonies Mutter. Ihre Stimme bebte, als brauche sie all ihre Kraft, um nicht loszuschreien. »Ausgerechnet jetzt, an diesem Abend? Haben Sie überhaupt kein Herz?«

»Natürlich kann ich Ihre Gefühle durchaus nachvollziehen, meine Liebe …«, begann Fröhlich.

»Das bezweifle ich«, unterbrach ihn ihre Mutter.

»… aber die Sache duldet leider keinen Aufschub, fürchte ich«, brachte Fröhlich seinen Satz in bedauerndem Tonfall zu Ende.

»Welche Sache?«, fragte Leonie.

Fröhlich sah sie kurz an, dann den Fernseher. Eine Nachrichtensendung lief und natürlich gab es nur ein Thema: den Flugzeugabsturz. Leonie ertrug es nur einen Augenblick lang, den Bildern der brennenden Wrackteile, Feuerwehr und Rettungsmannschaften, besorgt dreinblickender Flughafenangestellter und weinender Angehöriger zu folgen. Sie sah hastig wieder weg.

»Ja, ich fürchte, es geht um … diese Sache.« Fröhlich räusperte sich unbehaglich. »Ich weiß, es ist der denkbar schlechteste Moment, und vielleicht mag es dir und deinen Eltern sogar grausam erscheinen, aber durch den plötzlich Tod deiner Großmutter ergeben sich leider einige hm … unangenehme juristische Konsequenzen.«

»Großer Gott, Mann, doch nicht jetzt!«, keuchte Mutter.

»Ich fürchte, die Angelegenheit duldet keinerlei Aufschub«, wiederholte Fröhlich, wobei er Leonie einen fast schon verzweifelt um Verständnis flehenden Blick zuwarf.

Leonies Mutter wollte auffahren, aber ihr Vater hob rasch die Hand. »Lass ihn ausreden – bitte. Es könnte wichtig sein.«

»Danke.« Fröhlich lächelte flüchtig. »Das Problem ist – wie ich Ihnen bereits mehrfach zu erklären versuchte – Folgendes: Wir haben zwar heute Morgen alle notwendigen Unterschriften und Beglaubigungen geleistet, aber durch den so unvorhersehbar früh eingetretenen Tod ihrer geschätzten Frau Mutter ergeben sich leider ein paar Komplikationen.«

»Komplikationen?«, fragte Mutter.

»Es könnte sein, dass die Eigentumsübertragung nicht rechtskräftig ist«, sagte Fröhlich. »Jedenfalls nicht sofort.«

»Und was genau soll das heißen?«, fragte Leonies Vater. »Ich meine: So, dass auch ein normaler Mensch versteht, wovon Sie reden. Nicht nur Juristen.«

Fröhlich sah ein bisschen beleidigt aus. »Es könnte eine länger andauernde Rechtsunsicherheit eintreten, bis zu deren Klärung die normale gesetzliche Erbfolge gilt. Das heißt«, wandte er sich an Mutter, »dass zumindest für eine Weile *Sie* die alleinige Erbin des Geschäftes und aller anderen Besitztümer ihrer verstorbenen Frau Mutter sind.«

»Und?«, fragte Leonie. »Wen interessiert das? Mich nicht und meine Eltern ganz bestimmt auch nicht.«

»Darüber hinaus …«, Fröhlich ignorierte sie kurzerhand, »… besteht die Möglichkeit, dass die Behörden … gewisse Fragen stellen.«

»Fragen?«, wiederholte Mutter verständnislos.

Fröhlich sah weg. Aber Vater sagte ruhig: »Deine Mutter ist ums Leben gekommen, keine zwei Stunden nachdem sie ihren ganzen Besitz auf Leonie übertragen hat. Die Polizei könnte gewisse Zusammenhänge erkennen.«

»Das ist jetzt nicht dein Ernst!«, entfuhr es Mutter, und auch Leonie starrte ihren Vater entsetzt an.

»Natürlich nicht«, sagte Fröhlich rasch. »Dennoch muss ich Ihrem Gatten zustimmen. Selbstverständlich ist schon der bloße Gedanke unsinnig, aber ich weiß auf der anderen Seite auch leider nur zu gut, wie die Ermittlungsbehörden denken. Zumindest bis zu dem Moment, in dem die Gründe für den Absturz restlos aufgeklärt sind, könnte irgendein übereifriger Beamter Zusammenhänge vermuten, wo gar keine sind.«

»Selbstverständlich«, sagte Mutter böse. »Wir haben das Flugzeug in die Luft gesprengt, um schneller an das Geld zu kommen.«

»Es würden zumindest einige unangenehme Fragen gestellt«, erwiderte Fröhlich ungerührt. »Ich glaube nicht, dass Sie im Augenblick in der Verfassung sind, sich …«

»Und ich glaube nicht, dass Sie das etwas angeht«, unterbrach ihn ihr Vater. »Sie sollten jetzt besser gehen. Es spielt überhaupt keine Rolle, wem das Geschäft gehört oder dieses verdammte Geld!«

»Ich fürchte, doch«, widersprach Fröhlich. »Ich habe durchaus Verständnis für Ihre Lage. Mehr, als Sie vielleicht glauben. Ihre geehrte Schwiegermutter war nicht nur meine Klientin, sondern auch eine gute alte Freundin. Aus diesem Grund fühle ich mich einfach verpflichtet, Ihnen Ihre Lage zu verdeutlichen.«

Eine gute alte Freundin?, dachte Leonie. Sie erinnerte sich an das Gespräch zwischen Großmutter und Fröhlich, das sie belauscht hatte. Es hatte sich für sie nicht nach einem Gespräch zwischen zwei *guten alten Freunden* angehört.

»Was genau soll das heißen?«, fragte sie. Das Misstrauen in ihrer Stimme war unüberhörbar.

»Es geht um den ausdrücklichen Wunsch deiner Großmutter, Leonida«, sagte Fröhlich, nun wieder direkt an sie gewandt. »Es ist so, wie sie selbst heute Morgen gesagt hat: Es ist in eurer Familie Tradition, dass das Erbe immer von der ältesten auf die jüngste Generation übergeht. Eine sehr alte und für deine Großmutter sehr wichtige Tradition.«

»Und?«, fragte Vater. »Dann warten wir eben die paar Wochen, bis die Dokumente rechtskräftig sind. Wo ist das Problem?«

»Das war nicht der Wunsch Ihrer verstorbenen Schwiegermutter«, sagte Fröhlich stur. Er klang nervös, fand Leonie. »Diese Tradition war ihr ungemein wichtig, müssen Sie wissen.«

»Und was sollen wir Ihrer Meinung nach jetzt tun?«

Fröhlich zögerte. Mit sichtlichem Unbehagen griff er in die Jackentasche und förderte einen dicken Briefumschlag zutage. »Ihre Schwiegermutter war eine sehr vorausschauende Frau. Sie hat mir schon vor Jahren präzise Anweisungen für einen Fall wie diesen gegeben. Das hier …«, er wedelte mit dem Briefumschlag, »… ist eine exakte Kopie der Dokumente, die Sie heute Morgen bereits unterschrieben haben, beglaubigt und von mir versiegelt. Sie sind ein halbes Jahr zurückdatiert. Sie müssen Sie nur noch einmal unterschreiben und die Eigentumsübertragung wäre mit sofortiger Wirkung rechtsgültig.«

»Wie bitte?«, fragte Vater. »Wissen Sie, was Sie da sagen? Das ist Urkundenfälschung! Muss ich Ihnen als Notar das erklären?«

»Nein«, antwortete Fröhlich. »Gewiss nicht. Aber dass ich bereit bin, gegen meinen Amtseid zu verstoßen, sollte Ihnen eigentlich klar machen, wie ernst ich den letzten Willen Ihrer Schwiegermutter nehme.« Er wedelte abermals mit dem Umschlag. »Sie können die Unterlagen prüfen, wenn Sie wollen. Sie werden keinen Unterschied zu denen von heute Morgen finden – bis auf das Datum.«

»Da stimmt doch etwas nicht«, sagte Vater. »Die ganze Sache stinkt zum Himmel!«

»Aber wenn es doch Mutters ausdrücklicher Wunsch war ...«, wandte Leonies Mutter ein.

»Nein!« Leonie räusperte sich, trat mit einem entschlossenen Schritt zwischen Fröhlich und ihre Eltern und sagte noch einmal: »Nein. Ich glaube Ihnen nicht.«

»Aber mein Kind ...«, begann Fröhlich.

»Ich glaube nicht, dass es nur darum geht«, fuhr Leonie fort, mit leiser, aber sehr entschlossener Stimme. Sie fühlte sich nicht wohl dabei. Fröhlich war trotz allem eine Respektsperson, ein Erwachsener. Und ihre Eltern hatten sie dazu erzogen, Erwachsenen mit Respekt zu begegnen. Doch nun fuhr sie trotzdem fort: »Ich habe Sie und Großmutter heute Morgen belauscht. Ich weiß nicht genau, worum es ging, aber ich weiß, dass Sie einen Streit hatten. Sie waren mit ihrer Entscheidung nicht einverstanden. Und jetzt kommen Sie hierher und wollen, dass wir irgendetwas unterschreiben?«

Fröhlich wurde blass. »Du glaubst doch nicht im Ernst, dass ich ...«

»Ich denke, das reicht jetzt«, fiel ihm ihr Vater ins Wort, nicht sehr laut, aber in fast schneidendem Ton. »Sie haben meine Tochter gehört. Bitte gehen Sie jetzt, bevor ich auf die Idee komme, die Polizei zu rufen, damit sie sich Ihre Verträge etwas genauer ansieht.«

Für die Dauer eines Herzschlages sah Fröhlich beinahe so aus, als wolle er in Tränen ausbrechen, dann senkte er enttäuscht den Blick, steckte den Umschlag wieder ein und zog ihn gleich darauf wieder hervor, um ihn auf den Tisch zu legen.

»Überlegen Sie es sich noch einmal«, bat er. »Bitte. Es ist wichtig. Wichtiger, als Sie wahrscheinlich ahnen.«

Er ging ohne ein weiteres Wort. Niemand machte sich die Mühe, ihn hinauszubegleiten, doch nach ein paar Sekunden hörten sie das Geräusch der ins Schloss fallenden Haustür.

»Das ist unglaublich«, sagte Vater kopfschüttelnd. »Ein Notar, der seine Klienten zur Urkundenfälschung auffordert!«

»Vielleicht hat er ja wirklich einen guten Grund dafür.« Mutter wirkte sehr ernst und sehr nachdenklich. »Was er über die Familientradition gesagt hat, ist wahr. Mutter wollte unbedingt, dass Leonie das Geschäft erbt und niemand sonst.«

»Dagegen hat ja auch niemand etwas«, sagte Vater. »Aber welchen Unterschied machen da schon ein paar Tage?« Er nahm den Briefumschlag, den Fröhlich dagelassen hatte, vom Tisch und ließ ihn in seiner Tasche verschwinden. »Das lese ich mir später durch, und zwar sehr aufmerksam.« Nachdenklich wandte er sich an Leonie. »Bei dem Streit, von dem du erzählt hast – worum ging es da?«

Leonie hob die Schultern. »Ich weiß es nicht genau«, sagte sie wahrheitsgemäß. »Fröhlich war mit irgendeiner Entscheidung, die Großmutter getroffen hatte, nicht einverstanden, das ist alles, was ich mitbekommen habe.«

»Wahrscheinlich mit dem da.« Vater schlug mit der flachen Hand auf die Jackentasche, in der der Briefumschlag steckte. Er schien einen Moment intensiv nachzudenken und seufzte dann. »Ich gehe mal ins Internet und versuche etwas über diesen Dr. Fröhlich herauszufinden.«

»Jetzt?«, fragte Mutter verständnislos.

»Ich kann sowieso nicht schlafen«, antwortete Vater. »Und es könnte immerhin wichtig sein.«

Er ging. Mutter sah ihm fast entsetzt nach, aber Leonie konnte ihren Vater sogar verstehen. Großmutters Tod ging ihm offenbar genauso nahe wie ihr und ihrer Mutter, doch er gehörte nicht zu den Menschen, die ihre Gefühle offen zeigen konnten. Es war eben seine Art, mit dem Schmerz fertig zu werden.

Leonie nahm auf der Couch Platz und sah wieder zum Fernseher hinüber. Sie zeigten immer noch Bilder von der Absturzstelle, diesmal Luftaufnahmen, die wahrscheinlich von einem Hubschrauber stammten, der allen Verboten zum Trotz über der Landebahn kreiste.

»Wissen sie schon, was passiert ist?«, fragte Leonie.

Ihre Mutter schüttelte den Kopf. Sie blickte ebenfalls auf den Fernseher und sie hatte die Arme um den Leib geschlungen, als wäre ihr kalt, nahm aber nicht Platz. Sie sah unendlich verloren aus. »Nein. Ich glaube sie suchen noch nach dem Flugschreiber oder so etwas. Vorher kann man nichts Bestimmtes sagen. Ich weiß auch gar nicht, ob ich es wirklich wissen will. Großmutter ist tot. Und es macht sie nicht wieder lebendig, wenn wir wissen warum.«

»Du glaubst doch nicht wirklich, dass da irgendetwas … «, begann Leonie, hatte aber plötzlich nicht mehr den Mut, den Satz zu Ende zu führen.

»Natürlich nicht«, beteuerte Mutter. »Es war ein Unfall. Ein schrecklicher Unfall, nicht mehr, aber auch nicht weniger.« Sie nahm die Arme herunter und drehte sich ganz zu Leonie herum. »Was du gerade erzählt hast, das mit dem Streit zwischen Fröhlich und Großmutter – ist das wahr?«

»Ich weiß nicht genau, ob es wirklich ein Streit war«, antwortete Leonie nach kurzem Überlegen. »Er war sehr aufgeregt wegen irgendetwas, das sie getan hatte, aber ich weiß nicht was. Waren sie wirklich so alte Freunde, wie er behauptet?«

»Fröhlich?« Mutter deutete ein Achselzucken an. »Ich weiß es nicht. Ich habe ihn heute Morgen zum ersten Mal gesehen, genau wie du.«

Das kam Leonie einigermaßen merkwürdig vor, falls Fröhlich und Großmutter tatsächlich so gute alte Freunde gewesen waren, wie der Notar behauptete. »Ist das nicht seltsam?«, fragte sie.

»Ja«, bestätigte ihre Mutter traurig. »Es ist wirklich seltsam. Da verbringt man fast jeden Tag seines gesamten Lebens mit einem Menschen, und erst wenn er nicht mehr da ist, wird einem klar, wie wenig man eigentlich von ihm gewusst hat. Und dann ist es zu spät, um noch Fragen zu stellen.«

Nächtlicher Besuch

Sie hatte erwartet, dass an Schlafen diese Nacht nicht einmal zu denken wäre, aber das Gegenteil war der Fall: Leonie und ihre Mutter saßen noch eine halbe Stunde in bedrücktem Schweigen beieinander, doch dann wurde sie plötzlich so müde, dass sie es kaum noch nach oben und bis in ihr Zimmer schaffte, wo sie sofort in einen tiefen und diesmal traumlosen Schlaf sank.

Als sie erwachte, herrschte draußen noch immer tiefste Dunkelheit, was bedeutete, dass es noch vor fünf war, die Zeit, zu der die Sonne jetzt im Hochsommer aufging. Leonie fand das sonderbar, zumal sie erst lange nach Mitternacht ins Bett gegangen war und sich noch lebhaft an die bleierne Müdigkeit erinnerte, die sich auf sie herabgesenkt hatte.

Erst dann wurde ihr klar, dass sie nicht von selbst aufgewacht war. Ein Geräusch hatte sie geweckt und es war immer noch da.

Leonie setzte sich behutsam im Bett auf und horchte. Da war es wieder: Ein fast unhörbares leises Klicken und Schaben – wie das Geräusch winziger harter Krallen, die über den Linoleumfußboden ihres Zimmers trippelten. In ihrem schlaftrunkenen Zustand vergingen noch etliche Sekunden, bis ihr klar wurde, dass es tatsächlich ein Trippeln war. Eine Maus. In ihrem Zimmer befand sich eine Maus!

Leonie setzte sich weiter auf, streckte die Hand nach dem Lichtschalter aus und zog sie dann wieder zurück. Wenn sie das Licht einschaltete, würde der unerwünschte Eindringling zweifellos ins nächstbeste Versteck flüchten und sie hätte keine Chance mehr, ihn einzufangen. Leonie hatte nicht vor, dem kleinen Wesen ein Haar zu krümmen, sehr wohl aber, es nachdrücklich aus dem Haus zu entfernen. Wo eine Maus war, waren andere meist nicht fern, und Mäuse in einer Buchhandlung waren so ungefähr das Schlimmste, was man sich vorstellen konnte.

So leise sie konnte, schwang sie die Beine aus dem Bett, ging daneben in die Hocke und versuchte, die fast vollkommene Dunkelheit mit Blicken zu durchdringen. Im ersten Moment sah sie nichts, aber dann hörte sie das Trippeln wieder, und als sie den Kopf drehte, sah sie einen Schatten unter dem Bett verschwinden. Hastig ließ sie sich auf Hände und Knie herabsinken – und riss erstaunt die Augen auf.

Die Maus saß nur wenige Zentimeter von ihrem Gesicht entfernt unter dem Bett und blickte ohne die geringste Scheu aus ihren winzig kleinen Knopfaugen zu ihr hoch. Ihre Barthaare zitterten, als sie sich auf die Hinterläufe aufrichtete und in ihre Richtung schnupperte.

»Du bist ganz schön dreist.« Leonie kam sich selbst ein bisschen albern dabei vor, im Dunkeln neben ihrem Bett auf dem Boden zu hocken und mit einer *Maus* zu reden, doch nach einem Moment fuhr sie dennoch fort: »Aber auch ganz schön hübsch. Wenn es nicht vollkommen unmöglich wäre, dann würde ich sagen, dass wir uns schon einmal begegnet sind.«

Die Maus wackelte zustimmend mit den Ohren und ließ sich wieder auf alle vier Pfoten sinken. Ansonsten rührte sie sich nicht von der Stelle.

»Wenn du so weitermachst, sehe ich schwarz für deine Lebenserwartung«, sagte Leonie. »Du kannst nicht hier bleiben, weißt du? Also, wie ist es – gehst du freiwillig oder muss ich nachhelfen?«

Die Maus trippelte zwei Schritte davon, blieb stehen und drehte den Kopf, um zu ihr zurückzusehen.

»Hör mit dem Unsinn auf«, drohte Leonie. »Wenn mein Vater dich erwischt, wird es ungemütlich. Was solche wie dich angeht, versteht er keinen Spaß.«

Die Maus machte zwei weitere Schritte, blieb wieder stehen und sah erneut zu ihr zurück. Ihre Ohren zuckten. Es sah aus, als versuche sie, Leonie damit zuzuwinken.

»Ich meine es ernst. Verschwinde, solange du es noch kannst!«

Die Maus verschwand nicht. Sie machte ganz im Gegenteil kehrt, trippelte zu Leonie zurück und richtete sich keine zehn Zentimeter von ihr entfernt wieder auf die Hinterbeine auf. Leonie streckte die Hand aus, um sie zu verscheuchen, und sie war nicht einmal sehr überrascht, als der winzige Nager ohne zu zögern auf ihre ausgestreckte Handfläche sprang.

Diesmal wartete sie nicht, bis die Maus an ihrem Arm hinaufkletterte, um auf ihre Schulter zu hüpfen und von dort aus ihr Gesicht zu beschnüffeln. Blitzschnell griff sie auch mit der anderen Hand zu und bildete mit den Fingern einen kleinen Käfig, in dem die Maus rettungslos gefangen war. Sie piepste protestierend, versuchte aber nicht, aus ihrem Gefängnis auszubrechen, sondern sah Leonie nur vorwurfsvoll an.

»Das hast du dir jetzt selbst zuzuschreiben. Und wahrscheinlich wirst du niemals begreifen, was für ein Glück du gehabt hast. Ich bringe dich jetzt nach draußen. Und ich rate dir dringend, dich hier nie wieder blicken zu lassen!«

Sie trat ans Fenster und sah einen Moment nachdenklich auf das darunter liegende Flachdach der Garage hinab. Es war kaum mehr als einen Meter entfernt. Nicht besonders viel, nicht einmal für eine Maus, aber irgendetwas in Leonie sträubte sich dagegen, den winzigen Nager einfach aus dem Fenster zu werfen – und außerdem spürte sie, dass sie sowieso nicht mehr schlafen konnte. Also überlegte sie nur noch einen kurzen Moment, zog sich hastig an, verließ das Zimmer und lief mit schnellen Schritten die Treppe hinunter. Sie ging durch die Küche auf die Terrasse und in den Garten hinaus, wobei ihr auffiel, dass im ganzen Haus Licht brannte – einschließlich des Geschäftes. Sie konnte den flachen Anbau von hier aus zwar nicht einsehen, aber sie erkannte den Lichtschein, der auf die Straße fiel, was sie einigermaßen verwunderte. Ihr Vater hatte schon vor Jahren eine Zeitschaltuhr eingebaut, die pünktlich um Mitternacht die Schaufensterbeleuchtung abschaltete, um Energie zu sparen. Und Dinge, die ihr Vater einbaute, pflegten im Allgemeinen zuverlässig zu funktionieren.

Die Maus in ihrer Hand wurde unruhig und Leonie verscheuchte den Gedanken und eilte auf nackten Füßen weiter. Das Gras kitzelte unter ihren Fußsohlen, als sie tiefer in den großen Garten vordrang. Da kein Mond schien – es war Neumond – war es fast vollkommen dunkel, aber sie war schließlich hier aufgewachsen und kannte buchstäblich jeden Fußbreit Boden und jeden Grashalm. Die Maus duckte den Kopf zwischen ihren Mittel- und Ringfinger, so als versuche sie hinunterzuspringen, aber Leonie ging unbeeindruckt weiter und trug sie bis fast ans jenseitige Ende des großen Gartens; nicht dass sie am Ende noch auf die Idee kam, schnurstracks ins Haus zurückzulaufen, und das ganze Theater von vorne begann.

Schließlich ließ sie sich in die Hocke sinken und setzte das Tierchen ins Gras. Einen Moment lang blieb es einfach reglos sitzen und sah fast vorwurfsvoll zu ihr hoch, dann verschwand es blitzartig im hohen Gras. Leonie hörte noch ein kurzes Rascheln, dann war keine Spur mehr von der Maus zu sehen.

Sie ging langsam ins Haus zurück, langsamer, als nötig gewesen wäre. Sie wusste, dass sie sowieso nicht mehr schlafen konnte, und sie wollte es auch gar nicht mehr. Der Horizont im Osten begann sich allmählich grau zu färben, und es wurde trotz der noch frühen Stunde bereits warm. Der Tag würde bestimmt wieder heiß werden, so wie die vorhergehenden. In zwei Tagen begannen die Sommerferien, aber nicht nur nach Leonies Einschätzung, sondern auch nach der der Meteorologen im Fernsehen, war es bereits jetzt der heißeste Sommer der letzten zwanzig Jahre. Vielleicht sollte sie diese wenigen Minuten, in denen es noch angenehm kühl war, genießen. Sie brauchte zwei oder drei Minuten, um den Garten zu durchqueren, und als sie die Terrasse betrat, überkam sie plötzlich eine große Traurigkeit. Es war genau hier gewesen, wo sie zum letzten Mal in Ruhe mit ihrer Großmutter zusammengesessen hatte; an dem großen schmiedeeisernen Tisch mit der Glasplatte, an dem sie so gerne gefrühstückt hatte, und für einen winzigen Moment glaubte sie tatsächlich, sie noch einmal zu sehen; ein blasser, halb durchscheinender Schemen wie ein Geist in einem alten englischen Gruselfilm.

Leonie spürte, wie ihre Augen schon wieder feucht wurden. Sie fuhr sich mit dem Handrücken über das Gesicht, um die Tränen fortzuwischen, und als sie die Augen wieder öffnete, war der Schemen immer noch da.

Leonie blinzelte. Der Schemen war immer noch da.

Er sah nicht wirklich aus wie ein Gespenst aus einem alten Horrorfilm. Die waren meistens albern und nur zu oft so schlecht gemacht, dass sie eher zum Lachen reizten, als dem Zuschauer Furcht einzujagen. Auch dieser Lichtschatten machte Leonie keine Angst, aber er war … unheimlich.

Leonie blinzelte erneut und der Geist war immer noch da. *Sie darf es nicht tun, Leonie,* wisperte eine Stimme in ihren Gedanken. *Was ich getan habe, war unverzeihlich, aber sie wird alles nur noch viel schlimmer machen!*

»Großmutter?!«, murmelte Leonie. Mit klopfendem Herzen machte sie einen Schritt auf die halb durchscheinende Gestalt zu und blieb wieder stehen. *Sie darf es nicht tun!*, wisperte die Stimme. *Du musst sie aufhalten!* Dann verschwand die Gestalt. Von einem Blinzeln auf das andere war sie nicht mehr da.

Und wahrscheinlich war sie das auch nie gewesen, dachte Leonie traurig. Ebenso wenig, wie sie Großmutters Gesicht gestern Abend im Spiegel gesehen hatte. Es war wohl so, wie ihre Mutter sagte: Manchmal war der Schmerz, der einem zugefügt wurde, so gewaltig, dass man anfing, Dinge zu sehen, die gar nicht da waren. Das hatte nichts damit zu tun, dass man im Begriff war, den Verstand zu verlieren, sondern war ein ganz normaler Schutzmechanismus, den eben jener Verstand entwickelte, um nicht an der Trauer zu zerbrechen.

Diese Erkenntnis mochte logisch und sogar richtig sein, aber sie linderte den Schmerz kein bisschen, der sich wie eine glühende Messerklinge in Leonies Brust grub. Mit einem lautlosen Seufzen drehte sie sich zum Haus um.

Die Maus saß auf der Türschwelle und sah mit schräg gehaltenem Kopf in ihre Richtung. Im ersten Moment wollte Leonie zornig werden, aber es gelang ihr einfach nicht. Stattdessen breitete sich plötzlich ein trauriges Lächeln auf ihren Zügen aus. Dicht vor der Maus ging sie in die Hocke, streckte die Hand aus und bewegte die Finger. Gehorsam sprang die winzige Maus auf ihre Hand, trippelte an ihrem Arm hinauf und nahm auf ihrer Schulter Platz. Ihre Barthaare kitzelten an Leonies Wange, als sie sich wieder aufrichtete und ins Haus zurückging. »Dir ist schon klar, dass du nicht bleiben kannst? Wenn mein Vater dich sieht, trifft ihn der Schlag – und dich kurz darauf wahrscheinlich auch.«

Die Maus rutschte auf ihrer Schulter hin und her, und Leonie spürte, wie sich ihre winzigen Krallen in den Stoff ihrer Bluse gruben, damit sie nicht den Halt verlor. Wieso sprach sie eigentlich mit einer Maus? Vielleicht sollte sie doch ein wenig aufpassen. Zu wissen, dass der eigene Verstand anfing, einem Streiche zu spielen, war kein Freibrief dafür, einfach die Zügel schießen zu lassen.

Sie ging in die Küche, schaltete das Licht über der Anrichte ein und nahm einen Liter Milch aus dem Kühlschrank, von dem sie einen kleinen Schluck in eine Schale goss, bevor sie behutsam die Maus von der Schulter nahm und sie daneben setzte.

Na prima, dachte sie spöttisch, *jetzt füttere ich das Vieh auch noch, statt mir Gedanken darüber zu machen, wie ich es loswerde!*

Die Maus sah sie so strafend an, als hätte sie ihre Gedanken gelesen. Sie schnupperte an der Milch, machte aber keinen Versuch, davon zu trinken. Leonie betrachtete sie nachdenklich. Sie war mittlerweile fast völlig sicher, dass es sich um dieselbe Maus handelte, die sie in der Zentralbibliothek getroffen hatte, kurz bevor Professor Wohlgemut und ihre Großmutter auf ihr Missgeschick in der Seitenkammer aufmerksam geworden waren – dafür sprach schon allein ihr sonderbares Benehmen. Aber wie kam sie hierher? Die einzige Erklärung, die ihr einfiel – so unwahrscheinlich sie auch klingen mochte – war die, dass sie sie mitgebracht hatte. Vielleicht in einer Falte ihrer Kleidung, vielleicht auch in Großmutters Handtasche. Und dieser Gedanke war noch nicht einmal halb so sonderbar wie das komische Benehmen des Tierchens. Vielleicht war es ja eine dressierte Maus, die irgendjemandem weggelaufen war und jetzt ein neues Zuhause suchte.

»Aber nicht hier«, sprach sie den Rest ihres Gedankens laut aus. Die Maus blickte sie wieder an, als hätte sie ganz genau verstanden, was sie ihr sagen wollte, und allmählich wurde Leonie doch ein bisschen mulmig zumute. Es musste eine dressierte Maus sein, das war die einzige Erklärung.

»Wenn du die Milch nicht willst, schütte ich sie lieber weg«, sagte sie. »Bevor mein Vater kommt und sich fragt, was ich hier tue.«

Sie streckte die Hand nach der Schale aus. In diesem Moment fiel hinter ihr eine Tür ins Schloss und schnelle Schritte näherten sich. Statt die Schale auszuschütten, griff sie hastig nach der Maus und steckte sie kurzerhand in die Tasche. Das Tier piepste erschrocken, und Leonie fuhr auf dem Absatz herum und blickte ins Gesicht ihres Vaters, der in der Küchentür erschienen war und überrascht stehen blieb.

»Was machst du denn hier?«, fragte er.

»Ich wohne hier«, antwortete Leonie. Das Gesicht ihres Vaters verdüsterte sich und Leonie verbesserte sich hastig. »Ich konnte nicht schlafen und ich … ich hatte Durst.«

Ihr Vater sah sie auf eine Art an, als fiele es ihm schwer, ihre Erklärung zu glauben – warum eigentlich? –, dann kam er stirnrunzelnd näher und sah sehr nachdenklich den Liter Milch an, der hinter Leonie auf der Anrichte stand. »Seit wann trinkst du Milch?«, fragte er. Dann entdeckte er die Schale. »Und was soll *das?*«

»Ich ähm … bin auf den Geschmack gekommen.« Hastig drehte sie sich um, griff nach der Schale und versuchte die Milch zu schlürfen. Es blieb allerdings bei dem *Versuch.* Das meiste ging vorbei und lief ihr am Kinn hinab, um auf ihre Bluse zu tropfen. Leonie leerte die Schale trotzdem tapfer bis auf den letzten Tropfen, stellte sie ab und fuhr sich genießerisch mit dem Handrücken über den Mund.

»Köstlich. Daran könnte ich mich gewöhnen.« Insgeheim musste sie all ihre Willenskraft aufbringen, um nicht angeekelt das Gesicht zu verziehen. Sie *hasste* Milch.

Ihr Vater sah sie nun an, als zweifele er an ihrem Verstand, und die Maus in ihrer Tasche begann unruhig zu zappeln. Leonie drehte sich hastig weg, damit er es nicht sah. »Halt bloß still«, flüsterte sie.

Die linke Augenbraue ihres Vaters rutschte ein Stück nach oben. »Was hast du gesagt?«

»Es … äh … es ist sehr still«, stammelte Leonie.

Ihr Vater nickte. »Das ist es morgens um fünf meistens«, sagte er. »Was soll das?«

»Nichts«, versicherte Leonie. »Ich hatte wirklich Durst. Und ich konnte nicht schlafen.« Die Maus in ihrer Tasche zappelte stärker. Ganz offensichtlich gefiel es ihr nicht besonders, in einer Hosentasche eingesperrt zu sein.

Ihr Vater betrachtete sie noch einen Moment lang mit unverhohlenem Misstrauen, aber dann wurde sein Blick weich. »Das kann ich verstehen. Deiner Mutter und mir ergeht es nicht anders.« Er nahm den Liter Milch und stellte ihn in den Kühlschrank zurück, und Leonie drehte sich unauffällig zur Seite, damit er die zappelnde Beule in ihrer Hosentasche nicht bemerkte. »Es ist auch nicht leicht, sich nach einem Tag wie gestern einfach schlafen zu legen, als wäre nichts passiert.«

»Ihr seid im Geschäft?«, fragte Leonie. »Ich habe das Licht gesehen.«

Ihr Vater sah sie nachdenklich an, dann drehte er sich um und blickte noch nachdenklicher durch die Terrassentür in den Garten hinaus. Fragte er sich, wie man das Licht der Schaufensterbeleuchtung von hier aus eigentlich sehen konnte? Man konnte es nicht.

»Ich war draußen im Garten«, erklärte Leonie. »Wie gesagt: Ich konnte nicht schlafen.«

»Du solltest es aber trotzdem versuchen.« Ihr Vater hob die Schultern. »Andererseits ist es im Grunde egal. Ich habe in der Schule angerufen. Sie erlassen dir den letzten Schultag. Du kannst also ausschlafen.« Er sah noch einen Moment in den dunkel daliegenden Garten hinaus, und als er sich wieder Leonie zuwandte, war auch die letzte Spur von Misstrauen und Ärger aus seinem Gesicht verschwunden. Stattdessen sah er sie mit einem warmen, sehr mitfühlenden Lächeln an. »Versuch wenigstens, ein bisschen zur Ruhe zu kommen.«

»Ich weiß nicht, ob ich das überhaupt noch einmal kann«, sagte Leonie.

»Manche Dinge brauchen einfach Zeit«, antwortete Vater leise. »Versuch nicht den Schmerz zu unterdrücken. Das macht es nur schlimmer. Und es dauert länger, bis du ihn überwunden hast.«

»Ich kann immer noch nicht glauben, dass sie nicht wiederkommen wird«, murmelte Leonie. Ihr Vater lächelte milde, dann drehte er den Kopf und sah lange und schweigend durch die offen stehende Terrassentür nach draußen. Seltsam, dachte Leonie, er schien genau die Stelle anzusehen, an der sie vorhin Großmutters Gestalt gesehen hatte.

»Geh jetzt schlafen«, sagte er schließlich. »Oder versuch es wenigstens.«

Die Tür

Wieder oben in ihrem Zimmer schloss Leonie sorgfältig die Tür hinter sich ab und machte das Licht an, bevor sie die Maus aus der Hosentasche nahm und behutsam auf den Schreibtisch setzte. Das Tierchen sah ein wenig zerknittert aus und es blickte Leonie eindeutig vorwurfsvoll an, nachdem es sich mit seinen winzigen Pfoten die Schnurrhaare gerade gezogen und die Falten aus den Ohren gestrichen hatte, aber es machte nicht einmal den *Versuch*, wegzulaufen.

»Allmählich wirst du lästig, Knirps«, sagte Leonie kopfschüttelnd. »Also gut, bis morgen früh kannst du meinetwegen hier bleiben, aber danach bringe ich dich zurück in die Bibliothek.«

Die Maus nahm keine Notiz von ihr und fuhr fort, ihr Fell zu putzen.

»Die Frage ist nur, was ich so lange mit dir mache«, fügte Leonie hinzu. »Frei herumlaufen lassen kann ich dich auf keinen Fall und ich habe zufällig auch keinen Mäusekäfig hier.«

Bei dem Wort *Käfig* hielt die Maus für einen Moment inne und sah erschrocken zu ihr hoch.

»Also gut, ich sehe es ein«, seufzte Leonie. »Ich *habe* Halluzinationen. Wahrscheinlich gibt es auch dich nicht wirklich. Dann suche ich eben nach einer Unterkunft für ein Phantom.«

Was gar nicht so leicht getan wie gesagt war. Leonie musste eine ganze Weile suchen, bis sie einen alten Schuhkarton fand, in dem sie allen möglichen Krimskrams aufbewahrte. Sie schüttete ihn aus, trug ihn zum Schreibtisch und suchte nach etwas, womit sie

Löcher in den Deckel bohren konnte. Schließlich wollte sie den ebenso unerwünschten wie hartnäckigen Besucher einsperren, nicht ersticken. Da ihr Schreibtisch wie immer penibel aufgeräumt war, fand sie auf Anhieb nichts, weshalb sie in die Tasche griff und die Piercing-Nadel hervorholte. Sie entfernte die verchromte Kugel von einem Ende, benutzte die Nadel, um ein gutes Dutzend Löcher in den Deckel des Schuhkartons zu stechen, und ärgerte sich wieder einmal darüber, dass sie ihr gesamtes Taschengeld für diese Woche wahrscheinlich ausgeben musste, um …

Ja, um was eigentlich?

Sie wusste es nicht. Der Gedanke war ihr gekommen, während sie das zweckentfremdete Piercing betrachtete, und sie spürte auch genau, dass es irgendetwas mit der verchromten Metallnadel zu tun hatte, aber sie wusste nicht was. Ebenso wenig, wie sie sich erklären konnte, wie das Piercing überhaupt auf den Waschbeckenrand gekommen war. Ihre Gedanken begannen wirklich eigenartige Wege zu gehen.

Leonie seufzte, steckte das Piercing wieder ein und wollte nach der Maus greifen, aber diesmal wich sie ihr mit einer raschen Bewegung aus.

»Ist schon klar«, sagte Leonie. »Du willst nicht in den Karton. Aber du wirst es schon müssen – oder du fliegst raus.«

Sie griff abermals mit der rechten Hand nach der Maus, hatte aber damit gerechnet, dass sie wieder versuchen würde, ihr mit einer flinken Bewegung auszuweichen, und langte blitzschnell auch mit der anderen Hand zu. Sie bekam die Maus tatsächlich zu fassen; allerdings nur für einen Moment, dann zog sie die Hand mit einem spitzen Schrei zurück, als sich die Zähne des winzigen Nagers schmerzhaft in ihre Fingerkuppe gruben.

»Au!«, keuchte sie. »Bist du verrückt geworden? Ich will dir doch nichts tun!«

Die Maus schien das anders zu sehen. Sie sprang mit einem Satz vom Schreibtisch, flitzte unter das Bett und auf der anderen Seite wieder hervor und war bei der Tür, noch bevor Leonie auch nur die halbe Strecke zurückgelegt hatte.

»Das nutzt dir gar nichts«, sagte Leonie triumphierend. »Abgeschloss…«

Der Rest des Wortes blieb ihr buchstäblich im Hals stecken. Die Tür reichte wie die meisten Zimmertüren nicht ganz bis auf den Fußboden, aber Leonie wäre jede Wette eingegangen, dass der Spalt zwischen Boden und Tür nicht einmal breit genug war, um einen etwas dickeren Briefumschlag hindurchzuschieben.

Der Maus jedenfalls reichte er. Leonie beobachtete fassungslos, wie sich die Maus durch den winzigen Spalt quetschte und in der nächsten Sekunde verschwunden war. Bis auch sie endlich die Tür erreicht hatte und auf den Flur hinausgestürmt war, hatte das winzige Tierchen schon längst die Treppe erreicht und hüpfte behände die Stufen hinunter. Leonie folgte ihr zwar nicht annähernd so elegant, aber dafür umso schneller. Immer zwei, drei Stufen auf einmal nehmend, stürmte sie die Treppe hinab und wandte sich nach links in die Richtung, in die auch die Maus verschwunden war. Sie hatte gehofft, die Maus würde wieder in die Küche und von dort aus hinaus auf die Terrasse und in den Garten rennen, aber das genaue Gegenteil war der Fall: Die Maus rannte zum vorderen Teil des Hauses und damit in die Geschäftsräume – wo sich im Moment ihre Eltern aufhielten. Wenn ihr Vater den kleinen Nager zu Gesicht bekam, dann war es nicht nur um ihn geschehen, sondern er würde auch zwei und zwei zusammenzählen und Leonie eine Menge unangenehmer Fragen stellen. Sie versuchte noch schneller zu laufen, um die Katastrophe vielleicht im allerletzten Moment doch noch zu verhindern, aber sie verlor das ungleiche Rennen. Gerade als sie glaubte, es geschafft zu haben, flitzte die Maus unter der letzten Tür hindurch und Leonie verlor wertvolle Sekunden damit, die Türklinke herunterzudrücken und durch die Tür zu stürmen. Sie schaffte es gerade noch rechtzeitig in die Buchhandlung, um die Maus unter einem der Regale verschwinden zu sehen.

Und damit war die Jagd zu Ende. Leonie blieb abrupt stehen und konnte gerade noch ein lautstarkes, enttäuschtes Seufzen unterdrücken. Selbst wenn ihre Eltern nicht da gewesen wären, hätte sie keine Chance gehabt, den pelzigen Eindringling zu finden. Hier drinnen gab es buchstäblich Tausende von Verstecken für ein so winziges Wesen.

Wo waren ihre Eltern überhaupt? Im Geschäft brannte überall Licht und ihr Vater hatte ja selbst gesagt, dass sie hier waren, aber Leonie konnte sie nirgendwo entdecken. Nun ja, zumindest bedeutete das umgekehrt, dass auch sie nicht beobachtet hatten, wie sie auf nackten Füßen einer entflohenen Zirkusmaus hinterherrannte.

Trotzdem fragte sie sich, wo ihre Eltern waren.

Die Buchhandlung war alles andere als klein, aber so angelegt, dass man sie praktisch von jedem beliebigen Punkt aus vollkommen überblicken konnte. Leonie sah sich noch einen Moment lang verwirrt um und ging dann ins Büro hinüber, das nur aus einem winzigen Verschlag bestand, in dem gerade Platz für einen Schreibtisch und einen großen Fotokopierer war. Auch dort waren ihre Eltern nicht, aber sie entdeckte etwas anderes: Die Tür zum Heizungskeller stand offen und aus der Tiefe drang blasser Lichtschein herauf.

Leonie war verwirrt. Trotz seiner beeindruckenden Größe verfügte das Haus nur über einen kleinen, muffigen Kellerraum, in den man vor einer halben Ewigkeit die Zentralheizung hineingequetscht hatte. Sie fragte sich, was ihre Eltern dort unten suchten.

Es gab nur eine Möglichkeit, das herauszufinden.

Leonie zog die Tür weiter auf, lauschte einen Moment in die Tiefe (tatsächlich, es *waren* die Stimmen ihrer Eltern) und begann dann die ausgetretenen Stufen hinabzusteigen. Die Treppe war auf beiden Seiten von einer Mauer umgeben, sodass sie ihre Eltern immer noch nicht sehen konnte. Etwas daran war komisch. Die Stimme ihres Vaters klang ganz normal, wenn auch vielleicht ein bisschen nervös, aber die ihrer Mutter hörte sich sonderbar an, hohl und verzerrt, als schalle sie aus einem tiefen Brunnenschacht herauf.

Sie erreichte das Ende der Treppe, machte einen Schritt zur Seite – und erlebte eine Überraschung: Alles war so, wie sie es in Erinnerung hatte. Der Raum aus grobem, unverputztem Ziegelmauerwerk und mit seiner gewölbten Decke war so klein, dass einem schon der wuchtige Heizkessel das Gefühl gab, kaum noch richtig atmen zu können. Ihr Vater stand unmittelbar vor ihr und unterhielt sich mit immer nervöser werdender Stimme mit ihrer Mutter.

Bloß, dass ihre Mutter gar nicht da war.

Leonie beugte den Oberkörper seitwärts, um an ihrem Vater vorbeisehen zu können, obwohl sie wusste, wie sinnlos das war. Der Keller war so winzig, dass man jemanden, der sich darin aufhielt, gar nicht übersehen *konnte.*

»Es wäre mir wirklich lieber, wenn du wieder zurückkämst«, sagte ihr Vater in diesem Moment. »Wir sollten zuerst einmal ...« Er brach mitten im Wort ab, drehte sich auf dem Absatz zu Leonie um und auf seinem Gesicht erschien ein Ausdruck blanken Entsetzens. »Was ... was machst du denn hier?«, keuchte er.

»Mit wem sprichst du da?«

Leonie riss ungläubig die Augen auf. Das war die Stimme ihrer Mutter! Zwar noch immer auf dieselbe unheimliche Weise verzerrt, aber dennoch ganz zweifelsohne ihre Stimme. Doch sie war nirgends zu sehen. Vater und sie waren allein in dem winzigen Kellerraum.

»Leonie«, antwortete Vater. »Leonie ist gekommen.« Er fuhr sich unruhig mit der Zungenspitze über die Lippen. »Warte einen Moment. Bleib, wo du bist. Also, Leonie: Was tust du hier?«

Leonie war nicht nur zutiefst beunruhigt, sie verstand auch nicht, warum sie sich eigentlich rechtfertigen musste, nur weil sie ihren Eltern in den Keller nachgegangen war. Aber irgendetwas in den Augen ihres Vaters warnte sie davor, eine entsprechende Frage zu stellen.

»Ich habe eure Stimmen gehört«, antwortete sie. »Ich wollte wissen, wo ihr seid. Und ... und du hast dich so besorgt angehört.«

»Das bin ich auch«, murmelte ihr Vater, auch wenn die Worte so klangen, als wären sie gar nicht für Leonie gedacht. Es war ihm anzusehen, wie unangenehm es ihm war, hier unten von seiner Tochter überrascht worden zu sein. Man hätte meinen können, sie hätte ihn dabei ertappt, wie er etwas Unanständiges oder Verbotenes tat.

»Sagtest du – Leonie?«

Die Stimme ihrer Mutter war immer noch da, ohne dass von ihr selbst auch nur die geringste Spur zu entdecken gewesen wäre. Sie schien direkt aus der Ziegelsteinmauer vor ihnen zu kommen!

»Was geht hier vor?«, flüsterte Leonie.

Ihr Vater hob unglücklich die Schultern. »Ich wollte, ich wüsste es.«

»Klaus?«, drang Mutters Stimme aus der Wand. »Was ist da los bei euch? Wieso ist Leonie bei dir?«

Absolut fassungslos trat Leonie endgültig an ihrem Vater vorbei, hob die Arme und streckte so vorsichtig die Hände aus, als rechne sie damit, eine glühende Herdplatte zu berühren. Aber der Stein war kalt, als sie ihn anfasste, und äußerst massiv.

»Was ist das?«, flüsterte sie. »Eine Geheimtür oder so was?«

»Zweifellos«, antwortete Vater. Er versuchte zu lächeln, aber es geriet eher zur Grimasse. »Allerdings muss sie schon ziemlich geheim sein, ich sehe sie nämlich gar nicht.«

»Ich auch nicht.« Leonie drückte fester zu, diesmal mit aller Kraft. Die Mauer rührte sich nicht, und wie konnte sie das auch?

»Was redet ihr da?« Mutters Stimme klang jetzt, als wäre sie ganz nah. »Ihr braucht doch nur die Klinke herunterzudrücken!«

»Was für eine Klinke?«, fragte Leonie. Sie warf ihrem Vater einen Hilfe suchenden Blick zu, bekam aber nur ein ratloses Achselzucken zur Antwort.

»Ihr nehmt mich auf den Arm, oder?« Mutters Stimme wurde jetzt eindeutig ärgerlich und dann stand sie plötzlich wie aus dem Nichts direkt vor ihnen. Leonie schlug die Hand vor den Mund, um einen Schrei zu unterdrücken, prallte zurück und stieß so heftig gegen ihren Vater, dass der seinerseits zurücktaumelte und gegen den Heizkessel knallte, der mit einem lautstarken Scheppern gegen die grobe Behandlung protestierte.

»Was ist denn in euch gefahren?«, fragte Mutter und blickte irritiert von einem zum anderen. Ihr Haar war ein wenig durcheinander. Staubfäden klebten darin und graue Spinnweben. Ihr Gesicht war schmutzig und auch ihre Kleider waren alles andere als sauber, was Leonie ziemlich überraschte, denn ihre Mutter war eine sehr penible Frau, die äußersten Wert auf ihre Erscheinung legte.

»Was habt ihr denn?«, fragte sie noch einmal, als weder Leonie noch ihr Vater antworteten, sondern sie nur fassungslos anstarrten. »Ihr seht aus, als hättet ihr ein Gespenst gesehen.«

»Aber du ... du bist ... ich meine ... du bist einfach aus der Wand ...«, stammelte Leonie.

Ihre Mutter drehte den Kopf und maß die Ziegelsteinmauer, die Leonie aus weit aufgerissenen Augen anstarrte, mit einem verunsicherten Blick.

»Aus der Wand? Du meinst: Durch die Tür.«

»Was für eine Tür?«, fragte Vater. »Da ist keine Tür!«

Mutter blickte ihn nur böse an, drehte sich mit einem Ruck um, trat an die Wand heran und machte eine Bewegung, als würde sie nach einer Türklinke greifen und sie herunterdrücken. Dann trat sie zurück, wobei sie die imaginäre Türklinke mit sich zog. »Und was ist das?«, fragte sie triumphierend.

»Eine Wand«, antwortete Vater. Leonie nickte zustimmend. Ihre Mutter stand in einer schon fast komisch anmutenden Haltung da, die Hand immer noch auf einer unsichtbaren Türklinke und sogar ein wenig zur Seite geneigt, als stütze sie sich darauf ab. Aber da, wo ihrer Haltung nach eine – offen stehende – Tür sein musste, erblickte Leonie massives, uraltes Mauerwerk.

»Eine Wand.« Mutter zog eine Grimasse, ließ den gar nicht vorhandenen Türgriff los, trat durch die ebenso wenig vorhandene Tür und war verschwunden. Nur einen Augenblick später tauchte sie ebenso jäh wieder auf und fragte: »Und was war das?«

»Zauberei«, sagte Leonie. Ihr Vater sagte gar nichts.

»Sehr witzig«, erwiderte ihre Mutter. »Also gut, nachdem ihr euch jetzt lange genug über eure arme alte Ehefrau und Mutter lustig gemacht habt, können wir ja wieder ernst werden.«

»Das sind wir«, meinte ihr Vater. Er klang *sehr* ernst. Leonie glaubte sogar so etwas wie Panik aus seiner Stimme herauszuhören.

Mutter drehte sich um, verschwand wieder und tauchte abermals auf. Sie sah stirnrunzelnd von einem zum anderen, dann nickte sie. »Ihr seht sie nicht.«

»Nein«, bestätigte Vater. Leonie schwieg. Zögernd trat sie an ihrer Mutter vorbei, war aber klug genug, die Hände nach vorne zu strecken; so prellte sie sich nur die Fingerspitzen, statt sich die Nase an der Wand blutig zu schlagen.

Ihre Mutter sog ungläubig die Luft zwischen den Zähnen ein, als sie sah, wie Leonies Finger gegen einen Widerstand stießen, der für sie selbst offenbar völlig unsichtbar war; so wie umgekehrt für Leonie und ihren Vater die Tür. Ohne ein weiteres Wort trat sie zum dritten Mal durch die Tür, um einen Augenblick später wieder aufzutauchen.

»Das ist … sonderbar.« Vaters Stimme klang, als hätte er eigentlich ein anderes Wort im Sinn gehabt.

»Ihr seht sie wirklich nicht?«, vergewisserte sich Leonies Mutter. Ihre Stimme zitterte leicht.

»Nein«, bestätigte Vater. »Warum beschreibst du uns nicht, was du siehst?«

»Eine Tür«, antwortete Mutter. »Eine sehr alte Tür. Dunkel. Aus schwerem Holz, mit jeder Menge Schnitzereien. Schmiedeeiserne Ziernägel. Sie hat kein Schloss und sie sieht aus, als wäre sie sehr schwer, aber sie bewegt sich federleicht.«

»Aber so eine Tür gibt es nicht«, beharrte Leonie. »Schon gar nicht in unserem Keller.«

Mutter schwieg eine ganze Weile. Schließlich meinte sie zögernd: »Jetzt, wo du es sagst … bisher ist sie mir wirklich nicht aufgefallen.«

»Aufgefallen?!«, ächzte Vater. »Wir leben seit über dreißig Jahren in diesem Haus. Und du sagst, da wäre eine Tür, die dir bisher *noch gar nicht aufgefallen* ist?«

Leonies Mutter wirkte etwas ratlos – und auch ein kleines bisschen betroffen –, aber sie sagte nichts, sondern verschwand nun zum vierten Mal durch die nicht vorhandene Tür und tauchte gleich darauf wieder auf.

»Ich wünschte mir, du würdest es nicht tun«, sagte Vater unsicher. »Es ist …« Er schluckte. »Es macht mich nervös. Ein wenig jedenfalls.«

»Was ist dahinter?«, fragte Leonie.

Ihre Mutter hob unglücklich die Schultern. »Ein Gang. Ich konnte nicht viel erkennen, weil es zu dunkel war, aber ich hatte das Gefühl, dass er sehr lang ist. Ich bräuchte eine Lampe.«

»Du gehst da nicht rein, solange wir nicht wissen, wohin dieser Gang führt«, sagte Vater bestimmt. »Und was dahinter ist.«

»So?«, fragte Mutter. »Soll ich nicht?« Ihre Augen blitzten kampflustig. Sie drehte sich um und war weg. »Irgendwie habe ich das Gefühl, dass ich es doch tue«, drang ihre Stimme unheimlich aus der Wand.

»Anna, bitte!« Vater machte einen raschen Schritt auf die Wand zu und ächzte, als er wuchtig gegen die Ziegelsteinmauer prallte.

Die Antwort bestand aus einem hellen Lachen, das direkt aus der Wand kam. »Wenn du wüsstest, wie komisch das von hier aussieht.«

»Ja, in der Tat.« Vater trat wieder zwei Schritte zurück und betastete mit spitzen Fingern sein Gesicht, wie um sich davon zu überzeugen, dass auch noch alles an Ort und Stelle war. »Sehr komisch, wirklich.«

Mutter lachte zwar erneut, aber sie tauchte auch nach ein paar Sekunden wieder auf, griff nach dem unsichtbaren Türgriff und drückte die ebenso unsichtbare Tür in ein genauso unsichtbares Schloss. Es hätte komisch aussehen müssen, aber der Anblick jagte Leonie ganz im Gegenteil einen eisigen Schauer über den Rücken.

»Jetzt besorgen wir uns erst einmal eine Taschenlampe«, erklärte ihre Mutter geschäftig. »Dort drinnen ist es stockfinster. Ich bin nur ein paar Schritte weit gegangen, danach konnte ich nichts mehr sehen.«

Irgendetwas an dieser Behauptung kam Leonie seltsam vor. Die Staubfäden in Mutters Haar und der Schmutz auf ihrem Gesicht und an ihren Kleidern sahen eigentlich nicht so aus, als wäre sie nur *ein paar Schritte weit gegangen* – aber andererseits konnte sie sich auch kaum vorstellen, dass Mutter sie belog. Warum sollte sie auch?

»Kommt überhaupt nicht in Frage«, sagte Vater bestimmt. »Wir wissen nicht, wohin dieser Gang führt und was darin lauert. Es ist viel zu gefährlich.« Wie um seinen Worten zusätzlichen Nachdruck zu verleihen, trat er an Mutter vorbei und nahm mit vor der Brust verschränkten Armen vor der Wand Aufstellung, wo die Geheimtür war – oder zumindest dort, wo er sie vermutete.

»Sei nicht albern«, erwiderte Mutter. »Was soll da schon lauern? Ein Geist vielleicht oder Menschen fressende Ungeheuer?« Sie lachte, aber ihre Worte ließen Leonie einen weiteren, noch kälteren Schauer über den Rücken laufen.

Vater schüttelte stur den Kopf. »Es reicht ja schon, wenn dir das alte Gemäuer über dem Kopf zusammenbricht.« Er seufzte. Seine Stimme wurde versöhnlicher, ohne dabei eine Spur ihrer Entschlossenheit einzubüßen. »Sag mal, Anna, fällt dir eigentlich nicht auf, wie merkwürdig du dich benimmst?«

»Merkwürdig?«

»Vorsichtig formuliert«, bestätigte Vater. »Um Gottes willen, Anna! Wir leben seit dreißig Jahren in diesem Haus und plötzlich erscheint dir eine Tür, die vorher eindeutig nicht da war! Nicht genug damit: Diese Tür kannst nur du sehen, und du bist noch dazu die Einzige, die auch hindurchgehen kann! Findest du das nicht auch *ein wenig* seltsam?«

Leonie blickte ihre Eltern an und dann die Stelle an der Wand, wo die geheimnisvolle Tür war. Und plötzlich, für einen winzigen Moment, war ihr alles klar. Plötzlich wusste sie, was all das zu bedeuten hatte und auch was hinter dieser Tür lag. Aber der Gedanke entschlüpfte ihr, bevor sie danach greifen konnte.

»Großmutter«, murmelte sie.

»Großmutter?« Ihre Mutter legte nachdenklich den Kopf auf die Seite. »Was soll mit ihr sein?«

»Ich weiß es nicht«, antwortete Leonie. »Diese Tür … es hat irgendetwas mit … mit Großmutter zu tun.« Sie hob unglücklich die Schultern. »Mehr weiß ich auch nicht.«

Sie rechnete damit, dass ihre Eltern sie nun mit Fragen bombardieren würden, aber die beiden sahen sie nur sehr nachdenklich an und schließlich sagte Vater leise: »Vielleicht hat sie sogar Recht damit.« Er hob rasch die Hand, als Mutter widersprechen wollte. »Nein, überleg doch mal selbst: Ich weiß nicht, wie oft ich in diesem Keller war – Tausend Mal, eine Million Mal, auf jeden Fall aber sehr oft – und ich habe niemals auch nur eine *Spur* von dieser Tür gesehen.«

»Tust du doch auch jetzt nicht«, wandte Mutter ein.

»Aber du«, beharrte Leonies Vater. »Und du warst mindestens so oft hier unten wie ich, wahrscheinlich öfter. Schließlich bist du in diesem Haus geboren und groß geworden. Hast du diese Tür jemals gesehen?«

»Nein«, gestand Mutter. Sie klang ein bisschen widerwillig.

»Siehst du. Und kaum ist deine Mutter gestorben und du bist ihre legitime Erbin, da kannst du diese Tür nicht nur sehen, du kannst auch hindurchgehen.«

»Was willst du damit sagen?«, fragte Mutter. Plötzlich klang sie nicht mehr widerwillig, sondern beinahe schon feindselig.

»Ich habe ja immer gesagt, dass deine Mutter eine Hexe ist«, antwortete Vater. Es sollte ein Scherz sein, aber er ging so gründlich daneben, wie es nur möglich war. Leonies Mutter starrte ihn wütend an und er rettete sich in ein ziemlich verunglücktes Grinsen. »Entschuldige. Das war … nicht so gemeint. Aber Tatsache ist, dass hier etwas nicht mit rechten Dingen zugeht. Das wirst du doch wohl zugeben.«

»Etwas seltsam ist es schon«, räumte Mutter ein.

»Etwas seltsam?!« Vater hörte sich an wie ein Fisch auf dem Trockenen, der vergeblich nach Luft japste.

»Vielleicht … vielleicht hat Fröhlich sich ja deshalb so seltsam aufgeführt«, meinte Leonie.

»Dieser Notar?« Ihr Vater machte ein zustimmendes Gesicht. »Ja, das würde Sinn machen. Ich denke, ich sehe mir jetzt erst einmal diesen so genannten Vertrag etwas genauer an. Und während ich es tue, können wir gemeinsam überlegen, was wir damit …«, er schlug mit der flachen Hand gegen die Wand hinter sich und es *klang* sogar nach Stein, »… anfangen.«

»Was sollen wir schon damit anfangen?«, fragte Mutter. »Wir müssen herausfinden, was dahinter liegt. Wenn sich Mutter solche Mühe gemacht hat, es zu verbergen, dann muss es schon etwas ziemlich Wertvolles sein.«

»Oder Gefährliches.« Vater machte eine entschlossene Handbewegung. »Keine Diskussion mehr. Wir gehen jetzt nach oben und trinken Tee. Diese Tür ist wahrscheinlich schon seit hundert Jahren hier. Sie wird in einer Stunde auch noch da sein.«

Ihre Mutter sah nicht begeistert aus, aber ihr Vater sah auch nicht aus, als würde er nur einen Millimeter von seinem Entschluss abweichen. Schließlich signalisierte sie seufzend ihre Zustimmung und sie verließen hintereinander den Keller.

Leonie warf einen raschen nervösen Blick in die Runde, als sie die Buchhandlung durchquerten, aber von der Maus war nichts zu entdecken. Vielleicht hatte der kleine Nager ja endgültig eingesehen, dass er hier nicht erwünscht war.

Ihr Vater schloss die Zwischentür zur Buchhandlung hinter sich ab, nachdem er als Letzter hindurchgetreten war. Das trug ihm zwar einen giftigen Blick seiner Frau ein, von dem er sich aber nicht sonderlich beeindruckt zeigte. Schweigend gingen sie in die Küche und Leonies Mutter setzte einen Topf mit Wasser auf, um Tee zu kochen. Die Atmosphäre war so angespannt, dass man glaubte, es knistern zu hören.

Vater verschwand für einen Moment, kehrte aber gleich darauf zurück, den dicken Umschlag mit Fröhlichs Vertrag in der Hand und einen zusammengeklappten Laptop unter dem Arm. Mutter beobachtete den Computer stirnrunzelnd – Leonie wusste, dass sie Computer nicht mochte und die Begeisterung ihres Mannes für solcherlei technische Spielereien zwar tolerierte, doch niemals wirklich verstanden hatte –, sagte aber nichts, sondern fuhr fort, den Tee zuzubereiten und Tassen auf den Tisch zu stellen. Bis sie fertig war und der heiße Tee in den Tassen dampfte, hatte Vater seinen Computer eingeschaltet und den Inhalt von Fröhlichs Briefumschlag auf dem Tisch ausgebreitet. All die Unterschriften, Siegel und Stempel wirkten höchst beeindruckend, auch wenn Leonie nicht einmal annähernd klar war, worum es überhaupt ging.

Ihr Vater klaubte ein bestimmtes Blatt heraus und wedelte damit in Mutters Richtung. »Das ist eindeutig die Unterschrift deiner Mutter, wenn du mich fragst.«

Ihre Mutter griff nach dem Blatt und warf einen flüchtigen Blick darauf, ehe sie es ihm mit einem Nicken zurückreichte.

»Das würde bedeuten, dass die Papiere echt sind«, murmelte Vater. »Aus irgendeinem Grund war es deiner Mutter ungeheuer wichtig, dass Leonie das Geschäft erbt und nicht du.« Er hob den Kopf. »Ich dachte immer, ihr hättet euch so gut vertragen.«

»Aber das ist doch Unsinn!«, protestierte Leonie. »Ich will das Geschäft nicht. Und das Geld ist mir erst recht egal!«

Ihre Eltern machten sich nicht einmal die Mühe, ihr zu antworten, so selbstverständlich war das, was sie gesagt hatte.

»Vielleicht ist etwas hinter dieser Tür, etwas von dem sie ausdrücklich wollte, dass Leonie es bekommt, nicht wir.« Er verbesserte sich mit einem raschen Blick in Mutters Richtung. »Du.«

»Und was sollte das sein?«, fragte Leonie.

Ihr Vater hob nur die Schultern, blätterte noch einen Moment in Fröhlichs Papieren und begann dann, auf der Tastatur seines Laptops herumzuhämmern.

»Was tust du da?«, fragte Mutter misstrauisch.

»Ich versuche, mich in die Datenbank der Stadtverwaltung hineinzuhacken«, gestand Vater. »Genauer gesagt, in das Grundbuch- und Katasteramt.«

»Aha«, sagte Mutter. »Und warum?«

»Mittlerweile haben sie fast alle Pläne elektronisch erfasst«, antwortete er. »Mit ein bisschen Glück sind auch die alten Pläne unseres Hauses dabei. Vielleicht finden wir so heraus, was hinter dieser Tür liegt.«

»Einfach hindurchzugehen und nachzuschauen wäre wohl zu leicht, wie?«, fragte Mutter spitz.

»Nein«, antwortete Vater, »aber zu gefährlich.«

Seine Frau zog die linke Augenbraue hoch, sagte aber nichts, sondern nahm die Teetasse in beide Hände und nippte an dem heißen Getränk. Leonie konnte die Feindseligkeit, die ihre Mutter plötzlich ausstrahlte, fast mit Händen greifen. Es erschreckte sie, aber noch mehr verwirrte es sie. Selbstverständlich stritten sich auch ihre Eltern dann und wann, sie waren schließlich keine Heiligen, dennoch führten sie eigentlich eine sehr harmonische Ehe, und derartige Gehässigkeiten gehörten ganz und gar nicht zu ihrem normalen Umgangston.

Leonies Vater hämmerte kommentarlos weiter auf seinem Computer herum und auch Mutter schwieg. Die Stimmung wurde zunehmend eisiger, obwohl Leonie das noch vor ein paar Minuten gar nicht für möglich gehalten hätte. Schließlich hielt sie es nicht mehr aus und stand auf; im gleichen Moment klingelte es an der Haustür.

Ihr Vater blickte einen Moment in die entsprechende Richtung und dann auf die Armbanduhr. »Es ist noch nicht einmal halb sechs«, sagte er. »Wer um alles in der Welt …?«

Sein Gesichtsausdruck verdüsterte sich zusehends, aber er sagte nichts mehr, sondern stand auf und ging aus der Küche, und Leonie schloss sich ihm nach kurzem Zögern an. Das Klingeln wiederholte sich, als sie sich der Haustür näherten. Draußen hatte es zu dämmern begonnen, sodass sie den morgendlichen Besucher als schwarzen Schattenriss hinter dem farbigen Glas erkennen konnten, und Leonie wurde bei seinem Anblick sofort unbehaglich zumute. Sie wusste nicht warum, aber sie spürte, dass der Besucher weiteren Ärger bedeutete.

Als ihr Vater die Tür öffnete, wurde aus diesem Gefühl Gewissheit.

Es war Frohlich, aber er sah alles andere als fröhlich aus. Soweit das überhaupt möglich war, wirkte er noch nervöser als am vergangenen Abend. Er trat unbehaglich von einem Fuß auf den anderen und hob abwehrend die Hände, noch bevor ihr Vater überhaupt etwas sagen konnte. »Ich weiß, es ist früh«, sprudelte er los. »Und ich weiß, dass Sie mich im Moment wahrscheinlich nicht zu sehen wünschen, aber es ist wichtig, bitte glauben Sie mir.«

Leonies Vater sagte nichts von all dem, was ihm sichtbar auf der Zunge lag, sondern blickte nur ein paar Sekunden schweigend und mit steinernem Gesicht auf Fröhlich herab. »Ich habe die Verträge noch nicht ganz durchgelesen«, sagte er dann.

»Deshalb bin ich auch nicht hier«, versicherte ihm Fröhlich. »Ich … ähm … ich müsste Ihre Tochter sprechen.«

»Leonie?«, fragte Vater überrascht.

»Allein, wenn es möglich wäre«, bestätigte Fröhlich.

»Kommt nicht in Frage«, sagte Vater in einem Ton, der jede weitere Diskussion von vornherein überflüssig machte. Trotzdem trat er nach einem weiteren Moment zurück und gab die Tür frei. »Sie können mit Leonie reden, aber ich bleibe dabei. Ich habe sowieso ein paar Fragen an Sie.«

Fröhlich trat erleichtert ein und Vater schloss die Tür hinter ihm. Der Notar schien darauf zu warten, dass er ihn weiter ins Haus hineinbat, aber Vater starrte ihn nur finster und auffordernd zugleich an. »Also?«

»Also gut«, seufzte Fröhlich. Er wandte sich direkt an Leonie. »Deine Großmutter und du, ihr hattet doch ein gutes Verhältnis, oder?«

»Selbstverständlich«, antwortete Leonie fast empört.

»Hat sie mit dir über …« Fröhlich suchte einen Moment nach Worten, schüttelte den Kopf und setzte neu an: »Das alles muss dir sehr sonderbar vorkommen, Leonie. Aber ich muss dich – und vor allem deine Eltern – einfach darum bitten, mir zu vertrauen.« Er trat immer unbehaglicher von einem Fuß auf den anderen. »Es könnte sein, dass es hier in den nächsten Tagen einige … ähm … ungewöhnliche Vorkommnisse gibt.«

»Ungewöhnliche Vorkommnisse?« Vaters Stimme wurde scharf.

»Ich kann nicht ins Detail gehen, aber was immer auch passieren mag, ich beschwöre Sie, nicht darauf zu reagieren.«

»Was genau meinen Sie damit?«

»Ich kann Ihnen nicht mehr sagen«, antwortete Fröhlich.

»Vielleicht geschieht nichts, vielleicht auch etwas sehr Seltsames. Aber was auch immer es sein mag, ich beschwöre Sie, nicht darauf zu reagieren, solange die Eigentumsumschreibung zugunsten Ihrer Tochter nicht rechtskräftig geworden ist. Die Folgen wären möglicherweise unabsehbar. Wie gesagt: Ich *kann* Ihnen nicht sagen, was genau …«

»Zum Beispiel eine verborgene Tür, die plötzlich aus dem Nichts auftaucht und durch die nur eine einzige Person gehen kann?«, fiel ihm Leonie ins Wort.

Fröhlich fuhr wie von der berühmten Tarantel gestochen herum. Seine Augen weiteten sich in blankem Entsetzen. »O mein Gott! Du hast es schon …«

»Meine Frau«, unterbrach ihn ihr Vater mit plötzlicher Nervosität in der Stimme, auch wenn er sich alle Mühe gab, sich nichts anmerken zu lassen. »Sie hat die Tür entdeckt. Vor ungefähr einer Stunde.«

»Ihre Frau!« Fröhlich wurde noch bleicher. »Das habe ich befürchtet. Die legitime Erbin. Aber sie hat die *Gabe* nicht.«

Leonie fuhr zusammen, als hätte sie einen elektrischen Schlag erhalten. »Was haben Sie gesagt?«, fragte sie.

»Sie darf diese Tür nicht öffnen!« Fröhlich wandte sich mit vor Aufregung schriller Stimme direkt an ihren Vater. »Ich kann es Ihnen nicht erklären, aber bitte glauben Sie mir: Sie darf diese Tür nicht öffnen und sie darf schon gar nicht hindurchgehen. Etwas Furchtbares könnte geschehen, wenn sie es tut.«

»Was haben Sie gerade gesagt?«, wiederholte Leonie. »Was haben Sie damit gemeint: Sie hat die *Gabe* nicht? Welche *Gabe?*«

»Das ist im Augenblick Nebensache«, wehrte Fröhlich ab. »Ich erkläre es dir später. Jetzt ist erst einmal wichtig, dass deine Mutter nicht durch diese Tür geht.«

»Ich fürchte, dafür ist es zu spät«, erwiderte Vater. »Sie hat die Tür bereits geöffnet und sie ist auch schon hindurchgegangen.«

»O mein Gott«, hauchte Fröhlich.

»Und es ist überhaupt nichts passiert«, fuhr Vater fort. »Weder etwas Schreckliches noch etwas Außergewöhnliches. Gar nichts.«

»Dann haben wir alle mehr als nur ein bisschen Glück gehabt«, sagte Fröhlich mit großem Ernst, aber ohne wirkliche Erleichterung in der Stimme. »Und lassen Sie uns beten, dass es auch so bleibt. Darf ich fragen, wo sich Ihre verehrte Frau Gemahlin im Moment aufhält?«

»In der Küche«, antwortete Vater. Seine Stimme wurde noch einmal um mehrere Grad kühler. »Sie können es ihr selbst mitteilen – und mir bei dieser Gelegenheit auch gleich ein paar Fragen beantworten.« Er machte eine auffordernde Geste – keine Einladung, sondern eindeutig ein *Befehl* – und Fröhlich setzte sich widerwillig in Bewegung. Er sah fast verzweifelt in Leonies Richtung. Da war noch mehr, was er sagen wollte, und es schien ihm auf der Seele zu brennen, aber er wagte offensichtlich nicht, in Gegenwart ihres Vaters es auszusprechen.

Sie eilten in die Küche. Der Computer stand eingeschaltet auf dem Küchentisch und Mutters Teetasse dampfte vor sich hin, aber sie selbst war nicht mehr da. Vater trat mit zwei schnellen Schritten auf die Terrasse und von dort aus in den Garten hinaus um draußen nachzusehen, während sich Fröhlich über den aufgeklappten Laptop beugte und mit einem Geschick, das Leonie niemals erwartet hätte, Zahlen und Buchstaben einzutippen begann.

»Die Datenbank des Katasteramtes«, sagte er anerkennend. »Dein Vater scheint mir ein sehr kluger Mann zu sein. Aber in diesem Fall ist seine Mühe vergeblich, fürchte ich. Die Pläne des Archivs sind in euren Unterlagen nicht verzeichnet.«

Was sollte das heißen: *eure Unterlagen?* »Die *Gabe*«, sagte sie. »Sie wollten mir erklären, was Sie damit gemeint haben. Sie hat die *Gabe* nicht, Doktor Fröhlich.«

Der Notar kam nicht dazu, zu antworten, aber Leonie hatte das Gefühl, dass ihm das gar nicht so unrecht war. Ihr Vater kehrte zurück, beinahe im Sturmschritt und mit sehr besorgtem Gesicht. Ohne ein Wort ging er zur Anrichte und riss nacheinander sämtliche Schubladen auf.

»Wonach suchst du?«, fragte Leonie.

»Die Taschenlampe!« Vater drehte sich mit einem Ruck um. Er

war sehr blass. »Die Hintertür zum Laden steht offen und sie hat die Taschenlampe mitgenommen.«

»Sie wird dort unten nicht funktionieren«, bemerkte Fröhlich. »So wenig wie irgendein anderes technisches Gerät.«

Leonies Vater starrte ihn für die Dauer eines Herzschlages finster an, dann eilte er zur Tür. »Sie kommen mit!«, sagte er barsch. »Und beten Sie, dass meiner Frau nichts passiert ist!«

»Ich bete, dass uns allen nichts passiert«, flüsterte Fröhlich, während sie hintereinander aus der Küche stürmten.

Obwohl Leonie so schnell rannte, wie es nur ging, hielt Fröhlich nicht nur ohne Probleme mit ihr mit, sondern blieb so dicht hinter ihr, dass er ihr auf der Treppe beinahe in die Hacken getreten hätte. Dennoch holten sie ihren Vater nicht ein. Er stand bereits vor der Wand unten im Keller und schlug mit den flachen Händen gegen den Stein, wobei er ununterbrochen den Namen seiner Frau schrie.

»Das hat keinen Sinn«, sagte Fröhlich. »Sie kann sie nicht hören. Jedenfalls nicht, wenn sie die Tür hinter sich geschlossen hat.«

Leonies Vater fuhr mit einer wütenden Bewegung herum. »Jetzt habe ich aber allmählich genug von dieser verdammten Geheimniskrämerei!«, zischte er. Bevor Leonie überhaupt begriff, was er vorhatte, packte er Fröhlich bei den Revers seines altmodischen Anzuges und riss ihn so grob zu sich herum, dass der zwei Köpfe kleinere Mann für einen Moment den Boden unter den Füßen verlor.

»Sie werden mir jetzt auf der Stelle sagen, was hier los ist, oder ich werde wirklich ungemütlich!«, brüllte er. »Reden Sie!«

»Ich glaube, das fällt ihm leichter, wenn du ihn zwischendurch Luft holen lässt«, schlug Leonie vor.

Ihr Vater spießte sie nur so mit Blicken auf, und Leonie hätte sich nicht gewundert, wäre sie nun an der Reihe gewesen, Zielscheibe seines Zornes zu sein, aber dann ließ er Fröhlich widerstrebend los und trat einen halben Schritt zurück.

»Also«, sagte er. »Ich höre.«

»Ich kann Ihnen auch nicht mehr sagen, als Sie ohnehin schon wissen«, antwortete Fröhlich. »Jedenfalls nicht viel. Ich war immer nur der Rechtsberater Ihrer Schwiegermutter und vielleicht auch ein wenig ihr Freund, aber sie hat mich nie wirklich in ihre Geheimnisse eingeweiht, fürchte ich.«

»Ich warne Sie!« Vaters Stimme zitterte und in seinen Augen war plötzlich ein Ausdruck, den Leonie noch nie darin gesehen hatte. Ihr Vater war alles andere als ein gewalttätiger Mensch, aber in diesem Moment hätte sie sich nicht einmal mehr gewundert, wenn er den wehrlosen alten Mann geschlagen hätte. »Ich verliere langsam die Geduld. Was ist hinter dieser Mauer?«

»Nichts«, antwortete Fröhlich. »Jedenfalls, soweit es Ihre Person betrifft ...«, er wandte sich zu Leonie um, »... und zumindest für eine gewisse Weile auch dich, Leonida.«

»Was meinen Sie damit?«, fragte Leonie.

»Diese Tür öffnet sich nur für die legitime Erbin«, erklärte Fröhlich. »Im Augenblick ist das wohl deine Mutter, fürchte ich. Doch sie ist in großer Gefahr.«

»Das sind Sie auch, falls Sie es noch nicht gemerkt haben«, grollte Vater. »Jedenfalls, wenn Sie mir nicht sofort sagen, wie ich dort hineinkomme.«

»Gar nicht«, antwortete Fröhlich mit einem bedauernden Kopfschütteln.

»Also gut«, sagte Leonies Vater. »Sie wollen nicht. Darüber reden wir später. Und glauben Sie mir, Sie werden sich noch wünschen, mir geantwortet zu haben. Leonie, pass auf, dass er nicht wegläuft!«

»Aber wie soll ich das denn ...?«, begann Leonie, doch ihr Vater stürmte bereits an ihr vorbei und rannte die Treppe hinauf, wobei er immer gleich drei Stufen auf einmal nahm.

»Wo willst du hin?«, rief sie ihm nach.

»In die Garage«, antwortete Vater. »Hammer und Meißel holen.« Die Tür fiel hinter ihm ins Schloss und Leonie blieb hilflos zurück und drehte sich wieder zu Fröhlich um. Was um alles in der Welt hatte ihr Vater gemeint? Sollte sie Fröhlich vielleicht mit Gewalt hier festhalten?

Zu ihrer Erleichterung schien der fast kahlköpfige Notar jedoch überhaupt nicht an Flucht zu denken. »Das wird ihm nichts nützen, fürchte ich«, sagte er traurig. »Er versteht nicht.«

»Ich auch nicht«, gestand Leonie. »Ich meine: Woher wollen wir denn wissen, ob sie überhaupt durch diese Tür gegangen ist? Sie kann doch irgendwo im Haus sein.«

»Du weißt, dass das nicht stimmt«, erwiderte Fröhlich leise.

Leonie antwortete nicht mehr. Fröhlich hatte Recht. Sie hatte die ganze Zeit über gespürt, dass ihre Mutter auf der anderen Seite dieser Wand war. Sie hatte nie vorgehabt, irgendetwas anderes zu tun. Das hatte sie schon vorhin oben in der Küche gemerkt. Noch vor ein paar Stunden wäre ein solches Benehmen bei ihrer Mutter einfach unvorstellbar gewesen, aber plötzlich begriff Leonie, wie sehr sich nicht nur ihr Leben, sondern auch ihre Eltern innerhalb der letzten vierundzwanzig Stunden verändert hatten. Seit sie am vergangenen Morgen aufgewacht war, schien nichts mehr so zu sein, wie es sein sollte.

»Und was … will sie dort auf der anderen Seite?«, fragte Leonie stockend.

»Ich fürchte, dass sie im Begriff ist, etwas sehr Dummes zu tun«, erklärte Fröhlich leise.

»So wie Großmutter?«

Fröhlich blickte fragend und Leonie erinnerte ihn: »Ich habe Sie und Großmutter gestern belauscht.«

»Ach ja, ich vergaß«, sagte Fröhlich. »Ja, du hast Recht. So wie deine Großmutter. Die schrecklichsten Fehler begehen Menschen fast immer in guter Absicht. Ist dir das schon einmal aufgefallen?«

»Nein«, entgegnete Leonie.

»Es ist aber so«, beharrte Fröhlich. »Deine Großmutter war vielleicht der sanftmütigste Mensch, den ich jemals kennen lernen durfte, und sicherlich die zuverlässigste Hüterin, die es jemals gegeben hat. Und doch hat sie den schlimmsten Fehler gemacht, den eine Erbin der Gabe nur machen kann. Sie hat ihre Macht missbraucht, um ihr persönliches Schicksal zu beeinflussen.«

»Aha«, sagte Leonie. »Und was genau bedeutet das?«

Noch während sie die Frage stellte, wusste sie, dass Fröhlich sie ihr höchstens ausweichend beantworten würde. Er kam jedoch erst gar nicht in die Verlegenheit, denn in diesem Moment polterte ihr Vater die Treppe wieder herunter, beladen mit Hammer, Meißel und noch einer ganzen Menge anderer Werkzeuge, die er in rekordverdächtiger Zeit aus der Garage geholt hatte. Unsanft scheuchte er Fröhlich zur Seite, setzte den Meißel an und begann, die Ziegelsteinmauer mit wuchtigen Schlägen zu bearbeiten, unter denen das ganze Haus zu erbeben schien. Binnen weniger Minuten hatte er den ersten der mürben Ziegelsteine buchstäblich zertrümmert und benutzte den Meißel, um die roten Krümel aus dem Loch herauszufegen. Dahinter kam jedoch nichts anderes als schwarzes Erdreich zutage.

Vater schüttelte enttäuscht den Kopf, trat einen Schritt zur Seite und setzte den Meißel an einem anderen Ziegelstein an, aber mit dem gleichen Ergebnis. Es folgte ein weiterer und noch einer und noch einer, bis er schließlich so erschöpft war, dass er Hammer und Meißel fallen ließ und keuchend nach vorne sank, um die Hände auf den Oberschenkeln abzustützen. Er hatte fast ein Dutzend Löcher in die Wand geschlagen, ohne dahinter mehr als Erdreich und Kiesel zutage zu fördern.

»Ich brauche … nur eine kleine Pause«, keuchte er. »Ein paar Minuten, dann mache ich weiter.«

»Und wenn Sie die ganze Wand niederreißen, es würde nichts nutzen«, behauptete Fröhlich.

»Das werde ich auch tun, wenn es sein muss«, antwortete Leonies Vater. »Verlassen Sie sich darauf.«

»Sie werden nichts finden, außer Erdreich und Felsen«, beharrte Fröhlich.

»Dann rufen wir eben die Polizei«, erwiderte Vater heftig.

»Um ihr was zu sagen?«, fragte Fröhlich. »Dass Ihre Frau durch eine Tür verschwunden ist, die nur sie allein sehen kann und die in einen Gang führt, der nur für sie existiert?« Er schüttelte den Kopf. »Ich bitte Sie!«

»Dann sagen Sie mir endlich, was hier los ist!« Vater richtete sich mit einem Ruck auf. »Es muss ein Trick dabei sein. Irgendein verborgener Mechanismus, eine Geheimtür, ein Spiegel – was weiß ich!«

»Nichts dergleichen.« Fröhlich seufzte tief, dann trat er einen Schritt zurück, zog eine altmodische Taschenuhr hervor und klappte den Deckel auf. »Ich fürchte, es gibt hier nichts mehr, was ich für Sie beide tun kann – und meine Zeit ist beschränkt. Ich werde wohl allmählich ...«

»Sie werden gar nichts«, unterbrach ihn Vater. »Ich lasse Sie hier nicht weg, bevor meine Frau nicht wieder zurück ist!«

»Bitte seien Sie doch vernünftig«, drängte Fröhlich. »Es gibt nichts, was wir tun könnten. Nur warten.«

Vater reckte kampflustig die Schultern, trat auf Fröhlich zu und packte ihn erneut am Kragen – genauer gesagt, er wollte es. Doch dann geschah etwas Sonderbares: Er blieb plötzlich wie mitten in der Bewegung erfroren stehen, mit ausgestrecktem Arm und den Blick starr auf Fröhlichs Gesicht gerichtet, und im selben Moment schienen aller Mut und alle Entschlossenheit aus ihm zu weichen. Es dauerte nur ein paar Sekunden, doch schließlich ließ er den Arm wieder sinken, wich zwei Schritte zurück und fuhr mit einem Ruck herum.

»Ach gehen Sie doch zum Teufel!«, schnappte er. »Verschwinden Sie und lassen Sie sich nie wieder hier blicken!«

Fröhlich wirkte ein bisschen verletzt, aber er antwortete nicht, sondern warf nur noch einmal einen Blick auf das Zifferblatt seiner aufgeklappten Taschenuhr, ehe er sich ohne ein weiteres Wort umwandte und ging.

»Wieso hast du ihn gehen lassen?«, fragte Leonie verwundert. Noch vor einer Minute hatte sie den Eindruck gehabt, dass ihr Vater Fröhlich eher die Beine brechen würde als zuzulassen, dass er den Keller verließ.

»Warum auch nicht?«, antwortete Vater wütend. »Dieser alte Spinner redet doch sowieso nur Unsinn. Er hätte uns ganz bestimmt nicht weitergeholfen, sondern nur aufgehalten.«

»Und was machen wir jetzt?«, fragte Leonie.

Vater atmete hörbar ein und bückte sich, um sein Werkzeug aufzuheben, bevor er antwortete: »Ich mache weiter, was hast du denn gedacht? Und wenn ich diese ganze verdammte Wand niederreißen muss.«

Und wie es aussah, hatte er auch genau das vor. Obwohl Leonie tief in sich davon überzeugt war, dass Fröhlich Recht hatte, half sie ihrem Vater nach Kräften. Sie brauchten gut anderthalb Stunden, um die gesamte Ziegelsteinmauer abzutragen; die Steine waren so alt, dass sie zum Teil schon unter dem ersten herzhaften Hammerschlag zersplitterten, und auch der Mörtel bestand zum größten Teil nur noch aus grauem Staub, der fast unter seinem eigenen Gewicht zerbröselte. Als sie fertig waren, standen sie knietief in Schutt und herausgebrochenen Ziegelsteinen, und die Luft war so voller Schmutz und Staub, dass sie kaum noch atmen konnten, aber all ihre Mühe schien vergebens gewesen zu sein. Es war genau so, wie Fröhlich behauptet hatte: Hinter der Ziegelsteinmauer befand sich nichts als Erdreich, Steine und ein paar Wurzeln, die ihren Weg von der Erdoberfläche bis hierher gefunden hatten.

»Und wenn er Recht gehabt hat?«, fragte Leonie. Sie hustete unterdrückt und fuhr sich mit dem Unterarm über die Stirn, um den Schweiß wegzuwischen, der ihr in die Augen laufen wollte.

»Unsinn!«, antwortete ihr Vater. Sein Blick tastete unstet über die freigelegte Wand aus Erdreich und Kieseln. »Da muss einfach ein Durchgang sein. Es ist irgendein Trick dabei, ganz sicher. Vielleicht ist es die falsche Wand. Möglicherweise ist es ein simpler Spiegeltrick und sie ist gar nicht hier verschwunden.«

Leonie schloss mit einem lautlosen Seufzer die Augen. Ihr Vater wusste natürlich, dass das Unsinn war, aber er schien auch fast verrückt vor Angst um seine Frau zu sein. Leonie traute ihm in seinem momentanen Zustand durchaus zu, so lange Wand um Wand niederzureißen, bis ihnen die Decke auf den Kopf fiel.

»Das hat doch keinen Sinn«, murmelte sie niedergeschlagen.

»Und was soll ich deiner Meinung nach tun?« Ihr Vater fuhr sie regelrecht an. »Hier stehen und auf ... irgendein Wunder warten? Oder vielleicht einen Voodoo-Zauber aufführen?«

Leonie nahm ihrem Vater diese für ihn unübliche Entgleisung nicht übel, denn sie teilte seine Sorge um Mutter; auch sie war halb wahnsinnig vor Angst, nur dass diese Angst nicht allein von dem Verschwinden ihrer Mutter herrührte, sondern auch – und vielleicht sogar vor allem – von dem, was Fröhlich gesagt hatte. Ihr Vater mochte den greisen Notar für verrückt halten, aber Leonie hatte das ungute Gefühl, dass er alles andere als das war.

»Ich mache weiter«, sagte Vater bestimmt. »Irgendwo muss hier ein versteckter Eingang sein.« Er ließ Hammer und Meißel liegen und griff stattdessen nach der Spitzhacke, die er mitgebracht hatte, um sie kraftvoll zu schwingen.

Als das Werkzeug herabsauste, erschien Leonies Mutter unmittelbar vor der Wand. Die Spitzhacke sauste direkt auf ihr Gesicht zu. Ihr Vater schrie auf, riss das Werkzeug mit einer gewaltigen Kraftanstrengung herum und die Spitzhacke verschwand mit einem dumpfen Laut nahezu zur Gänze im weichen Erdreich, keine fünf Zentimeter vom Gesicht seiner Frau entfernt. Leonies Mutter machte noch einen einzelnen torkelnden Schritt, brach zusammen und wäre gestürzt, wäre Leonie nicht geistesgegenwärtig hinzugesprungen, um sie aufzufangen. Auf dem unsicheren Boden drohte sie ebenfalls den Halt zu verlieren, doch in diesem Moment kam ihr ihr Vater zu Hilfe.

»Anna! Um Gottes willen, was ist passiert?«

Leonies Mutter antwortete nicht. Sie sah auch nicht so aus, als könnte sie es. Ihr Gesicht war grau vor Schmutz und Schwäche, ihre Kleider zerrissen und hoffnungslos verdreckt, und Leonie erschrak, als sie sich vorbeugte und ihrer Mutter direkt ins Gesicht sah. Es war nicht nur verschmutzt und von zahlreichen mehr oder weniger schlimmen Kratzern und Schrammen übersät, ihre Wangen waren eingefallen und ihre Lippen so spröde und rissig, als hätte sie tagelang in schwerem Fieber dagelegen, und auch ihre Augen hatten einen fiebrigen Glanz.

»Anna!«, schrie Vater. »Antworte doch! Was ist passiert?«

»Ich … ich weiß es«, flüsterte Mutter. »Ich weiß jetzt alles.« Und dann verlor sie endgültig das Bewusstsein.

Doktor Steiner, der ihr Hausarzt und seit vielen Jahren ein guter Freund der Familie war, kam innerhalb einer Viertelstunde. Da sie nicht wussten, wie schwer Mutter verletzt war, hatten sie sie nicht ins Schlafzimmer im ersten Stock gebracht, sondern sie mit vereinten Kräften ins Wohnzimmer getragen und dort auf die Couch gelegt. Natürlich hatte Leonies Vater sofort einen Krankenwagen rufen wollen, doch er hatte kaum nach dem Telefonhörer gegriffen, da wachte Mutter auf und flehte so inständig darum, es nicht zu tun, dass Vater schließlich nachgab und es dabei bewenden ließ, Doktor Steiner zu alarmieren. Leonie bekam nicht mit, was er zu ihm sagte, aber er musste es wohl ziemlich dringend gemacht haben, denn Steiner tauchte in rekordverdächtigen fünfzehn Minuten auf, obwohl seine Praxis nahezu am anderen Ende der Stadt lag und er um diese Zeit eigentlich dort die ersten Patienten empfangen sollte. Leonie verstand auch nicht, warum sich ihr Vater überhaupt auf die Bitte ihrer Mutter eingelassen hatte. Man musste kein Arzt sein um zu erkennen, in welchem Zustand sie sich befand.

Während sie auf den Arzt warteten, hatte Vater ein Handtuch angefeuchtet und versucht, den schlimmsten Schmutz von ihrem Gesicht zu entfernen.

Was darunter zum Vorschein kam, gab ihnen allerdings auch nicht unbedingt neuen Mut. Mutters Gesicht war mit Schrammen und Risswunden übersät, von denen einige so aussahen, als wären sie schon halbwegs verschorft, obwohl das natürlich nicht sein konnte. Aber auch ihre Wangen waren eingefallen, und Leonie hätte geschworen, dass sie mindestens zehn Pfund an Gewicht verloren hatte, wenn nicht sogar mehr, wäre das nicht ebenfalls völlig unmöglich gewesen. Ihre Hände waren rissig und so zerschunden, als hätte sie versucht, sich damit durch massiven Fels zu graben, und die meisten ihrer Fingernägel waren abgebrochen und entzündet.

Als Steiner kam, scheuchte er Vater und Leonie kurzerhand

aus dem Raum. Vater protestierte, aber Proteste haben einen Arzt noch nie davon abgehalten, seine Arbeit zu tun, und so fanden sie sich nur eine Minute später in der Küche wieder. Leonie setzte kommentarlos Wasser auf, um einen Tee zu kochen, und Vater nahm ebenso kommentarlos am Küchentisch Platz und starrte schweigend nach draußen auf den Terrassentisch und die schmiedeeisernen Stühle. Als Leonie den benommenen Ausdruck auf seinem Gesicht bemerkte, war sie froh, nicht zu wissen, was hinter seiner Stirn vorging.

»Vielleicht sollten wir Doktor Fröhlich anrufen«, meinte sie zögernd.

Ihr Vater sah nicht einmal in ihre Richtung, als er antwortete. »Ich werde mich um diesen so genannten Rechtsberater kümmern, keine Sorge. Sobald ich weiß, was mit deiner Mutter ist.« Und damit war das Gespräch zu Ende. Als Doktor Steiner aus dem Wohnzimmer kam, sprang Vater auf. »Wie geht es ihr? Kann ich zu ihr?«

»Gut und nein«, antwortete Steiner und ergriff Vater, der schon halb an ihm vorbeigeeilt war, am Arm, um ihn zurückzuhalten. »Sie schläft jetzt. Ich habe ihr eine Spritze gegeben, also mach dir keine Sorgen und beruhige dich erst einmal.«

»Aber was ist denn passiert?«, fragte Vater. »Was fehlt Anna?«

Steiner maß ihn mit einem nachdenklichen Blick. »Abgesehen von jeder Menge Hautabschürfungen und Prellungen, einem gestauchten Handgelenk und etwas, das wie ein ziemlich großer Spinnenbiss aussieht?«, fragte er. »Vollkommene Entkräftung und gefährliche Dehydrierung.« Sein Blick wurde noch ernster. »Was ist hier passiert, Klaus?«

»Was soll das bedeuten?«, fragte Leonie.

Steiner wandte sich kurz in ihre Richtung. »Um es einfach auszudrücken: Deine Mutter hat seit mindestens einer Woche so gut wie nichts gegessen und sie stand kurz davor, zu verdursten.«

»Eine Woche?«, entfuhr es Leonie. Aber das war doch vollkommen ausgeschlossen!

»Ich kann nur das sagen, was ich als *Arzt* sehe«, antwortete Steiner. »Ich glaube euch – aber dann erzählt mir, was hier passiert ist! Verdammt, Klaus, Anna ist nicht nur meine Patientin, sondern auch eine gute Freundin! Ich habe ein Recht, zu erfahren, was ihr zugestoßen ist.«

»Ja«, gab Vater zu. »Aber ich kann es dir trotzdem nicht sagen. Du musst mir einfach vertrauen.«

»So, muss ich das?« Steiner sah regelrecht wütend aus, doch statt zu explodieren, seufzte er nur tief und wirkte in der nächsten Sekunde plötzlich viel mehr traurig als erzürnt. »Ja, dann muss ich das wohl. Aber ich gehe davon aus, dass du mir alles erzählst, sobald du es kannst.«

»Das verspreche ich«, sagte Vater.

»Gut.« Steiner sah auf die Uhr. »Ich muss zurück in meine Praxis, aber ich komme heute Nachmittag wieder. Nach der Spritze, die ich ihr gegeben habe, wird sie ein paar Stunden schlafen. Wenn sie aufwacht, musst du dafür sorgen, dass sie liegen bleibt. Und sie soll möglichst viel trinken.« Er griff nach seiner Tasche, nickte Leonie zum Abschied noch einmal zu und ging. Vater brachte ihn nicht zur Tür, sondern sah ihm nur hinterher und griff dann wieder nach seiner Tasse. Seine Hände zitterten.

»Eine Woche?« Leonie blickte fassungslos in die Richtung, in die Steiner verschwunden war, und wandte sich dann wieder ihrem Vater zu. »Aber das ist doch völlig unmöglich. Doktor Steiner muss sich irren!«

»Eigentlich ist er ein sehr guter Arzt«, meinte Vater nachdenklich. »Ich kann mir nicht vorstellen, dass er so sehr danebenliegt.«

»Aber das ist unmöglich!«, protestierte Leonie. »Sie war nicht einmal zwei Stunden weg.«

»Nachdem sie durch eine Tür gegangen ist, die gar nicht da war.« Vater schüttelte müde den Kopf. Er sah sie immer noch nicht an, sondern blickte auf die Terrasse hinaus. Leonie folgte seinem Blick und ein kalter Schauer rann ihr den Rücken hinab, als ihr klar wurde, dass er den Stuhl anstarrte, auf dem ihre Großmutter immer gesessen hatte. Mittlerweile war sie nicht mehr sicher, dass es nur Einbildung gewesen war, als sie genau auf diesem Stuhl den Geist ihrer Großmutter gesehen hatte. Noch vor ein paar Stunden hatte sie sich mit Erfolg einreden können, dass sie nur auf einen bösen Streich hereingefallen war, den ihre eigenen Nerven ihr spielten – schließlich gab es keine Geister. Oder?

Aber nach dem, was sie gerade unten erlebt hatte …

»Da … da ist noch etwas«, begann sie zögernd.

Einen Herzschlag lang starrte ihr Vater weiter ins Leere, sodass sie schon glaubte, er hätte sie gar nicht gehört, doch dann gab er sich einen sichtbaren Ruck und wandte sich ihr zu. »Ja?«

»Ich weiß, es klingt ziemlich komisch«, erklärte sie unsicher, »glaubst du an Geister?«

Unter normalen Umständen hätte ihr Vater jetzt bestenfalls milde gelächelt, aber nun maß er sie mit einem langen und sehr nachdenklichen Blick, und bevor er antwortete, wandte er noch einmal den Kopf und sah zu Großmutters Stuhl am Terrassentisch hin. Leonie fuhr ein weiterer, noch eisigerer Schauder über den Rücken.

»Ich weiß nicht mehr, was ich noch glaube«, murmelte er. »Das Ganze ist ein Albtraum.« Er stützte die Ellbogen auf den Tisch, verbarg das Gesicht in den Händen und seufzte tief. Für eine ganze Weile blieb er einfach nur so sitzen, dann nahm er die Hände herunter und stand auf.

»Ich sehe nach Mutter. Versuch ein bisschen zu schlafen. Du kannst im Moment sowieso nichts tun.«

Als er ging, wäre ihm Leonie am liebsten nachgelaufen. Sie fühlte sich allein gelassen, nicht nur von ihrem Vater und in diesem Augenblick, sondern vom Schicksal und überhaupt. Aber er hatte natürlich Recht: Sie konnte im Moment rein gar nichts tun, und wahrscheinlich wollte er auch mit Mutter allein sein, selbst wenn sie nach der Spritze, die Steiner ihr gegeben hatte, tief und fest schlief. Sie sollte das respektieren.

Leonie kramte noch eine Zeit lang ziellos in der Küche herum, aber nachdem sie den Tisch das dritte Mal aufgeräumt und die Herdplatten zum fünften Mal poliert hatte, schloss sie die Terrassentür und machte sich auf den Weg nach oben in ihr Zimmer. Sie musste dabei am Wohnzimmer vorbei, ob sie wollte oder nicht, und da die Tür offen stand, warf sie ganz automatisch einen Blick hinein. Ihre Mutter lag auf der Couch und schlief, genau wie Steiner vorausgesagt hatte, aber von ihrem Vater war nichts zu sehen. Der Fernseher lief ohne Ton und zeigte Bilder von der Flugzeugkatastrophe, als gäbe es kein anderes Programm mehr.

Sie wollte schon hineingehen und das Gerät ausschalten – die Bilder weckten fürchterliche Erinnerungen in ihr, und sollte Mutter zwischendurch doch wach werden, würde es ihr ganz bestimmt genauso ergehen –, setzte aber dann stattdessen ihren Weg nach oben fort.

Irgendetwas polterte. Leonie erstarrte und lauschte. Das Geräusch wiederholte sich nicht, aber es war eindeutig, aus welcher Richtung es gekommen war: vom Ende des Flures, wo Großmutters Zimmer lag. Selbst im Halbdunkel des Korridors konnte sie erkennen, dass die Tür nur angelehnt war.

Ihr Herz begann zu klopfen. Großmutters Zimmer war abgeschlossen gewesen, als sie das Haus verlassen hatten, das wusste sie ganz genau. Nun stand die Tür offen und jemand (oder etwas? Der bloße Gedanke ließ sie frösteln) war im Zimmer.

Obwohl ihre Furcht mit jedem Schritt größer wurde, ging sie weiter, blieb schließlich vor der Tür stehen und lauschte angestrengt. Sie meinte, Geräusche aus dem Zimmer zu hören, aber sie war nicht sicher, ob es sich nicht nur um das Hämmern ihres eigenen Herzens handelte. Zögernd legte sie die flache Hand gegen die Tür, drückte sie unendlich behutsam weiter auf und spähte durch den entstandenen Spalt.

Jemand *war* in Großmutters Zimmer, aber es war nicht ihr Geist und auch keines der anderen Monster, mit denen Leonie ihre außer Rand und Band geratene Fantasie gequält hatte, sondern ihr Vater. Er stand mit dem Rücken zur Tür an einem der Bücherregale, die jeden freien Quadratzentimeter der Wände bedeckten, und riss scheinbar wahllos Bücher von den Brettern. Bei den meisten warf er nur einen flüchtigen Blick auf den Titel, manche klappte er auf, um hastig darin zu blättern, und danach landeten sie ausnahmslos auf dem Fußboden. Wenn man bedachte, dass er seit allerhöchstens zehn Minuten hier drin sein konnte, dann hatte er schon ein beachtliches Chaos angerichtet, denn er stand mittlerweile fast wadenhoch in einem Berg von Büchern und Papier.

Leonie machte die Tür ganz auf und trat ein. Ihr Vater fuhr zusammen, drehte sich hastig um und sah für einen Moment wie der sprichwörtliche ertappte Sünder aus. »Was ... was machst du denn hier?«, stammelte er.

»Ich habe Geräusche gehört«, antwortete Leonie. Sie sah demonstrativ auf das Chaos hinab, das ihr Vater angerichtet hatte. »Was suchst du?«

»Ein Buch«, antwortete ihr Vater.

»Wenn du mir sagst, welches, kann ich dir bestimmt helfen«, sagte Leonie. Das entsprach der Wahrheit. Von allen hier im Haus kannte sie sich wohl am besten in Großmutters privater Bibliothek aus – und ihr war auch klar, dass es Großmutter wahrscheinlich das Herz gebrochen hätte, hätte sie gesehen, wie Vater mit ihren Büchern umging. Ihre Großmutter war Buchhändlerin mit Leib und Seele gewesen; vor allem aber mit *Seele*. Mutter hatte diese Eigenschaft ebenso geerbt wie Leonie, aber für ihren Vater waren Bücher bestenfalls Dinge, die man mit Gewinn weiterverkaufen konnte, wenn man sich halbwegs geschickt anstellte. Dennoch sollte er wissen, wie wertvoll die Bücher zum Teil waren, mit denen er jetzt so achtlos umging.

»Das würde ich ja ganz gerne, wenn ich wüsste, wonach ich eigentlich suche«, erklärte ihr Vater.

Leonie verstand das noch weniger als alles andere; aber als ihr jetzt richtig bewusst wurde, wie grob ihr Vater mit Großmutters wertvollen Büchern umging, runzelte sie missbilligend die Stirn. Etliche waren geknickt und eingerissen, und mindestens bei einem Buch war der Einband gebrochen, was einem Totalschaden gleichkam. Abgesehen davon, dass die Bücher rein materiell einen gewissen Wert darstellten, hatten sie für Großmutter noch sehr viel mehr bedeutet. Sie waren ihre Freunde gewesen und ein Leben lang die treuesten Begleiter, die man sich nur wünschen konnte.

»Sag mir Bescheid, wenn du fertig bist«, sagte sie. »Ich räume dann hier auf.«

Aus irgendeinem Grund schien dieser Vorschlag Vaters Raserei zu steigern. Seine Brauen zogen sich zu einem spitzen Dreieck zusammen und in seinen Augen blitzte ein regelrechtes Gewitter. »Tu das«, sagte er gepresst. »Und jetzt sieh noch einmal nach deiner Mutter und danach geh auf dein Zimmer!«

Wenn Leonie jemals einen Rauswurf erlebt hatte, dann jetzt. Sie war allerdings mehr verstört als zornig – eine solche Behandlung war sie von ihren Eltern nun wirklich nicht gewöhnt. Sie schluckte die patzige Entgegnung, die ihr (auch ganz gegen ihre Art) auf der Zunge lag, hinunter, konnte es sich aber nicht verkneifen, sich provozierend langsam umzudrehen, bevor sie das Zimmer verließ.

Wie Vater von ihr verlangt hatte, sah sie noch einmal nach ihrer Mutter – sie schlief – und schlich anschließend hinauf. Der Anblick ihres Zimmers erinnerte sie wieder an das Chaos, das Vater unten in Großmutters Zimmer angerichtet hatte und vermutlich gerade jetzt noch weiter vergrößerte. Abgesehen von der kleinen Stereoanlage, dem Fernseher und der modernen Einrichtung ähnelten sich Großmutters Zimmer und ihres wie ein Ei dem anderen: Auch Leonies Zimmer quoll nur so über von Büchern. Sie standen dicht an dicht auf Regalen, die jedes freie Fleckchen an den Wänden bedeckten. In Leonies Leben spielten Bücher eine große Rolle, wenn auch sicher keine so gewaltige wie in dem ihrer Großmutter. Trotzdem hätte sie sich ein Leben ohne Bücher einfach nicht vorstellen können. Sie mochte Filme, Fernsehen und bis zu einem gewissen Grad auch Computerspiele, aber das wirkliche Abenteuer und die spannendsten Geschichten fanden natürlich nur in Büchern statt. Und das würde sich nach Leonies fester Überzeugung auch nicht ändern, ganz egal, was für raffinierte Computerspiele und aufwändige Spielfilme in Zukunft auch produziert werden mochten.

Bei ihrem Vater war das etwas ganz anderes. Er hatte nie einen Hehl daraus gemacht, dass ihn Bücher nicht interessierten. Seiner Meinung nach bot das richtige Leben mehr als genug Herausforderungen und Abenteuer, als dass man sie auch noch zwischen den Seiten eines Buches suchen musste. Umso weniger konnte Leonie sich nun erklären, was er eigentlich unten in Großmutters Bibliothek suchte.

Sie hörte ein leises Rascheln und diesmal dauerte es einen Moment, bis sie herausfand, aus welcher Richtung das Geräusch kam: aus dem offenen Schuhkarton, den sie am vergangenen Abend für ihren uneingeladenen pelzigen Gast aufgestellt hatte.

Er war wieder da.

Leonie wusste nicht, ob sie ärgerlich werden oder lächeln sollte, als sie in den Karton sah und die winzige Maus erblickte, die es sich darin gemütlich gemacht hatte – und das im wahrsten Sinne des Wortes. Der Karton war jetzt nicht mehr leer. Die Maus hatte eines von Leonies guten seidenen Taschentüchern in eine Ecke geknüllt, wo es ein regelrechtes kleines Bett bildete, und auf der anderen Seite ein halbes Dutzend Kekse und zwei Zuckerwürfel aufgestapelt; nicht einfach hingelegt, sondern tatsächlich zu zwei ordentlichen Stapeln aufgeschichtet. Davor lag der umgedrehte Schraubverschluss einer Cola-Flasche. Er war leer, aber die Bedeutung dieses Arrangements war klar: Offensichtlich erwartete die Maus, dass sie ihn mit Wasser füllte.

Leonie betrachtete das sorgsame Arrangement mit einiger Verblüffung. Ihr war schon längst klar geworden, dass es sich bei dem kleinen Nager nicht um eine x-beliebige Maus handelte, sondern um ein dressiertes Tier, das vermutlich irgendwo ausgebüxt und erst auf rätselhaftem Weg in die Zentralbibliothek und dann zu ihr gelangt war – aber allmählich kam ihr der Verdacht, dass dieses Tier reif für das Guinness-Buch der Rekorde war.

Sie ging ins Bad, ließ wenige Tropfen Wasser in die improvisierte Trinkschale laufen und trug sie zurück. Die Milch hatte die Maus vorhin verschmäht, aber an dem Wasser tat sie sich sofort und ausgiebig gütlich. Als sie den Flaschendeckel zur Gänze geleert hatte, versetzte sie ihm mit der Nase einen kleinen Stups in Leonies Richtung und sah auffordernd zu ihr hoch.

»Auch noch anspruchsvoll, wie?«, fragte Leonie. »Und was

wird das, wenn es fertig ist? Ich meine: Hast du vielleicht noch zwei Koffer vor der Tür stehen, die ich raufholen soll?«

Die Maus schüttelte den Kopf.

»Auch gut«, sagte Leonie. Sie hatte beschlossen, sich einfach über nichts mehr zu wundern, was mit dieser merkwürdigen Maus zu tun hatte. Vermutlich existierte sie gar nicht, sondern war nur eine Ausgeburt ihrer eigenen Fantasie. »Dann kann ich davon ausgehen, dass du gerade hier eingezogen bist?«

Die Maus nickte, was auch sonst?

»Also gut, meinetwegen«, seufzte Leonie. »Aber bild dir nicht ein, dass du jetzt deine gesamte Verwandtschaft nachholen kannst. Ich gewähre dir Asyl, aber sonst niemandem, ist das klar?«

Diesmal grinste die Maus eindeutig.

Leonie füllte den Flaschendeckel neu auf, stellte ihn in die Kiste zurück und nahm dann das Taschentuch aus dem Schuhkarton. Nicht dass sie es brauchte. In Zeiten von Kleenex und Tempotaschentüchern benutzte *niemand* mehr seidene Taschentücher, allein schon aus hygienischen Gründen, aber es gehörte zu einem Set, das sie von ihrer Großmutter geschenkt bekommen hatte, und sie hing daran. Außerdem war es einfach zu schade, um als Unterlage für einen struppigen Mäusehintern zu dienen.

Sie faltete es sorgsam zusammen, legte es neben dem Schuhkarton auf den Schreibtisch und ging zum Wäschekorb, um eine Socke zu holen. Die Maus sah ihr aufmerksam zu. Als Leonie fertig war und einen Schritt zurücktrat, flog die Socke in hohem Bogen über den Rand des Schuhkartons. Eine Sekunde später hüpfte die Maus hinterher, krallte sich das Taschentuch und trug es in ihr Birkenstock-Fertighaus zurück. Leonies Unterkiefer klappte herunter.

Mehr belustigt als verärgert tauschte sie die so unterschiedlichen Mäusebetten wieder aus, mit dem gleichen Ergebnis. Dieses Spiel wiederholte sich noch drei- oder viermal und am Ende war es Leonie, die aufgab, nicht die Maus.

»Also gut«, meinte sie resigniert. »Du hast gewonnen. Aber ich warne dich: Ein Fleck oder gar ein Riss, und ich benutze ein Stück Mäusefell, um ihn zu stopfen!«

Die Maus fuhr vollkommen unbeeindruckt fort, das seidene Taschentuch zurechtzuknuffen und -zuschieben, bis es tatsächlich ein richtiges kleines Bett bildete. Nein, diese Maus gehörte nicht ins Guinness-Buch der Rekorde, dachte Leonie. Sie gehörte ins Fernsehen, mindestens.

»Du hast mich verstanden«, sagte sie, während sie sich bereits umdrehte und zur Tür ging. »Mach keinen Unsinn, solange ich weg bin. Wenn dir langweilig wird, schmeiß dir ein Video ein, aber dreh den Fernseher nicht zu laut auf.«

Als sie die Treppe hinunterging, hörte sie Stimmen aus dem Wohnzimmer. Anscheinend war ihre Mutter doch wieder aufgewacht, und Leonie beschleunigte ihre Schritte, um zu ihr zu kommen.

Sie erlebte eine Überraschung. Ihre Mutter schlief noch immer. Die Stimme, die sie gehört hatte, war die ihres Vaters, der mit dem Rücken zur Tür dastand und telefonierte. »Also gut, in einer Stunde dann«, sagte er gerade. »Wenn Sie pünktlich kommen, warte ich an der Tür auf Sie, dann müssen Sie nicht klingeln.« Er hängte ein, drehte sich um und fuhr wieder einmal wie ertappt zusammen, als er Leonie erblickte. Wenigstens fragte er sie diesmal nicht, was sie hier zu suchen hatte.

»Wie geht es ihr?« Leonie machte eine Kopfbewegung zu ihrer Mutter hin.

»Sie schläft.« Ihr Vater warf einen raschen schuldbewussten Blick auf das Telefon, als er antwortete. »Aber ich glaube, sie wacht allmählich auf.«

Leonie trat vorsichtig an die Couch heran, auf der ihre Mutter schlief. Vater, oder vielleicht auch Doktor Steiner, hatten ihr das zerrissene Kleid aus- und ein sauberes Nachthemd angezogen und auch den ärgsten Schmutz aus ihrem Haar gekämmt, aber das schien den erbärmlichen Zustand, in dem sie sich befand, eher noch zu betonen. Jetzt, mit einigem Abstand und nicht mehr von der nackten Angst um das Leben ihrer Mutter erfüllt, bemerkte sie mit schmerzhafter Deutlichkeit, wie blass und eingefallen ihr Gesicht wirklich war. Sie hatte sich nicht getäuscht:

Ihre Mutter hatte von gestern auf heute so viel an Gewicht verloren, dass sie regelrecht ausgemergelt wirkte. Die Wangenknochen stachen wie helle Narben durch ihre Haut und unter ihren Augen lagen tiefe, fast schwarze Ringe. Ihre Lippen waren rissig und hier und da klebte verschorftes Blut.

»Aber wie ist das nur möglich«, murmelte sie zum wiederholten Male. »Sie war doch nur ein paar Stunden weg.«

Ihr Vater hob nur die Schultern. Was sollte er auch sagen, wenn nicht einmal Doktor Steiner eine Antwort wusste?

»Du könntest mir einen Gefallen tun«, meinte Vater plötzlich. »Ich habe gerade mit Doktor Steiner telefoniert. Er möchte, dass sie noch ein bestimmtes Medikament bekommt, das er in seiner Praxis hat. Er kann nicht weg und ich möchte Anna nicht allein lassen. Vielleicht bist du so lieb und fährst hin, um es abzuholen?«

»Und wie?«, fragte Leonie. Steiners Praxis lag am anderen Ende der Stadt.

»Ich gebe dir Geld für ein Taxi.« Vaters Blick irrte erneut zum Telefon. »Zieh dich um und ich rufe inzwischen einen Wagen.«

Leonie gehorchte auch jetzt, ohne zu widersprechen – aber sie glaubte ihrem Vater kein Wort. Seine Bitte klang zu sehr nach einem Vorwand, ausgedacht in genau dem Moment, in dem er ihn ausgesprochen hatte. Dazu noch dieses sonderbare Telefonat – warum legte er Wert darauf, dass der Besucher, den er erwartete, nicht klingelte? – und auch sein seltsames Benehmen vorhin in Großmutters Zimmer …

Es gab nur eine einzige Erklärung: Vater wollte sie aus dem Haus haben. Irgendetwas ging hier vor, von dem sie nichts wissen sollte. Aber Leonie dachte nicht daran, dieses Spielchen mitzumachen.

Sie eilte in ihr Zimmer hinauf, um Jacke und Schuhe anzuziehen, und war kein bisschen überrascht, dass ihr Vater das Taxi noch nicht bestellt hatte, als sie wieder unten war. Auf ihren Vorschlag, die knapp zwei Blocks zum Taxistand zu laufen, um Zeit zu sparen, ging er erst gar nicht ein, sondern trödelte noch gut zehn Minuten herum, bevor er endlich zum Hörer griff und das Taxi rief. Leonie rechnete in Gedanken nach und kam zu dem Ergebnis, das sie erwartet hatte: Jetzt, im morgendlichen Berufsverkehr, würde sie mindestens eine Dreiviertelstunde hin und noch einmal dieselbe Zeit zurück brauchen, was ihrem Vater hinlänglich Zeit gab, allein mit seinem geheimnisvollen Besucher zu reden.

Durch diese Rechnung würde sie ihm einen gründlichen Strich machen, zumal ihr Vater das Taxi für den Hin- und Rückweg im Voraus bezahlte. Sie stieg gehorsam ein, ließ den Fahrer aber schon an der nächsten Ecke wieder anhalten und gab ihm den Auftrag, allein zu Doktor Steiner zu fahren und das Medikament zu holen – was ihr Vater ebenso gut hätte tun können. Er hätte auch Steiner bitten können, ein Taxi zu schicken, was zudem schneller gegangen wäre und nur die Hälfte gekostet hätte. Leonie wunderte sich nicht mehr über die plumpe Ausrede, zu der ihr Vater Zuflucht gesucht hatte. Im Grunde gab es nur eine einzige Erklärung: Ihr Vater musste bei ihrem Anblick regelrecht in Panik geraten sein und hatte einfach das Erstbeste gesagt, was ihm in den Sinn gekommen war.

Sie stieg aus und nahm einen gehörigen Umweg in Kauf, um sich dem Haus so zu nähern, dass ihr Vater sie nicht sah, sollte er zufällig einen Blick aus dem Fenster werfen. Schräg gegenüber ihres Elternhauses und im Schutz eines blühenden Fliederbusches nahm sie Aufstellung und fasste sich in Geduld.

Sie musste nicht lange warten. Der Besucher kam früh – nicht einmal eine halbe Stunde, nachdem sie das Haus verlassen hatte. Und er reiste auf eine Art und Weise an, mit der Leonie nun wirklich nicht gerechnet hatte; um genau zu sein, hätte wohl niemand damit gerechnet, zumindest nicht seit dem Siegeszug des motorisierten Individualverkehrs.

Sie hatte sich die Zeit damit vertrieben, die Straße abwechselnd in beiden Richtungen zu beobachten. Sie wartete auf ein Taxi oder auch einen anderen Wagen. Er kam, aber er wäre vermutlich nie durch den TÜV gekommen und er war auch eindeutig untermotorisiert. Genau genommen hatte er zwei PS, die in Form von zwei nachtschwarzen Rappen vor eine altmodische zweirädrige Kutsche gespannt waren, wie man sie nur noch in alten Büchern sah oder allenfalls in Wildwestfilmen.

Leonie war so perplex, dass sie einen halben Schritt aus ihrer Deckung hinaustrat und die näher kommende Droschke anstarrte, ehe sie endlich auf die Idee kam, wieder hinter den Fliederbusch zurückzuweichen. Der Wagen näherte sich mit erstaunlichem Tempo, schwenkte schließlich nach rechts und hielt unmittelbar vor Leonies Elternhaus und nahe genug beim Fliederbusch, dass sie den Fahrer erkennen konnte. Es war kein Landarzt aus einem Wildwestfilm, sondern ein fast kahlköpfiger Notar, der ein Monokel im Auge und eine altmodische Pelerine trug.

Fröhlich stieg umständlich aus seinem bizarren Gefährt und näherte sich gemessenen Schrittes dem Haus. Auf halbem Wege wurde die Tür geöffnet und Leonies Vater trat heraus. Leonie war viel zu weit entfernt um zu hören, was er sagte, aber er wirkte nicht begeistert. Vermutlich ärgerte er sich darüber, dass Fröhlich zu früh kam, vielleicht auch über das antiquierte Fahrzeug, das nun nur unnötiges Aufsehen erregte. Er fuchtelte einen Moment lang unwillig mit beiden Händen in der Luft herum, als würde er Fliegen verscheuchen, dann winkte er Fröhlich ungeduldig herein und zog die Tür hinter sich ins Schloss. Erstaunlicherweise gönnte er der zweirädrigen Droschke, die direkt vor seinem Haus abgestellt war, nicht einmal einen zweiten Blick.

Leonie wagte sich endlich aus ihrer Deckung heraus, lief über die Straße und rannte zur Rückseite des Grundstückes, so schnell sie nur konnte. Das Grundstück war alles andere als klein, ebenso wie der Garten, aber Leonie sputete sich und keine fünf Minuten nach Fröhlich und ihrem Vater betrat auch sie wieder das Haus; allerdings durch den Hintereingang.

Sie hörte Fröhlichs Stimme aus dem Wohnzimmer und sie klang alles andere als froh. »Ich hätte gedacht, dass Sie es mittlerweile begriffen haben«, sagte er gerade. »Was immer Sie tun, Sie können es nur schlimmer machen.«

»Wir haben nicht vor, irgendetwas zu verändern, Doktor Fröhlich«, antwortete ihr Vater. Leonie hörte, wie schwer es ihm fiel, einigermaßen ruhig zu bleiben. »Anna wollte den Schaden wieder gutmachen, mehr nicht.«

»Nichts anderes habe ich angenommen«, erwiderte Fröhlich. Er klang leicht beleidigt. »Aber niemand kann die Zeit zurückdrehen. Niemand darf es auch nur versuchen, verstehen Sie das denn nicht?«

»Ehrlich gesagt, nein.« Das war die Stimme von Leonies Mutter. Sie klang so schwach, wie sie vorhin ausgesehen hatte.

»Jedwede Veränderung ist eine Veränderung«, erklärte Fröhlich. »Sogar wenn man versucht, etwas einmal Verändertes wieder rückgängig zu machen. Jede noch so winzige Abweichung bedingt eine weitere und diese wiederum verursacht weitere und weitere. Und so geht es weiter, bis man am Ende eine Lawine auslöst, die alles verschlingen kann.«

»Das ist doch nur Theorie«, widersprach Vater. Leonie schlich auf Zehenspitzen näher an die Tür heran, aber nur gerade so weit, dass sie die Stimmen Fröhlichs und ihrer Eltern deutlicher hören konnte. »Niemand hat es jemals ausprobiert, oder?«

»Woher wollen Sie das wissen?« Sie konnte regelrecht hören, wie Fröhlich den Kopf schüttelte. »Vielleicht ist es noch nie geschehen, vielleicht schon unzählige Male. Wir werden es niemals erfahren. Ich kann Sie nur dringend warnen. Schon der Versuch könnte in einer Katastrophe enden. Heute Morgen ist Ihre Gattin beinahe ums Leben gekommen, reicht Ihnen das noch nicht?«

»Ich wusste nicht, was mich erwartet«, antwortete Mutter. »Das nächste Mal …«

»Es wird kein nächstes Mal geben«, unterbrach sie Fröhlich. »Ich verbiete es Ihnen. Verstehen Sie?«

»Sie sind wohl kaum in der Position, uns irgendetwas zu verbieten«, entgegnete Vater.

»Bitte, Klaus.« Leonie konnte hören, wie sich ihre Mutter weiter auf der Couch aufsetzte, und sie glaubte die versöhnliche Geste regelrecht zu sehen, mit der sie ihren Mann zu beruhigen versuchte.

»Bitte verzeihen Sie meinem Mann, Doktor Fröhlich«, sagte sie. »Er hat es nicht so gemeint. Aber Sie können nicht erwarten, dass wir einfach mit den Schultern zucken und so tun, als wäre nichts passiert. Nicht nach dieser entsetzlichen Katastrophe, die meine Mutter ausgelöst hat. Wir fühlen uns einfach verantwortlich dafür.«

»Was für ein Unsinn!«, widersprach Fröhlich. »Niemand kann sagen, ob sie nicht sowieso eingetreten oder sogar noch viel entsetzlicher geworden wäre. Unglücke kommen vor, so schrecklich es klingen mag, vor allem für die Betroffenen. Und selbst wenn es so wäre – es wäre doch nicht Ihre Schuld.«

»Vielleicht doch«, beharrte Mutter. »Ich … ich habe meiner Mutter schwere Vorwürfe gemacht. Sehr unfaire Vorwürfe. Hätte ich das nicht getan …« Leonie hörte ein Geräusch, als versuche ihre Mutter mit aller Kraft, ein Schluchzen zu unterdrücken. »Sie wäre niemals so weit gegangen.«

»Ich weiß«, sagte Fröhlich. »Ihre Frau Mutter hat mir davon erzählt. Aber Sie können nicht wissen, ob dieses schreckliche Unglück tatsächlich eine Folge dessen ist, was Theresa getan hat, oder vielleicht vom Schicksal sowieso vorgesehen war. Und selbst wenn alles so gewesen wäre, wie Sie glauben, könnten Sie nichts mehr daran ändern. Bitte glauben Sie mir das. Sie können bei dem Versuch ums Leben kommen, bestenfalls.«

»Wir haben Sie angerufen, weil wir gehofft haben, Sie könnten uns helfen«, sagte Leonies Vater feindselig. Leonie schlich mit klopfendem Herzen und wider besseres Wissen weiter, bis sie die Stelle erreichte, von der aus sie schon am vorletzten Abend Großmutter und ihre Eltern belauscht hatte. Diesmal war die Situation ein wenig anders. Sie konnte Fröhlich und ihre Eltern zwar in dem großen Wandspiegel erkennen, doch diesmal war es hier draußen taghell und der Trick funktionierte nun auch umgekehrt. Wenn jemand dort drinnen einen zufälligen Blick in den Spiegel warf, musste er sie einfach sehen. Leonie machte sich so klein wie möglich und beschloss, einfach auf ihr Glück zu vertrauen.

»Aber das will ich doch«, antwortete Fröhlich. Leonie konnte ihn jetzt sehen. Er stand hoch aufgerichtet vor dem Fernseher, der wieder lief und erneut Bilder der zerstörten Landebahn und brennender Wrackteile in den Raum projizierte. Er musste sich umgezogen haben, denn statt der altmodischen Pelerine trug er nun einen schlichten, aber durchaus modischen schwarzen Mantel. »Ich will nichts lieber als das. Nur fürchte ich, dass der einzige Rat, den ich Ihnen geben kann, eben der ist, nichts zu tun.« Er schüttelte bedauernd den Kopf. »Selbst wenn es möglich wäre – Sie können es nicht.«

»Ach?« Leonies Vater trat in den schmalen Ausschnitt des Zimmers, den der Spiegel zeigte, und baute sich herausfordernd vor Fröhlich auf. »Und wieso nicht?«

»Weil ich sie nicht habe«, sagte Mutter leise, bevor Fröhlich antworten konnte.

»Was?«, schnappte Vater. Leonie hatte ihn selten so aufgeregt gesehen und so wütend.

»Die Gabe«, meinte Fröhlich. »Ich fürchte, Ihre Gattin hat Recht.«

»Mutter hat es mir erklärt«, fügte Leonies Mutter hinzu. »Manchmal überspringt sie eine Generation. Ich wollte es nicht wahrhaben, doch ich fürchte, es ist so. Mutter hatte sie und Leonie wird sie eines Tages auch entdecken, aber ich habe sie nicht.«

»Fängt das jetzt wieder an?«, knurrte Vater. »Haben wir nicht endgültig genug von diesem Unsinn?«

»Ich fürchte, es ist kein Unsinn«, sagte Fröhlich sanft. »Ihre Tochter beginnt es bereits zu spüren. Sie sieht die Dinge so, wie sie sind. Ich fürchte sogar, dass sich die Täuschung nicht mehr allzu lange wird aufrechterhalten lassen.«

»Sie meinen, die *Gabe* ist in ihr ebenso stark wie in Mutter?«, fragte Leonies Mutter.

»O nein.« Fröhlich schüttelte so heftig den Kopf, dass das Monokel aus seinem Auge rutschte. Er fing es auf und beförderte es an seinen Platz zurück, bevor er fortfuhr: »Sie ist ungleich stärker in ihr. Ich kann mich nicht erinnern, jemals eine Hüterin getroffen zu haben, die eine solch intensive Aura gehabt hätte wie sie.«

»Aura! Macht! Hüterin!« Vater machte eine wütende Handbewegung. »Ich habe allmählich genug von diesem hirnverbrannten

Unsinn. Seit dreißig Jahren muss ich mir diesen Humbug anhören, aber jetzt reicht es!«

»Humbug?« Fröhlich seufzte enttäuscht. »Nach allem, was Sie erlebt haben, können Sie nicht wirklich so denken.«

»Ich kann und ich werde«, blaffte Vater. »Und ich werde vor allem nicht dulden, dass Sie unsere Tochter mit diesem Irrsinn infizieren!«

»Klaus!«, sagte Mutter scharf, aber ihr Mann fuhr herum und brachte sie mit einer zornigen Geste zum Schweigen.

»Nein!« Er schrie fast. »Es ist genug! Solange ich mich erinnern kann, habe ich mir diesen Unsinn anhören müssen, aber jetzt ist es genug! Dieser verdammte Aberglaube hat das Leben deiner Mutter ruiniert und zum Teil auch deines. Ich werde nicht zulassen, dass Leonie euch auch noch ...«

»*Was* wirst du nicht zulassen?« Leonie trat mit einem entschlossenen Schritt durch die Tür und sah ihren Vater so fest an, wie sie konnte. Sehr fest war es eigentlich nicht. Trotzdem wiederholte sie ihre Frage noch einmal, und jetzt direkt an ihren Vater gewandt und eine Spur lauter. »Was ist mit mir? Was wirst du nicht zulassen?«

»Du hast gelauscht?«, fragte ihre Mutter. Sie klang bestürzt.

»Also?«, fragte Leonie.

»Nichts«, sagte ihr Vater. »Das braucht dich nicht zu interessieren. Dieser Unsinn hat jetzt ein Ende, und zwar ein für alle Mal.«

»Ich fürchte, so einfach ist das nicht«, warf Fröhlich ein.

»O doch, das ist es«, blaffte Vater. »Und ich will jetzt auch nichts mehr davon hören. Jedenfalls nicht von Ihnen.« Er machte eine herrische Handbewegung in Richtung der Tür. »Sie gehen jetzt besser.«

»Bitte!« Mit einem Mal wirkte Dr. Fröhlich fast verzweifelt. »Wenn ich ...«

»Jetzt!«, schrie ihn Leonies Vater an.

Fröhlich hielt seinem Zorn noch einen Moment lang stand, doch dann schüttelte er seufzend den Kopf und wandte sich noch einmal an Leonies Mutter. »Ich bitte Sie inständig, tun Sie nichts, was Sie später bedauern würden.« In Vaters Richtung, aber schon im Hinausgehen begriffen, fügte er hinzu: »Sie können sich jederzeit an mich wenden, wenn Sie Hilfe benötigen.«

»Ich schicke Ihnen eine Brieftaube«, versprach Vater böse. »Oder eine magische Botschaft, falls ich gerade einen Zauberspiegel zur Hand habe.«

Fröhlich sagte nichts mehr, sondern beließ es bei einem letzten, bedauernden Kopfschütteln und verließ endgültig das Zimmer. Leonie machte einen Schritt zur Seite, um ihn vorbeizulassen, und sah ihm nach, bis er die Haustür hinter sich geschlossen hatte und in Richtung seines altmodischen schwarzen Mercedes davongegangen war.

»Das war wirklich nicht sehr höflich von dir«, sagte Mutter leise.

»Ich hatte auch nicht vor, höflich zu sein«, antwortete Vater grob. »Aber wenn es dich beruhigt: Ich habe mich zurückgehalten, weil Leonie dabei war. Wieso eigentlich?«

Die letzte Frage galt Leonie, aber es dauerte einen Moment, bis sie das überhaupt begriff. Mit einiger Mühe riss sie sich vom Anblick der geschlossenen Haustür los und sah ihrem Vater ins Gesicht. Der gefährliche Moment, in dem sich sein Zorn auf sie zu entladen drohte, war noch immer nicht ganz vorbei, das spürte sie. Aber der Gedanke weckte auch ihren Trotz.

»Ich wollte eben wissen, was hier los ist«, sagte sie. »Ihr verheimlicht mir etwas, habe ich Recht? Es hat etwas mit Großmutter zu tun und mit mir und … und mit dieser seltsamen Tür unten im Keller. Was hat das alles zu bedeuten?«

Sie konnte sehen, wie ihr Vater Luft holte, um sie in ihre Schranken zu weisen, aber ihre Mutter kam ihm zuvor. »Wir wissen es nicht, Leonie. Ich würde es dir sagen, wenn wir es wüssten, aber wir wissen es nicht. Das ist die Wahrheit.«

Nein, dachte Leonie, das war es nicht. Es war gelogen, das spürte sie so deutlich, als wäre das Wort *Lüge* in roten Leuchtbuchstaben auf die Stirn ihrer Mutter tätowiert. Die Erkenntnis schockierte sie regelrecht. Solange sie denken konnte, hatten ihre Eltern sie niemals belogen, höchstens die Wahrheit manchmal ein wenig in Watte verpackt, um sie ihr schonender beizubringen. Aber sie hatten sie niemals dreist und derb *angelogen.* Und sie hatten auch niemals wirkliche Geheimnisse vor ihr gehabt. Und plötzlich, von einem Tag auf den anderen, hatte sich das geändert.

Wie so vieles.

»Was wollte denn Fröhlich hier?«, fragte sie.

Wieder war es ihre Mutter, die antwortete. »Ich habe deinen Vater darum gebeten, ihn anzurufen. Ich dachte, er könnte uns vielleicht helfen.«

Und auch das war eine Lüge. Sie hatte eindeutig noch geschlafen, als Vater mit Fröhlich telefoniert hatte.

»Ihr verschweigt mir etwas«, meinte Leonie leise. Sie musste gegen die Tränen ankämpfen. »Ihr wisst, was das alles bedeutet, doch ihr wollt es mir nicht sagen. Habe ich Recht? Weil ihr Angst um mich habt. Aber das müsst ihr nicht. Ich kann die Wahrheit vertragen. Und ich habe ein Recht darauf, sie zu erfahren!«

»Mäßige deinen Ton, junge Dame«, sagte ihr Vater mahnend.

Doch Leonie mäßigte ihren Ton keineswegs, sondern wurde im Gegenteil noch lauter. »Es hat etwas mit Großmutter zu tun, und mit mir, nicht wahr? Was ist die *Gabe?*«

Ihre Mutter fuhr wie unter einem elektrischen Schlag zusammen und hatte plötzlich nicht mehr die Kraft, ihrem Blick standzuhalten, aber ihr Vater sagte: »Zweite und letzte Warnung, Leonie. Hüte deine Zunge!«

Leonie hatte keine Ahnung, was passieren würde, wenn sie diese *zweite und letzte* Warnung ignorierte – so weit war es noch nie gekommen –, aber sie war durchaus bereit, es herauszufinden. Ohne ihren Vater auch nur eines Blickes zu würdigen, trat sie herausfordernd auf ihre Mutter zu. »Was ist die *Gabe?* Ich habe gehört, wie du mit Großmutter darüber gesprochen hast. Also sag jetzt bitte nicht, du weißt nicht, wovon ich rede!«

»Leonie!«, wies ihr Vater sie scharf zurecht.

»Nein, lass sie.« Mutter machte eine besänftigende Geste in seine Richtung. »Sie hat ja Recht. Irgendwann muss sie es erfahren.« Sie schwieg einen Moment, um neue Kraft zu sammeln, und Leonies schlechtes Gewissen meldete sich heftig, als ihr klar wurde, wie sehr dieses Gespräch ihre Mutter anstrengte.

»Du hast Recht«, sagte ihre Mutter nach einer Weile noch einmal. »Es hat etwas mit deiner Großmutter zu tun. Du hast sie sehr geliebt, nicht wahr?«

»Natürlich«, antwortete Leonie.

»So wie ich und dein Vater. Deine Großmutter war eine wunderbare Frau. Aber sie war auch … ein wenig sonderbar.«

»Sonderbar?«, wiederholte Leonie misstrauisch. Worauf wollte ihre Mutter hinaus?

»Sie hatte immer schon seltsame Ideen und eine etwas …«, sie zögerte und fuhr mit einem Achselzucken fort, »… andere Einstellung zum Leben als die meisten Menschen, auch als du und ich. In den letzten Jahren ist das immer stärker geworden.«

»Willst du damit sagen, dass Großmutter anfing senil zu werden?«, fragte Leonie empört.

Mutter überging diese Frage einfach. »Es hatte mit ihren Büchern zu tun«, fuhr sie fort. »Sie hat im Grunde nur für ihre Bücher gelebt, und ich glaube, sie hat es nie verwunden, dass ich nicht so geworden bin wie sie.«

»Und deshalb hat sie sich in den letzten Jahren ihres Lebens immer mehr darauf versteift, dass du ihr Erbe antreten sollst«, fügte Vater hinzu. »Sie hat geglaubt, dass es Menschen gibt, die mit Büchern reden können.«

»Reden?«, meinte Leonie verstört. »Was soll denn das heißen?«

»Ich fürchte, das wusste sie selbst nicht mehr so genau«, antwortete ihr Vater. Plötzlich wurde seine Stimme weich und jede Spur von Zorn verschwand aus seinem Gesicht. Er setzte sich neben Mutter auf die Couch, winkte Leonie heran und schloss sie sanft in die Arme, als sie neben ihm Platz nahm. »Du hast Recht, Leonie. Wir haben dir nicht die Wahrheit gesagt. Es gibt keinen Bruder in Kanada. Deine Großmutter war einverstanden, an einen Ort zu gehen, wo man sich besser um sie hätte kümmern können. Aber nur unter gewissen Bedingungen, auf die wir ihr zuliebe natürlich eingegangen sind.«

Leonie starrte ihren Vater entsetzt an. Versuchte er ihr etwa auf diese Weise klar zu machen, dass Großmutter reif für die Klapsmühle gewesen war?

»Aber das ist doch nicht wahr!«, protestierte Leonie. »Ich habe gehört, was Großmutter zu Fröhlich gesagt hat.«

»Wenn du mich fragst, dann ist dieser Fröhlich fast genauso verrückt«, sagte Vater und Leonie fuhr mit schriller, sich fast überschlagender Stimme fort: »Und ich habe mit Großmutter gesprochen! Zwei Mal! Sie hat mich gewarnt!«

»Wie meinst du das?«, fragte ihre Mutter alarmiert.

»In der Nacht!«, antwortete Leonie erregt. Noch bevor sie die Worte aussprach, spürte sie, dass es ein Fehler war, aber sie konnte einfach nicht mehr aufhören. »Ich habe sie im Spiegel gesehen, gestern Nacht. Und dann noch einmal, heute Morgen auf der Terrasse!«

»Aber das ist nicht möglich, Liebling«, meinte ihre Mutter sanft. »Ich weiß, man will es einfach nicht wahrhaben, weil es so wehtut. Aber sie ist tot. Du kannst nicht mit ihr gesprochen haben.«

»Es war ihr Geist«, behauptete Leonie. »Ich habe mit ihrem Geist gesprochen! Sie hat mich gewarnt! Sie hat gesagt, dass du es nicht tun darfst, weil sonst etwas Schreckliches geschieht!«

Ihre Eltern antworteten nicht. Das mussten sie auch nicht. Die Art, wie sie sie ansahen, verriet genug.

Leonie riss sich los, sprang auf und rannte so schnell in ihr Zimmer hinauf, wie sie nur konnte.

Die Stimme aus dem Jenseits

Es wurde der bisher schlimmste Tag ihres Lebens. Leonie verbrachte die Zeit bis zum Anbruch der Dämmerung nahezu ausnahmslos in ihrem Zimmer, das sie nur ein einziges Mal verließ, um ins Bad zu gehen. Jemand – vermutlich ihr Vater – hatte die Scherben des Spiegels aus dem Waschbecken entfernt, den sie in dem sinnlosen Versuch zerschlagen hatte, die Vision ihrer Großmutter festzuhalten. Mittlerweile hing sogar ein anderer Spiegel dort, doch Leonie wagte es nicht, nach unten zu gehen und danach zu fragen, sondern kehrte niedergeschlagen in ihr Zimmer zurück.

Obwohl sie nicht ausdrücklich nach oben geschickt worden war oder gar Stubenarrest erhalten hatte, kam sie sich wie eine Gefangene in ihren eigenen vier Wänden vor. Sie schaltete den Fernseher ein und nach ein paar Minuten gleich wieder aus, als ihr klar wurde, dass sie den bunten Bildern keinerlei Sinn abgewinnen konnte, wollte sich – genauso erfolglos – mit einer CD ablenken und versuchte schließlich ein Buch zu lesen, aber auch die Buchstaben ergaben keinen Sinn, sondern blieben winzige, aneinander gereihte Symbole ohne irgendeine Aussage. Schließlich klappte sie das Buch zu, warf es ganz gegen ihre Gewohnheit achtlos neben sich aufs Bett und ließ sich mit angezogenen Knien und hinter dem Kopf verschränkten Händen gegen die Wand sinken, um ins Leere zu starren.

Die Worte ihres Vaters gingen ihr nicht aus dem Kopf. Natürlich hatte er ihr die Geschichte, dass Großmutter geglaubt hatte, mit ihren Büchern zu sprechen, nur erzählt, um die alte Frau an ihrem Lebensende als geistig verwirrt dastehen zu lassen – aber damit hatte er das genaue Gegenteil erreicht. Leonie fand es seltsam, aber kein bisschen verrückt. Sie konnte sich nicht vorstellen, was es bedeutete, mit Büchern zu reden, aber tief in sich spürte sie dennoch, dass es tatsächlich so gewesen sein musste und dass es einen Sinn ergab.

Irgendwo unter ihr im Haus polterte etwas. Das Geräusch erschien ihr doppelt so laut, weil es den ganzen Tag über so leise gewesen war, und auf schwer greifbare Weise *beunruhigend.* Leonie richtete sich auf und lauschte, aber das Poltern wiederholte sich nicht.

Dafür ging das Radio an. Leonie drehte mit einem Ruck den Kopf und starrte auf die Stereoanlage. Der Apparat war okay, aber bestimmt zehn Jahre alt und verfügte nicht über Finessen wie einen Timer oder eine Fernbedienung, die sie möglicherweise versehentlich berührt haben konnte. Eigentlich war es gar nicht möglich, dass es sich von selbst einschaltete. Und noch etwas war seltsam: Als sie das letzte Mal Radio gehört hatte, war der lokale Pop-Sender eingestellt gewesen; ihre Leib-und-Magen-Welle. Eigentlich hörte sie nur diesen Sender, wenn sie schon einmal Radio hörte, was selten genug vorkam. Jetzt kam aus den Lautsprecherboxen nur knisterndes statisches Rauschen.

Leonie tat dieses neuerliche Rätsel mit einem gedanklichen Schulterzucken ab, ging zum Radio hinüber und schaltete es aus. Aber sie war noch nicht zurück im Bett, als sich das Gerät erneut selbstständig einschaltete; diesmal drang das Rauschen und Knistern sogar noch lauter aus den Boxen. Sie fuhr herum und sah den Schatten, der von der Stereoanlage heruntersprang und mit einem Satz in dem offen stehenden Schuhkarton auf ihrem Schreibtisch verschwand. Sie ging erneut zum Radio, streckte die Hand aus, schaltete das Gerät aber dann doch nicht ab, sondern betrachtete es aufmerksam. Sie hatte sich nie Gedanken darüber gemacht, ob das Gerät so konstruiert war, dass es von einer *Maus* bedient werden konnte, aber es war zumindest theoretisch möglich. Der Ein Schalter befand sich auf der Oberseite und war so leichtgängig, dass vermutlich das Gewicht eines so kleinen Tieres ausreichte, um ihn zu betätigen.

Aber warum sollte das Tier so etwas tun? Ein weiteres Kunststück, das ihm der frühere Besitzer beigebracht hatte?

Leonie beschloss die Probe aufs Exempel zu machen.

Sie schaltete das Radio aus. Sie hatte die Hand noch nicht ganz zurückgezogen, da hüpfte die Maus aus ihrem Schuhkarton heraus, kletterte mit flinken Bewegungen am Rack der Stereoanlage hinauf und machte einen Satz, an dessen Ende sie zielsicher auf dem Schalter landete. Das Radio ging wieder an und Leonie war sicher, dass das Rauschen und Knistern diesmal noch lauter war.

»Also gut. Dir ist es hier zu langweilig, wie? Aber dann stell wenigstens einen Sender ein, der anständige Musik bringt.« Sie wollte nach dem Knopf für die Sendereinstellung greifen, doch es blieb bei dem Versuch: Die Maus machte einen Satz und schnappte nach ihren Fingern, und Leonie war viel zu perplex, um die Hand zurückzuziehen. Die winzigen Nagezähnchen gruben sich tief in ihre Haut. Es tat nicht wirklich weh, sondern zwickte bestenfalls, aber die Botschaft war unmissverständlich.

Leonie zog mit einiger Verspätung die Hand zurück und steckte den Zeigefinger in den Mund. »Also gut. Ich habe verstanden. Und was soll das Theater, wenn ich fragen darf?«

Wieder polterte es unter ihr im Haus. Dieses Mal war das Geräusch lauter, mehr ein Vibrieren als wirklicher Lärm, aber es klang, als käme es nicht aus dem Erdgeschoss, sondern von noch weiter unten.

Zum Beispiel aus dem Keller.

Leonie fuhr erschrocken herum und zwischen dem Rauschen und Knistern aus den Lautsprecherboxen hörte sie ganz deutlich Großmutters Stimme »… aufhalten …« sagen.

Zu behaupten, dass Leonie ein kalter Schauer über den Rücken liefe, hätte die Wahrheit nicht getroffen. Für die schier endlose Zeit von geschlagenen fünf Sekunden stand sie vollkommen reglos da, und eine eisige Hand schien nach ihr zu greifen und wie eine scharfe Messerklinge ihr Rückgrat hinunterzulaufen. Weder Großmutters Gesicht im Spiegel noch die geisterhafte Gestalt draußen auf der Terrasse hatte ihr auch nur annähernd so viel Angst gemacht wie das unheimliche Flüstern aus dem Radio, das sich aus den zischelnden und knisternden Störgeräuschen zusammenzusetzen schien. Ihr Herz raste wie verrückt, als sie endlich die Kraft aufbrachte, sich umzudrehen und das Radio anzublicken.

Es war absolut nichts Außergewöhnliches zu entdecken; sah man von der winzigen grauen Maus ab, die oben auf der Stereoanlage hockte und sie Beifall heischend ansah. Keine Geister, keine halb durchscheinenden Gesichter, die aus dem Nichts auftauchten, und auch aus den Lautsprechern drang jetzt wieder nur statisches Rauschen.

Leonies Gedanken begannen zu rasen, während sie sich dem Gerät näherte und langsam und zitternd die Hand ausstreckte. Sie war zu hundert Prozent sicher, sich die Stimme nicht nur eingebildet, sondern sie wirklich gehört zu haben, aber sie war trotz allem, was sie in den zurückliegenden achtundvierzig Stunden erlebt hatte, einfach zu sehr ein Kind des einundzwanzigsten Jahrhunderts, um nicht wenigstens für den Moment nach einer rationalen Erklärung zu suchen. Es könnte eine Halluzination sein; eine von der ganz besonders üblen Sorte, bei der man sich nicht etwa *einbildete*, etwas Bestimmtes zu hören, sondern es *tatsächlich hörte,* auch wenn es gar nicht da war. *Weißes Rauschen.* Ihr Vater hatte ihr einmal erklärt, was man darunter verstand: Wenn das Rauschen aus einem Radio oder Fernsehempfänger auf einer ganz bestimmten Frequenz lag, dann neigte das menschliche Ohr dazu, alles Mögliche hineinzuinterpretieren. Oder war es doch die Stimme ihrer Großmutter gewesen, die auf diese Weise versuchte, aus dem Jenseits Kontakt mit ihr aufzunehmen?

Zögernd berührte sie den Sendersuchlauf, wobei sie die Maus misstrauisch im Auge behielt. Aber da der Nager diesmal nichts dagegen zu haben schien, drehte sie den Knopf vorsichtig nach rechts. Das Rauschen wurde leiser, und wie von weit her hörte sie gedämpfte Musikfetzen. Hastig drehte sie den Knopf in die andere Richtung, bis das Rauschen wieder zunahm, zu etwas wie einer Stimme wurde und dann wieder in verzerrte Musik überzugehen drohte. Es brauchte auf diese Weise zwei oder drei Versuche, bevor sie ein gleichmäßiges statisches Knistern empfing, das sich nach ein paar Augenblicken zu einer geisterhaften, hallenden, aber dennoch unverkennbaren Stimme zusammenfügte.

»Du wirst sie aufhalten, hörst du?«, sagte die Stimme ihrer Großmutter. »Sie darf es nicht tun!«

»Aber … aber was denn?«, flüsterte Leonie. »Wen?«

»Schmerz und Schuld sind zu groß in ihr«, fuhr die unheimliche Stimme aus dem Radio fort. »Sie weiß nicht mehr, was sie tut. Bitte halte sie auf! Schnell!«

Aber wen denn nur?, dachte Leonie verzweifelt. *Und was sollte sie tun?*

»Großmutter!«, schrie sie. »Was soll ich denn tun? Antworte!« Das letzte Wort hatte sie nicht geschrien, sondern gebrüllt, so laut sie nur konnte, aber sie bekam keine Antwort mehr darauf. Das

Knistern und Rauschen machte übergangslos der piepsigen Mickymausstimme einer noch ganz jungen Britney Spears Platz.

Im gleichen Moment wurde die Tür hinter ihr aufgerissen und ihr Vater trat hastig ein. Seine Lippen bewegten sich, aber Leonie verstand kein Wort. Erst als er ärgerlich mit beiden Armen zu fuchteln begann, fiel ihr auf, dass Britneys Mickymausstimme mittlerweile nicht mehr piepste, sondern dröhnte. Ohne es zu merken, hatte sie den Lautstärkeregler der Anlage bis zum Anschlag aufgedreht, um die Geisterstimme aus dem Jenseits besser verstehen zu können.

Hastig stellte sie den Ton leiser, schaltete das Gerät dann ganz aus und hielt währenddessen verstohlen nach der Maus Ausschau. Gott sei Dank war sie verschwunden.

»Kannst du mir verraten, was dieser Höllenlärm zu bedeuten hat?«, fragte ihr Vater streng. »Die Nachbarn beginnen schon auszuziehen.«

»Großmutter!«, haspelte Leonie. »Das … das war Großmutter.«

»Großmutter, so.« Ihr Vater maß erst sie, dann das Radio mit einem langen stirnrunzelnden Blick. »Für mich hat sich das mehr angehört wie Britney Spearrips.«

Leonie nahm die kleine Spitze gegen ihren Musikgeschmack gar nicht zur Kenntnis. »Nein! Vorher!«, sagte sie hastig. »Das war ihre Stimme. Im Radio! Sie hat mich gewarnt!«

»Großmutters Stimme im Radio«, wiederholte ihr Vater. Seiner Miene war nicht anzusehen, was er von dieser Behauptung hielt, aber das lag nicht nur daran, dass er sich meisterhaft in der Gewalt hatte. Vielmehr war sein Gesicht sowieso kaum zu erkennen, weil es vollkommen verdreckt war. »Sagt sie jetzt den Wetterbericht von Wolke sieben an oder gibt sie einen Häkelkurs?«

»Es ist die Wahrheit«, beteuerte Leonie verzweifelt. »Bitte, so glaub mir doch! Die Maus hat das Radio eingeschaltet und …«

»Die Maus?«, unterbrach sie ihr Vater.

Leonie zog die Unterlippe zwischen die Zähne und biss so fest darauf, dass es wehtat. »Das Radio ist jedenfalls angegangen und ich habe Großmutter gehört«, beharrte sie. »Sie hat mich gewarnt. Ich weiß nicht, was Mutter und du vorhabt, aber ihr dürft es nicht tun, hörst du? Unter keinen Umständen!«

»Maus«, sagte ihr Vater noch einmal. Alles andere schien er gar nicht gehört zu haben. »Maus?«, sagte er zum dritten Mal, trat an ihr vorbei und sah sich dabei aufmerksam im Zimmer um. Leonie fiel auf, wie komisch er roch, als er ganz dicht an ihr vorbeiging: nach Staub und feuchtem Erdreich, vielleicht sogar ein bisschen nach Moder. Seine Kleider boten den dazu passenden Anblick. Leonie bemerkte erst jetzt, dass sie ebenso schmutzig waren wie sein Gesicht und auch seine Hände.

»Maus«, sagte er zum nunmehr vierten Mal, beugte sich über den Schreibtisch und runzelte viel sagend die Stirn, als sein Blick über den offen stehenden Schuhkarton und vor allem dessen Inhalt glitt. »Darüber reden wir noch.«

»Aber ich habe sie gehört«, beharrte Leonie. »Wirklich. Ich weiß, wie verrückt das klingt, aber ihre Stimme war im Radio und ...«

»Das die Maus eingeschaltet hat«, unterbrach ihr Vater sie. »Ich verstehe.«

Leonie hätte vor lauter Hilflosigkeit und Zorn am liebsten laut losgeheult. Wieso musste sie eigentlich alles falsch machen, was man nur falsch machen konnte? Es fiel ihr doch sonst nicht so schwer, sich verständlich auszudrücken.

»Ja«, gestand sie zähneknirschend. »Ich weiß, wie sich das anhört. Aber es war ganz genau so.«

»Sicher«, sagte Vater.

Leonie atmete tief ein, zählte in Gedanken langsam bis drei und setzte dann mit mühsam beherrschter Stimme neu an: »Sie hat mich gewarnt. Sie hat gesagt, dass Mutter irgendetwas vorhat, das alles noch viel schlimmer machen würde. Ich weiß nicht was, aber sie darf es auf keinen Fall tun!«

Ihr Vater seufzte. »Leonie, bitte. Mir ist klar, was du durchmachst, aber es ...«

»Ich bilde mir das nicht ein!« Leonie deutete erregt auf die Stereoanlage. »Ich habe sie gehört, ganz deutlich!«

Ihr Vater sah sie weiter auf diese sonderbare Weise an, die ihr nun wirklich Tränen der Wut in die Augen trieb. Mindestens zehn Sekunden lang starrte er sie einfach nur an, dann schüttelte er seufzend den Kopf und ging aus dem Zimmer. Er zog die Tür hinter sich zu – und dann hörte Leonie, wie ein Schlüssel ins Schloss gesteckt, umgedreht und abgezogen wurde! Leonie war so perplex, dass sie sekundenlang einfach dastand und die Tür anstarrte. Sogar nachdem sie ihre Lähmung endlich abgeschüttelt und die Türklinke heruntergedrückt hatte, weigerte sie sich einfach im ersten Moment zu glauben, dass ihr Vater sie tatsächlich *eingesperrt* hatte! Er hatte die Tür abgeschlossen und das war noch nie vorgekommen und einfach unvorstellbar! Leonie hatte bis zu diesem Zeitpunkt noch nicht einmal gewusst, dass es einen Schlüssel für diese Tür *gab.*

Dieser Gedanke führte zu einem anderen, noch viel unangenehmeren, der nur ganz allmählich in ihrem Bewusstsein Gestalt annahm – im gleichen Maße, in dem sich ihre Fassungslosigkeit in Zorn verwandelte. Ihre Eltern bewahrten sämtliche Zimmerschlüssel des Hauses in einer Schublade im Wohnzimmer auf – und das bedeutete nichts Geringeres, als dass ihr Vater *schon mit der festen Absicht hier heraufgekommen war, sie in ihrem Zimmer einzuschließen!*

Für einen Moment hatte Leonie große Mühe, nicht vor lauter Wut einfach gegen die Tür zu treten. Natürlich tat sie es nicht, aber sie rüttelte ein paarmal so heftig an der Klinke, dass das Türblatt ächzte. Schließlich drehte sie sich entschlossen um und eilte zum Fenster. So einfach würde sie es ihrem Vater nicht machen. Wenn er glaubte, sie hier einsperren zu können, würde er sich etwas Besseres einfallen lassen müssen!

Aber vielleicht hatte er das ja schon. Leonie riss mit einer wütenden Bewegung am Fenstergriff und hätte sich beinahe zwei Fingernägel abgebrochen, denn das Fenster rührte sich nicht. Verblüfft versuchte sie es noch einmal – mit demselben Ergebnis –, bevor sie das Fenster genauer in Augenschein nahm. Das Rätsel war schnell gelöst, aber diese Lösung trug nicht unbedingt dazu bei, ihre Laune zu heben: Wie alle Fenster im Haus war auch dieses abschließbar, indem man einen kleinen Knopf innen am Griff drückte. Jemand *hatte* ihn gedrückt. Der dazugehörige Schlüssel war verschwunden, und Leonie hatte eine ziemlich konkrete Vorstellung davon, wo er sich befand. So unglaublich es sich auch anhören mochte: Ihr Vater musste schon vor Stunden hier heraufgekommen sein, um dieses Fenster zu verriegeln. Er hatte die ganze Zeit über vorgehabt, sie einzusperren!

Leonie war ernsthaft in Versuchung, einen Stuhl zu nehmen und ihn einfach durchs Fenster zu werfen. Aber natürlich hätte das die ganze Sache nur noch mehr angeheizt. So mies, wie ihr Vater im Moment drauf war, würde er wohl kaum gelassen reagieren, wenn er vom Klirren des zerbrechenden Glases angelockt wurde und feststellen musste, dass seine Tochter kurzerhand die Scheibe eingeschlagen hatte. Aber sie musste hier raus, ganz egal wie!

Sie hörte ein Kratzen und drehte sich um. Die Maus war wieder aus ihrem Karton geklettert, trippelte zur Tür und huschte einfach durch den auch für sie eigentlich viel zu schmalen Spalt hinaus. Kaum eine Sekunde später kam sie zurück, blieb zwei Schritte vor Leonie stehen und sah sie auffordernd an.

Leonies Miene verdüsterte sich noch weiter. »Du solltest dir überlegen, was du tust«, grollte sie. »Mein Sinn für Humor ist im Moment nicht besonders ausgeprägt.«

Die Maus zeigte sich von ihrer Drohung nicht sonderlich beeindruckt. Sie huschte wieder durch den Türspalt nach draußen, kam zurück und wiederholte das Kunststückchen insgesamt noch zwei- oder dreimal, bevor sie sich vor Leonie hinhockte und erwartungsvoll zu ihr hochsah.

»Das … das ist ja fantastisch«, flüsterte Leonie. »Kannst du mir den Trick beibringen?«

Die Maus hüpfte auf ihre Hand, kletterte in gewohnter Manier an ihrem Arm empor und nahm auf ihren Schultern Platz, und Leonie, die sich insgeheim damit abzufinden begann, dass sich ihr Verstand offensichtlich verabschiedet hatte, stand auf und trat mit einem entschlossenen Schritt durch die Tür.

Sie wäre nicht erstaunt gewesen, hätte sie sich die Nase blutig geschlagen, aber rein gar nichts geschah. Sie trat durch die – geschlossene! – Tür hindurch und auf den Flur hinaus, ohne auch nur das Geringste zu spüren. So als wäre die Tür gar nicht mehr da.

Leonie hütete sich, über diese neuerliche Unmöglichkeit auch nur *nachzudenken*, nahm die Maus von ihrer Schulter und lief mit schnellen Schritten die Treppe hinab. Im Erdgeschoss war niemand. Der Fernseher im Wohnzimmer lief ohne Ton, wie er es in den letzten Tagen fast ununterbrochen getan hatte, und als gäbe es rein gar nichts anderes mehr, zeigten sie noch immer Bilder von dem abgestürzten Flugzeug. Leonie wollte ihn ausschalten, überlegte es sich aber anders und rannte stattdessen in die entgegengesetzte Richtung, zur Buchhandlung.

Die Tür zur Kellertreppe stand offen, wie sie befürchtet hatte. Von unten drangen keine Geräusche mehr herauf. Leonie warf auch noch die letzten Bedenken über Bord, beschleunigte ihre Schritte und polterte die Treppe hinab.

Sie brauchte auch gar keine Rücksicht mehr zu nehmen. Der Keller war leer. Ihr Vater war ganz eindeutig hier gewesen, und sie wusste jetzt auch, wieso seine Kleider so schmutzig gewesen waren. Er hatte den Schutt der heruntergebrochenen Ziegelsteinmauer beiseite geschafft. Die Wand auf der anderen Seite, die nur aus Erdreich und Lehm bestand, lag jetzt frei. Sie war zu spät gekommen.

»O nein«, flüsterte Leonie. »Und jetzt?«

Die Maus befreite sich mit einer geschickten Bewegung aus Leonies Hand, hüpfte auf den Boden und schien sich in einen huschenden Schatten zu verwandeln, so schnell flitzte sie zwischen Schutt und Trümmern hindurch auf die Wand zu. Kaum eine Sekunde später war sie einfach verschwunden und eine weitere Sekunde später tauchte sie wieder auf und sah Leonie erwartungsvoll an.

Leonie atmete tief ein und nickte. Die Maus kletterte geschickt an ihrem Bein hoch, lief von dort aus zu ihrer Schulter und nahm darauf Platz. Leonies Herz begann wie verrückt zu klopfen, als sie sich der Wand näherte.

Es war anders, als Leonie es sich vorgestellt hatte. Konkret hatte sie sich gar nichts *vorgestellt*, sondern einfach *Angst gehabt*, aber *hätte* sie sich etwas vorgestellt, wäre es zweifellos etwas Unheimlicheres gewesen. Geisterhaft wabernder Nebel, flüsternde Stimmen, unheimliche Gestalten mit Fledermausschwingen und scharfen Krallen – aber vor ihr lag nichts Ungewöhnlicheres als ein knapp zwei Meter hoher gemauerter Gang mit gewölbter Decke, der sich in beiden Richtungen schon nach wenigen Schritten in grauer Dämmerung verlor. Keine Ungeheuer, keine schrecklichen Gefahren. Leonie war allein.

Vollkommen allein.

Wie allein, das wurde ihr erst zur Gänze bewusst, als sie die Hand hob und nach ihrem pelzigen Begleiter tastete. Die Maus war nicht mehr da. Sie war auch nicht von ihrer Schulter gesprungen, wie Leonie mit einem raschen Blick in die Runde feststellte, und es war auch äußerst unwahrscheinlich, dass sie es geschafft haben könnte, unbemerkt wegzuhuschen. Mit klopfendem Herzen drehte sie sich endgültig um und starrte die Wand hinter sich an. Es war eine massive, uralte Mauer aus dunklen Ziegelsteinen, in deren Fugen sich grünlicher Schimmelpilz und Moder festgesetzt hatten. Keine Tür. Leonie war gefangen.

Obwohl sie wusste, was sie herausfinden würde, streckte sie die Arme aus und tastete mit den Handflächen über die Wand. Es blieb dabei: Die Mauer fühlte sich an wie eine Mauer und sie war auch genauso massiv wie eine Mauer. So viel zur Theorie ihres Vaters, dass es sich um einen Spiegeltrick oder irgendeine andere raffinierte Illusion handeln musste. Sie war definitiv gefangen.

Leonie unterdrückte mit Mühe die Angst, die Macht über ihre Gedanken erlangen wollte. Irgendwie war sie hier hereingekommen und irgendwie würde sie auch wieder hinauskommen, basta. Aber das hatte noch Zeit. Sie hatte sich nicht auf dieses Abenteuer eingelassen, um gleich wieder zu gehen.

Nachdenklich sah sie sich um. Der Gang war offensichtlich

alt. Trotzdem gab es keinen Staub auf dem Boden und damit auch keine Spuren, die verraten hätten, in welche Richtung ihre Eltern gegangen waren. Sie machte einen Schritt nach rechts, blieb wieder stehen und lauschte verwirrt in sich hinein. Diese Richtung war falsch. Leonie wusste nicht, woher sie diese Überzeugung nahm, aber sie war zu stark, um sie zu ignorieren.

Also machte sie kehrt, blieb abermals stehen und kramte in ihren Taschen, um irgendetwas darin zu finden, womit sie die Stelle markieren konnte, an der sie hereingekommen war. Alles, was sie fand, war die verchromte Piercing-Nadel, und aus irgendeinem Grund sträubte sich alles in ihr gegen die bloße Vorstellung, sich davon zu trennen. Achselzuckend steckte sie sie wieder ein und machte sich auf den Weg, ohne ein Zeichen zurückgelassen zu haben. Ohne ihren vierbeinigen Begleiter nutzte es ihr sowieso nichts, zu wissen, wo die verborgene Tür war. Sie versuchte trotzdem ihre Schritte zu zählen, um wenigstens eine ungefähre Orientierungshilfe zu haben, gab aber schon nach wenigen Augenblicken wieder auf und konzentrierte sich lieber darauf, ihre Umgebung möglichst aufmerksam zu betrachten.

Auf den ersten fünfzig oder auch hundert Schritten gab es absolut nichts Außergewöhnliches zu sehen – es sei denn, man hatte ein besonderes Interesse an altem Mauerwerk und Schimmelpilzen. Der Gang zog sich schnurgerade dahin; es gab keine Türen, keine Fenster oder irgendeine andere Unterbrechung der gemauerten Monotonie. Sie hörte auch nichts außer ihren eigenen Atemzügen und dem dumpfen Echo ihrer Schritte. Aber sie hatte nach wie vor das todsichere Gefühl, auf dem richtigen Weg zu sein. Was ihr immer sonderbarer vorkam, war die Beleuchtung. Es gab keine Lampen, Fackeln oder irgendeine andere Lichtquelle. Die Helligkeit kam buchstäblich aus dem Nichts und sie schien sie zu begleiten, denn sie erstreckte sich stets nur auf den kleinen überschaubaren Bereich unmittelbar vor und hinter ihr.

Nach einer kleinen Ewigkeit änderte sich das Bild. Der Tunnel erstreckte sich weiter schnurgerade vor ihr, doch nun nahm das Licht um sie herum plötzlich eine graugrüne Färbung an. Leonie ging schneller und erreichte nach wenigen Schritten einen Durchgang, wo Wände und Decke von einem gewaltigen steinernen Wulst gestützt wurden. Der Stollen endete an einem kreisrunden Schacht, der sicherlich zwanzig Meter maß, wenn nicht mehr. Ein feuchtwarmer, unangenehm riechender Luftzug blies Leonie ins Gesicht, als sie mit der linken Hand an der Wand Halt suchte und sich behutsam vorbeugte, um in die Tiefe zu blicken.

Beinahe sofort wurde ihr schwindelig. Sie konnte nicht sehen, wie tief der Schacht war, denn alles, was mehr als dreißig oder vierzig Meter unter ihr lag, verlor sich in dem unheimlichen graugrünen Licht, das dort fast die Konsistenz von leuchtendem Nebel annahm, aber sie spürte einfach, dass er unendlich tief war. Eine schmale, gewendelte Treppe, die vor ihren Füßen begann, zog sich wie die abgeworfene Haut einer steinernen Schlange an der Wand des Schachtes hinab. Ungefähr dort, wo sie im nebligen Licht zu verschwimmen begann, glaubte Leonie einen Schatten zu sehen, vielleicht ein Tier, vielleicht aber auch etwas ganz anderes.

Nun ja, sie würde bald wissen, was es war.

Allein der bloße Gedanke, in diesen Schacht hinabzusteigen, jagte Leonie schon wieder einen eisigen Schauer über den Rücken. Die Treppe war steil und nicht wesentlich breiter als zwei nebeneinander gelegte Hände und den Luxus eines Geländers gab es nicht. Aber sie hatte gar keine andere Wahl. Genau wie vorhin, als sie angekommen war, reichte ein einziger Blick nach unten, um sie davon zu überzeugen, dass sie auf dem richtigen Weg war. Wenn sie ihre Eltern finden wollte, dann musste sie dort hinunter.

Leonie kämpfte noch einige Sekunden mit ihrer eigenen Furcht, aber dann setzte sie vorsichtig den Fuß auf die schmale Stufe, die auf der anderen Seite des Durchgangs lag. Behutsam schob sie sich weiter, presste den Rücken gegen den rauen Stein der Wand und begann, Stufe und Stufe nach unten zu steigen.

Es war ein Albtraum. Der Abgrund unter ihr hatte die Wirkung eines Sogs, dessen Anziehungskraft mit jedem Schritt stärker wurde, und obwohl sie Rücken und Handflächen mit aller

Kraft gegen die Wand presste, hatte sie das Gefühl, sich zugleich immer weiter nach vorne und in den Abgrund zu beugen. Während des ersten Dutzends Stufen hatte sie noch die Hoffnung, dass sie sich daran gewöhnen würde, aber das war leider ganz und gar nicht der Fall; es wurde sogar schlimmer. Ihr Herz hämmerte bald wie verrückt, ihre Knie zitterten und sie war am ganzen Leib in Schweiß gebadet. Die Treppe schien einfach kein Ende nehmen zu wollen. Von oben aus hatte es den Anschein gehabt, dass die Tür vielleicht dreißig oder vierzig Meter unter ihr lag, aber Leonie hatte das Gefühl, seit Stunden unterwegs zu sein, als ihre tastende Hand endlich ins Leere griff.

Sie hatte die Tür erreicht. Mit einem hastigen Schritt rückwärts trat sie hindurch und drehte sich erst dann um. Der Gang hinter ihr setzte sich auf ähnliche Weise fort wie der weiter oben – ähnlich, aber nicht vollkommen gleich. In unregelmäßigen Abständen waren Türen in die Ziegelsteinwände eingelassen und an seinem Ende schien sich etwas zu bewegen. Obwohl Leonie – schlimm genug – spürte, dass dieser Gang der falsche war, bewegte sie sich vorsichtig einige Schritte tiefer in ihn hinein, um die am nächsten gelegene Tür in Augenschein zu nehmen.

Es war eine sonderbare Tür. Sie war nicht sehr hoch, sodass Leonie sich hätte bücken müssen um hindurchzugehen, dafür aber breiter als eine normale Tür, und sie hatte weder eine Klinke, noch sah Leonie irgendeine andere Art von Öffnungsmechanismus. Auch schien sie nicht aus Holz oder Metall zu bestehen, sondern machte eher den Eindruck, als wäre sie mit Leder oder irgendeinem ähnlichen Material bezogen, in das rätselhafte, verschlungene Symbole geprägt waren, die fast wie Schriftzeichen aussahen. Der Anblick erinnerte Leonie an etwas, aber sie konnte beim besten Willen nicht sagen woran.

Es blieb ihr keine Zeit, dieses Rätsel zu ergründen. Leonie untersuchte noch eine weitere Tür, die vollkommen anders auf ihre Art – aber ebenso seltsam – aussah, dann kehrte sie zum Schacht zurück und machte sich schweren Herzens daran, weiter in die Tiefe zu steigen. Die Treppe kam ihr noch steiler vor als beim ersten Mal, und sie wäre jede Wette eingegangen, dass die Stufen schmaler wurden, je weiter sie nach unten kam. Zwei- oder dreimal reckte sie vorsichtig den Hals, um in die Tiefe zu blicken; sie bedauerte diesen Versuch jedes Mal sofort wieder. Das nebelige Licht wich unter ihr im gleichen Tempo zurück, in dem sie sich bewegte, und ihr wurde fast augenblicklich schwindelig – und das, obwohl sie sich bislang für absolut schwindelfrei gehalten hatte.

Nach einer kleinen Ewigkeit erreichte sie die nächste Tür, aber sie warf diesmal nur einen kurzen Blick in den dahinter liegenden Gang, bevor sie ihren Weg fortsetzte. Das Gefühl war noch immer so unbegründet wie am Anfang und noch immer genauso stark. Sie musste weiter nach unten. Vielleicht war der nächste Gang ja der richtige.

Oder der übernächste.

Oder der darauf folgende.

Oder der, der dann kam …

Irgendwann hörte Leonie auf, die Türen zu zählen, an denen sie vorbeikam, ohne dass sich das Gefühl änderte, noch nicht am Ziel zu sein. Es war vermutlich nicht wirklich so, aber sie fühlte sich, als ob sie kilometerweit in die Tiefe gestiegen wäre, und es musste wohl auch ein gehöriges Stück gewesen sein, denn ihre Knie zitterten mittlerweile nicht nur vor Angst, sondern auch vor Anstrengung; es war alles andere als leicht, sich seitwärts eine steinerne Treppe hinunterzuschieben, die kaum breit genug war, um ihren Füßen Platz zu bieten und dazu noch den Rücken mit aller Kraft gegen die Wand zu pressen. Als sie endlich eine Tür erreichte, hinter der sie nicht das Gefühl erwartete, am völlig falschen Platz zu sein, war sie so erschöpft, dass sie sich nur noch ein paar Schritte weit in den Gang hineinschleppte, ehe sie sich zitternd gegen die Wand sinken ließ und die Augen schloss, um erst einmal neue Kraft zu schöpfen.

Es war nicht nur diese unheimliche innere Stimme, die ihr zuflüsterte, dass sie auf dem richtigen Weg sei. Dieser Gang war anders. Es gab auch hier die seltsamen Türen, von denen einige noch bizarrer aussahen als die, die sie weiter oben gesehen hatte, und von weit, weit her hörte sie Geräusche: leise und einzeln nicht zu identifizieren, aber dennoch unheimlich wie das Murmeln einer Kirchengemeinde in einer großen Kathedrale.

Ihre Knie hatten mittlerweile aufgehört zu zittern und auch ihr Herz schlug jetzt nicht mehr so hart von innen gegen ihre Rippen, als suche es sein knöchernes Gefängnis zu sprengen, aber Leonie ging trotzdem noch nicht sofort weiter. Sie war nicht mehr so sicher wie noch vor ein paar Minuten, dass ihre Eltern tatsächlich hier entlanggekommen waren.

Leonie sah noch einmal in den Schacht hinab und ihr lief auch im Nachhinein ein kalter Schauer über den Rücken, als sie an die Strecke dachte, die hinter ihr lag, und vor allem daran, dass sie das ganze Stück auch wieder nach oben musste, wenn sie jemals aus diesem bizarren Labyrinth hinauskommen wollte. Sie konnte sich immer weniger vorstellen, dass ihre Eltern – vor allem ihre Mutter in dem entkräfteten Zustand, in dem sie sich befand – diese Albtraumtreppe herabgestiegen sein sollten.

Dennoch war dort vorne etwas, das sie beinahe magisch anzog.

Sie würde es nicht herausfinden, wenn sie hier stehen blieb und Löcher in die Luft starrte. Sie ging weiter. Die Geräusche wurden allmählich lauter, aber kein bisschen deutlicher, und wie schon zuvor schien das Licht vor ihr im gleichen Maße zurückzuweichen, in dem sie darauf zuging. Irgendetwas stimmte mit diesem Licht ganz und gar nicht, ebenso wenig wie mit dem fernen Murmeln, und auch die Türen wirkten immer merkwürdiger.

Schließlich blieb Leonie vor einer der Türen stehen, um sie genauer zu betrachten. Sie hatte dieselben ungewöhnlichen Maße wie die, die Leonie schon weiter oben untersucht hatte, und auch auf ihr prangte in Blickhöhe ein goldfarbener Schriftzug, den Leonie allerdings nicht entziffern konnte. Nicht nur die Sprache war ihr fremd, sie hatte auch Buchstaben wie diese noch nie gesehen. Dennoch wirkten sie auf eine schwer zu begründende Weise beunruhigend, genau wie die Geräusche.

Zögernd streckte Leonie die Hand aus, doch kurz bevor sie die Tür berühren konnte, schwang sie von selbst nach außen. Leonie wich einen halben Schritt zurück und zur Seite, um ihr Platz zu machen, dann trat sie gebückt unter dem niedrigen Türsturz hindurch. Dahinter lag ein weitläufiges und unerwartet helles und freundlich eingerichtetes Zimmer. Sie war ein wenig verwirrt. Nach dem düsteren Gang draußen hatte sie etwas völlig anderes erwartet; vielleicht nicht gerade eine mittelalterliche Folterkammer, aber doch zumindest ein düsteres Verlies, das von qualmenden Fackeln erhellt wurde und in dem Ketten von der Decke hingen und Spinnen und Ratten in den Ecken nisteten.

Das genaue Gegenteil war der Fall.

Der Raum war überraschend groß und in freundlichen Farben gehalten. Die Einrichtung war altmodisch, so als stamme sie vom Anfang des vorigen Jahrhunderts, aber adrett. Es gab kein einziges modernes Gerät und selbst die Lampen, die von der weiß getünchten Decke hingen, waren altmodische Petroleumlampen mit Schirmen, die die Form von weißen Blütenblättern hatten. In einer Ecke erhob sich eine wuchtige Standuhr, deren Pendel sich allerdings nicht bewegte, und außerdem gab es kein Fenster.

Leonie war schon bis zur Mitte des Raumes gegangen, als ihr dieser Umstand bewusst wurde. Das Zimmer wurde eindeutig von Tageslicht erhellt, aber es gab kein Fenster. Außer der Tür, durch die sie hereingekommen war, entdeckte sie noch zwei weitere Türen, die diesmal normale Maße hatten und mit kunstvollen Schnitzereien verziert waren – aber nicht die Spur einer Fensteröffnung. Wo das Tageslicht herkam, blieb Leonie ein Rätsel – ebenso wie die Frage, wo dieses *Zimmer* herkam und wer sich die Mühe gemacht hatte, hier, tief unter der Erde, einen detaillierten Nachbau eines gutbürgerlichen Wohnzimmers aus den Zwanzigerjahren des vorigen Jahrhunderts zu errichten.

Aber wenn sie schon einmal hier war, konnte sie sich auch ebenso gut ein wenig umsehen. Das fehlende Fenster blieb ein Rätsel wie so vieles hier, und es lohnte im Moment nicht, darüber nachzudenken – wenn man nicht den Verstand verlieren wollte.

Das Zimmer war spartanisch, aber geschmackvoll eingerichtet. An den Wänden klebten gestreifte Seidentapeten und es gab einen wuchtigen Schrank mit zwei übergroßen Türen, einen Tisch mit vier Stühlen, deren Lehnen und Armstützen reich verziert waren, und etwas, das wie eine Mischung aus einem Schreibtisch und einer Anrichte aussah; Leonie kramte einen Moment in ihren Gedanken und glaubte sich zu erinnern, dass man so etwas einen *Sekretär* nannte, war sich aber nicht ganz sicher. Die übrige Einrichtung beschränkte sich auf die Standuhr und einen altmodischen Waschtisch.

Vor allem der erweckte Leonies Interesse. Er war eine wirkliche Kostbarkeit, zierlich, mit geschnitzten Beinen und einer Marmorplatte, in die eine runde Emailleschüssel eingelassen war. Daneben stand eine Wasserkaraffe aus feinstem Porzellan, auf der anderen Seite lagen zwei penibel zusammengelegte Handtücher aus weißem Damast.

Es war ein sonderbares Gefühl, vor diesem uralten Möbelstück zu stehen. Leonie hatte so etwas noch nie gesehen, außer auf Bildern, und sie kam sich ein wenig wie in einem Museum vor, zugleich aber auch wieder ganz anders. Allmählich beschlich sie ein seltsames Gefühl. Es war keine Angst. Eher eine Art Unbehagen, und zugleich kam ihr all das hier auf seltsame Art vertraut vor. Sie blieb noch einige Sekunden vor dem Waschtisch stehen, ohne das unheimliche Gefühl fassen zu können, dann drehte sie sich um und ging zu der Standuhr hinüber. Sie betrachtete eine Weile das stillstehende Pendel, dann öffnete sie die Glastür und setzte es mit einem leichten Schubs in Bewegung, ohne selbst genau sagen zu können, warum sie das tat. Sie konnte hören, wie sich die feinen Zahnrädchen und Hebel des Uhrwerks in Bewegung setzten. Die Uhr hatte keinen Sekundenzeiger, sodass sie nicht auf Anhieb sagen konnte, ob sie nun wieder lief oder nicht.

Als Nächstes wandte sie sich dem Sekretär zu. Wie alles hier drinnen war er penibel aufgeräumt. Auf der Platte lag eine Schreibmappe aus geprägtem dunkelroten Leder, daneben stand ein Tintenfass mit einer altmodischen Feder, die aber offensichtlich nur Dekoration war, denn als Leonie näher trat, entdeckte sie einen schweren schwarz-goldenen Füllfederhalter neben der

Schreibmappe. Auf einem schmalen Regalbrett darüber standen gut zwei Dutzend Bücher in Reih und Glied. Leonie schlug die Schreibmappe auf. Sie enthielt eine Hand voll schon leicht vergilbter Blätter, die eng mit einer verschnörkelten, fast wie gemalt wirkenden Handschrift bedeckt waren. Leonie betrachtete das oberste Blatt eine Weile, ohne die Worte wirklich wahrzunehmen. Obwohl der Mensch, der diese Zeilen geschrieben hatte, mit Sicherheit schon lange tot war, hatte sie doch das Gefühl, in Dingen herumzuschnüffeln, die sie nichts angingen.

Mit den Büchern war das schon etwas anderes.

Leonie ordnete die Blätter wieder genau so, wie sie sie vorgefunden hatte, schloss die Schreibmappe und nahm eines der Bücher aus dem Regal. Als sie es aufschlug, stellte sie fest, dass es nicht aus dem letzten, sondern sogar aus dem vorletzten Jahrhundert stammte. Das Impressum behauptete, es wäre 1856 erschienen. Die Buchstaben waren ungewöhnlich. Sütterlinschrift. Die meisten ihrer Mitschüler wussten vermutlich nicht einmal mehr, dass es so etwas *gab*, aber Leonie konnte sie sogar lesen, wenn auch nicht unbedingt flüssig. Ein Großteil der Büchersammlung ihrer Großmutter war noch in dieser altmodischen Schrift gedruckt und Großmutter hatte zwar sanft, aber doch nachdrücklich darauf bestanden, dass sie sie flüssig lesen lernte.

Sie blätterte einige Bücher durch, ohne hinterher schlauer zu sein, und griff schließlich nach dem größten Band auf dem Regal. Er war so schwer, dass sie beide Hände brauchte, um ihn vom Brett zu nehmen.

Es war eine Familienbibel, uralt und in steinhart gewordenes Leder gebunden. Leonie blätterte sie mit vorsichtigen Bewegungen durch, bis sie auf den letzten Seiten angekommen war. Wie in alten Familienchroniken üblich, die traditionell von Generation zu Generation weitervererbt wurden, waren die letzten Seiten frei gelassen worden, um den Stammbaum der Besitzer einzutragen. Leonies Kenntnisse alter Handschriften kapitulierten vor den verschnörkelten, aber auch hier wie gemalt aussehenden Schriftzeichen, mit denen die Seiten übersät waren, doch immerhin konnte sie ein paar Zeichen entziffern. Das Buch musste noch viel älter sein, als sie ohnehin schon angenommen hatte. Die ältesten Eintragungen waren so stark verblasst, dass sie praktisch nicht mehr lesbar waren, aber die dazugehörigen Jahreszahlen waren eindeutig *dreistellig.* Leonie verspürte einen Schauer der Ehrfurcht, als sie behutsam weiterblätterte. Kein Wunder, dass es ihr so schwer gefallen war, die Bibel zu entziffern. Das Buch sah aus wie gedruckt, aber wenn diese Datumsangaben stimmten, dann musste es sich um eine über tausend Jahre alte Handschrift handeln! Leonie fragte sich, wer ein so kostbares Buch an einem so sonderbaren Ort wie diesem aufbewahren mochte.

Die letzten Seiten der Bibel waren leer. Die Eintragungen endeten mit den Initialen T. K. und der Jahreszahl 1927; zuletzt stieß sie auf ein verblichenes Schwarzweißfoto, das aussah, als wäre es mindestens hundert Jahre alt. Es war auf die damals übliche Art aufgenommen worden, die modernen Menschen schon fast ein bisschen lächerlich vorkam: Das Familienoberhaupt mit Schnauzbart, Fliege und Frack stand stocksteif aufgerichtet da, die rechte Hand eindeutig besitzergreifend auf die Schulter seiner Frau gelegt, die ebenso stocksteif vor ihm auf einem Stuhl saß. Ohne den verbissenen Gesichtsausdruck, von dem höchstens sie selbst glaubte, dass es sich um ein Lächeln handelte, den strengen Dutt und das altbackene Kleid, das so steif aussah, als müsse es wie Glas zerbrechen, wenn sie auch nur versuchte, sich darin zu bewegen, wäre sie eine gut aussehende Frau gewesen; mithilfe eines Friseurs und ein wenig modernen Make-ups sogar eine Schönheit. Leonie glaubte für einen Moment, etwas vage Bekanntes in ihren Zügen zu erblicken, aber das lag wohl eher daran, dass auf diesen alten Fotos irgendwie alle gleich aussahen.

Dann aber betrachtete sie den Rest der Familienidylle – insgesamt fünf Kinder; drei Jungen in Matrosenanzügen und zwei Mädchen in gestärkten Kleidern, die fast so steif aussahen wie ihre sorgsam drapierten Lockenfrisuren – und das Lächeln gefror ihr auf den Lippen.

Eines der Mädchen war ihre Großmutter.

Leonies Verstand sagte ihr, dass das vollkommen unmöglich war. Das Mädchen auf dem Foto war allerhöchstens sechs Jahre alt und es sah in dem altmodischen Kleid und der riesigen Turmfrisur genauso aus, wie jedes sechsjährige Kind auf einem hundert Jahre alten, verblassten Foto ausgesehen hätte – und dennoch erkannte sie sie mit einer Sicherheit, die keinen Zweifel zuließ. Es war etwas in ihren Augen. Der sanftmütige Blick, den Leonie so sehr an ihr geliebt und den sie ganz offensichtlich schon als Kind gehabt hatte.

Und Leonie hatte den Schrecken, den diese Erkenntnis mit sich brachte noch nicht ganz verarbeitet, als etwas noch viel Unheimlicheres geschah: Das Mädchen auf dem Foto drehte den Kopf und sah sie an.

Leonie prallte zurück und schlug die Hand vor den Mund, um einen Schrei zu unterdrücken, und das sechsjährige Konterfei ihrer Großmutter sagte mit einer hellen, aber klar verständlichen Kinderstimme: »Bring dich in Sicherheit. Schnell! Sie sind gleich da!«

Im allerersten Moment war sie vor Schreck und Unglauben einfach gelähmt und völlig unfähig, den Worten irgendeinen Sinn abzugewinnen, aber dann sagte das Foto noch einmal und noch viel eindringlicher: »Um Gottes willen. *Schnell!* Wenn sie dich hier finden, bist du verloren!«

In der Stimme schwang eine solch unüberhörbare Panik mit, dass die Lähmung schlagartig von Leonie abfiel und nackter Angst Platz machte. Und im gleichen Moment wurde ihr auch klar, dass sich das Geräusch, das sie durch die offen stehende Tür hörte, verändert hatte. Es klang immer noch wie ein an- und abschwellendes Murmeln – beinahe wie eine ferne Meeresbrandung –, zugleich aber auch völlig ungewohnt. Und dann mischte sich leider noch etwas anderes, völlig Eindeutiges in die Geräuschkulisse: Schritte. Sehr viele Schritte, die rasch näher kamen – jemand rannte auf sie zu.

Leonie wirbelte herum, bewegte sich ein Stück in Richtung Tür und blieb wieder stehen. Die Schritte waren nun noch lauter zu hören und jetzt glaubte sie auch aufgeregte Stimmen wahrzunehmen. Sie würde es nicht schaffen. Wer immer dort draußen angerannt kam, musste sie sehen, wenn sie das Zimmer zu verlassen suchte! Sie brauchte ein Versteck – aber wo sollte sie in einem fast leeren Zimmer eines hernehmen?

Die Auswahl war nicht besonders groß. Genau genommen beschränkte sie sich auf eine einzige und dabei so offensichtliche Möglichkeit, dass sie sie nicht einmal in Betracht gezogen hätte, wenn sie auch nur einen Sekundenbruchteil darüber nachgedacht hätte. Aber sie war in diesem Moment so sehr in Panik, dass ihr logisches Denken praktisch ausgeschaltet war, und das rettete ihr möglicherweise das Leben. Mit einem einzigen Satz war sie bei dem gewaltigen Kleiderschrank und riss an der Tür.

Sie rührte sich nicht.

Die Schritte draußen kamen näher und hatten den Eingang jetzt fast erreicht. Die Panik drohte Leonie endgültig zu überwältigen. Wie von Sinnen riss und zerrte sie an der Schranktür, die sich von ihren Bemühungen ungefähr genauso beeindruckt zeigte wie eine tausendjährige Eiche von den Drohgebärden eines Rehpinschers, und schließlich schrie sie: »*Geh auf, verdammt noch mal!*«

Die Tür ging auf.

Leonie verlor durch ihren eigenen Schwung fast das Gleichgewicht, fing sich im letzten Augenblick wieder und sprang nahezu kopfüber in den Schrank. Die Tür fiel mit einem dumpfen Knall hinter ihr wieder ins Schloss, noch bevor sie unsanft auf etwas Weichem, muffig Riechendem landete, und buchstäblich im gleichen Sekundenbruchteil polterten hinter ihr hastige Schritte ins Zimmer.

Einen Moment lang blieb sie benommen liegen. Sie war auf einem Kleiderhaufen gelandet, der ihrem verwegenen Hechtsprung die ärgste Wucht genommen hatte, aber ihr dröhnte trotzdem der Kopf, und als sie sich aufzusetzen versuchte, wurde ihr wieder schwindelig. Durch die geschlossene Schranktür drangen die Geräusche nur halblaut und sonderbar gedämpft herein, aber sie konnte dennoch außer Schritten und heftigem Hantieren und Herumwuseln die schrill durcheinander plärrenden Stimmen von mehr als einer Person unterscheiden.

Leonie sah sich mit heftig klopfendem Herzen um. Es war im Inneren des Schrankes nicht so vollkommen dunkel, wie sie erwartet hätte. Durch etliche Spalten und Ritzen im Holz drangen schmale Lichtstreifen, die Leonie ihre Umgebung zumindest erahnen ließen. Sie sah nichts, was sie nicht erwartet hätte. Uralte Kleider, die reglos von ihren Stangen hingen, und auf dem Boden ein Haufen Kleider, möglicherweise auch Bettwäsche. Nichts, was ihr helfen könnte, sollte sie entdeckt werden. Und schon gar kein Versteck, das auch nur dem ersten flüchtigen Blick standhalten würde, falls irgendjemand den Schrank untersuchte.

Was früher oder später unweigerlich der Fall sein würde.

Sie setzte sich vorsichtig auf und spähte durch einen etwas breiteren Spalt in der Tür.

Sie hatte sich geirrt: In dem Zimmer hielten sich nicht zwei oder drei Eindringlinge auf, sondern mindestens zwanzig oder dreißig, wenn nicht mehr, die scheinbar ziellos durcheinander huschten und den Raum in ein Chaos aus Bewegung verwandelten. Keiner von ihnen war größer als zwanzig Zentimeter.

Leonie blinzelte, sah noch einmal hin, schloss für eine Sekunde die Augen und sah wieder hin, aber der unglaubliche Anblick änderte sich nicht. Das Zimmer war voller kleiner, wild hin und her hüpfender und schnatternder Gestalten. Sehr viel mehr konnte Leonie allerdings nicht erkennen, denn sie trugen ausnahmslos eine Art schwarzbrauner Kutten, die in spitzen Kapuzen endeten. Wenn sich darunter Gesichter verbargen, so konnte Leonie sie in dem schwarzen Schatten, den die Kapuzen warfen, jedenfalls nicht erkennen.

Der Anblick war aber auch so schon bizarr genug. Nachdem sie ihren ersten Schrecken überwunden hatte, versuchte Leonie, irgendein System hinter dem Chaos zu erkennen, in das sich das Zimmer schlagartig verwandelt hatte, aber es gelang ihr nicht. Möglicherweise lag das daran, dass es keins gab.

Die winzigen Kapuzenmänner wuselten einfach ziellos umher, ohne irgendetwas Erkennbares zu tun. Es war ein einziges sinnloses Tohuwabohu. Die Gestalten flitzten hierhin und dorthin, rempelten sich gegenseitig an und sprangen auf Stühle und Tisch, hopsten in den Sekretär und den Waschtisch, rannten gegen Wände und Möbel, einige von ihnen bildeten eine Art wackeliger Räuberleiter vor der Standuhr, die aber nicht einmal die halbe Höhe bis zum Zifferblatt erreichte, bevor sie unter schrillem Gekeife und Gebrüll zusammenbrach. Einer der Winzlinge schlug einen kompletten anderthalbfachen Salto in der Luft, landete auf der Nase und schlitterte mit weit ausgebreiteten Armen über den spiegelblank gebohnerten Boden, direkt auf den Schrank zu, in dem Leonie saß. Seine Kutte geriet dabei in Unordnung, und als er sich hastig aufrappelte, rutschte seine Kapuze in den Nacken, sodass sie zum ersten Mal sah, was sich darunter verbarg.

Nicht dass sie besonders froh darüber war, denn das Gesicht, das unter der Kapuze zum Vorschein kam, war das mit Abstand hässlichste, das sie jemals gesehen hatte. Es war sicher nicht menschlich, aber Leonie war nicht einmal sicher, ob man es guten Gewissens als menschen*ähnlich* bezeichnen konnte. Das Geschöpf hatte zwei Augen, zwei Ohren, eine Nase und einen Mund, aber damit hörte die Ähnlichkeit dann auch schon auf, und zwar gründlich.

Die Kreatur hatte eine ledrige, schwarzgrüne Haut, fast wie die eines Frosches, die nur aus Falten und Runzeln zu bestehen schien und mit einer Unzahl nässender Pusteln und Geschwüre übersät war, und wie zum Ausgleich dafür keine Lippen, sondern nur einen fast von einem Ohr zum anderen reichenden Schlitz, hinter dem nadelspitze, schief und krumm gewachsene Zähne blitzten. Ihre Ohren waren spitz wie die eines Fuchses oder einer Katze und aus den Ohrmuscheln wuchsen mehr Haare als auf dem nahezu kahlen Schädel sprossen. Die Augen waren der reinste Albtraum: lid- und wimpernlose Glupschaugen, die so weit aus den Höhlen quollen, dass sich Leonie allen Ernstes fragte, wieso sie nicht einfach herausfielen. Das Tüpfelchen auf dem i schließlich bildete eine gewaltige Hakennase. Und dieser ganze absurde Schädel saß auf einem so lächerlich dürren Hals, dass er eigentlich bei der ersten unvorsichtigen Bewegung hätte abbrechen müssen.

Mit zwei Händen, die genauso dürr und abstoßend waren wie ihr Gesicht, schlug die Kreatur ihre Kapuze wieder nach vorne, und Leonie atmete instinktiv erleichtert auf, als sie vom Anblick des Albtraumgesichts erlöst wurde.

Sie blinzelte wieder und sah noch einmal hin, aber der unglaubliche Anblick war immer noch da: Das Zimmer war voller winziger Kapuzenwesen, die hoffnungslos durcheinander stürzten, schnatterten, schrien und sich wie die Kesselflicker prügelten. Leonie fragte sich, wann der erste auf die Idee kommen würde, die Schranktür zu öffnen, und vor allem, was sie dann *tun* würde. Sie hatte nicht wirklich Angst vor den schwarz gekleideten Knirpsen – aber es waren immerhin ziemlich viele.

Seltsamerweise näherte sich keines der winzigen Kapuzenmännchen dem Schrank, doch dafür flog die Zimmertür mit einem Knall auf und die lebensgroße – nun ja: *fast* lebensgroße – Ausgabe der Kapuzenmänner trat ein. Diese Kreatur hatte sich gar nicht erst die Mühe gemacht, ihre Kapuze hochzuziehen, sodass Leonie ihr Gesicht in seiner ganzen Hässlichkeit bewundern konnte. Es unterschied sich praktisch nicht von dem seiner Miniaturausgabe, die Leonie gerade gesehen hatte, nur dass die bizarre Kreatur in etwa die Größe eines zehnjährigen Kindes hatte und ihr Gesicht infolgedessen noch abstoßender wirkte.

Einen Unterschied gab es allerdings doch: Dieses Wesen war nicht mit leeren Händen gekommen. Es trug ein schweres ledergebundenes Buch unter dem linken Arm und eine altmodische Schreibfeder in der rechten Hand.

»*Was ist denn hier los?!*«, brüllte es mit schriller, überschlagender Stimme, die so unangenehm war, dass Leonie sich um ein Haar die Ohren zugehalten hätte. »Wer von euch ist dafür verantwortlich? Was habt ihr hier angerichtet?«

Keiner der Winzlinge antwortete, aber die Stimme des Kapuzenmannes zeigte trotzdem Wirkung: Die handgroßen Gestalten prallten zurück wie eine Herde aufgescheuchter Hühner, unter die der Fuchs gefahren war, und zumindest das wirre Geschnatter und Gezirpe hörte für einen Moment auf.

»Also?« Der Blick der triefenden Glupschaugen tastete über all die winzigen Gestalten, die so weit von dem Kapuzenmann zurückgewichen waren, wie sie nur konnten, und sich zitternd gegen die Wände pressten oder unter dem Tisch zu verschwinden versuchten. Dann weiteten sich seine Augen noch mehr und Leonie sah, dass sein Gesicht durchaus dazu fähig war, außer Griesgrämigkeit noch ein weiteres Gefühl zum Ausdruck zu bringen: blankes Entsetzen.

»Was ...«, ächzte er, »ist ... das?!« Ein spindeldürrer Zeigefinger mit einem schmutzigen, abgekauten Fingernagel deutete auf die Standuhr. »Das ... das ... das ...«, stammelte er, »darf DOCH NICHT WAHR SEIN!« Die letzten vier Worte hatte er so laut geschrien, dass Leonie die Ohren klingelten.

»Wer war das?«, kreischte er. »Wer ist dafür verantwortlich?« Er begann wie besessen im Zimmer auf und ab zu hüpfen. Seine winzigen Ebenbilder versuchten verzweifelt, sich vor ihm in Sicherheit zu bringen, aber nicht allen gelang es. Das eine oder andere fing sich einen Tritt ein, der es quer durch den Raum fliegen ließ, und mindestens zwei der winzigen Gestalten blieben hinterher liegen und rührten sich nicht mehr. Der Kapuzenmann tobte und wütete indessen ununterbrochen weiter. Es dauerte mindestens eine Minute, wenn nicht zwei, bis er sich zumindest so weit wieder in der Gewalt hatte, dass er stehen bleiben und erneut mit einem zitternden Finger in Richtung Uhr deuten konnte. »Bringt das ... sofort ... in Ordnung!«, keifte er kurzatmig. »Wer war hier drinnen? Wer hat das getan?!«

Er bekam auch jetzt keine Antwort – Leonie war mittlerweile fast sicher, dass die Winzlinge gar nicht sprechen konnten, zumindest nicht in einer Sprache, die sie verstand –, aber ein gutes Dutzend der Knirpse begann erneut eine komplizierte Räuberleiter vor der Standuhr zu bilden. Ganz offensichtlich wollten sie zum Zifferblatt hinaufgelangen. Leonie sah genau hin und erkannte, dass sich die Zeiger um eine Winzigkeit bewegt hatten, seit sie das Pendel angestoßen hatte. Kaum mehr als eine Minute, schätzte sie. Seltsam: Sie hätte geschworen, dass sie schon viel länger hier drinnen war. Vielleicht funktionierte das Uhrwerk ja nicht mehr richtig.

»Braucht Ihr Hilfe, verehrter Scriptor?« Eine zweite Gestalt in der Größe eines Kindes erschien unter der Tür und ein hakennasiges Gesicht, das womöglich noch hässlicher war als das von Glupschauge, spähte zu ihm herein. Es war schwer, in den hervorquellenden Triefaugen irgendein Gefühl zu erkennen, aber Leonie meinte trotzdem, so etwas wie ein schadenfrohes Funkeln auszumachen. »Alles in Ordnung?«

Der Kapuzenmann fuhr wie von der sprichwörtlichen Tarantel gestochen herum und ließ vor lauter Schreck sein Buch fallen. »Ja, es *ist* alles in Ordnung!«, giftete er. Der Neuankömmling und er schienen nicht unbedingt die besten Freunde zu sein.

»Das scheint mir aber gar nicht so«, antwortete Hakennase. »Seid Ihr sicher, dass Ihr keine Hilfe nötig habt?«

»Ganz sicher«, antwortete Scriptor. »Nur eine Übung. Ihr wisst ja, wie das mit dem Nachwuchs heutzutage ist: Wenn man sie nicht ständig auf Trab hält, dann rühren sie keinen Finger. Es ist alles in Ordnung. Ich brauche keine Hilfe, aber ich danke Euch trotzdem für Euer Angebot.« Und damit knallte er dem zweiten Glupschaugengesicht die Tür so heftig vor der Nase zu, dass Leonie instinktiv auf einen Schmerzensschrei und den dumpfen Aufprall eines bewusstlosen Körpers draußen auf dem Gang wartete.

»Eingebildeter Fatzke!«, nörgelte Scriptor. »Das könnte ihm so passen, mir – *Was um alles in der Welt tut ihr da?! Hört sofort auf!*« Er hatte sich umgedreht, während er sprach. Nun war er mit einem Satz bei den Kapuzenmännchen, deren lebende Pyramide das Zifferblatt schon fast erreicht hatte, und fegte sie mit einem Fußtritt auseinander. »Untersteht euch, hier noch irgendetwas anzurühren!«, keifte er. »Als ob nicht schon genug Schaden angerichtet worden wäre!«

Diejenigen Kapuzenmännchen, die seine Attacke halbwegs unbeschadet überstanden hatten, brachten sich mit hastigen Schritten in Sicherheit. Nur ein einziges war mutig – oder dumm – genug, einfach stehen zu bleiben und zu ihm hochzublicken.

Scriptor dankte es ihm, indem er den Fuß hob und ihn unsanft in den Boden stampfte. Aus der gleichen Bewegung heraus bückte er sich nach dem Buch, das er fallen gelassen hatte, und begann hektisch darin zu blättern. Schon nach einem Augenblick schien er fündig zu werden, aber was er da sah, gefiel ihm offensichtlich nicht besonders. Er ächzte.

»O nein, nicht auch das noch!«, keuchte er. Er sah sich mit einer wilden, fast panischen Bewegung im Raum um, starrte dann wieder in sein Buch und kickte beiläufig ein weiteres Kapuzenmännchen davon, das ihm unvorsichtigerweise zu nahe gekommen war. Dann seufzte er tief. Leonie konnte regelrecht sehen, wie alle Kraft aus seinem ausgemergelten Körper wich, als er sich wieder zur Standuhr umwandte. Langsam, fast ängstlich, wie es ihr schien, streckte er die Hand aus, hielt zuerst das Pendel an und bewegte dann, buchstäblich Millimeter für Millimeter, die Zeiger zurück. Er hielt mehrmals inne, um einen langen Blick in sein Buch zu werfen. Leonie hatte den Eindruck, dass er mit dem Ergebnis seiner Bemühungen nicht unbedingt zufrieden war, als er endlich zurücktrat.

»Also gut!«, schimpfte er, nachdem er das Zifferblatt mindestens noch eine Minute lang mit gefurchter Stirn angestarrt hatte. »Und jetzt bringt den Rest in Ordnung! Das Buch auf dem Sekretär! Jemand hat die Tischdecke verschoben! Und die Wasserkaraffe steht nicht genau so, wie es sein sollte! Gebt Acht, dass ihr keinen Staub aufwirbelt! Und der Füllfederhalter liegt zu weit links!«

Und so ging es weiter. Leonie hockte mindestens zehn Minuten lang reglos in ihrem Schrank und sah mit wachsendem Unverständnis zu, wie Scriptor seine winzigen Gehilfen kreuz und quer durchs Zimmer scheuchte, um jede noch so kleine Veränderung, die sie vorgenommen hatte, rückgängig zu machen. Er ging dabei keineswegs planlos vor, sondern blätterte immer wieder in seinem Buch und machte die meisten Korrekturen, die seine zwergwüchsigen Kopien vornahmen, mindestens zwei- oder dreimal wieder rückgängig, bevor er sich endlich mit einem resignierten Seufzen zufrieden gab.

»Ich hoffe, das reicht«, murmelte er. »Das hätte nicht passieren dürfen. All diese Veränderungen! Was um alles in der Welt mag geschehen sein, bevor wir es gemerkt haben? Eine Katastrophe! Eine unglaubliche Katastrophe, und das dazu noch hier, ausgerechnet *hier!* Wenn das rauskommt, bin ich geliefert. Welche Folgen das haben kann!«

Er seufzte noch einmal und tiefer, dann klappte er sein Buch mit einem Knall zu und machte eine herrische Geste, auf die hin die Kapuzenmännchen die Beine in die Hand nahmen, um so schnell wie möglich aus dem Zimmer zu verschwinden. Eines von ihnen schien Scriptor wohl trotz allem nicht schnell genug zu sein; er spießte es mit seiner Schreibfeder auf, gerade als der Winzling zwischen seinen Beinen hindurchlaufen wollte. Leonie runzelte in ihrem Versteck die Stirn. Sie hatte keine Ahnung, wer oder was dieser Scriptor war, aber sein Charakter schien durchaus seinem Aussehen zu entsprechen.

Nachdem die Kapuzenmännchen gegangen waren (zumindest die, die noch gehen konnten), wartete sie nun darauf, dass Scriptor ebenfalls verschwand. Aber er dachte offensichtlich nicht daran. Stattdessen blieb er noch eine kleine Ewigkeit unter der Tür stehen und sah sich aus misstrauisch zusammengekniffenen Augen im Zimmer um. Leonie überlief ein eisiges Frösteln, als sein Blick dabei auch den Schrank streifte und für ihren Geschmack eine Spur zu lange daran hängen blieb. Er runzelte die Stirn, als wäre ihm etwas aufgefallen, aber dann zuckte er nur die Schultern, klappte sein Buch wieder auf und machte einen schwungvollen Federstrich.

Das gute Dutzend regloser Kapuzenmännchen, das im Raum verteilt war, verschwand. Leonie sog so scharf die Luft ein, dass sie schon befürchtete, Scriptor dadurch auf ihre Anwesenheit aufmerksam gemacht zu haben, aber der hässliche Gnom drehte nur noch einmal den Kopf von rechts nach links, wobei er seinen Blick abschließend und sehr aufmerksam durch das Zimmer schweifen ließ, dann wandte er sich um und verließ den Raum. Die Tür schloss sich schnell und vollkommen lautlos hinter ihm und Leonie war wieder allein.

Sie ließ noch mehrere Minuten verstreichen, ehe sie es wagte, die Schranktür zu öffnen und wieder ins Zimmer hinauszutreten. Der Raum kam ihr plötzlich viel unheimlicher vor als vorhin, als sie hereingekommen war, obwohl sich hier rein gar nichts verändert hatte. Vielleicht kam das aber auch gerade daher, *dass* nun alles wieder genauso aussah wie vorher. Was war so ungemein wichtig daran, dass hier auch nicht die kleinste Kleinigkeit verändert wurde?

Leonie zermarterte sich einen Moment lang vergeblich das Hirn mit dieser Frage, tat sie dann aber mit einem Achselzucken ab und wandte sich zur Tür. Ohne es zu merken, ging sie dabei in so großem Abstand an den Möbeln vorbei, wie ihr das nur möglich war. Ganz flüchtig streifte ihr Blick den Sekretär, und sie ertappte sich bei dem Wunsch, die Familienbibel noch einmal herauszunehmen, um einen Blick auf das unheimliche Foto zu werfen, aber sie unterdrückte ihn auch fast im gleichen Sekundenbruchteil wieder, in dem sie ihn verspürte. Auch wenn sie nicht einmal annähernd verstand, was sie eben beobachtet hatte, war ihr doch zugleich klar, dass sie mehr Glück als Verstand gehabt hatte. Sie gedachte nicht, dieses Glück unnötig auf die Probe zu stellen. Stattdessen hastete sie zur Tür, öffnete sie und blieb wie angewurzelt stehen.

»Sieh an, sieh an«, sagte Scriptor, der draußen auf dem Gang stand und hämisch zu ihr heraufgrinste. »Das habe ich mir doch beinahe gedacht!«

»Oh«, machte Leonie verdattert.

»Oh«, meinte Scriptor und stieß mit der Spitze seiner Schreibfeder nach ihrer Brust, »ist keine Antwort. Jedenfalls nicht auf die meisten Fragen, die ich an dich habe.« Er pikste sie noch einmal mit seiner Feder, und diesmal war die Berührung so unangenehm, dass Leonie ganz instinktiv die Türklinke losließ und zwei Schritte weit ins Zimmer zurückwich.

Scriptor folgte ihr. Seine wässrigen Glupschaugen funkelten boshaft. Er pikste Leonie immer wieder mit seiner Feder, und obwohl es nicht wirklich wehtat, wich sie Schritt für Schritt vor ihm zurück, bis sie auf der gegenüberliegenden Seite gegen die Wand stieß. Sie hatte nicht wirklich Angst, dazu war sie viel zu perplex.

»Da haben wir ja des Rätsels Lösung«, sagte Scriptor hämisch. »Konnte ich mir auch gar nicht vorstellen, dass das alles reiner Zufall gewesen sein soll. Aber deine Frechheiten werden dir schon noch vergehen, das verspreche ich dir. Ich kann nämlich auch ganz anders, wenn es sein muss. Du landest im Leimtopf, mindestens! Aber vorher wirst du mir noch ein paar Fragen beantworten.«

»Ach?«, fragte Leonie. »Werde ich das?« Sie versuchte vergeblich, Angst zu empfinden. Scriptor erschien ihr zwar genauso, wie sie umgekehrt auch ihm – nämlich abgrundtief hässlich –, aber jetzt, wo sie ihm direkt gegenüberstand, merkte sie auch, was für einen lächerlichen Anblick der Kapuzenmann eigentlich bot. Er hatte sich herausfordernd aufgeplustert und fuchtelte nach wie vor drohend mit seiner Feder herum, aber das änderte nichts daran, dass er ihr mit Mühe und Not bis zur Brust reichte und so dürr war, dass sein schwarzer Umhang nur so um seine Glieder schlotterte. Leonie bezweifelte, dass der Knirps mehr als fünfzig Pfund wog.

»Also?«, giftete Scriptor. »Willst du jetzt reden oder muss ich andere Seiten aufziehen?«

Leonie dachte einen Moment lang daran, wie Scriptor mit seinen kleinen Gehilfen umgesprungen war, überlegte einen etwas längeren Moment, wie sie reagieren sollte, und entschied sich schließlich für eine, wie sie fand, angemessene Vorgehensweise. Sie sah noch eine Sekunde lang nachdenklich auf Scriptor hinab und boxte ihm dann kräftig auf die Nase. Scriptor verdrehte die Augen und kippte stocksteif nach hinten.

Leonie riss ungläubig die Augen auf und betrachtete abwechselnd ihre eigene Hand und den bewusstlosen Zwerg, der mit ausgebreiteten Armen und Beinen vor ihr auf dem Boden lag. Sie hatte nicht einmal sehr fest zugeschlagen, sonderlich viel schien er nicht auszuhalten.

Leonie überzeugte sich mit einem raschen Blick davon, dass Scriptor nachhaltig ausgeschaltet war, ging zur Tür und drückte sie hastig ins Schloss. Das fehlte ihr noch, dass noch mehr von diesen hässlichen Gnomen hier auftauchten. Sie ging zu Scriptor zurück, ließ sich neben ihm in die Hocke sinken und hob das Buch auf, das er fallen gelassen hatte. Es war so schwer, als wäre es aus einem massiven Felsblock herausgemeißelt worden, und hatte mindestens tausend Seiten, wenn nicht mehr.

Und sie waren alle leer.

Leonie blätterte das Buch mit wachsender Verblüffung durch, aber es blieb dabei: Die Seiten aus uraltem Büttenpapier waren leer.

Endlich legte sie das Buch wieder aus der Hand, sah einen Moment lang nachdenklich auf Scriptor hinab und überlegte, was sie als Nächstes tun sollte. Besonders viele Möglichkeiten hatte sie nicht. Und keine davon weckte wirklich ihre Begeisterung. Aber es gab keinen Ausweg – sie hätte höchstens zurückgehen können, und das kam nicht in Frage, solange sie ihre Eltern nicht gefunden hatte.

Sie beugte sich zu Scriptor hinab und zog ihm ohne viel Mühe die schwarze Kutte aus. Der Gnom war darunter vollkommen nackt und noch viel dürrer, als sie sowieso schon erwartet hatte; kaum mehr als ein Skelett, das von runzliger, schwarzgrüner Krötenhaut überzogen war. Leonie nahm ihn auf die Arme – er schien überhaupt nichts zu wiegen –, trug ihn zum Schrank und schloss die Tür hinter ihm. Sie hätte gern einen Stuhl unter den Griff geschoben, um den Schrank von außen zu verbarrikadieren, aber nach der Aufregung, die die letzten Veränderungen hervorgerufen hatten, wagte sie es nicht, hier drinnen auch nur irgendetwas anzurühren. Sie war allerdings auch ziemlich sicher, dass Scriptor für eine geraume Weile außer Gefecht gesetzt war.

Leonie betrachtete die schmuddelige schwarze Kutte, die sie Scriptor ausgezogen hatte, und verzog angewidert das Gesicht. Allein die Vorstellung, diesen Lumpen überzustreifen, ließ sie frösteln.

Trotzdem tat sie es.

Nur wenige Augenblicke später verließ sie das Zimmer, in Scriptors schwarze Kutte gehüllt, die Kapuze so weit nach vorne gezogen, wie es nur ging, das schwere Buch unter den rechten

Arm geklemmt und die Schreibfeder in der rechten Hand, und setzte ihren Weg fort.

Der Scriptor

Der Gang schien kein Ende zu nehmen. Leonie hatte längst aufgehört, die Schritte zu zählen, die sie zurücklegte, genauso wie sie aufgehört hatte, die Anzahl der Türen zu schätzen, an denen sie vorüberkam. In Wahrheit dauerte es nicht einmal annähernd so lange, wie es ihr vorkam, doch sie hatte das Gefühl, Stunden unterwegs zu sein, als es vor ihr endlich wieder hell wurde. Sie war keinen weiteren Kapuzenmännchen begegnet und auch keinem von ihren größeren Vettern. Leonie war sehr froh darüber. Sie glaubte nicht, dass ihre lächerliche Verkleidung einem auch nur etwas genaueren Hinsehen standgehalten hätte. Die schwarze Kutte reichte ihr nicht einmal ganz bis zu den Knöcheln, und sie war überhaupt nicht sicher, ob die Kapuze ihr Gesicht ausreichend verbarg.

Leonie hatte es nicht gewagt, noch eine weitere Tür zu öffnen, obwohl sie vor Neugier beinahe platzte. Keine Tür sah aus wie die andere, obwohl sie sich gleichzeitig alle irgendwie zu ähneln schienen. Das Einzige, auf das sie überall stieß, waren die fremdartigen goldenen Schriftzeichen. Nur einmal erhaschte sie einen Blick auf einen Raum, dessen Tür nicht ganz geschlossen war. Er schien vollkommen leer zu sein, aber etwas warnte sie so intensiv davor, ihn zu betreten, dass sie es nicht wagte, auch nur einen Fuß durch die Tür zu setzen, sondern rasch weiterging. Und endlich wich das Licht nicht mehr vor ihr zurück. Der leuchtende graugrüne Nebel begann sich zu verdichten und nahm Gestalt an. Vor ihr lag ein weiterer ummauerter Durchgang, und Leonies Schritte wurden automatisch langsamer. Sie wappnete sich innerlich dagegen, wieder in einen bodenlosen Abgrund zu blicken.

Diese Befürchtung erwies sich als nicht ganz unberechtigt, wurde aber auch nicht hundertprozentig erfüllt. Diesmal trat sie nicht auf eine schmale Treppenstufe hinaus, sondern auf eine –

allerdings auch nicht sehr viel breitere – Galerie, die von einem gerade mal oberschenkelstarken steinernen Geländer begrenzt wurde und in beide Richtungen verlief, so weit der Blick reichte. Der Balkon wies eine leichte Krümmung auf, sodass Leonie annahm, dass er sich um einen gewaltigen kreisrunden Raum erstreckte. Wie groß er genau war, konnte sie nicht sagen, denn die gegenüberliegende Wand lag in so weiter Entfernung, dass sie nur noch zu erahnen war. Sowohl darüber als auch darunter erstreckten sich weitere kreisrunde Galerien. Es mussten Dutzende sein, wenn nicht mehr. Und noch ungleich größer war die Anzahl der Türen, die auf diese Galerien hinausführten.

Leonie trat mit klopfendem Herzen an die steinerne Brüstung und beugte sich vor. Sie konnte tatsächlich einen Boden erkennen, aber er lag so tief unter ihr, dass sie nur verschwommene Schemen sah; und einen vagen Eindruck von wuselnder Bewegung hatte.

Ihr Ziel lag irgendwo dort unten. Das Gefühl, das sie hierher geleitet hatte, war wieder da und es war sogar stärker geworden. Leonie war nach wie vor nicht mehr vollkommen sicher, dass es tatsächlich die Gegenwart ihrer Eltern war, die sie spürte (um ehrlich zu sein, wurden die Zweifel sogar immer stärker), aber was sollte es sonst sein?

So oder so: Sie musste dort hinunter.

Leonie sah sich unbehaglich um. Die Galerie verlor sich in beiden Richtungen in grüngrauer Unendlichkeit, aber ihre Augen hatten sich mittlerweile an das schummrige Licht gewöhnt. In einiger Entfernung schien eine Treppe zum nächstunteren Stockwerk hinabzuführen und von dort aus – wenn auch um ein gutes Stück versetzt – die nächste weiter nach unten. Viel langsamer, als es nötig gewesen wäre, ging sie zu der Treppe. Als sie noch einmal zögerte und sich in die Richtung umdrehte, aus der sie gekommen war, musste sie sich selbst eingestehen, dass sie jetzt wohl endgültig die Orientierung verloren hatte.

Hinter ihr lagen mindestens zwei Dutzend Türen, die auf die Galerie hinausgingen, und alle sahen vollkommen gleich aus, und die Tunnel, in die sie führten, waren ebenfalls absolut identisch.

Leonie erschrak nicht einmal mehr wirklich. Wäre sie ehrlich zu sich selbst gewesen, dann hätte sie sich schon vor Stunden eingestehen müssen, dass sie längst die Orientierung verloren hatte; schon draußen im runden Treppenschacht, durch den sie heruntergekommen war. Sie konnte einfach nur darauf vertrauen, dass sie das unheimliche Gefühl, das sie bis hierher geführt hatte, auch wieder hinausbringen würde. Jetzt gab es jedenfalls nur noch eine Richtung: nach unten. Sie machte sich entschlossen auf den Weg.

Er war länger, als sie erwartet hatte. Die Galerien lagen jeweils etwa fünf oder sechs Meter untereinander, aber sie musste ein gutes Dutzend Treppen überwinden, bis sie dem Boden auch nur nahe genug gekommen war, um Einzelheiten zu erkennen.

Unter ihr erstreckte sich ein wahrhaft gigantischer Saal mit schwarz-weiß gefliestem Boden. So weit ihr Blick reichte, waren dort niedrige, schräge Pulte Reihe um Reihe, an denen Gestalten in schwarzen Kapuzenmänteln standen, die mit altertümlichen Federn in großformatige Bücher schrieben – Bücher, die dem ähnelten, das Leonie unter dem Arm trug. Ein dunkles, an- und abschwellendes Raunen und Murmeln lag über der unheimlichen Szenerie wie das Geräusch ferner Meeresbrandung, aber auf schwer zu beschreibende Weise bedrohlicher. Andere, viel kleinere Gestalten in schwarzen Kapuzenmänteln flitzten emsig zwischen den Stehpulten hin und her, trugen Pergamentrollen und Papierstapel, füllten Tintenfässer auf und tauschen abgenutzte Federn aus, und manchmal mühten sich auch zwei oder drei von ihnen zugleich mit einem der großen Bücher ab, offensichtlich wenn es voll geschrieben war, oder brachten einen leeren Band zu einem der Stehpulte.

Das Ganze sah aus wie der größte Schreibsaal der Weltgeschichte, nur dass es hier keine Computer oder elektrischen Schreibmaschinen gab, sondern altmodische Stehpulte, an denen kindsgroße Gestalten in schwarzen Kapuzenmänteln standen. Leonie konnte die Gesichter unter den spitzen Kapuzen nicht erkennen (sie war nicht böse darüber), aber sie vermutete, dass sie dem Scriptors ähnelten, der hoffentlich immer noch oben im

Schrank eingesperrt war und tief und fest schlief. Und auch von ihrem Wesen her schienen sich die Kapuzenmänner nicht sonderlich voneinander zu unterscheiden. Als einer der Knirpse offensichtlich nicht schnell genug beim Auffüllen eines leeren Tintenfasses war, spießte ihn Scriptors Kollege kurzerhand mit seinem Federkiel auf und schrieb mit seinem Blut weiter.

Leonie nahm entschlossen die letzte Treppe in Angriff. Bisher war sie keinem der Kapuzenträger direkt begegnet, aber sie begann doch Hoffnung zu schöpfen, dass ihre Verkleidung bestehen würde. Die Schreiber schienen so auf ihre Arbeit konzentriert zu sein, dass sie praktisch keine Notiz von dem nahmen, was um sie herum vorging.

Sie verstärkte den Griff um ihr Buch, senkte den Kopf gerade weit genug, dass es nicht auffiel, und marschierte mit energischen Schritten los. Ihr Ziel lag auf der anderen Seite der Halle, das war alles, was sie wusste.

Ihre Hoffnung schien sich tatsächlich zu erfüllen. Zwar blickte der eine oder andere von Scriptors Kollegen flüchtig auf, als sie an ihm vorüberging, aber niemand sah auch nur ein zweites Mal in ihre Richtung. Die schwarz vermummten Gestalten waren voll und ganz mit ihren Schreibarbeiten beschäftigt.

Leonie versuchte einen verstohlenen Blick in die aufgeschlagenen Bücher zu werfen. Es gelang ihr auch, aber viel schlauer war sie hinterher nicht. Die Federkiele der Kapuzenmänner huschten so schnell über das Papier, dass sie zu verschwimmen schienen, und füllten Seite um Seite mit akribischen, fast mikroskopisch kleinen Buchstaben; viel zu winzig, um sie aus einer Entfernung von mehr als einem Meter entziffern zu können.

Weiter und weiter ging sie zwischen den dicht an dicht aufgestellten Stehpulten hindurch. Sie hatte geahnt, dass der Saal riesig sein würde, aber er schien noch viel größer zu sein, als sie befürchtet hatte. Irgendwann gab es einen Moment, in dem sie die Wände in keiner Richtung mehr sehen konnte. Ihr Rücken hatte längst zu schmerzen begonnen und das Buch unter ihrem rechten Arm wurde immer schwerer. Erst nach einer halben Ewigkeit tauchte die gegenüberliegende Wand wieder vor ihr auf; in so weiter Entfernung, dass Leonie nur mit Mühe ein entsetztes Aufstöhnen unterdrücken konnte.

Auch auf dieser Seite erstreckten sich die Galerien ins Unendliche, aber es gab dennoch einen Unterschied zwischen ihnen und jener Galerie, über die Leonie den Schreibsaal betreten hatte: Die Anzahl der Kapuzenmännchen, die ihr entgegengekommen war, hatte langsam, aber beständig zugenommen, sodass sie mittlerweile durch einen regelrechten Strom handgroßer Gestalten watete, der zu ihren Füßen herumwuselte. Obwohl etliche von ihnen unter der Last der Papierstapel, Tintenfässer, Sandstreuer und anderer Schreibutensilien, die sie trugen, schwankten, berührten sie sie kein einziges Mal. Offensichtlich sorgte der schwarze Mantel, in den Leonie sich gehüllt hatte, für gehörigen Respekt. Leonie war es nur recht. Dass sie bisher nicht entdeckt worden war, glich ohnehin einem kleinen Wunder, aber es war schlechterdings unmöglich, dass ihre Tarnung einem direkten Zusammenprall standhielt. So gab sie sich auch ihrerseits alle Mühe, einem Zusammenstoß auszuweichen, aber ihr wurde schon nach wenigen Augenblicken klar, dass sie dadurch gerade Aufmerksamkeit erregte. Keiner der anderen Kapuzenmänner in ihrer Nähe nahm auch nur eine Spur Rücksicht auf seine kleineren Kopien. Wer nicht schnell genug auswich, fing sich einen Tritt ein, so einfach war das.

Endlich näherte sie sich der jenseitigen Wand des Schreibsaales und damit auch der Stelle, an der der Strom der Winzlinge seinen Ursprung hatte. Sie quollen aus buchstäblich Hunderten von Türen, hinter denen eng gewendelte Steintreppen steil in die Tiefe hinabführten. Die Ahnung, der Leonie noch immer folgte wie der Nadel eines unsichtbaren Kompasses, wurde an dieser Stelle etwas vage, aber sie ging einfach weiter. Möglicherweise führten ja alle diese Tunnel in die richtige Richtung.

Zuerst einmal führten sie alle nach unten und in ein wahres Labyrinth von Gängen und Stollen, die sich immer weiter verzweigten, kreuzten und aufteilten. Leonie kam an riesigen Katakomben vorbei, die bis unter die Decke mit Pergamentrollen voll gestopft waren, gewaltigen Sälen, die nichts anderes enthielten als Tinte: Tinte in gewaltigen Fässern, Tinte in Bottichen, Tinte in Karaffen und schließlich Tinte in kleinen irdenen Tintenfässchen, die von Hunderten Kapuzenmännchen an einem endlosen Tisch abgefüllt und sorgsam verkorkt wurden. Das hier unten musste wohl das Materiallager des Schreibsaales sein, dessen Größe entsprechend beeindruckend war. Aber sie war noch nicht am Ziel. Sie musste weiter nach unten, *sehr viel weiter.*

Allmählich wurde ihr warm unter dem gestohlenen Umhang, und der Fetzen stank so erbärmlich, dass ihr übel zu werden drohte. Darüber hinaus war ihr klar, dass Scriptor mittlerweile einfach wach geworden sein *musste.* Vermutlich war er jetzt schon auf dem Weg hierher und schrie Zeter und Mordio. Nur gut, dass diese unheimliche unterirdische Anlage so ungeheuer groß war!

Es wurde wärmer, je tiefer sie kam. Ein sonderbarer süßlicher Geruch hing in der Luft, nicht unbedingt unangenehm, aber penetrant, und bald hörte sie ein anderes Geräusch, das sich in das Getrappel, Wispern, Rauschen und Zischen mischte und die Gänge des Labyrinths erfüllte: ein dumpfes, langsames Pochen und Wummern, wie das Arbeitsgeräusch einer sehr großen, behäbigen Maschine. Schließlich ging sie eine letzte gewendelte Treppe hinab und gelangte in einen Raum, der gut als Vorhof der Hölle durchgegangen wäre.

Er war nicht so gigantisch wie der Schreibsaal, aber immer noch riesig. Die Decke, die von gewaltigen gemauerten Säulen getragen wurde, befand sich mindestens zwanzig Meter über ihrem Kopf, und ein wahres Gewirr von Trägern, Balken und Schienen aus rostigem Metall zog sich darunter entlang wie das Netz einer titanischen, verrückt gewordenen Spinne. Anders als der Schreibsaal herrschte in diesem Raum ein reines Chaos. Die Luft war rot vom Widerschein zahlloser Feuer, die unter gewaltigen gusseisernen Kesseln brannten, und der süßliche Geruch war hier so stark, dass er ihr fast den Atem nahm. Zwischen den Kesseln standen riesige, altertümlich anmutende Maschinen, deren Zweck sie nicht erriet, und zum ersten Mal sah sie auch Wesen, die keine schwarzen Kapuzenmäntel trugen und entweder so groß waren wie ein zehnjähriges Kind oder so klein wie eine Hand. Aber sie konnte nicht sagen, um was für Geschöpfe es sich handelte.

Menschen waren es jedenfalls nicht.

Eine Sorte war kaum größer als Scriptor, aber ihre Vertreter waren so massig, dass sie fast quadratisch wirkten. Ihre Gesichter sahen eher aus wie die von Bulldoggen als die von Menschen, und da sie bis auf grobe, wollene Kniehosen nackt waren, konnte Leonie die Ehrfurcht gebietenden Muskelpakete sehen, die ihre stämmigen Körper bedeckten. Sie musste daran denken, wie leicht es ihr gefallen war, Scriptor auszuknocken, vermutlich würde es einem von diesen Muskelzwergen noch weniger Mühe bereiten, *sie* einfach in zwei Teile zu brechen.

Es gab noch andere, noch unheimlichere Geschöpfe. Riesige gepanzerte Kreaturen, deren Leiber sich unter Plattenrüstungen, schwarzem Leder und zerschrammtem Eisen verbargen und die mit langen mehrschwänzigen Peitschen und wuchtigen Keulen bewaffnet waren. Leonie nahm an, dass es sich um eine Art Aufseher handelte, denn sie gingen keiner sichtbaren Tätigkeit nach, sondern schlenderten scheinbar ziellos umher und blieben nur manchmal stehen, um ihre Peitschen knallen zu lassen oder einen der Muskelzwerge anzufahren, die die Maschinen bedienten. Leonie war sehr froh, dass sie die Gesichter hinter den schwarzen Metallmasken nicht sehen konnte; Gesichter von Wesen, die das Wort *Brutalität* offensichtlich erfunden hatten – sie beobachtete einen der Knirpse, der das Pech hatte, unter die Füße der Aufseher zu geraten und einfach zerquetscht wurde. Und einmal machte eine ganze Gruppe dieser Winzlinge einem der riesigen Geschöpfe nicht schnell genug Platz, denn das Wesen bückte sich, ergriff eine ganze Hand voll von ihnen und warf sie in hohem Bogen in einen der Kessel. Leonie unterdrückte ein eisiges Frösteln. Ganz gleich, was diese sonderbaren Geschöpfe auch sein mochten, ein Leben schien hier unten nicht besonders viel wert zu sein.

Während sie rasch und scheinbar unbeeindruckt zwischen den

gewaltigen Maschinen, Kesseln und Schienensystemen hindurchging, wurde ihr allmählich klar, dass sie sich auf der untersten Ebene der Anlage befand. Hier wurde offensichtlich das Papier hergestellt, aus dem die Pergamentrollen und Bücher bestanden, die von den Kapuzenmännern weiter oben verteilt wurden. Hatte Scriptor nicht irgendetwas von einem *Leimtopf* erzählt?

Ziemlich genau in der Mitte der Halle erhob sich eine gewaltige Säule aus schwarzem Stein, in die ein gutes halbes Dutzend niedriger Eisentüren eingelassen war. Leonie steuerte zielsicher darauf zu. Niemand versuchte sie aufzuhalten oder sprach sie an, obwohl ihr nur zu deutlich bewusst wurde, dass sie die Einzige war, die auf den unterirdischen Turm zuhielt. Schließlich hatte sie eine dieser Türen erreicht und drückte entschlossen die geschmiedete Klinke herunter.

Sie rührte sich nicht. Leonie rüttelte daran, aber es war so wie vorhin oben an der Schranktür: Genauso gut hätte sie versuchen können, mit bloßen Händen einen Banksafe aufzubrechen.

Vielleicht funktionierte der Trick ja noch einmal.

»Geh auf!«, sagte Leonie.

Die Tür ging auf.

»Na also«, bemerkte Leonie zufrieden. »Geht doch.« Sie warf noch einen vorsichtigen Blick nach rechts und links, dann ergriff sie ihr Buch fester und trat durch die Tür hindurch. Sie war so niedrig, dass sie sich bücken musste, und das erwies sich als großes Glück, denn der Raum, den sie betrat, war nicht leer. Er war so klein, dass er gerade mal einem der niedrigen Stehpulte Platz bot, wie sie sie schon oben gesehen hatte. Auch hinter diesem Pult stand ein hakennasiger Zwerg in einer schwarzen Kutte, der seine Kapuze allerdings zurückgeschlagen hatte, sodass sie sein Gesicht sehen konnte. Er war noch hässlicher als Scriptor, falls das überhaupt möglich war.

»Kommt rein, kommt rein!« Der Gnom wedelte unwillig mit einer fleckigen, dürren Hand. »Was wollt Ihr hier, Scriptor, ich habe zu tun. Also tragt Euer Anliegen vor und stehlt mir nicht meine Zeit!«

Leonie war im ersten Moment verwirrt. Woher wusste der Gnom Scriptors Namen? An diesem Mantel war nichts, was zur Identifizierung seines legitimen Besitzers dienen konnte. Aber vielleicht war Scriptor ja auch gar kein Name, sondern eine Art Dienstrang.

Trotz dieser Erkenntnis war sie in arger Verlegenheit. Der Gnom erwartete noch immer eine Antwort von ihr, und seine Miene verdüsterte sich zusehends, als sie nicht schnell genug kam. »Habt Ihr Eure Zunge verschluckt, oder seid Ihr eigens hierher gekommen, um mir meine Zeit zu stehlen, Scriptor?«, giftete er, beantwortete seine Frage aber auch gleich selbst. »Ihr bringt das Inventarium, nehme ich an? Ist es schon wieder so weit?« Er kam um den Tisch herumgetrippelt, riss Leonie das Buch unter dem Arm weg, bevor sie auch nur richtig begriff, was er von ihr wollte, und klappte es auf.

»Was ist das?«, japste er. »Das ist doch nicht …«

»Nein«, sagte Leonie, »ist es nicht.« Sie schlug die Kapuze zurück und weidete sich einen Moment lang an dem Ausdruck blanken Entsetzens auf dem faltigen Gesicht des Scriptors. Der Gnom setzte dazu an, etwas zu sagen, aber Leonie brachte ihn dazu, sich das noch einmal zu überlegen, indem sie kurzerhand den Arm ausstreckte und ihn an seiner dürren Gurgel packte. »Ich an deiner Stelle wäre jetzt ganz still«, sagte sie. »Sind wir uns da einig? Ich will dir nichts tun, aber ich möchte auch nicht, dass du deine Freunde rufst. Hast du verstanden?«

Der Scriptor hätte möglicherweise sogar geantwortet, wenn er es nur gekonnt hätte. Er war jedoch nur dazu fähig, mit den Füßen zu strampeln und hektisch mit beiden Händen auf seinen Hals zu deuten. Leonie ließ ihn los.

Der Scriptor hustete, taumelte rücklings gegen sein Stehpult und krümmte sich, heftig um Atem ringend. »Oh«, keuchte er. »Oh, oh! Du … du bist ja so …«

»Grob, ich weiß«, sagte Leonie. »Es tut mir Leid« – das war gelogen – »aber ich dachte, das wäre der normale Umgangston hier unten.«

Immer noch keuchend richtete sich der Scriptor auf und funkelte sie feindselig aus seinen hervorquellenden Augen an. »Hässlich, wollte ich eigentlich sagen«, zischte er. »So etwas Hässliches wie dich habe ich ja noch nie gesehen! Was willst du hier?«

Das war eine gute Frage. Leonie hätte selbst eine Menge darum gegeben, die Antwort darauf zu wissen. Den ganzen Weg hier herunter war sie nur ihrem Gefühl gefolgt, aber allmählich gestand sie sich ein, dass es sie möglicherweise getrogen hatte. Hier in dieser winzigen Kammer waren ihre Eltern jedenfalls nicht.

Sie beantwortete die Frage des Scriptors nicht, sondern warf ihm nur einen drohenden Blick zu und umrundete mit zwei schnellen Schritten das Stehpult, um einen Blick in das aufgeschlagene Buch zu werfen, das dort lag.

»Was tust du da?«, kreischte der Scriptor. Er versuchte sie zurückzureißen, aber seine Kraft reichte nicht einmal annähernd. Leonie blätterte ungerührt weiter, während der keifende Gnom immer verzweifelter an ihrem Arm zerrte und riss. »Das darfst du nicht!«, schimpfte er. »Solche wie dich geht das Inventarium nichts an! Niemanden geht es etwas an!«

Leonie ignorierte ihn. Sie blätterte langsam weiter in dem Buch, aber was sie sah, schien einfach keinen Sinn zu ergeben, oder vielleicht doch, aber es war einer, der sich ihr nicht offenbarte. Da standen Namen, nicht alphabetisch, sondern scheinbar willkürlich geordnet, und jeder einzelne Name war mit einer langen Kombination von Buchstaben und Zahlen versehen, die ihr noch unverständlicher vorkamen. Ebenso gut hätte sie das Telefonbuch einer Großstadt durchblättern können.

Der Scriptor hörte endlich auf, sinnlos an ihrem Arm herumzuzerren und änderte seine Taktik: Er grub seine Zähne so tief in Leonies Hand, dass sie vor Schmerz aufheulte. Sein Pech war nur, dass Leonie ganz instinktiv reagierte: Sie versetzte ihm eine schallende Ohrfeige, die ihn quer durch den Raum fliegen ließ.

»Das wirst du bereuen«, keuchte er. »Niemand schnüffelt ungestraft in meinem Hauptbuch! Du wirst im Leimtopf landen, genau wie die anderen!«

»Welche anderen?« Leonie war mit einem einzigen Schritt neben dem Scriptor, der gerade versuchte sich irgendwie in die Höhe zu arbeiten. Leonie nahm ihm die Arbeit ab, indem sie ihn unsanft im Nacken ergriff und auf die Füße zerrte.

»Welche anderen?«, wiederholte sie.

Der Scriptor starrte sie nur trotzig an und Leonie zerrte ihn noch ein gutes Stück weiter in die Höhe und begann ihn dann zu schütteln wie eine nasse Katze. »Also?«

»Da ... Da ... Da waren schon andere wie du«, stammelte der Scriptor hastig.

»Andere wie ich?« Vielleicht war sie hier doch nicht ganz so falsch. Möglicherweise hatte ihr Gefühl sie ja nur auf Umwegen hierher geleitet. Sie schüttelte den Scriptor noch einmal.

»Ich ... ich habe sie selbst nicht gesehen«, keuchte der Gnom. »Aber alle sprechen von ihnen. Man sagt, sie wären genauso hässlich gewesen wie du. Grausige Monster, bei deren Anblick es einem kalt über den Rücken läuft, und ...«

Leonie schüttelte ihn noch einmal und der Scriptor verstummte mit einem schrillen Quietschen. »Was ist aus ihnen geworden?«, fragte sie.

»Was soll aus ihnen geworden sein?«, ächzte der Scriptor. »Die Aufseher haben sie erwischt, so wie sie alle erwischen, die hier nichts zu suchen haben!«

»Die Aufseher? Du meinst die großen Kerle in den schwarzen Rüstungen?«

»Natürlich, wen denn sonst? Du bist anscheinend genauso dumm, wie du hässlich bist, und ...«

Leonie drückte noch ein wenig fester zu und der Scriptor quietschte. »Ja«, ächzte er, nachdem er wieder Luft bekam.

»Die Aufseher haben sie also erwischt«, sagte Leonie. Allein die Vorstellung, dass sich ihre Eltern in der Gewalt dieser grässlichen Kreaturen befanden, schnürte ihr schier die Kehle zu. »Wo haben sie sie hingebracht?«

»Wohin schon«, kicherte der Scriptor. »Sie landen im Leimtopf, wie alle, die ...«

»Wo finde ich ihn?«, unterbrach ihn Leonie.

»Den Leimtopf?« Der Scriptor ächzte. »Du bist nicht nur hässlich, du bist auch noch verrückt. Niemand geht freiwillig dorthin.«

»Ich schon«, sagte Leonie grimmig. »Und weißt du was? Du wirst mir den Weg zeigen!«

»*Ich?!*« Der Scriptor kreischte fast.

»Siehst du hier sonst noch jemanden?«, fragte Leonie. »Du kennst den Weg und ich nicht. Also sind wir uns einig, oder etwa nicht?«

»Ich denke ja nicht daran!«, kreischte der Scriptor. »Sie werden mich in den Leimtopf werfen, wenn ich auch nur …«

Leonie schüttelte ihn ungefähr zwanzig Sekunden lang und der Scriptor fuhr mit etwas lauterer Stimme fort: »Auf der anderen Seite ist es ja dein Hals, den du riskierst. Ich könnte dir zumindest den Weg erklären.«

»Wenn du versuchst mich reinzulegen, wirst du es bereuen«, drohte Leonie. »Ein falsches Wort, und du wirst dir noch wünschen, es nur mit den Aufsehern zu tun zu haben!«

»Wenn du meinst«, grinste der Scriptor.

Leonie schüttelte ihn rein prophylaktisch ein weiteres Mal durch, aber sie gestand sich insgeheim ein, dass der Scriptor Recht hatte. Sobald sie aus dieser Kammer herauskam, war sie dem Gnomen praktisch auf Gedeih und Verderb ausgeliefert. Er musste nur einen einzigen Schrei ausstoßen und sie war verloren.

Nachdenklich sah sie sich in der winzigen Kammer um. Abgesehen von Scriptors Stehpult war der Raum vollkommen leer und auch auf dem Pult lag nur das aufgeschlagene Buch. Leonie betrachtete es aufmerksam, dann hellte sich ihr Gesicht auf. Das Buch hatte ein Lesebändchen, breit wie zwei nebeneinander gelegte Finger und aus einem dünnen Leinengewebe geflochten. Leonie riss es kurzerhand ab.

Der Scriptor schrie, als hätte man ihm bei lebendigem Leibe die Haut abgezogen, und nahm Leonie die Mühe ab, sich zu ihm zu begeben, indem er sich mit erhobenen Armen auf sie stürzte und mit den Fäusten auf ihren Rücken einhämmerte. »Bist du wahnsinnig!«, kreischte er. »Was tust du da? Willst du meine ganze Arbeit zunichte machen, du hässliches Ungeheuer?«

Leonie ignorierte ihn. Das Lesebändchen war für das, was sie damit im Sinn hatte, zu kurz, also begann sie es aufzuribbeln. Der Scriptor heulte auf, als hätte sie damit begonnen, dasselbe mit ihm zu tun, hörte auf, sie zu schlagen, und versuchte stattdessen, sie zu würgen – und das war eindeutig zu viel. Leonie fuhr auf dem Absatz herum, packte den keifenden Gnomen mit der linken Hand am Kragen und schlang ihm mit der anderen das Ende der selbst gebastelten Leine um den Hals.

»Was …?«, ächzte der Scriptor. Der Rest der Frage ging in einem erstickten Keuchen unter, als Leonie unsanft an dem dünnen Goldbändchen riss.

»Das«, sagte Leonie betont, »geschieht dir jetzt jedes Mal, wenn du nicht spurst. Hast du das verstanden?« Sie zerrte noch einmal an dem Strick, als die erwartete Antwort nicht schnell genug kam, und erntete ein hastiges Nicken.

»Gut«, fuhr sie fort. Mit der freien Hand deutete sie auf die Tür. »Wir gehen jetzt hinaus und du wirst mich dorthin bringen, wo die anderen gefangen gehalten werden. Wenn du um Hilfe schreist oder mich in die Irre zu führen versuchst oder mich irgendwie sonst reinlegst, reiße ich dir den Kopf ab, ist das klar?«

Der Scriptor nickte wieder hastig. Leonie kam sich ziemlich gemein vor, den hilflosen Gnomen derart zu bedrohen. Natürlich würde sie ihm weder den Kopf abreißen noch ihm sonst etwas zuleide tun (jedenfalls nicht viel), aber das musste sie diesem keifenden Zwerg ja nicht unbedingt auf die Nase binden, oder? Nach allem, was sie in den letzten Stunden beobachtet und miterlebt hatte, herrschte hier unten ohnehin ein reichlich grober Umgangston. Sie bezweifelte, dass das Wort *Freundlichkeit* auch nur zum Sprachschatz der Scriptoren gehörte.

Leonie wickelte sich das freie Ende ihrer improvisierten Leine um die rechte Hand und schlug mit der anderen die Kapuze wieder hoch. »Also los!«

Der Scriptor begann am ganzen Leib zu zittern. »Aber das …

das … das geht doch nicht!«, wimmerte er. »Das können wir nicht tun. Wir dürfen nicht dorthin. Sie werden uns erwischen und wir landen …«

»… im Leimtopf, ich weiß«, unterbrach ihn Leonie grob – und riss mit einem unsanften Ruck an seiner Leine, der den Scriptor fast auf die Knie warf. »Ich bin schon ganz gespannt darauf. Los!«

Der Scriptor massierte seinen schmerzenden Hals und warf ihr noch einen giftigen Blick zu, aber er leistete keinen Widerstand mehr, sondern wandte sich gehorsam zur Tür und öffnete sie. Flackerndes rotes Licht und der durcheinander hallende Lärm der Arbeiter und Maschinen drangen zu ihr herein, und ein sonderbares Gefühl ergriff von Leonie Besitz, als sie ins Freie traten. Im allerersten Moment hielt sie es für Furcht – und es war wohl auch ein Gutteil Furcht dabei –, aber dann verstand sie, dass es eher das intensive Gefühl war, einen Fehler zu begehen.

Sie unterdrückte das Gefühl. Bisher hatte sie gar keine andere Wahl gehabt, als auf Gedeih und Verderb der eher vagen Ahnung zu folgen, die sie leitete. Aber nun hatte sie eine konkrete Spur, die sie möglicherweise zu ihren Eltern führen würde – oder auch direkt in den Leimtopf, was immer das war.

Sie ging so dicht wie möglich hinter dem Scriptor her, damit niemand die Leine sah, die sie mit ihrem unfreiwilligen Führer verband, und musste Acht geben, ihm nicht in die Hacken zu treten. Wie auf dem Weg hierher schien niemand Notiz von ihnen zu nehmen, nicht einmal die riesigen gepanzerten Aufseher, die mit Argusaugen über alles wachten, was sich hier regte. Und sie waren nicht zimperlich. Mehr als einer der winzigen Kapuzenmänner wurde unter ihren gewaltigen Füßen zerquetscht. Und Leonie beobachtete einen Aufseher, der sich anscheinend einen Spaß daraus machte, etliche der Knirpse zu nehmen und in hohem Bogen in die brodelnden Kessel zu werfen.

»Dasselbe wird uns auch passieren«, jammerte der Scriptor.

»Warum seid ihr so brutal zu den Kleinen?«, fragte Leonie. Das erschien ihr ratsamer, als zu intensiv über die Prophezeiung des Scriptors nachzudenken. »Ihr könnt sie doch nicht einfach so umbringen!«

»*Umbringen*?« Der Scriptor warf ihr einen Blick zu, der deutlich machte, dass er an ihrem Verstand zweifelte. »Wieso umbringen? Das sind doch nur Schusterjungen.«

»Schusterjungen?« Leonie hätte beinahe über dieses Wort gelächelt, aber eben nur beinahe. Es mochte komisch klingen, doch sie hatte das sichere Gefühl, dass es in Wahrheit etwas vollkommen anderes bedeutete, als sie darunter verstand. »Also, ich finde sie sehen euch Scriptoren ähnlich – bis auf die Größe, versteht sich.«

»Eben!«, sagte der Scriptor. »Wo kämen wir hin, wenn sie alle zu Scriptoren würden? Stell dir nur das Gedränge vor!«

»Soll das heißen«, ächzte Leonie. »Das diese … *Schusterjungen* junge Scriptoren sind? Und ihr bringt sie reihenweise um?!«

»Nur die Besten schaffen es«, bestätigte der Scriptor. Etwas leiser und mit unüberhörbarem Stolz in der Stimme fügte er hinzu: »Die Allerbesten.«

»Aha«, murmelte Leonie.

Der Scriptor sah sie nur verständnislos an. »Macht ihr das da, wo du herkommst, mit euren Jungen etwa anders?«

»Ein wenig«, antwortete Leonie ausweichend.

»Ich hab's gewusst«, sagte der Scriptor hämisch. »Ihr seid nicht nur hässlich, ihr seid auch verrückt.«

»Mag sein«, erwiderte Leonie. Sie zupfte unsanft an der Leine. »Besser, du merkst dir das. Geh schneller!«

Langsam näherten sie sich der gegenüberliegenden Wand der Halle, wo es nur noch ein einziges, allerdings monumental großes Tor aus schwarzem Eisen gab, das tiefer in die Erde hineinführte. Zwei gewaltige Aufseher flankierten das Tor; sie standen so reglos, dass Leonie sie im ersten Moment für Statuen hielt.

»Und nun?«, giftete der Scriptor. »Ich meine: Nur falls du mir nicht zugehört haben solltest – wir können da nicht durch. Nur Aufseher und Schriftführer können dieses Tor öffnen.«

»Das wird sich zeigen«, antwortete Leonie gereizt. Sie ging – scheinbar – unbeeindruckt weiter, aber sie fragte sich in Wirklichkeit mit wachsender Verzweiflung, was sie tun sollte, wenn ihr Sesam-öffne-dich-Trick bei dieser Tür nicht funktionierte. Sie konnte die Gesichter der beiden Aufseher nicht erkennen, denn sie waren hinter schwarzen Eisenmasken verborgen, in denen es nur schmale Sehschlitze gab, aber sie glaubte, ihre misstrauischen Blicke fast wie die Berührung einer unangenehm warmen Hand auf sich zu spüren. Erneut wurde ihr schaudernd bewusst, wie riesig die monströsen Geschöpfe waren: bestimmt zwei Meter groß, wenn nicht mehr, und dabei so breitschultrig, dass sie schon fast missgestaltet wirkten. Sie konnte sich ungefähr vorstellen, wie die beiden Aufseher reagieren würden, wenn sie vergeblich versuchte diese Tür zu öffnen.

»Wir werden im Leimtopf landen«, jammerte der Scriptor. »Ich kann schon spüren, wie mir das Fleisch von den Knochen gekocht wird.«

»Du wirst dir noch wünschen, im Leimtopf zu landen, wenn du nicht gleich die Klappe hältst«, zischte Leonie. Sie versetzte dem Scriptor einen unsanften Stups, damit er schneller ging. Er stolperte fast über die unterste Stufe der kurzen Treppe, die zu der wuchtigen Eisentür hinaufführte, fing sich dann aber im letzten Moment wieder und ging mit gesenktem Kopf weiter. Auch Leonie sah zu Boden, versuchte aber, die Aufseher so unauffällig wie möglich im Auge zu behalten. Einer der muskelbepackten Kolosse rührte sich nicht, aber der andere, der links von ihr stand, drehte langsam den Kopf in ihre Richtung. Leonies Herz raste jetzt wie ein kleines Hammerwerk in ihrer Brust. Es gab keinen Griff, keinen wie auch immer gearteten Öffnungsmechanismus. Nichts! Die Tür war glatt. Eine nahezu fugenlose Platte aus schwarzem Eisen, deren einziger Schmuck eine stilisierte, tief eingravierte Feder war. Leonie sah nicht hin, aber sie konnte spüren, wie sich der Aufseher vollends zu ihr hindrehte und aus seiner Erstarrung erwachte.

»Geh auf«, flüsterte sie. Die Tür rührte sich nicht. Der Aufseher machte einen einzelnen Schritt in ihre Richtung. Der Boden erbebte nicht wirklich unter seinen Füßen, aber es kam Leonie so vor. Sie konzentrierte sich und sagte noch einmal mit lauterer, klar verständlicher Stimme: »Geh auf!«

Ein dumpfes, hartes Klacken erscholl, ein Geräusch, als raste irgendwo tief unter der Erde ein gewaltiger Riegel ein, und die Tür sprang auf. Ein haarfeiner Spalt bildete sich, der quälend langsam breiter wurde.

Der Aufseher machte einen weiteren Schritt auf sie zu. »He da!«, grollte er. »Was macht ihr da?«

Die Tür glitt mit einem schweren eisernen Knirschen weiter auf, beständig, aber immer noch unerträglich langsam. Zu langsam. Der Spalt war jetzt vielleicht so breit wie eine Hand, und der Aufseher machte einen weiteren Schritt. »Was ihr da treibt, habe ich gefragt! Ihr zwei habt hier nichts verloren!«

Der Spalt wurde breiter; dahinter kamen die gemauerten Wände eines finsteren Ganges zum Vorschein, der von dunkelrot blakenden Fackeln in ein düsteres Licht getaucht wurde.

»Aufhören!«, befahl der Aufseher. »Sofort aufhören, habe ich gesagt!«

Leonie sah aus dem Augenwinkel, wie auch der zweite Aufseher aus seiner Erstarrung erwachte und sich langsam in ihre Richtung drehte. Seine Peitsche schleifte mit einem Geräusch über den Boden, das sie an das Zischen einer angreifenden Schlange erinnerte. Der Spalt war noch immer nicht breit genug für sie, aber vielleicht für …

Leonie versetzte dem Scriptor einen Stoß, der ihn durch den Spalt und auf die andere Seite stolpern ließ. Der Zwerg kreischte, schlug der Länge nach hin und schlitterte mit ausgebreiteten Armen über den rauen Boden, und Leonie warf sich mit verzweifelter Kraft nach vorne und versuchte, sich ebenfalls durch den breiter werdenden Spalt zu quetschen.

»He!«, brüllte der Aufseher. Seine Peitsche knallte. Leonie zog instinktiv den Kopf zwischen die Schultern und die Peitschenschnur krachte nur einen Fingerbreit über ihr gegen die Tür, und das mit solcher Wucht, dass die Funken stoben. »Stehen bleiben! Rühr dich nicht von der Stelle!«

Leonie hätte es nicht einmal gekonnt, wenn sie gewollt hätte. Sie hatte sich mit der Kraft der Verzweiflung in den Türspalt geworfen, mit dem Ergebnis, dass sie nun hoffnungslos festsaß. Der Spalt wurde ganz allmählich breiter. Wahrscheinlich dauerte es nur noch zwei oder drei Sekunden, bis er auch für sie breit genug war, um sich hindurchzuquetschen.

Nur dass sie diese zwei oder drei Sekunden nicht hatte.

Leonie schrie vor Entsetzen auf, als die Gestalt des Aufsehers riesig und drohend über ihr emporwuchs. Mit der ungeheuren Kraft, die ihr die Todesangst verlieh, presste sie sich weiter durch den Spalt. Die rauen Eisenkanten der Tür schrammten über ihre Schultern, zerrissen den gestohlenen Umhang und hinterließen tiefe, brennende Kratzer auf ihren Oberarmen. Eine riesige Pfote grapschte nach ihr, hinterließ tiefe Kratzer auf ihrem Rücken und riss ihr die Kapuze vom Kopf – und dann war sie durch, machte einen letzten, ungeschickten Stolperschritt und schlug genau wie der Scriptor der Länge nach hin. Hinter ihr erscholl ein zorniges Brüllen, als sich der Aufseher im buchstäblich letzten Moment um seine schon sicher geglaubte Beute betrogen sah.

Leonie blieb für die Dauer von zwei oder drei schweren Herzschlägen liegen, ehe sie sich ächzend auf den Rücken wälzte und dann aufrichtete. Um ein Haar hätte sie schon wieder vor Entsetzen laut aufgeschrien. Es war noch nicht vorbei. Der Aufseher war ganz offensichtlich nicht gewillt, seine Beute so leicht aufzugeben. Der Spalt war noch nicht einmal annähernd breit genug für ihn, aber er quetschte und drängelte sich herein, so wütend er nur konnte, und seine gewaltige Pranke hatte sich um die Tür geschlossen und riss, zerrte und rüttelte mit aller Gewalt daran. Die Tür zeigte sich davon zwar vollkommen unbeeindruckt, aber sie glitt immer noch Millimeter um Millimeter auf.

»Um Gottes willen!«, keuchte Leonie. »Schluss! Aus! Vorbei!«

Die Tür öffnete sich weiter. Der Aufseher quetschte nun auch seine andere Hand durch den Spalt und versuchte sogar, den Schädel zwischen die Torhälften zu drücken. Leonie richtete sich hastig weiter auf. Ihre Kapuze rutschte endgültig nach hinten und faltete sich in ihrem Nacken zusammen.

Der Aufseher brüllte auf. Leonie konnte sehen, wie sich seine wässrigen Augen hinter den schmalen Sehschlitzen weiteten.

»Guargck!«, brüllte er. »Hässlich! Du bist ja sooo *häässlich*!«

Brüllend zog er die Arme aus dem Spalt, prallte zurück und schlug die Hände vors Gesicht, und Leonie sprang mit einem Satz endgültig auf die Füße.

»Geh zu!«, befahl sie. Die Tür schloss sich mit einem dumpfen Knall.

»Das war knapp«, keuchte sie. »Eine Minute länger, und ...« Sie hob fröstelnd die Schultern, betrachtete die geschlossene Tür mit einem letzten, misstrauischen Blick und drehte sich schließlich um. Sie staunte nicht schlecht, als sie in ein spitzes, abgrundtief hässliches Gesicht blickte, das unter einer halb verrutschten Kapuze zu ihr heraufsah. Der Scriptor hatte sich in eine halb sitzende Position hochgerappelt, saß aber ansonsten genau dort, wo er hingefallen war.

»Wieso bist du nicht weggelaufen?«, fragte Leonie fassungslos.

Der Scriptor verdrehte den Hals und sah sich mit einem übertriebenen Schaudern um.

»Wohin denn?«, fragte er mit weinerlicher Stimme.

»Moment mal«, sagte Leonie. »Soll das jetzt heißen, du ... du kennst dich hier gar nicht aus?«

»Habe ich das etwa behauptet?« Der Scriptor hatte noch immer einen weinerlichen Ton in der Stimme, aber er wurde auch schon wieder patzig.

»Du hast gesagt, du kannst mich zu meinen El...« Leonie verbesserte sich hastig. »Zu den anderen führen.«

»Ich habe gesagt, ich weiß, wo man sie hingebracht hat«, nörgelte der Scriptor. »Nämlich durch diese Tür. Was dahinter ist, weiß ich nicht. Niemand weiß das. Kein Scriptor hat diese Tür je durchschritten. Wenigstens keiner, der zurückgekommen ist«, fügte er mit deutlich leiserer Stimme hinzu.

Leonie zog es vor, den letzten Satz nicht gehört zu haben. Sie ging in die Hocke, nahm das Ende des aufgeribbelten Lesebändchens in die Hand, das der Scriptor noch immer um den Hals trug, und sah den hakennasigen Winzling nachdenklich an.

»Gibst du mir dein Wort, keinen Unsinn zu machen, wenn ich dich losbinde?«, fragte sie.

»Klar«, antwortete der Scriptor schnell – für Leonies Geschmack ein kleines bisschen *zu schnell*.

»Was gilt denn das Ehrenwort eines Scriptors?«, erkundigte sie sich.

»*Ehre*?« Der Scriptor legte die Stirn in Falten. »Was ist denn das?«

Leonie seufzte. »Ja, das habe ich mir so gedacht.« Sie wog das Ende des goldfarbenen Bandes noch einen Moment in der Hand, ehe sie sich weiter aufrichtete und es mit einem Achselzucken fallen ließ. »Geh einfach vor«, sagte sie.

Der Scriptor blinzelte. Zwei oder drei Sekunden beäugte er sie misstrauisch, dann stand er überhastet auf, streifte die Schlinge über den Kopf und fegte die Leine mit einem Fußtritt davon. Leonie machte eine auffordernde Kopfbewegung, der Scriptor druckste jedoch herum, ohne sich von der Stelle zu rühren.

»Was ist denn noch?«, fragte sie unwillig.

»Ähm … könntest du mir ähm … ähm … einen klitzekleinen Gefallen tun?«, fragte der Scriptor.

»Und welchen?«, erkundigte sich Leonie argwöhnisch.

»Deine Kapuze«, antwortete der Scriptor. »Könntest du sie vielleicht … ich meine … ähm … wieder aufsetzen? Du bist sooo hääässlich.«

Leonie presste die Lippen zu einem schmalen Strich zusammen und schluckte die wütende Antwort hinunter, die ihr auf der Zunge lag. Mit einem Ruck zog sie sich die Kapuze tief ins Gesicht.

»Danke«, sagte der Scriptor erleichtert.

Leonie schenkte ihm einen giftigen Blick. Sie sagte nichts, aber sie trat mit einem Schritt dicht an den Scriptor heran und zog auch dessen Kapuze mit einem Ruck so weit nach vorne, wie es nur ging.

»Danke, gleichfalls«, knurrte sie.

Dann vergaß sie den Scriptor und konzentrierte sich stattdessen auf den Weg, der sich vor ihr auftat. Der Gang war mindestens zwanzig Meter breit, Wände, Decke und Boden bestanden aus schweren, roh behauenen Steinen und es erging Leonie so wie beim Anblick des monströsen Treppenschachtes: Obwohl sich ihr Blick schon nach ein paar Dutzend Schritten im Nebel verlor, wusste sie irgendwie, dass dieser Korridor buchstäblich endlos war.

Nur etwas war anders. Sie spürte, dass sie nicht mehr auf dem richtigen Weg war. Das unheimliche Gefühl, das sie bis zur Kammer des Scriptors geleitet hatte, war nicht nur nicht mehr da, sondern ganz eindeutig ins Gegenteil umgeschlagen. Aber es gab kein Zurück. Auf der anderen Seite der geschlossenen Eisentür warteten die Aufseher, und mittlerweile bestimmt nicht mehr nur sie.

Sie marschierten eine ganze Weile, bis sie die erste Tür erreichten und wieder stehen blieben. Leonie betrachtete sie misstrauisch. Auch sie bestand aus schwarzem Eisen, aber auf ihr prangte keinerlei Symbol. Es gab auch kein Schloss und keinen Griff.

»Geh auf!«, sagte Leonie. Die Tür ging auf. Dahinter lag ein schmaler Gang, der nach ein paar Schritten zu einer ausgetretenen Steintreppe wurde, die steil in unbekannte Tiefen führte.

»Du willst doch nicht wirklich da hineingehen?«, ächzte der Scriptor.

»Nein«, antwortete Leonie. Ihre Stimme zitterte ganz leicht. »Nicht ich. *Wir.*«

Der Scriptor ächzte vor Entsetzen, aber Leonie gab ihm keine Gelegenheit, zu widersprechen, sondern versetzte ihm einen derben Schubs, der ihn mehr durch die Tür stolpern als gehen ließ. Sie folgte ihm in so dichtem Abstand, dass sie ihn praktisch vor sich herschob.

»Das ist Wahnsinn«, jammerte der Scriptor. »Wir werden sterben. Dort unten wartet der Leimtopf auf uns, du wirst sehen!«

»Kein Problem«, antwortete Leonie. »Dreh dich einfach um, und *du* wirst sehen, dass hinter dir etwas noch viel Schlimmeres wartet. Und jetzt halt die Klappe!«

»Oder?«, fragte der Scriptor.

»Oder ich setze die Kapuze ab und zwinge dich, mich die ganze Zeit anzusehen.«

Der Gang wurde schmaler und zugleich auch niedriger. Irgendwo weiter vorne flackerte das Licht der Fackeln stärker und von weither drang ein helles, rhythmisches Klingen an ihr Ohr, wie Hammerschläge. Sie glaubte auch etwas wie ein Stöhnen zu hören und wimmernde Schreie – aber vielleicht spielten ihr ja auch nur ihre Nerven einen Streich.

In regelmäßigen Abständen tauchten jetzt Türen rechts und links von ihnen auf. Auch sie bestanden aus schwarzem Eisen und hatten weder Schloss noch Griff, aber in Kopfhöhe gab es winzige vergitterte Luken. Leonie trat an eine dieser Türen heran und warf einen Blick in den dahinter liegenden Raum. Er war sehr klein und vollkommen leer, aber Leonie sah dennoch etwas, das ihr einen eiskalten Schauer über den Rücken jagte: In die Wände waren eiserne Ringe eingelassen, an denen rostige, äußerst massive Ketten mit Fuß- und Handfesseln hingen. Bei dem Raum handelte es sich ohne jeden Zweifel um eine Kerkerzelle. Sie war leer und ihrem Aussehen nach zu schließen war sie es auch schon eine geraume Weile, aber das änderte nichts daran, dass ihr der bloße Anblick Angst machte.

»Ich habe es dir gesagt«, nörgelte der Scriptor.

Leonie ging wortlos weiter. Sie sah in keine der anderen Zellen mehr hinein, aber sie zählte die, an denen sie vorüberkamen. Es waren mehr als hundert. Wo um alles in der Welt war sie da nur hineingeraten?

»Und du weißt wirklich nicht, was das hier unten ist?«, fragte sie. Obwohl es keinen Grund dafür gab, hatte sie die Stimme unwillkürlich zu einem Flüstern gesenkt. Und als der Scriptor antwortete, tat er es in derselben Lautstärke.

»Nein. Kein Scriptor ist jemals hier unten gewesen.«

»Aber es gibt doch bestimmt Gerüchte«, meinte Leonie. »Es gibt immer Gerüchte.«

»Nein«, behauptete der Scriptor. »Niemand weiß, was hier unten ist.« Er schüttelte sich. »Niemand wollte es je wissen.«

Das wiederum hatte Leonie gar nicht wissen wollen.

Sie hörte auf, die Zellen zu zählen, aber sie schätzte, dass es mindestens noch einmal die gleiche Anzahl war, bevor sie endlich das Ende des Ganges erreichten. Auch er mündete in eine große runde Höhle; nicht annähernd so gewaltig wie die, durch die sie vorhin gekommen war, aber immer noch riesig. Mindestens ein Dutzend weiterer Gänge führte in diese Höhle. Auch hier gab es gewaltige Apparaturen und Maschinen, riesige, mehr als mannshohe Zahnräder, die sich knirschend drehten, gewaltige Pleuelstangen, von denen Öl tropfte, und titanische Pressen, die sich mit einem dumpfen Wummern herabsenkten und sich ächzend wieder hoben. Leonie sah auch hier die ihr inzwischen bekannten Arbeiter und unter ihnen die riesigen gepanzerten Gestalten der Aufseher. Sie entdeckte keinen einzigen Schusterjungen, aber dafür etliche Scriptoren.

All dem schenkte sie jedoch nur einen flüchtigen Blick, denn das wirklich Unheimliche an dem riesigen Raum war der Boden. Er bestand aus einem weitmaschigen, mit Rost und Schmutz verkrusteten Metallgitter, in das zahlreiche Luken, Klappen und Scharniere eingelassen waren. Darunter lag kein fester Boden, sondern eine zähe bleichgrün schimmernde Flüssigkeit, die ununterbrochen brodelte und zischte. Manchmal durchbrach eine Blase die Oberfläche und platzte, und hier und da stiegen Fetzen eines matt leuchtenden Nebels auf.

»Der Leimtopf!«, keuchte der Scriptor.

Das hatte sich Leonie fast gedacht. Sie setzte gerade dazu an, eine entsprechende Bemerkung zu machen, als sie etwas sah, das ihr um ein Haar einen entsetzten Schrei entlockt hätte. Zwischen all den Maschinen, Zahnrädern, Pressen und einfach rätselhaften Dingen erhoben sich mannshohe rostige Käfige. Die meisten waren leer, aber in einem von ihnen befanden sich ihre Eltern!

Der Scriptor musste sie wohl im gleichen Augenblick entdeckt haben, denn er zog scharf und erschrocken die Luft durch die Zähne ein. »Beim großen Redigator!«, keuchte er. »Die sind ja noch hässlicher als du!«

Leonie versetzte ihm eine Kopfnuss und der Scriptor enthielt sich vorsichtshalber jeden weiteren Kommentars. Dabei hätte sie ihm nicht einmal so vehement widersprechen können, wie sie es gewollt hätte. Ihre Eltern boten tatsächlich ein Bild des Jammers. Ihre Kleider waren zerrissen und verdreckt, und obwohl sie im Grunde noch viel zu weit entfernt war, um Einzelheiten zu erkennen, glaubte sie doch zu sehen, wie abgemagert und geschunden sie beide waren – und wie mutlos.

Es dauerte lange, bis sie es schaffte, sich von dem erschreckenden Anblick loszureißen und mit einem schnellen Schritt in den Schutz des Ganges zurückzuweichen. Sie ließ ihren Blick ein zweites Mal und aufmerksamer durch den Raum schweifen. Wie sie bereits festgestellt hatte, war er nicht annähernd so riesig wie die beiden anderen unterirdischen Katakomben, durch die sie bereits gekommen war, aber trotzdem *groß;* auf jeden Fall aber entschieden *zu groß*, um auch nur den Hauch einer Chance zu haben, unentdeckt zu den Eisenkäfigen in seiner Mitte zu gelangen. Und schon gar nicht *zurück*.

»Also gut«, sagte sie. »Wie komme ich dorthin? Und wieder zurück?«

»Waas?!« Der Scriptor richtete sich kerzengerade auf und starrte sie eindeutig entsetzt an.

»Du hast mich verstanden«, meinte Leonie ernst. »Wie komme ich dort hinein und wieder zurück?«

»Gar nicht«, antwortete der Scriptor.

»Ich muss es aber«, beharrte Leonie. »Ohne die beiden da kann ich hier nicht weg. Und ohne mich kommst du auch nicht wieder heil hier heraus. Das ist dir doch hoffentlich klar?«

»Ich bin sowieso verloren«, sagte der Scriptor leise. »Vielleicht sollte ich mich freiwillig in den Leimtopf werfen, bevor mir noch etwas Schlimmeres zustößt. So bin ich wenigstens noch zu etwas nütze.« In seiner Stimme war eine solche Mutlosigkeit, dass Leonie für einen Moment nichts als Mitleid mit dem abstoßenden kleinen Gnomen empfand.

»Was ist das eigentlich, der Leimtopf?«, fragte sie.

Der Scriptor deutete ein resigniertes Achselzucken an. »Das siehst du doch.«

»Aber wozu braucht ihr denn so viel Leim?«

»Alles wird daraus gemacht«, antwortete der Scriptor. »Das Papier, aus dem die Bücher sind, der Leim, um die Seiten einzukleben, das Leinen für die Einbände und Buchrücken, die Tinte …« Er zuckte erneut die Schultern. »Alles eben. Und alles, was nicht mehr gebraucht wird, kommt zum Schluss wieder hinein.«

»Auch … eure Gefangenen?«, murmelte Leonie ungläubig.

Statt einer Antwort deutete der Scriptor mit einer müden Geste wieder in die Halle hinein. Leonies Blick folgte der Bewegung und erneut lief ihr ein kalter Schauer über den Rücken. In der Decke der gewaltigen runden Halle hatte sich eine Öffnung aufgetan, aus der an Dutzenden rasselnden Ketten ein gewaltiger Eisenbottich heruntergelassen wurde. Als er den halben Weg nach unten zurückgelegt hatte, kam hektische Bewegung in die Arbeiter, Aufseher und Scriptoren, die in der Halle herumwuselten. Sie spritzten regelrecht auseinander, und unmittelbar unter dem Bottich begann sich ein Teil des eisernen Gitters knirschend ineinander zu schieben, bis eine sechseckige Öffnung entstand, die ungefähr den Durchmesser des Bottichs hatte. Die Ketten spannten sich rasselnd auf einer Seite und der Bottich kippte langsam nach vorn und ergoss seinen Inhalt in den brodelnden Leim. Leonie konnte nicht allzu genau erkennen, was da in die Tiefe stürzte, aber es schien sich nicht nur um leblose Fracht zu handeln – sie erkannte mindestens eine zappelnde schwarze Gestalt und sie glaubte auch Schreie zu hören …

»So geht es allen, die sich etwas zu Schulden kommen lassen«, sagte der Scriptor düster.

Leonie starrte ihn entsetzt an. »Du meinst, die … die beiden, die wir überwältigt haben, müssen jetzt sterben – nur weil wir ihnen *entkommen* sind?«, fragte sie.

»Die Redigatoren verzeihen keinen einzigen Fehler«, antwortete der Scriptor.

»Aber das ist ja entsetzlich«, murmelte Leonie. »Sie müssen sterben, weil sie einen einzigen Fehler gemacht haben?«

»Sterben?«, wiederholte der Scriptor verständnislos. »Was soll das sein?«

Leonie deutete auf den Leimtopf. »Das da.«

»Aber natürlich«, sagte der Scriptor. »Wir tun unsere Aufgabe so lange, wie wir sie gut beherrschen. Einige wenige werden zu Scriptoren und die allerbesten von uns werden Schriftführer, manche sogar Redigatoren.« Sein Blick wurde vorwurfsvoll. »Ich war auf dem besten Wege dazu, ist dir das eigentlich klar? Noch ein paar hundert Jahre, und ich wäre ein Schriftführer geworden, und irgendwann einmal vielleicht sogar Redigator. Aber du musstest mir ja unbedingt dazwischenfunken, und …«

»Scriptor!«

»Ja, ja, schon gut.« Der Scriptor wich einen hastigen halben Schritt vor ihr zurück. »Also am Ende landen wir alle im Leimtopf. Manche eher, manche später. Ist das bei euch etwa nicht so?«

»Nein«, antwortete Leonie. Sie wandte sich schaudernd wieder um. »Unsere Leimtöpfe heißen … anders.«

Das Gitter hatte sich bereits wieder geschlossen, aber die grünliche Oberfläche darunter brodelte und zischte noch immer. Der Bottich bewegte sich, an seinen Ketten klirrend, zurück in die Höhe.

Sie sah wieder zu ihren Eltern hin. Die beiden hockten noch immer zusammengekauert nebeneinander in ihrem Käfig. Sie schienen von dem unheimlichen Zwischenfall nicht einmal Notiz genommen zu haben. »Wir müssen sie dort herausholen«, murmelte sie.

»Du bist ja verrückt!«, krähte der Scriptor.

»Ja, wahrscheinlich«, gestand Leonie. »Aber ich werde es trotzdem versuchen.«

»Und wie sollen wir das anstellen?«, fragte der Scriptor.

»Wir?« Leonie schüttelte den Kopf. »Du brauchst mich nicht zu begleiten.«

»Ach nein? Und wo soll ich hingehen? Hast du denn schon vergessen, dass ein gewisser Jemand dafür gesorgt hat, dass ich nicht mehr zurückkann? Ich lande sowieso im Leimtopf, ganz egal, was ich mache, da kann ich ganz genauso gut vorher noch ein bisschen Spaß haben.«

»Und wie stellst du dir diesen *Spaß* vor?«, fragte Leonie.

»Woher soll ich denn das wissen?«, fragte der Scriptor patzig. »Du bist doch hier der Schlaudenker.«

Leonie seufzte. Ihr Blick irrte immer und immer wieder durch den großen Raum. Überall waren Arbeiter, Aufseher und eine Menge Scriptoren, die scheinbar ziellos hin und her hasteten. Die meisten hatten Bücher unter den Arm geklemmt oder trugen sie aufgeschlagen in den Händen, um im Gehen darin zu lesen. Manche debattierten auch aufgeregt miteinander.

»Kannst du einen von ihnen hier hereinlocken?«, fragte sie.

»Klar«, antwortete der Scriptor. »Aber warum sollte ich so etwas Dummes tun?«

»Vielleicht, weil ich sonst meine Kapuze abnehme und dir mein entzückendstes Lächeln schenke?«, schlug Leonie vor.

»Ist ja schon gut«, maulte der Scriptor. Wahrscheinlich war er es seinem Stolz einfach schuldig, nicht sofort nachzugeben, sondern sie erst noch eine Sekunde lang wütend anzustarren. Aber schließlich setzte er sich doch in Bewegung und ging in die Höhle hinaus. Ein Teil von Leonies Verstand fragte sich, ob sie eigentlich verrückt war, diesem hässlichen kleinen Knirps zu vertrauen. Aber auf der anderen Seite: Welche Wahl hatte sie schon? Hin- und hergerissen zwischen Hoffnung und Verzweiflung sah sie zu, wie der Scriptor mit zielsicheren Schritten in die Halle hinaus- und auf einen seiner Brüder zuging. Sie konnte nicht hören, was die beiden Scriptoren miteinander besprachen, aber es verging nur ein kurzer Augenblick, bis die beiden miteinander zurückkamen. Leonie machte rasch zwei

Schritte rückwärts, damit sie im Schatten stand und nicht sofort gesehen werden konnte. Die beiden Scriptoren traten in den Gang, und Leonie tat das Erstbeste, was ihr einfiel: Sie machte wieder einen Schritt nach vorne und schlug ihre Kapuze zurück.

Das Ergebnis war verblüffend: Der neu hinzugekommene Scriptor stand wie vom Donner gerührt. Das Buch rutschte unter seinem Arm hervor, knallte zu Boden, und der Scriptor fiel stocksteif nach hinten und blieb mit ausgebreiteten Armen neben seinem Buch liegen.

»Saubere Arbeit«, lobte der Scriptor. »Und was machen wir jetzt mit ihm?« Er kicherte. »Ich meine: Du könntest hier warten, bis er wieder wach wird, und dich dann über ihn beugen. Wenn er dich sieht, springt er garantiert freiwillig in den Leimtopf ...« Er brach ab und schluckte den Rest seines Satzes mit einem hörbaren Geräusch hinunter, als Leonie einen wütenden Blick in seine Richtung abschoss. »Schon gut«, sagte er hastig. »Ich mach das schon.«

Rasch kniete er neben seinem bewusstlosen Kameraden nieder, riss einen Streifen aus seinem schwarzen Mantel und fesselte ihn damit. Einen zweiten, etwas kürzeren Streifen benutzte er, um ihn zu knebeln.

»Und jetzt?«, fragte Leonie, als der Scriptor zurücktrat und offensichtlich sehr zufrieden mit sich selbst auf seinen wie ein Weihnachtspaket verschnürten Kollegen hinabsah. Der Scriptor schenkte ihr einen verächtlichen Blick, bückte sich nach dem Buch und begann darin zu blättern. Es dauerte nur einen Moment, bis er gefunden zu haben schien, wonach er suchte.

»Das habe ich mir gedacht«, sagte er. »Viel Zeit bleibt uns nicht mehr.«

»Wofür?«

»Um deine Eltern zu befreien«, antwortete der Scriptor, legte den Kopf auf die Seite und sah sie fragend an. »Wo wir schon mal dabei sind: Was ist das – *Eltern*?«

»Was ist ...« Jetzt war es an Leonie, verblüfft zu sein. »Was soll denn diese Frage? Du musst doch wissen, was Eltern sind. Ich meine: Jeder hat Eltern. Du doch bestimmt auch.«

»Nein«, bekannte der Scriptor.

»Unsinn«, widersprach Leonie. »Wenn du keine Eltern hast, wo kommst du denn dann her, bitte schön?«

»Aus dem Leimtopf«, antwortete der Scriptor. »Woher denn sonst?«

»Ah ja«, meinte Leonie. »Wie konnte ich das bloß vergessen?« Sie deutete auf das aufgeschlagene Buch. »Also, was steht da drin?«

»Alles«, antwortete der Scriptor.

Leonie beherrschte sich jetzt nur noch mit Mühe. »Ich meine: Was steht da über meine *Eltern*?«, fragte sie gepresst.

»Was ich mir schon gedacht habe«, erwiderte der Scriptor. »Sie landen im Leimtopf. Aber vorher sollen sie noch von einem Redigator verhört werden.«

»Ein Redigator«, wiederholte Leonie, der dieses Wort erst jetzt auffiel. »Was ist das?«

»Glaub mir«, antwortete der Scriptor, »das willst du nicht wissen.«

Leonie glaubte ihm. Sie gab ihm mit einer Geste zu verstehen, dass er fortfahren sollte.

»Sie erwarten ihn jeden Augenblick«, sagte der Scriptor kopfschüttelnd.

»Und dann?«

»Kommen sie in den Leimtopf«, erklärte der Scriptor. »Aber vorher werden sie noch sagen, wie sie hier reingekommen sind. Die Schriftführer sind völlig aus dem Häuschen. Noch nie zuvor ist es einem Fremden gelungen, bis hierher vorzudringen.«

»Dann haben wir wirklich nicht viel Zeit«, sagte Leonie. Sie zog ihre Kapuze weiter ins Gesicht. »Komm!«

»Wohin?«

»Meine Eltern befreien«, antwortete sie.

»Befreien?«, ächzte der Scriptor. »Bist du jetzt völlig plemplem?«

»Nein«, seufzte Leonie. »Aber weißt du was? Ich wünschte mir fast, ich wäre es. Dann könnte ich mir wenigstens einbilden, dass das alles hier nur ein Albtraum ist.«

Die Flucht

Dicht hinter dem Scriptor verließ Leonie den Gang. Sie hatte noch einmal Halt gemacht, um den zweiten Scriptor aus seiner Kutte zu schütteln, die sie nun zusammengerollt unter ihrem eigenen Gewand an die Brust presste. Ihr unfreiwilliger Verbündeter hatte sie nur verständnislos angestarrt, sich aber jedes Kommentars enthalten, und nun bewegten sie sich hintereinander über das rostige Gittergeflecht, das sich über den brodelnden Leimtopf spannte. Leonie ging mit gesenktem Kopf, schon damit man ihr Gesicht nicht sah, und der durchdringende süßliche Gestank, der von unten zu ihr heraufwehte, machte es ihr fast unmöglich, zu atmen. Den Rest besorgte die Hitze. Das Zeug sah nicht nur aus, als stünde es kurz vor dem Siedepunkt, es war auch genauso heiß. Schon nach wenigen Schritten begann die Wärme an ihren Kräften zu zehren, und ihr Atem ging schwerer. Gleichzeitig versuchte sie, ihre Umgebung aus den Augenwinkeln verstohlen zu mustern. Niemand schien von dem Scriptor und ihr Notiz zu nehmen, und solange sie sich einigermaßen unauffällig benahmen, würde das auch so bleiben; schon einfach deswegen, weil keiner damit rechnete, dass irgendjemand so verrückt war, freiwillig hierher zu kommen. Dennoch hatte sie das schreckliche Gefühl, von buchstäblich allen hier angestarrt zu werden.

Und sie hatte nicht die geringste Ahnung, was sie tun sollte, wenn sie ihre Eltern erst einmal erreicht hatte – geschweige denn, befreit hatte. Nun, sie würde einfach auf ihr Glück vertrauen und improvisieren müssen.

Endlich näherten sie sich dem großen Eisenkäfig in der Mitte der Halle. Leonies Herz zog sich zu einem eisigen Klumpen zusammen, als sie ihre Eltern sah und jetzt erst richtig erkannte, in was für einem bejammernswerten Zustand sie sich befanden. Beide waren in Lumpen gehüllt, die keinerlei Ähnlichkeit mehr mit den Kleidern hatten, in denen sie aufgebrochen waren. Vor allem ihre Mutter war fast zum Skelett abgemagert und schien um Jahre gealtert, aber auch ihr Vater bot keinen wirklich besseren Anblick; und sie waren beide nicht nur dünn wie Magersüchtige, sie waren offensichtlich auch geschlagen worden. Darüber hinaus waren ihre Hand- und Fußgelenke mit blutigen Schürfwunden bedeckt. Leonie musste an die Zellen denken, die sie gesehen hatte, und die schweren Eisenketten an den Wänden, und kalte Wut kochte in ihr hoch.

Der Käfig wurde von einem mit Peitsche und Keule bewaffneten Aufseher bewacht, der sie mit misstrauischem Blick maß, als sie näher kamen, und dazu von einem Scriptor, der ihnen nicht weniger argwöhnisch entgegensah. Völlig unbeeindruckt davon näherte sich der Scriptor dem Aufseher und wechselte ein paar Worte mit ihm, woraufhin sich die riesige Kreatur trollte.

Während der Scriptor zu seinem Kollegen ging und lauthals mit ihm zu debattieren begann, trat Leonie dicht an den Käfig heran und versuchte ihre Eltern auf sich aufmerksam zu machen. Ihr Vater starrte aus trüben, sonderbar blicklosen Augen ins Leere und auch ihre Mutter hob nur müde den Kopf und wollte ihn gleich wieder auf die Knie sinken lassen, dann aber weiteten sich ihre Augen ungläubig und Leonie gab ihr mit einem hastigen Wink zu verstehen, dass sie kein verräterisches Geräusch machen sollte.

Fast gleichzeitig machte sie eine angedeutete Kopfbewegung zu ihrem Vater hin und dann zu den beiden Scriptoren, die mittlerweile in ein heftiges Streitgespräch verwickelt zu sein schienen. Ihre Mutter antwortete mit einem fast unmerklichen Nicken, aber Leonie war ganz und gar nicht sicher, dass sie auch tatsächlich verstanden hatte, was sie ihr sagen wollte. Sie war ja nicht einmal ganz sicher, *was* sie eigentlich wollte.

Langsam wandte sie sich um und trat hinter den Scriptor, mit dem ihr hakennasiger Begleiter immer heftiger stritt. »In meinem

Buch steht davon nichts!«, beharrte er gerade. »Die Gefangenen bleiben hier. Punktum.«

»Dann ist Euer Buch eben nicht korrekt geführt«, antwortete Leonies Scriptor. »Ich habe jedenfalls Order, die Gefangenen nach oben zu bringen, wo sie von einem Redigator verhört werden sollen.«

»Mein Buch ist immer korrekt geführt worden!«, kreischte der Scriptor. »Vielleicht seid Ihr ja zu dumm zum Lesen, oder es ist Euer Buch, das nicht stimmt!«

Leonie signalisierte ihrem Begleiter mit Blicken, sich ein wenig zu beeilen, und dieser wandte sich in süffisantem Ton an seinen Kameraden: »Wenn Ihr das meint, dann seht doch selbst nach. Hier, nur zu!« Er klappte das mitgebrachte Buch in der Mitte auf und hielt es seinem Kameraden hin, allerdings so, dass dieser sich vorbeugen musste, um die winzige Schrift entziffern zu können.

»Da steht nichts«, meinte er, nachdem er eine Weile konzentriert auf die mit winzigen Buchstaben übersäten Seiten gestarrt hatte.

»Aber sicher«, erwiderte Leonies Scriptor. »Seht nur genauer hin.«

Der Scriptor beugte sich weiter vor, und als er die Seiten fast mit der Nasenspitze berührte, klappte Leonies Begleiter das Buch mit einem Knall zu. Der zweite Scriptor hüpfte so weit in die Höhe, wie es sein zwischen den Buchdeckeln eingeklemmtes Gesicht zuließ, ächzte und wäre zusammengebrochen, hätte Leonie ihn nicht blitzschnell aufgefangen.

Ebenso blitzschnell sah sie sich um. So unglaublich es ihr auch selbst vorkam, absolut niemand schien von dem Zwischenfall Notiz genommen zu haben. Rings um sie herum ging das normale Treiben mit hektischer Monotonie weiter.

Sie sah zu ihren Eltern hin. Beide hatten sich mittlerweile in eine halb kniende Position hochgestemmt – mehr ließ der beengte Raum im Gitterkäfig nicht zu – und starrten sie fassungslos an. Leonie bedeutete ihnen mit einem raschen Wink, um Gottes willen still zu bleiben, und wandte ihre Aufmerksamkeit wieder dem Scriptor zu.

»Gut gemacht«, flüsterte sie. »Pass auf, dass uns niemand beobachtet!«

»Ach, und wie soll ich das machen?«, fragte der Scriptor giftig.

Leonie verzichtete auf eine Antwort. Stattdessen konzentrierte sie sich darauf, den bewusstlosen Scriptor so vor sich zu halten, dass sein Zustand einem zufälligen Beobachter wenigstens nicht auf den allerersten Blick auffiel, und drehte sich wieder zum Käfig um. Anders als die meisten Türen, die sie bisher hier unten angetroffen hatte, besaß dessen Tür ein Schloss. Sie durchwühlte hastig die Taschen des bewusstlosen Scriptors und wurde mit einem riesigen, halb verrosteten Schlüssel belohnt, dessen Bart fast so groß wie ihre Hand war.

Als sie ihn ins Schloss schob, überwand ihre Mutter endlich ihre Überraschung. »Leonie!«, flüsterte sie. »Wo kommst du denn …?«

»Nicht jetzt«, fiel ihr Leonie ins Wort. »Später. Jetzt müssen wir zuerst einmal hier raus.« Sie drehte den Schlüssel weiter, bis das Schloss mit einem Klacken aufsprang, das in Leonies Ohren wie ein Kanonenschuss klang, der noch bis in den Schreibsaal oben zu hören sein musste. Mit einem ebenso fragenden wie besorgten Blick wandte sie sich an ihren Vater. »Könnt ihr laufen?«

»Ich schon«, antwortete er und fügte dann leiser und mit einem angedeuteten Kopfschütteln hinzu: »Aber deine Mutter nicht, fürchte ich.«

»Ich kann laufen«, protestierte ihre Mutter, doch Leonie bezweifelte das. So wie ihre Mutter aussah, wunderte sie sich beinahe, dass sie überhaupt die Kraft hatte, zu sprechen. Schlimmstenfalls würden sie sie wohl tragen müssen. Leonie glaubte nicht, dass ihre Mutter noch viel mehr wog als einer der Scriptoren.

Rasch zog sie den Schlüssel ab, steckte ihn ein und holte die zusammengerollte Kutte unter ihrem Umhang hervor. »Zieh das an«, sagte sie, während sie ihrer Mutter die Kutte durch die Gitterstäbe entgegenstreckte. »Aber unauffällig.«

Ihre Mutter sah das fremdartige Kleidungsstück nur verständnislos an, aber ihr Vater schien zu begreifen, was seine Tochter plante, denn er nahm ihr die Kutte rasch aus der Hand und half seiner Frau, das eigentlich viel zu enge Kleidungsstück überzustreifen.

Währenddessen schälte Leonie auch den bewusstlosen Gnomen aus seiner Kutte. Nachdem sie es geschafft hatte, reichte sie das Gewand an ihren Vater weiter und wartete ungeduldig, dass er es ebenfalls überstreifte.

Das Ergebnis war nicht unbedingt so, wie Leonie es sich vorgestellt hatte. Ihr Vater war kaum ein Riese, aber er war auch alles andere als klein, und obwohl er so stark abgemagert war, änderte das nichts daran, dass ihm die schwarze Kutte nicht einmal ganz bis zu den Knien reichte.

Oder um es anders auszudrücken: Er sah einfach lächerlich aus.

Aber egal, dachte Leonie, sie waren nicht in der Position, wählerisch zu sein, sondern mussten eben nehmen, was sie hatten. Mit einer entschlossenen Bewegung öffnete sie die Käfigtür, schob den bewusstlosen Scriptor hindurch und gab ihren Eltern zugleich mit einer Kopfbewegung zu verstehen, dass sie herauskommen sollten.

Die Einschätzung ihres Vaters schien nur zu richtig gewesen zu sein. Leonies Mutter ging in die Knie, kaum dass ihre Füße den Boden berührt hatten, und sie wäre gestürzt, hätten Leonie und ihr Vater sie nicht rasch unter den Armen ergriffen, um sie zu stützen. Leonies Mut sank.

Dass sie bis hierhin gekommen war, erschien ihr schon wie ein mittelgroßes Wunder; und dabei lag der weitaus schwierigere Teil ihrer Flucht noch vor ihnen.

»Wie kommst du hierher?«, flüsterte ihr Vater ungläubig. »Und wer …«, er machte eine Kopfbewegung in Richtung des Scriptors, »ist das?«

»Jetzt nicht.« Leonie deutete unauffällig zur Tür, durch die sie und der Scriptor hereingekommen waren, und erschrak, als sie sah, wie klein sie von hier aus wirkte. Großer Gott, wie weit waren sie gelaufen? Einen Kilometer? Wahrscheinlich eher zehn!

»Wir müssen dorthin. Danach erkläre ich euch alles. Also los, aber geht langsam. Ihr seid unsere Gefangenen.«

Sie gingen los. Leonie empfand es als ein zweites, noch weitaus größeres Wunder, dass bisher tatsächlich niemand etwas von ihrer erfolgreichen Befreiungsaktion bemerkt hatte. Aber ihr Herz begann dennoch so heftig zu klopfen, dass es fast wehtat. Es erschien ihr einfach unmöglich, dass sie es schaffen sollten.

Und natürlich schafften sie es auch nicht.

Sie hatten – allen Befürchtungen zum Trotz – fast die Hälfte der Strecke zurückgelegt, als Leonie die Blicke eines Aufsehers auf sich ruhen spürte. Sie lugte verstohlen unter dem Rand ihrer Kapuze hervor, und für einen kurzen Moment schaffte sie es sogar, sich selbst einzureden, dass sie wieder einmal ihrer eigenen Angst aufsaß; aber wirklich nur für einen ganz kurzen Moment. Es hatte keinen Zweck, die Augen vor der Wahrheit zu verschließen. Sie konnte das Misstrauen des Aufsehers beinahe riechen.

»Los, geht schneller!« Leonie versetzte ihrem Vater einen eher sanften Stoß zwischen die Schulterblätter und hoffte, dass sie ihn damit nicht von den Beinen fegte. Er geriet auch prompt ins Stolpern, fing sich aber wieder und eilte mit gesenktem Kopf und hängenden Schultern weiter. Der Aufseher musterte sie noch einen Moment lang argwöhnisch, wandte sich dann wieder um und Leonie atmete unter ihrer Kapuze hörbar auf.

»He! Ihr da!«, rief eine Stimme hinter ihnen. »Wo wollt ihr hin?«

Leonie hatte das Gefühl, von einer eisigen Hand im Nacken berührt zu werden. Sie ging einfach noch zwei Schritte weiter, dann aber blieb sie stehen und drehte sich auf zitternden Knien um. Ihr Atem stockte.

Die Käfigtür stand wieder offen und der Scriptor war gerade dabei, sich benommen in die Höhe zu arbeiten, doch Leonie schenkte ihm nicht einmal einen flüchtigen Blick. Sie starrte mit klopfendem Herzen die viel größere, in eine schwarze Kutte gehüllte Gestalt an, die hoch aufgerichtet neben dem Käfig stand. Sie trug die gleiche Art von Gewand wie die Schusterjungen und die Scriptoren, aber sie war mindestens so groß wie Leonies Vater und etwas spürbar Bedrohliches ging von ihr aus.

»O nein«, murmelte sie. »Ist das …?«

»Ein Redigator«, wimmerte der Scriptor. »Wir sind verloren!«

»Was ihr da treibt, habe ich gefragt!«, rief der Redigator. »Wer hat euch befohlen, dass …« Er ächzte. »Verrat!«, rief er. »Die Gefangenen fliehen! *Ergreift sie!*«

Die letzten beiden Worte hatte er geschrien und die Reaktion ließ nicht lange auf sich warten. Der Aufseher, der Leonie gerade schon beobachtet hatte, fuhr herum und setzte seine gewaltige Körpermasse mit unerwarteter Schnelligkeit in Bewegung – und plötzlich kamen von allen Seiten Aufseher, Arbeiter und Scriptoren und ein paar andere Geschöpfe auf sie zu, die Leonie bis jetzt noch gar nicht bemerkt hatte und auch gar nicht kennen lernen wollte.

»Lauft!«, schrie sie. Als ob das noch nötig gewesen wäre. Selbst ihre Mutter schien Erschöpfung und Schwäche vergessen zu haben und rannte, was das Zeug hielt, aber sie waren einfach nicht schnell genug. Hinter ihnen hob ein Chor kreischender und schnatternder Stimmen an und der Gitterboden bebte unter dem Stampfen zahlloser Füße. Ein Aufseher stürzte schräg von vorne auf sie zu und aus den anderen Richtungen näherten sich gleich drei Scriptoren.

Ihr Vater schrie auf, rannte dann dem Aufseher entgegen und rammte ihm in vollem Lauf den Kopf in den Leib. Der Aufseher ächzte und krümmte sich, blieb aber auf den Beinen, doch Leonies Vater wurde nach hinten und zu Boden geschleudert. Seine Kapuze verrutschte, und was sein wütender Ansturm nicht einmal annähernd bewirkt hatte, das schaffte offensichtlich der bloße Anblick seines Gesichtes. Der Aufseher quietschte vor Entsetzen, machte auf der Stelle kehrt und rannte mit hoch in die Luft geworfenen Armen davon. Die drei Scriptoren wirbelten auf dem Absatz herum und suchten ebenfalls ihr Heil in der Flucht.

Dennoch war es nur eine winzige Atempause. Noch während Leonie zu ihrem Vater lief und ihm auf die Füße half, warf sie einen hastigen Blick über die Schulter zurück und sah, dass ihnen mindestens ein Dutzend Aufseher folgte, und dazu noch eine ungleich größere Anzahl an Arbeitern, Scriptoren und anderen Geschöpfen. Einzig der Redigator war stehen geblieben und starrte hasserfüllt in ihre Richtung.

»Wir sind verloren«, wimmerte der Scriptor. »Wir können uns genauso gut auch gleich selbst in den Leimtopf stürzen!«

Leonie hatte mittlerweile ihre Mutter am Arm ergriffen und zerrte sie einfach hinter sich her, so schnell sie konnte. Aber das Schlimme war, dass der Scriptor Recht hatte: Sie waren einfach nicht schnell genug und die Überzahl war zu gewaltig. Sie würden sie einholen, lange bevor sie den rettenden Tunnel erreichten. Die Masse der Verfolger war schon fast in der Mitte des Gitterbodens angekommen.

Und in Leonie nahm ein verzweifelter Plan Gestalt an.

»Geh auf!«, schrie sie. Ihr Vater wandte im Laufen den Kopf und starrte sie aus aufgerissenen Augen an, aber im gleichen Moment erscholl ein dumpfes Knirschen. Der Boden unter ihren Füßen begann zu zittern und in das Heulen und Johlen ihrer Verfolger mischten sich jetzt vereinzelte ungläubige oder auch erschrockene Rufe, und als Leonie das nächste Mal über die Schulter zurücksah, bot sich ihr ein Bild, das ebenso unglaublich wie erschreckend war.

Der Boden hatte erneut begonnen sich ineinander zu schieben. Von der Decke senkte sich kein Bottich, um Nachschub für den Leimtopf zu liefern, aber der Gitterboden hatte wieder damit begonnen, sich zu öffnen. Der entstandene Spalt war bereits gut mannsbreit und er wurde mit jeder Sekunde größer.

Keiner ihrer Verfolger hatte auch nur die Spur einer Chance. Zwei, drei Aufseher versuchten, mit verzweifelten Sprüngen über die rasch breiter werdende Lücke im Boden hinwegzusetzen, aber sie sprangen ausnahmslos zu kurz und versanken in der aufspritzenden grünen Brühe, und den Scriptoren und Arbeitern erging es nicht anders. Der Vormarsch ihrer Verfolger geriet ins Stocken, aber die Menge hatte inzwischen eine tödliche Eigendynamik entwickelt, die einem Großteil von ihnen zum Verhängnis wurde. Wer stehen blieb, wurde von den Nachdrängenden einfach weitergeschoben, bis er über den Rand stürzte und in der brodelnden grünen Masse verschwand. Leonie hätte froh sein müssen, dass die Verfolgung auf diese Weise endete, aber das genaue Gegenteil war der Fall: Der Anblick erfüllte sie mit einem solchen Entsetzen, dass es für einen Moment ihre Mutter war, die sie weiterzog, statt umgekehrt.

Und dennoch, das Wunder geschah: Nach ein paar Augenblicken hörte der Boden auf, sich knirschend ineinander zu schieben. Der Spalt wurde nicht mehr breiter, sondern begann sich im Gegenteil wieder zu schließen, aber noch war er viel zu groß, als dass einer ihrer plumpen Verfolger auch nur daran hätte denken können, darüber hinwegzuspringen. Sie fielen noch immer reihenweise in den kochenden Leim und der rettende Tunnel kam mit jedem Schritt näher. Dann sprang der erste Aufseher mit einem gewaltigen Satz über den tödlichen Abgrund, fiel auf die Knie und rappelte sich schwerfällig wieder auf, doch ihr Vorsprung war mittlerweile so weit angewachsen, dass Leonie gegen alle Wahrscheinlichkeit zu hoffen begann, sie könnten vielleicht doch noch eine Chance haben.

Sie kam als Erste bei dem Gang an und schickte ein Stoßgebet zum Himmel, dass es auch der richtige war; unterscheiden konnte sie sie nicht, denn die Eingänge sahen alle gleich aus. Im Laufen warf sie einen gehetzten Blick nach hinten und sah etwas, das sie zu noch größerer Schnelligkeit anspornte: Drei oder vier weiteren Aufsehern war der todesmutige Satz über den schmaler werdenden Spalt gelungen und immer mehr Scriptoren, Arbeiter und Aufseher versuchten es ebenfalls. Die meisten sprangen auch jetzt noch zu kurz und versanken im brodelnden grünlichen Leim, aber die Zahl der Verfolger wuchs und sie bewegten sich entsetzlich schnell. Leonie hätte sich allein möglicherweise noch zugetraut, ihnen davonzulaufen, aber ihre Eltern würden das nicht schaffen. Ihre Mutter taumelte jetzt schon mehr, als dass sie ging, und ihrem Vater hatte der Zusammenprall mit dem Aufseher auch nicht gerade gut getan. Es war nur noch eine Frage der Zeit, bis einer von ihnen zusammenbrach, wenn nicht beide. Sie durfte also nicht lange herumraten, sondern musste alles auf eine Karte setzen und blind darauf vertrauen, dass es der richtige Gang war.

Es war der richtige Gang. Leonie stürmte in den Gang, trat auf etwas Weiches, das ein erschrockenes Quieken ausstieß, und sie konnte sich gerade noch an der Wand abstützen, um nicht zu fallen. Ihr Vater reagierte um eine Winzigkeit besser und machte einen beherzten Sprung über den gefesselten Scriptor hinweg, den sie dort auf dem Hinweg zurückgelassen hatte, und Leonie fand endlich ihr Gleichgewicht wieder und setzte zu einem verzweifelten Endspurt an. Sie raste dreißig oder vierzig Meter in den Korridor hinein, gerade weit genug, um sicher zu sein, dass man sie von der Halle aus nicht mehr sehen konnte, dann blieb sie schwer atmend stehen und sah sich hastig um. Direkt vor ihr lag eine der geschlossenen Zellentüren. Leonie stellte sich auf die Zehenspitzen und lugte durch das vergitterte Fensterchen hinein. Nachdem sie sich davon überzeugt hatte, dass die Zelle leer war, trat sie zurück und befahl der Tür mit einem geflüsterten Befehl, sich zu öffnen. Sie gehorchte, wenn auch ebenso schwerfällig und widerstrebend wie das große Eisentor oben. Trotzdem reichte der entstandene Spalt bereits aus, um sich mit einiger Mühe hindurchzuquetschen, als ihre Eltern und der Scriptor neben ihr ankamen.

In den Augen ihrer Mutter flackerte die blanke Panik auf, als sie die geöffnete Zellentür sah, aber Leonie gab ihr gar keine Gelegenheit, zu protestieren, sondern bugsierte sie ungeduldig hindurch, beförderte den Scriptor mit einem hastigen Schubs hinterher und quetschte sich als Letzte hinter ihrem Vater durch den Türspalt. Sie war noch nicht ganz in der Zelle, als sie der Tür mit einem gehetzten Flüstern befahl, sich wieder zu schließen.

Und das buchstäblich im allerletzten Moment. Die Tür war kaum zu, als draußen auf dem Gang trappelnde Schritte und wütend durcheinander brüllende und keifende Stimmen laut wurden und die Verfolgermeute an ihrem Versteck vorbeistürmte.

Ihre Mutter wollte etwas sagen, aber Leonie gab ihr mit einem hastigen Wink zu verstehen, bloß keinen Laut von sich zu geben, und deutete mit der anderen Hand auf den toten Winkel unter der Tür. Rücken an Rücken pressten sie sich gegen das schwarze Eisen, während der Strom der Verfolger, der draußen auf dem Gang vorüberpolterte, kein Ende zu nehmen schien.

Ihre Vorsichtsmaßnahme erwies sich als nur zu berechtigt. Ein dumpfer Schlag erschütterte die Tür und das schwarz verhüllte Gesicht eines Aufsehers erschien an der Klappe. Leonie presste sich fester gegen die Tür, hielt den Atem an und schickte ein Stoßgebet zum Himmel, dass keiner der anderen ein verräterisches Geräusch machte.

Es wurde erhört. Der Aufseher spähte eine ganze Weile misstrauisch in die Zelle, aber endlich gab er sich zufrieden und verschwand wieder. Leonie atmete erleichtert auf, doch sie blieb weiter angespannt, bis die Schritte und das Stimmengewirr draußen auf dem Gang allmählich abnahmen und dann ganz verstummten.

Der Scriptor kletterte geschickt und schnell wie eine zu groß geratene Stubenfliege an der Wand empor und reckte den dürren Hals, um durch die Klappe nach draußen zu lugen.

»Alles klar«, krähte er. »Sie sind weg!«

»Gott sei Dank«, hauchte Leonies Mutter. Sie sah Leonie aus großen Augen an. »Wie hast du das mit der Tür gemacht?«

»Diese … Kreatur!« Ihr Vater deutete zu dem Scriptor hoch. Er gab sich keinerlei Mühe, den angewiderten Unterton aus seiner Stimme zu verbannen, und der Scriptor seinerseits sah mit einem Gesichtsausdruck zu ihm herab, der fast noch angeekelter wirkte. »Was hast du mit ihr zu schaffen?«

»Er hat mir geholfen«, sagte Leonie. Es war ihr im Moment lieber, die Frage ihres Vaters zu beantworten als die ihrer Mutter. »Ohne ihn wäre ich nie so weit gekommen. Er ist schon in Ordnung.«

»Er ist ein Monster!«, rief ihr Vater. Der Scriptor streckte ihm die Zunge heraus (wohlweislich erst, als er gerade nicht hinsah) und begann wieder an der Wand herabzuklettern.

»Die Tür«, beharrte ihre Mutter. »Wie hast du das gemacht? Sie hat nicht einmal ein Schloss!«

Leonie druckste einen Moment herum, aber ihr war klar, dass ihre Mutter keine Ruhe geben würde. Sie selbst hätte das auch nicht getan, wäre es andersherum gewesen. »Ich weiß es nicht«, erklärte sie schließlich. »Funktioniert einfach. Ich muss es nur sagen, und jede Tür geht auf.«

Sie rechnete damit, dass ihre Mutter eine ungläubige Bemerkung machen oder wenigstens das Gesicht verziehen würde, aber sie sah eher erschrocken aus und bemerkte an Vater gewandt: »Ich habe es dir gesagt. Mutter hatte Recht.«

»Womit?«, fragte Leonie.

Ihr Vater schüttelte den Kopf. Auch er blickte plötzlich sehr nachdenklich und ein bisschen betroffen drein. »Nicht jetzt«, sagte er.

»Und warum nicht?«, erkundigte sich Leonie spitz. »Hast du irgendetwas vor? Ein dringender Termin vielleicht?«

»Wir haben wirklich Wichtigeres zu tun«, antwortete ihr Vater grob. Er machte eine wedelnde Geste zum Scriptor hin. »Steig rauf und sieh nach, ob die Luft rein ist!«

»Wie kann sie das, solange ihr hier drin seid?«, gab nun der Scriptor patzig zurück.

»Bitte«, sagte Leonie. Der Scriptor schnitt noch eine Grimasse in Richtung ihres Vaters, stieg aber dann gehorsam an der Wand hoch, um seinen Beobachtungsposten wieder einzunehmen.

»Wir müssen hier raus«, fuhr Leonies Vater fort. »Im Moment sind wir vielleicht in Sicherheit, aber wir können nicht ewig hier hocken bleiben.« Er sah sie nachdenklich an. »Der Trick funktioniert bei allen Türen, sagst du?«

»Bei denen, die da sind.« Leonie ahnte, worauf ihr Vater hinauswollte, und beantwortete seine Frage, noch bevor er sie ausgesprochen hatte. »Der Gang führt nach oben in einen großen Saal, in dem es vor Aufsehern nur so wimmelt.« Sie schüttelte den Kopf. »Keine Chance, da durchzukommen.«

»Ich weiß«, erwiderte ihr Vater. »Dort haben sie uns erwischt.«

»Was wolltet ihr überhaupt hier?«, fragte Leonie.

»Dasselbe wie du, nehme ich an.«

»Eure Eltern finden, die durch eine unsichtbare Wand verschwunden sind?«, meinte Leonie.

»Das ist eine sehr lange Geschichte«, antwortete ihr Vater. Er schnitt ihr mit einer müden Handbewegung das Wort ab, als sie widersprechen wollte. »Wir erzählen dir alles, das verspreche ich dir. Aber nicht jetzt. Es ist eine … eine wirklich sehr lange Geschichte. Und sehr kompliziert. Alles verstehe ich auch nicht und manches fällt mir immer noch schwer zu glauben. Sogar jetzt, wo ich es sehe.«

Es erging Leonie nicht anders. Sie spürte auch, dass ihr Vater ihr nicht die ganze Wahrheit sagte, aber unglückseligerweise hatte er Recht. Jetzt war wirklich nicht der richtige Moment, um lange Geschichten zu erzählen.

Sie wandte sich an den Scriptor. »Gibt es noch einen anderen Weg hier hinaus?«

»Woher soll ich denn das wissen?«, fragte der Scriptor. »Ich war noch nie hier unten. Und ich werde wahrscheinlich auch nie wieder nach oben kommen.«

Leonie seufzte niedergeschlagen. Sie war doch nicht so weit gekommen und hatte so viele und so bizarre Gefahren überstanden, um jetzt aufzugeben! Es *musste* einfach noch einen anderen Weg hier hinaus geben. Hin- und hergerissen zwischen Zorn und wachsender Verzweiflung starrte sie die Wand neben sich an. Sie *mussten* einfach hier raus, egal wie!

»Aber das … das gibt's doch nicht!«, entfuhr es ihrem Vater.

Im ersten Moment begriff Leonie gar nicht, wovon er sprach. Dann folgte sie seinem Blick – und riss ebenfalls ungläubig die Augen auf. Die Wand hatte sich verändert. Der uralte massive Stein war noch da, aber zugleich war da plötzlich auch eine Tür, die durch die feste Oberfläche des Steins hindurchzuschimmern schien, als handelte es sich um zwei versehentlich übereinander belichtete Fotos. Vorsichtig stand sie auf, näherte sich der Wand und streckte den Arm aus, wagte es aber nicht, die auf so unheimliche Weise aus dem Nichts aufgetauchte Tür zu berühren. Sie sah aus den Augenwinkeln, wie ihr Vater ebenfalls aufstand und ihr folgen wollte, aber Mutter hielt ihn mit einer raschen Bewegung zurück. Leonie blieb annähernd eine Minute vollkommen erstarrt stehen und blickte die Mauer vor sich an. Die Tür war noch immer ein wenig geisterhaft, gewann aber rasch an Substanz und Leonie geduldete sich mit klopfendem Herzen, bis das bizarre Doppelbild endgültig verschwunden war.

»Ich hatte Recht«, erklang Mutters zitternde Stimme hinter ihr. »Sie hat die Gabe. Brauchst du noch mehr Beweise?«

Niemand antwortete darauf, doch als Leonie sich umdrehte, sah sie, dass das Gesicht ihres Vaters auch noch den allerletzten Rest von Farbe verloren hatte. Selbst der Scriptor starrte sie aus hervorquellenden Augen an, obgleich es unmöglich war, den Ausdruck auf seinem hakennasigen Zwergengesicht zu deuten. Leonie wandte sich wieder der Tür zu.

Erneut streckte sie die Hand aus, und diesmal wagte sie es, die Tür zu berühren. Sie sah aus, als bestünde sie aus dem gleichen schwarzen Eisen wie alles andere hier, aber sie fühlte sich irgendwie nicht richtig an, und Leonie hatte sie kaum berührt, da schwang sie mit dem Knarren uralter rostiger Scharniere auf und gab den Blick in den dahinter liegenden Gang frei.

Leonie wusste nicht, was sie erwartet hatte – aber ganz bestimmt nicht *das*. Hinter der Tür begann ein schmaler, sehr hoher Gang, dessen Wände nicht aus roh behauenem Fels oder Ziegelsteinen bestanden, sondern kostbar getäfelt waren. Das Licht kam von einer Anzahl kleiner Gaslampen mit grünen Schirmchen, die an den Wänden befestigt waren, und auch die Decke war mit wertvollem Holz vertäfelt. Der Anblick erinnerte sie an irgendetwas, aber sie konnte nicht genau sagen woran.

»Los!«, rief Leonie. Sie nahm all ihren Mut zusammen, trat als Erste durch die Tür und machte einen raschen Schritt zur Seite, um die anderen vorbeizulassen. Ihre Eltern reagierten sofort, aber der Scriptor folgte ihr erst, nachdem sie ihn mit einer Kopfbewegung dazu aufgefordert hatte. Kaum war er an ihr vorbeigegangen, schloss Leonie die Tür hinter sich und trat einen Schritt zurück. Sie war nicht einmal mehr sonderlich überrascht, dass sie augenblicklich wieder zu verblassen begann und in weniger als einer halben Minute endgültig verschwunden war. Immerhin konnte sie in dieser Zeit erkennen, dass es sich von dieser Seite aus um eine ganz normale, hölzerne Kassettentür handelte, nicht um ein eisernes Monstrum, das jedem Banktresor Ehre gemacht hätte.

»Unheimlich«, flüsterte der Scriptor. Er schüttelte sich. »Wie krank muss man sein, um sich in einer so schrecklichen Umgebung wohl zu fühlen?«

Leonie warf ihm einen schrägen Blick zu, ersparte sich aber jeden Kommentar und ging an ihm und ihren Eltern vorbei. Sie kam sich ein bisschen komisch dabei vor, so ganz selbstverständlich die Führung zu übernehmen, aber zugleich hatte sie auch das sichere Gefühl, in diesem Moment genau das Richtige zu tun.

Und vor allem: Sie spürte, dass sie endlich wieder auf dem richtigen Weg war.

Der Korridor war nicht besonders lang und es gab nur eine einzige verschlossene Tür an seinem Ende. Leonie ging hin und legte die Hand auf die verschnörkelte Klinke aus Messing, zögerte aber noch, sie herunterzudrücken, sondern presste stattdessen das Ohr gegen das Holz, um einen Moment zu lauschen. Erst als sie sicher war, dass sich auf der anderen Seite nichts rührte, öffnete sie behutsam die Tür und trat mit klopfendem Herzen hindurch.

Dahinter lag ein großer, behaglich eingerichteter Raum, der zwar kein Fenster hatte, ansonsten aber glatt als das durchgegangen wäre, was man vor hundert oder auch hundertfünfzig Jahren als *Salon* bezeichnet hatte: Es gab schwere Möbel aus geschnitztem Holz und Plüsch, verspielte kleine Tische mit wertvollen Einlegearbeiten, einen mächtigen Kamin und eine Unzahl von Bücherregalen. Auch hier kam das Licht aus einer Anzahl kleiner Gas- oder Petroleumlampen, aber es brannten auch zahlreiche Kerzen. Und irgendetwas stimmte mit diesem Raum nicht. Leonie konnte das Gefühl nicht in Worte fassen, vielleicht war sie auch einfach nur übernervös.

Ihre Mutter trat neben ihr in den Raum hinein und sah sich stirnrunzelnd um. Sie wirkte beunruhigt. »Was hast du?«, fragte Leonie alarmiert.

Ihre Mutter antwortete erst nach einem Moment und schleppend. »Irgendetwas«, sie verbesserte sich. »Ich weiß, es klingt komisch, aber … aber ich habe das Gefühl, dieses Zimmer schon einmal gesehen zu haben.«

»Vielleicht in einem Albtraum«, vermutete der Scriptor.

»In einem muss ich dir beipflichten«, meldete sich Leonies Vater zu Wort. »Hier stimmt etwas nicht.« Er deutete auf den Kamin. »Seht euch nur das Feuer an.«

Dass mit dem Feuer etwas nicht stimmte, war gelinde untertrieben. Die Flammen im Kamin strahlten nicht die geringste Wärme aus – und sie bewegten sich auch nicht. Leonie trat verblüfft näher, ließ sich in die Hocke sinken und streckte behutsam die Hand aus. Als sie eine der Flammen mit den Fingerspitzen berührte, erwartete sie instinktiv sich zu verbrennen, doch sie spürte überhaupt nichts. Die Flamme war nicht heiß, aber auch nicht kalt, sondern sie schien gar keine Temperatur zu haben. Außerdem war sie hart wie Diamant.

Leonie stand auf, sah sich rasch im Zimmer um und trat an eine der brennenden Kerzen heran.

Was für das Feuer im Kamin galt, das traf auch auf die Kerzenflamme zu: Sie war vollkommen reglos, hart und schien keine spürbare Temperatur zu besitzen. Als Leonie versuchte sie mit Gewalt abzubrechen, gelang es ihr nicht.

»Ich … ähm … würde hier drinnen lieber nichts verändern«, begann der Scriptor vorsichtig.

Leonie zog die Hand zurück. Sie bezweifelte, dass sie überhaupt in der Lage gewesen wäre, hier auch nur ein Stäubchen zu verändern, selbst wenn sie es gewollt hätte. Und dennoch hielt sie es für klüger, den Rat des Scriptors zu beherzigen und erst gar nichts in dieser Richtung zu versuchen.

»Ich kenne dieses Zimmer«, beharrte ihre Mutter. Sie war an eines der fast deckenhohen Bücherregale herangetreten und ließ ihren Blick aufmerksam über die Titel auf den Buchrücken schweifen. Das tat sie praktisch immer, wenn sie irgendwohin kam, wo es Bücher gab, aber Leonie hatte das bestimmte Gefühl, dass ihr Verhalten dieses Mal nichts mit ihrer Liebe zu allem Gedruckten zu tun hatte. Sie schien nach etwas zu suchen. Nach etwas ganz Bestimmtem.

»Das … das sind Mutters Bücher«, keuchte sie plötzlich. Sie fuhr herum und wandte sich heftig gestikulierend an Leonie. »Das sind die Bücher deiner Großmutter, Leonie. Sieh selbst!«

Leonie trat mit zwei schnellen Schritten neben sie und nahm die Bücher ebenfalls in Augenschein. Tatsächlich erkannte sie etliche Titel wieder – sogar eine ganze Menge, und es wurden mehr, je länger sie hinsah –, aber sie konnte nicht mit Sicherheit sagen, ob es sich wirklich um dieselben Bücher handelte, die in Großmutters Zimmer auf den Regalen standen. Es waren dieselben *Titel*, aber das war ein Unterschied.

»Das kann Zufall sein«, sagte Leonies Vater.

»Aber nicht, dass ich dieses Zimmer kenne«, rief seine Frau. »Ich habe es schon einmal gesehen. Auf einem Foto.« Sie machte eine ausholende Geste. »Es ist die Bibliothek des Hauses, in dem meine Mutter aufgewachsen ist.«

Leonies Vater lachte, leise, nervös und vollkommen unecht, während Leonie ein plötzliches eisiges Frösteln verspürte. Sie musste an das Foto denken, das sie in der Familienbibliothek gefunden hatte. Um genauer zu sein: an das Kinderfoto ihrer Großmutter, das mit ihr gesprochen hatte …

»Gehen wir weiter«, schlug Leonie vor. Noch während sie sich zur Tür wandte, fügte sie mit einer Kopfbewegung auf den Scriptor hinzu: »Und vielleicht sollten wir besser auf ihn hören und nichts verändern.«

Es gab nur eine weitere Tür in diesem Raum. Leonie öffnete sie und gelangte in einen weiteren, wenn auch weitaus schlichteren Flur, von dem zwei Türen abgingen. Leonie warf im Vorbeigehen einen Blick in die dahinter liegenden Zimmer. Es handelte sich um eine altmodische, aber adrett aufgeräumte Küche und ein ebenso adrettes, nichtsdestoweniger aber altertümlich-verspielt wirkendes Kinderzimmer. Keines davon hatte Fenster.

Leonie tauschte einen fragenden Blick mit ihrer Mutter. Sie sagte nichts, nickte aber mit steinernem Gesicht. Ganz offensichtlich kannte sie auch diese Zimmer. Es *war* das Haus, in dem Großmutter aufgewachsen war.

Die Tür am anderen Ende des Korridors führte in ein Zimmer, das auch Leonie kannte. Es war der Raum, in dem sie das erste Mal auf die Schusterjungen und den Scriptor gestoßen war.

»Wir haben es geschafft«, sagte sie.

»Geschafft?«, fragte ihr Vater.

Leonie deutete auf die Tür auf der gegenüberliegenden Seite des Zimmers. »Ich war schon einmal hier. Der Gang dahinter führt zum Ausgang.« Ihr Blick glitt über den Sekretär, blieb deutlich länger daran hängen, als ihr selbst lieb war, und ruhte dann für einen noch längeren Moment auf dem Schrank, in den sie den Scriptor eingesperrt hatte. Sie fragte sich, ob der hakennasige Gnom vielleicht immer noch darin saß, aber sie ging nicht hin, um sich selbst zu überzeugen. Sie hatte bereits einen dieser hässlichen Zwerge am Hals und das war im Grunde schon einer zu viel.

Sie ging zur Tür, öffnete sie vorsichtig und spähte hinaus. Der Gang war so leer und verlassen, wie sie ihn in Erinnerung hatte. Anscheinend war das Verschwinden des Scriptors bisher noch niemandem aufgefallen.

»Alles ruhig«, stellte sie fest.

»Dann lasst uns keine Zeit mehr verlieren«, schlug ihr Vater vor. »Mein Bedarf an Abenteuern ist erst einmal gedeckt.«

Leonie nickte zwar, schloss aber trotzdem noch einmal die Tür und trat an den Kleiderschrank heran. »Also gut. Ich mache dir einen Vorschlag«, rief sie. »Ich könnte einfach gehen und dich vergessen. Niemand würde es merken. Und so wie es aussieht, vermisst dich auch niemand.«

»Sag mal, mit wem sprichst du da?«, erkundigte sich ihr Vater.

Leonie gab ihm mit einer hastigen Geste zu verstehen, dass er sich noch einen Augenblick gedulden solle. »Ich mache jetzt die Tür auf und lasse dich frei«, fuhr sie fort. »Aber wenn du auch nur die geringsten Schwierigkeiten machst, lasse ich dich da drin, bis du verrottet bist!«

»Leonie?«, fragte ihr Vater. Er klang ein bisschen besorgt.

Leonie ignorierte ihn. Nach einem letzten Zögern öffnete sie die Schranktür und trat gleichzeitig einen halben Schritt zurück, jederzeit darauf gefasst, von einem wütenden Scriptor angesprungen zu werden, der wahrscheinlich wenig Begeisterung darüber empfand, seit Stunden in einem finsteren Schrank eingesperrt zu sein.

Der Scriptor, den sie dort vor einer Weile, die ihr fast wie eine halbe Ewigkeit vorkam, eingesperrt hatte, sprang sie nicht an. Er überschüttete sie auch nicht mit Vorwürfen oder Verwünschungen. Er war nicht mehr da.

»Ist alles in Ordnung mit dir, Leonie?« Ihr Vater trat mit schnellen Schritten an ihre Seite und blickte abwechselnd in ihr Gesicht und in den offen stehenden Schrank. Er sah mehr als nur *ein bisschen* besorgt aus.

»Ich bin nicht verrückt, wenn du das meinst«, sagte Leonie. »Aber in dem Schrank … ich dachte … da wäre noch … also, ich dachte, ich wäre die Einzige, die die Türen …«

Das war sie auch. Leonie blieb der Rest ihres ohnehin mehr gestammelten als gesprochenen Satzes im Halse stecken, als der Scriptor wortlos neben sie trat und die Türen weiter öffnete.

Sein Kamerad war noch da, nur hatte sie ihn zwischen den zusammengelegten Kleidern und Wäschestücken auf dem Boden im ersten Moment gar nicht entdeckt, denn er hatte sich in furchtbarer Weise verändert. Seine Haut war jetzt grau, nicht mehr schwärzlich grün, und obwohl er zuvor kaum mehr als ein wandelndes Skelett gewesen war, war er noch einmal um mindestens die Hälfte abgemagert. Er bewegte sich nicht und er reagierte auch nicht auf Leonies Worte. Und wie konnte er auch? Vor Leonie und den anderen lag nur noch die Mumie eines Scriptors.

»Aber … aber wie … wie kann denn das sein?«, murmelte Leonie erschüttert.

»Das solltest du eigentlich besser wissen«, antwortete der Scriptor böse. »Schließlich hast du ihn ja hier eingesperrt. Du hattest ganz Recht, weißt du? Außer dir kann niemand diese Tür öffnen.«

»Aber wir waren doch nur ein paar Stunden weg«, sagte Leonie verzweifelt.

»Dort draußen.« Der Scriptor deutete zur Tür. »Hier drinnen bedeutet Zeit etwas anderes.«

Im allerersten Moment kam Leonie diese Behauptung absolut lächerlich vor. Zeit war Zeit, basta. Doch dann erinnerte sie sich an gestern Morgen und ein Schauer rann wie eine Armee winziger eiskalter Spinnen ihr Rückgrat hinab. Ihre Mutter war eine Stunde weg gewesen, allerhöchstens zwei, aber als sie zurückgekommen war, da hatte sie ausgesehen, als wäre sie eine Woche durch die Katakomben geirrt. Und Doktor Steiner hatte gesagt, dass sie seit mindestens zwei oder drei Tagen nichts mehr getrunken hatte. Und wenn sie den jämmerlichen Zustand bedachte, in dem ihre Eltern jetzt waren …

»Dann habe ich ihn umgebracht«, murmelte sie.

»Umgebracht?« Ihr Vater zog eine Grimasse. »Jetzt übertreib mal nicht. Es war nur ein Scriptor. Und glaube mir, er hätte dir, ohne mit der Wimper zu zucken, dasselbe angetan. Nur aus Spaß. Es ist nicht schade um ihn.«

Im ersten Moment war Leonie regelrecht schockiert über die Kälte, die aus den Worten ihres Vaters klang. Dass er die Scriptoren nicht gerade liebte, hatte sie erwartet. Aber *das* war nun wirklich nicht seine Art. Doch dann glitt ihr Blick wieder über sein ausgemergeltes Gesicht, die abgemagerten Hände, die zahllosen Prellungen und Schrammen, die seine Haut bedeckten. Sie fragte sich, was die Scriptoren Mutter und ihm wirklich angetan hatten.

»Wie lange wart ihr in diesem Käfig?«, fragte sie leise.

»Nicht lange«, antwortete ihr Vater. Seine Stimme wurde leiser und auch bitterer. »Vielleicht einen Tag, oder zwei. Aber vorher waren wir lange in einer dieser Zellen.« Er schüttelte den Kopf. »Ich weiß nicht wie lange, aber es war auf jeden Fall *zu* lange.«

Obwohl er sich Mühe gab, jedes Gefühl aus seiner Stimme zu verbannen, war doch klar, dass er Leonie längst nicht alles erzählt hatte. Sie stellte keine weiteren Fragen, aber das war auch nicht nötig. Denn selbst die Antworten auf die Fragen, die sie nicht gestellt hatte, waren deutlich in den Augen ihrer Eltern abzulesen. Wie konnte sie erwarten, dass die beiden auch nur eine Spur von Mitleid mit den Bewohnern dieses unheimlichen Labyrinths haben würden?

Trotzdem fühlte sich Leonie elend dabei. Wenn das, was der Scriptor ihr erzählt hatte, stimmte, dann waren seine Brüder und er nicht einmal richtige Lebewesen – ganz davon abgesehen, dass das alles hier sowieso nur ein Albtraum sein konnte –, aber sie fühlte sich trotzdem so miserabel, als hätte sie den Scriptor mit eigenen Händen umgebracht.

Und irgendwie hatte sie das ja auch …

»Hier drinnen, in diesen Räumen, meine ich …« Ihr Vater wandte sich mit einer fragenden Geste direkt an den Scriptor, »… vergeht die Zeit also anders? Ich meine: Nicht nur anders als in der richtigen Welt, sondern auch anders als draußen, auf den Gängen und in euren Höhlen?«

Der Scriptor nickte und ließ ein paar Sekunden verstreichen, bevor er antwortete, als wäre er im ersten Moment nicht sicher gewesen, ob er überhaupt weitersprechen sollte. »Manchmal. Manchmal schneller, manchmal langsamer und manchmal gar nicht.« Er seufzte. »Bestimmt kann ich nicht zurück ins Zentralarchiv. Wahrscheinlich haben sie meinen Arbeitsplatz längst neu besetzt.«

»Zentralarchiv?«, wiederholte Leonies Vater. Er zog eine Grimasse. »Gleich wirst du uns noch erzählen, dass du furchtbar wichtig bist. Wenn du mich fragst …«

»Dich fragt aber keiner«, giftete der Scriptor. »Bevor ihr gekommen seid, hatte ich einen äußerst verantwortungsvollen Posten. Einen der verantwortungsvollsten überhaupt, die es hier gibt, wenn du es genau wissen willst.«

»Ach, und was soll das gewesen sein?«, fragte Leonies Vater hämisch.

Leonie sah ihn mit wachsender Verwirrung an. Ganz abgesehen davon, dass so etwas ganz und gar nicht zu ihrem Vater passte, war das nun wirklich nicht der richtige Zeitpunkt für eine so alberne Streiterei. Wollte er auf etwas Bestimmtes hinaus?

»Ich habe das Zentralverzeichnis geführt«, erklärte der Scriptor stolz. »Ohne mich wäre hier längst das reine Chaos ausgebrochen!«

»Das Zentralverzeichnis.« Leonies Eltern tauschten einen raschen, viel sagenden Blick. Viel sagend für sie vielleicht. Leonie wurde eher nur noch verwirrter. »Du meinst so eine Art Register, in dem alle Bücher aufgelistet sind, die es hier gibt?«

»Präzise«, antwortete der Scriptor. »Bis auf das letzte i-Tüpfelchen.«

»Das ist blanker Unsinn«, beharrte Vater. »Es müssen Millionen sein. Und du willst mir jetzt erzählen, du wüsstest ganz genau, wo jedes einzelne Buch zu finden ist, wie? Das ist doch lächerlich!«

»Milliarden«, behauptete der Scriptor. »Ach was, Trillionen, wenn nicht mehr!« Seine Stimme war plötzlich von hörbarem Stolz erfüllt. »Mehr, als du dir vorstellen kannst. Und ich weiß, wo jedes einzelne steht.«

»So, so.« Vater machte keinen Hehl daraus, dass er dem Scriptor kein Wort glaubte. Leonie erging es da nicht viel anders – was aber nichts daran änderte, dass sie das Streitgespräch zwischen ihrem Vater und dem Scriptor immer absurder fand. Sie riss ihren Blick von den beiden lächerlichen Streithähnen los, sah noch einmal bedauernd auf den mumifizierten Scriptor hinab und schloss dann die Schranktür. »Es tut mir wirklich Leid«, sagte sie.

»Wieso?«, fragte der Scriptor. »Sie hätten ihn sowieso in den Leimtopf geworfen.«

Leonie erschrak. »Aber warum denn?«

»Du hast ihn überwältigt und hier eingesperrt, oder? Das genügt.« Der Scriptor nickte düster. »Die Redigatoren verzeihen keine Fehler.«

Aber das machte es nicht besser, dachte Leonie. Wo war der Unterschied, ob der Scriptor gestorben war, weil sie ihn in diesen Schrank gesperrt hatte, oder weil …

Leonie fuhr wie von der Tarantel gestochen herum und starrte den Scriptor aus ungläubig aufgerissenen Augen an. »Aber … aber das heißt ja, dass … dass dir das gleiche Schicksal bevorsteht«, keuchte sie.

»Ich habe dir doch gesagt, ich kann nicht mehr zurück«, erinnerte sie der Scriptor.

»Weil ich dich gezwungen habe, mir zu helfen!«

Diesmal sagte der Scriptor nichts mehr. Er sah sie nur vorwurfsvoll aus seinen großen Glubschaugen an.

Leonie hielt seinem Blick nur ein paar Sekunden lang stand, dann drehte sie sich mit einem Ruck um und sah zu ihren Eltern hin. Sie standen am anderen Ende des Zimmers und unterhielten sich leise, aber offenbar ziemlich erregt. Es sah beinahe nach einem Streit aus. Ihr Vater gestikulierte heftig, und ihre Mutter schüttelte immer wieder den Kopf, aber auch dazu war jetzt nicht der richtige Moment, fand Leonie.

Sie platzte rücksichtslos in die Unterhaltung und deutete auf den Scriptor. »Wir müssen ihn mitnehmen.«

»Wie bitte?«, fragte ihr Vater.

»Ich meine es ernst«, erklärte Leonie. »Er kann nicht hier bleiben. Ihr habt doch gehört, was er gesagt hat. Wenn er bleibt, ist das sein Todesurteil. Wir müssen ihn mitnehmen.«

»Aber selbstverständlich«, sagte ihr Vater. »Und gleich morgen früh melde ich ihn im Kindergarten an.« Er schüttelte den Kopf. »Wie stellst du dir das vor?«

»Ich weiß es nicht«, antwortete Leonie. »Aber wir können ihn nicht einfach hier lassen. Ohne ihn wären wir jetzt wahrscheinlich nicht mehr am Leben! Wir sind es ihm einfach schuldig.«

Sie konnte ihrem Vater ansehen, dass er zu einer scharfen Entgegnung ansetzte, aber dann geschah etwas Unerwartetes: Er blickte sie ein paar Sekunden lang nachdenklich an, schließlich hob er die Schultern und seufzte tief. »Vielleicht hast du sogar Recht. Es wäre ziemlich undankbar, wenn wir ihn jetzt einfach seinem Schicksal überließen. Ich habe zwar nach wie vor keine Ahnung, wie wir …«, er drehte den Kopf und zog eine Grimasse, während er den Scriptor ansah, »… *das da* erklären sollen, aber irgendwas wird mir schon einfallen.«

Leonie war ein bisschen verdattert. Sie kannte ihren Vater gut genug, um sich auf eine hitzige Diskussion eingestellt zu haben. Umso mehr verwirrte es sie, dass er nun so schnell aufgab.

»Also gut. Verschwinden wir von hier«, fuhr er fort. »Aber vorher sehen wir zwei uns noch einmal draußen um. Nicht dass wir einem von deinen hässlichen großen Brüdern direkt in die Arme laufen.« Er machte eine auffordernde Bewegung in Richtung des Scriptors.

»Ich?«, vergewisserte sich der Scriptor ungläubig.

»Natürlich du. Wenn du uns begleiten sollst, dann wird es Zeit, dass wir allmählich damit anfangen, uns aneinander zu gewöhnen, finde ich.« Er deutete energisch in Richtung Tür. »Außerdem kann ich dich da draußen wahrscheinlich gut gebrauchen. Also los!«

Der Scriptor bekam gar keine Gelegenheit, zu widersprechen. Leonies Vater legte ihm einfach die Hand auf die Schulter, drehte ihn um und schob ihn vor sich aus dem Zimmer.

Erst als die Tür hinter ihnen zufiel, überwand Leonie ihre Verwirrung und fuhr erschrocken zusammen. »Um Gottes willen!«, keuchte sie. »Sie dürfen das nicht tun!«

Sie wollte losstürmen, doch ihre Mutter hielt sie mit einer raschen Bewegung zurück. »Bleib hier. Sie sehen sich doch nur um!«

»Aber das dürfen sie nicht!« Leonie versuchte sich loszureißen, doch ihre Mutter hielt sie mit erstaunlicher Kraft fest. »Du hast ja gehört, was der Scriptor gesagt hat: Da draußen vergeht die Zeit viel schneller als hier drinnen!«

Ihre Mutter hielt ihr Handgelenk unerbittlich weiter fest. »Also erstens muss nicht alles stimmen, was dieser komische kleine Bursche erzählt«, sagte sie. »Und außerdem bleiben sie gewiss nicht lange. Sie wollen sich doch nur umsehen, damit wir keine böse Überraschung erleben. Oder möchtest du einem von diesen riesigen Grobianen in die Hände fallen?«

Leonie schüttelte widerstrebend den Kopf. Natürlich gab es ungefähr eine Million Dinge, die sie lieber getan hätte, als die Tür zu öffnen und unversehens einem Aufseher gegenüberzustehen – aber sie hatte trotzdem das Gefühl, dass ihre Mutter ihr etwas vormachte.

»Siehst du.« Mutter ließ endlich ihr Handgelenk los; wenn auch erst, nachdem Leonie jeden Versuch aufgegeben hatte, sich aus ihrem Griff zu befreien. »Außerdem wollte ich sowieso mit dir reden.«

»Reden?« Leonie erschrak beinahe selbst über den misstrauischen Ton in ihrer Stimme. »Worüber?«

»Über das alles hier«, antwortete Mutter mit einer fahrigen, weit ausholenden Geste. »Über Großmutter und mich, und … und über dich.«

Leonie schwieg. Ihr Misstrauen schlug fast sofort in ebenso große Neugier um; aber tief in ihr war nach wie vor das nagende Gefühl, dass ihre Mutter ihr nicht die Wahrheit sagte. Zumindest nicht die *ganze* Wahrheit.

»Über mich?«

War das ein Ausdruck schlechten Gewissens, den sie in den Augen ihrer Mutter las, als diese nach ihrer Hand griff? »Ich hätte es längst tun sollen, Leonie. Deine Großmutter hat immer darauf gedrängt, dass ich es tue, aber ich … ich wollte es nicht. Ich wollte dir ein Leben ersparen, wie ich es geführt habe. Aber jetzt sehe ich ein, dass es ein Fehler war.«

»Ein Leben, wie du es geführt hast?« Leonie erinnerte sich wieder an den Streit, den sie in jener Nacht belauscht hatte. »Aber was ist denn so schlimm daran?«

»Oh, nichts«, antwortete ihre Mutter hastig. »Im Gegenteil:

Ich hatte alles, was ich je wollte; mehr als die meisten anderen Frauen sich auch nur erträumen. Deiner Großmutter ist es so ergangen und dir wird es ganz bestimmt genauso ergehen. Aber wir haben einen sehr hohen Preis dafür bezahlt. Sowohl sie als auch ich, und ich wollte nicht, dass du denselben Preis bezahlen musst, Leonie. Er ist hoch. Vielleicht zu hoch.«

Leonie verstand immer weniger, wovon ihre Mutter überhaupt sprach, aber sie hatte gleichzeitig das Gefühl, dass an ihrer Geschichte irgendetwas nicht stimmte. Es war nicht so, dass ihre Mutter sie belog – aber die Geschichte, die sie ihr erzählte, wollte einfach nicht mit ihrer Erinnerung zusammenpassen. Sie versuchte, sich den hitzigen Streit genauer ins Gedächtnis zu rufen, obwohl es ihr äußerst schwer fiel, sich zu konzentrieren. Sie löste ihre Hand aus der ihrer Mutter und sah zur Tür. Ihr Vater und der Scriptor waren nun schon seit bestimmt einer Minute dort draußen – das war eine Menge Zeit, um sich nur einmal schnell umzusehen. Und wenn das, was der Scriptor erzählt hatte, stimmte, dann war es vielleicht deutlich mehr als eine Minute, nämlich möglicherweise eine Stunde oder auch ein Tag, der draußen vergangen war.

»Du hast mir noch immer nicht gesagt, was diese *Gabe* eigentlich ist. Ich meine: Sie erschöpft sich doch bestimmt nicht darin, dass ich ein paar Türen aufmachen kann, oder?« *Oder sie mit pu rer Willenskraft einfach aus dem Nichts erschaffen kann* – diese Frage sprach sie nicht laut aus. Es hätte ihr zu viel Angst gemacht.

»O nein, gewiss nicht«, antwortete ihre Mutter. »Es hat etwas … mit all dem hier zu tun.«

»Mit dem hier?« Leonie sah sich demonstrativ in dem altmo disch ausgestatteten Zimmer um. »Ich verstehe nicht, was das alles zu bedeuten hat. Ich meine – wer macht sich schon die Mühe, Großmutters Haus in allen Einzelheiten nachzubauen, und warum?«

»Nachbauen?« Ihre Mutter schüttelte heftig den Kopf. »Das hier hat nichts mit einem Nachbau zu tun, Leonie. Es ist auch nicht ihr Haus, sondern …«

Die Tür wurde aufgerissen und ihr Vater winkte wild zu ihnen herüber. »Schnell!«, schrie er. »Sie kommen! *Lauft!*«

Leonie fuhr herum und verschenkte eine kostbare halbe Sekunde damit, ihren Vater entsetzt anzustarren. Er war kaum länger als anderthalb oder zwei Minuten weg gewesen, aber er hatte sich in dieser Zeit abermals verändert: Seine Kleider hingen nun vollends in Fetzen an ihm herunter und er war am ganzen Leib in Schweiß gebadet. Sein Atem ging keuchend und stoßweise, als hätte er gerade einen Zehn-Kilometer-Lauf hinter sich gebracht, und er blutete aus zwei frischen Wunden an Hals und Schulter.

»*Schnell!*«, schrie ihr Vater noch einmal. Seine Stimme überschlug sich fast vor Panik. Es war ihre Mutter, die ihren Schrecken als Erste überwand, nicht sie. Sie versetzte Leonie einen Stoß, der sie vorwärts und direkt in die Arme ihres Vaters stolpern ließ, rannte im gleichen Augenblick los und war mit einem Satz nach draußen verschwunden, und auch Leonie fühlte sich herumgerissen und weitergezerrt, noch ehe sie begriff, wie ihr geschah.

Ihr Vater rannte so schnell, dass Leonie alle Mühe hatte, mit ihm Schritt zu halten und nicht von den Füßen gerissen zu werden. Der Gang flog nur so an ihnen vorüber, und dennoch hatte Leonie das sichere Gefühl, dass ihr Vater noch viel schneller hätte laufen können, hätte er sie nicht im Schlepptau gehabt. Ihre Mutter rannte ein gutes Stück vor ihnen durch den Stollen und hatte bereits einen gehörigen Vorsprung gewonnen. Auch ihr Vater versuchte noch einmal sein Tempo zu beschleunigen, obwohl Leonie dadurch vollends aus dem Tritt geriet und nun wirklich mehr hinter ihm herstolperte als -rannte.

Irgendetwas schepperte. Leonie glaubte, ein Kreischen zu hören und möglicherweise auch etwas wie schwere, stampfende Schritte, aber sie wagte es nicht, den Kopf zu drehen, aus Furcht, dadurch endgültig aus dem Takt zu geraten und zu stürzen.

»Aber was ist denn nur los?«, keuchte sie. »Wo warst du? Wo ist der Scriptor?«

»Sie haben uns erwischt«, gab ihr Vater keuchend zurück. Leonie sah die Wunde an seinem Hals jetzt deutlicher und erschrak.

Es war keine bloße Schramme, sondern ein tiefer Schnitt, aus dem hellrotes Blut im Rhythmus seines hektisch pumpenden Herzens schoss und der die Halsschlagader offensichtlich nur knapp verfehlt hatte. Er hielt sie mit der linken Hand fest gepackt und zerrte sie unerbittlich hinter sich her, aber den anderen Arm presste er gegen den Leib, obwohl ihn diese Haltung beim Laufen behindern musste.

»Erwischt?«, keuchte Leonie. »Wer? Was ist denn nur passiert?«

Diesmal antwortete ihr Vater nicht, aber das Scheppern wiederholte sich, und im nächsten Moment prallte etwas gegen die Wand neben ihrer Schulter und schlug Funken, bevor es klappernd wieder in der Dunkelheit verschwand. Leonie wagte es nun doch, sich im Laufen umzudrehen, aber der Entschluss tat ihr augenblicklich Leid.

Sie hatte sich das Geräusch stampfender Schritte, das Grölen und Kreischen nicht nur eingebildet. Hinter ihnen – und erschreckend *nahe* hinter ihnen! – brandete eine wahre Flutwelle monströser Gestalten heran: Aufseher, Scriptoren, Arbeiter und noch eine Anzahl anderer, zum Teil bizarr geformter Kreaturen, deren bloßer Anblick Leonie schier das Blut in den Adern gerinnen ließ. Die meisten von ihnen waren bewaffnet; jetzt aber nicht mehr nur mit Peitschen und Keulen, sondern mit Schwertern, Dolchen und sogar Speeren. Noch waren sie zu weit entfernt, um ihre Wurfgeschosse wirklich zielsicher einsetzen zu können, doch sie kamen näher. Und wie vortrefflich sie mit ihren Waffen umzugehen wussten, das hatte Leonie ja schon erlebt.

Falls sie noch Zweifel gehabt haben sollte, bestanden sie bis genau zu diesem Moment, denn einer der Aufseher schleuderte etwas in ihre Richtung, das wie eine zu groß geratene Hellebarde aussah und vermutlich nur deshalb um Haaresbreite an ihnen vorbeiflog, weil es sich um eine zum Werfen denkbar ungeeignete Waffe handelte. Dennoch segelte sie so dicht an ihrer Schulter vorbei, dass sie sich fast einbildete, ihren Luftzug zu spüren. Der nächste Wurf würde wahrscheinlich treffen.

Ihre Mutter, deren Vorsprung mittlerweile noch weiter angewachsen war, blieb abrupt stehen. Eine Mischung aus Ratlosigkeit und Entsetzen machte sich auf ihrem Gesicht breit, und plötzlich begann sie mit bloßen Fäusten auf die Wand einzuschlagen, mit solcher Kraft, dass die Knöchel aufplatzten und Blut an ihren ohnehin zerschundenen Händen herablief.

»Nein, nicht dort!«, schrie Leonie. »Lauf weiter! Noch zwanzig Schritte!«

Sie hätte selbst nicht sagen können, woher sie diese Gewissheit nahm, aber ihre Mutter schien ihr blind zu vertrauen, denn sie rannte ohne zu zögern weiter. In diesem Moment spürte Leonie eine Bewegung hinter sich und reagierte ganz instinktiv, indem sie sich zur Seite warf und den Kopf einzog. Die ruckartige Bewegung brachte nicht nur sie aus dem Gleichgewicht, sondern auch ihren Vater. Er stolperte, versuchte mit einem hastigen Schritt seine Balance wiederzufinden, verlor den ungleichen Kampf gegen die Schwerkraft und seinen eigenen Schwung, prallte gegen die Wand und wäre um ein Haar gestürzt.

Sein Stolpern rettete ihm das Leben, und Leonie möglicherweise auch. Der Schatten, den sie aus den Augenwinkeln bemerkt hatte, entpuppte sich als eine antiquierte Waffe, die ebenfalls nicht zum Werfen gedacht war, was ihren Besitzer aber nicht daran gehindert hatte, es mit wahrer Meisterschaft zu tun. Der dreikugelige Morgenstern flog kaum eine Handbreit an ihr vorbei und krachte Funken schlagend genau dort in die Wand, wo ihr Vater gestanden hätte, wäre er nicht gestolpert. Die eisernen Dornen hinterließen tiefe Furchen im Stein, und der mit Leder umwickelte Griff traf ihren Vater mit solcher Wucht gegen die Brust, dass er mit einem Schmerzensschrei in die Knie sank. Ein schwarzes, in Leder gebundenes Buch rutschte unter dem Hemd hervor und fiel zu Boden.

Leonie riss ihren Vater mit der Kraft purer Verzweiflung wieder auf die Füße und wollte ihn mit sich zerren, aber er warf sich herum, bückte sich nach dem Buch und hob es auf, obwohl es fast zu schwer war, um es mit nur einer Hand zu halten.

Die Verfolger waren mittlerweile gefährlich nahe gekommen. Niemand warf mehr mit Hellebarden, Speeren, Morgensternen oder sonstigen Dingen nach ihnen und es war auch gar nicht mehr nötig. Die Meute war schon fast heran. Noch ein paar Schritte, und sie hätten sie erreicht. Nur ein einziger Blick in ihre hassverzerrten Gesichter machte Leonie klar, dass sie sich spätestens ein paar Sekunden danach wahrscheinlich *wünschen* würden, dem Morgenstern nicht ausgewichen zu sein.

Die schiere Todesangst gab ihr die Kraft, herumzufahren und ihren Vater mit sich zu zerren. Ihre Mutter! Wo war ihre Mutter? Der Gang vor ihr war leer!

Allerdings nur für einen kurzen Moment. Dann tauchten Kopf und Schultern ihrer Mutter aus dem scheinbar massiven Stein auf und sie winkte sie mit wilden Bewegungen heran. »*Schnell!*«

Als ob sie ihnen *das* sagen musste! Leonie versuchte trotzdem, noch schneller zu laufen, und sah sich dabei hastig um. Vater hatte das Buch aufgehoben und presste es mit der freien Hand wie einen Schatz an sich. Er stolperte hinter ihr her, so schnell sie ihn mit sich zerren konnte, schien aber immer noch halb benommen zu sein. Und die Verfolger näherten sich mit unglaublicher Geschwindigkeit. Leonie fragte sich verzweifelt, was so wertvoll an diesem Buch sein konnte, dass ihr Vater offensichtlich bereit war, sein Leben dafür aufs Spiel zu setzen – und das ihre gleich mit. Sie mobilisierte noch einmal alle Kräfte, um die letzten Meter bis zu ihrer Mutter und dem rettenden Ausgang zurückzulegen.

Und beinahe hätte sie es sogar geschafft.

Wider Erwarten erreichte sie ihre Mutter, stürmte an ihr vorbei und riss ihren Vater mit sich. Wo ihre Augen massives Mauerwerk sahen, war gar nichts, nur ein flüchtiger Hauch von Dunkelheit und Kälte, durch den sie hindurchglitt und in den mit Trümmern und heruntergebrochenen Steinen übersäten Keller ihres Hauses stolperte. Sie fiel, drehte sich noch im Stürzen herum und sah ihre Mutter hinter sich ins Freie taumeln, dicht gefolgt von ihrem Vater … und drei oder vier Scriptoren und mindestens zwei Dutzend Schusterjungen!

Ihre Mutter machte sofort eine blitzartige Handbewegung und schloss damit die Öffnung in der Wand.

Aber eine Sekunde, vielleicht den Bruchteil eines Augenblickes, bevor das geschah, kam ein flirrender Schatten durch die unsichtbare Öffnung geflogen und bohrte sich mit einem dumpfen Schlag genau zwischen die Schulterblätter ihres Vaters!

Leonies Herz schien auszusetzen. Sie sah, wie ihre Mutter zurückprallte und zu Boden gerissen wurde, als sich drei der vier Scriptoren gleichzeitig auf sie warfen, aber sie war unfähig, darauf zu reagieren oder auch nur einen einzigen klaren Gedanken zu fassen. Sie konnte nur ihren Vater anstarren, der zwei Schritte weiter getaumelt war und dann langsam in die Knie ging. Er ließ das Buch fallen, das auseinander klappte und vor ihm liegen blieb. Als er endgültig nach vorne sank, sah Leonie den Griff eines gewaltigen Dolches, fast schon eines kleinen Schwertes, der aus seinem Rücken ragte.

Endlich schüttelte sie die Lähmung ab und rappelte sich auf, um zu ihm zu laufen.

Sie schaffte es nicht einmal ganz, sich aufzurichten.

Der vierte Scriptor, der zusammen mit ihrem Vater hereingekommen war, sprang sie mit solcher Wucht an, dass sie erneut zu Boden geschleudert wurde und mit dem Hinterkopf gegen einen Stein knallte. Sie verlor nicht wirklich das Bewusstsein, aber sie biss sich auf die Zunge, was ziemlich schmerzte, und schmeckte Blut, und für einen Moment sah sie nichts als bunte Farben, die vor ihren Augen explodierten.

Das Erste, was sie sah, als sich ihr Blick wieder klärte, war das hässliche Gesicht eines Scriptors, der auf ihrer Brust hockte und mit beiden Fäusten auf ihr Gesicht einschlug. Es tat nicht einmal besonders weh, aber sie war so unglücklich gestürzt, dass sie sich kaum bewegen konnte, und der Scriptor war nicht alleine. Leonie spürte einen scharfen Schmerz am linken Bein, sah an sich hinab und gewahrte einen Schusterjungen, der auf ihren Oberschenkel geklettert war und einen Stein in beiden Händen schwang, mit dem er nach Herzenslust auf ihr Knie einhämmerte – und *das* tat wirklich weh. Mit einem Schrei schüttelte sie den Plagegeist ab, warf sich herum, wodurch der Scriptor von ihrer Brust geschleudert wurde und in hohem Bogen davonflog, und schrie im nächsten Moment noch einmal und noch lauter auf, als ein anderer Schusterjunge seine nadelspitzen Zähne in ihre Hand grub.

Leonie stampfte ihn mit der anderen Hand regelrecht in den Boden, aber der Schaden war nun einmal angerichtet. Ihre Hand blutete heftig und tat höllisch weh und die winzigen Angreifer gaben ihr nicht die kleinste Verschnaufpause. Zwei weitere Schusterjungen fielen mit Zähnen und messerscharfen Fingernägeln über ihre Beine her, und als Leonie nach ihnen schlagen wollte, war der Scriptor wieder heran, sprang auf ihren Rücken und schlang kreischend die Arme um ihren Hals. Unverzüglich versuchte er, ihr die Zähne in den Nacken zu schlagen, aber damit hatte Leonie gerechnet. Sie warf sich mit aller Macht nach hinten, begrub den Scriptor unter sich und wurde mit einem dumpfen Ächzen belohnt, als der kleine Quälgeist das Bewusstsein verlor.

Hastig richtete sie sich wieder auf, fegte das halbe Dutzend Schusterjungen, das sich an ihre Arme und Beine geklammert hatte, wie lästige Fliegen ab und fuhr herum. Was sie erblickte, brach ihr fast das Herz: Ihre Mutter wehrte sich ebenso verbissen wie aussichtslos gegen drei Scriptoren und ein gutes halbes Dutzend Schusterjungen, die auf ihr herumhüpften, als würden sie sie mit einem Trampolin verwechseln, und mit Zähnen und Fingernägeln auf sie losgingen, und ihr Vater war endgültig zusammengebrochen. Er lebte noch, aber der Rücken seines Hemdes hatte sich mittlerweile komplett rot gefärbt und seine Bewegungen wurden immer schwächer. Leonie konnte nicht genau erkennen, was er tat, aber es sah fast so aus, als blättere er in dem Buch, über dem er zusammengesunken war. In der rechten Hand hielt er etwas, das ein altmodischer Füllhalter zu sein schien. Anscheinend wusste er schon nicht mehr genau, was er tat.

Leonie stemmte sich hoch, um ihrer Mutter zu Hilfe zu eilen.

Sie kam nur einen einzigen Schritt weit.

Ein grässlicher Schmerz explodierte mit solcher Wucht in ihrer rechten Ferse, dass sie mit einem gellenden Schrei auf die Knie fiel und hilflos zur Seite kippte. Zwei oder drei Schusterjungen sprangen auf ihre Brust und ihre Schultern und begannen mit den Fäusten auf sie einzudreschen, aber Leonie spürte es nicht einmal. Sie starrte aus ungläubig aufgerissenen Augen auf ihre Beine. Sie waren blutüberströmt, und als sie versuchte, den rechten Fuß zu bewegen, konnte sie es nicht. Unmittelbar neben ihrem Knie lagen zwei reglose Schusterjungen, die sie unter sich begraben hatte, als sie zu Boden gegangen war. Neben ihnen entdeckte sie ein rostiges, verbogenes Metallstück. Es hatte eine messerscharfe Kante, die rot von ihrem eigenen Blut war. Die beiden Schusterjungen hatten es ganz offensichtlich benutzt, um die Sehne an ihrem rechten Fuß durchzutrennen.

Sie versuchte trotzdem aufzustehen.

Der Schmerz war so schlimm, dass er ihr Tränen in die Augen trieb. Das Bein gab unter ihr nach und sie fiel schwer auf ihr ohnehin verletztes Knie und wimmerte gequält, hatte aber nicht einmal mehr die Kraft, zu schreien. Hilflos rollte sie auf die Seite, begrub zwei oder drei weitere Schusterjungen unter sich und drehte sich mit letzter Kraft auf den Rücken, um nach ihrer Mutter zu sehen.

Vielleicht hätte sie es besser nicht getan.

Ihre Mutter wehrte sich noch immer gegen die drei Scriptoren, aber ihre Bewegungen waren bereits deutlich schwächer geworden. Und gerade als Leonie hinsah, nahm einer der hakennasigen Zwerge einen faustgroßen Stein vom Boden auf und schlug ihn ihrer Mutter mit aller Kraft gegen die Schläfe. Sie bäumte sich noch einmal auf und lag dann still.

Und Leonie wusste, das war das Ende.

Weinend vor Schmerz und hilflosem Zorn kroch sie weiter, um ihren Vater zu erreichen. Die drei Scriptoren ließen von ihrer Mutter ab und stürzten sich auf sie, aber es war ihr gleich. Irgendwie gelang es ihr, sie mit einer Hand abzuwehren, während sie sich mit dem anderen Arm und dem unverletzten Bein weiterschleppte.

Wie durch ein Wunder bewegte er sich immer noch. Er hatte es sogar geschafft, sich auf einen Ellbogen zu stemmen und war weiterhin über das Buch gebeugt, das aufgeschlagen vor ihm lag. Drei oder vier Schusterjungen zerrten mit aller Gewalt daran, um es ihm zu entwinden, und mindestens ein halbes Dutzend weiterer riss an seinen Armen und Beinen und an seinem Haar. Ihr Vater aber hielt das Buch eisern fest. Leonie verstand nicht, was er da tat.

Ihr blieb auch keine Zeit mehr, darüber nachzudenken. Ein brutaler Tritt trieb ihr die Luft aus den Lungen und warf sie auf den Rücken. Ein Scriptor sprang mit einem triumphierenden Schrei auf ihren Bauch und hob die Arme in die Höhe. Leonie sah, dass er einen ausgewachsenen Ziegelstein in den Händen hielt, riss die Arme nach oben, um ihr Gesicht zu schützen, und …

Die Beerdigung

Es war Hochsommer. Der erste Ferientag. Der Himmel sollte strahlend blau und wolkenlos sein, und obwohl es noch nicht einmal ganz zehn Uhr war, hätte es bereits warm sein müssen; mit einer deutlichen Tendenz in Richtung *heiß*.

Das genaue Gegenteil war der Fall. Die seit gut zwei Wochen andauernde Hitze hatte eine Pause eingelegt. Der Himmel hatte sich bewölkt und es war eher eine Spur zu kalt als zu warm. Es regnete nicht, aber etwas lag in der Luft, das einem das Gefühl gab, es *könnte* gleich regnen, und auch das Licht war irgendwie sonderbar. Es war bisher nicht richtig hell geworden und alle Farben wirkten seltsam blass, als hätte etwas dafür gesorgt, dass alles Leuchtende und Fröhliche aus der Welt verschwand. Selbst die Geräusche wirkten gedämpft, wie manchmal nach einem ausgiebigen Schneefall, und das Wetter passte so gut zu Leonies Stimmung, als hätte es jemand eigens für sie und diesen Moment bestellt.

Bis zu diesem Augenblick hatte sie sich noch mühsam beherrscht, aber nun war sie an der Reihe, in der langsam vorrückenden Schlange an das offene Grab zu treten und einen letzten Abschiedsgruß in Form einer roten Nelke hinabzuwerfen. Ihr legitimer Platz wäre ganz vorne in dieser Reihe gewesen, aber sie hatte darauf verzichtet und den Moment, wo sie vor dem Grab stehen würde, hinausgezögert, so lange sie nur konnte. Nun aber war hinter ihr niemand mehr. Ihre Hand zitterte, als sie nach der einzelnen – letzten – Nelke griff, die ihr der grauhaarige Pfarrer hinhielt, und sie konnte die Tränen nicht mehr zurückhalten. Das offene Grab begann vor ihren Augen zu verschwimmen, und sie hatte Mühe, den schweren Eichensarg zu erkennen, der unter einem Berg von Blumen und Tannengrün beinahe verschwunden war. Sie merkte nicht, dass sie länger als eine Minute vollkommen reglos am Rand des offenen Grabes stand und ins Leere starrte.

»Du hast sie sehr geliebt, nicht wahr?«

Es dauerte einen Moment, bis Leonie begriff, dass die Worte ihr galten. Sie ließ die Nelke in das Grab fallen und fuhr sich mit der frei gewordenen Hand über die Augen, um die Tränen fortzuwischen, bevor sie sich zu dem Sprecher umwandte.

Es war der Pfarrer – oder hieß es Pastor? Wie auch der Rest ihrer Familie respektierte sie zwar jegliche Religion, war aber selbst kein Mitglied irgendeiner Kirche, sodass ihr der Unterschied zwischen den Geistlichen der großen Konfessionen nicht geläufig war. Zum ersten Mal fragte sie sich bewusst, wie es überhaupt kam, dass ein Geistlicher am Grab ihrer Großmutter gesprochen hatte – ihre Eltern hatten ihn ganz sicher nicht hinzugebeten.

»Ja«, sagte sie einfach. Sie wollte weitergehen, aber der grauhaarige Geistliche hielt sie mit einer angedeuteten Geste zurück.

»Und nun fragst du dich, welchen Sinn dieser plötzliche Tod hat«, fuhr er fort.

»Tue ich das?« Leonie fragte sich, was dieser ungeladene Gast eigentlich von ihr wollte. Sie hob die Schultern. »Nein, ich glaube nicht.«

»Doch«, widersprach der Pfarrer. »Das tust du. Und du haderst mit Gott und machst ihm Vorwürfe, dir diesen schlimmen Schmerz zugefügt zu haben.« Er lächelte sanft. »Das macht nichts. Auch dafür ist Gott da.«

»Um ihm Vorwürfe zu machen?«

»Manchmal ist ein Schmerz leichter zu ertragen, wenn jemand da ist, dem man die Schuld geben kann«, bestätigte der Geistliche. »Der Herr versteht das, er wird es dir nicht übel nehmen. Und eines Tages wirst du vielleicht verstehen, dass alles seinen Sinn gehabt hat.«

Leonie verbiss sich die Antwort, die ihr auf der Zunge lag. Nichts lag ihr ferner als ein theologisches Streitgespräch; vor allem am Rande eines offenen Grabes, in dem so viel mehr seinen Schlussstrich fand als nur ein Leben, wäre ihr jede Art von Missklang unpassend erschienen. Sie wandte sich endgültig zum Gehen, aber der Pfarrer hielt sie noch einmal zurück; diesmal, indem er sie am Oberarm ergriff und mit der anderen Hand zum gegenüberliegenden Ende des Friedhofsgeländes deutete.

»Wenn du mich brauchen solltest oder einfach nur reden möchtest, dann findest du mich dort drüben«, erwiderte er. »Frag einfach nach Bruder Gutfried.«

Was für ein seltsamer Name, dachte Leonie, ziemlich altmodisch – was bei einem Mann der Kirche an sich nichts Besonderes war –, aber zugleich brachte er auch irgendetwas in ihr zum Klingen; als versuchte er, eine Erinnerung zu wecken, die einfach zu tief vergraben war, als dass sie sie greifen konnte. Sie hatte bereits dazu angesetzt, sich mit Gewalt loszureißen, aber dann besann sie sich eines Besseren und sah stattdessen in die Richtung, in die seine ausgestreckte Hand deutete. Nur ein kleines Stück jenseits der Friedhofsmauer erhob sich eine gedrungene, unübersehbar alte Kirche; vielleicht auch nur eine zu groß geratene Kapelle. Leonie war sie bisher noch nie aufgefallen, was aber nicht viel besagte, denn sie interessierte sich ebenso wenig für Kirchen wie für Religion im Allgemeinen und Geistliche im Besonderen. Dennoch fand sie, dass die Kirche zu Bruder Gutfried passte – oder er zu ihr, je nachdem von welchem Standpunkt aus man es betrachtete.

Der Geistliche musste einer der ältesten Menschen sein, die ihr jemals begegnet waren, wenn nicht der älteste überhaupt – und dieser Eindruck entstand nicht etwa durch den schütteren grauen Kranz, der drei Viertel seines ansonsten kahlen Schädels umspannte. Sein Gesicht war eine einzige Landschaft aus Runzeln und Falten und die längst trüb gewordenen Augen verbargen sich hinter den Gläsern einer dicken, aber randlosen Brille. Als Gutfried den Kopf drehte, um ebenfalls zur Kirche zu blicken, entdeckte sie etwas höchst Bemerkenswertes: Obwohl Gutfried nur noch so wenige Haare hatte, dass er jedem einzelnen davon einen Namen hätte geben können, hatte er sie sich lang wachsen lassen und im Nacken mit einem schwarzen Gummi zusammengebunden. Seltsam: Sie hatte noch nie von einem Geistlichen mit einem *Pferdeschwanz* gehört!

»Vielleicht«, sagte sie ausweichend.

»Du hast ganz bestimmt nicht vor, das zu tun«, antwortete Gutfried lächelnd. »Aber denk einfach daran: Wenn du mich brauchst, dann bin ich da. Und nun geh zurück zu den anderen. Ich glaube, man wartet bereits auf dich. Und Gäste sollte man nicht warten lassen, nicht einmal an einem so traurigen Tag wie heute.«

Er deutete zum anderen Ende des Friedhofs. Zweifellos hatte er Recht: Die Trauergesellschaft befand sich bereits wieder auf halbem Wege zum Ausgang, aber etliche waren auch stehen geblieben und sahen zu ihr zurück. Obwohl sich Leonie noch vor ein paar Minuten hatte zusammenreißen müssen, um nicht unhöflich zu ihm zu sein, wäre es ihr für einen Moment fast lieber gewesen, hier bei Gutfried zu bleiben und noch ein wenig mit ihm zu reden. Sie kannte den Geistlichen ja fast gar nicht, dennoch weckte er ein Gefühl in ihr, das sie nur mit dem Wort Vertrauen beschreiben konnte. Vielleicht lag es an etwas so Banalem wie seiner Soutane, vielleicht aber auch daran, dass sie einfach wusste, seine Worte waren ehrlich gemeint; auch wenn sie ihr nicht wirklich Trost spenden konnten.

Leonie konnte nicht mehr sagen, wie viele Hände sie an diesem Morgen schon geschüttelt und wie viele Beileidsbekundungen sie entgegengenommen hatte. Die wenigsten davon hatten ihr wirklich etwas bedeutet. Schon weil sie die allermeisten Trauergäste gar nicht kannte.

Sie nickte noch einmal zum Abschied und ging dann ohne ein weiteres Wort davon. Sie spürte, dass Gutfried ihr nachsah, doch als sie sich nach ein paar Schritten noch einmal zu ihm umdrehte, war er verschwunden.

Leonie setzte ihren Weg fort, aber sie kam auch jetzt nur ein paar Schritte weit, bevor ihr Vater auf sie zutrat und sie abermals stehen blieb.

»Was wollte er?«, fragte er.

»Wer?«

»Der Pfarrer.« Ihr Vater machte eine Kopfbewegung in Richtung des Grabes.

»Bruder Gutfried, meinst du.«

Ihr Vater nahm die Sonnenbrille ab, die er trotz des bedeckten Himmels an diesem Morgen aufgesetzt hatte und sah sie einen Moment lang so nachdenklich an, dass Leonie fast ein schlechtes Gewissen bekam, auch wenn sie nicht sagen konnte warum. »Bruder Gutfried«, wiederholte er. »Du kennst also schon seinen Namen?«

»Er hat sich vorgestellt«, antwortete Leonie. »Mehr nicht.« Sie hob die Schultern. »Ich weiß nicht, was er wollte. Was sie alle wollen, nehme ich an.«

»Unsere Kirchensteuer.«

Leonie überging die bissige Bemerkung. Sie war so etwas von ihrem Vater gewohnt, aber sie fand es im Moment ziemlich unpassend. »Mir Trost spenden«, sagte sie.

»Und dich ganz nebenbei dazu überreden, in seinen Trachtenverein einzutreten«, vermutete Vater. Er setzte die Sonnenbrille wieder auf. »Hat man denn nirgends vor diesen Typen Ruhe?«

»Wenn du so darüber denkst, warum hast du ihn dann überhaupt bestellt?«, fragte Leonie.

»Ich habe ihn nicht bestellt.« Ihr Vater schüttelte ärgerlich den Kopf und machte dann eine Geste, mit der er das Thema offensichtlich für beendet erklärte. »Na ja, auch egal. Komm jetzt. Wir sind spät dran und die anderen warten schon.« Er drehte sich um und schritt kräftig aus, um der Trauergesellschaft zu folgen. Offensichtlich ging er davon aus, dass Leonie ihm folgte. Als sie jedoch nichts dergleichen tat, blieb er nach ein paar Schritten wieder stehen und sah zu Leonie zurück. »Was ist denn noch?«, fragte er unwillig.

Leonie deutete zaghaft auf die Trauergesellschaft. »Ich möchte das nicht.«

»Du möchtest *was* nicht?«, fragte ihr Vater – obwohl sie sicher war, dass er ganz genau wusste, wovon sie sprach. Es war nicht das erste Mal, dass sie dieses Gespräch führten.

Dennoch antwortete sie: »Dieser … Leichenschmaus. Ich finde das widerlich. Ich will da nicht hin.«

Sie konnte sehen, wie sich das Gesicht ihres Vaters weiter verdüsterte, aber der erwartete Zornesausbruch blieb aus. Der Ausdruck, der sich auf seinem Gesicht ausbreitete, war eher Resignation. »Aber Leonie, darüber haben wir doch schon gesprochen.«

»Ich weiß«, sagte Leonie stur. »Aber ich finde das … einfach geschmacklos. Gerade du sagst doch immer, dass man mit diesen überkommenen Traditionen …«

»Ich weiß, was ich gesagt habe«, fiel ihr Vater ihr ins Wort. In seinen Augen blitzte es auf, aber nur ganz kurz, dann wurden seine Stimme und sein Blick wieder weich. »Mir geht es doch auch nicht anders. Aber deine Mutter …«

»Ich kenne die meisten von diesen Leuten noch nicht einmal!«, protestierte Leonie.

»Genauso wenig wie ich«, sagte ihr Vater. Er schüttelte hastig den Kopf. »Ich wusste gar nicht, wie groß unsere Familie ist. Wenn du mich fragst, dann sind die Hälfte davon Erbschleicher, Cousinen um siebzehn Ecken, die sich nach zwanzig Jahren wieder daran erinnern, dass sie eine Verwandte haben – und dass da möglicherweise etwas zu holen ist.«

»Wenn du wirklich so denkst, verstehe ich immer weniger, warum du auf diesem peinlichen Theater bestehst«, erklärte Leonie.

»Ich habe meine Gründe«, erwiderte ihr Vater mit seiner *Du-machst-mich-nur-wütend-wenn-du-nicht-aufhörst*-Stimme. »Komm jetzt. Je eher wir dort sind, desto eher ist es auch wieder vorbei.«

Leonie gab auf. Wenn sie weitermachte, würde ihr Gespräch nur in einem Streit enden. Sie hatte ein durchaus gutes Verhältnis zu ihrem Vater, und er war normalerweise auch niemand, der eine Diskussion scheute und einfach autoritär auf seiner Meinung beharrte, aber wenn dieser ganz bestimmte Ton in seiner Stimme war, dann war es im Allgemeinen ratsam, ihn nicht weiter zu reizen. Außerdem tat sie ihrem Vater möglicherweise Unrecht. Die Situation war für ihn bestimmt ebenso schwierig wie für sie. Woher nahm sie eigentlich das Recht, sich einzubilden, dass nur sie allein trauern durfte?

Sie legten den Rest des Weges zum Friedhofstor und dann zum Wagen schweigend zurück. Leonies Mutter wartete bereits auf dem Rücksitz des schweren Volvo auf sie. Auch sie trug eine der Witterung ganz und gar nicht angemessene Sonnenbrille, aber aus anderen Gründen als ihr Vater. In den vergangenen drei Tagen hatte sie fast ununterbrochen geweint, und in den Nächten vermutlich auch. Seit sie an diesem Morgen in den Wagen gestiegen und zum Friedhof gefahren waren, hatte sie sich mit eiserner Willenskraft beherrscht, aber es war Leonie ein Rätsel, woher sie die Energie dazu nahm.

Als Leonie zu ihr in den Wagen stieg, rang sie sich zu einem bitteren Lächeln durch, das aber fast schneller wieder erlosch, als es gekommen war. Sie sagte nichts, doch sie ergriff Leonies Hand und hielt sie fest, bis sie das Lokal erreicht hatten, das nur zehn Minuten vom Friedhof entfernt lag.

Was dann folgte, war der reinste Albtraum. Es war genauso,

wie sie ihrem Vater gegenüber gesagt hatte: Sie kannte kaum jemanden von der erstaunlich großen Trauergesellschaft, und selbst die wenigen Gesichter, die sie schon einmal gesehen hatte, trugen für sie keine Namen. Viele dieser größtenteils fremden Menschen waren alt, etliche sicher so alt, wie es ihre Großmutter gewesen war, manche noch sehr viel älter – Langlebigkeit, das hatte Großmutter immer gesagt, lag nun einmal in ihrer Familie –, aber es war auch eine Anzahl erstaunlich junger Leute darunter, was Leonie doch einigermaßen überraschte. Ihre Großmutter war eine sehr weltoffene und jung gebliebene Frau gewesen, wenn man ihr Alter bedachte, und doch fiel es Leonie schwer zu glauben, dass sie mit wildfremden Menschen befreundet gewesen sein sollte, die gut und gerne ihre Enkelkinder hätten sein können.

Leonie wusste später nicht, wie sie die nächsten anderthalb Stunden hinter sich gebracht hatte. Ihre Mutter gab in all der Zeit kein einziges Wort von sich, und auch sie selbst war einsilbig und verschlossen und rang sich nur dann und wann einen halben Satz oder ein angedeutetes dankbares Nicken ab, wenn irgendeiner dieser Fremden an ihren Tisch trat, um etwas zu sagen, was er für freundlich hielt, oder ihnen zum x-ten Mal sein Beileid auszusprechen. War sie schon nur widerwillig mit hierher gekommen, so fand sie die Situation bald unerträglich. Es mochte ein uralter Brauch sein, dass sich alle Verwandten und Freunde des Verstorbenen noch einmal zusammenfanden, um sich möglicherweise ein letztes Mal in dieser Konstellation zu sehen, aber das hier war so ganz und gar nicht das, was sie sich unter einer *Trauergesellschaft* vorgestellt hatte. Nur die wenigsten Gäste saßen schweigend da oder unterhielten sich mit ernsten Gesichtern und gedämpften Stimmen, wie man es bei einer Gelegenheit wie dieser erwartet hätte. Über dem großen Saal, in den Vater die Trauergäste eingeladen hatte, lag keine vornehme Ruhe, sondern es herrschte hier ganz im Gegenteil eine eher aufgekratzte, beinahe schon fröhliche Stimmung. Es wurde gelacht, Weingläser kreisten. Leonie fühlte sich von den meisten dieser so genannten *trauernden* Hinterbliebenen regelrecht angewidert. Weniger wegen der Worte ihres Vater auf dem Friedhof als vielmehr aus Rücksicht auf ihre Mutter beherrschte sie sich und schluckte die bitteren Bemerkungen, die ihr gleich zu Dutzenden auf der Zunge lagen, ausnahmslos hinunter, aber sie zählte jede Minute und flehte insgeheim, dass es bald vorbei sein möge.

Obwohl er selbst es gewesen war, der auf dieser unwürdigen Veranstaltung bestanden hatte, schien es ihrem Vater ganz ähnlich zu ergehen wie ihr, denn auch seine Miene verdüsterte sich zusehends. Als sie hereingekommen waren, hatte er die Sonnenbrille aufbehalten, sodass Leonie seine Augen nicht sehen konnte, aber sie spürte dennoch, dass sein Blick immer feindseliger über die Versammlung glitt.

»Verdammte Erbschleicher«, murmelte er.

Leonie warf einen raschen erschrockenen Blick zu ihrer Mutter hin, aber sie schien von dieser kurzen Entgleisung gar nichts mitbekommen zu haben. Von dem Glas Wein, das ihr der Kellner eingeschenkt hatte, hatte sie bisher keinen Tropfen getrunken. Sie hielt das langstielige Glas in der Hand und drehte es langsam hin und her. Lichtreflexe von seiner Oberfläche spiegelten sich auf ihrer Sonnenbrille und huschten über ihr Gesicht, aber das war seit einer Stunde auch alles, was sich darin bewegte.

»Wenn du wirklich so denkst, wieso sind wir dann eigentlich hier?«, fragte sie leise. »Alle haben ihre Käsebrötchen gegessen und ihren Kaffee getrunken. Eigentlich könnten wir jetzt gehen.«

»Noch nicht«, entgegnete ihr Vater. Er sah auf die Uhr, als warte er auf jemanden. Leonie sagte nichts mehr, sondern fasste sich in Geduld. Eine weitere halbe Stunde verging, ohne dass irgendetwas anderes geschah, als dass sich die Stimmung im Saal noch weiter hob. Es waren mittlerweile nicht nur vereinzelte Lacher, die an ihr Ohr drangen, und die Kellner brachten jetzt eindeutig mehr Bier und Wein als Kaffee und Limonade an die Tische. Leonie hätte sich kaum noch gewundert, wenn jemand eine Münze in die Musikbox geworfen hätte, die in der Ecke stand.

Schließlich hielt sie es nicht mehr aus und verließ den Saal, angeblich um zur Toilette zu gehen. Sie schloss sich in der Kabine ein und saß gute zehn Minuten auf dem Toilettendeckel, das Gesicht in den Händen vergraben, ehe sie die Tür wieder öffnete und in den Waschraum hinaustrat. Das Gesicht, das ihr aus dem großen Spiegel über dem Waschbecken entgegenblickte, schien einer Fremden zu gehören. Sie war so blass, dass sie beinahe vor sich selbst erschrak, und irgendetwas daran kam ihr … falsch vor. Aber was? Sie kannte dieses Spiegelgesicht seit nunmehr fast sechzehn Jahren (auch wenn es sich zugegebenermaßen in dieser Zeit ziemlich radikal verändert hatte), doch es war ihr noch nie so sonderbar … deplatziert vorgekommen wie jetzt.

Leonie blieb noch einmal stehen und betrachtete ihr eigenes Konterfei im Spiegel kritisch. Natürlich sah sie anders aus als sonst. Statt der ausgesucht modischen Kleidung, die sie normalerweise bevorzugte, hatte sie zu diesem traurigen Anlass einen schlichten schwarzen Hosenanzug angezogen und nur einen Hauch von Make-up aufgelegt. Ihr zu einer modischen Bürstenfrisur hochgekämmtes, weißblond gefärbtes Haar wollte nicht wirklich zu ihrer ansonsten seriösen Kleidung passen, und sie kam sich auch ein wenig nackt vor, denn sie hatte auf Wunsch ihrer Eltern auf jeglichen Schmuck verzichtet – abgesehen von der kleinen silberfarbenen Nadel, die sie an einer dünnen Kette um den Hals trug. Leonie wusste nicht, was sie bedeutete, und auch nicht mehr, woher sie sie hatte. Sie besaß sie schon, solange sie denken konnte, und sie wollte sie auch nicht mehr missen.

Nein, es war etwas mit ihrem Gesicht. Vielleicht lag es einfach an ihrem Alter. Leonie war schon immer ein hübsches Kind und später ein gut aussehendes junges Mädchen gewesen, aber seit einiger Zeit begann das Kindliche mehr und mehr aus ihrem Gesicht zu verschwinden und etwas anderem Platz zu machen. Ihre Großmutter war nicht müde geworden, ihr zu prophezeien, dass sie eines Tages eine sehr schöne junge Frau werden würde, und diese Prophezeiung schien sich nun allmählich zu erfüllen. Doch irgendetwas daran war falsch. Es war ein verrücktes Gefühl, aber Leonie schien … gar nicht sich selbst anzusehen, sondern ein Gesicht, das nicht in diesen Spiegel gehörte. Unheimlich.

»Was ist unheimlich?«

Leonie fuhr erschrocken zusammen und bemerkte erst jetzt, dass neben ihrem ein zweites Gesicht im Spiegel aufgetaucht war. Und dann erschrak sie erneut und noch heftiger, denn es war das Gesicht ihrer Großmutter.

Beinahe entsetzt fuhr sie herum und prallte so heftig zurück, dass sie schmerzhaft gegen die Kante des Waschbeckens stieß.

Natürlich war es nicht ihre Großmutter. Es war eine junge Frau, die höchstens zehn Jahre älter war als Leonie selbst, und auf den zweiten Blick sah sie ihrer Großmutter nicht einmal wirklich ähnlich. Leonie blickte rasch über die Schulter in den Spiegel zurück, um sich davon zu überzeugen, dass das Gesicht darin auch tatsächlich zu der jungen Frau gehörte. Es konnte kein Zweifel daran bestehen. Mit dem Spiegel war alles in Ordnung und auch mit dem Gesicht der jungen Frau. Ihre Nerven spielten ihr einen Streich, das war alles.

»Was ist unheimlich?«, fragte die junge Frau noch einmal. Leonie starrte sie nur verständnislos an. Sie konnte sich beim besten Willen nicht daran erinnern, das Wort laut ausgesprochen zu haben, aber es musste wohl so gewesen sein.

»Nichts«, sagte sie. »Es ist alles in Ordnung.«

Der Blick der jungen Frau wurde weich. »Du bist Leonida, nicht wahr?«

»Leonie«, antwortete Leonie.

»Deine Großmutter hat viel von dir erzählt«, fuhr die junge Frau unbeeindruckt fort. »Ich kenne dich schon fast genauso gut wie sie selbst.«

»So?«, fragte Leonie. »Wann soll das gewesen sein?«

Ihre Großmutter hatte das Haus in den zurückliegenden sechs oder sieben Jahren fast nicht mehr verlassen; spätestens seit dem Moment, in dem ihre fortschreitende Krankheit sie endgültig an den Rollstuhl gefesselt hatte, war ihr das auch gar nicht möglich gewesen.

»Oh, wir kennen uns schon sehr lange«, behauptete die junge Frau. Das war eine sehr dumme Lüge, fand Leonie. Sie musterte ihr dunkelhaariges Gegenüber noch einmal kritisch und korrigierte ihre Schätzung, was das Alter der Frau anging, noch einmal ein gutes Stück nach unten. Sie war kein Jahr älter als zwanzig.

»Mein Name ist Theresa«, fuhr sie fort. »Ich wollte sowieso schon lange mit dir reden. Ich …«

»Gern«, fiel ihr Leonie ins Wort, leise, aber in so bestimmtem Ton, dass Theresa verdattert mitten im Wort abbrach und sie fast erschrocken ansah. »Aber nicht jetzt. Ich glaube, meine Eltern warten schon auf mich. Sie werden sich Sorgen machen, wenn ich zu lange fortbleibe.«

Und damit wandte sie sich ab um zu gehen. Es war sehr unhöflich, die junge Frau einfach so stehen zu lassen, aber das war ihr egal. Sie bedauerte es schon, überhaupt mit ihr gesprochen zu haben, und verließ den Raum so schnell, dass Theresa keine Gelegenheit fand, noch etwas zu sagen. Leonie war erregt, aber auf eine Art, die sie noch nie erlebt hatte und die sie erschreckte. So verrückt der Gedanke auch klang, sie hatte mehr und mehr das Gefühl, nicht hierher zu gehören. Das alles ging sie nichts an. Es war *falsch.*

Sie war zwei oder drei Schritte den Flur hinuntergegangen, als die Tür hinter ihr wieder aufflog. »Leonie!«, rief Theresa. »Bitte bleib stehen! Ich muss mit dir reden! Es geht um die Buchhandlung und …«

Vom anderen Ende des Flures aus ertönte ein spitzer Schrei, dann das Klirren und Scheppern von zerbrechendem Porzellan und Glas. Die Tür zur Küche am Ende des langen Korridors schwang auf, und etwas Winziges, Graues huschte herein und verschwand so schnell unter der nächsten Fußleiste, dass Leonie nur einen verschwommenen Schatten erkannte. Nur einen Moment später stürmte einer der Kellner aus der Küche. Er wirkte aufgelöst und hielt eine Bratpfanne in der rechten Hand, wie ein Aufseher seine Keule und …

Leonie blinzelte. Wie ein *was?* Sie versuchte sich darüber klar zu werden, warum sie das gedacht hatte, aber es gelang ihr nicht. Und im nächsten Moment hatte sie diesen Gedanken sogar bereits vergessen. Alles, was zurückblieb, war ein tiefes Gefühl von Leere, als wäre da in ihrem Gedächtnis, wo eine bestimmte Erinnerung sein sollte, nur noch ein schwarzer Abgrund.

Der Kellner hielt mitten im Schritt inne und sah überrascht in Theresas und ihre Richtung. Plötzlich wirkte er mit der halb erhobenen Bratpfanne gar nicht mehr bedrohlich, sondern nur noch lächerlich. Und er schien es wohl auch selbst zu merken, denn er ließ seine improvisierte Waffe hastig sinken und rettete sich in ein verunglücktes Lächeln, das seine Verlegenheit aber nur noch betonte.

»Es ist alles in Ordnung«, sagte er hastig.

»Was war denn los?«, fragte Theresa.

»Nichts«, beteuerte der Kellner. »Kein Grund zur Aufregung. Eines der Mädchen hat ein Tablett fallen lassen, weil es sich vor einer Maus erschreckt hat.«

»Eine Maus?«, wiederholte Theresa stirnrunzelnd. »In einem vornehmen Restaurant?«

»Das ist das erste Mal, dass so etwas passiert«, versicherte der Kellner in merklich kühlerem Ton. Man sah ihm an, dass er lieber etwas ganz anderes gesagt hätte – etwas, das nicht annähernd so höflich war –, aber er fuhr nach einer winzigen Pause dennoch fort. »Ich werde sofort den Kammerjäger benachrichtigen.«

»Das will ich auch hoffen«, erwiderte Theresa. Sie sank dadurch noch ein gehöriges Stück weiter in Leonies Achtung, aber es fiel ihr sonderbar schwer, sich auf das Gespräch zu konzentrieren. Eine Maus? Irgendetwas daran kam ihr ungemein wichtig vor, aber sie wusste nicht was. Und auch dieser Gedanke entglitt ihr wieder, bevor sie ihn ganz zu Ende denken konnte.

Der Kellner antwortete, und auch Theresa blieb ihm nichts schuldig, aber Leonie hörte nicht mehr hin, sondern nutzte den aufkommenden Streit, um sich endgültig abzusetzen.

Ihr Vater wartete bereits mit sichtlicher Ungeduld auf ihre Rückkehr. Allein während der wenigen Sekunden, die Leonie für die paar Schritte vom Eingang bis zum Tisch brauchte, sah er dreimal demonstrativ auf die Armbanduhr. Er sagte nichts, aber

Leonie konnte seinen ärgerlichen Blick selbst durch die getönten Gläser der Sonnenbrille hindurch spüren, als sie neben ihm Platz nahm. Sie begriff ihren Vater immer weniger. Er strahlte eine Aggressivität aus, die man fast mit Händen greifen konnte. War irgendetwas vorgefallen, während sie fort gewesen war?

Leonie rutschte einen Moment lang unbehaglich auf ihrem Stuhl hin und her und nippte schließlich an ihrem Mineralwasser, nur um ihre Hände zu beschäftigen. Ihr Vater sah immer wieder auf die Uhr und sein Blick irrte zur Tür. Vielleicht hatte er ja gar nicht auf ihre Rückkehr gewartet.

Kaum war ihr dieser Gedanke durch den Kopf gegangen, da ging die Tür auf und Bruder Gutfried trat ein. Ein Schatten huschte über Vaters Gesicht. »Wer hat den denn eingeladen?«, grollte er und stand auf.

Mutter legte ihm beruhigend die Hand auf den Unterarm. »Bitte mach keinen Ärger, Klaus«, sagte sie. »Nicht heute.«

»Keine Sorge.« Leonies Vater machte sich mit sanfter Gewalt los. »Ich mache keinen Ärger. Es geht ganz schnell.« Er trat um den Tisch herum, näherte sich Bruder Gutfried, der schon auf halbem Wege zu ihnen war, und brachte ihn mit einer herrischen Geste zum Stehen. Leonie konnte nicht hören, was gesprochen wurde, aber ihr Vater wirkte ziemlich aufgebracht, während Gutfried immer betroffener aussah. Schließlich drehte sich der Geistliche wieder um und ging – allerdings erst nachdem er Leonie einen langen, sonderbar bedauernden Blick zugeworfen hatte.

»Was wollte er?«, fragte sie, als ihr Vater wieder Platz genommen hatte.

»Sich aufspielen – was weiß ich?«, antwortete ihr Vater ruppig. »Keine Sorge, er wird nicht – ah, endlich!« Er richtete sich gerade in seinem Stuhl auf und wandte sich der Tür zu.

Als Leonie seinem Blick folgte, erkannte sie, dass ein weiterer Gast den Saal betreten hatte. Es war Theresa. Sie befand sich in Begleitung eines jungen Mannes, der nur wenige Jahre älter als sie war und den Leonie bisher noch gar nicht bemerkt hatte. Als sie Leonies Blick begegnete, warf sie ihr ein flüchtiges, aber trotzdem sehr warmes Lächeln zu, sah sich aber dann suchend um und steuerte zusammen mit ihrem Begleiter einen der wenigen noch frei gebliebenen Sitzplätze an. Ihr Vater, dessen Ungeduld sichtlich immer größer wurde, wartete gerade so lange, bis sie Platz genommen und bei dem unverzüglich herbeigeeilten Kellner eine Bestellung aufgegeben hatten, dann stand er auf, hob sein Weinglas und schlug dreimal leicht mit seinem Kaffeelöffel dagegen. Der hell klingende Ton brachte die Gespräche im Saal augenblicklich zum Verstummen.

»Jetzt, wo wir endlich alle beisammen sind …«, Vater räusperte sich und schoss einen viel sagenden Blick in die Richtung Theresas und ihres Begleiters ab, »… können wir ja anfangen. Zum einen möchte ich euch allen danken, dass ihr gekommen seid. Auch wenn es ein sehr trauriger Anlass ist, der uns zusammenbringt, weiß ich es zu schätzen, die ganze Familie wieder einmal beisammen zu sehen.«

Familie?, dachte Leonie überrascht. Den allergrößten Teil dieser Leute hier kannte sie noch nicht einmal!

»Aber ich weiß natürlich auch, dass es noch einen anderen Grund für diese … Zusammenkunft gibt«, fuhr ihr Vater fort. Man konnte ihm ansehen, wie unbehaglich er sich fühlte. Offensichtlich war das, was er zu sagen hatte, nicht unbedingt angenehmer Natur. »Ihr alle seid natürlich – mit Recht – neugierig zu erfahren, wie es mit der Buchhandlung und Theresas Erbe weitergeht.«

Leonie sah ihren Vater überrascht an. Nach allem, was er vorhin über diese *Erbschleicher* gesagt hatte, konnte das ja wohl nicht sein Ernst sein?

»Die offizielle Testamentseröffnung«, fuhr ihr Vater mit einem neuen, unbehaglichen Räuspern fort und griff gleichzeitig in die Tasche, um einen schmalen Briefumschlag hervorzuziehen, »ist erst in drei Tagen, aber ich weiß, dass viele von euch eine lange Anreise hinter sich gebracht haben und viele auch nicht so lange bleiben können. Ich habe deshalb hier eine beglaubigte Kopie ihres letzten Willens mitgebracht, die ihr gerne einsehen könnt.«

Er legte eine Pause ein und ein sonderbar erschrockenes Schweigen begann sich im Saal breit zu machen. Etliche Gäste tauschten verwirrte oder auch beunruhigte Blicke miteinander, die meisten aber starrten Leonies Vater einfach nur an. Leonie war sicher, dass sie auf mehr als nur einem Gesicht echte Bestürzung las.

»Aber … wieso letzter Wille?«, fragte Theresa. »Es ist seit mehr als hundert Generationen in unserer Familie üblich …«

»Manchmal muss man auch mit lieb gewordenen alten Traditionen brechen«, fiel ihr Leonies Vater ins Wort. Er wedelte mit seinem Briefumschlag. »Genau aus diesem Grund hat Theresa vor einer Woche dieses Schriftstück verfasst; drei Tage vor ihrem Tod. Wie gesagt, ich lasse es gern herumgehen, damit ihr euch alle von seiner Echtheit überzeugen könnt.« Er reichte dem Gast, der ihm am nächsten war, den Umschlag und gab ihm zu verstehen, dass er ihn öffnen und weitergeben sollte, wenn er seinen Inhalt geprüft hatte.

»Um die Angelegenheit zu vereinfachen«, fuhr er nach einem abermaligen Räuspern fort, »gebe ich euch eine kurze Zusammenfassung seines Inhalts. Es ist alles ein wenig kompliziert, aber es läuft in der Sache auf Folgendes hinaus: Theresa Leonida Kammer hat entschieden, dass ihre Tochter Anna Leonie …«, er deutete auf Leonies Mutter, »… ihr alleiniges Erbe antreten soll.«

Für Leonie, die diesem gesamten Auftritt immer weniger Sinn abgewinnen konnte, war diese Eröffnung nichts Besonderes, schließlich war ihre Mutter Großmutters einziges Kind und somit ganz automatisch auch ihre Erbin.

Allerdings schien sie die Einzige hier zu sein, der es so erging; abgesehen vielleicht von ihrer Mutter.

Vaters Eröffnung hatte buchstäblich eingeschlagen wie eine Bombe. Für eine einzelne Sekunde wurde es so still, dass man die berühmte Stecknadel hätte fallen hören können, und dann brach ein regelrechter Tumult los. Mit einem Mal sprachen und schrien alle durcheinander, der eine oder andere sprang sogar auf und begann wild zu gestikulieren. Nur Leonies Vater blieb vollkommen ruhig; als hätte er genau diese Reaktion erwartet und sich innerlich darauf vorbereitet. Leonie dagegen war völlig überrascht; sie verstand die ganze Aufregung nicht im Geringsten. Erneut musste sie daran denken, was ihr Vater vorhin auf dem Friedhof gesagt hatte, aber ihr wurde erst jetzt klar, wie bitterernst seine Bemerkung über die *Erbschleicher* gemeint gewesen war.

Der Tumult dauerte eine volle Minute, bis schließlich Theresa aufstand und mit einer entsprechenden Geste für Ruhe sorgte. Es wurde nicht ganz still, aber immerhin ruhig genug, dass sie sich an Leonies Vater wenden konnte, ohne schreien zu müssen.

»Das kannst du nicht im Ernst meinen«, sagte sie. »Du weißt ganz genau, dass es seit jeher …«

»Es steht überhaupt nicht zur Debatte, was *ich* meine«, unterbrach sie Leonies Vater ruhig. »Das Einzige, was hier zählt, ist doch wohl der letzte Wille der Verstorbenen, oder? Ich denke, wir alle hier sollten ihn respektieren.« Er deutete mit einer Kopfbewegung auf das Blatt, das mittlerweile von Hand zu Hand wanderte. Die Reaktion auf den Gesichtern derer, die es lasen, war überall dieselbe: Fassungslosigkeit, Unglaube und hier und da auch etwas, das beinahe an Entsetzen grenzte. »Du kannst es nachprüfen lassen, wenn du willst. Die Unterschrift ist echt.«

»Dieses Blatt Papier interessiert mich nicht!«, rief Theresa erregt. »Ebenso wenig, wie du an dieses angebliche Testament gekommen bist. Ich glaube das einfach nicht.« Sie machte eine entsprechende Geste. »Keiner von uns glaubt es. Es ist vollkommen unmöglich, dass Theresa Leonida das getan haben soll!«

»Was getan?«, murmelte Leonie verständnislos. »Was ist denn hier überhaupt los?«

Ihr Vater gab ihr mit einer Handbewegung zu verstehen, dass sie schweigen sollte, aber Theresa wandte sich nun direkt an sie und beantwortete ihre Frage: »Ich kann dir schon sagen, was los ist, Leonie! Dieses so genannte Testament kann nicht echt sein. Deine Eltern versuchen dich um dein Erbe zu bringen.«

»Bitte!«, sagte Vater.

»Mein Erbe?« Leonie schüttelte verständnislos den Kopf und

deutete auf ihre Mutter. »Sie ist Großmutters nächste Verwandte.«

»Unter normalen Umständen vielleicht«, erwiderte Theresa. »Aber in deiner Familie ist es seit Jahrhunderten Sitte, dass Besitz und Wissen der ältesten Generation immer auf die jüngste Generation übergehen. Wärst du zehn Jahre älter und hättest möglicherweise selbst schon Kinder, dann würde *deine* Tochter alles erben. Das war schon immer so und es hat einen Grund!«

»Welchen?«, erkundigte sich Leonie.

»Vielleicht hatte es das früher einmal«, erklärte ihr Vater, bevor Theresa antworten konnte. »Und vielleicht war es auch ein guter Grund. Aber die Zeiten ändern sich und die Menschen auch. Meine Schwiegermutter hat nun einmal so entschieden, ob uns das gefällt oder nicht.«

Theresa funkelte ihn an. »Anna, sag doch auch etwas dazu!« Sie wandte sich direkt an Leonies Mutter. »Schließlich gehört dein Mann nicht einmal zur Familie!«

»Es war Mutters letzter Wunsch«, sagte Leonies Mutter leise. Sie starrte weiter ins Leere; auf eine seltsam entrückte Art, die Leonie an die schreckliche Zeit vor vielen, vielen Jahren erinnerte, als ihr kleiner Bruder plötzlich sehr krank geworden und kurz darauf gestorben war. Vielleicht war es die erneute Konfrontation mit dem Tod eines geliebten Menschen, der sie so schrecklich verloren und verletzlich wirken ließ, und ganz so wie damals war es Leonie, die sich deswegen Vorwürfe machte – so als sei sie sowohl schuld am Tod ihres Bruders vor einer halben Ewigkeit als jetzt auch am Tod ihrer Großmutter. »Und«, Mutter raffte sichtlich ihre letzte Kraft zusammen, »ich möchte, dass Klaus für mich spricht.«

»Und du?« Theresa wandte sich fast flehend an Leonie, aber auch sie schüttelte nur den Kopf. Sie verstand die ganze Aufregung nicht im Geringsten.

»Ich glaube das nicht«, beharrte Theresa.

»Damit habe ich gerechnet«, bekannte Leonies Vater gleichmütig. Er griff erneut in die Jackentasche und zog einen zweiten

Umschlag hervor. »Ich hatte zwar gehofft, dass es nicht so weit kommt, aber ich hielt es für besser, auf alles vorbereitet zu sein.« Er wedelte mit dem Umschlag. »Das hier ist ein graphologisches Gutachten, das die Richtigkeit der Unterschrift bestätigt.«

»Euer *Papier* interessiert mich nicht!«, sagte Theresa verächtlich.

Vater lachte. »Das sagt ausgerechnet eine von euch?«, fragte er kopfschüttelnd.

»Es ist vollkommen unmöglich«, beharrte Theresa wieder. »Sie *kann* das nicht getan haben!«

»Völlig unmöglich!«, pflichtete ihr einer der anderen bei.

Leonies Vater setzte zu einer scharfen Antwort an, aber dann schien er sich im letzten Moment anders zu besinnen. Er beließ es bei einem Seufzen, drehte sich kopfschüttelnd um und gab Leonie und ihrer Mutter mit einer entsprechenden Geste zu verstehen, dass sie aufstehen sollten.

»Ihr könnt jetzt nicht einfach so gehen!«, keuchte Theresa.

»Wir können und wir werden«, antwortete Vater. Zwar in bedauerndem Ton, doch zugleich auch sehr entschieden. »Ich hatte gehofft, dass es nicht so weit kommt, aber bitte. Die offizielle Testamentseröffnung ist in drei Tagen, wie bereits gesagt. Die Adresse steht auf dem Umschlag. Darunter steht übrigens auch noch die Nummer unseres Rechtsanwalts, falls es noch weitere Fragen gibt.«

»Aber das kann doch alles nicht wahr sein!«, empörte sich Theresa. »Ist … ist euch nicht klar, welches Risiko ihr eingeht? Welchen furchtbaren Schaden ihr anrichten könnt?«

Leonies Vater würdigte sie nicht einmal mehr einer Antwort. Mit einer langsamen Bewegung wandte er sich um und ging zur Tür, dicht gefolgt von Leonie und ihrer Mutter. Ein Chor aufgebrachter Stimmen folgte ihnen, und ein oder zwei beherzte Männer versuchten sogar, sich ihnen in den Weg zu stellen, aber niemand wagte es, sie anzurühren. Leonie wäre in diesem Moment nicht auf die Idee gekommen, ihren Vater auch nur anzusprechen. Er strahlte noch immer diese Mischung aus Feindseligkeit und Entschlossenheit aus, die ihr einen eisigen Schauer über den Rücken laufen ließ; schon weil sie sie noch niemals zuvor an ihm erlebt hatte.

Die Einzige, die es wagte, ihnen bis auf den Parkplatz hinaus zu folgen, war Theresa. »So wartet doch!«, rief sie. »Wir müssen miteinander reden! Ihr wisst nicht, was ihr da tut!« Sie wollte Leonies Vater sogar am Arm festhalten, aber er machte sich mit einer wütenden Bewegung los und fuhr herum.

»Ich fürchte, *Sie* wissen nicht, was Sie da tun«, antwortete er, urplötzlich in eine förmliche, aber dafür umso kältere Anrede wechselnd. »Wenn Sie ein juristisches Problem haben, dann wenden Sie sich bitte an unseren Anwalt. Darüber hinaus wäre ich Ihnen dankbar, wenn Sie mich und meine Familie nicht länger belästigen würden.«

Der Ausdruck auf Theresas Gesicht war mit nichts anderem mehr als blankem Entsetzen zu beschreiben. Sie biss sich auf die Unterlippe und starrte Vater noch zwei oder drei Sekunden lang mit einer Mischung aus Fassungslosigkeit und Verzweiflung an, aber sie sagte nichts mehr, sondern fuhr auf dem Absatz herum und ging mit schnellen Schritten davon. Als sie an Leonie vorbeikam, flüsterte sie ihr zu: »Ich muss mit dir reden. Heute Abend!«

Leonie sah ihr verwirrt nach. Sie hätte sie am liebsten zurückgerufen oder wäre ihr nachgeeilt, aber nach dem, was gerade zwischen ihrem Vater und Theresa vorgefallen war, erschien ihr das wenig ratsam. Noch am Morgen hätte sie ohne zu zögern ihre rechte Hand darauf verwettet, dass ihr Vater niemals seine schlechte Laune an einem Unbeteiligten auslassen würde, aber seit der Beerdigung war Vater irgendwie nicht mehr derselbe. Statt Theresa also nachzueilen und sie zu fragen, was dieser bizarre Auftritt eigentlich sollte, zuckte sie nur schweigend mit den Schultern und ging weiter, um zu ihren Eltern aufzuschließen.

»Denkst du, dass das klug war?«, fragte ihre Mutter gerade. »Ich meine: Vielleicht wäre es besser gewesen, ein wenig … diplomatischer vorzugehen.«

»Diplomatischer?« Ihr Vater stieß das Wort hervor, als wäre es eine Verwünschung. »Und was hätte das geändert?« Er schüttelte zornig den Kopf. »Nichts. Wir hätten sie erst gar nicht einladen sollen!«

»Es war Großmutters Wunsch.« Leonies Mutter seufzte. Sie klang traurig, aber auf eine ganz andere Art als bisher. »Ich konnte nicht ahnen, dass so viele von ihnen kommen.«

»So viele?« Vater nahm die Sonnenbrille ab und grub in der Jackentasche nach seinen Autoschlüsseln. »Wenn du mich fragst, dann waren es alle.«

»Alle *was*?«, fragte Leonie.

Ihr Vater erstarrte mitten im Schritt und drehte dann mit einem Ruck den Kopf. Er sah überrascht aus, regelrecht betroffen, fast schon wie ertappt, und Leonie wurde klar, dass er geglaubt haben musste, sie wäre noch außer Hörweite.

»Alle *was*?«, wiederholte er. Er hatte sie verstanden, dessen war Leonie sich völlig sicher. Er stellte die Frage einzig und allein, um Zeit zu gewinnen.

»Du hast gesagt, du glaubst, sie wären alle gekommen«, wiederholte sie dennoch. »Was hast du damit gemeint?«

»Diese Verrückten«, antwortete ihr Vater. »Diese Theresa und der Rest von ihnen. Ich wusste nicht, dass es so viele sind.«

»Aber *wer* sind sie?«, beharrte Leonie. Sie versuchte ihre Mutter anzusehen, aber diese wich ihrem Blick sofort aus. »All diese Leute … Großmutter hat doch immer erzählt, dass sie außer uns keine lebenden Verwandten mehr hat. Und ihr auch.«

»Das sind auch keine richtigen Verwandten, Schatz«, meinte ihre Mutter.

»Sondern?«

»So einfach lässt sich das nicht erklären«, sagte ihr Vater schnell, bevor Mutter die Frage beantworten konnte. »Bisher habe ich immer gedacht, dass diese Leute einfach nur … komisch sind. Aber vielleicht sollten wir sie doch ein wenig ernster nehmen.« Er schloss die Wagentür auf, machte eine einladende Geste und sprach erst weiter, nachdem sie alle eingestiegen waren und er langsam losgefahren war – nicht ohne vorher einen Blick in den

Rückspiegel zu werfen, wie um sich davon zu überzeugen, dass ihnen auch niemand folgte. »Ich will niemanden beunruhigen, aber es könnte durchaus sein, dass diese Leute auf ihre Weise gefährlich sind. Wir sollten zumindest für eine Weile vorsichtig sein.«

»Du glaubst, sie könnten gefährlich sein?«, vergewisserte sich Leonie.

»Nicht wirklich«, antwortete ihr Vater. Doch sein Tonfall konnte niemanden überzeugen – allerhöchstens davon, dass er das nur sagte, um sie zu beruhigen.

»Ich verstehe überhaupt nicht, was sie von uns wollen«, sagte Leonie verwirrt. »Es ist doch völlig in Ordnung, wenn ihr alles erbt.«

»Das sehen diese Leute offensichtlich anders«, erwiderte Vater. »Immerhin geht es um das Geschäft. Und um eine Menge Geld.«

Natürlich wusste Leonie, dass ihre Großmutter eine vermögende Frau gewesen war; und auch das Geschäft, das sie ihnen hinterlassen hatte, war alles andere als eine unbedeutende, kleine Buchhandlung. Vermutlich ging es sogar um sehr viel mehr, als sie in diesem Moment ahnte. Dennoch ergab es einfach keinen Sinn.

Sie sprach den Gedanken laut aus. »Aber wo ist denn der Unterschied, ob das Geschäft nun euch oder mir gehört?«, fragte sie. »Sie bekommen es doch auf keinen Fall.«

Ihr Vater sah wieder in den Rückspiegel, bevor er antwortete. »Woher soll ich denn wissen, was in den Köpfen dieser Verrückten vorgeht?«, fragte er. »Vielleicht glauben sie, dich leichter beeinflussen zu können als uns.«

»Beeinflussen?«

»Wir erklären dir alles«, sagte ihre Mutter. »Später, wenn wir zu Hause sind.«

Der Advokat

Zumindest in den nächsten Stunden erfuhr Leonie nichts über das Geheimnis Theresas und der anderen sonderbaren *Freunde*

Großmutters, denn ihre Mutter ging sofort nach oben und schloss sich im Schlafzimmer ein, wie sie es in den letzten drei Tagen praktisch ununterbrochen getan hatte, und ihr Vater verschwand in seinem Arbeitszimmer und begann hektisch zu telefonieren.

Leonie protestierte nicht. Sie war noch immer zutiefst verstört und gleichzeitig auch erschrockener, als sie selbst zugeben wollte, aber innerhalb der letzten halben Stunde war einfach zu viel auf sie eingestürmt, als dass sie auch nur die Hälfte davon hätte begreifen können. Und sie spürte auch, dass zumindest ihre Mutter im Moment gar nicht in der Lage gewesen wäre, ihr irgendwelche Fragen zu beantworten. Sie war während der restlichen Rückfahrt immer schweigsamer geworden, doch über ihr Gesicht unter der Sonnenbrille waren schon wieder Tränen gelaufen, und bei allem Schmerz, den auch Leonie über den Tod ihrer Großmutter empfand, begann sie sich doch allmählich ernsthafte Sorgen um ihre Mutter zu machen.

Sie wusste, dass Mutter und Großmutter ein sehr inniges Verhältnis zueinander gehabt hatten, und entsprechend groß war natürlich auch Mutters Trauer. Aber es war eine Sache, um einen geliebten Menschen zu trauern, und eine völlig andere, drei Tage praktisch ununterbrochen zu weinen und das Leben ringsum Stück für Stück zu vergessen. Sie hatte schon zweimal daran gedacht, mit ihrem Vater darüber zu reden, es dann aber doch nicht getan. Doch nun nahm sie sich vor, dieses Gespräch spätestens heute nach dem Abendessen nachzuholen, sollte sich der Zustand ihrer Mutter bis dahin nicht wenigstens ein bisschen gebessert haben.

Sie ging in ihr Zimmer hinauf, das den gesamten ausgebauten Dachstuhl der weitläufigen Jugendstilvilla einnahm und die Dimensionen eines kleinen Saales gehabt hätte, wäre es nicht durch eine Anzahl geschickt verteilter Regale und Schränke in mehrere unterschiedlich große Bereiche geteilt worden. Die Wände zierten gerahmte Fotos, einige Kunstdrucke und eine Hand voll Poster, aus denen sie schon seit Jahren herausgewachsen war und die sie bisher nur wegzuwerfen vergessen hatte. Dazwischen hing noch eine ganze Anzahl verschiedener Schul- und Sportabzeichen. Seit Leonie zur Schule ging, gab es praktisch keinen Wettbewerb, den sie nicht gewonnen, und keine Auszeichnung, die sie nicht errungen hätte. Sowohl Leonie selbst als auch ihre Eltern hatten sich stets geweigert, das Wort *Wunderkind* in den Mund zu nehmen, aber Tatsache war nun einmal, dass sie bisher zwei Klassen übersprungen hatte und das Abitur also mindestens zwei Jahre früher als normal machen würde. Sie war eine ausgezeichnete Schwimmerin, hatte im vergangenen Jahr ganz nebenbei die Landesmeisterschaften im Radfahren gewonnen und betrieb seit achtzehn Monaten Taekwondo, eine koreanische Variante des Karate. Unnötig zu sagen, dass sie in diesen Sommerferien für die Schwarz-Gurt-Prüfung angemeldet war, die sie vermutlich mit Auszeichnung ablegen würde.

Nichts von alledem bedeutete ihr noch etwas. Seit dem Tod ihrer Großmutter schien auch aus ihrem Leben etwas verschwunden zu sein, von dem sie gar nicht gewusst hatte, dass es da war, solange sie es besaß; wie es einem oft mit den wirklich wertvollen Dingen im Leben ergeht.

Sie schaltete leise Musik ein und sofort wieder aus, weil es ihr plötzlich unpassend erschien, in einem Augenblick wie diesem Musik zu hören. Stattdessen legte sie sich aufs Bett, verschränkte die Hände hinter dem Kopf und starrte die schräge Decke über sich an. Es war … verwirrend. Noch vor ein paar Tagen hatte sie ein Leben geführt, von dem die allermeisten Menschen nur träumen konnten, doch seit Großmutters Tod war einfach nichts mehr so, wie es sein sollte.

Es war nicht nur der Umstand, dass ihre Großmutter gestorben war. Das war zwar schrecklich und der damit einhergehende Schmerz war noch schrecklicher, aber der Tod gehörte nun einmal zum Leben dazu und ihre Großmutter war schon seit Jahren krank gewesen und außerdem sehr alt.

Doch etwas hatte sich … *verändert.* Leonie konnte nicht sagen was, aber sie hatte mehr und mehr das Gefühl, dass ihr gesamtes

Leben plötzlich anders geworden war; schlimmer noch: dass es irgendwie … gar nicht mehr ihr eigenes Leben war, das sie führte. Sie kam sich vor wie ein Eindringling, der nicht hierher gehörte.

Sie schüttelte den Gedanken hastig ab. Nicht dass sie auch nur im Entferntesten glaubte, an diesem Unsinn könnte irgendetwas dran sein, aber allein *dass* sie so etwas dachte, erschreckte sie bis ins Mark. Leonie war immer und zu Recht stolz auf ihren messerscharfen Verstand und ihr Gefühl für Logik gewesen – so etwas *passte* einfach nicht zu ihr.

Nein, es lag nicht an ihr, es lag an diesem Tag und an all diesen seltsamen und verwirrenden Dingen, die sie erlebt und gehört hatte. Sie musste mit ihrem Vater sprechen. Sicher hatte er sich mittlerweile beruhigt und würde ihr wenigstens ein paar von den zahllosen Fragen beantworten, die ihr auf der Seele brannten. Sie stand wieder auf, verließ das Zimmer und ging ins Erdgeschoss zurück.

Leonie fand ihren Vater in seinem Arbeitszimmer, wie sie vermutet hatte. Er hatte mittlerweile aufgehört zu telefonieren und saß auch nicht mehr an seinem Schreibtisch, sondern hatte sich vor dem Safe in die Hocke sinken lassen und drehte der Tür den Rücken zu; und damit auch ihr. Leonie konnte nicht genau erkennen, was er tat, aber die Tür des kühlschrankgroßen Safes stand offen und er schien irgendetwas, das darin lag, konzentriert anzublicken.

Sie wartete eine geraume Weile darauf, dass er ihre Anwesenheit bemerkte oder sich überhaupt irgendwie rührte, doch das geschah nicht. Schließlich räusperte sie sich, machte einen Schritt in den Raum hinein und räusperte sich noch einmal, diesmal lauter, als er auch darauf nicht reagierte.

Ihr Vater fuhr so erschrocken herum, dass er in der unsicheren hockenden Stellung, in der er dasaß, um ein Haar das Gleichgewicht verloren hätte und sich mit der linken Hand auf dem Boden abstützen musste. Er wirkte so betroffen, als hätte sie ihn bei etwas Verbotenem ertappt. Leonie warf ganz automatisch einen Blick in den offenen Tresor hinter ihm. Darin befand sich jedoch nichts Aufregenderes als einige Akten, ein schmales Bündel Geldscheine und ein großes ledergebundenes Buch.

»Leonie! Du bist es nur.« Ihr Vater atmete sichtbar erleichtert auf, drehte sich jedoch hastig um und schloss mit einiger Anstrengung die schwere Safetür, bevor er aufstand und sich wieder zu ihr umwandte. Leonie sah, dass er einen altmodischen schwarz-goldenen Füllfederhalter in der Hand hielt.

»Hast du jemand anderen erwartet?«, fragte sie.

Ihr Vater war ihrem Blick gefolgt, und abermals wirkte es seltsam verstohlen, als er den Füller einsteckte; eine Spur zu hastig, wie Leonie fand. »Natürlich nicht«, sagte er. »Ich war nur … in Gedanken.«

»Was waren das denn für Gedanken?«, fragte Leonie.

Das Geräusch der Türglocke bewahrte ihren Vater davor, antworten zu müssen. Hastig drehte er sich zum Schreibtisch um und betätigte eine Taste. Der flache Computermonitor, der an der Wand darüber angebracht war, schaltete sich ein und zeigte das Bild der Überwachungskamera im Eingangsbereich.

Ein elegant gekleideter, grauhaariger Fremder in mittleren Jahren war vor der Haustür aufgetaucht und streckte gerade die Hand aus, um ein zweites Mal zu klingeln. Aber er tat es nicht, sondern ließ den Arm plötzlich wieder sinken, hob stattdessen den Kopf und blickte direkt ins Objektiv der Kamera. Leonie war einigermaßen überrascht. Die Kamera war nicht nur winzig, sondern auch so versteckt angebracht, dass man sie selbst dann kaum sah, wenn man wusste, wo man zu suchen hatte. Dennoch konnte Leonie in seinen Augen lesen, dass es kein Zufall war. Im Gegenteil: Sie hatte plötzlich das unheimliche Gefühl, dass dieser sonderbare Fremde ihren Vater und sie über den Computermonitor ebenso aufmerksam musterte wie sie umgekehrt ihn.

»Herr Kammer?«, fragte er.

»Ja?«

Der Grauhaarige machte eine Bewegung, als lüfte er einen nicht vorhandenen Hut. »Bitte verzeihen Sie die Störung, aber ich müsste Sie in einer dringenden Angelegenheit sprechen«, erklärte er gestelzt.

Leonies Vater überlegte einen Moment, dann nickte er. »Einen kleinen Augenblick. Ich komme zur Tür.« Er schaltete den Bildschirm ab und trat vom Schreibtisch zurück, machte aber dann noch einmal kehrt und zog eine Schublade auf. Leonies Augen weiteten sich ungläubig, als sie die kleine Pistole sah, die er herausnahm und rasch in der Jackentasche verschwinden ließ. Sie hatte bis jetzt noch gar nicht gewusst, dass ihr Vater eine Waffe besaß!

»Was … was soll das?«, fragte sie stockend.

»Nur eine Vorsichtsmaßnahme«, antwortete ihr Vater mit einem beruhigend gemeinten Lächeln, das aber eher das Gegenteil bewirkte. »Man kann nie wissen.«

»Aber wer ist denn das?«

»Ich weiß es nicht.« Vater verließ sein Arbeitszimmer und Leonie konnte ein eisiges Schaudern nicht mehr ganz unterdrücken. Sie spürte, dass ihr Vater die Wahrheit gesagt hatte; aber wenn er es für sicherer hielt, eine Waffe mitzunehmen, obwohl er diesen Fremden gar nicht kannte, dann machte das die Sache eher noch schlimmer.

Sie folgte ihrem Vater in geringem Abstand, als er zur Tür ging. Der Umriss des Fremden war als schwarzer Schatten hinter dem bunten Tiffany-Glas der Haustür zu erkennen. Er kam ihr viel größer vor, als er auf dem Computermonitor gewirkt hatte, und auf seltsame Weise bedrohlich. Und ihrem Vater schien es ganz ähnlich zu gehen, denn seine Schritte wurden zunehmend langsamer, während er sich der Tür näherte. Seine Hand lag wie zufällig auf der Tasche, in der er die Pistole trug. Leonies Herz begann vor Aufregung schneller zu schlagen, als er endlich stehen blieb und die Tür öffnete.

Dahinter kam jedoch nichts Bedrohlicheres zum Vorschein als eben jener elegant gekleidete schlanke Mann, dessen graues Haar ihn möglicherweise älter erscheinen ließ, als er war. Er trug eine altmodische Aktentasche in der linken Hand, mit der anderen reichte er ihrem Vater eine weiße Visitenkarte mit goldener Schrift.

»Guten Tag«, sagte er.

Leonies Vater beließ es bei einem kühlen »Ja?« Er rührte keinen Finger, um die Karte anzunehmen.

»Herr Kammer?« Der Grauhaarige steckte die Karte ohne das geringste Zeichen von Verlegenheit wieder ein. Er bekam keine Antwort, was ihn aber nicht daran hinderte, einen kurzen Blick in Leonies Richtung zu werfen. »Hallo, Leonie.«

»Was kann ich für Sie tun, Herr …?«, fragte ihr Vater.

»Leichner«, stellte sich der Fremde vor. »Magister Leichner. Ich bin Advokat und suche im Auftrag von …«

»Ich kann mir ungefähr denken, in wessen Auftrag Sie hier sind«, fiel ihm Leonies Vater ins Wort. »Aber ich glaube nicht, dass ich mit Ihnen reden möchte. Wenn es um juristische Fragen geht, dann klären Sie das doch bitte mit meinem Rechtsanwalt.«

Advokat?, dachte Leonie verwirrt. Das war ein altertümlicher Ausdruck für Rechtsanwalt, den bestimmt seit fünfzig Jahren niemand mehr benutzte.

»Genau um eine derartige Eskalation zu vermeiden, bin ich gekommen«, seufzte Leichner. »Bitte, Herr Kammer, schenken Sie mir fünf Minuten Ihrer Zeit. Möglicherweise bleibt uns allen dann eine Menge Kummer und Leid erspart.« Er lächelte ganz sacht. »Ich kann Ihnen versichern, dass ich nicht hier bin, um Ihnen oder Ihrer Familie irgendeine Unbill zuzufügen, und die Waffe, die Sie in Ihrer rechten Jackentasche tragen, werden Sie gewiss nicht benötigen.«

Leonie fuhr erschrocken zusammen, und auch ihr Vater riss ungläubig die Augen auf und ließ die Hand, die noch immer auf seiner Jackentasche lag, so hastig sinken, als wäre die Pistole darin plötzlich glühend heiß geworden.

Aber dann tat er etwas sehr Seltsames: Statt Leichner endgültig rauszuwerfen oder gleich vom Grundstück zu jagen, trat er widerwillig einen Schritt zurück und machte eine abgehackte Handbewegung. »Also gut«, meinte er barsch. »Aber damit das klar ist: Ich bitte Sie nicht herein. Ich gewähre Ihnen freies Geleit ins Haus, bis Sie Ihr Sprüchlein aufgesagt haben, und wieder hinaus, aber das ist dann auch schon alles.«

Leichner lachte ganz leise. »Sie verwechseln da etwas, mein Lieber. Vampire darf man nicht ins Haus bitten, wenn man nicht Gefahr laufen will, ihrer Macht zu erliegen. Gegen Advokaten hilft das nicht.«

»Sehr witzig«, sagte Vater kalt. Er wiederholte seine auffordernde Geste. »Fünf Minuten und keine Sekunde länger.«

Das Lächeln verschwand ebenso abrupt von Leichners Gesicht, wie es darauf erschienen war. Er ergriff seine Aktentasche und folgte Leonie und ihrem Vater ohne ein weiteres Wort ins Wohnzimmer. Leonie warf ihrem Vater einen fragenden Blick zu, bekam aber nur ein angedeutetes Achselzucken als Antwort.

»Also?« Ihr Vater machte sich nicht die Mühe, Leichner einen Platz anzubieten. »Was wollen Sie?«

»Ich würde es vorziehen, wenn Sie Ihre Frau Gemahlin zu diesem Gespräch bitten würden«, sagte Leichner, aber Vater schüttelte entschieden den Kopf.

»Ich bedaure«, erwiderte er. »Meine Gemahlin ist unpässlich.«

Im ersten Moment sah Leonie ihren Vater nur perplex an, dann aber wurde ihr klar, dass er ganz bewusst zu dieser altmodisch-gestelzten Art des Redens übergegangen war, um Leichner zu verhöhnen. Der Advokat war aber auch wirklich eine seltsame Erscheinung. Er war durchaus modern gekleidet – sein Anzug war wahrscheinlich keinen Tag älter als ein Jahr –, aber gewisse Kleinigkeiten erzeugten einen altertümlichen Eindruck: nicht nur seine skurrile Art zu reden, sondern auch die altmodische Aktentasche, die er anstelle der heute üblichen schmalen Aktenköfferchen trug, und die goldene Taschenuhr, deren Kette aus seiner Westentasche ragte. Leonie konnte die Uhr selbst zwar nicht sehen, aber sie war einfach sicher, dass sie da war. Und schließlich das Unheimlichste überhaupt: Dieser seltsame Advokat wusste Dinge, die er gar nicht wissen *konnte*.

»Das ist bedauerlich«, sagte Leichner. Es klang ehrlich. »Ich hoffe, dass es Ihrer verehrten Gemahlin bald wieder besser geht.«

»Danke«, meinte Vater. »*Eine* Minute ist übrigens schon vorbei. Also kommen Sie lieber zur Sache.«

Leichner verschenkte noch einmal weitere kostbare fünf Sekunden seiner verbleibenden Zeit, um ihn vorwurfsvoll anzublicken, beließ es dann aber dabei. »Also gut«, sagte er schließlich. »Sie wissen, warum ich hier bin. Meine Mandanten lassen Sie inständig bitten, sich Ihre Entscheidung noch einmal zu überlegen.«

»Es geht hier nicht um *meine* Entscheidung«, erklärte Leonies Vater betont. »Als ... *Advokat* sollten Sie wissen, dass es gar nicht in meiner Macht steht, an diesem Testament irgendetwas zu ändern.«

»Sie können es ausschlagen«, sagte Leichner rundheraus. »Kein Gericht der Welt verpflichtet Sie, das Erbe anzutreten. Dann würde Leonie automatisch in der Erbfolge aufrücken.«

»Aber was macht denn das für einen Unterschied?«, mischte sich Leonie ein. »Ich will das alles doch gar nicht! Weder das Geld noch das Geschäft.«

»Es geht doch nicht um Geld, mein liebes Kind«, entgegnete Leichner. »Und auch nicht um das Geschäft. Es geht darum, dass deine Großmutter dir *alles* hinterlassen hat, was sie besitzt.« Er wandte sich wieder an ihren Vater. »Sie wissen, wovon ich rede.«

»Sie haben noch zwei Minuten, das ist alles, was ich weiß«, antwortete Vater kalt. Er sah demonstrativ auf die Uhr. »Sie sollten sie nicht verschwenden.«

»Ich beschwöre Sie!«, rief Leichner. Wenn er schauspielerte, dann perfekt, fand Leonie. Seine Beinaheverzweiflung war jedenfalls durchaus überzeugend. »Es liegt wirklich nicht in meiner Absicht, die Situation in irgendeiner Form zu verschärfen, aber ...«

»Sie sind nicht der erste Anwalt, mit dem ich es zu tun bekomme, Leichner«, unterbrach ihn Vater mit schneidender Stimme. »Und wenn ich dabei eines gelernt habe, ist es, dass Leute wie Sie nur solche versöhnlichen Töne anschlagen, wenn sie ganz genau um die Aussichtslosigkeit ihrer Position wissen.«

Er schüttelte heftig den Kopf. »Meine Frau und ich sind uns einig: Wir werden das Erbe antreten.«

»Wenn es Ihnen nur um Geld geht«, versuchte es Leichner auf andere Weise, »so sind meine Mandanten bereit, Sie äußerst großzügig abzufinden.«

»Sie wissen genau, dass es uns nicht darum geht«, sagte Vater. Er trat hinter Leonie und legte ihr beschützend (oder besitzergreifend?) die Hände auf die Schultern. »Wenn das alles ist, würde ich Sie jetzt bitten zu gehen.«

Leichner rührte sich nicht von der Stelle. »Bitte, nehmen Sie doch Vernunft an. Wenn schon nicht Ihretwegen, dann wegen Ihrer Tochter. Ich will Ihnen weiß Gott nicht drohen, aber Ihre rechtliche Position ist vielleicht nicht ganz so sicher, wie Sie anzunehmen scheinen.«

»So?«, fragte Vater.

Leichner schien einen Moment ernsthaft darüber nachzudenken, was er als Nächstes sagen sollte – und das vermutlich aus gutem Grund. Leonie kannte ihren Vater lange genug, um sich von seiner vorgetäuschten Ruhe nicht beirren zu lassen. In Wahrheit stand er kurz vor der Explosion.

Der Advokat trat ein Stück zur Seite und gab dabei den Blick auf den großen Flachbildfernseher frei, der wie ein modern gerahmtes Bild an der Wand über dem Kamin hing. Er war ausgeschaltet, aber für einen winzigen Moment, vielleicht nur die Zeitspanne eines Blinzelns, glaubte Leonie, doch etwas darauf zu sehen. Zuckende Flammen. Ein rotes Inferno, das vom Himmel regnete und brennende Trümmerstücke in alle Richtungen spie, das flackernde Blaulicht von Krankenwagen und Löschzügen, verweinte Gesichter und das durcheinander schrillende Jaulen von Sirenen.

Leonie blinzelte erneut und die unheimliche Vision war verschwunden. Leichner sagte: »Diese Tradition, von der Sie verächtlich reden, ist sehr alt. Mit ihr wurde nie gebrochen, und es gibt sehr viele Zeugen mit einem ausgezeichneten Leumund, die aussagen werden, dass Ihre verehrte Frau Schwiegermutter zeit ihres Lebens beteuert hat, an dieser Tradition festhalten zu wollen. Ich bin nicht so sicher wie Sie, dass die Gerichte dies alles mit einem Federstrich abtun werden.«

»Sie wollen mir also doch drohen«, erwiderte Vater. »Eine Minute.«

»Keineswegs«, beteuerte Leichner. »Ich zähle nur Tatsachen auf. Es ist bekannt, dass Ihre Frau Schwiegermutter lange sehr krank gewesen ist. Die letzten Jahre war sie an den Rollstuhl gefesselt, nicht wahr? Und mit ihrer geistigen Gesundheit stand es auch nicht mehr zum Besten, soweit ich informiert bin.«

Vaters Gesicht verdüsterte sich, und diesmal war Leonie sicher, dass er explodieren würde, aber sie kam ihm zuvor. »Was reden Sie da?«, fragte sie empört. »Meine Großmutter war der gesündeste Mensch, den ich je gekannt habe. Sie ist bei einem Unfall ums Leben gekommen!«

»Was für ein Unfall?«, fragte Leichner.

»Na, dieser … dieser schreckliche Flugzeugabsturz.« Leonie deutete aufgeregt auf den Fernseher. »Sie bringen doch seit zwei Tagen kaum noch etwas anderes!«

»Flugzeugabsturz?«, fragte Leichner wieder. »Was für ein Flugzeugabsturz?«

Ja, dachte Leonie. Was für ein Flugzeugabsturz? Sie erinnerte sich nicht an ein solches Unglück in letzter Zeit, vor allem an keines, in das ihre Großmutter verwickelt war. Und sie konnte sich auch nicht erklären, warum sie das gerade eben gesagt hatte.

»Verzeihen Sie meiner Tochter, Herr Leichner«, mischte sich ihr Vater jetzt ein. »Sie ist … ein wenig verwirrt. Es war alles zu viel für sie – genau wie für uns übrigens.«

»Ja, das … scheint mir auch so«, antwortete Leichner unsicher. Sein Blick wanderte noch einmal zu dem ausgeschalteten Fernseher und wieder zurück zu Leonies Gesicht, dann riss er sich mit sichtlicher Mühe los und wandte sich wieder an ihren Vater. »Ich bedaure aufrichtig, dass wir nicht zu einer gütlichen Einigung zu gelangen scheinen, Herr Kammer, und ich muss gestehen, dass ich Ihren Standpunkt nicht nachvollziehen kann.«

»Ach?«, fragte Vater. »Dreißig Sekunden. Dann rufe ich die Polizei. Der Begriff *Hausfriedensbruch* ist Ihnen doch sicher geläufig, oder?«

»Warum wollen Sie alles aufs Spiel setzen?«, fragte Leichner kopfschüttelnd. »Sie haben alles, was ein Mensch sich nur wünschen kann: Geld, eine bezaubernde Frau, eine wunderschöne, intelligente Tochter, die ihre Eltern liebt und ...«

Er brach ab. Der größte Teil der Frist, die Vater ihm gewährt hatte, verstrich, während er einfach dastand und Leonie aus aufgerissenen Augen anstarrte, in denen aus einem ungläubigen Verdacht allmählich schreckliche Gewissheit wurde. Dann keuchte er, fuhr herum und starrte den Fernseher an und schließlich wieder Leonie. »Was hast du über deine Großmutter gesagt, Leonie?«, fragte er. »Sie ... sie ist bei einem Flugzeugabsturz ums Leben gekommen?«

»Nein«, antwortete Leonie. »Natürlich nicht. Ich ... ich weiß nicht, warum ich diesen Unsinn erzählt habe.«

Leichners Augen weiteten sich noch mehr. »Nein«, hauchte er. »Das haben Sie nicht getan! Bitte sagen Sie mir, dass Sie *das* nicht getan haben!«

»Ich fürchte, ich kann Ihnen nicht ganz folgen«, sagte Vater. »Aber ich will es auch nicht. Bitte gehen Sie!«

»Sie haben es getan«, seufzte Leichner. Er klang erschüttert. »Wissen Sie denn nicht, welchen Schaden Sie damit anrichten können? Vielleicht haben Sie das sogar schon. Wir werden es nie erfahren.«

»Dann kann er ja auch nicht so schlimm sein, nicht wahr?«, fragte Vater. »Bevor Sie reden: Ich verstehe es nicht und es interessiert mich auch nicht. Und jetzt gehen Sie – *bitte*!«

Leichner schien noch etwas sagen zu wollen, aber dann konnte Leonie regelrecht sehen, wie alle Kraft aus ihm wich. Er fuhr sich müde mit der Hand über das Gesicht und für eine winzige Zeitspanne war die Aura von Würde und Autorität dahin, die ihn bisher umgeben hatte. Er wirkte nur noch müde, fast wie zerbrochen. »Sie hätten das nicht tun dürfen«, murmelte er. Dann wandte er sich ohne ein weiteres Wort oder auch nur einen Blick des Abschieds um und ging. Nach allem, was sie gerade gehört hatte, rechnete Leonie fest damit, dass ihr Vater ihn zur Haustür begleiten und sich davon überzeugen würde, dass er auch wirklich ginge, aber er blieb einfach stehen und starrte ihm nach.

Erst als sie das Geräusch der Haustür hörte, die ins Schloss fiel, streifte Leonie seine Hände, die immer noch auf ihren Schultern lagen, ab und drehte sich um. Ihr Vater starrte noch immer in die Richtung, in die Leichner verschwunden war.

»Was hat er damit gemeint?«, fragte sie. »*Was* hättest du nicht tun dürfen?«

»Nichts«, antwortete ihr Vater ausweichend. »Mach dir keine Sorgen.«

»Die mache ich mir aber«, erklärte Leonie, »und zwar umso mehr, je länger ihr mir jedes Mal ausweicht, wenn ich eine ganz bestimmte Art von Fragen stelle.«

Zu ihrer Überraschung lächelte ihr Vater. »Ja, du hast Recht«, gestand er. »Wir hätten es dir schon lange sagen sollen. Und das werden wir auch tun. Heute noch.«

»Das heißt im Klartext: nicht jetzt«, vermutete Leonie.

»Ich muss nur noch einmal mit deiner Mutter reden«, antwortete Vater ausweichend, hob aber gleichzeitig besänftigend beide Hände, als Leonie auffahren wollte. »Es dauert nur ein paar Minuten. Ehrenwort. Warte einfach hier und wir kommen gleich zurück. Dann erfährst du alles.«

Er wartete ihre Antwort nicht ab, sondern ging. Leonie setzte dazu an, ihm nachzulaufen, aber sie machte nur einen einzigen Schritt, bevor sie wieder stehen blieb. Ihr Vater hatte versucht ruhig zu klingen, und jeder, der ihn nicht so gut kannte wie sie, wäre vielleicht sogar darauf hereingefallen, aber sie nicht. Sie hatte die Panik gesehen, die in seinen Augen flackerte.

Unschlüssig ging sie wieder ins Wohnzimmer zurück. In ein paar Minuten, hatte ihr Vater gesagt. Sie sah auf die Uhr und beschloss, ihm allerhöchstens eine Viertelstunde zu geben, danach würde sie Mutter und ihn endgültig zur Rede stellen, und diesmal würde sie sich nicht mit irgendwelchen Ausreden abspeisen lassen.

Ganz bestimmt nicht.

Nächtliche Besucher

Aus der Viertelstunde wurden zwanzig Minuten, dann fünfundzwanzig und schließlich eine halbe Stunde, aber ihr Vater kam nicht zurück und auch Leonie ging nicht nach oben, wie sie es sich vorgenommen hatte. Sie fasste sich in Geduld. Neben vielen anderen war das schon immer eine ihrer großen Stärken gewesen, aber heute wurde sie wirklich auf eine harte Probe gestellt. Alles war so rätselhaft, so erschreckend. Und mit jeder Sekunde, die sie darüber nachdachte, schien sich ihre Verwirrung nur noch zu steigern. Nichts von all dem, was sie seit heute Morgen erlebt und gehört hatte, schien irgendeinen Sinn zu ergeben.

Endlich hörte sie das Geräusch der Schlafzimmertür und atmete innerlich auf – allerdings nur für einen Moment. Sie hörte die Schritte, auf die sie schon so lange gewartet hatte, aber auch die Stimmen ihrer Eltern, und sie klangen nicht so, als wären sie heruntergekommen, um in aller Ruhe mit ihr zu reden.

Oder um genauer zu sein: Sie stritten sich so heftig, wie Leonie es eigentlich noch nie erlebt hatte. Sie erstarrte und fragte sich, wie sie reagieren sollte, wenn ihre Eltern hereinkamen und sich vor ihren Augen weiterstritten; vielleicht gar mit ihr, oder – noch schlimmer – um sie.

Sie brauchte die Frage nicht zu beantworten. Ihre Eltern kamen zwar die Treppe herunter, aber nicht ins Wohnzimmer. Stattdessen hörte sie nach wenigen Sekunden die Tür zu Vaters Arbeitszimmer zufallen und den Klang ihrer Stimmen abschneiden. Leonie hatte es versucht, doch es war ihr nicht gelungen, zu hören, worum es bei der Auseinandersetzung ging. Aber sie war sicher, ein paarmal ihren Namen gehört zu haben. Es ging also eindeutig um sie. Anscheinend waren sich ihre Eltern doch nicht so einig darüber, ihr die Wahrheit sagen zu wollen, wie Vater behauptet hatte. Und damit war das Maß voll. Wenn Leonie irgendetwas hasste, dann wie ein kleines Kind behandelt zu werden. Was immer hier vorging, es hatte eindeutig mit ihr zu tun, und sie hatte einfach ein Recht darauf, endlich die Wahrheit zu erfahren! Mit energischen Schritten ging sie den Flur hinab und streckte die Hand nach dem Türgriff aus.

»Ich bitte dich, tu das nicht!« Mutters Stimme drang nur gedämpft durch das dicke Holz der Tür, aber es war etwas in ihrem Klang, das Leonie mitten in der Bewegung innehalten ließ. Sie zögerte noch einen Moment, doch dann ließ sie sich vor der Tür in die Hocke sinken und versuchte durch das Schlüsselloch zu spähen. Ihr schlechtes Gewissen meldete sich unverzüglich. Es war nicht ihre Art, ihre Eltern zu belauschen – schon gar nicht in einem Moment wie diesem –, aber dort drinnen ging etwas vor, das *sie* betraf und vielleicht wichtiger war, als sie jetzt ahnte.

Durch das Schlüsselloch konnte sie nur einen winzigen Ausschnitt des Zimmers sehen: eine Ecke des Schreibtisches, einen Schatten, der vielleicht ein Stuhlbein war, und den Safe, vor dem ihr Vater vorhin gekniet hatte. Ihre Eltern konnte sie nicht sehen, wohl aber ihre Schatten, die sich in hektischer Bewegung zu befinden schienen. Leonie nahm an, dass ihr Vater unruhig im Zimmer auf und ab ging, wie immer wenn er nervös war oder besonders aufgeregt.

Da die Tür sehr massiv war, konnte sie die Stimmen ihrer Eltern nicht besonders gut verstehen, zumal sie beide äußerst erregt waren, und zwar alles andere als leise, aber dafür durcheinander redeten. Leonie verstand nur Bruchstücke, sodass sie darauf angewiesen war, sich den Rest mehr oder weniger zusammenzureimen.

»Dann sag mir … tun soll«, sagte ihr Vater gerade. »Dieser Leichner … gefährlich.«

»Aber vielleicht hat er ja Recht«, antwortete Mutter erregt. »Wir hätten … nicht … dürfen.«

»Wir haben es aber!« Ihr Vater kam um seinen Schreibtisch

herum und blieb vor dem Tresor stehen. »Mir gefällt das auch nicht, aber wir haben … andere Wahl gehabt.«

Leonie hatte ein unheimliches Gefühl von *Déjà-vu,* das umso absurder war, als sie einen solchen Streit zwischen ihren Eltern noch nie erlebt hatte, nicht einmal ansatzweise – und dennoch erinnerte sie sich daran. Nicht genau an diese Szene, aber an etwas Ähnliches.

Aber wie konnte sie sich an etwas erinnern, was nie geschehen war?

»Und wenn wir es nun noch schlimmer machen?«, fragte Mutter. »So wie das letzte Mal – und das davor?«

»Das kannst du ja wohl kaum vergleichen. Ein solcher Fehler wird mir bestimmt nicht noch einmal passieren. Außerdem sind die äußeren Umstände vollkommen anders.«

»*Mir* ist er passiert«, antwortete Leonies Mutter. »Und ich wusste, was ich tat. Oder ich dachte es wenigstens.«

»Dann hilf mir!«, verlangte Vater. »Du hast Recht – wir müssen vorsichtig sein. Aber wenn wir alles bedenken, dann schaffen wir es auch. Verdammt, hast du nicht selbst gesagt, dass du Leonie dieses Schicksal ersparen willst?«

»Ja, nur … doch nicht so. Vielleicht haben wir gar keine andere Wahl.«

»Unsinn!«, widersprach ihr Vater. Er lachte leise, aber es klang eher verächtlich als amüsiert. »Warst du es nicht, die mir immer wieder gepredigt hat, dass jeder Mensch das Recht haben sollte, über sein eigenes Schicksal zu entscheiden?«

»Natürlich, aber dann sollten wir Leonie dieses Recht auch zugestehen, meinst du nicht?«

»Und wie? Was glaubst du denn, welche Chancen sie noch hat, wenn sie diesen Leuten in die Hände fällt?« Ihr Vater schüttelte heftig den Kopf, zog einen Schlüsselbund aus der Tasche und ließ sich wieder vor dem Safe in die Hocke sinken. »Mir gefällt die Sache genauso wenig wie dir, Anna. Aber wir haben sie nun einmal angefangen und wir können nicht mehr zurück«, fuhr er fort, während er den Schlüssel ins Schlüsselloch schob und dann die schwere Stahltür ächzend aufzog. »Es sei denn, das Schicksal deiner Tochter ist dir egal.«

»Das ist nicht fair«, sagte Mutter.

»Das sind diese verdammten Hexen zu uns auch nicht!«

Leonie versuchte vergeblich zu erkennen, was ihr Vater aus dem Tresor nahm, doch der winzige Ausschnitt des Zimmers, den sie durch das Schlüsselloch erkennen konnte, reichte dazu einfach nicht aus. Sie begriff nur, dass es sehr schwer sein musste, denn ihr Vater richtete sich mit deutlicher Mühe wieder auf. Irgendetwas wurde mit einem dumpfen Geräusch auf den Schreibtisch abgeladen.

Dann kam ihr Vater zurück und Leonies Herz machte einen erschrockenen Sprung, als er direkt und sehr schnell auf die Tür zuging. In der nächsten Sekunde würde er sie öffnen und seine Tochter auf der anderen Seite auf Knien vorfinden und den Rest konnte er sich ohne Zweifel sehr leicht zusammenreimen.

Statt jedoch die Tür zu öffnen, schob er nur den Schlüssel ins Schloss und drehte ihn zweimal um.

Leonie saß wie versteinert da. Ihr Herz klopfte bis zum Hals. Das war knapp gewesen! Allein die Vorstellung, wie ihr Vater reagiert hätte, wenn er sie beim Lauschen am Schlüsselloch erwischt hätte, jagte ihr einen eisigen Schauer nach dem anderen über den Rücken.

Sie hätte erleichtert sein sollen, aber sie war es nicht. Jedenfalls nicht länger als für eine oder zwei Sekunden. Dann gewann ihre Entschlossenheit wieder die Oberhand. Sie *musste* wissen, was in diesem Zimmer vorging, und es war ihr mittlerweile völlig gleich, ob ihr Vater nun wütend wurde oder nicht. Für einen Moment spielte sie sogar mit dem Gedanken, kurzerhand mit den Fäusten gegen die Tür zu hämmern und Einlass zu verlangen.

Aber nur wirklich nur für einen Moment. Nach dem, was sie gerade belauscht hatte, war sie ziemlich sicher, dass ihr Vater ihr nur wieder eine neue Ausrede auftischen würde. Und selbst, wenn nicht: Sie konnte einfach nicht sicher sein, ob er ihr die Wahrheit sagte oder nicht.

Es gab jedoch einen anderen Weg, das herauszufinden.

Leonie trat von der Tür zurück, eilte in die Küche und von dort aus in den Garten. Nach kaum einer Minute hatte sie das Haus umkreist und näherte sich dem Fenster von Vaters Arbeitszimmer. Die Jalousien waren heruntergelassen, aber wie sie gehofft hatte, nicht ganz geschlossen. Durch die fingerbreiten Ritzen konnte sie bequem hindurchschauen, und da drinnen Licht brannte und der Garten fast vollständig dunkel dalag, bestand auch kaum die Gefahr, dass sie entdeckt wurde. Sie konnte durch das dicke Glas zwar nicht mehr hören, was drinnen besprochen wurde, dafür aber umso besser sehen.

Ihr Vater saß am Schreibtisch, der fast vollkommen von einem sehr großen, aufgeschlagenen Buch in Beschlag genommen wurde; Leonie erinnerte sich, es früher an diesem Tag im Safe gesehen zu haben, nur war es ihr da nicht so riesig vorgekommen. In der rechten Hand hielt er den schwarz-goldenen Füllhalter, dessen Kappe er abgeschraubt hatte, um nervös mit der linken Hand damit zu spielen. Leonies Mutter stand schräg hinter ihm, und obwohl Leonie ihr Gesicht nicht erkennen konnte, war es doch unübersehbar, wie verkrampft und angespannt sie war. Was war an diesem Buch so besonders, dass es ihrer Mutter solche Angst einzujagen schien?

Leonie wechselte ihre Position, ohne dadurch mehr erkennen zu können. Die Seiten des Buches waren eng mit einer tiefschwarzen Schrift bedeckt, die Leonie zu regelmäßig erschien, um eine Handschrift sein zu können. Es musste sich entweder um ein Meisterwerk der Kalligraphie oder ein Stück, das wirklich aus den Anfängen der Buchdruckerei stammte, handeln. So oder so – der Band musste einen immensen Wert haben. Vielleicht war das der Grund, warum ihre Mutter so stocksteif dastand, als hätte sie einen Speer verschluckt, und ihr Vater immer wieder zögerte, den Stift anzusetzen. Auch wenn ihr Vater nicht aus einer tausend Jahre alten Buchhändlerfamilie stammte, so hatte er Bücher doch im Laufe seines Lebens schätzen und lieben gelernt. In einem so uralten, wertvollen Buch auch nur ein Komma hinzuzufügen oder zu entfernen, das musste auch für ihn schon beinahe an Gotteslästerung grenzen.

Trotzdem setzte er in genau diesem Moment den Stift an. Leonie sträubten sich schier die Haare, als er eine Zeile in dem Buch durchstrich und dann etwas mit winzigen, sehr präzisen Buchstaben darüber zu schreiben begann. Aber es war doch nicht möglich, dass …

Der Gedanke war zu bizarr, um ihn auch nur zu Ende zu denken. Ihre Eltern hatten einen gewissen Ruf in der Branche. Ihre Bücher waren berühmt und hatten auf Auktionen schon enorme Preise erzielt, und speziell Mutter verdiente einen guten Teil ihres Lebensunterhaltes damit, Gutachten über die Echtheit und den Zustand wertvoller antiquarischer Bücher zu erstellen. Leonie weigerte sich einfach zu glauben, dass sie … Bücher *fälschen* sollten!

Irgendwo hinter ihr bewegte sich etwas. Leonie konnte nicht sagen, ob es eine Spiegelung in der Fensterscheibe war, die sie unbewusst wahrgenommen hatte, oder vielleicht ein verdächtiges Geräusch – aber plötzlich hatte sie ein so intensives Gefühl, angestarrt zu werden, dass sie erschrocken herumfuhr und versuchte, die Dunkelheit hinter sich mit Blicken zu durchdringen.

Sie brauchte nicht lange zu suchen. Die Gestalt stand am anderen Ende des Gartens, und obwohl sie nur ein flacher schwarzer Umriss zwischen anderen flachen schwarzen Umrissen war und sich absolut nicht rührte, bemerkte Leonie sie auf Anhieb.

Sie wusste sogar, wer es war.

Einen Moment lang war Leonie hin- und hergerissen. Sie *musste* herausfinden, was in dem Zimmer hinter ihr vorging, und sei es nur, um diesen absurden Verdacht aus der Welt zu schaffen, der sich in ihren Gedanken eingenistet hatte, aber sie spürte auch immer intensiver, wie sie angestarrt und beobachtet (oder belauert?) wurde. Sie war *ihretwegen* gekommen.

Sie warf noch einen Blick durch das Fenster – ihr Vater hatte mittlerweile ein kleines Fläschchen aus dem Schreibtisch genommen, aus dem er vorsichtig ein paar Tröpfchen einer farblosen

Flüssigkeit auf die Buchseiten tropfte. Großer Gott, dachte Leonie, er *war* dabei, das Buch zu verändern!

Dann drehte sie sich endgültig um und ging mit schnellen Schritten auf die schattenhafte Gestalt zu, die immer noch reglos am anderen Ende des Gartens stand und zu ihr herübersah.

Leonies Schritte wurden langsamer, je mehr sie sich dem Schatten näherte, und sie spürte, wie etwas wie Angst in ihr emporzukriechen begann. Zum allerersten Mal kam ihr der Gedanke, dass sie möglicherweise in Gefahr war – oder sich, um genau zu sein, gerade in diesem Moment in sie begab. Bisher war sie vor allem erschrocken über die fast unheimliche Veränderung gewesen, die mit ihrem Vater vonstatten gegangen war – aber vielleicht gab es ja auch einen Grund, aus dem er sich so benahm. Bisher hatte sie alles, was Mutter und er gesagt hatten, durch den Filter der Wut gehört, die die Erkenntnis in ihr ausgelöst hatte, in einem offensichtlich sehr wichtigen Punkt von ihren eigenen Eltern belogen worden zu sein.

Aber es gab immer zwei Seiten. Was, wenn ihre Eltern *wirklich* einen Grund für ihr sonderbares Benehmen hatten? Zum Beispiel den, dass sie sie, Leonie, in Gefahr wähnten – und was, wenn sie möglicherweise sogar Recht damit hatten?

All diese Überlegungen hinderten Leonie allerdings nicht daran, weiterzugehen, und nachdem sie noch ein knappes Dutzend Schritte zurückgelegt hatte, wurde aus dem Schatten ein Körper, der schließlich auch ein Gesicht bekam. Sie hatte sich nicht getäuscht.

»Ich wusste, dass du kommst«, sagte Theresa.

»Das war reiner Zufall«, behauptete Leonie. Die Wahrheit war, dass sie diese – einseitige – Verabredung mit der jungen Frau schlichtweg vergessen hatte.

»Es gibt keine Zufälle«, antwortete Theresa. »Jedenfalls sind sie nicht das, was die meisten Menschen dafür halten.«

Leonie verdrehte innerlich die Augen. Von kryptischen Andeutungen und Orakeln hatte sie im Moment weiß Gott die Nase voll. Sie zog es vor, gar nicht darauf einzugehen. »Was wollen Sie?«

Theresa runzelte flüchtig die Stirn, als sie Leonies scharfen Ton bemerkte, aber gleich darauf lächelte sie wieder. »Du«, sagte sie. »Es wäre mir lieber, wenn du nicht *Sie* zu mir sagst. So viel älter bin ich ja nun auch nicht.«

Leonie schwieg. Sie fragte sich, wie Theresa eigentlich hereingekommen war. Das komplette Grundstück war von einem fast zwei Meter hohen schmiedeeisernen Zaun umgeben, der in gefährlichen Spitzen endete, und Theresa trug einen jener engen Röcke, in denen man kaum richtig laufen konnte, geschweige denn über einen Zaun klettern!

»Also gut.« Theresa zuckte resigniert die Schultern, als ihr klar wurde, dass sie keine Antwort bekommen würde. Sie wirkte auf eine unbestimmte Art enttäuscht, als hätte sie sich von diesem Gespräch etwas erwartet, von dem sie nun allmählich begriff, dass sie es nicht bekommen würde. »Wir müssen dringend miteinander reden.«

»Ja«, antwortete Leonie feindselig. »Aber ich will die Wahrheit wissen.«

»Die Wahrheit?« Theresa runzelte die Stirn. »Wieso glaubst du denn ...« Sie nickte. »Ich verstehe. Dein Vater hat mit dir gesprochen. Was hat er über uns gesagt?«

»Es war gar nicht nötig, etwas zu sagen«, erwiderte Leonie. »Du hast heute Morgen gesagt, Großmutter hätte viel über mich erzählt. Ich frage mich nur *wie*. Sie hat das Haus in den letzten Jahren praktisch nicht mehr verlassen.«

»So einfach ist das nicht zu erklären, Leonie«, antwortete Theresa.

Leonies Gesicht verfinsterte sich. »Weißt du, wie oft ich das heute schon gehört habe?«

»Vielleicht, weil es die Wahrheit ist?«, schlug Theresa vor. Sie machte eine Handbewegung, die Leonie davon abhielt, zu antworten. »Aber du hast selbstverständlich Recht. Komm – gehen wir ein Stück. Ich finde, so redet es sich besser.«

Leonie war ganz und gar nicht nach einem Spaziergang zumute, aber Theresa hatte sich bereits umgedreht und ging los. Sie konnte ihr nur folgen oder wieder ins Haus zurückkehren. Sie folgte ihr.

»Dein Name ist Leonie, nicht wahr?«, begann Theresa. »Eigentlich Leonida, aber das kannst du nicht leiden, und außerdem passt ein so altmodischer Name wirklich nicht mehr in unsere Zeit.«

Leonie sah sie verwirrt von der Seite an. Was sollte dieser Unsinn jetzt schon wieder? Sie nickte.

»Und genau wie deine Mutter und deine Großmutter«, fuhr Theresa fort. »Mit zweitem Namen heißen die beiden ebenfalls Leonida.« Sie legte eine kleine, genau bemessene Pause ein. »Und wie ich.«

»Du? Ich denke, du heißt ...«

»Theresa Leonida«, unterbrach Theresa. »Wir heißen alle Leonida, jede von uns. Seit es den Archivar gibt, heißen wir alle Leonida.« Sie lachte leise. »Natürlich haben die meisten von uns noch einen Zweitnamen, manche sogar einen dritten. Es wäre sonst ein bisschen verwirrend, sich zu unterhalten.«

»Und die Männer heißen alle Leon, nehme ich an?«

Theresa nahm den beißenden Spott in Leonies Stimme gar nicht zur Kenntnis. »Es gibt keine Männer«, antwortete sie. »Es sind alles nur Frauen. Die Gabe wird nur von der Mutter auf die Tochter weitervererbt. Niemals auf einen Sohn.«

»Ich verstehe«, sagte Leonie. »Und einmal im Jahr trefft ihr euch um Mitternacht und fliegt um den Blocksberg?«

»Nein«, antwortete Theresa. »Das sind die Hexen. Ein Konkurrenzverein, den wir nicht besonders schätzen.«

Um ein Haar wäre Leonie sogar auf sie hereingefallen. Theresa verzog nicht eine Miene – nur in ihren Augen glomm ein verräterisches Glitzern auf.

»Ha, ha, ha«, machte Leonie. »Sehr witzig.«

Theresa blieb stehen. »Wieso witzig? Hat dein Vater dich etwa nicht davor gewarnt, dich mit uns Hexen einzulassen?«

»Hast du uns belauscht?«, fragte Leonie. Ihr Misstrauen war wieder da.

»Das war nicht notwendig«, erklärte Theresa. »Ich weiß, wie dein Vater über uns denkt.«

»Und?«, fragte Leonie spitz. »Hat er vielleicht Recht damit?«

»Ich glaube, du kennst die Antwort auf diese Frage«, sagte Theresa.

»Ich verstehe es trotzdem nicht«, meinte Leonie. »Wenn du …« Sie verbesserte sich. »Wenn *ihr* wirklich etwas mit Großmutter zu tun hattet, warum hat sie mir dann nie etwas von euch erzählt?«

»Das war ein Fehler, ich weiß«, gestand Theresa. »Ein schwerer Fehler. Aber was hätten wir tun sollen? Deine Eltern wollten nicht, dass du uns kennen lernst, und deine Großmutter hat diesen Wunsch respektiert, auch wenn es ihr schwer gefallen ist. Wir hatten nicht das Recht, uns darüber hinwegzusetzen.«

»Woher nehmt ihr euch dann jetzt das Recht, euch über ihren letzten Willen hinwegzusetzen?«, fragte Leonie.

Theresa schwieg einen Moment. Sie ging weiter, während sie antwortete: »Bist du sicher, dass es wirklich ihr eigener Entschluss war?«

»Natürlich nicht«, entgegnete Leonie böse. »Mein Vater hat ihr die Daumenschrauben angelegt und so lange zugedreht, bis sie unterschrieben hat. Erkundige dich bei den Nachbarn. Sie haben bestimmt die Schreie gehört.«

Diesmal blieb Theresa ernst. »Es gibt andere Wege, das zu erreichen, was man will.«

»Willst du behaupten, Vater hätte das Testament gefälscht?«, schnappte Leonie. Sie schrie fast, aber ihrer Stimme fehlte die wirkliche Überzeugung. Sie musste an ihren Vater denken, der in diesem Moment am Schreibtisch in seinem Arbeitszimmer saß und eine geheimnisvolle Flüssigkeit auf die Seiten eines noch geheimnisvolleren Buches träufelte.

»Jedenfalls nicht so, wie du vielleicht jetzt noch glaubst«, antwortete Theresa – was genau genommen keine Antwort war.

»Was soll das heißen?«, fragte Leonie scharf. »Was soll das Ganze überhaupt? Willst du mich gegen meine Eltern aufbringen?«

»Das würde mir wohl kaum gelingen«, stellte Theresa fest.

»Und ich will es auch gar nicht. Ich habe nichts gegen deinen Vater oder deine Mutter, ganz im Gegenteil. Ich bin sicher, dass sie in bester Absicht handeln. Das ist ja gerade das Schlimme.«

»Wieso?«

»Weil man Menschen, die wirklich von dem überzeugt sind, was sie tun, kaum eines Besseren belehren kann«, erklärte Theresa. »Ich habe es versucht, immer wieder versucht – und die anderen auch.«

»Welche anderen?«, wollte Leonie wissen. »Was, zum Teufel, seid ihr eigentlich für ein komischer Verein? So eine Art Sekte?«

»Dein Vater würde uns vermutlich so bezeichnen«, sagte Theresa ernst. »Auch wenn es ganz falsch ist. Wir sind ...« Sie suchte sekundenlang vergeblich nach Worten, dann fragte sie unvermittelt: »Glaubst du an das Schicksal?«

Leonie verstand die Frage nicht und sie sagte es auch. »So etwas wie Vorbestimmung?«

»Nein, nein«, meinte Theresa hastig. »Ich meine: Glaubst du, dass es so etwas wie eine ... eine Macht gibt, die über unser Schicksal wacht?«

»Ich glaube, das nennt man auch Gott«, sagte Leonie.

»Davon rede ich nicht.« Theresa seufzte. »Es ist nicht einfach, das mit ein paar Worten auszudrücken, weißt du? Ich habe ein Leben lang gebraucht, um es zu begreifen, und ganz verstanden habe ich es bis heute nicht.«

»Da haben wir ja schon etwas gemeinsam«, sagte Leonie.

Theresa lächelte flüchtig. »Versuchen wir es anders: Was würdest du tun, wenn du die Macht hättest, die Wirklichkeit zu verändern?«

»Sind wir jetzt in der Abteilung Science-Fiction und Fantasy angekommen?«, fragte Leonie.

»Wenn dir dieser Ausdruck lieber ist«, sagte Theresa schulterzuckend. »Aber beantworte bitte meine Frage: Was würdest du tun, wenn du die Macht hättest, die Wirklichkeit zu verändern? Nicht die Zukunft, aber das, was war.«

»Was war?«

»Sagen wir: Du siehst, wie ein Kinderwagen von einem Traktor überrollt wird, weil die Mutter vergessen hat, ihn sorgfältig abzustellen. So etwas ist schrecklich, aber es ist schon vorgekommen.«

»Und?«, fragte Leonie.

»Jetzt stell dir vor, du hättest die Möglichkeit, es ungeschehen zu machen.« Theresa hob die Hand, als Leonie sie unterbrechen wollte. »Nein, nur rein hypothetisch. Wenn du die Möglichkeit hättest, zurückzugehen und die Mutter zu warnen, damit sie besser auf den Kinderwagen Acht gibt, würdest du es tun?«

»Selbstverständlich«, sagte Leonie. »Aber so etwas ist ja nicht möglich.«

Theresa überging ihren Einwand. »Selbstverständlich würdest du es tun. Der Kinderwagen würde nicht losrollen und der Traktor würde ihn nicht überfahren. Das Kind würde überleben und Alois Schicklgruber würde zu einem Mann heranwachsen.«

»Alois wer?«, fragte Leonie.

»Du kennst ihn«, behauptete Theresa. »Nicht persönlich, aber du hast in der Schule von ihm gehört, da bin ich sicher. Bekannt war er allerdings unter dem Namen ADOLF HITLER.«

»Was ... was soll denn dieser Quatsch?«, fragte Leonie.

»Es war nur ein Beispiel«, antwortete Theresa. »Zugegeben, kein besonders originelles, aber möglich wäre es schon.«

»Wenn es möglich wäre, in die Zeit zurückzureisen«, bestätigte Leonie, schüttelte aber schon den Kopf, während sie die Worte aussprach. »Aber das ist wissenschaftlich unmöglich.«

»Wissenschaftlich.« Theresa betonte das Wort auf eine sehr sonderbare Art. »Die meisten Menschen überschätzen die Wissenschaft, weißt du? Sie ist im Grunde gar nichts. Sie beschreibt die Dinge nur so, wie sie sind. Soweit wir sie verstehen, heißt das. Oder sie zu verstehen glauben.«

»Was hat das alles mit mir zu tun?«, fragte Leonie.

»Was wäre, wenn es einen Ort gäbe, an dem das Schicksal gewissermaßen aufgezeichnet würde?«, fragte Theresa. »Jede Kleinigkeit. Jede winzige Entscheidung, die du fällst, und wenn sie dir noch so unwichtig oder banal vorkommt. Jede Sekunde in jedem Leben jedes einzelnen Menschen, so eine Art … Archiv.«

»Das wäre … aber ein ziemlich großes Archiv«, antwortete Leonie stockend. Allmählich wurde ihr ein wenig mulmig zumute. Was Theresa erzählte, klang so absurd, dass sie eigentlich darüber hätte lachen sollen, aber das genaue Gegenteil war der Fall: Es machte ihr Angst.

»Ja«, bestätigte Theresa ernst. »Das wäre es.«

»Aber das ist doch Unsinn«, murmelte Leonie. »Selbst wenn es so etwas gäbe …«

»… trügen die, die Zugang dazu hätten, eine ungeheure Verantwortung«, unterbrach sie Theresa. »Ja.«

Wie um ihre Worte passend zu untermalen, wurde es plötzlich spürbar kälter. Wind kam auf und spielte raschelnd mit den Blättern der Bäume, aber für Leonie hörte es sich an wie das Umblättern von uralten Pergamentseiten. Sie schüttelte den Gedanken mit Mühe ab, wenigstens versuchte sie es, doch es wollte ihr nicht so recht gelingen. So verrückt die Geschichte war, die Theresa ihr da aufgetischt hatte, schien sie doch irgendetwas in Leonie zu berühren. Wie gerade eben glaubte sie sich plötzlich an etwas zu erinnern, von dem sie andererseits ganz sicher war, es niemals erlebt zu haben. Das Gefühl war unheimlich und beängstigend.

Der Wind frischte noch weiter auf und Leonie zog die dünne Strickjacke enger um die Schultern. Sie hätte auf ihre Eltern hören und nicht hinausgehen sollen. So heiß es in den vergangenen Tagen auch gewesen war, so rasch – und tief – waren die Temperaturen heute gefallen. Sie war jetzt bestimmt seit einer halben Stunde hier draußen und lief Gefahr, sich eine handfeste Erkältung einzuhandeln. Gerade für die ersten Tage der Sommerferien war das wirklich keine gute Idee, aber sie hätte es drinnen im Haus einfach nicht mehr ausgehalten. Der große Schmerz, auf den sie gewartet hatte, war bisher zwar nicht gekommen, dafür hatte sich eine Art stummer Verzweiflung in ihr ausgebreitet, die beinahe schlimmer war. Seit Großmutters Tod war das Haus auf eine Art leer, die sie mit Worten nicht richtig beschreiben konnte, aber die zu ertragen sie kaum imstande war. Ihre Mutter hatte zwar gesagt, das würde vergehen, aber Leonie bezweifelte es. Wunden mochten irgendwann verheilen, aber wie konnte etwas heilen, das einfach nicht mehr da war?

Die Terrassentür des Hauses ging auf und ein dreieckiger, gelber Keil aus Helligkeit fiel in den Garten hinaus. Leonie erkannte den Umriss ihrer Mutter, die unter der Tür erschienen war und in ihre Richtung sah. Wahrscheinlich begann sie sich allmählich Sorgen um sie zu machen.

Der Gedanke ließ ein flüchtiges Lächeln auf ihren Lippen erscheinen. Ihre Mutter machte sich immer und ununterbrochen Sorgen, und meistens um sie. Leonie glaubte ihr missbilligendes Stirnrunzeln regelrecht zu spüren, während sie zu ihr hinsah. Ihr gefiel es schon bei Tageslicht nicht, wenn Leonie so weit in den Garten ging. Buschwerk und Bäume waren hier so verwildert, dass sie einen regelrechten kleinen Dschungel bildeten, und der zwei Meter hohe Lattenzaun, der hier einmal gestanden hatte, war im vorletzten Jahr demselben Feuer zum Opfer gefallen wie das Nachbarhaus samt der Familie, die darin gelebt hatte. Seitdem war der Garten praktisch offen, und jeder, der über das Ruinengrundstück kam, konnte ungehindert eindringen. Leonie konnte sich nicht vorstellen, dass sich irgendjemand die Mühe machen würde, hier einzubrechen. Ihre Eltern waren nicht arm, aber man sah dem Haus mit dem angebauten kleinen Ladenlokal dennoch schon von weitem an, dass es hier nicht viel zu holen gab. Trotzdem setzte sie sich mit raschen Schritten in Bewegung. Es hatte keinen Zweck, ihre Mutter noch weiter zu beunruhigen, schon gar nicht an einem Tag wie diesem.

»Alles wieder in Ordnung?«, fragte Mutter, als Leonie an ihr vorbei in die Küche trat. Sie nickte. Nichts war in Ordnung, aber sie wusste, wie die Frage gemeint gewesen war.

»Sicher«, sagte sie.

»Dann komm essen. Wir warten schon.« Mutters Stimme war leise, fast nur ein Flüstern, und ihr Gesicht war so bleich, als hätte sie gerade eine wochenlange schwere Krankheit hinter sich.

In gewissem Sinne hatte sie das auch. Sie hatte ihre Mutter ebenso geliebt wie Leonie ihre Mutter liebte, und während Großmutter die letzten Wochen fast ausnahmslos schlafend zugebracht und von ihrem Sterben wahrscheinlich gar nichts mehr gemerkt hatte, hatte Mutter stellvertretend für sie gelitten. Am Schluss war es so schlimm geworden, dass Vater und sie sich ernsthafte Sorgen um sie gemacht hatten. Leonie hatte dieses Geheimnis tief in sich vergraben und würde es niemals verraten, aber sie hatte gespürt, dass ihr Vater innerlich aufgeatmet hatte, als Großmutter schließlich starb; nicht weil er sie nicht auch geliebt hätte, sondern weil er fürchtete, dass seine Frau ebenfalls in Gefahr war, wenn es noch lange dauerte.

Sie gingen ins Wohnzimmer. Der Tisch war beinahe festlich gedeckt. Kerzen brannten und Mutter hatte das gute Geschirr aus dem Schrank geholt. Leonie empfand diesen festlichen Rahmen im ersten Moment als ziemlich unpassend; sie hatten an diesem Morgen ihre Großmutter beerdigt und das war nun wirklich kein Grund zum Feiern, aber ihr wurde auch fast im gleichen Moment klar, dass ihre Mutter das einfach hatte tun müssen; es war ihre Art, mit der Trauer fertig zu werden.

Leonie nahm Platz und sie aßen in vollkommenem Schweigen. Niemand hatte wirklichen Appetit, und um der Wahrheit die Ehre zu geben, schmeckte es nicht einmal besonders. Ihre Mutter hatte eine Menge Qualitäten, aber eine gute Köchin zu sein, gehörte nicht unbedingt dazu. Dennoch aßen sie alle auf, und anschließend zog sich ihr Vater in sein Arbeitszimmer zurück, während Leonie nach oben ging.

Sie hielt es genau zehn Sekunden lang aus. Alles in ihrem Zimmer erinnerte sie an Großmutter. Die Möbel, die Tapeten, die zahlreichen Bücher, die kleine Stereoanlage, die Großmutter sich von ihrer schmalen Rente abgespart und ihr vergangenes Weihnachten geschenkt hatte …

Leonie verließ das Zimmer fast fluchtartig wieder. Sie hätte hinuntergehen und mit ihrer Mutter reden können, oder auch mit ihrem Vater, aber sie spürte, dass sie in diesem Moment keine

Hilfe von ihnen erwarten konnte. Nein – wenn es in diesem Haus einen Ort gab, an dem sie so etwas wie Trost finden konnte, dann war es das Zimmer, in dem ihre Großmutter die letzten zwanzig Jahre ihres Lebens verbracht hatte. Ihr Vater hatte sie zwar gebeten, hier drinnen nichts anzurühren, bis Großmutters *Angelegenheiten* geregelt waren (was immer er damit gemeint haben mochte), aber er würde ihr schon nicht den Kopf abreißen.

Es war seit gut drei Wochen das erste Mal, dass sie wieder hierher kam. Als ihre Großmutter noch im Haus gewesen war, da war kein Tag vergangen, an dem Leonie nicht mindestens zwei- oder dreimal in dieses Zimmer gekommen war, aber nun kam ihr der Raum sonderbar fremd und ungastlich vor; als wäre mit seiner Bewohnerin etwas verschwunden, dessen Abwesenheit die Atmosphäre im Raum zu einer anderen, abweisenden, fast schon feindseligen machte.

Sie ging weiter, ohne im Grunde selbst zu wissen warum, und blieb schließlich vor dem kleinen Sekretär stehen, der das einzige Fleckchen Wand beanspruchte, das nicht von überquellenden Bücherregalen eingenommen wurde. Leonie kannte jedes einzelne Buch, das auf den Brettern stand, und die meisten hatte sie sogar gelesen. Über den Sekretär aber wusste sie so gut wie nichts. Solange sich Leonie erinnern konnte, hatte Großmutter seinen Inhalt wie einen Schatz gehütet. Er war immer abgeschlossen gewesen und den Schlüssel hatte sie stets bei sich getragen, in buchstäblich jeder Sekunde. Ein sehr sonderbarer Schlüssel zudem: Er sah gar nicht aus wie ein richtiger Schlüssel, sondern eher wie eine drei oder vier Zentimeter lange silberne Nadel, mit einer winzigen Kugel an jedem Ende. Es war Leonie immer ein Rätsel gewesen, wie das Schloss, in das dieser Schlüssel passte, funktionieren sollte. Aber es funktionierte.

Und jetzt lag genau dieser sonderbare Schlüssel auf der ansonsten vollkommen leeren Arbeitsplatte des Sekretärs. Das war sehr seltsam. Noch vor drei Tagen, bei ihrem letzten Besuch im Krankenhaus, hatte sie ihn an der gleichen Kette bemerkt, an der ihre Großmutter ihn zeit ihres Lebens getragen hatte. Hätten ihre Eltern ihn zusammen mit dem persönlichen Besitz Großmutters vom Krankenhauspersonal ausgehändigt bekommen, wie es in einem solchen Fall wohl allgemein üblich war, hätte ihr Vater ihn ganz bestimmt nicht so achtlos hier liegen lassen. Schließlich wussten ihre Eltern, wie kostbar der Inhalt des Sekretärs für Großmutter gewesen war. Ihr Vater hatte sogar mehr als nur einmal darüber gewitzelt.

Leonie streckte zögernd die Hand nach dem Schlüssel aus, aber es dauerte noch eine geraume Weile, bis sie den Mut aufbrachte, ihn auch wirklich zu nehmen und in das messingbeschlagene Schloss einzuführen. Sie hatte keine Ahnung, was sie tun sollte, doch das brauchte sie auch nicht. Leonie spürte keinen Widerstand, aber der Schlüssel war kaum im Schloss, da sprang es mit einem hörbaren Klicken auf und die Klappe des Sekretärs fiel so schnell herunter, dass Leonie sie gerade noch rechtzeitig auffangen konnte. Dahinter kamen mehrere, mit Papierumschlägen und anderen Schreibutensilien voll gestopfte Fächer zum Vorschein, aber auch ein Regalbrett, auf dem zwei völlig unterschiedliche Bücher lagen.

Das eine war eine schwere, in kostbar geprägtes Leder gebundene Bibel, bei dem anderen schien es sich um ein Fotoalbum zu handeln. Leonie betrachtete die Bücher mit jener Art von Scheu, die einen oft beim Anblick altvertrauter Dinge überkommt, deren Besitzer gerade verstorben ist. Vielleicht konnten ja auch Dinge trauern, nicht nur Menschen. Aber sie hatte sonderbarerweise keine Scheu, danach zu greifen. Zeit ihres Lebens hatte Großmutter den Inhalt dieses Sekretärs gehütet wie ihren Augapfel, aber nun, da sie nicht mehr da war, hätte sie bestimmt nichts dagegen gehabt, dass Leonie ihn sah, das wusste sie einfach.

Sie überlegte kurz und nahm dann als Erstes die Bibel heraus. Sie war so schwer, dass sie beide Hände dazu brauchte, und noch viel älter, als sie angenommen hatte. Als sie sie aufschlug, stellte sie fest, dass sie nicht gedruckt war, sondern handgeschrieben und überaus kunstvoll illustriert. Leonie war beeindruckt. Dieses Buch war möglicherweise mehr wert als das gesamte Inventar der

Buchhandlung. Kein Wunder, dass Großmutter es so sorgsam gehütet hatte.

Aber es war nicht nur wertvoll, aus irgendeinem Grund machte es Leonie auch Angst. Sie blätterte es vorsichtig durch, wenn auch ihre Hände immer heftiger zitterten, je weiter sie ans Ende kam, und schließlich musste sie sich beinahe dazu zwingen, die letzten Seiten umzuschlagen. Wie sie erwartet hatte, handelte es sich nicht nur einfach um eine Bibel, sondern um eine Art Familienchronik mitsamt einem weit verzweigten Stammbaum. Leonie fand mit einem einzigen Blick den Namen ihrer Großmutter und folgte ihm drei oder vier Generationen in die Vergangenheit. Der Stammbaum reichte noch sehr viel weiter zurück, aber Leonies Interesse an Ahnenforschung hielt sich in Grenzen – sie musste wirklich nicht wissen, wer ihre Vorfahren vor dreihundert Jahren gewesen waren, oder vor fünfhundert.

Was sie auf dem ersten Stück des Stammbaumes entdeckte, das war nun wirklich seltsam genug.

Es begann mit den Namen. Wer immer diesen Stammbaum aufgezeichnet hatte, hatte sich nicht die Mühe gemacht, auch nur einen einzigen ihrer *männlichen* Vorfahren einzutragen. Sie las ihren eigenen Namen, den ihrer Mutter, ihrer Großmutter und deren Mutter, Groß- und Urgroßmutter, aber sie entdeckte weder ihren Vater noch ihren Großvater, noch irgendeinen anderen ihrer männlichen Vorfahren. Vielleicht noch sonderbarer war der Umstand, dass es in ihrer Familie offensichtlich seit mindestens fünfhundert Jahren Tradition war, mit Zweitnamen Leonida zu heißen. Es gab noch eine Besonderheit, aber deren Bedeutung wurde ihr nicht klar: Neben einigen der Namen stand ein winziges Kreuz. Nur neben sehr wenigen – aber der ihrer Mutter gehörte dazu. Obwohl Leonie nicht wusste warum, beunruhigte sie diese Entdeckung.

Sie legte die Bibel beiseite und nahm das Fotoalbum aus dem Regal. Es war nicht so alt wie die Bibel, aber ebenfalls uralt. Zwischen den Seiten aus brüchig gewordener schwarzer Pappe befanden sich Trennblätter aus knisterndem Seidenpapier, in das ein kompliziertes Spinnwebmuster eingeprägt war. Die Bilder selbst waren ausnahmslos verblasste Schwarz-Weiß-Fotos, die zum Teil noch einen gezackten weißen Rand hatten, und allein die Motive verrieten, dass etliche Bilder aus den Anfängen der Fotografie stammten: Männer mit Frack und Zylinder, die gewaltige Vollbärte oder gezwirbelte Schnauzer trugen, Frauen in riesigen, weit ausladenden Kleidern und mit Turmfrisuren oder gestärkten Perücken, und kleine Jungen in Matrosenanzügen. Das Bild, das sie suchte, war nicht dabei.

»Was für ein Bild?«

Leonie fuhr so erschrocken zusammen, dass sie das Fotoalbum fallen ließ, und drehte sich hastig um. Ihr Vater war so leise unter der Tür erschienen, dass sie ihn nicht einmal gehört hatte. Sie versuchte vergebens in seinem Gesicht zu lesen, wie lange er schon dort stand und ob ihm gefiel, was er beobachtet hatte.

»Was ... hast du gesagt?«, stotterte sie überrascht.

»Du hast gesagt, das Bild ist nicht dabei«, antwortete ihr Vater. »Welches Bild meinst du?«

Leonie konnte sich nun wirklich nicht erinnern, die Frage laut ausgesprochen zu haben, sie war sogar ziemlich sicher, es *nicht* getan zu haben. »Ich weiß nicht«, meinte sie. »Ich war nur ... ein wenig erstaunt.«

»Erstaunt?« Ihr Vater löste sich von seinem Platz an der Tür, trat neben sie und beugte sich vor um zu sehen, was sie gefunden hatte. »Das ist ja auch ein ganz erstaunliches Buch, das du da gefunden hast.« Er blätterte in dem Fotoalbum, schloss es schließlich behutsam und wandte sich der Familienbibel zu. Obgleich er noch viel besser als Leonie wissen musste, was für einen Schatz er da in Händen hielt, schien ihm der Text völlig egal zu sein. Er blätterte die Seiten ungefähr so behutsam durch, wie er es mit einem Telefonbuch getan hätte, bis er die Seite mit dem Stammbaum gefunden hatte.

»Das ist wirklich erstaunlich«, murmelte er. »Und höchst interessant.«

»Sie heißen alle so wie ich«, sagte Leonie.

Vater hob die Schultern. »Muss wohl so eine Art uralter Familientradition sein. Aber das ist wirklich außergewöhnlich. Kein Wunder, dass deine Großmutter dieses Buch so sorgsam gehütet hat. Obwohl ein solches Prachtstück eigentlich in eine klimatisierte Vitrine gehört, nicht in ein altes Möbelstück, oder besser noch in einen Safe. Hast du eigentlich eine Ahnung, was dieses Buch wert ist?«

»Du willst es doch nicht etwa verkaufen?!«

»Natürlich nicht.« Vater sah sie beinahe empört an. »Ich finde nur, man sollte eine solche Kostbarkeit nicht einfach so herumliegen lassen.« Er klappte das Buch zu, zog die Hand aber nicht zurück, sondern ließ sie mit einer fast besitzergreifenden Geste auf dem Einband liegen.

»Ich finde, du solltest nicht hier sein«, sagte er plötzlich.

»Nicht hier? Aber das ist Großmutters Zimmer. Sie hatte nie etwas dagegen.«

»Und das habe ich auch nicht«, entgegnete Vater. »Doch vielleicht solltest du im Moment ein wenig Abstand nehmen. Ich weiß, wie gern du deine Großmutter gehabt hast, aber das Leben geht weiter, weißt du? Irgendwann muss man auch wieder aufhören zu trauern.«

»Nach drei Tagen?!«

Ihr Vater blieb ihr die Antwort auf diese Frage schuldig, und das gefiel ihr genauso wenig wie alles andere, was seit seinem Eintreten geschehen war. Leonie setzte gerade dazu an, eine – wenn auch vorsichtig formulierte – Frage zu stellen, als es an der Haustür klingelte.

»Um diese Zeit?«, wunderte sich ihr Vater. Er blickte erst danach auf die Armbanduhr und er sah auch nicht wirklich verärgert aus, sondern schien ganz im Gegenteil erleichtert zu sein, das Gespräch mit ihr beenden zu können. Er bedeutete ihr mit einer hastigen Handbewegung, die Bücher wieder an ihren Platz zu legen, und verließ dann mit schnellen Schritten das Zimmer.

Leonie schloss die Bibel und das Fotoalbum wieder ein. Den sonderbaren Schlüssel legte sie jedoch nicht zurück auf den

Tisch, sondern streifte sich die dünne Silberkette, an der er befestigt war, mit einer ebenso selbstverständlichen Bewegung über den Kopf, wie ihre Großmutter es getan hatte. Danach folgte sie ihrem Vater.

Sie hatte kaum eine halbe Minute gebraucht, und da sie beinahe rannte, hatte sie ihn eingeholt, als er gerade die Tür öffnete und der nächtliche Besucher von einem Schatten hinter der gesprungenen Milchglasscheibe zu einem grauhaarigen, ziemlich alten Mann in einem schwarzen Mantel wurde.

»Guten Abend, Herr Kammer.«

»Guten Abend«, antwortete Vater, dann zog er überrascht die Augenbrauen hoch. »Sie?«

Leonie runzelte die Stirn. Sie erkannte den Fremden im gleichen Moment wie ihr Vater, aber sie war mindestens ebenso überrascht wie er.

»Bruder Gutfried«, stellte sich der Grauhaarige überflüssigerweise vor. »Bitte entschuldigen Sie den nächtlichen Überfall, Herr Kammer. Ich weiß nicht, ob Sie sich an mich erinnern, aber …«

»So lange ist es ja noch nicht her«, unterbrach ihn ihr Vater. Seine Stimme war um mehrere Grad kühler geworden. »Heute Morgen. Sie waren bei der Beerdigung.«

Und zwar als einziger Gast, fügte Leonie in Gedanken hinzu. Ihre Eltern und sie selbst stellten Großmutters gesamte noch lebende Verwandtschaft dar und Freunde hatte sie nie gehabt. Ebenso wenig, wie sie Mitglied in irgendeiner Kirche gewesen war. Ihr Vater hatte sich noch darüber gewundert, dass dennoch ein Geistlicher zur Beerdigung gekommen war.

»Ja«, sagte Gutfried. »Ich bin noch gar nicht dazu gekommen, Ihnen mein Beileid auszusprechen.« Er wandte sich mit einem warmen Lächeln an Leonie. »Und dir natürlich auch, Leonie. Ich hoffe, deiner Mutter geht es mittlerweile wieder ein wenig besser?«

Leonie nickte wortlos. Bruder Gutfried kam ihr auf fast unheimliche Weise bekannt vor – obwohl sie ganz genau wusste, dass sie ihn nur ein einziges Mal, und auch da nur flüchtig, gesehen hatte.

»Danke, ja«, antwortete Vater an ihrer Stelle. »Aber wir haben einen anstrengenden Tag hinter uns, wie Sie sich sicher denken können. Und es ist spät. Ich will nicht unhöflich sein, aber vielleicht erklären Sie mir den Grund Ihres Besuches. Meine Schwiegermutter war nicht in der Kirche und wir sind es auch nicht.«

»Oh, das weiß ich«, erwiderte Gutfried. »Ich bin auch nicht hier, um Fragen religiöser Art mit Ihnen zu erörtern.«

»Sondern?«, fragte Vater. Er klang ein bisschen genervt, was Leonie überraschte. Sie kannte ihren Vater nur als sehr disziplinierten Menschen, der sich seine Launen niemals anmerken ließ – schon gar nicht Fremden gegenüber.

»Das ist nicht so einfach zu erklären«, antwortete Gutfried. »Die Angelegenheit ist … ein wenig delikat, aber ich fürchte, sie duldet auch keinen Aufschub.« Er druckste einen Moment herum. »Dürfte ich vielleicht hereinkommen?«

»Wenn es denn unbedingt sein muss.« Leonies Vater trat einen Schritt zurück, um Gutfried einzulassen, aber er machte keine Anstalten, ihn weiter ins Haus zu bitten. »Also?«

»Wie gesagt, die Angelegenheit ist ein wenig delikat«, wiederholte Gutfried. »Ich hätte Sie auch gewiss nicht an einem Tag wie heute damit belästigt, aber es ist leider ziemlich eilig.«

»Kommen Sie zur Sache«, antwortete Vater.

»Ich nehme an, Ihre Frau Schwiegermutter hat kein Testament hinterlassen?«, begann Gutfried.

»Testament?«, meinte Vater. »Was soll diese Frage? Erstens: nein. Und zweitens geht es Sie nichts an.«

»Oh, ich fürchte doch«, erwiderte der Geistliche. »Sie sind sicher, dass es kein Testament gibt?«

»Ja«, antwortete Vater. Er machte eine ärgerliche Geste. »Sehen Sie sich doch um. Was glauben Sie wohl, was es hier zu erben gibt?«

»Das kann ich nicht beurteilen«, antwortete Gutfried. »Ich fürchte auch, Sie haben mich falsch verstanden. Ich bin keineswegs hier, um Ihnen Ihr Erbe streitig zu machen.«

»Was soll dann diese Fragerei?«

Gutfried seufzte. »Es wäre mir wirklich lieber, wenn wir die Angelegenheit in Ruhe …«

»Mir nicht«, unterbrach ihn Vater. »Mir wäre es am liebsten, wenn wir dieses Gespräch möglichst rasch beenden könnten. Worum geht es?«

»Ich fürchte, es gibt da gewisse … Komplikationen, was die Erbfolge angeht«, sagte Gutfried. »Mir liegt ein Dokument vor, das Ihre Tochter …«, er deutete auf Leonie, »… zur Alleinerbin bestimmt.«

»Ein Dokument, so?« Vater wirkte zwar überrascht, aber nicht so sehr, wie Leonie erwartet hätte. Eher so, als hätte er insgeheim damit gerechnet. »Und was hat die Kirche damit zu tun?«

»Rein gar nichts«, gab Gutfried unumwunden zu. »Man hat mich nur gebeten, diese unangenehme Aufgabe zu übernehmen, um die ganze Angelegenheit … sagen wir … so wenig unschön wie möglich über die Bühne zu bringen. Die Leute, die mich geschickt haben, sind nicht an einer gerichtlichen Auseinandersetzung interessiert.«

»Ach«, schnappte Vater.

»Ich habe hier ein Dokument«, Gutfried griff unter seinen Mantel, »das mich autorisiert, Ihnen ein Angebot zu machen, das Sie interessieren dürfte.«

Er hielt Leonies Vater einen Umschlag hin, aber der schüttelte nur den Kopf.

»Wenn ich nicht ein so höflicher Mensch wäre«, sagte er wütend, »dann würde ich Ihnen jetzt erklären, wohin Sie sich Ihr *Dokument* stecken können, Bruder Gutfried. Dieser Wisch interessiert mich nicht. Und Ihre so genannten *Auftraggeber* auch nicht.«

»Aber Sie wissen doch gar nicht, worum …«, begann Gutfried, wurde aber auf der Stelle wieder unterbrochen.

»Nein. Und ich will es auch gar nicht wissen.« Vater reichte ihm den Umschlag ungeöffnet zurück. »Und jetzt gehen Sie bitte! Wir haben einen anstrengenden Tag hinter uns.«

Gutfried wirkte plötzlich sehr traurig. »Es tut mir wirklich sehr Leid«, seufzte er. »Aber Sie haben selbstverständlich Recht. Es war ein schlimmer Tag für uns alle. Vielleicht … denken Sie ja noch einmal in Ruhe über mein Angebot nach. Ich lasse Ihnen auf jeden Fall meine Karte hier, sodass Sie mich anrufen können.« Er steckte den Briefumschlag wieder ein und zog stattdessen eine Visitenkarte mit goldener Prägeschrift hervor. Seltsam – Leonie wusste, dass der Aufdruck goldfarben war, noch bevor er sie umgedreht hatte und sie die Schrift erkennen konnte.

Ihr Vater betrachtete die Karte feindselig, aber er nahm sie ebenso wenig entgegen wie den Brief. Gutfried stand einige Sekunden lang da und wirkte regelrecht verloren mit der Karte in seiner ausgestreckten Rechten, dann seufzte er erneut und noch tiefer, trat einen halben Schritt an Vater vorbei und legte die Visitenkarte auf den Garderobenschrank.

»Denken Sie darüber nach«, bat er im Hinausgehen. »Es gibt nur einen, der die Macht haben sollte, über das Schicksal zu bestimmen. Auf Wiedersehen.«

»Guten Abend«, sagte Vater kühl.

Gutfried warf ihm noch einen letzten, bedauernden Blick zu, aber schließlich wandte er sich endgültig um und ging. Kaum war die Tür hinter ihm ins Schloss gefallen, da hörte Leonie Schritte, und als sie sich umdrehte, erblickte sie ihre Mutter, die aus dem dunklen Wohnzimmer in den Flur heraustrat. Offensichtlich hatte sie die ganze Zeit über dort gestanden und gelauscht. Leonie erschrak, als sie den Ausdruck auf ihrem Gesicht bemerkte.

»Was … was bedeutet das?«, fragte sie stockend. Ihre Stimme war nur ein zitterndes Flüstern.

Vater gab ein verächtliches Geräusch von sich. »Das hast du doch gehört«, schnaubte er. »Einen schönen Gruß von deiner lieben Verwandtschaft!«

»Verwandtschaft?«, mischte sich Leonie ein. »Aber wieso Verwandtschaft? Ihr habt mir doch immer erzählt, dass wir keine lebenden Verwandten mehr haben.«

»Haben wir auch nicht«, antwortete Vater, und damit wandte

er sich um und ging so schnell davon, dass es eigentlich schon eine Flucht war. Der Knall, mit dem er die Tür seines Arbeitszimmers hinter sich zuwarf, hallte durch das ganze Haus.

Der schwarze Wagen

Und dabei blieb es für die nächsten zwei oder drei Tage. Leonie hatte am darauf folgenden Morgen noch einmal versucht, ihren Vater auf den nächtlichen Besucher anzusprechen, sich aber eine so rüde Abfuhr eingehandelt, dass es ihr jegliche Lust auf einen weiteren Versuch verschlug.

Darüber hinaus war es genau so, wie ihr Vater prophezeit hatte: Das Leben ging weiter. Es war spürbar stiller, jetzt wo Großmutter nicht mehr da war, aber schon am Tag nach ihrer Beerdigung machten ihre Eltern das Geschäft wieder auf, und zwei Tage später stand auch Leonie wieder hinter der Theke, um ihrer Mutter zu helfen.

Sie hätte es nicht gemusst. Immerhin waren Sommerferien und ihr Vater hatte ihr ausdrücklich gesagt, dass sie ihre Ferien nicht im Laden verbringen müsse, sondern die freien Tage getrost genießen könne. Leonie hatte das auch zwei Tage lang beherzigt, aber schließlich hatte sie es vor lauter Langeweile nicht mehr ausgehalten. Sie kannte die Hand voll Videos, die sie besaß, mittlerweile auswendig, und dasselbe galt für ihre CDs und Musikkassetten. Die meisten der ohnehin wenigen Schulfreunde, die sie hatte, waren längst mit ihren Familien in Urlaub gefahren. Leonies Familie fuhr nie in den Urlaub. Die Buchhandlung warf einfach nicht genug ab, um einen Familienurlaub zu finanzieren, aber das machte ihr nichts aus. Sie brauchte keine fremden Länder und bezahlten Abenteuer: Alles, was sie brauchte, fand sie in ihren Büchern. Außerdem konnten sie es sich gar nicht leisten, das Geschäft für zwei oder gar drei Wochen geschlossen zu halten, und eine Aushilfe für diese Zeit war auch nicht drin.

Nicht dass ihnen die Kunden den Laden eingerannt und die

Bücher aus den Regalen gerissen hätten. An dem Morgen, an dem sie das erste Mal wieder hinter der Theke stand, hatte sie gerade ein mickriges Taschenbuch und einen Stadtplan verkauft, und die junge Frau, die seit zehn Minuten im Geschäft war und die Bücher in den Regalen studierte, machte auch nicht wirklich den Eindruck, als hätte sie vor, etwas zu erwerben. Leonie hatte einen Blick dafür. Manche Kunden kamen, weil sie gezielt nach einem bestimmten Titel suchten, andere waren unschlüssig, was sie kaufen sollten, aber dennoch entschlossen, sich mit Lesestoff einzudecken, wieder andere waren einfach noch unsicher, ob sie überhaupt etwas kaufen wollten, und manche betraten den Laden mit dem festen Vorsatz, nichts zu kaufen. Diese Kundin gehörte eindeutig zur letzteren Kategorie. Was nicht bedeutete, dass sie nichts *mitnehmen* würde.

Leonie kramte in der altmodischen Registrierkasse herum und zählte zum dritten Mal hintereinander das Wechselgeld, wobei sie zum ebenfalls dritten Mal zu einem anderen Ergebnis kam. Vermutlich würde sich das auch beim fünften und zwölften Mal nicht ändern. Leonie hatte es nicht mit Zahlen. Außerdem fiel es ihr schwer, sich auf das Wechselgeld zu konzentrieren und zugleich der Kundin einen guten Teil ihrer Aufmerksamkeit zu widmen, die noch immer unschlüssig von einem Regal zum anderen schlenderte und dann und wann sogar einen Band herausnahm – wenngleich auch nur, um ihn sofort wieder zurückzustellen. Zumindest war ihre Handtasche nicht groß genug, um ein Buch darin verschwinden zu lassen.

Natürlich *verdächtigte* Leonie die junge Frau nicht, etwas stehlen zu wollen, aber man konnte nie wissen. Leonie hatte in dieser Hinsicht schon die erstaunlichsten Überraschungen erlebt.

Die junge Frau war elegant, sogar eindeutig teuer gekleidet, und sie war mit einem sehr großen, schwarzen Wagen gekommen, der so vor dem Schaufenster abgestellt war, dass man nur sein wuchtiges Heck erkennen konnte. Leonie verstand nicht viel von Autos, aber immerhin war ihr klar, dass es sich um ein ziemlich teures Fahrzeug handeln musste. Das alles änderte jedoch nichts daran, dass sie misstrauisch blieb. Sie hatte schon erlebt, dass auch solche Leute lange Finger machten.

Sie war auf die vierte Summe Wechselgeld gekommen und setzte gerade dazu an, es zum fünften Mal zu zählen, als sich die Kundin endlich umdrehte und mit der gleichen Bewegung – Leonie war sicher, vollkommen wahllos – ein Buch aus dem Regal nahm, um es zur Kasse zu tragen.

»Das nehme ich«, sagte sie.

Leonie hatte vorhin, als die Frau hereingekommen war, nur einen flüchtigen Blick auf ihr Gesicht erhascht, aber nun konnte sie es genau betrachten. Sie glaubte, etwas vage Bekanntes in ihren Zügen auszumachen, konnte das Gefühl aber nicht richtig einordnen und verwarf den Gedanken schließlich. Wenn man nur lange genug hinter einer Ladentheke stand, dann hatte man irgendwann so viele verschiedene Gesichter gesehen, dass einem jeder irgendwie bekannt vorkam. Außerdem hätte sie sich an eine Kundin, die einen *solchen* Wagen fuhr, ganz bestimmt erinnert.

Sie nannte den Preis und die junge Frau öffnete ihre Handtasche und zog einen Fünfhundert-Euro-Schein heraus.

»Oh«, sagte Leonie. Sie blickte unglücklich in ihre Kasse. Ganz egal, welche der vier Summen, die sie gerade herausbekommen hatte, nun stimmte – ihr Wechselgeld reichte nicht einmal annähernd. »Haben Sie es nicht kleiner? Ich fürchte, darauf kann ich nicht herausgeben.«

»Nein«, antwortete die Dunkelhaarige.

»Dann … muss ich Sie um ein wenig Geduld bitten.« Leonie griff zum Telefon, rief ihren Vater in seinem Arbeitszimmer an und bat ihn, nach vorne zu kommen und Bargeld mitzubringen.

»Das ist eine sehr schöne Buchhandlung«, bemerkte die junge Frau, während sie darauf warteten, dass Leonies Vater kam.

»Sie ist ziemlich alt«, gab Leonie zurück. Sie wusste nicht warum, aber ihr war plötzlich unbehaglich zumute. Die Frau war eindeutig nicht gekommen, um ein Buch zu kaufen, aber sie war auch nicht grundlos hier.

»Das ist ja gerade das Schöne«, erwiderte die Fremde. »Ich

mag diese modernen Großbuchhandlungen nicht. Sie haben zwar eine Riesenauswahl, aber eigentlich sind es auch keine richtigen Buchhandlungen mehr, finde ich. Es fehlt die Atmosphäre. Das Besondere, das nun einmal eine Buchhandlung ausmacht. Das Geschäft ist bestimmt schon lange in Familienbesitz, oder?«

»Über tausend Jahre«, antwortete Leonie ganz automatisch. Erst dann wurde ihr klar, was sie da gerade gesagt hatte, und sie verbesserte sich hastig. »Ähm – ich meine natürlich: Schon sehr lange. Es könnten genauso gut tausend Jahre sein.«

»Sicher«, meinte die Kundin.

Leonie atmete innerlich auf, als ihr Vater eintraf und sie aus der peinlichen Situation rettete. Wie hatte sie nur einen solchen Blödsinn reden können?

»Wo ist denn das Problem?«, fragte Vater aufgeräumt. Leonie deutete schweigend auf den Fünfhunderter und ihr Vater runzelte die Stirn. »O ja, ich verstehe«, sagte er bedauernd. »Aber ich fürchte, da kann ich Ihnen auch nicht weiterhelfen. Auf diesen Schein kann ich leider nicht herausgeben.«

»Das ist auch gar nicht nötig«, erwiderte die Kundin.

Vaters Lächeln entgleiste für einen Moment, aber er fing sich sofort wieder. »Ich fürchte, ich kann Ihnen nicht folgen«, sagte er. Leonie hatte jedoch das sichere Gefühl, dass er sehr genau verstanden hatte. Ihr Unbehagen wuchs.

»Nun, um ehrlich zu sein«, antwortete nun die dunkelhaarige junge Frau, »bin ich nicht gekommen, weil ich ein Buch kaufen wollte.«

»Sondern?«, fragte Vater. Leonie konnte regelrecht sehen, wie seine Laune umschlug.

»Ich bin hier, weil ich Ihnen ein Angebot machen will«, fuhr die Fremde fort. Sie hob ganz leicht die Stimme. »Bitte lassen Sie mich ausreden, bevor Sie etwas sagen.«

Vater nickte wortlos.

»Um mit der Tür ins Haus zu fallen – ich bin nicht zufällig hier.« Sie sah Vater nicht an, während sie sprach, und Leonie begriff, wie wenig wohl sie sich bei dem fühlte, was sie da gerade tat. »Ich vertrete eine Gruppe von … sagen wir … Investoren, die sehr daran interessiert wären, Ihr Geschäft zu erwerben.«

»Wie kommen Sie auf die Idee, dass ich verkaufen will?«, fragte Vater.

»Ich fürchte, Ihnen wird über kurz oder lang keine andere Wahl bleiben«, antwortete die Fremde. »Wir sind über Ihre finanzielle Lage durchaus informiert.«

»So?« Vater wirkte nicht überrascht, aber sehr zornig. Leonie spürte, dass er sich nur noch mit äußerster Mühe beherrschte.

»Ja«, bestätigte die Dunkelhaarige. »Aber keine Sorge – wir wollen Ihre Notlage keineswegs ausnutzen. Ganz im Gegenteil. Ich möchte Ihnen ein Angebot unterbreiten, das Sie schlagartig all Ihrer Sorgen entheben würde, und darüber hinaus …«

»Interessiert es mich nicht«, fiel ihr Vater ins Wort. Er nahm das Buch von der Theke, ging zum Regal und stellte es an seinen Platz zurück. »Ich fürchte, Sie haben den Weg umsonst gemacht. Bitte gehen Sie.«

»Aber …«

»Auf der Stelle!« Er sprach nicht einmal sehr laut, aber irgendwie brachte er es fertig, trotzdem zu schreien. Die junge Frau blickte ihn noch einen Moment lang fast flehend an, aber sie schien wohl auch zu spüren, wie sinnlos es gewesen wäre, weiterzusprechen. Sichtlich enttäuscht steckte sie ihren Geldschein wieder ein und verließ ohne ein weiteres Wort das Geschäft. Leonie sah ihr nach, bis sie wieder in den Wagen gestiegen und abgefahren war. Erst dann wandte sie sich wieder ihrem Vater zu.

»Was war denn *das* für ein Auftritt?«, murmelte sie. Sie war nicht ganz sicher, ob sie erschrocken sein oder einfach in Gelächter ausbrechen sollte. Die Szene, die sie gerade erlebt hatte, hätte gut aus einem Mafia-Film stammen können – aber doch nicht aus der Wirklichkeit!

»Ich habe keine Ahnung.« Vater hob die Schultern, wie um seine Behauptung noch zu bekräftigen. »Ich habe diese Frau noch nie gesehen.«

»Aber was sie erzählt hat, das … das ist doch nicht wahr,

oder?«, fragte Leonie stockend. Ihre Stimme zitterte, als sie fortfuhr: »Ich meine … wir … wir haben doch nicht wirklich so große finanzielle Probleme, oder?« Sie versuchte zu lachen, um ihren eigenen Worten den Schrecken zu nehmen, den sie selbst heraufbeschworen hatte, aber es gelang ihr nicht.

»Wir sind nicht reich«, antwortete ihr Vater ausweichend. »Das Geschäft ist nie besonders gut gelaufen, und in letzter Zeit ist …« Er hob die Schultern und vermied ihren Blick, als er weitersprach. »Du weißt selbst, wie schlecht das Geschäft seit einer Weile läuft.«

»Dann … dann hatte sie Recht?«, flüsterte Leonie ungläubig. »Wir werden das Geschäft verlieren? Und alles andere auch?«

»Unsinn!«, widersprach Vater. »Unsere Lage ist im Moment ein bisschen schwierig, aber nicht *so* ernst, wie es diese Möchtegern-Mafiosobraut gern hätte. Die allgemeine Wirtschaftslage ist wieder im Aufschwung, und wir können hier und da noch etwas einsparen. Und außerdem gibt es ja auch noch die Versicherung.«

»Was denn für eine Versicherung?«

»Deine Großmutter hatte eine kleine Lebensversicherung abgeschlossen«, antwortete ihr Vater. Das war eine Lüge, wie Leonie ganz genau wusste. Großmutter hatte nie eine Lebensversicherung gehabt. Sie hatte zeit ihres Lebens nichts von Banken und erst recht nicht von Versicherungen gehalten, die ihrer Meinung nach ohnehin alle nur Betrügereien waren. Aber sie schwieg.

»Pass bitte einen Moment lang allein auf das Geschäft auf«, sagte Vater. »Falls diese sonderbare Frau wieder auftaucht, dann ruf mich.«

Er ging und Leonie sah ihm zutiefst beunruhigt und verwirrt nach. Sie konnte sich nicht erinnern, dass ihr Vater sie jemals belogen hätte, doch nun hatte er es ganz eindeutig getan. Vielleicht hatte er ja nur zu einer Notlüge gegriffen, um sie zu beruhigen, aber er *hatte* sie belogen, und diese Erkenntnis schmerzte sie. Wenn sie tatsächlich so große Probleme hatten, wie diese fremde Frau behauptete, dann ging sie das schließlich auch etwas an. Sie war doch kein kleines Kind mehr!

Die Türglocke ertönte. Leonie wollte sich dem Kunden zuwenden, der das Geschäft betreten hatte – aber da war niemand.

Überrascht trat sie hinter dem Tresen hervor, ging zur Tür und betrachtete die altmodische Glocke, die an einem kleinen Federmechanismus darüber angebracht war. Die Vorrichtung war simpel, fast schon primitiv, aber gerade deshalb eigentlich narrensicher. Es war nahezu unmöglich, dass die Glocke anschlug, ohne dass die Tür geöffnet wurde. Aber die Glocke *hatte* gebimmelt! Fing sie jetzt schon an, Gespenster zu sehen?

Wenn ja, dann war es ein ziemlich kleines Gespenst. Vielleicht fünf oder sechs Zentimeter lang, mit einem etwa ebenso langen dünnen Schwanz und dichtem grauen Fell. Außerdem war es ziemlich schnell, denn es verschwand mit trippelnden, kleinen Schritten so rasch unter der Theke, dass Leonie streng genommen nur einen Schatten wahrnahm. Dennoch wusste sie genau, was es gewesen war. Schließlich erkannte sie eine Maus, wenn sie sie sah.

Das hatte jetzt gerade noch gefehlt, dachte sie. Nach dem ganzen Ärger, den sie sowieso schon hatten, auch noch *Mäuse!* Ihr Vater behauptete zwar immer, der größte Feind der freien Unternehmer wäre das Finanzamt, aber der größte Feind eines kleinen Buchhändlers waren zweifellos Ratten und Mäuse, die Bücher eindeutig lieber mochten als die meisten Menschen heutzutage. Sie hatten Bücher nämlich zum Fressen gern, und sie waren den kleinen Nagern umso lieber, je älter sie waren.

Allerdings war diese spezielle Maus nicht gekommen, um irgendwelchen Schaden anzurichten.

Noch während Leonie mit schnellen Schritten um die Theke herumeilte, um dem unerwünschten Eindringling den Weg abzuschneiden, wusste sie, dass es sich um eine ganz bestimmte Maus handelte. Sie hatte dieses Tier schon gesehen. Schon oft. Sie wusste nicht wo, aber das Wissen war so plötzlich und mit so unerschütterlicher Überzeugung in ihr, dass sie nicht einmal auf den Gedanken kam, es anzuzweifeln. Die Maus zeigte auch nicht die geringste Scheu, sondern wartete auf der anderen Seite der Ladentheke auf sie und trippelte dann fast gemächlich los. Sie war gekommen, um ihr etwas zu zeigen oder sie an einen bestimmten Platz zu führen.

Es kam Leonie absurd vor, doch obwohl es sich nur um eine Maus handelte, empfand sie plötzlich eine tiefe Zuneigung zu dem kleinen Wesen; ein Gefühl, als wäre es ihr einziger Freund in einer ganzen Welt voller Feinde und bestenfalls Fremder. Umso wichtiger erschien es ihr aber jetzt, die Maus hinauszuschaffen. Ihren Vater würde der Schlag treffen, wenn er den kleinen Nager sah – und die Maus zweifellos auch, mit viel verheerenderen Folgen. Sie schritt ein wenig schneller aus, um den kleinen Nager einzuholen, aber die Maus lief ebenfalls schneller, fast als hätte sie ihre Gedanken erraten.

»Verdammt, bleib doch stehen!«, rief Leonie. »Ich tu dir doch nichts! Im Gegenteil! Du solltest dir selbst einen Gefallen tun und lieber verschwinden, ehe mein Vater dich sieht.«

Unbeeindruckt von dieser Warnung rannte die Maus noch schneller und huschte unter der Verbindungstür zum Haus hindurch, obwohl der Spalt dazu eigentlich zu schmal war. Aber möglich oder nicht – sie war hindurch, und damit nicht nur im Haus, sondern zumindest theoretisch auch in Reichweite ihres Vaters. Leonie folgte ihr, so schnell es ging, aber im Gegensatz zu ihr konnte sie nicht unter der Tür hindurchlaufen, sondern musste sie öffnen, wodurch sie weitere kostbare Zeit verlor. Als sie in den dunklen Hausflur trat, war es bereits zu spät. Die Maus hatte die Küche fast erreicht, aus der die Stimmen ihres Vaters und ihrer Mutter drangen, die sich lautstark stritten.

»Du weißt, dass ich das niemals zulassen werde!«, sagte Mutter gerade. »Wir hätten es vorher nicht tun sollen und aus diesem Grund schon gar nicht!«

Leonie versuchte gleichzeitig schneller und leiser zu laufen, aber nur eines von beiden war möglich; sie entschied sich für leiser. Die Maus war genau vor der offenen Tür stehen geblieben und hatte sich zu ihr umgedreht. Mit ein bisschen Glück würden ihre Eltern den kleinen Nager nicht sehen, aber wenn sie auf den uralten, knarrenden Holzdielen auch nur einen einzigen unvorsichtigen Schritt machte, würden sie sie garantiert hören, und dann war alles aus.

»Du glaubst doch nicht im Ernst, dass ich mich persönlich bereichern will?«, keuchte ihr Vater. Die Empörung in seiner Stimme war echt. »Aber ich glaube nicht, dass wir überhaupt noch eine andere Wahl haben. Das war *Theresa*, verdammt noch mal!«

Leonie schlich auf Zehenspitzen weiter. Die verfluchten Fußbodenbretter knarrten trotzdem, aber nicht allzu laut, und ihre Eltern waren so sehr in ihr Streitgespräch vertieft, dass sie es mit ein wenig Glück gar nicht gehört hatten.

»Theresa?«, entfuhr es ihrer Mutter. »Hat sie dich erkannt?«

Noch zwei oder drei Schritte, schätzte Leonie. Die Maus hockte nach wie vor reglos da und blickte zu ihr hoch. Hätte Leonie nicht ganz genau gewusst, dass es völlig unmöglich war, im Gesicht eines Tiers zu lesen, hätte sie geschworen, dass sie äußerst zufrieden aussah.

»Natürlich nicht«, antwortete Vater. »Wie könnte sie? Aber sie sind hier, verstehst du? Und du weißt, dass diese Leute nicht aufgeben werden! Wir *müssen* es tun! Schon um Leonies Willen!«

Leonie hatte die Tür jetzt fast erreicht. Sie ließ sich behutsam in die Hocke sinken und streckte die Hand aus.

»Reicht dir immer noch nicht, was das letzte Mal passiert ist?«, fragte Mutter. »Es wird jedes Mal schlimmer, begreifst du das denn nicht?«

Sie hatte es fast geschafft. Zwar wagte sie es noch nicht, aufzuatmen, aber die Maus setzte sich brav in Bewegung, sprang mit einem Satz auf ihre Hand und begann ihren Arm emporzuklettern. In diesem Moment erscholl auf der anderen Seite der Tür ein erstaunter Ausruf. Leonie richtete sich erschrocken auf, doch es war natürlich zu spät. Ihr Vater erschien unter der Tür, noch bevor sie auch nur dazu ansetzen konnte, sich umzudrehen und wegzulaufen.

»Was machst du denn hier?«, fuhr er sie an. »Hast du gelauscht?« Er riss die Augen auf, keuchte und prallte einen halben Schritt zurück. Er starrte die Maus an, die auf Leonies Schulter saß, aber dem Entsetzen in seinen Augen nach hätte es genauso gut eine giftige Riesenspinne sein können oder ein tödlicher Skorpion.

»Du schon wieder!«

Leonie machte ebenfalls einen Schritt zurück und diese Vorsichtsmaßnahme war keineswegs übertrieben. Ihr Vater überwand seinen Schrecken und wollte nach der Maus greifen, aber Leonie kam ihm zuvor. Sie legte rasch und in einer eindeutig beschützenden Geste die Hand über ihren neuen Freund und ihr Vater erstarrte mitten in der Bewegung.

»Was soll das?«, fragte er.

»Ich will nicht, dass du ihr etwas tust.« Leonie sah den Zorn in Vaters Augen aufblitzen und fügte leise und fast widerwillig hinzu: »Bitte!«

Leonies Mutter erschien neben ihm und sah sie beide fragend an. Sie schwieg, aber Vater deutete anklagend auf Leonie und sagte leise: »Unsere Tochter belauscht uns neuerdings, wusstest du das? Und sie hat anscheinend auch ein neues Haustier.«

»Ich belausche euch nicht«, erwiderte Leonie in patzigem Ton. »Und das hier ist nicht mein neues Haustier! Ich bin ihr nur nachgelaufen, um sie einzufangen. Deshalb bin ich hier.« Sie nahm die Hand herunter und öffnete sie; die beste Gelegenheit für die Maus, sich mit einem Sprung in Sicherheit zu bringen und das Weite zu suchen. Stattdessen machte sie es sich auf ihrer ausgestreckten Handfläche gemütlich und begann sich in aller Seelenruhe die Barthaare zu putzen.

»So, so, du kennst dieses Tier also gar nicht?«, fragte Vater. »Leonie, bist du verrückt, eine Maus hier anzuschleppen?«

»Aber ich schwöre, dass ich sie vor einem Augenblick zum ersten Mal gesehen habe!«, beteuerte Leonie.

Ihr Vater machte sich nicht einmal die Mühe, ihr zuzuhören, sondern drehte sich zu Mutter um und deutete zugleich wieder anklagend auf Leonie. »Genau, wie ich es dir gesagt habe!«

Mutter beugte sich leicht vor, um die Maus genauer zu betrachten. »Also ich finde sie … irgendwie niedlich.«

»Mag sein«, antwortete Vater. »Aber wo eine Maus ist, da sind andere meistens auch nicht fern. Das fehlte uns jetzt gerade noch.« Er drehte sich wieder zu Leonie um. »Ich hätte dich wirklich für vernünftiger gehalten.«

»Aber ich sagte doch, dass ich diese …«

»Lüg mich nicht an!«, unterbrach sie ihr Vater. »Und wenn du es tust, dann tu es wenigstens ein bisschen geschickter. Glaubst du etwa, ich hätte den Karton nicht gesehen, den du für sie gebastelt hast?«

»Was für einen Karton?«, fragte Leonie. Sie hatte nicht die geringste Ahnung, wovon ihr Vater sprach.

»Wir können es uns nicht leisten, jetzt auch noch dieses Viehzeug am Hals zu haben«, fuhr ihr Vater fort, ohne ihre Frage zu beachten. »Du bringst sie jetzt nach draußen. Haben wir uns verstanden?«

»Sicher«, sagte Leonie kleinlaut.

»Gut«, antwortete ihr Vater. »Und sorge dafür, dass die Maus nicht wiederkommt.«

Sein Tonfall duldete keinen Widerspruch. Leonie ging rasch an ihm vorbei (in einem so großen Bogen, wie sie nur konnte), durchquerte mit schnellen Schritten die Küche und trat auf die Terrasse hinaus. Die Hitze traf sie wie ein Schlag. Am Tag vor Großmutters Beerdigung waren die Temperaturen zwar ein wenig gefallen, aber seither war es nur umso heißer geworden. Jetzt, um die Mittagszeit, flimmerte die Luft im Garten vor Hitze, wie es manchmal in Filmaufnahmen aus der Wüste zu sehen war oder über der brennenden Startbahn eines Flughafens, nach der Explosion eines startenden Airbusses.

Seltsam, dass sie ausgerechnet auf *diesen* Vergleich kam. Er war ziemlich weit hergeholt und eigentlich hatte sie noch nie einen Hang zum Morbiden gehabt.

»Das ist alles deine Schuld«, sagte sie zu der Maus, die vollkommen ungerührt damit fortfuhr, ihre Barthaare zu putzen. »Wenn du es darauf angelegt hattest, mir Ärger zu bereiten, dann ist es dir jedenfalls prima gelungen.«

Sie überquerte die Terrasse, sah sich einen Moment lang unschlüssig um und entschied dann, ihren aufdringlichen neuen Freund am anderen Ende des Gartengrundstückes abzusetzen. Der Garten war sehr groß, fast schon riesig. Leonie hatte alte Fotos aus besseren Zeiten gesehen und wusste, dass er früher einmal sehr gepflegt gewesen war, fast schon wie ein kleiner Park. Jetzt aber war er hoffnungslos verwildert – ebenso mitgenommen durch mangelnde Pflege wie die einst prachtvolle Jugendstilvilla, die langsam aber sicher verfiel. Ein regelrechter Dschungel; jedenfalls für eine Maus. Wahrscheinlich würde sie Stunden brauchen, um den Rückweg zu finden, und mit etwas Glück würde sie es überhaupt nicht schaffen.

Leonie ging bis zum jenseitigen Ende des Grundstückes und ließ sich in die Hocke sinken, um den kleinen Nager ins Gras zu setzen, überlegte es sich dann aber anders und trat mit einem großen Schritt über das hinweg, was nach dem Feuer vom Gartenzaun übrig geblieben war. Das Nachbargrundstück war zwar nicht annähernd so groß wie das ihrer Familie, dafür aber umso verwilderter. Der Brand lag schon ein paar Jahre zurück, und bisher hatte sich niemand die Mühe gemacht, die Ruine zu beseitigen oder das Haus gar wieder aufzubauen. Soweit Leonie wusste, war die gesamte Familie, der das Haus gehört hatte, bei dem Unglück ums Leben gekommen, sodass es keine Erben gab, und ein Käufer hatte sich für das Grundstück bis heute wohl nicht gefunden.

Während Leonie vorsichtig zwischen den von Unkraut überwucherten Mauerresten entlangging, konnte sie das fast verstehen. Sie war ganz bestimmt nicht abergläubisch, aber von diesem Ort ging etwas Unheimliches aus. Vielleicht lag es einfach daran, dass hier eine ganze Familie ausgelöscht worden war. Einfach so, ohne irgendeinen Grund oder Anlass, nur aus einer puren Laune des Schicksals heraus.

Es war grausam, und außerdem hatte sie das Gefühl, dass es *falsch* war. Unfälle waren nie richtig, aber dieser hier war auf eine ganz bestimmte Art falsch. Er hätte nicht passieren dürfen.

Leonie schüttelte den Gedanken mit einiger Mühe ab. Plötzlich hatte sie es sehr eilig, zwischen den brandgeschwärzten Mauerresten hindurch auf die andere Seite des Grundstückes zu gelangen, wo sie abermals in die Hocke ging und die Maus diesmal wirklich absetzte.

»So«, sagte sie. »Hier kannst du bleiben. Das gehört alles dir, wenn du willst. Ich an deiner Stelle würde das Angebot annehmen. Mein Vater ist im Moment nicht besonders gut drauf, fürchte ich.«

Die Maus beschnüffelte ihr neues Zuhause zwar eifrig, machte aber keine Anstalten, im Gras zwischen den Trümmern zu verschwinden, wie Leonie gehofft hatte, sondern kam im Gegenteil nach ein paar Augenblicken zurück und sah sie erwartungsvoll an.

»Ich verstehe«, seufzte sie. »Du bist eine zahme Maus, habe ich Recht? Irgendjemand hat dich aufgezogen und dir all diese Kunststückchen beigebracht. Dann kann ich dir nur raten, zu deinem früheren Besitzer zurückzugehen.«

Leonie ertappte sich dabei, eine oder zwei Sekunden lang tatsächlich darauf zu warten, dass die Maus antwortete. Sie lachte über diese kindische Vorstellung, drehte sich um und ging mit schnellen Schritten davon. Nach sechs oder sieben Metern blieb sie noch einmal stehen und sah sich um. Die Maus war verschwunden. Offenbar hatte sie sich doch dazu entschieden, lieber auf ihre Warnung zu hören.

Der Gedanke war fast so absurd wie der zuvor, aber Leonie war ganz und gar nicht zum Lachen zumute. Ganz im Gegenteil: Trotz der brütenden Hitze lief ihr plötzlich ein eisiger Schauer über den Rücken und sie verspürte eine grundlose, aber bohrende Angst. Es hatte nichts mit dieser komischen Maus zu tun, das war ihr plötzlich klar.

Es war dieser Ort. Mehr denn je hatte sie das Gefühl, dass hier irgendetwas falsch war, so falsch, wie es nur ging. Es hätte diese Ruine nicht geben dürfen. Irgendetwas war hier geschehen, das so vollkommen verkehrt war, dass sich alles in ihr dagegen sträubte, auch nur einen weiteren Schritt in das Durcheinander aus verfilztem Unkraut und verkohlten Mauerresten zu tun.

Statt auf demselben Weg zurückzukehren, auf dem sie gekommen war, beschloss sie, das Grundstück zu umrunden und die Buchhandlung durch den Vordereingang wieder zu betreten. Das bedeutete einen Umweg von bestimmt fünfhundert Metern, wenn nicht mehr, aber das war ihr im Augenblick sogar recht. Sie hasste es, wenn ihre Eltern sich stritten – und sie hegte noch immer einen tiefen Groll gegen ihren Vater, weil er sie so offensichtlich angelogen hatte. Vielleicht war es besser, wenn sie ihm für eine Weile aus dem Weg ging.

Leonie trat endgültig auf den Bürgersteig und machte sich auf den Weg; allerdings viel langsamer, als es nötig gewesen wäre.

Als sie um die Ecke bog, sah sie den Wagen.

Leonie kam der Autotyp noch genauso unbekannt vor wie zuvor, aber sie erkannte den Wagen ohne jeden Zweifel wieder. Es war die teure schwarze Limousine, die vorhin vor der Buchhandlung geparkt hatte. Sie war nur zwanzig oder dreißig Meter weit gefahren und stand jetzt so da, dass sie vom Laden aus zwar nicht mehr gesehen werden konnte, ihre Insassen die Buchhandlung jedoch problemlos im Auge behalten konnten.

Plötzlich loderte eine kalte Wut in Leonie hoch. Wer immer diese fremde Frau war, zumindest im Moment gab sie ihr die alleinige Schuld an dem, was vorhin passiert war. Und vor allem daran, dass ihr Vater sie belogen hatte. Leonie blieb für einen ganz kurzen Moment stehen, ging dann aber umso schneller weiter, und zwar nicht zurück nach Hause, sondern schräg über die Straße und schnurstracks auf die schwarze Luxuslimousine zu. Während sie es tat, schoss ihr noch einmal die Bemerkung ihres Vaters durch den Kopf, der die Fremde als *Möchtegern-Mafiosobraut* bezeichnet hatte, und plötzlich fand sie den Vergleich nicht mehr im Geringsten komisch – aber ihr Zorn überwog dennoch bei weitem. Sie erreichte den Wagen, riss die Beifahrertür auf und starrte eine Sekunde lang ziemlich verdattert auf den dunkelhaarigen Mann mit Sonnenbrille und schwarzem Anzug, der hinter dem Steuer saß. Der Beifahrersitz des Wagens war leer.

»Das ist die falsche Tür, Leonie«, sagte eine leicht amüsiert klingende Stimme. »Komm doch nach hinten. Die Tür ist offen.«

Leonie drehte erschrocken den Kopf und erblickte die junge Frau, die vorhin bei ihnen im Geschäft gewesen war, auf der breiten Rückbank. Obwohl die Scheiben des Wagens dunkel getönt waren, trug sie nun ebenfalls eine Sonnenbrille, was Leonies Meinung nach selbst für einen richtigen Mafioso stark übertrieben gewesen wäre.

»Worauf wartest du?«

Leonie rief sich fast gewaltsam in die Wirklichkeit zurück, öffnete die hintere Tür des Wagens und stieg ein. Es war eine von jenen wirklich großen, luxuriösen Limousinen, die zwei gegenüberliegende Sitzbänke hatten und wahrscheinlich auch eine Bar, einen Fernseher und allen möglichen anderen Schnickschnack. Leonie nahm gegenüber der Dunkelhaarigen Platz, rutschte aber zugleich auch so weit wie möglich von ihr weg. Der kleine Verrat, den ihre Körpersprache auf diese Weise an ihr beging, blieb ihrem Gegenüber nicht verborgen, aber sie reagierte nur mit einem flüchtigen Stirnrunzeln darauf.

»Möchtest du etwas trinken?«, fragte sie. »Es ist ziemlich heiß draußen. Ich habe gekühlte Limonade da.«

»Nein, danke.«

»Also gut.« Die Fremde hatte die Hand bereits halb nach einem mit Mahagoni verkleideten Kästchen ausgestreckt – vermutlich die Bar –, ließ sie jetzt aber unverrichteter Dinge wieder sinken und deutete ein Achselzucken an. »Dein Vater hat sich also doch noch entschlossen, mit uns zu reden.«

»Nein«, sagte Leonie.

»Nein?«

»Meine Eltern wissen nicht, dass ich hier bin«, erklärte Leonie. »Und ich glaube auch nicht, dass sie sehr begeistert wären, wenn sie es wüssten.«

»Das ist schade«, bemerkte die junge Frau. Leonie versuchte vergeblich, in ihrem Gesicht zu lesen. Die Sonnenbrille machte es einfach unmöglich.

»Warum wollen Sie meinen Eltern alles wegnehmen?«, fragte sie geradeheraus. »Was haben Sie davon? Sie sind doch schon reich!« Sie machte eine wütende Handbewegung. »Allein dieses Auto ist wahrscheinlich mehr wert als unser ganzes Haus!«

»Hat er dir das erzählt?«, fragte Theresa. »Dass wir ihm das Haus wegnehmen wollen?«

»Nein«, antwortete Leonie. »Das brauchte er gar nicht. Ich war schließlich dabei.« Sie schüttelte zornig den Kopf. »Warum tun Sie das?«

»Niemand will euch irgendetwas wegnehmen, Leonie«, erklärte die Fremde. »Weder deinen Eltern noch dir. Ganz im Gegenteil. Wir wollen dir helfen. Es geht nicht darum, dass deine Eltern das Erbe verlieren, sondern darum …«

»Dass ich es bekomme«, führte Leonie den Satz zu Ende. »Ich weiß.«

Ihr Gegenüber war ehrlich verblüfft. Bestimmt zehn Sekunden lang sah sie Leonie nur wortlos durch die getönten Gläser ihrer Sonnenbrille an.

»Theresa«, fügte Leonie nach ein paar Augenblicken betont hinzu.

»Du kennst meinen Namen?«

Leonie nickte wortlos. Insgeheim verfluchte sie diese verdammte Sonnenbrille, hinter der sich die dunkelhaarige junge Frau versteckte. Irgendetwas sagte ihr, dass es wichtig sei, Theresas Reaktionen zu beobachten.

»Hat dein Vater …?«, begann Theresa.

»Nein«, unterbrach sie Leonie. Das war eine glatte Lüge – und zugleich auch wieder nicht. Sie *hatte* Theresas Namen zuerst aus dem Mund ihres Vaters gehört und sie hatte auch nicht vergessen, auf welche Art er über sie gesprochen hatte. Doch darüber hinaus hatte sie Theresas Namen schon vorher irgendwann einmal gehört. Sie hatte sie sogar schon mal gesehen und mit ihr gesprochen, und das vor gar nicht langer Zeit. Es war sehr beunruhigend, so etwas über jemanden zu denken, von dem sie ganz genau wusste, dass sie ihm nie zuvor begegnet war, aber es war eben so. Basta!

»Deine … Großmutter?«, fragte Theresa zweifelnd.

Leonie schwieg. Tief in ihr regte sich eine Erinnerung, doch etwas hinderte sie daran, Gestalt anzunehmen.

»Was hat sie über uns erzählt?«, fragte Theresa. »Klang sie … aufgeregt?«

»Nicht viel«, antwortete Leonie ausweichend. »Eigentlich nur, dass es euch gibt.«

»Und das schon sehr lange«, bestätigte Theresa. »Selbst die ältesten Aufzeichnungen, die wir besitzen, sagen nicht wie lange, und sie reichen wirklich *weit* in die Vergangenheit zurück. Ich hatte kaum zu hoffen gewagt, dass deine Großmutter dir überhaupt von uns erzählt hat. Sie hat kurz nach deiner Geburt jeden Kontakt zu uns abgebrochen, weißt du? Wir haben nie herausgefunden warum. Sie hat plötzlich keinen Brief mehr beantwortet, keine Anrufe mehr entgegengenommen …« Für einen Moment unterbrach sie sich, um sich nach vorn zu beugen und dem Fahrer einen Wink zu geben. Der Motor war so leise, dass Leonie nicht das mindeste Geräusch hörte, aber sie fühlte ein ganz sachtes Vibrieren, und der schwere Wagen setzte sich in Bewegung.

»Was wird das?«, fragte Leonie alarmiert.

»Eine Entführung«, antwortete Theresa lachend. »Was hast du denn gedacht?« Sie schüttelte den Kopf und wurde sofort wieder ernst. »Ich finde nur, so redet es sich besser.«

»So?« Leonie blickte misstrauisch von ihr zum Haus ihrer Eltern und wieder zurück. Natürlich glaubte sie nicht wirklich, dass Theresa vorhatte sie zu entführen, aber das änderte nichts daran, dass sie sich mit jedem Meter, den sie sich von der Buchhandlung entfernten, unbehaglicher fühlte.

»Also gut«, gestand Theresa. »Ich möchte allein mit dir reden. Es wäre nicht gut, wenn dein Vater oder deine Mutter uns zusammen sehen würden. Aber keine Sorge, wir fahren nur ein paarmal um den Block. Du kannst jederzeit aussteigen.«

»Ab hundertzehn Stundenkilometern aufwärts, wie?«

Theresa lachte wieder. »So schnell fährt die alte Kiste gar nicht«, antwortete sie. Und damit hatte sie vermutlich Recht, dachte Leonie. Sie verstand nicht viel von Autos, aber der Motor hörte sich wirklich nicht sehr gut an, und jedes Mal, wenn Theresa in einen anderen Gang schaltete, ertönte ein ungesundes Knirschen, das an Zahnräder erinnerte, die nicht mehr so präzise ineinander griffen, wie sie es sollten.

»Wir waren bei Großmutter«, erinnerte Leonie. »Und dem Grund, warum ihr uns das Haus wegnehmen wollt.«

»Unsinn!«, widersprach Theresa. Sie kurbelte heftig am Lenkrad des uralten Bentley, der anscheinend nicht über den Luxus einer Servolenkung verfügte, und warf mit einem Ruck den Kopf in den Nacken, als ihr eine Strähne ihres langen hellblonden Haares ins Gesicht fiel. »Niemand will euch irgendetwas wegnehmen. Es geht um dich, Leonie. Es ist ungeheuer wichtig, dass *du* die legitime Erbin bist.«

»Aber wo ist denn da der Unterschied?«, fragte Leonie. »Wenn es euch schon so lange gibt, wie du behauptest, welchen Unterschied machen denn dann die paar Jahre? Ich meine: Irgendwann wird es mir doch sowieso gehören.«

»Aber dann kann es zu spät sein.« Theresa drückte wütend auf die Hupe, als ihnen ein anderer Wagen die Vorfahrt nahm, und trat gleichzeitig hart auf die Bremse. Trotzdem rutschte der schwere Mercedes noch ein gutes Stück weiter und kam der Stoßstange des Vordermannes bedrohlich nahe, bevor sie den Wagen wieder vollständig unter Kontrolle hatte. Theresa zog eine ärgerliche Grimasse, aber sie sparte sich jeden Kommentar und setzte ihre so abrupt unterbrochene Erklärung fort. »Versteh mich bitte nicht falsch, Leonie. Ich will deinen Vater nicht schlecht machen oder so etwas. Er ist ein guter Mensch. Und er handelt ganz bestimmt in bester Absicht. Aber er ist leider ein miserabler Geschäftsmann. Wusstest du, dass deine Großmutter früher einmal eine sehr vermögende Frau war?«

Leonie schüttelte den Kopf.

»Aber das war sie«, bekräftigte Theresa. »Seit dein Vater das Geschäft übernommen hat, ist es damit steil bergab gegangen. Das Vermögen ist weg und eure Buchhandlung …« Sie hob die

Schultern. »Hat er dir gesagt, dass das Haus kurz vor der Zwangsversteigerung steht?«

»Wie bitte?«, entfuhr es Leonie.

»Das ist leider die Wahrheit«, sagte Theresa. »Euch bleiben vielleicht noch zwei Wochen, wenn überhaupt. Falls deine Eltern bis dahin nicht eine nennenswerte Summe auftreiben, werdet ihr alles verlieren.«

»Und du willst sie ihnen geben?«

Theresa lachte. »Glaub mir, ich würde es sofort tun, wenn ich es könnte. Aber ich bin nicht reich. Geld hat mich noch nie interessiert.«

»So wie meinen Vater.«

»Es ist nicht seine Schuld«, meinte Theresa. »Es ist kein Verbrechen, kein guter Geschäftsmann zu sein.«

»Und warum bin ich dann hier?«

»Weil das, was jetzt vielleicht passiert, auf keinen Fall sein kann!«, rief Theresa heftig. »Ihr werdet nicht nur das Haus verlieren, sondern auch die Buchhandlung, und das darf nicht passieren, verstehst du?«

»Nein«, sagte Leonie ehrlich.

Theresa seufzte. Sie setzte zu einer Antwort an, doch in diesem Moment erscholl hinter ihnen ein zorniges Hupen. Theresa legte instinktiv (und mit einem hörbaren Krachen) den Gang ein und fuhr los. Ihr war offensichtlich nicht aufgefallen, dass die Ampel, vor der sie angehalten hatten, längst wieder Grün zeigte – so vertieft war sie in ihr Gespräch gewesen. Den Radfahrer, der plötzlich aus einer Seitenstraße geschossen kam, hatte sie anscheinend auch nicht gesehen, denn sie wich ihm mit einer erschrockenen Drehung am Lenkrad aus und verfehlte ihn buchstäblich um Haaresbreite.

»Entschuldigung«, meinte sie verlegen. »Ich … fahre nicht so oft Auto.«

Mit dieser Schrottmühle würde ich das auch nicht, dachte Leonie. Sie sah sich in dem heruntergekommenen schwarzen Ford um und wunderte sich fast ein wenig über sich selbst, dass sie überhaupt in diesen rollenden Schrotthaufen eingestiegen war. Laut sagte sie: »Vielleicht halten wir irgendwo an und trinken etwas. Ich könnte eine eiskalte Cola gebrauchen.«

Theresas Blick machte klar, dass sie den Wink verstanden hatte. Leonie hatte aber trotzdem Recht: Die altersschwache Lüftung des Wagens mühte sich vergeblich, die Temperatur auf ein erträgliches Maß zu senken, produzierte aber nichts außer Lärm. Sie waren beide längst in Schweiß gebadet.

»Da vorne ist eine Eisdiele.« Theresa tippte auf die Bremse, setzte den Blinker und schaltete mit einem Geräusch herunter, das Leonie befürchten ließ, das Getriebe könnte ihnen um die Ohren fliegen. Sie atmete innerlich auf, als sie vor dem Straßencafé anhielten und sie aussteigen konnte. Nach der brütenden Hitze, die sich im Inneren des Wagens angestaut hatte, kamen ihr die hochsommerlichen Temperaturen im ersten Moment fast angenehm vor.

Sie nahmen Platz. Praktisch sofort erschien eine Kellnerin an ihrem Tisch, und sie bestellten zwei Colas und die beiden größten Eisbecher, die Leonie auf der Karte fand. Theresa wirkte ein bisschen erschrocken, als sie die Preise auf der Karte sah. Immerhin befanden sie sich in der mit Abstand nobelsten Wohngegend der Stadt, und die Preise in diesem Straßencafé orientierten sich an der Kaufkraft der Leute, die hier lebten.

Leonie wollte ihr unterbrochenes Gespräch fortsetzen, aber Theresa winkte rasch ab und bedeutete ihr zu warten, bis die Kellnerin zurückgekommen war und ihre Bestellung gebracht hatte. Leonie war zwar ungeduldig, konnte Theresa aber durchaus verstehen. Was sie zu besprechen hatten, war von ungeheurer Wichtigkeit und gewiss nicht für fremde Ohren bestimmt. Außerdem würde sie jeder, der sie zufällig belauschte, wahrscheinlich für komplett verrückt halten.

Es dauerte auch nur einen Moment. Die Kellnerin kam und brachte ihre Bestellung, und Theresa stürzte die Hälfte ihres Getränks in einem einzigen gierigen Zug hinunter. Ganz kurz glitt ein gewaltiger Schatten über die Straße hinweg, und als Leonie hochsah, glaubte sie eine riesige, geflügelte Kreatur zu sehen, die am Himmel über der Stadt entlangflog, aber es war wohl nur eine Wolke, die durch eine Laune der Natur für einen kurzen Augenblick diese Form angenommen hatte, bevor sie wieder auseinander gerissen wurde.

»Also?«, begann Leonie, als sie endlich wieder allein waren. »Du wolltest mir erklären, warum es so wichtig ist, dass die Buchhandlung *mir* gehört und nicht meinen Eltern.«

»Nur die legitime Erbin darf das Archiv betreten«, erklärte Theresa und nahm die Antwort auf Leonies nächste Frage gleich vorweg, indem sie mit den Schultern zuckte. »Und jetzt frag mich bitte nicht, warum das so ist. Das sind nun einmal die Regeln. Wir haben sie nicht gemacht. Wir befolgen sie nur.«

»Einfach so, ohne zu fragen?«

»Es hätte verheerende Folgen, wenn man dagegen verstoßen würde«, sagte Theresa ernst.

»Und wer hat sie aufgestellt?«, fragte Leonie.

Theresa hob wieder die Schultern und begann nachdenklich mit ihrem Mineralwasser zu spielen. »Derselbe, der das Archiv eingerichtet hat, nehme ich an. Vielleicht auch niemand. Vielleicht war es ja schon immer so.«

»Unsinn!«, widersprach Leonie. »Nichts war *immer* so. Jemand muss sie aufgestellt haben!«

»Da bin ich nicht so sicher«, erwiderte Theresa. »Siehst du, ich glaube, dass das Archiv … nicht wirklich das ist, was wir darin sehen.« Sie lachte leise. »Die Vorstellung wäre ja auch ein bisschen komisch, nicht wahr – ein riesiger Saal, in dem Tausende hässlicher Gnome jahrein, jahraus damit beschäftigt sind, minutiös Buch über das Leben jedes einzelnen Menschen zu führen.«

Leonie riss verblüfft die Augen auf. Woher wusste sie das? Theresa konnte unmöglich von dem verrückten Albtraum wissen, den sie vor ein paar Tagen gehabt hatte. Und der ihr im Übrigen auch erst wieder eingefallen war, als Theresa davon gesprochen hatte!

Ihr Erstaunen blieb Theresa nicht verborgen. Sie nippte an ihrem Orangensaft und lächelte. »Du warst also auch schon dort.«

»Ja«, antwortete Leonie. »Ich meine … nein. Es … es war doch nur ein Traum.«

»Und wie könnte ich dann davon wissen?«, fragte Theresa und schüttelte erneut den Kopf. »Jeder von uns ist es am Anfang so ergangen, Leonie. Keine hat geglaubt, dass sie es wirklich erlebt hat. Und wie gesagt: Ich persönlich glaube auch nicht, dass das Archiv wirklich das ist, was wir darin sehen. Es ist ein Ort, an dem das Schicksal aufgezeichnet wird – frag mich nicht, von wem oder wie oder warum. Die Hüterinnen vor uns haben vielleicht Göttergestalten gesehen, die mit Blitzen glühende Buchstaben in Felsen gebrannt haben, und die, die nach uns kommen werden, stehen vielleicht in einem Saal voller Computerterminals.«

»Du meinst, jeder sieht das, was er zu sehen erwartet?«, vermutete Leonie. »Weil wir das, was wirklich da ist, gar nicht erkennen können?«

»Das nehme ich an«, antwortete Theresa.

»Und ich sehe einen Saal voller hässlicher, vorlauter Zwerge«, murmelte Leonie. »Sollte uns das etwas über meinen Gemütszustand verraten?«

Theresa lachte herzhaft, aber sie wurde auch gleich wieder ernst und schüttelte den Kopf. Sie trank wieder von ihrem Orangensaft, sprach aber nicht sofort weiter, sondern drehte sich halb in ihrem Stuhl um und ließ ihren Blick über die Häuser auf der gegenüberliegenden Straßenseite schweifen. Sie waren ausnahmslos groß und teuer, wie in diesem Viertel nicht anders zu erwarten war, aber mehr als eines machte auch einen verwahrlosten Eindruck. Die Vorgärten waren verwildert, die eine oder andere Fensterscheibe eingeschlagen oder auch einfach nur zerbrochen.

»Und?«, fragte Leonie. »Das war doch noch nicht alles?«

»Ich fürchte schon«, erwiderte Theresa, allerdings erst, nachdem sie ihren Blick fast gewaltsam von den Häusern auf der anderen Straßenseite losgerissen hatte. Sie wirkte irritiert, als hatte sie etwas gesehen, was sie zutiefst verwirrte. Leonie fiel auf, dass sie Theresa nie gefragt hatte, woher sie eigentlich kam. Ganz offensichtlich kannte sie sich in dieser Stadt nicht aus.

»Es spielt keine Rolle, was das Archiv wirklich ist und ob es jemand erschaffen hat, und wenn ja warum. Es ist da, das ist alles, was zählt.«

»Und ihr ...«, Leonie verbesserte sich, obwohl es ihr plötzlich schwer fiel, überhaupt weiterzusprechen, »... *wir* können es betreten.«

»Ja«, antwortete Theresa. »Und nicht nur das.«

Das beklemmende Gefühl, das sich in ihr breit gemacht hatte, verstärkte sich. Tief in sich drin wusste sie längst, was Theresa ihr sagen wollte, aber der Gedanke war einfach zu bizarr, als dass sie sich auch nur gestattete, ihn zu Ende zu denken.

»Diejenigen von uns, die die Gabe besitzen«, fuhr Theresa fort, »haben nicht nur die Macht, das Archiv zu betreten. Sie können es verändern.«

»Verändern? Du meinst ...«

»Wir können die Wirklichkeit verändern«, sagte Theresa leise. »Nicht die Zukunft und auch nicht die Gegenwart, aber das, was geschehen ist. Deine Großmutter hatte diese Gabe, du hast diese Gabe und auch ich habe sie. Und einige der anderen. Wir sind nur wenige, und keine von uns weiß, warum uns diese furchtbare Macht verliehen wurde. Aber wir haben sie.«

»Weißt du, was du da sagst?«, flüsterte Leonie.

»Ich hoffe, *du* weißt es«, antwortete Theresa.

»Aber das ... das ist ... unvorstellbar!«, krächzte Leonie. Ihre Stimme drohte zu versagen. »Jemand der ... der über eine solche Macht verfügt, könnte ... könnte ...« Sie brach ab. Ihr fehlten die Worte, um zu beschreiben, was sie empfand.

»Könnte buchstäblich die Welt aus den Angeln heben«, führte Theresa ihren Satz zu Ende und nickte. »Oder sie zerstören. Was ich gesagt habe, ist nicht ganz richtig. Wer die Macht hat, die Vergangenheit zu verändern, der hat durchaus auch die Macht, die Zukunft zu beeinflussen. Er kann buchstäblich alles tun. Und dabei so unvorstellbar viel Schaden anrichten.« Sie machte eine Bewegung auf die Häuser auf der anderen Straßenseite. »Hier hat es vor ein paar Jahren gebrannt, nicht wahr?«

Leonie schüttelte den Kopf. »Nicht hier. Auf unserem Nachbargrundstück.«

»Jetzt denk nur, wenn jemand die Möglichkeit hätte, das Feuer zu verhindern«, sagte Theresa. »Es sind Menschen dabei ums Leben gekommen. Wäre es nicht eine gewaltigen Versuchung, zu wissen, all diese Menschen retten zu können?«

»Und was spricht dagegen?«, fragte Leonie. Sie schnitt Theresa mit einer Geste das Wort ab, als diese antworten wollte. »Du hast Recht, es sind Menschen ums Leben gekommen. Eine ganze Familie. Und sie haben nichts weiter verbrochen, als im falschen Moment in diesem Haus zu sein. Wenn ihr diese Macht habt, warum setzt ihr sie nicht ein?«

Sie hatte so laut gesprochen, dass etliche der anderen Gäste ihre Unterhaltung unterbrachen und fragend in ihre Richtung blickten. Theresa machte eine rasche besänftigende Geste und bedeutete Leonie zugleich, leiser zu reden. »Weil wir es nicht dürfen«, sagte sie dann. »Niemand hat das Recht, die Vergangenheit zu verändern. Du könntest eine noch viel entsetzlichere Katastrophe auslösen. Nur weil du Gutes tun willst. Vielleicht kannst du das Feuer verhindern und diese Menschen retten, und einer von ihnen wächst zu einem wahnsinnigen Diktator heran, der die ganze Welt zerstört. Aber keine Sorge: Keiner von uns würde es auch nur versuchen.«

»Bist du sicher?«, fragte Leonie.

»Ganz sicher«, antwortete Theresa. »Du selbst besitzt diese Macht, Leonie. Du hast die Gabe von deiner Großmutter geerbt. Geh in das Archiv. Du kennst die Namen deiner Nachbarn, die damals ums Leben gekommen sind. Geh in das Archiv, suche das Buch, in dem ihre Leben aufgeschrieben sind, und ändere es.« Sie machte eine auffordernde Geste. »Worauf wartest du? Ich werde nicht versuchen dich aufzuhalten.«

Leonie rührte sich nicht. Sie starrte Theresa nur betroffen an.

»Du würdest es nicht tun«, sagte Theresa.

»Nein«, gab Leonie zu. Sie wusste selbst nicht warum, aber sie spürte, dass Theresa Recht hatte. Selbst wenn sie über die unvorstellbare Macht verfügte, von der Theresa behauptete, sie habe sie von ihrer Großmutter geerbt: Sie würde sie nicht einsetzen.

»Keine von uns würde so etwas tun«, fuhr Theresa fort. »Dieselbe Macht, die uns diese Möglichkeit gegeben hat, hat wohl auch dafür gesorgt, dass wir uns der Verantwortung bewusst sind, die damit einhergeht. Wir würden diese Macht niemals missbrauchen. Wir könnten es gar nicht. Und es ist auch noch nie geschehen.«

Es dauerte nur einen Moment, bis Leonie der fundamentale Fehler in diesem Gedanken auffiel. »Woher willst du das wissen? Wenn jemand wirklich die Vergangenheit verändert hätte, würdest du es gar nicht merken. Du würdest dich nicht an diese andere Vergangenheit erinnern, weil sie niemals passiert wäre.«

»Es ist noch nie geschehen«, beharrte Theresa stur. Leonie fand, dass sie es sich damit ein bisschen leicht machte, doch Theresa fuhr schon im gleichen Sekundenbruchteil fort: »Aber jetzt könnte es passieren.«

»Wieso?«, fragte Leonie erschrocken.

»Weil deine Mutter die Gabe nicht hat«, antwortete Theresa. »Aber dadurch, dass deine Mutter nun die legitime Erbin deiner Großmutter ist, steht auch ihr die Tür zum Archiv offen. Und mit ihr jedem, dem sie den Zutritt gestattet.«

Vor allem den letzten Satz, fand Leonie, betonte sie auf eine Weise, die ihr gar nicht gefiel. »Du willst doch nicht behaupten, dass meine Mutter ...«

»Natürlich nicht«, fiel ihr Theresa hastig ins Wort. »Aber allein ihre Anwesenheit dort könnte schon schlimme Folgen ...« Sie brach ab. Ihre Augen verengten sich, als sie Leonie mit wachsendem Schrecken ansah. »Sie war auch schon dort«, murmelte sie schließlich.

Leonie schwieg.

»Und nicht nur sie.« Es war schon fast unheimlich, doch Theresa schien in ihrem Gesicht zu lesen wie in einem offenen Buch. »Großer Gott!«

»Es ist nichts passiert«, sagte Leonie rasch. »Sie ... sie haben nichts angerührt. Sie hatten gar keine Gelegenheit dazu.«

»Du warst also auch da.« Theresa sah ganz so aus, als hätte sie am liebsten die Hände vors Gesicht geschlagen.

»Aber ich habe auch nichts angerührt«, versicherte Leonie. »Ehrenwort. Es ist nichts passiert.«

»Um dich einmal selbst zu zitieren«, erwiderte Theresa. »Woher willst du das wissen?«

»Ich weiß es eben«, beharrte Leonie. »Glaub mir!«

»Mir bleibt ja wohl auch keine andere Wahl«, seufzte Theresa. Sie schüttelte resigniert den Kopf. »Verstehst du jetzt, warum es so wichtig ist? Du *musst* deine Eltern dazu überreden, dir das Erbe, die Buchhandlung und alles andere, zu überschreiben. Nur eine Hüterin, die über die Gabe verfügt, darf das Archiv betreten. Die Gefahr wäre viel zu groß.«

Leonie schwieg eine ganze Weile. Das Entsetzen und die Angst in Theresas Stimme waren zweifellos echt, aber sie hatte auch nicht vergessen, was ihr Vater vorhin gesagt hatte. Was wenn er Recht hatte und das alles nur ein geschickter Versuch Theresas und ihrer Komplizen war, die Kontrolle über das Familienerbe zu erlangen? So sympathisch Theresa ihr auch war: Ihre Geschichte klang schon sehr fantastisch. Und letzten Endes kannte sie die junge Frau ja praktisch gar nicht. Die wüste Geschichte über die Familie, die auf dem Nachbargrundstück ums Leben gekommen war, hatte sie zwar erschreckt, aber sie war eben doch nicht mehr als das: Eine wüste Geschichte, die möglicherweise auf Wahrheit beruhte. Trotzdem ertappte sie sich dabei, einen raschen nervösen Blick in die Richtung zu werfen, in der das niedergebrannte Haus lag. »Ich muss darüber nachdenken«, sagte sie zögernd.

»Das verstehe ich«, antwortete Theresa – obwohl sie alles andere als glücklich aussah. »Aber lass dir nicht zu viel Zeit damit.«

»Und wenn sie nicht einverstanden sind?«, fragte Leonie. »Was soll ich tun? Meine eigenen Eltern enterben lassen?«

»So weit wird es hoffentlich nicht kommen«, meinte Theresa.

»Und wenn doch?«

»Wir werden nicht zulassen, dass es so weit kommt«, erklärte Theresa.

Die Stimmung begann zu kippen, und obwohl Leonie dies spürte, fragte sie mit hörbar kühlerer Stimme: »Soll das eine Drohung sein?«

»Nein«, sagte Theresa. »So war das nicht gemeint. Ich wollte nur …« Sie hob die Schultern. »Ich wollte nur, dass du begreifst, wie ernst die Situation ist. Denk einfach über das nach, was ich dir erzählt habe. Vielleicht treffen wir uns hier morgen um dieselbe Zeit wieder?« Sie wollte aufstehen, aber Leonie hielt sie mit einer Handbewegung zurück.

»Wenn das alles wahr ist«, fragte sie, »warum hat Großmutter mir dann nie davon erzählt?«

Theresas Reaktion machte ihr klar, dass sie genau diese Frage befürchtet und bis zum letzten Moment gehofft hatte, sie nicht zu hören. »Das weiß ich nicht«, sagte sie zögernd. »Gleich nach deiner Geburt hat sie jeden Kontakt mit uns abgebrochen. Wir wissen nicht warum. Glaub mir, es ist die Frage, die wir alle uns seit fünfzehn Jahren immer wieder stellen.«

»Wie viele seid ihr denn?«, wollte Leonie wissen.

»Nicht sehr viele.« Theresa winkte die Kellnerin herbei und bedeutete ihr, die Rechnung zu bringen. »Vielleicht nicht genug für die Aufgabe, die vor uns liegt.« Sie begann in ihrer Handtasche zu kramen und förderte schließlich eine abgewetzte Geldbörse zutage. Als sie sie öffnen wollte, schüttelte Leonie den Kopf. Sie hatte den nervösen Blick nicht vergessen, mit dem Theresa die Preise auf der Speisekarte gemustert hatte.

»Ich mache das schon«, sagte sie.

Theresa ließ sich nicht zweimal bitten. Sie sah zwar ein bisschen verlegen aus, aber sie ließ ihre Geldbörse trotzdem rasch wieder in der Handtasche verschwinden und stand auf. »Denk bitte darüber nach«, sagte sie noch einmal. »Und … es wäre besser, wenn deine Eltern nichts von diesem Gespräch erfahren würden. Jedenfalls noch nicht.«

Wieso überraschte sie das nicht?, dachte Leonie. Sie erwiderte jedoch nichts, sondern nickte zum Abschied und sah zu, wie Theresa zu ihrem rostzerfressenen alten VW ging und einstieg.

Sie hatte ihr nicht angeboten, sie nach Hause zu bringen, aber das nahm Leonie ihr auch nicht weiter übel. Die Hinfahrt in dieser Rostschleuder hatte ihr schon gereicht. Und sie war im Grunde ganz froh, die knapp anderthalb Kilometer nach Hause zu Fuß zurücklegen zu müssen. So hatte sie wenigstens Zeit, sich ein paar Fragen zurechtzulegen, die sie ihrem Vater stellen würde.

Sie hatte das Gefühl, dass es eine Menge Fragen sein würden.

Und nicht alle würden ihrem Vater gefallen.

Vielleicht gar keine davon.

Mausetod

»Also, das ist die mit Abstand verrückteste Geschichte, die ich jemals gehört habe«, sagte Leonies Vater und goss sich ein weiteres Glas Orangensaft ein. Es war das dritte, seit Leonie angefangen hatte zu erzählen, und daran merkte sie, wie lang ihre Geschichte gedauert haben musste. Es war zwar noch heißer geworden, aber das erkannte Leonie nur an der Anzeige des kleinen Digitalthermometers, das an der Wand neben ihr angebracht war und sowohl die Außen- als auch die Innentemperatur anzeigte. Sie saßen auf der großen, rundum verglasten Terrasse des Hauses, und abgesehen von der Anzeige des Thermometers kündete nur das leise Summen der Klimaanlage von der flimmernden Hochsommerhitze, die draußen herrschte und ihr Bestes tat, um den Garten zu verbrennen und die Blätter an den Bäumen zum Verkohlen zu bringen. Trotz der mittlerweile fast ununterbrochen arbeitenden Bewässerungsanlage standen ihre Chancen gut, es zu schaffen. Leonie konnte sich nicht erinnern, jemals einen so heißen August erlebt zu haben.

»Aber sie ist auch nicht schlecht«, fuhr Vater fort. »Diese Theresa sollte vielleicht einen Fantasy-Roman daraus machen. Wahrscheinlich würde es ein Bestseller.« Er lachte.

»Das ist nicht komisch«, sagte Mutter.

»Nein, eigentlich nicht«, antwortete Leonie. Vaters Lächeln verschwand, aber vermutlich sah nicht nur Leonie ihm an, dass er es nur mühsam unterdrückte.

»Es ist ganz und gar nicht komisch«, räumte er ein. »Aber es sollte selbst dir klar machen, wie gefährlich diese Leute sind.«

»Für mich klingt es eher verrückt«, sagte Leonie.

»Das ist es auch«, bestätigte ihr Vater und plötzlich wurde er wirklich ernst. »Aber das eine schließt ja das andere schließlich nicht aus, weißt du? Ich habe immer gesagt, dass diese Leute gefährlich sind, aber deine Mutter hat mir nicht geglaubt. Es war richtig, dass du uns davon erzählt hast.«

Dessen war sich Leonie noch gar nicht sicher. Sie war auf direktem Wege nach Hause gegangen, nachdem Theresa verschwunden war, aber sie hatte noch über eine Stunde gezögert, ihren Eltern von ihrer Zusammenkunft mit ihr zu erzählen. »Ihr kennt diese Leute also?«, fragte sie.

»Ja«, gestand ihr Vater.

»Und das, was sie über Großmutter erzählt hat …?«

»… ist haarsträubender Blödsinn«, fiel ihr Vater ins Wort.

Leonie behielt jedoch ihre Mutter im Auge, und was sie in ihrem Gesicht las, sagte etwas völlig anderes. Sie hatte während des ganzen Gespräches kaum ein Wort gesagt, aber der Schrecken in ihren Augen war beständig größer geworden.

»Dafür, dass es Blödsinn ist, war sie ziemlich überzeugend, finde ich«, sagte Leonie.

»Das ist ja gerade das Gefährliche an diesen Leuten«, antwortete ihr Vater. »Ich weiß, wir hätten es dir erzählen sollen.«

»Das wäre keine schlechte Idee gewesen«, stimmte ihm Leonie zu. Ihre Mutter senkte den Blick.

»Wir haben gehofft, dass es nicht nötig ist«, gab ihr Vater unumwunden zu. »Deine Großmutter hatte früher mit ihnen zu tun, aber das ist lange her. Wir haben gedacht, es wäre vorbei.« Er machte ein grimmiges Gesicht. »Und ich werde dafür sorgen, dass es das auch sein wird. Ich rufe noch heute unseren Anwalt an. Diese Theresa wird dich nie wieder belästigen, das verspreche ich dir. Und auch keiner von diesen anderen Verrückten.«

»Aber wer *sind* diese Leute?«, fragte Leonie. Der Zorn ihres Vaters war echt, aber er betonte für ihren Geschmack einfach ein paarmal zu oft, dass Theresa und die anderen verrückt waren.

»Genau das, was ich sage«, beharrte ihr Vater stur. »Eine Bande von Verrückten. Eine Art ...« Er suchte nach Worten. »Eine Art Sekte, wenn du so willst. Ich glaube, zum Teil hat diese Theresa die Wahrheit gesagt. Deine Mutter und ich haben uns nicht mit diesen Leuten abgegeben, aber natürlich haben wir das eine oder andere mitbekommen. Anscheinend gibt es diese sonderbare ... Schwesternschaft wirklich. Du hast den Stammbaum in Großmutters Familienbibel ja gesehen.«

»Er reicht sehr weit zurück«, bestätigte Leonie.

»Weißt du eigentlich, wie lange es die Rosenkreuzler schon gibt, oder die Freimaurer oder ein Dutzend anderer Sekten?«, fragte Vater. »Diese Theresa war sehr überzeugend, habe ich Recht? Das ist das Gefährliche an solchen Leuten, weißt du? Sie glauben an das, was sie tun. Das macht sie so überzeugend.«

»Komisch«, erwiderte Leonie. »Theresa hat etwas ganz Ähnliches über dich gesagt.«

Für den Bruchteil einer Sekunde blitzte Wut in den Augen ihres Vaters auf, aber er beherrschte sich. »Tja, dann musst du dich wohl entscheiden, wem du glaubst«, sagte er gepresst.

»So war das nicht gemeint«, sagte Leonie hastig, aber ihr Vater schnitt ihr mit einem Kopfschütteln das Wort ab.

»Ich kann dir nur sagen, was ich über diese so genannten *Hüterinnen* weiß«, meinte er. »Deine Großmutter hat früher einmal zu ihnen gehört, aber das war, bevor ich deine Mutter kennen gelernt habe.«

»Sie wollte nicht, dass ich auch unter ihren Einfluss gerate«, erklärte ihre Mutter. »Ich habe diese Leute ein paarmal getroffen. Sie waren nicht besonders glücklich darüber. Ein- oder zweimal habe ich einen Streit miterlebt, den es wohl deshalb gab, aber ich glaube, es war in Wirklichkeit noch viel schlimmer.« Sie hob die Schultern. »Als du dann auf die Welt gekommen bist, hat sie den Kontakt zu ihnen ganz abgebrochen. Ich dachte, es wäre vorbei.«

»Es *ist* vorbei«, verbesserte sie Vater. »Dafür werde ich sorgen.«

Leonie war für einen ganz kleinen Moment unschlüssig, was sie nun denken oder gar sagen sollte. Die Erklärung ihrer Eltern klang sehr einleuchtend und überaus logisch – aber vielleicht war es gerade das, was sie störte. Ihre Antworten erschienen ihr fast ein wenig zu glatt, beinahe als hätten sie dieses Gespräch erwartet und sich die Antworten auf alle nur erdenkbaren Fragen schon vorher sorgsam zurechtgelegt.

Vielleicht sagten sie aber auch einfach nur die Wahrheit.

»Leonie, du glaubst doch diesen Unsinn nicht wirklich?«, fragte ihr Vater, als ihm ihr Schweigen offensichtlich zu viel wurde. »Ein Archiv, in dem das Schicksal aufgezeichnet wird. Und heilige Frauen, die den Schlüssel zu diesem Archiv hüten. Fällt dir eigentlich selbst nicht auf, wie sich das anhört?«

»Sie haben nicht gesagt, dass sie heilig sind«, bemerkte Leonie.

»Vielleicht sollten wir ja jetzt schon froh sein, dass sie nicht behaupten, nach dem Heiligen Gral zu suchen«, schnappte ihr Vater. »Leonie, ich bin froh, dass wir mit diesen Leuten seit fünfzehn Jahren nichts mehr zu tun haben. Ich werde nicht zulassen, dass sie sich wieder in unser Leben mischen!«

»Aber sie wollen doch gar nichts von euch«, antwortete Leonie. Eine innere Stimme warnte sie davor, weiterzureden und damit möglicherweise den Bogen zu überspannen. Und ganz verstand sie selbst auch nicht, warum sie sich nicht einfach mit der Erklärung zufriedengab, die ihre Eltern ihr geliefert hatten. Es gab nichts daran auszusetzen, nicht den mindesten Grund, misstrauisch zu sein. Wäre da nicht dieses Durcheinander in ihrem Kopf gewesen. Da waren Erinnerungen an Dinge, die sie nie erlebt hatte, Gespräche, die sie niemals geführt hatte, und Situationen, die sich gegenseitig ausschlossen, weil die eine nicht sein konnte, wenn es die andere gegeben hatte. Aber alles wirkte so unglaublich *echt.*

»O nein, sie wollen nicht uns«, sagte Vater bitter. »Sie wollen dich. Diese Leute sind geschickt. Sie hätten sich kaum so lange halten können, wenn sie dumm wären.«

»Ja wahrscheinlich«, seufzte Leonie. Dann fragte sie: »Was ist das für ein Buch, das du in deinem Tresor aufbewahrst?«

Ihr Vater blinzelte. »Wie?«

»Das Buch. Was ist das für ein Buch?«, wiederholte Leonie. Sie sah ihrem Vater fest in die Augen, während sie diese Frage stellte, aber irgendwie gelang es ihr auch, zugleich das Gesicht ihrer Mutter zu beobachten. Zu sagen, dass sie erschrocken wirkte, wäre untertrieben gewesen.

»Ein Buch eben«, antwortete ihr Vater. Er klang zornig. »Ich bin Buchhändler, falls du es vergessen haben solltest. Besonders wertvolle Exemplare bewahre ich im Tresor auf. Was soll das?«

»Nur ein Buch?«, vergewisserte sich Leonie.

Sie konnte regelrecht sehen, wie ihr Vater innerlich explodierte, nur eine Sekunde, bevor er es auch äußerlich tun und sie anbrüllen würde. Aber der befürchtete Wutanfall blieb aus. Ihre Mutter legte ihm rasch und besänftigend die Hand auf die Schulter und meinte: »Warum zeigst du es ihr nicht einfach?«

»Weil ich nicht daran denke, dieses alberne …«

»Bitte!«, sagte Mutter. »Sie braucht einen Beweis, glaub mir.«

»Unsere Tochter braucht einen Beweis, dass ihre eigenen Eltern ihr die Wahrheit sagen?«, fragte Vater böse. »Interessant! Einer wildfremden Person scheint sie zu glauben!« Er streifte Mutters Hand mit einer groben Bewegung ab und stand auf. Noch während er es tat, griff er in die Hosentasche und zog einen großen Schlüsselbund hervor. »Kommt mit!«

Er ging schnell zur Tür hinaus, und Leonie trat rasch um den Tisch herum, um ihm zu folgen, doch ihre Mutter hielt sie mit einer fast verstohlenen Bewegung zurück. Nebeneinander gingen sie in Richtung Arbeitszimmer, aber langsamer als ihr Vater. »Du darfst ihm nicht böse sein, Leonie«, sagte ihre Mutter halblaut. Obwohl sie nicht flüsterte, sprach sie sicher nicht zufällig gerade leise genug, dass nur Leonie ihre Worte verstehen konnte. »Diese Leute … Theresa … Wir hatten früher eine Menge Ärger mit ihnen, weißt du? Er hat einfach Angst, dass alles wieder von vorne losgehen könnte.«

»Theresa?«, vergewisserte sich Leonie. »Ich kann mich ja täuschen – aber sie ist doch höchstens fünf oder sechs Jahre älter als ich.«

»Die Leute, die sie geschickt haben«, erklärte ihre Mutter.

Sie hatten das Arbeitszimmer erreicht. Ihr Vater ging wortlos zum Safe, steckte den Schlüssel ins Schloss und drehte ihn so heftig herum, als hätte er vor ihn abzubrechen. Aber er öffnete die Tür erst, als auch Leonie und ihre Mutter hinter ihm eintraten. »Nur damit niemand behaupten kann, ich hätte das Buch im Hemdsärmel verschwinden lassen oder gegen ein anderes ausgetauscht«, sagte er böse.

Leonie fuhr unter seiner Spitze sichtbar zusammen. Sie hatte mehr wehgetan, als sie sich selbst eingestehen wollte; vielleicht sogar mehr, als ihr Vater beabsichtigt hatte. Leonie ließ sich vor dem offen stehenden Geldschrank in die Hocke sinken und sah hinein. Er enthielt nichts anderes als ein schmales Bündel Geldscheine, ein sehr großes in uraltes Leder gebundenes Buch – und eine kleine verchromte Pistole.

»Seit wann brauchen wir denn eine Waffe?«, fragte sie ganz erschrocken.

»Die letzten fünfzehn Jahre habe ich sie nicht gebraucht«, antwortete Vater spitz. »Aber sie ist legal. Ich habe einen Waffenschein dafür. Möchten Sie ihn sehen, Miss Holmes?«

Leonie wandte sich wieder dem Buch zu. Es war wirklich riesig und noch viel schwerer, als es sowieso schon aussah. Leonie brauchte beide Hände, um es aus dem Safe zu nehmen und zum Schreibtisch zu tragen, und das zierliche Designermöbelstück ächzte, als sie es auf die Glasplatte fallen ließ.

»Also, sieh nach!«, sagte ihr Vater.

Leonies Finger glitten einen Moment lang fast bewundernd über den Einband aus uraltem, steinhart gewordenem Leder. Sie konnte *fühlen*, wie alt dieses Buch war. Behutsam schlug sie es auf und ließ ihren Blick über die winzigen kalligraphischen Buchstaben schweifen. Sie konnte die Schrift nicht lesen. »Ist das … Italienisch?«, fragte sie.

»Die erste Kopie einer Handschrift von Leonardo da Vinci«, antwortete ihr Vater. »Sie ist unglaublich selten. Zeig mir irgendjemanden, der dieses Buch nicht im Safe aufbewahren würde.«

Leonie sah ihn verunsichert an. Sie sagte nichts, sondern blätterte das Buch mit fast ehrfürchtigen Bewegungen weiter durch. Die Worte in Italienisch, noch dazu jahrhundertealtem Italienisch, verstand sie nicht, aber die Behauptung ihres Vaters entbehrte nicht einer gewissen Glaubhaftigkeit. Ein Großteil der Blätter war mit Zeichnungen und Skizzen übersät und sie erkannte den typischen Stil Leonardo da Vincis sofort.

»Aber … aber ich habe doch gesehen …«, murmelte sie.

»Was?«, fragte ihr Vater.

»Du hast etwas darin verändert!«

Ihr Vater zog wortlos eine Schublade seines Schreibtisches auf, nahm ein winziges Fläschchen heraus und knallte es mit solcher Wucht vor ihr auf die Schreibtischplatte, dass das Glas hörbar knirschte. »Damit?«

Leonie war nicht ganz sicher. Sie nickte zögernd.

»Dann sieh sie dir genau an«, schnappte ihr Vater. »Ich restauriere Bücher. Einige Seiten sind beschädigt. Ich habe versucht, sie zu reparieren.« Er wiederholte seine auffordernde Geste. Leonie griff nicht nach der Flasche. Sie blätterte auch nicht weiter in dem Buch, sondern schob es behutsam zurück und musste dann ihre ganze Kraft zusammennehmen, um ihrem Vater ins Gesicht sehen zu können.

»Es … es tut mir Leid«, sagte sie stockend. Sie kam sich unglaublich schäbig vor.

»Das braucht es nicht, Leonie«, tröstete ihre Mutter sie. »Das ist schon in Ordnung.«

»Nein, das ist es nicht«, widersprach Leonie. Plötzlich konnte sie nur noch mit Mühe die Tränen zurückhalten, die ihr in die Augen schießen wollten. Sie schämte sich so sehr, dass sie am liebsten im Boden versunken wäre. »Ich habe dieser Fremden geglaubt, obwohl ich sie kaum kenne, und euch nicht.«

»Daran kannst du sehen, wie gefährlich diese Leute sind«,

stellte ihr Vater fest. Er nahm das Buch, trug es zum Tresor zurück und schloss es wieder ein, bevor er sich zu ihr umdrehte und weitersprach: »Entschuldige, dass ich gerade so grob zu dir war. Deine Mutter hat vollkommen Recht. Diese Leute sind gefährlich. Sie schleichen sich in dein Hirn ein und vergiften deine Seele, und du merkst es nicht einmal.« Er schüttelte den Kopf und seufzte. »Tu mir den Gefallen und sei die nächste Zeit ein bisschen vorsichtig, okay? Sag uns Bescheid, wenn sie wieder versuchen, sich an dich heranzumachen.«

»Sicher«, antwortete Leonie. Ihr schlechtes Gewissen hatte sich mit dem Schamgefühl zu etwas verbunden, das es ihr fast unmöglich machte, ihrem Vater weiter in die Augen zu blicken. »Es … es tut mir wirklich … Leid.«

»Und hör auf, dich ständig zu entschuldigen«, fügte ihr Vater hinzu. Dann grinste er. »Friede?«

»Friede«, antwortete Leonie. Noch immer zögernd, trat sie um den Schreibtisch herum. Ihr Vater lachte noch einmal und lauter, zerstrubbelte ihr das Haar und ließ den Tresorschlüssel mit einer schwungvollen Bewegung in der Hosentasche verschwinden.

»Und zur Feier des Tages lade ich euch heute Abend zum Essen ein«, erklärte er. »In der Stadt hat ein neues Restaurant aufgemacht, in dem es Speisen wie zur Zeit von König Artus gibt. Es soll sehr gut sein. Habt ihr Lust?«

»Na klar«, antwortete Leonie. Ihre Mutter nickte nur. Leonie hatte nichts anderes erwartet. Mutter war sehr schweigsam geworden in letzter Zeit. Sie sprach selten, und wenn, dann nur das Allernötigste, und meistens, ohne ihr Gegenüber dabei direkt anzusehen. Leonie konnte sich nicht erinnern, wann ihre Mutter das letzte Mal wirklich von Herzen gelacht hatte. Am Anfang hatte sie geglaubt, es wäre Großmutters Tod, der sie so mitnahm, und gewiss war das auch einer der Gründe für ihren Zustand. Aber es ging ihr immer noch nicht besser und irgendwann musste doch auch der schlimmste Schmerz wieder vergehen.

Ein Poltern draußen auf dem Flur drang in ihre Gedanken. Leonie sah hoch und erblickte gerade noch einen hellen Schemen, der an der offen stehenden Tür vorbeihuschte. Überrascht drehte sie sich zu ihrem Vater um und wollte eine entsprechende Frage stellen, aber er lächelte nur, war mit drei schnellen Schritten draußen auf dem Flur und kam nach wenigen Augenblicken zurück. Er war nicht mehr allein.

Er trug eine Katze auf den Armen. Leonie riss ungläubig die Augen auf.

»Darf ich vorstellen?«, fragte ihr Vater, wobei er grinste wie ein Schuljunge, dem ein ganz besonders raffinierter Streich gelungen war. »Mausetod.«

Leonie riss die Augen noch weiter auf und starrte eine Sekunde lang ihren Vater und dann wieder die riesige hellgraue Katze an, die es sich auf seinen Armen so bequem gemacht hatte, als wäre das seit Jahren ihr angestammter Platz. Sie war gewaltig. Ein wahres Monster, das durch das wuschelige lange Fell noch größer aussah. Allein an der Art, wie ihr Vater sie hielt, konnte Leonie erkennen, wie schwer sie sein musste; wahrscheinlich wog sie weit mehr als zehn Kilo. Leonie war nicht unbedingt die größte Katzennärrin, aber selbst sie musste zugeben, dass diese Katze ein wahres Prachtexemplar war – ihr Fell hatte einen seidigen Glanz, wie sie ihn noch nie zuvor bei einer Katze gesehen hatte, und sie besaß auch nicht das typische platte Persergesicht, das Leonies Meinung nach immer so aussah, als wäre sein Besitzer damit in frühester Jugend ungefähr hundertmal gegen eine Wand gelaufen oder hätte eins mit einer Schaufel übergebraten bekommen, sondern ein elegantes, stolzes Katzengesicht. Ja, sie war eine Schönheit – oder hätte es sein können, wären die Augen nicht gewesen. Sie waren perfekt: von einem leuchtenden Orange und sehr groß. Und durch und durch gemein. Leonie hatte noch nie so viel Bosheit und Heimtücke in den Augen eines lebenden Wesens gesehen, wie in denen dieser hellgrauen Perserkatze. Allein der Anblick jagte ihr einen kalten Schauer über den Rücken.

»Wo … wo kommt die denn her?«, stieß sie schließlich hervor, nachdem sie die Katze fast eine Minute lang angestarrt hatte.

»Du wirst es nicht glauben«, antwortete ihr Vater. »Aus dem

Tierheim.« Er schüttelte den Kopf und begann die Katze mit der linken Hand zwischen den Ohren zu kraulen. Das Tier begann sofort zu schnurren, aber in Leonies Ohren hörte es sich eher an wie das Knurren eines schlecht gelaunten Hundes. »Kannst du dir vorstellen, welcher Mensch ein so wunderschönes Tier ins Tierheim bringt?«

Das konnte Leonie. Sie, zum Beispiel. »Tierheim?«, murmelte sie.

»Ja«, antwortete ihr Vater, noch immer in diesem begeisterten Ton, den Leonie mit jeder Sekunde weniger verstand, die sie in die Augen der Katze blickte. »Ich war ganz zufällig dort. Ich musste nur ein Buch abgeben, das einer der Angestellten bestellt hatte, weißt du? Und da habe ich diese Katze entdeckt. Sie saß ganz allein in einem Käfig, der viel zu klein für sie war. Es war Liebe auf den ersten Blick. Ich musste sie einfach mitnehmen.«

Leonie tauschte einen raschen Blick mit ihrer Mutter. Sie hatte Vaters neue Freundin offensichtlich schon gesehen, wie Leonie an ihrem Gesicht ablesen konnte, aber sie sah nicht so aus, als ob sie seine Begeisterung teilte.

»Und sie heißt … Mausetot?«, fragte Leonie stockend.

»Mausetod«, verbesserte ihr Vater sie lachend. »Mit ›d‹ am Schluss. Ich finde, das ist ein passender Name für eine Katze, zumal wir in der letzten Zeit ja ein gewisses … Nagetierproblem hatten.« Er hielt Leonie die Katze hin. »Willst du sie mal nehmen?«

Das wollte Leonie ganz und gar nicht, aber sie ging trotzdem langsam um den Schreibtisch herum und streckte die Arme aus. Mausetod musterte ihre ausgestreckten Hände, sah einen Moment lang mit auf die Seite gelegtem Kopf zu ihr hoch – und schlug dann so blitzschnell zu, dass Leonie die Bewegung kaum sah.

Dafür spürte sie den brennenden Schmerz umso heftiger.

Leonie sprang mit einem Schrei zurück und starrte ungläubig auf ihre linke Hand. Mausetods Krallen hatten vier dünne, gebogene Risse auf ihrem Handrücken hinterlassen, die zwar nur haarfein waren, aber wie die Hölle brannten und sofort zu bluten begannen.

»Mistvieh!«, sagte sie herzhaft.

Ihr Vater schoss einen wütenden Blick in ihre Richtung ab, aber dann machte er einen raschen Schritt rückwärts und legte der Katze beschützend die Hand auf den Kopf. Mausetod begann zufrieden zu schnurren. »Das verstehe ich nicht«, erklärte er betroffen. »So etwas hat sie noch nie gemacht!«

»In den zwei Stunden, die du sie kennst, meinst du?«, fragte Leonie feindselig. Sie presste die rechte Hand auf die blutenden Kratzer. Der Schmerz trieb ihr die Tränen in die Augen, so schlimm war er.

»Sie ist normalerweise lammfromm«, beteuerte ihr Vater. »Die Leute vom Tierheim haben mir versichert, dass sie absolut zahm ist! Sie ist mit Kindern aufgewachsen …«

»Lass mich deine Hand sehen«, verlangte Mutter. Sie griff nach Leonies Hand, aber Leonie zog den Arm mit einem Ruck zurück, drehte sich um und stürmte an ihrem Vater vorbei in den Flur.

»Wo willst du hin?«, rief ihr Vater ihr nach.

»Ins Tierheim«, entgegnete Leonie. »Fragen, ob sie noch einen herrenlosen Rottweiler haben, oder eine Dogge!«

Selbstverständlich rannte sie nicht aus dem Haus, sondern stürmte die Treppe hinauf und ins Bad. Das kalte Wasser, das sie über ihre Hand laufen ließ, um das Blut abzuwaschen, verstärkte den Schmerz im ersten Moment noch, aber schon nach ein paar Sekunden hörten die Kratzer auf zu bluten und kurz darauf klang auch der Schmerz ab und wurde zu einem eigentlich nur noch unangenehmen Brennen.

Leonie ließ die Hand trotzdem so lange unter dem eisigen Wasserstrahl, bis sie nahezu taub war. Danach trat sie an den Spiegelschrank, kramte den Verbandskasten hervor und versuchte, ein Pflaster auf ihren Handrücken zu kleben. Sie hatte das sonderbare Gefühl, dasselbe – oder etwas Ähnliches – vor nicht allzu langer Zeit schon einmal getan zu haben, aber das konnte eigentlich nicht sein. Abgesehen von Mausetods Begrüßungsschrammen war ihre Hand unversehrt.

Das Pflaster hielt nicht richtig, weil ihre Hand noch nass war, außerdem würde das verdammte Ding wahrscheinlich sowieso bei der ersten unvorsichtigen Bewegung wieder abgehen. Leonie warf es ärgerlich in den Mülleimer, wickelte sich kurzerhand drei Lagen Toilettenpapier um die Hand und ging in ihr Zimmer zurück. Als sie den Flur überquerte, hörte sie die Stimmen ihrer Eltern unten im Erdgeschoss. Sie konnte nicht verstehen, was sie sagten, aber es handelte sich eindeutig – wieder einmal – um einen Streit.

Sie knallte die Tür hinter sich zu, warf sich aufs Bett und versuchte fünf Minuten lang, ein Loch in die Decke über ihrem Kopf zu starren. Als es ihr nicht gelingen wollte, stand sie wieder auf und begann wie der berühmte gefangene Tiger im Käfig, in ihrem Zimmer auf und ab zu gehen. Es waren nicht nur die Wut auf diese verdammte Katze und der Ärger über ihren Vater, die es ihr einfach unmöglich machten, still sitzen zu bleiben. Eine sonderbare innere Unruhe hatte sie ergriffen, die sie sich nicht erklären konnte, die aber mit jedem Moment stärker wurde. Irgendetwas war passiert. Sie wusste nicht was, sie wusste nicht einmal, woher sie diese Überzeugung nahm, aber es war ganz genau das: eine Überzeugung. Etwas Großes ging vor – und es war nichts Gutes.

Leonie registrierte eine Bewegung aus den Augenwinkeln, blieb stehen und sah gerade noch einen winzigen Schwanz über den Rand des Schuhkartons verschwinden, der noch auf ihrem Schreibtisch stand. Überrascht trat sie näher und beugte sich über die kleine, bunt beklebte Pappschachtel.

Sie hatte sich ziemlich verändert, seit sie sie das letzte Mal näher betrachtet hatte: Der obere Rand war mit einem Kranz feiner Zacken versehen worden, die entfernt an die gemauerten Zinnen einer Burg erinnerten, und an einer Ecke ragte trotzig ein Türmchen in die Höhe, das gerade stabil genug aussah, um das Gewicht einer einzelnen Maus zu tragen. Die Maus selbst trug einen schwarzen Umhang, und über ihrer Brust kreuzten sich zwei Gurte, in denen zwei stecknadelgroße Stichwaffen steckten. In der rechten Pfote hielt sie etwas, das wie eine Armbrust aussah, in der anderen ein breites Messer mit einer gezahnten Klinge.

Na wunderbar, dachte Leonie. *Jetzt war sie völlig verrückt!* Sie blinzelte, und die Maus war wieder eine ganz normale Maus und der Schuhkarton ein Schuhkarton, mehr nicht. Ihre Nerven schleiften anscheinend wirklich schon auf dem Fußboden. Ganz tief in ihr flüsterte eine Stimme, dass es auch diesen Karton gar nicht geben durfte, aber sie weigerte sich, ihr zuzuhören. Vielleicht hatte die Stimme ja sogar Recht, aber wenn ihre Fantasie sich schon vorgenommen hatte, sie in den Irrsinn zu treiben, dann musste sie ihr ja nicht unbedingt auch noch dabei helfen.

Die Maus setzte sich auf die Hinterläufe und blickte auffordernd zu ihr hoch. Leonie streckte die Hand aus. »Komm schon, Conan«, sagte sie.

Die Maus schien sie einen Herzschlag lang vorwurfsvoll anzublicken, aber Leonie grinste nur noch breiter. Sie fand den Namen plötzlich irgendwie passend.

Conan wartete einen Moment lang ab, ob Leonie es sich nicht anders überlegen würde. Dann zuckte die Maus mit den Achseln (sie tat es *tatsächlich*, dachte Leonie verdattert), hüpfte auf ihre Hand und trippelte von dort aus auf ihre Schulter hinauf. Ihre Barthaare kitzelten Leonies Wange, als er es sich dort gemütlich machte.

Es klopfte. Leonie ging zur Tür und öffnete sie. Ihr Vater stand draußen und setzte offensichtlich dazu an, etwas zu sagen, aber dann klappte er den Mund nur auf und starrte sie an. Jedenfalls dachte sie das im allerersten Moment, bevor ihr klar wurde, dass er gar nicht sie, sondern etwas auf ihrer rechten Schulter ansah.

»Was … ist das?«, keuchte er schließlich.

Leonie drehte den Kopf nach rechts. Die Maus saß völlig ruhig da und streckte ihrem Vater natürlich nicht wirklich die Zunge heraus, aber irgendwie hatte Leonie den Eindruck, dass sie es gern getan hätte.

»Das«, antwortete sie lächelnd, »ist Conan.«

»Conan«, wiederholte Vater.

»Conan«, bestätigte Leonie. »Ich finde, für eine Maus ist das genau der richtige Name.«

»So«, murmelte ihr Vater. Sein Gesicht verdüsterte sich. »Du hast wirklich keine Zeit verloren. Eigentlich bin ich hier heraufgekommen, um mich zu entschuldigen, aber das hat sich ja wohl erledigt.«

Ein zustimmendes Knurren erscholl. Leonie sah nach unten und erblickte ein wuscheliges graues Fellbündel, das zwischen Vaters Füßen saß. Mausetods Augen leuchteten wie zwei kleine orangefarbene Sterne, als sie das Maul aufriss und fauchte.

Leonie sah wieder nach rechts. Jetzt war sie sicher, dass ihre Fantasie ihr einen Streich spielte. Conan streckte der fauchenden Katze die Zunge heraus.

Ihr Vater ächzte. Es musste wohl eine ganz besondere Art von Halluzination sein, denn er hatte sie offensichtlich auch.

»Ist ... alles in Ordnung?«, fragte Leonie freundlich.

»Ich ... ähm ... ja«, stotterte ihr Vater. Er riss seinen Blick mühsam von Leonies Schulter los und trat einen Schritt zurück. »Ich wollte dich nur an heute Abend erinnern. Das Essen. Nimm dir nichts vor. Wir fahren um sieben, aber es kann eine Weile dauern.«

Leonie nickte, schloss die Tür und verdrehte noch einmal den Hals, um die Maus auf ihrer Schulter anzublicken. Ob sie nun glaubte, was sie sah, oder nicht, ein Zweifel war nicht möglich: Conan grinste breit.

Um sich wenigstens noch einen Rest geistiger Gesundheit zu bewahren, wandte sie den Blick von ihm ab, ging zum Schreibtisch zurück und setzte die Maus behutsam in den Schuhkarton. Sie blieb einen kurzen Moment lang gehorsam sitzen – und sprang dann mit einer behänden Bewegung wieder heraus. Leonie versuchte nach ihr zu greifen, aber Conan entwischte ihr einfach durch die Finger, hüpfte vom Tisch und verwandelte sich in einen huschenden Schatten, der in schon gewohnter Manier unter der Tür verschwand. Leonie folgte Conan auf die etwas umständlichere Art, die jenen von der Natur benachteiligten Wesen eigen ist, die darauf angewiesen sind, Türen zu öffnen, statt einfach durch sie hindurchzulaufen, und entdeckte die Maus ein gutes Stück entfernt schon fast an der Treppe. Sie hatte angehalten und sah zu Leonie zurück, aber nur gerade lange genug, um sich davon zu überzeugen, dass sie ihr auch wirklich folgte.

Leonie schritt rascher aus. Sie begann sich allmählich daran zu gewöhnen, dass ihr neuer Freund sie zu geheimen Orten führte und dafür sorgte, dass sie Dinge hörte, die nicht für ihre Ohren bestimmt waren (sie hütete sich darüber nachzudenken, wieso diese Maus zu so etwas fähig war oder wer sie geschickt haben konnte), aber die Situation hatte sich geändert. Es gab einen neuen Mitbewohner im Haus, dem Conan besser nicht über den Weg lief.

Im Augenblick war von der Perserkatze allerdings nichts zu sehen. Die Maus erreichte unbehelligt die unterste Treppenstufe, wartete, bis Leonie fast zu ihr aufgeschlossen hatte, und trippelte dann weiter. Mit einem Satz sprang sie auf das Garderobenschränkchen neben der Haustür. Leonie trat rasch zu ihr, sah sich noch einmal nervös nach der Katze um und blickte dann die Maus fragend an.

»Und?«

Auf dem Garderobenschränkchen befand sich absolut nichts Außergewöhnliches – ein kleines Päckchen, eine Vase mit künstlichen Blumen und eine flache Kristallschale, in die ihr Vater manchmal die Autoschlüssel legte. Im Moment befand sich darin nur eine einzelne Visitenkarte mit verschnörkelter Goldschrift.

Sie gehörte Bruder Gutfried. Leonie drehte sie einige Sekunden lang unschlüssig in den Händen. Sie hatte ganz vergessen, dass der Geistliche seine Karte dagelassen hatte (um ehrlich zu sein, hatte sie bis zu diesem Moment sogar vergessen gehabt, dass er überhaupt hier gewesen war), und sie verstand auch nicht wirklich, warum Conan sie hierher geführt hatte. Warum sollte sie mit Bruder Gutfried reden? Wenn überhaupt, dann gehörte der Pastor doch wohl eher zu den Leuten, vor denen ihre Eltern sie so eindringlich gewarnt hatten.

Sie hörte ein Geräusch, legte die Karte mit einer hastigen Bewegung zurück und drehte sich um. Ihr Vater stand hinter ihr. Sie hatte nicht einmal gehört, dass er näher gekommen war (hatte er sich *angeschlichen?*), und er sah nicht besonders erfreut aus. In der rechten Hand hielt er den schweren schwarz-goldenen Füller, den Leonie schon ein paarmal gesehen hatte, und sein Blick verfinsterte sich immer weiter, während er abwechselnd Leonie und den Garderobenschrank ansah. Leonie streckte rasch die Hand aus, um Conan verschwinden zu lassen. Nach der unangenehmen Szene von gerade eben hatte es keinen Zweck, ihren Vater noch weiter zu provozieren.

Aber Conan war nicht mehr da. Ihr Vater hatte auch nicht die Maus angeblickt, sondern die Kristallschale mit Bruder Gutfrieds Visitenkarte. Er starrte sie gute zehn Sekunden lang durchdringend an, dann drehte er sich, ohne ein Wort gesagt zu haben, auf dem Absatz um und ging in sein Arbeitszimmer zurück. Ein hellgraues Fellbündel wuselte zwischen seinen Beinen hindurch auf den Flur heraus, bevor er die Tür schloss.

Leonie sah auf die Uhr. Es war noch nicht einmal vier - noch jede Menge Zeit, bis sie zum Essen fuhren, und der Friedhof, neben dem Bruder Gutfrieds Kapelle lag, war selbst zu Fuß nur zehn Minuten entfernt. So verärgert, wie ihr Vater im Moment war, würde er sich wahrscheinlich ohnehin für den Rest des Tages in seinem Arbeitszimmer einschließen und überhaupt nicht merken, dass sie weg war. Und selbst wenn – Leonie glaubte nicht, dass sie im Moment noch irgendetwas tun konnte, um seine Laune nennenswert zu verschlechtern.

Außer einer Kleinigkeit vielleicht.

Leonies Hand ruhte schon auf der Klinke der Haustür, aber jetzt machte sie noch einmal kehrt, ging zu Mausetod zurück und nahm die Katze kurzerhand hoch. Sie rechnete insgeheim damit, gleich Bekanntschaft mit einem knappen Dutzend rasiermesserscharfer Krallen zu machen, aber die Katze versuchte nicht einmal sich zu wehren, sondern sah sie nur verdattert an. Offensichtlich begriff sie gar nicht, was Leonie gerade getan hatte, und noch viel weniger, was sie vorhatte. Und als sie es verstand, war es zu spät.

Leonie verließ das Haus, zog die Tür hinter sich ins Schloss und überzeugte sich mit einem kurzen Rütteln an der Klinke, dass sie auch wirklich zu war. Dann ließ sie Mausetod einfach fallen.

Die Katze kreischte überrascht auf. Sie landete zwar sicher auf allen vieren, sah Leonie aber so wütend und zugleich erschrocken an, als hätte sie sie ohne Fallschirm und in tausend Metern Höhe aus einem Flugzeug geworfen. Schließlich reckte sie beleidigt den Kopf in die Höhe, drehte sich um und begann an der Tür zu kratzen. Leonie grinste schadenfroh, bevor sie sich endgültig abwandte und ging.

Wie sich zeigte, hatte sie sich gründlich verschätzt. Der Friedhof lag nicht zehn Minuten entfernt, sondern mehr als zwanzig, obwohl Leonie nicht trödelte, sondern im Gegenteil von Anfang an ein scharfes Tempo vorgelegt hatte. Sie hatte leichtes Seitenstechen, als sie endlich in die Straße, die zum Friedhof führte, einbog und die kleine Kirche vor sich sah.

Ihre Schritte wurden langsamer, und das nicht nur, weil sie so außer Atem war, als wäre sie einen Großteil des Weges gerannt. Wie auch ihre Eltern hatte Leonie zeit ihres Lebens nicht viel mit der Kirche im Sinn gehabt und abgesehen von einem Besuch im Vatikan und der Besichtigung des Stephansdoms in Wien hatte sie noch nie eine Kirche von innen gesehen und wenige von außen.

Dennoch kam ihr diese Kirche … merkwürdig vor. Es war eine ganz normale Kirche (soweit sie das beurteilen konnte, hieß das), zugleich aber auch wieder nicht, denn nichts schien wirklich zusammenzupassen. Sie war nicht sehr groß – Leonie schätzte, dass sie kaum mehr als dreißig oder vierzig Menschen Platz bot – und sie *sah aus* wie eine gotische Kathedrale. Aber rings um das Dach und auf den viel zu wuchtig ausgefallenen Pilastern, die die seitlichen Fassaden stützten, waren kleine Teufelsfratzen und Dämonen aus Stein angebracht, und das steinerne

Kreuz über der zweiflügeligen, spitz zulaufenden Tür schien auf dem Kopf zu stehen.

Auch die Fenster der Kirche waren sonderbar. Eingerahmt von gotischen Spitzbögen, bestanden sie aus kunstvoll arrangiertem Bleiglas – aber sie zeigten keine religiösen Motive, sondern fast abstrakte Muster, die Leonie das Gefühl gaben, dass ihr schwindelig werden würde, wenn sie den Fehler beginge, zu lange hinzusehen. Der Turm war unverhältnismäßig dick, ragte dafür aber nur geringfügig über das Dach hinaus.

Leonie war stehen geblieben, ohne es zu merken, aber nun riss sie ihren Blick von diesem seltsamen Bauwerk los und ging weiter. Sie war schließlich nicht hier, um architektonische Studien durchzuführen, sondern …

Ja, sondern … Um ehrlich zu sein: Leonie wusste nicht, warum sie hier war, und sie hatte es bisher auch ganz bewusst vermieden, zu intensiv über diese Frage nachzudenken. Der einzige Grund, aus dem sie gekommen war, war Bruder Gutfrieds Visitenkarte, zu der Conan sie geführt hatte.

Sie ging die aus nur drei Stufen bestehende Treppe hinauf und öffnete die Tür. Trotz der großen Fenster war es überraschend finster im Inneren der kleinen Kapelle und so kühl, dass Leonie fast sofort eine Gänsehaut bekam. Sie musste den Schatten einer der Steinfiguren durchqueren, die die Tür flankierten und die Größe von Kindern hatten, und für den Sekundenbruchteil, den sie dazu benötigte, schien es noch kälter zu werden. Sie sah zu der Figur zurück, und wie so oft in letzter Zeit hatte sie das beunruhigende Gefühl, etwas wiederzuerkennen, das sie ganz bestimmt noch nie zuvor gesehen hatte.

Dabei war an der Figur ganz und gar nichts Unheimliches. Anders als die allermeisten anderen Figuren in der Kirche war es keine Teufelsgestalt und kein geflügelter Dämon, sondern eine kaum anderthalb Meter hohe Gestalt, die eine Art Mönchskutte mit einer weit nach vorne gezogenen Kapuze trug. Leonie konnte weder ein Gesicht noch Hände oder irgendeinen anderen Teil des Körpers erkennen, aber die bloße Frage, was sich wohl unter der schwarzen Kapuze verbergen mochte, ließ sie noch stärker frösteln.

»Du fängst also allmählich an dich zu erinnern.«

Leonie erschrak so heftig, dass sie nur mit Mühe einen Schrei unterdrücken konnte, als die Stimme hinter ihr erklang. Hastig drehte sie sich um und erschrak noch einmal und noch heftiger, obwohl sie ganz genau wusste, wer da vor ihr stand. In der Dunkelheit der Kapelle war Bruder Gutfried jedoch selbst kaum mehr als ein Schatten, dessen Umrisse mit den formlosen Schemen zu verschwimmen schienen, die den Raum hinter ihm füllten; fast als wäre er gar nicht wirklich, sondern nur ein Abbild, das in dem Moment entstand, in dem sie es ansah, und bestimmt wieder verschwunden sein würde, sobald sie in eine andere Richtung blickte.

»Wie … wie meinen Sie das?«, fragte Leonie stockend. Sie konnte hören, wie sehr ihre Stimme zitterte. Ihr Herz pochte. Irgendetwas hier machte ihr Angst, aber sie wusste nicht genau was: Bruder Gutfried, diese sonderbare Kapelle, die unheimliche Figur oder vielleicht alles zusammen.

Gutfried blieb ihr die Antwort auf ihre Frage schuldig. Er trat zurück und winkte sie heran. Leonie folgte der Aufforderung, aber es kostete sie große Überwindung, und es schien noch kälter zu werden. Und dann geschah etwas wirklich Unheimliches: Die Kirche war leer, doch das gedämpfte, zu matten Farben gefilterte Licht und die tanzenden Schatten vermittelten ihr für die Dauer eines angsterfüllten Herzschlages den genau entgegengesetzten Eindruck: Die Bankreihen schienen mit schattenhaften Gestalten gefüllt zu sein, die in das stumme Gegenteil eines Gebetes versunken waren. Dann blinzelte sie und die Schatten waren verschwunden, und als sie weiterging, kam es ihr auch nicht mehr so kalt vor wie bisher.

Bruder Gutfried trat an den kleinen steinernen Altar heran, der aus einem einzigen Block gemeißelt zu sein schien, und lehnte sich mit lässig verschränkten Armen gegen seine Kante. Leonie fand die Haltung für einen Geistlichen irgendwie unpassend.

»Ich bin froh, dass du gekommen bist«, begann er. »Ehrlich gesagt: Ich hatte die Hoffnung schon fast aufgegeben.«

»Eigentlich weiß ich selbst nicht so ganz genau, warum ich gekommen bin«, gestand Leonie. Sie legte den Kopf schräg. »Was haben Sie damit gemeint, dass ich anfange mich zu erinnern?«

»Genau das, was ich gesagt habe«, antwortete Gutfried. »Du beginnst dich zu erinnern.«

»Woran?«

»Daran, wie es war«, antwortete Gutfried. »Wie es sein sollte.«

»Wie es … sein sollte?«, wiederholte Leonie verständnislos. »Wie meinen Sie das?«

»Ich glaube, du weißt recht gut, was ich meine«, sagte Gutfried. »Du hast doch mit Theresa gesprochen, oder?«

»Ja«, antwortete Leonie. »Nein. Ich meine …« Sie brach verwirrt ab und rettete sich in eine Mischung aus einem Kopfschütteln und einem Achselzucken. »Manchmal habe ich das Gefühl, mich an Dinge zu erinnern, die gar nicht passiert sind, oder etwas Wichtiges vergessen zu haben. Aber dann weiß ich wieder nicht, was oder wen.«

»Das ist normal«, erklärte Gutfried. »Dein Gedächtnis spielt dir keinen Streich. Und du bist auch nicht verrückt, keine Angst. Deine Erinnerung hat nur Schwierigkeiten, mit den unterschiedlichen Wirklichkeiten zurechtzukommen.«

Unterschiedliche Wirklichkeiten. Was war denn das nun wieder für ein Blödsinn?, dachte Leonie.

Bruder Gutfried breitete die Arme aus. »Hast du nicht manchmal das Gefühl, dass das alles hier nicht … richtig ist? Dass irgendetwas nicht so ist, wie es sein sollte?«

Leonie starrte ihn nur an. Ihr Herz begann ein wenig schneller zu schlagen.

»Theresa hat die Wahrheit gesagt«, fuhr Gutfried nach sekundenlangem Schweigen fort. Nach einer weiteren, noch längeren Pause und in verändertem Ton fügte er hinzu: »Bevor dein Vater sie aus dem Buch getilgt hat.«

»Was soll das heißen?«, fragte Leonie.

»Du weißt es.« Gutfried seufzte. »Es gibt keine Theresa mehr. Es hat sie nie gegeben.«

»Das ist nicht wahr!«, protestierte Leonie. »Ich kann mich an sie erinnern.«

»Weil du die Gabe hast«, erklärte Gutfried. »So wie deine Großmutter sie hatte, und vorher fast alle Frauen aus eurer Familie. Für alle anderen ist die Wirklichkeit die Wirklichkeit, aber ihr, die ihr die Gabe habt, ihr spürt die Veränderungen. Vielleicht ist das der einzige Grund, aus dem euch dieses Geschenk gemacht worden ist. Ihr seid die Hüterinnen der Wirklichkeit.«

»Dann … dann ist alles wahr, was Theresa erzählt hat?«, murmelte sie. »Es gibt diesen Ort? Und auch die Scriptoren und alles andere?«

Bruder Gutfried nickte schweigend.

»Wenn das wahr ist«, flüsterte Leonie erschüttert, »dann habe ich wohl ziemlich versagt.«

»Es war nicht deine Schuld«, sagte Bruder Gutfried sanft. »Du wusstest es nicht. Niemand hat es dir gesagt. Und als du es erfahren hast, da war es längst zu spät.« Er schüttelte den Kopf. »Niemand wird dir einen Vorwurf machen, und auch deinen Eltern nicht.«

»Es war Großmutter, habe ich Recht?«, fragte Leonie. Es war nicht einmal wirklich eine Frage. Sie erinnerte sich an jene Nacht, in der alles angefangen hatte. Ihre Großmutter hatte am Ende eines langen Lebens begriffen, dass sie ihr einziges Kind um das betrogen hatte, was allen anderen Menschen ganz selbstverständlich zusteht: ein normales, glückliches Leben. Und sie hatte das Einzige getan, was sie tun konnte, um mit dieser Schuld fertig zu werden – sie hatte den Fehler korrigiert.

»Auch deiner Großmutter macht niemand einen Vorwurf«, sagte Bruder Gutfried. »Die schlimmsten Fehler sind fast immer die, die in bester Absicht begangen werden. Es muss aufhören, Leonie.«

»Aber wie?«, fragte Leonie.

»Die Ordnung der Dinge muss wiederhergestellt werden«,

antwortete Bruder Gutfried. »Du musst dafür sorgen, dass deine Eltern *dir* das Erbe übertragen. Du musst das Buch an seinen Platz zurückbringen, denn wenn das nicht geschieht, dann ist alles, was bis jetzt passiert ist, nur der Anfang.«

»Und wenn meine Eltern ...« Leonie setzte neu an: »Wenn mein Vater nicht einverstanden ist?«

»Dann wird ein anderer Weg gefunden werden müssen, um die Ordnung wiederherzustellen«, sagte Gutfried.

Das klang eindeutig nach einer Drohung, fand Leonie und sie sagte es auch.

»Aber nein«, verteidigte sich Gutfried. »Niemand will dir drohen. Und wir würden niemals Gewalt anwenden, Leonie, ganz gleich, was auf dem Spiel steht. Aber das Schicksal wird einen Weg finden. Vielleicht einen schrecklichen Weg, und vielleicht wird noch viel größeres Leid verursacht, als schon geschehen ist.« Er hob die Hand, als Leonie widersprechen wollte. »Geh und sprich mit deinen Eltern, Leonie. Sie sind keine schlechten Menschen, das weiß ich. Sie werden einsehen, dass du Recht hast.«

»Und wenn nicht?«, fragte Leonie.

Diesmal antwortete Bruder Gutfried nicht mehr, und nach einer Weile und ohne noch eine weitere Frage gestellt zu haben, wandte sich Leonie um, verließ die Kapelle und machte sich auf den Heimweg.

Der Burgkeller

Natürlich fand das Gespräch zwischen Leonie und ihren Eltern nicht statt. Sie setzte mehrmals dazu an, aber ihr Vater blockte jeden ihrer Versuche, über das Archiv oder gar das Buch zu reden, sofort ab. Und als Leonie trotzdem nicht locker ließ, wurde er zuerst ärgerlich, dann autoritär. Es endete damit, dass Leonie den Rest des Nachmittags in ihrem Zimmer verbrachte und sich den Kopf über eine glaubwürdige Ausrede zerbrach, um nicht mit ihren Eltern essen gehen zu müssen. Sie verstand ohnehin immer weniger, warum ihr Vater ausgerechnet heute auf diese Idee gekommen war. Als ob es etwas zu feiern gäbe!

Ihr fielen tatsächlich gleich mehrere, durchaus glaubwürdige Ausreden ein, aber ihr Vater ließ keine davon gelten. Wenige Minuten nach sieben saßen sie im Wagen und fuhren in die Stadt.

Das Restaurant, von dem ihr Vater erzählt hatte, lag in einer Straße, die zu schmal war, um sie mit dem Wagen zu befahren, geschweige denn darin zu parken, sodass sie den letzten halben Kilometer zu Fuß gehen mussten. Leonie hatte nichts gegen einen kleinen Spaziergang, aber sie war zuerst nur erstaunt, dann mehr und mehr überrascht von dem, was sie sah. Das Restaurant befand sich in einem Stadtviertel, in dem sie noch nie gewesen war – was aber an sich nicht viel besagte. Leonie war zwar in dieser Stadt geboren und aufgewachsen, aber in einer Großstadt mit weit über einer Million Einwohner konnte man vermutlich sein ganzes Leben verbringen, ohne jede Straße zu kennen. Dennoch war sie erstaunt, bisher noch nicht einmal von diesem kleinen Karree aus vier oder fünf Straßen, das von den Resten einer mittelalterlichen Wehrmauer umschlossen wurde, gehört zu haben.

Es war ein wenig wie eine Reise in eine andere Welt, zumindest aber in eine andere Zeit. Sicher, es gab die schon fast obligaten Satellitenschüsseln und Antennen auf den Dächern, hinter den Fenstern brannte elektrisches Licht, und hier und da sahen sie das blaue Flackern eines Fernsehers hinter nur halb zugezogenen Gardinen, darüber hinaus jedoch hätten die schmalen Straßen auch direkt aus dem Mittelalter stammen können. Die Häuser waren niedrig, mit winzigen Fenstern und schmalen Türen, und zum größten Teil mit Ziegeln gedeckt, manchmal sogar mit Stroh. Das Kopfsteinpflaster der Straßen war so wellig, dass Leonie froh war, rein zufällig Turnschuhe angezogen zu haben; in jedem anderen Schuhwerk hätte sie sich vermutlich nach ein paar Schritten auf die Nase gelegt.

Auch der *Burgkeller* befand sich in einem uralten Ziegelsteingebäude, das aussah, als hätte es mindestens fünfhundert Jahre auf dem Buckel, wenn nicht mehr. Leonie hatte kein wirklich gutes Gefühl bei seinem Anblick. Genau wie ihr Vater mochte sie alte, historische Gebäude, vor allem wenn sie so gut erhalten waren wie dieses hier, aber an den unregelmäßigen Ziegelsteinmauern, den halbrunden Fenstern und der von zwei schweren, grob behauenen Steinsäulen flankierten Tür war irgendetwas, das sie beunruhigte.

»Na?«, fragte Vater, als sie das Gebäude betraten und in einen großen, überraschend hellen Gastraum kamen. »Habe ich zu viel versprochen?«

Nein, das hatte er nicht. Der Denkmalschutz, unter dem das Gebäude stehen musste, beschränkte sich anscheinend nur auf die Fassade. Die gegenüberliegende Wand bestand aus einem einzigen großen Fenster, das auf einen kleinen Innenhof blickte, wodurch es im Inneren des Schankraumes erstaunlich hell war. Die Einrichtung wiederum erinnerte ganz an ein mittelalterliches Gasthaus: schwere, grob gezimmerte Möbel, Kerzenständer aus Silber oder Zinn und dazu passende Leuchter unter der Decke, selbst das Personal war entsprechend gekleidet. Es roch nach Holzkohle, gebratenem Fleisch und Bier. Vater trat an die Theke, wechselte ein paar Worte mit einem Mann dahinter und kam dann zurück.

Leonie sah sich derweil nicht nur neugierig, sondern auch ein wenig hilflos um. Sämtliche Tische waren besetzt und keiner der Gäste machte den Eindruck, als würde er innerhalb der nächsten Minuten gehen wollen. Vater bedeutete ihnen jedoch mit aufgeregten Gesten, mit ihm zu kommen, und steuerte eine niedrige Tür in einer Ecke des Raumes an.

Dahinter lag eine schmale, steil nach unten führende Treppe, die von drei dunkelrot glimmenden Fackeln erhellt wurde. Die Fackeln waren künstlich, aber so perfekt gemacht, dass man schon zweimal hinsehen musste, um es zu bemerken, und die Wände bestanden aus roten, grob behauenen Steinquadern. Der Treppenschacht ähnelte so frappierend dem Gewölbe im Archiv der Scriptoren, dass Leonie unwillkürlich langsamer wurde und wahrscheinlich ganz stehen geblieben wäre, hätte sich ihre Mutter, die nur ein paar Schritte vor ihr ging, nicht umgedreht und sie fragend angesehen. Jede Stufe, die sie hinabschritt, kostete sie größere Überwindung. Wäre sie allein gewesen, sie hätte keinen Fuß auf diese unheimliche Treppe gesetzt.

Und es war noch nicht zu Ende. Die Treppe führte in einen niedrigen, unerwartet weitläufigen Gewölbekeller hinab, der von den gleichen künstlichen Fackeln und einer Unzahl – echter – Kerzen erhellt wurde, die überall auf den Tischen standen. Zwei der vier Wände wurden von schweren, grob gezimmerten Regalen eingenommen, die bis an die Decke mit uralten Büchern und Folianten voll gestopft waren, und am gegenüberliegenden Ende des Raumes stand eine große, kompliziert aussehende Maschine, deren bloßer Anblick Leonie frösteln ließ. Beim zweiten Hinsehen erkannte sie jedoch, dass es sich um eine uralte Druckerpresse handelte. Vermutlich der Nachbau eines Gerätes, das noch aus Gutenbergs Zeiten stammte. Dennoch war die Ähnlichkeit mit der großen Halle im Archiv so unheimlich, dass es Leonie immer schwerer fiel, noch an einen reinen Zufall zu glauben. Der einzig wirkliche Unterschied bestand im Grunde darin, dass es hier keine Stehpulte gab, an denen kleine, hakennasige Gestalten mit Federkielen in Bücher schrieben, sondern große Eichentische, an denen Menschen saßen und tafelten.

»Na, wie gefällt es euch?«, fragte ihr Vater. Seine Stimme klang so stolz, als hätte er das alles hier ganz allein geschaffen. Er drehte sich, über das ganze Gesicht strahlend, zu ihnen um, runzelte aber dann plötzlich die Stirn und sah Leonie fast bestürzt an. »Du siehst ja nicht gerade begeistert aus.«

»Nein, nein, es ist schon in Ordnung«, versicherte Leonie hastig. Sie versuchte sich zu einem Lächeln zu zwingen, aber sie spürte selbst, dass es kläglich misslang. »Ich war nur … überrascht.«

»Damit habt ihr nicht gerechnet?« Vaters Gesicht überzog sich wieder mit einem strahlenden Lächeln und trotz allem nahm Leonie dieses Lächeln voller Erleichterung zur Kenntnis. Es war lange her, dass sie ihren Vater so fröhlich gesehen hatte.

»Nein«, gestand Leonie. »Ich wusste gar nicht, dass es hier so etwas gibt.«

»Gab's bis vor kurzem auch nicht.« Vater steuerte den einzigen freien Tisch an. »Sie haben erst vor einer knappen Woche aufgemacht.«

»Das meinte ich auch nicht«, sagte Leonie, während sie ihm folgte und Platz nahm. Auch der Stuhl, auf den sie sich setzte, hätte direkt aus dem frühen Mittelalter stammen können. Er war schwer, klobig und noch unbequemer, als er aussah. »Das ganze Viertel hier. Ich wusste gar nicht, dass es so etwas in der Stadt gibt.«

»Es ist genauso neu wie der Burgkeller selbst.« Vater genoss sichtbar den verwirrten Blick, mit dem Leonie auf seine Worte reagierte, und er ließ sie noch einen Moment länger zappeln, indem er nach der Kellnerin winkte und ihr mit unmissverständlichen Gesten zu verstehen gab, dass sie die Speisekarte bringen sollte, bevor er weitersprach: »Ich meine, es ist natürlich nicht *neu.* Dieses ganze Viertel hier stammt tatsächlich aus dem zehnten oder elften Jahrhundert; so genau weiß das niemand mehr. Vor gar nicht langer Zeit war das hier allerdings eine Gegend, die man lieber verschwiegen hat. Die Häuser waren fast alle baufällig, Strom- und Wasserversorgung haben nicht richtig funktioniert ...« Er machte eine vage Handbewegung, die bedeutete, dass er diese Aufzählung ohne Mühe noch eine gute halbe Stunde hätte fortführen können. »Das Übliche eben. Niemand wollte hier wohnen. Es gab sogar Pläne in der Stadtverwaltung, alles niederzureißen und hier ein neues Industriegebiet zu errichten.«

»Hier?«, wunderte sich Leonie. »Aber das ist doch bestimmt alles denkmalgeschützt.«

»Und wie«, bestätigte Vater, schüttelte aber zugleich auch den Kopf. »Aber so ist das nun mal: Wenn es um Geld geht, sind Dinge wie Denkmalschutz oder Geschichte plötzlich gar nicht mehr so wichtig. Die Städte sind pleite. Die Abrissgenehmigung war schon fast erteilt.«

Er unterbrach sich, als die Kellnerin kam und ihnen die Speisekarte brachte. Sie war ein junges Mädchen, wahrscheinlich nur zwei oder drei Jahre älter als Leonie selbst. Sie sah nett aus, aber irgendetwas stimmte nicht mit ihr. Leonie konnte jedoch nicht sagen was.

»Guten Abend, Herr Kammer«, sagte sie freundlich. »Das Übliche?«

Ihr Vater nickte, und Leonie warf ihrer Mutter einen fragenden Blick zu, bekam aber nur ein hilfloses Achselzucken zur Antwort. Ganz offensichtlich war ihr Vater *nicht* zum ersten Mal hier.

»Und was ist passiert?«, fragte sie, nachdem ihre Mutter und sie ihre Getränkebestellung aufgegeben hatten und die Kellnerin wieder gegangen war.

»Rettung in letzter Sekunde, sozusagen«, antwortete ihr Vater. »Es hat sich ein Investor mit einer Idee gefunden.«

Leonie nahm die Speisekarte zur Hand und betrachtete sie neugierig. Das Angebot entsprach dem mittelalterlichen Ambiente – Wein, Braten und Gemüsesuppe, Brot und Käse, Kohl und Spanferkel, keine Kartoffeln oder Pommes frites, und schon gar kein neuzeitlicher Schnickschnack wie Pizza oder Hamburger.

Viel mehr als die angebotenen Speisen faszinierte Leonie jedoch die Speisekarte selbst. Im ersten Moment hielt sie sie für einen geschickt gemachten Computerausdruck, doch nachdem sie die Karte mit der ihrer Mutter verglichen hatte, stellte sie fest, dass sie tatsächlich handgeschrieben war. Die Preise waren übrigens in Talern ausgewiesen, nicht in Euro, und sie waren geradezu lächerlich niedrig.

»Und einer Menge Geld, nehme ich an«, vermutete Mutter.

»Du machst dir keine Vorstellung *wie viel*«, bestätigte Vater. »Aber er hat die Leute im Stadtrat überzeugt.«

»Dieses Lokal zu eröffnen?«

»Das ist erst der Anfang«, sagte Vater. »Dieses ganze Viertel wird nach und nach restauriert. Es werden historische Handwerksbetriebe angesiedelt und noch mehr Restaurants.« Er hob die Schultern. »Es wird eine Weile dauern und eine Menge Arbeit erfordern, aber wenn alles fertig ist, haben wir eine richtige historische Altstadt hier.«

»Und wozu?«, fragte Leonie.

»Tourismus«, antwortete ihr Vater. »Andere Städte bauen große Schwimmbäder oder quietschbunte Vergnügungsparks, unsere Stadt bekommt ein mittelalterliches Viertel.«

»Und das funktioniert?«, fragte Leonie zweifelnd.

»Und wie«, erwiderte ihr Vater. »Sieh dich doch hier nur um. Seit der Burgkeller eröffnet wurde, ist er jeden Tag ausgebucht. Man muss schon jetzt drei Wochen im Voraus einen Tisch bestellen, und die Interessenten, die die Handwerksbetriebe übernehmen wollen, stehen Schlange.«

»Du weißt eine Menge über das Projekt«, meinte Mutter.

»So ziemlich alles«, bestätigte ihr Mann mit einem geheimnisvollen Lächeln.

»Bei den Preisen hier müssten sie eigentlich längst pleite sein.« Leonie deutete auf die Speisekarte. »Das deckt ja nicht mal die Stromkosten.«

»Da täuschst du dich. Der Burgkeller ist in Wahrheit sogar recht teuer.« Vater griff in die Tasche und zog einen kleinen Lederbeutel hervor. Es klimperte hörbar, als er ihn an Leonie weiterreichte. »Die kann man oben beim Wirt kaufen. Und der Umrechnungskurs ist abenteuerlich, glaub mir.«

Leonie machte den Beutel auf und schüttete seinen Inhalt auf ihre Handfläche. Es handelte sich um mehrere goldene und eine Anzahl kleinerer kupferfarbener Münzen. Taler und Heller. Leonie nahm einen davon zur Hand und betrachtete ihn aufmerksam. Sie kannte sich mit alten Münzen nur oberflächlich aus, aber wenn dieser Taler eine Fälschung war, dann eine perfekte.

»Sie sind echt«, sagte ihr Vater, als hätte er ihre Gedanken gelesen. »Und entsprechend wertvoll.«

Leonie ließ die Münzen wieder in den Beutel prasseln und gab ihn fast ehrfürchtig an Vater zurück. »Du kennst dich ja wirklich gut mit dem Ganzen hier aus.«

»Das stimmt«, antwortete Vater lächelnd.

Die Kellnerin kam, um die bestellten Getränke zu bringen. Leonie war leicht verwirrt. Sie hatte eine Cola bestellt und ihre Mutter ein Mineralwasser, aber auf dem hölzernen Tablett standen drei klobige Silberbecher, in denen eine gelbliche Flüssigkeit perlte. Leonie schnupperte misstrauisch daran und sah ihren Vater dann überrascht an. »Champagner?«

»Es ist nicht ganz zeitgemäß, ich weiß«, sagte Vater, während er nach seinem Becher griff. »Aber heute machen wir einfach mal eine Ausnahme.«

»Haben wir denn einen Grund zum Feiern?«, erkundigte sich Mutter.

Vater lächelte geheimnisvoll, hob seinen Becher und prostete ihnen zu. Er wartete, bis auch Leonie und ihre Mutter an ihren Bechern genippt hatten, bevor er antwortete: »Ihr habt gerade gefragt, wieso ich mich so gut mit diesem Projekt auskenne. Ich weiß buchstäblich alles darüber. Es ist mein Projekt. Streng genommen unseres, aber ich habe es geplant und entwickelt.«

Leonie starrte ihren Vater aus großen Augen an. »Der Burgkeller gehört *dir?*«

»Uns«, verbesserte sie ihr Vater. »Und nicht nur der Burgkeller. Das ganze Viertel.«

Mutter verschluckte sich an ihrem Champagner, begann zu husten und wurde kreidebleich. »Was?«, keuchte sie.

»Keine Sorge«, schmunzelte Vater. »Ich habe es praktisch geschenkt bekommen.«

»Aber … aber die ganze Arbeit«, murmelte Leonie. »Die Kosten für den Umbau und den Unterhalt und …«

»… sind astronomisch«, unterbrach sie ihr Vater, machte aber zugleich auch eine wegwerfende Handbewegung. »Aber das Projekt rechnet sich, keine Sorge. Und selbst wenn nicht, wird es uns nicht ruinieren. Aber keine Angst, es wird aufgehen.«

»Und trotzdem.« Mutter war noch immer blass. »Ein so großes Projekt. Ich meine: Du hättest mir wenigstens etwas sagen können.«

Vater Lächeln wurde um mehrere Grad kühler. »Seit wann interessierst du dich für geschäftliche Dinge?«

»Gar nicht«, gestand Mutter. »Aber bei einem so großen Vorhaben …« Sie schüttelte fast hilflos den Kopf. »Ich wusste nicht, dass wir so vermögend sind.«

»Siehst du?«, sagte Vater. »Das zeigt, wie wenig du dich in den letzten Jahren um das Geschäft gekümmert hast.« Er zwang sich zu einem Lächeln. »He, Schluss jetzt. Wir wollen uns doch den schönen Abend nicht verderben lassen, oder? Ich dachte, ihr freut euch über diese Überraschung!«

»Na ja, sie ist dir auf jeden Fall gelungen«, antwortete Mutter. Sie versuchte sich zu einem Lächeln durchzuringen, aber man sah ihr an, dass sie am liebsten etwas ganz anderes gesagt hätte. Auch Leonie schwieg, wenn auch aus einem gänzlich anderen Grund: Sie interessierte sich noch viel weniger für Geschäfte als ihre Mutter, aber alles in ihr sträubte sich dagegen, zu glauben, was sie gerade gehört hatte. Ihr Vater war ein miserabler Geschäftsmann. Er hatte schon Mühe, seine Rechnungen an der Tankstelle zu bezahlen, ohne dabei übers Ohr gehauen zu werden.

Der Gedanke entglitt ihr und wieder blieb eine unangenehme Leere zurück, fast schon das Gefühl, um etwas Wichtiges betrogen worden zu sein.

»Also lasst uns feiern«, sagte Vater noch einmal. Die Worte klangen fast wie ein Befehl. »Sucht euch etwas zu essen aus. Die Speisen dauern hier eine Weile. Sie kochen noch auf die altmodische Art. So etwas wie einen Mikrowellenherd haben sie hier nicht.«

Leonie hatte den Wink verstanden und ihre Mutter offensichtlich auch, denn sie senkte genau wie Leonie fast hastig den Blick auf die Speisekarte.

Da ihr die Hälfte der Gerichte auf der Speisekarte sowieso nichts sagte und sie die Hälfte der verbliebenen Hälfte nicht einmal kurz vor dem Hungertod freiwillig gegessen hätte, fiel ihr die Auswahl nicht besonders schwer. Die Kellnerin kam, kaum dass Vater die Hand gehoben hatte, und Leonie nutzte die Gelegenheit, sich die junge Frau noch einmal und ein wenig aufmerksamer anzusehen.

An ihrem ersten Eindruck änderte sich nicht viel. Nur dass Leonie jetzt wusste, was sie schon vorher an dem eigentlich ziemlich hübschen Mädchen gestört hatte, ohne dass sie es da in Worte hätte kleiden können: Die Bedienung war allerhöchstens vier oder fünf Jahre älter als sie – und sie war ziemlich ungepflegt. Sie war nicht wirklich schmutzig, das wäre in einem Restaurant wie diesem einfach undenkbar gewesen und außerdem roch sie intensiv nach Seife, als sie dicht an Leonie vorbeiging, doch ihr Haar war strähnig und sie hatte eine sehr unsaubere Haut. Als sie etwas sagte, konnte Leonie sehen, dass sie trotz ihrer Jugend schon sehr schlechte Zähne hatte, und ihre Fingernägel waren pieksauber, sahen aber eher abgeknabbert als abgeschnitten aus. Zusammen mit dem aus grobem Baumwollstoff gewobenen Kleid und den schweren Holzsandalen hätte sie tatsächlich direkt aus dem frühen Mittelalter stammen können. Aber man konnte es mit der Authentizität auch übertreiben, fand Leonie.

Nachdem die Kellnerin gegangen war, wollte das Gespräch an ihrem Tisch nicht mehr so recht in Gang kommen. Ihr Vater stürzte seinen Champagner regelrecht hinunter und hob die Hand, woraufhin ihm die Kellnerin in Windeseile einen gewaltigen Krug Bier brachte – und auch das war ungewöhnlich, fand Leonie. Ihr Vater trank nur ganz selten Alkohol, und Bier schon gar nicht. Jedenfalls hatte sie das bis jetzt immer gedacht. Aber da er nichts zu ihr gesagt, sondern nur die Hand gehoben hatte, musste die Kellnerin wohl auch jetzt *das Übliche* gebracht haben. Die Situation wurde immer verwirrender und unbehaglicher.

Als das Schweigen zwischen ihnen einen Punkt erreicht hatte, der ihr das Gefühl gab, es einfach nicht mehr aushalten zu können, stand sie auf und ging zu einem der Bücherregale. Als sie vorhin heruntergekommen war, da hatte sie ganz automatisch angenommen, dass es sich um Nachbildungen alter Bücher handelte, vielleicht sogar nur um Attrappen, wie man sie manchmal in Möbelhäusern sah. Aber das Gegenteil war der Fall: Die

Bücher waren echt. Sie sahen echt aus, sie fühlten sich echt an und sie hatten sogar den typischen und ganz und gar unverwechselbaren Geruch, den von allen Dingen auf der Welt nur alte Bücher hatten. Leonie nahm einen der schwarzen, schweren Bände aus dem Regal und schlug ihn fast ehrfürchtig auf. Das pergamenttrockene Papier raschelte, als sie die Seiten umschlug. Die Schrift darauf war so verblasst, dass sie sie bei der schwachen Beleuchtung kaum entziffern konnte, aber immerhin glaubte sie zu erkennen, dass es sich um eine Art Familienchronik handelte. Genau wie bei dem guten halben Dutzend anderer Bücher, das sie danach zur Hand nahm.

Das unangenehme Gefühl, angestarrt zu werden, ließ Leonie innehalten. Sie stellte den Band, in dem sie gerade gelesen hatte, ins Regal zurück und drehte sich um.

Sie wurde tatsächlich angestarrt. Mindestens fünf oder sechs Gäste an den umliegenden Tischen hatten ihre Mahlzeit unterbrochen und sahen sie an. Die meisten blickten hastig weg, als Leonie sich umdrehte, aber zwei oder drei hielten ihrem Blick stand, und in dem einen oder anderen Gesicht glaubte Leonie, eine unangemessene Neugier zu erkennen.

Doch vielleicht war das nur dem Umstand zuzuschreiben, dass sie so selbstverständlich in den Bücher herumkramte, die mit Sicherheit einen enormen Wert darstellten. Leonie verscheuchte den Gedanken, zuckte deutlich sichtbar mit den Schultern und ging zu ihrem Tisch zurück.

»Zufrieden?«, fragte ihr Vater, nachdem sie Platz genommen hatte.

Leonie hob abermals die Schultern. »Der Stoff reicht für mindestens ein Dutzend hundertteiliger Familiensagas im Fernsehen. Allerdings lässt die Auswahl ein wenig zu wünschen übrig.«

»Das war ein komplettes Archiv«, erwiderte Vater leichthin. »Ich konnte einfach nicht widerstehen. Und an einen Ort wie diesen passt es hervorragend, finde ich.« Er unterbrach sich und deutete mit einer Kopfbewegung zur Treppe. »Schluss jetzt, die Attraktion beginnt.«

»Attraktion?«, fragte Mutter.

»Selbstverständlich, oder glaubst du etwa, die gepfefferten Preise hier sind nur für das Essen? Ehrlich gesagt ist es nicht einmal besonders gut.«

Leonies Mutter wollte eine weitere Frage stellen, doch in diesem Moment begann auch schon das, was Vater gerade als die Attraktion bezeichnet hatte: Den Auftakt machte ein Leierspieler, der nicht nur ein originalgetreues mittelalterliches Kostüm trug und auf einem authentischen Instrument spielte, sondern auch genauso schief sang, wie Leonie es sich bei frühmittelalterlicher Unterhaltungsmusik vorgestellt hatte. Der Applaus, der aufkam, als sein Auftritt (Gott sei Dank) nach einer knappen Viertelstunde vorbei war, galt vermutlich seinem Kostüm und dem historischen Instrument, das er spielte, und nicht seinem Vortrag.

Es war jedoch noch nicht vorbei. Nachdem der Leierspieler gegangen war, kam ein ganzes Trüppchen bunt gekleideter Artisten und Gaukler herein, die in den ersten Minuten einfach wild durcheinander wirbelten und alle zugleich ihre Kunststücke aufführten: Eine nur spärlich bekleidete Tänzerin bot etwas dar, das die mittelalterliche Version eines orientalischen Bauchtanzes sein mochte, ein Junge, an dessen Kleidung zahllose winzige Glöckchen bimmelten machte Kopfstände und alle möglichen anderen Faxen, ein Jongleur warf brennende Fackeln bis zur Decke und fing sie geschickt wieder auf, und ein Messerwerfer ließ seine Klingen blitzen.

Leonie versuchte in den ersten Minuten vergeblich, so etwas wie eine Ordnung in dem Chaos zu entdecken, aber dann fiel ihr etwas auf, was sie deutlich mehr interessierte, als das bunte Treiben der Artisten und Faxenmacher.

Die Truppe hatte einen Gehilfen, der den Artisten zur Hand ging, fallen gelassene Fackeln und Messer aufhob oder ihnen andere Utensilien reichte – und einmal hastig die Rockschöße des Feuerspuckers löschte, als dieser ein wenig zu übereifrig war und sich selbst in Brand setzte. Leonie hielt ihn zunächst einfach für irgendeinen Jungen, denn er war noch ein gutes Stück kleiner als sie und sein Gesicht konnte sie nicht erkennen. Er trug so etwas wie eine schwarze Mönchskutte mit einer weit nach vorne gezogenen Kapuze. Aber je länger sie die Gestalt ansah, desto mehr beunruhigte sie irgendetwas an ihrer Erscheinung, und schon bald wurde ihr klar, was es war: Sie glich der Steinfigur vor der Kapelle, die ihr solche Angst gemacht hatte, auf frappierende Weise.

Nach einer Weile schien auch ihrem Vater aufzufallen, dass sie dem Jungen in der Mönchskutte deutlich mehr Aufmerksamkeit entgegenbrachte als der Darbietung der Artisten und Gaukler. »Ist irgendetwas?«, fragte er.

Leonie schüttelte den Kopf, aber es gelang ihr offenbar nicht, ihren Vater zu überzeugen, denn er sah den Kuttenträger in der Größe eines Kindes noch einen Moment lang aus misstrauisch zusammengekniffenen Augen an, bevor er mit einem Ruck aufstand und zu ihm hineilte. Mit einer einzigen, wütenden Bewegung riss er die Kapuze nach hinten.

Was darunter zum Vorschein kam, war ein ganz normales, wenn auch schrecklich ausgemergeltes Kindergesicht. Der Junge war allerhöchstens zehn Jahre alt und sah aus, als stünde er kurz vor dem Verhungern. Er prallte mit einem Schrei zurück und riss schützend beide Hände vors Gesicht, und allein die Art, wie er es tat, deutete ohne jeden Zweifel darauf hin, dass er es gewohnt war, geschlagen zu werden.

Leonies Vater schlug ihn natürlich nicht. Er stand im Gegenteil plötzlich ziemlich verlegen da und sah regelrecht schuldbewusst aus, zumal nicht nur die Artisten erschrocken ihre Darbietung unterbrochen hatten, sondern auch die meisten Gäste stirnrunzelnd in seine Richtung blickten.

»Klaus, was soll denn das?«, fragte Leonies Mutter betroffen.

Vater ließ die Hand sinken, sah einen Moment lang noch schuldbewusster aus, fing sich dann aber sofort wieder. »Nichts. Es ist alles in Ordnung. Spielen Sie weiter.« Er machte eine auffordernde Geste zu den Gauklern hin, kam zurück und setzte sich wieder.

»Was sollte denn das?«, fragte Mutter noch einmal. »War dieser Auftritt wirklich nötig?«

»Das ist doch wohl ein Skandal, oder?« Vater redete gerade laut genug, um an den benachbarten Tischen verstanden zu werden, und deutete dabei auf den Jungen. Der hatte seine Kapuze wieder hochgeschlagen, blickte aber weiterhin ängstlich in ihre Richtung. »Ich habe fast so etwas vermutet, weißt du?«

»Was?«, fragte Mutter verständnislos.

»Der arme Junge ist halb verhungert«, antwortete Vater. »Und ich gehe jede Wette ein, dass er auch geschlagen wird. Ich werde dafür sorgen, dass das hier der letzte Auftritt dieser sauberen Truppe war.«

Leonie fragte sich, ob er diesen Unsinn wirklich ernst meinte. Er hatte nicht einmal Unrecht, was den Jungen betraf, aber das war ganz bestimmt nicht der Grund gewesen, warum er so jäh aufgesprungen war und dem Kleinen die Kapuze vom Kopf gerissen hatte. Sie hatte den Ausdruck auf seinem Gesicht nicht vergessen; er hatte etwas völlig anderes unter der Kapuze erwartet. Etwas wirklich vollkommen anderes.

Die Darbietung der Jongleure, Feuerschlucker und Tänzer ging weiter, aber sie hatte deutlich an Schwung verloren und schien das Publikum nicht mehr zu interessieren. Viele der Zuschauer starrten immer noch in ihre Richtung und sie sahen nicht einmal weg, als Vater ihre Blicke herausfordernd erwiderte.

Seltsam – ein paar von den Gesichtern kamen Leonie bekannt vor. Sie wusste nicht genau, wo sie sie einordnen sollte, aber sie hatte sie schon einmal gesehen, und das vor gar nicht allzu langer Zeit.

Die Kellnerin kam und brachte ihr Essen. Es roch deutlich besser, als Leonie nach den Worten ihres Vaters erwartet hatte, und es sah auch appetitlich aus. Die Speisen wurden auf großen Zinntellern serviert, die die Kellnerin geschickt vor ihnen auf dem Tisch platzierte. Als sie bei Leonie angekommen war, beugte sie sich leicht vor und fragte: »Ist alles in Ordnung, Meister Kammer?«

»Ja«, antwortete Vater, dann schüttelte er den Kopf. »Nein.

Schick sie fort.« Er deutete auf die Gaukler. »Und nimm den Jungen mit in die Küche. Der Koch soll ihm so viel zu essen geben, wie er will.«

»Ganz, wie Ihr wünscht, Meister Kammer.«

»Meister Kammer?«, wiederholte Mutter, nachdem die junge Frau sich umgedreht hatte und mit schnellen Schritten in Richtung Tür verschwunden war.

»Das gehört zum Spiel«, erklärte Vater in leicht ärgerlichem Ton. »Hier ist eben alles so authentisch wie überhaupt nur möglich.«

Leonie beugte sich hastig über ihren Teller und begann zu essen. Die Mahlzeit schmeckte sonderbar, aber durchaus gut, doch sie war nicht in der Stimmung, sie entsprechend zu würdigen. Ihr Blick ging immer wieder zu dem Jungen in der Kutte hin. Er stand reglos da, ohne auf das Treiben um ihn herum zu achten, und starrte in ihre Richtung. Und Leonie konnte trotz der Kutte sehen, dass er am ganzen Leib zitterte.

»Tust du mir einen Gefallen?«, wandte sie sich an ihren Vater.

»Welchen?«

Leonie deutete auf die Schauspielertruppe. »Wirf sie nicht raus.«

»Wieso?« Vater ließ die plumpe dreizinkige Gabel sinken, die sie zum Essen bekommen hatten, und sah überrascht zu den Gauklern hin, ehe er sich wieder an Leonie wandte: »Und warum nicht? Du hast doch gesehen, wie sie den armen Jungen behandeln. Solche Leute haben es nicht besser verdient!«

»Wahrscheinlich würden sie ihre Wut nur an dem Jungen auslassen und alles würde noch schlimmer«, sagte Leonie.

Ihr Vater schüttelte den Kopf. »Bist du sicher, dass dein Name Leonie ist und nicht Mutter Theresa?« Trotzdem hob er die Hand und winkte einen der Gaukler heran. Der Mann – es war der Feuerschlucker – unterbrach seine Darbietung und fuhr sich nervös mit dem Handrücken über den Mund, um die Reste der brennbaren Flüssigkeit wegzuwischen, die er für seine Vorführung brauchte.

»Meister Kammer?«, fragte er nervös. »Seid Ihr … ich meine: Gefällt Euch unsere Vorführung nicht?«

»Ihr könnt für heute aufhören«, erwiderte Vater, ohne damit die Frage des Feuerschluckers direkt zu beantworten. »Und ich werde euch in den nächsten Tagen genau im Auge behalten. Wenn der Junge nicht besser behandelt wird, dann werde ich euch entlassen. Hast du das verstanden?«

Der Mann wagte es nicht, laut zu antworten, sondern nickte nur abgehackt. Was Leonie in seinen Augen las, das war keine Angst mehr, sondern blanke Panik. Rückwärts gehend zog er sich zurück und wechselte einige hastige Worte mit den anderen, woraufhin die gesamte Truppe nahezu fluchtartig den Keller verließ.

»Bravo, mein Lieber, das nenne ich Menschenführung.« Hinter ihnen erscholl Händeklatschen. Leonie fuhr ebenso erschrocken wie ihr Vater herum und erblickte eine dunkelhaarige junge Frau, die neben ihrem Tisch aufgetaucht war. »Wo hast du das gelernt? In einem Managerseminar für Fortgeschrittene?«

»Theresa!«, entfuhr es Leonie überrascht. Die junge Frau blickte sie stirnrunzelnd an. »Kennen wir uns?«

Nein, sie kannten sich nicht. Dennoch wusste Leonie nicht nur ihren Namen. Was hatte Bruder Gutfried gesagt? Sie begann sich zu erinnern …

»Hören Sie auf, meine Tochter zu belästigen«, schnappte Vater. »Und ich verbitte mir diesen vertraulichen Ton.«

Theresa hob die Schultern. »Ganz, wie Sie wünschen, *Herr* Kammer.« Sie wandte sich mit einem traurigen Blick an Leonies Mutter. »Und du, Anna?«

»Was soll der Unsinn?«, herrschte Vater sie an. »Ich bin hier zu einem privaten Essen mit meiner Familie. Wieso belästigen Sie uns?«

»Du weißt, warum ich hier bin.« Theresa sah sich fast erschüttert um. »Großer Gott, was hast du nur getan?«

»Nichts, wofür ich mich rechtfertigen müsste«, antwortete Vater, »und schon gar nicht vor Ihnen.«

»Begreifst du eigentlich nicht, welchen Schaden du anrichtest?«, fragte Theresa. »Welchen Schaden du bereits angerichtet *hast*?«

»Ich habe niemanden geschädigt«, entgegnete Vater ruhig. »Und ich habe nichts getan, dessen ich mich schämen müsste. Bitte gehen Sie jetzt.« Er hob die Hand, um den Wirt herbeizuwinken, aber Theresa fuhr in einem fast verzweifelten Ton und an Leonies Mutter gewandt fort: »Anna! Ich weiß, du wolltest nie etwas mit uns zu tun haben. Aber sogar du solltest wissen, dass das hier falsch ist! Es war bestimmt nicht im Sinne deiner Mutter und es kann auch nicht in deinem sein! Großer Gott, sieh dich doch nur um! Das ist doch der schiere Wahnsinn!«

»Sie sollten jetzt wirklich besser gehen«, sagte Vater gepresst. »Es sei denn, Sie legen Wert darauf, in einem Polizeiwagen nach Hause gebracht zu werden.«

Theresa wollte sofort widersprechen, doch in diesem Moment tauchte der Wirt neben ihr auf und ergriff sie grob am Handgelenk. Theresa versuchte sich loszureißen, aber der Wirt, ein grobschlächtiger Hüne, packte nur noch fester zu und holte mit der anderen Hand aus, um sie zu schlagen.

»Halt!«, fuhr Vater scharf dazwischen. Der Arm des Wirtes erstarrte mitten in der Bewegung. Er wirkte beinahe enttäuscht.

»Lass sie los!«, befahl Vater.

Der Wirt ließ Theresa tatsächlich los und trat einen Schritt zurück, blieb dann aber wieder stehen und schien geradezu begierig auf einen Vorwand zu warten, erneut zuzupacken.

Leonies Vater warf ihm einen warnenden Blick zu, bevor er aufstand und sich wieder an Theresa wandte. »Wir wollen doch zivilisiert bleiben. Ich entschuldige mich für diesen groben Burschen, aber ich möchte Sie jetzt trotzdem bitten zu gehen. Wenn Sie mir noch irgendetwas zu sagen haben, wenden Sie sich bitte an meinen Rechtsanwalt. Die Adresse haben Sie ja.«

Theresa musterte abwechselnd ihn und den Wirt mit zornigen Blicken, während sie ihr Handgelenk massierte. Aber sie sagte nichts mehr, sondern wandte sich ruckartig ab und verließ im Sturmschritt den Keller.

»Was war denn das für ein Auftritt?«, fragte Leonie.

Vater sah Theresa nach, bis sie verschwunden war, und setzte sich dann wieder. Er jetzt antwortete er, aber ohne Leonie dabei anzusehen. »Eine Verrückte.”

»Es klang aber so, als ob ihr euch kennt.«

»Das sind die Schlimmsten«, grollte Vater.

»Die schlimmsten was?«

»Fanatiker! Sie war früher einmal ganz vernünftig, aber dann hat sie sich diesen Irren angeschlossen. Irgendeiner Umweltschutzorganisation, die mit allen Mitteln dieses Projekt hier verhindern wollte. Sie meinen, wir zerstören die historische Realität, wenn wir das Viertel restaurieren um Touristen anzuziehen.«

»Was soll denn das sein: historische Realität?«, fragte Leonie.

»Das musst du schon diese durchgedrehte Walküre fragen«, antwortete Vater. »Und jetzt Schluss. Ich will nichts mehr davon hören! Lasst euer Essen nicht kalt werden und genießt wenigstens den Rest des Abends.«

Was natürlich völlig unmöglich war. Leonie stocherte ein paar Minuten lustlos in ihrem Essen herum, dann stand sie mit einer gemurmelten Entschuldigung auf und ging die Treppe hinauf nach oben. Sie fragte den Wirt nach dem Weg zur Toilette und bekam die Antwort, dass sie auf der anderen Seite des kleinen Innenhofes lag, den sie durch das große Fenster sehen konnte. Sie musste nicht wirklich dorthin, aber unten im Gewölbekeller hätte sie es einfach nicht mehr ausgehalten.

Selbst wenn sie in diesem Moment ein menschliches Bedürfnis verspürt hätte, hätte sie wahrscheinlich mit aller Macht versucht es zu unterdrücken, denn die umfangreichen Restaurierungsarbeiten, von denen ihr Vater gesprochen hatte, erstreckten sich ganz offensichtlich nicht auf die sanitären Anlagen. Es gab weder elektrisches Licht noch den Luxus eines Waschbeckens und die Toilette selbst bestand aus einem viereckigen Holzpodest, in das ein herzförmiges Loch geschnitten worden war. Wozu es diente, das verriet der Geruch, der daraus emporwehte, überdeutlich.

Leonie blieb einige Sekunden lang fassungslos stehen, betrachtete die groteske Konstruktion in dem schwachen Licht, das durch die offen stehende Tür von draußen hereinströmte und fragte sich, ob es sich bei diesem *stillen* Örtchen vielleicht um einen geschmacklosen Scherz handelte oder einen Gag, um dem Gebäude noch mehr Glaubwürdigkeit zu verleihen. Vielleicht hatte sie auch einfach die falsche Tür genommen.

Sie trat wieder ins Freie und blickte sich unschlüssig auf dem kleinen, auf allen Seiten von Mauern umschlossenen Hof um. Viel gab es nicht zu sehen. Er war einfach ein gemauertes, vollkommen leeres Geviert, in dem es nur die Glasfront zum Restaurant und zwei grob gezimmerte Holztüren gab. Nach dem, was sie gerade hinter einer dieser Türen gefunden hatte, verspürte sie wenig Lust auf eine weitere Expedition in die Steinzeit.

Leonie wollte gerade weitergehen, als sie Stimmen hörte. Sie waren zu leise, um die Worte zu verstehen, aber sie klangen erregt, fast wie im Streit, und drangen hinter der zweiten Tür hervor. Leonie rang einen Moment mit sich, schließlich ging es sie absolut nichts an, was dort passierte – aber dann gewann ihre Neugier die Oberhand. Sie trat an die Tür, suchte nach einer Klinke und fand nur einen altmodischen Riegel, der allerdings nicht vorgelegt war. Leonies schlechtes Gewissen meldete sich noch einmal, als die Stimmen auf der anderen Seite lauter wurden und ihr Ton schärfer, denn es ging sie nun wirklich nichts an, was hinter dieser Tür geschah, dennoch zögerte sie nur noch eine halbe Sekunde, bevor sie eintrat.

Der Raum dahinter bot einen so unerwarteten Anblick, dass sie mitten im Schritt verharrte und ungläubig die Augen aufriss. Er war sehr groß, wirkte aber trotzdem beengt, weil die Decke so niedrig war, dass man kaum aufrecht darin stehen konnte. Die Wände bestanden aus unverputztem, grobem Mauerwerk, und es gab nur ein einziges, schmales Fenster, das aber kein Glas hatte, sondern im Grunde nur ein Loch in der Wand war. Im Augenblick war Leonie allerdings ganz froh darüber, denn ansonsten wäre sie möglicherweise erstickt. Licht und Wärme im Raum kamen von einer offenen Feuerstelle unmittelbar unter dem Fenster, durch das der Großteil des Rauchs abzog – aber eben nur der Großteil, nicht alles. Die Luft war zum Schneiden dick und stank so durchdringend nach Qualm und schwelendem, nassem Holz, dass sie nur mit Mühe ein Husten unterdrücken konnte.

Rings um dieses Feuer saß ein halbes Dutzend Gestalten. Leonies Augen füllten sich fast sofort mit Tränen, als ihr beißender Rauch ins Gesicht trieb, aber sie erkannte sie trotzdem als die Artistentruppe, die gerade unten im Burgkeller aufgetreten war. Als Leonie eingetreten war, hatten sie ihr Gespräch abrupt unterbrochen; jetzt stand einer von ihnen auf und kam ihr mit ausgreifenden Schritten entgegen.

»Was willst du hier?«, fuhr er sie an. »Du hast hier nichts …« Er stockte mitten im Satz und der brodelnde Zorn auf seinem Gesicht wandelte sich in Erschrecken. »Oh, Ihr seid es.« Er machte einen halben Schritt zurück und verbeugte sich leicht. »Verzeiht! Ich … ich habe Euch nicht gleich erkannt.«

»Erkannt?«, wiederholte Leonie verständnislos.

Der Mann – es war der, mit dem ihr Vater geredet hatte; Leonie nahm an, dass es sich wohl um den Anführer der Truppe handeln musste – hob unsicher den Kopf und maß sie mit einem langen, nicht sonderlich angenehmen Blick. Seine Augen wirkten verschlagen, fand Leonie, vielleicht hatte sie ihrem Vater ja Unrecht getan. Möglicherweise wusste er etwas über diese Leute, das ihr unbekannt war. »Ihr seid doch die Tochter von Meister Kammer, oder?«

Etwas warnte Leonie davor, anders als mit »Ja« zu antworten. Der Gedanke war zwar völlig absurd, aber sie hatte plötzlich das Gefühl, dass sie möglicherweise nicht mehr lebend hier herauskommen würde, wenn sie es tat. Überhaupt spürte sie erst in diesem Moment die Angst, die sich in ihr eingenistet hatte, seit sie hereingekommen war, und die mit jedem Atemzug stärker wurde. Sie nickte.

»Sagt Eurem Vater ruhig, dass alles in Ordnung ist«, fuhr der Feuerspucker fort. Er sprach so schnell, dass er sich beinahe verhaspelte, und seine Worte waren von einem hektischen Gestikulieren begleitet. »Wir besprechen gerade unsere neue Nummer. Wir werden besser, das versichere ich Euch!«

»Deswegen bin ich nicht hier«, sagte Leonie. Sie riss ihren Blick mühsam von der armseligen Gestalt los und betrachtete die anderen, die rings um das qualmende Feuer saßen. Vorhin, als sie sie im Burgkeller gesehen hatte, war sie durch ihre Darbietung und das bunte Treiben abgelenkt gewesen, aber nun entdeckte sie, dass sie sich äußerlich kaum von dem heruntergekommenen Feuerschlucker unterschieden.

Ihre Kleider waren schreiend bunt, bestanden im Grunde aber nur aus Fetzen, die an zahllosen Stellen geflickt waren und oft genug nicht einmal das. Sie alle hatten strähnige, ungepflegte Haare, schmutzige Fingernägel und schlechte Zähne, und anscheinend war der Junge in der Mönchskutte nicht der Einzige, der wusste, was das Wort Hunger bedeutete. Leonie verspürte ein eiskaltes Frösteln, als sie in die ausgezehrten Gesichter blickte, und dann noch einmal, als sie den Ausdruck in ihren Augen gewahrte. Was sie im ersten Moment für Zorn, ja vielleicht sogar für Hass gehalten hatte, das erkannte sie jetzt zweifelsfrei als Angst. Und zwar ebenso zweifelsfrei als Angst vor *ihr*.

»Maus bekommt das beste Essen, mein Wort darauf, edles Fräulein«, versicherte der Feuerspucker.

»Maus?«, wiederholte Leonie.

»Der Junge.« Der Feuerspucker deutete mit einer fahrigen Handbewegung auf den Jungen in der schwarzen Kutte.

»Sein Name ist … *Maus*?«, vergewisserte sich Leonie. Der leicht schrille Unterton in ihrer Stimme mochte für den Feuerschlucker wie Unglauben klingen, aber in Wahrheit war es etwas, das an Entsetzen grenzte.

»Er … war klein wie eine Maus, als er auf die Welt kam. So richtig gewachsen ist er seither auch nicht«, erklärte der Feuerspucker hastig. »Aber das wird sich ändern. Ganz bestimmt. Ihr könnt Euch überzeugen. Hier, seht selbst!« Er griff nach Leonies Arm und zog sie mit sich zum Feuer. Leonie versuchte instinktiv sich loszureißen, aber der kleinwüchsige Mann erwies sich als überraschend stark. Sein Griff war jedoch nicht nur fest, sondern auch sehr unangenehm. Er hatte schweißige Hände, die Leonie das Gefühl gaben, von etwas Unreinem berührt zu werden.

»Hier, überzeugt Euch selbst, edles Fräulein!« Der Feuerschlucker deutete mit der freien Hand auf einen schwarzen gusseisernen Topf, der an einem Dreibein über dem Feuer hing. Als Leonie sich darüber beugte, stieg ihr ein abstoßender Geruch in die Nase. Sie erkannte erst auf den zweiten Blick, dass es sich um eine dünne, unappetitliche Gemüsesuppe handelte, in der ein paar faserige Fleischstücke schwammen.

»Ihr seht selbst, edles Fräulein!«

Leonie blickte widerwillig auf den zerbeulten Blechteller, den der Junge auf dem Schoß hatte. Darin schwappte dieselbe dünne Suppe, die sich in den Tellern der anderen Gaukler befand, aber es waren deutlich mehr Fleischstücke darin, und auch das Stück Brot, das Maus in seiner schmutzigen linken Hand trug, war mindestens doppelt so groß wie das der anderen. Es dauerte einen Moment, bis Leonie begriff, was diese Beobachtung bedeutete.

»Ihr esst selbst weniger, damit mehr für ihn übrig bleibt?«, fragte sie ungläubig.

»Es war der Wunsch Eures Vaters, dass er das beste, reichhaltigste Essen bekommt, edles Fräulein. Und …«

»Schluss!«, sagte Leonie gereizt. Sie riss endlich ihre Hand los und drehte sich mit einem Ruck zu dem Feuerschlucker um. Der Zorn in ihren Augen loderte so heiß, dass der Mann instinktiv einen Schritt vor ihr zurückwich. »Hören Sie mit diesem blödsinnigen *edles Fräulein* auf!«, fuhr sie ihn an. »Wollen Sie mir sagen, dass dieser … dieser *Dreck* alles ist, was ihr zu essen bekommt?«

»Es ist gutes Essen«, antwortete der Feuerschlucker verwirrt.

»Aber ihr arbeitet doch für meinen Vater, nicht wahr? Wollen Sie behaupten, dass er Sie in diesem Loch wohnen lässt und Ihnen Abfälle zu essen gibt?«

Die Antwort bestand nur aus einem weiteren verwirrten Blick. Anscheinend verstand der Mann gar nicht, wovon sie sprach.

»Wieso gehen Sie nicht in die Küche und lassen sich dort etwas zu essen geben?«

»Die Küche?« Der Blick des Mannes wurde geradezu hilflos. »Aber wie wäre das denn möglich, edles Fräu…« Er verbesserte sich hastig. »Wie sollte das denn gehen? Die Küche ist nur für Gäste und hohe Herrschaften da. Einfaches fahrendes Volk wie wir hat dort nichts zu suchen.«

Leonie kochte innerlich vor Zorn, aber sie war selbst nicht ganz sicher, wem dieser Zorn eigentlich galt. »Tun Sie mir einen Gefallen und hören Sie mit diesem pseudomittelalterlichen Gequatsche auf«, sagte sie wütend. »Die Show findet drüben im Burgkeller statt, nicht hier. Und jetzt nehmen Sie Ihre Familie und gehen Sie in die Küche, damit Sie etwas Vernünftiges zu essen bekommen. Ich rede mit dem Wirt, und wenn es sein muss, mit meinem Vater.«

Der Anflug von Angst in den Augen ihres Gegenübers wurde größer, nicht kleiner. Er begann sich zu winden. »Das … das ist äußerst großzügig von Euch«, sagte er. »Aber es wäre nicht gut. Bitte glaubt mir, wir sind sehr zufrieden mit unserer Unterkunft und auch das Essen ist für Leute wie uns durchaus angemessen. Wir werden uns gewiss nicht beschweren. Und Euer Vater wird keinen Grund mehr haben, unzufrieden mit uns zu sein!«

Leonie starrte ihn noch einen Atemzug lang an, hin und hergerissen zwischen Fassungslosigkeit und heller Wut, aber dann drehte sie sich mit einem Ruck um und ging.

»Ihr habt doch allesamt einen Sprung in der Schüssel!«, fauchte sie, während sie die Tür hinter sich zuwarf.

Die Warnung

Sie waren danach nicht mehr allzu lange geblieben. Spätestens nach der hässlichen Szene zwischen Leonies Vater und dem Feuerschlucker war die Stimmung ohnehin im Eimer gewesen, und daran hatte sich auch nach ihrer Rückkehr ins Lokal nichts geändert. Kaum zehn Minuten später waren sie nach Hause gefahren, und obwohl es noch nicht allzu spät war, hatte sich Leonie sofort in ihr Zimmer zurückgezogen und war kurz darauf ins Bett gegangen. Manchmal half es einfach, eine Nacht über eine unangenehme Situation zu schlafen.

Es half nicht. Als Leonie am nächsten Morgen zum Frühstück hinunterkam, war die Stimmung beinahe noch schlechter als am Vorabend. Noch bevor sie die Küche betrat, spürte sie die angespannte Atmosphäre dort sofort. Ihre Mutter saß wie üblich mit ausdruckslosem Gesicht da und rührte in ihrem Kaffee, aber Leonie war ziemlich sicher, dass Vater und sie sich wieder einmal gestritten hatten. Ihre Eltern sprachen in letzter Zeit immer weniger miteinander, und wenn, dann in einem alles andere als liebevollen Ton.

»Guten Morgen«, sagte Leonie, während sie Platz nahm.

Ihre Mutter antwortete nur mit einem angedeuteten Kopfnicken, während ihr Vater sich zu einem Lächeln zwang, das ungefähr so warm war wie die Eiswürfel in seinem Glas. Als Leonie sich vorbeugte, um nach dem Brotkorb zu greifen, erschien ein rundes pelziges Gesicht über der gegenüberliegenden Tischkante. Ein Paar orangerot glühende Augen funkelten sie Unheil verkündend an.

»Überrascht?«, fragte ihr Vater. Er lächelte dünn. »Du solltest doch eigentlich wissen, dass eine Katze überall rein- und rauskommt, wo sie will.«

»Wie beruhigend«, nuschelte Leonie. Die nächsten zwei oder drei Minuten überbrückte sie damit, sich auf die umständlichste aller vorstellbaren Arten ein Käsebrötchen zu schmieren, aber irgendwann gelang es ihrem Vater doch, ihren Blick aufzufangen.

»Ich hatte heute Morgen schon einen unangenehmen Anruf«, sagte er. »Von Meister Bernhard.«

»So?«, meinte Leonie einsilbig. »Wer soll das sein?«

»Die Gaukler«, antwortete Vater. »Du hast sie gestern Abend im Burgkeller kennen gelernt. Erinnerst du dich?«

Leonie nickte. Die Vorstellung, dass der Feuerschlucker ein Telefon benutzt haben sollte, fiel ihr sonderbar schwer.

»Würdest du mir einen Gefallen tun, Leonie?«, fuhr ihr Vater fort. »Halt dich bitte in Zukunft aus meinen Geschäften raus.«

»Was hat sie denn getan?«, fragte Mutter.

»Oh, ich glaube, Leonie weiß ganz genau, wovon ich rede«, sagte Vater. »Nicht wahr?«

Leonie wollte antworten, aber in diesem Moment richtete sich Mausetod auf der anderen Seite des Tisches kerzengerade auf. Ihre Augen verengten sich zu schmalen Schlitzen und ein tiefes, drohendes Knurren drang aus ihrer Brust.

Als Leonies Blick dem der Katze folgte, machte ihr Herz einen erschrockenen Sprung. Sie hatte die Tür hinter sich offen gelassen, und auf der Schwelle war ein winziges graues Etwas erschienen, das aus kleinen Knopfaugen zu ihr emporsah. Conan! Mausetod fauchte. Conan fuhr zusammen und huschte los, aber nicht zurück auf den Flur, wie Leonie gehofft hatte, sondern geradewegs weiter in die Küche hinein und zwischen Leonies Füßen hindurch unter den Tisch. Mausetod fauchte noch einmal und verschwand mit gesträubtem Fell in die gleiche Richtung, und Leonie wollte sich hastig bücken, um die Maus zu retten, die offensichtlich in Selbstmordlaune war.

Ihr Vater griff blitzschnell über den Tisch, griff nach ihrer Hand und hielt sie so fest, dass es beinahe schon wehtat. Unter dem Tisch erscholl ein erschrockenes Piepsen, gefolgt von einem lautstarken Fauchen.

»Was soll das?«, keuchte Leonie. »Lass mich los!« Sie versuchte ihre Hand wegzureißen, aber Vater hielt sie mit eiserner Kraft fest. Sein Griff tat nun wirklich weh.

»Das machen die beiden schon unter sich aus«, sagte er ruhig.

Das Fauchen wurde lauter. Ein dumpfes Poltern erklang, dann ein Krachen und durch all das hindurch glaubte Leonie ein geradezu panikerfülltes Fiepen zu hören.

»Unter sich?«, keuchte sie. »Aber Conan ist eine *Maus*!«

Sie versuchte noch einmal sich loszureißen, aber ihr Vater verstärkte seinen Griff. »Das hätte sie sich überlegen sollen, bevor sie sich dazu entschieden hat, hier einzuziehen«, sagte er.

Die Kampfgeräusche wurden lauter. Obwohl Leonie nun keinen Widerstand mehr leistete, hielt ihr Vater weiterhin unerbittlich ihre Hand fest. Unter dem Tisch ertönte wieder ein dumpfes Poltern, dann schlug irgendetwas mit solcher Gewalt von unten gegen die Tischplatte, dass das Geschirr klirrte. Auf Vaters Gesicht erschien ein dünnes, kaltes Lächeln.

»So ist nun einmal die Natur«, sagte er.

Unter dem Tisch erscholl ein schmetternder Schlag, und dann flog ein kreischendes graues Fellbündel in hohem Bogen durch das Zimmer und knallte gegen die Wand neben der Tür. Als es daran herunterrutschte, hinterließen seine messerscharfen Krallen ein knappes Dutzend tiefe Kratzer in der teuren Seidentapete. Leonies Vater riss ungläubig die Augen auf und ließ endlich ihre Hand los.

»Ja«, murmelte Leonie mit belegter Stimme, »anscheinend hast du Recht. So ist nun einmal die Natur.«

Ihr Vater rang vergebens nach Worten. Vollkommen fassungslos sah er zu, wie die Katze vollends zu Boden plumpste, einen Moment liegen blieb und sich dann verdattert aufrappelte. Er wollte aufstehen, aber jetzt war es Leonie, die nach seiner Hand griff und ihn zurückhielt.

»Lass nur«, meinte sie. »Das machen die beiden schon untereinander aus.«

Im Moment allerdings wohl eher nicht. Mausetod blieb noch ein paar Sekunden lang benommen sitzen, dann drehte sie sich langsam um und stolzierte beleidigt aus der Küche. Leonie sah ihr nach, bis sie im Flur verschwunden war, und beugte sich dann unter den Tisch, wo Conan in aller Seelenruhe saß und an einem Brotkrümel knabberte, der auf den Boden gefallen war. Die Maus hatte eine winzige Schramme auf der Nase, aber das war auch schon alles. Leonie versuchte erst gar nicht, über das nachzudenken, was sie gerade gesehen hatte.

Sie setzte sich auf und wandte sich wieder an ihren Vater. »Was wolltest du mir gerade sagen?«

Ihr Vater presste die Kiefer so fest aufeinander, dass Leonie glaubte, seine Zähne knirschen zu hören. Er sagte nichts, sondern stand so abrupt auf, dass sein Stuhl umstürzte, und lief aus dem Raum. Nur einen Moment später konnte Leonie hören, wie die Tür zu seinem Arbeitszimmer ins Schloss fiel.

Leonies Mutter stand auf, um den umgestürzten Stuhl aufzurichten. »Du solltest das nicht tun, Leonie«, bemerkte sie.

»Was?«

»Deinen Vater so provozieren«, sagte Mutter, ohne sie anzusehen.

»Ich?«, ächzte Leonie. »*Ich* habe ihn provoziert? War es nicht eher umgekehrt?«

»Dein Vater hat im Moment eine Menge um die Ohren«, fuhr Mutter fort, scheinbar ohne ihre Frage auch nur gehört zu haben. »Dieses Geschäft ist wirklich wichtig für uns, weißt du? Wir sind nicht arm, aber wenn es schief geht …«

»… wachen wir bestimmt am nächsten Morgen auf und stellen fest, dass wir reicher sind als Bill Gates und die Zentralbank von Luxemburg zusammen«, fiel ihr Leonie ins Wort. »Und jeder findet das ganz normal, außer mir vielleicht.«

Ihre Mutter blinzelte. »Wie meinst du das?«

Leonie setzte zu einer schroffen Antwort an, aber dann sah sie ihrer Mutter ins Gesicht und stellte fest, dass sie offenbar wirklich keine Ahnung hatte, wovon sie sprach. »Aber du musst dich doch …«, begann sie.

»*Was* muss ich?«, fragte Mutter betont, als sie mitten im Satz abbrach. Sie sah plötzlich ein wenig besorgt aus.

Du beginnst dich zu erinnern, hatte Bruder Gutfried gesagt, *weil du die Gabe hast.* Und ihre Mutter hatte sie nicht. So einfach war das.

»Nichts«, murmelte sie und stand auf.

Ihre Mutter kam um den Tisch herum und auf sie zu. »Ist alles in Ordnung mit dir?«

»Sicher«, antwortete Leonie fast hastig. »Ich … ich muss nur noch einmal weg. Eine dringende Verabredung. Ich hätte sie fast vergessen.«

»Eine Verabredung? Um diese Zeit? Aber es sind doch Ferien!«

»Eben!« Leonie war schon herum und auf halbem Wege zur Tür. »Das ist die wertvollste Zeit des Jahres. Zu kostbar, um sie zu verschwenden.« Noch bevor ihre Mutter eine weitere Frage stellen konnte, war sie bereits an der Haustür und dann draußen.

Diesmal brauchte sie wirklich nur zehn Minuten, um die Kirche zu erreichen, denn sie nahm keine Rücksicht mehr darauf, ob sie auffiel oder komische Blicke erntete.

Trotzdem kam sie zu spät.

Die Kirche war noch da (nicht einmal dessen war sie ganz sicher gewesen), aber die Erleichterung, die sei bei ihrem Anblick empfand, hielt nur wenige Augenblicke an. So lange, genauer gesagt, bis sie nahe genug heran war, um Einzelheiten zu erkennen. Das Gotteshaus war nicht mehr als eine ausgebrannte Ruine. Die Wände waren brandgeschwärzt, und das kostbare bunte Glas der Fenster war ebenso verschwunden wie die schwere Eichentür. Das Dach hatte sich in ein verkohltes Gerippe verwandelt, und die allermeisten Steinfiguren waren zerborsten und von ihren Sockeln gestürzt. Leonie wurde immer langsamer, je näher sie der Ruine kam, und blieb schließlich ganz stehen. Ihr Herz raste, aber das lag ebenso wenig wie das immer heftiger werdende Zittern ihrer Hände und Knie daran, dass sie so schnell, wie sie konnte, hierher gehetzt war.

Was sie sah, war unmöglich. Es war noch keine vierundzwanzig Stunden her, da war dieses Gebäude vollkommen unversehrt gewesen. Wäre es gestern Abend oder im Laufe der Nacht abgebrannt, ja selbst direkt nach ihrem Besuch gestern, dann hätte die Luft noch immer voller Ruß und Asche sein müssen und es hätte überall Schutt und Trümmer gegeben. Und ganz bestimmt hätte man den Brandgeruch in der Luft immer noch wahrgenommen.

Nichts von all dem war der Fall. Die Luft roch so klar und frisch, wie sie an einem Sommermorgen nur riechen konnte, und alle Trümmer und Glassplitter waren längst fortgeschafft worden. Der Brand musste vor Tagen hier gewütet haben, wenn nicht vor Wochen, denn überall auf dem verkohlten Boden zeigten sich bereits wieder die ersten grünen Spitzen nachwachsender Grashalme.

»Er lernt dazu.«

Leonie erschrak, aber obwohl sie die Stimme nur ein paarmal gehört hatte, erkannte sie sie sofort wieder und zwang sich dazu, sich ruhiger umzudrehen, als ihr zumute war. »Mein Vater?«

»Wer sonst?«, gab Bruder Gutfried zurück. Er stand unmittelbar hinter Leonie, als wäre er buchstäblich aus dem Nichts erschienen, aber er sah nicht sie an, sondern die Ruine der Kirche. Auch wenn er es nicht aussprach – man sah ihm an, dass dieses Gotteshaus für ihn viel mehr gewesen war als nur ein Gebäude.

»Wollen Sie sagen, mein Vater hätte die Kirche angezündet?«, fragte Leonie mit schriller Stimme. »Das ist doch Quatsch! Das hätte er doch gar nicht nötig.«

»Oh, natürlich hat er sie nicht selbst angezündet«, antwortete Gutfried. »Die Feuerwehr hat den Brand gründlich untersucht. Eine der alten Leitungen hat einen Kurzschluss verursacht, der das Feuer ausgelöst hat. Das ist mit hundertprozentiger Sicherheit erwiesen. Aber wir wissen beide, wer dafür verantwortlich ist, nicht wahr?«

»Warum sollte er so etwas tun? Er hätte doch einfach dafür sorgen können, dass sie niemals gebaut wird.«

»Wozu dieses Risiko eingehen? Zu viele Leben würden beeinflusst, zu viele Erinnerungen müssten neu geschrieben werden, zu viele Entscheidungen rückgängig gemacht oder ins Gegenteil verkehrt.« Gutfried seufzte. »Er lernt dazu, Leonie. Er wird vorsichtiger. Und zugleich immer gefährlicher. Bald wird der Moment gekommen sein, da sein Tun gefährlich für diese ganze Wirklichkeit wird. Vielleicht ist der Schaden schon jetzt nicht mehr wieder gutzumachen.«

»*Diese* Wirklichkeit?«, hakte Leonie rasch nach. »Gibt es denn mehr als eine?«

»Unendlich viele«, erklärte Gutfried, beantwortete ihre nächste Frage aber mit einem Kopfschütteln, noch bevor sie sie überhaupt stellen konnte. »Das hier ist eure Wirklichkeit. Und sie allein zählt für euch. Aber ich weiß nicht, wie lange sie noch Bestand hat. Das Gefüge der Realität ist kompliziert und unendlich empfindlich.«

»Und was soll ich nun tun?«, fragte Leonie. »Ich kann ihm dieses verdammte Buch schließlich nicht mit Gewalt wegnehmen.«

Der fast kahlköpfige Geistliche antwortete mit einem bedrückten Lächeln. »Selbst wenn du es könntest, würde es nichts nutzen. Er ist im Moment der rechtmäßige Besitzer, weil seine Frau die Gabe nicht hat. Du könntest nur die Buchstaben ändern, nicht das, was sie bewirken.« Er schüttelte seufzend und sehr traurig den Kopf. »Nein, ich fürchte, so einfach ist es nicht. Du musst versuchen deinen Vater zur Vernunft zu bringen. Das ist der einzige Weg, der uns bleibt.«

Ihren Vater zur Vernunft bringen! Leonie hätte beinahe gelacht. Seit ein paar Tagen kannte sie ihren Vater kaum wieder – er schien sich mit jeder Stunde mehr und mehr zu verändern. Sie schüttelte unglücklich den Kopf.

»Dann weiß ich auch nicht mehr, was ich noch tun soll«, seufzte Gutfried. »Außer hoffen und beten, dass unser Herr ein Wunder geschehen lässt.«

»Hat er das nicht schon?«, meinte Leonie. Gutfried sah sie fragend an, und Leonie wurde plötzlich wütend und rief: »Sie haben es doch selbst gesagt, oder? Nur wer über die Gabe verfügt, kann erkennen, was wirklich passiert. Und wie eine Frau sehen Sie eigentlich nicht aus.«

Gutfried lächelte. »Und jetzt glaubst du, ich wäre geschickt worden, um auf euch aufzupassen?«, vermutete er. »Ich muss dich enttäuschen, Leonie, falls du hoffst, dass ich ein paar Flügel unter meiner Soutane versteckt habe.«

»Aber Sie sind doch auch kein normaler Priester, oder?«, bohrte Leonie weiter.

Diesmal zögerte Bruder Gutfried spürbar, bevor er antwortete: »Vielleicht eine Art … Beobachter, wenn du so willst«, sagte er schließlich. »Mehr nicht. Es tut mir Leid. Selbst wenn ich eingreifen könnte, ich dürfte es nicht.«

»Und was soll ich jetzt tun?«, fragte Leonie.

»Das weiß ich nicht«, antwortete Gutfried in einem Tonfall ehrlichen Bedauerns. »Geh zu deinem Vater und rede mit ihm. Er ist im Grunde ein sehr vernünftiger Mann und bestimmt kein schlechter Mensch. Er wird am Ende einsehen, dass das, was er tut, falsch ist.«

»Und warum warten wir dann nicht einfach ab?«, wollte Leonie wissen.

»Weil es dann zu spät sein könnte«, erwiderte Gutfried. »Für uns alle. Und nun stell bitte keine Fragen mehr, denn ich darf sie dir nicht beantworten. Ich habe jetzt schon mehr gesagt, als ich dürfte.« Er machte eine entsprechende Handbewegung. »Geh zu deinem Vater. Er ist auf dem Weg zur Altstadt, und sollte er dort eintreffen, dann ist er möglicherweise in Gefahr.«

»In Gefahr? Wieso?«

»Ich kann es dir nicht sagen«, meinte Gutfried bedauernd. »Es ist mir verboten, mich in eure Angelegenheiten zu mischen. Aber geh, schnell.«

Leonie verschwendete noch eine kostbare Sekunde damit, den vermeintlichen Pastor flehend anzublicken, aber sie las in seinen Augen, dass er nichts mehr sagen würde, und schließlich drehte sie sich um und ging; zunächst noch langsam, dann aber immer schneller und schließlich rannte sie, noch bevor sie die nächste Straßenkreuzung erreicht hatte. Selbst bei diesem Tempo würde sie mehr als eine Stunde brauchen, um ihr Ziel zu erreichen – ganz abgesehen davon, dass sie das niemals durchhalten konnte – , und Bruder Gutfried hatte keinen Zweifel daran gelassen, wie wenig Zeit ihr noch blieb.

Aber sie hatte ausnahmsweise einmal Glück: Schon nach einer knappen Minute kam ihr ein Taxi entgegen, das sie kurzerhand heranwinkte, und der Fahrer kannte sowohl das restaurierte Altstadtviertel als auch den Burgkeller.

Leonie nutzte die gut zwanzigminütige Autofahrt, um wieder zu Atem zu kommen und ihre Gedanken zu ordnen. Eines dieser beiden Vorhaben gelang ganz gut, das andere dafür überhaupt nicht. Je mehr sie über das Gespräch mit Gutfried nachdachte, desto weniger wusste sie, was sie jetzt tun sollte. Sie konnte ja schlecht zu ihrem Vater gehen und ihm erzählen, dass sie alles wusste und dass er ihr gefälligst das Erbe überschreiben und damit die Macht über Großmutters Buch geben sollte. Und selbst wenn sie es täte – so verwandelt, wie er seit ein paar Tagen war, würde er sie bestenfalls auslachen, vermutlich aber wütend werden.

Und es gab da noch etwas: An Bruder Gutfrieds Geschichte ... stimmte etwas nicht. Leonie konnte nicht genau sagen was, aber das Gefühl war zu deutlich, um es zu ignorieren. Selbst wenn alles stimmte, was er ihr erzählt hatte, und Vater tatsächlich in der Lage war, jede Sekunde im Leben ihrer Großmutter zu verändern – wie konnte er damit die gesamte Wirklichkeit in Gefahr bringen? Das alles ergab keinen Sinn.

Als sie ihr Ziel erreicht hatte, ergab sich ein weiteres Problem: Leonie hatte nicht einen Cent eingesteckt, als sie das Haus verließ. Der Taxifahrer war wenig begeistert, als sie ihm erklärte, dass er sie wohl oder übel zu ihrem Vater begleiten musste, der die Rechnung begleichen würde, und als sie – um ihn zu beruhigen – hinzufügte, dass ihrem Vater das ganze Stadtviertel gehörte, vor dessen Ummauerung sie parkten, machte sie es eher noch schlimmer, denn der Fahrer glaubte ihr offensichtlich kein Wort. Leonie hätte es im umgekehrten Fall wohl auch nicht getan. Dennoch begleitete er sie, statt in der Taxizentrale anzurufen und sie von der Polizei abholen zu lassen, womit er im ersten Moment gedroht hatte.

Bei hellem Sonnenschein betrachtet, bot die Straße einen noch viel bizarreren Anblick als am Abend zuvor. Leonie sah jetzt, dass sie sich getäuscht hatte: Es gab auf den Dächern weder Satellitenschüsseln noch Antennen. Was sie dafür gehalten hatte, das waren in Wirklichkeit Wetterhähne und auf dem höchsten Dach sogar ein Storchennest, wie sie es bislang nur von Fotografien gekannt hatte. Auch die Fassaden der Häuser waren akribisch von jeglicher moderner Zivilisation gereinigt worden – es gab weder Klingelknöpfe noch Türdrücker und schon gar nicht etwas so Modernes wie eine Gegensprechanlage. Leonie hielt vergeblich nach dem bläulichen Flimmern eines Fernsehers hinter den Fensterscheiben Ausschau, aber das konnte natürlich auch einfach an der Uhrzeit liegen – wer setzte sich schließlich schon vormittags vor den Fernseher?

Der Taxifahrer, der dicht neben ihr herging und jeden ihrer Schritte mit Argusaugen bewachte, offensichtlich um zu verhindern, dass sie in einer unbeobachteten Sekunde in einer der schmalen Gassen oder durch eine Haustür verschwand, wurde immer ungeduldiger, zumal Leonie ihrerseits immer langsamer wurde. Sie war jetzt überhaupt erst zum zweiten Mal hier, und das einzige Gebäude, das sie wirklich kannte, war das Gasthaus. Sie fragte sich, was sie tun sollte, wenn sie ihren Vater nicht im Burgkeller fand – falls das Restaurant zu dieser Zeit überhaupt schon geöffnet hatte. Der Taxifahrer sah so aus, als ob ihm gleich der Kragen platzen würde, und falls der Burgkeller noch zuhatte, konnte sie noch nicht einmal den Wirt bitten, ihr die benötigte Summe vorzustrecken.

Ihre Befürchtungen erwiesen sich gottlob als grundlos. Sie entdeckte ihren Vater nicht im Burgkeller, sondern sogar auf der Straße davor. Er war in eine hitzige, von heftigen Gebärden begleitete Diskussion mit dem Wirt des Burgkellers und dem Feuerschlucker verstrickt, die gute Aussichten hatte, zu einer handfesten Auseinandersetzung zu eskalieren, wenn Leonie den Ausdruck auf den Gesichtern der beiden anderen Männer richtig deutete. Trotzdem atmete sie erleichtert auf und beschleunigte ihre Schritte. Im Moment war ihr ein schlecht gelaunter Vater immer noch lieber als ein Taxifahrer, der keinen Hehl daraus machte, dass er sie für eine Betrügerin hielt, die ihn um sein Geld prellen wollte.

Ihr Vater bemerkte sie, als sie nur noch wenige Meter von ihm und den anderen entfernt war. Er unterbrach das Gespräch mit den beiden Männern mit einer Geste, die Leonie nur noch als herrisch bezeichnen konnte, und der Ausdruck auf seinem Gesicht verdüsterte sich noch weiter, obwohl Leonie das noch vor einer Sekunde gar nicht für möglich gehalten hätte.

»Was willst du denn hier?«, war seine reichlich unfreundliche Begrüßung.

Leonie schluckte die ärgerliche Antwort hinunter, die ihr auf der Zunge lag, und rief sich innerlich zur Ruhe, während sie ihren Vater bat, erst einmal das Taxi zu bezahlen.

»Taxi?«, fragte er verständnislos. Der Blick, mit dem er den Fahrer maß, war kaum freundlicher als der, mit dem er Leonie gerade begrüßt hatte, aber er sagte vorsichtshalber nichts, als er den Ausdruck auf dem Gesicht des Mannes sah.

»Ich muss mit dir reden«, antwortete Leonie rasch. »Es ist wichtig. Deswegen bin ich mit einem Taxi gekommen.«

»Ja, und genau damit wirst du auch wieder fahren«, schnappte ihr Vater. Er wandte sich an den Fahrer. »Wie viel?«

Der Mann nannte eine Summe, die deutlich über der lag, die Leonie gerade auf dem Taxameter gelesen hatte, aber ihr Vater protestierte nicht, sondern zog ein Bündel Geldscheine aus seiner Hosentasche, zählte mehr als das Doppelte dieses Betrages ab und reichte es dem Fahrer. »Bringen Sie sie nach Hause«, sagte er unfreundlich. »Der Rest ist für Sie.«

»Ich denke ja nicht daran, wieder …«, begann Leonie, wurde aber sofort und in rüdem Ton von ihrem Vater unterbrochen.

»Du wirst auf der Stelle nach Hause fahren, junge Dame, und zwar ohne Widerrede. Und wenn nicht, dann wird diese Geschichte noch weit unangenehmere Folgen für dich haben, als sie ohnehin schon hat.« Er sah den Taxifahrer an und deutete dabei auf Leonie. »Nehmen Sie sie mit. Und Sie sind mir persönlich dafür verantwortlich, dass sie auch zu Hause ankommt.«

»Sehe ich vielleicht aus wie Ihr Kindermädchen?«, fragte der Taxifahrer. Er schüttelte den Kopf. »Machen Sie Ihren Familienstress untereinander aus, aber ohne mich.«

Leonies Vater sah ganz so aus, als würde er im nächsten Moment vor Wut platzen, aber sein Gegenüber gab ihm gar keine Gelegenheit dazu. Er drehte sich auf dem Absatz um und ging.

»Aber das ist doch … «, keuchte Vater. Er schluckte den Rest hinunter, fuhr mit einem Ruck zu Leonie herum und spießte sie mit Blicken regelrecht auf. »Darüber reden wir noch. Und jetzt bleib hier stehen und sag kein Wort, ist das klar?«

Zu ihrer eigenen Überraschung hörte sich Leonie mit einem kleinlauten *Ja* antworten – aber sie hatte ihren Vater auch noch nie so zornig wie jetzt gesehen. Sie bekräftigte ihre Zustimmung noch einmal mit einem hastigen Nicken, und Vater warf ihr noch einen bösen Blick zu, bevor er sich wieder umdrehte und die beiden anderen herbeiwinkte. Leonie fiel erst im Nachhinein auf, dass der Wirt genau wie Meister Bernhard respektvoll ein paar Schritte zurückgewichen war, vielleicht damit sie den peinlichen Streit zwischen ihrem Vater und ihr nicht mit anhören mussten.

»Ich denke, wir sind dann auch so weit fertig«, sagte Vater. »Ihr wisst also Bescheid, Meister Bernhard. Und seine Leute werden von Eurer Küche mit drei warmen Mahlzeiten am Tag versorgt, und lasst Euch nicht etwa einfallen, ihnen nur die Reste vorzusetzen, die die Gäste übrig lassen.«

Der Wirt nickte zwar zustimmend, aber seine Augen blitzten vor Zorn, und selbst Bernhard sah alles andere als zufrieden aus. Er setzte dazu an, etwas zu sagen, doch Leonies Vater kam ihm zuvor und fuhr ihn an: »Und Ihr, Meister Bernhard, lasst Euch nicht einfallen, jetzt noch mehr unverschämte Forderungen zu stellen. Ich erwarte eine besonders gute Vorstellung als Gegenleistung für diese Großzügigkeit – die Ihr im Übrigen nur dem Umstand zu verdanken habt, dass meine Tochter aus irgendeinem Grund einen Narren an Eurem Sohn gefressen hat.« Er wedelte ungeduldig mit den Händen. »Und nun geht. Ich denke, Ihr habt eine Nummer einzustudieren.«

Bernhard warf ihm noch einen gequälten Blick zu, aber dann hatte er es plötzlich sehr eilig, sich zu trollen, und auch der Wirt ging ohne ein weiteres Wort und sehr hastig davon. »Wunderbar«, sagte Vater, als die beiden außer Hörweite waren. »Ein ganz hervorragendes Timing, Leonie. Solltest du dir vorgenommen haben, meine Autorität zu untergraben, so ist dir das ganz ausgezeichnet gelungen.«

»Deine Autorität?«, wiederholte Leonie verständnislos.

»Was denkst du denn?«, fauchte ihr Vater. »Bei solchen Leuten muss man hart durchgreifen. Sie brauchen eine feste Hand.«

»Aber ich habe doch nur ...«, begann Leonie.

»Ich weiß, dass du in bester Absicht gehandelt hast«, unterbrach sie ihr Vater. Er sprach noch immer laut, aber sein Tonfall wurde versöhnlicher. »Du hattest Mitleid mit diesem armen Jungen, das ist mir schon klar.« Er seufzte. »Aber glaub mir, du hast ihm damit keine Gefallen getan. Diese Leute sind ...«, er suchte nach Worten, »... anders als wir. Du darfst keine Dankbarkeit von ihnen erwarten. Gutmütigkeit legen sie unweigerlich als Schwäche aus.«

»Übertreibst du es jetzt nicht ein bisschen mit dem Realismus?«, fragte Leonie. Sie sah sich demonstrativ um. »Nur weil es hier aussieht wie im frühen Mittelalter, muss man die Leute doch nicht gleich auch so behandeln.«

»Aber genau das erwarten sie«, antwortete Vater. »Für dich und mich ist Freiheit vielleicht das höchste Gut, wie man so schön sagt, aber sie wollen es gar nicht. Glaub mir, sie wären verloren, wenn man ihnen nicht sagen würde, was sie zu tun haben.« Er schien auf Widerspruch zu warten, und als er nicht kam, seufzte er noch einmal tief und wechselte das Thema. »Also, was ist so wichtig, dass du extra hierher gekommen bist?«

Plötzlich fehlten Leonie die Worte. Vielleicht lag es an dieser sonderbaren Umgebung, vielleicht an der bizarren Szene, deren Zeuge sie gerade geworden war – sie fand mit einem Mal nicht mehr die Worte, um ihrem Vater klar zu machen, dass er in Gefahr war.

Vielleicht lag es auch einfach nur daran, dass sie selbst nicht mehr wirklich davon überzeugt war. Noch vor wenigen Minuten wäre sie gar nicht auf den Gedanken gekommen, Gutfrieds Behauptung zu hinterfragen, aber nun fühlte sie sich zunehmend unsicherer. Der Geistliche hatte etwas so Überzeugendes, dass man ihm einfach glauben musste.

»Du bist doch nicht nur hierher gekommen, um mich in eine peinliche Situation zu bringen, oder?«, fragte Vater, als Leonie weiterhin schwieg, entschärfte seine eigenen Worte aber auch sogleich durch ein Lächeln und ein versöhnliches Kopfschütteln. »Bitte, versuch mich zu verstehen, Leonie. Dieses Projekt ist sehr wichtig für mich … für uns. Wenn ich hier einen Fehler mache, dann kann das katastrophale Folgen haben.«

»Wie der Brand im Haus unserer Nachbarn?«, fragte Leonie. Diesmal antwortete ihr Vater nicht und Leonie nahm all ihren Mut zusammen und fuhr fort. »Das war nicht immer so, habe ich Recht? Es ist wirklich passiert, und du kannst dir nicht erklären warum, aber es hätte nicht passieren dürfen. Du hast irgendetwas in Großmutters Leben verändert und damit eine Kettenreaktion ausgelöst, an deren Ende diese Katastrophe stand. Und vielleicht noch andere, von denen wir gar nichts wissen.«

»Ich verstehe überhaupt nicht, wovon du redest«, antwortete ihr Vater. Sie konnte regelrecht sehen, wie seine Laune sank. Der versöhnliche Ton war wieder aus seiner Stimme verschwunden, seine Worte klangen spröde. »Was soll der Unsinn? Hast du irgendwelche Drogen genommen oder findest du das vielleicht witzig?«

»Aber sie hat doch Recht, Klaus.« Eine schlanke, dunkelhaarige Frau in einem modischen, schwarzen Kostüm trat unmittelbar neben Vater aus einer schmalen Gasse und sah erst ihn und dann, etwas nachdenklich, Leonie an. »Ich weiß zwar nicht genau, wovon deine Tochter spricht, aber dir sollte doch klar sein, dass du etwas Schreckliches auslösen wirst, oder?«

»Theresa?«, murmelte Leonie. Mit einem Mal hatte sie ein ungutes Gefühl. Ein sehr ungutes Gefühl.

Die dunkelhaarige Frau sah sie noch einmal und diesmal sehr nachdenklich an. »Kennen wir uns?«, fragte sie. Leonie stellte erschrocken fest, dass sie sich verändert hatte. Sie war nicht älter geworden oder jünger, aber in ihrem Gesicht war ein harter Zug, den es zuvor nicht darin gegeben hatte, und das warme Lächeln, das immer irgendwo auf dem Grund ihrer Augen gewesen war, war ebenfalls erloschen.

»Was wollen Sie hier?«, fragte Vater unfreundlich. »Habe ich mich gestern Abend nicht deutlich genug ausgedrückt?«

»Ich dachte, ich könnte noch einmal vernünftig mit dir reden«, antwortete Theresa. »Aber ich fürchte, diese Hoffnung war wohl vergebens.«

»Ja, das scheint mir auch so«, sagte Leonies Vater kühl. »Wenn ich Sie jetzt bitten dürfte zu gehen. Das ist hier alles Privatbesitz und ich erteile Ihnen hiermit offiziell Hausverbot.«

Theresa lachte bitter. »Du bist bescheidener, als ich dachte. Nur ein paar Straßen ... Warum nicht die ganze Stadt oder gleich das ganze Land? Aber was nicht ist, kann ja noch werden, nicht wahr?« Sie schüttelte den Kopf. »Wir werden das nicht zulassen, Klaus. Wir *können* es nicht.«

»Darf ich das als Drohung auffassen?«, fragte Vater. Er wartete Theresas Antwort gar nicht ab, sondern setzte ein grimmiges Lächeln auf und klatschte zweimal rasch hintereinander in die Hände. Die Tür des Burgkellers flog auf und zwei Männer stürzten heraus und nahmen rechts und links von Theresa Aufstellung. Sie waren sonderbar gekleidet: Pluderhosen, ein Wams mit weiß-roten Längsstreifen und Stulpenstiefel und auf ihren Köpfen trugen sie eng anliegende Pickelhauben aus Kupfer. Beide waren bewaffnet: An ihren Gürteln baumelten kurze Schwerter und in den Händen trugen sie Hellebarden, die eine unangenehme Erinnerung in Leonie wachrufen wollten, ohne dass es ihnen gelungen wäre oder Leonie gewusst hätte warum.

»Die Stadtwache wird Sie zurück zum Tor begleiten«, meinte Vater kühl. »Sollten Sie dieses Gelände noch einmal betreten oder mich und meine Familie in irgendeiner anderen Form belästigen, behalte ich mir weitere rechtliche Schritte vor. Habe ich mich klar genug ausgedrückt?«

»Mehr als genug«, antwortete Theresa verächtlich. »Du hast es nicht anders gewollt.«

Leonies Vater gab einem der bunt gekleideten Soldaten einen Wink. Der Mann wollte Theresas Arm packen, aber sie riss sich mit einer wütenden Bewegung los, warf trotzig den Kopf in den Nacken und ging mit so schnellen Schritten davon, dass die beiden Männer der Stadtwache Mühe hatten, ihr zu folgen.

»Stadtwache?«, fragte Leonie verstört.

»Ein privater Sicherheitsdienst«, antwortete ihr Vater, ohne den Blick von Theresa zu lösen, die sich rasch in Richtung des Stadttores entfernte und dabei noch ein paarmal zu ihnen zurücksah.

»Sie … sehen ziemlich echt aus«, bemerkte Leonie unbehaglich.

»Wenn sie schwarze Uniformen und Funkgeräte an den Gürteln trügen, wären sie wohl erst recht unpassend angezogen, nicht wahr?«, grollte Vater. Theresa und ihre beiden Begleiter waren inzwischen außer Sicht, aber er blickte noch eine ganze Weile in ihre Richtung, ehe er sich mit grimmiger Miene wieder an Leonie wandte und gleichzeitig in die Jackentasche griff.

»Fahren wir nach Hause.« Er zog die Autoschlüssel hervor. »Ich muss ein paar Telefonate führen.«

Leonie schloss sich ihm kommentarlos an. Sie war beinahe erleichtert, dass ihr Vater im Moment viel zu aufgeregt zu sein schien, um sie noch einmal nach dem Grund ihres Kommens zu fragen. Nicht nur weil es ihr immer schwerer fiel, diesen Grund selbst zu benennen; sie fühlte sich auch mit jedem Moment weniger wohl in dieser Umgebung. Gestern Abend war ihr dieser liebevoll restaurierte Straßenzug toll vorgekommen, eine Idee, die ihr mindestens so gut gefiel wie ihrem Vater (auch wenn sie das niemals in seiner Gegenwart zugegeben hätte), und als sie vorhin hier eingetroffen war, zumindest noch *interessant.* Mittlerweile begann sie zu ahnen, warum man die Zeit, der diese Gebäude nachempfunden waren, das *finstere* Mittelalter nannte. Als sie durch den spitzen Torbogen traten, hatte sie das Gefühl, plötzlich wieder freier atmen zu können.

Ihr Vater beschleunigte seine Schritte, um den Wagen zu erreichen, der gut hundert Meter entfernt abgestellt war. Auch Leonie ging schneller, aber ihre Aufmerksamkeit galt nicht dem silberfarbenen Cabriolet ihres Vaters, vielmehr hatte sie plötzlich das unangenehme Gefühl, angestarrt zu werden.

Niemand beobachtete sie, aber als sie die Straße überquerte

und zur Beifahrerseite des Wagens ging, sah sie etwas, das sie für einen Moment erstarren ließ.

Theresa hatte die Altstadt verlassen, doch sie war nicht besonders weit gekommen. Ihre beiden Begleiter in den albernen Kleidern waren verschwunden, aber Theresa war dennoch nicht allein. Ein kleinwüchsiger Mann mit ungepflegtem krausen Haar und in ebenso ungepflegten zerrissenen Kleidern stand direkt neben ihr. Theresa redete heftig auf ihn ein, aber Meister Bernhard schien Mühe zu haben, sich auf ihre Worte zu konzentrieren. Sein Blick irrte immer wieder nach rechts und links, tastete über die Fassaden der Häuser, die Passanten und Automobile, und wenn Leonie auch nur einen einzigen vernünftigen Grund dafür hätte nennen können, dann hätte sie geschworen, dass das, was er sah, ihn mit panischer Angst erfüllte.

Der Überfall

Sie sah ihre Eltern erst zum Abendessen wieder, das nicht nur in angespannter, wortkarger Atmosphäre stattfand (was in letzter Zeit nichts Neues war), sondern auch gerade mal zehn Minuten dauerte, bis Leonie sich unter einem fadenscheinigen Vorwand zurückzog und wieder nach oben ging. Ihr Zimmer kam ihr so still und abweisend vor wie eine Gruft; und auch ebenso leer. Selbst der kleine Schuhkarton auf dem Schreibtisch war verwaist. Conan hatte sich den ganzen Tag über nicht blicken lassen, sodass Leonie schon angefangen hatte sich Sorgen um die Maus zu machen – oder es zumindest ernsthaft getan hätte, hätte sie am Morgen nicht mit eigenen Augen gesehen, dass ihr kleiner Freund ganz gut in der Lage war, sich seiner Haut zu wehren; genauer gesagt: seines Fells. Wenn sie sich um einen der vierbeinigen Bewohner des Hauses Sorgen machen musste, dann vermutlich eher um Mausetod.

Dennoch vermisste sie Conan. Die Anzahl der lebenden Wesen in ihrer Umgebung, denen sie wirklich vertrauen konnte, bewegte sich in letzter Zeit zu drastisch nach unten, als dass sie es sich hätte leisten können, auch nur noch einen einzigen Freund zu verlieren.

Sogar wenn es nur eine Maus war.

Mit dem Gedanken an Conan schlief sie ein, und da sie auch mit demselben Gedanken wieder aufwachte, merkte sie im ersten Moment nicht einmal, dass sie geschlafen hatte und schon gar nicht wie lange. Aber die Leuchtziffern des Digitalweckers behaupteten, dass es schon ein gutes Stück nach Mitternacht war.

Dafür spürte sie umso deutlicher, dass sie nicht von selbst erwacht war. Etwas hatte sie geweckt: ein Geräusch, nicht einmal sehr laut, aber so fehl am Platz, dass sie allein diese Disharmonie aus dem Schlaf gerissen hatte. Und es hielt immer noch an. Etwas wie ein Kratzen – vielleicht nicht ganz, aber dieser Vergleich schien es immer noch am besten zu treffen –, das von unten heraufdrang.

Leonie schwang die Beine aus dem Bett, setzte sich auf und lauschte einige Minuten mit angehaltenem Atem. Wie oft, wenn man versuchte, sich auf ein ganz bestimmtes Geräusch zu konzentrieren, schien es im ersten Moment eher leiser zu werden, aber es war eindeutig da und es gehörte ganz eindeutig nicht hierher. So vorsichtig wie möglich, um nicht ihrerseits ein verräterisches Geräusch zu machen, stand sie auf und schlich zur Tür, aber sie hatte gerade die halbe Strecke zurückgelegt, als sie ein weiteres Geräusch hörte, diesmal vom Fenster her. Alarmiert drehte sie sich um und stieß einen kleinen erschrockenen Schrei aus.

Vor dem Fenster hockte eine buckelige, schwarze Gestalt, die sie aus glühenden Augen anstarrte.

Dann verging der erste Augenblick des Schreckens. Die glühenden Augen erloschen und da war auch kein buckeliges Monster mehr. Der Schatten blieb, aber es war jetzt nur noch der Umriss eines Menschen, der – beunruhigend genug – auf dem Garagendach draußen hockte, von dem aus man nur zu ihrem und dem Fenster des Zimmers gelangen konnte, das ihr kleiner Bruder vor seinem Tod bewohnt hatte und das ihre Mutter vor ein paar Jahren schweren Herzens leer geräumt hatte. Der Schemen saß vor ihrem Fenster und sah zu ihr herein. Seltsamerweise hatte sie überhaupt keine Angst.

Das Geräusch wiederholte sich, und als Leonie jetzt genauer hinsah, war seine Ursache auch ganz deutlich: Die Gestalt draußen klopfte mit den Fingern leise gegen ihre Scheibe und begehrte auf diese Art offensichtlich Einlass.

Unter normalen Umständen hätte Leonie den Teufel getan, jemanden, der vom Garagendach gegen ihre Fensterscheibe klopfte – noch dazu mitten in der Nacht! –, hereinzulassen. Aber sie empfand keinerlei Angst, sondern war sich im Gegenteil ganz sicher, dass sie von dem Schatten dort draußen nichts zu befürchten hatte. Ihre Schritte stockten nicht einmal, als sie zum Fenster ging und es öffnete. Der Schatten glitt mit einer fließenden Bewegung zu ihr herein und sprang zu Boden, ohne auch nur das mindeste Geräusch zu verursachen. Gleichzeitig hob er die Arme, um die schwarze Kapuze zurückzustreifen, die sein Gesicht bisher verborgen hatte.

»Maus!«, rief Leonie überrascht. »Was tust du denn hier?«

»Ich bin gekommen, um Euch zu warnen, edles Fräulein«, antwortete der magere Junge. Selbst in dem praktisch nicht vorhandenen Licht hier drinnen konnte Leonie die Angst erkennen, die seine Augen erfüllte. »Bitte schlagt mich nicht. Ich bin nicht hier, um Euch etwas zuleide zu tun oder zu stehlen.« Er hob schützend die Hände vors Gesicht und wäre ganz bestimmt ein paar Schritte vor ihr zurückgewichen, hätte er nicht sowieso schon mit dem Rücken an der Wand gestanden.

»Dann hättest du wohl auch kaum angeklopft, oder?«, fragte Leonie. »Nimm die Hände runter. Ich habe nicht die Absicht, dich zu schlagen. Was soll das heißen: mich zu warnen? Wovor?«

Maus nahm die Hände zwar herunter, aber nicht ganz, und die Angst verschwand auch nicht aus seinen Augen. »Ihr müsst gehen, edles Fräulein«, stieß er hervor. »Rasch, bevor die anderen hier sind. Ich fürchte, sie könnten Euch sehr wohl etwas zuleide tun.«

»Welche anderen?«, fragte Leonie. »Und hör mit diesem dämlichen *edles Fräulein* auf! Mein Name ist Leonie. Also: Von welchen anderen sprichst du?«

Maus schluckte ein paarmal, um seine Angst niederzukämpfen, bevor er antwortete. »Meister Bernhard, Maria, Thomas und seine Schwester Luise.«

Die drei letzten Namen sagten Leonie nichts, aber sie nahm an, dass Maus von der kompletten Gauklertruppe sprach, die sie im Burgkeller und danach in der Scheune getroffen hatte. »Sie sind unterwegs hierher?«, vergewisserte sie sich. »Aber warum?«

»Das weiß ich nicht, ed… Leonie.« Leonie konnte hören, wie schwer es dem Jungen fiel, ihren Namen auszusprechen. »Die fremde Dame hat mit Meister Bernhard gesprochen, nicht mit mir. Sie hat ihm einen Auftrag gegeben. Ich weiß nicht welchen, aber es geht um Euren Vater. Und etwas, das sich in seinem Besitz befindet.«

»Das Buch!«, rief Leonie erschrocken.

»Ich weiß es nicht«, wiederholte Maus. »Aber ich habe gehört, wie Meister Bernhard über Euch gesprochen hat.«

»Über mich? Was hat er gesagt?«

»Er ist ein schlechter Mensch«, fuhr Maus fort, ohne ihre Frage zu beantworten. »Die edle Dame hat gesagt, dass Euch und den Euren nichts geschehen darf, aber ich kenne Meister Bernhard. Habt Ihr nicht bemerkt, wie er Euch angesehen hat, als Ihr bei uns in der Scheune wart?«

Leonie verneinte, aber Maus nickte nur noch heftiger. »Er will das Gold der fremden Dame nehmen, aber er nimmt sich auch sonst alles, was er haben will. Ich habe das schon erlebt. Schon oft.«

»Und du?«, fragte Leonie. »Was hast du damit zu tun?«

»Nichts«, erwiderte Maus hastig, dann, ohne sie anzusehen, verbesserte er sich: »Ich … soll Euer Schloss auskundschaften. Und ich … ich kann Türen öffnen.« Er klang verlegen, aber zugleich schwang auch ein hörbarer Stolz in seiner Stimme mit. »Es gibt kein Schloss, das ich nicht öffnen kann.«

»Du meinst, eure kleine Zirkusnummer ist nur Tarnung?«, sagte

Leonie stirnrunzelnd. »In Wahrheit seid ihr nichts anderes als eine Bande von Dieben und Einbrechern? Und du gehörst dazu?«

»Aber ich muss es tun«, verteidigte sich Maus. »Meister Bernhard schlägt mich, wenn ich mich weigere. Ich bin klein genug, um durch jedes Fenster zu passen. Nur deshalb hat er mich überhaupt bei sich aufgenommen.«

»Maria ist also gar nicht deine Mutter?« Maus schüttelte den Kopf, und Leonie fuhr fort: »Und wieso bleibst du bei ihnen, wenn er dich zwingt, krumme Dinger zu drehen, und du zum Lohn auch noch Prügel bekommst?«

»Aber wo soll ich denn hin?«, fragte Maus. »Niemand gibt einem Bettler wie mir etwas. Ich würde verhungern oder in den Kerker geworfen.« Er schüttelte hastig den Kopf, als Leonie etwas sagen wollte. »Dazu ist jetzt wirklich keine Zeit. Ihr müsst Euch in Sicherheit bringen, bevor die anderen hier sind!«

»Weglaufen und meine Eltern im Stich lassen?« Leonie schüttelte heftig den Kopf. »Bestimmt nicht!«

»Aber was wollt Ihr denn tun?«

»Na was wohl?«, fragte Leonie. »Ich rufe die Polizei. Dein Meister Bernhard und seine Freunde werden sich wundern.« Sie trat an den Schreibtisch, hob den Hörer ab und wählte die ersten beiden Ziffern der Notrufnummer, bevor ihr auffiel, dass der Apparat stumm blieb. Abermals hängte sie ein, versuchte es noch einmal und sogar noch ein drittes Mal, bevor sie enttäuscht auflegte.

»Tot«, seufzte sie.

Maus sog erschrocken die Luft zwischen den Zähnen ein. »Wer ist tot?«

»Niemand«, antwortete Leonie. »Die Leitung, Dummkopf. Hör endlich mit dem Theater auf. Wir sind hier nicht im Burgkeller.«

Maus verstummte gehorsam, sah aber zugleich so erschrocken und verstört aus, dass Leonie ihre groben Worte augenblicklich schon wieder bereute. Vielleicht hatte der arme Junge ja tatsächlich noch nie im Leben ein Telefon gesehen. Auch wenn das eigentlich nur bedeuten konnte, dass …

Leonie verscheuchte den Gedanken. Im Augenblick hatte sie ganz andere Sorgen. Dass das Telefon genau in diesem Moment ausfiel, konnte einfach kein Zufall sein. Aber so leicht gedachte sie sich auch nicht kalt stellen zu lassen.

»Wo wollt Ihr hin?«, fragte Maus erschrocken, als sie herumfuhr und zur Tür eilte.

»Vaters Handy«, antwortete Leonie grimmig. »Er lässt es immer in der Jackentasche unten in der Garderobe. Wollen doch mal sehen, ob sie die Funkverbindung auch durchgeschnitten haben.«

»Aber das dürft Ihr nicht!«, keuchte Maus. Mit einer Quirligkeit, die Leonie nie und nimmer erwartet hätte, sprang er hinter ihr her, packte sie am Arm und versuchte sie zurückzuhalten, aber er hatte seinen Spitznamen offensichtlich nicht umsonst. Leonie zerrte ihn einfach hinter sich her, riss mit der anderen Hand die Tür auf ...

... und schlug einen halben Salto rückwärts, der sie auf das Bett schleuderte, als etwas mit furchtbarer Wucht ihr Gesicht traf.

Für einen Moment sah sie buchstäblich Sterne. Sie schmeckte Blut und hörte für zwei oder drei Sekunden nichts als das Hämmern ihres Herzens und das Rauschen ihres Blutes in den Ohren, und gleichzeitig spürte sie, wie sich unter ihren Gedanken ein bodenloser schwarzer Abgrund auftat, in den sie hineinzustürzen drohte. Nur mit äußerster Willensanstrengung gelang es ihr, nicht das Bewusstsein zu verlieren und die Augen zu öffnen.

Vielleicht war das gar keine so gute Idee. Das Erste, was sie sah, als sich die wirbelnden Schleier vor ihren Augen lichteten, war ein schmutziges Gesicht mit einem struppigen, schwarzen Vollbart, das kaum eine Handbreit über ihrem schwebte. Meister Bernhard kniete so über ihr, dass er ihre Arme mit den Knien auf das Bett nagelte, und hatte den rechten Arm gehoben, um sie noch einmal zu schlagen, sollte sie sich zur Wehr setzen. Leonie hatte allerdings nicht vor, etwas derart Dummes zu tun. Ihr dröhnte immer noch der Schädel von der ersten Ohrfeige, die Bernhard ihr versetzt hatte.

»Da bin ich ja gerade noch rechtzeitig gekommen, wie?«, fauchte Bernhard. »Wozu bist du eigentlich zu gebrauchen, du nichtsnutziger Bengel? Wirst nicht einmal mit einem Mädchen fertig!«

Die Worte galten Maus, der ebenfalls zu Boden gestürzt war und sich gerade wieder benommen in die Höhe arbeitete. Leonie drehte den Kopf in seine Richtung (der einzige Körperteil, den sie im Moment überhaupt bewegen konnte) und sagte so verächtlich, wie es ihr nur möglich war: »Mit dir kleiner Ratte rechne ich noch ab, verlass dich drauf!«

Bernhard schlug ihr mit der flachen Hand ins Gesicht, wenn auch nicht so hart wie zuvor. »Schweig!«, zischte er.

Leonie schwieg. Offensichtlich gehörte Bernhard zu den Menschen, denen es Spaß machte, andere zu schlagen, und sie hatte keine besondere Lust, ihm auch noch einen Vorwand dazu zu liefern. Zugleich hatte sie aber auch das verwirrende Gefühl, durchaus mit ihm fertig werden zu können. Meister Bernhard war mindestens doppelt so schwer wie sie, und sie hätte Maus' Erklärung nicht gebraucht, um zu wissen, dass er jede Menge Erfahrung in Schlägereien hatte. Trotzdem hatte sie keine allzu große Angst vor ihm. Sie wusste mit einem Mal sogar, was sie tun musste, um sich nicht nur aus dieser scheinbar ausweglosen Lage zu befreien, sondern ihm auch eine wirklich böse Überraschung zu bereiten. Dabei hatte sie sich in ihrem ganzen Leben noch nie geprügelt und verachtete Gewalt zutiefst.

Dann wurde ihr plötzlich klar, woher dieses Wissen stammte: In einer der zahllosen Identitäten, die ihr Vater in seinem Versuch erschaffen hatte, sich eine perfekte Tochter zu basteln, hatte sie mehrere Jahre lang koreanische Kampfkunst geübt und es dabei zu einer gewissen Meisterschaft gebracht. Ihr Vater hatte dieses Kapitel im Buch des Schicksals ebenso wieder gelöscht wie etliche andere, unzulängliche Versuche, die Wirklichkeit zu verändern, aber sie erinnerte sich jetzt an jede einzelne dieser verschiedenen Realitäten; und damit auch an den ersten Dan im Taekwondo, den sie erworben hatte. Ihr fielen auf Anhieb ein halbes

Dutzend Möglichkeiten ein, Meister Bernhard das Leben schwer zu machen, obwohl er auf ihr kniete. Aber sie verzichtete darauf. Vielleicht war es ja klüger, wenn sie nicht alle ihre Trümpfe auf einmal ausspielte.

Meister Bernhard deutete ihr Schweigen offensichtlich falsch, denn er funkelte sie nur noch einen Moment lang drohend an und schwang sich dann von ihr herunter, wobei er sein ganzes Körpergewicht mit den Knien abstützte; wahrscheinlich ganz und gar nicht zufällig. Leonie keuchte vor Schmerz, aber sie blieb trotzdem noch einen Herzschlag lang liegen und richtete sich auch dann nur sehr langsam und umständlich wieder auf.

Bernhard hatte sich mittlerweile Maus zugewandt und versetzte ihm einen derben Stoß, der ihn um ein Haar erneut zu Boden geschleudert hätte. »Jetzt steh hier nicht nutzlos rum und halt Maulaffen feil«, fuhr er ihn an. »Geh nach unten und tu das, wofür ich dich bezahle!«

Maus fand sein Gleichgewicht mit Mühe wieder und fuhr hastig zur Tür herum, aber nicht ohne Leonie zuvor einen raschen dankbaren Blick zugeworfen zu haben. Leonie bezweifelte aber, dass ihre kleine Lüge ihm viel nützen würde. So wie sie Bernhard einschätzte, würde er ihn trotzdem grün und blau schlagen, einfach nur, weil es ihm Freude bereitete.

»Was … was wollen Sie von mir?«, fragte Leonie mit perfekt gespielter Angst in der Stimme.

»Nicht das, wonach mir im Augenblick eigentlich der Sinn stünde, edles Fräulein«, antwortete Bernhard hämisch. »Oh, verzeiht – Ihr legt ja keinen Wert auf solche Förmlichkeiten. Steh auf!« Leonie gehorchte hastig, wich einen halben Schritt vor ihm zurück und verlagerte gleichzeitig ihr Körpergewicht auf das linke Bein; nur für den Fall, dass es sich Bernhard doch noch anders überlegen und zudringlich werden würde. Bernhard musterte sie jedoch nur noch einen Atemzug lang gierig, dann deutete er mit einer befehlenden Geste zur Tür.

»Geh! Und keine Dummheiten! Ich kann schneller laufen als Maus.«

Leonie verließ gehorsam das Zimmer und ging die Treppe hinunter, dicht von Bernhard gefolgt. Im ganzen Haus brannte Licht und sie hörte Geräusche und aufgeregte Stimmen aus dem Arbeitszimmer.

Auch dieser Raum war hell erleuchtet, und als Leonie ihn halb betrat und halb von Bernhard hineingestoßen wurde, bot sich ihr ein Anblick, der eine Flamme aus roter Wut in ihr emporlodern ließ. Ihre Mutter hockte mit angezogenen Knien auf dem Boden und sah angstvoll zu einer der beiden Frauen hoch, die sich drohend über ihr aufgebaut hatte. Bücher, Aktenordner und Papiere lagen überall in wirrer Unordnung herum, und die zweite Frau war damit beschäftigt, auch noch den Rest aus den Regalen zu reißen und alles zu durchwühlen. Der zweite Mann aus Bernhards Truppe hatte ein großes Messer gezückt und hielt ihren Vater damit in Schach. Offenbar hatte die Szene schon eine handgreifliche Vorgeschichte gehabt, denn Vaters Gesicht war leicht angeschwollen, und er presste ein Taschentuch unter seine Nase, das fast vollkommen mit dunkelrotem Blut vollgesogen war.

Bernhard beförderte sie mit einem unsanften Stoß in die gleiche Ecke, in der ihre Mutter saß. Es gelang Leonie mit einiger Mühe, sich auf den Beinen zu halten, und die Frau, die ihre Mutter bewachte, machte eine drohende Geste. Offenbar war sie der Meinung, sie beide gleichzeitig in Schach halten zu können. Leonie freute sich schon auf den Moment, in dem sie ihren Irrtum begreifen würde. Aber noch war es nicht so weit. Statt sich auf sie zu stürzen, spielte Leonie perfekt die Verängstigte und presste sich eng mit dem Rücken gegen die Wand.

»Beeil dich, Luise«, rief die Frau, die Leonie und Mutter bewachte. »Wir haben nicht alle Zeit der Welt!«

»Aber hier ist nichts!«, fauchte die ältere der beiden Frauen und fegte mit einer einzigen wütenden Handbewegung auch noch die letzten Bücher vom Regal. »Wo ist das Gold? Euer Silber und das wertvolle Besteck? Der Schmuck?«

»So etwas haben wir nicht«, sagte Leonie.

Maria ballte drohend die Faust und tat so, als wollte sie sie schlagen. »Lüg mich nicht an, Kleine!«, zischte sie drohend. »Wer ein solches Schloss bewohnt, der hat auch Schätze. Wenn du dein hübsches Gesicht behalten willst, dann solltest du uns lieber verraten, wo ihr sie versteckt.«

»Hör auf damit, Maria«, schnauzte Bernhard. »Du rührst sie nicht an, hörst du?«

Die Frau schenkte ihm ein verächtliches Lächeln, ließ den Arm aber gehorsam wieder sinken. »Keine Sorge. Ich würde nichts beschädigen, was du vielleicht noch brauchst.«

Bernhard quittierte die Bemerkung mit einem bösen Blick und wandte sich dann an Maus. »Worauf wartest du?«, fragte er mit einer herrischen Geste auf den Safe. »Tu deine Arbeit. Oder muss ich erst nachhelfen?«

Maus wandte sich gehorsam um und ging vor dem Geldschrank in die Hocke. Leonie konnte sein Gesicht nur von der Seite her sehen, obwohl er die Kapuze zurückgeschlagen hatte, aber sie sah trotzdem den verwirrten, fast schon hilflosen Ausdruck darauf. Er hatte einen Bund mit zahllosen unterschiedlichen Dietrichen unter dem Umhang hervorgezogen, aber der Anblick unterstrich seine Hilflosigkeit nur noch.

»Was ist?«, raunzte Bernhard. »Worauf wartest du?«

»Ich … ich habe so etwas noch nie gesehen«, murmelte Maus.

»Was soll das heißen?«, herrschte Bernhard ihn an. »Hast du dich nicht damit gebrüstet, jedes Schloss aufzubekommen?«

»Aber da *ist* überhaupt kein Schloss!«, verteidigte sich Maus. »Seht doch selbst! Da ist ja nicht einmal ein Schlüsselloch!«

Leonie konnte nur noch mit einiger Mühe ein schadenfrohes Grinsen unterdrücken. Maus hatte ganz offensichtlich noch nie im Leben einen Safe gesehen; und schon gar kein Zahlenschloss. Bernhard verfluchte ihn lauthals, stieß ihn mit einer groben Bewegung beiseite und beugte sich vor, um die Tresortür einer genaueren Musterung zu unterziehen.

»Was ist denn das für ein Teufelsding?«, knurrte er. Dann richtete er sich wütende auf und wandte sich an Leonies Vater. »Wie funktioniert diese Vorrichtung? Wo ist das Schloss?«

»Es gibt kein Schloss«, antwortete Vater ruhig. »Jedenfalls keines, das Ihr aufmachen könntet.«

»Dann brechen wir ihn eben auf!«

»Viel Spaß!«, wünschte ihm Vater.

Bernhards Miene verdüsterte sich noch weiter, aber er sagte nichts mehr, sondern fuhr wieder zu dem Geldschrank herum und maß den massiven, mehr als einen Meter messenden Stahlwürfel mit finsteren Blicken. »Dann wirst du ihn eben für uns aufmachen«, entschied er.

»Und wenn ich mich weigere?«, fragte Vater.

Bernhard lachte leise. »Das glaube ich nicht. Und solltet Ihr Euch entscheiden, den Helden spielen zu wollen, Meister Kammer, dann lasst Euch gesagt sein, dass Thomas hier ein wahrer Meister der Überredungskunst ist. Vor allem zusammen mit seinem Freund, dem Messer.«

Vater antwortete nicht, sondern starrte ihn nur trotzig an.

»Oder – und noch viel besser – wir bitten ihn und seinen Freund, sich ein wenig mit Eurer Tochter zu unterhalten«, schlug Bernhard vor. »Maria – bring sie her!«

Leonie fühlte sich grob am Arm gepackt und herumgezerrt. Ihr Vater wollte aufspringen, wurde aber von Thomas so derb zurückgestoßen, dass sein Sessel ächzte, und das war der Tropfen, der das Fass zum Überlaufen brachte.

Leonie versuchte nicht sich loszureißen, sondern zerrte Maria ganz im Gegenteil mit einem plötzlichen Ruck zu sich heran, wirbelte herum und verlagerte gleichzeitig ihr Gewicht. Und Maria schien wie durch Zauberei den Boden unter den Füßen zu verlieren, segelte mit einem erschrockenen Kreischen durch die Luft und prallte gegen Luise, die sie mit sich zu Boden riss. Thomas fluchte, fuhr herum und riss sein Messer in die Höhe, aber genau darauf hatte Leonie gehofft. Noch ehe er wusste, wie ihm geschah, trat sie ihm mit solcher Wucht gegen das Handgelenk, dass das Messer in hohem Bogen davonflog. Thomas prallte zurück, umklammerte sein Gelenk und begann vor Wut und Schmerz zu schreien und Leonie wandte sich ihrem letzten verbliebenen Gegner zu. Der gesamte Angriff hatte nicht einmal zwei Sekunden gedauert, und Bernhard stand einfach da, glotzte sie mit offenem Mund an und versuchte vergeblich zu begreifen, was geschehen war.

Leonie gedachte nicht, ihm Zeit dafür zu geben. Der Anlauf war vielleicht ein bisschen kurz, aber sie stieß sich dafür mit umso größerer Kraft ab, ließ einen spitzen Kampfschrei hören und flog fast waagerecht auf Bernhard zu.

Es war ein Tritt wie aus dem Lehrbuch: Ihr linker Fuß traf Bernhards Brust, und nur einen Sekundenbruchteil später kollidierte ihr rechter Fuß mit so schrecklicher Wucht mit Bernhards Unterkiefer, dass sie meinte, seine Zähne brechen zu hören. Noch während der Gaukler zurücktaumelte, prallte Leonie auf dem Boden auf, kam mit einer eleganten Rolle wieder auf die Füße und setzte ihm nach. Nicht dass sie es wirklich für notwendig hielt. Der Sprungtritt musste Bernhard wie einen Baum umgefällt haben.

Jedenfalls hätte er es sollen.

Unglückseligerweise stand Meister Bernhard nach wie vor fest auf beiden Füßen. Sein Mund blutete und auf seinem Gesicht lag eine Mischung aus Schmerz, völliger Fassungslosigkeit und Wut, aber er weigerte sich, einfach umzufallen.

Doch was nicht war, konnte ja noch kommen. Leonie sprang ihn an, versetzte ihm zwei harte Schläge mit den Handballen gegen die Brust, die ihm die Luft aus den Lungen trieben, und ließ einen harten Tritt gegen sein Knie folgen. Bernhard grunzte vor Schmerz – und versetzte ihr einen Schlag mit dem Handrücken, der sie quer durch das Zimmer und gegen ein Bücherregal schleuderte, das unter ihrem Aufprall in Stücke brach. Unter einem Hagel aus Büchern, losen Blättern und Holzsplittern brach sie zusammen und kämpfte ein zweites Mal innerhalb weniger Minuten gegen die Bewusstlosigkeit, die sie in ihre schwarze Umarmung schließen wollte.

Diesmal war es Bernhard, der sie ins Bewusstsein zurückriss – und zwar buchstäblich. Mit einem brutalen Ruck zerrte er sie in die Höhe, stieß sie gegen die Wand und versetzte ihr drei Ohrfeigen, die sich anfühlten, als würde ihr die Haut in Streifen von den Wangen gerissen. Ganz instinktiv versuchte sich Leonie zu wehren. Sie spürte, wie ihre Fingernägel durch Bernhards Gesicht schrammten und tiefe Furchen darin hinterließen.

Bernhard boxte sie in den Magen. Es war kein leichter Schlag, nicht nur ein bloßer Reflex als Antwort auf ihre Kratzattacke, sondern ein brutaler, mit aller Macht geführter Hieb, der mit grausamer Wucht in ihrem Leib explodierte; und der Schmerz war das Entsetzlichste, was sie jemals erlebt hatte.

Sie war noch nie geschlagen worden, nicht *so.* Ihre Beine gaben einfach unter ihr nach, sie fiel auf die Knie, krümmte sich und wäre nach vorne gestürzt, hätte Bernhard nicht die Hand in ihr Haar gekrallt und ihren Kopf zurückgerissen. Leonie konnte sich nicht wehren. Sie konnte nicht einmal mehr schreien, obwohl der Schmerz immer schlimmer wurde statt abzunehmen, denn der Hieb hatte ihr zugleich die Möglichkeit genommen, zu atmen. Sosehr sie sich auch anstrengte, sie bekam keine Luft. Alles rings um sie herum begann durcheinander zu stürzen. Geräusche, Bilder und Empfindungen schossen ineinander, und sie übergab sich nur deshalb nicht sofort auf Bernhards Schuhe, weil ihre Innereien dafür viel zu verkrampft waren. Und die Atemnot wurde immer qualvoller. Leonie begriff, dass sie ernsthaft in Gefahr war, zu ersticken.

Mit einem Mal schien irgendetwas in ihr zu zerbrechen. Der Schmerz war beinahe noch schlimmer als alles, was sie zuvor erlebt hatte, aber jetzt konnte sie wenigstens wieder atmen. Leonie rang mit einem schrecklichen rasselnden Laut nach Luft und fiel schwer vornüber aufs Gesicht, als Bernhard endlich ihr Haar losließ. Als sie auf die Seite rollte und sich krümmte, versetzte er ihr noch einen Fußtritt gegen die Oberschenkel, aber das spürte sie kaum noch.

Leonie konnte hinterher nicht sagen, wie lange es gedauert hatte. Irgendwann konnte sie wieder Luft holen, ohne dass es sich anfühlte, als versuchte sie Rasierklingen zu atmen, und nicht lange danach begann auch der Schmerz in ihren Eingeweiden ganz allmählich nachzulassen. Sie ließ noch eine kurze Weile verstreichen, aber schließlich öffnete sie behutsam die Augen und versuchte mit zusammengebissenen Zähnen sich hochzustemmen. Anscheinend war doch mehr Zeit verstrichen, als sie geglaubt hatte: Ihre Mutter saß zwar immer noch zusammengekauert in der Ecke und starrte mit leerem Blick vor sich hin, aber ihr Vater hockte vor dem Safe und drehte mit fliegenden Fingern am Zahlenrad. Thomas lehnte mit verzerrtem Gesicht daneben an der Wand, umklammerte sein geprelltes Handgelenk und starrte sie hasserfüllt an.

Auch Bernhard war nicht entgangen, dass Leonie den Kampf gegen die Ohnmacht gewonnen hatte. »Pass auf sie auf«, raunzte er Maus an. »Vielleicht bist du ja jetzt in der Lage, ihrer Herr zu werden.«

Maus war mit zwei, drei schnellen Schritten neben ihr und ließ sich in die Hocke sinken. Sein Blick war voller Sorge und Mitleid, aber es spiegelte sich auch etwas darin, das Leonie für Bewunderung gehalten hätte, wäre ihr auch nur der mindeste Grund für ein solches Gefühl eingefallen.

»Geht es?«, fragte er besorgt.

»Ich habe mich schon schlechter gefühlt«, gab Leonie gepresst zurück. Selbst das Sprechen tat ihr weh. »Ich weiß nur nicht mehr wann.«

Maus blinzelte verständnislos. Sein Sinn für Sarkasmus schien nicht sonderlich ausgeprägt zu sein. Leonie fiel erst jetzt auf, als sie sein Gesicht so nahe vor ihrem sah, dass er eine frische, noch nicht einmal ganz verkrustete Schramme auf dem Nasenrücken hatte.

»So etwas habe ich noch nie gesehen«, sagte er nun in eindeutig bewunderndem Ton. »Wie hast du das gemacht?«

»Was?«, fragte Leonie. »Mich verprügeln lassen?«

»So zu kämpfen!«, antwortete Maus. »Ich habe niemals ein Mädchen so kämpfen sehen, oder eine Frau. Nicht einmal Maria, und die hat schon so manchen Mann windelweich geprügelt!«

»Gar kein Problem«, antwortete Leonie gepresst. »Ein paar

Jahre Training, ein Videorekorder und jede Menge Jackie-Chan-Filme.« Sie versuchte aufzustehen, aber irgendetwas in ihrem Leib zog sich zu einem Ball aus reinem Schmerz zusammen und sie sank mit einem Keuchen zurück. »Aber anscheinend noch nicht genug.«

Die Safetür glitt mit einem seufzenden Laut auf, und Bernhard versetzte ihrem Vater einen Stoß, der ihn in seiner unsicheren hockenden Position aus dem Gleichgewicht brachte und zu Boden warf. Ohne ihn weiter zu beachten, beugte sich Bernhard vor und riss das Buch aus dem Safe.

»Das ist es!«, rief er triumphierend. Er warf Thomas das Buch zu, doch dessen geprelltes Handgelenk versagte ihm den Dienst. Er fing es zwar auf, ließ es aber augenblicklich wieder fallen, und der schwere Band donnerte mit solcher Wucht auf seine dünnen Stoffschuhe, dass er am nächsten Morgen garantiert blaue Zehen haben würde. Wäre Leonie in der Verfassung gewesen, zu lachen, hätte sie es getan.

»Dummkopf!«, schimpfte Bernhard. »Gib Acht! Dieses Buch ist wertvoll. Sollen wir unserer Auftraggeberin etwa beschädigte Ware übergeben?« Er sah aus verärgert blitzenden Augen zu, wie Thomas hastig in die Hocke ging und das schwere Buch mit einiger Mühe aufhob, dann beugte er sich abermals vor und sah in den Safe. Er nahm die zwei Aktenordner heraus, die Vater darin aufbewahrte, klappte sie auf und warf sie nach einem kurzen Blick achtlos zu Boden. Zu Leonies nicht geringer Verblüffung verfuhr er mit dem ansehnlichen Stapel Bargeld, das er als Nächstes aus dem Safe nahm, genauso. Er blätterte die Scheine nur rasch durch und ließ sie dann einfach fallen. Jetzt befand sich nur noch Vaters Pistole in dem Tresor.

Genau das hatte ihnen jetzt noch gefehlt, dachte Leonie sarkastisch. Dass dieser Irre auch noch eine Waffe hatte – noch dazu eine geladene Pistole!

Als hätte er ihre Gedanken gelesen, nahm Bernhard die Waffe aus dem Geldschrank, drehte sie gute dreißig Sekunden lang nachdenklich in der Hand …

… und ließ sie dann mit einem Achselzucken ebenfalls fallen!

»Tand!«, schnaubte er. »Wertloses Spielzeug! Wo habt Ihr Eure anderen Schätze? Niemand baut einen solchen Schrank aus Eisen, nur um ein Buch und wertloses Spielzeug darin aufzubewahren.« Die Frage galt Leonies Vater, der sich halb auf einen Arm aufgerichtet hatte, es aber nicht wagte, aufzustehen.

»Mehr haben wir nicht«, antwortete er.

»Wer soll das glauben?«, fragte Bernhard.

»Glaub doch, was du willst«, entgegnete Vater trotzig. »Und wenn ihr das ganze Haus auseinander nehmt, ihr werdet nicht mehr finden.«

»Lügst du auch nicht?«, fragte Bernhard. Er sah Leonies Vater einen Atemzug lang misstrauisch an und beantwortete dann seine eigene Frage mit einem Kopfschütteln. »Nein, du lügst nicht. Ein Mann, der starr vor Angst zusieht, wie seine Tochter geschlagen wird, der lügt nicht, wenn er vor mir auf den Knien liegt. Ihr habt wohl nichts anderes mehr.« Er seufzte. »Dann haben wir ein Problem.«

»Ihr habt doch, weshalb ihr gekommen seid«, rief Vater. »Also nehmt dieses verdammte Buch und geht!«

»Das reicht aber nicht«, sagte Bernhard. »Das Buch ist nicht für uns. Wir werden für unsere Arbeit bezahlt, aber nicht sehr gut. Und wir hatten Unkosten. Wenn Euch also nichts anderes einfällt, um uns zu entschädigen, werden wir wohl Eure hübsche Tochter mitnehmen müssen, fürchte ich. Und Euer Weib wohl auch!«

»Ihr habt versprochen, dass ihr nichts geschieht!«, mischte sich Maus ein.

Bernhard maß ihn mit einem hämischen Blick. »Nur keine Sorge. Thomas und ich lassen dir noch genug übrig, damit auch einer wie du seinen Spaß hat.«

»Wenn du meine Tochter auch nur anrührst, bringe ich dich um«, schrie Vater. »Und wenn es das Letzte ist, was ich tue!«

»Oh, oh«, sagte Bernhard. »Da wird mir ja gleich angst und bange.« Er trat Leonies Vater ohne Warnung ins Gesicht. Vater kippte nach hinten, schlug die Hände vors Gesicht und unterdrückte mit hörbarer Mühe einen Schmerzensschrei. Zwischen seinen Fingern sickerte helles Blut hervor.

Leonie warf sich mit einer verzweifelten Bewegung nach vorne, doch sie hatte Bernhard abermals unterschätzt. Er fegte sie mit einer fast nachlässigen Geste zur Seite. Leonie rollte hilflos über den Teppich, aber diesmal wenigstens, ohne sich nennenswert wehzutun. Als sie unsanft gegen die Wand knallte, sich auf den Rücken drehte und den Kopf hob, bemerkte sie etwas, das ihr im ersten Moment so unglaublich erschien, dass sie sich ernsthaft fragte, ob sie vielleicht doch das Bewusstsein verloren hatte und sich das alles nur zusammenfantasierte: Sie war kaum einen halben Meter neben der Pistole zu liegen gekommen, die Bernhard fallen gelassen hatte. Nahe genug, um sie mit einer raschen Bewegung zu ergreifen. Es gab nichts mehr daran zu rütteln: Entweder hatten Bernhard und seine Begleiter ihre Gehirne an der Garderobe abgegeben, bevor sie zu dieser Diebestour aufgebrochen waren – oder sie hatten noch nie zuvor eine Schusswaffe gesehen! Leonie konnte in diesem Moment nicht einmal sagen, welcher Erklärung sie den Vorzug geben sollte.

Es spielte auch keine Rolle. Eine rasche Bewegung reichte und die Geschichte wäre vorbei.

Leonie verlagerte vorsichtig ihr Körpergewicht und wollte sich gerade auf die Waffe zubewegen, als sie einen Blick ihres Vaters auffing. Er schien zu ahnen, was sie vorhatte, und signalisierte ihr mit fast verzweifelten Blicken, es nicht zu tun.

Aber warum nicht?, gab Leonie auf die gleiche lautlose Art zurück, doch die Möglichkeiten der wortlosen Kommunikation waren damit auch praktisch schon erschöpft. Ihr Vater konnte ihr kaum eine zufriedenstellende Auskunft nur mit *Blicken* geben.

Es war auch gar nicht notwendig. Leonie brauchte nur eine Sekunde, bis ihr klar wurde, warum ihr Vater so entsetzt darauf reagiert hatte, dass sie nach der Pistole greifen wollte. Sie würde sich und ihren Eltern damit keinen Gefallen tun. Sie hatte es ja gerade selbst gedacht: Meister Bernhard hatte nicht die geringste

Ahnung, was eine moderne Feuerwaffe war. Sie hätte ihn mit einem ausgewachsenen Schiffsgeschütz bedrohen können, und er hätte nicht einmal begriffen, dass er in Gefahr war. Die einzige Möglichkeit, ihm das klar zu machen, war, die Pistole auch zu *benutzen.* Und Leonie wusste, dass sie dazu nicht fähig war. Nicht einmal jetzt.

»Also gut, genug Zeit vertrödelt.« Bernhard klatschte in die Hände. »Bindet sie. Wir nehmen sie mit. Alle drei. Vielleicht findet sich ja jemand, der ein Lösegeld für diesen sonderbaren Edelmann ohne Schätze bezahlt.«

Leonie wurde von einer der beiden Frauen grob auf die Füße gerissen, die ihr gleich darauf die Handgelenke so eng auf dem Rücken zusammenband, dass ihr der Schmerz schon wieder Tränen in die Augen trieb. Die andere Frau verfuhr auf ähnliche Weise mit ihrer Mutter, während sich Bernhard um ihren Vater selbst kümmerte. Nach kaum einer Minute waren sie alle drei gefesselt, und Maria versetzte ihr einen groben Stoß, der sie auf die Tür zustolpern ließ.

»Was habt ihr mit uns vor?« Dieses Mal war die Angst in ihrer Stimme nicht gespielt.

Maria lachte hässlich. »Kannst du dir das nicht denken, du hübsches Kind?«, fragte sie. »Ach ja, ich vergaß: Ihr seid ja die Tochter eines Edelmannes und wahrscheinlich seid Ihr wohl behütet in diesem Palast aufgewachsen und habt vom richtigen Leben noch gar keine Ahnung. Aber ich verspreche dir, morgen früh wirst du sie haben.« Sie lachte hässlich und kniff Leonie schmerzhaft in den Hintern.

Fast hätte sie versucht sich loszureißen und es wäre ihr vielleicht auch gelungen – Leonie war sogar ziemlich sicher, es trotz ihrer auf dem Rücken zusammengebundenen Hände mit Maria aufnehmen zu können –, aber Maria war nicht allein und Bernhard hatte ihr gerade deutlich den Unterschied zwischen einer Trainingsstunde im Dojo und der Wirklichkeit vor Augen geführt.

Hintereinander näherten sie sich der Haustür – zuerst ihr Vater, dem Thomas nach wie vor drohend das Messer an die Kehle hielt, danach folgte ihre Mutter in Luises unbarmherzigem Griff, hinter ihr Leonie und Maria, und schließlich Bernhard selbst. Maus, der sich mit dem schweren Buch abschleppte, das annähernd so viel wiegen musste wie er selbst, bildete die Nachhut.

Leonies Vater erreichte die Tür und deutete mit einer entsprechenden Kopfbewegung auf die Klinke. Er selbst konnte sie ja schlecht herunterdrücken, denn auch seine Hände waren auf dem Rücken zusammengebunden. Thomas stieß ihn grob zur Seite, wobei seine Messerklinge eine dünne Spur aus roten Tröpfchen auf Vaters Hals hinterließ, riss die Tür mit einer wütenden Bewegung auf – und die blutverschmierte Spitze einer Hellebarde drang so weit zwischen seinen Schulterblättern hervor, dass sie um ein Haar auch noch Leonies Mutter getroffen hätte. Thomas war plötzlich einfach verschwunden, als der Mann, der ihn niedergestochen hatte, die Hellebarde mit einem Ruck zurückriss, und an seiner Stelle tauchte eine hoch gewachsene Gestalt in Pluderhosen, gestreiftem Wams und Pickelhaube unter der Haustür auf. Hinter ihm drängten noch mindestens drei oder vier weitere Männer der Stadtgarde herein, die mit Hellebarden, Dolchen und Schwertern bewaffnet waren.

Luise schrie entsetzt auf und hob ganz instinktiv die Hand, um ihr Gesicht zu schützen, und einer der Soldaten musste die Bewegung wohl falsch gedeutet haben, denn er schleuderte ein Messer, das Luises hochgerissene Hand traf und glatt durchbohrte. Die dunkelhaarige Frau fiel mit einem Schrei zu Boden und Leonie warf sich blitzschnell zur Seite und trat gleichzeitig nach hinten. Maria ächzte vor Schmerz, als Leonies Fuß ihre Kniescheibe traf, und ließ ihre Hände los. Leonie verlor durch ihre eigene hastige Bewegung das Gleichgewicht und fiel, aber das machte keinen Unterschied, denn die Männer der Stadtgarde drangen weiterhin rücksichtslos ins Haus und hätten sie vermutlich ebenso über den Haufen gerannt, wie sie ihre Mutter niederrannten.

Nur einer von ihnen blieb zurück, um Luise mit seiner Hellebarde zu bedrohen, die anderen stürzten sich so schnell auf

Bernhard, dass es nicht einmal zu einem richtigen Kampf kam. Ein kurzes Gerangel, zwei, drei dumpf hallende Schläge und Meister Bernhard sackte hilflos zu Boden. Auch Maria war niedergerungen worden, aber die Männer verzichteten wenigstens darauf, weiter auf sie einzuschlagen, sondern hielten sie ebenfalls nur mit ihren Waffen in Schach. Leonie sah sich mit klopfendem Herzen nach Maus um, konnte ihn aber in all dem Durcheinander nirgends entdecken.

Nachdem sie sich davon überzeugt hatte, dass von ihren Gegnern keine Gefahr mehr ausging, halfen zwei der Männer Vater auf die Beine. Ein anderer war mit einem raschen Schritt bei Leonie, drehte sie wenig sanft herum und durchtrennte ihre Handfesseln. Noch während Leonie sich benommen aufsetzte, verfuhr er ebenso mit ihrer Mutter und benutzte dann die längsten Stücke der durchtrennten Stricke, um Luises Handgelenke aneinander zu binden. Auf ihre verletzte Hand nahm er dabei nicht die geringste Rücksicht, ebenso wenig wie auf die Schmerzenslaute, die die verwundete Frau ausstieß.

Leonie riss ihren Blick schaudernd von dieser Szene äußerster Brutalität los, kroch zu ihrer Mutter hinüber und schloss sie in die Arme. Ihre Mutter hing in ihren Armen wie eine Puppe, und als Leonie sich nach einem Moment von ihr löste und sie auf Armeslänge von sich weghielt, war ihr Gesicht ohne den geringsten Ausdruck. Ihre Augen waren vollkommen leer.

»Mutter?«, murmelte Leonie. »Was … was ist denn mit dir?«

»Sie hat einen Schock«, sagte ihr Vater. »Aber ich glaube nicht, dass sie ernsthaft verletzt ist. Ich kümmere mich gleich um sie.« Er winkte einen der Männer herbei. »Hauptmann! Lassen Sie den Verwundeten hereinbringen. Ich möchte nicht, dass ihn jemand sieht und dumme Fragen stellt.«

Der Mann gab zweien seiner Begleiter einen herrischen Wink, und Leonie blickte ihrer Mutter noch eine Sekunde lang mit klopfendem Herzen ins Gesicht, dann stand sie auf und wandte sich um.

»Was hast du vor?«, fragte ihr Vater.

Die Wahrheit war, dass sie nach Maus sehen wollte, der als Einziger nicht zu Boden gegangen war, aber von einem Mann der Stadtgarde mit einem groben Griff festgehalten wurde. Laut sagte sie jedoch: »Zum Telefon. Einen Krankenwagen rufen. Und die Polizei.«

»Nein«, widersprach ihr Vater.

»Was … was soll das heißen? Die beiden sind verletzt und …«

»Der Hauptmann und seine Männer werden sich um alles Nötige kümmern«, unterbrach sie ihr Vater. »Sie haben Erfahrung in solchen Dingen – nicht wahr, Hauptmann?«

»Selbstverständlich, Meister Kammer«, antwortete der Angesprochene.

»Keine Polizei«, sagte Vater. »Das würde nur zu unnötigen Komplikationen führen. Und am Ende würde es wahrscheinlich ausgehen wie das Hornberger Schießen. Ich denke, ich weiß auch so, wer hinter diesem Überfall steckt.«

»Aber wir brauchen dringend einen Arzt!«, protestierte Leonie.

Ihr Vater schüttelte beharrlich den Kopf. »Die Männer kennen sich auch in der Behandlung von Wunden aus. Genauso wie jeder Arzt.«

Nach dem, was Leonie gerade gesehen hatte, glaubte sie eher, dass sich die Männer der Stadtgarde weit besser im *Zufügen* von Wunden auskannten als in deren Behandlung, aber sie widersprach nicht mehr, und nach einem Moment wandte sich ihr Vater wieder an den Gardehauptmann. Sein Ton wurde merklich kühler.

»Warum hat das so lange gedauert, Hauptmann?«, fragte er. »Ich fing schon an, mir Sorgen zu machen, ob Ihr überhaupt noch kommt. War die Nachricht, die ich Euch gesandt habe, nicht eindeutig genug?«

»Verzeiht, Meister Kammer«, antwortete der Mann mit einem angedeuteten Nicken. Er klang nicht wirklich beeindruckt oder gar verängstigt. »Wir sind gekommen, so schnell wir konnten. Es wird nicht noch einmal geschehen.«

»Das will ich hoffen«, erwiderte Vater. »Aber jetzt geht, so schnell Ihr könnt. Und nehmt dieses diebische Gesindel mit. Behandelt sie gut und achtet darauf, dass ihnen nichts zustößt. Ich komme morgen bei Sonnenaufgang, um selbst mit ihnen zu sprechen.«

Der Hauptmann nickte, aber er rührte keinen Finger, um Vaters Befehl nachzukommen.

»Worauf wartet Ihr noch?«

»Verzeiht, Meister Kammer«, sagte der Hauptmann. »Meine Männer … Das Fuhrwerk, das Ihr uns geschickt habt – es macht ihnen Angst. Sie würden lieber zu Fuß zurückgehen.«

»Das kann ich sogar verstehen, aber das ist unmöglich«, antwortete Vater. »Nicht mit den Gefangenen und Euren Waffen. Ihr würdet nur Aufsehen erregen. Und das ist im Moment das Letzte, was ich gebrauchen kann.«

»Ganz, wie Ihr befehlt, Meister Kammer«, antwortete der Hauptmann, ohne eine Miene zu verziehen. Er winkte fast unmerklich mit der Hand und seine Männer zerrten Bernhard, die beiden Frauen und selbst den schwer verletzten Thomas grob auf die Beine.

»Wartet!« Leonie machte eine fast gebieterische Geste, und wie sie gehofft hatte, erstarrten die Männer für einen kurzen Moment. Leonie nutzte die Gelegenheit, mit zwei, drei raschen Schritten zu Maus zu gehen und ihn so derb an seiner Kutte zu packen, dass der Mann der Stadtgarde ihn erschrocken losließ. »Mit diesem kleinen Früchtchen habe ich noch ein ganz persönliches Hühnchen zu rupfen.«

»Leonie!«, sagte ihr Vater streng.

Leonie ignorierte ihn. Sie versuchte fast verzweifelt, Maus' Blick zu fixieren, aber der Junge war so verängstigt, dass er seine Augen nicht mehr unter Kontrolle hatte. Er zitterte am ganzen Leib. Er sah hierhin und dorthin – überallhin, nur nicht in Leonies Gesicht.

»So, du wolltest mich also ganz für dich allein, wie, du kleine Ratte?« Sie packte so fest zu, dass es wehtun musste, aber das war vielleicht die einzige Möglichkeit, um Maus' Aufmerksamkeit zu erwecken.

»Leonie, das ist nun wirklich nicht der richtige Moment!«, rief ihr Vater.

Leonie riss nur noch heftiger an Maus' Arm, und endlich gelang es ihr, den Blick des Jungen aufzufangen und festzuhalten. »Du willst mir das richtige Leben zeigen?«, schrie sie ihn an. »Wenn ich mit dir fertig bin, dann weißt du selbst nicht mehr, ob du Männlein oder Weiblein bist, das verspreche ich dir!« Gleichzeitig versuchte sie, ihm mit den Augen ihren Plan zu erklären. Sie standen unmittelbar am Fuß der Treppe, die nach oben führte. Zwischen Maus und den rettenden Stufen war nur sie, sonst nichts.

»Leonie, jetzt reicht es aber!«, donnerte ihr Vater. »Hauptmann!«

Leonie spürte eine Bewegung hinter sich und nickte Maus verzweifelt zu und endlich begriff er – und jetzt verlor er wirklich keine Zeit mehr. Er riss sich mit einem Ruck los, versetzte ihr einen Stoß und war wie ein Wirbelwind herum, um die Treppe hinaufzurasen. Der Soldat, der ihn bisher bewacht hatte, stieß ein wütendes Knurren aus und setzte ihm nach, aber auch Leonie versuchte Maus zu folgen, und wie es der Zufall wollte, streckte sie im ungünstigsten aller nur erdenklichen Momente das Bein aus. Der Soldat stolperte über ihren Fuß und schlug der Länge nach auf der Treppe hin.

Zwei weitere Gardisten lösten sich von ihren Plätzen um ihm nachzueilen, aber Vater rief sie mit einem scharfen Befehl zurück.

»Lasst ihn«, sagte er. »Es lohnt nicht. Er ist nur ein Junge und harmlos ohne die anderen.«

Die Männer gehorchten widerstrebend, und Leonie versuchte mit aller Macht, ein erleichtertes Aufatmen zu unterdrücken, als das Klappern des Fensters in ihrem Zimmer zu ihnen herunterdrang.

»Geht jetzt, Hauptmann«, befahl Vater. »Nehmt Eure Männer und beeilt Euch. Wir haben noch eine Menge zu tun.« Er wartete, bis die Männer der Stadtgarde ihre Gefangenen genommen und das Haus verlassen hatten, dann ging er ins Arbeitszimmer zurück, hob das Buch auf, das Maus fallen gelassen hatte, und legte es behutsam wieder in den Safe. Aber während er es tat, streifte er Leonie mit einem Blick, der ihr klar machte, dass die Angelegenheit noch nicht vorbei war.

Noch lange nicht.

Bodyguards und Reisepläne

Sie war nicht überrascht, als sie am nächsten Morgen kurz nach Sonnenaufgang aufwachte (was um diese Jahreszeit deutlich vor sechs bedeutete!) und feststellte, dass sie keineswegs die Erste war: Aus dem Erdgeschoss drang Musik herauf, was ziemlich ungewöhnlich war. Ihre Eltern liebten beide Musik, aber sie waren auch beide der Auffassung, dass gute Musik etwas viel zu Kostbares war, um sie als bloße Berieselung einzusetzen, und Musik, die man nur einschaltete, um sich berieseln zu lassen, es nicht wert war, gehört zu werden. Seichte Musik aus dem Radio – noch dazu um diese Uhrzeit –, das hatte sie im Haus ihrer Eltern noch nie erlebt, solange sie sich erinnern konnte. Das war seltsam, fast so seltsam wie der verrückte Traum, den sie in der vergangenen Nacht gehabt hatte und in dem sie ein Einbrecherquartett in ihrer Wohnung …

Es war kein Traum gewesen!

Die Erkenntnis traf Leonie mit solcher Wucht, dass sie sich viel zu hastig aufsetzte und ihr fast augenblicklich schwindelig wurde. Mit einem unbehaglichen Stöhnen sank sie wieder zurück. Aber dieses Schwindelgefühl änderte nichts daran, dass es kein Traum gewesen war. Maus, Meister Bernhard und die anderen, die unheimlichen Männer der Stadtgarde – all das war wahr! Wenn sie noch Zweifel gehabt hätte, dann hätte das taube Gefühl in ihrem Kiefer sie vermutlich beseitigt. Und wenn nicht das, dann der Anblick ihres Bauches: Leonie setzte sich ein zweites Mal und diesmal sehr viel vorsichtiger auf, zog ihr Nachthemd hoch und stellte ohne große Überraschung fest, dass ihr gesamter

Bauch im Grunde ein einziger blauer Fleck war. Während sie die Beine aus dem Bett schwang und vorsichtig und mit zusammengebissenen Zähnen aufstand, nahm sie sich vor, sämtliche Jackie-Chan-Kassetten in den Mülleimer zu werfen und die von Bruce Lee und Chuck Norris gleich hinterher.

Noch immer ein wenig schlaftrunken wankte sie zur Tür, machte aber auf halbem Wege noch einmal kehrt und ging zum Schreibtisch zurück. Der bunt beklebte Pappkarton stand unverändert da, und als Leonie sich darüber beugte, sah sie Conan friedlich schlafend auf seinem zusammengefalteten Taschentuch liegen. Die winzige Schramme auf seiner Nase, die von seinem Zusammenstoß mit Mausetod kündete, war immer noch deutlich zu sehen.

»Falls du vielleicht das dringende Bedürfnis verspürst, mir etwas zu sagen, dann wäre jetzt der richtige Moment dazu«, meinte sie.

Die Maus öffnete ein Auge, blinzelte zu ihr hoch und drehte sich auf die andere Seite, um weiterzuschlafen, und Leonie gab es auf. Plötzlich kam sie sich albern vor, mit einer *Maus* zu reden. Sie schüttelte den Kopf, lachte leise über ihre Naivität und schlurfte ins Bad. Das kalte Wasser, das sie sich ins Gesicht schöpfte, vertrieb zwar die Müdigkeit, aber nicht den dumpfen Druck auf ihren Gedanken.

Vielleicht nicht einmal wirklich die Müdigkeit, denn als Leonie aufsah und in den Spiegel blickte, da starrte ihr ein hohlwangiges, bleiches Gespenst entgegen, unter dessen Augen tiefe dunkle Ringe lagen. Sie war sehr blass, aber ihre Haut war nicht weiß, sondern eher grau. Das einzig Strahlende an ihrer Erscheinung schien die silberne Kette zu sein, die sie um den Hals trug; und die kleine Piercing-Nadel, die anstelle eines Anhängers daran baumelte.

»Wo bist du, Großmutter?«, murmelte sie, während sie die Hand um den silbernen Anhänger schloss. »Warum hilfst du mir nicht? Warum sagst du mir nicht, was ich tun soll?«

Aber nichts geschah. Weder leuchtete der Anhänger in einem inneren magischen Licht auf, noch verwandelte sich ihr Spiegelbild in das Antlitz ihrer Großmutter. Vielleicht hatten die wenigen Male, die Großmutter den Abgrund zwischen dem Jenseits und ihr überbrückt hatte, all ihre Kraft aufgezehrt.

Vielleicht verlor sie aber auch einfach nur den Verstand.

Leonie ging in ihr Zimmer zurück – Conan schlief immer noch –, zog sich an und ging dann nach unten. Nur wenige Tage nach Beginn der Sommerferien erschien es ihr geradezu verbrecherisch, zu einer so gotteslästerlichen Zeit wie dieser aufzustehen, aber sie war einerseits hundemüde, zugleich aber auch von einer kribbelnden Unruhe erfüllt, die es ihr sowieso unmöglich machen würde, noch einmal einzuschlafen. Außerdem gab es ungefähr dreihundertundachtundvierzig Millionen Fragen, die sie ihrem Vater stellen wollte.

Auch wenn sie, ehrlich gesagt, nicht damit rechnete, auch nur eine einzige Antwort zu bekommen.

Während sie die Treppe hinunterging, fiel ihr erneut die Musik auf – irgendein seichter Popsong, den sie selbst niemals freiwillig gehört hätte –, aber als sie im Erdgeschoss angelangt war, wurde ihr klar, dass diese laute Musik kein Zufall war, vielmehr war sie bewusst eingeschaltet worden, um eine Art akustischen Schutzschild zu bilden. Was immer hier unten vorgegangen oder gesprochen worden war – sie hätte keine Chance gehabt, irgendetwas davon oben in ihrem Zimmer mitzubekommen.

Als sie die letzte Stufe erreichte, erregte eine Bewegung, die sie nur aus den Augenwinkeln sah, ihre Aufmerksamkeit. Leonie drehte mit einem Ruck den Kopf und sah gerade noch einen verschwommenen Schemen hinter dem bunten Tiffany-Glas der Haustür verschwinden. Das gefärbte Glas machte es schwer, Einzelheiten zu erkennen, aber Leonie hatte dennoch einen flüchtigen Eindruck von etwas beige und rot Gestreiftem und einem raschen Aufblitzen von Blau.

War das ein Krankenwagen gewesen? Leonie blickte die nun wieder leere Tür noch einen Moment nachdenklich an, dann zuckte sie mit den Schultern und setzte ihren Weg fort. Trotz der Musik konnte sie jetzt gedämpfte Stimmen vernehmen. Wahrscheinlich saßen ihre Eltern auf der rundum verglasten Terrasse und frühstückten – auch wenn sie sich beim besten Willen nicht vorstellen konnte, warum sie das zu einer so unmöglichen Uhrzeit tun sollten. Sie durchquerte rasch die Küche und trat auf die Terrasse hinaus.

Es waren nicht ihre Eltern.

Zumindest waren sie es nur zur Hälfte.

Ihr Vater saß auf seinem Lieblingsstuhl und trug trotz der frühen Stunde bereits Anzug und Krawatte. In der linken Hand hielt er ein Glas mit einer goldgelben Flüssigkeit, von der Leonie einfach wusste, dass sie alkoholischer Natur war (morgens um sechs?!), die andere war damit beschäftigt, eine fette graue Perserkatze zu streicheln, die es sich auf seinem Schoß bequem gemacht hatte und alles in ihrer Macht Stehende tat, um die Musik niederzuschnurren. Und wenn Leonie jemals einen Ausdruck von Erschrecken auf dem Gesicht eines Menschen gesehen hatte, dann jetzt auf dem ihres Vaters.

»Was … was machst du denn hier?«, keuchte er, ohne sich mit einer überflüssigen Formalität wie einem *Guten Morgen* aufzuhalten. Auch noch das letzte bisschen Farbe wich aus seinem Gesicht.

»Ich konnte nicht schlafen«, antwortete Leonie und wandte sich dem zweiten Gast auf der Terrasse zu. Auf dem Stuhl, der normalerweise ihrer Mutter vorbehalten war, saß nun ein grauhaariger Mann Anfang fünfzig, der Leonie auf unheimliche Weise bekannt vorkam, ohne dass sie genau sagen konnte woher. Sein Gesicht war kantig, hart, und wenn seine Augen jemals imstande gewesen waren, irgendein anderes Gefühl als Misstrauen und Verachtung auszudrücken, so musste das lange her sein.

Ihr Vater setzte zu einer Antwort an, doch Leonie kam ihm zuvor. »Wir haben Besuch?«

Sie sah aus den Augenwinkeln, wie der Grauhaarige ganz leicht zusammenzuckte, während ihr Vater erneut und eindeutig mehr als nur *ganz leicht* zusammenfuhr. Er sah aus wie das personifizierte schlechte Gewissen. »Das ist Herr …«, begann er.

»Hendrik«, fiel ihm der Grauhaarige lächelnd ins Wort. Er wandte sich Leonie zu. »Ich lege keinen Wert auf Förmlichkeiten. Du vielleicht?«

Leonie schüttelte ganz automatisch den Kopf, aber ihre Verwirrung stieg eher noch. Und dann, schlagartig, erkannte sie den grauhaarigen Mann. Der elegante Anzug, das Seidenhemd und die teure Krawatte hatten sie verwirrt, aber es war gerade diese Kleidung, die sie die Wahrheit plötzlich erkennen ließ – und sei es nur, weil ihr mit einem Mal klar wurde, wie unwohl er sich in diesem ungewohnten Aufzug fühlte. Ihr Gegenüber war niemand anderer als der Hauptmann der Stadtgarde.

»Und wieso …?«, begann sie, nur um sofort von ihrem Vater unterbrochen zu werden: »Hendrik wird jetzt für eine Weile bei uns wohnen, Leonie. Das erleichtert ihm seine Aufgabe.«

»Seine Aufgabe?«, wiederholte Leonie.

»Das klingt jetzt ein bisschen offizieller, als es ist«, mischte sich Hendrik lächelnd ein. »Dein Vater hat mich gebeten, ein bisschen auf dich aufzupassen, das ist alles.«

Leonie starrte den Mann geschlagene zehn Sekunden lang an, dann brachte sie es auf den Punkt. »Sie sind unser neuer Bodyguard?«

»Nur für ein paar Tage«, sagte Vater rasch. »Eine Woche oder allerhöchstens zwei.«

»Oder drei oder vier?«, fragte Leonie. »Und wenn wir schon einmal dabei sind: warum nicht einen Monat oder zwei?«

»Nur so lange, wie es die Situation erfordert«, erwiderte ihr Vater. Hendrik schwieg, aber man musste kein Meister im Mienenlesen sein, um zu erkennen, was er von Leonies aufmüpfigem Ton hielt.

»Welche Situation?«, fragte Leonie. Als ob sie das nicht wüsste.

Ihr Vater antwortete nicht direkt darauf, sondern gewann ein paar Sekunden Aufschub, indem er einen weiteren Schluck aus seinem Glas nahm. Seine Hand zitterte dabei so stark, dass die Eiswürfel darin klingelten, und Leonie fiel erneut auf, wie blass und übernächtigt er aussah. Sie hatte sich getäuscht: Ihr Vater trank nicht *schon* Alkohol, sondern *immer noch*. Er hatte in dieser Nacht kein Auge zugetan. Im Stillen tat sie ihm Abbitte für alles, was sie gerade gedacht hatte (nun ja: für das meiste). Immerhin hatte er am vergangenen Abend mit Mühe und Not einen Mordanschlag überlebt, und er war schließlich nicht James Bond, der so etwas routinemäßig täglich vor dem Frühstück erledigte. Die meisten an seiner Stelle wären wahrscheinlich glatt ausgeflippt, statt nur Trost in einem Glas Cognac zu suchen.

Leonie wunderte sich im Nachhinein sogar ein wenig, dass sie selbst die Aufregung so gut weggesteckt hatte. Vielleicht kam ihr ja ihre Jugend zugute. Trotz allem war die Geschichte für sie vor allem eines gewesen: ein großes, aufregendes Abenteuer. Bis zu dem Moment, in dem Bernhard sie niedergeschlagen hatte, war sie nicht wirklich auf den Gedanken gekommen, sie könnte in Gefahr sein. Aber danach ... Leonie lief schon bei der bloßen Erinnerung ein kalter Schauer über den Rücken. Sie wollte sich lieber nicht vorstellen, was passiert wäre, wenn die Männer der Stadtgarde auch nur fünf Minuten später aufgetaucht wären.

»Wo ist eigentlich Mutter«, fragte sie – im Grunde nur, um das Thema zu wechseln und sich selbst auf andere Gedanken zu bringen. »Schläft sie noch?«

Es war eine ganz harmlose Frage, aber ihr Vater fuhr so heftig zusammen, dass er ein paar Tropfen von seinem Getränk verschüttete und Mausetod mit einem beleidigten Maunzen von seinem Schoß hüpfte und sich trollte, um sich irgendwo das Fell zu putzen.

»Was?«, fragte er.

»Wo ist Mutter?«, wiederholte Leonie. Ihr Vater hatte sie ganz genau verstanden. Er stellte diese Frage nur, um Zeit zu gewinnen. Plötzlich fiel ihr etwas ein, was sie gerade draußen auf dem Flur beobachtet hatte. Sie hatte ihm keinerlei Bedeutung zugemessen, aber nun ... »Der Krankenwagen«, murmelte sie. »Das war ein Krankenwagen gerade, habe ich Recht?« Sie richtete sich kerzengerade auf. »Was ist passiert?«

Ihr Vater unterbrach sie mit einer raschen beruhigenden Handbewegung, aber er wandte sich an Hendrik, nicht an sie, als er weitersprach. »Würden Sie uns vielleicht einen Moment allein lassen, Hendrik?«, bat er.

»Selbstverständlich.« Der grauhaarige Bodyguard stand mit einer fließenden Bewegung auf. »Ich wollte ohnehin das Grundstück in Augenschein nehmen. Dieser große Garten gefällt mir nicht. Zwischen all diesen Büschen könnte sich eine ganze Armee verstecken und ich würde es nicht einmal merken.«

Vater sah ihm nach, bis er die große Schiebetür zum Garten geöffnet hatte und verschwunden war. »Der Mann ist ein echter Profi. Ein beruhigendes Gefühl, so jemanden in der Nähe zu haben.«

Leonie fand, dass es eher ein *beunruhigendes* Gefühl war, so jemanden wie ihn auch nur zu *brauchen.* »Was ist mit Mutter?«, fragte sie.

»Deiner Mutter fehlt nichts.« Vater sah sie nicht an. »Es war alles ein bisschen viel für sie.«

»Der Krankenwagen«, beharrte Leonie.

»Ihr fehlt nichts«, beteuerte Vater. »Ich halte es nur für besser, wenn sie sich eine Weile ... erholt.« Er brachte sie mit einer Geste zum Schweigen, als sie widersprechen wollte. »Es ist besser so, glaub mir. Du hast gestern Abend selbst erlebt, was passiert ist.«

»Du meinst ...« Leonie brach erschrocken ab. »Aber sie haben Bernhard und seine Bande doch mitgenommen!«

»Und?« Vater schnaubte. »Das waren doch nur Handlanger. Austauschbare Werkzeuge, die schnell ersetzt sind.«

»Was hat das alles mit Mutter zu tun?«, wollte Leonie wissen. »Wieso ist sie mit dem Krankenwagen weggebracht worden? Sag mir die Wahrheit!«

Das Aufleuchten einer roten Lampe über der Tür bewahrte ihren Vater davor, antworten zu müssen. Er schrak zusammen und stand in der gleichen Bewegung auf.

»Was ist denn das?«, fragte Leonie überrascht.

»Der Bewegungsmelder«, antwortete ihr Vater. »Jemand hat das Grundstück betreten. Besuch. Aber um diese Zeit?«

»Seit wann haben wir eine Alarmanlage?«, wunderte sich Leonie.

»Schon eine ganze Weile«, antwortete Vater. »Ich hatte nur gehofft, dass wir sie nicht brauchen würden. Deswegen habe ich sie nie eingeschaltet. Bleib hier.« Er verschwand im Haus, aber bevor er es tat, glitt seine rechte Hand in die Jackentasche. Leonie hatte eine ziemlich konkrete Vorstellung von dem, was er darin trug.

Natürlich blieb sie nicht sitzen, sondern folgte ihrem Vater so schnell, dass sie ihn bereits einholte, noch bevor er die Haustür erreichte. Er reagierte mit einem wenig begeisterten Blick, sagte aber nichts, sondern streckte die Linke nach der Türklinke aus. Seine andere Hand blieb weiter in der Jackentasche.

Vor der bernsteinfarbenen Glasscheibe hob sich die Silhouette einer schlanken Frau ab. Gerade als sie die Hand nach der Klingel ausstrecken wollte, riss ihr Vater die Tür auf, und nicht nur Leonie fuhr überrascht zusammen.

»Theresa!«, grollte Vater. »Was suchen Sie denn hier?«

»Ja, ich … ich freue mich auch, dich zu sehen«, antwortete Theresa stockend. »Das meine ich ernst.«

»Was wollen Sie?«, fragte Vater. »Hier aufzutauchen, ist ja wohl der Gipfel der Unverfrorenheit!«

»Ich … ich kann mir vorstellen, wie du dich fühlst«, erwiderte Theresa unsicher. »Aber ich muss mit dir reden … mit euch. Darf ich reinkommen?«

»Nein«, antwortete Vater grob. »Sie sollten gehen, bevor ich die Polizei rufe und Sie verhaften lassen. Ich frage mich sowieso, warum ich das nicht gleich tue.«

Theresa rang mühsam um Fassung. »Ich kann dich ja verstehen«, sagte sie. Leonie hörte ein Geräusch hinter sich, wandte den Kopf und erblickte Hendrik, der den Hausflur betreten hatte. Er war stehen geblieben, sah aber sehr aufmerksam aus. Auch Theresa hatte den elegant gekleideten Bodyguard entdeckt und verstummte für einen Moment, fuhr aber dann schneller und mit leicht schriller Stimme fort: »Ich habe gehört, was gestern Nacht hier passiert ist. Es tut mir wirklich Leid. Ich wollte das nicht. Das musst du mir glauben! Sie sollten nur das Buch holen, sonst nichts.«

»Sie geben es also zu?« Vater schüttelte ungläubig den Kopf. »Das ist ungeheuerlich! Sie hetzen uns ein Killerkommando auf den Hals und haben dann auch noch die Unverfrorenheit, hier aufzutauchen und um Verständnis zu bitten?! Nennen Sie mir einen einzigen vernünftigen Grund, warum ich nicht sofort die Polizei rufen soll!«

»Ich habe doch gesagt: Es tut mir Leid«, rief Theresa.

»Leid?!«, fauchte Vater. Hendrik kam näher und verschränkte die Arme vor der Brust, während er hinter Leonie und ihrem Vater Aufstellung nahm. Er sagte kein Wort, aber er war die personifizierte Drohung. »*Leid?*«, fragte Vater noch einmal. Seine Stimme überschlug sich fast. »Meine Frau hatte einen Nervenzusammenbruch und musste ins Krankenhaus eingeliefert werden. Meine Tochter wurde zusammengeschlagen und Ihr Rollkommando hat das halbe Haus in Trümmer gelegt – und es tut Ihnen *Leid?*«

»So sollte es nicht enden«, beteuerte Theresa. »Aber du musst aufhören, das Buch zu missbrauchen. Du weißt nicht, welchen Schaden du anrichtest!«

»Im Moment hätte ich gute Lust, eine ganz andere Art von Schaden anzurichten«, knurrte Vater. Er schien noch mehr sagen zu wollen, drehte sich dann aber auf dem Absatz um und wandte sich an Hendrik. »Kümmern Sie sich bitte um meine Tochter. Ich komme gleich nach.« Und bevor Leonie auch nur begriff, was er damit meinte, trat er zu Theresa hinaus und zog die Tür hinter sich ins Schloss.

»He!«, protestierte Leonie. »Was soll denn das?«

Hendrik lachte. »Ich glaube, dein Vater wollte dir auf diese Weise sagen, dass er allein mit dieser Frau reden möchte – ich darf doch *du* sagen?«

»Solange Sie nicht wieder mit diesem *Ehrwürdiges-Fräulein*-Blödsinn anfangen«, sagte Leonie. Hendrik zog überrascht die Augenbrauen hoch und Leonie fügte mit einem flüchtigen Lächeln hinzu: »Ich bin nicht blind.«

Sie wandte sich wieder zur Tür. Theresa und ihr Vater hatten sich ein paar Schritte entfernt. Sie konnte nicht hören, was sie miteinander redeten, aber beide hatten heftig zu gestikulieren begonnen. »Vielleicht sollten wir die beiden nicht allein lassen«, sagte sie leise.

»Ich denke, dein Vater kann sich ganz gut selbst seiner Haut wehren«, erwiderte Hendrik, aber Leonie schüttelte den Kopf.

»Ich mache mir eher Sorgen um Theresa«, erklärte sie. »Mein Vater hat sich verändert, wissen Sie? Er war früher ein sehr friedlicher Mensch, aber seit ein paar Tagen …«

»Er steht unter großem Druck«, antwortete Hendrik. »Du musst ihn verstehen. Ich erlebe so etwas öfter.«

»Als professioneller Bodyguard?«, fragte Leonie. Sie sah, dass Hendrik mit diesem Wort nichts anfangen konnte und verbesserte sich: »Leibwächter.«

»Die Leute neigen dazu, die Gefahr zu überschätzen«, bemerkte Hendrik schulterzuckend. »So etwas wie gestern Nacht wird sich nicht wiederholen, das verspreche ich dir.«

»Haben Sie wenigstens eine Waffe?«, fragte Leonie.

Hendrik verneinte. »Die brauche ich nicht. Waffen sind gefährlich. Auch für den, der sie besitzt. Aber mach dir keine Sorgen. Meine Männer und ich passen schon auf deinen Vater auf. Ihm wird nichts geschehen.«

»Nur auf meinen Vater?«, hakte Leonie nach. »Nicht auf mich?«

Hendrik wirkte für einen Moment ertappt. »Ich … ich meine natürlich: auf euch«, sagte er hastig.

Aber das hatte er nicht gemeint. Die Bemerkung war ihm herausgerutscht, ohne dass er es gewollt hatte, und er bedauerte sie zutiefst, das spürte Leonie genau. Sie wollte erneut nachhaken, doch Hendrik kam ihr zuvor. »Die Sache mit dem Jungen gestern Abend …«

»Ich habe ihn absichtlich laufen lassen«, fiel ihm Leonie ins Wort. »Und?«, fügte sie herausfordernd hinzu. »Verpetzen Sie mich jetzt bei meinem Vater?«

»Eigentlich wollte ich nur wissen, warum du das getan hast«, antwortete Hendrik.

»Sie haben es gemerkt?«

»Was sagtest du gerade selbst?«, fragte Hendrik lächelnd. »Ich bin nicht blind. Aber keine Sorge. Ich habe deinem Vater nichts gesagt und ich werde ihm auch nichts sagen. Aber warum hast du es getan? Diese Leute hätten euch umgebracht.«

»Maus hat nichts damit zu tun.«

»Maus? Ist das sein Name?«, wollte Hendrik wissen.

»Wahrscheinlich nicht«, antwortete Leonie. »Aber sie haben ihn so genannt. Und er hat nichts damit zu schaffen.«

»Immerhin war er dabei«, gab Hendrik zu bedenken.

»Stimmt! Und vorher ist er über das Dach in mein Zimmer eingedrungen, um mich zu warnen. Deshalb habe ich ihn laufen lassen.«

»Ich bin nicht sicher, dass du ihm damit einen Gefallen getan hast«, sagte Hendrik, aber zugleich erschien auch ein sehr warmes, ehrliches Lächeln auf seinem Gesicht. »Du magst diesen Jungen.«

»Quatsch«, entgegnete Leonie. »Ich kenne ihn ja gar nicht.«

Hendrik lächelte nur, und weiter kamen sie auch nicht, denn die Tür wurde aufgerissen und Leonies Vater kam zurück. »Diese impertinente Person!«, schimpfte er. »Sie wagt es, nach all dem nicht nur, hierher zu kommen, sondern untersteht sich auch noch, mir Vorwürfe zu machen!«

»Soll ich sie von meinen Männern beschatten lassen?«, fragte Hendrik. Leonies Vater überlegte einen Moment, dann nickte er. »Warum eigentlich nicht? Wenigstens für eine Weile. Ich traue ihr und ihren sauberen Freunden alles zu. Veranlassen Sie das Nötige.«

Hendrik entfernte sich gehorsam und Vater schien darauf zu warten, dass auch Leonie ging – aber sie dachte ja gar nicht daran.

»Was war denn das gerade für eine Geschichte?«, fragte sie. »Mutter hatte einen Nervenzusammenbruch?«

»Sie hatte einen Schock«, antwortete Vater. »Du hast sie doch selbst gesehen, oder?«

»Wenn es so schlimm war, warum hast du dann nicht gestern Abend schon einen Arzt gerufen?«, wollte Leonie wissen. »Hier stimmt doch was nicht! Ich will jetzt endlich die Wahrheit wissen!«

Ihr Vater schwieg einen Moment, aber dann seufzte er und machte eine Bewegung, die irgendwo zwischen einem Nicken und einem resignierten Achselzucken lag. »Also gut, du hast ja Recht. Ich hätte es dir schon viel eher sagen sollen, aber ich habe gehofft, dass es sich von selbst wieder bessert.«

»Dass sich *was* bessert?«, fragte Leonie.

Wieder druckste ihr Vater einige Sekunden herum, bevor er antwortete. »Deine Mutter hat ... schon seit einer ganzen Weile Probleme«, sagte er zögernd. »Begonnen hat es schon viel früher. Vor ungefähr zehn Jahren.«

»Als ...«, Leonie brach ab und schluckte trocken.

Vater nickte. »Ja. Kurz nachdem dein kleiner Bruder gestorben ist. Ich glaube, sie ist nie ganz darüber hinweggekommen. Und jetzt ... nachdem all diese schrecklichen Sachen passiert sind.« Vater starrte einen Moment lang ins Leere, bevor er weitersprach. »Sie ist stiller geworden, das ist dir doch bestimmt auch schon selbst aufgefallen.«

Leonie nickte. »Und?«

»Die Ärzte haben eine Menge hochkomplizierter Bezeichnungen dafür«, fuhr Vater fort. »Aber wir haben es früher einfach Depressionen genannt. Ich hatte gehofft, dass es sich irgendwann einmal bessert, aber das war nicht der Fall. Ganz im Gegenteil: Es ist immer schlimmer geworden. Die Geschichte heute Nacht war zu viel für sie. Deshalb habe ich mich entschlossen, sie für eine Weile in die Obhut von Menschen zu geben, die sich besser um sie kümmern können als ich.«

Leonie dachte noch einmal an den Krankenwagen, aber es vergingen trotzdem weitere drei oder vier Sekunden, bevor sie *wirklich* begriff, was die Worte ihres Vaters bedeuteten. »Du ... hast sie ... in die Klapsmühle einweisen lassen?«, keuchte sie.

»Das Wort *Sanatorium* wäre mir lieber«, sagte ihr Vater ruhig.

»Du hast sie einfach … abgeschoben?«, murmelte Leonie ungläubig.

»Ich kann hier nichts mehr für sie tun«, verteidigte sich Vater. »Es ist das beste Sanatorium im ganzen Land. Dort kann man sich viel besser um sie kümmern.«

»Aha«, meinte Leonie bitter. »Und wo kann man sich viel besser um mich kümmern?«

Vaters Gesicht verdüsterte sich. »Hat Hendrik etwa …?«

»Nein«, unterbrach ihn Leonie. »Aber stell dir vor, ich bin ganz von selbst draufgekommen.«

»Es ist besser so«, erklärte ihr Vater. »Verdammt, Leonie, glaubst du denn, es fällt mir leicht, mich von meiner Familie zu trennen? Bestimmt nicht! Aber du hast doch selbst erlebt, was heute Nacht passiert ist! Und diese Leute werden nicht aufhören, ganz egal, wie scheinheilig diese Theresa auch tut! Verstehst du nicht, was hier vorgeht?«

»Nein!«, antwortete Leonie ehrlich.

»Diese Verrückten wollen mit Gewalt erreichen, dass das Buch in deinen Besitz übergeht«, sagte ihr Vater. »Sie wissen, dass ich das freiwillig nicht zulassen würde – aber es gibt einen anderen Weg, um das zu erreichen.«

»Und welchen?«

»Du könntest es erben«, antwortete Vater. »Wenn deiner Mutter und mir etwas zustoßen würde, dann würdest du es ganz automatisch erben.«

Leonie wirkte schockiert. »Du glaubst, sie … sie würden versuchen euch *umzubringen*?«, murmelte sie ungläubig.

»Ich traue es ihnen auf jeden Fall zu«, erklärte Vater grimmig. »Vor allem nach heute Nacht.« Er schüttelte heftig den Kopf, um jeden möglichen Widerspruch von vornherein im Keim zu ersticken. »Ich kann kein Risiko eingehen. Bis die Sache ausgestanden ist, möchte ich, dass du an einem Ort bist, wo sie dich nicht finden.«

»Und … wann?«, fragte Leonie mit leiser bebender Stimme.

»Heute«, sagte Vater. Er sah auf die Uhr. »Dein Zug geht in knapp zwei Stunden. Es ist bereits alles arrangiert. Geh bitte nach oben und pack deine Sachen zusammen. Hendrik bringt dich zum Bahnhof.«

Die zwei Stunden Frist, die ihr Vater ihr gewährt hatte, hätten Leonie normalerweise nicht einmal gereicht, um sich auch nur zu *überlegen*, welche Sachen sie einpacken sollte und worauf sie in nächster Zeit getrost verzichten konnte – und wie auch? Sie wusste weder wohin sie ins Exil geschickt wurde, noch wie lange ihr unfreiwilliger Aufenthalt in Wo-auch-immer dauern würde. Die Frage stellte sich jedoch gar nicht. Als Leonie in ihr Zimmer hinaufkam, fand sie zu ihrer nicht geringen Überraschung drei nagelneue und allem Anschein nach bereits fix und fertig gepackte Koffer auf ihrem Bett vor. Ebenso verwirrt wie neugierig machte sie einen davon auf und erlebte eine zweite, noch größere Überraschung: Der Koffer war ordentlich gepackt, aber die Kleider darin waren ihr ebenso fremd wie der Koffer selbst, und genauso neu. Nacheinander öffnete sie auch noch die beiden anderen Koffer und sichtete ihren Inhalt. Die Kleider hatten genau ihre Größe und entsprachen auch genau ihrem Geschmack. Jedes einzelne Teil war neu – und es waren ziemlich viele: ein gutes Dutzend T-Shirts, ebenso viele Blusen und Pullover, Jeans, ein halbes Dutzend Röcke, ein paar Schuhe und, und, und – auf jeden Fall entschieden zu viele, um der Behauptung ihres Vaters, es handele sich nur um ein paar Tage, auch nur einen Rest von Glaubwürdigkeit zu lassen.

Sie versuchte die drei Koffer wieder genauso ordentlich zu schließen, wie sie sie vorgefunden hatte (es blieb bei dem Versuch. Das Ergebnis war allerhöchstens mäßig), wandte sich um und prallte fast mit Hendrik zusammen, als sie ihr Zimmer verließ.

»Nicht so stürmisch«, sagte Hendrik lächelnd. »Wir haben ja noch ein wenig Zeit.«

Leonie setzte zu einer Antwort an, drehte aber dann stattdessen den Kopf und runzelte die Stirn, als sie das typische Motorengeräusch von Vaters Porsche hörte. »Was …?«

»Ich soll dir sagen, dass dein Vater dringend wegmusste«, erklärte Hendrik.

»Jetzt?«, fragte Leonie ungläubig.

Hendrik hob die Schultern. »Ich hatte das Gefühl, dass er es wirklich ernst meinte. Es tut ihm Leid, dass er dich nicht selbst zum Bahnhof bringen oder wenigstens bis zu deiner Abreise bleiben konnte. Aber er wird versuchen zum Bahnhof zu kommen, um sich dort mit uns zu treffen. Und ich soll dir noch etwas von ihm geben.« Seine Hand glitt unter das Sakko des modern geschnittenen, hellblauen Sommeranzuges und kramte einen Moment lang dort herum, und erneut fiel Leonie auf, wie sonderbar unpassend das – zweifellos maßgeschneiderte – Kleidungsstück an ihm wirkte. Endlich förderte er einen dicken, gepolsterten Umschlag zutage, den er Leonie reichte. »Ich bringe dein Gepäck nach unten. Das Fahrzeug, das dein Vater bestellt hat, wird in einer halben Stunde hier sein.«

Er sagte *Fahrzeug*, nicht *Taxi*, dachte Leonie und ein eisiger Schauer lief ihr über den Rücken. Etwas in ihr hatte längst begriffen, was das Ganze bedeutete, aber der Gedanke war so bizarr, dass sich ihr Verstand immer noch weigerte, die Möglichkeit ernsthaft in Betracht zu ziehen. Während Hendrik in ihr Zimmer ging, um die Koffer zu holen, trat sie einen Schritt zur Seite und riss den Umschlag auf. Er enthielt ein modernes Handy und eine Kreditkarte, auf der Leonie zu ihrer eigenen Überraschung ihren eigenen Namen entdeckte, sowie eine einzelne Visitenkarte mit einer Adresse in Frankfurt und einer zusätzlich mit der Hand darunter geschriebenen Telefonnummer.

Leonie steckte die beiden Karten mit einem angedeuteten Achselzucken ein, klappte das Handy auf und staunte nicht schlecht, als sie sah, dass es sich tatsächlich um das allerneueste Modell handelte; einer jener kleinen Wunderapparate, die so viel Video-, Spiel- und Internetfunktionen hatten, dass sie kein normaler Mensch alle ausprobieren konnte. Sie aktivierte das Telefonbuch und stellte fest, dass sich schon ein gutes Dutzend Einträge darin befand: ihre Nummer hier zu Hause, die beiden Mobilfunk-Anschlüsse ihres Vaters, aber auch ein paar Nummern, die ihr gänzlich unbekannt waren.

Hendrik kam zurück. Obwohl er die drei schweren Koffer auf einmal trug, bewegte er sich lautlos wie eine Katze. Als er bei Leonie angekommen war, blieb er stehen und deutete mit dem Kopf auf das Handy: »Dein Vater lässt dir ausrichten, dass du im Notfall nur die Eins drücken musst.«

»Und dann?«

»Bin ich in spätestens einer Minute da«, antwortete Hendrik. »Oder einer meiner Männer. Aber wahrscheinlich werde ich es sein. Er hat mich persönlich für deine Sicherheit verantwortlich gemacht.«

»Und wenn ich keinen Wert darauf lege?«

Hendriks Lächeln nach zu urteilen, war es ihr nicht gelungen, ihn zu beleidigen. Er hob die Schultern, ging weiter und sagte: »Ich mache nur meine Arbeit.«

Leonie sah ihm frustriert nach, kehrte aber dann noch einmal in ihr Zimmer zurück. So vorausschauend ihr Vater – oder die mittelgroße Armee von Heinzelmännchen, die er zu beschäftigen schien – auch gewesen sein mochte, eines hatte er vergessen, sie jedoch nicht: Sie hatte eindeutig zu wenige Freunde, als dass sie es sich leisten konnte, einen von ihnen einfach in einem Schuhkarton auf dem Schreibtisch zurückzulassen.

Der Schuhkarton war noch da, aber Conan nicht. Auf dem zerknüllten Taschentuch waren noch die Umrisse des winzigen Mauskörpers zu sehen, aber er selbst war spurlos verschwunden.

»Conan?«, rief sie. »Wo bist du? Das ist deine letzte Chance! Das Taxi wartet!«

»Noch nicht ganz«, antwortete Hendriks Stimme hinter ihr. »Aber wir sollten uns trotzdem allmählich fertig machen.« Er sah sich mit übertrieben gerunzelter Stirn um. »Wer ist Conan?«

»Niemand«, erwiderte Leonie hastig. »Ich habe nichts gesagt. Sie müssen sich getäuscht haben.«

Bevor Hendrik Gelegenheit hatte, seinen Unglauben, der sich deutlich auf seinem Gesicht widerspiegelte, zu äußern, fuhr sie auf dem Absatz herum, stürmte aus dem Zimmer und die Treppe hinunter. Ihre Koffer standen vor der Tür, aber Leonie wandte sich in die entgegengesetzte Richtung und ging ins Arbeitszimmer.

Alle Spuren der vergangenen Nacht waren beseitigt. Bücher und Akten standen wieder ordentlich auf den Regalen, die Bilder hingen an ihren Plätzen, als hätte hier niemals ein Kampf stattgefunden, und selbst die zerbrochenen Gläser und Blumenvasen waren bereits ersetzt worden. Der einzige Unterschied zu sonst war der Tresor: Die schwere Stahltür stand offen und der Geldschrank war vollkommen leer.

»Brauchst du noch irgendetwas?«

Diesmal fuhr Leonie erschrocken zusammen, als sie Hendriks Stimme hinter sich hörte. »Nein«, sagte sie gepresst, zählte in Gedanken langsam bis drei und drehte sich dann betont gemächlich herum. »Aber Sie könnten mir einen großen Gefallen tun. Hören Sie bitte auf, sich ständig wie eine Katze anzuschleichen. Irgendwann bekomme ich noch einen Herzinfarkt.«

»Ich werde mir kleine Glöckchen an die Hosenbeine nähen«, erklärte Hendrik grinsend. »Das Fahrzeug ist da.«

»Schön, dass Sie nicht *Kutsche* gesagt haben«, murmelte sie – wohlweislich aber so leise, dass Hendrik ihre Antwort nicht hören konnte. Keine zwei Minuten später saßen sie im Taxi und fuhren in Richtung Bahnhof.

Leonie hatte vorn auf dem Beifahrersitz Platz genommen, obwohl das dem Fahrer nicht zu gefallen schien. Aber auf diese Weise konnte sie Hendrik besser im Auge behalten, der wohl oder übel allein auf der breiten Rückbank des Mercedes saß. Der Anblick überraschte sie kein bisschen, aber er gab ihr zu denken. Sie hätte schon blind sein müssen, um nicht zu erkennen, wie unwohl sich Hendrik fühlte – nicht nur in dem hellblauen Anzug, sondern auch in diesem Wagen. Er saß stocksteif da wie ein Mensch, der all seine Willenskraft aufbringen musste, um sich seinen wahren Gemütszustand – nämlich nackte Angst – nicht anmerken zu lassen. Immer wieder sah er aus dem Fenster und zuckte dann sofort zurück und seine Hände zitterten leicht. Leonie riss ihren Blick mühsam vom Spiegel los und wandte sich an den Fahrer. »Biegen Sie da vorne links ab«, sagte sie.

»Das ist doch nicht der Weg zum Bahnhof!«, protestierte der Fahrer.

»Ich weiß«, erwiderte Leonie. »Aber ich möchte noch kurz zum Friedhof. Keine Sorge«, sagte sie an Hendrik gewandt, »der Zug geht erst in einer Stunde und mit dem *Fahrzeug* sind wir sehr viel früher dort.«

»Ich weiß«, antwortete Hendrik gepresst. Er vermied es jetzt krampfhaft, aus dem Fenster zu sehen. Seine Stirn war von einem Netz feiner Schweißtröpfchen überzogen.

Der Taxifahrer warf erst ihr, dann Hendrik einen irritierten Blick zu, setzte aber gehorsam den Blinker und bog an der nächsten Kreuzung links ab. Zwei Minuten später erreichten sie die Straße, an der der Friedhof lag, und Leonie bedeutete dem Fahrer, anzuhalten. Sie öffnete die Tür, stieg aus und blieb nach zwei Schritten wieder stehen. Sie konnte hören, wie die Autotür hinter ihr noch einmal aufging und Hendrik ausstieg. Er sagte nichts, sondern trat nur schweigend neben sie und schien darauf zu warten, dass sie von sich aus die Stille brach.

Leonie konnte gar nichts sagen. Ihre Kehle war wie zugeschnürt. Sie wusste nicht, warum sie der Anblick so schockierte; sie sah im Grunde nichts anderes als das, was sie ohnehin erwartet hatte. Oder befürchtet, je nachdem.

Vor ihr lag das Grundstück, auf dem sie am vergangenen Abend noch die Ruine einer niedergebrannten gotischen Kapelle gesehen hatte. Von den Trümmern war nichts mehr zu sehen. Vor Leonie erstreckte sich ein kleines gepflegtes Parkgrundstück mit Blumenrabatten, einer hölzernen Bank, auf der ein kleines Messingschildchen den Namen des großzügigen Spenders verkündete, und ein gutes halbes Dutzend mächtiger, mindestens hundert Jahre alter Bäume. Die Kapelle war verschwunden.

So spurlos, als hätte es sie nie gegeben.

Zug in die Hölle

Auf dem Weg zum Bahnhof hatte Leonie kurz mit dem Gedanken gespielt, Hendrik gewissermaßen den Rest zu geben, indem sie ihn zwang, mit ihr in den ICE zu steigen. Er war fast vor Angst gestorben, als sie mit dem Taxi durch den Berufsverkehr zum Bahnhof gefahren waren – und sie hatten niemals mehr als fünfunddreißig oder höchstens vierzig Stundenkilometer erreicht.

Natürlich tat sie es am Ende doch nicht. Schon immer war es Leonie verhasst gewesen, ihre Launen an Unschuldigen oder Unbeteiligten auszulassen, und außerdem begann ihr Hendrik bereits wieder Leid zu tun, während sie sich dem ICE auch nur näherten. Er beherrschte sich meisterhaft, aber das Flackern in seinen Augen verriet Leonie dennoch, dass ihn allein der Anblick des weiß-rot gestreiften Monstrums mit etwas erfüllte, das verdächtig an Todesangst erinnerte. Als er ihr in den Zug folgte, um die Koffer in ihr Abteil zu bringen, wurde er sichtbar langsamer und ging erst weiter, als er sich des aufmerksamen Blicks von Leonie bewusst wurde.

Das Erste-Klasse-Abteil war noch leer, aber über jedem der sechs Sitze leuchtete das Display mit der roten Anzeige *Reserviert.* Hendrik verstaute ihre Koffer auf der Gepäckablage (sie nahmen fast den gesamten Platz ein; die Leute, die nach ihr kamen, würden sich freuen, dachte Leonie), während sie selbst auf ihrem Fahrschein nachsah, welcher Platz für sie reserviert war, und sich setzte.

»Wäre das alles?«, fragte Hendrik nervös.

Leonie nickte. Der Zug würde erst in gut zehn Minuten abfahren, aber sie sah ihm an, dass er in jeder Sekunde innerlich tausend Tode starb. Sie schämte sich des Gefühls der Schadenfreude mittlerweile beinahe, das sie gerade empfunden hatte.

»Sie können ruhig gehen«, sagte sie. »Mir wird schon nichts passieren. Und ich bin sicher, dass Sie noch eine Menge zu tun haben.«

Es gelang Hendrik nicht ganz, sich seine Erleichterung nicht anmerken zu lassen. »Ich wünsche dir eine gute Reise. Und denk dran: Wenn du in Gefahr gerätst oder dir auch nur irgendetwas komisch vorkommt, dann drück die Eins auf deinem …« Er suchte nach Worten.

»Apparat«, half Leonie aus und Hendrik nickte dankbar. Dann wandte er sich ohne ein weiteres Wort ab und verschwand. Leonie drehte sich im Sitz um und versuchte, ihn irgendwo draußen auf dem Bahnsteig zu entdecken, aber er schien eine andere Richtung genommen zu haben; vielleicht hatte ihn auch die Menschenmenge verschluckt, bevor ihr Blick ihn erfassen konnte.

Bis zur Abfahrt des Zuges verbrachte Leonie die Zeit damit, das Treiben auf dem Bahnsteig zu beobachten, und kaum hatte sich der ICE in Bewegung gesetzt, da ging auch schon die Abteiltür auf und der Schaffner trat ein, um ihren Fahrschein zu kontrollieren. Nachdem er ihn mit einer in der futuristischen Atmosphäre des Zuges geradezu antiquiert anmutenden Zange entwertet hatte, hob er noch einmal den Kopf und ließ seinen Blick demonstrativ über die anderen Sitzen und das Display mit der Anzeige *Reserviert* schweifen.

»Ich sitze auf dem richtigen Platz«, sagte Leonie. »Ich habe reserviert – hier.« Sie wedelte mit ihrer Fahrkarte, aber der Schaffner beachtete sie nicht einmal.

»Ja, so könnte man es sagen«, antwortete er. »Aber genau genommen sind alle Plätze reserviert.«

»Ich verstehe kein Wort«, erwiderte Leonie. »Mein Vater hat die Fahrkarte für mich gekauft.«

»Hat er nicht«, antwortete der Schaffner, korrigierte sich aber dann sofort wieder: »Oder doch, genau genommen hat er *alle* Fahrkarten für dieses Abteil gekauft.«

»Wie bitte?«, ächzte Leonie.

»Er wollte wohl, dass du unterwegs deine Ruhe hast«, vermutete der Schaffner. »Na ja, das geht mich nichts an. Ich kontrolliere jetzt die anderen Abteile. Soll ich dir auf dem Rückweg aus dem Speisewagen etwas mitbringen? Ein Getränk vielleicht?«

Leonie lehnte dankend ab und der Schaffner hob enttäuscht die Schultern und ging. Leonie blieb völlig verwirrt zurück. Ihr

Vater hatte gleich das ganze Abteil für sie reservieren lassen, nur damit sie ihre Ruhe hatte? Was sollte denn dieser Unsinn nun wieder? Ihr Vater war zwar niemand, der sich seines Wohlstandes schämte, aber so damit herumzuprotzen hatte auch noch nie zu seinen Eigenarten gehört. Leonie fand auf diese Frage ebenso wenig eine Antwort wie auf so viele andere, die sie sich in den letzten Tagen gestellt hatte. Schließlich schüttelte sie den Gedanken ab, zuckte demonstrativ mit den Schultern, obwohl sie allein im Abteil war, und wandte sich wieder dem Fenster zu. Obwohl der ICE erst vor wenigen Minuten losgefahren war, hatte er die Stadt bereits hinter sich gelassen und eine beachtliche Geschwindigkeit erreicht – und er wurde immer noch schneller.

Leonie verbrachte die nächsten fünfzehn oder zwanzig Minuten damit, die Landschaft zu betrachten, die mit mehr als zweihundert Stundenkilometern am Fenster vorbeiflog, aber schließlich wurde sie des Anblicks überdrüssig und ließ sich in ihren Sitz zurücksinken.

Ihr wurde schmerzhaft bewusst, dass sie vergessen hatte, sich etwas zu lesen mitzunehmen; wenn man bedachte, dass es in ihrem Haus – ohne die angeschlossene Buchhandlung – gut und gerne fünftausend Bücher geben musste, ein geradezu absurdes Versäumnis. Und ein ärgerliches noch dazu: Immerhin lag eine mehrstündige Bahnfahrt vor ihr. Sie würde sich zu Tode langweilen.

Ihr fiel etwas ein. Sie hatte ja das Handy, das ihr Vater ihr mitgegeben hatte, und garantiert gab es darauf auch ein paar Spiele. Leonie hatte sich nie sonderlich für Computerspiele begeistern können, aber immer noch besser als darauf zu warten, dass ihr vor lauter Langeweile die Decke des Abteils auf den Kopf fiel. Sie zog das Gerät aus der Tasche, schaltete es ein und wählte das erstbeste Spiel, das das winzige Display ihr anbot.

Obwohl Leonie das alberne Spiel, bei dem es darum ging, eine Schlange durch ein kleines Labyrinth zu steuern, die nicht nur mit jedem Stück des Weges länger, sondern auch immer schneller wurde, nicht besonders interessierte, hatte sie das Gefühl, dass sie ganz gut darin war. Als der Miniatur-Bildschirm einfach keinen Platz mehr bot, ihre Schlange darauf zu bewegen, wählte Leonie das nächste Spiel. Sie meisterte es mit noch größerer Bravour als das erste und wählte ein drittes Spiel an. Irgendwann ging die Tür auf, und Leonie sagte, ohne von ihrem Telefon aufzublicken: »Entschuldigung, aber die Plätze hier sind alle reserviert.«

»Ich weiß«, sagte eine Frauenstimme. »Aber ich will auch nicht lange bleiben.«

Leonie sah so erschrocken hoch, dass sie um ein Haar das Telefon fallen gelassen hätte. »Theresa?«

»Ich will nur mit dir sprechen«, sagte die junge Frau. »Glaub mir, ich will dir nichts tun. Aber ich muss dringend mit dir reden!« Sie trat ein ohne abzuwarten, ob Leonie sie hereinbitten würde, zog die Tür hinter sich zu und nahm ebenso unaufgefordert ihr gegenüber Platz.

»Na, wenn Sie so höflich bitten, kann ich ja wohl kaum noch nein sagen, wie?«, meinte Leonie. Das Handy stieß ein helles Piepen aus und auf dem Display erschien der Schriftzug *Game over*. Leonie setzte dazu an, das Gerät auszuschalten, überlegte es sich dann aber noch einmal und ließ den Daumen wie zufällig über den Zifferntasten schweben. Was hatte Hendrik gesagt? Du musst nur die *Eins* wählen und ich bin da? Leonie hoffte, dass sie dieses Versprechen nicht auf die Probe stellen musste, aber sie war durchaus bereit dazu, es zu tun.

»Sie?« Theresa lächelte unglücklich. »Bei einer anderen Gelegenheit waren wir schon beim du angelangt.«

»Das muss gewesen sein, bevor Sie mich belogen haben«, sagte Leonie kühl. Im allerersten Moment war sie überrascht, dass sich Theresa daran erinnerte, aber dann fiel ihr wieder ein, dass ja auch sie über die *Gabe* verfügte. Zumindest in diesem Punkt also schien Theresa die Wahrheit gesagt zu haben.

»Es tut mir Leid«, antwortete Theresa traurig. »Ich wollte dir nie etwas Böses, glaub mir. Und auch deinen Eltern nicht.«

»Dann nehme ich an, Sie haben sich mit Meister Bernhard nur über das Wetter unterhalten?«, fragte Leonie. Der jähe Schrecken ins Theresas Augen machte ihr klar, dass ihr nicht bewusst gewesen war, von Leonie bei diesen Gespräch beobachtet worden zu sein. Leonie genoss den Moment, so lange sie konnte, dann fuhr sie in sprödem Ton fort: »War das bevor oder nachdem Sie ihm den Auftrag gegeben haben, uns alle umzubringen?«

Theresas Blick wurde schuldbewusst. »Es tut mir unendlich Leid, Leonie«, sagte sie. »Es war ein unverzeihlicher Fehler, ich weiß. Ich habe mich in diesem Mann schrecklich getäuscht. Er hatte den Auftrag, das Buch zurückzubringen, das war alles. Deinen Eltern und vor allem dir selbst sollte kein Haar gekrümmt werden, das schwöre ich.«

Seltsam – aber Leonie brachte es einfach nicht fertig, ihr *nicht* zu glauben, ganz egal wie sehr sie es auch versuchte. Trotzdem fuhr sie in noch schärferem Ton fort: »Ich glaube Ihnen kein Wort. Wozu sollte das gut sein? Sie haben es selbst gesagt: Niemand kann etwas mit dem Buch anfangen. Sie nicht, Ihre … Freunde nicht, ich nicht. Solange meine Eltern am Leben sind, heißt das. Wenn ihnen allerdings etwas zustoßen sollte …« Sie hob die Schultern. »Ein kleiner Unfall, bei dem auch ich ums Leben komme, und dann taucht ein uraltes Testament meiner Großmutter auf, das *Sie* als ihre Erbin einsetzt.«

»Das kannst du doch nicht wirklich glauben«, entgegnete Theresa entsetzt.

Das tat Leonie auch gar nicht. Sie kam sich ziemlich mies vor, Theresa überhaupt mit diesem ungeheuerlichen Vorwurf konfrontiert zu haben, aber sie schluckte die Entschuldigung, die ihr auf der Zunge lag, hinunter und sah Theresa nur weiter herausfordernd an.

»Alles, was wir wollten, war, deinem Vater das Buch wegzunehmen«, erklärte Theresa schließlich. »Er hat schon so entsetzlich viel Schaden angerichtet und er wird noch unendlich mehr Schaden anrichten, wenn ihn niemand aufhält.«

»Komisch«, sagte Leonie böse. »Das hat Bruder Gutfried auch gesagt. Gehört er ebenfalls zu euch? Ich dachte, nur Frauen hätten die Gabe.«

»Wer?«, fragte Theresa.

»Bruder Gutfried«, wiederholte Leonie. »Doktor Fröhlich, Professor Wohlgemut – wie immer Sie ihn nennen wollen.«

»Ich habe keine Ahnung, wovon du sprichst«, entgegnete Theresa, »und wir haben auch keine Zeit, darüber zu reden, Leonie. Ich bin hier, um dich zu warnen.«

»Wie originell«, meinte Leonie spöttisch. »Hatten wir das nicht auch schon das eine oder andere Mal?«

»Ich meine es ernst, Leonie«, antwortete Theresa. Sie sah nervös aus dem Fenster. Nervös – nein. Das war etwas anderes. Etwas, das …

Nein, Leonie wusste es nicht.

»Du bist in Gefahr. Deine Eltern ebenfalls, aber im Moment hauptsächlich du. Sie wollen das Buch zurück.«

»Wer?«

»*Sie*«, erklärte Theresa. »Die Scriptoren und Schriftführer, alle. Sie sind in großer Aufregung und sie sind sehr zornig. Sie werden das Buch zurückholen, koste es, was es wolle.«

»Unsinn«, erwiderte Leonie, aber sie sagte es ohne echte Überzeugung. Theresas Worte jagten ihr einen eisigen Schauer über den Rücken. Für einen Moment glaubte sie sich noch einmal in das unheimliche System aus gemauerten Gängen und von düsterem Licht erfüllten Höhlen versetzt. Nur mit Mühe gelang es ihr, die Furcht zurückzudrängen, die mit dieser Erinnerung einherging.

»Es ist die Wahrheit.« Theresa sah immer wieder aus dem Fenster und diesmal folgte Leonie ihrem Blick. Der Zug war noch schneller geworden und begann sich in eine lang gezogene Kurve zu legen, an deren Ende ein riesiger, verzerrter Schatten lag. Vielleicht nur eine Regenwolke.

»Angenommen, ich glaube Ihnen«, nahm Leonie das Gespräch wieder auf. »Wieso ich? Schließlich habe ich Großmutters Buch nicht gestohlen!«

»Aber du bist es, deren Anwesenheit sie gespürt haben«, sagte Theresa. »Du hast die Gabe. Ein winziger Teil von dir gehört zur Welt des Archivs.«

Erneut konnte Leonie nur mit Mühe ein Schaudern unterdrücken. Es war, als reiche schon die Erwähnung des Archivs, um die Angst in ihr stärker werden zu lassen.

»Ich glaube dir nicht«, beharrte sie, auch wenn sich die Worte in ihren eigenen Ohren mehr nach Trotz als nach Überzeugung anhörten. »Selbst wenn du die Wahrheit sagst – sie müssen Millionen Bücher in diesem Archiv haben – Milliarden. Ich war in einem davon, weißt du?«

»Du warst ...« Theresa riss die Augen auf.

»All diese Türen«, fragte Leonie, »es sind Leben, nicht wahr? Leben, die abgeschlossen sind und ins Archiv wandern.«

Theresa nickte stumm. Sie wirkte schockiert.

»Aber hinter vielen dieser Türen ist nichts mehr«, fuhr Leonie fort. »Sie werden nicht für die Ewigkeit dort aufbewahrt. Sie verblassen genauso, wie die Erinnerungen an einen Menschen und an das, was er getan hat, nach und nach verblassen. Ich habe gesehen, was sie mit den alten Büchern machen. Sie wandern in das, was sie den *Leimtopf* nennen, um neue Bücher daraus herzustellen. Sie recyceln sie sozusagen.«

Sie sah wieder aus dem Fenster, was Theresa nur einen Sekundenbruchteil zuvor ebenfalls getan hatte. Der Schatten war näher gekommen, und Leonie konnte jetzt erkennen, dass es sich nicht um eine Regenwolke oder tatsächlich um einen großen Schatten handelte, sondern um eine Bergflanke. Leonie war überrascht, dass sie schon so nahe am Gebirge waren. Sie hatte gewusst, dass diese neuen ICE schnell waren – aber *so* schnell? »Habe ich Recht?«, fragte sie, als sie auch nach einigen weiteren Sekunden keine Antwort bekam.

Theresa nickte. »Ja.«

»Welchen Unterschied macht es dann, wenn ein Buch aus dem Archiv entfernt wird?«, fragte Leonie. »Die Scriptoren sind ganz bestimmt nicht begeistert davon, aber das?« Leonie schüttelte den Kopf. »Sorry, doch da musst du dir schon eine bessere Geschichte ausdenken, um mich zu überzeugen.«

»Es ist keine *Geschichte*«, sagte Theresa unruhig. »Keine von uns weiß, warum sie so aufgebracht sind. Angeblich hat der Archivar selbst den Befehl erteilt, das Buch um jeden Preis zurückzuholen – oder den zu bestrafen, der es gestohlen hat.«

»Der Archivar?«

Theresa hob die Schultern. »Der große Boss, keine Ahnung. Der Chef eben. Niemand hat ihn je gesehen, aber jeder im Archiv erstarrt schon vor Angst, wenn nur sein Name genannt wird.«

»Und dieser Oberboss ist jetzt hinter mir her?«

Theresa schüttelte fast erschrocken den Kopf. »Du solltest es ernst nehmen, Leonie. Ich weiß nicht, wie lange es noch dauert, bis sie einen Weg finden, das Buch zu holen, aber früher oder später werden sie es.« Sie sah wieder aus dem Fenster und Leonie folgte erneut ihrem Blick. Die Flanke des Gebirges schien mit erschreckender Geschwindigkeit auf sie zuzurasen, aber noch bevor der Anblick Leonie wirklich beunruhigen konnte, sah sie einen winzigen schwarzen Punkt am Ende des Schienenstranges: ein Tunnel.

»Und was soll ich jetzt tun, deiner Meinung nach?«, fragte Leonie.

»Ich weiß es nicht«, gestand Theresa. Sie hob die Schultern. »Steig am nächsten Bahnhof aus. Fahr zurück zu deinem Vater. Überrede ihn irgendwie, das Buch zurückzubringen. Stiehl es ihm, wenn es gar nicht anders geht.«

»Ich weiß nicht einmal, wo es ist«, erwiderte Leonie. »Es war bis gestern Abend im Tresor, aber er hat es weggebracht, nachdem Meister Bernhard uns überfallen hat.«

Es wurde schlagartig dunkel, als der Zug in den Tunnel einfuhr. Ein heftiger Knall erklang und der ganze Zug schien wie unter einem Schlag zu erzittern. Das Licht schaltete sich nach weniger als dreißig Sekunden automatisch ein, aber Leonies Herz begann trotzdem, wie verrückt zu hämmern, als sie aus dem Fenster blickte und sah, mit welchem Tempo der ICE durch den Tunnel raste. Gab es nicht Vorschriften, die besagten, dass Züge nur mit gemäßigtem Tempo in Tunnel einfahren durften?

Theresa schien es nicht anders zu ergehen als ihr. Sie saß stocksteif hoch aufgerichtet da und starrte mit weit aufgerissenen Augen aus dem Fenster. »Da stimmt etwas nicht«, flüsterte sie.

Das war maßlos untertrieben, fand Leonie. Sie schätzte, dass der Zug mit mehr als zweihundertfünfzig Stundenkilometern durch den Tunnel raste – und er wurde immer schneller.

»Was bedeutet das?«, fragte Leonie.

Theresa antwortete nicht, aber Leonie hätte ihre Antwort vermutlich auch gar nicht verstanden, denn in diesem Moment hallte ein ungeheures Dröhnen durch den Zug, unmittelbar gefolgt von einem so harten Ruck, dass Leonie regelrecht aus dem Sitz katapultiert wurde, gegen Theresa prallte und unsanft mit ihr zu Boden fiel. Das Handy entglitt ihren Fingern und schlitterte davon. Die nächsten Sekunden waren sie voll und ganz damit beschäftigt, ihre Glieder zu entwirren, dann richtete Leonie sich benommen auf und sah aus dem Fenster. Nach dem Knall und der harten Erschütterung war sie nahezu überzeugt davon, dass der ICE entgleist sein musste, aber die Tunnelwände rasten noch immer draußen vorbei.

Nur dass es nicht mehr die Wände eines normalen Eisenbahntunnels waren.

Trotz der noch immer anwachsenden Geschwindigkeit konnte Leonie deutlich die groben Backsteinwände erkennen, die draußen entlangrasten. In regelmäßigen Abständen glaubte sie, verschwommene, dunkelrote Flecken zu sehen – Fackeln, die zu schnell vorbei waren, um sie eindeutig identifizieren zu können – und manchmal auch etwas wie eine Nische oder eine Tür. Auch Theresa hatte sich aufgerappelt und sah mit aufgerissenen Augen aus dem Fenster.

»Großer Gott!«, hauchte Theresa. »Das ist das Archiv!«

Leonie hätte ihr gern widersprochen, aber sie konnte es nicht. Sie hatte die düsteren Gewölbetunnel im gleichen Moment wiedererkannt wie Theresa.

Der Zug wurde schneller, Mauern, Türen und Fackeln verschmolzen zu einem einzigen Konglomerat aus Formen, Farben und Bewegung. Der Boden unter ihren Füßen begann zu zittern; sacht, aber in schneller werdendem, stampfendem Rhythmus.

»Was … bedeutet das?«, stammelte Theresa.

Rings um sie herum herrschte ein wahrer Höllenlärm und dennoch war es zu still – es hätten auch noch andere Laute zu hören sein müssen: Schreie und Gebrüll der nach der scheinbaren Beinaheentgleisung panischen Reisenden. Aber da war nichts, abgesehen vom Geräusch der stählernen Laufräder, die über die Schienen jagten, und dem Brausen der Luft, die draußen an den Fenstern vorüberpfiff.

»Was bedeutet das?« Nun war sie es, die diese Frage stellte, und Theresa antwortete auf dieselbe Weise wie Leonie ein paar Sekunden zuvor: mit einem wortlosen Achselzucken. Plötzlich bemerkte Theresa, dass Leonie nicht mehr aus dem Fenster sah, sondern die Abteiltür anstarrte. Verwirrt drehte sie sich um und blickte in dieselbe Richtung. Leonie konnte auf Theresas Gesicht ablesen, dass ihr die unheimliche Stille ebenso auffiel wie ihr selbst und dass sie ihr mindestens genauso große Angst machte.

Leonie sah noch einmal zum Fenster, was sie aber augenblicklich bedauerte. Der Zug war wieder schneller geworden, obwohl sie das noch vor ein paar Sekunden gar nicht für möglich gehalten hätte. Auf der anderen Seite der Glasscheibe war jetzt nur noch ein Chaos aus tosender Bewegung zu erkennen. Dann sah sie erneut zur Abteiltür. Ihre Hand zitterte leicht, als sie sie aufschob und zögernd auf den Gang hinaustrat.

Er war leer. Der Zug zitterte mittlerweile wie eine altmodische Dampflok, die sich schnaubend einen Berg hinaufquälte, und sie hörte das Scheppern von Kunststoff und das Klirren von Glas, aber nicht eine einzige menschliche Stimme. Und sie sah auch niemanden.

So dicht gefolgt von Theresa, dass sie ihren Atem wie eine warme Berührung im Nacken spüren konnte, wandte sie sich nach rechts und warf einen Blick in das benachbarte Abteil.

Es war leer.

Ebenso wie das daneben, das nächste und das darauf folgende.

Leonie und Theresa arbeiteten sich langsam bis ans vordere Ende des Wagens durch, aber es war überall dasselbe: Die Abteile waren leer. Sie sahen Koffer, Taschen und andere Gepäckstücke, aufgeschlagene Zeitungen und Bücher und in einem Aschenbecher sogar eine qualmende Zigarette, aber keinen einzigen Menschen.

In einer bangen Vorahnung öffnete Leonie die Zwischentür zum nächsten Waggon und trat hindurch. Vor ihnen lag der Speisewagen und sein Anblick war noch unheimlicher: Dampfende Kaffeetassen und angefangene Mahlzeiten standen auf den Tischen, ein halbes Glas Bier, angebissene Brötchen. Der Speisewagen sah aus, als wäre er noch vor einem Augenblick voll besetzt gewesen, bis sich die Gäste und das Personal alle auf einmal entschlossen hätten, einfach aufzustehen und wegzugehen.

Sie durchquerten auch den Speisewagen, aber danach ging es nicht mehr weiter. Vor ihnen war nur noch die Lok, und die Verbindungstür zwischen ihr und dem Rest des Zuges war verriegelt.

»Wo … wo sind all die Leute?«, stammelte Theresa. »Was ist hier passiert?«

Bevor Leonie antworten konnte, ging ein so harter Ruck durch den Zug, dass sie beide von den Füßen gerissen wurden. Theresa fiel, während Leonie hart gegen die Wand prallte und im letzten Moment irgendwo Halt fand. Ein Kreischen erklang, als scheuere Stahl auf Stahl und draußen vor den Fenstern stob ein Funkenregen in die Höhe.

»Was ist das?!«, kreischte Theresa in schierer Panik. Sie versuchte aufzustehen, aber ein noch härterer Stoß schleuderte sie erneut zu Boden. Diesmal stürzte auch Leonie. Das Kreischen von überbeanspruchtem Metall wurde schriller und erreichte zugleich eine Lautstärke, die in den Ohren schmerzte. Theresa schrie irgendetwas, aber Leonie sah nur, wie sich ihre Lippen bewegten, denn das Kreischen verschluckte jeden anderen Laut.

Sie halfen sich gegenseitig in die Höhe, und Leonie tastete sich mit zusammengebissenen Zähnen und Schritt für Schritt an der Wand entlang, um nicht sofort wieder von den Füßen gerissen zu werden.

Als sie den Durchgang zum Speisewagen erreichten, sah Leonie noch einmal über die Schulter zurück, und ihr Herz machte einen jähen Satz bis in den Hals hinauf, wo es zu einem stacheligen Klumpen aus Eis zu erstarren schien, der ihr den Atem abschnürte.

Der Gang zur Lok hinter der Glastür war noch da, aber zugleich auch wieder nicht. Die Wirklichkeit schien Wellen zu schlagen, wie ein Spiegelbild aus bewegtem Wasser, das zu Stein geworden war. Unter diesem Bild kam ein anderes zum Vorschein, als entstünde dort eine neue Realität, die diese Wirklichkeit zu verdrängen versuchte. Leonie erblickte einen endlosen gemauerten Tunnel, der in rasendem Tempo auf sie zuzuschießen schien.

Aus der Lokomotive brandete eine wahre Flutwelle bizarrer Monster und Ungeheuer heran. Leonie erkannte Aufseher und Scriptoren, Arbeiter und eine ganze Armee hüpfender und springender Schusterjungen, aber auch eine Anzahl noch bizarrerer Kreaturen, wie sie sie nie zuvor gesehen hatte und deren bloßer Anblick schon ausreichte, ihr schier das Blut in den Adern gerinnen zu lassen.

»Großer Gott!«, ächzte Theresa. »Weg! *Lauf!*«

Als ob diese Aufforderung noch nötig gewesen wäre! Leonie stürmte los, sprengte die Verbindungstür zum Speisewagen mit der Schulter auf, rannte weiter und schaffte immerhin drei Schritte, bevor ein weiterer gewaltiger Schlag den Zug traf und sie mit solcher Wucht gegen einen Tisch prallen ließ, dass ihr vor Schmerz schwarz vor Augen wurde. Sie konnte buchstäblich spüren, wie sich der Zug aus den Schienen hob und mit so ungeheuerlicher Wucht wieder hinunterstürzte, dass sie Metall bersten hörte und sich glühende Trümmerstücke mit dem Funkenregen vor den Fenstern mischten. Für eine einzelne, aber von schierer Todesangst erfüllte Sekunde war sie felsenfest davon überzeugt, dass der ICE jetzt entgleisen, sich in ein zweihundert Tonnen schweres Geschoss verwandeln und durch die Tunnelwände in den Berg graben würde.

Aber das Wunder geschah: Der Zug entgleiste nicht, sondern raste weiter und schien dabei immer noch schneller zu werden. Leonie biss die Zähne zusammen, kämpfte den pochenden Schmerz in ihrer Hüfte nieder und sah zu Theresa zurück, während sie vorwärts humpelte. Theresa war wie durch ein Wunder ebenfalls auf den Beinen geblieben, aber der Durchgang zum Triebwagen hatte sich weiter verändert. Die Lok war immer noch zu sehen, doch sie schien ganz allmählich zu verblassen, und zwischen den zuckenden Wirklichkeiten nahm die düstere Realität des Archivs weiter Gestalt an. Die Front der geifernden, hüpfenden und Waffen schwingenden Monster war näher gekommen. Es konnte nur noch Augenblicke dauern, bis die ersten die Grenze zwischen den Wirklichkeiten erreichten und herüberkamen. Ein besonders hässliches, muskelbepacktes Etwas hatte sich ein Stück von der Hauptmeute abgesetzt und stürmte vorweg. Obwohl es plump, ja fast missgestaltet aussah, rannte es deutlich schneller als selbst die flinken Schusterjungen, und es war nicht nur schnell, sondern hatte auch etwas Unaufhaltsames an sich; wie ein außer Kontrolle geratener Bulldozer, der den Abhang hinunterschlitterte und dabei immer schneller und schneller wurde.

Und dennoch war das nicht einmal das Schlimmste.

Der Tunnel zog sich hinter der heranstürmenden Horde scheinbar endlos weiter, aber irgendwo auf halbem Wege zwischen ihr und der Unendlichkeit war etwas erschienen, das Leonie nicht anders beschreiben konnte als einen Bereich aus wirbelnder Finsternis; ein Brodeln aus unterschiedlichen Schattierungen von Schwarz, in dessen Zentrum sich die Dunkelheit zu etwas noch Schwärzerem zusammenballte, das die Umrisse eines Menschen hatte. Die Gestalt war nicht wirklich zu erkennen. Ihre Konturen schienen immer wieder zu zerfließen, aber Leonie war nicht sicher, ob sie sich aufzulösen begann oder ob die Schwärze nicht etwa umgekehrt die Welt ringsum aufsog; als hätte sich ein Riss im Universum aufgetan, der die Wirklichkeit verschlang. Eine Aura so eisiger Kälte und abgrundtiefer Bosheit wehte zu Leonie herüber, dass sie für die Dauer von zwei, drei schweren Herzschlägen wie gelähmt dastand, unfähig, einen klaren Gedanken zu fassen oder auch nur ihren Blick von der unheimlichen Gestalt zu lösen.

Es war der nächste brutale Ruck, der den Zug erschütterte, der Leonie in die Wirklichkeit zurückriss. Sie torkelte, streckte instinktiv die Hände aus und klammerte sich irgendwo fest. Theresa hatte weniger Glück. Sie wurde gegen die gläserne Trennwand geschleudert, die den Speisewagen in zwei unterschiedliche Bereiche teilte. Das Glas verwandelte sich in ein Spinnennetz aus Rissen und ineinander laufenden Sprüngen, ohne ganz zu zerbrechen, und Theresa taumelte mit einem Schmerzensschrei zurück. Ihr Gesicht war blutüberströmt.

Leonie versuchte zu ihr zu gelangen, aber der Zug zitterte und bebte mittlerweile so heftig, dass sie es nicht wagte, ihren Halt loszulassen. Theresa torkelte weiter rückwärts, prallte gegen die Fensterwand und schlug die Hände vors Gesicht, während sie in die Knie sank. Hinter ihr schlug die Wirklichkeit immer heftigere Wellen. Die groteske Kreatur an der Spitze hatte ihren Abstand zum Rest der Meute weiter vergrößert, und Leonie verspürte einen Schauer puren Entsetzens, als sie sie nun deutlicher sah: Das Wesen hatte eine gewisse Ähnlichkeit mit etwas, das vielleicht irgendwann einmal ein Mensch gewesen war und nun versuchte, zu etwas … anderem zu werden. Seine Größe war schwer zu schätzen, denn es ging zwar aufrecht auf zwei Beinen, aber dabei so weit nach vorne gebeugt, dass seine Hände fast über den Boden schleiften. Es war nackt bis auf einen schmalen Lendenschurz, sodass man die gewaltigen Muskelstränge unter der kupferfarbenen Haut erkennen konnte, und sein Gesicht erinnerte an das einer Bulldogge: ein gewaltiger kantiger Kiefer, aus dem die Spitzen schrecklicher Hauer herausragten, schwabbelige Hängebacken und winzige, tückische Augen unter knochigen Augenwülsten und einer fliehenden Stirn. Die Kreatur war unbewaffnet, aber Leonie glaubte auch nicht, dass sie irgendeine Waffe brauchte. Ihre Pranken sahen aus, als könne sie damit ohne Mühe einen Menschen in zwei Teile zerbrechen, oder auch einen Ochsen.

Endlich hörte der Zug für einen Moment auf, sich wie ein bockendes Pferd hin und her zu werfen, und Leonie nutzte die kurze Atempause, um zu Theresa hinzueilen und ihr auf die Füße zu helfen. Theresa bedankte sich mit einem Kopfnicken, richtete sich aber nur halb auf und fuhr sich mit der Hand über das Gesicht. Sie verschmierte das Blut dabei noch weiter, aber Leonie sah auch, dass es nur aus einer harmlosen Platzwunde kam.

»Alles in Ordnung?«, fragte sie.

Theresa nickte wieder hastig, sah über die Schulter zurück und wurde noch bleicher, als sie sowieso schon war. Leonie konnte das nachvollziehen. Das seltsam verkrüppelt wirkende Wesen hatte die Tür fast erreicht. Leonie wusste nicht, ob es imstande sein würde, die Grenze zwischen den Wirklichkeiten zu überschreiten, aber sie hatte auch nicht vor, hier zu bleiben, um es herauszufinden. Sie zog Theresa unsanft in die Höhe und riss sie einfach mit sich, als sie losstürmte.

Schon nach ein paar Schritten wurden Lärm und Erschütterungen wieder stärker, als hätte das Chaos nur kurz innegehalten, um dann mit noch größerer Gewalt weiterzutoben. Der Wagen bockte und schüttelte sich. Die Scheiben begannen so heftig zu klirren und zu vibrieren, als versuchten sie aus den Rahmen zu springen, und sie hörten ein immer lauter werdendes schrilles Kreischen und Reißen wie von zerberstendem Metall. Gläser und Geschirr stürzten von den Tischen und zerbrachen, und Leonie und Theresa wurden unentwegt gegen Wände und Mobiliar geschleudert, sodass sie kaum noch wirklich gingen, sondern sich eher bewegten wie lebende Flipperkugeln in einem Automaten, der direkt aus der Hölle kam. Es schien Leonie wie ein Wunder, dass sie es überhaupt noch bis zum Ende des Wagens schafften. Und wahrscheinlich würde es sowieso nicht reichen. Leonie gerann schier das Blut in den Adern, als sie mit fliegenden Fingern die Tür aufstemmte und dabei einen Blick über die Schulter zurückwarf.

Das Ungeheuer hatte den Durchgang zum Speisewagen erreicht. Es war zu breitschultrig und massig um hindurchzupassen, und für eine halbe Sekunde klammerte sich Leonie wider besseres Wissen an die Hoffnung, dass es einfach stecken bleiben könnte wie ein Korken in einem zu engen Flaschenhals.

In gewissem Sinn geschah das auch, aber nur für einen wirklich kurzen Moment. Dann schlossen sich die gewaltigen Pranken des … *Dings* um das Metall des Türrahmens und zerfetzten es wie dünne Stanniolfolie. Leonie schrie vor Entsetzen auf, riss die Tür zur Seite und stürmte los. Rings um sie herum schrie der Wagen wie ein großes lebendes Wesen, das Todesqualen litt, das Licht flackerte, Türen flogen auf und knallten wieder zu, unsichtbare Fäuste schienen an den Fensterscheiben zu rütteln und irgendetwas krachte mit der Wucht von Hammerschlägen immer wieder gegen den Boden unter ihren Füßen. Hinter ihnen kreischte noch einmal Metall und zerriss, dann wurde der Lärm vom Bersten zersplitternder Möbel abgelöst. Leonie sah nicht zurück, aber sie wusste, was dieser Lärm zu bedeuten hatte. Sie rannte noch schneller, erreichte das Abteil, in dem Theresa und sie gesessen hatten, und riss die Tür auf.

»Leonie!«, schrie Theresa entsetzt. »Was tust du da?!«

Leonie beachtete sie gar nicht, sondern stürmte in das Abteil und warf sich auf Hände und Knie hinab. Ihre Finger tasteten verzweifelt über den Boden, glitten unter die Sitze und fuhren immer hektischer hin und her. Das Handy! Sie musste das Handy finden! Aber es war nicht da.

»Leonie?!«, schrie Theresa wieder. *»Es kommt!«*

Wie um ihre Worte zu unterstreichen, erscholl hinter ihnen das Geräusch splitternden Glases und zerreißenden Metalls. Leonie sah aus den Augenwinkeln, dass Theresa herumfuhr und die Hand vor den Mund schlug, und in diesem Moment schlossen sich ihre Finger endlich um glattes Plastik. Das Telefon!

Sie rollte herum, sprang so hastig auf die Füße, dass sie beinahe sofort wieder das Gleichgewicht verloren hätte, und war mit einem Satz an der Tür. Theresas Augen weiteten sich ungläubig, als sie sah, was Leonie in der Hand hielt.

»Bist du wahnsinnig?«, keuchte sie. »Lass doch dieses verdammte …«

Leonie stieß sie einfach zur Seite und drehte den Kopf nach rechts. Obwohl sie gewusst hatte, was sie sehen würde, ließ sie der Anblick für eine halbe Sekunde vor Entsetzen erstarren.

Das Monstrum hatte eine Spur der Verwüstung durch den Speisewagen gezogen und bereits die nächste Tür erreicht und ebenso brutal aufgerissen wie die erste. Jetzt steckte es nicht wirklich fest, aber es bewegte sich deutlich langsamer, denn der Gang war einfach nicht breit genug für seine gewaltigen Schultern – aber es kam unerbittlich näher.

Leonie riss sich mühsam von dem Furcht einflößenden Anblick los, hob das Telefon und drückte die Taste *Eins.*

Nichts geschah.

Leonies Herz schien auszusetzen. Sie drückte noch einmal auf die Taste und ein drittes Mal und diesmal so fest, dass das dünne Plastik hörbar knirschte, und in dem kleinen Farbdisplay leuchteten die Worte *Kein Netz* auf.

Leonie starrte den winzigen Bildschirm eine Sekunde lang fassungslos an, dann fuhr sie herum, schleuderte dem Monster noch in derselben Bewegung das Handy ins Gesicht und rannte los. Das Ungeheuer riss sein Bulldoggenmaul auf. Ein Splittern und Knirschen wurde laut, als es das Telefon ohne das geringste Zögern verschlang.

Seite an Seite hetzten sie los, verfolgt von dem Ungeheuer, das eine Mischung aus Knurren und dem wütenden Heulen einer übergroßen, hässlichen Hyäne hören ließ. Auf den ersten Metern wuchs ihr Vorsprung wieder, denn obwohl ihr Verfolger jetzt so rücksichtslos vorwärts stürmte, dass er sich die Schultern blutig schrammte, war der Gang einfach nicht breit genug für ihn, aber dann erreichten sie den nächsten Wagen – und Leonie erkannte entsetzt, dass es sich um einen modernen Großraumwaggon handelte, in dem es keine Abteilwände und Türen gab, die ihren Verfolger aufhalten konnten!

Sie stürzten weiter. Als sie den Wagen fast durchquert hatten, wurde die Tür an seinem anderen Ende aufgerissen und Hendrik trat heraus.

Er hatte sich verändert. Statt des modern geschnittenen Sommeranzuges trug er jetzt einfache schwarze Hosen, bis über die Knie reichende Stiefel und ein sonderbar geschnittenes, ebenfalls schwarzes Hemd aus weichem Leder und dazu eine breite, gleichfarbige Schärpe, die sich schräg über seine Brust spannte. An seinem Gürtel baumelte einen Art Degen mit einem übergroßen kunstvoll gestalteten Korbgriff.

»Die Verspätung tut mir Leid«, begann er, »aber …«

Hinter ihnen erscholl wieder das Splittern von Glas und das Kreischen von zerreißendem Metall, und Hendrik brach mitten im Satz ab. Seine Augen weiteten sich ungläubig, und als Leonie herumfuhr, begriff sie auch den Grund dafür.

Ihr Verfolger war da. Er hatte die Tür einfach zerfetzt und hielt einen Moment inne, um den neu aufgetauchten Gegner aus seinen kleinen, tückischen Augen misstrauisch zu mustern.

Leonie wusste nicht wie, aber Hendrik stand plötzlich zwischen ihnen und dem Monstrum, und auch die Waffe war plötzlich wie durch Zauberei nicht mehr in seinem Gürtel, sondern in seiner Hand.

»Bleibt hinter mir!«, befahl er knapp.

Leonie hatte nicht vor, irgendetwas anderes zu tun. Sie wich im Gegenteil sogar noch einen Schritt zurück, bis sie mit dem Rücken gegen die Abteilwand stieß, und auch Theresa gesellte sich zitternd zu ihr.

Das Ungeheuer hatte seine Überraschung mittlerweile überwunden und kam wieder näher, aber nicht mehr so schnell wie zuvor, sondern mit langsamen wiegenden Schritten. Leonie konnte nicht beurteilen, ob es über so etwas wie Intelligenz verfügte, aber es schien zumindest instinktiv zu spüren, dass dieser neue Gegner gefährlicher war als die beiden jungen Frauen. Während es auf sie zuhielt, hob es langsam die Arme, und Leonie lief ein eiskalter Schauer über den Rücken, als sie sah, dass seine Finger in furchtbaren Krallen endeten, von denen jede einzelne so scharf und gekrümmt wie ein kleiner Dolch war – und zweifellos ebenso gefährlich.

Hendrik bedeutete ihnen mit der linken Hand, zurückzubleiben, und näherte sich mit ebenfalls wiegenden Schritten dem Ungetüm. Er hatte die Beine leicht gespreizt, um einen sicheren Stand zu haben, und die Arme halb ausgebreitet. Leonie suchte vergebens nach irgendwelchen Anzeichen von Angst oder Unsicherheit in seiner Haltung.

Offensichtlich hatte er das auch nicht nötig. Das Monstrum war jetzt unmittelbar vor Hendrik und stieß sein sonderbares, keckerndes Hyänenlachen aus – und schlug so blitzartig nach seinem Gegner, dass Leonie den Hieb kaum sah.

Dennoch wich Hendrik der Attacke ohne die geringste Mühe aus. Er duckte sich, machte einen tänzelnden Schritt zur Seite und versetzte dem Koloss einen tiefen Stich in den Oberarm, der sofort heftig zu bluten begann.

Das Ungeheuer kreischte, wenn auch zweifellos mehr aus Wut als vor Schmerz, und schlug erneut nach Hendrik. Er duckte sich auch diesmal erfolgreich unter dem Hieb weg, sodass die mörderische Klaue nur die Kopfstütze eines Sitzes in Fetzen riss, doch in diesem Moment erbebte der Zug unter einem neuerlichen, noch härteren Schlag, der nicht nur Leonie und Theresa gegen die Wand schleuderte, sondern auch Hendrik von den Füßen fegte. Sofort warf sich das Ungeheuer mit einem triumphierenden Brüllen auf ihn. Hendrik riss gedankenschnell die Knie an den Körper und rammte ihm beide Füße in den Leib, aber er hätte genauso gut versuchen können, den Triebwagen der Lok mit purer Körperkraft wegzustoßen. Er wurde regelrecht zusammengefaltet, keuchte vor Schmerz und stieß blind mit seinem Rapier nach oben. Die Spitze grub eine blutige Furche in Hals und Kinn des Ungeheuers, durchstieß seine Wange und kam auf der anderen Seite des hässlichen Bulldoggengesichts wieder heraus. Das Ungeheuer grunzte und schloss mit einem Ruck die Kiefer, und die dünne Klinge des Rapiers zerbrach in drei Teile, von denen zwei klirrend zu Boden fielen.

Aber der Stich schien dem Monstrum trotzdem wehgetan zu haben, denn es prallte heulend zurück, und Hendrik nutzte die

Chance, um unter ihm hervorzurollen und mit einem federnden Satz auf die Füße zu kommen. Noch im Aufspringen riss er den Arm zurück und rammte der Bestie den Griff seiner Waffe ins Gesicht, was sie abermals aufheulen und zwei weitere Schritte rückwärts torkeln ließ. Ihre wütend peitschenden Arme zerfetzten zwei weitere Sitze, und es gelang ihr nur mit äußerster Mühe, auf den Beinen zu bleiben.

Hendrik war mit einem Satz wieder bei Leonie und Theresa, riss die Tür auf und stieß sie kurzerhand hindurch. Leonie machte einen hastigen Schritt, aber Theresa verlor das Gleichgewicht und wäre gestürzt, hätte Hendrik sie nicht mit einer blitzschnellen Bewegung aufgefangen und zugleich weitergeschoben.

Der nächste Wagen bestand ebenfalls aus einem einzigen großen Abteil, aber sie konnten es fast zur Gänze durchqueren, bevor ihr monströser Verfolger unter schauerlichem Heulen wieder hinter ihnen auftauchte.

Hendrik sah über die Schulter zurück, fluchte lauthals und trieb Leonie und Theresa mit derben Stößen zu noch größerer Schnelligkeit an. Sie stürmten in den nächsten Wagen – abermals ein Großraumwaggon! Hatte sich denn jetzt alles gegen sie verschworen? – und durchquerten auch ihn, so schnell sie konnten.

Und das war nicht besonders schnell. Der Zug rüttelte und stampfte immer heftiger, sodass sie inzwischen fast ihre ganze Energie darauf verwenden mussten, überhaupt auf den Beinen zu bleiben, und der Lärm hatte einen Pegel erreicht, der in den Ohren schmerzte. Die Scheiben klirrten nicht mehr in ihren Rahmen, sie *schrien*, und in der einen oder anderen zeigten sich auch schon die ersten Sprünge.

Dennoch wuchs ihr Vorsprung. Sie hatten den Wagen komplett durchquert, als sich der Koloss hinter ihnen splitternd seinen Weg bahnte. Entweder hatte Hendriks Angriff ihn doch schwerer verwundet, als Leonie bisher angenommen hatte, oder das immer schlimmer werdende Bocken und Rütteln des Zuges behinderte auch ihren Gegner.

Was folgte, war endlich wieder ein Abteilwagen. Der schmale Gang würde das Ungeheuer weiter aufhalten und ihr Vorsprung noch mehr anwachsen – aber Leonie war sich auch darüber im Klaren, dass diesem Gedanken eine trügerische Hoffnung zugrunde lag, die am Ende nicht halten würde. Ganz egal wie lang dieser Zug auch war – irgendwann *würden* sie den letzten Wagen erreichen, und dann gab es einfach nichts mehr, wohin sie noch laufen konnten.

Hendrik scheuchte sie erbarmungslos auch durch den nächsten Wagen, ehe er endlich anhielt und sich schwer atmend in die Richtung wandte, aus der sie gekommen waren. »Ich glaube, dein Vater hat nicht übertrieben, als er sagte, dass ich mich um dich kümmern soll«, knurrte er.

Leonie verzichtete vorsichtshalber auf eine Antwort.

Hendrik sah ein paar Sekunden konzentriert nach hinten. Das Monstrum war nicht zu sehen, aber sie hörten den Lärm von splitterndem Glas und zerreißendem Metall, der sein unaufhaltsames Näherkommen begleitete. Hendrik runzelte die Stirn, hob den abgebrochenen Griff seines Rapiers vors Gesicht und seufzte hörbar. »Wie es aussieht, benötigen wir wohl etwas gröberes Werkzeug«, sagte er mit einem schiefen Lächeln. »Was für eine Teufelskreatur ist das? Und wer ist das da? Eine Freundin von …« Er machte eine Kopfbewegung auf Theresa und sparte sich das letzte Wort, als er sie offensichtlich erkannte. Dann verdüsterte sich seine Miene. »Ist das alles Ihr Werk?«, fragte er.

»Nein«, erwiderte Leonie hastig, bevor Theresa etwas sagen konnte. »Sie kann nichts dafür. Das Ungeheuer ist genau so hinter ihr her wie hinter mir.«

Hendrik sah nicht überzeugt aus, beließ es aber bei einem weiteren Stirnrunzeln (und einem kurzen, fast feindseligen Blick in Theresas Richtung), zuckte mit den Schultern und schob den kümmerlichen Rest seiner Waffe in die Schlaufe an seinem Gürtel zurück.

»Wir klären das später«, sagte er in einem Ton, der klar machte, dass es sich dabei nicht um eine leere Drohung handelte.

»Jetzt müssen wir erst einmal einen Ausweg suchen.« Er deutete zum Ende des Wagens. »Wohin führt diese Tür?«

»In den nächsten Waggon«, antwortete Leonie. »Und danach in den nächsten. Aber nicht mehr sehr weit. Vielleicht noch drei oder vier Wagen, schätze ich. Dann ist Schluss.«

Hendrik dachte einen Moment lang mit versteinerter Miene nach, dann nickte er. »Also müssen wir kämpfen. Gibt es in diesem Fahrzeug Waffen?«

»Außer dem Essen im Bordrestaurant?« Leonie schüttelte den Kopf. »Nein.«

Wieder dachte Hendrik einen Moment lang über ihre Antwort nach. »Gut«, sagte er schließlich. »Gehen wir weiter. Das hier ist ein schlechter Platz für einen Kampf.«

Er machte eine entsprechende Kopfbewegung, und ein gewaltiges Splittern und Krachen aus dem angrenzenden Wagen hielt Leonie nachhaltig davon ab, zu widersprechen. Sie stürmten auch durch den nächsten Wagen – ein Großraumabteil – und den angrenzenden …

… und dann war es vorbei. Hinter der nächsten Glasscheibe befand sich eine massive Metallplatte. Sie hatten das Ende des Zuges erreicht.

»Tja, jetzt gilt es«, bemerkte Hendrik. Er klang ernst, aber nicht wirklich besorgt. »Könnt ihr abspringen, sollte ich versagen?«

Leonie sah zum Fenster – draußen raste immer noch ein Chaos aus ineinander fließenden Farben vorbei – und antwortete nicht einmal, und auch Hendrik ging nicht weiter auf das Thema ein, nachdem er ihrem Blick gefolgt war. Wahrscheinlich hatte er die Frage sowieso nur gestellt, um überhaupt etwas zu sagen. Zwei, drei Sekunden lang sah er sie nachdenklich und mit konzentriert gerunzelter Stirn an, dann trat er wortlos zu einem der großen gepolsterten Sessel, zog seinen Rapierrest aus dem Gürtel und schlitzte mit raschen Bewegungen das Polster auf.

Theresa warf ihr einen fragenden Blick zu, aber sie konnte nur mit einem Schulterzucken darauf antworten. Hendrik grub mittlerweile unbeirrt weiter in den Innereien des Sessels, riss Füllmaterial und Stofffetzen heraus und schloss schließlich die Hände um einen massiven Widerstand. Leonie konnte sehen, wie sich die Muskeln unter seinem schwarzen Lederwams spannten, dann erklang ein helles Knirschen, und der Widerstand ließ so abrupt nach, dass Hendrik nach hinten stolperte und beinahe das Gleichgewicht verloren hätte. Als er sich mit einer ungeschickt aussehenden Bewegung wieder aufrichtete, hielt er ein verbogenes Aluminiumrohr in der Hand, dessen Ende zackig ausgefranst war.

Keinen Augenblick zu früh. Die Tür am Ende des Wagens wurde in Stücke zerfetzt, und ein äußerst schlecht gelauntes muskelbepacktes Etwas mit blutüberströmtem Bulldoggengesicht erschien in der gewaltsam geschaffenen Öffnung.

»Also gut«, rief Hendrik. »Es gilt!«

Als hätte es die Herausforderung verstanden, senkte das Ungeheuer den Kopf und stürmte los. Alles, was in seinen Weg geriet, wurde einfach in Stücke gerissen oder zur Seite gefegt; es war ein Wirbelwind aus explodierenden Trümmerstücken, der auf Hendrik zuraste – und ihn einfach aus dem Weg schleuderte!

Leonies Herz zog sich zu einem Klumpen aus purem Eis zusammen, als sie sah, wie Hendrik von den Füßen gefegt wurde und stürzte, während das Ungetüm mit ungebremster Schnelligkeit weiterraste, eine lebende Lawine aus Muskeln und rasiermesserscharfen Klauen, die auch Theresa und sie einfach zermalmen musste.

Im buchstäblich allerletzten Moment versetzte sie Theresa einen Stoß und warf sich gleichzeitig mit einer verzweifelten Anstrengung in die entgegengesetzte Richtung. Die Kreatur rammte die Tür zwischen ihnen genau dort, wo Theresa und sie vor einer halben Sekunde noch gestanden hatten, zertrümmerte sie und dellte auch noch die dahinter liegende Metallplatte ein, bevor sie mit einem Schnauben zu Boden sank. Sie streifte Theresa und Leonie nur – kaum mehr als ein flüchtiger Hauch – und doch reichte schon diese Beinaheberührung, Leonie gegen die Wand zu schleudern und benommen in die Knie sinken zu lassen. Theresa erging es auf der anderen Seite keinen Deut besser, sie rappelte sich aber ebenso schnell wie Leonie wieder hoch.

Ihre Hast war nicht nötig. Das Monstrum rührte sich nicht mehr. Seine Krallen hatten sich tief in das Metall der Zugwand gegraben und es dabei wie Papier zerfetzt, und aus seinem Rücken ragte der abgebrochene Stumpf des Aluminiumträgers, den Hendrik aus dem Sitz gerissen hatte. Das Monstrum hatte sich selbst daran aufgespießt, als es Hendrik überrannte, und sich zusätzlich den Schädel an der Zugwand eingeschlagen. Vielleicht war es auch gar nicht tot, sondern nur bewusstlos, aber das spielte im Moment keine Rolle. Leonie raffte all ihren Mut zusammen, um über den missgestalteten Körper der reglos daliegenden Kreatur hinwegzusteigen, war mit zwei schnellen Schritten bei Hendrik und ließ sich neben ihm in die Hocke sinken. Er sah ein wenig ramponiert aus, aber er schlug die Augen auf, gerade als Leonie die Hand nach ihm ausstrecken wollte, stemmte sich auf die Ellbogen hoch und schüttelte ein paarmal heftig den Kopf, um die Benommenheit loszuwerden.

»Ist es … erledigt?«, fragte er zögernd.

»Das ist die gute Nachricht«, bestätigte Leonie. Sie wartete darauf, dass Hendrik nun wissen wollte, was die schlechte Nachricht war, aber offensichtlich kannte er diese Redewendung nicht. Er sah sie nur verständnislos an. Nach einigen Momenten arbeitete er sich mühsam in die Höhe, und Leonie fragte sich, ob das Ungeheuer ihn vielleicht doch schlimmer verletzt hatte, als es zunächst den Anschein gehabt hatte.

»Er war nicht allein.« Leonie machte eine Kopfbewegung in die Richtung, aus der sie gekommen waren. »Das war nur der Erste.« Natürlich war es bei dem Höllenlärm, der in dem immer noch schneller werdenden Zug herrschte, vollkommen unmöglich, aber Leonie bildete sich für einen Moment trotzdem ein, das Kreischen und Heulen der näher kommenden Meute bereits zu hören. Wie lange würde es noch dauern, bis sie hier waren? Bestimmt nicht mehr als ein paar Minuten.

»Dann haben wir ein Problem.« Hendrik fuhr sich mit dem

Handrücken übers Gesicht und betrachtete einen Augenblick stirnrunzelnd seine blutige Hand. Dann, noch kürzer, sah er in die Richtung, in die Leonie gewiesen hatte. »Wir brauchen Waffen. Oder einen Fluchtweg.«

»Was für ein genialer Plan«, murmelte Theresa. »Dass wir nicht von selbst darauf gekommen sind.« Sie schüttelte den Kopf und sprach vorsichtshalber nicht weiter, als sie ein eisiger Blick aus Hendriks Augen traf. Instinktiv machte sie einen Schritt zurück.

Hendrik beließ es dabei. Ohne ein weiteres Wort trat er an das nächstgelegene Fenster, kämpfte einen Moment lang vergeblich mit dem ihm unbekannten Verschlussmechanismus und schlug die Scheibe dann kurzerhand mit einem kräftigen Stoß des Ellbogens ein. Das Heulen der vorüberrauschenden Luft steigerte sich zu einem Getöse, das jeden anderen Laut verschluckte, und die Splitter der zertrümmerten Scheibe wurden ebenso nach außen gesogen wie um ein Haar Hendrik selbst, bevor er sich im letzten Moment am Fensterrahmen festhalten konnte. Dennoch beugte er sich gleich darauf sogar noch weiter vor und versuchte aus zusammengekniffenen Augen in die Fahrtrichtung zu blicken. Er hielt es allerdings nur eine oder zwei Sekunden lang aus. Sein Gesicht geriet sofort in den grellen Funkenschauer, und der rasende Fahrtwind trieb ihm Tränen in die Augen, sodass er vermutlich sowieso nichts sah. Er stieß sich mit einem kraftvollen Ruck wieder zurück und schrie über den tobenden Lärm hinweg: »Unmöglich, abzuspringen!«

»Ach, tatsächlich?«, schrie Theresa zurück. »Jetzt bin ich aber enttäuscht!«

»Der Tunnel ist zu eng!«, brüllte Hendrik ungerührt zurück. »Wir würden an den Wänden zerschmettert.« Er wedelte mit den Armen. »Versuchen wir es hinten!«

Leonie und Theresa tauschten einen fassungslosen Blick, aber Hendrik hatte sich bereits umgedreht und war mit wenigen Schritten wieder beim Heck des Wagens. Mit sichtlicher Anstrengung zerrte er den Leichnam des muskelbepackten Ungetüms zur Seite, stemmte die zerschmetterte Tür vollends auf und trat drei-, viermal hintereinander und mit aller Gewalt vor die geschlossene Metallplatte dahinter. Leonie konnte nicht sagen, ob es an seiner Kraft lag oder ob der Anprall des Ungeheuers die Tür schon nachhaltig geschwächt hatte, aber nach weniger als einem halben Dutzend wuchtiger Fußtritte löste sich die dünne Metallplatte und kippte nach draußen. Sofort wurde sie vom Fahrtwind gepackt und davongerissen. Sie verschwand außer Sicht, noch bevor sie auf den Schienen aufschlagen konnte.

Auch Leonie näherte sich widerstrebend der Tür. Hendrik klammerte sich mit beiden Händen am Rahmen fest, um nicht von dem immer stärker werdenden Luftzug hinausgerissen zu werden, und ohne sein Gesicht zu sehen, wusste Leonie, dass er sich spätestens jetzt von dem Gedanken verabschiedet hatte, den Zug auf diesem Weg zu verlassen. Ihr selbst wurde beinahe sofort übel beim Anblick des Schienenstranges, der schon wenige Meter hinter dem Zug zu einem silberweißen Schemen verschwamm. Wenn sie dort hinaussprangen, dann waren sie wahrscheinlich tot, bevor sie den Aufschlag auch nur spürten.

»Und jetzt?«, schrie Theresa.

Statt zu antworten – was auch? –, sah Leonie mit klopfendem Herzen in Fahrtrichtung. Erstaunlicherweise war von ihren Verfolgern immer noch nichts zu sehen, aber sie würden kommen, daran bestand kein Zweifel.

»Du hast Recht, Leonie.« Hendrik schrie ihr praktisch ins Ohr um sicherzugehen, dass sie ihn auch verstand. »Wir sollten wieder nach vorn gehen!«

»Wie?!«, keuchte Leonie. Anscheinend hatte Hendrik ihren Blick gründlich missverstanden. Er gab ihr allerdings keine Gelegenheit, zu protestieren, sondern eilte bereits los, wobei er Leonie einfach mit sich zerrte. Theresa folgte ihnen lauthals protestierend, aber ihre Angst, allein zurückzubleiben, war offensichtlich doch größer als die Angst vor dem, was weiter vorn im Zug auf sie wartete.

Leonie folgte Hendrik widerspruchslos, bis sie den nächsten Wagen erreicht hatten und der Lärm wenigstens weit genug hinter ihnen zurückgeblieben war, um sich wieder verständigen zu können, ohne sich dabei gegenseitig anschreien zu müssen. Dann jedoch riss sie sich los und bedeutete Hendrik mit Gesten, ebenfalls stehen zu bleiben.

»Theresa hat Recht«, sagte sie atemlos. »Wir können nicht wieder nach vorn. Sie kommen von dort!«

»Ich kämpfe nicht gern mit dem Rücken zur Wand«, erwiderte Hendrik. »Wie viele sind es?«

»Zu viele«, antwortete Leonie. »Wir müssen hier raus! Irgendwie!« Ihre Gedanken überschlugen sich fast. »Wie sind Sie hierher gekommen?«, fragte sie schließlich.

Hendrik schüttelte bedauernd den Kopf. »Dieser Weg steht uns nicht zur Verfügung.«

»Dann ist es vorbei«, keuchte Theresa. »Sie werden uns erwischen.«

Hendrik starrte sie misstrauisch an, aber Leonie spürte, dass die Verzweiflung in Theresas Stimme echt war. Doch Theresas Angst weckte nur ihren Trotz. Sie würde nicht einfach aufgeben – nicht so.

»Wir sollten weiter nach vorn gehen«, beharrte Hendrik. »Ich muss wissen, mit wie vielen Gegnern ich es zu tun habe. Ihr könnt hier bleiben, wenn ihr wollt.«

Natürlich war Leonie nicht besonders scharf darauf, wieder in den vorderen Zugteil zu gehen, aber allein hier zurückzubleiben und darauf zu warten, ob Hendrik wiederkam oder an seiner Stelle eine Horde Keulen schwingender Ungeheuer auftauchte, erschien ihr noch schrecklicher. Sie nickte widerstrebend. Theresa nickte nicht, sondern starrte sie nur entsetzt an, aber als Hendrik losging und Leonie ihm in geringem Abstand folgte, schloss sie sich ihnen ebenfalls an.

Zu Leonies wachsender Verwirrung kamen ihnen keine weiteren Ungeheuer entgegen, weder im nächsten Wagen noch im übernächsten noch in dem danach. Als sie sich jedoch dem Speisewagen näherten, wurde Hendrik immer langsamer und blieb schließlich stehen.

Die Tür war zerborsten und der Raum dahinter sah aus, als wäre er von einem Bulldozer verwüstet worden, dessen Fahrer an einer besonders üblen Form von Veitstanz litt. Die Tür an seinem anderen Ende war verschwunden. Stattdessen blickten sie in einen endlos langen, von Fackeln erhellten Tunnel – von dem allerdings nicht sehr viel zu sehen war, denn er platzte schier aus allen Nähten vor Aufsehern, Scriptoren und allen möglichen (und unmöglichen) anderen Kreaturen, die sich darin drängten. Nicht eines dieser bizarren Geschöpfe machte auch nur den Versuch, den Speisewagen zu betreten.

»Worauf warten sie?«, fragte Theresa.

Leonie hob nur die Schultern, aber Hendrik antwortete in fast nachdenklichem Ton: »Vielleicht können sie es nicht. Oder sie warten auf etwas.«

»Oder jemanden«, fügte Leonie hinzu. Sie trat neben Hendrik, um besser sehen zu können. Hinter der versammelten Meute, weit, unendlich weit am Ende des Tunnels, glaubte sie, eine dunkle Gestalt zu erkennen, die nicht ganz Mensch, aber auch nicht ganz etwas anderes war.

»Was ... ist das?«, flüsterte sie.

Ihre Stimme war nur ein Hauch, der im anhaltenden Klirren und Scheppern ringsum eigentlich hätte untergehen müssen, aber Hendrik warf ihr dennoch einen raschen nervösen Blick zu, und Theresa, die zwei Schritte hinter ihr stand, antwortete: »Vielleicht ... der Archivar.«

Leonie wünschte sich, sie hätte es nicht gesagt. Tief in sich hatte sie gewusst, wer diese unheimliche schwarze Gestalt war. Ebenso wie sie gewusst hatte, dass es manchmal besser war, einem namenlosen Schrecken eben *keinen* Namen zu geben. Es war eine Frage von der Art gewesen, auf die man gar keine Antwort haben will.

Hendrik spreizte den linken Arm ein wenig vom Körper ab und schob sie zurück, während er gleichzeitig fast behutsam Schritt für Schritt vor der zerborstenen Tür zurückwich. Erst als der unheimliche Tunnel samt seinen monströsen Bewohnern nicht mehr zu sehen war, drehte er sich um, legte Leonie beide Hände auf die Schultern und schob sie noch ein gutes Dutzend Schritte weiter den Gang entlang, bis er endlich stehen blieb. »Das sind zu viele«, sagte er.

Leonie sah aus den Augenwinkeln, wie Theresa zu einer spöttischen Antwort ansetzte, und brachte sie mit einem fast entsetzten Blick zum Schweigen. Ihr war nicht ganz klar, was sich denn Theresa davon versprach, Hendrik zu reizen, aber es war mit Sicherheit keine gute Idee.

Hendrik ließ endlich ihre Schultern los, drehte sich wieder um und starrte eine gute halbe Minute lang mit konzentriertem Gesichtsausdruck nach vorne. Schließlich fragte er: »Wie wird dieses Fahrzeug angetrieben?«

»Durch eine Elektrolok«, antwortete Theresa, und noch bevor Hendrik die Verständnislosigkeit, die Leonie in seinem Blick las, in eine entsprechende Frage kleiden konnte, sagte sie rasch: »Der Wagen am vorderen Ende zieht die Waggons.«

»Und es sind einzelne Wagen?«

Leonie nickte.

»Dann müssen wir versuchen den letzten Wagen abzuhängen«, erklärte Hendrik.

Theresa starrte ihn aus ungläubig aufgerissenen Augen an, doch Leonie schüttelte nur bedauernd den Kopf. Auf diese Idee war sie auch schon gekommen – aber so etwas funktionierte allerhöchstens in Hollywood-Filmen oder in einer Eisenbahn, die nicht viel jünger war als Hendrik. »Das geht nicht«, widersprach sie.

»Warum nicht?«

Statt einer Antwort ging Leonie wortlos bis zum Ende des Wagens, öffnete die Schiebetür und deutete auf die beiden halbrunden, geriffelten Metallplatten, die den Fußboden bildeten und sich im wackelnden Takt des dahinbrausenden Zuges gegeneinander verschoben. Hendrik sah sie nur verständnislos an. »Die Kupplung ist da drunter«, erklärte sie. »Wenn du nicht zufällig einen Schweißbrenner in der Tasche hast …«

Hendrik wirkte mit einem Mal sehr ernst, aber keineswegs entmutigt, wie Leonie fand. Er schob sie mit einer Handbewegung zur Seite, ließ sich in die Hocke sinken und versuchte, die Finger zwischen die beiden Platten zu schieben, zog die Hand aber dann rasch wieder zurück, bevor er Gefahr lief, seine Finger einzubüßen. »Die Kupplung ist … da unten?«, vergewisserte er sich, sah jedoch nicht einmal auf, sodass er Leonies zustimmendes Nicken gar nicht sehen konnte. »Und diese beiden Platten ermöglichen es den Fahrgästen, ungefährdet von einem Wagen in den anderen zu wechseln.«

Er klopfte mit den Fingerknöcheln auf den Boden. Es klang nach massivem Metall. Nach *äußerst* massivem Metall, dachte Leonie unbehaglich. Hendrik ließ sich von dieser Erkenntnis jedoch nicht abschrecken, sondern stand im Gegenteil auf, wandte sich um und verschwand mit schnellen Schritten wieder im angrenzenden Speisewagen. Leonie wagte es nicht, ihm zu folgen, doch Hendrik kam auch schon nach wenigen Augenblicken zurück. Diesmal hatte er keinen Sitz auseinander genommen, sondern schwenkte fast triumphierend ein Metallrohr mit einem Durchmesser von gut fünf Zentimetern, das Leonie erst nach einigen Augenblicken als das Bein eines Bistrotisches erkannte, das er offensichtlich abgebrochen hatte.

Ohne viel Federlesen scheuchte er Theresa und sie beiseite, stellte sich breitbeinig auf und versuchte, das scharfe Ende des Metallrohres zwischen die beiden Platten zu schieben. Es gelang ihm erst beim dritten oder vierten Anlauf und auch dann war der Erfolg äußerst mäßig: Ein hässliches, in den Ohren schmerzendes Kreischen und Schrillen erklang, und Hendrik brauchte sichtlich all seine Kraft, damit ihm das Rohr nicht aus den Händen gerissen wurde, aber die beiden Aluminiumplatten rührten sich nicht. Dennoch verstärkte Hendrik den Druck nur noch und versuchte mit aller Gewalt, das Metall in den kaum mehr als fünf Millimeter messenden Spalt zu pressen. Das Quietschen und Schrillen wurde lauter, und Hendriks Muskeln spannten sich so sehr, dass Leonie nicht wirklich überrascht gewesen wäre, wäre sein Hemd zerrissen.

Und dann ging auf einmal alle ganz schnell: Der Wagen legte sich in eine sanfte Linkskurve, die beiden Metallplatten bewegten sich kreischend gegeneinander, und das Rohr wurde Hendrik mit solcher Wucht aus den Händen gerissen, dass er zurücktaumelte und dann mit einem Schmerzensschrei zu Boden ging, als das peitschende Ende seinen Oberschenkel traf. Mit dem hässlichen Geräusch zerreißenden Metalls brach das Rohrstück einfach ab. Eine der beiden Aluminiumplatten hatte sich verbogen. Nicht sehr weit, aber doch deutlich.

Hendrik arbeitete sich mit zusammengebissenen Zähnen in die Höhe, begutachtete sein Werk und ging dann noch einmal in die Hocke, um mit einem zufriedenen Nicken den Rest des in zwei Teile zerbrochenen eisernen Rohres aufzuheben. »So müsste es gehen«, murmelte er. Dennoch richtete er sich weiter auf und trat mit einem großen Schritt über die beschädigten Aluminiumplatten hinweg.

»Und warum machen Sie dann nicht weiter?«, erkundigte sich Theresa.

Hendrik machte eine Bewegung, die irgendwo zwischen einem Kopfschütteln und einer Geste in Richtung des Zugendes lag. »Nicht hier«, sagte er. »Im letzten Wagen. Das verschafft uns Zeit.«

Theresa wollte abermals widersprechen, aber Hendrik eilte bereits los und Leonie schloss sich ihm rasch an. Sie hoffte, dass es nicht so weit kam – aber wenn es ihren Verfolgern erst einmal gelungen war, die unsichtbare Barriere zwischen ihrer Welt und dem Speisewagen zu überwinden, dann mochten die wenigen Augenblicke Vorsprung, die sie auf diese Weise gewannen, vielleicht über Leben und Tod entscheiden.

Sie brauchten diesmal nur wenige Minuten, um das Zugende zu erreichen. Leonie schrak instinktiv davor zurück, den letzten Wagen – Schauplatz ihres Kampfes mit dem Ungeheuer – wieder zu betreten, in dem jetzt ein wahrer Sturm tobte, aber Hendrik drängte Theresa und sie kurzerhand durch die Tür und gab ihnen mit einer knappen Geste zu verstehen, dass sie einige Schritte zurückbleiben sollten, während er sich mit dem Rücken gegen die offen stehende Zwischentür lehnte, beide Füße in den Boden stemmte und versuchte, das mittlerweile noch ungleich mehr zerfetzte und verbogene Ende seines Metallrohres zwischen die beiden Aluminiumplatten unter sich zu schieben. Er brauchte dazu länger als vorhin, und auch diesmal ließ der Erfolg eine geraume Weile auf sich warten; der Zug schien jetzt eine vollkommen gerade Strecke entlangzurasen, und Leonie wurde sich mit jähem Schrecken bewusst, dass sich das vielleicht nicht mehr ändern würde. Schließlich fuhren sie durch einen Tunnel und in Tunneln gab es in den seltensten Fällen scharfe Kurven.

Hendrik rammte das Metallrohr jedoch verbissen immer weiter zwischen die beiden halbrunden Metallplatten, bis es ihm zumindest gelungen war, es so zu verkanten, dass es sich nicht mehr bewegen ließ. Nervös sah er über die Schulter in die Richtung zurück, aus der sie gekommen waren. Das Heulen des Windes, der draußen vorbeirauschte, und das Tosen des Zuges, das sich mittlerweile anhörte, als würde der gesamte ICE im nächsten Moment auseinander brechen, verschluckten auch weiterhin jedes andere Geräusch, aber Leonie schien nicht die Einzige zu sein, die sich einbildete, das Geifern und Kreischen der näher kommenden Meute bereits zu hören.

Dann änderte sich etwas. Leonie konnte im ersten Moment selbst nicht sagen was, doch nach ein paar Sekunden fiel ihr der Unterschied auf: Nur noch auf der rechten Seite stoben Funken vor dem Fenster hoch. Durch das Fenster auf der anderen Seite war jetzt nur noch vorüberrasende Schwärze zu erkennen. Sie tauschte einen beunruhigten Blick mit Theresa, wandte sich um und ging rasch zu dem Fenster, das Hendrik vorhin eingeschlagen hatte. Ihr Herz begann noch heftiger zu pochen. Schon die bloße Vorstellung, sich dort hinauszubeugen, war beinahe mehr, als sie ertragen konnte – aber sie *musste* wissen, was dort draußen geschah! Sich mit beiden Händen am Fensterrahmen festklammernd, stellte sie sich auf die Zehenspitzen und beugte sich aus dem Fenster.

Sofort schlug ihr der Fahrtwind wie mit einer unsichtbaren Eisenkralle in die Augen. Der Sturm war so gewaltig, dass er ihr sogar den Atem von den Lippen riss und sie im allerersten Moment kaum Luft bekam, geschweige denn etwas sah. Wohl oder übel ließ sie mit der linken Hand los, hielt sie sich vors Gesicht und versuchte zwischen gespreizten Fingern hindurch etwas zu erkennen. Im ersten Moment gelang es ihr nicht – aber das lag wohl eher daran, dass es gar nicht viel zu erkennen gab: Der Zug raste nicht mehr durch einen Tunnel, sondern durch eine gewaltige, vollkommen leere Höhle, die sie nur deshalb nicht als absolute Schwärze wahrnahm, weil irgendwo Hunderte und Aberhunderte von Metern über ihr schemenhaft eine felsige Decke zu erkennen war. Sie fuhren auch nicht mehr scharf geradeaus, denn sie konnte jetzt weit vor sich die Lok und die ersten zwei oder drei Wagen erkennen; der Intercity begann sich in eine sanfte Linkskurve zu legen.

Leonie stieß sich mit einer hastigen Bewegung zurück und wirbelte herum. »*Hendrik!*«, schrie sie. »*Pass auf!*«

Ihre Warnung kam auch keinen Moment zu früh. Hendrik stemmte die Beine noch fester in den Boden, spannte die Muskeln und schon im nächsten Moment ging ein so furchtbarer Ruck durch den Zug, dass ihm die Eisenstange wie schon einmal zuvor einfach aus den Händen gerissen wurde und er danach mit einem keuchenden Schmerzensschrei davonflog. Die Eisenstange machte quietschend und Funken sprühend eine Vierteldrehung, zertrümmerte die Tür und verkantete sich dann zwischen den beiden Wagen. Selbst über das ungeheure Getöse hinweg, das im Abteil herrschte, war das hässliche Geräusch zu hören, mit dem sich die beiden Aluminiumplatten auseinander falteten wie der Deckel einer Fischdose. Irgendwo darunter schien noch etwas kaputt zu gehen: Leonie sah Funken aus dem Loch emporwirbeln und möglicherweise sogar kleine rot glühende Metalltrümmer, wagte es aber nicht, näher heranzugehen. Sie hätte es auch gar nicht gekonnt. Der Wagen schüttelte sich und bockte jetzt so stark, dass sie sich mit aller Kraft am Fensterrahmen festhalten musste, um überhaupt noch auf den Beinen zu bleiben.

Nach ein paar Sekunden wurde es besser; zumindest der Funkenregen hörte auf und auch das Zittern des Fußbodens nahm wieder ein wenig ab. Im angrenzenden Abteil richtete sich Hendrik benommen auf, lehnte sich mit grauem Gesicht gegen die Wand und tat sekundenlang nichts anderes als dazustehen und tief ein- und auszuatmen, bevor er sich mit einer irgendwie müde wirkenden Bewegung abstieß und, breitbeinig und mit ausgestreckten Armen an der Wand Halt suchend, wieder zurückkam.

Gut einen Meter vor der gewaltsam geschaffenen Öffnung im Boden ließ er sich auf Hände und Knie sinken und legte den Rest der Strecke kriechend zurück. Er blickte in die Tiefe, sah einen Moment lang nur verwirrt aus und winkte Leonie schließlich heran.

Obwohl sie es ihm gleichtat, indem sie die letzten zwei Meter ebenfalls auf Händen und Knien zurücklegte, verspürte sie einen raschen, heftigen Schwindel, als sie sich über das Loch im Boden beugte – dessen rasiermesserscharfe, gefährlich nach oben gebogene Ränder sich noch dazu unablässig hin und her bewegten – und nach unten sah. Das Gleis raste so schnell unter ihnen entlang, dass sie weder Schienen noch Schwellen erkennen konnte, sondern nur ein braun-silbernes Huschen.

»Ist das die Kupplung?«, brüllte Hendrik über den Lärm hinweg.

Leonie nickte zwar, aber sie war nicht ganz sicher. Das einzige Mal, dass sie die Kupplung eines Eisenbahnwaggons gesehen hatte, war bei einer *Spielzeugeisenbahn* gewesen – und diese Konstruktion hatte kaum Ähnlichkeit mit dem, was sie jetzt unter sich erblickte. Da waren Hydraulikschläuche, Ventile, Hebel und Metallteile, die aussahen, als wögen sie eine Tonne, und ganz und gar nicht, als könnte man sie ohne große Mühe bewegen.

»Wie trennt man das?«, murmelte Hendrik.

Leonie sah ihn nur hilflos an, aber Hendrik wirkte nicht besonders enttäuscht; nicht einmal wirklich überrascht. Er griff ächzend hinter sich, um das abgebrochene Ende des Metallrohres wieder zur Hand zu nehmen, stemmte sich auf die Knie hoch und begann mit dem Eisenstück in dem Durcheinander aus Schläuchen, Kabeln und Verbindungen unter ihnen herumzustochern. Schon der Gedanke, selbst so etwas tun zu müssen, bereitete Leonie tiefes Unbehagen – aber sie hatte das Gefühl, dass Hendrik nicht wirklich wusste, was er da tat. Schließlich kroch sie wieder ein Stück weit von der Öffnung im Boden zurück, stand auf und ging zu Theresa hinüber. Die dunkelhaarige Frau hatte bisher kein Wort gesagt, sondern verfolgte Hendriks Tun mit wachsender Bestürzung. Leonie wich ihrem fragenden Blick aus und tastete sich mit zusammengebissenen Zähnen wieder zum Fenster vor.

Der Anblick hatte sich abermals verändert. Sie konnte jetzt einen Großteil des Zuges erkennen, das hieß, dass die lang gestreckte Kurve, durch die der ICE donnerte, noch immer nicht zu Ende war, und auch die Höhlendecke war ein deutliches Stück näher gekommen. Leonie hob die Hand ein wenig höher, um ihre Augen besser vor dem schneidenden Fahrtwind zu schützen, der noch immer wie mit Messern auf sie einstach, und wurde mit einem Anblick belohnt, auf den sie liebend gern verzichtet hätte: Sie konnte jetzt die Lok erkennen, aber nicht nur sie. Denn etwas Großes, Monströses kroch über das stromlinienförmige Ungetüm aus Stahl, nicht sehr schnell, alles andere als elegant, jedoch mit Bewegungen, die Leonie mit einem intensiven Gefühl von Unaufhaltsamkeit erfüllten. Und da war noch etwas. Weit vor ihnen (wie weit, konnte sie nicht einmal ungefähr abschätzen, da ihr jeglicher Bezugspunkt fehlte) schien die Dunkelheit, durch die der ICE jagte, eine andere Qualität anzunehmen und auf eine erschreckende Weise *leerer* zu sein.

Und dann begriff sie es: Der ICE raste auf einen Abgrund zu!

»Um Gottes willen, Hendrik!«, kreischte sie. »*Beeil dich!*«

Trotz des Höllenlärms schien Hendrik sie gehört und sogar verstanden zu haben, denn er sah erschrocken hoch und verdoppelte dann seine Anstrengungen, mit seinem stochernden Eisenstab in der Tiefe unter sich irgendetwas zu zertrümmern. Leonie sah ihm zwei, drei Sekunden lang mit rasendem Herzen zu, dann beugte sie sich wieder aus dem Fenster. Ihre Nerven hatten ihr keinen Streich gespielt. Die Schwärze war da, allumfassend und endlos, und der ICE raste schneller und schneller werdend darauf zu. Leonie glaubte nicht, dass die Lok noch länger als eine Minute brauchen würde, um sie zu erreichen.

Ein so harter Ruck ging durch den Boden, dass sie den Halt verlor und mit einem Schrei in den Wagen zurückstürzte. Sie schlug schwer auf. Sie verletzte sich nicht, blieb aber etliche Sekunden lang benommen liegen und richtete sich gerade rechtzeitig genug wieder auf um zu sehen, wie auch Hendrik wieder auf die Füße kam, die Eisenstange fest mit beiden Händen ergriff und ein letztes Mal und mit aller Gewalt nach unten rammte.

Diesmal war der Ruck nicht annähernd so heftig wie der erste, aber sie konnte *hören*, wie unter ihnen etwas zerbrach. Ein Funkenschauer stob in die Höhe, versengte Hendriks Hände, Arme und sein Gesicht, und plötzlich wurde er nach hinten gerissen, kämpfte mit wedelnden Armen eine oder zwei Sekunden lang vergeblich um sein Gleichgewicht und fiel dann hilflos auf den Rücken. Dort, wo er gerade noch gestanden hatte, war plötzlich ein haarfeiner Spalt im Boden, der sich rasend schnell auf die Größe einer Hand verbreiterte, dann auf zwei, drei, einen halben Meter, einen … Leonies Herz machte einen entsetzten Satz.

»Hendrik!«, schrie sie. »Spring!«

Aber natürlich war es zu spät. Hendrik kämpfte sich mühsam in die Höhe, aber die Lücke zwischen den beiden Wagen war mittlerweile gut anderthalb Meter breit und wuchs immer weiter. Sie konnte sehen, wie er sich spannte und Anlauf nahm, sich dann aber im letzten Moment eines Besseren besann. Der ICE raste mit unverminderter Geschwindigkeit dahin, während der Wagen, in dem Theresa und Leonie sich befanden, bereits langsamer wurde. Hendrik hatte es geschafft. Aber um welchen Preis?

Leonie blieb reglos sitzen, während der Wagen mit Hendrik sich immer rascher und rascher entfernte. Erst als sie sein Gesicht nicht mehr erkennen konnte, stemmte sie sich vollends in die Höhe und ging noch einmal zum Fenster, um sich hinauszubeugen.

Sie wurde mit einem Anblick belohnt, der an Schrecken alles Bisherige noch einmal übertraf.

Jetzt war es keine Vermutung mehr. Die unheimliche Schwärze, auf die der Zug zuraste, *war* ein Abgrund – und die Lok hatte ihn genau in dem Moment erreicht, in dem Leonie sich vorbeugte! Die ungeheure Geschwindigkeit des ICE ließ sie noch ein gutes Stück fast waagerecht weiterrasen, obwohl unter ihren eisernen Rädern plötzlich keine Schienen mehr waren, aber dann kippte sie langsam wie ein riesiges, vielrädriges Geschoss nach vorn und begann in einer lang gestreckten Parabel in die Tiefe zu stürzen, wobei sie erbarmungslos die angehängten Wagen mit sich riss.

Als die Hälfte des Zuges den Halt auf den Schienen verloren hatte, begann er sich zu drehen wie ein Zollstock, der mit brutaler Gewalt in verschiedene Richtungen auseinander gebogen wurde. Zwei oder drei Waggons rissen ab, bevor sie in der Tiefe verschwanden, und aus einem weiteren züngelten Flammen. Die beiden letzten Wagen schließlich (großer Gott, auch der, in dem sich Hendrik befand!) sprangen aus den Schienen und stellten sich quer, aber ihr Schwung war immer noch groß genug, um sie weiterzureißen – auf den bodenlosen Abgrund zu. Leonie schloss entsetzt die Augen.

Als sie sie wieder öffnete, war vor ihnen nichts mehr. Der gewaltige ICE mit all seinen angehängten Waggons war so spurlos verschwunden, als hätte es ihn niemals gegeben.

Aber der Waggon, in dem Theresa und sie sich befanden, sauste immer noch weiter!

»Mein Gott!«, keuchte Theresas Stimme neben ihr. »Wir schaffen es nicht!«

Sie hatte Recht, dachte Leonie dumpf, als sie den Abgrund unaufhaltsam näher kommen sah. Doch sie erschrak nicht einmal wirklich. Hendriks Opfer war umsonst gewesen. Er hatte den Wagen abgekoppelt, gegen jede Wahrscheinlichkeit, aber zu spät. Sie waren immer noch viel zu schnell.

»Wir müssen springen!«, schrie Theresa. »Leonie!«

Sie griff nach oben, um sich am Fensterrahmen in die Höhe zu ziehen und ihre Worte unverzüglich in die Tat umzusetzen, doch Leonie hielt sie mit einem müden Kopfschütteln zurück. Sie konnte Theresas Angst nachvollziehen, aber ein Sprung bei dieser Geschwindigkeit musste ebenso tödlich sein wie ein Sturz in die Tiefe. Der Zug raste noch immer mit mindestens hundertfünfzig Stundenkilometern über die Schienen, wenn nicht schneller. Und sie hatten keine Möglichkeit …

Leonie fuhr so hastig herum, dass sie mit voller Wucht gegen Theresa prallte und diese mit einem spitzen Schrei stürzte, aber sie nahm es nicht einmal zur Kenntnis. Mit einem einzigen Satz war sie auf der anderen Seite des Waggons und zerrte mit beiden Händen an der Notbremse.

Das Kreischen von Metall war diesmal so laut, dass sie glaubte, ihr Trommelfell würde zerreißen. Auf beiden Seiten schossen weiße und gelbe Funkenschauer vor den Fenstern hoch, und obwohl Leonie auf den Ruck vorbereitet gewesen war, riss es sie einfach von den Füßen und schleuderte sie hart durch den Waggon, ehe sie auf dem Boden aufschlug und den Rest des Weges schlitternd zurücklegte. Es war pures Glück, dass sie nicht aus dem Wagen stürzte, sondern hart mit der Schulter gegen die Wand unmittelbar neben der Tür prallte. Der Wagen schüttelte sich und bockte kräftiger denn je zuvor, aber auf eine andere, beunruhigendere Art. Durch den Nebel aus Schmerz, Furcht und Bewusstlosigkeit, der immer heftiger versuchte, sie in seine dunkle Umarmung hinabzuziehen, spürte sie, wie sich der Wagen tatsächlich ein Stück aus den Schienen hob und dann zurückkrachte. Sie rechnete so fest mit einer Katastrophe, dass sie im allerersten Moment ein völlig absurdes Gefühl von Enttäuschung empfand, als nichts weiter geschah.

Mühsam – und vorsichtshalber ohne zu Theresa zurückzublicken – stemmte sie sich auf die Ellbogen hoch und robbte ein Stück zur Seite, um durch die aufgebrochene Tür nach vorn zu sehen.

Der Abgrund kam immer noch näher. Auch unter dem vorderen Ende des Wagens stoben Funken hoch, und sie konnte jetzt bereits die Stelle erkennen, an der die Schienen einfach im Nichts endeten. Sie rasten längst nicht mehr so schnell wie am Anfang dahin und verloren auch immer noch rapide an Geschwindigkeit, und dennoch hatte Leonie das entsetzliche Gefühl, dass der Abgrund einfach auf sie zuzuspringen schien wie ein schwarzes Ungeheuer, das es nicht mehr abwarten konnte, die Fänge in seine Beute zu schlagen. Sie waren noch hundert Meter entfernt, dann fünfzig, dreißig ... Die Funken stoben nicht mehr so heiß und hell wie noch vor einigen Augenblicken und ihr Tempo nahm weiter ab, aber der Abgrund näherte sich trotzdem unerbittlich. Der Wagen bewegte sich jetzt kaum noch schneller als ein rennender Mensch, doch zwischen Leonie und dem Nichts lagen mittlerweile auch nur noch zehn Meter, dann vielleicht fünf, drei ...

Und dann nichts mehr.

Sie schrie vor Entsetzen und Panik auf, als sie spürte, wie die blockierenden Eisenräder plötzlich auf keinen Widerstand mehr trafen und der Wagen immer noch weiterschlitterte. Dann schleuderte sie ein gewaltiger Ruck auf den Boden, als das zweite Räderpaar plötzlich den Halt verlor und der Wagen mit fürchterlicher Gewalt nach vorne kippte ...

... und zur Ruhe kam!

Leonie blieb mit geschlossenen Augen liegen, lauschte dem rasenden Hämmern ihres Herzens und wartete darauf, den unheimlichen Laut zu hören, mit dem sich der Eisenbahnwaggon ganz langsam weiter nach vorne neigte, um schließlich doch noch in die Tiefe zu stürzen. Aber sie hörte nichts. Nach dem Höllenlärm, der bisher hier drinnen geherrscht hatte, tat die Stille beinahe weh in den Ohren. Doch sie blieb und auch der Boden bewegte sich nicht mehr. Sie hatten es geschafft.

Zögernd, fast ängstlich, als fürchte ein Teil von ihr, schon diese winzige Bewegung könnte ausreichen, um den Waggon endgültig die Balance verlieren zu lassen, öffnete sie die Augen und stand mühsam auf. Die Abteiltür lag unmittelbar vor ihr. Darunter war nichts mehr.

Die Folterkammer

Leonie hatte nicht auf die Uhr gesehen, aber sie schätzte, dass eine gute Stunde, wenn nicht mehr, vergangen sein musste, seit Theresa und sie vorsichtig aus dem Zug geklettert und noch vorsichtiger an den Rand des Abgrunds getreten waren. Selbstverständlich hatten weder sie noch Theresa sich irgendwelche Hoffnungen gemacht, dass Hendrik – oder überhaupt jemand oder etwas – den katastrophalen Absturz überlebt haben könnte, und ihr Herz hatte bis zum Zerreißen gehämmert, während sie sich vorgebeugt und zugleich gegen den schrecklichen Anblick gewappnet hatte, der sie erwarten mochte.

Auf das, was sie dann sah, hatte Leonie sich allerdings nicht vorbereiten können.

Sie hatte erwartet, das zerborstene Wrack des ICE zu erblicken, einen wirren Haufen aus verdrehtem Metall, Trümmern, Glasscherben und ineinander verkeilten Waggons, wie eine Spielzeugeisenbahn, die ein Kind aus dem obersten Stockwerk eines Hochhauses geworfen hatte, möglicherweise brennend und über ein gewaltiges Gebiet verteilt. Aber unter ihnen war …

… gar nichts gewesen.

Hätte man Leonie das vorher gesagt, sie hätte vermutlich darüber gelacht – aber tatsächlich war der Anblick der vollkommenen Leere unter ihnen schlimmer, als es jede noch so unvorstellbare Zerstörung hätte sein können. Den Zug dort unten zerschmettert und in Stücke gebrochen liegen zu sehen, hätte sie zweifellos bis ins Mark erschüttert … aber *gar nichts* zu sehen war noch viel schlimmer, denn es war, als hätte es den Zug, Hendrik und die Ungeheuer niemals gegeben. Der Boden des Abgrunds – wenn er denn überhaupt einen hatte – war ebenso wenig zu erkennen gewesen wie sein gegenüberliegender Rand. Selbst jetzt, bei der bloßen *Erinnerung* an den finsteren Schlund, in den der Zug gestürzt war, lief ihr noch ein eisiger Schauer über den Rücken.

Seither waren sie unterwegs.

Ihre Umgebung hatte sich mittlerweile gravierend verändert.

Zuerst waren es noch Zuggleise gewesen, auf denen sie gegangen waren, scheinbar endlos und ohne auf einen Ausgang aus dem düsteren Tunnel zuzusteuern, in den sie geraten waren, jetzt aber bewegten sie sich in einer Art Kanalisation, und gleichzeitig begann Leonies Erinnerung an den Zugtunnel ganz allmählich zu verblassen, und es erschien ihr immer selbstverständlicher, neben Theresa herzulaufen und gemeinsam mit ihr einen Ausweg aus dieser stinkenden Kloake zu suchen.

Irgendwann blieb Theresa stehen und legte den Kopf auf die Seite, um zu lauschen. Leonie tat dasselbe, aber sosehr sie sich auch anstrengte, sie hörte nichts außer dem Geräusch ihres eigenen Herzens und dem seidigen Rauschen der fauligen, stinkenden Brühe, die neben ihnen herfloss, und dem Tröpfeln einzelner Wassertropfen von der gewölbten Decke über ihnen. Leonie fühlte sich mehr als unbehaglich in diesem uralt wirkenden Gewölbe mit der träge vor sich hin plätschernden Abwasserbrühe, und im Grunde ihres Herzens war sie heilfroh, Theresa neben sich zu wissen, die nichts unversucht gelassen hatte ihr zu helfen, wann immer sie gekonnt hatte.

Vorher wäre sie sich schon bei dem bloßen *Gedanken*, irgendetwas anderes als feindselig und ablehnend Theresa gegenüber zu sein, wie eine Verräterin an ihrem Vater vorgekommen. Jetzt erkannte sie, wie dumm das gewesen war. Theresa und sie standen möglicherweise auf verschiedenen Seiten, aber das machte die junge Frau nicht automatisch zu ihrer Feindin.

»Wir müssen sehen, dass wir hier irgendwo rauskommen«, murmelte Theresa, nachdem sie eine ganze Zeit lang schweigend neben dem sich anscheinend endlos dahinziehenden Abwasserkanal hergegangen waren.

»Was schlägst du vor?«, fragte Leonie.

»Ich?« Theresa schüttelte bedauernd den Kopf. »Ich fürchte, ich kann dir da nicht helfen. Das hier ist dein Spiel.«

»Als *Spiel* würde ich das nicht gerade bezeichnen«, meinte Leonie. »Immerhin wären wir um ein Haar gestorben. Und wer weiß, wie viele Menschen im Zug zu Schaden gekommen sind.«

»Er war leer«, erinnerte sie Theresa.

»Und Hendrik?«, fragte Leonie scharf

Theresa blieb ihr die Antwort auf diese Frage schuldig. »Entschuldige«, sagte sie schließlich. »Das hier ist wirklich alles andere als ein Spiel. Was ich gemeint habe, war auch eher, dass du die Regeln bestimmst, nicht ich.«

»Schön wär's«, erwiderte Leonie finster. Ihr war das Lachen endgültig vergangen. Auch wenn sie sich nicht mehr ganz so allein und hilflos fühlte seit Theresa das Schweigen gebrochen hatte, so hatten ihre Worte ihr doch klar gemacht, wie schlimm die Lage war. Das hier war ganz gewiss kein normaler Tunnel, sondern ein Teil jener unheimlichen Welt, die sie schon einmal betreten hatte, durch die geheime Tür im Keller der Buchhandlung. Sie konnten die nächsten hundert Jahre in dieser Kanalisation entlangmarschieren, ohne sich dem Ausgang auch nur um einen Schritt zu nähern.

»Ich verstehe überhaupt nicht, was hier geschieht«, gestand sie. »All diese schrecklichen Kreaturen – was wollen sie von mir?«

»Keine Ahnung«, antwortete Theresa. »Ich verstehe es auch nicht. Soweit ich weiß, ist es noch nie vorgekommen, dass sie eine von uns in ihre Welt geholt haben. Ich wusste gar nicht, dass sie das können.«

Die Art, wie sie die Worte *eine von uns* aussprach, ließ es Leonie für einen Moment warm ums Herz werden, aber sie machte ihr zugleich auch klar, wie bitterernst ihre Situation war. Hier ging es nicht um etwas, von dem sie hörte oder dessen Zeuge sie eher zufällig wurde, sondern um sie, um ihr Leben und vielleicht noch um unendlich viel mehr – und sie wusste nicht einmal genau, welche Rolle sie in dieser ganzen Geschichte spielte. Geschweige denn, was sie tun sollte.

»Dieser … *Archivar*, von dem du gesprochen hast«, fuhr sie nachdenklich fort, »wer ist das? Und was will er von mir?«

Theresa hob fröstelnd die Schultern, so als bereite ihr schon allein die Erwähnung dieses Namens Unbehagen. »Ich weiß es nicht. Niemand hat ihn je gesehen. Ein paar von uns sind sogar der Meinung, dass es ihn gar nicht gibt, sondern er nur so etwas wie eine Legende ist.« Sie lachte leise und nicht sonderlich echt. »Na ja, zumindest diesen Irrtum können wir ja jetzt aufklären … sollten wir es jemals wieder zurück nach Hause schaffen, heißt das«, fügte sie etwas leiser hinzu, nachdem sie sich schaudernd umgesehen hatte. Der letzte Satz, fand Leonie, war höchst überflüssig gewesen.

»Du warst schon einmal hier, in der Welt des Archivs«, fuhr Theresa nach einer Weile fort. »Wie hast du damals den Rückweg gefunden?«

»Das war etwas anderes«, antwortete Leonie automatisch. »Damals war …« Sie brach ab, legte den Kopf schräg und sah Theresa mit einer Mischung aus neu erwachendem Misstrauen und einem daraus resultierenden schlechten Gewissen an. »Woher weißt du das? Ich habe dir bestimmt nichts davon erzählt!«

»Hast du nicht?«, vergewisserte sich Theresa blinzelnd.

»Nein«, antwortete Leonie.

»Woher weiß ich es dann?«, rief Theresa.

»Genau das möchte ich auch wissen.« Leonie versuchte vergeblich, eine Antwort auf diese Frage zu finden oder wenigstens ihr Misstrauen niederzukämpfen, aber ihr gelang weder das eine noch das andere.

»Ach verdammt, ich weiß es eben«, polterte Theresa plötzlich. »Frag mich nicht woher! Mittlerweile hat sich so viel verändert und ins Gegenteil verkehrt, dass ich schon an mir selbst ganz irrewerde! Das kommt eben dabei raus, wenn jemand anfängt mit der Wirklichkeit herumzuspielen! Noch dazu jemand, der nichts davon versteht!« Sie funkelte Leonie herausfordernd an. »Warst du nun schon einmal hier oder nicht?«

Leonie hielt ihrem Blick für die Dauer von zwei oder drei schweren Herzschlägen stand. Der Zorn, der in Theresas Augen funkelte, war nicht echt. Dahinter verbargen sich Unsicherheit und vielleicht eine Spur von schlechtem Gewissen. Leonie spürte plötzlich, wie dünn das Band von neu entstandenem Vertrauen in Wahrheit war, das es zwischen ihnen gab, und wie unendlich empfindlich. Ein einziges unbedachtes Wort konnte es zerreißen, vielleicht schon ein falscher Blick oder sogar etwas, das sie im falschen Moment *nicht* aussprach.

»Das war etwas anderes«, sagte sie nur. »Damals war ich nicht allein und ich habe irgendwie … « Sie suchte nach Worten und rettete sich schließlich in ein hilflos wirkendes Achselzucken. »Irgendwie habe ich gespürt, wo ich hinmuss.«

»Und jetzt spürst du es nicht.« Theresa klang enttäuscht, aber zugleich auch hörbar erleichtert, wenn auch vermutlich aus vollkommen unterschiedlichen Gründen.

»Nein«, bestätigte Leonie.

»Dann haben wir ein Problem«, seufzte Theresa. Sie sah Leonie noch einen Atemzug lang erwartungsvoll an, dann seufzte sie noch einmal und leiser, schüttelte deutlich entmutigt den Kopf und ging weiter. Ihre Schritte erzeugten helle, sonderbar harte Laute auf den rauen Steinfliesen, die den Boden bedeckten, und hallten ebenso merkwürdig verzerrt von der hohen gewölbten Decke wider. Ein rascher Schauer von Furcht lief über Leonies Rücken. Sie beeilte sich, Theresa zu folgen, ohne es allerdings zu wagen, sie noch einmal anzusprechen.

»Was ist?«, fragte sie, als Theresa plötzlich stehen blieb.

»Nichts.« Theresa hob enttäuscht die Schultern. »Ich dachte, ich hätte etwas gehört, aber ich muss mich wohl geirrt haben. Komm weiter. Irgendwo *muss* dieses verdammte Labyrinth doch schließlich hinführen.«

Sie gingen vielleicht noch dreißig Schritte, bis Leonie ebenfalls etwas hörte. Vor ihnen erklang ein dumpfes Grollen und Rumoren, das Leonie an das Geräusch eines Wasserfalls erinnerte. Theresa lächelte kurz und zufrieden und beschleunigte ihre Schritte, und auch Leonie schritt rascher aus, um nicht zurückzufallen.

Das Grollen wurde immer lauter, und es verging nur noch kurze Zeit, bis sie seinen Ursprung erkannten. Vor ihnen erweiterte sich der Tunnel zu einer mindestens zwanzig oder dreißig Meter langen Halle, in die fast ein Dutzend weiterer Kanäle mündete. Einige von ihnen waren so groß wie der, durch den

Theresa und sie gekommen waren, andere sehr viel schmaler oder breiter, alle aber entluden ihre übel riechende Fracht in ein gewaltiges schäumendes Sammelbecken, von wo aus sie in einem brodelnden Strom in der Tiefe verschwand.

Theresa deutete nach rechts. Leonies Blick folgte der Geste, und sie sah praktisch sofort, was Theresa meinte: Ein gutes Stück rechts von ihr führte eine Anzahl rostzerfressener eiserner Sprossen, die in die Wand eingelassen waren, nach oben. Da die Decke mindestens zehn oder zwölf Meter hoch und das Licht nicht besonders gut war, konnte sie nicht genau erkennen, wohin sie führten. Es gab auch noch andere Aufstiege, die aber ausnahmslos viel weiter entfernt waren, und einige sogar auf der gegenüberliegenden Seite des Sammelbeckens.

»Versuchen wir es«, schlug sie vor.

Theresa zögerte noch einen Moment, aber dann fasste sie sich ein Herz und stieg in den Abwasserkanal hinab. »Oh, Scheiße«, murmelte sie, während sie durch die fast hüfthohe graubraune Brühe auf Leonie zukam. Sie hatte die Arme hoch erhoben und ging sehr langsam, was Leonie gut verstehen konnte. Das Wasser hatte zwar keine nennenswerte Strömung, aber vermutlich war der Boden glatt wie Schmierseife, und wenn sie bedachte, worin Theresa da gerade watete.

»Stimmt«, sagte Leonie schadenfroh. Theresa schenkte ihr einen Blick, der eine wütende Löwin vor Angst hätte erstarren lassen, zog sich neben ihr auf den gemauerten Rand des Abwasserkanals hoch und starrte sie noch wütender an, als Leonie grinste und sich dabei demonstrativ die Nase zuhielt.

Danach beeilte Leonie sich allerdings, die wenigen Schritte bis zur Leiter zu gehen und loszuklettern. Die eisernen Sprossen waren nicht nur uralt und so verrostet, dass sie sich besorgt fragte, ob sie überhaupt in der Lage waren, ihr Gewicht zu tragen, sondern auch mit einer klebrigen Schmierschicht überzogen, bei deren bloßem Anblick sich ihr Magen umdrehte. Trotzdem griff sie beherzt zu und begann so schnell nach oben zu klettern, dass Theresa schon nach einem Augenblick unter ihr zurückfiel.

Zumindest ihr schlimmster Albtraum wurde nicht wahr. Oben angekommen erwartete Leonie nicht ein zentnerschwerer Kanaldeckel, der ihrer Flucht vermutlich ein ziemlich abruptes Ende bereitet hätte, sondern nur ein eiserner Gitterrost, dessen Stäbe womöglich noch verrosteter waren als die Leitersprossen. Grüngraues Licht und das Murmeln halblauter, ineinander verwobener Geräusche drangen zu ihr herab. Leonie gab Theresa mit einem Wink zu verstehen, dass sie abwarten sollte – sie war froh, dass die Sprossen ihr Gewicht trugen, und wollte ihr Glück nicht unnötig auf die Probe stellen –, lauschte einen Moment und stemmte sich dann prüfend mit Hinterkopf und Schultern gegen das Gitter. Zu ihrer eigenen Überraschung löste es sich nahezu widerstandslos aus seinem Rahmen und Leonie musste rasch nach oben greifen und es festhalten, damit es nicht zur Seite fiel und dabei möglicherweise ein verräterisches Geräusch verursachte.

Unendlich behutsam und mit klopfendem Herzen hob sie den Kopf und sah sich um. Sie befand sich in einem schmalen gemauerten Gang mit halbrunder Decke, von dem etliche Türen abzweigten. Die Geräusche waren nun lauter zu hören, erstaunlicherweise aber nicht klarer, und sehr weit entfernt glaubte sie Bewegung wahrzunehmen, ohne aber ganz sicher zu sein. Der Gang kam ihr auf unangenehme Weise bekannt vor, doch sie konnte nicht sagen woher.

»Und?«, drang Theresas Stimme von unten zu ihr herauf.

Leonie wandte leicht verärgert den Kopf und sah zu ihrer neuen Freundin hinab. Theresa hing zwei oder drei Sprossen unter ihr verkrampft auf der Leiter und schlotterte nur so vor Angst – ganz offensichtlich war sie alles andere als schwindelfrei. Dennoch musste sich Leonie arg zusammenreißen, um nicht vor lauter Schadenfreude breit zu grinsen. Theresa bot trotz allem einen fast komischen Anblick: über und über mit der zähen leicht grünlichen Brühe beschmiert, durch die sie gewatet war und die in ihren Kleidern und auf ihrem Gesicht bereits anzutrocknen begann. Selbst in ihren Haaren klebte das Zeug. Der sonderbare

Marzipangeruch, den Leonie schon die ganze Zeit über bemerkt hatte, war jetzt viel intensiver.

»Was siehst du?«, fragte Theresa.

»Nichts Besonderes«, antwortete Leonie. »Aber das wird sich möglicherweise bald ändern, wenn du noch ein bisschen lauter schreist.«

»Dann würde ich vorschlagen, dass du weiterkletterst«, sagte Theresa nervös. »Ich fühle mich hier … nicht besonders wohl.«

Leonie wäre es an ihrer Stelle wahrscheinlich auch nicht anders ergangen. Trotzdem grinste sie noch eine gute Sekunde lang unverhohlen schadenfroh auf sie hinab, bevor sie endlich durch die Öffnung kletterte, sich dann aber hastig umdrehte und Theresa die Hand entgegenstreckte um ihr zu helfen. Theresa ignorierte das Angebot, stemmte sich verbissen aus eigener Kraft in die Höhe und spießte sie mit Blicken regelrecht auf. »Herzlichen Dank«, maulte sie. »Wer dich zur Freundin hat, der braucht wirklich keine Feinde mehr.«

Leonie antwortete mit einem noch breiteren Grienen, aber dann wurde sie endgültig wieder ernst und bedeutete Theresa mit einer entsprechenden Geste, ebenfalls still zu sein. Gebannt blickte sie in die Richtung, aus der sie vorhin die Geräusche gehört hatte. Es wäre zweifellos sicherer gewesen, sich in die entgegengesetzte Richtung zu entfernen, aber sie hatte das bestimmte Gefühl, dass es wichtig war, herauszufinden, was hier unten vorging und warum sie überhaupt hier waren. Leonie machte sich nichts vor: Sie waren dem Hinterhalt mit mehr Glück als Verstand (und mit Hendriks Hilfe) entkommen, aber der Archivar würde nicht aufgeben. Nach einem letzten wachsamen Blick in alle Richtungen setzten sie sich vorsichtig in Bewegung.

Mit jedem Schritt, den sie weitergingen, verstärkte sich in Leonie das beunruhigende Gefühl, eigentlich wissen zu müssen, wo sie waren – aber sie erinnerte sich erst, als sie das Ende des gewölbten Ganges erreicht hatten. Vor ihnen lag ein niedriger Durchgang, der auf einen schmalen Sims mit einem steinernen

Geländer hinausführte. Der Raum dahinter war von hellgrünem, gespenstischem Licht erfüllt, und das Klirren von Ketten und Metall und andere noch unheimlichere Laute drangen zu ihnen herein. Mit klopfendem Herzen trat sie auf den Balkon hinaus und duckte sich hinter das niedrige Geländer, ehe sie einen vorsichtigen Blick in die Tiefe wagte.

Und endlich wusste sie, wo sie waren.

Der Boden des gewaltigen Saales, der sich gute zehn Meter unter ihnen ausdehnte, bestand aus einem rostigen Metallgeflecht, in das zahlreiche Klappen, Scharniere und eiserne Deckel eingelassen waren. Überall standen große, bizarr anmutende Maschinen, zwischen denen sich die sonderbarsten Kreaturen bewegten. Zahllose Ketten und rostige Drahtseile hingen von der Decke, in der es ebenfalls eiserne Klappen und Scharniere gab.

»Was … ist das?«, flüsterte Theresa, die ihr gefolgt war.

»Der Leimtopf«, antwortete Leonie. Sie deutete auf die grüne zähflüssige Masse, die unter dem Gitterboden blubberte und kochte. Der Marzipangeruch war hier ungleich stärker. Bisher hatte Leonie angenommen, dass er von Theresa ausging. Unwillkürlich sah sie nach rechts.

»Leim?« Theresa nahm eine Strähne ihres Haares zwischen die Finger; sie war ebenfalls mit der grünen Pampe verschmiert. »Sagtest du *Leim*?«, keuchte sie. »Wie um alles in der Welt soll ich das Zeug jemals wieder aus den Haaren kriegen?«

»Lass es eintrocknen«, riet ihr Leonie.

»Und dann?«

»Kannst du sie einfach abbrechen«, sagte Leonie.

»Sehr witzig«, maulte Theresa. Sie ließ die Strähne los und sah dann wieder konzentriert nach unten. »Das ist der berüchtigte Leimtopf, vor dem alle Angst haben?«

»Sicher«, antwortete Leonie. »Soll das heißen, du warst noch nie hier?«

»Bist du verrückt?«, entfuhr es Theresa. »Keine von uns war das … außer dir«, fügte sie nach einer Sekunde und in merkwürdig verändertem, nachdenklichem Ton hinzu. Sie wollte noch mehr sagen, doch in diesem Moment öffnete sich in der Decke über ihnen eine eiserne Klappe und ein rostiger Bottich von der doppelten Größe einer Badewanne wurde an rasselnden Ketten herabgelassen. Genau wie Leonie es schon einmal beobachtet hatte, bewegte er sich halb nach unten, ehe er zur Seite kippte und seinen Inhalt in die kochende Masse unter dem Gitterboden ergoss: Bücher, verbrauchte Federkiele, Möbeltrümmer und Maschinenteile, aber Leonie hatte auch das unheimliche Gefühl, die eine oder andere winzige zappelnde Gestalt in einem schwarzen Umhang zu erkennen.

»Was soll das heißen: Keine von euch war je hier?«, fragte Leonie ungläubig.

»Genau das, was ich gesagt habe«, antwortete Theresa. »Um ehrlich zu sein: Ich habe bisher nicht einmal geglaubt, dass es den Leimtopf wirklich gibt.«

»Genau wie den Archivar.«

»Genau wie den Archivar«, bestätigte Theresa. Sie maß Leonie mit einem sonderbaren Blick. »Also, allmählich wirst du mir unheimlich.«

»Ich glaube, ich werde mir allmählich selbst unheimlich«, murmelte Leonie. »Ich verstehe nicht, wie wir hierher gekommen sind.«

»Aber ich«, antwortete Theresa. Sie schauderte übertrieben. »Ich glaube, wir haben mehr Glück als Verstand gehabt.« Sie deutete auf die gluckernde grüne Suppe unter dem Gitterboden, dann auf ihre besudelten Kleider. »Wir waren noch *unter* diesem Raum. Wenn es in den Tiefen dieser Anlage überhaupt etwas gibt, vor dem alle noch mehr Angst haben als vor dem Leimtopf, dann ist es der Archivar.«

»Was meinst du denn jetzt damit?«, fragte Leonie verständnislos.

»Ja, begreifst du denn nicht?«, erwiderte Theresa.

»Nein«, antwortete Leonie wahrheitsgemäß.

Theresa seufzte. »Wahrscheinlich ist noch nie ein Mensch zuvor so tief in dieses Archiv vorgedrungen wie wir. Wenn dein

Freund den Wagen nicht abgekoppelt hätte, dann hätte uns der Archivar wahrscheinlich zu sich geholt. Genauer gesagt: dich.«

»Aber warum denn?«, rief Leonie. »Was ist denn an mir so Besonderes?«

»Das weiß ich nicht«, sagte Theresa. »Aber ich fürchte, wenn wir noch lange hier bleiben, dann finden wir es heraus – allerdings auf andere Weise, als uns lieb sein kann.« Sie machte eine Kopfbewegung auf die Gestalten unter ihnen. Aus der Höhe betrachtet wirkten selbst die massigen Aufseher in ihren bizarren Rüstungen klein und harmlos, aber Leonie wusste aus eigener leidvoller Erfahrung, dass sie weder das eine noch das andere waren. Theresa hatte Recht. Sie mussten hier weg.

»Also?«, fragte Theresa. »Wo geht es hier raus?«

»Woher soll ich das wissen?«, entgegnete Leonie.

»Aber du warst doch schon einmal hier!«, protestierte Theresa.

»Stimmt«, antwortete Leonie. Sie deutete – wahllos – auf irgendeine der halbrunden Türen unten in der Halle. »Ich glaube, es war die zweite oder dritte von links. Wir müssen also nur einen Weg nach unten finden und dann irgendwie ungesehen auf die andere Seite kommen und …«

»Schon gut«, unterbrach sie Theresa seufzend. »Ich hab's begriffen.«

Leonie sah unschlüssig nach rechts und links und dann wieder in den Stollen zurück, aus dem sie gerade gekommen waren. Der Balkon reichte nahezu um den halben Raum herum und es gab noch zahlreiche andere Stollen – aber da sie ja von keinem wussten, wohin er führte, war ein Weg im Grunde so gut wie der andere. Oder so schlecht. Sie erwiderte Theresas fragenden Blick mit einem hilflosen Schulterzucken und stand kommentarlos auf, um in den Tunnel zurückzugehen.

Sie war so verwirrt, dass sie bestimmt fünf Minuten neben Theresa herging, ohne ein Wort zu sagen oder ihrer Umgebung auch nur mehr als einen flüchtigen Blick zu schenken. Nicht dass es allzu viel zu sehen gegeben hätte: Der Gang war wie alles hier unten uralt und aus bröckelndem Ziegelstein erbaut und besaß eine gewölbte Decke; das einzig Auffällige war, dass sämtliche Türen rechts und links offen standen. Leonie warf einen flüchtigen Blick in die dahinter liegenden Räume, und was sie sah, machte ihr nicht unbedingt Lust auf mehr – winzige fensterlose Zellen mit fauligem Stroh auf dem Boden und schweren eisernen Ringen an den Wänden, ganz ähnlich der Zelle, in der sie damals mit ihren Eltern …

Leonie blieb so abrupt stehen, dass Theresa noch zwei weitere Schritte machte, bevor sie überhaupt bemerkte, dass Leonie nicht mehr neben ihr war, und sich mit fragendem Gesichtsausdruck zu ihr umdrehte. »Was hast du?«, fragte sie.

Am allerliebsten hätte Leonie sich selbst geohrfeigt. Was sie hatte? Offensichtlich auch noch ihr letztes bisschen Verstand im Gepäckfach liegen lassen, als sie aus dem Abteil gerannt war! Ohne Theresas Frage zu beantworten, machte Leonie auf dem Absatz kehrt und ging in die nächstbeste Zelle. Theresa zog die Augenbrauen hoch, folgte ihr aber schweigend.

Leonie blieb in der Mitte der Zelle stehen und blickte lange und konzentriert die gegenüberliegende Wand an.

Nichts geschah.

»Darf ich fragen, was du da tust?«, erkundigte sich Theresa.

Statt zu antworten drehte sich Leonie mit einem Ruck um und starrte fast verzweifelt die andere Wand an.

»Also wenn du ein Loch in die Wand starren willst, dann sag mir genau wo und ich helfe dir dabei.« Theresa versuchte zu lachen, aber es klang ziemlich nervös.

»Es funktioniert nicht«, flüsterte Leonie. Ihre Stimme zitterte, so sehr hatte sie sich konzentriert, und sie spürte, wie ihr Tränen der Enttäuschung in die Augen schießen wollten. »Es … es funktioniert nicht, Theresa.«

»*Was* funktioniert nicht?«, fragte Theresa.

»Als … als ich das erste Mal hier war, zusammen mit meinen Eltern«, stammelte Leonie, »da … da musste ich mich nur konzentrieren und … und plötzlich war eine Tür da. So sind wir entkommen. Aber es funktioniert nicht mehr.«

»Vielleicht weil keine Tür da ist«, sagte Theresa.

»Aber damals ...«

»... gab es eine Tür und du konntest sie sehen«, unterbrach sie Theresa. Sie schüttelte den Kopf und ihre Stimme wurde weich. »Hast du vergessen, was ich dir erzählt habe, Leonie? Du besitzt keine Zauberkräfte. Das Einzige, was die Hüterinnen von den anderen Menschen unterscheidet, ist der Umstand, dass wir die Dinge so sehen, wie sie wirklich sind.«

Leonie ließ resigniert die Schultern sinken. »Und wie kommen wir jetzt hier raus?«, murmelte sie.

»Ich würde vorschlagen, auf die altmodische Methode«, sagte Theresa. »Zu Fuß.«

»Das ist vollkommen unmöglich«, antwortete Leonie, mutlos, aber auch sehr überzeugt. »Wir kommen nie durch das Archiv.«

»Tja, dann bleiben wir hier und warten darauf, dass sie uns erwischen«, schlug Theresa vor. »Oder?«

»Blödsinn«, erwiderte Leonie. »Ich sage ja nur, dass ...«

Theresa war mit einem einzigen Satz bei ihr, drückte sie schon fast gewaltsam gegen die Wand neben der Tür und presste ihr zu allem Überfluss auch noch die Hand auf den Mund, und das so fest, dass ihr buchstäblich die Luft wegblieb; Theresas Hand hielt ihr nämlich nicht nur den Mund, sondern ganz nebenbei auch noch die Nase zu. Im allerersten Moment war Leonie viel zu überrascht, um auch nur zu begreifen, wie ihr geschah, dann aber schoss eine Woge heißer Wut in ihr empor. Sie setzte dazu an, Theresas Griff zu sprengen – und dann hörte sie die Schritte draußen auf dem Gang.

»Keinen Laut!«, zischte Theresa. Leonie erstarrte zur Salzsäule, versuchte Theresa aber mit Blicken begreiflich zu machen, dass sie auf dem besten Weg war, zu ersticken. Theresa nahm hastig die Hand herunter, machte ein leicht verlegenes Gesicht und wich sogar ein Stück zurück, bedeutete ihr aber gleichzeitig mit einem hastigen Wink, ja still zu sein.

Das wäre allerdings gar nicht mehr nötig gewesen. Die Schritte waren mittlerweile so nahe gekommen, dass Leonie schon halbwegs damit rechnete, sie im nächsten Moment zu ihnen hereinpoltern zu hören. Hastig zog sie sich weiter in den Schatten zurück und versuchte unsichtbar zu werden. Sie konnte nur hoffen, dass sich niemand dort draußen fragte, warum die Tür eigentlich offen stand, und zu ihnen hereinkam, um nach dem Rechten zu sehen.

Das geschah nicht, aber im nächsten Moment tat ihr Herz trotzdem einen erschrockenen Hüpfer und hämmerte dann so schnell und laut weiter, dass man es eigentlich noch draußen auf dem Gang hätte hören müssen. Sie konnte nicht allzu viel erkennen, aber das wenige, was sie sah, war schon mehr, als sie sehen *wollte.* Sie erkannte mindestens fünf oder sechs Aufseher, auffallend große Exemplare mit gewaltigen Muskeln, schweren Lederrüstungen und stachelbesetzten Helmen, die vor Waffen nur so strotzten, und dazu mindestens noch einmal so viele Scriptoren und eine Unzahl Schusterjungen, die schwarzen, Mäntel tragenden Ratten gleich zwischen den Füßen ihrer größeren Brüder und der Aufseher herumwuselten. Mindestens einem von ihnen bekam das schlecht. Leonie hörte ein erschrockenes Quieken, und eine der winzigen Gestalten blieb reglos liegen, als sich der Fuß eines Aufsehers wieder hob – was die übrigen aber nicht davon abhielt, in ihrem selbstmörderischen Tun fortzufahren. Leonie schenkte ihnen jedoch kaum Beachtung. Der Blick ihrer schreckgeweiteten Augen hing wie gebannt an der halb nackten Gestalt, die die Aufseher in Ketten zwischen sich herschleiften.

Es war Hendrik.

Leonie erkannte ihn jedoch kaum wieder. Sein Haar war ein gutes Stück länger als noch vor einer Stunde und hing ihm nun fast bis auf die Schultern herab, aber es starrte vor Schmutz und war wirr und verfilzt. Er trug nur eine Art Lendenschurz und grobe Flechtsandalen, und Leonie konnte erkennen, dass er mindestens zwanzig Pfund an Gewicht verloren hatte, und sein ganzer Körper war ebenso verdreckt und ungepflegt wie seine Haare und dazu über und über mit mehr oder weniger verheilten Wunden übersät. Seine Wangen waren eingefallen und die Augen blickten trüb aus tiefen, schwarz umrandeten Höhlen. Er wankte mehr, als dass er ging, und schien kaum noch die Kraft zu haben, sich auf den Beinen zu halten. Dennoch mussten die Aufseher einen gewaltigen Respekt vor ihm haben, denn gleich zwei von ihnen hielten ihn an schweren Ketten, die mit eisernen Ringen an seinen Handgelenken verbunden waren.

Erst als die bizarre Prozession schon ein gutes Stück an der Tür vorbei war und die Schritte und das Klirren der Ketten allmählich leiser wurden, wagte es Leonie, wieder zu atmen.

»O mein Gott, das war ja Hendrik!«, murmelte Theresa erschrocken. »Aber wie ... wie kann das sein? Er sieht aus, als wäre er seit Wochen angekettet!«

»Wahrscheinlich ist er das«, flüsterte Leonie erschüttert. »Bei meinen Eltern war das genauso. Sie waren nur ein paar Stunden weg, aber als ich sie gefunden habe, da waren sie schon seit Wochen in Gefangenschaft. Die Zeit vergeht hier anders als in der richtigen Welt.«

»Das weiß ich«, antwortete Theresa. »Aber wir waren mit Hendrik *zusammen* hier unten, als sie ihn überwältigt haben, und das ist gerade eine Stunde her – allerhöchstens zwei! Hier stimmt etwas nicht!«

Leonie konnte ihr kaum widersprechen, doch es interessierte sie im Moment auch nicht. Sie ließ noch einen kurzen Augenblick verstreichen, bevor sie zur Tür ging und vorsichtig hinausspähte. Die Aufseher und ihr Gefangener hatten sich schon ein gutes Stück entfernt und begannen bereits, in dem gespenstischen grünlichen Licht zu verschwimmen.

»Sie sind schon fast weg«, flüsterte sie. »Wir müssen uns beeilen.«

»Was hast du vor?«, fragte Theresa alarmiert.

»Wir müssen Hendrik befreien!«, antwortete Leonie.

»Ach so.« Theresa seufzte und machte ein erleichtertes Gesicht. »Und ich hatte schon Angst, dass du etwas wirklich Gefährliches vorschlagen könntest.« Sie schüttelte den Kopf und wurde schlagartig wieder ernst. »Du bist völlig verrückt! Das ist unmöglich!«

»Wir können ihn doch nicht einfach im Stich lassen!«, protestierte Leonie. »Hendrik hat sein Leben riskiert, um uns zu retten!« Sie deutete aufgeregt nach draußen. »Wenn er nicht gewesen wäre, dann hätten sie uns jetzt dort draußen in Ketten vorbeigezerrt, ist dir das eigentlich klar? Und hast du gesehen, was sie ihm angetan haben?«

»Möchtest du, dass sie uns dasselbe antun?«, fragte Theresa sanft.

»Natürlich nicht«, antwortete Leonie aufgebracht. »Aber ich denke nicht daran, ihn im Stich zu lassen. Du kannst ja hier bleiben, wenn du willst!«

»Ja, etwas in der Art habe ich befürchtet«, seufzte Theresa. »Du erinnerst mich an deine Großmutter, als sie ungefähr in deinem Alter war, weißt du? Sie war genauso stur, wenn sie sich erst einmal etwas in den Kopf gesetzt hatte.«

Leonie fragte sich, woher sie das eigentlich wissen wollte – Theresa war nur wenige Jahre älter als sie selbst. Aber jetzt war nicht der Moment, sich darüber den Kopf zu zerbrechen. Sie warf noch einen vorsichtigen Blick nach rechts und huschte dann in die entgegengesetzte Richtung los. Die Aufseher und ihr Gefangener waren mittlerweile vielleicht vierzig oder fünfzig Meter entfernt, was bei der sonderbaren Beleuchtung hier unten nichts anderes bedeutete, als dass sie sie schon beinahe nicht mehr sehen konnte. Umgekehrt war es vermutlich genauso, aber Leonie huschte trotzdem eng an der Wand entlang und gab sich alle Mühe, so leise wie nur irgend möglich aufzutreten.

Sie sah nicht zurück, aber sie konnte Theresas Schritte hinter sich hören. Nach und nach ließ Leonie den Abstand zwischen sich und der unheimlichen Prozession größer werden, bis sie im Grunde nur noch ihren Geräuschen folgte. Vor allem die Schusterjungen bereiteten ihr Sorge. Sie hatte schon gesehen, wie schnell diese kleinen Biester sein konnten. Wenn einer von ihnen auf die Idee kam, sich umzudrehen oder gar zurückzugehen, dann war es um sie geschehen.

Sie hatten jedoch Glück. Gute fünf Minuten lang folgten sie

den Aufsehern und ihrem Gefangenen, doch dann wurde es plötzlich still vor ihnen. Leonie blieb erschrocken stehen und lief dann umso schneller weiter. Ein paar weitere Schritte und sie rannte beinahe. Allerdings nicht sehr weit. Nach gut dreißig oder vierzig Metern stand Leonie dort, wo der Gang endete: vor einer massiven Wand.

Enttäuscht drehte sie sich um und ließ ihren Blick durch den Gang schweifen. Auf jeder Seite lag mindestens ein Dutzend Türen, die ausnahmslos verschlossen waren. Leonie zweifelte nicht daran, dass sie sie öffnen konnte, und sie versuchte es auch unverzüglich bei der nächstbesten, aber schon ein einziger Blick in den dahinter liegenden Raum machte ihr klar, wie sinnlos diese Art der Suche war. Hinter der Tür lag keine weitere Zelle, sondern ein neuer Tunnel, der sich bald in grüngrauer Dämmerung verlor. Hinter der zweiten Tür lag eine enge Wendeltreppe und hinter der dritten wieder ein Tunnel. Leonie resignierte endgültig und trat enttäuscht wieder zu Theresa auf den Gang hinaus.

»Ich fürchte, du hast gewonnen«, sagte sie niedergeschlagen. »Wir haben sie verloren.«

»Nicht unbedingt«, antwortete Theresa. »Schau mal hier.«

Sie deutete auf die Tür, vor der sie stehen geblieben war, vielleicht acht oder zehn Schritte entfernt. Leonie ging hin und riss erstaunt die Augen auf, als sie sah, was Theresa entdeckt hatte: Auch diese Tür war geschlossen, aber zwischen Tür und Rahmen klemmte ein schwarzer Stofffetzen. Wenigstens sah es auf den ersten Blick so aus. Auf den zweiten entpuppte sich der Fetzen als ein groteskes, abgrundtief hässliches Etwas von der Größe einer Hand, das einen schwarzen Kapuzenmantel trug. Ganz offensichtlich war der Schusterjunge nicht schnell genug gewesen, als einer der Aufseher die Tür zugeworfen hatte.

»Danke«, sagte sie.

Theresa runzelte die Stirn. »Danke?«

»Ich hätte es wahrscheinlich nicht einmal gemerkt«, erklärte Leonie, »wenn du nichts gesagt hättest.«

»Willst du mich beleidigen?«, fragte Theresa. »Ich lasse genauso wenig einen Freund im Stich wie du.« Sie streckte die Hand nach der Klinke aus, drückte sie vorsichtig herunter und schob die Tür dann noch vorsichtiger auf. Dahinter lag jedoch nichts Bedrohlicheres als ein weiterer leerer Gang, dem sie gute hundert Schritte weit folgten, bevor sie zu einer steil nach unten führenden schmalen Treppe kamen. Von den Aufsehern und Scriptoren war ebenso wenig zu sehen wie von ihrem Gefangenen, aber aus der Tiefe drang ein ganzer Chor von Geräuschen zu ihnen herauf. Klirren und Dröhnen, Hammerschläge und Schreie, das Krachen von Holz und das Kreischen von Ketten, manchmal ein helles Zischen, dem – noch seltener – ein spitzer Schrei folgte. Leonie konnte nicht sagen, was diese unheimlichen Geräusche bedeuteten, aber sie jagten ihr einen eisigen Schauer über den Rücken.

Ganz offensichtlich erging es nicht nur ihr so. »Das gefällt mir nicht«, bekannte Theresa.

»Mir auch nicht«, stimmte ihr Leonie zu – und begann langsam die Treppe hinabzusteigen. Sie konnte regelrecht hören, wie Theresa hinter ihr die Augen verdrehte und ihr dann folgte.

Die Geräusche wurden lauter, während sie die Treppe hinuntergingen, und im gleichen Maße nahm das bedrückende Gefühl in Leonie zu, dass sie eigentlich wissen sollte, was sie bedeuteten.

Aber der Gedanke war so absurd, dass sie sich einfach weigerte, ihn auch nur ernsthaft in Erwägung zu ziehen.

Sogar dann noch, als sie das Ende der Wendeltreppe erreichten und ihr klar wurde, dass die Wirklichkeit ihre schlimmsten Vorstellungen nicht nur eingeholt, sondern ihr um Lichtjahre vorausgeeilt war.

Wie fast alle Gänge, auf die sie bisher hier unten gestoßen war, mündete auch dieser in einer schmalen Galerie, die sich in zehn oder zwölf Metern Höhe um einen gewaltigen, runden Saal spannte. Nur dass es sich hier nicht um eine Fabrikhalle handelte, einen Schreibsaal oder Leimtopf, sondern um etwas, das Leonies Vorstellung von der Hölle so nahe kam, wie es nur möglich war.

Der Raum unter ihnen war vom roten Licht zahlreicher lodernder Flammen erhellt, die in Kohlebecken, gusseisernen Kesseln und offenen Feuerstellen brannten. Überall standen große, aus rostigen, schwarzen Eisenstäben gefertigte Käfige, von denen ungefähr die Hälfte besetzt war, zum allergrößten Teil mit Scriptoren, aber Leonie erkannte auch eine Anzahl Arbeiter und Aufseher und mindestens eine der furchtbaren Kreaturen, die sie im Zug angegriffen hatten.

Doch das war noch lange nicht das Schlimmste.

Die Gitterboxen bildeten ein verwirrendes System aus Gängen und Kreuzungen, aber dazwischen gab es auch immer wieder freie Stellen, auf denen schreckliche Gerätschaften standen. Leonie sträubten sich schier die Haare, als sie unter sich Dinge entdeckte, die sie bisher allenfalls aus Geschichtsbüchern und von schlechten Videofilmen gekannt hatte.

Es waren Folterinstrumente, Streckbänke, Räder, eiserne Jungfrauen und andere, noch viel grässlichere Apparate, deren genaue Funktionsweise sie sich nicht einmal *vorzustellen* wagte.

Und diese grauenhaften Gerätschaften standen nicht etwa einfach nur da …

Leonie hatte nicht die Kraft, lange hinzusehen, aber über die Bedeutung der Schreie und des Wimmerns, das sie oben an der Treppe gehört hatten, gab es nun keinen Zweifel mehr.

Um dem schrecklichen Anblick zu entrinnen, hob sie den Blick und sah nach oben, aber auch das erwies sich als keine wirklich gute Idee: Von der gewölbten Decke hingen geschmiedete Eisenkäfige an schweren Ketten, in denen verkrümmte Gestalten in schwarzen Kapuzenmänteln hockten. Leonie lief ein neuerlicher, noch kälterer Schauer über den Rücken, als sie sah, dass die Käfige eiserne Stacheln hatten, die allerdings nach *innen* gerichtet waren. Die meisten ihrer Insassen regten sich nicht mehr oder waren gar schon zu Skeletten zerfallen.

Aber eben nur die meisten.

»Großer Gott«, stöhnte Leonie. »Wer *tut* so etwas?«

Theresa hob die Schultern. Auch sie war deutlich blasser geworden, schien mit dem furchtbaren Anblick aber dennoch besser fertig zu werden als Leonie. »Das ist dann wohl die Archivversion der Hölle«, murmelte sie. »Ich dachte, so etwas wäre vor tausend Jahren abgeschafft worden.« Sie schüttelte den Kopf. »Es ist kein Wunder, dass sie schon vor Angst erstarren, wenn irgendjemand den Archivar auch nur erwähnt.«

»Du meinst, das hier ist …?«, begann Leonie.

Theresa unterbrach sie mit einer Geste und deutete aus der gleichen Bewegung heraus zum anderen Ende der Halle.

Leonies Herz machte einen erschrockenen Sprung, als sie sah, worauf Theresa sie aufmerksam machen wollte. Auf der gegenüberliegenden Seite der riesigen Halle erhob sich etwas, das Leonie im ersten Moment für einen riesigen Turm aus erstarrter Lava gehalten hätte – bis sie erkannte, worum es sich wirklich handelte.

Es war ein Thron.

Ein monströser, schwarzer Thron, hoch wie ein Haus und von einer Form, deren bloßer *Anblick* Leonie schon fast körperliche Übelkeit bereitete. Aber das alles war nichts gegen das … *Ding*, das auf diesem Thron saß.

Leonie zweifelte nicht den Bruchteil einer Sekunde daran, dass sie hier demselben unheimlichen Wesen gegenüberstand, das sie schon unten im Zug gesehen hatte. Sie konnte es jetzt nicht etwa deutlicher erkennen als vorhin, denn es war eher noch weiter entfernt, aber was sie *spürte*, ließ nicht den mindesten Zweifel zu.

Die Kreatur auf dem Thron war der Archivar.

Und als wäre diese Erkenntnis allein noch nicht genug, hatte Leonie plötzlich ein noch viel beunruhigenderes Gefühl: Sie wusste, dass das Geschöpf auf dem Thron sie anstarrte. Aus dieser Distanz nicht mehr als ein vager Schatten in einem schwarzen Kapuzenmantel, einem der Scriptoren oder Schriftführer nicht einmal unähnlich, aber von etwas eingehüllt, das Leonie nur als eine Aura des Bösen beschreiben konnte, wie ein eisiger Hauch, der von der Gestalt ausging und etwas in ihrer Seele zum Erstarren brachte. Und dieses unheimliche Geschöpf *starrte sie an.* Es sah nicht etwa zufällig in ihre Richtung. Der Archivar wusste, dass sie hier war, und starrte sie voll abgrundtiefer Bosheit und Hass an. Er hatte es die ganze Zeit über gewusst.

»Er … er weiß, dass wir hier sind«, flüsterte sie stockend. »Ich kann es spüren.«

»Unsinn«, widersprach Theresa, hörbar nervös und auch nicht wirklich so, als wäre sie von ihren eigenen Worten überzeugt. Dennoch fuhr sie fort: »Wenn er das wüsste, dann wären wir jetzt längst in einem dieser gemütlichen All-inclusive-Apartments dort unten, meinst du nicht auch?« Sie deutete auf die Gitterkäfige unter ihnen, und es gab nicht viel, was Leonie dagegen sagen konnte. Allein der Umstand, dass sie immer noch frei und unbehelligt hier oben kauerten, schien zu beweisen, dass Theresa Recht hatte – und sie selbst das Opfer ihrer sich mittlerweile überschlagenden Fantasie geworden war.

»Dort!« Theresa deutete schräg nach unten, und Leonies Herz schlug schneller, als ihr Blick der Bewegung folgte.

Der Trupp war deutlich kleiner geworden. Die meisten Scriptoren und sämtliche Schusterjungen waren verschwunden, und es waren jetzt auch nur noch zwei Aufseher, die Hendrik brutal zwischen sich herzerrten, aber es war zweifellos die gleiche Gruppe, die sie vorhin verfolgt hatten. Leonie konnte nur mit Mühe ein erschrockenes Keuchen unterdrücken, als sie sah, wie einer der Aufseher Hendrik einen so brutalen Stoß versetzte, dass er ins Stolpern geriet und nach einem letzten ungeschickten Schritt auf die Knie fiel. Die beiden riesigen Kreaturen nahmen darauf jedoch keinerlei Rücksicht, sondern schleiften ihn einfach an ihren Ketten hinter sich her, bis sie einen leeren Käfig erreichten, in den sie ihn derb hineinstießen. Hendrik machte noch einen stolpernden Schritt und sank dann kraftlos in sich zusammen.

Leonie sog hörbar die Luft zwischen den Zähnen ein und machte Anstalten, sich zu erheben, aber Theresa legte ihr rasch die Hand auf den Unterarm und schüttelte fast entsetzt den Kopf. »Was hast du vor?«

»Was wohl?« Leonie machte sich mit einem Ruck los. »Wir müssen ihm helfen!«

Theresa starrte sie fassungslos an, und Leonie konnte regelrecht sehen, was in diesem Moment hinter ihrer Stirn vorging.

Sie rechnete fest damit, dass Theresa sie jetzt mit Argumenten nur so überschütten würde, um sie von ihrem Vorhaben abzubringen. Aber Theresa sah sie einfach nur wortlos an und fragte dann resigniert: »Und wie?«

»Ich habe keine Ahnung«, gestand Leonie. »Aber wir können ihn doch nicht einfach so zurücklassen.« Sie starrte wieder in die riesige Halle hinab und hob in einer Geste der Hilflosigkeit die Hände. »Zu irgendetwas muss diese verdammte *Gabe* doch schließlich gut sein!«

»Bestimmt nicht zu dem, was dir jetzt vorschwebt«, sagte Theresa ernst. »Du glaubst doch nicht, dass du die Kräfte des Archivs gegen das Wesen einsetzen kannst, das es wahrscheinlich *erschaffen* hat.« Sie deutete auf die unheimliche Gestalt auf dem gottlob weit entfernten Lavathron und schüttelte noch einmal den Kopf. »Das halte ich für keine gute Idee.«

»Hast du eine bessere?« Leonie wartete Theresas Antwort gar nicht ab, sondern blickte noch einmal zu der unheimlichen Gestalt auf dem monströsen Thron hin – es war verrückt, aber sie hatte erneut das Gefühl, von unsichtbaren Augen angestarrt und taxiert zu werden, obwohl der Archivar noch nicht einmal den Kopf in ihre Richtung gewandt hatte – und sah dann mit einer Mischung aus Verzweiflung und Trotz wieder nach unten. Zwischen den Käfigen und Folterinstrumenten bewegten sich zahlreiche Gestalten, die meisten in schwarzen Kapuzenmänteln, aber auch Aufseher sowie einige Geschöpfe, die Leonie noch nie zuvor zu Gesicht bekommen hatte. Die meisten waren mit Dingen beschäftigt, die Leonie nicht verstand – und auch nicht verstehen wollte –, aber etliche versorgten auch die Gefangenen, brachten ihnen Wasser und Essen oder zerrten sie aus ihren Käfigen, um sie zu den schrecklichen Instrumenten ihrer Peiniger zu bringen.

»Es hat schon einmal funktioniert«, murmelte Leonie.

»*Was?*«, fragte Theresa. Ihre Stimme klang ein bisschen schrill.

Leonie deutete mit einer Kopfbewegung auf das Gewirr durcheinander wuselnder kapuzentragender Gestalten unter ihnen. »Meinst du, man kann erkennen, wer unter diesen Mänteln steckt?«

»Das meinst du nicht ernst!«, keuchte Theresa. Diesmal klang ihre Stimme mehr als nur *ein bisschen* schrill.

»Todernst sogar«, erwiderte Leonie. Sie hatte endlich gefunden, wonach sie gesucht hatte, und setzte sich entschlossen in Bewegung. Nicht weit entfernt führte eine schmale Treppe hinunter in die Halle, und als sie näher kamen, sah Leonie, dass das Schicksal es ausnahmsweise einmal gut mit ihnen zu meinen schien: Die Treppe führte nicht nur in einem Winkel nach unten, der von der Halle aus nicht direkt einsehbar war, sondern endete auch hinter einer monströsen Konstruktion aus Metall und uraltem schwarzem Holz, die ihnen ausgezeichnete Deckung bot.

»Wunderbar«, flüsterte Theresa spöttisch. »Dann müssen wir ja nur noch warten, bis jemand vorbeikommt und uns die passenden Klamotten bringt.«

Leonie kam nicht dazu, zu antworten. Auf der anderen Seite ihres Verstecks wurden plötzlich Geschrei und wütende Stimmen laut und nur einen Moment später drangen die charakteristischen Geräusche eines Kampfes zu ihnen. Im nächsten Augenblick flog eine kreischende Gestalt in einem schwarzen Mantel über sie hinweg, knallte gegen die Wand und sackte reglos unmittelbar neben Leonie zu Boden, und noch bevor Theresa oder sie auch nur die Zeit fand, wirklich zu erschrecken, sauste ein zweiter Scriptor heran und fiel genau zwischen sie. Auf der anderen Seite ihres Versteckes erscholl ein grollendes Lachen und dann schlurfende, schwere Schritte, die sich rasch entfernten.

»Na, das nenne ich prompte Bedienung«, murmelte Theresa benommen.

Leonie sagte gar nichts, sondern starrte die beiden besinnungslosen Scriptoren nur vollkommen fassungslos an. Sie war wohl durchaus bereit, an Zufälle zu glauben, aber das …

Theresa sprach aus, was Leonie nicht einmal zu denken wagte. »Wie gut, dass wir uns keinen Hubschrauber gewünscht haben, um damit zu fliehen«, sagte sie spöttisch. »Das hätte peinlich werden können, wenn der uns auf den Kopf gefallen wäre.«

»Ich finde das nicht witzig«, maulte Leonie.

Theresa wurde schlagartig ernst. »Das sollte es auch gar nicht sein«, meinte sie. »Du glaubst doch nicht wirklich, dass das hier Zufall ist!«

Natürlich glaubte Leonie das nicht. Solche Zufälle gab es einfach nicht. Sämtliche Nullen des Universums hintereinander gereiht, hätten nicht ausgereicht, um die Wahrscheinlichkeit eines solchen *Zufalls* auszudrücken. Aber alles andere ergab auch keinen Sinn.

»Was soll es denn sonst sein?«, fragte sie mürrisch.

»Eine Falle?«, schlug Theresa vor.

»Blödsinn«, erwiderte Leonie, während sie bereits daranging, einen der Scriptoren aus seinem schwarzen Mantel zu schälen, und dabei an den Archivar dachte, dessen kalten Blick sie zu spüren geglaubt hatte. »Wozu sollte das gut sein?«, fuhr sie fort – weniger um Theresa, als vielmehr sich selbst zu beruhigen. »Wenn sie wirklich wüssten, dass wir hier sind, hätten sie uns doch schon längst überwältigt.«

Theresa verzichtete auf eine Antwort, aber es war auch gar nicht notwendig, dass sie etwas sagte. Natürlich war Leonie klar, dass sie Recht hatte – allerdings war an Leonies Logik ebenfalls nichts auszusetzen. Es konnte kein Zufall sein, aber dass der Archivar ihnen hier eine aufwändige Falle stellen sollte, machte erst recht keinen Sinn. Und wenn sie tausendmal das Gefühl gehabt hatte, von dem seltsamen Wesen schon beim Betreten der Höhle beobachtet worden zu sein – es waren wahrscheinlich nichts weiter als ihre überstrapazierten Nerven, die ihr in diesem Punkt einen Streich spielten.

Allerdings befanden sie sich in einer Welt, in der die Zeit anders lief, in der Türen und ganze Räume buchstäblich aus dem Nichts auftauchten und sich die Wirklichkeit manchmal willkürlich zu verändern schien. Vielleicht bedeuteten ja hier auch die Worte *Zufall* und *Logik* etwas völlig anderes als dort, wo Theresa und sie herkamen. Leonie zuckte mit den Achseln, schob den Gedanken endgültig von sich und bückte sich nach dem zweiten Scriptor, nachdem sie Theresa den Mantel des ersten gereicht hatte.

Ihre neue Freundin nahm das schwarze Kleidungsstück mit spitzen Fingern entgegen und betrachtete es angeekelt. »Du glaubst doch nicht etwa, dass ich dieses *Ding* anziehe!«, ächzte sie. »Es stinkt!«

»Pass auf mit dem, was du sagst«, meinte Leonie mürrisch. »Sonst kommt gleich noch eine riesige Parfumflasche angeflogen und fällt dir auf den Kopf!«

Tatsächlich sah Theresa eine halbe Sekunde lang erschrocken nach oben, aber dann grinste sie schief und fuhr fort, den schwarzen Mantel finster anzustarren.

Leonie schüttelte den zweiten Scriptor aus seinem Mantel, zog das Kleidungsstück über und wartete ungeduldig darauf, dass Theresa es ihr gleichtat. Das Ergebnis sah unbeschreiblich albern aus: Der Mantel reichte Theresa gerade bis knapp an die Knie, und auch die Kapuze war nicht groß genug, um ihr Gesicht vollkommen zu verbergen.

»Über das hämische Grinsen auf deinem Gesicht reden wir später«, versprach Theresa. »Nur zu deiner Information – du siehst auch nicht so aus, als wärst du unterwegs zu einer Modenschau.« Leonie grinste noch breiter, drehte sich dann aber mit einem Ruck um und trat mit klopfendem Herzen hinter ihrem Versteck hervor. Theresa sagte noch etwas, das Leonie vorzog nicht zu verstehen, und schloss sich ihr dann an.

Leonie hatte erwartet, dass es so ähnlich sein würde wie damals, als sie ihre Eltern aus dem Käfig über dem Leimtopf befreit hatte, aber es war hundertmal schlimmer. In dem unheimlichen Saal über dem Leimtopf hatte sie einfach nur darauf achten müssen, nicht aufzufallen und sich einigermaßen selbstsicher zu bewegen, und vor allem war der Scriptor dabei gewesen, der ihr den größten Teil der Mühe abgenommen hatte. Hier bewegten sie sich im wahrsten Sinne des Wortes durch den Vorhof der Hölle, und sie waren umgeben von Hunderten, wenn nicht Tausenden feindseligen Kreaturen, zwischen denen sie einfach auffallen *mussten.* Theresa und sie gingen mit gesenktem Blick und schnellen, trippelnden Schritten, genau wie die Scriptoren, denen sie begegneten, aber damit hörte die Ähnlichkeit auch schon beinahe auf – die Mäntel waren ihnen nicht nur viel zu klein, sie selbst überragten auch sämtliche Scriptoren um mindestens einen halben Meter. Dennoch nahm niemand Notiz von ihnen. Weder die anderen Scriptoren und Schusterjungen, die ihren Weg kreuzten, noch irgendeine der anderen zum Teil bizarren Kreaturen, denen sie begegneten, schenkten ihnen auch nur einen flüchtigen Blick.

Doch was Leonie am meisten zu schaffen machte, waren die Käfige. Vielleicht die Hälfte davon war besetzt, aber Leonie brachte kaum den Mut auf, in sie hineinzusehen. Ein paarmal zwang sie sich, einen der Gefangenen genauer zu betrachten – sie boten ausnahmslos einen gotterbärmlichen Anblick. Allein der Gestank, den sie ausströmten, drehte Leonie schier den Magen um.

Leonie rechnete jeden Moment damit, angesprochen oder gleich überwältigt zu werden, aber so unglaublich es ihr auch selbst vorkam – sie erreichten den Gang, in dem Hendriks Käfig untergebracht war, vollkommen unbehelligt. Vielleicht war das Schicksal ja zu der Erkenntnis gelangt, ihnen etwas schuldig zu sein.

Oder sie hatten einfach Glück.

Theresa ging ein wenig schneller, um an ihre Seite zu gelangen. »Und jetzt?«, murmelte sie, während sie sich dem würfelförmigen Eisenkäfig näherten, in dem Hendrik lag. »Hast du zufällig einen Schlüssel dabei?«

»Den brauchen wir nicht«, antwortete Leonie. Wenigstens hoffte sie es. Bisher hatten sich alle Türen hier unten für sie geöffnet, ganz einfach nur, weil sie es wollte. Natürlich hatte sie keine Garantie, dass das auch jetzt funktionieren würde. Aber sie konnten auch nicht mehr zurück.

Leonie blickte verstohlen nach rechts und links, atmete noch einmal tief ein und streckte die Hand nach der Tür aus. Das wuchtige Vorhängeschloss, mit dem sie gesichert war, sprang mit einem Klicken auf, das in Leonies Ohren wie ein Kanonenschuss dröhnte und, wie ihr vorkam, in der gesamten Halle zu hören sein musste. Die einzige sichtbare Reaktion kam jedoch von Theresa, die erstaunt die Augen aufriss. Leonie warf ihr einen raschen warnenden Blick zu, zog die Tür mit einem Ruck auf und trat hindurch.

Sie hatte es bis jetzt ganz bewusst vermieden, Hendrik genauer anzusehen, aber nun musste sie es. Er lag noch genauso da, wie er zusammengesackt war, nachdem ihn die Aufseher in den Käfig gestoßen hatten, und im ersten Augenblick befürchtete Leonie schon, dass er das Bewusstsein verloren haben könnte – was das endgültige Aus für ihren improvisierten Rettungsplan bedeutet hätte. Hendrik war viel zu schwer, als dass Theresa und sie ihn tragen konnten.

Mit einer verstohlenen Geste bedeutete sie Theresa, an der Tür zurückzubleiben, trat dicht an Hendrik heran und versetzte ihm einen Fußtritt in die Seite, von dem sie hoffte, dass er derb genug aussah, um einen zufälligen Beobachter zu täuschen. »He, du!«, krächzte sie mit schrill verstellter Stimme. »Aufwachen. Der Chef will dich sehen!«

In der ersten Sekunde reagierte Hendrik überhaupt nicht und Leonie sah ihre allerschlimmsten Befürchtungen schon bestätigt. Dann aber drehte er sich stöhnend auf die Seite und versuchte sich auf Hände und Knie hochzustemmen. Irgendetwas polterte, als er sich bewegte.

»Das habe ich auch schon schneller gesehen!«, keifte Leonie. »Nun beeil dich gefälligst! Der Boss wartet nicht gern!«

Hendrik hob mühsam den Kopf. Im ersten Moment blieb sein Blick verschleiert, und Leonie war ziemlich sicher, dass er sie nicht erkannte. Plötzlich weiteten sich seine Augen ungläubig. »Aber wo …?«

»Still!«, zischte Leonie erschrocken. Lauter und mit (wie sie hoffte) perfekt nachgeahmter misstönender Scriptorenstimme fügte sie hinzu: »Wird's bald? Wir haben nicht alle Zeit der Welt!«

»Genau das wollte ich auch gerade sagen«, bemerkte Theresa von der Tür her. »Beeilt euch, um Gottes willen!« Sie sah ängstlich über die Schulter in die Halle zurück und machte gleichzeitig einen halben Schritt in den Käfig hinein.

Leonie blickte sie ärgerlich an und gab ihr mit einem Wink zu verstehen, dass sie draußen bleiben sollte, bevor sie sich wieder Hendrik zuwandte. »Theresa hat Recht«, flüsterte sie. »Wir müssen uns beeilen.«

Hendrik starrte sie einfach nur weiter fassungslos an. »Aber wieso ...?«

»Jetzt nicht«, unterbrach ihn Leonie, in mittlerweile schon fast verzweifeltem Ton. »Wir sind hier, um dich rauszuholen. So steh auf! Du bist jetzt unser Gefangener! *Schnell!*«

»Oh, lasst euch ruhig Zeit«, stichelte Theresa. »Im Notfall sind ja noch genug freie Käfige da. Vielleicht kriegen wir ja zwei nebeneinander liegende.«

Sie sah abermals nervös über die Schulter zurück und auch Leonies Blick wanderte fast gegen ihren eigenen Willen in dieselbe Richtung. Alles schien so zu sein wie zuvor. Etliche Scriptoren bewegten sich mit kleinen, trippelnden Schritten hin und her, nicht allzu weit entfernt war ein ganz besonders muskulöser Aufseher damit beschäftigt, einen riesigen Sack davonzuschleppen, in dem es heftig zappelte und strampelte, und noch immer hallte der Saal von Schreien und Wehklagen wider. So unheimlich der Anblick auch war, alles schien so zu sein wie zuvor. Alles außer ...

Leonie sog erschrocken die Luft zwischen den Zähnen ein und auch Theresa fuhr zusammen. »Was hast du?«, fragte sie alarmiert.

Statt direkt zu antworten, machte Leonie eine Kopfbewegung zum anderen Ende der Halle. »Der Thron«, murmelte sie. Theresa sah sie stirnrunzelnd an, drehte sich halb um und wurde totenblass. Auch von hier aus war das monströse Gebilde aus Lava und geronnener Schwärze deutlich zu erkennen.

Ebenso deutlich, wie sie erkennen konnten, dass es *leer* war ...

»Nichts wie weg hier!«, keuchte Theresa.

»Sie hat Recht!« Leonie fuhr auf dem Absatz zu Hendrik herum. »Hier stimmt etwas nicht! Schnell!«

Hendrik bot noch immer einen erbarmenswerten Anblick, aber er musste den Ernst der Lage wohl trotzdem erfasst haben, denn er stemmte sich mit einer hastigen Bewegung in die Höhe. Sein Fuß rutschte dabei auf dem fauligen Stroh weg, das den Boden des Käfigs bedeckte, und Leonie sah, dass sich darunter eine Klappe aus morschem Holz und rostigem schwarzem Eisen befand.

»Ihr seid völlig verrückt, hierher zu kommen«, murmelte er.

»Ja, ich freue mich auch dich zu sehen.« Leonie machte eine unwillige Handbewegung und Theresa sagte von der Tür her: »Könnt ihr euch vielleicht später streiten? Jetzt ist nicht unbedingt der richtige Moment dafür, finde ich.«

Hendrik nickte matt. Mit sichtlicher Mühe richtete er sich weiter auf und setzte dazu an, etwas zu sagen – aber dann weiteten sich seine Augen erschrocken, während sich sein Blick auf einen Punkt irgendwo hinter Leonie richtete. Leonie fuhr alarmiert herum und konnte einen erschrockenen Aufschrei jetzt nicht mehr ganz unterdrücken.

Theresa hatte einen weiteren halben Schritt gemacht und wedelte ungeduldig mit beiden Händen – und hinter ihr stürmte eine kindsgroße Gestalt in einem wehenden schwarzen Mantel heran. Als Leonie aufschrie, drehte auch sie sich mit einer hastigen Bewegung um.

Aber es war zu spät. Der Scriptor überwand die restliche Entfernung mit zwei, drei gewaltigen Sätzen, machte eine Art albernen Hechtsprung und rammte Theresa die flachen Hände in die Seite.

Sein Schwung reichte nicht aus, um Theresa zu Boden zu werfen, doch sie taumelte einen Schritt zurück und kämpfte eine Sekunde lang mit wild rudernden Armen um ihr Gleichgewicht. Der Scriptor selbst fiel mit einem hellen Quieken auf die Nase, rappelte sich aber sofort wieder hoch und griff mit einer dürren Klauenhand nach Theresas Arm.

Wenigstens versuchte er es.

Hendrik war mit einem einzigen Schritt neben ihm, riss ihn in die Höhe und warf ihn in hohem Bogen aus der Zelle. Der Scriptor kreischte, prallte gleich gegen drei oder vier seiner Brüder, die herangestürmt waren, und fegte sie mit sich von den Füßen.

»Raus hier!«, schrie Hendrik. Er wirkte plötzlich gar nicht mehr müde oder schwach, sondern hechtete mit einer einzigen fließenden Bewegung unter der niedrigen Tür hindurch nach draußen, stieß mit der linken Hand einen Scriptor zur Seite, der sich an ihn klammern wollte, und zerrte mit der anderen auch gleich noch Theresa hinter sich her aus dem Käfig.

Nur Leonie rührte sich nicht. Was Hendrik vorhatte, war vollkommen sinnlos. Im Augenblick war es nur eine Hand voll Scriptoren und Schusterjungen, die ebenso tapfer wie vergebens versuchte ihn und Theresa aufzuhalten, doch in kaum zwanzig Meter Entfernung stürmte ein riesiger Aufseher heran und auch aus der entgegengesetzten Richtung hörte Leonie aufgeregte Rufe und schwere, stampfende Schritte. Und selbst wenn Hendrik mit dem Aufseher fertig werden würde – was Leonie bezweifelte –, wäre eine Flucht vollkommen sinnlos. Sie würden es nicht einmal schaffen, die Halle zu verlassen, geschweige denn das *Archiv.*

»Kommt zurück!«, keuchte sie. »Schnell!«

Hendrik machte noch einen Schritt, drehte sich dann zu ihr um und verschenkte eine weitere kostbare Sekunde damit, sie verständnislos anzublicken. Als er endlich begriff, was Leonie meinte, war es zu spät. Der Aufseher war heran.

Hendrik bemerkte die Gefahr im buchstäblich allerletzten Moment, aber er reagierte mit einer Kaltblütigkeit, die Leonie ihm in seinem Zustand niemals zugetraut hätte. Mit einer blitzschnellen Bewegung stieß er Theresa aus dem Weg, drehte sich zu dem Aufseher um und ging dabei in die Knie. Statt zur Seite oder zurückzuweichen, machte er ganz im Gegenteil einen raschen Schritt auf den heranstürmenden Koloss zu. Der Aufseher grunzte überrascht, als Hendrik ihm die Schulter in den Leib rammte und sich gleichzeitig noch tiefer bückte. Der Aufprall riss

Hendrik von den Beinen, aber auch der Aufseher verlor plötzlich den Boden unter den Füßen, segelte keuchend über Hendrik hinweg und schlug einen kompletten Salto in der Luft, ehe er mit solcher Wucht gegen einen der Käfige prallte, dass sich die daumendicken Eisenstäbe verbogen.

Leonie begriff im gleichen Moment, wie wenig ihnen dieser kurze Sieg nutzte. Hendrik arbeitete sich mit umständlichen, benommen wirkenden Bewegungen hoch, aber kaum einen Meter neben ihm ging Theresa in diesem Moment unter dem Ansturm von mindestens einem halben Dutzend Scriptoren zu Boden, und von überall her stürmten weitere Angreifer heran – Dutzende, wenn nicht Hunderte von Schusterjungen, Scriptoren und weiteren Aufsehern. Es war, als wäre der Boden zu schwarzem, brodelndem Leben erwacht.

Leonie riss sich von dem entsetzlichen Anblick los und war mit einem einzigen Satz bei der Klappe, die unter Hendriks Lager zum Vorschein gekommen war. Hastig fegte sie das nasse, faulige Stroh zur Seite und schloss beide Hände um den rostigen Griff, der an der Klappe befestigt war. Sie zerrte mit aller Kraft, aber die Klappe rührte sich um keinen Millimeter. Sie verdoppelte ihre Anstrengungen und riss mit verzweifelter Kraft weiter, aber das einzige Ergebnis war ein leises Knarren – und ein reißender Schmerz, der sich von ihren Schultern bis in den Rücken hinabzog. Leonie wimmerte vor Schmerz und Enttäuschung, ließ den Griff los und fuhr zur Tür herum.

»Hendrik!«, schrie sie. »Hilf mir!«

Sie war nicht sicher, ob Hendrik sie überhaupt noch hörte. Ganz offensichtlich hatte er versucht Theresa aufzuhelfen, aber mittlerweile drohte er selbst unter der schieren Masse der Angreifer zu Boden zu gehen. Leonie starrte die geschlossene Klappe noch einen Moment an, aber es war aussichtslos. Dieses verfluchte Ding war einfach zu *schwer* für sie. Mit einer zornigen Bewegung kickte sie einen Schusterjungen aus dem Weg, der frech genug war, zu ihr hereinzukommen, rannte zu Theresa und Hendrik und warf sich entschlossen ins Getümmel.

Vermutlich war es nur das Überraschungsmoment, das ihrem selbstmörderischen Angriff Erfolg zuteil werden ließ. Leonie fegte drei, vier Scriptoren und eine mindestens doppelt so große Anzahl Schusterjungen zur Seite, ehe die geifernden Knirpse auch nur begriffen, dass sie da war, und den Rest erledigte Hendrik. Er sprang auf, verschaffte sich mit einem wütenden Rundumschlag Luft und zerrte Theresa mit einer groben Bewegung auf die Füße. Gemeinsam fuhren sie herum und stürmten auf die offen stehende Käfigtür zu.

Um ein Haar hätten sie es nicht geschafft. Hendrik und Theresa stürmten nebeneinander durch die Tür, doch als Leonie ihnen folgen wollte, klammerte sich ein Scriptor mit beiden Armen an ihr rechtes Bein und brachte sie aus dem Gleichgewicht. Leonie machte noch einen ungeschickten Stolperschritt und fiel der Länge nach hin. Theresa griff nach ihren ausgestreckten Armen und schleifte sie zu sich herein, während Hendrik den Scriptor von ihrem Bein pflückte und ihn kurzerhand in ein lebendes Wurfgeschoss umwandelte, das er der geifernden Bande draußen entgegenschleuderte. Leonie rappelte sich hastig auf, fuhr herum und warf die Tür zu. Ein helles Klicken erscholl, als das wuchtige Vorhängeschloss einrastete.

Keine Sekunde zu früh. Mindestens ein Dutzend Scriptoren begann an den Gitterstäben und der Tür zu zerren, und dann stieß auch schon ein weiterer Aufseher zu ihnen, dessen Pranken sich um die Gitterstäbe schlossen. Das Eisen begann hörbar zu ächzen, als die riesige Kreatur ihre gewaltigen Muskeln anspannte, um die Gitterstäbe auseinander zu biegen. Nicht einmal ihre titanischen Körperkräfte reichten dazu aus, aber es konnte nur noch Augenblicke dauern, bis weitere Aufseher heran waren.

Oder jemand, der den Schlüssel besaß …

»Die Klappe«, rief Leonie hastig und wandte sich zu Hendrik um. »Ich brauche Hilfe!«

Hendrik schüttelte niedergeschlagen den Kopf. »Sie ist verriegelt. Ich habe es oft genug versucht.«

»Nicht für mich«, antwortete Leonie bestimmt. Sie trat mit einem schnellen Schritt an die Klappe heran, schloss eine Hand um den Griff und forderte Hendrik mit einer entsprechenden Kopfbewegung auf, dasselbe zu tun. Hendrik sah sie zwar verwirrt an, zuckte aber dann nur mit den Schultern und gehorchte. Leonie konnte sehen, wie sich seine Muskeln spannten, als er mit aller Gewalt an dem rostigen Griff zog.

Im ersten Moment sah es so aus, als ob nicht einmal Hendriks gewaltigen Kräfte ausreichten, um den zentnerschweren Deckel zu heben. Dann aber hörte Leonie ein gotterbärmliches Quietschen, als sich die eingerosteten Scharniere widerwillig zu bewegen begannen.

»Um Gottes willen, beeilt euch!«, keuchte Theresa. »Da kommen noch mehr von diesen Riesenkerlen!«

Leonie vergeudete keine Zeit damit, in ihre Richtung zu sehen, sondern mobilisierte jedes bisschen Kraft, das sie in sich fand, um weiter an der Klappe zu ziehen. Auch Hendriks Gesicht verzerrte sich vor Anstrengung, während sich die schwere Klappe Zentimeter für Zentimeter weiter öffnete, beständig, aber quälend langsam. Die verrosteten Scharniere quietschten, als wollten sie jeden Moment zerbrechen.

Endlich aber hatten sie es geschafft, und die Klappe stand weit genug offen, dass sich auch Hendrik durch den Spalt quetschen konnte. Darunter kam ein rechteckiger gemauerter Schacht zum Vorschein, in dessen Wand eiserne Trittsprossen eingelassen waren, die in einer unbekannten Tiefe verschwanden.

Leonie gab Hendrik mit einem ungeduldigen Wink zu verstehen, dass er als Erster nach unten steigen sollte, aber ihr Bodyguard schüttelte den Kopf. »Du zuerst.«

»Nichts da«, antwortete Leonie. »Ich gehe als Letzte. *Ich* kann nämlich das Schloss wieder verriegeln. Du auch?«

Abermals sah Hendrik sie einen Atemzug lang zweifelnd an, doch dann ließ er sich ächzend auf die Knie sinken, tastete mit dem Fuß nach der obersten Sprosse und schob sich rückwärts in den Schacht. Leonie beherrschte sich und sagte kein Wort, aber es kam ihr vor, als bewege sich Hendrik in Zeitlupe. Es schien

Ewigkeiten zu dauern, bis er endlich weit genug hinabgeklettert war, dass ihm Theresa folgen konnte.

»Theresa!« Leonie wedelte aufgeregt mit den Händen. »Schnell jetzt!«

Theresa drehte sich auf dem Absatz um, machte einen Schritt – und erstarrte. Leonie konnte sehen, wie alle Farbe aus ihrem Gesicht wich. Hastig sah sie wieder nach unten – und sog selbst erschrocken die Luft zwischen den Zähnen ein.

Die Klappe war verschwunden. Unter dem nassen Stroh befand sich jetzt nur noch schwarzer, massiver Stein. Leonie starrte das unglaubliche Bild sekundenlang vollkommen fassungslos an, drehte sich dann wieder zu Theresa um und gestand sich mit einer sonderbaren Mischung aus Entsetzen und Resignation ein, dass sie sich geirrt hatte: Noch vor einer halben Sekunde hatte sie geglaubt, dass es nicht mehr schlimmer werden konnte, aber das stimmte nicht.

Auf der anderen Seite der daumendicken Gitterstäbe drängelten sich Dutzende schwarzer, hässlicher Gesichter, die voller Wut und Häme zu ihnen hereinstarrten, aber gerade als sich Leonie umdrehte, teilte sich die lebende Mauer, um eine Gasse für eine einzelne, ebenfalls vollkommen in Schwarz gekleidete Gestalt zu bilden, die gemessenen Schrittes auf den Käfig zukam. Sie trug einen schwarzen Kapuzenmantel, genau wie die Scriptoren und ihre kleineren Brüder, die Schusterjungen, und auch als sie näher kam, konnte Leonie das Gesicht unter der weit nach vorne gezogenen schwarzen Kapuze nicht erkennen.

Aber das musste sie auch nicht um zu wissen, dass sie dem Archivar gegenüberstanden.

Gefangen

Leonies Herz begann mit jedem Schritt heftiger zu klopfen, den die unheimliche Erscheinung näher kam. Auf den ersten Blick ähnelte sie nach wie vor den Scriptoren und ihren kleineren und größeren Brüdern, den Schusterjungen und Schriftführern, aber zugleich war sie auch so vollkommen anders, wie es nur möglich war. Und das Unheimlichste überhaupt war, dass man den Unterschied nicht in Worte fassen konnte, denn er war nicht greifbar. Was Leonie schon beim bloßen Anblick der düsteren Gestalt die Kehle zuschnürte, das war nicht, was sie *sah*. Das eigentlich Schlimme war, was sie *spürte*. Die Gestalt war von einer so intensiven Aura des Fremden und der Kälte umgeben, dass selbst das Licht vor ihr zurückzuschrecken schien.

Die schwarz gekleideten Dienerkreaturen traten respektvoll zur Seite, und auch Leonie und Theresa wichen ganz instinktiv einen Schritt vom Gitter zurück, als der Archivar sich der Tür näherte. Ein leises Klicken erscholl, als das Schloss aufsprang, dann schwang die Tür wie von Geisterhand bewegt nach innen. Etwas wie eine Woge totaler Finsternis schien zusammen mit dem Archivar hereinzukommen, und als er dicht vor ihr stehen blieb, da war es Leonie, als streife ein eisiger Hauch ihre Seele und ließe etwas darin erstarren. Automatisch wollte sie weiter vor der finsteren Gestalt zurückweichen, doch sie konnte es nicht. Ihr Herz hämmerte mittlerweile wie verrückt, und sie zitterte vor Angst am ganzen Leib, aber zugleich lähmte sie die Nähe des Archivars auch vollkommen.

Theresa, die direkt neben ihr stand, erging es nicht anders. Obwohl Leonie sie nur aus den Augenwinkeln wahrnahm, sah sie doch, dass alle Farbe aus ihrem Gesicht gewichen war. Ihre Hände und Knie zitterten, und der Ausdruck in ihren Augen war etwas, das schlimmer war als Todesangst.

Die Kälte, die von ihrer Seele Besitz ergriffen hatte, steigerte sich noch, als der Archivar den Kopf drehte und sie nun direkt anstarrte. Mit einer Tapferkeit, von der Leonie selbst vielleicht am allerwenigsten wusste, woher sie sie nahm, zwang sie sich, seinem Blick standzuhalten, aber es verging nur ein kurzer Moment, bis sie ihren eigenen Mut schon wieder bitter bereute.

Sie war dem Archivar nahe genug, um das Gesicht unter der schwarzen Kapuze erkennen zu können, oder hätte es eigentlich sein müssen – wäre unter der Kapuze irgendetwas anderes gewesen als Schwärze!

Aber darunter war nichts. Höchstens Dunkelheit, die die Gestalt angenommen und die sich zu etwas zusammengeballt hatte, das düsterer war als nur die reine Abwesenheit von Licht und leerer als das bloße Nichtvorhandensein stofflicher Materie. Vielleicht *gab* es dort etwas, aber es war so fremdartig und feindselig, dass es ihren menschlichen Sinnen nicht möglich war, es zu erfassen.

»Sieh … ihn nicht … an«, sagte Theresa mühsam.

Wie gern hätte Leonie ihren Rat befolgt, aber es war zu spät. Der Blick dieser unsichtbaren Augen hielt den ihren so unerbittlich gefangen wie eine eiserne Fessel die Handgelenke eines Kindes, und er machte nicht bei ihrem Gesicht oder ihren Augen Halt, sondern drang tiefer, erkundete mühelos ihre Gedanken und wühlte sich weiter hinein in ihre Seele, entblößte ihre intimsten Geheimnisse und verborgensten Gedanken und offenbarte Leonie Dinge über sich, über ihre Wünsche und Ängste, die sie bisher selbst noch nicht gewusst hatte; und vielleicht niemals hatte wissen wollen.

Es war das Entsetzlichste, was sie jemals erlebt hatte. Hatte sie vorhin vor nichts auf der Welt mehr Angst gehabt als vor den Folterinstrumenten und vielleicht noch den schrecklichen Klauen der Aufseher, so begriff sie nun, dass es Vorgänge gab, die schlimmer waren als jede noch so grausame Folter und entsetzlicher als jede körperliche Qual. Der Blick des Archivars zerrte ihre geheimsten Gedanken ans Tageslicht und nahm ihr zugleich ihre Menschlichkeit, verwandelte sie von einem fühlenden freien Individuum in ein … *Ding,* mit dem er nach Belieben verfahren konnte.

Leonie sank wimmernd auf die Knie, schlug beide Hände vors Gesicht und presste die Augenlider zusammen, aber es nutzte nichts. Der Blick der unheimlichen Augen durchdrang das Hindernis so mühelos, wie er ihren Willen überwunden hatte, und das Wühlen und Suchen in ihrer Seele hielt nicht nur an, sondern steigerte sich noch. Leonie schrie; zumindest versuchte sie es, auch wenn alles, was über ihre Lippen kam, nichts als ein trockenes, halb ersticktes Schluchzen war. Schließlich fiel sie auf die Seite, schlang die Arme um den Leib und krümmte sich wie unter Krämpfen.

Vermutlich dauerte es in Wahrheit nicht mehr als wenige Augenblicke; schon weil kein menschliches Wesen diese entsetzliche Qual länger als wenige Atemzüge ertragen hätte, ohne daran zu zerbrechen. Leonie jedoch kam es vor wie eine Ewigkeit.

Irgendwann aber hörte es – endlich – auf. Leonie wimmerte noch einmal und dann verlor sie zwar nicht das Bewusstsein, doch sie glitt in einen Zustand zwischen Wachsein und Ohnmacht, in dem sie die Dinge rings um sich herum nur noch wie durch einen zarten Schleier aus Watte wahrnahm, der alle Geräusche und Farben dämpfte, gnädigerweise aber auch die Erinnerung an die unvorstellbare Qual, die sie durchlitten hatte.

Immerhin begriff sie noch, dass ihr grässliches Erlebnis wohl nur sehr kurz gedauert hatte, denn während sie zurücksank, erwachte Theresa mit einem spitzen Schrei aus ihrer Erstarrung. »*Lass sie in Ruhe, du Ungeheuer!*«, schrie sie, riss die Fäuste in die Höhe und warf sich auf den Archivar.

Sie erreichte ihn nie. Der Archivar wandte mit einem Ruck den Kopf und starrte sie an und aus Theresas Schrei wurde ein gequältes Stöhnen. Wie von einem unsichtbaren Fausthieb getroffen, flog sie zurück, prallte gegen die Gitterstäbe auf der anderen Seite des Käfigs und sank schluchzend daran hinab. Ihre Arme und Beine zuckten, als hätte sie einen elektrischen Schlag erhalten.

»Nein!«, schrie Leonie. Sie war nahe daran gewesen, endgültig das Bewusstsein zu verlieren, aber die pure Angst um Theresa gab ihr noch einmal die Kraft, die grauen und schwarzen Schleier zu zerreißen, die ihre Gedanken einlullen wollten. Mit einer verzweifelten Kraftanstrengung drehte sie sich um, schaffte es irgendwie, sich auf Hände und Knie hochzustemmen und streckte fast flehend die Hand nach der hoch gewachsenen Gestalt in Schwarz aus.

»Nein«, wimmerte sie. »Bitte! Hör auf! Lass sie in Ruhe! Was immer du von mir willst, ich gebe es dir!«

Noch eine endlose, grauenhafte Sekunde lang hielt Theresas Schluchzen und Zittern an, aber dann ließ der schreckliche Blick des Archivars sie endlich los und Theresa sank mit einem Seufzer unendlicher Erleichterung in sich zusammen.

Leonie kroch zu ihr hinüber, hob sie hoch, soweit es ihr möglich war, und schloss sie in die Arme. Theresa war nur noch halb bei Bewusstsein und stöhnte leise; trotzdem schien sie Leonies Berührung zumindest zu spüren, denn sie erwiderte ihre Umarmung nicht nur, sondern klammerte sich plötzlich mit solcher Kraft an sie, dass Leonie kaum noch atmen konnte. Sie begann haltlos zu schluchzen. Leonie drückte sie sanft an sich und strich ihr mit der linken Hand übers Haar. Sie fühlte sich elend und erbärmlich und so hilflos, dass es beinahe körperlich wehtat.

Aber in diesem Moment geschah etwas sehr Seltsames: Obgleich es Leonie war, die Theresa schützend an sich drückte, und Theresa, die zitternd in ihren Armen lag und deren warme Tränen ihren Hals benetzten, war es doch zugleich *Theresa*, die *ihr* Trost spendete, und nicht umgekehrt. Vielleicht stammten die neue Kraft und Zuversicht, die sie plötzlich durchströmten, einfach aus dem Gefühl, dass da ein Mensch war, für den sie etwas tun konnte, und sei es nur die Winzigkeit, ihn tröstend in die Arme zu schließen, aber sie *waren* da und gaben ihr sogar den Mut, den Kopf zu heben und dem Blick der unsichtbaren, schrecklichen Augen des Archivars standzuhalten.

Das unheimliche Wesen streckte die Hand aus.

DAS BUCH.

Es war keine Stimme, die sie hörte, und auch nicht das, was man sich unter Telepathie vorstellte. In Leonies Bewusstsein materialisierten sich nicht etwa die Gedanken des Archivars; was sie spürte, war unendlich *fremder* als alles, was sie jemals zuvor empfunden hatte. Sie *wusste* einfach, was der Archivar von ihr wollte, ohne sagen zu können, wieso oder woher.

»Aber ich … ich weiß doch nicht einmal, wovon du sprichst!«, wimmerte sie.

DAS BUCH.

»Meinst du etwa das Buch, das mein Vater wie einen Schatz hütet und das Theresa stehlen wollte?«, fragte Leonie. »Aber das habe ich doch gar nicht!«

DAS BUCH!, wiederholte der Archivar.

»Aber ich weiß doch nicht, welches Buch du meinst!«, wimmerte Leonie. »Bitte glaub mir! Du … du liest doch meine Gedanken! Außer Vaters Buch kenne ich nichts anderes, was du meinen könntest!«

DAS BUCH!, beharrte der Archivar. Seine lautlose Stimme war so kalt, und doch spürte Leonie, wie sich etwas darin veränderte, wie sie zorniger und zugleich fordernder wurde. Die Geduld des schrecklichen Wesens war erschöpft. Etwas Unvorstellbares würde geschehen, wenn sie ihm nicht gab, was es von ihr verlangte. *Aber wie konnte sie ihm etwas geben, von dem sie nicht einmal wusste, was es war?*

Irgendwo neben ihnen raschelte es. Der Archivar fuhr mit einem Ruck herum und auch Leonie drehte mühsam den Kopf in dieselbe Richtung.

Im ersten Moment hatte sie das verrückte Gefühl, Wind wäre aufgekommen. Das Stroh raschelte und bewegte sich wie von Geisterhand hin und her, bis sich eine Art Wirbel bildete, der sich immer schneller und schneller um sich selbst drehte. Dann, von einem Sekundenbruchteil auf den anderen, hörte es auf. Wie in einer lautlosen Explosion flogen nasses Stroh und Erdreich in alle Richtungen auseinander und plötzlich war die hölzerne Klappe wieder da. Einen Herzschlag später flog sie mit einem Knall auf und die spitze Kapuze eines Scriptors tauchte aus der Tiefe empor.

Ächzend schob sich der hässliche Gnom weiter nach oben, richtete sich umständlich auf und machte dann einen hastigen Schritt zur Seite, um einem zweiten Scriptor Platz zu machen, der hinter ihm die eiserne Leiter heraufgeklettert kam. Dann fuhr er erschrocken zusammen, als er sah, dass sich außer Leonie und Theresa noch jemand in der Zelle befand.

»He… He… Herr!«, stammelte er, während er zitternd vor Furcht vor dem Archivar auf die Knie fiel und das Haupt so weit beugte, dass sich seine spitze Nase fast in den Boden bohrte. Sein Kamerad tat es ihm nicht nur nach, sondern warf sich gleich der Länge nach auf den Boden und vergrub das Gesicht in dem fauligen Stroh. Die beiden Knirpse schlotterten so sehr vor Angst, dass Leonie allen Ernstes meinte, ihre Knochen (oder zumindest ihre Zähne) klappern zu hören.

Der Archivar starrte schweigend auf die beiden winzigen Gestalten hinab, aber sie mussten seinen Blick wohl ebenso spüren, wie es Leonie zuvor getan hatte, denn sie begannen noch heftiger zu bibbern, und es verging bestimmt eine halbe Minute, bis der zuerst aufgetauchte Scriptor auch nur den Mut fand, den Kopf zu heben und in das unsichtbare Gesicht seines Herrn und Meisters hinaufzusehen.

»Herr, es … es ist nicht … nicht unsere Schuld!«, stammelte er. »Bitte, das … das müsst Ihr mir glauben! Wir haben alles versucht, aber er … er war einfach zu schnell! Er ist gerannt wie der Teufel und … und er hat gekämpft wie zehn Männer! Er hat zwei Aufseher erschlagen, und mindestens ein Dutzend von uns. Nur wir zwei sind entkommen. Und ich fürchte …« Der Scriptor schluckte hörbar und atmete dann tief ein. »Ich fürchte, er ist entkommen«, stieß er schließlich hervor.

»Hendrik!«, flüsterte Theresa. »Ich … ich glaube, sie reden von Hendrik!«

Leonie nickte zwar, wandte den Blick aber nicht von den beiden unglückseligen Scriptoren ab. Der Archivar starrte sie eine weitere endlose Sekunde lang reglos an, machte dann eine fast beiläufige Handbewegung – und die beiden Scriptoren wurden wie von einer unsichtbaren Drachenpranke in Stücke gerissen.

Leonie schrie noch immer, als gleich ein halbes Dutzend Scriptoren sie an Armen und Beinen ergriff und davonschleifte.

»Hier, trink das!«

Leonie fuhr erschrocken zusammen, als die schrille Stimme des Scriptors in ihre Gedanken drang, und spannte sich gleichzeitig. Normalerweise wurde sie geschlagen, wenn sie auf einen Befehl oder eine bestimmte Aufforderung nicht sofort reagierte. Diesmal aber beließ es der hässliche Zwerg dabei, den Becher mit Wasser, den er ihr hingehalten hatte, so wuchtig auf den Tisch zu knallen, dass ein Teil seines Inhalts überschwappte, und ihr einen giftigen Blick zuzuwerfen, bevor er herumfuhr und sich mit trippelnden Schritten entfernte.

Leonie musterte den schmucklosen Zinnbecher aus trüben, fast blicklosen Augen, ehe sie zögernd die Hand danach ausstreckte. Sie hatte schrecklichen Durst, so wie sie seit Tagen eigentlich immer hungrig und durstig gewesen war, und sie war hundemüde. Dieser Becher Wasser war seit dem vergangenen Mittag das Erste, was sie zu trinken bekam, und am liebsten hätte sie ihn sofort mit beiden Händen an sich gerissen, um seinen Inhalt mit einem einzigen Zug hinunterzustürzen.

Statt diesem Drang jedoch nachzugeben, griff sie ganz im Gegenteil sehr behutsam nach ihm, hob ihn ganz langsam an die Lippen und begann mit kleinen, vorsichtigen Schlucken zu trinken. Ihre Lippen waren so ausgetrocknet und rissig, dass das kalte Wasser im ersten Moment regelrecht wehtat, und ihre Kehle war so trocken, dass das Wasser irgendwo auf halbem Wege einfach zu versickern schien wie Regentropfen im Sand einer von der Sonne ausgedörrten Wüste.

Leonie zwang sich trotzdem dazu, weiter nur kleine Schlucke zu nehmen. Zugleich versuchte sie den Scriptor unauffällig aus den Augenwinkeln heraus zu beobachten. Sie wäre nicht sehr erstaunt gewesen, hätte er ihr den Becher im allerletzten Moment aus den Händen geschlagen oder ihr seinen Inhalt kurzerhand ins Gesicht geschüttet. Beides war schon mehr als einmal vorgekommen, seit Theresa und sie in Gefangenschaft geraten waren.

Diesmal jedoch beschränkte sich der Scriptor darauf, sie aus wütenden Augen anzustarren. Aber vermutlich brütete er nur gerade wieder eine weitere Gemeinheit aus. Nach den ersten beiden Tagen, die sie die Gefangene der Scriptoren gewesen war, hatte sie geglaubt, alle Bosheiten zu kennen, die sich die hässlichen schwarzen Gnome ausdenken konnten, aber den Gegenbeweis hatten ihre Gefangenenwärter direkt am darauf folgenden Tag angetreten.

Und am Tag danach und an dem darauf folgenden und dem danach.

Leonie wusste nicht, wie viel Zeit seither vergangen war, ob eine Woche oder zwei oder vielleicht noch viel mehr, aber es hatte keinen Tag gegeben, an dem sich die Scriptoren nicht mindestens eine neue Niederträchtigkeit einfielen ließen. Manchmal brachten ihr die Scriptoren einen ganzen Tag lang weder zu essen noch zu trinken oder sie weckten sie fünf- oder sechsmal in einer Nacht oder ließen sie gar nicht schlafen. Manchmal hatte sie das Gefühl, dass man sie anderthalb oder zwei Tage lang hungern ließ, dann wieder kamen die Scriptoren binnen weniger Stunden mehrmals in ihre Zelle, um ihr zu essen zu bringen, bis sie ihr Zeitgefühl vollkommen verloren hatte.

Als sie das allererste Mal hierher gebracht worden war um mit dem Archivar zu reden, da hatte ihr der Herr des Archivs versprochen, dass weder Theresa noch sie mit den furchtbaren Gerätschaften der Folterkammer Bekanntschaft machen würden, was Leonie mit mehr als nur einer *gewissen Erleichterung* zur Kenntnis genommen hatte. Damals hatte sie noch nicht gewusst, dass man einen Menschen auch foltern konnte, ohne glühende Zangen und Streckbänke zu Hilfe zu nehmen.

Vielleicht gehörte ja auch dieser Besuch nur wieder zu einer neuen Bosheit, die sich die Scriptoren ausgedacht hatten, um sie zu quälen. Es war das fünfte oder sechste Mal, dass ihre schwarz gekleideten Wächter sie hierher brachten – sie konnte sich nicht einmal mehr erinnern, wie oft es wirklich gewesen war –, und zumindest zweimal war der geheimnisvolle Archivar erst gar nicht erschienen; sie hatte einfach eine Weile auf diesem Stuhl gesessen und darauf gewartet, dass etwas geschah, und schließlich hatten die Scriptoren sie wieder zurück in ihre Zelle gezerrt. Die anderen Male hatte die unheimliche Gestalt einfach nur dagesessen und sie angestarrt, ohne irgendetwas zu sagen, ohne eine Forderung zu stellen oder auch nur eine Frage.

Während der vergangenen Tage waren ihr immer wieder Theresas Worte durch den Kopf geschossen, als sie, vor riesigen Eisbechern im Straßencafé hockend, zum ersten Mal über das Archiv gesprochen hatten. »Ich persönlich glaube nicht, dass das Archiv wirklich das ist, was wir darin sehen«, hatte Theresa gemeint. »Es ist ein Ort, an dem das Schicksal aufgezeichnet wird – frag mich nicht, von wem oder wie oder warum. Die Hüterinnen vor uns haben vielleicht Göttergestalten gesehen, die mit Blitzen glühende Buchstaben in Felsen gebrannt haben, und die, die nach uns kommen werden, sehen vielleicht einen Saal voller Computerterminals.«

»Du meinst, jeder sieht das, was er zu sehen erwartet?«, hatte Leonie damals vermutet. »Weil wir das, was wirklich da ist, gar nicht erkennen können?«

Auch wenn Theresa diese Frage bejaht hatte und Leonie ihr geglaubt hatte – im Moment machte es keinen Unterschied. Vielleicht waren die Scriptoren, Schusterjungen und all die anderen Kreaturen tatsächlich keine Lebewesen im eigentlichen Sinne, und vielleicht konnten sie auch nicht wirklich sterben, weil es sie nicht *wirklich* gab, und vielleicht waren sie nichts als eine Mischung aus ihrer eigenen Fantasie und der viel, viel mächtigeren Vorstellungskraft des Archivars – aber all das änderte überhaupt nichts an der hoffnungslosen Situation, in der sie und Theresa sich befanden.

Den Archivar gab es wirklich, dessen war sich Leonie hundertprozentig sicher, ohne dass sie wusste, woher sie diese Gewissheit nahm. Und das, was er ihr antat, war ebenfalls so real, wie es nur sein konnte.

Nur half ihr dieses Wissen nicht weiter, denn es befähigte sie nicht im Geringsten, etwas an ihrer Situation zu ändern. Alles, was sie tun konnte, war, auf den Archivar zu warten und darauf zu hoffen, dass er sie und Theresa irgendwann aus diesem Albtraum entließ. Dabei war sie sich beinahe sicher, dass der Archivar auch heute wieder nicht kommen würde; und wenn doch, dann nur, um sie anzustarren und nach einer Weile wieder zu gehen.

Umso überraschter war sie, als sie bald darauf das Geräusch der Tür hörte und dann eine wohl bekannte Stimme, die irgendjemandem erklärte, dass er seine Hand lieber da wegnehmen sollte, wo sie gerade sei, falls er Wert darauf legte, sie noch eine Weile zu behalten.

»Theresa?«, fragte sie ungläubig. Ohne auf den Scriptor zu achten, der sie hierher gebracht hatte und jetzt neben der Tür stand und sie missmutig ansah, sprang sie von ihrem Stuhl auf und lief Theresa entgegen, die gerade, begleitet von zwei weiteren Gestalten in schwarzen Kapuzenmänteln, hereinkam. Theresa ihrerseits riss sich mit einem Schrei los, lief ihr entgegen und schloss sie so stürmisch in die Arme, dass sie Leonie um ein Haar von den Beinen gerissen hätte.

»Leonie! O mein Gott, Leonie, ich bin ja so froh!«, rief sie immer und immer wieder, während sie Leonie abwechselnd an sich presste und ihr zum wiederholten Mal auf die Schultern klopfte, und das so heftig, dass Leonie im wahrsten Sinne des Wortes die Luft wegblieb. »Ich bin ja so froh! Du lebst.«

Leonie machte sich mit einiger Mühe los und schob Theresa mit noch mehr Mühe auf Armeslänge von sich. »Die Frage ist nur, wie lange das noch so bleibt«, erklärte sie schwer atmend. Theresa blinzelte und Leonie fügte lachend hinzu: »Anscheinend hast du dir ja vorgenommen, mir den Rest zu geben.«

Theresa blinzelte eine Sekunde lang irritiert, aber dann lachte sie, drückte Leonie noch einmal – vorsichtiger – an sich und wurde dann schlagartig sehr ernst. »Wie geht es dir?«, fragte sie.

»Ich bin jedenfalls am Leben.« Leonie trat noch einen Schritt zurück und maß Theresa mit einem aufmerksamen Blick von Kopf bis Fuß. »Falls ich allerdings auch nur halb so schlimm aussehe wie du, dann möchte ich mich selbst nicht angucken müssen.«

»Du siehst mindestens doppelt so schlimm aus wie ich«, antwortete Theresa. »So entsetzlich wie du *kann* ich gar nicht aussehen.«

Leonie lachte kurz und wurde dann wieder ernst. Ihre Worte hatten ganz bewusst scherzhaft klingen sollen, aber sie waren der Wahrheit dennoch näher gekommen, als ihr selbst lieb sein konnte. Theresa bot einen Anblick, der sie an Hendrik denken ließ, als sie ihn nach seiner Gefangennahme wiedergesehen hatten. Anscheinend hatte man sie nicht geschlagen, aber ansonsten schien es ihr kaum besser ergangen zu sein als ihm. Sie hatte deutlich an Gewicht verloren. Ihr Haar war stumpf und starrte vor Schmutz, ebenso wie ihre Kleider und ihr Gesicht, und sie sah nicht nur so aus, als hätte sie sich mindestens zwei Wochen lang nicht gewaschen, sondern roch auch so.

»Haben sie dir etwas getan?«, fragte Theresa.

»Sie haben mich nicht auf die Streckbank gelegt, wenn du das meinst«, antwortete Leonie. Dann erzählte sie Theresa mit knappen Worten, wie es ihr ergangen war. »Hast du den Archivar gesehen?«, fragte sie schließlich.

Theresa schüttelte den Kopf.

»Aber ich«, fuhr Leonie fort. »Zwei- oder dreimal. Er hat kein Wort mit mir gesprochen. Er hat nicht einmal eine einzige Frage gestellt. Er verlangt immer nur *das Buch!«* Sie hob die Schultern. »Ich verstehe ja nicht einmal, was er von uns *will.«*

»Vielleicht nichts«, meinte Theresa leise. »Vielleicht will er uns einfach nur für unser Eindringen hier bestrafen.« Sie klang nicht so, als ob sie ihren eigenen Worten glaubte, aber sie fügte trotzdem nach einer winzigen Pause und in leicht verändertem, gezwungenoptimistischem Ton hinzu: »Immerhin scheint Hendrik entkommen zu sein. Das gibt mir Anlass zur Hoffnung.«

»Hoffnung?«, fragte Leonie. »Worauf?«

»Nun, wenn er deinen Vater alarmiert …«

»Was dann?«, unterbrach sie Leonie. Sie schüttelte müde den

Kopf. »Was soll er denn tun? Dem Archivar eine offizielle Protestnote schicken oder die Marines alarmieren und uns gewaltsam befreien?« Leonie lächelte bitter. »Nein, ich fürchte, diesmal sitzen wir wirklich in der Tinte, Theresa.«

Theresas Blick umwölkte sich. »Und es ist alles meine Schuld«, murmelte sie.

»Deine Schuld? Quatsch!«, widersprach Leonie. »Wie kommst du denn darauf?«

Theresa kam nicht dazu, zu antworten. Leonie spürte es, unmittelbar bevor es geschah. Die Tür ging auf und zwei weitere Scriptoren betraten den Raum, begleitet von gut zwei Dutzend Schusterjungen, die sofort einen wuselnden Kreis um Theresa und Leonie bildeten und aus winzigen hassverzerrten Gesichtern zu ihnen heraufstarrten. Theresa betrachtete die kaum handgroßen Knirpse verächtlich und stieß sogar mit dem Fuß nach einem von ihnen, als er ihr zu nahe kam, aber Leonie lief ein Schauer über den Rücken. Sie hatte mit eigenen Augen gesehen, wozu die kleinen Ungeheuer fähig waren. Um ein Haar hätten ihre Eltern und sie diese Erkenntnis mit dem Leben bezahlt.

Dann vergaß sie die Schusterjungen schlagartig, denn der Archivar betrat den Raum. Obwohl Leonie die unheimliche Gestalt mittlerweile mehrmals gesehen hatte, war es auch diesmal wieder, als streife ein eiskalter Hauch ihre Seele und ließe etwas darin erstarren.

Der Archivar ging mit langsamen Schritten um den Tisch herum, vor dem Leonie gerade gesessen hatte, und blieb auf der anderen Seite stehen. Der Blick unsichtbarer, kalter Augen richtete sich auf sie und Leonie wappnete sich innerlich gegen einen weiteren Angriff der schrecklichen geistigen Übermacht des Ungeheuers.

Aber nichts geschah. Die unsichtbaren Augen starrten sie nur an. Es gab in ihrem Geist nichts mehr, was zu ergründen sich noch gelohnt hätte. Alle Geheimnisse waren aufgedeckt, alle ihre intimsten Sehnsüchte und Wünsche ans Licht gezerrt. Allein die bloße *Erinnerung* an das, was der Archivar ihr angetan hatte, löste schon fast körperliche Übelkeit in ihr aus. Doch nichts von alldem, was sie erwartete, geschah.

DAS BUCH, donnerte die lautlose Nichtstimme des Archivars in ihren Gedanken.

»Aber ich weiß doch nicht einmal, was du von mir willst!«, jammerte Leonie.

DAS BUCH, wiederholte der Archivar stur.

»*Verdammt noch mal, ich weiß nicht, wovon du redest!*«, schrie Leonie.

Theresa sog erschrocken die Luft zwischen den Zähnen ein, und auch etliche der Scriptoren rissen erstaunt die Augen auf oder duckten sich sogar, als rechneten sie ernsthaft damit, dass ihnen im nächsten Moment der Himmel auf den Kopf fiele.

Auch ein Teil von Leonie krümmte sich schier vor Angst, aber gleichzeitig regte sich auch ein immer stärker werdender Trotz in ihr. Plötzlich war es ihr vollkommen egal, was mit ihr geschah – was konnte ihr der Archivar denn noch antun, das schlimmer wäre als das, was er ihr bereits angetan hatte?

DAS BUCH.

»*Ich weiß nicht, wo dein verdammtes Scheißbuch ist!*«, brüllte sie.

Die Scriptoren hielten die Luft an und Theresas Gesicht verlor auch noch das allerletzte bisschen Farbe.

Lange, endlos lange, wie es Leonie vorkam, starrte der Archivar sie an. Dann, quälend langsam, hob er die Hand – und deutete auf Theresa!

»Nein!«, keuchte Leonie. »Nicht sie! Sie … sie hat nichts damit zu tun!«

Gleich vier Scriptoren auf einmal stürzten sich auf Theresa. Die junge Frau stieß einen davon zu Boden und versetzte einem anderen eine Backpfeife, die ihn hilflos zurücktaumeln und schwer auf das knochige Hinterteil plumpsen ließ, dann waren die beiden anderen heran und rissen sie einfach um. Leonie wollte ihr zu Hilfe eilen, doch sie hatte sich noch nicht halb umgedreht, da machte der Archivar eine fast beiläufige Geste und Leonie erstarrte mitten in der Bewegung. Vollkommen hilflos musste sie mit ansehen, wie Theresa von einem halben Dutzend Scriptoren niedergerungen und dann grob wieder auf die Füße gezerrt wurde. Jeweils zwei Scriptoren klammerten sich an ihren rechten und ihren linken Arm und eine ganze Meute Schusterjungen an ihre Beine. Eins der kleinen Biester hockte auf ihrer Schulter und vergnügte sich damit, aus Leibeskräften an ihren Haaren zu zerren.

»Bitte«, flehte Leonie. »Lass sie in Ruhe. Sie hat mit alledem nichts zu tun!«

DAS BUCH.

»Aber ich weiß doch nicht einmal, welches Buch du meinst«, rief Leonie. »Bitte! Wenn du jemanden für was-auch-immer bestrafen willst, dann nimm mich!«

Wieder starrte der Archivar sie für endlos quälende Sekunden an, dann drehte er sich mit einem Ruck um und hob die Hand. Die unheimliche Lähmung fiel von Leonie ab, aber sofort waren zwei Scriptoren heran und packten ihre Handgelenke.

Theresa und sie wurden grob aus dem Raum und eine lange gewendelte Treppe hinaufgezerrt. Es war nicht der Weg, auf dem man sie hierher gebracht hatte, aber Leonie versuchte auch erst gar nicht ihn sich zu merken. Die unterirdische Welt des Archivars war ein Labyrinth, das nicht nur keinem irgendwie erkennbaren System folgte, sondern sich auch beständig zu verändern schien. Manchmal gab es Türen oder Treppenschächte, wo vorher massives Mauerwerk gewesen war oder umgekehrt, und auch der Weg von ihrer Zelle in den Raum, in dem sie den Archivar getroffen hatte, schien jedes Mal unterschiedlich lang gewesen zu sein.

Die Treppe führte zu einem endlos langen Korridor hinauf, wo sie von vier schwer bewaffneten Aufsehern erwartet wurden, die Theresa und sie in die Mitte nahmen. Sie wurden losgelassen, aber die Scriptoren und Schusterjungen blieben in ihrer Nähe, während sie weitergingen.

Leonie wollte an Theresas Seite treten um mit ihr zu reden, aber ihre Bewacher ließen das nicht zu. Kaum hatte sie auch nur einen halben Schritt getan, machte einer der Aufseher eine zornige Handbewegung und stieß ein drohendes Knurren aus.

»Nicht«, sagte Theresa hastig. »Gib ihnen keinen Vorwand!«

Leonie verzichtete darauf, nachzufragen, *wofür* sie ihnen keinen Vorwand geben sollte. Widerstrebend stolperte sie zwischen den hünenhaften Kriegern voran, bis sie die nächste Abzweigung erreicht hatten; eine weitere Treppe, die steil in die Höhe führte und in einen niedrigen Gang mit zahlreichen, ausnahmslos geschlossenen Türen mündete. Stimmen und das Klirren von Metall drangen ihnen entgegen, und ein leicht süßlicher Geruch, der unangenehme Erinnerungen in Leonie wachrief, ohne dass sie im allerersten Moment genau sagen konnte woran.

Es war Theresa, die plötzlich scharf die Luft einsog und erschrocken nach vorne deutete. »Der Leimtopf!«

Kein Zweifel, sie hatte Recht, dachte Leonie schaudernd. Das Rasseln von Ketten und das dumpfe Wummern und Ächzen gewaltiger Maschinen wurden mit jedem Schritt lauter, und am Ende des Ganges war ein unheimliches grünes Leuchten erschienen, in dem sich verschwommene Schatten bewegten. Leonies Herz begann vor Angst immer heftiger zu schlagen. Sie wusste nicht, was sie erwartete, aber es würde zweifellos etwas durch und durch Entsetzliches sein.

Nur einen Moment später wurde aus ihrer Befürchtung Gewissheit. Sie betraten den riesigen runden Raum mit dem Metallgitterboden, unter dem der Leimtopf brodelte. Der Marzipangeruch des kochenden Buchbinderleims war so intensiv geworden, dass es ihr fast den Atem verschlug, und auch die Hitze hatte spürbar zugenommen.

Theresa und sie wurden über den vibrierenden Gitterboden zur Mitte des Raumes geführt, wo der Archivar sie erwartete. Er war umgeben von einem guten Dutzend Aufsehern und nahezu ebenso vielen der unheimlichen Kreaturen, denen sie im Zug begegnet waren. Der Würfel aus rostigen Eisenstäben, in dem Leonie beim ersten Mal ihre Eltern vorgefunden hatte, war verschwunden, und an seiner Stelle erhob sich nun eine massige

Konstruktion aus wuchtigen Balken und rostigem, schwarzem Eisen, die Leonie auf unheimliche Weise an ein Sprungbrett erinnerte, wie man es in Schwimmbädern sah.

»Was … ist das?«, fragte sie ängstlich.

Theresa hob die Schultern. »Sieht so aus, als sollte da jemand kielgeholt werden«, sagte sie mit einem schiefen Lächeln.

Leonie wollte antworten, aber der Archivar machte eine befehlende Geste, und einer der Aufseher packte Leonie bei den Schultern und hielt sie mit eisernem Griff fest, während Theresa abermals von vier Scriptoren und einer Schar Schusterjungen ergriffen und festgehalten wurde.

DAS BUCH.

Leonie hätte am liebsten laut aufgeschrien. Wenn der Archivar alle ihre Gedanken und Geheimnisse kannte, wieso verstand er dann nicht, *dass sie nicht die geringste Ahnung hatte, was er überhaupt von ihr wollte!*

Zwei, drei endlose Atemzüge lang starrte der Archivar sie aus seinen unsichtbaren Augen an, dann hob er die Hand, und Leonie sah aus den Augenwinkeln, wie Theresa von ihren Bewachern brutal auf die unheimliche Konstruktion zugeschleift wurde, obwohl sie nicht den geringsten Versuch machte, sich zu widersetzen.

DAS BUCH.

»Aber ich verstehe doch nicht, was du willst!«, wimmerte Leonie. »Bitte, tu ihr nichts! Sie hat nichts mit unserem Streit zu schaffen.« Tränen liefen über ihr Gesicht, und obwohl sie wusste, wie sinnlos es war, versuchte sie sich loszureißen und zu Theresa zu eilen. Natürlich gelang es ihr nicht. Der riesige Aufseher schien ihre Anstrengung nicht einmal zu bemerken.

Ein helles Quietschen und Schrillen erklang und unter dem Ende der unheimlichen Laufplanke begann ein Teil des Gitterbodens auf rostigen Scharnieren auseinander zu gleiten. Theresa keuchte vor Entsetzen und begann sich nun doch zu wehren, aber gegen die Übermacht der Scriptoren und Schusterjungen hatte sie keine Chance. Ohne langsamer zu werden zerrten sie Theresa auf das Ende der Planke zu, bevor sie endlich anhielten.

Die zischende blassgrüne Masse unter ihnen schien stärker zu brodeln, als könnte sie es kaum noch erwarten, ihres Opfers habhaft zu werden.

»Bitte!«, schrie Leonie. Verzweifelt bäumte sie sich im Griff des Aufsehers auf. »Tu ihr nichts! *Nimm mich!*«

Tatsächlich schien der Archivar einen winzigen Moment zu zögern. Aber dann hob er wieder mit einer knappen befehlenden Geste die Hand. Theresa versuchte noch einmal ihre Bewacher abzuschütteln. Zwei, drei Schusterjungen taumelten zur Seite, und einer der geifernden Knirpse flog sogar in hohem Bogen durch die Luft und landete in der brodelnden grünen Masse, um augenblicklich darin zu versinken. Aber die Übermacht war einfach zu groß. Unbarmherzig wurde sie weiterhin in Richtung Schlund gezerrt, unter dem der kochende Leim lauerte.

Ein helles Sirren erklang, und einer der Scriptoren, die Theresas Arme gepackt hatten, schwankte, griff sich an den Hals und kippte dann rücklings in den Leimtopf. Theresa schrie gellend auf und befreite sich mit der Kraft der schieren Verzweiflung von ihren Bewachern und dann brach in der riesigen runden Halle buchstäblich die Hölle los.

Plötzlich war die Luft erfüllt von einem Chor gellender Schreie, wütenden Gebrülls und rasender, sirrender Schatten, die, wie es schien, von überall zugleich auf die Scriptoren und Aufseher herabregneten und Tod und Verderben in ihre Reihen säten. Leonie keuchte vor Schmerz, als sich die Pranken des Aufsehers, der sie gepackt hielt, erschrocken zusammenzogen, allerdings nur, um sich einen Sekundenbruchteil später zu lösen und sie endgültig loszulassen. Aus seinem Hals ragten gleich drei kurze gefiederte Pfeile.

Leonie taumelte mit einem erschrockenen Keuchen zur Seite, gerade noch rechtzeitig, um nicht von der zusammenbrechenden riesigen Kreatur unter sich begraben zu werden. Unverzüglich grapschte ein zweiter Aufseher mit seinen gewaltigen Pfoten nach ihr und auch eine der schrecklichen Kreaturen aus dem Zug setzte sich knurrend in Bewegung. Beide wurden von einem ganzen Hagel tödlicher Pfeile und Armbrustgeschosse niedergestreckt, bevor sie sie erreicht hatten.

Irgendjemand schrie ihren Namen, aber Leonie achtete nicht darauf, sondern stürmte blindlings los, um zu Theresa zu gelangen. Etwas prallte gegen sie und ließ sie schwanken. Scharfe Krallen griffen nach ihrem Arm, glitten daran ab und hinterließen heftig blutende, brennende Schrammen in ihrer Haut. Immer mehr und mehr Pfeile und andere Wurfgeschosse regneten auf die Kreaturen des Archivars herab. Leonie duckte sich unter etwas Großem, an einem Ende tödlich Glitzerndem und machte einen hastigen Schritt zur Seite, als ein Scriptor sie in einem Anfall von selbstmörderischem Mut (oder auch Dummheit) ansprang. Leonie stieß ihn fort, fand endlich Theresa in dem allgemeinen Chaos wieder und war mit zwei, drei hastigen Schritten bei ihr.

Auch Theresa hatte sich der meisten ihrer Gegner entledigt, aber ein letzter Scriptor und mindestens ein Dutzend Schusterjungen setzten ihr noch immer heftig zu. Erst als Leonie neben ihr anlangte und in das Handgemenge eingriff, gelang es Theresa, auch die letzten der kleinen Angreifer abzuschütteln und sich schwer atmend aufzurichten, und auch Leonie fand endlich Zeit, den Blick zu heben und sich umzusehen.

Im ersten Moment kam es ihr immer noch so vor, als käme der Hagel tödlicher Pfeile und Wurfgeschosse buchstäblich aus dem Nichts, aber dann sah sie blitzende Pickelhauben und weiß-rot gestreifte Hemden auf einer der Galerien, die in mehreren übereinander liegenden Kreisen um die Halle liefen.

»Die Stadtwache!«, keuchte Theresa überrascht. »Das sind ja Hendriks Männer!«

»Also ist er doch entkommen«, sagte Leonie. Hendrik hatte es offensichtlich nicht dabei bewenden lassen, sich selbst in Sicherheit zu bringen, sondern war unverzüglich und mit Verstärkung zurückgekehrt, um Theresa und sie zu befreien. Ob ihm das allerdings gelingen würde, das stand auf einem ganz anderen Blatt. Der Angriff war so vollkommen überraschend und mit solcher

Präzision erfolgt, dass er die Krieger des Archivars buchstäblich gelähmt hatte – aber diese Überraschung würde nicht endlos andauern, und trotz der Opfer, die der Hagel von Pfeilen und Armbrustbolzen gefordert hatte und noch immer forderte, wimmelte die Halle nach wie vor von riesigen bewaffneten Gestalten.

»*Leonie! Theresa!*«

Leonie sah hoch und suchte nach der Stimme, die ihren und Theresas Namen gerufen hatte. Schließlich gewahrte sie eine hoch gewachsene Gestalt in weiß-rot gestreiftem Wams und kupferfarben schimmerndem Brustharnisch und mit Pickelhaube, die unter dem gleichen Eingang aufgetaucht war, durch den Theresa und sie den Leimtopf betreten hatten. Ihr Gesicht war hinter einem sonderbaren Gittervisier verborgen, sodass Leonie es nicht erkennen konnte, dafür aber identifizierte sie die Stimme umso deutlicher.

»Hendrik!«

Theresa nickte grimmig. »Los!«

Sie fuhren unverzüglich herum und stürmten los, aber Leonie warf dennoch einen hastigen Blick über die Schulter zurück, und was sie sah, ließ ihr Herz einen erschrockenen Sprung tun.

Der Archivar hatte sich gänzlich in ihre Richtung umgewandt, und Leonie spürte selbst über die Entfernung hinweg die tobende Wut der schrecklichen Kreatur, die sich unter dem schwarzen Kapuzenmantel befand. Sie rechnete instinktiv damit, von derselben furchtbaren Kraft getroffen zu werden, die Theresa in der Käfigzelle von den Beinen gerissen hatte, doch stattdessen machte der Archivar nur eine weit ausholende Geste mit beiden Armen und seine Geschöpfe setzten brüllend zur Verfolgung an. Leonie erschrak, als sie sah, wie schnell die scheinbar so plumpen Aufseher und Krieger waren. Die Bogenschützen oben auf der Galerie konzentrierten ihr Feuer nun ganz auf ihre Verfolger und viele ihrer Geschosse fanden mit tödlicher Präzision ihr Ziel.

Aber der Vorteil der Überraschung war dahin, und weder feuerten die Gardisten auf reglos dastehende Ziele, die nicht ahnten, was ihnen bevorstand, noch waren es *menschliche* Gegner. Etliche

Verfolger stürzten, aber Leonie sah auch Aufseher und Krieger, die von drei, vier, fünf Pfeilen getroffen wurden und dennoch weiterstürmten, als wären es nicht mehr als Nadelstiche. Und sie waren *schnell*.

Dieser Anblick ließ Leonie ihr Tempo noch einmal steigern. Eine Hand voll Schusterjungen versuchte Theresa und sie aufzuhalten, aber sie rannten sie schlichtweg über den Haufen, ebenso wie die zwei oder drei Scriptoren, die verrückt genug waren, sich ihnen in den Weg zu stellen.

Dennoch war Leonie ganz und gar nicht sicher, dass sie es schaffen würden. Der Pfeilhagel von der Galerie schien an Intensität abgenommen zu haben, und es kam Leonie auch so vor, als hätte die Zielsicherheit der Gardisten nachgelassen. Leonie sah im Laufen hoch und erkannte entsetzt, dass auch dort oben Krieger des Archivars aufgetaucht und heftige Kämpfe ausgebrochen waren.

Obwohl sie versuchte noch schneller zu laufen, hätte sie es um ein Haar nicht geschafft. Hendrik winkte sie aufgeregt heran, und plötzlich tauchten auch rechts und links von ihm Männer in Pickelhauben und schimmernden Brustharnischen auf, die wuchtige Armbrüste in Anschlag brachten. Leonie hielt entsetzt den Atem an, als die Männer nur flüchtig zielten und dann abdrückten und die Geschosse so dicht an ihr vorbeiflogen, dass sie ihren Luftzug zu spüren glaubte.

Hinter ihr erscholl ein schmerzerfülltes Grunzen und ein dumpfer Aufschlag, aber Leonie wagte es nicht, einen Blick zurückzuwerfen. Es war auch nicht nötig – sie konnte das wütende Knurren ihrer Verfolger ebenso deutlich hören wie ihre stampfenden Schritte, die unerbittlich näher kamen.

Die Gardisten luden hastig ihre Armbrüste nach und feuerten eine zweite Salve ab, dann ließen sie ihre Waffen fallen, und in ihren Händen erschienen wie hingezaubert lange Hellebarden mit gefährlichen Spitzen, die sie den Angreifern entgegenreckten – und damit auch Leonie und Theresa!

Leonie schrie vor Schreck laut auf, versuchte sich zu ducken und stolperte über ihre eigenen Füße. Sie fiel, riss instinktiv die Arme schützend vors Gesicht und rollte unter den vorgestreckten Lanzen der Krieger hinweg. Dicht neben ihr vollführte Theresa nahezu exakt (und im Gegensatz zu ihr *absichtlich*) dasselbe Manöver und kaum eine Sekunde später rannten mehrere Krieger des Archivars gegen die tödliche Barriere. Sie spießten sich damit buchstäblich selbst auf, aber der Anprall war auch so heftig, dass eine oder zwei der Hellebarden zersplitterten und etliche Gardisten einfach von den Füßen gerissen wurden.

Ungeschickt versuchte Leonie sich aufzurappeln, aber sie hatte die Bewegung noch nicht halb zu Ende gebracht, als sie von einer starken Hand ergriffen und grob in die Höhe und zugleich weiter in den Gang gezerrt wurde. Hinter ihr wurden Schreie und dumpfe Kampfgeräusche laut, und Leonie bemerkte aus den Augenwinkeln, dass die Gardisten abermals ihre Waffen fallen gelassen und stattdessen Schwerter und schlanke Rapiere gezogen hatten, um den Ansturm der Archivkrieger aufzuhalten.

Sonderlich erfolgreich schienen sie damit nicht zu sein. Zwar war es den Angreifern noch nicht gelungen, in den Tunnel einzudringen, aber die Hand voll Verteidiger wurde doch Schritt für Schritt zurückgedrängt.

»Bist du verletzt?« Hendrik zwang sie fast gewaltsam, ihren Blick von der schrecklichen Szene zu lösen und ihn anzusehen. Als sie es tat, kam ihr Hendriks Frage beinahe lächerlich vor. Das Gesicht hinter dem eigentümlichen Gittervisier war blass und stoppelbärtig. Schwere, fast schwarze Ringe lagen unter seinen Augen und seine Wangen wirkten eingefallen. Er sah so erschöpft und müde aus wie vor ihrer missglückten Flucht aus dem Gitterkäfig.

Mit einiger Verspätung schüttelte Leonie den Kopf, und Hendrik wandte sich mit einem fragenden Blick an Theresa, die sich unmittelbar neben Leonie aus eigener Kraft aufrichtete. »Und du?« Sie machte eine beruhigende Geste.

»Dann kommt.« Hendrik wandte sich mit einer Bewegung um, die schnell war, seine Erschöpfung aber fast noch deutlicher erkennen ließ als sein Gesicht. »Schnell, wir haben nicht viel Zeit.«

Er rannte los, hielt Leonies Hand dabei jedoch eisern fest, sodass sie einfach hinter ihm hergezerrt wurde, und das in einem Tempo, das seinen jämmerlichen Zustand Lügen strafte. Leonie musste ihre ganze Geschicklichkeit aufwenden, um nicht von den Füßen gerissen zu werden. So groß wie Hendriks Panik sichtlich war, traute sie ihm durchaus zu, sie einfach hinter sich herzuschleifen, sollte sie stürzen.

Erst als sie das Ende des Tunnels und damit eine schmale Treppe erreichten, die steil in die Höhe führte, ließ Hendrik ihre Hand los und deutete mit einer Kopfbewegung nach oben. »Schnell«, keuchte er schwer atmend. »Wir versuchen sie aufzuhalten.«

Theresa setzte sich hastig in Bewegung, aber Leonie zögerte noch eine Sekunde, um zu Atem zu kommen, aber auch um noch einmal zu Hendriks Männern zu blicken. Sie waren mittlerweile ein gutes Stück weit in den Gang zurückgetrieben worden, und Leonie hatte das sichere Gefühl, dass die Angreifer nur deshalb nicht noch viel schneller vorwärts kamen, weil sie sich in ihrer Masse gegenseitig behinderten. Mindestens einer der Gardisten war bereits gefallen, und etliche bluteten aus tiefen Wunden und hatten sichtlich immer größere Mühe, sich ihrer Gegner zu erwehren.

»Worauf wartest du?«, fauchte Hendrik ungeduldig.

»Dass du mitkommst«, antwortete Leonie. Sie machte eine unwillige Handbewegung, als Hendrik widersprechen wollte. »Du hast doch nicht wirklich vor, dich mit diesen Ungeheuern anzulegen?«, fragte sie in ganz bewusst spöttisch-verletzendem Ton. »Ich habe leider keinen Spiegel dabei, sonst könntest du selbst sehen, wie lächerlich das wäre. Außerdem«, fügte sie hinzu, als Hendrik immer noch zögerte, »willst du mich doch nicht etwa allein lassen, oder? Immerhin sollst du auf mich aufpassen.«

Natürlich wusste Hendrik, warum sie das sagte. Er war nicht dumm. Aber er war wohl auch Realist genug, sich selbst einzugestehen, dass er sich nicht in der Verfassung befand, einen ernst gemeinten Kampf auch nur einen Augenblick zu überstehen.

Schweren Herzens nickte er. »Also gut. Aber schnell!«

Diesmal ließ sich Leonie nicht zweimal bitten, sondern stürmte, immer zwei Stufen auf einmal nehmend, los, blieb aber auf halber Strecke wieder stehen, da Hendrik bei ihrem Tempo nicht mithalten konnte. Keuchend kam er neben ihr an und lehnte sich für einen Augenblick an die Wand, um wieder zu Atem zu kommen.

»Wie lange warst du weg?«, fragte Leonie mitfühlend.

»Oben, in der richtigen Welt?« Hendrik überlegte einen Moment. »Zu lange«, murmelte er schließlich. »Vielleicht vier, fünf Stunden. Ich konnte deinen Vater nicht gleich erreichen. Und es hat lange gedauert, bis ich meine Männer alarmiert hatte. Es tut mir Leid. Aber es ging einfach nicht schneller.«

Das hatte Leonie nicht gemeint. Für Theresa und sie waren viele Tage vergangen, für Hendrik jedoch nur wenige Stunden. Was nichts anderes bedeutete, als dass er sich noch immer in dem gleichen Zustand vollkommener Erschöpfung befand, in dem er aus dem Käfig geflohen war. Beim Anblick seines blassen, von kaltem Schweiß bedeckten Gesichts fragte sich Leonie, woher er überhaupt noch die Kraft nahm, sich auf den Beinen zu halten.

Sie wartete einen Moment – vermutlich länger, als gut war –, dann forderte sie Hendrik mit einer entsprechenden Geste auf weiterzugehen. Auf den letzten Stufen war sie es, die Hendrik stützte, nicht umgekehrt. Der Kampflärm unter ihnen wurde lauter und in das helle Klirren der Waffen mischten sich immer öfter gellende Schmerzensschreie.

Oben auf der Galerie angekommen wurde es schlimmer, nicht besser. Die Kämpfe, die sie von unten aus beobachtet hatte, waren für den Moment zum Erliegen gekommen, aber ihre Spuren waren unübersehbar. Zahlreiche Aufseher und Scriptoren lagen erschlagen auf dem Boden, doch dazwischen gewahrte Leonie auch etliche reglose Gestalten im kupferverzierten Weiß-Rot der Stadtgarde. Die Überlebenden hatten sich vielleicht dreißig oder vierzig Schritte entfernt verschanzt und schossen mit Armbrüsten und Bogen über die Brüstung in die Halle hinab. Etliche von ihnen waren verletzt, und es waren deutlich weniger, als sie bisher angenommen hatte; vielleicht zwei Dutzend, wenn überhaupt.

Leonie schrie vor Erleichterung auf, als sie unter ihnen ihren Vater erblickte, und rannte los. Inmitten der Stadtgarde war er unschwer auszumachen – er überragte die meisten um ein gutes Stück, und er war der Einzige, der keine Uniform trug, sondern schwarze Jeans, einen gleichfarbigen Rollkragenpullover und einen ebenfalls schwarzen, fast bodenlangen Ledermantel. In der linken Armbeuge hielt er etwas, das wie ein flaches Buch aussah, auch wenn Leonie irgendetwas daran falsch vorkam.

Als er ihren Schrei hörte, fuhr er herum und wollte ihr entgegeneilen, aber mehrere Krieger vertraten ihm hastig den Weg und einer der Männer hielt ihn sogar an der Schulter zurück. Vater riss sich mit einer rüden Bewegung los, blieb aber dennoch stehen, und Leonie beschleunigte ihre Schritte noch mehr, sodass Hendrik nun endgültig hinter ihr zurückfiel.

»Leonie!« Auf den letzten Metern eilte Vater ihr nun doch entgegen und schloss sie so heftig in die Arme, dass sie den Boden unter den Füßen verlor und ein kleines Stück in die Höhe gerissen wurde. »Ich bin ja so froh, dich zu sehen! Bist du in Ordnung?«

Leonie machte sich mit einiger Mühe los und trat einen halben Schritt zurück. Ihr Vater lachte erleichtert und ließ sich halb in die Hocke sinken, damit sich ihre Gesichter auf gleicher Höhe befanden. Seltsam – Leonie war bisher gar nicht aufgefallen, dass ihr Vater *so* groß war. »Geht es dir auch wirklich gut?«, fragte er. »Ich meine: Haben sie dir etwas getan?«

»Es geht mir gut«, antwortete Leonie betont, »und sie haben *uns* nichts getan. Aber ihr hättet wirklich keine halbe Minute später kommen dürfen.« Sie sah zu Theresa hin, die nur zwei Schritte entfernt dastand und ihren Vater und sie abwechselnd und mit unterschiedlichem Gesichtsausdruck musterte. Auch Vater sah in dieselbe Richtung und in seinen Augen blitzte es kurz und zornig auf. Doch als er sich erneut an Leonie wandte, lächelte er wieder erleichtert.

»Gut. Aber darüber können wir später reden. Jetzt müssen wir hier verschwinden, und das möglichst schnell.« Er stand mit einem Ruck auf und drehte sich in der gleichen Bewegung um. »Hendrik! Wie weit sind deine Leute?«

Leonie bemerkte erst jetzt, dass auch Hendrik mittlerweile zu ihnen aufgeholt hatte. Er beantwortete Vaters Frage jedoch nicht gleich, sondern machte auf dem Absatz kehrt und verschwand in einem der Gänge, die gleich zu Dutzenden auf die Galerie mündeten. Schon nach einem Augenblick kehrte er zurück und schüttelte stumm den Kopf.

»Verdammt«, sagte Vater.

»Was ist los?«, fragte Leonie alarmiert. Sie konnte nicht sagen, ob der Ausdruck auf dem Gesicht ihres Vaters Schrecken, blankes Entsetzen war oder vielleicht eine Mischung aus beidem.

»Der Rückweg«, antwortete ihr Vater. »Sie haben uns den Rückweg abgeschnitten. Wir müssen einen anderen suchen.« Er starrte einen Moment konzentriert auf das Buch hinab, das er bisher unter dem Arm getragen hatte, und wandte sich wieder an Hendrik. »Ich brauche ein wenig Zeit. Einen Ort, an dem wir uns verteidigen können.«

»Hier entlang.« Hendrik deutete ohne zu zögern hinter sich.

Vater nickte zustimmend, und Hendrik und die meisten seiner Männer begannen sich unverzüglich in den Gang zurückzuziehen, auf den er gerade gedeutet hatte. Auch Leonie wollte ihnen folgen, doch dann begab sie sich stattdessen an Theresas Seite, die an die Brüstung herangetreten war und in die Tiefe starrte.

Ein eisiger Schauer rann Leonie über den Rücken, als sie dasselbe tat. Die Halle unter ihnen wimmelte von Kriegern. Leonie vermochte nicht zu sagen, wo sie so plötzlich hergekommen waren, aber ihre Zahl hatte sich mindestens verdoppelt, wenn nicht verdreifacht. Und sie hatte das unheimliche Gefühl, dass es immer noch mehr und mehr wurden. Den Archivar selbst konnte sie nicht mehr sehen, aber sie konnte seine Anwesenheit *spüren.*

Leonie schrak heftig zusammen, als sich eine schwere Hand auf ihre Schulter legte. Aber es war nur Hendrik, der noch einmal zurückgekehrt war, um Theresa und sie zu holen. »Komm jetzt«, sagte er. »Und sprich mit deinem Vater. Wir werden versuchen sie aufzuhalten, aber ich weiß nicht, wie lange uns das gelingt. Was immer er vorhat, er sollte es besser schnell tun.«

Die Schlacht um das Archiv

Noch bevor Leonie und Theresa den Raum erreichten, in den sich ihr Vater und der Großteil der Stadtwache zurückgezogen hatten, begriff sie, was Hendrik gemeint hatte. Hendrik trieb Theresa und sie unbarmherzig vor sich her und hinter ihm zogen sich die letzten Männer der Stadtgarde zurück, rückwärts gehend und ihre Armbrüste und Bogen im Anschlag, und dennoch wären sie um ein Haar in einen Hinterhalt geraten.

Der Weg war nicht besonders weit – vielleicht zwei, drei Dutzend Schritte –, und Leonie war hundertprozentig sicher, dass es in der Wand vor ihnen noch keine Tür gegeben hatte, als sie um die Ecke gebogen waren, doch jetzt *war* eine Tür da, die mit einem solchen Knall auf- und gegen die Wand flog, dass Steinsplitter und Funken spritzten und Theresa mit einem Schmerzensschrei die Hand an die Wange hob.

Es war die schiere Größe des Angreifers, die ihnen beiden vermutlich das Leben rettete. Die gewaltige Kreatur, die Leonie schon aus dem Zug und später aus dem Leimtopf kannte, brach mit einem ungeheuren Brüllen aus der wie durch Zauberei aus dem Nichts aufgetauchten Tür hervor und griff mit ihren schrecklichen Klauenhänden nach ihnen, und obwohl Hendrik unglaublich kaltblütig reagierte und Theresa blitzschnell zurückriss, hätte das Monster sie wohl erreicht, wäre es mit seiner gewaltigen Schulterbreite nicht einfach in der Tür stecken geblieben.

Hendrik stieß Theresa so unsanft zurück, dass sie gegen die

Wand prallte und um ein Haar das Gleichgewicht verloren hätte, sprang dem Ungeheuer entgegen und zog gleichzeitig sein Schwert; kein schlankes Rapier, wie er es bisher bevorzugt hatte, sondern ein wuchtiges Claymore, das Leonie vermutlich nicht einmal mit beiden Händen hätte heben können.

Die zweischneidige Klinge bereitete dem Leben des Ungeheuers ein rasches Ende, aber hinter ihm drängten weitere Angreifer heran. Hendrik beging nicht den Fehler, die erschlagene Kreatur zurückzustoßen, sondern versetzte ihr im Gegenteil einen Tritt, der sie regelrecht in der Tür verkeilte, und zerrte Leonie und Theresa im gleichen Moment mit sich. Irgendwie schafften sie es an der Tür vorbei, doch nur einen Augenblick später wurde die tote Kriegerkreatur zurückgerissen und an ihrer Stelle drängte eine ganze Horde Aufseher und Scriptoren aus dem Gang heraus.

»*Lauft!*« Hendrik versetzte ihr einen Stoß mit der flachen Hand, der Leonie vorwärts taumeln ließ, fuhr in der gleichen Bewegung herum und schwang seine gewaltige Klinge. Der erste Aufseher, der heranstürmte, bezahlte seinen Mut mit dem Leben, und Hendrik warf in seinem Ungestüm auch noch einen zweiten Krieger zu Boden, aber dann war er mit seinen Kräften endgültig am Ende. Hendrik führte einen ungeschickten Schwerthieb gegen einen dritten Krieger, den dieser aber ohne sonderliche Mühe parierte, und Hendrik wankte unter der Wucht seines eigenen Schwerthiebes zurück und sank stöhnend auf ein Knie herab. Irgendwoher nahm er die Kraft, noch einmal das Claymore hochzureißen und den wuchtigen Keulenhieb des Aufsehers mit der breiten Klinge abzufangen, aber der Schlag riss ihm nicht nur die Waffe aus der Hand, sondern schleuderte ihn auch rücklings zu Boden. Hendrik prallte so hart auf, dass Leonie regelrecht hörte, wie ihm die Luft aus den Lungen getrieben wurde, das Schwert schlitterte klirrend davon und landete unmittelbar vor ihren Füßen, und der Aufseher hob mit einem triumphierenden Brüllen seine Keule, um seinem Gegner endgültig den Garaus zu machen.

Ein ganzer Hagel von Pfeilen flog über Leonie hinweg und ging mit tödlicher Präzision auf den Aufseher nieder. Der Koloss warf die Arme in die Luft und nach hinten, wobei er gleich drei oder vier weitere Angreifer mit sich zu Boden riss. Und dann war der Gang plötzlich voller Männer in weiß-roten Hemden und Pickelhauben, die mit Schwertern, Hellebarden und Dolchen auf die Angreifer eindrangen und sie niederwarfen. Wie aus dem Boden gewachsen stand Leonies Vater vor ihr, aber er hielt jetzt kein Buch mehr in der Hand, sondern ein schlankes Schwert mit beidseitig geschliffener Klinge.

»Bist du verletzt?«, fragte er erschrocken.

Leonie schüttelte nur wortlos den Kopf und ihr Vater sah fragend zu Theresa hin. Sein Blick verdüsterte sich, als sie die Hand herunternahm und er die heftig blutende Wunde sah, die der Splitter in ihre Wange gerissen hatte.

»Verdammt noch mal, wie konnte das passieren?«, schnappte er wütend, während er zu Hendrik herumfuhr. »Wozu bezahle ich dich eigentlich? Meine Tochter hätte ums Leben kommen können!«

Hendrik richtete sich benommen auf. Er zitterte vor Schwäche am ganzen Leib und sein Blick war verschleiert. Leonie bezweifelte, dass er überhaupt begriff, was ihr Vater von ihm wollte. Rasch bückte sie sich nach Hendriks Schwert – es war nicht so schwer, wie sie erwartet hatte, sondern noch erheblich schwerer –, drückte es Hendrik in die Hand und drehte sich so um, dass sie den direkten Blickkontakt zwischen ihm und ihrem Vater unterbrach.

»Es ist nicht seine Schuld!«, rief sie. »Die Tür ist einfach aus dem Nichts aufgetaucht! Er konnte sie nicht sehen, weil sie ganz einfach nicht da war!«

Ihr Vater sah sie eine Sekunde lang zweifelnd an und wandte sich dann an Theresa. »Stimmt das?«

Theresa nickte knapp und aus dem Ausdruck von Zorn auf Vaters Gesicht wurde blankes Entsetzen. »Dann … dann kann er …«

»Dasselbe wie du«, unterbrach ihn Theresa. »Nur vermutlich um etliches besser. Ich schätze, er hat eine Menge mehr Übung.« Sie hob scheinbar gleichmütig die Schultern, aber das täuschte

Leonie nicht darüber hinweg, dass ihre Stimme beinahe verächtlich geklungen hatte.

Leonie verstand nicht genau, was Theresa damit meinte, aber ihr Vater schien es dafür umso besser zu begreifen. Er wurde blass, doch Leonie hatte das sichere Gefühl, diesmal mehr vor Schreck als vor Wut. Geschlagene zehn Sekunden lang starrte er einfach ins Leere, und Leonie konnte in dieser Zeit regelrecht *sehen*, wie es hinter seiner Stirn arbeitete. Dann nickte er. »Also gut. Kommt mit. Hendrik – deine Männer sollen den Eingang halten. Ich brauche Zeit.«

Hendrik nickte zwar wortlos, aber angesichts der Tatsache, dass er sich nur schwankend auf den Beinen hielt und kaum noch die Kraft hatte, sein Schwert zu heben, wirkte diese Geste eher lächerlich. Leonie wollte eine entsprechende Bemerkung machen, aber sie fing gerade noch rechtzeitig ein warnendes Kopfschütteln von Theresa auf, und ihr Vater wandte sich auch schon mit einem Ruck um und winkte sie gleichzeitig mit einer so befehlenden Handbewegung heran, dass sowohl Leonie als auch Theresa ganz automatisch gehorchten.

Sie gingen den Tunnel ein kurzes Stück in die Richtung zurück, aus der ihr Vater und die Soldaten gekommen waren, bis sie zu einer weiteren der niedrigen Türen gelangten, die es hier überall gab. Leonie hatte kein gutes Gefühl, als sie sich dicht hinter ihrem Vater unter dem niedrigen Türsturz hindurchbückte, aber sie erlebte eine Überraschung: Der Raum auf der anderen Seite erwies sich nicht nur als unerwartet groß, er war auch keine kahle Zelle mit nassem Stroh auf dem Boden und nackten Steinwänden, in die eiserne Ringe und Ketten eingelassen waren, sondern eher etwas, das sie als Studierzimmer bezeichnet hätte, wenn es sich dabei auch um eines handelte, das aus einer mindestens tausend Jahre zurückliegenden Vergangenheit stammen musste: Die Wände waren mit schwerem dunkelbraunem Holz vertäfelt und es gab eine Anzahl einfacher, aber sehr gemütlich aussehender Möbel und sogar einen großen offenen Kamin, in dem ein prasselndes Feuer behagliche Wärme verbreitete. Unmittelbar davor stand ein kostbarer geschnitzter Schreibtisch, auf dem ein aufgeschlagenes Buch lag. Dasselbe, das ihr Vater draußen unter dem Arm getragen hatte – aber Leonie erkannte es jetzt auch als das wieder, das sie in Vaters Safe gesehen hatte.

»Passt an der Tür auf«, befahl Vater, während er mit schnellen Schritten um den Schreibtisch herumeilte und in dem wuchtigen Stuhl dahinter Platz nahm.

Die Worte galten dem halben Dutzend Männer, die mit ihnen hereingekommen waren. Diejenigen von ihnen, die es nicht ohnehin schon getan hatten, zogen ihre Waffen und nahmen in einem dichten Halbkreis vor der Tür Aufstellung, während Leonie und Theresa Vater folgten.

»Was tust du da?«, fragte Leonie verwirrt. »Glaubst du wirklich, dass jetzt der richtige Moment ...«

Ihr Vater brachte sie mit einer unwilligen Geste zum Schweigen. »Ich suche einen Weg hier raus.«

»Und du glaubst, der steht in diesem ...« Leonie brach mitten im Satz ab. Ihre Augen weiteten sich ungläubig. *Wie hatte sie nur so dumm sein können?!* »... Buch«, murmelte sie.

Ihr Vater reagierte nicht, sondern zog einen schweren schwarzgoldenen Füller aus der Jacke und schraubte scheinbar in aller Gelassenheit die Kappe ab.

»Das Buch ...«, murmelte sie. »Ist es also ... doch das? Ist ... ist es das Buch, das der Archivar von uns haben wollte?«

»Nicht jetzt«, antwortete ihr Vater unwillig. Er sah sie nicht an, sondern blickte mit einem Ausdruck höchster Konzentration auf das aufgeschlagene Buch vor sich. »Bitte, Leonie! Du kannst mir später Vorwürfe machen, aber jetzt müssen wir einen Weg hier raus finden.«

»Das wäre nicht nötig, wenn du diesen Irrsinn erst gar nicht angefangen hättest«, bemerkte Theresa spitz. Fast zu Leonies Überraschung reagierte ihr Vater nur mit einem kurzen eisigen Blick in ihre Richtung, bevor er sich wieder über das Buch beugte. Der Stift senkte sich auf die eng beschriebenen, vergilbten Seiten und hob sich dann wieder, ohne sie berührt zu haben.

»Tu es nicht«, sagte Theresa beinahe flehend. »Es ist doch wirklich schon genug Schaden angerichtet worden, oder etwa nicht?«

Leonies Vater sah noch einmal auf und bedachte sie mit einem langen, schwer zu deutenden Blick. »Willst du sterben?«, fragte er ganz ruhig.

Noch bevor Theresa antworten konnte, erklang draußen auf dem Gang ein warnender Schrei und unmittelbar danach wieder das Klirren von Waffen. Vater schüttelte den Kopf, seufzte tief und machte einen raschen Federstrich, und Theresa zuckte zusammen und hob die linke Hand an die Wange, dorthin wo sie der Steinsplitter getroffen hatte. Ihre Haut war unversehrt, aber es war ein kleines Wunder, dass das winzige Geschoss sie nicht ernsthaft verletzt hatte. Die Sache hätte – wortwörtlich – ins Auge gehen können. Seltsamerweise lächelte Vater zufrieden, obwohl Leonie der Grund dafür rätselhaft blieb.

Der Kampflärm nahm an Intensität zu und Theresa sah nervös zur Tür hin und machte dann einen Schritt zurück. Sie fuhr sich abermals mit der Hand über die Wange, rieb die Finger aneinander und betrachtete sie nachdenklich.

Leonie beugte sich mit klopfendem Herzen vor und versuchte einen Blick auf die aufgeschlagenen Seiten des Buches zu werfen, was ihr auch gelang – aber sie konnte die winzige, verschnörkelte Handschrift trotzdem nicht entziffern.

»Also … stimmt es tatsächlich«, murmelte sie stockend und immer noch wie unter Schock. »Das … das ist das Buch, nicht wahr? Das Buch, das der Archivar von mir wollte!«

Theresa nickte zögernd. Ebenso wie Leonie blickte sie nervös auf das Buch auf dem Schreibtisch und – zumindest kam es Leonie so vor – noch deutlich nervöser auf den schweren, altmodischen Füllfederhalter, den ihr Vater in der Hand hielt, aber sie sagte nichts, sondern gab Leonie mit einem verstohlenen Wink zu verstehen, dass sie ihr folgen sollte, und zog sich dann ein paar Schritte zurück; ganz bestimmt nicht rein zufällig gerade weit genug, dass Vater sie nicht mehr verstehen konnte, als sie mit gesenkter Stimme antwortete.

»Ja. Das ist es. Das ist …«, Leonie hatte das sichere Gefühl, dass sie etwas Bestimmtes sagen wollte und sich im allerletzten Moment eines Besseren besann, wodurch sie für einen winzigen Augenblick ins Stocken geriet, »… das Buch deiner Großmutter.«

Es dauerte einen Moment, bis Leonie überhaupt begriff, was Theresas Antwort wirklich bedeutete. »Moment mal«, sagte sie. »Soll das heißen, dass dieses … dass dieses Buch *das Leben meiner Großmutter* verkörpert?«

»So könnte man es ausdrücken«, meinte Theresa. Sie wirkte bedrückt. »Das Buch, in dem das Leben deiner Großmutter aufgezeichnet ist.«

»*Das* ist das Buch, das der Archivar von mir haben wollte?«, vergewisserte sich Leonie. »Weswegen er uns in diese Falle gelockt und dich um ein Haar umgebracht hätte?«

Theresa nickte.

»Aber warum?«, fragte Leonie verstört. »Es … es ist doch nur ein Buch. Und er hat Millionen davon. *Milliarden* sogar.«

»So einfach ist das leider nicht«, erwiderte Theresa.

»Dann erklär es mir«, verlangte Leonie.

Theresa warf einen beunruhigten Blick zur Tür hin, bevor sie antwortete. Der Kampflärm war mittlerweile deutlich näher gekommen. Leonie dachte kurz an die gewaltige Masse von Kriegern zurück, die sie unten in der Halle gesehen hatte, und ein eisiger Schauer lief ihr über den Rücken. Sie wusste nicht, wie viele Männer Hendrik und ihr Vater zu ihrer Unterstützung mitgebracht hatten, aber ganz egal, wie viele es waren, es waren auf keinen Fall *genug*. Hendrik würde die Krieger des Archivars allenfalls ein paar Minuten aufhalten können, und auch das nur mit viel Glück.

»Das ist nicht so einfach«, sagte Theresa noch einmal. Sie sah nervös (oder ängstlich?) zu Vater hin. »Es spielt im Grunde keine Rolle, ob er ein Buch hat oder alle, verstehst du?«

»Sicher«, erwiderte Leonie und schüttelte heftig den Kopf.

Theresa lächelte flüchtig. »Ja. Ich habe auch lange gebraucht, um es zu verstehen. Und um ehrlich zu sein, bin ich bis heute nicht sicher, dass ich es wirklich verstanden habe.« Sie hob unglücklich die Schultern. »Vielleicht *können* wir es nicht verstehen … jedenfalls gibt es im Grunde nur ein einziges Buch.«

»Unsinn«, widersprach Leonie. »Du musst dich täuschen. Ich habe den Schreibsaal mit eigenen Augen gesehen! Allein dort waren es Tausende von Büchern! Und noch unendlich viel mehr standen oben in den Regalen!«

»Und trotzdem ist es immer dasselbe«, beharrte Theresa. »Versuche nicht es zu verstehen. Es ist eben so.«

Leonie versuchte es trotzdem – aber das einzige Ergebnis war, dass sich ihre Verwirrung noch steigerte. Unsicher sah sie zu ihrem Vater hin. Er saß scheinbar vollkommen reglos über das Buch gebeugt da, und auf seinem Gesicht lag nicht nur ein Ausdruck höchster Konzentration, sondern auch ein Netz feiner, glitzernder Schweißperlen. Die Hand, die den Füller hielt, zitterte sichtlich, und allein in den wenigen Augenblicken, die Leonie ihn ansah, senkte er die Spitze des Schreibgerätes drei- oder viermal auf das Buch hinab und zog sie dann wieder zurück, ohne irgendetwas geschrieben zu haben. Wenn Leonie ihren Vater jemals *nervös* gesehen hatte, dann jetzt.

»Es muss doch irgendeinen Ausgang geben«, sagte sie in fast verzweifeltem Ton.

»Keinen, den wir nehmen könnten«, antwortete Theresa. Sie versuchte aufmunternd zu lächeln, aber es geriet eher zur Grimasse.

Ein gellender Schrei drang vom Gang herein. Leonie fuhr erschrocken herum und auch der Kopf ihres Vaters flog mit einem Ruck in den Nacken. Einen Moment später erscholl ein zweiter, noch gellenderer Schrei, und aus dem Ausdruck von Sorge auf dem Gesicht ihres Vaters wurde etwas, von dem sich Leonie weigerte, es als das zu erkennen, was es ganz zweifelsfrei war – Verzweiflung –, weil dieses Eingeständnis ihre eigene Angst noch mehr geschürt hätte.

»Es … es *muss* einfach einen Ausgang geben«, murmelte sie. »Ich habe es schon einmal geschafft.« Immer verzweifelter sah sie sich um.

Und dann war die Tür da, von einem Lidschlag auf den anderen, genau wie damals, als sie zusammen mit ihren Eltern in der Zelle gesessen hatte: eine schmale holzverkleidete Tür, die in der dunklen Holzvertäfelung der Wände nur auffiel, wenn man wirklich ganz genau hinsah. Leonie sog scharf die Luft zwischen den Zähnen ein und deutete auf die Tür, aber Theresas Reaktion fiel vollkommen anders aus, als sie erwartet hatte: Die junge Frau lächelte nur traurig und machte eine Geste in die entsprechende Richtung, die irgendwie resigniert wirkte. Leonie sah sie noch einen Moment lang verwirrt an, aber dann ging sie mit raschen Schritten hin und riss die Tür auf.

Dahinter lag eine massive Wand aus dunkelroten Ziegeln.

»Spar dir die Mühe«, sagte Theresa traurig. »Und wenn du noch hundert Ausgänge finden würdest – auf diese Weise kommen wir hier bestimmt nicht raus.«

»Aber wieso?« Leonie trat einen Schritt zurück und musterte hilflos die dunkelbraune, fugenlos vertäfelte Wand vor sich. »Du hast doch selbst gesagt, dass wir …«

»Ich weiß, was ich gesagt habe«, unterbrach sie Theresa. »Aber wir sind hier in seinem ureigensten Reich. Du und ich, wir können die Wirklichkeit zwar *erkennen*, aber nur er kann sie *verändern.* Wenigstens hier.«

Wieder wehte ein Schrei vom Gang herein, gefolgt von einem dumpfen Krachen und einem Brüllen, das ganz bestimmt nicht aus einer menschlichen Kehle stammte, und nur einen Augenblick später taumelte ein blutüberströmter Soldat der Stadtgarde herein und brach nach wenigen Schritten zusammen. Schon im nächsten Moment folgte ihm Hendrik. Er bot einen kaum besseren Anblick als der Krieger vor ihm und er war nun so erschöpft, dass er nur zwei oder drei Schritte weit taumeln konnte, ehe er kraftlos gegen die Wand sank.

»Sie brechen durch«, keuchte er. »Wir können sie nicht aufhalten. Es sind einfach zu viele.«

Leonies Vater sah nur für eine halbe Sekunde auf und senkte den Blick dann wieder auf die eng beschriebenen Seiten des Buches vor sich. Seine Hand zitterte, als er die goldene Spitze des Füllfederhalters ansetzte und dann mit einer plötzlich entschlossenen Bewegung etwas durchzustreichen und neu zu schreiben begann.

Nervös sah Leonie auf die Stelle, wo vor einem Moment die Tür erschienen und kurz darauf wieder verschwunden war. Und dann fuhr sie so heftig zusammen, dass Theresa ihr einen raschen alarmierten Blick zuwarf.

»Wieso kann ich mich daran erinnern?«, fragte sie. »Wenn er die Wirklichkeit verändern kann, wieso *weiß* ich dann, dass dort gerade eine Tür war und jetzt nicht mehr?«

Theresa lächelte. Aus irgendeinem Grund schien sie die Frage zu freuen. »Weil du die *Gabe* hast«, sagte sie in beinahe stolzem Tonfall.

»Aber bisher …«

»… war sie noch nicht vollkommen in dir erwacht«, unterbrach sie Theresa. »Aber bald ist es so weit. Nicht mehr lange und sie wird dir vollkommen zur Verfügung stehen.«

Wenn wir dann noch am Leben sind, dachte Leonie schaudernd. Das kurze Gespräch mit Theresa hatte nur wenige Sekunden gedauerte; dennoch hatte diese winzige Zeitspanne gereicht, um die Situation an der Tür dramatisch zu verändern. Hendrik hatte sich zumindest weit genug erholt, um sich zu Vaters Schreibtisch zu schleppen, und hinter ihm drängten weitere Kämpfer der Stadtgarde herein. Die Männer waren ausnahmslos verletzt, einige von ihnen so schwer, dass sie kaum noch gehen konnten. Hinter ihnen versuchten riesenhafte Gestalten sich hereinzudrängen, die aber von den Gardisten zurückgetrieben wurden.

Aber wie lange noch?, dachte Leonie schaudernd. Selbst wenn sie die Verwundeten mitzählte, blieben Hendrik vielleicht noch zwölf oder fünfzehn Männer; so gut wie nichts gegen die gewaltige Armee, über die der Archivar gebot.

»Haltet sie auf«, rief Vater. »Nur noch einen Augenblick. Ich bin gleich so weit.« Er sah nicht einmal hoch, sondern fuhr fort, mit dem schweren Füllfederhalter in dem aufgeschlagenen Buch zu schreiben.

»Ich hoffe, er weiß, was er tut«, murmelte Theresa gepresst. »Ein Fehler und alles ist aus.«

»Hast du nicht gerade gesagt, dass wir hier sowieso nicht mehr rauskommen?«, fragte Leonie.

»Wir?« Theresa schien im ersten Moment nicht zu wissen, wovon Leonie sprach. Dann schüttelte sie den Kopf. »Das habe ich nicht gemeint«, sagte sie düster.

Leonie verzichtete darauf, nachzubohren, aber sie wäre wohl auch gar nicht dazu gekommen. Das Handgemenge an der Tür hörte für einen Moment auf, aber nur um schon im nächsten Augenblick erneut und mit doppelter Wucht loszubrechen. Genau wie bei dem Hinterhalt im Gang war es vermutlich nur die schmale Tür, welche die Hand voll Verteidiger davor bewahrte, schlichtweg überrannt zu werden. Zwei, drei gewaltige Krieger versuchten einzudringen und spießten sich selbst an den Hellebarden der Verteidiger auf, wodurch sie ihren nachdrängenden Kameraden gleichzeitig den Weg versperrten, und hätten die Gardisten gegen *menschliche* Gegner gekämpft, hätten sie sich auf diese Weise vielleicht sogar noch eine Weile halten können.

Aber ihre Gegner waren keine Menschen, und so wenig, wie sie Gnade oder Mitleid kannten, kannten sie Furcht oder auch nur Rücksicht sich selbst gegenüber. Es gelang den Gardisten, zwei oder drei Aufseher zurück in den Gang zu schleudern, und fast schien es, als hätte das Schicksal der riesigen Geschöpfe den Kampfeswillen ihrer Kameraden draußen gebrochen, doch dann warf sich eine weitere gepanzerte Kreatur mit ausgebreiteten Armen und einem gewaltigen Brüllen durch die Tür herein. Wie ihre Vorgänger wurde auch sie von den drohend vorgereckten Spitzen der Hellebarden empfangen und spießte sich selbst daran auf, aber die ungestüme Wut ihres Angriffs schleuderte auch zwei oder drei Verteidiger zu Boden. Vielleicht für eine Sekunde oder weniger gerieten ihre Reihen ins Wanken, und diese winzige Zeitspanne reichte, um den Kampf endgültig zu entscheiden. Ein weiterer Aufseher drängte herein, dann noch einer und noch einer. Auch sie teilten das Schicksal ihres Vorgängers und rannten offenen Auges in ihr Verderben, aber ihr selbstmörderisches Opfer zerbrach den Verteidigungsring endgültig. Vier, fünf, sechs, schließlich ein Dutzend Krieger stürmten herein und trieben die Verteidiger erbarmungslos und so schnell zurück, dass es nicht einmal zu einem echten Kampf kam. Hendriks Männer vermochten dem Vormarsch der gepanzerten Ungeheuer vielleicht ein wenig von seinem Schwung zu nehmen, aber nicht ihn wirklich aufzuhalten. Die Männer der Stadtgarde wurden regelrecht niedergerannt.

Auch Leonie fühlte sich roh gepackt und herumgerissen, aber es war nur Hendrik, der Theresa und sie in Richtung Schreibtisch stieß, sich aber auch zugleich schützend vor sie stellte und mit einer entschlossenen Bewegung sein Schwert hob, um sie vor den heranrückenden Kriegern zu verteidigen. Es war allenfalls eine symbolische Geste. Es kam Leonie diesmal nicht nur so vor: Sie sah ganz deutlich, dass Hendrik all seine Kraft brauchte, um das schwere Claymore auch nur zu heben.

Die Situation war so absurd, dass sie nicht einmal richtig erschrak. Was sie erlebte *konnte* einfach nicht wahr sein. Großer Gott – sie war ein junges, modernes Mädchen, das am Anfang des einundzwanzigsten Jahrhunderts lebte und mit Dingen wie DVD-Recordern, Internet und computergesteuerten, vollautomatischen Küchen aufgewachsen war, und ihre unheimlichste Begegnung vor diesem Abenteuer war die mit den Kochkünsten ihrer Tante gewesen, die sie gottlob nur alle paar Jahre einmal besuchte – und jetzt sollte sie von einem Ungeheuer, das geradewegs einem Film von Steven Spielberg entsprungen sein konnte, mit einem *Schwert* erschlagen werden? Das war lächerlich!

Unglückseligerweise war es nicht nur lächerlich, sondern auch wahr. Hendrik hatte sie zusammen mit Theresa so dicht gegen den Schreibtisch gedrängt, dass sie die harte Kante in den Nieren spüren konnte, und sich zusammen mit den zwei oder drei Männern der Stadtgarde, die als einzige noch auf den Beinen standen, schützend vor ihnen aufgebaut. Und noch während Leonie versuchte zu begreifen, was sie sah, rollte eine neue Welle der unheimlichen Angreifer heran. Erst einer, dann der zweite und schließlich der dritte Soldat fielen unter der ungestümen Wut der Ungeheuer, und dann war es nur noch Hendrik, der zwischen ihnen und dem sicheren Tod stand. Theresa schrie auf, während Leonie selbst stumm und wie gelähmt dastand und den riesigen gepanzerten Kreaturen entgegenblickte, als reiche es, die Gefahr einfach nur zu verleugnen, um ihr zu entgehen.

Auf eine sonderbare Art distanziert, als erlebe sie das alles nicht wirklich, sondern nur im Traum, beobachtete sie, wie Hendrik sein Schwert hochriss und ein riesiger Aufseher ihm die Waffe bereits mit dem ersten Hieb aus der Hand schleuderte; sie flog davon und Hendrik taumelte, von der schieren Wucht des Schlages getrieben, rückwärts gegen Theresa und riss sie mit sich zu Boden. Ein zweiter Aufseher stürmte heran und zog seine Waffe, um zu Ende zu bringen, was sein Kamerad begonnen hatte, und dann, im allerletzten Moment, war es ihr, als wäre die Zeit stehen geblieben: Das halbe Dutzend gigantischer, in schwarzes Eisen und reißende Stacheln gehüllter Gestalten, das sie umgab, erstarrte mitten in der Bewegung, und für einen winzigen, aber spürbaren Moment wurde es fast unheimlich still.

Jeder Laut erlosch. Selbst ihr Herzschlag schien für einen Augenblick auszusetzen; der einzige noch hörbare Laut war ein sonderbar helles, hektisches Kratzen, wie von Metall, das über raues Papier glitt.

Und dann geschah etwas, das ihr im allerersten Moment noch viel unglaublicher vorkam: Statt zu Ende zu bringen, wozu sie gekommen waren, senkten die monströsen Angreifer mit einem Mal ihre Waffen und zogen sich langsam ein paar Schritte zurück. Unmittelbar vor der Tür bildete sich eine Lücke in ihrem bisher undurchdringlichen Kreis, durch die eine hoch gewachsene Gestalt in einem schwarzen Kapuzenmantel schritt.

Ganz langsam kam der Archivar auf sie zu. Leonie konnte sein Gesicht unter der schwarzen Kapuze jetzt genauso wenig wie zuvor erkennen, spürte nur wieder die Berührung seines Blickes wie die einer rauen Hand und wie immer krümmte sich etwas in ihr unter der bloßen Nähe dieses … *Dinges.* Wenn sie jemals daran gezweifelt haben sollte, so war sie nun sicher, keinem Geschöpf Gottes gegenüberzustehen, keinem wie auch immer gearteten Wesen, das in dieser oder irgendeiner anderen vorstellbaren Welt lebte. Die Kreatur kam ihr so nahe, dass sie sie mit dem ausgestreckten Arm hätte berühren können, und erneut wehte ein körperloser, eisiger Hauch zu Leonie herüber, so fremdartig und böse, dass sie ein leises, angsterfülltes Wimmern nicht unterdrücken konnte.

DAS BUCH.

»Aber ich weiß doch nicht, was du meinst«, schluchzte sie leise.

Aber das stimmte nicht. Spätestens Theresas Worte hatten ihr klar gemacht, dass sie es in Wahrheit die ganze Zeit über gewusst hatte – so wie der Archivar vom ersten Augenblick an in ihren Gedanken gelesen hatte. Irgendetwas in ihr hatte lediglich mit Erfolg verhindert, dass dieses Wissen tatsächlich in ihr Bewusstsein drang, aber nun, einmal ausgesprochen, konnte sie es nicht mehr verleugnen. Es war das Buch ihrer Großmutter, das dieses Ungeheuer von ihr verlangte, das Buch, das sie in Vaters Safe gesehen hatte und das nun aufgeschlagen auf dem Schreibtisch hinter ihr lag. Zitternd und so mühsam, als koste sie diese winzige Bewegung alle Kraft, die sie aufbringen konnte, drehte sie sich um und sah ihren Vater an.

Er hatte aufgehört zu schreiben und blickte mit vollkommen unbewegtem Gesicht zu der unheimlichen Erscheinung hoch. Als er Leonies Bewegung registrierte, löste er seinen Blick für einen winzigen Moment von dem unsichtbaren Gesicht unter der Kapuze, um ihr zuzulächeln, wandte sich dann aber sofort wieder dem Archivar zu.

DAS BUCH.

Die Worte hämmerten mit solcher Wucht in ihren Gedanken, dass Leonie taumelte und gestürzt wäre, hätte sie sich nicht instinktiv an der Schreibtischkante festgehalten. Ihre Knie zitterten und sie spürte, wie die Kraft immer schneller und schneller aus ihrem Körper wich, fast als reiche die bloße Nähe des unheimlichen Geschöpfes, um ihr jegliche Kraft zu rauben. Ihre Angst hatte eine Qualität erreicht, für die sie nicht einmal Worte fand, denn wenn es überhaupt etwas gab, was sie mit Sicherheit über diese schreckliche Kreatur in ihrem schwarzen Mantel sagen konnte, dann dass das, was sie ihr antun würde, tausendmal schlimmer sein musste als der Tod.

»Lass sie in Ruhe«, sagte ihr Vater ruhig. Er stand auf. Der Archivar wandte sich langsam in seine Richtung, aber seine fordernd ausgestreckte Hand wies nach wie vor auf Leonie.

DAS BUCH.

»Sie kann es dir nicht geben, weil es mir gehört«, erklärte ihr Vater. »Also lass sie in Ruhe! Das hier ist eine Sache zwischen uns.«

Er setzte sich wieder. Seine Hand, die noch immer den altmodischen Füller hielt, senkte sich auf die aufgeschlagene Seite, und Leonie schob es auf die Panik, die in ihren Gedanken tobte, dass sie den Eindruck hatte, den Archivar fast erschrocken zusammenfahren zu sehen. Es musste ein Irrtum sein. Es gab nichts in diesem Universum, was dieser monströsen Erscheinung Angst machen konnte.

»Keine Angst«, sagte ihr Vater, leise, in verändertem Ton und nunmehr ganz an sie gewandt. »Er wird dir nichts tun. Er braucht dich.«

Der Archivar starrte sie an. Noch einmal – zum letzten Mal – erklang seine unmenschliche, fordernde Stimme in ihren Gedanken, dann wich er, rückwärts gehend, bis zur Tür zurück und hob den Arm.

Der Befehl galt seinen Kriegern. Derjenige, der Hendrik niedergeschlagen hatte, setzte einen gewaltigen, in einem schweren eisernen Stiefel steckenden Fuß auf Hendriks Brust um ihn niederzuhalten. Ein zweiter packte Theresa und riss sie so brutal in die Höhe, dass sie einen kleinen Schmerzensschrei ausstieß, während sich ein drittes Geschöpf unmittelbar vor Leonie aufbaute und eine knappe, aber drohende Handbewegung machte, an deren Bedeutung es keinen Zweifel gab. Die übrigen Krieger gingen langsam um den Schreibtisch herum und auf ihren Vater zu. Sie machten sich nicht die Mühe, ihre Waffen zu ziehen – wozu auch? Jedes einzelne der unheimlichen Geschöpfe war weit über zwei Meter groß, hatte die Schulterbreite eines Riesen und Hände, die aussahen, als könnten sie damit so mühelos Zaunpfähle zerbrechen, wie Leonie ein Streichholz umgeknickt hätte. Ihr Vater sah ihnen ruhig entgegen, und gerade als der erste Aufseher die Hand nach ihm ausstreckte um ihn zu packen, machte er einen blitzschnellen Federstrich.

Die Wand hinter Leonies Vater teilte sich und spie ein halbes Dutzend Armbrustschützen aus. Noch bevor das gepanzerte Ungeheuer seine Bewegung auch nur halb zu Ende bringen konnte, feuerten sie ihre Waffen ab, und der Koloss taumelte, von drei oder vier eisernen Armbrustbolzen zugleich getroffen, zurück und riss ein paar seiner Kameraden mit sich zu Boden. Die, die ihm entgingen, wurden von den restlichen Armbrustschützen getroffen und stürzten ebenfalls.

Und in der gleichen Sekunde verwandelte sich die Kammer in ein Tollhaus. Plötzlich waren überall Türen, die krachend aufsprangen oder gleich in Stücke gerissen wurden, und Dutzende von Männern in den weiß-rot gestreiften Hemden, schimmernden Brustharnischen und Helmen der Stadtgarde stürmten herein. Sie bewegten sich unglaublich schnell, und obwohl Leonie viel zu überrascht und verwirrt war, um wirklich Einzelheiten zu erkennen, hatte sie doch das Gefühl, dass diese Männer weit größer und muskulöser waren als die, die Hendrik begleitet hatten, und den Aufsehern in Kraft und Wildheit keineswegs nachstanden.

Schwerter und Hellebarden blitzten, Armbrustbolzen und Pfeile flogen und binnen weniger Augenblicke waren die Krieger des Archivars niedergemacht; einschließlich derer, die Hendrik und Theresa festhielten.

Auch an Leonies Ohr zischten gleich drei Pfeile vorbei (einer davon tatsächlich so dicht, dass sie die Berührung seiner Federn spüren konnte!), die sich knirschend durch die Rüstung des Aufsehers neben ihr bohrten und das gigantische Geschöpf zurücktaumeln ließen. Aus einem blinden Reflex heraus schlug die Bestie noch im Zusammenbrechen nach ihr. Leonie reagierte blitzartig, duckte sich unter dem Hieb, der ihr vermutlich den Kopf von den Schultern gefegt hätte, und wollte herumfahren, aber Hendrik packte sie noch in der Bewegung am Arm und riss sie so grob zu Boden, dass sie vor Schmerz keuchte. Sie wollte sich losreißen, doch Hendrik zerrte sie im Gegenteil mit noch größerer Kraft mit sich, griff mit der anderen Hand nach Theresa und stieß sie beide unsanft in eine Ecke des Raumes, um mit gespreizten Beinen und abwehrbereit erhobenen Armen vor ihnen Aufstellung zu nehmen.

Aber es gab nichts mehr, wovor er sie hätte schützen müssen. Der Kampf war noch nicht vorbei, denn auf der anderen Seite des Zimmers waren plötzlich neue und größere Türen aus dem Nichts entstanden, durch die Krieger des Archivars hereinstürmten, doch man musste keine große Erfahrung in solchen Dingen haben um zu sehen, wie aussichtslos der Angriff war. Für jeden Aufseher und Redigator, der hereinkam, tauchten drei, vier, fünf Männer der Stadtwache auf, und Leonie sah nun, dass sie sich nicht getäuscht hatte: Jeder einzelne dieser mittelalterlich anmutenden Soldaten war ein wahrer Riese, gegen den selbst Hendrik schmächtig und klein wirkte.

Die Krieger des Archivars fielen beinahe so schnell, wie sie hereinstürmten, und nicht einer kam auch nur in Theresas und ihre Nähe. Obwohl sie ununterbrochen Nachschub erhielten, wurden sie doch unbarmherzig zurückgetrieben, sodass sich der Kampf rasch auf den Bereich vor der Tür verlagerte und es nicht einmal eine Minute dauerte, bis die ersten Männer der Stadtgarde hinaus auf den Gang drängten, um die Angreifer weiter zurückzuschlagen.

Ungläubig sah Leonie zu ihrem Vater hin. Er saß in fast lässiger Haltung hinter dem gewaltigen Schreibtisch und beobachtete die bizarre Schlacht mit einer Miene, deren Ausdruck zwischen Verachtung und höchster Aufmerksamkeit schwankte. Irgendwann senkte er seinen Stift auf das Buch und schien wieder etwas durchzustreichen oder hinzuzufügen; Leonie war viel zu weit entfernt und viel zu aufgeregt um sagen zu können, ob er tatsächlich schrieb oder es ihr nur so vorkam.

»Großer Gott, nein!«, murmelte Theresa. »Leonie, mach bitte, dass er aufhört. Weiß er nicht, was er da anrichtet?«

»Immerhin hat er uns das Leben gerettet«, sagte Hendrik, aber Theresa sah ihn nur auf eine Art an, die Leonie einen eisigen Schauer über den Rücken laufen ließ.

»Da wäre ich nicht so sicher«, erwiderte sie.

Leonie sah abwechselnd Theresa und ihren Vater mit wachsender Verwirrung an. Sie verstand nicht wirklich, wovon Theresa sprach, aber ihre Worte berührten doch etwas in ihr, das sie erneut schaudern ließ; als wäre tief in ihr ein geheimes Wissen, das ihr trotz allem noch immer verborgen blieb, dessen Bedeutung und Tragweite sie aber dennoch spürte. Zögernd blickte sie wieder zum Ausgang hin. Der Kampf tobte noch immer mit unverminderter Wucht, das hörte sie jetzt mehr, als sie es sah – nur hier und da wehrten sich noch einige Aufseher erbittert gegen die immer größer werdende Übermacht und auch an ihrem Schicksal gab es keinen Zweifel. Der Großteil der so scheinbar aus dem Nichts aufgetauchten Krieger jedoch hatte die Kammer bereits verlassen, und so gewaltig der Kampflärm draußen auch war, so schnell entfernte er sich zugleich. Die Krieger des Archivars wehrten sich erbittert, aber sie wurden offensichtlich sehr schnell zurückgedrängt.

Fragend sah sie Hendrik an, und als er ihren Blick mit einem angedeuteten Nicken beantwortete, ging sie an ihm vorbei und trat zu ihrem Vater hin. Auf halbem Wege wurde sie von Theresa überholt, die heftig mit beiden Armen gestikulierte und ganz so aussah, als könne sie sich nur mit Mühe beherrschen, sich nicht einfach auf Vater zu stürzen und ihm den Stift zu entreißen.

»Was tust du da?«, fragte sie. »Das darfst du nicht! Du weißt nicht, was du anrichtest! Du …«

»Nicht jetzt«, schnitt ihr Vater das Wort ab. »Bitte, Theresa. Was immer du mir zu sagen hast – tu es später.«

»Später ist es *zu spät*«, antwortete Theresa erregt. Sie machte tatsächlich Anstalten, nach dem Buch zu greifen, aber Leonies Vater streckte rasch die Hand aus und hielt ihren Arm mit stählernem Griff fest.

»Nicht jetzt, habe ich gesagt!«, sagte er eisig.

»Aber ...«

»Hendrik!« Leonies Vater machte eine entsprechende Geste mit der freien Hand. »Das hier ist nicht der richtige Ort für zwei junge Frauen. Bitte bring meine Tochter und unseren Gast dorthin, wo sie in Sicherheit sind.«

»Ich bitte dich, hör auf!«, flehte Theresa. Sie versuchte sich loszureißen, aber Leonies Vater schien die Bewegung nicht einmal zu spüren. Ohne die geringste Mühe hielt er sie fest, bis Hendrik, der nun plötzlich wieder so frisch und ausgeruht wirkte, als käme er gerade aus einem Erholungsurlaub, hinter sie getreten war und ihr fast sanft die Hand auf die Schulter legte.

»Bitte sei vernünftig«, sagte er. »Ich möchte dir nicht wehtun.«

Theresa fuhr mit einer wütenden Bewegung herum und funkelte ihn an. »Aber ich wette, du würdest es, wenn du müsstest, wie?«, schnappte sie.

Hendriks Antwort bestand nur aus einem bedauernden Achselzucken, an dessen Bedeutung es aber keinen Zweifel geben konnte. Theresa funkelte ihn noch einen Moment lang herausfordernd an, dann jedoch konnte Leonie regelrecht sehen, wie alle Kraft aus ihr wich und sie innerlich aufgab. Widerstandslos trat sie zurück und folgte Hendrik, als er sie behutsam in Richtung Ausgang schob.

»Was bedeutet denn das nur?«, murmelte Leonie. Als ob sie es nicht gewusst hätte! Aber es war so wie mit dem Wissen um das Buch: Auch wenn sie es die ganze Zeit über geahnt hatte, so weigerte sie sich doch selbst jetzt noch, diese Ahnung zu der Gewissheit werden zu lassen, die sie im Grunde längst war. Dennoch fuhr sie fort: »Bitte, Vater! Ich ...«

»Nicht jetzt«, unterbrach sie ihr Vater. Das Bedauern in seiner Stimme klang echt, doch sie sah auch die Entschlossenheit in seinem Blick, die ihr klar machte, wie sinnlos jedes weitere Wort wäre. »Hendrik wird euch in Sicherheit bringen. Hier ist es gefährlich. Unterschätze dieses Wesen nicht. Es wird nicht so schnell aufgeben.«

»So wenig wie du, wie?«, fragte Theresa böse. »Allmählich beginne ich mich zu fragen, vor wem wir mehr Angst haben sollten!«

Vater ignorierte sie. Er sah weiter abwechselnd das aufgeschlagene Buch vor sich und seine Tochter an und deutete dann auf Hendrik. »Bitte geh jetzt mit ihm. Ich werde dir später alles erklären und auch all deine Fragen beantworten. Aber jetzt ist einfach nicht der richtige Moment dazu.« Er schloss mit einem kurzen, aber eindeutigen Blick in Hendriks Gesicht und Leonie gab endgültig auf. Sie kannte ihren Vater gut genug um zu wissen, wie sinnlos jedes weitere Wort in diesem Augenblick gewesen wäre. Schweigend trat sie neben Hendrik und Theresa und ging zusammen mit ihnen aus dem Raum.

Auch draußen auf dem Gang war der Kampf vorbei. Überall lagen erschlagene Aufseher, Redigatoren und unterschiedlich große Gestalten in schwarzen Kapuzenmänteln, aber es dauerte einen Moment, bis Leonie auffiel, dass nicht einer der reglos daliegenden Körper das Weiß-Rot und Kupfer der Stadtgarde trug. So unglaublich das angesichts dessen schien, was sie selbst mit den monströsen Kriegern des Archivars erlebt hatte – der erbitterte Kampf hatte offensichtlich auf Seiten der Verteidiger nicht ein einziges Opfer gefordert!

Sie hatte erwartet, dass Hendrik sich nach links wenden würde, fort von der Richtung, in die sich die Schlacht verlagert hatte, aber zu ihrer Überraschung deutete er nach rechts, von wo noch immer das Klirren von Waffen und das wütende Getöse des Kampfes an ihr Ohr drang. Auch Theresa wirkte überrascht, doch sie zuckte nur leicht mit den Achseln und setzte sich dann gehorsam in Bewegung.

Sie kamen an weiteren erschlagenen und sterbenden Kriegern des Archivars vorbei, und kurz bevor sie auf die Galerie hinaustraten, musste Hendrik einige der riesigen Körper mühsam zur Seite räumen, damit Theresa und sie nicht gezwungen waren, über sie hinwegzuklettern; hier schien der Widerstand besonders heftig gewesen zu sein.

Hendrik deutete nach links, doch Theresa wandte sich mit einem demonstrativen Ruck in die entgegengesetzte Richtung und trat an die Brüstung heran. Bevor Leonie ihr folgte, sah sie sich rasch und aufmerksam um und das gespenstische Bild wiederholte sich: Auch hier lagen Dutzende, wenn nicht Hunderte erschlagener Krieger des Archivars, doch sie gewahrte nicht einen einzigen von Hendriks Männern. So erleichtert Leonie auch war, dass der Kampf offensichtlich keine Menschenleben gefordert hatte, so wenig verstand sie zugleich, was sie erblickte: Sie hatte mit eigenen Augen gesehen, wozu diese Kolosse fähig waren und wie gnaden- und rücksichtslos sie kämpften. Es war einfach unvorstellbar, dass nicht ein einziger von Hendriks Männern gefallen oder zumindest verwundet sein sollte. Dann trat sie neben Theresa an die Brüstung und vergaß den unheimlichen Anblick sofort, denn das Bild, das sich ihr bot, als sie in die Halle hinabsah, war noch viel entsetzlicher.

Unter ihnen wogte eine erbitterte Schlacht. Dort mussten Hunderte und Aberhunderte riesiger, gepanzerter und in stachelbewehrtes schwarzes Eisen gehüllter Gestalten sein, die sich gegen eine mindestens ebenso große Anzahl von Männern der Stadtgarde verteidigten, die erbarmungslos auf sie losgingen. Der Kampf ging so schnell hin und her, dass es Leonie im ersten Moment nicht nur schwer fiel, Freund und Feind auseinander zu halten – obwohl sich die Männer der Stadtwache in ihren bunten Uniformen und kupferfarben schimmernden Harnischen und Helmen deutlich von den ausnahmslos in Schwarz gekleideten Kriegern des Archivars abhoben –, sondern sie auch nicht sagen konnte, wer in dieser verbissenen Schlacht die Oberhand gewann.

Und obwohl der Anblick sie mit blankem Entsetzen erfüllte, zwang sie sich, noch einmal und genauer hinzusehen, und was sie sah, schien der Beweis für das unheimliche Gefühl zu sein, das sie hier drinnen und auch schon draußen im Gang gehabt hatte: Der Kampf wurde auf beiden Seiten mit gnadenloser Härte geführt, wobei weder die menschlichen Angreifer noch die unheimlichen Verteidiger Rücksicht auf sich selbst oder gar ihre Gegner zu nehmen schienen, und doch waren es ausnahmslos die Krieger des Archivars, die fielen. Leonie beobachtete mehrere Male, wie Gardisten von Schwert- oder Keulenhieben getroffen oder auch einfach von einer der gigantischen Kreaturen angesprungen wurden, und doch stürzten sie allerhöchstens zu Boden, um sich sofort wieder aufzurichten, und meistens nicht einmal das. Hätte Leonie nicht gewusst, dass es vollkommen unmöglich war, sie hätte geschworen, dass die Männer, die ihr Vater zu Hilfe gerufen hatte, unverwundbar waren.

Aber waren Türen, die aus dem Nichts auftauchten, und Schächte im Boden, die einfach verschwanden, nicht ebenso unmöglich?

Das schreckliche und intensive Gefühl, angestarrt zu werden, riss Leonie aus ihren Gedanken.

Es war der Archivar. Er befand sich auf gleicher Höhe mit ihnen auf der Galerie, wenn auch auf der gegenüberliegenden Seite der Halle. Wie ein Feldherr, der sich zu einem erhöhten Aussichtspunkt begeben hatte, um den Verlauf der Schlacht zu beobachten, aber anders als Hendrik, Theresa und Leonie selbst, blickte er nicht nach unten, sondern starrte *sie* an. Über die große Entfernung hinweg war es noch viel aussichtsloser als sonst, sein Gesicht erkennen zu wollen, doch Leonie konnte auch jetzt seinen Blick wie eine unangenehme körperliche Berührung spüren. Und obwohl er nun so viel weiter entfernt war, kam es ihr erneut so vor, als pralle irgendetwas in ihr vor dieser Berührung zurück.

Neben ihr sog Theresa scharf die Luft zwischen den Zähnen ein, und sie bemerkte aus den Augenwinkeln, dass sich auch Hendrik mit einem Ruck aufrichtete und anspannte. Seine Hand glitt ganz automatisch zum Schwert und schloss sich um den Griff der wuchtigen Waffe und Theresa wich ganz instinktiv einen halben Schritt von der steinernen Brüstung zurück.

»Wir sollten jetzt besser gehen«, sagte Hendrik. Theresa nickte nervös, während Leonie einfach dastand und die unheimliche Gestalt auf der anderen Seite der Halle weiter anstarrte. Es war sonderbar: Der Anblick machte ihr jetzt vielleicht mehr Angst denn je; ihr Herz hämmerte, ihre Knie zitterten, und ihr Mund fühlte sich plötzlich so trocken und ausgedörrt an, als hätte sie seit Tagen nichts mehr getrunken. Dennoch gelang es ihr jetzt zum allerersten Mal, dem Blick dieser schrecklichen, unsichtbaren Augen standzuhalten. Etwas hatte sich geändert. Sie wusste nicht, was es war, aber irgendetwas war anders als noch vor wenigen Minuten, als sie dem Archivar das letzte Mal gegenübergestanden hatte.

»Kommt!«, rief Hendrik. Er wandte sich nach links und machte zwei, drei Schritte, bevor ihm auffiel, dass weder Theresa noch Leonie sich auch nur von der Stelle rührten. Abrupt blieb er wieder stehen und drehte sich unwillig um. »Wir müssen weg!«, sagte er in drängendem Ton. »Ich weiß nicht, wie lange die Männer sie aufhalten können. Sie werden zurückkommen!«

»Das Gefühl habe ich eigentlich nicht«, antwortete Theresa. In ihrer Stimme war etwas, das Leonie dazu brachte, ihren Blick von der schwarzen Gestalt auf der anderen Seite der Halle zu lösen und zu Theresa hinzusehen. Das Gesicht der jungen Frau wirkte gefasst, fast ausdruckslos, aber es hatte nun auch noch das allerletzte bisschen Farbe verloren, und Leonie hätte gar nicht sehen müssen, dass sie die Hände zu Fäusten geballt hatte und verkrampft dastand, um zu begreifen, wie es hinter dieser Maske aussah.

»Wie meinst du das?«, fragte Hendrik.

»Bist du blind?« Theresa trat wieder an die Brüstung heran und deutete mit einer erregten Handbewegung nach unten. »Siehst du nicht, was dort vor sich geht?«

Hendrik nickte wortlos.

»Das muss aufhören!«, rief Theresa erregt. »Das darf nicht geschehen! Wir müssen ihn aufhalten!«

»Das wird wohl kaum nötig sein«, sagte eine spöttische Stimme hinter ihnen. Theresa fuhr erschrocken herum und blickte einen Moment lang verdattert in das Gesicht von Leonies Vater, der – wieder einmal – vollkommen lautlos hinter ihnen aufgetaucht war. Er wurde von gleich vier Männern der Stadtwache flankiert und trug etwas Großes, Schwarzes unter dem linken Arm, das Leonie im ersten Moment für das Buch hielt, in dem er gerade geschrieben hatte, das aber irgendwie ... *falsch* aussah. »Ich weiß dein Angebot zu schätzen«, fuhr er fort, »aber die Männer werden mit diesen Bestien fertig, keine Angst. Ich glaube nicht, dass sie es noch einmal schaffen, hier heraufzukommen.«

»Das habe ich nicht gemeint!«, schnappte Theresa.

»Ach?«, machte Leonies Vater spöttisch. Theresa wollte etwas darauf erwidern, aber er schnitt ihr mit einer herrischen Geste das Wort ab und drehte sich mit einer ebenso abrupten, zornig wirkenden Bewegung auf dem Absatz um und funkelte Hendrik an. »Hatte ich dir nicht befohlen sie wegzubringen?«

Hendrik schrumpfte unter seinem scharfen Ton sichtbar zusammen, und das – wie es Leonie vorkam – nicht nur im übertragenen Sinne. Zum allerersten Mal fiel ihr auf, dass ihr Vater tatsächlich ein gutes Stück größer war als der hoch gewachsene, breitschultrige Hendrik und eine Kraft und Selbstsicherheit ausstrahlte, vor der wohl jeder zu den Dimensionen eines Zwerges zusammengeschrumpft wäre. »Verzeihen Sie«, sagte Hendrik hastig. »Ich wollte nicht ...«

»Es ist mir ziemlich gleich, was Sie wollten, Hendrik«, fiel ihm Vater ins Wort. »Das hier ist ein Schlachtfeld. Frauen haben hier nichts zu suchen. Und meine Tochter schon gar nicht. Habe ich mich deutlich genug ausgedrückt?«

Hendrik nickte hastig und senkte den Blick, aber diese Antwort schien Leonies Vater nicht zu genügen. Über seinen Augenbrauen erschien ein tiefes, ärgerliches Stirnrunzeln. Ohne noch etwas zu sagen holte er das, was Leonie bisher für ein Buch gehalten hatte, unter dem linken Arm hervor und klappte es auf. Leonie erkannte endlich, was es wirklich war, und ihre Augen weiteten sich ungläubig und Theresa stieß einen kleinen, halb überraschten, halb aber auch eindeutig entsetzten Schrei aus.

»Nein!«, keuchte sie. »Das darfst du nicht! Du weißt ja …

… nicht mehr entdecken. Vielleicht hatte die Menschenmenge Hendrik auf dem Bahnsteig draußen einfach verschlungen, vielleicht hatte ihm auch diese für ihn unheimliche, fremde Umgebung so große Angst eingeflößt, dass er einfach auf dem Absatz kehrtgemacht und sein Heil in der Flucht gesucht hatte, kaum dass Leonie im Zug saß. Sie strengte noch einen Moment lang die Augen an, um ihn in der Menschenmenge draußen auf dem Bahnsteig doch noch irgendwo zu sehen, dann ließ sie sich mit einem resignierten Seufzen im Sitz zurücksinken.

Kaum hatte sich der ICE in Bewegung gesetzt, da ging auch schon die Abteiltür auf und der Schaffner trat ein, um ihren Fahrschein zu kontrollieren. Nachdem er ihn mit einer in der futuristischen Atmosphäre des Zuges geradezu antiquiert anmutenden Zange entwertet hatte, hob er noch einmal den Kopf und ließ seinen Blick demonstrativ über die anderen Sitze und das Display mit der Anzeige *Reserviert* schweifen.

»Ich sitze auf dem richtigen Platz«, sagte Leonie. »Ich habe reserviert – hier.« Sie wedelte mit ihrer Fahrkarte, aber der Schaffner beachtete sie nicht einmal.

»Ja, so könnte man es sagen«, antwortete er. »Aber genau genommen sind alle Plätze reserviert.«

»Ich verstehe kein Wort«, erwiderte Leonie. »Mein Vater hat die Fahrkarte für mich gekauft.«

»Hat er nicht«, antwortete der Schaffner, korrigierte sich aber dann sofort wieder: »Oder doch, genau genommen hat er *alle* Fahrkarten für dieses Abteil gekauft.«

»Wie bitte?«, ächzte Leonie.

»Er wollte wohl, dass du unterwegs deine Ruhe hast«, vermutete der Schaffner. »Na ja, das geht mich nichts an. Ich kontrolliere jetzt die anderen Abteile. Soll ich dir auf dem Rückweg etwas aus dem Speisewagen mitbringen? Ein Getränk vielleicht?«

Leonie lehnte dankend ab und der Schaffner hob enttäuscht

die Schultern und ging. Leonie blieb völlig verwirrt zurück. Ihr Vater hatte gleich das ganze Abteil für sie reservieren lassen, nur damit sie ihre Ruhe hatte? Was sollte denn dieser Unsinn nun wieder? Ihr Vater war zwar niemand, der sich seines Wohlstandes schämte, aber so damit herumzuprotzen hatte auch noch nie zu seinen Eigenarten gehört. Leonie fand auf diese Frage ebenso wenig eine Antwort wie auf so viele andere, die sie sich in den letzten Tagen gestellt hatte. Schließlich schüttelte sie den Gedanken ab, zuckte demonstrativ mit den Schultern, obwohl sie allein im Abteil war, und wandte sich wieder dem Fenster zu.

Die Schule der Buchhändler

Sie musste wohl eingeschlafen sein, denn ihr nächster bewusster Eindruck war der wenig sanfte Ruck, mit dem der Zug zum Stehen kam, und ein leises, aber so schrilles metallisches Quietschen, dass es in den Ohren schmerzte. Noch absurder war die Assoziation, die dieses Geräusch in ihr wachrief: Das Erste, woran sie dachte, war die Klinge eines Schwertes, die an einer eisernen Rüstung abprallte und dabei Funken schlug, und das dumpfe an- und abschwellende Murmeln und Raunen, das von draußen hereindrang, wurde in ihren Ohren zum Getöse einer apokalyptischen Schlacht, die irgendwo nicht weit entfernt von ihr tobte. Und so bizarr und völlig verrückt diese Gedanken auch waren, machten sie ihr für einen Moment doch solche Angst, dass ihr Herz wie wild zu klopfen begann.

Dann öffnete sie die Augen und die Wirklichkeit hatte sie wieder. Das Quietschen war nichts weiter als das Geräusch der eisernen Laufräder des Zuges, die auf den Schienen zum Stehen kamen, und das Murmeln und Raunen wurde wieder zu der normalen Geräuschkulisse eines großen Bahnhofes, in den der ICE eingefahren war. Leonie blinzelte ein paarmal, um sich vollends aus ihrem verrückten Albtraum zu lösen, fuhr sich mit dem Handrücken über die Augen und zwang sich dann ganz bewusst, ein paar Sekunden lang konzentriert aus dem Fenster des Abteils zu sehen. Draußen bewegte sich tatsächlich eine große Menschenmenge scheinbar ziellos hin und her, aber das Chaos, das sie beobachtete, gehörte nicht zu einer apokalyptischen Schlacht, sondern zum normalen mittäglichen Verkehr auf einem Bahnhof. Eine Lautsprecherstimme verriet ihr, dass es sich um den Hauptbahnhof in Frankfurt handelte, und Leonie schrak heftig zusammen, eine gute Sekunde, bevor auch ihr Erinnerungsvermögen weit genug erwacht war, um ihr den Grund für dieses Erschrecken zu nennen: Auf der Fahrkarte, die Hendrik ihr in die Hand gedrückt hatte, stand Frankfurt. Sie war am Ziel.

Hastig sprang sie auf und streckte die Hand nach oben, um im gleichen Moment noch einmal und weit heftiger zu erschrecken. Ihr Gepäck war nicht mehr da. Das schmale Fach über den gegenüberliegenden Sitzen war leer.

Gute zwei oder drei Sekunden lang stand Leonie einfach da und starrte das leere Gepäckfach verständnislos an, während die Erkenntnis dessen, was dieser Anblick bedeutete, nur langsam in ihr Bewusstsein sickerte. Jemand hatte ihr Gepäck gestohlen! Das war die einzige Erklärung. Sie war eingeschlafen (was erstaunlich genug war, normalerweise schlief sie *nie* während einer Reise) und irgendjemand war hereingekommen und hatte die Gelegenheit genutzt, um ihren Koffer mitgehen zu lassen.

Die Abteiltür ging auf und Leonie fuhr auf dem Absatz herum und sagte noch in der Bewegung: »Mein Gepäck ist …«

»… schon draußen auf dem Bahnsteig«, führte der Schaffner den Satz für sie zu Ende. Sein rundliches Gesicht verzog sich zu einem gutmütig-verständnisvollen Lächeln. »Ich war vor zehn Minuten schon einmal hier um dir Bescheid zu sagen. Aber du hast so friedlich geschlafen, dass ich dich nicht wecken wollte. Ich habe dein Gepäck schon nach draußen bringen lassen.« Er machte eine Handbewegung auf den Bahnsteig hinter dem Fenster. »Jetzt solltest du dich aber allmählich beeilen. Wir haben nur fünf Minuten Aufenthalt. Und der nächste Stopp ist erst kurz vor Köln.«

»Geschlafen?«, wiederholte Leonie verstört. Natürlich hatte sie geschlafen. Das, woran sie sich zu erinnern glaubte, *konnte* nur ein Albtraum sein, aber es fiel ihr immer noch schwer, zu akzeptieren, dass ihre Fantasie in der Lage sein sollte, ihr einen derart üblen Streich zu spielen.

»Ja, ich …«

»Ist alles in Ordnung mit dir?«, erkundigte sich der Schaffner. Er lächelte weiter, aber sowohl in seiner Stimme als auch in seinem Blick war plötzlich ein deutlicher Anteil von Sorge.

»Sicher«, sagte Leonie hastig. »Es ist alles in Ordnung. Ich … hatte einen blöden Traum, das ist alles.«

»Verstehe.« Der Schaffner nickte. »Ich habe oft Albträume. Mein Arzt meint, es liegt an meinem unregelmäßigen Lebenswandel: die ständig wechselnden Schichten, zu wenig Schlaf und falsche Ernährung …« Er hob die Schultern, sah Leonie eine halbe Sekunde lang verwirrt an und rettete sich dann in ein verlegenes Lächeln. »Aber was rede ich. Das interessiert dich bestimmt nicht. Deine Sachen sind jedenfalls schon draußen und wir haben jetzt nur noch drei Minuten Aufenthalt. Außerdem glaube ich, dass dich jemand erwartet.«

»Mich?«, fragte Leonie verwirrt. Wer sollte auf sie warten?

Diesmal antwortete der Schaffner nur mit einem Achselzucken, um dann demonstrativ zurückzutreten und eine auffordernde Geste zu machen. Leonie warf noch einen letzten verwirrten Blick auf das leere Gepäckfach über sich, dann trat sie an dem Schaffner vorbei und wandte sich nach links, dem Ausgang zu, hielt dann aber noch einmal an und drehte sich mit einer fast erschrockenen Bewegung herum. Ihre Hände glitten über ihre Hosen- und Jackentaschen, während sie mit einem raschen Schritt bereits wieder ins Abteil zurücktrat.

»Was suchst du?«, fragte der Schaffner. »Hast du etwas verloren?«

»Mein Handy«, antwortete Leonie. Sie war vollkommen sicher, das Telefon, das Vater ihr gegeben hatte, in die rechte Jackentasche geschoben zu haben. Aber sie war leer. Ebenso wie die linke und ihre Hosentaschen.

»Dein Handy?«, wiederholte der Schaffner. »Hast du damit telefoniert?«

»Nein. Ich habe ein Spiel gespielt – glaube ich. Aber dann …« Leonie schüttelte hilflos den Kopf. Sie wusste nicht mehr, wo sie das Gerät hingelegt hatte. Noch vor fünf Sekunden hätte sie geschworen, es wieder eingesteckt zu haben, aber nun war es fort. Rasch ließ sie sich auf die Knie sinken und blickte unter die Sitze, stand dann wieder auf und fuhr mit den Fingern über die Polster und in die Ritze zwischen Rückenlehne und Sitz. Der Schaffner tat auf der anderen Seite des Abteils dasselbe, aber unglückseligerweise auch mit dem gleichen Ergebnis wie sie: Das Handy war nicht mehr da.

»Als ich vorhin hier war, habe ich kein Handy gesehen«, sagte er. Er klang beunruhigt, fast alarmiert, was Leonie im ersten Moment nicht verstehen konnte. »Bist du ganz sicher, dass …«

»Nein«, antwortete Leonie. Das war nicht die Wahrheit. Sie war ganz sicher, dass sie das Telefon noch gehabt hatte, bevor sie eingeschlafen war, aber sie verstand plötzlich den fast panischen Ausdruck in seiner Stimme. Auch wenn sie nicht ganz nachvollziehen konnte warum, fühlte er sich doch offensichtlich für sie verantwortlich, und der Umstand, dass man sie möglicherweise bestohlen hatte, während sie nichts ahnend in ihrem Abteil saß und schlief, machte ihm zu schaffen. Leonie auch, denn mit jedem Atemzug verstärkte sich in ihr das Gefühl, dass es mit dem Verschwinden dieses Telefons etwas ganz Besonderes auf sich hatte, aber sie war auch ebenso sicher, dass der Schaffner davon nichts wusste. Er war einfach nur ein netter Mann, der sich um sie sorgte. »Vielleicht habe ich es doch in den Koffer getan«, meinte sie, wobei sie versuchte möglichst überzeugend ein entschuldigendes Lächeln zu schauspielern. Dem Gesichtsausdruck ihres Gegenübers nach zu schließen gelang ihr das nicht besonders gut.

»Bist du sicher, dass …?«

»Es ist nur ein Handy«, unterbrach ihn Leonie. »Es wird schon wieder auftauchen. Und wenn nicht, geht die Welt auch nicht unter.« Sie hob demonstrativ den linken Arm und sah auf die Uhr. »Jetzt sollte ich mich aber beeilen. Köln soll ja eine schöne Stadt sein, doch leider habe ich hier eine Verabredung.«

Der Schaffner sah sie noch eine Sekunde lang unschlüssig an, aber dann machte sich so etwas wie vorsichtige Erleichterung auf seinem Gesicht breit und er wiederholte seine einladende Geste auf den Gang hinaus. Diesmal folgte ihr Leonie sofort und nur wenige Sekunden später verließ sie den Zug und trat auf einen der zahlreichen Bahnsteige des Frankfurter Hauptbahnhofs hinaus.

Ihr Gepäck war tatsächlich schon rausgebracht worden, und neben ihren vier Koffern und den beiden schier aus allen Nähten platzenden Reisetaschen (seltsam, sie konnte sich gar nicht erinnern, so viel mitgenommen zu haben) stand ein dunkelhaariger Mann in einem grauen Anzug, der ein postkartengroßes Foto in der Hand hielt, auf das er ab und zu hinabsah, um seinen Blick dann wieder suchend über die Reisenden schweifen zu lassen, die aus dem Zug stiegen. Als er Leonie bemerkte, hob er die andere Hand und winkte ihr zu. Leonie ging schneller. Sie hatte den Mann noch nie gesehen, aber irgendetwas sagte ihr, dass er vermutlich für Hendrik arbeitete, den Bodyguard, den Vater für sie engagiert hatte. Seine ersten Worte bestätigten ihre Vermutung.

»Du bist Leonie?«, fragte er und streckte ihr die Hand entgegen. Leonie griff danach und nickte gleichzeitig und der Fremde fuhr mit einem knappen, aber sehr ehrlich wirkenden Lächeln fort: »Mein Name ist Frank. Du kennst mich noch nicht, aber dein Vater hat mich geschickt um dich abzuholen.«

»Sie arbeiten für Hendrik?«, erkundigte sich Leonie. Sie blickte weiter leicht irritiert auf den Berg von Gepäck, der neben Frank auf dem Bahnsteig aufgestapelt war und ihm fast bis zur Hüfte reichte. Sie hätte schwören können, allerhöchstens einen Koffer und eine Tasche mitgenommen zu haben.

Frank nickte, dann folgte er ihrem Blick und schien ihre Gedanken wohl zu erraten, denn er ließ die Fotografie in der Jackentasche verschwinden und machte dann eine wedelnde Geste mit der frei gewordenen Hand. »Die meisten Koffer waren hinten im

Gepäckabteil. Ich habe sie schon heute Morgen zum Bahnhof gebracht, während du noch geschlafen hast – ich darf doch *du* sagen, oder?«

Leonie nickte, sah Frank aber weiterhin fragend und jetzt fast noch verwirrter an. Ihr Vater hatte nichts davon gesagt, dass sie jemand am Bahnhof abholen würde, sondern ihr ganz im Gegenteil noch den Zettel mit der Adresse und der Telefonnummer mitgegeben, bei der sie sich melden sollte, sobald sie in Frankfurt angekommen war. Sie stellte diese Frage laut.

»Ja, das stimmt«, antwortete Frank. »Dein Vater hat seine Pläne wohl kurzfristig geändert.« Ein leicht schiefes Grinsen machte sich auf seinem Gesicht breit. »Nicht dass ich mich beschweren will, aber ich bin wie der Teufel gefahren, um rechtzeitig am Bahnhof zu sein. Es wäre deutlich einfacher gewesen, dich gleich mit dem Wagen herzubringen.«

»Und warum?«

Frank hob die Schultern und wandte sich in der gleichen Bewegung ab, um einen Gepäckwagen zu holen, der in ein paar Schritten Entfernung stand. »Ich habe nicht selbst mit ihm gesprochen«, antwortete er. »Hendrik hat mich angerufen. Ich soll dich in die Schule bringen und mich dann telefonisch melden, sobald du gut angekommen bist.«

»Schule?«

Frank kehrte mit dem Gepäckwagen zurück und hob die schweren Koffer sichtlich ohne die geringste Anstrengung hinauf. »Wie gesagt: Ich bin nur der Chauffeur. Aber wir können deinen Vater anrufen, wenn du möchtest.« Er zog ein flaches Handy aus der Jackentasche, das er ihr hinhielt. Leonie rührte jedoch keinen Finger um danach zu greifen, sondern starrte es nur verdutzt – und auch ein bisschen beunruhigt – an. Das Gerät ähnelte so sehr dem, das ihr Vater ihr vor der Abreise gegeben und das sie verloren hatte, dass sie sich für einen Moment allen Ernstes fragte, ob es dasselbe sei. Was natürlich vollkommen unmöglich war, denn das hätte ja nicht nur bedeutet, dass Frank mit im Zug gewesen war, sondern auch, dass er in ihr Abteil geschlichen und es ihr gestohlen hatte, während sie schlief. Sie zögerte noch einen kurzen Moment, aber dann schüttelte sie den Kopf und trat demonstrativ einen halben Schritt zurück.

»Vielleicht später«, sagte sie.

Frank steckte den Apparat mit einem Achselzucken wieder ein und lud das restliche Gepäck auf das Wägelchen, dann machte er eine auffordernde Kopfbewegung zum Ende des Bahnsteigs hin. »Wenn wir uns jetzt vielleicht beeilen könnten? Ich stehe direkt unter dem Halteverbotsschild, weißt du?«

Das entsprach der Wahrheit, aber was er nicht gesagt hatte, war, dass sich dieses Halteverbotsschild ganz am anderen Ende des Parkplatzes befand, nahezu fünf Minuten vom Haupteingang entfernt. Und all seine Hast war auch vergebens: Als sie ankamen, klemmte bereits eine kleine Plastiktüte mit einem Protokoll und dem schon vorbereiteten Zahlschein unter dem Scheibenwischer. Frank murmelte irgendetwas Unfreundliches, steckte die Tüte ein und öffnete die Beifahrertür, bevor er den Gepäckwagen nach hinten zum Kofferraum schob. Leonie zögerte jedoch einzusteigen. Der Wagen, zu dem Frank sie geführt hatte, war ein schwarzer Jaguar, ein flaches Geschoss auf vier Rädern, dessen Motor immer noch leise knackte und knisterte, was seine Behauptung zu unterstreichen schien, er wäre wie der Teufel gerast um pünktlich anzukommen.

Sie fuhren auf die Autobahn und verließen Frankfurt in nördlicher Richtung, und nachdem sie durch mehrere kleinere Ortschaften gefahren waren, hatten sie ihr Ziel erreicht. Der Gebäudekomplex lag an einer schmalen, steil bergauf führenden Straße und war hinter einer knapp zwei Meter hohen, weiß getünchten Mauer verborgen, in der ein großes schmiedeeisernes Tor prangte. Gleich dahinter gab es einen kleinen Parkplatz, der mehr als zur Hälfte leer war. Frank ignorierte ihn und fuhr weiter. Vor ihnen lag ein gutes halbes Dutzend ebenfalls weißer Gebäude, deren Architektur verriet, dass sie irgendwann aus den Sechziger- oder frühen Siebzigerjahren stammen mussten: Zur Linken erhob sich ein lang gestreckter, anderthalbgeschossiger Bau mit zahlreichen Türen, dafür nur sehr wenigen Fenstern, die übrigen Häuser waren typische Schulgebäude, mit Ausnahme eines einzeln stehenden viereckigen Blocks, durch dessen großzügige Glaswand hindurch man erkennen konnte, dass es sich um eine Bibliothek handelte. Frank fuhr auch daran vorbei und hielt vor dem letzten Gebäude in der langen Doppelreihe. Dahinter konnte Leonie einen kleinen Park erkennen, in dem es einen Sportplatz zu geben schien.

»Endstation«, sagte Frank fröhlich. Er stieg aus, rannte nahezu um den Wagen herum und riss die Beifahrertür auf, noch bevor Leonie auch nur Gelegenheit hatte, die Hand nach dem Türgriff auszustrecken. Sie fragte sich, ob es übertriebene Höflichkeit war oder er vielleicht einen gänzlich anderen Grund für diese Hast hatte. Aber was sollte dieser Grund sein?

Sie erwartete, dass ihr Chauffeur nun das Gepäck aus dem Kofferraum und von der Rückbank holen würde, aber er schüttelte auf ihren fragenden Blick hin nur den Kopf und deutete auf den Eingang des zweigeschossigen Gebäudes, vor dem sie angehalten hatten. »Ich hole deine Sachen später«, sagte er. »Jetzt gehen wir erst einmal zu Frau Bender.«

»Wer ist das?«, erkundigte sich Leonie.

Frank wirkte ein bisschen irritiert. »Ich dachte, dein Vater hätte dir alles erklärt«, antwortete er. Dann deutete er ein Achselzucken an, als wäre er für sich zu der Erkenntnis gelangt, dass ihn das nichts anginge. »Soviel ich weiß, ist das die Schulleiterin – jedenfalls ist sie diejenige, die sich um dich kümmern wird.«

Um dich kümmern ... allein diese Formulierung ließ Leonies Laune schon wieder ein gutes Stück sinken. Natürlich war ihr klar, dass Frank nichts dafür konnte – er führte nur seine Befehle aus –, aber was bildete sich ihr Vater eigentlich ein? Die Zeiten, in denen sie ein kleines Mädchen gewesen war, das man an die Hand nehmen und vorsichtig durchs Leben führen musste, waren weiß Gott schon lange vorbei!

Sie betraten das Gebäude, dessen Innenarchitektur Leonie endgültig davon überzeugte, in einer Schule aus den Siebzigern zu sein, und ihr fiel erneut auf, wie still es hier war. Sie war als Erste eingetreten, aber nun blieb sie stehen und wartete, bis Frank an ihr vorbeiging und die nach oben führende Treppe ansteuerte. Er kannte sich offensichtlich hier aus, denn er ging ohne zu zögern ins zweite Stockwerk hinauf und bog dann nach links in einen langen, weiß gestrichenen Korridor, der keine Fenster hatte, sodass selbst zu dieser Tageszeit die Neonbeleuchtung unter der Decke brannte. Rechts und links zweigten zahlreiche dunkelgrau gestrichene Türen ab, und Leonie überkam ein seltsames Gefühl von Déjà-vu, während sie zwei Schritte hinter ihrem Bodyguard herging. Sie war noch niemals hier gewesen, nicht einmal in einem Gebäude, das diesem auch nur ähnelte, und trotzdem hatte sie das unheimliche Gefühl, dass diese Umgebung sie an irgendetwas erinnerte. Es war kein gutes Gefühl und es war auch keine gute Erinnerung. Aber sosehr sie ihr Gedächtnis anstrengte, sie kam nicht darauf.

Frank blieb am Ende des Korridors stehen, wartete, bis sie wieder zu ihm aufgeholt hatte, und klopfte dann an eine Tür. Ohne auf eine Antwort zu warten drückte er die Klinke herunter und trat ein.

Der Raum dahinter war eine Überraschung. Leonie hatte genau das erwartet, was das Äußere des Gebäudes und der lange Korridor zu suggerieren schienen: ein kahles Büro mit einfachen Kunststoffmöbeln und Schränken voller Aktenordner. Aber der Raum, in den sie nun traten, war behaglich eingerichtet und viel größer, als sie gedacht hätte. Hinter einem Schreibtisch vor einem großen Fenster an der Südseite saß eine junge Frau mit schwarzem, schulterlangem glattem Haar, die ein einfaches, aber sehr geschmackvolles Kostüm in fröhlichen Farben trug und bei ihrem Eintreten schon halb aufgestanden war. Plötzlich aber hielt sie mitten in der Bewegung inne. Sie hatte zuerst in Franks Richtung geblickt und leicht die Stirn gerunzelt, vielleicht weil er einfach hereingekommen war, ohne nach seinem Anklopfen auf die Bitte zum Eintreten zu warten, doch als sie Leonie sah, erschien ein Ausdruck in ihren Augen, der auch Leonie erstarren ließ.

»Theresa …?«

Die junge Frau blinzelte verwirrt, dann überwand sie ihre Überraschung, führte ihre Bewegung zu Ende und kam mit schnellen Schritten um ihren Schreibtisch herum. »Das ist richtig«, sagte sie. »Mein Name ist Theresa Bender. Und du musst … Leonie sein?« Sie fuhr ganz leicht zusammen und sah Frank ein wenig schuldbewusst an. »Verzeihung. Sie sind …?«

»Nennen Sie mich Frank«, antwortete er lächelnd. »Ich habe Leonie vom Bahnhof hierher gebracht. Herr Kammer hat Sie angerufen?«

»Ja, das hat er. Ich habe nur …« Die junge Frau schüttelte erneut den Kopf und sah für einen Augenblick so verwirrt und hilflos aus, dass sie Leonie regelrecht Leid tat. Dann sah sie auf die Armbanduhr und schrak noch einmal und heftiger zusammen. »Um Gottes willen – es ist ja schon so spät. Wo war ich nur mit meinen Gedanken?«

»Das macht überhaupt nichts«, sagte Frank. »Jetzt sind wir ja da.« Er deutete auf Leonie. »Warum machen Sie sich nicht näher miteinander bekannt und ich bringe indessen Leonies Gepäck in ihr Zimmer? Es ist doch alles dabei geblieben?«

Theresa Bender nickte. »Ja. Gleich das erste Zimmer unten neben dem Eingang.«

Frank entfernte sich, und Leonie sah ihm stirnrunzelnd nach, ehe sie sich mit einer betont langsamen Bewegung wieder zur Schulleiterin umwandte. »Woher weiß er, wo mein Zimmer ist?«, fragte sie.

»Er war letzte Woche schon einmal hier und hat sich alles zeigen lassen«, antwortete die Schulleiterin, während sie mit der kleinen silberfarbenen Nadel spielte, die an einer dünnen Kette um ihren Hals hing. »Ich habe nicht selbst mit ihm gesprochen, aber meine Assistentin hat ihm die Schule und dein Zimmer gezeigt.«

»Letzte Woche?«, vergewisserte sich Leonie. Aber wie konnte das sein? Ihr Vater hatte ihr doch erst an diesem Morgen gesagt, dass sie die Stadt verlassen sollte – aus Sicherheitsgründen und nur zur Vorsicht, wie er behauptete. Irgendetwas stimmte hier nicht.

»Du bist also Leonie«, begann Theresa. »Dein Vater hat mir eine Menge über dich erzählt.«

»Wie schön«, erwiderte Leonie spröde. »Mir dafür umso weniger über Sie – und diese ganze Schule.«

Sie sah, wie ihr Gegenüber ganz leicht zusammenfuhr, und begriff, dass ihr Ton unangemessen scharf gewesen war, was ihr mehr Leid tat, als sie sich im ersten Moment selbst erklären konnte. Und der Anblick der jungen Frau verwirrte sie auch mit jedem Augenblick mehr. Sie war niemals hier gewesen und hatte auch die dunkelhaarige Frau noch nie zuvor gesehen, dennoch kam sie ihr auf fast unheimliche Weise bekannt vor. Nein, bekannt war das falsche Wort. Vertraut.

»Er hat dir gar nichts erzählt?«, vergewisserte sich die Schulleiterin.

»Ich bin … ein bisschen überhastet aufgebrochen«, antwortete Leonie. Sie hatte etwas ganz anderes sagen wollen. Noch vor ein paar Sekunden hatte sie sich vorgenommen, ganz bewusst verletzend und aufsässig zu sein. Ihr Vater hatte sie nicht nur gegen ihren Willen hierher abgeschoben, er hatte sie – viel schlimmer noch – belogen, denn ihr Aufenthalt in dieser Was-auch-immer hatte ganz offensichtlich nichts mit dem Überfall vom vergangenen Abend zu tun, sondern war von langer Hand vorbereitet worden.

Möglicherweise – nein: wahrscheinlich – war diese Theresa daran ebenso schuldlos wie sie und auch nur jemand, den ihr Vater für seine Zwecke benutzte, aber das war ihr zumindest im Moment vollkommen egal. Und doch gelang es ihr nicht, wirklichen Zorn auf Theresa zu empfinden. Da war irgendetwas, was diese Fremde beinahe zu einer Freundin zu machen schien, das Gefühl, etwas Gemeinsames erlebt (vor allem *überlebt*) zu haben, und so absurd dieses Gefühl auch sein mochte, es war einfach zu stark um es zu ignorieren. Und umgekehrt schien es Theresa Bender ähnlich zu gehen. Sie gab sich alle Mühe, möglichst gefasst auszusehen, aber das wollte ihr nicht wirklich gelingen.

»Irgendetwas ist seltsam«, sagte Leonie plötzlich. »Ich habe das Gefühl, wir kennen uns.«

Theresa nickte. »Ja. Mir geht es genauso«, antwortete sie in nachdenklichem, fast erschrockenem Ton. Dann hob sie die Schultern und rettete sich in ein verlegenes Lächeln. »Vielleicht habe ich dich tatsächlich schon einmal gesehen.«

»Ich wüsste nicht wo.«

»Jetzt unterschätzt du dich aber, Leonie«, antwortete Theresa. »Genauer gesagt deinen Vater. Immerhin ist er ein sehr berühmter Mann.« Sie hob erneut die Schultern. »Wahrscheinlich habe ich dein Bild in der Zeitung gesehen oder auch im Fernsehen. Ich vermute, bei euch gehen die Journalisten nur so ein und aus.«

Leonie sah sie völlig verdattert an. Journalisten? Ihr Vater ein berühmter Mann? Ihr Vater war … der vermutlich erfolgreichste Schriftsteller der letzten dreißig Jahre, zumindest in diesem Land. Seine letzten acht Bücher hatten ausnahmslos wochenlang an der Spitze der Bestsellerlisten gestanden, und es verging kein Jahr, in dem Hollywood nicht mindestens einen seiner Romane mit gewaltigem Aufwand verfilmte. Es war nicht so, dass Journalisten und Fotografen sich bei ihnen die Klinke in die Hand gaben, denn ihr Vater legte Wert darauf, sein Privatleben möglichst zu schützen, aber selbstverständlich gab es immer wieder einmal Gelegenheiten, bei denen sie einem Reporter begegnete oder sich plötzlich vor einer laufenden Fernsehkamera wiederfand. Wie hatte sie das vergessen können?

»Na ja, die Reise war wohl ziemlich anstrengend«, sagte Theresa. Sie schien Leonie anzusehen, mit welcher Verwirrung sie ihre Worte erfüllt hatten. »Ich finde es zwar schade, dass dein Vater dir nichts über uns erzählt hat, aber das können wir ja jetzt nachholen.«

»Gute Idee«, murmelte Leonie. Zugleich hatte sie Mühe, sich überhaupt auf Theresas Worte zu konzentrieren. Ihre Gedanken drehten sich wild im Kreis. Es war doch nicht möglich, dass sie etwas so Wichtiges einfach vergaß. Und wenn sie das schon vergessen hatte, woher wollte sie dann wissen, dass ihr Vater nicht schon vor längerer Zeit mit ihr über diese Schule gesprochen hatte?

»Dann ist das hier so etwas wie ein … Internat?«, fragte sie, eigentlich nur um überhaupt etwas zu sagen.

Frau Bender schüttelte den Kopf. »Nicht direkt. Viele unserer Schüler und Schülerinnen wohnen tatsächlich hier, aber es ist nicht Bedingung. Und die meisten bleiben auch nur ein halbes Jahr. Dein Vater hat mir erzählt, dass du nach dem Abitur erst einmal eine Buchhändlerlehre machen möchtest, um das Geschäft von der Pike auf zu lernen, sozusagen.«

Leonie konnte sich nicht erinnern, so etwas Verrücktes auch nur *gedacht* zu haben, geschweige denn gesagt. Aber sie schwieg und die Schulleiterin fuhr fort: »Was wir anbieten, ist so etwas wie ein Crashkurs – wenn du das neumodische Wort entschuldigst. Nach sechs Monaten hier bist du durchaus in der Lage, eigenständig eine Buchhandlung zu leiten. Deine Eltern hatten früher eine Buchhandlung, habe ich Recht?«

»Bis zum … Tod meiner Großmutter, ja«, antwortete Leonie stockend. Ein dünner, aber sehr tiefer Schmerz bohrte sich in ihre Brust, und obwohl es nun schon so viele Jahre her war, musste sie für eine Sekunde dennoch mit aller Kraft gegen die Tränen ankämpfen. Sie war noch ein Kind gewesen, als ihre Großmutter und kurz danach zuerst ihr kleiner Bruder und dann ihre Mutter gestorben waren, und dennoch erinnerte sie sich an jene schreckliche Zeit so deutlich, als läge sie erst wenige Tage zurück und nicht Jahre. Auch Frau Benders Stirn umwölkte sich für einen Moment, auch wenn sie nun wirklich nicht wissen konnte, woran Leonie in diesem Moment dachte, und es war regelrecht zu spüren, wie sich die Stimmung änderte.

»Du hast sie sehr gemocht, wie?«, fragte sie plötzlich.

Es war seltsam: Wenn schon nicht die Frage an sich, so stand der Schulleiterin doch der vertrauliche Ton, in dem sie sie stellte, ganz und gar nicht zu. Und dennoch empfand Leonie in diesem Moment nichts als ein Gefühl tiefer, bedingungsloser Freundschaft. Sie musste an sich halten, um nicht auf die junge Frau zuzutreten und sie in die Arme zu schließen. »Ja«, sagte sie leise. »Sie hat mir sehr viel bedeutet.« Wieder spürte sie, wie ihr heiße

Tränen in die Augen schießen wollten. Mit aller Macht kämpfte sie sie zurück und zwang sich mit beinahe noch größerer Anstrengung, das Thema zu wechseln. »Aber Sie irren sich. Wir haben die Buchhandlung noch.«

»Das wundert mich«, sagte die Schulleiterin. »Ich kann mir nicht vorstellen, dass ein Mann wie dein Vater noch Zeit dafür hat.«

»Hat er auch nicht«, antwortete Leonie mit einem etwas verkrampften Lächeln. »Wir haben zwei Angestellte, die sich darum kümmern. Es lohnt sich nicht wirklich. Mein Vater gibt es nicht zu, aber ich glaube, dass es ein reines Zuschussgeschäft ist.«

»Und er führt sie trotzdem weiter?«

»Sie hat meiner Mutter sehr viel bedeutet«, erklärte Leonie. Aber das war vielleicht das Verrückteste von allem: Von ihrer Großmutter zu sprechen hatte sie fast an den Rand ihrer Beherrschung gebracht. Wenn sie an ihre Mutter dachte, empfand sie allenfalls ein Gefühl sachter Trauer und eine Art stillen Zorn, der nicht ihrer Mutter, sondern dem Schicksal galt, das aus unerfindlichen Gründen beschlossen hatte, sie ihr so früh wegzunehmen. »Ich kann mich nicht selbst daran erinnern, aber Vater hat ein paarmal erzählt, wie sehr sie daran gehangen hat. Sie hat sie auch dann noch weitergeführt, als mein Vater längst erfolgreich war und sie das Geld nicht mehr brauchten.«

»Und jetzt möchte er, dass du sie übernimmst, wenn es so weit ist«, vermutete Frau Bender.

Leonie hob nur die Schultern. Also gut, irgendetwas war mit ihrem Gedächtnis nicht in Ordnung, und es war keineswegs so, dass diese Vorstellung sie *nicht* beunruhigte. Aber trotz der verrückten Gefühle, die sie hatte, war diese Frau letzten Endes eine Wildfremde für sie und würde es auch bleiben, denn Leonie hatte nicht vor, lange hier zu verweilen, und es gab Dinge, die waren zu persönlich, um sie mit einer Fremden zu teilen.

»Es kann auf jeden Fall nicht schaden«, fuhr die Schulleiterin fort. »Selbst wenn du nur ein paar Wochen bleibst, lernst du bestimmt eine Menge interessanter Dinge, und wer weiß, vielleicht findest du ja hier die eine oder andere Freundin.« Sie blinzelte ihr zu. »Komm, ich zeige dir dein Zimmer. Und danach führe ich dich ein bisschen herum. Heute ist Sonntag, deswegen ist fast niemand hier, aber ab morgen früh wird es richtig hektisch. Wenn es also irgendetwas gibt, was du wissen möchtest, dann fragst du mich besser heute danach.«

Es gab eine Menge Dinge, die Leonie wissen wollte, aber sie stand der falschen Person gegenüber, um *diese* Fragen zu stellen. Dazu kam, dass Frau Bender sie mehr und mehr verwirrte. Das unheimliche Gefühl, ihr nicht nur schon mal begegnet zu sein, sondern sie durch und durch zu kennen, wurde mit jedem Augenblick stärker statt schwächer. Und auch wenn sie es nicht wagte, eine entsprechende Frage zu stellen, so spürte sie doch, dass es der jungen Frau umgekehrt ganz ähnlich erging. Sie hatte das Selbstbewusstsein und die professionelle Höflichkeit aller Menschen, die eine Position wie die ihre innehatten, aber unter dieser scheinbaren Gelassenheit spürte Leonie doch, wie nervös und unsicher sie war.

Sie verließen das Büro und gingen den Weg zurück, den Leonie vorhin mit Frank gekommen war. Der Jaguar stand nicht mehr vor der Tür, sondern parkte mit offen stehender Kofferraumklappe vor einem der anderen Gebäude, und gerade als Leonie und ihre Begleiterin sich ihm näherten, trat Frank heraus, um den letzten Koffer zu holen. Obwohl schwer beladen, ließ er es sich nicht nehmen, ihnen die Tür aufzuhalten.

Frau Bender ging vor – Leonie zwang sich mit einiger Anstrengung, sie auch in Gedanken nicht *Theresa* zu nennen. Davon abgesehen dass es ihr möglicherweise wieder laut herausrutschen könnte, was peinlich gewesen wäre, hätte sie sich irgendwann die Frage stellen müssen, woher sie den Vornamen der jungen Frau gekannt hatte, bevor Frau Bender sich vorgestellt hatte. Und irgendetwas sagte ihr, dass ihr die Antwort auf diese Frage gar nicht gefallen würde.

Die Schulleiterin führte sie in ein kleines, aber behaglich eingerichtetes Zimmer, das nun endgültig wie ein Schülerzimmer in einem etwas altmodischen Internat aussah. Es gab ein doppelstöckiges Bett, einen Schreibtisch und einen überraschend großen Kleiderschrank, und das einzige Zugeständnis an das Jahrhundert, in dem sie lebten, hing an der Wand neben der Tür: einer jener übergroßen Flachbildschirme, wie sie in den letzten Jahren überall Einzug gehalten hatten.

Der Schreibtisch war leer bis auf einen großen Monitor und eine drahtlose Tastatur, und auf dem großen Bücherregal, das den Rest der vorhandenen Wandfläche einnahm, stand nur eine einsame CD-Box.

»Ich dachte, das hier ist eine Buchhändlerschule«, rutschte es Leonie heraus.

Frau Bender hob die Schultern und lächelte flüchtig; es wirkte ein bisschen schuldbewusst. »Wir haben auch das eine oder andere richtige Buch hier«, sagte sie spöttisch. »Das Zimmer steht seit einer Weile leer. Normalerweise bringen die Schüler ihre eigenen Bücher mit, aber du kannst dir auch in der Bibliothek ausleihen, was immer du willst. Das hier«, sie machte eine Kopfbewegung auf den Computer, »ist Lehrmaterial. Du bist online mit unserem Hauptrechner verbunden. Du kannst dir jedes Buch auf den Bildschirm holen oder auch im Internet surfen.« Sie lächelte. »Ich werde in der Öffentlichkeit leugnen, so etwas jemals gesagt zu haben, aber manchmal ist das wirklich praktischer als stundenlang in verstaubten Bibliotheken nach etwas zu suchen, was man dann doch nicht findet.«

Leonie erwiderte nichts darauf – was hätte sie auch sagen sollen? Selbst ihr Vater, der schließlich vom Schreiben altmodischer Bücher lebte, recherchierte zumeist im Internet und ging *nie* ohne mindestens einen Laptop aus dem Haus, meistens sogar mit mehreren.

»Wohne ich allein hier?«, fragte Leonie mit einer Geste auf das Etagenbett.

»Im Moment ja«, antwortete die Schulleiterin. »Wir sind nicht voll belegt. Außerdem hat dein Vater darum gebeten, dir ein eigenes Zimmer zu geben.«

»Und der Tochter eines so berühmten Mannes wird auch schon mal eine Extrawurst gebraten, wie?«, fragte Leonie spitz.

Frau Bender hob nur die Schultern. »Sagen wir: Die großzügige Spende, die dein Vater uns hat zukommen lassen, hat nicht unbedingt geschadet.« Sie lachte. »Aber keine Angst, du wirst bestimmt nicht über Langeweile klagen. Lass dich nicht von dem täuschen, was du jetzt hier siehst. Es gibt Tage, da wünsche ich mir regelrecht nur halb so viele Schüler und Schülerinnen zu haben.«

»Und außerdem bist du auch nicht ganz allein«, fügte Frank hinzu, der in diesem Moment mit dem großen Koffer beladen hereinkam, den er mit einem dumpfen Knall neben dem Schrank abstellte. »Mein Zimmer ist gleich nebenan. Wenn irgendwas ist, brauchst du nur gegen die Wand zu klopfen oder zu rufen. Ich bin in einer Sekunde hier.«

Leonie wusste nicht, wer verwirrter dreinblickte: sie oder die Schulleiterin. Theresa starrte den Bodyguard einen Moment lang verständnislos an, dann drehte sie sich um und warf Leonie einen fragenden Blick zu, aber Leonie konnte nur hilflos mit den Achseln zucken. Sie war davon ausgegangen, dass Frank sie bloß hierher bringen und dann wieder zurück nach Hause fahren würde.

»Was soll das heißen?«, fragte die Schulleiterin schließlich. Sie klang nicht sehr begeistert.

»Das heißt, dass ich hier bleibe um auf Leonie aufzupassen«, antwortete Frank. »Hat man Ihnen das nicht gesagt?«

Frau Bender schüttelte heftig den Kopf. »Nein. Und ich wäre auch niemals damit einverstanden gewesen. Das hier ist ein Internat, kein Hotel. Sie können nicht einfach ...«

»Ich kann und ich werde«, unterbrach sie Frank, freundlich, aber auch in sehr bestimmtem Ton. Er hob die Hand, als die Schulleiterin widersprechen wollte. »Herr Kammer hat mir genaue Anweisungen gegeben. Es ist alles mit Ihrem Vorgesetzten abgesprochen. Ich werde hier bleiben und ein Auge auf Leonie werfen. Aber keine Sorge: Ich kann sehr diskret sein, wenn es sein muss. Ich werde Ihren Schulbetrieb bestimmt nicht durcheinander bringen.«

»Darum geht es doch gar nicht«, antwortete Frau Bender scharf. »Was soll das bedeuten? Wir brauchen hier keine Anstandsdame!«

»Das ist er auch nicht«, sagte Leonie. »Frank ist mein Leibwächter. Oder Bodyguard, wie man das heute nennt.«

»Leibwächter?« Theresas Augen wurden groß und ihr Gesicht verlor ein bisschen an Farbe. »Das bedeutet doch nicht etwa, dass …«

»Es gibt keinen Grund, besorgt zu sein«, unterbrach sie Frank. Er warf Leonie einen raschen, fast beschwörenden Blick zu, den Theresa bemerken musste, wenn sie nicht blind war, und er brachte zugleich auch das Kunststück fertig, ein beruhigendes Lächeln auf sein Gesicht zu zaubern, das durch und durch überzeugend wirkte. »Es ist eine reine Routinemaßnahme. Einer von uns begleitet Leonie ständig, müssen Sie wissen.«

»Wieso?«, fragte Frau Bender misstrauisch.

»Muss ich Ihnen wirklich erklären, was Leonie alles passieren kann?«, erwiderte Frank. »Leonie ist ein hübsches Mädchen und ihr Vater ist nicht nur berühmt, sondern auch ziemlich wohlhabend. Da könnte der eine oder andere schon mal auf eine dumme Idee kommen.«

»Ist denn schon mal jemand auf eine *dumme Idee* gekommen?«, wollte Theresa wissen.

»Nein«, versicherte Frank. »Wie gesagt: Es ist eine reine Vorsichtsmaßnahme. Und es ist alles mit Ihrem Vorgesetzten abgestimmt. Sie können gerne anrufen und sich überzeugen, wenn Sie das möchten.«

»Worauf Sie sich verlassen können.« Theresa fuhr auf dem Absatz herum und stürmte aus dem Zimmer.

»Das hätten Sie mir, verdammt noch mal, sagen müssen!«, fuhr Leonie Frank an, kaum dass sie allein waren. Sie wechselte ganz bewusst zum förmlichen *Sie*, und Frank schien die Absicht dahinter auch zu begreifen, denn er fuhr leicht zusammen und in seiner Stimme war ein schuldbewusster Klang, als er antwortete.

»Ich dachte, dein Vater hätte das schon getan. Aber es besteht wirklich kein Grund zur Sorge.«

»Nein«, schnappte Leonie. »Deswegen sind Sie ja auch hier, nicht wahr?« Sie schnitt Frank mit einer wütenden Handbewegung das Wort ab, als er antworten wollte. »Was ist wirklich passiert? Wovor hat mein Vater solche Angst, dass er mich hierher ans Ende der Welt schickt?«

»Es ist eine reine Vorsichtsmaßnahme«, beharrte Frank. Er hob die Schultern. »Ich weiß selbst nichts Genaues. Ein Mitglied der Bande, die euch gestern Abend überfallen hat, ist anscheinend entkommen.«

»Meister Bernhard?«, meinte Leonie erschrocken.

Frank schüttelte den Kopf. »Nein. Ein Junge, soviel ich weiß.«

Ungläubig starrte Leonie ihn an. *Maus?* Laut und in übertrieben ungläubigem Ton fragte sie: »Der Junge? Soll das ein Witz sein? Der Knirps war doch höchstens zehn! Was soll der mir denn antun?«

»Darum geht es nicht«, erwiderte Frank. Er begann sich zu winden und Leonie sah ihm deutlich an, wie unangenehm ihm das Gespräch mittlerweile geworden war. »Solange die Behörden die Geschichte nicht vollends aufgeklärt haben, ist Vorsicht geboten. Immerhin könnte es sein, dass die Bande noch mehr Mitglieder hat. Die Polizei arbeitet auf Hochtouren. Ich bin sicher, sie werden den Fall in ein paar Tagen restlos aufgeklärt haben. Und falls es dir dann hier wirklich nicht gefällt, hat dein Vater bestimmt nichts dagegen, wenn du nach Hause kommst.«

Etwas sagte Leonie, dass dem nicht so war und dass ihr Vater sie nicht wegen des Überfalls gestern Abend weggeschickt hatte. Das hätte er sowieso getan und die Heimsuchung durch Bernhard und seine Bande war nur ein willkommener Vorwand gewesen. Irgendetwas stimmte hier nicht. Es hatte nicht nur mit Frank und diesem Internat zu tun, nicht nur mit dem Überfall und der Schulleiterin, die ihr auf so unheimliche Weise vertraut schien, sondern mit ihr und ihrem ganzen Leben.

Aber sie konnte einfach nicht sagen was.

Schon am nächsten Morgen begann sie zu verstehen, was Frau Bender gemeint hatte. Ganz gegen ihre sonstige Gewohnheit wurde sie nicht von selbst wach, sondern fand nur langsam und mit spürbarer Mühe in die Wirklichkeit zurück. Jemand klopfte ungeduldig an die Tür, und obwohl Leonie noch schlaftrunken war, wurde ihr doch im Nachhinein klar, dass das Klopfen schon seit einer geraumen Weile anhielt. Benommen setzte sie sich ganz auf, schwang die Beine aus dem Bett und murmelte: »Ja, ja. Ist ja schon gut! Ich komme.«

Das Klopfen brach tatsächlich ab, aber eine Sekunde später wurde die Türklinke langsam heruntergedrückt und die Tür selbst noch langsamer geöffnet und Frank lugte herein. »Es ist schon nach acht«, sagte er. »Frau Bender lässt dir ausrichten, dass du heute noch nicht zum Unterricht erscheinen musst, wenn du nicht willst. Aber unten in der Mensa gibt es Frühstück. Nach dem gestrigen Tag musst du ziemlich hungrig sein.«

Leonie hatte Mühe, sich an den gestrigen Tag zu erinnern. Die Bahnfahrt und ihr anschließender Transfer hierher hatten nur ungefähr bis Mittag gedauert. Den Rest des Tages hatte sie größtenteils damit verbracht, sich in eine unerträglich schlechte Laune hineinzusteigern und sich abwechselnd selbst Leid zu tun und wütend auf ihren Vater, auf Frank, auf Hendrik, auf Frau Bender und überhaupt die ganze Welt zu sein. Danach hatte sie den Computer eingeschaltet und ein wenig im Internet gesurft, ohne indes selbst genau zu wissen, was die bunten Bilder bedeuteten, die über den Monitor auf dem Schreibtisch flimmerten, und schließlich war sie ungewöhnlich früh zu Bett gegangen; müde von der Reise, aber auch in der vagen Hoffnung, dass die Welt am nächsten Morgen, wenn sie wieder ausgeruht und bei Kräften war, vielleicht ein bisschen freundlicher aussehen würde.

Beides war nicht der Fall.

Sie fühlte sich so zerschlagen, als hätte sie gar nicht geschlafen, und ihre Laune war während der Nacht nicht gestiegen, sondern noch weiter gesunken. Sie hatte nicht übel Lust, Frank mit wenig damenhaften Worten zu erklären, wohin er sich sein Frühstück stecken konnte, aber ihr wurde gottlob doch noch rechtzeitig klar, dass der junge Mann von allen hier vielleicht am wenigsten dafür konnte. Er machte nur seine Arbeit, und das Argument, dass ihn schließlich niemand gezwungen hatte, sie zu tun, zählte nicht – hätte er diesen Auftrag abgelehnt, hätte ihr Vater sicherlich jemand anderen gefunden, der ihn annahm. Und wenn sie ehrlich war, dann hätte sie es schlechter treffen können als mit ihm. Außerdem spielte es keine Rolle. Sie hatte weder vor ein halbes Jahr hier zu bleiben noch wenige Wochen. Nicht einmal einen einzigen Tag. Irgendwann in den Stunden, in denen sie allein in ihrem Zimmer gehockt und auf der Computertastatur herumgehämmert hatte, nur um ihre Finger zu beschäftigen, war ihr klar geworden, was sie zu tun hatte. Sie würde von hier verschwinden, und das noch heute. Wenn ihr Vater sie loswerden wollte, dann sollte er ihr das gefälligst ins Gesicht sagen.

»Ich komme gleich«, sagte sie, während sie müde die Hände hob und sich damit durchs Gesicht fuhr. Sie bückte sich nach ihren Kleidern, die sie am Abend zuvor unordentlich im ganzen Zimmer verstreut hatte, zog sich an und verschwand für eine Katzenwäsche im Bad. Wenige Augenblicke später verließ sie ihr Zimmer und wäre draußen auf dem Flur beinahe mit Frank zusammengeprallt, der mit vor der Brust verschränkten Armen vor der Tür stand und offenbar auf sie wartete.

»Na, das ging aber schnell«, bemerkte er. Er machte eine auffordernde Geste. »Können wir?«

Wieso wir?, dachte Leonie. Hatte er etwa vor, sie von jetzt ab auf Schritt und Tritt zu begleiten? Doch sie schluckte alles, was sie dazu sagen wollte, hinunter und beließ es bei einem finsteren Blick und einem Schulterzucken. Auch das würde sich erledigt haben, noch bevor die Schulglocke zur Mittagspause schrillte.

Das gestern so friedlich daliegende Anwesen hatte sich über Nacht radikal verändert. Überall waren Stimmen und Gelächter zu hören, Schritte und andere Geräusche, und sie sah zahlreiche Jungen und Mädchen, die herumstanden und redeten oder auch geschäftig von hier nach dort eilten. Da es sich um eine Art Berufsschule handelte, waren die Schüler zum allergrößten Teil älter als sie, und es gab keine nervigen Sextaner, aber der Lärmpegel hätte dennoch mit jedem Kindergarten mithalten können. Als sie das betraten, was Frank vorhin als Mensa bezeichnet hatte, musste Leonie sich beherrschen, um sich nicht demonstrativ die Ohren zuzuhalten.

Der Raum war nicht besonders groß und Leonie schätzte auf den ersten Blick, dass sich kaum mehr als vierzig oder fünfzig Schüler darin aufhielten. Dennoch gab es nur noch einen einzigen freien Tisch am Fenster auf der gegenüberliegenden Seite, auf den Frank jetzt deutete. Er schüttelte zugleich den Kopf, als sie sich in die andere Richtung zur Essensausgabe wenden wollte. »Setz dich ruhig«, sagte er. »Ich bringe dir dein Frühstück.«

Leonie ersparte sich die Frage, woher er denn wissen wollte, was sie frühstückte. Sie war sicher, dass er es wusste. Sie nickte, lächelte so freundlich, wie sie es überhaupt nur fertig brachte, und ging dann mit entschlossenen Schritten an ihm vorbei zur Essensausgabe um sich ein Tablett zu nehmen. Frank runzelte die Stirn, sagte aber nichts. Leonie wusste selbst, dass sie sich albern benahm, aber diesen kleinen Anflug von Trotz war sie sich einfach schuldig. Sie nahm sich eine Kanne Tee, frischen Orangensaft sowie Aufschnitt und zwei halbe Brötchen und balancierte mit ihrer Last vorsichtig zwischen den überfüllten Tischen hindurch zum Fenster.

Frank, der sich mit einer Tasse Kaffee begnügt hatte, folgte ihr in zwei Schritten Abstand, doch obwohl es an dem Tisch noch drei freie Plätze gab, machte er keine Anstalten, sich ebenfalls zu setzen, sondern trat ans Fenster, nippte an seinem Kaffee und tat so, als blicke er interessiert nach draußen. Leonie konnte ihm jedoch ansehen, dass seine Sinne in Wahrheit aufs Äußerste angespannt waren und er verstohlen, aber sehr aufmerksam nicht nur das Gelände vor dem Fenster, sondern auch alles hier drinnen im

Auge behielt. Was immer sie von ihm gedacht hatte, der junge Mann verstand sich auf das, was er tat.

»Ist hier noch frei?«

Leonie sah fast erschrocken hoch und blinzelte dann verwirrt, als sie ins Gesicht ihrer neuen Schulleiterin blickte. Frau Bender stand, ebenfalls mit einem Tablett bewaffnet, vor ihrem Tisch und zog mit einer Bewegung, die langjährige Übung verriet, den Stuhl mit dem Fuß zurück und setzte sich ohne Leonies Antwort abzuwarten.

»Gerne«, sagte Leonie. »Nehmen Sie ruhig Platz. Nur keine Hemmungen.«

Theresa lächelte, schenkte sich einen Kaffee ein und hielt die Tasse mit beiden Händen vor den Mund, trank aber nicht, sondern sah Leonie nur aufmerksam über den Rand hinweg an. »Und? Wie war deine erste Nacht in der Verbannung?«

»Zu kurz«, antwortete Leonie unfreundlich. »Außerdem hatte ich ständig das Gefühl, beobachtet zu werden.« Sie blickte demonstrativ zu Frank hin, der ihre Worte gehört haben musste, denn sie hatte alles andere als leise gesprochen, und Theresa, deren Blick dem ihren gefolgt war, runzelte leicht überrascht die Stirn.

»Ich dachte, du wärst daran gewöhnt.«

»Es gibt Dinge, an die gewöhnt man sich nie«, erwiderte Leonie ruppig. Es kostete sie immer größere Mühe, weiterhin so unfreundlich zu bleiben. Am liebsten hätte sie Frau Bender zugelächelt und sich bei ihr für ihr Benehmen von gestern entschuldigt, aber sie war noch nicht so weit, über ihren eigenen Schatten zu springen. Sie war in einer Situation, in der sie einfach aufsässig sein musste, basta!

»Meine erste Stunde fängt erst um zehn an«, sagte die Schulleiterin. »Wenn du möchtest, führe ich dich noch ein bisschen herum.«

Leonie antwortete nicht gleich, sondern sah sich aufmerksam in der Mensa um. Der Lärmpegel schien deutlich abgenommen zu haben, seit sie hereingekommen war, aber sie vermochte nicht zu sagen, ob das an ihrer oder der Gegenwart der Schulleiterin lag. Was sie sagen konnte, war, dass sehr viele der anderen Schüler sie mit unverhohlener Neugier anstarrten. Leonie versuchte sich vergeblich einzureden, dass das ganz normal war, wenn eine neue Schülerin, noch dazu mitten im Jahr, ankam. Aber sie hatte auch nicht vergessen, was Theresa ihr gestern erzählt hatte. Sie war nicht irgendwer, sondern die Tochter eines berühmten Mannes, und sie konnte sich jetzt schon lebhaft vorstellen, wie die ersten Gespräche zwischen ihr und ihren neuen Mitschülerinnen und Mitschülern ablaufen würden. Sie war nicht besonders scharf darauf.

»Vielleicht«, sagte sie ausweichend. »Die Bibliothek würde mich interessieren. Ich meine die richtige. Nicht die in meinem Computer.«

»Gern«, antwortete Frau Bender. »Ich halte um zehn einen Videovortrag unten im Vorführraum. Der Stoff gehört zwar eigentlich zum zweiten Semester, aber ich würde mich freuen, wenn du kommst.« Sie zwinkerte ihr fast verschwörerisch zu. »Um ehrlich zu sein ist dieses Angebot nicht so ganz uneigennützig.«

»So?«, fragte Leonie. »Warum?«

»Es hat etwas mit dem letzten Buch deines Vaters zu tun«, antwortete Theresa. »Zumindest im weitesten Sinne: Es geht um den letzten großen Krieg.«

»Den Krieg?« Jetzt war Leonie ehrlich verwirrt. *Kriege* interessierten sie nun wirklich nicht. »Was hat das mit der Ausbildung eines Buchhändlers zu tun?«, wollte sie wissen. »Der letzte große Krieg ist doch Ewigkeiten her. Seither ist die Menschheit Gott sei Dank vernünftiger geworden.«

»Trotzdem sollte man dieses dunkle Kapitel unserer Geschichte nicht vergessen«, antwortete die Schulleiterin. »Ganz davon abgesehen dass es eine Menge Bücher über dieses Thema gibt und du später vielleicht danach gefragt wirst. Und es scheint die Menschen ja zu bewegen – sonst hätten wohl kaum so viele den letzten Roman deines Vaters gelesen.«

Leonie hob die Schultern und gewann einen Moment damit, sich Tee einzuschenken. Das Geräusch, mit dem die aromatisch riechende Flüssigkeit in die Tasse floss, erinnerte sie unheimlicherweise an das Scharren von Federn auf Papier. »Mich interessiert es jedenfalls nicht«, sagte sie bestimmt. »Ich habe das Buch nicht einmal gelesen.«

»Das ist schade«, antwortete Theresa. »Ich hatte gehofft, dass du uns ein bisschen darüber erzählen könntest, wie dein Vater an das Thema herangegangen ist. Wie er recherchiert hat zum Beispiel.«

»Ich nehme an im Internet.« Leonie stand auf. »Können wir uns jetzt die Bücherei ansehen?«

Frau Bender blickte einen Moment lang irritiert auf ihr Frühstück hinab, das sie bisher nicht einmal angerührt hatte. Dann zuckte sie ganz leicht mit den Schultern, schob ihren Stuhl zurück und stand auf. »Warum nicht? Ich habe ohnehin gestern gesündigt und muss heute ein paar Kalorien sparen.«

Leonie verstand die Spitze sehr wohl, tat aber so, als hätte sie die Bemerkung nicht gehört, und ging mit schnellen Schritten zum Ausgang. Die Schulleiterin folgte ihr und selbstverständlich schloss sich ihnen auch Frank wie ein Schatten an. Nachdem sie die Mensa verlassen hatten, blieb Leonie stehen und drehte sich zu ihm herum. »Jetzt übertreib es bitte nicht«, sagte sie. »Ich habe nicht vor, nach Frankfurt zu fahren und mich dort im Bahnhofsviertel herumzutreiben. Wir gehen lediglich in die Bücherei.«

Der junge Mann wirkte für einen Moment unschlüssig. Dann aber traf ihn ein eisiger Blick aus Theresas Augen, die immer noch keinen Hehl aus ihrem Unmut über seine bloße Anwesenheit machte, und er gab sich mit einem Achselzucken geschlagen. »Also gut«, meinte er. »Ich komme mit, aber ich warte draußen vor der Tür.«

Leonie gab auf und auch Theresa hatte wohl eingesehen, dass sie nicht mehr erreichen würden, denn sie beließ es bei einem Achselzucken und wandte sich ohne ein weiteres Wort ab, um ihren Weg fortzusetzen. Sie verließen das Haus und gingen über den ruhig daliegenden Hof zu jenem Gebäude hin, das Leonie schon am Vortag als Bibliothek identifiziert hatte. Leonie fiel auf, wie erstaunlich ruhig es war; sie selbst hatte keine Erfahrung mit dem Leben in einem Internat, aber in den normalen Schulen, die sie bisher besucht hatte, war es zehn Minuten vor Beginn des Unterrichts immer hoch hergegangen. Der Hof war jedoch fast menschenleer. Sie sah nicht einen einzigen ihrer neuen Mitschüler, und nachdem sie sich ein paar Schritte entfernt hatten, verklang auch die Geräuschkulisse aus der Mensa. Hätte nicht hier und da Licht gebrannt und hätten nicht deutlich mehr Autos als gestern auf dem kleinen Parkplatz gestanden, man hätte meinen können, das Schulgelände wäre vollkommen verlassen. Doch als sie sich dem Bibliotheksgebäude näherten, glaubte sie eine flüchtige Bewegung aus den Augenwinkeln wahrzunehmen; sie wandte schnell den Kopf in diese Richtung, entdeckte jedoch niemanden. Sie musste sich getäuscht haben.

Obwohl hinter den großen Glasscheiben des Büchereigebäudes Licht brannte und sie auch das Flimmern des einen oder anderen Computermonitors wahrnahm, war die Tür verschlossen. Die Schulleiterin zog eine Magnetkarte aus der Tasche, die sie durch den Schlitz des entsprechenden Lesegeräts an der Wand zog, und tippte anschließend noch eine fünfstellige Ziffernkombination in die kleine Tastatur darunter, was Frank zu einer spöttischen Bemerkung veranlasste.

»Ihre Bücherei ist besser gesichert als Fort Knox, wie?«, grinste er.

Frau Bender nickte. »Wir haben ein paar sehr wertvolle Bücher hier«, sagte sie ernst, erntete aber auch jetzt nur ein Achselzucken und einen fast mitleidigen Blick.

»Wer stiehlt denn Bücher?«, fragte Frank.

»Möglicherweise jeder, der auch in der Lage ist, sie zu lesen«, erwiderte die Schulleiterin spitz. Franks Grinsen entgleiste ein wenig, doch bevor er zu einer entsprechenden Antwort ansetzen und möglicherweise nun einen Streit vom Zaun brechen konnte, mischte sich Leonie ein und trat ganz bewusst zwischen ihn und Theresa, um auch den Blickkontakt zwischen den beiden zu unterbrechen.

»Du hattest versprochen hier draußen zu warten«, sagte sie.

Sie konnte dem jungen Bodyguard ansehen, dass er dieses vielleicht etwas voreilig gegebene Versprechen längst bereute. Aber sie gab ihm keine Gelegenheit, es zurückzunehmen, sondern drehte sich rasch um und bedeutete der Schulleiterin mit einem schon fast beschwörenden Blick weiterzugehen. Sie folgte ihr, schloss rasch die Tür hinter sich und fragte dann leise, damit Frank die Worte auf der anderen Seite der Tür nicht verstehen konnte: »War das unbedingt nötig?«

»Was?«, fragte Frau Bender.

»Ihn so zu provozieren«, antwortete Leonie. »Er hat Ihnen nichts getan, oder?«

»Er hat hier nichts verloren«, erwiderte Theresa. »Das hier ist eine Schule, kein Hochsicherheitstrakt.«

»Er tut nur seine Arbeit«, erwiderte Leonie. Gleichzeitig fragte sie sich, warum sie Frank eigentlich verteidigte. Sie konnte Theresa sehr gut verstehen. Noch gestern hatte sie Franks bloße Anwesenheit derart in Wut versetzt, dass sie am Schluss fast selbst über sich erschrocken war.

Sie gingen weiter. Der schmale Korridor, durch den Frau Bender sie führte, bestand fast zur Gänze aus Glas, sodass sie erkennen konnte, dass die Bücherei weit größer war, als es von außen den Anschein hatte. Es gab mindestens ein Dutzend, aus beidseitig gefüllten Bücherregalen gebildete Gänge, in denen Tausende, wenn nicht Zehntausende sorgsam geordneter Bände standen. Sonderbarerweise erfüllte sie der Anblick mit einem durch und durch unguten Gefühl, obwohl sie doch mit Büchern aufgewachsen war und sie über alles liebte. Dennoch fiel es ihr zunehmend schwerer, der Schulleiterin zu folgen und nicht auf ihre innere Stimme zu hören, die mit immer größerem Nachdruck darauf beharrte, auf der Stelle kehrtzumachen und dieses Gebäude zu verlassen. Ihr Herz begann zu klopfen. Was war nur mit ihr los? Leonie überkam ein Gefühl von Unwirklichkeit, das ebenso grundlos wie absurd sein mochte, dennoch aber mit fast jedem Augenblick stärker wurde.

Schließlich betraten sie etwas, das wie die Miniaturausgabe eines römischen Amphitheaters aussah – ein großer Dreiviertelkreis, dessen Stufen zu hoch waren, um sie bequem hinabsteigen, und zu niedrig, um bequem darauf sitzen zu können –, und Leonie blieb wie vom Donner gerührt stehen.

»Was hast du?«, fragte Frau Bender.

Leonie antwortete nicht, denn sie hatte ihre Worte gar nicht gehört. Sie starrte aus ungläubig aufgerissenen Augen auf die kindsgroße Figur, die auf einem kleinen Podest auf der anderen Seite des Raumes stand.

Es war ein Scriptor.

Selbst über die große Entfernung hinweg konnte man erkennen, dass er grob und mit nicht besonders großer Kunstfertigkeit aus Pappmaschee gefertigt worden war – die Proportionen stimmten nicht. Die Linien waren zu grob und das Gesicht unter der weit nach vorne gezogenen Kapuze war nur die schlechte Karikatur eines Gesichtes, das an sich schon wie die Karikatur eines Gesichtes aussah.

Dennoch bestand nicht der geringste Zweifel daran, was diese Figur darstellen sollte.

»Was … was ist das?«, murmelte sie.

Die Schulleiterin wandte kurz den Blick und machte dann eine Bewegung, die eine Mischung aus einem Kopfschütteln und einem hilflosen Achselzucken zu sein schien. »Unsere Kunst-AG hat vor einem halben Jahr einen Wettbewerb veranstaltet«, erläuterte sie. »Diese Skulptur hat gewonnen. Und ich …« Plötzlich verstummte sie. Statt weiterzusprechen sah sie Leonie auf eine völlig neue, verstörte Weise an, dann drehte sie sich zu der Figur um und betrachtete sie mit schräg gehaltenem Kopf und sehr nachdenklich. Leonie starrte weiterhin auf die hässliche Pappgestalt und sah das Gesicht der Schulleiterin nur aus den Augenwinkeln, dennoch entging ihr nicht, wie sehr sich der Ausdruck darauf plötzlich änderte. Aber dann schüttelte Frau Bender heftig den Kopf und wandte sich wieder ganz Leonie zu.

»Also gut, ich gebe zu, es ist kein großes Kunstwerk«, sagte sie mit dem vollkommen missglückten Versuch eines spöttischen

Lächelns. »Aber so schrecklich ist es nun auch wieder nicht, oder?«

Leonie schwieg, und das war vielleicht die schlimmste Antwort, die sie ihr geben konnte. Die Figur stellte einen Scriptor dar! Leonie wusste nicht, was ein Scriptor war, so wenig wie sie wusste, warum ihr der bloße Gedanke daran so furchtbare Angst einjagte, aber es war eben so. Das Gefühl des Unwirklichen wurde stärker. Plötzlich musste sie wieder an die Bewegung denken, die sie draußen bemerkt hatte, und ein kurzer eisiger Schauer lief ihr über den Rücken. Vielleicht war es nicht nur Einbildung gewesen. Vielleicht war dort wirklich etwas, ebenso wie hier drinnen etwas war, das sie nicht sehen konnte, dafür aber umso deutlicher spüren, und das sie mit einer immer größer werdenden Furcht erfüllte. Etwas hier war *falsch*.

»Was hast du?«, fragte Frau Bender alarmiert.

Es kostete Leonie große Mühe, den Kopf zu schütteln, und noch viel mehr Mühe, ihren Blick endlich von der unheimlichen Skulptur loszureißen. Sie versuchte ein Lächeln auf ihr Gesicht zu zwingen, aber es misslang ebenso kläglich wie das Theresas gerade eben. »Nichts«, behauptete sie. »Sie haben Recht. Die Figur ist nicht besonders gut. Ich muss wohl …«

Sie sprach nicht weiter, sondern ließ den Satz in einem hilflosen Achselzucken enden, und zu ihrer Überraschung gab sich die Schulleiterin damit sogar zufrieden. Dennoch war sie deutlich nervös, als sie sich wieder umwandte und mit schnellen Schritten weiterging. Leonie folgte ihr, und selbstverständlich erlaubte sich ihre eigene Fantasie den derben Scherz, ihr vorzugaukeln, dass sich die Figur des Scriptors auf ihrem Pappsockel bewegte, gerade als sie an ihr vorüberging. Aber Leonie widerstand der Versuchung, sich erschrocken zu ihr umzudrehen, sondern schritt nur schneller aus, um wieder zu Theresa aufzuschließen. Möglicherweise stimmte hier wirklich etwas nicht, aber wenn, dann war *sie* es, nicht diese alberne Pappfigur, über die sie sich Gedanken machen sollte.

»Das ist also unsere Bibliothek«, begann Frau Bender und vollführte dabei jene fahrigen Gesten, die die eigene Nervosität überspielen sollten und sie stattdessen nur noch unterstrichen. »Wir sind wirklich ziemlich stolz darauf. Ich glaube, es ist die größte im Umkreis von sicherlich hundert Kilometern. Du findest hier alles, was du auch in deiner Online-Bibliothek im Computer hast, und bestimmt noch eine ganze Menge mehr.« Sie schien darauf zu warten, dass Leonie auf eine ganz bestimmte Art auf diese Worte reagierte, aber als sie keine Antwort bekam, hob sie leicht enttäuscht die Schultern und fuhr fort: »Lass dich nicht von dem scheinbaren Durcheinander hier abschrecken. Wir haben ein sehr ausgeklügeltes Computersystem, mit dessen Hilfe wir jedes Buch innerhalb kürzester Zeit finden.«

Leonie antwortete immer noch nicht. Ihre Blicke glitten verwirrt über die ordentlich in Reih und Glied dastehenden Buchrücken. Irgendetwas stimmte damit nicht. Sie konnte nicht sagen, was es war, aber das Gefühl war einfach zu deutlich um es zu ignorieren. Sie war mit Büchern aufgewachsen und liebte sie, und auch wenn die kleine elterliche Buchhandlung, in der sie manchmal ausgeholfen hatte, nicht einmal annähernd mit dieser ungeheuren Menge von Titeln mithalten konnte, die sich rings um sie herum bis unter die Decke stapelten, so war sie doch den Anblick *vieler* Bücher gewöhnt. Aber das hier …

Und dann wusste sie es. Alle diese Bücher sahen gleich aus.

Natürlich *gab* es Unterschiede: Manche Bände waren schmal, manche dick, es gab Taschenbuchausgaben und schwere, in Leder gebundene Prachtbände und dennoch ähnelten sie sich alle auf geradezu unheimliche Weise. Die Buchrücken waren schwarz oder dunkelbraun oder blau und Farbe und Typographie der Titel und Autorennamen nahezu überall identisch. Sie vermisste das bunte Durcheinander von Formaten, Farben und Schriftarten, das sie aus der heimatlichen Buchhandlung kannte. Es war, als hätte jemand versucht, alle diese vollkommen unterschiedlichen Bücher in ein einheitliches Aussehen zu pressen, als stammten sie alle aus der Werkstatt des gleichen, streng auf Ordnung bedachten Buchbinders.

»Sind das alles … Sonderausgaben?«, fragte sie.

Frau Bender verstand nicht einmal ihre Frage, das sah Leonie ihr deutlich an. »Wie meinst du das?«

Leonie hob hilflos die Schultern. »Ich meine: Lassen Sie Ihre Bücher extra neu einbinden, damit man gleich erkennt, dass sie in diese Bibliothek gehören?«

»Wie?«, blinzelte Theresa.

»Ich meine nur …« Leonie sprach auch jetzt nicht weiter, sondern drehte sich plötzlich auf dem Absatz um, ging ein paar Schritte zurück und blickte in den benachbarten, ebenfalls aus Bücherregalen bestehenden Gang. Der Anblick unterschied sich nicht im Geringsten von dem, in dem Frau Bender und sie standen. Da waren Hunderte und Aberhunderte gleichfarbiger, gleichformatiger und ähnlich beschrifteter Bücher. Es war unheimlich.

»Was ist los mit dir?«, fragte Frau Bender, als Leonie zu ihr zurückkehrte.

»Nichts«, sagte Leonie. Sie raffte sich zu einem Lächeln auf. »Es tut mir Leid. Ich habe nicht gut geschlafen. Anscheinend bin ich heute nicht unbedingt in Hochform.«

Die Schulleiterin sah sie einen Moment lang misstrauisch an, aber dann breitete sich ein verständnisvoller Ausdruck auf ihrem Gesicht aus. »Ich an deiner Stelle wäre das wahrscheinlich auch nicht. Aber deshalb sind wir ja hier, nicht wahr – damit du auf andere Gedanken kommst. Wie ist es: Willst du unser Computersystem auf die Probe stellen? Nenn mir irgendein Buch, und ich garantiere dir, dass ich es innerhalb von zwei Minuten finde. Wenn nicht, fahre ich heute Abend mit dir in die Stadt und lade dich zum Essen ein.«

»Goethe«, antwortete Leonie.

Theresas Stirn legte sich in Falten. »Willst du mich beleidigen?«, fragte sie gutmütig. »Dafür brauche ich keinen Computer. Zwei Gänge links, das erste Regal.«

»Also gut«, sagte Leonie. »Stephen King. Atlantis.«

Damit schien sie Frau Bender schon in größere Verlegenheit

zu bringen – aber das war ja schließlich der Sinn der Aktion gewesen. Leonie war auch bei ihrem Vater schon mehrmals mit ihrer Vorliebe für fantastische Literatur angeeckt, und es hätte sie fast gewundert, wenn die Schulleiterin anders als mit einem missbilligenden Stirnrunzeln reagiert hätte. Offenbar war es auch an dieser Schule wie an jeder anderen: Zwischen dem Geschmack der Lehrer und dem ihrer Zöglinge klaffte ein Spalt, so breit wie der Grand Canyon. Frau Bender verschenkte von den angestrebten zwei Minuten jedoch nur einen Atemzug, dann drehte sie sich um und trat mit schnellen Schritten an eines der allgegenwärtigen Computerterminals, die Leonie schon beim Eintreten bemerkt hatte. Mit geschickten, sehr schnellen Bewegungen tippte sie den Namen des Autors und des Buches ein und wartete darauf, dass der Computer die Antwort ausspuckte.

Er tat es nicht. Der Bildschirm blieb leer.

»Das ist seltsam.« Sie drehte den Kopf und warf Leonie einen fragenden Blick über die Schulter hinweg zu. »Bist du sicher, dass der Autor so heißt?«

Beinahe hätte Leonie laut aufgelacht. Hatte Theresa nicht vor wenigen Minuten erst behauptet, dass das hier die am besten sortierte Bücherei im weiten Umkreis wäre? Sie nickte.

Frau Bender tippte noch einmal – diesmal langsamer – Titel und Autorennamen ein, bekam aber auch jetzt kein Ergebnis. »Tja, dann hast du mich wohl erwischt«, sagte sie. »Von diesem Autor haben wir nichts. Wer soll das sein?«

»Niemand«, antwortete Leonie verstört. »Versuchen Sie …« Sie überlegte einen Augenblick. »Konsalik«, sagte sie schließlich.

Theresa tippte auch diesen Namen in die Tastatur des Computers, aber der Monitor weigerte sich noch immer eine Antwort auszuspucken.

»Und du bist sicher, dass diese beiden Leute wirklich Bücher geschrieben haben?«, erkundigte sich Frau Bender. »Ich meine: Eigentlich müssten wir sie hier haben, wenn nicht, dann müsste der Computer zumindest einen Querverweis auf andere Quellen ausspucken.«

Statt direkt zu antworten trat Leonie neben sie und fing an, nicht annähernd so schnell wie ihre Schulleiterin zuvor, aber mit deutlich größerer Sorgfalt, weitere Namen und Buchtitel in den Computer einzugeben. Sie arbeitete sich von Konsalik über Simmel, Grisham, Barbara Wood und Dean Koontz bis zu Michael Ende und schließlich J. K. Rowling vor, ohne dass der Computer auch nur einen einzigen Titel ausgespuckt hätte. Allmählich begann ihr die Sache unheimlich zu werden.

»Was suchst du eigentlich?«, fragte Theresa nach einer Weile. Die zwei Minuten, die sie vorhin so vollmundig versprochen hatte, waren längst verstrichen, aber daran dachte Leonie schon gar nicht mehr.

»Romantitel«, sagte sie. »Unterhaltungsromane, wie sie jedermann liest.«

»Belletristik also«, nickte Theresa. »Die Auswahl ist naturgemäß nicht allzu groß, aber die wichtigsten Titel haben wir selbstverständlich hier. Die Physiker, zum Beispiel, von Dürrenmatt.« Sie tippte dasselbe in die Computertastatur ein und weniger als eine Sekunde später erschien eine Kombination aus Zahlen und Buchstaben auf dem Monitor. »Siehst du«, sagte sie triumphierend. »Gang sieben, Regal zwei, drittes Fach von links.«

»Aha«, machte Leonie.

»Suchst du noch mehr? Umberto Eco, Franz Kafka ...« Theresa brach ab, als sie Leonies fast erschrockenen Gesichtsausdruck bemerkte. »Was hast du?«

»Nichts«, antwortete Leonie. »Außer vielleicht, dass man meinen könnte, mein Vater hätte Ihre Bibliothek ausgestattet. Er hält nicht viel von Unterhaltungsromanen.«

»Dein Vater hat nicht das Geringste damit zu tun«, versicherte Theresa. »Ehrlich gesagt war ich ziemlich erstaunt, als er vor ein paar Wochen angerufen hat. Ich hätte nicht erwartet, dass er überhaupt von unserer Existenz weiß.«

»Das ist es ja gerade«, murmelte Leonie.

Schaudernd sah sie sich um. Anders als vorhin machte sie sich nun die Mühe, etliche der Titel auf den Buchrücken zu entziffern, und was sie las, das verstärkte das unheimliche Gefühl noch, das von ihr Besitz ergriffen hatte. Sie begann langsam an den Regalen entlangzugehen, und mit jedem Schritt, den sie tat, mit jedem Buchtitel, den sie las, wurden die Schauer kälter, die in immer rascherer Folge über ihren Rücken liefen. Theresa hatte nicht übertrieben: Die Bibliothek war tatsächlich gut sortiert. Sie fand eine große Sammlung an Gedicht- und Essaybänden, philosophische, theologische, naturwissenschaftliche und schöngeistige Schriften, aber nur sehr wenige Romane und selbst deren Auswahl beschränkte sich auf die absoluten Klassiker der Weltliteratur. Was sie gerade zu Theresa gesagt hatte, war eigentlich mehr als Scherz gemeint gewesen, doch mit einem Mal begannen ihr ihre eigenen Worte fast Angst zu machen: Es war tatsächlich so, als wäre diese ganze gewaltige Bibliothek nach dem persönlichen Geschmack und Gutdünken ihres Vaters ausgestattet worden.

Plötzlich fiel ihr etwas ein. Sie blieb stehen, fuhr auf dem Absatz herum und ging dann mit schnellen Schritten zu Theresa zurück, die stehen geblieben war und ihr verwirrt hinterher geblickt hatte. »Wie war das mit den Querverweisen?«, fragte sie mit einer Geste auf den Computer. »Das System kennt auch Bücher, die nicht hier sind?«

»Sicher.«

»Dann hätte es die Namen finden müssen, die ich genannt habe.«

»Falls es sie gibt«, antwortete Frau Bender. »Aber um ehrlich zu sein: Ich habe auch noch nie von diesen Autoren gehört.«

»Das ist lächerlich«, erwiderte Leonie. »Michael Ende. *Die unendliche Geschichte*. Sie müssen doch wenigstens davon gehört haben!«

Theresa schüttelte den Kopf, dann aber stockte sie mitten in der Bewegung und ein sonderbarer Ausdruck erschien auf ihrem Gesicht. Etwas wie Schrecken, als wäre ihr plötzlich etwas wieder eingefallen, das sie längst vergessen gehabt hatte. »Ich … «, begann sie, brach dann ab und schüttelte fast hilflos den Kopf. Zwei, drei Sekunden lang sah sie Leonie noch verstört an, dann fuhr sie mit einer plötzlichen Bewegung herum und wandte sich wieder ihrem Computer zu. Leonie konnte nicht erkennen, was sie in die Tastatur eingab, aber das Ergebnis auf dem Bildschirm war jedes Mal dasselbe: nichts.

»Das verstehe ich nicht«, murmelte sie. »Ich ...«

Theresa fuhr mit einem erstickten Schrei und so heftig zurück, dass sie gegen Leonie prallte und sie vermutlich von den Füßen gerissen hätte, wären sie nicht gemeinsam gegen eines der schweren Bücherregale in ihrem Rücken gestolpert. Leonie war im ersten Moment viel zu verwirrt, um auch nur zu begreifen, was geschah. Mit einiger Mühe fand sie ihr Gleichgewicht wieder, und mit etwas mehr Mühe löste sie sich aus der Umarmung ihrer Schulleiterin, die sich ganz instinktiv an sie geklammert hatte – und dann schrie sie ebenfalls.

Eine dürre, von pergamentener, grauer Haut überzogene Hand war hinter dem Schreibtisch erschienen, auf dem der Computer stand, und hatte sich mit solcher Kraft in die Platte gekrallt, dass sich die langen Fingernägel in das weiche Holz gruben. Noch während Leonie aus hervorquellenden Augen auf das unwirkliche Bild starrte, erschien eine zweite, wie skelettiert aussehende Hand und die Kapuze eines schwarzen, zerknautschten Mantels wurde zurückgeschoben, unter der ein hakennasiges, abgrundtief hässliches Gesicht aus blutunterlaufenen Augen zu ihnen heraufblickte.

Und das war eindeutig zu viel! Sowohl Leonie als auch ihre Schulleiterin fuhren gleichzeitig mit einem Schrei herum und stürmten los. Mit einem Dutzend weit ausgreifender, gehetzter Schritte erreichten sie den Lesesaal – und Leonie, die die Spitze übernommen hatte, blieb so abrupt stehen, dass Theresa nicht mehr rechtzeitig reagieren konnte und gegen sie prallte. Sie fiel. Mit wild rudernden Armen brachte Leonie das Kunststück fertig, das Gleichgewicht zu halten und nur relativ sanft auf das rechte Knie herabzusinken, und doch bemerkte sie in diesem Moment kaum etwas von dem kleinen Unglück, denn sie starrte vollkommen fassungslos auf den Sockel, auf dem die Skulptur des Scriptors gestanden hatte.

Sie war verschwunden.

»Lauft nicht weg«, wimmerte ein dünnes Stimmchen hinter ihnen.

Langsam, mit hämmerndem Herzen und am ganzen Leib vor Angst zitternd, drehte sich Leonie um. Sie wusste, was sie sehen würde, noch bevor sie die Bewegung zu Ende gebracht hatte, und dennoch musste sie die Hand vor den Mund schlagen, um nicht vor Schrecken und Furcht erneut aufzuschreien, als sie die kindsgroße, in einen schwarzen Umgang gehüllte Gestalt erblickte, die hinter dem Computertisch hervorhumpelte.

»Lauft nicht weg«, wimmerte der Scriptor. »Ihr müsst … uns helfen.«

Leonie vollführte einen ungeschickten, stolpernden Schritt zurück und wäre beinahe über Theresa gestürzt, die sich genau in diesem Moment hinter ihr wieder in die Höhe arbeitete, und die unheimliche Gestalt in dem schwarzen Kapuzenmantel schleppte sich weiter auf sie zu. Irgendetwas stimmte nicht mit dem Scriptor. Er ging weit nach vorne gebeugt, sodass sie sein Gesicht nicht erkennen konnte, aber seine Bewegungen waren so langsam und unsicher, als bräuchte er jedes bisschen Kraft, das er in sich fand, um sich überhaupt noch auf den Beinen zu halten, und statt des schrillen, aufmüpfigen Keifens, das die Stimmen der Scriptoren normalerweise kennzeichnete, waren seine Worte in einem so jämmerlichen Ton hervorgestoßen, dass es Leonie schier das Herz brach. Ein Teil von ihr hatte immer noch Angst vor diesem grotesken Geschöpf, das von seinem Sockel herabgestiegen und zum Leben erwacht zu sein schien, aber zugleich empfand sie auch ein so tiefes Mitleid mit dieser gepeinigten Kreatur, dass sie fast ohne ihr eigenes Zutun einen Schritt in ihre Richtung machte, bevor sie zitternd wieder stehen blieb.

»Was … was ist das?«, schluchzte Theresa.

Leonie reagierte nicht darauf. Die Angst war immer noch da, aber sie begann zunehmend zu verblassen wie ein Fernsehbild, das langsam von einem anderen, bedeutsameren überlagert wurde und nicht ganz verschwand, aber an Wichtigkeit verlor.

Sie machte einen weiteren Schritt in Richtung des Scriptors, dann noch einen und schließlich eilte sie dem hilflos hin und her torkelnden Geschöpf entgegen und erreichte es gerade noch rechtzeitig um es aufzufangen, als es mit einem schmerzerfüllten Wimmern endgültig zusammenbrach.

Leonie hatte nicht erwartet, dass das kleine Geschöpf sonderlich schwer sein würde; aber als sie es auffing, da hatte sie das Gefühl, kaum mehr als einen leeren Mantel in den Armen zu halten. Vor lauter Überraschung hätte sie den Scriptor nun beinahe doch fallen lassen, dann griff sie umso kräftiger zu, und vielleicht sogar ein wenig zu kräftig, denn der Scriptor stieß einen hellen Schmerzensschrei aus und versuchte mit schwächlichen Bewegungen sich aus ihrer Umarmung zu befreien. So behutsam sie konnte, ließ Leonie das kleine Geschöpf ganz zu Boden gleiten und fiel neben ihm auf die Knie. Es wurde ihr nicht selbst bewusst, aber plötzlich war jegliche Angst verschwunden und sie empfand nur noch Mitleid mit dieser gequälten Kreatur.

»Was hast du denn nur?«, fragte sie. »Und wie kommst du hierher?«

»Helfen«, wimmerte der Scriptor. Zitternd streckte er die Hände nach ihr aus, und obwohl es noch keine fünf Minuten her war, dass Leonie schon die pure *Nähe* dieses Wesens mit schierer Todesangst erfüllt hatte, zögerte sie jetzt nicht, ihrerseits den Arm auszustrecken und die fast zum Skelett abgemagerten Finger des Scriptors vorsichtig zu ergreifen. »Du musst uns helfen«, jammerte das Geschöpf. »Sie töten uns. Sie töten uns alle!«

»Aber ich … ich verstehe nicht«, murmelte Leonie. Ihr Herz hämmerte immer stärker, doch die Furcht, die sich nun wie eine eisige Hand um ihr Herz schloss und es langsam und unbarmherzig zusammenzudrücken begann, war von einer gänzlich anderen Art als noch vor ein paar Augenblicken und hatte vollkommen andere Gründe. Sie hörte die Schritte ihrer Schulleiterin hinter sich (ihrer Schulleiterin? *Theresa!*), aber statt sich zu ihr umzuwenden, beugte sie sich nur noch weiter vor und schlug die

Kapuze des Scriptors zurück. Was sie sah, hätte ihr um ein Haar noch einen Schreckensschrei entlockt.

Die Scriptoren, die sie kannte, waren alles andere als Schönheiten – um genau zu sein waren sie die mit Abstand hässlichsten zweibeinigen Kreaturen, die ihr jemals unter die Augen gekommen waren –, doch dieses Geschöpf bot einen Anblick des Jammers. Es war ebenso hässlich wie seine Brüder, aber sein Gesicht war noch viel weiter abgemagert und schien tatsächlich nur aus einem mit rissiger, graugrüner Haut überzogenen Totenschädel und einer Nase wie eine scharfe gebogene Messerklinge zu bestehen. Die Augen waren tief in die Höhlen zurückgesunken und bar jeden Glanzes und der lippenlose, breite Mund hatte nahezu alle Zähne verloren. Scriptoren dufteten schon normalerweise nicht unbedingt nach Rosenwasser, aber dieses Geschöpf verströmte einen Gestank, der Leonie fast den Magen umdrehte; den Gestank nach Krankheit und Tod.

»Um Gottes willen, was … was *ist das*?«, stammelte Theresa hinter ihr.

Leonie beachtete sie gar nicht, sondern beugte sich noch weiter über den Scriptor, hielt seine zitternden Finger nun mit der rechten Hand fest und strich ihm mit der Linken tröstend über die Stirn. Allein die Berührung jagte ihr schon wieder einen eisigen Schauer über den Rücken. Seine Haut fühlte sich an wie heißes Sandpapier. »Was ist nur mit dir geschehen?«, flüsterte sie.

Irgendetwas, das schon im Erlöschen begriffen war, flackerte noch einmal in den Augen des Scriptors auf und er stemmte sich mit einer schier unvorstellbaren Kraftanstrengung halb auf die Ellbogen. »Sie vernichten uns«, flüsterte er. »Du musst uns helfen. Du musst sie aufhalten oder auch … auch ihr werdet am Ende … alle …«

Seine Stimme versagte. Er stieß noch ein letztes qualvolles Röcheln aus, dann lief ein heftiges Zittern durch seinen ausgemergelten Körper und er erschlaffte endgültig in Leonies Armen. Unendlich behutsam und nur mit größter Mühe die Tränen unterdrückend, ließ Leonie das kleine Geschöpf zu Boden gleiten, und sie fühlte sich dabei, als wäre es ein alter, lieb gewonnener Freund gewesen, keine von genau den Kreaturen, die Theresa und ihr nach dem Leben getrachtet hatten, und schlimmer noch, als wäre sein Schicksal *ihre* Schuld.

Sie hörte, wie Theresa hinter ihr scharf die Luft einsog und erneut dazu ansetzte, eine Frage zu stellen, doch in diesem Augenblick geschah etwas Furchtbares: Leonie spürte, wie irgendeine unheimliche Veränderung mit dem leblosen Körper des Scriptors vor sich ging und zog hastig die Hände zurück. Und das keinen Augenblick zu früh, denn plötzlich lief ein heftiges Beben durch den Leib des Scriptors und dann begann er sich auf schreckliche Weise zu verändern. Sein Gesicht fiel ein und wurde zu einer hellgrünen, brodelnden Masse, die Finger sanken herab und auseinander wie plötzlich leere Handschuhe und zerschmolzen einen Augenblick später ebenfalls und dann sank der ganze Mantel raschelnd in sich zusammen. Es geschah unglaublich schnell: Kaum eine halbe Minute, nachdem es begonnen hatte, hatte sich der Leib des Scriptors in eine hellgrüne, blubbernde Pfütze verwandelt, die sonderbarerweise intensiv nach Marzipan roch. Aber das Zischen und Brodeln hielt an und eine weitere halbe Minute später waren auch die letzten Überreste des Scriptors verschwunden. Vor Leonie und Theresa lag jetzt nur noch ein leerer, zerschlissener schwarzer Mantel.

»Großer Gott, was war das?«, murmelte Theresa.

Leonie ließ noch einen weiteren Augenblick vergehen, in dem sie reglos und von einem entsetzlichen Gefühl der Schuld gepeinigt dasaß und auf das leere Kleidungsstück hinabsah, dann richtete sie sich langsam auf und drehte sich noch langsamer zu Theresa um.

»Weißt du das wirklich nicht, Theresa?«

Ihre Schulleiterin sah sie verwirrt an. »Theresa?«, wiederholte sie. »Nimm es mir nicht übel, Leonie, aber ich glaube nicht, dass wir uns …« Sie verstummte. Ein sonderbarer Ausdruck erschien auf ihrem Gesicht, ähnlich dem von vorhin, als sie über die verschwundenen Buchtitel und Autorennamen gesprochen hatten, aber viel intensiver, erschrockener jetzt. Sie sah Leonie an, dann den leeren Mantel des Scriptors, dann wieder Leonie, und ganz langsam begann ein Entsetzen in ihren Augen zu erwachen, wie Leonie es niemals zuvor im Blick irgendeines Menschen gesehen hatte. »Aber das kann doch nicht … nicht sein«, flüsterte sie.

»Du musst dich erinnern«, sagte Leonie. Ihr selbst erging es kaum besser als Theresa. Ganz plötzlich waren die Erinnerungen wieder da. Sie wusste wieder, wer sie war, wo sie war, wie sie hierher gekommen und was zuvor passiert war. Aber sie verstand nichts von all dem wirklich.

»Was geschieht mit mir?«, murmelte Theresa. Sie begann am ganzen Leib zu zittern. »Was … was ist hier los?«

»Du musst dich erinnern«, wiederholte Leonie. Obwohl ein nicht kleiner Teil von ihr die junge Frau noch immer als Schulleiterin und Respektsperson betrachtete und sich mit geradezu verbissener Kraft an diese Realität klammerte, die nichts mit ihrem wirklichen Leben zu tun hatte, trat sie entschlossen auf Theresa zu, ergriff ihre linke Hand und legte die andere auf ihre Schulter. »Erinnere dich!«, sagte sie fast beschwörend. »Du kannst es, genau wie ich. Du hast die *Gabe*. Du musst die Welt so sehen, wie sie wirklich ist!«

Ganz instinktiv streifte Theresa ihre Hand ab und machte einen halben Schritt zurück, blieb dann aber wieder stehen. Erneut änderte sich der Ausdruck in ihren Augen; aus dem Entsetzen wurde ein gequälter Blick, der das auszudrücken schien, was auch Leonie spürte.

»Aber warum?«, murmelte sie. Mit einiger Mühe riss sie ihren Blick von Leonies Gesicht los, drehte sich halb um ihre eigene Achse und sah sich mit immer wilder werdenden Bewegungen in der Bibliothek um. »Das kann er doch nicht wirklich getan haben«, flüsterte sie. »Das … das ist unvorstellbar. So verrückt kann doch kein Mensch sein!«

Leonie verstand nicht wirklich, was sie meinte, aber Theresa gab ihr auch keine Gelegenheit, eine entsprechende Frage zu stellen, sondern war mit zwei schnellen Schritten beim nächstbesten Bücherregal und begann wahllos Bücher von den Brettern zu nehmen, um sie aufzuschlagen und dann hastig wieder zurückzustellen, manche auch einfach fallen zu lassen. Sie trat an das nächste Regal, um dort ebenso zu verfahren, dann an ein drittes und schließlich viertes, bevor sie stehen blieb und sich wieder zu Leonie umdrehte, um sie nun wieder eindeutig entsetzt anzublicken. »Du hattest Recht«, sagte sie.

»Womit?«

»Diese Bücher hier«, antwortete Theresa. »Es sind fast nur Klassiker. Große Literatur, Weltgeschichte, Physik und Philosophie …« Sie hob die Schultern. »Das ist genau der Geschmack deines Vaters, habe ich Recht? Keine seichte Unterhaltung. Nichts Überflüssiges.«

»Du meinst, er hat diese Bücherei nach seinem Geschmack erschaffen?«, fragte Leonie. Ihr Herz begann schon wieder zu klopfen. Sie kannte die Antwort auf ihre eigene Frage, und sie war viel komplizierter und viel schrecklicher als die, die sie in diesem Moment von Theresa hören wollte.

Theresas Antwort bestand jedoch nur aus einem schrillen, fast hysterischen Laut, der irgendwo zwischen einem Lachen und einem kaum noch unterdrückten Schrei bestand. »Diese Bücherei?«, keuchte sie und schüttelte heftig den Kopf. »O nein, Leonie. Ich fürchte, das ist längst noch nicht alles. Komm mit!«

Leonie streckte die Hand nach ihr aus, wie um sie aufzuhalten, aber Theresa stürmte einfach an ihr vorbei und war schon fast beim Ausgang, als Leonie endlich aus ihrer Erstarrung erwachte und sich beeilte ihr zu folgen.

Schöne neue Welt

Frank lümmelte mit vor der Brust verschränkten Armen an der Wand neben der Tür und rauchte eine Zigarette, als sie die Bibliothek verließen. Theresa war auf den letzten Schritten wieder deutlich langsamer geworden, und als sie die Tür öffnete und ins Freie trat, schlenderte sie nicht nur fast gemächlich dahin, sondern hatte sich auch darüber hinaus wieder vollkommen in der Gewalt. Der Ausdruck auf ihrem Gesicht, fand Leonie, wirkte schon fast gelangweilt. Wie es schien, musste sie ihre etwas voreilig gefasste Meinung über Theresa wohl überdenken. Die junge Frau war anscheinend eine weitaus bessere Schauspielerin, als sie bisher angenommen hatte.

Trotzdem schrak Frank heftig zusammen, als er das Geräusch der Tür hörte, nahm hastig die Zigarette aus dem Mund und schien eine geschlagene Sekunde lang nicht zu wissen, was er damit anfangen sollte. Dann tat er etwas, von dem Leonie beim besten Willen nicht sagen konnte, ob sie es nun nur sonderbar oder eher ziemlich erschreckend finden sollte: Statt den brennenden Glimmstängel einfach wegzuwerfen, schloss er die Hand darum und drückte die Zigarette auf diese ziemlich drastische Weise aus. Und wenn sie jemals den Ausdruck schlechten Gewissens auf dem Gesicht eines Menschen gesehen hatte, dann jetzt.

Leonie wollte eine entsprechende Frage stellen, aber sie fing im letzten Moment einen warnenden Blick von Theresa auf und folgte ganz automatisch ihrem Beispiel, indem sie mit schnellen Schritten an Frank vorbeiging und so tat, als hätte sie gar nichts bemerkt. Noch etwas Sonderbares geschah: Obwohl Frank noch vor kaum einer Viertelstunde schon fast gewaltsam darauf bestanden hatte, nicht von ihrer Seite zu weichen, ließ er Theresa und ihr jetzt gute zehn Schritte Vorsprung, bevor er ihnen endlich folgte, und selbst das alles andere als schnell.

»Was war denn *das* für ein Manöver?«, fragte sie verstört. Theresa warf ihr einen neuerlichen warnenden Blick zu, antwortete aber trotzdem – wenn auch leise – auf ihre Frage: »Wir haben ihn beim Rauchen ertappt.«

»Und?«, fragte Leonie.

Ein leises, amüsiertes Lächeln spielte für einen Moment um Theresas Lippen. »Niemand in diesem Teil der Welt raucht«, antwortete sie betont. »Schon gar nicht in der Öffentlichkeit.«

»Soll das heißen, es ist verboten?«, fragte Leonie ungläubig.

»*Verboten?*« Theresa sah sie einen Moment lang fast irritiert an, dann lächelte sie erneut und schüttelte hastig den Kopf. »Wo denkst du hin? Schließlich leben wir nicht in einem Polizeistaat. Aber es gilt als unanständig, in der Öffentlichkeit zu rauchen, und als äußerst unvernünftig, es überhaupt zu tun.«

»Aha«, antwortete Leonie. Sie verstand nichts mehr.

Theresa lächelte noch einmal auf eine sehr merkwürdige – und wie Leonie fand, nicht *wirklich* amüsierte – Art, warf noch einen raschen Blick über die Schulter zu Frank zurück und beschleunigte ihre Schritte dann noch einmal, sodass Frank schon hätte rennen müssen um sie noch einzuholen, bevor sie das Hauptgebäude erreichten; was er selbstverständlich nicht tat.

»Und jetzt?«, fragte Leonie, als Theresa die Tür zwar öffnete, aber keinerlei Anstalten machte, hindurchzutreten oder gar weiterzugehen.

Theresa signalisierte ihr mit einem raschen Blick, sich zu gedulden, öffnete die Tür noch weiter und machte dann eine übertrieben einladende Geste in Franks Richtung. »Beeilen Sie sich ein bisschen«, rief sie. »Meine Stunde fängt gleich an. Und Sie wollen sich doch bestimmt einen guten Platz sichern, von dem aus Sie Leonie gut im Auge behalten können.«

Frank schenkte ihr einen bösen Blick, schwieg aber und marschierte stolz erhobenen Hauptes an ihnen vorbei. »Die Lehrertoilette ist gleich die Treppe hinauf und dann links«, sagte Theresa amüsiert. »Dort gibt es auch einen Verbandskasten. Nur falls Sie Ihre verbrannte Hand versorgen wollen.«

Leonie starrte sie verwirrt an. Dass Theresa nicht begeistert über Franks Anwesenheit war, hatte sie mittlerweile akzeptiert, aber sie verstand immer weniger, warum sie scheinbar alles in ihrer Macht Stehende tat, um ihn zu provozieren. Frank setzte auch zu einer gebührend scharfen Antwort an, aber Theresa schnitt ihm mit einer raschen Handbewegung das Wort ab, noch bevor er es überhaupt ergreifen konnte.

»Keine Sorge«, meinte sie. »Ich werde niemandem etwas verraten. Um ehrlich zu sein gönne ich mir selbst ab und zu eine Zigarette, wenn ich sicher bin, dass es niemand sieht.«

Frank überlegte einen Moment lang sichtlich angestrengt. Dann hob er den Arm, blickte mit nachdenklich gerunzelter Stirn auf seine versengte Handfläche und nickte. »Ich kann mich darauf verlassen, dass Sie auf Leonie Acht geben?«

»Wie auf meine eigene Tochter«, antwortete Theresa. Ihre Hand strich dabei in einer raschen, fast unbewussten Geste über die dünne Silbernadel, die an einer Kette an ihrem Hals hing, und für einen kurzen Augenblick erschien ein sehr warmes, seltsames Lächeln in ihren Augen, das Leonie nicht verstand.

»Also gut«, sagte Frank. »Ich beeile mich.«

Er ging. Theresa sah ihm nachdenklich hinterher, bis er am oberen Ende der Treppe verschwunden war. »Irgendwie müssen wir deinen Schutzengel loswerden«, murmelte sie.

»Warum?«

Theresa schnaubte. »Was glaubst du wohl, mit wem dein Freund ständig telefoniert?«, fragte sie.

Leonie hob die Schultern, antwortete aber trotzdem: »Mit meinem Vater, nehme ich an. Oder mit Hendrik.« Sie maß Theresa mit einem langen Blick. »Warum fragst du?«

Statt einer Antwort sah Theresa noch einmal zum oberen Ende der Treppe hin, dann drehte sie sich mit einem plötzlichen Ruck um und ging mit so schnellen Schritten davon, dass Leonie sich sputen musste um zu ihr aufzuschließen. Sie hatte damit gerechnet, dass Theresa einen der Unterrichtsräume ansteuern würde – schließlich hatte sie ja gerade erst zu Frank gesagt, dass ihre Stunde gleich anfing –, aber sie eilte schnurstracks zur Mensa zurück.

Der Lärm, der aus dem Speisesaal drang, hatte deutlich nachgelassen. Leonie hörte jetzt nur noch ein gedämpftes Klappern und Klirren und das halblaute Murmeln einiger weniger Stimmen, sodass sie annahm, dass die meisten Schüler bereits in ihre Klassen gegangen und der Speisesaal nahezu verlassen war, aber das genaue Gegenteil war der Fall. Auch der letzte freie Tisch am Fenster, an dem Theresa und sie vorhin gesessen hatten, war nun besetzt, und vor der Essensausgabe hatte sich eine lange Schlange gebildet, die nahezu bis zur Tür reichte.

Allerdings hatte Leonie noch nie eine *solche* Schlange gesehen, zumindest nicht im Speisesaal einer Schule. Die Schülerinnen und Schüler standen in einer geordneten Zweierreihe da, geduldig und sehr ruhig, ohne zu drängeln oder zu schubsen, jeder mit einem Tablett bewaffnet, das er ordentlich vor sich hielt, bis er an der Reihe war. Niemand versuchte sich vorzudrängeln, niemand stänkerte oder ärgerte seinen Vordermann, niemand randalierte oder lachte auch nur übermäßig laut. Und das war längst noch nicht alles. Es dauerte einen Moment, bis Leonie auffiel, was hier *wirklich* nicht stimmte: Es waren die Schüler.

Leonie fuhr mit einem so plötzlichen Ruck herum, dass etliche der gemurmelten Gespräche im Raum verstummten und ihre zukünftigen Mitschüler die Köpfe in ihre Richtung drehten und sie ansahen. Hier und da erschien ein fragender Ausdruck in einem Augenpaar, eine Stirn wurde verwirrt gerunzelt, eine Hand mit einer Gabel oder einem Glas hielt mitten in der Bewegung inne. Aber es waren ausnahmslos nur Überraschung und Erstaunen, die sie in den Gesichtern der Jungen und Mädchen las, nichts von all dem, was man erwartet hätte, wenn eine neue Schülerin an einer Schule erschien und sich gleich an ihrem allerersten Morgen kräftig danebenbenahm. Da war kein Spott, keine Häme, keine abfällige Bemerkung und kein derber Scherz auf ihre Kosten. Sie blickte nur in freundliche (und übrigens auch nur *gut aussehende*) und allenfalls etwas verwirrte Gesichter. Und so ganz nebenbei hatte sich auch das Aussehen der Anwesenden geändert: Die Jungen und Mädchen waren ohne Ausnahme ordentlich gekleidet und frisiert, und es erschien Leonie schon beinahe selbstverständlich, dass niemand mit vollem Mund sprach oder mit dem Essen herummanschte.

Leonie japste nach Luft.

»Ja«, murmelte Theresa. »Genau dasselbe wollte ich auch gerade sagen.« Etwas lauter und an die versammelten Schüler gerichtet fügte sie hinzu: »Die Teilnehmer der Geschichte-AG denken bitte daran, in fünf Minuten in den Vorführraum zu kommen.«

Hastig drehte sie sich um, drängelte Leonie beinahe gewaltsam aus dem Raum und zog die Tür hinter sich zu. »Das sind …«, begann sie, schüttelte den Kopf und brach mit einem hilflosen Schulterzucken und sichtlich nach Worten ringend ab.

»Zombies?«, schlug Leonie vor.

Theresa lächelte zwar, aber es wirkte ein wenig gequält. »Ich hätte es etwas anders formuliert«, erwiderte sie. »Eine Klasse, von der jeder Lehrer auf diesem Planeten träumt, zum Beispiel.«

»Sag ich doch«, bestätigte Leonie. »Zombies.«

Diesmal wirkte Theresas Lächeln schon etwas echter. Aber es hielt nur einen Atemzug, dann schüttelte sie abermals den Kopf und wurde schlagartig wieder ernst. »Heute Morgen waren sie noch nicht so.«

»Du meinst, *bevor* Frank mit meinem Vater telefoniert hat.«

»Zum Beispiel«, bestätigte Theresa. Plötzlich wirkte sie nicht mehr ernst, sondern sehr besorgt. »Erinnerst du dich an die Bibliothek? Das, was du darüber gesagt hast?«

»Dass sie mir vorkommt, als hätte mein Vater sie eingerichtet? Klar.« Leonie nickte und dann konnte sie selbst spüren, wie jedes bisschen Farbe aus ihrem Gesicht wich. Sie keuchte. »Du meinst doch nicht …«

Das Geräusch rasch näher kommender Schritte ließ sie verstummen, und noch während sie sich umdrehte, fing sie einen warnenden Blick von Theresa auf. Sie war nicht erstaunt, als sie Frank erkannte, der mit schnellen Schritten auf sie zuhielt. Er hatte sich nicht die Mühe gemacht, seine Hand zu verbinden, sondern nur ein aufgeweichtes Papiertuch darumgewickelt, um sie zu kühlen. Leonie vermutete, dass er sich eine hübsche Brandblase eingehandelt hatte.

»Ich dachte, Sie wären schon in Ihrem Klassenzimmer«, sagte er stirnrunzelnd.

»Wir sind auf dem Weg dorthin.« Theresa machte eine Kopfbewegung hinter sich. »Ich habe nur ein paar Nachzügler eingesammelt.« Mit einer demonstrativen Bewegung wandte sie sich zu Leonie um und sah sie beschwörend an. »Können wir?«

Für zwei oder drei Sekunden war Leonie einfach fassungslos.

Nach allem, was sie gerade herausgefunden hatten, wollte Theresa ihr einen *Film* zeigen?

»Er wird dich interessieren, glaub mir«, fügte Theresa hinzu, laut und mit einem aufgesetzten Lächeln, aber auch mit einem noch beschwörenderen Blick. Sie hatte irgendetwas vor, das war Leonie klar, aber sie wusste nicht was. Sie nickte.

»Wollen Sie uns vielleicht begleiten?« fragte Theresa jetzt Frank mit zuckersüßer Stimme. »Wir haben genügend freie Plätze unten im Vorführraum und ein wenig Bildung hat noch niemandem geschadet.«

»Ich weiß«, antwortete Frank gelassen. »Es ist erst zwei Jahre her, dass ich meinen Magister in Germanistik und angewandter Psychologie gemacht habe.«

»Das überrascht mich jetzt wirklich«, bemerkte Theresa. »Ich dachte, in Ihrem Job braucht man eher Fertigkeiten wie Kung-Fu und Fahrgeschick.«

»Oh, darin bin ich auch ziemlich gut«, versicherte Frank. »Aber ein Psychologiestudium ist manchmal ganz nützlich. Es erleichtert es einem zum Beispiel ungemein, zu erkennen, wann man belogen wird.«

Theresa sog scharf die Luft zwischen den Zähnen ein und setzte zu einer entsprechenden Antwort an, aber Leonie reichte es. Ihrer Meinung nach übertrieb Theresa mittlerweile hoffnungslos – letztendlich tat Frank nur seine Arbeit, und man konnte ihm schwerlich vorwerfen, dass er gut darin war –, und darüber hinaus war jetzt wirklich nicht der richtige Moment, eine private Fehde auszutragen. Mit einem entschlossenen Schritt trat sie zwischen Frank und Theresa und fragte: »Wohin müssen wir?«

Fast schien es, als würde sich Theresas Zorn nun auf Leonie entladen, dann aber seufzte sie nur und signalisierte ihr mit einem entsprechenden Blick, dass sie verstanden hatte. Die Sache war damit noch nicht vorbei, das war Leonie klar, aber zumindest für den Moment hatte Theresa wohl eingesehen, dass Diplomatie in diesem Fall eher zum Ziel führen würde. Sie machte eine entsprechende Handbewegung. »Dort entlang. Gleich die zweite Tür links.«

Der Vorführraum war ein großes, überraschend helles Zimmer mit weiß gestrichenen Wänden und großen Fenstern, durch die man auf den gepflegten parkähnlichen Garten blickte. Es gab keinen Filmprojektor und anstelle einer Leinwand hing ein mindestens vier Meter langer und etwa halb so breiter Flachbildschirm an der Wand. Leonie war einigermaßen überrascht. Sie hatte in einer Buchhändlerschule keinen so riesigen und sicherlich sehr kostspieligen LCD-Monitor erwartet. Gut zwei Dutzend Schüler saßen in einem lockeren Halbkreis auf einfachen, aber nichtsdestoweniger sehr bequem aussehenden Plastikstühlen vor der Bildwand. Die ohnehin nur gemurmelten Gespräche im Raum verstummten abrupt, als Leonie, Frank und Theresa eintraten. Und hätte Leonie noch irgendwelche Zweifel daran gehabt, dass sie sich denselben Zombieschülern gegenübersah, die ihr auch schon in der Mensa begegnet waren, sie wären spätestens in diesem Moment beseitigt gewesen. Es *gab* einfach keine Schulklasse auf der Welt, die spontan applaudierte, wenn ihre Lehrerin hereinkam und der Unterricht begann.

Außer hier.

»Such dir irgendwo einen freien Platz«, sagte Theresa. »Wo immer du willst. Es gibt keine Sitzordnung.« Sie drehte sich zu Frank um. »Und Sie …«

»Ich bleibe hier an der Tür und verhalte mich mucksmäuschenstill, keine Sorge«, unterbrach sie Frank. »Die werden nicht einmal merken, dass ich da bin.«

»Das will ich hoffen«, erwiderte Theresa düster. Sie wedelte ungeduldig mit der Hand. »Bitte setz dich, Leonie, wir sind sowieso schon spät dran.« Als Leonie an ihr vorbeiging, raunte sie ihr zu: »Der Platz ganz links, direkt am Fenster. Neben dem Bildschirm ist eine Tür.«

Leonie ging zu dem bezeichneten Platz und ließ sich darauf nieder, und auch Frank verließ allem zum Trotz, was er gerade gesagt hatte, seinen Posten neben dem Eingang und begann mit einer kurzen, aber sehr gründlichen Inspektion des Raumes. Theresa sah ihm mit unübersehbarem Ärger zu, verbiss sich aber jeglichen Kommentar und schwieg, bis Frank endlich zufrieden war und zur Eingangstür zurückkehrte – um sich mit demonstrativ vor der Brust verschränkten Armen dagegenzulehnen.

»So, nachdem wir nun endlich anfangen können«, begann Theresa mit einem giftigen Blick in Franks Richtung, »begrüße ich euch alle zu unserer heutigen Geschichtsstunde.« Sie hielt jetzt eine flache Fernbedienung an der Hand, mit der sie flüchtig auf den gewaltigen Bildschirm hinter sich deutete. Das Gerät erwachte mit einem kaum hörbaren elektrischen Knistern zum Leben. »Heute befassen wir uns mit einem der dunkelsten Kapitel unserer Vergangenheit, dem letzten großen Krieg. Aus diesem Grund habe ich einen Film vorbereitet, der eure Erinnerung auffrischen soll, bevor wir im zweiten Teil der Stunde über das Gehörte diskutieren.«

Zum ersten Mal überhaupt wurde hier und da ein leises Murren laut und Theresa hob besänftigend die Hand. »Ich weiß, dass vielen von euch dieses Thema nicht gefällt, und glaubt mir, mir selbst geht es ganz genauso. Dennoch ist es wichtig, darüber zu reden.«

»Aber warum?«, fragte einer der Schüler. »Das ist doch Ewigkeiten her! Niemand führt heute mehr Krieg!«

»Es gibt doch schon seit fünfzig Jahren keine Armeen mehr auf der Welt!«, fügte ein anderer Schüler hinzu.

Leonie drehte sich auf ihrem Stuhl um und reckte den Hals, um nach denjenigen Ausschau zu halten, die diesen Unsinn von sich gegeben hatten. Erstaunlicherweise schien sie allerdings die Einzige hier zu sein, der das aufgefallen war.

»Und einer dieser Gründe dafür«, fügte Theresa mit einem beifälligen Lächeln hinzu, »war der große Krieg von 1914 bis 1918, der vom Boden dieses Landes aus seinen Anfang nahm.«

»Der Erste Weltkrieg, ja«, sagte Leonie. Geschichte hatte sie nie sonderlich interessiert und *Militär*geschichte schon überhaupt nicht. Aber *das* wusste ja nun wirklich jedes Kind.

Nun ja – *fast* jedes.

»Wieso der *Erste*?«, fragte das Mädchen, das neben ihr saß.

»Ganz genau, der Weltkrieg«, sagte Theresa beinahe hastig und warf Leonie einen raschen warnenden Blick zu. »Er setzte nahezu ganz Europa in Brand und Millionen fanden den Tod.«

»Und was war mit dem Zweiten Weltkrieg?«, fragte Leonie.

Ihre Nachbarin starrte sie an, als zweifele sie an ihrem Verstand, und Theresas Blick wurde geradezu beschwörend. »Der fand gottlob niemals statt«, sagte sie hastig. »Dieser letzte große Krieg war so entsetzlich und hat so viele Leben gekostet, dass der Rest der Menschheit endlich vernünftig wurde und es nie wieder zu einem solch schrecklichen Irrsinn kam. Bald darauf wurde die Kriegführung weltweit geächtet und vor zweiundfünfzig Jahren wurde die letzte reguläre Armee auf der Welt offiziell aufgelöst. Seit einem halben Jahrhundert herrscht nun Frieden auf der Welt. Aber gerade deshalb dürfen wir die schrecklichen Ereignisse nicht vergessen, die dazu geführt haben, dass die Menschen endlich Vernunft annahmen.«

Leonie starrte sie mit offenem Mund an. Waren sie jetzt in der Abteilung Science-Fiction und Fantasy angekommen? Was Theresa da erzählte, mochte ja ein schöner Traum sein, aber mehr auch nicht – und noch dazu war es ziemlich naiv.

Dennoch fuhr Theresa vollkommen unbeeindruckt fort. »Wir schauen uns jetzt gemeinsam einen Film an, über den wir später noch diskutieren werden.« Sie tippte auf die Fernbedienung. Mit einem kaum hörbaren Summen begannen sich schwarze Lichtschutzrollos vor die Fenster zu schieben und gleichzeitig übernahm sanftes, indirektes Licht die Beleuchtung. Theresa trat zwei Schritte zurück, warf Leonie einen weiteren verstohlenen Blick zu und drückte eine Taste auf ihrer Fernbedienung, woraufhin der riesige Bildschirm in grellem Weiß aufleuchtete und eine Sekunde später in Flammen aufging.

Natürlich explodierte er nicht *wirklich*. Vielmehr zuckte eine grelle Lichtexplosion über den wandgroßen Schirm, und gleichzeitig drang das Krachen und Dröhnen einer so ungeheuren Explosion aus den versteckt angebrachten Lautsprechern, dass Leonie spüren konnte, wie der Stuhl unter ihr zu zittern begann.

Dann fiel das Licht aus.

In der nächsten Sekunde wurde der Bildschirm schwarz und Theresa schrie mit schriller Stimme: »*Feuer!*«

Das Ergebnis war das blanke Chaos.

Schreie gellten durch den Raum. Jungen und Mädchen sprangen in die Höhe. Stühle wurden umgeworfen und schlitterten krachend über den Boden. Gleichzeitig erwachte der Bildschirm wieder zum Leben und begann Flammen und grelle Lichtblitze zu spucken, Explosionen grollten und ringsumher brach endgültig Panik aus.

Auch Leonie sprang in die Höhe und fuhr herum. Im ersten Moment hatte sie fast Mühe, sich zu orientieren. Das Grollen und Krachen dröhnte immer lauter. Der Bildschirm spie Flammen und stroboskopische orangeweiße Lichtexplosionen in den Raum, die die Bewegungen der durcheinander stürzenden Schüler in harte Einzelbilder zerhackten. Für eine oder zwei Sekunden drohte auch sie den Überblick zu verlieren. Um ein Haar hätte sie sich einfach der Menge angeschlossen, die hysterisch auf den Ausgang zurannte.

Es war Franks Anblick, der sie wieder in die Wirklichkeit zurückriss.

Auch er war erschrocken zusammengefahren, als die erste Explosion auf dem Bildschirm aufgeflammt war, aber er geriet keineswegs in Panik. Ganz im Gegenteil bewies seine Reaktion, was Leonie schon die ganze Zeit über vermutet hatte: dass er sich bestens auf seinen Job verstand. Statt das Nächstliegende zu tun – nämlich die Tür, an der er mit lässig verschränkten Armen gelehnt hatte, aufzureißen und hindurchzustürmen –, stieß er sich mit einer kraftvollen Bewegung davon ab und versuchte in ihre Richtung zu laufen.

Es blieb bei dem Versuch.

Franks Pech war, dass ihm gut dreißig Schülerinnen und Schüler entgegenströmten, die im Moment nichts anderes im

Kopf hatten, als den Raum durch genau diese Tür zu *verlassen.* Er wurde einfach von der lebenden Flut ergriffen und mitgerissen. Das Letzte, was Leonie von ihm sah, waren seine hilflos rudernden Arme und der fassungslose Ausdruck auf seinem Gesicht, als er einfach auf den Flur hinausgestoßen wurde und dann verschwand. Beinahe hätte er ihr sogar Leid getan.

Aber nur *beinahe.*

Leonie riss sich fast gewaltsam in die Wirklichkeit zurück und fuhr wieder herum. Ihr Blick tastete hektisch über die Wand neben dem Bildschirm und suchte die Tür, von der Theresa gesprochen hatte. Im ersten Anlauf hatte sie Mühe, sie zu entdecken, und für einen winzigen, aber durch und durch grässlichen Moment drohte sie erneut in Panik zu geraten. Dann – endlich – bemerkte sie einen haarfeinen Spalt in der Tapete. Ohne auch nur noch einen Blick zum Ausgang zurückzuwerfen, stürmte sie los.

Es gab keine Klinke oder irgendeinen anderen Öffnungsmechanismus, aber die Tür sprang mit einem leisen Klicken auf, gerade als Leonie die Hand danach ausstrecken wollte. Dahinter lag ein schmaler, lang gestreckter Raum, an dessen Wänden sich deckenhohe Metallregale entlangzogen, die mit allem möglichen Krempel voll gestopft waren, sodass nur ein schmaler Gang in der Mitte frei blieb. Am gegenüberliegenden Ende befand sich eine weitere, nackte Metalltür mit einem kleinen Notausgang Schildchen darüber. Leonie durchquerte den Raum mit schnellen, weit ausgreifenden Schritten und hätte sich fast die Hand verstaucht, als sie ohne innezuhalten auch durch die nächste Tür stürmen wollte.

Sie war verschlossen.

Leonie stolperte einen Schritt zurück, betrachtete eine Sekunde lang verdutzt ihre geprellte Hand und dann ein wenig länger und eindeutig mehr als nur *ein wenig* fassungslos die verschlossene Tür. Wieso ging dieses vermaledeite Ding nicht auf? Ganz davon abgesehen, dass sie es gewohnt war, dass sich *alle* Türen vor ihr öffneten, war es eindeutig ein *Not*ausgang, der gar nicht verschlossen sein *durfte.*

Ihr blieb keine Zeit, sich über die Ungerechtigkeit des Schicksals aufzuregen. Fast verzweifelt fuhr sie herum und starrte die Tür an, durch die sie hereingekommen war. Noch war sie verschlossen, aber es konnte nur Augenblicke dauern, bis ihr Schutzengel seine Glieder entwirrt hatte und wieder in den Vorführraum stürmte um nach ihr zu suchen. Und wenn er auch nur halb so gut war, wie Leonie annahm, dann würde er höchstens ein paar Sekunden brauchen, um die getarnte Tür neben der Bildschirmwand zu entdecken.

Etwas berührte ihren Fuß, ganz sacht nur, kaum mehr als das Streicheln einer Feder, aber Leonie fuhr trotzdem erschrocken zusammen und hätte um ein Haar laut aufgeschrien.

Dann senkte sie den Blick und sie vergaß schlagartig ihren Schrecken. Ihre Augen wurden groß. »Conan?«, murmelte sie ungläubig.

Die winzige Maus hüpfte von ihrem Fuß hinunter, entfernte sich ein paar trippelnde Schritte, drehte sich dann um und blickte zu ihr hoch, und es gab nicht den geringsten Zweifel: Es *war* Conan. Sie erkannte Conan nicht nur an seinem ganz und gar nicht mäusischen Benehmen, sondern auch an der dünnen Schramme auf der Nase, die von seinem Zusammenstoß mit Mausetod herrührte. *Aber wie kam er hierher?*

Als hätte sie ihre Gedanken gelesen, trippelte die Maus auf eines der Regale zu, kletterte mit der größten Selbstverständlichkeit der Welt an dem nackten Metall hoch und drehte sich auf dem obersten Regalbrett wieder um, bevor er auffordernd zu ihr herabblickte.

»Das … das meinst du jetzt nicht ernst!«, ächzte Leonie.

Conan grinste sie an und nickte.

Leonie blinzelte. Es war keine Einbildung. Die Maus grinste sie tatsächlich an. Schadenfroh. *Ganz eindeutig schadenfroh.*

Draußen polterte es. Ein gedämpfter Schrei und dann eine wütende Stimme drangen durch die geschlossene Tür und Leonie warf ihre letzten Bedenken über Bord und trat an das Regal heran. Die gesamte Konstruktion begann zu ächzen und unter ihrem Gewicht zu zittern, als sie daran emporkletterte.

Die Stimmen, die durch die Tür drangen, wurden lauter. Leonie glaubte Theresa und Frank in dem Stimmengewirr zu erkennen, und auch wenn sie nicht ganz sicher war, trieb sie allein der Gedanke an ihren Bodyguard dazu an, ihre Anstrengungen zu verdoppeln. Das gesamte Eisenregal begann zu wanken und Leonie sah sich schon rücklings zu Boden stürzen und unter einem tonnenschweren Trümmerberg begraben daliegen. Aber darauf kam es jetzt vermutlich auch nicht mehr an.

Mit einem entschlossenen Ruck zog sie sich ganz auf das oberste Regalbrett hinauf, wo Conan auf sie wartete, und hielt entsetzt den Atem an, als sich das gesamte Regal ächzend nach vorne neigte und dann mit einem hörbaren Knirschen wieder in seine ursprüngliche Position zurücksackte. Irgendetwas fiel aus dem Regal und zersplitterte mit einem Krachen auf dem Fußboden, das Leonies Meinung nach auf dem gesamten Schulgelände zu hören sein musste. Conan piepste, kitzelte mit seinen Barthaaren durch ihr Gesicht und trippelte wieder davon und Leonie drehte sich mühsam in dem schmalen Zwischenraum zwischen Regal und Decke um und versuchte hinter ihm herzukriechen. Conan flitzte schnurstracks auf die Wand zu und durch sie hindurch.

Die Stimmen wurden noch lauter, dann flog die Tür mit einem Knall auf und sie konnte hören, wie jemand hereinstürmte. Leonie kroch sofort hastig weiter. Irgendetwas Scharfkantiges schrammte schmerzhaft über ihre Rechte und hinterließ einen langen, blutigen Kratzer auf ihrem Handrücken, aber Leonie nahm auch darauf keine Rücksicht mehr, sondern bewegte sich nur umso schneller. Eingedenk dessen, was ihr gerade mit dem Notausgang passiert war, schloss sie schon einmal die Augen und versuchte sich gegen den Schmerz zu wappnen, mit dem ihr Schädel gegen die massive Ziegelsteinmauer prallen würde.

Sie schlug sich den Schädel an, und zwar so gewaltig, dass sie buchstäblich Sterne sah – allerdings nicht an der Wand, sondern einen guten Meter tiefer auf dem Boden des gemauerten Raumes, in den sie jäh hinabstürzte.

Einen Moment lang blieb sie einfach benommen liegen und

wartete darauf, dass ihr Kopf aufhörte sich so anzufühlen, als wollte er jeden Augenblick explodieren. In ihren Ohren rauschte das Blut, und wie von weit, weit her hörte sie Stimmen, die heftig miteinander stritten. Irgendetwas raschelte und ein süßlicher, nicht einmal unangenehmer Geruch drang ihr in die Nase.

Leonie stemmte sich mühsam in die Höhe und blinzelte ein paarmal, bis die bunten Sterne vor ihren Augen allmählich verblassten. Sie musste nicht lange darüber nachdenken, wo sie war: Die Wände der niedrigen gewölbten Kammer, in die sie gestürzt war, bestanden aus roh vermauerten Ziegelsteinen und sie identifizierte das seltsame Aroma jetzt eindeutig als den typischen Geruch von Buchbinderleim. Sie war wieder im Archiv – wenn auch offensichtlich in einem Teil des unterirdischen Labyrinths, den sie zuvor noch nie kennen gelernt hatte.

Die Kammer war kreisrund und maß vielleicht sieben oder acht Meter, war dabei aber gerade so hoch, dass ein groß gewachsener Mann unter der Mitte der leicht gewölbten Decke aufrecht stehen konnte. Ein gutes Dutzend runder, halbmetergroßer Öffnungen war in regelmäßigen Abständen auf halber Höhe in den Wänden verteilt – durch eines dieser Zuflussrohre war Leonie hereingeschlittert – und genau in der Mitte der Kammer befand sich eine große, mit schweren Eisenstäben vergitterte Öffnung im Boden. Die Luft war warm und feucht, und je mehr sich ihre Augen an das schwache Licht gewöhnten, umso deutlicher sah sie die kleinen, hellgrün schimmernden Pfützen auf dem Boden und die glitzernden, hellgrünen Tropfen, die sich in den Fugen des morschen Mauerwerks festgesetzt hatten, an den Wänden herabliefen oder in dünnen Rinnsalen aus den Zuflüssen tröpfelten.

Ein eisiges Frösteln kroch Leonies Rücken herauf, als sie begriff, wo sie sich befand: Sie war wieder in einem Teil des unterirdischen Kanalsystems, durch das Theresa und sie geirrt waren, bevor sie in die Gefangenschaft des Archivars geraten waren. Dies hier musste wohl so etwas wie ein Sammelbecken sein, in das Abflussrohre aus verschiedenen Richtungen mündeten, um sich zu einem größeren Strom zu vereinen. Sie schauderte erneut – und heftiger –, als ihr klar wurde, was für ein Glück sie gehabt hatte, dass das System im Moment nicht in Betrieb war. Andererseits hätte Conan sie wohl kaum hierher geführt, wenn die Gefahr bestanden hätte, dass sie in kochendem Buchbinderleim ertrank …

Wo war die Maus überhaupt?

Leonie sah sich aufmerksam um, dann lauschte sie einen Moment lang noch konzentrierter, aber von Conan war weder etwas zu sehen noch zu hören. Leonie machte sich allerdings keine allzu großen Sorgen um ihren kleinen Freund – Conan konnte ganz gut auf sich selbst aufpassen, und bisher war dieses bemerkenswerte Tier eigentlich immer verlässlich aufgetaucht, wenn sie es *wirklich* gebraucht hatte. Möglicherweise hatte das Tierchen sie ja auch gar nicht hierher geführt, weil es ihr etwas Bestimmtes zeigen wollte, sondern war nur in das erstbeste Versteck gehuscht, um vor Frank in Sicherheit zu sein.

Sie wandte sich wieder dem Rohr zu, durch das sie hereingekommen war. Franks und Theresas Stimmen – sie konnte sie nun genau unterscheiden – waren deutlich auf der anderen Seite zu vernehmen, und als Leonie sich auf die Zehenspitzen stellte, konnte sie die beiden sogar sehen; wenn auch nur ihre Köpfe, auf die sie aus gut zwei Metern Höhe hinabblickte. Die beiden waren bei ihrer Lieblingsbeschäftigung: Sie stritten sich.

»Das wird Folgen haben, verlassen Sie sich darauf«, sagte Frank gerade. »Leonies Vater wird nicht begeistert sein, wenn ich ihm davon erzähle!«

»Wovon?«, gab Theresa spöttisch zurück. »Dass wir hier einen Kurzschluss hatten und das Licht ausgefallen ist?«

»Kurzschluss, dass ich nicht lache!« Frank wedelte aufgeregt mit etwas herum, das Leonie erst auf den zweiten Blick als die kleine Fernbedienung erkannte, die Theresa vorhin in der Hand gehabt hatte. »Den haben Sie damit fabriziert, und zwar mit voller Absicht!«

»Ach, und wie?«

»Das finde ich schon heraus«, versprach Frank düster. »Ich werde das Ding mitnehmen und gründlich untersuchen lassen.«

»Also, wenn Sie kaputte Fernbedienungen sammeln«, antwortete Theresa spöttisch, »dann kann ich Ihnen noch eine ganze Menge …«

»*Schluss jetzt!*« Frank schrie fast. Wütend trat er an den Notausgang heran und riss ein paarmal ebenso ungeduldig wie vergebens an der Klinke. »Ich gebe Ihnen eine letzte Chance: Sie sagen mir, wo Leonie ist, und bringen mich zu ihr und die ganze Sache bleibt unter uns.«

»Und wenn nicht?«, erkundigte sich Theresa in fast fröhlichem Ton.

»Dann sehe ich mich gezwungen, Leonies Vater anzurufen und ihn davon in Kenntnis zu setzen, dass Sie seiner Tochter zur Flucht verholfen haben«, antwortete Frank. »Glauben Sie mir: Dass Sie Ihren Job verlieren, dürfte danach Ihr allerkleinstes Problem sein.«

»*Zur Flucht verholfen.*« Theresa schüttelte den Kopf und lachte leise. »Großer Gott, das klingt ja, als wäre sie eine Schwerverbrecherin.«

»Sie haben keine Ahnung, in welcher Gefahr sich das Mädchen befindet, wie?«, fragte Frank, plötzlich sehr leise, aber auch sehr ernst.

»Nein«, antwortete Theresa. »Warum erzählen Sie es mir dann nicht?«

»Sagen Sie mir dann, wo sie ist?«

»Ich weiß es nicht, verdammt noch mal«, antwortete Theresa zornig – was vermutlich sogar der Wahrheit entsprach.

Frank seufzte. »Also gut. Sie haben es nicht anders gewollt.« Er steckte die Fernbedienung ein, sah Theresa noch einmal durchdringend an und fuhr dann auf dem Absatz herum. Leonie hörte, wie die Tür hinter ihm zuknallte. Sie zögerte nur noch einen Moment, dann hob sie entschlossen die Arme und schob sich mit einiger Mühe durch das schräg ansteigende Rohr wieder auf das Regal auf der anderen Seite hinaus.

Im ersten Moment bemerkte Theresa sie nicht einmal. Sie stand an der Tür zum Vorführraum und zerrte wütend an der

Klinke, wobei sie die wüstesten Beschimpfungen gegen Frank ausstieß.

»Er hat uns eingeschlossen, habe ich Recht?«

Theresa fuhr erschrocken herum und hob die Hand vor den Mund, um einen Schrei zu unterdrücken. Ihre Augen traten vor Unglauben ein Stück weit aus den Höhlen. »Leonie!«, ächzte sie. »Wo kommst du denn …?« Sie brach ab. Ihre Augen weiteten sich noch mehr, während ihr Blick über die scheinbar massive Ziegelsteinmauer hinter Leonie tastete. Leonie drehte den Kopf, um ihrem Blick zu folgen, und als sie es tat, verstand sie den ungläubigen Ausdruck in Theresas Augen sehr viel besser. Von hier aus betrachtet wirkte die Mauer vollkommen massiv. Von den Knien abwärts verschwanden ihre Beine einfach in der Mauer!

Theresa seufzte. Sie runzelte die Stirn und nickte. »Ich verstehe«, murmelte sie. »Das Archiv.«

Statt einer Antwort robbte Leonie ächzend ganz auf den Regalboden hinaus und setzte dazu an, sich umzudrehen und zu Theresa hinabzuklettern, aber die junge Frau winkte hastig ab. »Bleib da.«

Leonie blinzelte. »Wie meinst du das?« Täuschte sie sich oder war in ihrer eigenen Stimme plötzlich ein leiser, aber unüberhörbar hysterischer Unterton?

Theresa schnaubte. »Fragst du das im Ernst? Wahrscheinlich ruft er jetzt mit seinem Handy die Kavallerie. In spätestens einer Stunde wimmelt es hier von seinen Kollegen.« Sie schenkte der verschlossenen Tür einen giftigen Blick. »Und so lange wird er mich …«, sie verbesserte sich, »*uns* garantiert hier eingesperrt lassen.« Sie schüttelte resigniert den Kopf, riss sich mit sichtlicher Mühe vom Anblick der verschlossenen Tür los und begann direkt neben Leonie am Regal hinaufzuklettern. »Wir müssen hier raus.«

»Aber was … was ist mit dem Notausgang?«, fragte Leonie nervös.

Theresa schüttelte so heftig den Kopf, dass das gesamte Regal unter ihr zu beben begann, und zog sich mit einer entschlossenen Bewegung unmittelbar neben sie auf das oberste Brett hinauf. »Vergiss ihn. Der Schlüssel hängt im Sekretariat.«

»Ein tolles Versteck«, entfuhr es Leonie.

Theresas Blick verdüsterte sich für einen Moment. »So war das ja auch nicht geplant«, sagte sie patzig. »Ich hatte gehofft, dass er die Tür gar nicht findet.« Sie seufzte. »Anscheinend habe ich ihn unterschätzt. Es tut mir Leid.«

Leonie winkte ab. *Ihr* taten ihre eigenen Worte bereits wieder Leid. Sie waren ihr einfach so herausgerutscht und sie hatte Theresa gewiss keinen Vorwurf machen wollen. Dennoch ließ ihr allein die bloße *Vorstellung*, noch einmal ins Archiv zurückkehren zu müssen, einen eisigen Schauer über den Rücken laufen. Andererseits hatten sie ja nicht vor, zu einer Expedition durch die Tiefen des Archivs aufzubrechen. Mit ein bisschen Glück, dachte sie, während sie mit dem Fuß nach der unsichtbaren Öffnung in der Wand tastete, fanden sie auf der anderen Seite rasch einen Ausgang, der sie in die Wirklichkeit zurückbrachte.

Aber natürlich sollte es anders kommen.

Über den Styx

Obwohl Leonie sie gewarnt hatte, landete Theresa ebenso unsanft auf dem Boden der gemauerten Kammer wie sie selbst zehn Minuten zuvor. Allerdings benötigte sie nur wenige Sekunden, um die Benommenheit abzuschütteln und sich zu erheben.

»Wie behaglich«, murmelte sie, während sie missmutig abwechselnd ihre Hände und ihren – ehemals – schwarzen Rock musterte. Beides war mit einer hellgrünen, matt leuchtenden Pampe besudelt. »Nicht schon wieder!«, jammerte Theresa. »Ich dachte, das hätten wir ein für alle Mal hinter uns.«

Leonie versuchte schadenfroh zu grinsen, aber ganz wollte es ihr nicht gelingen. Irgendetwas stimmte hier nicht. Nicht nur die schillernden grünen Pfützen waren zahlreicher geworden, auch der Geruch nach heißem Leim schien jetzt viel durchdringender als vorhin. Und es war ganz unbestreitbar wärmer …

»Was ist?«, fragte Theresa alarmiert. Leonies nachdenklicher Gesichtsausdruck war ihr offensichtlich nicht entgangen.

Leonie hob unbehaglich die Schultern. Spielten ihr die Nerven einen bösen Streich oder war da ein ganz leises, aber machtvolles Dröhnen und Rumpeln, das allmählich näher kam? »Ich weiß nicht«, sagte sie ausweichend. »Aber irgendwie habe ich das Gefühl, dass wir uns hier ganz schnell aus dem Staub machen sollten.«

»Keine Einwände«, erwiderte Theresa mit einem neuerlichen naserümpfenden Blick auf ihre Hände. »Wenn du mir sagst, wohin wir sollen.« Sie trat an die nächstbeste Wand und versuchte die hellgrüne Schmiere an den rauen Steinen abzuwischen, was ihr aber nicht so recht gelingen wollte; schließlich handelte es sich um nichts anderes als halb erkalteten *Leim.* Theresas Miene wurde noch verdrießlicher.

Leonie sah sich noch einen Moment lang unschlüssig um, danach tat sie das, was sie ebenso gut auch gleich hätte tun können: Sie ging bis zur Mitte des Raumes und ließ sich neben der vergitterten Öffnung im Boden in die Hocke sinken. An der Wand des Schachts, der unter dem rostigen Gitter lag und einen Durchmesser von gut anderthalb Metern hatte, führte eine schmale, ebenfalls verrostete Leiter in unbekannte Tiefen hinab. Es kostete Leonie einige Willenskraft, doch nachdem sie ihren Ekel einmal überwunden hatte, fiel es ihr nicht sonderlich schwer, das Gitter zu ergreifen und beiseite zu schieben.

Theresa, die sich neben sie gekniet hatte, ächzte: »O nein! Ich werde ganz bestimmt nicht dort hinuntergehen!«

»Es war doch deine Idee, hierher zu kommen, oder?«, fragte Leonie.

Streng genommen stimmte das nicht, dachte Leonie. Eigentlich war es Conan gewesen, der sie ins Archiv gelockt hatte. Vielleicht hatte die Maus dabei mehr im Sinn gehabt als Frank abzuschütteln. Wenn sie es genau bedachte, dann hatte Conan noch niemals etwas Sinnloses getan …

Dennoch hatte Theresa natürlich vollkommen Recht: Auch Leonie konnte sich Dinge vorstellen, die sie lieber getan hätte, als in diesen Schacht hinabzusteigen. Eine *ganze Menge* Dinge sogar ...

Theresa stemmte herausfordernd die Hände in die Hüften. »Ich werde ganz bestimmt nicht – *pass auf!*«

Die beiden letzten Worte schrie sie, gleichzeitig sprang sie auf die Füße und riss Leonie mit sich. Nur einen Sekundenbruchteil später rülpste eines der Zuflussrohre dumpf und spie einen Schwall grünen Leims aus, der haargenau dort auf dem Boden explodierte, wo Leonie und Theresa gerade noch gehockt hatten.

Dennoch kamen sie nicht vollkommen ungeschoren davon. Leonie schrie vor Schmerz und Entsetzen auf, als Spritzer der kochend heißen Flüssigkeit ihre Hände und die ungeschützten Unterarme versengten. Ihre Augen füllten sich mit Tränen, während sie rücklings vor der grünen Masse zurückwich, die sich brodelnd auf dem Boden ausbreitete. Das Grollen und Zischen war mittlerweile so laut geworden, dass es jedes andere Geräusch verschlang, und die Luft begann sich mit wabernden grünen Schwaden zu füllen, sodass sie kaum noch die sprichwörtliche Hand vor Augen sehen konnte. Als wäre das alles noch nicht genug, wurde es schlagartig so heiß, dass jeder Atemzug zur reinen Qual wurde.

Und das war noch nicht einmal das Schlimmste.

Der größte Teil der gluckernden grünen Brühe verschwand sofort in der Tiefe, aber der verbliebene Rest reichte immer noch aus, eine rasch größer werdende kochende Pfütze auf dem Boden zu bilden, deren Ränder gierig nach ihren Schuhen leckten. Leonie hustete, wedelte mit der linken Hand, um die klebrigen Schwaden zu vertreiben, und wich gleichzeitig Schritt für Schritt zurück.

Um genau zu sein: *Drei* Schritte weit, dann stieß sie mit dem Rücken gegen den rauen Ziegelstein und hätte um ein Haar vor Entsetzen laut aufgeschrien. Die kochende Pfütze breitete sich mit schrecklicher Unaufhaltsamkeit weiter aus. Noch ein paar Sekunden und ihr würde gar keine andere Wahl mehr bleiben, als nach oben zu greifen und in eines der Zuflussrohre zu klettern. Was geschehen würde, wenn ihr genau in diesem Moment auch hier ein Schwall heißen Leims entgegenschoss, das stellte sie sich vorsichtshalber erst gar nicht vor …

Gottlob kam sie nicht in die Verlegenheit, es herauszufinden. Gerade als die blubbernde Lache ihre Schuhe fast erreicht hatte, versiegte der Zufluss kochenden Leims. Die Pfütze begann rasch zusammenzuschrumpfen und abzukühlen. Dennoch verging mindestens noch eine Minute, bis sie es auch nur wagte, tief durchzuatmen. Die Hitze hatte so weit nachgelassen, dass sie nicht mehr das Gefühl hatte, flüssiges Feuer zu atmen, aber die Luft fühlte sich klebrig und widerwärtig an. Es vergingen noch einmal endlose, quälende Sekunden, bis sich die brodelnden Schwaden so weit lichteten, dass sie Theresa auch nur *sehen* konnte.

Leonie erschrak bis ins Mark. Wie es aussah, war Theresa nicht annähernd so glimpflich davongekommen wie sie. Auch sie war über und über mit heißem Leim bespritzt, doch während Leonie zum Großteil von ihrer Kleidung geschützt worden war, trug Theresa nur einen knielangen Rock und eine ärmellose Bluse. Sie musste Dutzende von schmerzhaften Verbrühungen erlitten haben.

»Alles in Ordnung?«, fragte Leonie. Die Frage kam ihr selbst etwas lächerlich vor, aber Theresa nahm nur langsam die Hände herunter und nickte.

»Das … war ziemlich … knapp«, sagte sie stockend. »Ich will ja nicht kleinlich sein, aber ich finde, wir sollten uns doch allmählich ein anderes Versteck suchen.«

Leonie nickte hastig. »Ich weiß allerdings nicht …« Sie sprach nicht weiter, als ihr bewusst wurde, dass Theresa ihr gar nicht mehr zuhörte.

Sie hatte sich umgedreht und war unmittelbar neben dem Abfluss in die Hocke gegangen. Der Schwall hatte nicht nur ein Muster geometrischer grüner Linien in den Fugen des gemauerten Fußbodens hinterlassen, sondern auch noch allerlei anderes Strandgut. Da waren Fetzen eines schwarzen Stoffes, zerbrochene

Schreibfedern und halb aufgelöstes Papier. Doch das, was so ganz eindeutig Theresas Aufmerksamkeit erregt hatte, schien auf den ersten Blick nur ein formloser grüner Klumpen zu sein.

»Was ... ist das?«, fragte Leonie zögernd.

Statt einer Antwort streckte Theresa die Hand aus und hob den glibberigen Klumpen auf.

»Ein ... Buch?«, fragte Leonie zögernd. Sie war nicht ganz sicher. Was Theresa da langsam aus der grünen Pampe zog, schien einmal ein prachtvolles Buch mit schwerem Ledereinband und kunstvoller Goldprägung gewesen zu sein, aber zugleich sah es nicht *wirklich* wie ein Buch aus, sondern eher wie die perfekte Nachbildung eines Buches, die unglücklicherweise aus weichem Wachs bestand, das zu lange in der Sonne gelegen hatte. Als Theresa es hochhob, zerfiel es mit einem schmatzenden Laut in zwei Teile. Die Hälfte, die zu Boden fiel, löste sich in eine blubbernde grüne Schleimpfütze auf. Der Anblick erinnerte Leonie auf unheimliche Weise an das, was dem Scriptor in Theresas Bibliothek zugestoßen war.

»*Ein* Buch?«, meinte Theresa düster. Sie schüttelte den Kopf. »Das war nicht *irgendein* Buch, Leonie. Es war eines der Bücher aus dem Archiv.« Sie hob die Hand weiter, und auch der Rest, den sie noch in den Fingern hielt, begann sich Fäden ziehend aufzulösen.

Es dauerte einen Moment, bis Leonie wirklich verstand, was Theresa gerade behauptet hatte. »Ein Buch aus dem Archiv?«, keuchte sie. »Aber das ... das ist doch vollkommen unmöglich! Du hast doch selbst gesagt, dass sie ...«

»... niemals aus dem Archiv entfernt werden dürfen«, führte Theresa den Satz zu Ende. Ihre Stimme klang bitter, aber ihr Gesicht war plötzlich wie eine aus Stein gemeißelte Maske. Sie stieß ein heiseres Lachen aus. »Das da war kein Buch, Leonie. Es war ein komplettes Menschenschicksal. Und nun ist es dahin.«

Leonie war im ersten Moment nicht ganz sicher, ob sie die Tragweite dessen, was Theresa gesagt hatte, auch wirklich verstand – oder auch nur verstehen wollte. Fassungslos und mit heftig klopfendem Herzen starrte sie die zischende grüne Pfütze an, zu der das Buch zerschmolzen war, und Theresa fuhr mit leiser, sonderbar flacher Stimme fort:

»Ein ganzes Menschenleben, Leonie, endlos viele Jahre voller Freude und Leid, voller Lachen und Weinen, voller Erfahrungen und Sehnsüchte. Und nun ist es fort. Ausgelöscht. Niemand wird sich noch daran erinnern, wer dieser Mensch gewesen ist, wie er geheißen hat. Wie er aussah, was er getan hat.« Sie seufzte, tief und auf eine merkwürdige Art, die beinahe so etwas wie ein Schluchzen aus dem Laut machte. Für einen winzigen Moment glaubte Leonie Tränen in ihren Augen schimmern zu sehen. »Es ist genauso, als hätte er nie gelebt.«

Der Anblick des Schmerzes, der sich in den Augen der jungen Frau spiegelte, zog auch Leonies Herz zusammen. Vielleicht nur um sie irgendwie zu trösten, sagte sie leise: »Aber es ist doch nur ein einziges Buch von so vielen.«

»Nur eines?«, wiederholte Theresa traurig. »Und wenn es das deiner Mutter wäre, Leonie? Oder deiner Großmutter oder irgendeines anderen Menschen, der dir etwas bedeutet hat?« Sie stand auf. »Ich verstehe nicht, warum er das tut. Ich hätte ihm viel zugetraut, aber nicht *das!*«

Leonie sah sie verständnislos an. »Wovon …?« Dann sog sie scharf die Luft ein. Was Theresa da andeutete, war so ungeheuerlich, dass sie sich im ersten Moment fast weigerte, diesen Gedanken auch nur zu denken.

»Du willst doch nicht behaupten, dass … dass mein Vater …«, keuchte sie. »So etwas würde er nie tun!«

»Bist du sicher?«, fragte Theresa leise.

»Hundertprozentig!«, antwortete Leonie empört. »Das … das wäre ja beinahe so etwas wie … wie Mord!«

»Von seiner Warte aus vielleicht nicht«, räumte Theresa ein.

»Niemals«, beharrte Leonie. Sie begann zu zittern. »Warum tust du das? Ich weiß, dass du meinem Vater nicht traust, aber so etwas würde er nie tun!«

Theresa sah sie eine weitere Sekunde lang durchdringend an.

»Warum fragen wir ihn nicht einfach?« Für die Dauer von zwei, drei Atemzügen schien sie vergeblich darauf zu warten, dass Leonie irgendetwas erwiderte, dann drehte sie sich mit einem Achselzucken um, ließ sich am Rand des Schachtes in die Hocke sinken und tastete mit dem Fuß nach der ersten Leitersprosse.

»Was ist denn jetzt los?«, wunderte sich Leonie. »Ich dachte, du wolltest auf schnellstem Weg in die Schule zurück!«

»Da hatte ich auch noch keine Ahnung, dass hier etwas nicht stimmt«, antwortete Theresa, während sie mit einem Ausdruck höchster Konzentration nach der nächsten Leitersprosse tastete. »Ich muss wissen, was dort unten geschieht.« Sie zwang sich zu einem leicht verkniffenen Lächeln. »Außerdem sollten wir uns ein bisschen beeilen. Es sei denn, du legst Wert auf eine heiße Dusche.«

Leonie drehte instinktiv den Kopf und sah erschrocken zu den Rohren hin. Nichts rührte sich, aber Theresa hatte natürlich Recht: Es konnte Stunden dauern, bis der nächste Schwall kochend heißen Leims zu ihnen hereinsprudelte, genauso gut aber auch nur wenige Augenblicke. Sie beeilte sich, hinter Theresa an den Schacht zu treten, und folgte ihr, sobald ihre Hände die oberste Sprosse freigaben.

Der Abstieg dauerte nicht lange, doch die wenigen Minuten kamen Leonie wie ein Ewigkeit vor. Unter ihnen schimmerte ein blasses grünliches Licht, während Theresa und Leonie selbst in eine vollkommene Dunkelheit gehüllt waren. Die rostzerfressenen Sprossen ächzten nicht nur bedrohlich unter ihrem Gewicht, sondern waren auch mit allmählich erkaltendem Leim beschmiert, sodass es Leonie immer wieder spürbare Anstrengung kostete, die Hände von dem klebrigen Eisen zu lösen. Es war nicht nur widerlich, sondern auf Dauer auch schmerzhaft. Dazu kam die Hitze, die von unten zu ihnen emporstieg und mit jeder Leitersprosse weiter zuzunehmen schien, bis sie ihnen das Atmen schwer machte. Die Luft war so klebrig, dass Leonie das Gefühl hatte, sich allmählich selbst in einen Leimpinsel zu verwandeln. Vielleicht sollten sie sich besser beeilen, bevor sie an einem rostigen

Tritt festklebten oder nach einem Blinzeln die Augen nicht mehr aufbekamen. Sie rief Theresa zu, ein wenig an Tempo zuzulegen.

Je tiefer sie kamen, desto öfter legte sie den Kopf in den Nacken und sah nach oben. Die Schachtmündung war längst verschwunden, und alles, was sie hörte, war das allmählich ansteigende Rauschen und Dröhnen des grünen Stromes unter ihnen, aber das, was sie nicht hörte, erledigten ihre außer Rand und Band geratene Fantasie und ihre Angst in perfekter Zusammenarbeit: Plötzlich war sie sicher, wieder dasselbe machtvolle Grollen zu vernehmen, das auch vorhin den Leimschwall angekündigt hatte. Und es kam eindeutig von *oben.*

Leonie rief sich in Gedanken zur Ordnung und sah wieder nach unten. Sie hatten ihr Ziel fast erreicht. Unter ihnen rauschte ein breiter Strom aus giftgrünem, kochendem Leim mit der Geschwindigkeit eines D-Zuges dahin. Er trug zahllose dunkle Gegenstände mit sich, die zu schnell vorbeiströmten um sie wirklich zu erkennen – auch wenn Leonie das ungute Gefühl hatte, eigentlich sehr wohl zu wissen, was da unter ihr entlangschoss, und es in Wahrheit nur nicht wissen zu *wollen.*

Theresa hatte das Ende des Schachtes erreicht und kletterte nun langsamer. Die Leiter hörte buchstäblich im Nichts auf. Theresas Beine baumelten plötzlich in der Luft, und sie wurde immer langsamer, während sie sich, jetzt nur noch an den ausgestreckten Armen hängend, weiter nach unten hangelte.

»Wie sieht es aus?«, rief Leonie zu ihr hinunter.

Theresa klammerte sich mit beiden Händen an die unterste Sprosse. Sie keuchte vor Anstrengung, bemühte sich aber, trotzdem, ganz zuversichtlich zu klingen. »Es … ist eine realistische Chance. Wir müssen … springen, aber es … ist zu schaffen.«

Theresa begann hin und her zu schwingen wie eine Zirkuskünstlerin am Trapez – und war dann plötzlich verschwunden. Noch bevor Leonie auch nur Zeit fand, wirklich zu erschrecken, wehte ein dumpfer Aufprall aus der Tiefe herauf, gefolgt von einem halblauten Ächzen.

»Theresa?«, rief sie ängstlich. »Ist alles in Ordnung?«

Es dauerte vielleicht eine Sekunde, bis Theresa antwortete, aber es war eindeutig die längste Sekunde ihres Lebens.

»Mir geht es gut«, rief sie mit einer Stimme, die sich nach dem genauen Gegenteil anhörte. »Nun komm schon. So schwer ist es nicht.«

»Ja«, maulte Leonie. »Ich muss ja einfach nur loslassen.« Sie zog eine Grimasse, kletterte weiter und hielt noch einmal inne, bevor sie zuerst den rechten und dann den linken Fuß von der Leiter löste. Ihr Herz begann zu rasen, während sie sich mit zusammengebissenen Zähnen Hand für Hand weiter in die Tiefe hangelte. Und einen Augenblick später konnte sie spüren, wie sich ihr die Haare sträubten.

Der Schacht mündete in der Decke eines halbrunden, bestimmt fünf oder sechs Meter breiten und etwa halb so hohen gemauerten Tunnels, durch den der kochende Strom schoss. Ein halbmeterbreiter Absatz aus rauem Ziegelstein fasste beide Seiten ein. Theresa hockte in sonderbar verkrampfter Haltung auf dem Absatz zur Rechten, was sie aber nicht daran hinderte, ihr demonstrativ fröhlich zuzuwinken.

In diesem Moment verlor Leonie den Halt. Sie schrie gellend auf, ließ die Sprosse los und flog in hohem Bogen durch die Luft. Der Tunnel vollführte einen rasenden Salto um sie herum, und aus dem Schacht, unter dem sie gerade noch gehangen hatte, ergoss sich ein dampfend heißer, giftgrüner Schwall in den Leimstrom, noch bevor Leonie das letzte Drittel ihrer anderthalbfachen Drehung beendet hatte und unmittelbar neben Theresa auf dem Absatz aufprallte.

Ihr Kopf schlug so hart gegen den Boden, dass sie Sterne sah. Irgendwie schaffte sie es zwar, nicht nur bei Bewusstsein zu bleiben, sondern sich sogar an dem rauen Stein festzuklammern, aber sie spürte auch, wie sie ins Rutschen geriet und in den Kanal hinabzugleiten drohte. Verzweifelt und blindlings griff sie um sich, krallte die Finger in die schmalen Fugen des uralten Mauerwerks und keuchte abermals vor Schmerz, als ihre Fingernägel einfach abbrachen und sie unaufhaltsam weiterrutschte. Ihr rechter Fuß berührte die Oberfläche des siedenden Stromes, und dieses Mal schrie sie in reiner Agonie auf, denn er war nicht nur heiß wie geschmolzenes Blei, sondern zerrte auch wie mit unsichtbaren Riesenfäusten an ihrem Bein. Noch eine Sekunde oder weniger und sie würde in den Strom hinabgezogen und bei lebendigem Leib gekocht werden!

Im buchstäblich allerletzten Moment packten entschlossene Hände nach ihr und zogen sie zurück auf den rauen Stein – und damit in Sicherheit.

Leonie rutschte mit einem Seufzer unendlicher Erleichterung auf die Seite und schloss für ein paar Sekunden die Augen. Für die gleiche Zeitspanne tat sie nichts anderes, als einfach dazuliegen und das köstliche Gefühl zu genießen, noch am Leben zu sein. Selbst der pochende Schmerz in ihrem Kopf erschien ihr wunderbar, denn wer Schmerzen verspürte, war schließlich noch am Leben.

Endlich aber hob sie die Lider, stemmte sich mühsam auf die Ellbogen hoch und sah zu Theresa hin. Ihre Lebensretterin hockte sonderbarerweise gute drei oder vier Meter von ihr entfernt auf dem schmalen Sims und starrte sie aus weit aufgerissenen Augen an. Der Schrecken über das, was gerade beinahe geschehen wäre, stand ihr überdeutlich ins Gesicht geschrieben.

»Danke«, sagte Leonie. »Ich glaube, du hast mir gerade das Leben gerettet.«

»Ich … ich war das nicht«, murmelte Theresa mit sonderbar tonloser Stimme, und das Entsetzen in ihren Augen wurde nicht schwächer, sondern schien sich im Gegenteil noch zu steigern. Und Leonie war auch nicht mehr ganz sicher, dass Theresa wirklich sie anstarrte. Möglicherweise galt der Ausdruck von Entsetzen in ihren Augen auch etwas ganz anderem, etwas, das *hinter* ihr stand. Leonie drehte mit einiger Mühe den Kopf und starrte in ein Gesicht, das geradewegs einem Albtraum entsprungen zu sein schien.

Selbst für einen Scriptor war die Kreatur außergewöhnlich hässlich. Ihr Mund war ein dünner, vollkommen lippenloser Schlitz, hinter dem ein Gewirr zwar nadelspitzer, aber ausnahmslos fauliger und schiefer Zähne wuchs. Die Nase war so scharf und gekrümmt wie ein türkischer Dolch, und die Augen standen viel zu dicht beieinander und waren von etwas erfüllt, das abgrundtiefe Bosheit und Tücke hätte sein können, wäre nur ein wenig mehr Lebenskraft in ihnen gewesen. So wirkte ihr Blick einfach nur wie ein stummes verzweifeltes Flehen.

»Du … warst das?«, rief Leonie ungläubig. Sie war nicht einmal wirklich erschrocken. Und wenn sie es recht bedachte, dann sah der Scriptor eigentlich auch nicht Furcht einflößend aus, sondern trotz aller unbestreitbaren Hässlichkeit vielmehr bemitleidenswert. Das Wesen wog allerhöchstens zwanzig Pfund, und als es mit einem wortlosen Nicken auf ihre Frage antwortete, hatte sie nicht nur *den Eindruck*, dass seine Haut um seine Gestalt schlackerte wie ein viel zu großes Kleidungsstück.

Der Scriptor war zwei oder drei Schritte vor ihr zurückgewichen und sah sie mit einem Ausdruck an, den Leonie nicht verstand, der ihr Herz aber so tief berührte, dass sie mit den Tränen kämpfen musste. Er hob die Hand um ihr zuzuwinken und Leonie stemmte sich mühsam vollends in die Höhe, streckte zugleich aber auch vorsichtshalber die linke Hand aus und hielt sich an der Wand des Tunnels fest. Sie war noch immer ein bisschen wackelig auf den Beinen, und ihr wurde erst jetzt nach und nach klar, wie schmal der gemauerte Pfad beiderseits des tosenden Stroms aus geschmolzenem Leim wirklich war, auf dem sie sich befanden. So viel zu dem, was Theresa unter einer *realistischen Chance* verstand.

»Du … du willst doch nicht etwa mit ihm gehen?«, keuchte Theresa.

»Immerhin hat er mir gerade das Leben gerettet, oder?«, gab Leonie zurück – allerdings ohne den Scriptor dabei auch nur eine Sekunde aus den Augen zu lassen. Das kleine Geschöpf wich rückwärts gehend Schritt für Schritt vor ihr zurück, aber sie hätte schon blind sein müssen um nicht zu sehen, dass es von ihr erwartete ihm zu folgen.

Sie hörte, wie Theresa hinter ihr aufstand und einen einzelnen zögernden Schritt machte, bevor sie abermals stehen blieb und scharf die Luft zwischen den Zähnen einsog. Als sie sich widerwillig halb zu ihr umdrehte, sah sie, dass hinter ihnen gleich ein halbes Dutzend Scriptoren aufgetaucht war. Die grotesken Wesen standen einfach nur da und sahen Theresa und sie an, ohne sich zu rühren oder irgendetwas zu sagen, doch der Sinn ihrer stummen Botschaft war vollkommen klar.

»Das ... gefällt mir nicht«, sagte Theresa nervös.

»Vielleicht wollen sie uns etwas zeigen«, vermutete Leonie. Sie wartete, bis Theresa weitergegangen war und zu ihr aufgeschlossen hatte, dann setzte auch sie sich wieder in Bewegung und folgte dem Scriptor, der ihr das Leben gerettet hatte. Er trippelte mit hängenden Schultern und kleinen, irgendwie kraftlos wirkenden Schritten vor ihnen her und drehte nur manchmal den Kopf, wie um sich davon zu überzeugen, dass sie ihm auch wirklich nachkamen. Auch die anderen Scriptoren, die hinter Theresa aufgetaucht waren, setzten sich in Bewegung. Sie waren gerade eine Winzigkeit zu weit entfernt, als dass Leonie Details hätte erkennen können, aber sie hatte zumindest den Eindruck, dass sie auf ebenso unheimliche Weise verändert waren wie das einzelne Geschöpf vor ihnen.

»Ich frage mich, wohin sie uns wohl bringen«, murmelte sie.

Theresa antwortete nicht. Der Ausdruck auf ihrem Gesicht verhärtete sich noch weiter, und im ersten Moment glaubte Leonie, das wäre nur eine Reaktion auf die Anwesenheit der Scriptoren, doch dann registrierte sie, dass Theresas Blick starr auf den kochenden Fluss gerichtet war, an dem sie entlangmarschierten.

Der brodelnde Strom führte auch hier große Mengen des unterschiedlichsten Treibguts mit sich: zerfetzten Stoff, zerbrochene Möbel und Papier, aber auch formlose Körper unterschiedlicher Größe und in verschiedenen Stadien der Auflösung; Scriptoren und Schusterjungen, manchmal auch einen reglosen Aufseher, und einmal glaubte sie auch die hoch gewachsene Gestalt eines Redigators zu erkennen, die langsam um sich selbst drehend vorbeitrieb, wobei sich ihre Arme in der Strömung aus geschmolzenem Leim auf und ab bewegten, als winke sie ihnen zu.

Und Bücher. Zerfetzte, aufgequollene Bücher, roh herausgerissene Seiten und zerbrochene Einbände, halb zerschmolzene, langsam auseinander fließende Klumpen und zerknitterte Blätter, aber auch vollkommen unbeschädigte Bücher, die wippend wie kleine Flöße auf der grünen Flüssigkeit trieben, die allmählich ihre Substanz verzehrte. Dazwischen immer wieder reglose Körper, nicht nur Schusterjungen, Scriptoren und Aufseher, sondern auch Geschöpfe, die ihr vollkommen fremd waren und selbst im Prozess der Auflösung erschreckend wirkten.

Trotz der Hitze, die von dem reißenden Strom ausging, verspürte Leonie ein eisiges Frösteln. Der unterirdische Kanal war zu einem Totenfluss geworden. Sie gingen am Ufer des Styx entlang, und Leonie wagte nicht einmal sich vorzustellen, welch unbekannte Schrecken auf ihrer Wanderung noch lauern mochten.

Nach einer Weile sah sie wieder in die Richtung zurück, aus der sie gekommen waren, und stellte fest, dass sie jetzt nur noch einen Begleiter hatten. Die Scriptoren, die sie bisher begleitet hatten, waren ebenso lautlos wieder verschwunden, wie sie aufgetaucht waren, und Leonie spürte eine sonderbare Mischung aus Erleichterung und Sorge. Sosehr sie die Nähe der unheimlichen Geschöpfe auch mit Unbehagen erfüllt hatte, fühlte sie sich doch nun auf seltsame Weise im Stich gelassen. Mit jedem Schritt, den sie dem Scriptor tiefer in die düstere unterirdische Welt hinein folgten, fühlte sie sich mehr allein gelassen und weiter von zu Hause entfernt.

Theresa schien es nicht anders zu ergehen. Sie starrte weiter mit ausdruckslosem Gesicht auf den Fluss hinaus, aber sie sah auch immer öfter über die Schulter zurück, und so gut sie sich auch in der Gewalt haben mochte, gelang es ihr doch immer weniger, ihre Nervosität zu verbergen. Auch ihre Bewegungen wirkten fahrig und abgehackt, und das seltsame mattgrüne Licht, das hier unten herrschte, schien ihr Gesicht auf fast unheimliche

Weise zu verwandeln: Hatte Leonie sie bisher für höchstens zehn Jahre älter als sich selbst gehalten, war es ihr plötzlich vollkommen unmöglich, ihr Alter auch nur annähernd zu schätzen. Sie schien … zeitlos, hätte ebenso gut achtzehn wie achtzig sein können, und trotz dieser fast gespenstischen Veränderung kam sie Leonie mit einem Mal so vertraut vor, als hätten sie nicht nur wenige Stunden, sondern ihr ganzes Leben miteinander verbracht. Die silberne Nadel, die sie an einer dünnen Kette um den Hals trug, schien sich in der unheimlichen Helligkeit zu bewegen, als wäre sie von eigenem Leben erfüllt.

Theresa musste ihre Blicke wohl gespürt haben, denn sie blieb stehen und hob fast erschrocken die Hand an die Brust, wie um die Piercing-Nadel vor ihr zu verbergen. Und in diesem Augenblick veränderte sich das Gesicht noch einmal und auf schreckliche Weise: Für den Bruchteil einer Sekunde glaubte Leonie einer uralten Frau gegenüberzustehen, einer Frau, die sie …

Nein. Das war vollkommen unmöglich. Sie hätte keinen magischen *Blick für das Wesentliche* gebraucht, um *das* zu merken! Leonie weigerte sich schlicht, den Gedanken auch nur zu Ende zu denken.

Theresa nahm die Hand herunter und der unheimliche Moment verging so rasch, wie er gekommen war.

»Ich … ich glaube, das gehört dir.« Sie hob die Hände in den Nacken, nestelte umständlich das dünne Goldkettchen los und reichte es Leonie. »Ich hätte es dir schon längst zurückgeben sollen. Entschuldige.«

»So war das nicht gemeint«, sagte Leonie hastig. »Ich wollte dich nicht anstarren.«

»Hast du auch nicht«, behauptete Theresa fast unwillig. Sie machte eine auffordernde Geste, als Leonie zögerte nach dem Kettchen zu greifen, und ließ es schließlich kurzerhand in Leonies ausgestreckte Handfläche fallen. »Und selbst wenn, wäre es nichts weniger als dein gutes Recht gewesen. Schließlich gehört sie dir.« Sie zwang ein nicht hundertprozentig überzeugendes Lächeln auf ihr Gesicht. »Du solltest gut darauf Acht geben, Leonie. Sie ist vielleicht das Letzte, was dich noch mit deinem alten Leben verbindet.«

Leonie schloss mit einem angedeuteten Nicken die Hand um das dünne Goldkettchen mit dem sonderbar geformten Anhänger und tatsächlich glaubte sie ein flüchtiges Gefühl von Wärme zu verspüren. Aber zugleich war sie auch nicht sicher, ob Theresa wirklich Recht hatte. Die Nadel mochte – abgesehen von ihren Erinnerungen – das Allerletzte sein, was sie noch mit ihrem alten Leben verband, aber sie begann zugleich auch zu ahnen, dass dieser Teil ihrer Vergangenheit unwiderruflich vorbei war. Zu viel war inzwischen geschehen, zu vieles hatte sich verändert, war zerstört oder verwandelt worden. Sie war nicht einmal sicher, ob sie dieses alte Leben, von dem Theresa gesprochen hatte, überhaupt zurückhaben wollte.

Trotzdem zögerte sie nur noch einen Moment, bevor sie sich die Kette überstreifte und sich wieder ihrem kleinen Führer zuwandte. Der Scriptor war noch ein paar Schritte weitergeschlurft und dann ebenfalls stehen geblieben, um aus traurigen müden Augen zu ihnen zurückzublicken. Er rührte sich nicht, aber Leonie spürte, dass ihnen nicht mehr allzu viel Zeit blieb. Die Kräfte des kleinen Geschöpfes ließen rapide nach. Sie setzten sich wieder in Bewegung.

»Ich frage mich, wohin er uns bringt«, murmelte Theresa, nachdem sie dem Scriptor ein weiteres Stück gefolgt waren. »Und warum.«

Leonie antwortete nicht gleich. Der Scriptor schlurfte mit hängenden Schultern vor ihnen her und sie war jetzt sicher: Er *war* langsamer geworden. Seine Bewegungen wurden immer matter, und auch wenn ihr der Gedanke selbst verrückt vorkam – sie hatte mehr und mehr das Gefühl, dass er beständig kleiner wurde. »Erinnerst du dich, was der Scriptor in der Bücherei gesagt hat?«, fragte sie schließlich.

Theresa nickte düster. »Sinngemäß meinte er wohl, dass sie uns vernichten werden«, meinte sie bitter. »Ja.«

»Aber wer?«

Theresa schnaubte. »Kannst du dir denn das wirklich nicht denken?« Sie maß Leonie mit einem kurzen und fast vorwurfsvollen Blick, dann drehte sie mit einem Ruck den Kopf und starrte wieder auf den Fluss. Die Flut regloser Körper, zerbrochener Möbel und sich allmählich zersetzender Bücher schien noch zugenommen zu haben. In mehr oder weniger regelmäßigen Abständen mündeten große runde Schächte – ähnlich dem, durch den sie selbst hier heruntergekommen waren – in der Decke, aus denen immer wieder brodelnde grüne Sturzfluten sprudelten.

Sie schüttelte heftig den Kopf. »Nein.«

»Was – *nein*?«, fragte Theresa.

»Das würde Vater nicht tun«, sagte Leonie überzeugt.

»Dein Vater, wie du ihn kennst, sicher nicht«, bestätigte Theresa.

»Was soll das heißen: *Wie ich ihn kenne?*«

Theresa seufzte. Als sie weitersprach, klang ihre Stimme nicht mehr bitter oder vorwurfsvoll, sondern auf unbestimmte Weise traurig; und ein bisschen enttäuscht. »Der Mann, der uns aus dem Archiv befreit hat, ist nicht mehr dein Vater, Leonie«, sagte sie. »Er hat sich verändert, mehr vielleicht, als ich es bisher befürchtet habe.«

»Quatsch!«, antwortete Leonie heftig. Vielleicht ein bisschen zu heftig, selbst für ihren eigenen Geschmack. Konnte es sein, dass sie tief in sich längst erkannt hatte, was Theresa ihr gerade zu sagen versuchte, und nur so harsch darauf reagierte, weil sie diese Wahrheit gar nicht hören *wollte*? Dennoch fuhr sie fort: »Ich kenne doch meinen Vater!«

»Ja, das dachte ich auch einmal«, antwortete Theresa mit einem milden Lächeln, das eigentlich gar nicht zu so einem jugendlichem Gesicht wie dem ihren zu passen schien. »Ich kannte deinen Vater gut, Leonie, auch wenn er sich selbst nicht mehr daran zu erinnern vermag. Es war immer ein sehr sanftmütiger Mensch, dem Harmonie und Frieden über alles gingen und ich fürchte, diesen Menschen gibt es nicht mehr.« Sie hob die Hand, als Leonie sie unterbrechen wollte, und fuhr eine Spur lauter fort:

»Du hast mich nicht richtig verstanden, als ich gesagt habe, er hat sich verändert. Ich meinte das wortwörtlich, Leonie.«

»Was … was soll das heißen«, fragte Leonie stockend. Ihr Herz begann zu klopfen.

»So, wie ich es sage«, antwortete Theresa. »Das Buch gibt seinem Besitzer die Macht, die Wirklichkeit zu verändern. Aber ich fürchte, dein Vater ist noch einen Schritt weiter gegangen. Er hat sich selbst verändert.«

»Sich selbst …?«, ächzte Leonie. »Du meinst, er … er hätte sich selbst *umgeschrieben?!*«

»Wenn dir dieser Ausdruck lieber ist«, erwiderte Theresa. »Du weißt, dass es so ist. Leonie, der Mann, der uns aus der Gewalt des Archivars befreit hat, sah nicht einmal mehr wirklich so aus wie dein Vater! Es war größer. Stärker. Von seinem neuen Selbstbewusstsein gar nicht zu reden!«

»Aber das … so etwas würde mein Vater niemals tun!«, protestierte Leonie.

Theresas Lächeln wurde noch eine Spur trauriger. »Nicht der Mann, den du gekannt hast, Liebling«, sagte sie sanft. Sie schüttelte den Kopf. »Wie oft habe ich das schon erlebt. Es beginnt immer gleich, Leonie. Harmlos und in allerbester Absicht. Meist sind es Kleinigkeiten. Vielleicht eine kleine Ungerechtigkeit des Schicksals, die korrigiert werden kann ohne dadurch irgendjemanden zu beeinträchtigen.« Sie hob die Schultern. »Aber wenn man schon einmal dabei ist, warum dann nicht auch gleich den angeborenen Herzfehler beseitigen oder die krumme Nase? Den schief gewachsenen Zahn, über den sich immer schon alle lustig gemacht haben? Und warum nicht ein wenig stärker werden und vor allem gesünder?« Sie lachte, ganz leise, aber auch sehr bitter. »Es fängt immer gleich an, Leonie, und es endet immer gleich. Der Mensch ist einfach nicht dafür geschaffen, absolute Macht zu besitzen. Nicht über die Welt und schon gar nicht über sich selbst.«

Leonie sagte nichts mehr dazu. Sie weigerte sich noch immer, auch nur die *Möglichkeit* in Betracht zu ziehen, dass Theresa Recht haben könnte – aber es war nur ihr Verstand, der darauf beharrte. Tief in sich wusste sie, dass genau das passiert war. Sie hatte es schon gewusst, lange bevor Theresa es aussprach.

Sie gingen eine geraume Weile in unbehaglichem Schweigen nebeneinander her, dann blieb Theresa plötzlich stehen, legte den Kopf auf die Seite und schloss die Augen um zu lauschen.

»Was hast du?«, fragte Leonie alarmiert.

Theresa hob abwehrend die Hand. »Hörst du nichts?«

Auch Leonie lauschte nun konzentriert und kurz darauf glaubte sie ein dumpfes, noch weit entferntes Grollen und Brausen zu hören; ein Geräusch ganz ähnlich dem, das sie vorhin oben in der Kammer gehört hatte, nur ungleich machtvoller und auf schwer fassbare Weise *bedrohlicher*.

»Was ist das?«, fragte sie.

Theresa hob die Schultern, aber es wirkte nicht sonderlich überzeugend. »Hoffentlich nicht das, was ich befürchte«, sagte sie und setzte sich wieder in Bewegung. »Komm.«

Sie gingen jetzt schneller, und auch der Scriptor schritt rascher aus, so weit ihm dies überhaupt noch möglich war. Er schwankte jetzt mehr, als er ging, und ein paarmal glaubte Leonie auch zu sehen, dass seine Füße schmierige hellgrüne Abdrücke auf dem Stein hinterließen. Nach und nach wurde das Grollen und Brausen lauter, und bald gesellte sich auch noch ein sachtes Vibrieren hinzu, das anfangs nur in der Luft zu schweben schien, bis es so gewaltig wurde, dass der Boden unter ihren Füßen zitterte.

Theresa hob plötzlich die Hand und deutete nach vorne. Leonies Blick folgte der Geste. Im ersten Moment erkannte sie nur so etwas wie eine grün schimmernde Unendlichkeit, doch schon nach ein paar weiteren Schritten sah sie, worauf Theresa sie hatte aufmerksam machen wollen, und wurde instinktiv langsamer.

Nicht weit vor ihnen beschrieb der gewaltige unterirdische Fluss einen sanften Bogen nach links. Nun aber war die gemauerte Wand gewaltsam durchbrochen worden, sodass der Strom sein angestammtes Bett verlassen hatte. Der schimmernde grüne Nebel, den sie aus der Entfernung gesehen hatten, war nichts anderes als die sprühende Gischt, mit der sich der kochende

Leim an den Wänden des mit roher Gewalt geschaffenen Lochs brach.

Theresa beschleunigte plötzlich ihre Schritte, sodass sie nach einem Augenblick nicht nur den Scriptor überholte, sondern selbst Leonie Mühe hatte, mit ihr mitzuhalten. Sie war vollkommen außer Atem, als sie an der Biegung anlangten und Theresa ohne auch nur einen Sekundenbruchteil zu zögern über das Gewirr von Steinen und herausgebrochenem Mauerwerk zu steigen begann, das den Boden hier bedeckte.

Leonie folgte ihr, so schnell sie konnte, fiel aber nun trotzdem immer rascher zurück. Die Steine bildeten nicht nur ein nahezu unübersteigbares Hindernis, sondern waren darüber hinaus auch noch mit einer glibberigen Schicht aus halbflüssigem Leim bedeckt, was jeden Schritt zu einer lebensgefährlichen Kletterpartie werden ließ. Unmittelbar neben ihnen schoss der brüllende Strom dahin, der mittlerweile so reißend war, dass ein Sturz nichts anderes als den sicheren Tod bedeutet hätte. Theresa schien die Gefahr jedoch nicht einmal zu registrieren. Geschickt wie eine Bergziege, aber ungleich schneller kraxelte sie über das Gewirr von scharfkantigen Steinen und Felstrümmern und blieb schließlich mitten in der Bresche im Mauerwerk stehen.

Irgendwie brachte Leonie das Kunststück fertig, zu ihr aufzuschließen, ohne sich mehrere Knochen zu brechen oder kopfüber in die kochend heiße Brühe zu fallen. Theresa stand hoch aufgerichtet und starrte aus entsetzt aufgerissenen Augen nach unten. Leonies Herz machte einen erschrockenen Sprung, als ihr Blick dem Theresas folgte.

Kaum einen halben Meter neben ihnen verwandelte sich der Leimstrom in einen stiebenden grünen Wasserfall, der mit einem ungeheuren Tosen in der Tiefe verschwand, wobei er alles mit sich riss, was als Treibgut an Leonie vorbeigeschwommen war. Es war ihr unmöglich, zu sagen, wie tief der Abgrund war, in den sich der Strom ergoss. Er schien bodenlos zu sein, ganz ähnlich dem, in den der Zug gestürzt war, und so wie bei jener gigantischen Schlucht konnte sie auch hier den gegenüberliegenden Rand nicht erkennen. Falls es ihn überhaupt gab.

»Was … was ist das?«, flüsterte sie mit dünner, zitternder Stimme.

»Das Nichts«, antwortete Theresa leise. Leonie verstand ihre Worte über dem Tosen des Wasserfalls kaum, aber irgendwie war das auch nicht mehr nötig. Das unheimliche schwarze Nichts, vor dem sie standen, schien nicht nur den grünen Strom aufzusaugen, sondern die Wirklichkeit selbst. Menschliche Stimmen hatten hier so wenig Bestand wie irgendetwas anderes. »Das vollkommene Nichts, aus dem alles entstanden ist und in das eines Tages alles zurückkehren wird.« Sie schluckte mühsam. »Aber doch noch nicht jetzt«, flüsterte sie. »Um Himmels willen, doch jetzt noch nicht! Was hat er *getan*?«

Vielleicht war es nicht einmal das, was Theresa sagte, sondern vor allem der Unterton puren Entsetzens in ihrer Stimme, der auch Leonie schier den Atem nahm. Sie erinnerte sich plötzlich wieder an das, was Theresa ihr über das Archiv erzählt hatte: Was sie sahen, war nicht die Realität. Es kam dem, was hier unten wirklich war, nicht einmal *nahe*, denn sie befanden sich in einer Welt, die weder für Menschen gemacht noch für ihre Sinne erfassbar war. Was sie sahen, war nur das, was ihr menschlicher Verstand ihnen zu sehen vorgaukelte, in dem Versuch, eine begreifbare Realität in etwas hineinzuinterpretieren, an dem er sonst zerbrochen wäre. Die Bresche, vor der sie standen, war mehr als nur ein Loch in einer Wand und die bodenlose Schwärze dahinter mehr als nur Dunkelheit. Vor ihnen lag nichts mehr als das große Vergessen, dem kein Erwachen mehr folgen würde. Es war nicht das Ende der Welt, dachte sie schaudernd, oder das Ende des Universums oder der Zeit, sondern das Ende von *allem*.

Jemand hatte ein Loch in die Wirklichkeit gerissen.

Und Theresa und sie wussten auch wer.

Doch dieses Wissen half ihnen in diesem Augenblick kein Stück weiter. Sie standen einfach nur am Rand des bodenlosen Schlunds und starrten in das alles verschlingende Nichts hinab –

wie lange, das hätte Leonie später nicht zu sagen vermocht; vermutlich spielte es auch gar keine Rolle, denn Zeit bedeutete an diesem schrecklichen Ort am Rande der Wirklichkeit nichts. Irgendwann jedenfalls konnte sie es nicht mehr ertragen und kletterte über die glitschigen Steine zurück auf halbwegs sicheren Boden und noch einmal eine Ewigkeit später folgte ihr auch Theresa.

Der Scriptor hatte die ganze Zeit über schweigend auf sie gewartet, und jetzt, als sie das unvorstellbar furchtbare Nichts erblickt und begriffen hatten, warum er sie hierher geführt hatte, drehte er sich einfach um und schlurfte vor ihnen her. Leonie versank vollständig in sich selbst, und während sich ihre Füße ohne ihr Zutun zu bewegen schienen, schossen ihr tausend verrückte Gedanken durch den Kopf.

Ihr Vater war dabei, die Welt zu vernichten. So absurd dieser Gedanke in ihren Ohren klang, so einfach und grässlich war er. Sie wusste, dass Theresa Recht hatte.

Schließlich kamen sie zu einer Treppe, die so gewendelt wie das Haus einer versteinerten prähistorischen Riesenschnecke in die Höhe führte. Leonie wusste nicht, wie viele Stufen sie schon zurückgelegt hatten, als sich der Schleier über ihrem Verstand allmählich zu lichten begann, aber es mussten Hunderte sein. Ihre Waden waren mittlerweile so verkrampft, als hätten sich dort ihre Muskeln in hölzerne Stöcke verwandelt, und ihr Rücken schmerzte unerträglich. Trotzdem kam kein Laut der Klage über ihre Lippen und sie wurde nicht einmal langsamer. So schlimm der Schmerz war, hatte sie doch das Gefühl, ohne ihn im Moment nicht weiterleben zu können, denn obwohl ihr jeder Schritt eine schier unerträgliche Qual bereitete, hatte sie doch zugleich auch etwas, wogegen sie ankämpfen konnte; und daraus nahm sie die Kraft, überhaupt noch weiterzugehen.

Ihrem kleinen Führer schien es dagegen richtig schlecht zu gehen. Schon seit einer geraumen Weile war der Scriptor immer langsamer geworden. Seine Schritte waren schleppend und er stolperte immer öfter, obwohl er sich mit der Hand an der Mauer abstützte und vor jeder Stufe, die er in Angriff nahm, einen unmerklichen Augenblick zögerte um neue Kraft zu schöpfen. Zwei Mal war er bereits auf die Knie herabgefallen und hatte sich jedes Mal mit allergrößter Anstrengung wieder auf die Beine gekämpft, und das letzte Mal nur, um sogleich wieder zu stürzen, wobei er einen schmierigen hellgrünen Fleck auf den steinernen Treppenstufen hinterließ. Als er das erste Mal ausgerutscht war, hatte Leonie versucht ihm aufzuhelfen, aber der Scriptor war ihrer Berührung fast panisch ausgewichen und hatte sogar kraftlos nach ihr geschlagen, sodass es bei diesem einen Versuch geblieben war. Leonie war schon seit einer ganzen Weile klar, dass der Scriptor sterben würde, aber er wollte ganz offensichtlich nicht, dass sie ihm half.

»Er ist nicht der Einzige«, sagte Theresa plötzlich. Leonie sah sie einen Moment lang verständnislos an und Theresa fuhr mit einer müden Geste auf die verkrümmte, grauhäutige Gestalt auf den Treppenstufen fort: »Die Scriptoren. Sie sterben. Und ich glaube, alle anderen auch.«

»Der Leimtopf«, vermutete Leonie.

Theresa lächelte traurig. »Es ist kein Leim. So wenig wie das hier eine Treppe ist, oder dieses Geschöpf ein lebendes Wesen. Es ist die Essenz des Archivs. Der Stoff, aus dem unsere Erinnerungen gemacht sind. Und er vergeht, Leonie.«

»Und was sollen wir jetzt tun?«, fragte Leonie leise.

»Tun?« Theresa blickte traurig auf den sterbenden Scriptor hinab. »Ich weiß es nicht«, gestand sie. »Ich fürchte, es gibt nichts mehr, was wir noch tun können. Vielleicht möchte ich deinem Vater nur noch eine einzige Frage stellen: Warum?«

Der Scriptor stemmte sich wimmernd in die Höhe, quälte sich zwei weitere Stufen die Treppe hinauf und sank mit einem Keuchen, das etwas Endgültiges hatte, gegen die Wand. Der Anblick brach Leonie schier das Herz, aber sie widerstand der Versuchung, sich zu ihm hinabzubeugen und ihn einfach in die Arme zu schließen, um ihm seine letzten Augenblicke zu erleichtern. Der Gedanke, dass sie diese Geschöpfe einmal als ihre Todfeinde betrachtet hatte, kam ihr jetzt geradezu absurd vor.

»Wenn ich nur wüsste, wie ich dir helfen kann«, sagte sie leise. Ihre Stimme versagte beinahe.

»Du kannst nichts mehr für ihn tun«, meinte Theresa. »Es geht zu Ende. Nicht nur mit ihm.«

Der Scriptor hob mühsam einen Arm und deutete die Treppe hinauf.

Dann starb er.

Leonie drehte sich mit einem Ruck weg und schloss für die Dauer von zwei oder drei Herzschlägen die Augen. Als sie wieder hinsah, war der Scriptor verschwunden. Von ihm war nicht mehr zurückgeblieben als ein zerschlissener schwarzer Mantel und ein grüner Schmierfleck auf den Stufen.

Theresa blickte nachdenklich nach oben, in die Richtung, in die der Scriptor gedeutet hatte. »Ich frage mich, was dort oben ist«, murmelte sie. Plötzlich erschien so etwas wie ein Funke neuer Hoffnung in ihren Augen. Sie fuhr herum, sah einen Moment lang Leonie und dann deutlich länger und mit nachdenklich gerunzelter Stirn das an, was von dem Scriptor übrig geblieben war.

»O verdammt, wie konnte ich nur so dumm sein!«, murmelte sie. Mit einem Mal wirkte sie furchtbar erregt und begann wild mit beiden Händen in der Luft herumzufuchteln. »Ja, verstehst du denn nicht, Leonie?«, sprudelte sie hervor. »Er hat es uns doch *gesagt!* Heute Morgen, in der Bücherei! Der Scriptor dort hat uns angefleht ihnen zu helfen!«

»Ja – und?«, fragte Leonie verständnislos.

»Bisher hat er uns nur Dinge *gezeigt«,* antwortete Theresa erregt. »Aber es muss etwas geben, was wir tun können, sonst hätte er uns nicht hierher gebracht. Es muss dort oben sein. Komm!« Sie stürmte los, rannte drei oder vier Stufen die Treppe hinauf und blieb wieder stehen. »Worauf wartest du?«

Leonie war noch immer viel zu perplex, um sich auch nur von der Stelle zu rühren. Nachdem Theresa noch vor einem Augenblick am Boden zerstört gewesen war, schien sie nun vor neuer Energie zu bersten. Sie setzte zu einer entsprechenden Frage an, aber Theresa ließ sie gar nicht erst zu Wort kommen, sondern winkte heftig mit den Händen und kam gleichzeitig die Treppe wieder herab, wie um Leonie nötigenfalls einfach am Arm zu packen und mit sich zu ziehen.

»Nun komm schon. Es kann nicht mehr weit sein.«

Leonie fand keine Gelegenheit, sie zu fragen, woher sie diese Gewissheit nahm. Sie war im Grunde schon froh, dass Theresa es jetzt dabei bewenden ließ, in etwas schnellerem Tempo als bisher weiterzugehen, und nicht etwa die Treppe hinaufrannte.

Zu ihrem Glück war es tatsächlich nicht mehr sehr weit. Leonie schätzte, dass sich die Treppe vielleicht noch dreißig oder vierzig Stufen in die Höhe schraubte, bevor sie durch eine niedrige Tür traten, die auf eine der ihnen schon hinlänglich bekannten Galerien hinausführte. Stimmengewirr, geschäftiges Hantieren und Rumoren drangen zu ihnen herauf, lang nachhallende Hammerschläge und ein dumpfes Knirschen und Bersten und einmal ein dumpfer Schlag, dem ein heftiges Vibrieren des Bodens folgte, als wäre etwas ungemein Großes und Schweres umgefallen. Theresa und Leonie blieben unwillkürlich für einen kurzen Moment stehen, bevor sie weitergingen und nebeneinander an das brusthohe Geländer traten.

Unter ihnen erstreckte sich eine gewaltige kreisrunde Halle mit zahlreichen Ein- und Ausgängen, die früher einmal so etwas wie ein zu groß geratener Maschinenraum gewesen sein musste, nun aber einen einfach nur noch chaotischen Anblick bot. Wohin Leonie auch blickte, sah sie geheimnisvolle, riesige Maschinen, gewaltige Gebilde aus rostzerfressenem Eisen und mannsdicken Balken aus geteertem Eichenholz, hoch wie ein mehrstöckiges Haus, und manche so wuchtig, dass sie eher wie gestrandete eiserne Schiffe wirkten. Da waren riesige Pleuelstangen und Kolben, doppelt mannshohe Zahnräder und hausgroße Kessel, Hebel, die für die Hände von Riesen gemacht zu sein schienen, und Rohrleitungen, die drei Männer zugleich mit ausgestreckten Armen nicht hätten umfassen können. In der Luft lag noch immer der Geruch von heißem Metall und Öl, doch nicht eine dieser geheimnisvollen Maschinen arbeitete noch.

Das konnten sie auch gar nicht, denn die Halle wimmelte nur so von Männern, die emsig damit beschäftigt waren, sie auseinander zu nehmen.

Leonie sog erschrocken die Luft zwischen den Zähnen ein, als ihr klar wurde, was dort unter ihnen geschah. Es waren Männer der Stadtgarde, Hunderte, wenn nicht Tausende, die allein oder in kleineren und größeren Gruppen dabei waren, die Maschinen mit wenig Rücksicht und großer Effektivität in Kleinteile zu zerlegen. Schrauben wurden herausgebrochen, Rohrleitungen grob in Stücke gehackt, gewaltige Zahnräder mit noch gewaltigeren Brechstangen auseinander gerissen oder kurzerhand in Stücke gebrochen. Leonie korrigierte in Gedanken den ersten Eindruck, den sie von dem Geschehen in der Halle gewonnen hatte: Diese Männer waren nicht damit beschäftigt, die Maschinen abzubauen. Sie *zerstörten* sie.

»Was bedeutet das?«, murmelte sie benommen.

Theresa lachte bitter. »Ich glaube, du kennst die Antwort.« Sie schloss die Augen und schüttelte mit einem hörbaren Seufzen den Kopf. »Er leistet ganze Arbeit, das muss man ihm lassen.«

»Wer?«, fragte Leonie.

Bevor Theresa antworten konnte, sagte eine Stimme hinter ihr: »Ich glaube, deine neue Freundin meint mich.«

Leonie fuhr mit einem Schreckenslaut herum und ihr Vater führte den Satz mit einem angedeuteten Achselzucken und einem säuerlichen Lächeln in Theresas Richtung zu Ende: »Auch wenn ich nicht ganz sicher bin, ob ich mich wirklich geschmeichelt fühlen soll.«

Er war nicht allein gekommen. Wie aus dem Nichts erschienen zwei hoch gewachsene Männer im typischen Weiß und Rot der Stadtgarde neben ihm, und Leonie wusste einfach, dass hinter ihnen weitere Gardisten warteten.

»Wie geht es dir, Leonie?«, fragte Vater.

»Meinst du diese Frage ernst?«, schnappte Theresa, bevor Leonie auch nur einen einzigen Ton herausbekam. Ihre Augen blitzten kampflustig und sie trat herausfordernd auf Vater zu. Einer der beiden Stadtgardisten setzte dazu an, ihr den Weg zu vertreten, aber Vater machte eine rasche Geste und der Mann entspannte sich wieder. »Deine Tochter wäre fast ums Leben gekommen!«

»Stimmt das?«, fragte Vater, direkt an Leonie gewandt und mit einem plötzlichen Ausdruck von Sorge in den Augen.

»Sie übertreibt«, antwortete Leonie ausweichend. »Es war ein bisschen ungemütlich, aber nicht wirklich gefährlich.«

»Ja, und wie ich dich kenne, würdest du das auch noch behaupten, wenn du gerade deinen Kopf unter dem linken Arm trägst«, meinte Vater kopfschüttelnd. Aus der Sorge in seinen Augen wurde mühsam unterdrückter Zorn, als er sich zu Theresa umdrehte. »Sie haben Glück, dass Leonie nichts zugestoßen ist!«, sagte er mit drohend gesenkter Stimme.

»Hättest du mich sonst erschießen lassen?«, fragte Theresa patzig. »Oder vielleicht lebendig irgendwo einmauern?«

Leonies Vater war klug genug, die Herausforderung nicht anzunehmen, sondern Theresa nur mit einem ärgerlichen Blick zu bedenken, bevor er sich wieder seiner Tochter zuwandte. Sein Tonfall wurde zwar milder, blieb aber dennoch vorwurfsvoll. »Und von dir hätte ich ebenfalls ein bisschen mehr Vernunft erwartet. Großer Gott, Leonie, weißt du eigentlich, was dir alles hätte passieren können? Es ist schon fast ein kleines Wunder, dass ihr noch am Leben seid!«

»Ich stehe nun mal nicht darauf, eingesperrt zu werden«, antwortete Leonie trotzig.

»Eingesperrt?« Die linke Augenbraue ihres Vaters rutschte ein Stück nach oben und er presste die Kiefer so fest aufeinander, dass Leonie glaubte seine Zähne knirschen zu hören. Er hatte sich augenblicklich wieder in der Gewalt, aber Leonie begriff, dass Theresa Recht hatte: Ihr Vater *hatte* sich verändert.

»Du kannst es meinetwegen eine Schule nennen, aber für mich war es ein Gefängnis. Noch dazu eines mit einem scharfen Wachhund.«

Ihr Vater seufzte. »Ich weiß zwar, dass ich meinen Atem verschwende, aber ob du es mir nun glaubst oder nicht, es geschah nur zu deinem Schutz. Ich habe Frank nicht beauftragt, dich zu bespitzeln, sondern dich zu beschützen.«

»Wovor?«, fragte Leonie zornig. »Wer sollte mir wohl etwas tun?«

Ihr Vater seufzte wieder. »Ihr *beide*«, sagte er betont und mit einem raschen, dafür aber wenig freundlichen Seitenblick auf Theresa, »habt euch mit Mächten eingelassen, denen ihr nicht gewachsen seid. Du bist in Gefahr, Leonie, ganz gleich auf welcher Seite der Wirklichkeit du dich aufhältst. Aber ich hätte dich vielleicht besser beschützen sollen. Seine Macht ist hier viel größer.«

»*Seine* Macht?«, fragte Theresa.

»Der Archivar«, antwortete Vater. »Er ist noch nicht besiegt. Meine Truppen schlagen die seinen, wo immer sie aufeinander treffen, aber der Krieg ist noch längst nicht vorbei.«

»Krieg?«, murmelte Leonie verständnislos. »Truppen? Was ... was für ein *Krieg*?«

Bevor ihr Vater antworten konnte, ließ Theresa ein leises, durch und durch humorloses Lachen hören. »Du hast doch nicht wirklich geglaubt, dass dein treu sorgender Vater nur gekommen ist um dich zu retten«, bemerkte sie böse. »Natürlich war das auch ein Grund – oder sollten wir lieber sagen: ein willkommener Vorwand?«

Ihr Vater starrte sie an. Er sagte nichts, aber in seinem Gesicht arbeitete es.

»Und wenn wir schon einmal hier sind, dann gibt es eigentlich keinen vernünftigen Grund, wieder zu gehen, nicht wahr?«, fuhr Theresa ungerührt fort. Ihre Stimme triefte nur so vor Hohn. »Wo die Sache einmal so gut in Schwung ist, können wir die Gelegenheit ja auch gleich nutzen, um reinen Tisch zu machen.«

»Reinen Tisch zu machen?«, wiederholte Leonie ungläubig. Ihr Blick wanderte verständnislos von Theresas Gesicht zu dem ihres Vaters und wieder zurück. Die beiden starrten sich fast hasserfüllt an, und es war klar, dass keiner von ihnen auch nur einen Fingerbreit nachzugeben bereit war. »Was soll das heißen?«

Wie auf ein Stichwort erzitterte die gewaltige Halle unter ihnen in diesem Moment wieder unter einem gewaltigen Schlag. Leonie fuhr erschrocken herum und auch Theresa wandte sich um und sah in die Halle hinab. Ein weiteres der gigantischen Zahnräder – es war höher als Leonies Elternhaus und musste zahllose Tonnen wiegen – war umgefallen und in drei Teile zerborsten. Die Wucht des Aufpralls hatte den Boden darunter zerbrochen, und aus den gezackten, an erstarrte schwarze Blitze erinnernden Rissen drang wabernder giftig grüner Dampf, der sich allmählich um das gewaltige Trümmerstück herum auszubreiten begann. Leonie sah, wie sich Arbeiter und Soldaten hastig vor diesen tastenden Nebelfetzen in Sicherheit brachten, als handele es sich um giftiges Gas.

»Das siehst du doch.« Theresa beantwortete die Frage, die eigentlich an ihren Vater gerichtet gewesen war, mit einiger Verspätung und einer entsprechenden Geste nach unten, und Leonie fuhr erneut und noch erschrockener zusammen, als ihr Blick der Handbewegung folgte und sie beobachtete, wie einer der Männer in Weiß und Rot in seiner Hast ins Stolpern geriet, fiel und nicht schnell genug wieder auf die Füße kam, sodass ein Zipfel der wabernden grünen Schwaden über ihn hinwegglitt wie eine suchende Hand. Als sich der leuchtende Dunst verzog, war auch der Mann verschwunden. Leonie schlug mit einem verhaltenen Schrei die Hand vor den Mund.

Ihr Vater trat mit einem einzigen schnellen Schritt neben sie, blickte einen Moment lang irritiert in die Tiefe und legte ihr dann mit einem beruhigenden Lächeln die Hand auf die Schulter. »Keine Angst«, sagte er, »da ist nichts.«

»*Nichts?!*« Leonie schlug seine Hand regelrecht beiseite und wich instinktiv zwei Schritte vor ihm zurück. »Der Mann ist *tot!*«, keuchte sie.

»Aber wie kann etwas sterben, das niemals gelebt hat?«, fragte Theresa spöttisch. Sie schüttelte heftig den Kopf, als Leonie antworten wollte. »Dein Vater hat sich seine kleine Privatarmee erschaffen, verstehst du das immer noch nicht?« Sie deutete in die Halle hinab. »Das da sind sozusagen *seine* Scriptoren. Und er benutzt sie nicht anders als der Archivar seine Truppen.« Sie seufzte tief. »Hier unten herrscht Krieg, Leonie. Vielleicht der gnadenloseste Krieg, den es jemals gegeben hat. Dein Vater vernichtet das Archiv.«

»Das ist nicht wahr, oder?«, murmelte Leonie. Mühsam drehte sie sich wieder um und zwang sich ihrem Vater ins Gesicht zu blicken. »Sag, dass … dass das nicht wahr ist! Du kannst doch hier nicht alles zerstören! Nicht einfach so!«

Wieder blitzte reiner Zorn in den Augen ihres Vaters auf. Sie konnte sehen, wie er zu einer wütenden Antwort ansetzte, aber er beherrschte sich auch dieses Mal. Statt sie anzufahren, wonach ihm sichtlich der Sinn stand, drehte er sich mit einem Ruck um und gab ihr gleichzeitig einen herrischen Wink. »Komm mit!«

Sie verließen die Galerie durch die gleiche Tür, durch die Theresa und sie getreten waren, nur dass sie jetzt nicht mehr auf eine endlos lange Wendeltreppe hinausführte, sondern in einen langen, strahlend hell erleuchteten Gang mit sauberen weißen Wänden. Es roch nach frischer Farbe und in der Luft lag noch jenes schwache Echo hektischer Aktivität, wie man es manchmal in gerade fertig gestellten Häusern oder frisch renovierten Wohnungen wahrnimmt.

»Du verschwendet keine Zeit, wie?«, fragte Theresa spöttisch.

»Man tut, was man kann«, antwortete Leonies Vater ungerührt. Er schritt rascher aus, um eine Tür am Ende des Korridors zu erreichen. Sie glitt mit einem kaum hörbaren Summen vor ihm zur Seite, als er noch zwei Schritte davon entfernt war. Dahinter kam ein kleiner, ganz mit verchromtem Metall vertäfelter Raum zum Vorschein. Erst als Theresa und Leonie hinter Vater eintraten, entpuppte er sich als eine Liftkabine.

Zu ihrer Überraschung folgten ihnen Vaters Begleiter nicht, sondern blieben reglos draußen auf dem Gang stehen, bis die Lifttüren geschlossen waren und sich die Kabine lautlos in Bewegung setzte. Es hätte auch einigermaßen komisch ausgesehen, dachte Leonie: diese supermoderne Fahrstuhlkabine und zwei Männer in mittelalterlichen Kleidern und Waffen.

Theresa sah sich demonstrativ in der kleinen, rundum verspiegelten Kabine um. Die Tür schloss so perfekt, dass man schon sehr genau hinsehen musste, um den haarfeinen Spalt zu erkennen. Es gab keine sichtbaren Knöpfe oder andere Bedienungselemente, und Leonie konnte sich auch nicht erinnern, dass ihr Vater irgendetwas gesagt hatte, nachdem sie in den Lift getreten waren. Trotzdem spürte sie, wie sich die Kabine immer schneller und schneller nach oben bewegte.

»Schick«, bemerkte Theresa sarkastisch. »Könnte glatt aus STAR TREK stammen. Warum beamen wir uns nicht gleich ans Ziel?«

Einen Moment lang machte Vater ganz den Eindruck, als hielte er es nicht für nötig, auf eine so dumme Frage überhaupt zu antworten. »So funktioniert das nicht, junge Dame«, sagte er schließlich. »Es reicht nicht, sich etwas zu wünschen. Es ist hier etwas einfacher, Dinge zu erschaffen, das will ich gerne zugeben, aber man muss schon wissen, wie sie funktionieren.«

»Na ja, da ist zerstören deutlich einfacher, das sehe ich ein«, meinte Theresa spitz.

»Niemand *zerstört* hier etwas«, erwiderte Vater zornig. »Sie sind ein bisschen vorschnell mit Ihren Urteilen, finden Sie nicht?«

»Vielleicht ja auch nur dem gegenüber, was ich sehe«, entgegnete Theresa. Aber sie klang ein ganz kleines bisschen unsicher, fand Leonie, so als spürte sie selbst, dass der Anteil von Trotz in ihrem Tonfall weit größer war, als er sein durfte, wenn sie auch nur eine Spur von Glaubhaftigkeit behalten wollte. Ihr Vater machte sich dann auch gar nicht erst die Mühe, noch einmal zu antworten, sondern beließ es bei einem Achselzucken und schwieg, bis der Aufzug sein Ziel erreicht hatte und die Türhälften wieder auseinander glitten.

Der Anblick verschlug Leonie buchstäblich die Sprache. Vor ihnen lag ein hell erleuchteter, weiß gestrichener Gang, der nach einem knappen Dutzend Schritten auf eine der Leonie schon hinlänglich bekannten Galerien hinausführte. Doch damit hörte die Ähnlichkeit mit allem, was Leonie jemals hier unten gesehen hatte, auch schon auf.

Die Galerie war weitaus breiter, als sie sie in Erinnerung hatte, und verfügte über ein Geländer aus mattiertem Chrom statt porösem Stein und wurde zur Halle hin von einer schräg nach außen geneigten Glasscheibe begrenzt. Der Boden bestand aus hellgrauem Kunststoff, wie auch die kleinen Sitzgruppen, die in regelmäßigen Abständen auf der Galerie platziert waren. Große Blumenkübel, die sich mit modernen Plastiken und Kunstobjekten aus Plexiglas und Aluminium abwechselten, vervollständigten den Eindruck, sich auf dem Aussichtsbalkon eines modernen Bürohochhauses zu befinden. Als Leonie den Blick hob, stellte sie fest, dass die Trennscheibe bis an die Unterkante der nächsthöheren Galerie hinaufreichte. Das System setzte sich unter und über ihnen fort, sodass es nirgendwo eine direkte Verbindung zum Inneren der Halle gab.

Theresa, die vorausgegangen war, trat an die verchromte Brüstung und blieb dann mit einem so plötzlichen Ruck stehen, als wäre sie unmittelbar vor der Glaswand gegen ein unsichtbares Hindernis geprallt. Leonie sah, wie sich ihre Haltung versteifte. Sie ging schneller, blieb neben Theresa stehen und starrte sie besorgt an.

Theresas Gesicht hatte jedes bisschen Farbe verloren. Sie stand stocksteif und wie zur Salzsäule erstarrt da, aber sie zitterte dennoch am ganzen Leib, und in ihren Augen stand ein Entsetzen geschrieben, als blickte sie geradewegs in den Schlund der Hölle hinab. Leonies Herz begann wie verrückt zu klopfen, als sie sich umdrehte und ebenfalls nach unten sah.

Im ersten Moment fiel ihr nichts Ungewöhnlicheres auf, als dass es *tatsächlich* so war, als würde sie auf dem Balkon eines modernen Bürohochhauses stehen und in dessen Innenhof hinabsehen, aber dann wurde ihr schlagartig klar, was hier nicht stimmte, und sie konnte spüren, wie auch aus ihrem Gesicht schlagartig alle Farbe wich.

Sie *kannte* diesen Raum. Sie hatte schon einmal auf dieser Galerie gestanden und in die riesige runde Halle hinabgesehen und es war noch nicht einmal lange her – nur hatte sich beides so sehr verändert, dass sie es selbst jetzt kaum wiedererkannte, obwohl sie *wusste*, wo sie sich befanden.

Unter ihnen lag der Schreibsaal. Oder das, was einmal der Schreibsaal des Archivs gewesen war.

In gewisser Hinsicht war er es immer noch, nur auf eine gänzlich andere und vollkommen *falsche* Art.

Dort, wo zuvor Hunderte und Aberhunderte altmodischer Stehpulte gewesen waren, an denen ganze Armeen emsiger Scriptoren endlose Buchstabenkolonnen in schwere ledergebundene Bücher geschrieben hatten, erstreckten sich nun zahllose Reihen kleiner moderner Schreibtische aus dezentem grauem Kunststoff. Anstelle eines Buches erhob sich auf jedem einzelnen dieser Schreibtische ein papierdünner Computermonitor, über den endlose Zahlen- und Buchstabenkolonnen flimmerten.

Das Unheimlichste überhaupt aber war die Stille, die dort unten herrschte. Nicht der mindeste Laut drang aus dem zahllose Stockwerke messenden Abgrund zu ihnen herauf, und das lag ganz und gar nicht nur an der dicken Glasscheibe, die sie von der Halle trennte. Dort unten rührte sich … nichts.

»O mein Gott, das Scriptorium«, flüsterte Theresa, »was hast du nur getan?«

Leonie hörte, wie ihr Vater mit langsamen Schritten näher kam und unmittelbar hinter ihnen stehen blieb, sodass sich seine Gestalt als geisterhaft verzerrter Schemen in der sanft nach außen geneigten Glasscheibe spiegelte, aber es war ihr unmöglich, sich zu ihm umzudrehen oder auch nur den Blick von der unheimlichen Szenerie zu lösen.

Der Schreibsaal lag wie ausgestorben unter ihnen. Die einzige Illusion von Bewegung kam von dem lautlosen Flackern der Computermonitore. Es gab niemanden, der die Geräte bediente, keinen, der sich auch nur davon überzeugt hätte, dass sie ordnungsgemäß funktionierten und alles seine Richtigkeit hatte. Doch selbst wenn Leonie der freie Blick über die gewaltige Halle verwehrt geblieben wäre, hätte sie einfach *gespürt*, dass es in dem riesigen Raum kein Leben gab.

Ihr Blick tastete sich an den endlosen Reihen grauer Schreibtische entlang, bis er jenen Punkt erreichte, an dem bei ihrem ersten Besuch hier unten der gewaltige steinerne Turm gestanden hatte. In gewissem Sinne war er noch immer da, aber er hatte sich auf die gleiche unheimliche Weise verändert wie der gesamte Raum: Anstelle des Turms aus klobigem Bruchstein erhob sich nun ein fast graziles Gebilde aus Glas, Kunststoff und schmalen verchromten Kühlrippen, von dessen Spitze ein mattes bläuliches Leuchten auszugehen schien.

»Der Zentralrechner«, sagte ihr Vater. Offensichtlich war ihm ihr Blick nicht entgangen, aber ebenso offensichtlich deutete er ihn auch gründlich falsch, denn in seiner Stimme war ein deutlicher Unterton von Stolz. Nach drei oder vier Schritten blieb er stehen. »Von dort aus werden alle anderen Rechner gesteuert und das Datenmanagement überwacht.«

»Aber … aber wo sind die Bücher?«, flüsterte Leonie. »All die Scriptoren und das Inventarium? Wo sind sie geblieben? Was hast du nur getan?«

»Wir brauchen keine Scriptoren mehr«, antwortete ihr Vater, »und was diese altmodischen handgeschriebenen Bücher angeht, so …«

»Altmodische Bücher?«, keuchte Theresa. Sie fuhr herum und wiederholte, plötzlich schreiend: »*Altmodische Bücher?* Das waren nicht nur irgendwelche altmodischen Bücher, das waren *Menschenleben*! Und du hast sie ausgelöscht, einfach weggeworfen, wie ausgediente Möbelstücke, die man nicht mehr braucht und auf den Müll wirft!«

Vater sah sie einen Moment lang sehr traurig an. »Wenn Sie mich wirklich kennen würden, dann wüssten Sie auch, dass ich so etwas nie tun würde.«

»Lüg nicht auch noch!«, fuhr ihn Theresa an. »Wir haben gesehen, was du getan hast!«

»Ich verstehe«, sagte Vater traurig.

»Das bezweifle ich«, erwiderte Theresa aufgebracht. »Wir haben …«

»Ich nehme an, ihr habt einige der alten Bücher gefunden, die wir entsorgt haben.« Aus irgendeinem Grund schien ihn Theresas Zorn zu amüsieren.

»Entsorgt?« Theresa ächzte. »Sagtest du gerade *entsorgt*? Um Himmels willen, wir reden hier von *Menschenleben!* In diesen Büchern, die ihr *entsorgt* habt, waren die Erinnerungen an zahllose Schicksale aufgezeichnet: an jeden Tag, jede Stunde, jede noch so winzige Kleinigkeit!«

»Und nichts davon ist verloren«, entgegnete Vater lächelnd. Zwei oder drei Sekunden lang weidete er sich ganz offensichtlich an dem verwirrten Ausdruck auf Theresas und Leonies Gesichtern, dann drehte er sich um und ging zwei Schritte weit in den Gang zurück, aus dem sie gekommen waren. Er schien so sicher zu sein, dass sie ihm folgen würden, dass er es nicht einmal für nötig erachtete, sich mit einem Blick davon zu überzeugen. Nach drei oder vier Schritten blieb er stehen und klatschte in die Hände und ein Teil der Wandverkleidung vor ihm bewegte sich mit einem leisen elektrischen Summen zur Seite. Dahinter kam ein schmales, indirekt beleuchtetes Glasregal zum Vorschein, auf dem zahllose silbern schimmernde CDs aufgereiht waren, jede einzelne in einer durchsichtigen Kunststoffhülle verpackt und mit etwas gesichert, das wie ein winziges Zahlenschloss aussah, auch wenn man vermutlich die spitzen Finger einer Elfe gebraucht hätte, um die kaum stecknadelkopfgroßen Tasten zu drücken.

»Es ist alles hier«, erklärte er stolz. »Jedes einzelne Buch. Jeder einzelne Buchstabe, jedes Komma wurde akribisch übertragen.« Er drehte sich zu Theresa um. »Sie sehen also, junge Dame, dass das, was man zu sehen glaubt, nicht unbedingt die Wahrheit sein muss.«

Theresa starrte das CD-Regal aus ungläubig aufgerissenen Augen an. Sie schien etwas sagen zu wollen, aber ihre Stimme versagte und sie brachte nur ein ersticktes Keuchen heraus.

Als klar wurde, dass er keine Antwort bekommen würde, wandte sich Vater direkt an sie. »Es tut mir Leid, wenn du einen falschen Eindruck gewonnen hast, Leonie. Vielleicht war es meine Schuld. Ich hätte dich früher in meine Pläne einweihen sollen.« Er schüttelte traurig den Kopf. »Es tut mir Leid. Ich hatte einfach zu viel zu tun. Ich weiß, dass das keine Entschuldigung ist, aber vielleicht kannst du es ja wenigstens verstehen.«

»Zu viel zu tun?«, ächzte Theresa. »Mit … mit dieser *Ungeheuerlichkeit?«*

Vater seufzte. Leonie sah ihm an, wie schwer es ihm fiel, sich weiter zu beherrschen, aber nach zwei oder drei Sekunden drehte er sich ganz zu Theresa um und zwang ein leicht verunglücktes Lächeln auf sein Gesicht. »Ungeheuerlichkeit? Wieso?«

»Weil … weil …« Theresa rang sichtlich nach Worten. »Weil es eben nicht richtig ist«, stieß sie schließlich hervor.

»Weil es nicht richtig ist«, wiederholte Vater seufzend. »Das ist nicht unbedingt das, was ich unter fundierter Kritik verstehen würde.« Er schüttelte den Kopf. »Ich kann Ihre Furcht verstehen, aber glauben Sie mir, sie ist vollkommen unbegründet. Nichts wird verloren gehen. Ganz im Gegenteil.« Er wedelte mit der Hand in Richtung Regal. »Diese Art, Daten zu sichern, ist viel zuverlässiger als Buchstaben mit Tinte auf Papier zu schreiben. Ich habe die Bücher im Archiv gesehen. Sie altern. Manche schneller, manche langsamer, aber sie altern. Irgendwann zerfallen sie, und *dann* ist das Menschenleben, das in ihnen aufgezeichnet war, endgültig verloren. Diese Daten hier sind für die Ewigkeit gesichert.«

»Blödsinn!«, schnappte Theresa. »Nichts hält ewig. Auch dein technisches Spielzeug nicht!«

»Nun, vielleicht nicht wirklich *ewig*«, gestand Vater lächelnd. »Aber doch für eine Zeitspanne, die uns beinahe wie die Ewigkeit vorkommt. Wenn Sie so wollen, dann habe ich allen Menschen, deren Bücher wir noch retten konnten, die Unsterblichkeit geschenkt.«

Der Stolz in seiner Stimme war unüberhörbar, und Leonie spürte plötzlich eine wilde Hoffnung in sich hochsteigen, so als träfe die Begeisterung ihres Vaters irgendetwas in ihr, das nur zu gern bereit war zu glauben, dass ihr Vater alles andere als ein Ungeheuer war, das mit seinem Egoismus die ganze Welt in Gefahr brachte. Doch noch überwog ihre Skepsis. Es war einfach nicht vorstellbar, dass sie und Theresa sich tatsächlich verrannt hatten in der Annahme, das alte Archiv mit all seinen Büchern, Scriptoren und dem ganzen Inventarium retten zu müssen; schließlich waren sie *Hüterinnen*, die einer jahrhunderte-, wenn nicht jahrtausendealten Tradition folgten, um das Archiv und die Welt davor zu bewahren, dass jemand nach seinem eigenen Gutdünken anfing die Wirklichkeit umzuschreiben.

Aber andererseits: War nicht ihr Vater vielleicht derjenige, der Weitblick bewiesen hatte, und konnte es nicht sein, dass er Recht hatte – und sie einen Grund, stolz auf ihn zu sein?

Die Gedanken machten sie ganz wirr im Kopf. Vielleicht hatte ihr Vater mit seiner kleinen Präsentation ja genau das beabsichtigt; vielleicht hatte er vor, sie so lange zu verwirren und ihr seine Sicht der Dinge einzureden, bis ihr gar nichts anderes mehr übrig blieb, als ihm zu glauben und sich auf seine Seite zu stellen, gleichgültig ob er nun im Recht war oder nicht.

Es war Theresa, die sie vor dieser Konsequenz rettete. »Und wer sagt dir, dass das richtig ist?«, fragte sie Vater schroff. »Wer gibt dir die Legitimation, Dinge zu tun, deren Folgen du nicht im Geringsten abschätzen kannst?«

»Was sollte falsch daran sein? Der Tod ist eine solche Verschwendung! Denken Sie nur an all die großartigen Menschen, die gelebt haben. Einstein. Shakespeare. Leonardo da Vinci.« Er zögerte einen winzigen Moment. »Jesus.«

»Vielleicht hat es ja einen Sinn, dass alles ganz genau so ist, wie es ist«, antwortete Theresa mühsam beherrscht. »Die Menschen sind nicht für die Unsterblichkeit gemacht – ist dir dieser Gedanke schon mal gekommen?«

Leonies Vater antwortete nicht gleich, sondern sah Theresa einige Sekunden mit undeutbarem Ausdruck an, dann drehte er sich um, schloss mit einer bedächtigen Bewegung den CD-Schrank und ging auf die Galerie zurück, wo er sich mit beiden Händen schwer auf das verchromte Geländer aufstützte und nach unten sah. Er wartete, bis Theresa und Leonie ihm gefolgt waren, bevor er sprach, aber er drehte sich nicht zu ihnen um. »Sie gehören offensichtlich zu denen, die prinzipiell gegen jegliche Neuerung sind. Ich kenne solche Leute zur Genüge, glauben Sie mir. Ich bin nur ein wenig enttäuscht, eine solche Einstellung bei einem so jungen und intelligenten Menschen wie Ihnen anzutreffen.« Er hob die Schultern. »Schade.«

Theresa funkelte ihn an. »Du weißt nicht, was du da redest!«

»Ich glaube, ich weiß es besser als Sie, junge Dame«, entgegnete Vater, noch immer ruhig, aber in hörbar kühlerem Ton als zuvor. Seine Geduld neigte sich jetzt spürbar dem Ende zu. Er wandte sich noch immer nicht zu ihnen um, ließ Theresas Spiegelbild in der Glasscheibe vor sich aber nicht aus den Augen. Leonie ihrerseits konnte sein Gesicht ebenfalls nur als verzerrte Spiegelung auf dem Glas erkennen, aber sie war in diesem Moment beinahe froh darüber. Obwohl Vater sich sehr bemüht hatte, mit beherrschter Stimme zu sprechen, war in seinen Augen etwas, das ihr Angst machte – trotz oder gerade deshalb, weil sie ihm so gern geglaubt hätte, dass er auf dem richtigen Weg war.

»Aber darum geht es doch gar nicht und das weißt du ganz genau!«, antwortete Theresa heftig. Sie machte eine zornige, weit ausholende Geste. »Das alles hier ist … *falsch!* Niemand hat das Recht, einfach hierher zu kommen und alles nach seinen Vorstellungen umzukrempeln.«

Vater erwiderte ihren Blick gelassen, schüttelte abermals den Kopf und nahm die Arme herunter, während er sich an Leonie wandte. »Es tut mir Leid«, sagte er, »ich wollte nicht verletzend sein. Entschuldige bitte, Leonie.« Er zwang ein Lächeln auf sein Gesicht. »Wir sollten uns nicht streiten. Ich bin so froh, dass dir nichts passiert ist.«

Theresa wandte sich an Leonie. »Glaubst du wirklich, deine Großmutter hätte deinem Vater diese Macht überlassen? Glaubst du im Ernst, sie hätte sich gegen die uralten Gesetze aufgelehnt, nur damit ein einzelner Mann vollkommen willkürlich über die Wirklichkeit entscheidet?«

»Ich …«, begann Leonie hilflos, während ihre Gefühle einen Purzelbaum nach dem anderen schlugen.

»Und was ist mit dir?«, setzte Theresa erbarmungslos nach. »Wäre es dir in den Sinn gekommen, deinem Vater Macht über die Wirklichkeit zu verleihen, wenn du die legitime Erbin deiner Großmutter geworden wärst?«

Jetzt konnte Leonie gar nicht mehr anders, als den Kopf zu schütteln. »Natürlich nicht. Aber … aber …«

Vaters Miene hatte sich während Theresas Worten zunehmend verfinstert. Doch anstatt ihr mit einer scharfen Parade dazwischenzufahren, machte er einen Schritt in Leonies Richtung und streckte den Arm aus und Leonie wich ganz instinktiv um die gleiche Distanz vor ihm zurück. Die Bewegung tat ihr im gleichen Moment schon wieder Leid, in dem sie sie ausführte, aber sie war auch nicht in der Lage, sie zu stoppen.

Ein Ausdruck tiefer Enttäuschung machte sich auf dem Gesicht ihres Vaters breit. Er sagte nichts, aber er sah nun wieder Theresa an und der Ausdruck in seinen Augen änderte sich schlagartig.

Sie hat Recht, dachte Leonie währenddessen, und plötzlich fühlte sie sich schrecklich leer und unsagbar müde, so als würde ihr jemand – oder etwas – alle Energie entziehen. Einen Moment lang war sie versucht gewesen Vater zu glauben, und das kleine Kind in ihr, das seinen Vater immer noch als allmächtig und unfehlbar ansah, hatte gehofft, dass er trotz allem das Richtige tat. Aber tief in ihrem Inneren wusste sie, dass das nicht stimmte.

»Es ist nicht ihre Schuld«, sagte Leonie hastig, bevor ihr Vater etwas sagen konnte. »Ich weiß, was du denkst, aber sie hat mich nicht beeinflusst. Ich … ich bin der gleichen Meinung wie sie.« Es fiel ihr schwer, dem Blick ihres Vaters standzuhalten, aber sie zwang sich mit leiser, aber dennoch fester Stimme weiterzureden. »Ich hätte dasselbe gesagt, auch ohne sie.«

»Das glaube ich nicht.« Vater klang mit einem Mal unsicher, so als hätte ihn Leonies Antwort vollkommen überrascht. »Warst du nicht früher immer diejenige, der ich viel zu wenig fortschrittlich gewesen bin?« Er versuchte zu lächeln, aber es misslang kläglich.

»Das muss zu der Zeit gewesen sein, als du noch aus Überzeugung mehr Straßenbahn als Auto gefahren bist«, antwortete sie. »Und als du noch richtige Bücher gelesen hast und nicht versucht hast Gott zu spielen.«

Ihr Vater blinzelte. »Wie?«

»Wir haben die wunderschöne neue Welt gesehen, die du dir zurechtgebastelt hast«, sagte Theresa bissig.

Leonies Vater ignorierte sie. Er starrte seine Tochter weiter mit einer Mischung aus Fassungslosigkeit und Entsetzen an. »Aber das kannst du doch nicht im Ernst meinen!«, murmelte er.

»Du hast alles verändert«, antwortete Leonie leise. Sie wies mit einer resignierten Geste auf die wie ausgestorben unter ihnen daliegende Riesenhalle und sah den Mann an, der einmal ihr Vater gewesen war und nun nicht einmal äußerlich noch sehr viel Ähnlichkeit mit ihm hatte, und plötzlich füllten sich ihre Augen mit Tränen. Sie versuchte nicht sie zurückzuhalten.

»Ich rede nicht von dem da unten«, sagte sie leise. »Das ist schlimm genug, aber viel schlimmer ist das, was du mit dem Rest der Welt angestellt hast.«

»Was habe ich denn angestellt?«, fragte Vater spröde.

»Du missbrauchst deine Macht«, antwortete Theresa an Leonies Stelle. »Niemand hat das Recht, die Geschichte zu verändern!«

»Was für ein Unsinn«, antwortete Leonies Vater. »Sie haben Recht. Ich habe ein paar Veränderungen vorgenommen, aber ich habe nicht vor, mich zum Herrscher der Welt aufzuschwingen, wenn Sie das befürchten.«

»Wozu auch?«, fragte Theresa böse. »Wenn du sie dir doch ganz nach deinem Geschmack zurechtbasteln kannst.«

Leonie sah ihrem Vater an, wie schwer es ihm fiel, noch immer die Fassung zu bewahren. Vermutlich war es einzig und allein ihre Gegenwart, die ihn davon abhielt, zu explodieren. »Ich habe nichts dergleichen vor«, erklärte er zum wiederholten Mal. »Ich habe getan, was jeder an meiner Stelle getan hätte. Ich habe die Welt von ihrer größten Geißel befreit und den Krieg abgeschafft, das ist wahr. Jeder an meiner Stelle hätte so gehandelt.«

»Und was kommt als Nächstes?«, fragte Theresa böse. »Wirst du den Krebs abschaffen? Die Umweltzerstörung beseitigen? Politische Meinungsverschiedenheiten beilegen? Die Armut abschaffen?«

»Und warum nicht?«

»Weil Menschen diese Macht nicht haben dürfen!«, rief Theresa heftig.

»Ich habe sie aber nun einmal«, entgegnete Vater ruhig. »Und es wäre geradezu verbrecherisch, sie nicht zu nutzen.« Er wandte sich wieder an Leonie und sein Tonfall wurde beinahe flehend. »Ich habe die Möglichkeit, die Welt zu einem besseren Ort zu machen, Leonie. Ich kann die Menschheit von ihren schlimmsten Plagen befreien! Von Geißeln, unter denen sie seit Jahrtausenden leidet! Wir könnten endlich in Frieden leben, ohne Ungerechtigkeit und Angst vor der Zukunft! Erwartet du wirklich, dass ich diese Chance ungenutzt verstreichen lasse?«

»So fängt es immer an«, sagte Theresa bitter.

Vater ignorierte sie. »Leonie!« sagte er flehend.

Leonie hatte plötzlich nicht mehr die Kraft, seinem Blick standzuhalten. »Du hattest kein Recht dazu«, murmelte sie.

»Ach?«, meinte ihr Vater. Seine Stimme wurde eine Spur kühler. »Und warum nicht?«

»Weil das alles hier nicht dir gehört«, antwortete Theresa an Leonies Stelle. »Du dürftest von Rechts wegen nicht einmal hier sein.«

»Denkst du auch so?«, fragte er seine Tochter leise. Er klang traurig, dachte Leonie. Und sehr enttäuscht. Ganz offensichtlich hatte er sich den Verlauf dieses Gespräches vollkommen anders vorgestellt.

»Großmutter hätte dir die Macht über das Archiv niemals gegeben«, sagte sie ohne ihren Vater anzusehen. Noch leiser, kaum mehr als flüsternd, fügte sie hinzu: »Und ich auch nicht.«

»Weil du auf diese einmalige Gelegenheit verzichtet hättest«, vermutete Vater. Er seufzte tief »Dann ist es vielleicht gut, dass alles so gekommen ist. Es tut mir Leid. Glaub mir, es wäre mir lieber gewesen, wenn ich dich hätte überzeugen können, aber du lässt mir keine andere Wahl.«

»Als welche?«, fragte Leonie mit tränenerstickter Stimme. »Mich zu meinem Glück zu zwingen?« Sie hatte bitter klingen wollen, aber selbst dazu fehlte ihr mit einem Mal die Kraft.

»Wenn du es so nennen willst. Ich erwarte nicht, dass du mich verstehst. Vielleicht wirst du es später einmal.«

»Und wenn nicht, wirst du schon dafür sorgen, nicht wahr?«, fragte Theresa. »Auf die eine oder andere Weise.«

Leonies Vater ignorierte sie weiter. »Es tut mir Leid«, erklärte er noch einmal. »Aber ich glaube, es ist besser, wenn ihr jetzt geht. Wir reden später noch einmal über alles, wenn du dich ein bisschen beruhigt hast.«

»Wenn es noch ein Später gibt«, sagte Theresa düster.

Der sicherste Ort der Welt

Nachdem Frank und die beiden Männer, mit denen er sich die Spätschicht teilte, ihre letzte Runde durchs Haus gemacht und das ganze Gewirr von Alarm- und Überwachungsanlagen scharf geschaltet hatten, die das vermeintlich ganz normale Einfamilienhaus mit dem angegliederten kleinen Ladengeschäft für antiquarische Bücher in eine nahezu uneinnehmbare elektronische Festung verwandelten, war es sonderbar still geworden; auf eine Art, die in Leonie eine zwar vollkommen unbegründete, dennoch aber tiefe Melancholie weckte, gegen die sie sich nicht wehren konnte und im Grunde auch gar nicht wollte. Es war nicht so, dass sie irgendwelche Probleme hatte, die sie lösen musste um wieder Lebensfreude zu gewinnen; die Wahrheit war viel einfacher: Sie starb fast vor Langeweile.

Dabei hatte sie durchaus viel zu tun. Das Haus hatte nur knapp zwei Wochen leer gestanden, aber nach ihrer Rückkehr aus Südafrika hatte sie ein Anblick empfangen, als käme sie nach einer zehnjährigen Abwesenheit in eine Wohnung zurück, in die in all der Zeit kein Mensch einen Fuß gesetzt hatte: Überall lag Staub, Kühlschrank und Gefriertruhe rochen leicht muffelig, obwohl sie beides vor ihrer Abreise extra leer geräumt und ausgewaschen hatte, damit genau das nicht passierte, und anscheinend hatte sie wohl auch in der Vorratskammer das eine oder andere Lebensmittelpaket übersehen, denn auf den Regalen lagen haufenweise zerfetztes Papier und jede Menge Mäuseköttel. Der Gestank war selbst durch die geschlossene Tür gedrungen und hatte es ihr in den ersten Stunden fast unmöglich gemacht, es hier drinnen auszuhalten. Seit ihr Vater auf dem Sicherheitstrip war und damit angefangen hatte, das Haus in so etwas wie die hiesige Version von Fort Knox zu verwandeln, ließen sich natürlich auch die Fenster nicht mehr öffnen, und die Klimaanlage war während ihrer Abwesenheit abgeschaltet gewesen und hatte nun alle Mühe, mit dem Gestank fertig zu werden, der zwei Wochen lang Zeit gehabt hatte, sich in alle Winkel einzunisten und Möbel und Vorhänge festzusetzen. Leonie vermutete, dass er noch immer da war und sie sich in den zurückliegenden achtundvierzig Stunden nur einfach so sehr daran gewöhnt hatte, dass sie es schon gar nicht mehr merkte.

Das war wieder einmal typisch für ihren Vater, dachte sie, während sie unschlüssig durch das leere Haus strich und eine Möglichkeit nach der anderen erwog – und fast ebenso schnell wieder verwarf –, wie sie den Abend herumbringen konnte ohne das Haus zu verlassen, was jedes Mal einen schier unglaublichen Aufwand bedeutete: Er gab ein kleines Vermögen für den Sicherheitsdienst aus, der für das Wohlergehen seiner Tochter und die Sicherheit seiner *ach-so-geliebten* uralten Schinken sorgte, aber um eine Hilfe zu engagieren, die wenigstens einmal die Woche kam und das Nötigste erledigte, war er zu geizig. Leonie hatte längst aufgehört mitzuzählen, wie oft sie sich schon über dieses Thema in die Haare geraten waren.

Natürlich argumentierte ihr Vater, dass es nicht am Geld lag, sondern er einfach keine Fremden im Haus haben wollte, bei all den wertvollen Büchern und Handschriften, die hinter den Panzerglasscheiben und Stahltüren des vermeintlichen *Antiquariats* lagerten, und in gewisser Weise konnte Leonie das sogar verstehen – aber das änderte nichts daran, dass es ihr allmählich reichte. Sie war schließlich seine Tochter, nicht seine Putzfrau, basta! Sobald er von seiner Reise zurück war, würde sie noch einmal mit ihm über dieses Thema reden und diesmal würde sie nicht nachgeben!

Falls er überhaupt zurückkam, bevor die Ferien zu Ende waren und die Schule wieder anfing, hieß das.

Auch das war etwas, was Leonie mit einer Trauer erfüllte, die ihr unangemessen erschien, wenn man ihr Alter bedachte, die aber dennoch jeden Tag ein bisschen stärker wurde: Sie sah ihren Vater kaum noch. Manchmal vergingen Monate, in denen das einzige Lebenszeichen, das sie von ihm bekam, ein Anruf von seinem Handy aus war, oder auch nur eine E-Mail. Ihr Vater hatte sich schon immer für diese langweiligen alten Bücher interessiert – je älter, desto besser, und wie sollte es auch anders sein, in einer Familie, deren Mitglieder seit Generationen Buchhändler gewesen waren? –, doch seit dem Tod ihrer Mutter war aus diesem Interesse eine regelrechte Besessenheit geworden. Er reiste praktisch das ganze Jahr herum; kroch durch verstaubte Büchereien, durchwühlte schmutzige Dachböden, krabbelte durch uralte Katakomben und trieb sich an vermutlich noch viel unheimlicheren und un*appetitlicheren* Orten herum, immer auf der Suche nach alten Büchern, Dokumenten und Handschriften, die er seiner Sammlung einverleiben konnte. Obwohl ihr Vater – was erstaunlich genug war – zu Hause praktisch nie über seine Passion sprach, war Leonie doch klar, dass er im Laufe so vieler Jahre eine Sammlung von enormem Wert zusammengetragen hatte, um die ihn so manches Museum beneiden musste. Und in einer Welt, in der Bücher immer seltener wurden, nahm der Wert dieser Sammlung vermutlich täglich von ganz allein noch zu.

Leonie war das herzlich egal. In dieser Hinsicht war sie schon immer so etwas wie das schwarze Schaf der Familie gewesen. Zu den wenigen Erinnerungen, die sie an ihre viel zu früh verstorbene Mutter hatte, gehörten auch ein paar bruchstückhafte Gespräche, in denen Mutter sich darüber beklagt hatte, wie sehr ihre einzige Tochter doch aus der Art geschlagen war, denn sie interessierte sich viel mehr für Musik, Computerspiele und Filme als für Bücher, und das als bislang letzter Spross einer Familie, die seit Jahrhunderten vom Buchhandel lebte.

Aber das war früher gewesen. Damals hatten sie Bücher nur nicht interessiert. Heute hasste sie sie regelrecht, denn nachdem ihre Mutter gestorben war und sich ihr Vater ganz in seine Passion vergrub, um den Schmerz über diesen Verlust zu betäuben, hatten diese verdammten Dinger ihr auch noch ihren Vater weggenommen und sie damit zum einsamsten Menschen auf der Welt gemacht.

Wenigstens kam sie sich manchmal so vor.

Leonie schüttelte den Gedanken ab und schnitt sich selbst eine Grimasse, als sie auf dem Weg nach unten an dem großen Garderobenspiegel vorbeikam. Gut, sie hatte sich ihre tägliche Portion Selbstmitleid gegönnt, nun konnte sie zur Tagesordnung übergehen und zum Beispiel überlegen, was sie mit dem angebrochenen Abend anfangen sollte. Es war noch nicht allzu spät – auf jeden Fall zu früh, um ins Bett zu gehen –, aber sie verspürte weder Lust, den Fernseher einzuschalten noch Musik zu hören oder sich in eines ihrer eigentlich heiß geliebten Virtual-Reality-Spiele zu vergraben. Das letzte war ihr fast ein wenig zu realistisch gewesen (obwohl das eigentlich der Sinn eines solchen Spieles war, bei dem man sich mittels eines speziellen Helms und eines Paars Datenhandschuhe in eine künstlich erschaffene Computerwelt versetzte, in der man die tollsten Abenteuer erleben konnte) und sie spürte jetzt noch ein eisiges Frösteln, wenn sie an die verrückte Geschichte zurückdachte.

Sie war durch eine gewaltige Höhlenwelt voller giftiger, grün leuchtender Kanäle und bizarrer Riesenmaschinen gewandert, in der es sonderbare, hässliche Wesen gab, die allmählich zu grünem

Schleim zerflossen. Eigentlich war in diesem Spiel gar nichts *wirklich* Schlimmes passiert. Sie erinnerte sich an andere, weitaus entsetzlichere Abenteuer in der kunterbunten Welt virtueller Realitäten, in denen sie von grässlichen Monstern durch menschenleere Hochgeschwindigkeitszüge gehetzt worden war, die anschließend in bodenlose Abgründe stürzten, oder wochenlang in finsteren Kerkern gefangen saß, bis ihr endlich die Flucht gelang, und doch hatte keines dieser viel aufregenderen Computerabenteuer einen solchen Nachhall von Furcht in ihr hinterlassen. Als wäre während dieses Spiels noch etwas geschehen, das einfach zu entsetzlich war, als dass sie sich noch daran erinnern könnte …

Aber vielleicht war das verdammte Ding ja auch einfach nur kaputt.

So oder so: Heute stand ihr nicht der Sinn nach quietschbunten Cyberspace-Abenteuern. Eigentlich stand ihr der Sinn nach gar nichts.

Leonie blieb ein paar Augenblicke lang unschlüssig unter der Tür stehen und griff schließlich aus purer Langeweile nach der Fernbedienung des Fernsehers. Nicht dass irgendetwas lief, was sie wirklich interessierte – die Programmzeitschrift durchzublättern war ihre erste Amtshandlung gleich nach ihrer Heimkehr aus Südafrika gewesen und …

Südafrika?

Leonie blinzelte, dann stahl sich ein leicht verwirrtes Lächeln auf ihr Gesicht. Sie hatte gerade tatsächlich *Südafrika* gedacht, obwohl sie ihre Heimatstadt in ihrem ganzen Leben noch nicht verlassen hatte. Reines Wunschdenken, entschied sie. Nicht dass es sie wirklich nach Südafrika oder in irgendein anderes exotisches Land gezogen hätte – aber endlich einmal aus diesem goldenen Käfig auszubrechen, den ihr Vater für sie erschaffen hatte, wäre auch nicht das Schlechteste.

Ein goldener Käfig zudem, in dem es im Augenblick ganz erbärmlich stank.

Leonie legte die Fernbedienung unverrichteter Dinge wieder aus der Hand, drehte sich einmal um sich selbst und sog dabei mit einem hörbaren Schnüffeln die Luft ein um herauszufinden, aus welcher Richtung der üble Gestank kam. Es gelang ihr nicht, aber plötzlich hörte sie ein lautstarkes Poltern, und als sie auf dem Absatz herumfuhr, sah sie gerade noch einen grauweißen buschigen Schwanz die Treppe hinauf verschwinden.

»Mausetod«, rief sie. »Bleib sofort stehen!«

Ein dumpfes Poltern erscholl, gefolgt von einem enttäuschten Miauen, und dann tauchte ein grauweiß geschecktes Katzengesicht am oberen Ende der Treppe auf und blickte mit einer Mischung aus Trotz und schlecht verhohlenem Schuldbewusstsein zu ihr herab. Obwohl Leonie die Katze nicht besonders mochte und auch keinen Hehl daraus machte, gehorchte Mausetod ihr wie ein Hund, und so kam sie auch jetzt – selbstverständlich provozierend langsam und stolz erhobenen Hauptes, denn schließlich war sie eine Katze – die Treppe herab. Ihr Gesicht war das personifizierte schlechte Gewissen.

»Du hast mit diesem Gestank nicht zufällig etwas zu tun, oder?«, fragte Leonie streng.

Mausetod legte den Kopf auf die Seite und maunzte beleidigt. Wahrscheinlich tat sie der Katze Unrecht, dachte Leonie. Der Gestank wurde immer unerträglicher, aber es roch nicht wirklich nach dem, was Katzen hinterlassen, wenn sie den Weg in ihre Kiste einmal nicht schnell genug finden.

Es roch schlimmer.

Leonie schnüffelte erneut, drehte sich noch einmal im Kreis und glaubte schließlich die Richtung ausmachen zu können, aus der der erbärmliche Gestank kam: vom anderen Ende des Flures, von dort, wo das Arbeitszimmer ihres Vaters lag. Leonie kämpfte ihren Ekel nieder und bewegte sich vorsichtig auf die Tür zu, während sie versuchte den schrecklichen Gestank irgendwie einzuordnen. Er kam ihr bekannt vor, auch wenn ihr schon der bloße *Gedanke* den Magen umdrehte, schon einmal mit irgendetwas in Berührung gekommen zu sein, das *so* roch: Es stank nach Marzipan – aber wenn, dann nach *verwesendem* Marzipan, das mit noch etwas anderem, Schlimmerem, vermischt war. Leonies

Magen revoltierte mit jedem Schritt heftiger, den sie sich der Tür näherte.

Als sie sich vor der Tür in die Hocke sinken ließ, wurde ihr für einen Moment so schwindelig, dass der Flur vor ihren Augen verschwamm. Leonie hielt für einen Moment in der Bewegung inne, blinzelte und wartete darauf, dass sich ihr Magen beruhigte, und dann blinzelte sie noch einmal und vergaß für eine Sekunde sogar den erbärmlichen Gestank, als sie den zerknüllten schwarzen Stofffetzen bemerkte, der unmittelbar vor der Tür lag.

Vor einer Sekunde war er noch nicht da gewesen.

Es war keine Einbildung. Leonie war hundertprozentig sicher, dass dieser nasse schwarze Lappen noch vor einem Augenblick nicht dort gelegen hatte. Offensichtlich spielte ihre Fantasie ihr mittlerweile wirklich *üble* Streiche …

Und das war noch lange nicht alles.

Als Leonie genauer hinsah, fiel ihr auf, dass der schwarze Fetzen über und über mit einer zähflüssigen grünen Pampe besudelt war, von der allem Anschein nach dieser grässliche Gestank ausging. Angeekelt, aber tapfer griff sie mit spitzen Fingern nach dem Fetzen und hob ihn hoch. Halb erstarrter Leim tropfte herab und vergrößerte die übel riechende Lache auf dem Fußboden noch.

Wieso eigentlich *Leim?* Das Zeug sah aus wie irgendein ekelhafter Schleim, aber in ihrem Kopf war ganz deutlich das Wort *Leim* erschienen. Unheimlich.

Leonie hob den Fetzen höher und erkannte jetzt, dass es sich um einen zerrissenen schwarzen Kapuzenmantel handelte, der allerdings so klein war, dass er allerhöchstens einem Achtjährigen gepasst hätte. Noch dazu einem Achtjährigen, der an Bulimie im letzten Stadium litt.

Oder einem Scriptor.

Leonie verspürte ein neuerliches noch eisigeres Frösteln, als dieses Wort so deutlich in ihrem Kopf entstand, als hätte es jemand neben ihr laut ausgesprochen. Und es war nicht nur dieses sonderbare Wort, das ihr einfiel. Sie wusste sogar, woher sie es kannte. Scriptoren waren diese hässlichen Gnome aus dem Computerspiel, das ihr so großes Unbehagen bereitet hatte. In der künstlich geschaffenen Welt der virtuellen Realität, die sich weder um Logik noch um Naturgesetze zu scheren brauchte, waren vorlaute Knirpse, die nach und nach zu grüner Grütze zerflossen, ja in Ordnung – aber in der Realität?

Leonie ließ den Mantel fallen und drängte die Furcht, die in ihr emporkriechen wollte, mit einiger Mühe zurück. Sosehr sie dieses Spiel liebte, sie nahm sich vor, in nächster Zeit die Finger davon zu lassen. Vielleicht war es doch nicht so harmlos, mit elektronischen Wellen im Gehirn herumzupfuschen, wie einen die Werbung immer glauben machen wollte.

Sonderbarerweise dachten weder der zerfetzte Mantel noch die Leimpfütze daran, gefälligst wieder zu verschwinden, jetzt nachdem sie sie als einen geschmacklosen Scherz entlarvt hatte, den ihr ihre Erinnerung spielte. Ganz im Gegenteil sah sie plötzlich noch weitere zähe grüne Tropfen, die in einer unregelmäßig verschmierten Spur an der Tür hinaufführten und dicht unter dem Schloss endeten, als hätte der Scriptor versucht die Klinke zu erreichen, es aber nicht mehr geschafft, bevor er wieder zu der Substanz zerfallen war, aus der man ihn erschaffen hatte. Leonie glaubte sogar, so etwas wie einen verschmierten Handabdruck zu erkennen, aber sie war nicht ganz sicher, und sie hatte auch nicht den Mut, genauer hinzusehen.

Stattdessen stand sie auf, trat zwei Schritte von der Tür zurück und musterte sie aufmerksam. Irgendetwas daran kam ihr sonderbar vor, aber sie konnte nicht sagen was. Es war die gleiche vertraute Tür, die sie praktisch seit dem Tag ihrer Geburt kannte, zumindest äußerlich. Vor einigen Jahren hatte ihr Vater sie mit einem massiven Stahlkern ausstatten lassen, denn er verwahrte in seinem Arbeitszimmer einige Bücher von enormem Wert, und auch wenn das Schloss *aussah* wie ein ganz normales altmodisches Türschloss, so hätte es in Wahrheit wohl selbst einem Profi-Einbrecher gehöriges Kopfzerbrechen bereitet. Äußerlich jedoch war es die alte Zimmertür, und soviel Leonie wusste, hatte sich auch dahinter nicht viel verändert, sah man von den Gittern vor den Fenstern und dem in die Wand eingelassenen Safe ab, der massiv genug war, der Explosion einer kleinen Atombombe standzuhalten. In dem Zimmer war ansonsten nur das, was sich im ganzen Haus wie rasend schnell wachsendes Unkraut ausbreitete: Bücher. Selbst wenn es den Scriptor wirklich gab – was völlig unmöglich war –, was hätte er ausgerechnet hier suchen sollen?

Da Leonie ohnehin keinen Schlüssel für den gepanzerten Hochsicherheitstrakt hatte, der sich hinter dieser scheinbar normalen Zimmertür verbarg, trat sie mit einem resignierten Achselzucken zurück und ging in die Küche, um Eimer und Wischlappen zu holen. Auch wenn sich ihr bei dem bloßen Gedanken schon der Magen umdrehte, konnte sie die Schweinerei nicht einfach liegen lassen. Mausetod lief mit schräg gehaltenem Kopf neben ihr her und ließ sie keine Sekunde aus den Augen. Aus dem schuldbewussten Ausdruck auf ihrem breiten Katzengesicht war ein unübersehbar *vorwurfsvoller* geworden.

»Jetzt guck bloß nicht so selbstgefällig«, maulte Leonie. »Mit dieser Sauerei hast du vielleicht nichts zu tun, aber über den Mäusedreck in der Speisekammer reden wir noch, verlass dich darauf.«

Als sie an der offenen Wohnzimmertür vorbeikam, fiel ihr ein flackerndes rotes Lämpchen am Fernseher auf. Normalerweise blinkte diese Lampe nie, denn sie zeigte nur an, dass sich das Gerät im Standby-Modus befand, und sowohl Leonie als auch ihr Vater mochten es nicht, wenn Geräte eingeschaltet waren, die eigentlich aus sein sollten. Sie *benutzte* den Fernseher entweder oder schaltete ihn wirklich und vollständig aus. Vielleicht war sie vorhin versehentlich an eine Taste der Fernbedienung gekommen. Leonie unterbrach ihren Weg in die Küche kurz, um das blinkende Lämpchen zum Erlöschen zu bringen, dann ging sie weiter und kehrte einen Moment später mit einem Eimer heißen Wassers und einem ganzen Stapel Aufnehmer bewaffnet zurück.

Es war nicht ganz so schlimm, wie sie erwartet hatte, aber schlimm genug. Ihr Mageninhalt versuchte ein paarmal sich dem

Inhalt ihres Putzeimers hinzuzugesellen. Leonie gewann den Kampf gegen ihre eigenen Innereien, aber als sie fertig war und zum letzten Mal ihren Aufnehmer auswrang, war ihr hundeelend. Mehr taumelnd als gehend schleppte sie sich ins Bad, schüttete den Inhalt ihres Putzeimers samt dem schwarzen Mantel ins Klo und brauchte anschließend gut fünf Minuten, um sich auch nur halbwegs zu erholen.

Wieder draußen auf dem Flur machte sie zwei Schritte und blieb dann stehen, um mit einem resignierten Seufzen die Augen zu verdrehen. Wie es aussah, war sie noch nicht ganz fertig. Der Fußboden vor der Tür zu Vaters Arbeitszimmer glänzte wie frisch gebohnert, aber auf halbem Wege dorthin begann eine schwache, aber nicht zu übersehende Spur aus unregelmäßigen grünen Tropfen, die schnurstracks an Leonie vorbeizog und unter der Verbindungstür verschwand, die zum Laden führte.

Leonie verdrehte innerlich die Augen und wollte sich schon nach ihrem Putzeimer bücken, machte aber dann noch einmal kehrt und trat vollends auf den Flur hinaus, um der Spur erst einmal bis zu ihrem Ursprung zu folgen. Vielleicht war es besser, sie sah erst einmal nach, welche bösen Überraschungen dort auf sie warteten.

Die erste böse Überraschung war die Tür selbst. Sie war verschlossen und Leonie musste die Klinke nicht einmal ganz herunterdrücken um zu spüren, dass sich auch hinter ihr massiver Stahl verbarg. Das überraschte sie. Die Buchhandlung war seit dem Tod ihrer Mutter geschlossen, und es war Jahre her, dass Leonie das letzte Mal in dem kleinen Antiquariat gewesen war, aber sie konnte sich gar nicht daran erinnern, dass ihr Vater auch diese Tür einbruchssicher hatte machen lassen. Wozu auch? Der Raum war – selbstverständlich – bis in den letzten Winkel mit Büchern voll gestopft, aber die wirklich wertvollen Exemplare seiner Sammlung befanden sich in einem ganz anderen Raum, wo sie nicht nur vor neugierigen Blicken, sondern auch vor schädlichem Sonnenlicht, vor Feuchtigkeit und Temperaturschwankungen geschützt waren.

Aber egal aus welchem Grund, er *hatte* es getan und jetzt hatte Leonie ein Problem. Die Spur aus grünen Leimtropfen führte geradewegs auf diese Tür zu und darunter hindurch. Leonie hatte nicht die leiseste Ahnung, wo sich der dazugehörige Schlüssel befand. Und wie sie ihren Vater und seinen Sicherheitsfimmel kannte, würde sie ein ausgewachsenes Schiffsgeschütz brauchen, um diese Tür aufzubrechen.

Nicht dass sie ernsthaft in Erwägung zog, so etwas Dummes zu tun. Die Tür war verschlossen, basta, und ganz gleich welches Chaos auch immer dahinter herrschen mochte, niemand konnte ihr vorwerfen, dass sie irgendetwas damit zu tun hatte. Irgendwie unheimlich war ihr die ganze Geschichte schon, aber Leonie war zugleich auch sicher, dass sich früher oder später eine logische Erklärung dafür finden würde. Sie ging noch einmal zurück ins Bad, holte Eimer und Lappen und beseitigte auch noch den Rest der Spur, die der sterbende Scriptor hinterlassen hatte.

Blieb noch immer die Frage, was sie mit dem angebrochenen Abend anfangen sollte. Die Auswahl war nicht besonders groß. Nachdem ihr verständlicherweise die Lust auf ein Computerspiel vergangen war, konnte sie sich zu Tode langweilen, eingedenk der Tatsache, dass die Schule bereits in einer knappen Woche wieder anfing, ihren PC einschalten und eine CD mit Lernsoftware einlegen (was im Prinzip auf dasselbe hinauslief) oder fernsehen. O ja, oder vielleicht ein Buch lesen. Bäh.

Es war einer der wenigen Momente, in denen es Leonie zutiefst bedauerte, so wenige Freunde zu haben. Die beiden einzigen Mädchen aus ihrer Klasse, mit der sie mehr als nur eine flüchtige Bekanntschaft verband, waren noch nicht aus dem Urlaub zurück und Theresa hatte sich seit Wochen nicht mehr gemeldet.

Leonie blinzelte.

Wer zum Teufel war Theresa?

Sie konnte sich nicht erinnern, jemanden dieses Namens zu kennen. Theresa war der Name ihrer Großmutter gewesen, aber Leonie hatte sie niemals kennen gelernt. Sie war gestorben, lange bevor sie selbst auf die Welt gekommen war, und sie hatte nur ein paarmal gehört, wie sich ihre Eltern über sie unterhalten hatten. Niemand sonst, den sie kannte, hieß *Theresa*.

Und trotzdem – etwas an diesem Namen kam ihr ungeheuer wichtig vor. Leonie strengte ihr Gedächtnis an und …

Irgendetwas … *Unheimliches* geschah. Leonie wurde plötzlich schwindelig, und für zwei oder drei Sekunden hatte sie das bizarre Gefühl, den Halt in der Wirklichkeit zu verlieren. Die Wände rings um sie herum schienen durchsichtig zu werden, ohne dass sie erkennen konnte, was dahinter lag, und alles wurde leicht und irreal.

Der schreckliche Augenblick ging so schnell vorüber, wie er gekommen war, und Leonie fand sich mit klopfendem Herzen und stocksteif dastehend auf dem Flur wieder, der genauso massiv und *echt* war, wie er sein sollte.

Was zum Teufel war nur mit ihr los?

Sie hob die Hand an die Stirn um zu fühlen, ob sie Fieber hatte. Irgendetwas stimmte nicht mit ihr, und sie war plötzlich gar nicht mehr sicher, dass es nur an diesem verrückten Computerspiel lag, das sie gespielt hatte. Vielleicht wurde sie ja tatsächlich krank.

Besorgter, als sie sich selbst eingestehen wollte, ging sie ins Wohnzimmer zurück und wurde dort von einem heftig blinkenden roten Licht am Fernseher begrüßt.

Eine ganze Armee eiskalter, dürrer Spinnenbeine kroch Leonies Rückgrat hinauf. Drehte sie jetzt völlig durch oder spukte es hier tatsächlich? Sie war vollkommen sicher, das verdammte Ding ausgeschaltet zu haben, bevor sie auf den Flur hinausging, um die Schweinerei wegzumachen!

Leonie streckte die Hand nach der Fernbedienung aus und verharrte mitten in der Bewegung. Das Teil war nicht mehr die Fernbedienung, wenigstens nicht *die*, die noch vor ein paar Minuten hier gelegen hatte und ihr seit Jahren vertraut war. Diese hier war viel größer und hatte ungleich mehr Tasten, als wäre sie dazu bestimmt, gleich mehrere Geräte auf einmal zu bedienen. Es war die Fernbedienung, die Theresa benutzt hatte, um damit im Vorführraum das Chaos auszulösen, das Leonies Flucht ermöglicht hatte.

Die Wirklichkeit schlug Wellen. Für einen Moment sah Leonie alles nur wie in der spiegelnden Oberfläche eines Quecksilbersees, in den jemand einen Stein geworfen hatte. Das Zimmer schien plötzlich doppelt vorhanden zu sein, in zwei ähnlichen, aber eben nicht *ganz* identischen Ausführungen, die sich lautlos um ihren Platz in der Wirklichkeit stritten, ohne dass Leonie sagen konnte, welche nun die richtige war. Leonie machte einen verwirrten Schritt zurück und sah sich aus aufgerissenen Augen um, dann klärte sich ihr Blick wieder. Die Halluzination erlosch.

Leonie atmete erleichtert auf, drehte sich wieder um und stieß einen erschrockenen Laut aus.

Diesmal konnte sie es nicht auf ihr schlechtes Erinnerungsvermögen schieben oder vielleicht darauf, dass ihre Nerven ihr einen bösen Streich spielten. Sie hatte die Fernbedienung nicht einmal *angefasst.*

Trotzdem lief der Fernseher jetzt. Und nicht nur das.

Noch während der Bildschirm allmählich heller wurde und die Farben an Leuchtkraft zunahmen, begann die Kanalanzeige wie wild zu scrollen, so schnell, dass auf dem Monitor keine wechselnden Bilder mehr zu erkennen waren, sondern nur noch ein Durcheinander aufblitzender Farben und zusammenhangloser Umrisse. Die Kanalanzeige erreichte die fünfzig, dann die hundert und jagte weiter, in einen Frequenzbereich hinein, auf dem gar keine Sender mehr lagen. Auf dem Bildschirm war jetzt nur noch flackerndes Schneegestöber zu sehen. Leonie starrte den wild gewordenen Fernseher einige Augenblicke lang mit klopfendem Herzen an, machte einen halben Schritt zurück – und stieß eine Mischung aus einem erleichterten Seufzen und einem leisen, aber fast hysterischen Lachen aus, als ihr klar wurde, dass sie sich wie eine komplette Närrin benahm.

Dieser Fernseher war weder verrückt geworden noch verhext. Er war schlicht und einfach kaputt. Leonie schüttelte den Kopf über ihre eigene Dummheit und machte zwei Schritte auf den

Apparat zu, um ihn auszuschalten oder zur Not auch den Stecker herauszuziehen, wenn es gar nicht anders ging. Wenn die *Glückssträhne*, die sie im Moment hatte, anhielt, dann würde ihr das verflixte Ding am Ende noch um die Ohren fliegen.

Hinter ihr schepperte etwas und sie hörte einen Laut wie ein kleines, erschrockenes Piepsen. Ein ganz ähnliches, nur sehr viel lauteres Geräusch stieß Leonie im nächsten Augenblick selbst aus, als sie sich umdrehte, um nach der Ursache des sonderbaren Piepens Ausschau zu halten.

Der Fernseher war nicht kaputt. Er tat ganz genau das, was ein ordnungsgemäß funktionierender Fernseher tut, wenn jemand auf der Fernbedienung herumhämmert.

Nur dass dieser *Jemand* normalerweise keine fünf Zentimeter große Maus war, die wie wild auf den winzigen Knöpfen herumsprang, um sie mit ihrem Körpergewicht hinunterzudrücken …

Leonie starrte sie eine Sekunde lang aus hervorquellenden Augen an, dann stieß sie einen spitzen Schrei aus, schlug die Hand vor den Mund und prallte so entsetzt zurück, dass sie um ein Haar das Gleichgewicht verloren hätte.

Wenn es irgendetwas auf der Welt gab, vor dem sie sich im gleichen Maße ekelte wie fürchtete, dann waren es *Mäuse.* Das war schon seit ihrer frühesten Kindheit so gewesen. Schon als Baby hatte Leonie kein Problem damit gehabt, einen fetten Regenwurm in die Hand zu nehmen, oder fröhlich zu lachen, während ihr eine haarige Spinne über das Gesicht kroch, aber beim Anblick einer harmlosen Maus hatte sie regelrecht hysterische Anfälle bekommen. Das war auch der Grund, warum ihr Vater Mausetod angeschafft hatte – auch wenn sich die fette Perserkatze in dieser Hinsicht als komplette Niete entpuppt hatte. Leonie konnte sich nicht erinnern, dass sie jemals auch nur eine einzige Maus gefangen hätte.

Und selbstverständlich war sie auch jetzt nicht da.

Leonie setzte dazu an, einen zweiten, gellenden Schrei auszustoßen, um die verflixte Katze zu alarmieren, die vermutlich gerade irgendwo im Haus Jagd auf etwas machte, das nicht ganz so schnell war wie eine Maus – eine Dose Katzenfutter zum Beispiel –, aber sie brachte plötzlich keinen Ton mehr heraus. Ihre Kehle war wie zugeschnürt, und ihr Herz schlug mit einem Mal ganz langsam, aber so hart, dass es beinahe wehtat. Ihr war heiß und zugleich bedeckte kalter Schweiß ihre Handflächen und ihre Stirn. Es war die gleiche lähmende Furcht, die sie immer überkam, wenn sie eine Maus sah, und gegen die sie einfach wehrlos war.

Die Maus sah sie aus ihren winzigen Knopfaugen fast vorwurfsvoll an, hörte aber nicht auf, wie besessen auf den Tasten der Fernbedienung herumzutrampeln, und Leonie bekam endlich wieder Luft und nutzte sie, um einen krächzenden, halb erstickten Schrei auszustoßen.

Die Reaktion erfolgte prompt. Von der Tür her erscholl ein fast überraschtes Maunzen, das beinahe augenblicklich in ein zorniges Fauchen überging. Leonie riss sich für einen Moment vom Anblick der Maus los und wurde mit einem sehr sonderbaren Anblick belohnt: Mausetod war unter der Tür erschienen und hatte die Maus ganz offensichtlich sofort entdeckt. Nur reagierte sie nicht im Entferntesten so, als hätte sie vor ihrem Namen Ehre zu machen. Sie hatte die Ohren angelegt und ihre Augen zu schmalen und gelb funkelnden Schlitzen verengt. Ihr Schwanz peitschte nervös und aus ihrer Brust drang ein tiefes, grollendes Knurren. Hätte Leonie es nicht besser gewusst, dann hätte sie geschworen, dass Mausetod vor irgendetwas Angst hatte.

Wenn, dann überwand sie sie jedenfalls sehr schnell.

Aus dem Knurren wurde wieder ein Fauchen, dann stieß sich die Katze mit einem kraftvoll-federnden Satz ab und flog mit ausgefahrenen Krallen und gebleckten Fängen auf die Maus zu.

Und Leonie tat etwas, was sie selbst vielleicht am allerwenigsten verstand.

In dem Bruchteil einer Sekunde, bevor Mausetod ihr Ziel erreichte, sprang sie vor und stieß ihr die flachen Hände in die Seite. Mausetod schrie überrascht auf. Statt Zähne und Krallen in den Leib ihrer angepeilten Beute zu graben, verwandelte sie sich in ein kreischendes Fellbündel, das wild um sich schlagend durch die Luft flog und in einem Bücherbord landete, das mit einem gewaltigen Scheppern und Krachen unter seinem Anprall zusammenbrach. Die Maus hörte zwar nicht auf, wie ein kleiner, mit Fell überzogener Gummiball auf den Tasten der Fernbedienung herumzuhüpfen, drehte aber trotzdem den Kopf, um der davonfliegenden Katze ein schadenfrohes Grinsen hinterherzuschicken.

Leonie starrte fassungslos auf ihre eigenen Hände. Sie verstand nicht, warum sie das getan hatte. Allein die Nähe der Maus bereitete ihr beinahe körperliches Unwohlsein und trotzdem hatte sie sie gerade *gerettet!*

Mausetod krabbelte umständlich unter dem Berg aus Holztrümmern, aufgeschlagenen und zerknickten Büchern und Papierfetzen hervor, unter dem sie sich selbst begraben hatte, schüttelte benommen den Kopf und sah sie einen Moment lang ebenso verwirrt wie vorwurfsvoll an. Dann richtete sich der Blick ihrer gelben, boshaft funkelnden Augen wieder auf die Maus. Ihr Schwanz peitschte wütend. Mit einem zornigen Fauchen stieß sie sich ab und sprang abermals.

Diesmal musste Leonie dem grauen Winzling nicht helfen. Die Maus wartete zwar bis zum wirklich allerletzten Moment, aber dann bewegte sie sich so blitzartig, dass es Leonie schien, als wäre sie von einem Augenblick zum anderen einfach verschwunden. Statt ihre Krallen in die winzige Maus zu schlagen, landete Mausetod bloß auf der Fernbedienung, die unter ihrem Aufprall davonschlitterte und zu Boden fiel, wo sie in tausend Stücke zersprang. Mausetod flog kreischend hinterher, schlitterte hilflos um sich schlagend auf dem spiegelglatten Parkett aus der Tür und knallte so wuchtig vor die gegenüberliegende Wand, dass sie nur noch einmal quiekte und dann stocksteif auf die Seite fiel.

Der Anblick war so komisch, dass Leonie an sich halten musste, um nicht laut aufzulachen. Trotzdem setzte sie sich sofort in Bewegung, um der Katze nachzueilen und nach ihr zu sehen; Mausetod hatte zwar den sprichwörtlichen Dickkopf aller Katzen, aber es hatte auch ganz schön gekracht. Doch sie kam nur zwei Schritte weit.

Der Fernseher begann erneut zu rauschen. Zu dem flackernden Schneegestöber auf der Mattscheibe gesellte sich ein an- und abschwellendes Zischen, das rasch an Lautstärke zunahm und in einem unheimlichen Rhythmus zu pulsieren schien, den Leonie zwar nicht genau erfassen konnte, der ihr aber irgendwie bekannt vorkam. Und auch die wirbelnden, weißen Störflecke auf dem Bildschirm schienen sich plötzlich nicht mehr so willkürlich zu bewegen wie gerade noch: Sie bildeten Muster, Schlieren und Umrisse, die ebenso schnell wieder auseinander flossen, wie sie entstanden, zugleich aber immer hartnäckiger Gestalt anzunehmen versuchten – als wollte sich ein bestimmtes Bild auf der Mattscheibe materialisieren, ohne dass es ihm in letzter Konsequenz gelang.

Dann hörte sie die Stimme.

So wenig, wie das Bild wirklich ein Bild war, war diese Stimme wirklich eine Stimme. Was Leonie hörte, war nur ein geisterhaftes Flüstern und Wispern, so leise und verzerrt, als dränge es aus unendlich großer Entfernung an ihr Ohr. Und trotzdem gab es nicht den leisesten Zweifel daran, dass diese unheimliche Geisterstimme ihren Namen rief …

Fassungslos machte Leonie wieder kehrt und starrte den Fernseher an. Die Kanalanzeige hatte aufgehört zu flackern und war bei 999 stehen geblieben und das chaotische Wirbeln gerann jetzt immer mehr zu festen Formen und Umrissen. Es vergingen nur noch wenige Augenblicke, bis ein deutlich erkennbares Bild die Stelle der tanzenden Störungen eingenommen hatte. Es war nicht besonders gut. Es gab weder Farben noch Tiefe und die Umrisse wollten immer wieder zerfließen. Leuchtende weiße Streifen liefen in unregelmäßiger Folge von oben nach unten über den Bildschirm, als betrachtete sie ein uraltes defektes Videoband. Die Kamera – wenn es eine Kamera war, die dieses gespenstische Bild übertrug – zeigte einen Ausschnitt einer winzigen fensterlosen Zelle, deren Wände aus fast meterhohen, nur grob behauenen Felsquadern bestanden. Schwere eiserne Ringe waren darin eingelassen und auf dem Boden lag fauliges Stroh. Vornübergebeugt und mit weit ins Gesicht hängenden grauen

Haaren, die vor Schmutz starrten, hockte eine schmalschulterige, in Fetzen gehüllte Gestalt.

Leonie schrie auf, als die Gestalt mit einer unendlich müde wirkenden Bewegung den Kopf hob und das Haar zur Seite strich, sodass sie ihr schmales, von tiefen Linien und Falten zerfurchtes Gesicht erkennen konnte.

Sie kannte dieses Gesicht. Sie hatte es in natura noch nie gesehen, sondern nur auf Fotografien und in einem alten Video, und da war es deutlich jünger gewesen und nicht so von Leid und Furcht gezeichnet und verdreckt wie jetzt, und dennoch wusste sie ohne jeden Zweifel, um wen es sich handelte.

Es war das Gesicht ihrer Großmutter.

»Leonida, du musst … sein«, begann die unheimliche Erscheinung. Leonie erkannte auch ihre Stimme wieder, trotz des Rauschens und Knisterns, und das war vielleicht das Unheimlichste daran, denn Leonie hatte diese Stimme noch nie gehört. Ihr Herz klopfte wie wild und mit einem Mal begann sie am ganzen Leib zu zittern. Das war keine Halluzination mehr, und auch keine Sinnestäuschung, sondern etwas viel Schlimmeres.

Das Bild begann wieder stärker zu flackern und gleichzeitig nahmen die Störgeräusche zu. Für einen Moment drohte es ganz zu verschwinden, dann stabilisierte es sich wieder. Leonie konnte sehen, wie sich die Lippen ihrer Großmutter bewegten, aber sie hörte nur vereinzelte Satzfetzen und Worte.

»… nicht trauen«, identifizierte sie zwischen Zischen und Knistern. Die alte Frau auf dem Bildschirm hob beschwörend die Hände und streckte die Arme in Leonies Richtung aus, als versuche sie über den Fernsehschirm nach ihr zu greifen. Ihr Gesicht wurde von weiteren Störungen und Bildausfällen verzerrt und neu zusammengesetzt und für einen winzigen Moment sah Leonie es ganz deutlich. Aber sie bemerkte auch die Spuren, die die Entbehrungen und das Leid endloser Gefangenschaft in der nassen, fensterlosen Zelle darin hinterlassen hatten, und der Anblick bohrte sich wie eine glühende Messerklinge tief in ihre Brust. Ihre Augen füllten sich schlagartig mit Tränen.

»Leonida, hör … zu«, drang die Stimme der alten Frau durch das an- und abschwellende Rauschen zu ihr. In ihren Augen erschien ein verzweifeltes Flehen. »Du darfst … trauen. Sie … nicht, was … scheint!«

Das Zischen und Knistern wurde noch lauter und verschlang Großmutters Worte schließlich ganz. Nur einen Augenblick später begann auch das Bild zu verblassen. Es verging nicht einmal eine Minute, bis der Fernseher wieder nichts als weißes Rauschen zeigte. Die Kanalanzeige zählte rückwärts, und als sie bei 0 angekommen war, ging der Fernseher mit einem leisen Klacken aus.

Leonie erwachte wie aus einer tiefen Trance. Das Zittern ihrer Hände und Knie verstärkte sich, und für einen Augenblick raste ihr Herz so ungestüm, dass sie kaum noch atmen konnte. Alles um sie drehte sich, jetzt aber aus gänzlich anderen Gründen als zuvor. Was bedeutete das noch? Verlor sie allmählich den Verstand oder begann die ganze Welt um sie herum verrückt zu spielen?

Mit einiger Mühe gelang es Leonie endlich, den Blick von dem schwarzen Bildschirm zu lösen und sich umzusehen. Alles sah aus wie immer. Die Wirklichkeit hatte aufgehört Wellen zu schlagen und sich wieder verfestigt, so als habe die Realität ihr falsches Spiegelbild verschlungen und ihren angestammten Platz in der Welt wieder eingenommen.

Aber woher wollte sie eigentlich wissen, welche der beiden unterschiedlichen Wirklichkeiten, die sich für einen Moment einen lautlosen Kampf um die Vorherrschaft in der Welt geliefert hatten, die richtige war?

Leonie schüttelte heftig den Kopf, wie um mit der Bewegung gleichsam auch diesen unheimlichen Gedanken abzuschütteln, der nicht nur zu nichts anderem als Kopfschmerzen führen konnte, sondern darüber hinaus auch vollkommen hirnrissig war. Unterschiedliche Wirklichkeiten! Was für ein Unsinn!

Sie hatte keine Erklärung für das, was sie gerade erlebt hatte, aber sie war jetzt sicherer denn je, dass es eine ganz natürliche Ursache für all das gab.

Und sei es nur, weil es einfach so sein *musste.*

Leonie lächelte nervös über ihre dummen Gedanken und bückte sich, um die beiden größten der Stücke aufzuheben, in die die Fernbedienung zerbrochen war. Vermutlich tat es dem Tohuwabohu hinter ihrer Stirn ganz gut, wenn sie sich mit einer rein praktischen Tätigkeit ablenkte.

Allerdings machte es kaum noch Sinn, der Fernbedienung mehr als nur einen flüchtigen Blick zu schenken. Leonie war einigermaßen geschickt, wenn es darum ging, Dinge zu reparieren, aber dieser Patient war ein hoffnungsloser Fall. Na wunderbar, dachte Leonie missmutig, während sie die einzelnen Bruchstücke zusammenklaubte und auf den Tisch warf. Das bedeutete nichts anderes, als dass sie für den Rest dieses Abends nicht einmal fernsehen konnte.

Nicht dass sie das ernsthaft vorgehabt hätte, nach dem, was sie gerade erlebt hatte …

Leonie bedachte den Fernseher mit einem letzten schrägen Blick – ihre Großmutter, die seit mehr als fünfzehn Jahren tot war, hatte sich über den Fernseher aus einem Verlies direkt aus der Hölle bei ihr gemeldet: ha, ha, ha! – und trat dann mit schnellen Schritten auf den Flur hinaus um nach Mausetod zu sehen. Auch wenn sich ihre Sympathie für die übergewichtige Perserkatze in Grenzen hielt, konnte sie sie nicht einfach so dort draußen liegen lassen.

Das musste sie auch nicht, denn Mausetod war gar nicht mehr da. Wo sie gelegen hatte, entdeckte Leonie jetzt nur noch ein Büschel grauen Fells, das unter dem Luftzug ihrer Schritte davonwirbelte. Anscheinend, dachte Leonie, hatte sie doch ihr zweites Abendessen noch erwischt.

Seltsamerweise empfand Leonie bei diesem Gedanken ein tiefes Bedauern. Sie hätte erleichtert sein sollen, dass der ekelige Nager verschwunden war, aber das genaue Gegenteil war der Fall. Und hatte sie die Maus gerade eben tatsächlich *gerettet*, indem sie Mausetod zur Seite geschubst hatte?

Leonie sah einen Moment lang fast ungläubig auf ihre eigenen Hände und drehte dann den Kopf um ins Wohnzimmer zurückzublicken. Das zertrümmerte Bücherbord lag jedenfalls noch genau da, wo Mausetod es von der Wand gerissen hatte. Die ganze Geschichte war wirklich mehr als mysteriös.

Leonie verscheuchte auch diesen Gedanken und hielt weiter nach der Katze Ausschau. Sie konnte sie nirgends entdecken, aber dafür sah sie weitere Büschel grauen Fells. Ganz kampflos hatte die tapfere kleine Maus offensichtlich nicht aufgegeben. Sie folgte der Spur aus Fellbüscheln und ihr Stirnrunzeln vertiefte sich. Es waren eine *ganze Menge* Fellbüschel, und einige davon waren eigentlich viel zu groß, um von einer so kleinen Maus zu stammen …

Aus dem Wandschrank neben der Tür drang ein leises klägliches Miauen.

Leonie blieb überrascht stehen, sah die geschlossene Schranktür einen Herzschlag lang nachdenklich an und ging dann weiter. Das Maunzen wiederholte sich. Eigentlich hatte sie keine Lust, der Katze dabei zuzusehen, wie sie die Überreste der Maus verspeiste. Aber irgendetwas stimmte nicht. Mausetods Miauen klang so kläglich, dass es ihr schier das Herz brach. Behutsam öffnete Leonie die Schranktür und riss in nächsten Moment ungläubig die Augen auf.

Die Katze war keineswegs damit beschäftigt, die Maus zu fressen. Sie hatte sich im hintersten Winkel des Wandschranks zusammengekauert und zitterte vor Angst. Ihre Augen waren weit aufgerissen (wenigstens das linke, das andere begann bereits zuzuschwellen) und ihr rechtes Ohr hing in Fetzen. Sie hatte mindestens zwei oder drei Zähne verloren, und ihr Fell sah aus, als hätte sie Nachbars Kater mit einem eingeschalteten Rasenmäher bearbeitet.

»Mausetod?«, murmelte Leonie ungläubig.

Die Katze kreischte, war mit einem Satz an ihr vorbei und dann so schnell wie der Blitz auf den Flur verschwunden. Leonie sah gerade noch das zerrupfte Ende ihres grauweiß getigerten Schwanzes auf der Treppe verschwinden, als sie sich umdrehte. Eine Sekunde später schepperte es oben. Glas zerbrach klirrend.

»Mausetod?«, murmelte sie noch einmal. »Aber was …?«

Sie sprach nicht weiter, sondern brach mit einem ungläubigen Keuchen ab, als ihr Blick auf die Verbindungstür zum Laden fiel.

Sie war offen.

Unter dem verschnörkelten Messingschließblech, das ein ganz normales altmodisches Türschloss vorgaukelte, hatte ein winziges grünes Lämpchen zu blinken begonnen, das vorher noch nicht da gewesen war, und jetzt, wo die Tür offen war, konnte Leonie erkennen, dass nicht nur das Schließblech etwas ganz anderes zu sein vorgab, als es war. Diese Zimmertür war keine Zimmertür, sondern ein mindestens zehn Zentimeter dickes Monstrum aus massivem Stahl, das jedem ausgewachsenen Banktresor Ehre gemacht hätte. Auch der Türrahmen bestand aus Stahl, der nur mit einer dünnen Furnierschicht überzogen war, und aus der Tür ragte ein gutes Dutzend daumendicker Schließbolzen. Leonie war vollkommen perplex. Sie hatte schon ein paarmal gewitzelt, dass ihr Vater an einem offenbar leicht übersteigerten Sicherheitsbedürfnis litt – aber das hier war keine übertriebene Vorsicht mehr, sondern ein klarer Fall von galoppierender Paranoia! Was um alles in der Welt bewahrte er da hinter dieser Tür auf? Die Kronjuwelen der englischen Königin?

Leonie ging unsicher weiter. Der winzige Raum hinter der Tür war ebenso neu wie die Tür selbst. Die Wände bestanden wieder aus mattiertem Stahl und auch die Tür in der gegenüberliegenden Wand machte einen ziemlich massiven Eindruck. Zwei unter der Decke angebrachte Videokameras deckten jeden Quadratzentimeter der Stahlkammer ab, und Leonie war ziemlich sicher, dass es noch eine ganze Anzahl weiterer, unsichtbarer Sicherheits- und Überwachungsgeräte hier drinnen gab. Die Tür auf der anderen Seite hatte weder einen Griff noch ein sichtbares Schloss, sondern nur eine Zahlentastatur und etwas, das wie ein in die Wand eingelassener Scanner aussah. Auch sie stand offen.

Zumindest in der Buchhandlung dahinter schien sich nichts verändert zu haben; wenigstens erschien ihr das auf den ersten Blick so und auch auf den zweiten fielen ihr nicht allzu viele

Neuerungen auf. Die bis unter die Decke reichenden Bücherregale aus einfachem Holz waren noch dieselben wie vor zehn oder zwanzig Jahren – möglicherweise auch vor hundert –, nur dass sie jetzt mit schweren, sorgsam verschlossenen Glastüren versehen waren und Leonie das leise Summen einer Klimaanlage hörte, die hier drinnen für eine stets gleich bleibende Temperatur und Luftfeuchtigkeit sorgte; darüber hinaus waren auch hier unter der Decke mehrere Videokameras montiert. Ansonsten sah der Laden aber ganz genauso aus, wie Leonie ihn in Erinnerung hatte. Auf dem Boden lag noch immer derselbe zerschlissene Teppich und hinter dem schmalen Tresen hatte Mutter ihr halbes und Großmutter sogar ihr ganzes Leben verbracht, ja selbst die Registrierkasse war noch da, obwohl sie sogar aus dem *vorletzten* Jahrhundert stammte.

Ein sonderbares Gefühl überkam Leonie, während sie zwischen den überladenen Bücherregalen hindurchging. Sie war nur sehr selten hierher gekommen, als ihre Mutter noch gelebt hatte, und seit ihrem Tod überhaupt nicht mehr, und doch fühlte sie sich auf eine sehr seltsame Art zu Hause. Die voll gestopften Regale, die abgenutzten Möbel und das blasse Licht vermittelten ihr ein Gefühl von Geborgenheit, das mit jedem Schritt stärker wurde. Und noch etwas ganz und gar Unheimliches geschah, erstaunlicherweise aber, ohne dass es ihr auch nur die geringste Angst machte: Als sie an der niedrigen Theke vorbeiging, glaubte sie für einen winzigen Moment ihre Mutter zu sehen, wie sie hinter der antiquierten Registrierkasse stand und mit einem geduldigen Lächeln die Fragen ihrer Kunden beantwortete und sie beriet, und für die gleiche unendlich kurze Spanne wusste sie einfach, dass ihre Mutter noch am Leben war, auf irgendeine unbegreifliche Art und in einer unbegreiflichen Welt.

Die Vision verging und sie war plötzlich von einem Mut und einer Zuversicht erfüllt, die sie vor ein paar Minuten noch für unmöglich gehalten hätte. Selbst als ihr endgültig klar wurde, dass mit ihren Erinnerungen irgendetwas nicht stimmte, machte ihr das keine Angst; vielleicht weil sie spürte, dass das, was sich hinter der Mauer des Vergessens in ihrem Kopf versteckte, nicht nur Schlimmes barg, sondern auch ein paar sehr beruhigende Dinge.

Leonie sah sich nachdenklich um. Sie wusste selbst nicht genau, wonach sie eigentlich suchte, aber ihr war natürlich klar, dass sie nicht zufällig hier war; so wenig wie es Zufall war, dass die seit zehn Jahren verschlossene Tür zum Antiquariat plötzlich offen stand. Sie blickte nach rechts und links und dann nach unten, und sie erkannte selbst in dem schwachen Licht hier drinnen die Spur aus verschmierten grünen Flecken, die vom Eingang her geradewegs in den kleinen Nebenraum führte, der ihren Eltern früher als Büro gedient hatte. Die Tür zum Büro stand offen, und als Leonie hindurchtrat, bemerkte sie, dass auch die viel schmalere Tür in der gegenüberliegenden Wand geöffnet war. Die Spur aus grünen Fußabdrücken führte geradewegs dorthin. Leonie wusste, dass dahinter eine Treppe lag, die in einen winzigen Keller führte, der ihres Wissens nach seit einem halben Menschenleben nicht mehr benutzt wurde.

Kaltes Neonlicht und ein leicht muffiger Geruch schlugen ihr entgegen, als sie durch die Tür trat und die schmale Treppe nach unten ging. Auch hier gab es eine Videokamera unter der Decke, aber die Wände bestanden aus nacktem Ziegelstein, in dessen Fugen sich schon vor einem Jahrhundert der Schimmel eingenistet hatte, und die hölzernen Stufen knarrten vernehmlich unter ihrem Gewicht. Allmählich beschlich Leonie doch ein banges Gefühl. Wären die grünen Fußabdrücke vor ihr nicht gewesen, dann hätte sie vermutlich spätestens in diesem Moment kehrtgemacht. So aber ging sie weiter und gelangte nach knappen anderthalb Dutzend Stufen in einen winzigen fensterlosen Kellerraum – der vollkommen leer war.

Beinahe, jedenfalls. Unter der mit freundlichen hellen Kunststoffplatten verkleideten Decke hing eine ganze Batterie von Kameras und anderen, zum Teil höchst kompliziert aussehenden Apparaturen und die der Treppe genau gegenüberliegende Wand bot einen ziemlich merkwürdigen Anblick: Sie bestand aus nacktem Beton, nicht aus Ziegelsteinen wie die anderen Wände, und als hätte man sichergehen wollen, dass wirklich niemand der Wand zu nahe kam, war davor ein engmaschiges Netz aus silbern blitzenden Drähten gespannt, von dem ein leises elektrisches Summen ausging. Leonie konnte nicht genau sagen warum, aber sie hatte das sehr starke Gefühl, dass es besser war, diese Drähte nicht zu berühren.

Eingebettet in dieses vermutlich tödliche Spinnennetz aus stählernem Draht war die gewaltigste Panzertür, die Leonie jemals gesehen hatte. Sie war kreisrund, reichte vom Boden bis zur Decke und bestand aus Stahl, der so sorgsam poliert war, dass Leonie ihr eigenes Gesicht als schreckensbleich verzerrtes Spiegelbild darin erkennen konnte. Das Monstrum musste mindestens fünf Tonnen wiegen, und es hatte nicht nur ein, sondern gleich drei Schlösser und dazu eine Zifferntastatur, einen Handabdruck-Scanner und noch zwei oder drei andere Apparaturen, deren Bedeutung sie nicht einmal zu erraten vermochte. Tatsächlich, dachte Leonie – irgendjemand wollte wirklich *sehr* sicher sein, dass kein Unbefugter durch diese Tür ging. Leonie hatte eine ziemlich konkrete Vorstellung davon, wer dieser *Jemand* war, und ihr war alles andere als wohl bei dem bevorstehenden Gespräch mit ihrem Vater, das unweigerlich folgen musste, sobald er die Bänder der Überwachungskamera ausgewertet hatte. Trotzdem zögerte sie nur einen kurzen Moment, bevor sie weiterging.

»Ich an deiner Stelle würde das nicht tun«, sagte eine Stimme hinter ihr. Leonie fuhr erschrocken herum und Frank fuhr mit einem Grinsen fort, das nicht wirklich über den abgrundtiefen Schrecken in seinem Blick hinwegtäuschen konnte: »Ich an *meiner* Stelle übrigens auch nicht. Es ist nicht ganz ungefährlich, dieser Wand zu nahe zu kommen.«

»Wo … wo kommen Sie denn her?«, murmelte Leonie überrascht.

»Die Frage ist, glaube ich, eher: Wie kommst *du* hierher?«

»Ich wohne hier.« Leonie funkelte Frank an. Natürlich war ihr klar, dass der stellvertretende Leiter des privaten Sicherheitsdienstes ihres Vaters nur seine Arbeit tat, aber das änderte nichts daran, dass sie ihn noch nie besonders gemocht hatte. »Schon vergessen?«

»Genau genommen wohnst du oben«, antwortete Frank ungerührt. »Hier unten hat niemand etwas zu suchen. Auch du nicht. Wie kommst du eigentlich hierher?«

»Ich bin der Spur gefolgt«, antwortete Leonie.

»Welcher Spur?«

»Der von diesem hakennasigen kleinen Kerl, der dann später zu grünem Schleim zerfallen ist«, erwiderte Leonie. »Die Maus hat mir die Tür aufgemacht, nachdem sie die Katze verprügelt hat.«

Franks Gesicht verdüsterte sich. »Ganz wie du meinst«, sagte er kühl. »Aber jetzt sollten wir wieder raufgehen. Es ist wirklich nicht ganz ungefährlich hier.«

Leonie machte keine Anstalten, seiner Aufforderung zu folgen. Stattdessen drehte sie sich wieder um und deutete mit einer Kopfbewegung auf die monströse Tür. »Was ist dahinter?«

»Das weiß ich nicht«, behauptete Frank. »Und es ist mir auch egal. Mich interessiert lediglich, dass du nicht hier sein darfst. Es ist wirklich gefährlich, glaub mir. Dein Vater wird nicht besonders begeistert sein, wenn er davon erfährt.«

»Muss er es denn erfahren?«, fragte Leonie.

»Darüber reden wir, sobald wir hier raus sind, einverstanden?«, fragte Frank. »Jetzt komm bitte.« Er machte eine barsche Handbewegung, die er zugleich mit einem breiten Lächeln wieder zu entschärfen versuchte, aber es gelang ihm nicht, einen raschen nervösen Blick auf die Tür zu unterdrücken. Man musste kein allzu guter Beobachter sein um zu bemerken, dass ihm ihre bloße Nähe Unbehagen bereitete.

Ihr erging es jedenfalls so.

Frank trat demonstrativ zur Seite und machte eine übertrieben einladende Geste. Leonie ließ es sich natürlich nicht nehmen, ihm noch einen giftigen Blick zuzuwerfen, aber dann drehte sie sich gehorsam um und ging an ihm vorbei die Treppe hinauf.

Auch wenn sie es niemals laut zugegeben hätte: Sie war froh hier herauszukommen. Irgendetwas Unheimliches war hier unten, etwas, das ihr Angst machte.

Als sie in das ehemalige Büro trat, hörte sie Schritte und gedämpfte, aber aufgeregte Stimmen, und in der Buchhandlung selbst begegneten ihr zwei junge Männer, die so haargenau dem Klischee von Hollywood-Agenten entsprachen, dass sie schon fast lächerlich aussahen: schwarze Anzüge, kurz geschnittenes, streng zurückgekämmtes Haar, Sonnenbrille (obwohl es draußen stockdunkel war) und den obligaten Knopf im Ohr, von dem ein durchsichtiges Spiralkabel ausging, das in ihrem Kragen verschwand.

»Hier ist alles in Ordnung«, sagte einer der beiden zu Frank. »Es scheint niemand da zu sein.«

»Scheint?« Franks Stirnrunzeln war allenfalls angedeutet, aber Leonie sah trotzdem, wie das Gesicht seines Mitarbeiters unter der albernen Sonnenbrille alle Farbe verlor.

»Es ist niemand hier«, versicherte der Mann hastig. »Und auf den Videos ist auch nichts zu sehen.« Er hob unglücklich die Schultern. »Ich habe keine Erklärung dafür, wie sie die Sicherheitsbarrieren überwinden konnte. Geschweige denn wie es ihr gelungen ist, die Tür zu öffnen.«

Frank vermittelte für einen Moment ganz den Eindruck, als würde er explodieren und seine Wut an seinem bedauernswerten Mitarbeiter auslassen. Aber dann beherrschte er sich und wandte sich stattdessen wieder ganz Leonie zu, um sie mit einem langen nachdenklichen Blick zu messen. »Ich glaube, es wird Zeit, dass wir uns ein wenig unterhalten, junge Dame.«

Der Hinterhalt

Das Haus wimmelte von Männern. Leonie sah allein zwei auf dem Flur und ein weiterer war dabei, das Wohnzimmer penibel zu durchsuchen, als sie hereinkamen, trollte sich aber sofort, als

Frank ihm nur einen einzigen Blick zuwarf. Aus dem Obergeschoss hörte sie die Schritte weiterer Männer, und als sie einen Blick aus dem Fenster warf, sah sie zwei große Limousinen, die mit eingeschalteten Scheinwerfern und offenen Türen direkt auf dem Rasen vor der Haustür parkten. Wie es aussah, hatte Frank eine ganze Armee mitgebracht.

Der Bodyguard wartete darauf, dass sie auf der Couch Platz nahm. Während sie – provozierend langsam – um den Tisch herumging und sich setzte, betrachtete er stirnrunzelnd die Teile der zerbrochenen Fernbedienung. »War das Fernsehprogramm so schlecht?«, fragte er.

»Grässlich«, antwortete Leonie. »Es gab einen Agentenfilm mit so ein paar größenwahnsinnigen Typen mit Sonnenbrille und Knopf im Ohr. Ich hasse solche Geschichten. Sie sind albern.«

In Franks Gesicht rührte sich kein Muskel. »Das ist nicht lustig«, sagte er ruhig. »Ist dir eigentlich klar, was für eine Maschinerie du in Gang gesetzt hast?«

»Ist Ihnen eigentlich klar«, entgegnete Leonie, ohne seine Frage damit auch nur ansatzweise zu beantworten, »dass das hier mein Haus ist und mein Vater Sie dafür bezahlt, auf mich aufzupassen, und nicht, hier mitten in der Nacht mit einem Rollkommando anzurücken?«

Natürlich wäre Frank das viele Geld, das Vater ihm und seinen Männern in den Rachen warf, nichts wert gewesen, wenn er auch nur mit einem Wort darauf eingegangen wäre.

»Du hältst das alles für einen großen Scherz, wie?«, fragte er kopfschüttelnd. »Aber das ist es nicht. Die halbe Stadt steht Kopf, weil der Alarm ausgelöst wurde.«

»Alarm? Ich habe nichts gehört.«

»Es ist auch nicht der Sinn eines stillen Alarms, dass man ihn hört«, belehrte sie Frank. »Aber glaub mir, es gibt in diesem Haus mehr verborgene Alarmanlagen als Nägel in den Wänden.«

»Und die Tür sieht aus, als bräuchte man eine kleine Atombombe um sie aufzubrechen«, pflichtete ihm Leonie bei. Sie lächelte geringschätzig. »Aber ich habe sie einfach so aufbekommen, und sogar ohne dass ich auf den Überwachungsvideos zu sehen bin, wenn ich Ihren Mitarbeiter richtig verstanden habe. Nebenbei: Seit wann werde ich schon bespitzelt? Hängt auf dem Klo auch eine Kamera?«

»Das alles geschieht nur zu deinem Schutz, Leonie«, antwortete Frank. »Und wenn es dich beruhigt: Normalerweise werden die Aufnahmen von einem Computer ausgewertet. Kein Mensch bekommt irgendetwas zu Gesicht, was dir peinlich sein müsste.«

»Dann fragen Sie doch Ihren verdammten Computer, was passiert ist!«, schnappte Leonie.

»Das werden wir«, sagte Frank in leicht bedauerndem Ton. Er begann die Reste der Fernbedienung einzusammeln und in die Jackentasche zu stecken. »Wir bekommen mit Sicherheit heraus, was hier passiert ist. Es wäre nur einfacher, wenn du es uns gleich sagst.«

»Ich habe nicht die geringste Ahnung, wovon Sie reden«, beharrte Leonie.

Frank seufzte. »Ganz wie du willst. Aber dir ist schon klar, dass ich deinem Vater von diesem Zwischenfall berichten muss.« Er ließ sich in die Hocke sinken, um einen Plastiksplitter aufzuheben, den er übersehen hatte, und steckte ihn pedantisch in die gleiche Jackentasche, in der er schon die anderen Stücke verwahrt hatte. Als er die Hand wieder hervorzog, glitzerten ein paar grüne Schleimtropfen an seinen Fingern.

Frank runzelte die Stirn, griff noch einmal und jetzt mit der ganzen Hand in die Tasche und stieß plötzlich einen angeekelten Laut aus. Seine ganze Hand war mit einer glibberigen grünen Pampe besudelt, die zähe Fäden zog, als er die Hand weiter hob, und auch der Stoff seiner Jackentasche begann sich zusehends dunkler zu färben.

»Igitt!«, ächzte Frank angeekelt. »Was ist denn das für eine Schweinerei?«

»Die Papiertaschentücher sind heutzutage auch nicht mehr das, was sie mal waren«, sagte Leonie. »Sie sollten die Marke wechseln.«

Frank starrte sie eine Sekunde fast hasserfüllt an, dann stieß er einen würgenden Laut aus und rannte aus dem Zimmer, wobei er die leimverschmierte Hand so weit von sich weghielt, wie er nur konnte. Leonie hörte ihn in die Küche poltern und nur einen Moment später ertönte das Rauschen von Wasser. Auf ihrem Gesicht machte sich ein schadenfrohes Grinsen breit.

Aber es hielt nur kurz, dann stand sie auf, ging um den Tisch herum und ließ sich in die Hocke sinken. Sie benötigte nur einen Augenblick, um einen weiteren Splitter der Fernbedienung zu finden, den der Bodyguard offensichtlich übersehen hatte. Ihre Finger begannen ganz leicht zu zittern, als sie die Hand danach ausstreckte. Sie war fast sicher, dass auch dieses Bruchstück zu grünem Leim zerfließen würde, sobald sie es berührte. Es tat nichts dergleichen. Der Splitter blieb, was er war: Ein kaum zwei Zentimeter großes, scharfkantiges Plastikstück, das nicht die geringsten Anstalten machte, in irgendeinen anderen Aggregatzustand überzugehen.

Das Ganze war sehr seltsam, fand Leonie. Fast schon unheimlich. Sie schloss die Hand um den Splitter und stand auf, und als sie sich umdrehte, sah sie ein winziges rotes Lämpchen auf dem Telefon blinken. Jemand rief an. Eigentlich hätte der Apparat jetzt klingeln müssen, aber das tat er nicht, und Leonie hatte das zwar vollkommen grundlose, aber trotzdem sehr sichere Gefühl, dass das auch gut war. Sie warf einen raschen Blick zur Tür hin und hob dann den Hörer ab, und dasselbe unerklärliche Gefühl warnte sie davor, irgendetwas zu sagen.

Schon die ersten Worte, die aus der Hörmuschel drangen, gaben ihrem Gefühl Recht. »Leonie, sag jetzt kein Wort«, zischte eine helle, noch sehr jugendlich klingende Frauenstimme. »Hör einfach nur zu! Wir haben sehr wenig Zeit. Du musst mit ihnen gehen, verstehst du? Ganz egal wie, du musst sie dazu bringen, dich mitzunehmen. Du musst auf jeden Fall das Haus verlassen! Du bist in großer Gefahr!«

Bei einem altmodischen Telefon hätte sie jetzt vermutlich ein Klicken gehört, als die Verbindung unterbrochen wurde. So aber war die Frauenstimme einfach weg, und es vergingen noch ein paar Augenblicke, bevor Leonie klar wurde, dass am anderen Ende der Leitung niemand mehr war. Etliche weitere Sekunden starrte sie den Telefonhörer in ihrer Hand einfach nur an. Was zum Teufel war denn *das* jetzt schon wieder gewesen?

Das Geräusch fließenden Wassers verstummte. Leonie hängte hastig ein und schaffte es gerade noch, zu ihrem Platz zurückzugehen und sich zu setzen, bevor Frank aus der Küche zurückkam. Er hatte sein Jackett ausgezogen und trocknete sich hektisch mit einem Handtuch die Hände ab und er sah ziemlich schlecht gelaunt aus.

»Die Jacke kommt ins Labor!«, brüllte er irgendjemanden an, der draußen auf dem Flur stand. »Ich will wissen, was das für ein Zeug ist!«

»Das Taschentuch auch?«, witzelte Leonie. Jedenfalls *sollte* es witzig klingen, aber das tat es nicht einmal in ihren eigenen Ohren. Es klang einfach nur lahm.

Frank schenkte ihr auch nur einen giftigen Blick, setzte dazu an, etwas zu sagen, das Leonie ganz bestimmt nicht begierig war zu hören, und runzelte dann die Stirn. Statt sie anzufahren, drehte er den Kopf und blickte stirnrunzelnd auf das Telefon hinab.

Ein eisiger Schrecken durchfuhr Leonie. Konnte dieser Kerl am Ende vielleicht auch noch Gedanken lesen?

Fast im gleichen Moment wurde ihr klar, dass er das gar nicht nötig hatte. Sie selbst hatte das Telefon ununterbrochen angestarrt, seit Frank hereingekommen war. Er hätte schon blind sein müssen, um es nicht zu bemerken.

»Keine Chance«, sagte Frank und schüttelte finster den Kopf. »Wir werden das Telefon abschalten, wenn wir gehen. *Alle* Telefone im Haus. Auch dein Handy. Und deinen Internetanschluss ebenfalls.«

»Und wenn ich Hilfe rufen muss?«, fragte Leonie. »Ich meine: Es könnten ja irgendwelche bösen Männer kommen, die mir etwas zuleide tun wollen.«

Franks Gesicht verfinsterte sich noch weiter. »Seltsam. Dein Vater hat immer erzählt, dass du ein nettes, wohlerzogenes junges Mädchen bist.«

»Ich bin auf jeden Fall nicht blöd!«, antwortete Leonie. »Nach allem, was hier passiert ist, bleibe ich ganz bestimmt nicht mutterseelenallein im Haus, und noch dazu ohne Telefon!«

Diesmal war sie sicher, dass Frank hochgehen würde wie eine Rakete, doch stattdessen funkelte er sie nur einen Moment lang zornig an – und dann grinste er plötzlich breit und unübersehbar gehässig. »Du hast vollkommen Recht. Es wäre unverantwortlich, dich allein hier zurückzulassen, solange wir nicht ganz genau wissen, was hier passiert ist. Du begleitest uns besser.«

»Was?«, ächzte Leonie. Sie war fast ein bisschen stolz auf sich selbst. Die Empörung in ihrer Stimme klang vollkommen echt.

Franks Grinsen wurde noch schadenfroher. »Nur bis wir wissen, was hier wirklich los ist«, sagte er. »Ich werde ein paar Techniker kommen lassen, die die ganze Anlage durchchecken. So lange bringen wir dich an einen sicheren Ort.«

»Aber das können Sie doch nicht machen«, beschwerte sich Leonie.

»Das muss ich sogar«, behauptete Frank grienend. »Dein Vater würde mir den Kopf abreißen, wenn ich dich hier einfach allein zurückließe.« Er deutete mit einer spöttischen Handbewegung auf den Flur hinaus. »Wenn du noch ein paar Dinge aus deinem Zimmer holen willst, begleite ich dich gerne nach oben.«

Leonie hätte fast genickt. Sie war nicht besonders erpicht darauf, nur mit den Sachen, die sie am Leib trug, in irgendein Hotel zu gehen und möglicherweise Tage dort zu verbringen, aber dann erinnerte sie sich wieder an das, was die unbekannte Frauenstimme am Telefon gesagt hatte. Sie warf nur stolz den Kopf in den Nacken.

»Ist wahrscheinlich auch besser so«, sagte Frank. »Wenn dir noch irgendetwas fehlt, besorgen wir es dir.« Er wiederholte seine auffordernde Geste, diesmal aber in Richtung Ausgangstür.

Ein Schatten huschte vor ihnen entlang, als sie auf den Flur hinaustraten. Er war zu schnell wieder verschwunden, als dass Leonie ihn wirklich erkennen konnte, aber es war keine Täuschung gewesen, denn Frank hatte ihn ganz offensichtlich auch gesehen; er blieb stehen, sah sich aufmerksam und mit einem Ausdruck neuer Besorgnis im Gesicht nach allen Richtungen um und deutete dann ein Achselzucken an. Aber er ging deutlich schneller als zuvor, während sie sich dem Ausgang näherten.

Leonies Herz begann schneller zu schlagen. Sie hatte plötzlich das Gefühl, von unsichtbaren, grausamen Augen angestarrt und aus den Schatten heraus belauert zu werden. Was hatte die Stimme am Telefon gesagt? Du bist in großer Gefahr! Vielleicht war sie gut beraten, diese Warnung ernst zu nehmen. Irgendetwas stimmte hier nicht. Das intensive Gefühl einer unsichtbaren, aber auch ungeheuren Bedrohung, die sich lautlos und rasend schnell rings um sie herum zusammenzog, verstärkte sich von Sekunde zu Sekunde. Etwas kam.

Auch neben der Haustür stand ein Mann mit schwarzem Anzug, Sonnenbrille und Ohrstöpsel. »Sagen Sie den anderen Bescheid«, raunzte Frank ihn an. »Zwei Mann bleiben hier und warten auf die Techniker. Der Rest kommt mit uns.«

»Das … würde ich nicht tun«, sagte Leonie zögernd.

»Was?«, fragte Frank. Er wirkte plötzlich nicht mehr unwillig, sondern sehr ernst.

»Die Männer hier lassen«, antwortete Leonie. »Ich glaube, es ist besser, wenn … wenn niemand hier zurückbleibt.«

Frank antwortete nicht gleich. Er sah plötzlich mehr als nur ein bisschen besorgt aus. Konnte es sein, dass er es auch spürte?

»Vielleicht hast du Recht«, meinte er zu Leonies nicht geringer Überraschung. Er wandte sich wieder an den Mann neben der Tür. »Wir verschwinden. Die Männer sollen sich beeilen. Leonie und ich warten im Wagen.«

Während der Mann ging, um seine Kollegen zu holen, öffnete Frank bereits die Tür, trat aber noch nicht aus dem Haus, sondern drehte sich noch einmal um und suchte mit einem langen, nachdenklichen Blick den Flur hinter Leonie ab. Nach wie vor rührte sich dort nichts und auch die Schatten waren genau das, was sie sein sollten. Und doch hatte Leonie mehr und mehr das Gefühl einer entsetzlichen Bedrohung. Als lauere da etwas hinter den Schatten, das lautlos und beharrlich an den Mauern der Wirklichkeit kratzte. Frank musste es ebenfalls spüren, denn Leonie bemerkte, dass er nur mit Mühe ein Schaudern unterdrückte.

»Gehen wir«, sagte er nervös.

Sie verließen das Haus. Die beiden Wagen, mit denen Frank und seine Männer gekommen waren, standen mit eingeschalteten Scheinwerfern und laufenden Motoren nur wenige Schritte entfernt, aber unmittelbar vor der Haustür lag ein Bereich absoluter Dunkelheit, der von einem lang gestreckten Keil aus gelbem Licht durchbrochen wurde, als sie ins Freie traten. Ihrer beider Schatten hoben sich sonderbar verzerrt und in die Länge gezogen vor dem gelben Licht ab. Es war sehr kalt, fand Leonie. Viel zu kalt für die Jahreszeit, und obwohl es vollkommen windstill war, raschelte und wisperte es in den Blättern der Ziersträucher und Bäume, die in dem gepflegten kleinen Vorgarten wuchsen.

Frank machte nur zwei Schritte und blieb dann noch auf der Treppe wieder stehen, um sich aus misstrauisch zusammengekniffenen Augen umzusehen. Seine rechte Hand glitt in die Hosentasche und kam mit einer zerknautschten Zigarettenpackung wieder zum Vorschein. Er führte die Bewegung jedoch nur halb zu Ende, bevor er die Schachtel hastig wieder einsteckte und Leonie zugleich einen raschen, fast schuldbewussten Blick zuwarf. »Du hast Recht«, sagte er nervös. »Hier stimmt etwas nicht. Ich glaube, ich muss mich bei dir entschuldigen.«

»Vielleicht sollten wir die Polizei rufen«, schlug Leonie vor – obwohl sie sich bei diesen Worten fast lächerlich vorkam. Was immer es war, das Frank und sie spürten – es war nichts, wovor die *Polizei* sie beschützen konnte …

Frank sah sie dann auch nur verwirrt an und blinzelte. »Wen?«, fragte er verständnislos.

Leonie wollte antworten, doch genau in diesem Moment hörte sie ein sonderbares Kratzen und Schaben hinter sich, und zwischen den beiden Schatten, die Leonie und Frank auf die ausgetretenen Marmorstufen warfen, erschien ein dritter Umriss.

Nur dass es nicht der Schatten eines Menschen war …

Es war ein riesiges, monströses Ding, so gewaltig, dass es kaum durch die Tür passte, und mit derartig breiten Schultern, dass es schon fast missgestaltet wirkte. Seine Umrisse *hätten* dennoch die eines – wenn auch übergroßen – Menschen sein können, wären sie nicht von Dutzenden langer, gebogener Stacheln gesäumt worden, die aus seinen Schultern, den Ellbogen und Handgelenken und sogar aus dem gigantischen gehörnten Schädel wuchsen. Noch während Leonie aus hervorquellenden Augen auf den bizarren Umriss starrte, hob dieser den Arm, und obwohl ja auch der nur ein Schatten und auf die gleiche unheimliche Weise verzerrt war, identifizierte sie das, was er in der Hand hielt, dennoch sofort als ein mächtiges Schwert mit einer langen, gezahnten Klinge.

Frank hatte den Schatten im gleichen Augenblick gesehen wie sie, und er reagierte mit einer Kaltblütigkeit und Präzision, wie man sie von einem Mann wie ihm erwarten durfte: Er verschwendete keine Zeit damit, einen Blick über die Schulter zurückzuwerfen, sondern packte Leonie blitzartig am Handgelenk und stürmte los. Möglicherweise rettete er ihr damit das Leben, denn Leonie hörte im gleichen Augenblick ein scharfes Zischen und irgendetwas fuhr so dicht hinter ihrem Nacken durch die Luft, dass sie spüren konnte, wie ihr ein paar Haare abgetrennt wurden.

Mit zwei, drei gewaltigen Sätzen erreichte Frank den Wagen, stieß sie grob durch die offene Tür auf den Rücksitz und warf sich in der gleichen Bewegung hinter das Steuer. Als Leonie, die mehr in den Wagen gefallen als eingestiegen war, sich aufrappelte, hatte Frank bereits den Rückwärtsgang reingedonnert und ließ den Wagen mit durchdrehenden Rädern über den Rasen zurückschießen, bis sie sich acht oder zehn Meter vom Haus entfernt hatten; dann trat er ebenso hart wieder auf die Bremse, wie er gerade beschleunigt hatte. Die Türen flogen mit einem dumpfen, vierfachen Knall von selbst zu. Leonie wurde nach vorne geschleudert und knallte so heftig mit dem Gesicht gegen die Nackenstütze des Fahrersitzes, dass sie Sterne sah.

Der Umriss war verschwunden, als sie sich abermals aufrappelte und zur Haustür sah, aber irgendwo im Flur dahinter bewegten sich hektische Schatten und sie hörten ein ungeheures, dröhnendes Gebrüll, das unmöglich von einem Menschen stammen konnte. Etwas blitzte und nur einen Sekundenbruchteil später drang der peitschende Knall eines Pistolenschusses an ihr Ohr.

»Großer Gott«, flüsterte Frank erschüttert, »was geht da vor?« Seine Hände schlossen sich so fest um das Lenkrad, als wollte er es in Stücke brechen, und Leonie konnte sogar in der schwachen Beleuchtung hier drinnen erkennen, dass sein Gesicht jedes bisschen Farbe verloren hatte.

Leonie antwortete nicht auf seine Frage – obwohl sie mit jeder Sekunde mehr das unheimliche Gefühl hatte, dass sie es eigentlich können müsste. Die schrecklichen Ereignisse der letzten Sekunden erfüllten sie mit panischer Angst, die es ihr fast unmöglich machte, auch nur einen klaren Gedanken zu fassen – und doch spürte sie tief in sich, dass sie ganz genau wusste, was das alles bedeutete. Es war, als wäre in ihrem Kopf plötzlich eine Mauer, ebenso unsichtbar wie unüberwindlich, die es ihr unmöglich machte, auf ihre Erinnerungen zurückzugreifen.

Zumindest auf einen bestimmten Teil ihrer Erinnerungen …

Irgendetwas Warmes und Klebriges lief ihren Nacken herunter. Leonie verspürte einen leisen brennenden Schmerz, als sie ihren Nacken berührte, und starrte verblüfft auf das frische, hellrote Blut, das an ihren Fingerspitzen klebte, als sie die Hand wieder zurückzog. Ein eisiger Schauer überlief sie, als sie an den Luftzug dachte, den sie gespürt hatte. Offensichtlich hatte das Schwert des Aufsehers doch ein wenig mehr erwischt als nur ein paar Haare. Hätte sie nur zehn Zentimeter näher an der Tür gestanden …

»Ist alles in Ordnung?« Ihre Bewegung war Frank nicht entgangen. Er hatte sich auf dem Fahrersitz halb umgedreht und sah sie alarmiert an. Leonie ließ hastig die Hand sinken, damit er das Blut an ihren Fingerspitzen nicht sah, und schüttelte den Kopf. *Der Aufseher?* Woher kannte sie dieses Wort?

»Nichts«, sagte sie rasch.

Diese Antwort schien den jungen Leibwächter nicht unbedingt zufrieden zu stellen, denn er sah sie noch einen weiteren Atemzug lang mit unverhohlenem Misstrauen an, drehte sich dann aber wieder nach vorne.

Im Haus fielen jetzt weitere Schüsse, drei, vier, fünf in rascher Folge hintereinander, dann ertönte ein gellender Schrei und dann wieder Schüsse, eine ganze Salve diesmal, die in so rascher Folge krachten, dass das Geräusch zu einem einzigen, lang gezogenen Knattern zu verschmelzen schien.

»Was zur Hölle geht da vor?«, murmelte Frank. Schweiß perlte auf seiner Stirn.

»Keine Ahnung«, antwortete Leonie (fast) wahrheitsgemäß. »Aber vielleicht hätten Sie sich doch ein wenig mehr dafür interessieren sollen, was hinter dieser Tür im Keller ist.«

Frank warf ihr einen schrägen Blick über den Spiegel hinweg zu, und er hätte wahrscheinlich auch geantwortet, wäre in diesem Moment nicht abermals etwas wie eine Erschütterung durch die Realität gegangen. Die Welt rings um sie herum schlug Wellen. Eine vollkommen andere düstere Wirklichkeit schimmerte durch den vertrauten Anblick des gepflegten Vorgartens hindurch, eine finstere Welt aus gemauerten Stollen und unheimlichem grünem Licht, die von bizarren Wesen bevölkert wurde.

Und diesmal konnte sie sich nicht einreden, dass es nur eine Halluzination gewesen war.

Frank hatte es ebenfalls bemerkt. »*Was …?!*«, ächzte er.

Wieder krachten Schüsse drinnen im Haus. Schreie gellten und dann stolperten zwei oder drei von Franks Männern in panischer Flucht aus dem Haus. Irgendetwas Riesiges, Stachelbewehrtes mit Zähnen und Klauen und einem gewaltigen blitzenden Schwert in der gepanzerten Faust tobte hinter ihnen heran. Frank schlug mit einem gemurmelten Fluch den Ganghebel nach vorne und trat das Gaspedal bis zum Boden durch. Der starke Elektromotor des Wagens heulte auf, und unter den durchdrehenden Rädern spritzten Grasboden und Kieselsteine in alle Richtungen, als die gepanzerte Limousine einen regelrechten Satz nach vorne machte. Leonie schrie entsetzt auf und schlug instinktiv die Hände vors Gesicht, aber Frank wusste augenscheinlich auch in diesem Moment ganz genau, was er tat: Gerade als Leonie vollkommen sicher war, dass er die Männer einfach rammen *musste*, riss er das Steuer herum.

Der Wagen drehte sich auf kreischenden Reifen praktisch auf der Stelle. Die Kühlerhaube verfehlte einen der entsetzt zur Seite springenden Männer nur um Zentimeter, aber das herumschwenkende Heck traf das Ungeheuer, das hinter ihnen aus der Tür stürmte, mit ungeheurer Wucht. Der Aufseher wurde wie von einem Hammerschlag getroffen ins Haus zurückgeschleudert, wobei er die Tür zertrümmerte und auch noch den halben Rahmen aus der Füllung riss. Das riesige Schwert wirbelte davon und prallte Funken sprühend von der Tür des Wagens ab.

»Keine Sorge«, sagte Frank gehetzt. »Der Wagen ist gepanzert.« Er setzte hektisch zurück, wobei Leonie das schreckliche Gefühl hatte, dass er irgendetwas überrollte. »Was sind das für Dinger?«, keuchte er.

»Aufseher«, antwortete Leonie. »Die Krieger des Archivars. Und nicht einmal die schlimmsten.«

Frank starrte sie verwirrt an, aber Leonie konnte nur mit einem Achselzucken darauf reagieren. Sie hätte nicht sagen können, woher sie das wusste. Sie wusste es eben.

Die drei Männer hatten mittlerweile den Wagen erreicht und waren hineingesprungen. Aber es hätten mehr sein müssen als drei, dachte Leonie entsetzt. Sie hatte allein vier *gesehen* und in den beiden schweren Limousinen hatte gut die doppelte Anzahl Platz!

Wieder wehte der peitschende Knall eines Schusses aus dem Haus zu ihnen herüber, gefolgt von einem gellenden Schrei, der Leonie schier das Blut in den Adern gerinnen ließ. So viel zu der

Frage, ob sich noch mehr von Franks Männern im Haus befanden.

»Was zum Teufel sind das für Dinger?«, wiederholte Frank seine Frage. Diesmal schrie er sie an. »Wie kann man sie besiegen?«

»Ich fürchte, gar nicht«, flüsterte Leonie. Die Mauer in ihren Gedanken bekam Löcher, aber sie wusste plötzlich weniger als zuvor. In ihrem Kopf waren auf einmal nicht nur die Erinnerungen an ein, sondern gleich *mehrere* Leben, auch wenn das noch so absurd klang. In ihrem Kopf wirbelten die Gedanken so wild durcheinander, dass ihr fast schwindelig wurde.

Der zweite Wagen hatte mittlerweile ebenfalls zurückgesetzt und begann so ungestüm auf der Stelle zu wenden, dass die Räder tiefe Narben in den sorgsam geschnittenen Rasen gruben. Ihre Mutter würde der Schlag treffen, wenn sie die Bescherung sah, dachte Leonie. Sie war immer so stolz auf ihren Vorgarten gewesen und …

Wieso ihre Mutter?, dachte Leonie verstört. Ihre Mutter war seit mehr als zehn Jahren tot, gestorben, als sie noch ein ganz kleines Kind gewesen war. Leonie hatte sie ja kaum gekannt. Und trotzdem erinnerte sie sich plötzlich an all die Gespräche, die sie miteinander geführt hatten, die langen Abende im Garten und am prasselnden Kaminfeuer, die gemeinsamen Ausflüge und tausend andere Dinge, die sie miteinander getan und erlebt hatten.

Der Wagen schlitterte weiter, rammte mit dem Heck einen blühenden Azaleenbusch, den er damit kurzerhand platt walzte, und schien gegen ein weitaus massiveres Hindernis zu prallen, das dahinter verborgen war, denn Leonie hörte deutlich das Splittern von Glas und dann das dumpfe Geräusch, mit dem sich Metall verformte. Der Busch verschwand, und wo er gewesen war, erhob sich plötzlich eine uralte Ziegelsteinmauer. Sie verschwand beinahe augenblicklich wieder, aber sie *war* ganz eindeutig da gewesen. Als sich der Wagen aus dem zermalmten Busch löste und mit durchdrehenden Rädern davonschlingerte, sah Leonie, dass sein Heck eingedrückt und die Rücklichter zerbrochen waren.

»Das reicht«, sagte Frank grimmig. »Wir verschwinden von hier!« Er haute den Gang rein, betätigte Handbremse und Gaspedal zugleich und brachte das Kunststück fertig, mit durchdrehenden Hinterrädern und aufheulendem Motor auf der Stelle zu wenden.

Aber vielleicht war es trotzdem bereits zu spät.

Der andere Wagen hatte die Straße schon fast erreicht, doch gerade als Leonie schon zu hoffen wagte, er könne es schaffen, schlug die Wirklichkeit zwischen ihm und der rettenden Straße abermals Wellen und die zerbeulte Limousine kam mit einem harten Ruck zum Stehen. Plötzlich, wie aus dem Nichts, tauchte mindestens ein Dutzend riesenhafter, in schwarzes Leder und stachelbewehrtes, rostiges Eisen gekleideter Aufseher zwischen dem Wagen und der rettenden Straße auf.

Frank trat so hart auf die Bremse, dass Leonie abermals nach vorne geworfen wurde, und auch der andere Wagen setzte sofort wieder zurück. Zwei oder drei Aufseher nahmen brüllend die Verfolgung auf. Eine gewaltige Stachelkeule blitzte auf und zertrümmerte die Windschutzscheibe des Wagens, ein zweiter Aufseher rammte sein Schwert ohne die geringste Mühe durch die angeblich gepanzerte Tür der Limousine, dann sprangen zwei der gewaltigen Kreaturen über das Fahrzeug hinweg, packten zu und kippten den tonnenschweren Wagen kurzerhand auf die Seite. Auch die restlichen Fenster zerbarsten und die Heckscheibe flog sogar zur Gänze aus dem Rahmen und schlitterte davon. Leonie registrierte erleichtert, dass die drei Insassen des Wagens offensichtlich einigermaßen unverletzt aus dem Wrack krochen und sich hastig in Sicherheit brachten – aber für wie lange? Die Aufseher verzichteten erstaunlicherweise darauf, ihren Opfern sofort nachzusetzen, aber das hatten sie auch gar nicht nötig. Ihre Zahl war mittlerweile auf gut zwanzig angewachsen, eine lebende Mauer gepanzerter, übermannsgroßer Gestalten, die allmählich vorrückte.

Frank stieß die Beifahrertür des Wagens auf und begann heftig mit dem freien Arm zu gestikulieren. »Hierher!«, schrie er. »Schnell!«

Zwei der drei Männer fuhren auf der Stelle herum und rannten auf den Wagen zu, während der dritte seine Waffe zog und auf den am nächsten stehenden Aufseher anlegte. Leonie hörte, wie er drei- oder viermal hintereinander abdrückte. Sie konnte nicht sehen, ob er traf, aber auf die geringe Entfernung war es praktisch unmöglich, danebenzuschießen. Trotzdem stapfte der Aufseher unbeeindruckt weiter auf ihn zu und schwang seine Keule. Der letzte Schuss, den der Mann abgab, fetzte nur einige Blätter aus den Bäumen, als die Waffe in hohem Bogen davonflog.

»Einsteigen!«, befahl Frank scharf. Die beiden Männer gehorchten sofort – einer nahm auf dem Beifahrersitz Platz, während sich der andere zu Leonie auf die Rückbank quetschte. Und Frank selbst …

… stieß die Tür auf und sprang aus dem Wagen!

Nicht nur Leonie war vollkommen fassungslos. Auch der Mann neben ihr ächzte ungläubig, während Frank um den Wagen herumlief und den Kofferraumdeckel aufriss. Als er nur einen Moment später zurückkam, hielt er das größte Gewehr in Händen, das Leonie jemals gesehen hatte.

Einer der Aufseher war mittlerweile fast herangekommen, was Frank aber nicht sonderlich zu irritieren schien. Kaltblütig hob er sein Gewehr, legte an und riss den Abzug durch.

Das Dröhnen der Explosion war ungeheuerlich. Leonie schlug erschrocken die Hände auf die Ohren, Frank wurde vom Rückstoß der schweren Waffe so heftig gegen den Wagen geschleudert, dass er um ein Haar das Gewehr fallen gelassen hätte, und auch der Aufseher taumelte zwei, drei Schritte weit zurück und rang sekundenlang mit wild rudernden Armen um sein Gleichgewicht.

Aber das war auch schon alles.

Nicht nur Leonie sah genau, wie der schwarze Brustpanzer des Aufsehers unter dem Einschlag der Schrotladung in Millionen Splitter zerbarst. Eine Fontäne aus hellgrünem Leim spritzte aus seiner Brust und den Bruchteil einer Sekunde später aus seinem Rücken – und versiegte. Kaum hatte der Aufseher sein Gleichgewicht zurückerlangt, da war nicht nur die schreckliche Wunde verschwunden, sondern auch das ausgefranste Loch in seiner Rüstung. Die riesige Kreatur starrte einen Moment lang verblüfft an sich herab – und hob dann ihr Schwert, um erneut auf Frank loszugehen.

Frank verschwendete keine Zeit damit, überrascht zu sein. Diesmal feuerte er das ganze Magazin seiner monströsen Pumpgun in den unheimlichen Angreifer, wobei er sich mit der Hüfte gegen den Kotflügel des Wagens stemmte, um nicht vom Rückstoß des großkalibrigen Gewehrs einfach von den Füßen gerissen zu werden. Der Aufseher taumelte zurück, ließ seine Waffe fallen und stürzte hintenüber, aber Frank schoss immer noch weiter, bis das Magazin leer war.

Das Ergebnis war spektakulär. Das gute Dutzend Schrotladungen, das Frank auf ihn abfeuerte, verwandelte den Aufseher in einen Haufen grüne Pampe, in dem es ununterbrochen brodelte und zischte. Allerdings nur so lange, wie Frank eine Schrotladung nach der anderen hineinjagte.

Kaum hatte er aufgehört zu schießen, floss der kochende Leim wieder zu seiner ursprünglichen Form zusammen. Nach nur wenigen Sekunden richtete sich der Aufseher auf und schüttelte benommen den Kopf. Er hatte nicht nur das Schwert, sondern auch seinen Helm verloren und auf seinem grobschlächtigen Gesicht lag eine Mischung aus Zorn und Verwunderung. Dann machte sich etwas wie hämische Vorfreude darauf breit, als er sich umdrehte und mit wiegenden Schritten wieder auf sie zukam. Er machte sich nicht einmal die Mühe, sich nach seiner Waffe zu bücken.

Frank betrachtete das leer geschossene Gewehr in seinen Händen aus ungläubig aufgerissenen Augen. Leonie erwartete, dass er nachladen und sein Glück noch einmal versuchen würde, doch stattdessen wartete er, bis der Aufseher nahezu heran war, drehte das Gewehr dann um und schmetterte den Kolben mit aller Kraft in das breite Grinsen des Ungeheuers. Der Aufseher ächzte, verdrehte die Augen und fiel stocksteif wie ein gefällter Baum nach hinten.

Das schien das Signal für einen allgemeinen Angriff zu sein. Die anderen Aufseher hatten bis jetzt reglos dagestanden – vielleicht um den Kampf zu beobachten, an dessen Ausgang es ihrer Meinung nach wohl keinen Zweifel geben konnte –, aber jetzt stürmten sie wie ein Mann vor. Frank fand gerade noch Zeit, in den Wagen zu springen und die Tür zuzuknallen, als auch schon das erste Ungeheuer heranstürmte und mit seinem Schwert eine kopfgroße Delle in das angeblich gepanzerte Dach schlug.

Frank trat das Gaspedal durch. Die Turbine des Wagens heulte protestierend auf, als die schwere Limousine mit einem Satz nach hinten schoss und dabei einen Aufseher einfach überrollte und zwei oder drei andere von den Füßen riss. Etwas traf mit fürchterlicher Wucht die Front des Wagens und löschte beide Scheinwerfer auf einmal aus und ein zielsicher geschleudertes Schwert bohrte sich bis zum Heft in die Kühlerhaube und löste einen blauen Funkenregen aus. Das Wimmern der Turbine klang plötzlich auf bedrohliche Weise anders, aber trotzdem fuhr der Wagen noch. Und er wurde sogar immer schneller.

Unglückseligerweise gab es nichts mehr, wohin sie noch fahren konnten. Die Zahl der Aufseher hatte sich mindestens noch einmal verdoppelt, zusätzlich hatten sich Redigatoren und andere Krieger des Archivs zu ihnen gesellt und das Grundstück war zur Straße hin mittlerweile vollkommen von einer lebenden Mauer aus den bizarrsten Kreaturen umgeben. Und als der Wagen schlingernd dicht vor der Treppe zum Stehen kam, erschien auch unter der zerborstenen Haustür eine riesige Gestalt, die drohend eine Keule schwang.

»Ich könnte versuchen einfach durchzubrechen«, murmelte Frank. »Der Wagen ist gepanzert. Und ziemlich schwer.«

Seine Stimme klang nicht so, als wäre er von seinen eigenen Worten überzeugt. Leonie machte sich auch gar nicht die Mühe, darauf zu antworten, sondern warf nur einen viel sagenden Blick auf den anderen Wagen, den die Krieger des Archivars ohne die geringste Mühe umgeworfen hatten.

»Hat jemand eine bessere Idee?«, fragte Frank nervös. »Nein?

Ich meine: Ich bin für Vorschläge jederzeit dankbar.« Er wartete einen Moment vergebens auf eine Antwort, hob dann mit einem gequälten Lächeln die Schultern und legte die Hand auf den Ganghebel. »Also gut. Mehr als schief gehen kann es ja nicht.«

»Warten Sie!«, sagte Leonie. Frank zog die Hand so hastig zurück, als wäre der Ganghebel plötzlich glühend heiß geworden, und sah sie hoffnungsvoll an.

»Der Garten«, rief Leonie. »Auf der Rückseite gibt es nur ein paar Büsche und das Nachbargrundstück ist unbebaut!«

»Prima Idee«, sagte Frank. »Und wie kommen wir dorthin?«

»Haben Sie die Garage auch umgebaut?«, fragte Leonie. Frank blickte sie nur verständnislos an und Leonie präzisierte ihre Frage: »Bestehen die Wände jetzt auch aus Stahl oder drei Meter dickem Beton oder irgendsowas?«

»Nicht dass ich wüsste«, antwortete Frank.

»Dann können wir es schaffen«, behauptete Leonie. »Die Rückwand besteht nur aus verputzten Brettern. Mein Vater hat sie selbst gebaut.« In irgendeiner der zahllosen unterschiedlichen Vergangenheiten, an die sie sich mittlerweile erinnerte, fügte sie in Gedanken hinzu.

Vorsichtshalber aber wirklich *nur* in Gedanken.

Frank warf einen kurzen, unschlüssigen Blick auf die näher kommende Front der Archivkrieger und schien dann zu dem Schluss zu kommen, dass selbst ein vollkommen verrückter Plan immer noch besser als gar kein Plan war. Er gab Gas, ließ den Wagen auf der Stelle herumschlittern und ignorierte den riesigen Redigator, der sich brüllend aus der Front der anderen Ungeheuer löste und die restliche Distanz mit einem einzigen Satz überwand. Er landete mit gewaltigem Getöse auf der Kühlerhaube, doch im gleichen Moment setzte sich der Wagen wieder rückwärts in Bewegung. Der Redigator kämpfte für einen Augenblick mit wild rudernden Armen um sein Gleichgewicht, was fast komisch aussah, und krachte dann rücklings zu Boden.

»*Festhalten!*«, brüllte Frank.

Während der Wagen rückwärts auf das geschlossene Garagentor zujagte, fiel Leonie etwas auf: Der gestürzte Redigator versuchte in die Höhe zu kommen, aber irgendwie wollte es ihm nicht so recht gelingen. Er knickte wieder ein und stürzte noch einmal und auch mit etlichen der anderen Krieger schien etwas nicht zu stimmen. Ihre Bewegungen wirkten mühsam, ein paar humpelten und aus der einen oder anderen Rüstung tropfte grüner Leim. Dann rammte das Heck des Wagens in das Garagentor und zertrümmerte es, raste weiter und krachte mit so vernichtender Wucht gegen ein Hindernis, dass der ganze Wagen ein Stück weit in die Höhe gehoben wurde und die Garage ihn dann wieder ausspie; wie ein Drache einen ungenießbaren Happen. Leonie wurde nach vorne geschleudert, und Frank und der Mann neben ihm schlugen sich wohl nur deshalb nicht am Armaturenbrett die Schädel ein, weil sich sämtliche Airbags des Wagens in einem Sekundenbruchteil aufbliesen.

Leonie stürzte hilflos in den Spalt zwischen der Rückbank und dem Beifahrersitz und blieb eine ganze Weile benommen liegen, bevor sie auch nur die Kraft aufbrachte, sich aufzurappeln. Der Mann, der links neben ihr saß, hatte offensichtlich das Bewusstsein verloren, aber er atmete noch, und auch Frank und der dritte Mann arbeiteten sich gerade stöhnend wieder in die Höhe.

Der Wagen aber war nicht mehr als ein Wrack. Sämtliche Scheiben waren zerbrochen und Tausende und Abertausende von rechteckigen kleinen Glasscherben bedeckten die Polster und machten jede Bewegung zu einem kleinen Abenteuer.

»O verdammt«, stöhnte Frank. Er hob die Hand ans Gesicht, um das Blut zu stoppen, das aus seiner Nase lief. Leonie war ziemlich sicher, dass sie gebrochen war. »Hättest du mir nicht sagen können, dass dein Vater seinen Zweitwagen hier gelassen hat?«

Leonie drehte sich, noch immer leicht benommen, auf der mit Glasscherben übersäten Rückbank um und blinzelte durch das zerborstene Rückfenster des Wagens. Die schwere Limousine hatte das Garagentor durchschlagen wie Papier, aber dicht dahinter stand ein riesiger Geländewagen mit einem noch riesigeren, verchromten Stoßfänger. Soweit Leonie das erkennen konnte, hatte er nicht einmal einen Kratzer.

»Ich wusste ja gar nicht, dass er einen hat«, antwortete sie hilflos.

»Jetzt weißt du es«, knurrte Frank und verdrehte in gespieltem Entsetzen die Augen. »Ich bin gespannt, was die Versicherung zu diesem Schaden sagt. *Raus jetzt!*«

Die beiden letzten Worte hatte er in völlig verändertem Ton hervorgestoßen. Gleichzeitig sprengte er die verzogene Tür mit der Schulter auf, rollte sich förmlich aus dem Wagen und zog mit der anderen Hand seine Waffe. Wie wenig sie gegen ihre unheimlichen Gegner nutzte, hatte Leonie ja schon zur Genüge gesehen, aber sie vermutete, dass allein das Gewicht der Waffe Frank ein Gefühl von Sicherheit gab.

Die Tür auf ihrer Seite klemmte. Da der Mann neben ihr noch immer bewusstlos war, musste sie umständlich über ihn hinwegklettern, um die Tür aufmachen zu können; und als sie es geschafft hatte, verlor sie das Gleichgewicht und fiel kopfüber aus dem Wagen.

»Der Mann hat eine Pistole im Schulterhalfter«, rief Frank, ohne auch nur zu ihr zurückzublicken. »Nimm sie.«

Leonie starrte ihn fassungslos an, während sie sich umständlich in die Höhe arbeitete. Sie würde niemals eine Waffe in die Hand nehmen, selbst wenn sie nicht so vollkommen nutzlos wäre wie jetzt. Anscheinend verwechselte sie der Kerl mit Lara Croft.

Womit er sich selbst verwechselte, konnte Leonie nicht sagen, aber er schien nicht zu den Männern zu gehören, die aus Fehlern lernten: Wie aus dem Boden gewachsen tauchte ein riesenhafter Redigator vor ihm auf, der unverzüglich mit gewaltigen Krallenhänden nach ihm schlug. Frank duckte sich gedankenschnell unter dem Hieb weg, der zweifellos gewaltig genug gewesen wäre, ihm einfach den Kopf von den Schultern zu reißen. Doch statt die Chance zu nutzen, die sich ihm bot, und sich in Sicherheit zu bringen, spreizte Frank nur die Beine, um einen sicheren Stand zu haben, hob seine Pistole mit beiden Händen und schoss dem Ungeheuer aus allernächster Nähe dreimal hintereinander in die Brust. Der Redigator taumelte brüllend vor Wut einen Schritt zurück, fing sich aber sofort und griff augenblicklich wieder an.

Frank erwartete seinen Angriff scheinbar gelassen, wich im letzten Moment zur Seite aus und hob seine Pistole, um dem Monstrum in den Kopf zu schießen, aber wie es aussah, hatte er seinen Gegner diesmal unterschätzt. Der Redigator schlug so blitzartig zu, dass Franks Ausfallschritt zu spät kam. Die Pistole wurde ihm aus der Hand gerissen und flog in hohem Bogen davon und Frank stolperte mit einem nur halb unterdrückten Schmerzensschrei zurück und stürzte zu Boden. Sofort war der Redigator über ihm und hob die Pranken, um seinem wehrlosen Opfer den Rest zu geben. Leonie schrie gellend auf, und der zweite Bodyguard wirbelte herum und hob seine Waffe um Frank beizustehen, aber sie wussten beide, dass er zu spät kommen würde. Der Redigator brüllte triumphierend und riss beide Arme in die Höhe und die mehr als handlange Spitze einer Hellebarde drang knirschend durch das schwarze Leder seines Brustharnischs.

Das Ungeheuer erstarrte mitten in der Bewegung. Auf seinen grob modellierten Zügen erschien nicht einmal eine Spur von Schmerz, sondern nur so etwas wie tumbe Verwirrung. Langsam hob es die Hände, versuchte nach der tödlichen Lanzenspitze zu greifen und kippte dann plötzlich kraftlos zur Seite. Hinter ihm stand eine hoch gewachsene und eindeutig menschliche Gestalt in ledernen Kniehosen und einem weiß-rot gestreiften Wams unter dem kupferfarbenen Brustharnisch.

Der Gardist war nicht allein gekommen. Überall um sie herum tauchten plötzlich Männer in der Uniform der Stadtgarde auf, die keinen Sekundenbruchteil zögerten, die Krieger des Archivars zu attackieren. Aber auch die Zahl der Monsterkrieger schien noch einmal deutlich angewachsen zu sein, und sie zögerten ebenso wenig wie ihre Gegner, sich unverzüglich in den Kampf zu stürzen. Binnen zehn Sekunden war rund um den zertrümmerten Wagen eine regelrechte Schlacht ausgebrochen.

Die elfte Sekunde hätte sie um ein Haar nicht überlebt.

Leonie hörte einen Schrei, gewahrte einen monströsen Schatten, der in ihren Augenwinkeln emporwuchs, und ließ sich ganz instinktiv fallen. Irgendetwas zischte so dicht über sie hinweg, dass sie einen scharfen Luftzug spüren konnte, und traf hinter ihr mit einem dumpfen Geräusch auf Widerstand. Als sie aufsah, blickte sie direkt in das Gesicht eines riesigen Aufsehers, der unbemerkt hinter ihr aus dem Haus getreten war und gerade in diesem Moment eine gewaltige Stachelkeule zum Schlag erhoben hatte, nun aber mitten in der Bewegung erstarrte. Aus seiner Brust ragte der zitternde Griff des Schwertes, das jemand über Leonie hinweggeschleudert hatte.

Dann brach der Aufseher zusammen, und Leonie konnte sich gerade noch rechtzeitig genug zur Seite rollen, um nicht unter dem Koloss begraben zu werden. Die Keule des toten Aufsehers schlug unmittelbar neben ihrem Gesicht Funken aus dem Stein, und Leonie kroch hastig noch ein gutes Stück davon, ehe sie es wagte, sich langsam aufzurappeln.

Der Mann, der ihr das Leben gerettet hatte, war gerade dabei, sein Schwert aus dem Leib des toten Aufsehers zu ziehen, der sich bereits in eine grünlich brodelnde Pfütze zu verwandeln begann. Leonie erkannte ihn erst, als er sich mit einem Ruck aufrichtete und zu ihr umdrehte.

»*Du?!*«, keuchte sie ungläubig.

»Du brauchst keine Angst mehr zu haben«, sagte ihr Vater beruhigend. »Es ist alles in Ordnung.« Er rammte das Schwert in die reich verzierte Scheide, die er an der linken Hüfte trug, dann beugte er sich vor und streckte Leonie die Hand entgegen, um ihr ganz auf die Füße zu helfen.

Leonie war so perplex, dass sie ihn zwei oder drei Sekunden lang aus weit aufgerissenen Augen anstarrte, ehe sie nach seiner hilfreich ausgestreckten Hand griff. Der Mann vor ihr war eindeutig ihr Vater, aber zugleich kam er ihr so fremd und verändert vor, dass sie sich fast gewaltsam in Erinnerung rufen musste, *wem* sie gegenüberstand. Er trug die gleichen seltsam mittelalterlich anmutenden Kleider wie auch die anderen Männer, die sich rings um sie herum auf die Krieger des Archivars gestürzt hatten und sie zu besiegen schienen, wo immer es zum Kampf kam, aber das Gesicht unter dem wuchtigen kupferfarbenen Helm kam ihr viel markanter vor, als sie es in Erinnerung hatte – in *jeder* Erinnerung – und auf eine schwer in Worte zu kleidende Weise *männlicher.* Die Mischung aus Sorge und Erleichterung, die sie in seinen Augen las, war zweifellos echt, aber in seinem Blick war auch zugleich eine Härte, die sie schaudern ließ.

»Ist alles in Ordnung mit dir?«, fragte er. »Ich meine: Bist du verletzt?«

»Ich glaube nicht.« Sie sah an sich hinab und verbesserte sich nach einem stirnrunzelnden Blick auf ihre zerschrammten Handflächen und Knie: »Nur ein paar Schrammen.«

»Darum kümmere ich mich später«, antwortete ihr Vater. Er maß sie noch einmal mit einem langen, jetzt allerdings eher abschätzenden als besorgten Blick, dann drehte er sich um und bückte sich nach der Pistole, die Frank fallen gelassen hatte. Ohne ein Wort reichte er ihm die Waffe, und Frank steckte sie ebenso wortlos, aber sehr hastig und mit einem eindeutig verlegenen Schulterzucken ein.

»Ist Ihnen etwas passiert?«, fragte er.

Frank schüttelte rasch den Kopf. »Nein. Hören Sie, es tut mir Leid. Ich wusste nicht ...«

»Es war nicht Ihre Schuld«, unterbrach ihn Leonies Vater. »Sie konnten wirklich nicht mit dem hier rechnen. Aber ich hätte es wissen müssen.« Er machte eine Handbewegung, um seinen Worten noch mehr Gewicht zu verleihen, und fuhr mit einer Geste in die Runde fort: »Meine Männer kümmern sich jetzt um den Rest.«

»Was sind das für ... für Dinger?«, murmelte Frank benommen. »Wir haben auf sie geschossen, aber sie ...«

»Waffen aus ...«, Vater verbesserte sich, »*moderne* Waffen vermögen sie nicht zu verletzen. Deshalb habe ich meine Männer auch mit diesen altmodischen Hieb- und Stichwaffen ausgerüstet.«

»Aha.« Frank sah nicht besonders überzeugt aus. Und wie konnte er auch?, dachte Leonie. Obwohl sich die erbitterte Schlacht allmählich ihrem Ende zu nähern schien und es an ihrem Ausgang keinen Zweifel geben konnte, wehrten sich die unheimlichen Krieger verbissen. Dennoch war bisher nicht ein einziger Mann der Stadtgarde gefallen oder auch nur verwundet worden. Frank hätte schon blind sein müssen um das zu übersehen.

»Ich kann mir vorstellen, was Sie jetzt denken«, fuhr Leonies Vater fort. »Mir ist es ganz genauso ergangen, als ich diese Kreaturen das erste Mal gesehen habe. Ich werde all Ihre Fragen beantworten, aber nicht jetzt. Wir haben die Situation zwar im Griff, aber ich traue dem Frieden nicht.« Er überlegte einen Moment. »Sind noch mehr von diesen Monstern im Haus?«

»Ich weiß es nicht«, antwortete Frank und hob die Schultern. »Aber ich fürchte schon.«

»Gut«, sagte Leonies Vater. »Wir kümmern uns darum. Bringen Sie meine Tochter hier weg. Wir treffen uns später.«

Frank nickte zwar, deutete aber zugleich mit einem gequälten Lächeln auf die zertrümmerte Limousine. »Gern. Ich fürchte nur, dass der Wagen ...«

»Ich verstehe«, seufzte Vater. Er griff in die Tasche und zog einen Schlüsselbund hervor, den er Frank zuwarf. »Nehmen Sie den Geländewagen. Und ich wäre Ihnen verbunden, wenn Sie ihn in einem Zustand zurückbrächten, in dem ich ihn wiedererkenne.« Er wedelte ungeduldig mit der Hand, als Frank zögerte, seinem Befehl nachzukommen. »Nun machen Sie schon! Wir kümmern uns um Ihre Verwundeten.«

Diesmal gehorchte Frank sofort, indem er sich umdrehte und sich vorsichtig am Wrack der zerstörten Limousine vorbeiquetschte, um in die Garage zu gelangen. Leonie allerdings rührte sich nicht von der Stelle.

»Worauf wartest du?« Irrte sie sich, oder hatte ihr Vater alle Mühe, sie nicht anzufahren?

»Auf ein paar Antworten«, sagte sie, fast genauso mühsam beherrscht wie er. »Was geht hier vor? Was sind das für … für *Ungeheuer* und wieso … wieso hat sich unser Haus in eine uneinnehmbare Festung verwandelt?«

»Ganz so uneinnehmbar scheint sie ja wohl nicht zu sein«, antwortete ihr Vater. Wieder sah er sie auf diese fast unheimliche Art an, und was Leonie jetzt in seinen Augen las, das erschreckte sie zutiefst: Er schien nach etwas zu suchen – und sehr erleichtert zu sein, als er es nicht fand.

»Das ist keine Antwort«, sagte Leonie stur.

»Es ist die einzige, die du im Moment von mir bekommen wirst«, entgegnete ihr Vater. Seine Stimme wurde kühler und nun blitzte ganz eindeutig ein Ausdruck mühsam zurückgehaltener Wut in seinen Augen auf. Aber statt des strengen Verweises, den Leonie erwartete, beherrschte er sich erneut. »Bitte glaub mir, Leonie, du bist in Gefahr. Du musst so schnell wie möglich von hier verschwinden. Ich mache mir schwere Vorwürfe, dich überhaupt hierher zurückgebracht zu haben. Ich hätte nicht geglaubt, dass er verzweifelt genug ist, einen direkten Angriff auf diese Ebene zu wagen.«

»*Er?«,* fragte Leonie.

»Genug jetzt«, antwortete ihr Vater in plötzlich barschem Ton. »Steig in den Wagen. Frank wird dich an einen Ort bringen, an dem du sicher bist. Ich komme nach, sobald ich kann, und dann kümmere ich mich um dich, versprochen.«

Die letzte Formulierung gefiel Leonie noch weniger als das, was er zuvor gesagt hatte, aber sie widersprach nicht mehr. Die Stimme ihres Vaters zitterte mittlerweile. Sie spürte, dass es ihm mit jeder Sekunde schwerer fiel, die Fassung zu bewahren und sie nicht einfach anzuschreien. Nach einem letzten trotzigen Blick in sein Gesicht drehte sie sich um und stapfte wütend in die Garage.

Frank hatte den Motor des schweren Geländewagens bereits angelassen und trommelte mit den Fingern auf dem Lenkrad, als sie neben ihm auf den Beifahrersitz kletterte.

»Schnall dich an«, bat er.

Leonie gehorchte und Frank begann ungeduldig mit dem

Gaspedal zu spielen, während er darauf wartete, dass sie fertig war.

»Und wie kommen wir jetzt hier raus?«, fragte Leonie und deutete mit einer Kopfbewegung auf die zertrümmerte Limousine, die die Garagenausfahrt blockierte.

Frank grinste. »Dein Vater hat gesagt, ich soll mich beeilen, oder?«

Noch bevor Leonie wirklich begriff, was dieses Grinsen zu bedeuten hatte, trat er das Gaspedal bis zum Anschlag durch. Der Geländewagen machte einen gewaltigen Satz aus der Garage hinaus und rammte dann mit solcher Wucht in das Heck der Limousine, dass sie einfach zur Seite geschleudert wurde. Leonie ächzte, als sie brutal in die Sicherheitsgurte geworfen wurde, und noch einmal und lauter, als der Wagen mit aufheulender Turbine mitten durch die noch immer tobende Schlacht pflügte und dann so unsanft auf die Straße hinaussprang, dass die Funken stoben.

Kidnapping für Anfänger

Sie rasten auf quietschenden Reifen bis zum Ende der Straße, und Frank bog so schnell ab, dass das Heck des Wagens ausbrach und Leonie schon wieder unsanft nach vorne geschleudert wurde. Frank machte ein entschuldigendes Gesicht, aber der Wagen wurde trotzdem nicht langsamer, bis sie die nächste Kreuzung erreichten und abermals abbogen. Seine Augen blitzten; es war nicht zu übersehen, dass er es trotz allem genoss, den schweren Wagen in so halsbrecherischem Tempo über die Straße zu jagen.

»Haben Sie eigentlich keine Angst, einem Streifenwagen zu begegnen?«, fragte Leonie.

Frank sah sie so vollkommen verständnislos an, dass Leonie es vorzog, das Thema zu wechseln. »Wohin fahren wir?« Sie machte eine rasche Handbewegung, als Frank zu einer Entgegnung ansetzte. »Und bitte nicht wieder etwas in der Art wie: an einen sicheren Ort.«

Frank lächelte flüchtig und nahm den Fuß vom Gas, sodass der Wagen ein bisschen langsamer wurde; wenn auch wirklich nur ein bisschen. Er hob die Schultern. »Sehr viel mehr kann ich dir leider nicht sagen«, behauptete er. »Ein kleines Hotel, auf der anderen Seite der Stadt. Außer mir und deinem Vater kennen es nur noch zwei oder drei andere.« Sein Blick verdüsterte sich. »Und wie viele von denen noch leben, weiß ich nicht.«

»Diese Männer waren Ihre Freunde«, vermutete sie.

»Ein paar«, antwortete Frank. Er wich ihrem Blick aus.

»Es tut mir wirklich Leid«, sagte Leonie – was ehrlich gemeint war. Obwohl es keinen Grund dafür zu geben schien, fühlte sie sich verantwortlich für das, was geschehen war.

»Es würde mir schon helfen, wenn ich wenigstens wüsste, in welche Sache wir da hineingeraten sind.« Frank schüttelte verstört den Kopf. »Habe ich das gerade alles wirklich erlebt? So etwas … so etwas gibt es doch gar nicht! Ungeheuer mit Schwertern und Keulen, die aus dem Nichts auftauchen und kugelsicher sind. Das kann doch nur ein Albtraum gewesen sein!«

»Ich …« Leonie setzte dazu an, etwas zu sagen, aber sie sprach nicht weiter, sondern sah Frank nur mit einer Mischung aus Verwirrung und langsam aufkeimendem Schrecken an. Etwas durch und durch Unheimliches geschah: Leonie glaubte regelrecht zu hören, wie in ihrem Kopf eine ganze Schar emsiger, kleiner Handwerker daranging, die Mauer um ihre Erinnerungen zu reparieren. Was sie gerade noch gewusst hatte, war nun wieder verschwunden. Worte, die gerade noch einen Sinn ergeben hatten, taten es plötzlich nicht mehr, und die Erinnerung an ein ganzes zurückliegendes Leben wurde stärker, von dem sie zugleich ganz genau wusste, dass sie es nie gelebt hatte. Leonie hatte das Gefühl, ihre Persönlichkeit würde sich auflösen. Es war das mit Abstand Grässlichste, was sie jemals erlebt hatte. Und das Allerschlimmste überhaupt war, dass sie selbst die Erinnerung an diesen Moment in wenigen Augenblicken verloren haben würde.

»Ich verstehe.« Frank klang traurig. »Du *willst* nicht darüber reden.«

»Nein!«, widersprach Leonie heftig. »Ich meine: doch. Ich … ich will schon, aber ich … ich kann nicht.«

»Lass gut sein«, sagte Frank mit einem verständnisvollen Lächeln, das vielleicht schlimmer als alles andere war, was er hätte tun können. »Ich verstehe. Es ist wahrscheinlich auch besser so. Ich bekomme auch so schon genug Ärger, ohne mehr zu wissen, als gut für mich ist.«

»Aber Sie verstehen nicht«, rief Leonie fast verzweifelt. »Ich kann nicht!«

»Schon gut«, antwortete Frank. Er lächelte erneut, sah dann wieder nach vorne – und runzelte plötzlich die Stirn. Sein Blick konzentrierte sich auf den Innenspiegel.

»Was ist?«, fragte Leonie alarmiert.

»Nichts«, erwiderte Frank, allerdings in ganz und gar nicht überzeugendem Ton. Er lächelte nervös. »Ich dachte, ich hätte etwas gesehen.«

Leonie sah ihn noch eine Sekunde lang fragend an, dann drehte sie sich umständlich in ihrem Sitz um. Sie fuhren schon seit einer kleinen Weile über eine vierspurige Allee, die von luxuriösen Ein- und Zweifamilienhäusern und kleinen Villen gesäumt wurde. Die Straße war fast leer. Hinter ihnen befand sich nur ein einziges Fahrzeug und das bot nicht gerade einen alltäglichen Anblick.

»He!«, sagte Leonie überrascht. »Das ist eine Pferdedroschke!«

»Ein Einspänner, ja«, bestätigte Frank. »Muss mindestens aus dem letzten Jahrhundert stammen. Wenn nicht aus dem vorletzten.«

»So etwas sieht man heutzutage kaum noch«, sagte Leonie staunend.

»Stimmt«, entgegnete Frank. »Und? Fällt dir sonst nichts auf?«

Leonie versuchte es, aber nach ein paar Sekunden hob sie nur die Schultern. »Nein. Was denn?«

»Es ist fast neun«, antwortete Frank gepresst. Er starrte wie gebannt in den Rückspiegel. »Wir fahren über die Hauptverkehrsstraße der Stadt. Und es ist nicht ein einziges anderes Fahrzeug zu sehen.«

Leonie fuhr erschrocken zusammen und sah sich in alle Richtungen um. Frank hatte Recht. Mit Ausnahme der bizarren Kutsche hinter ihnen war nicht ein einziges Fahrzeug auf der Straße. Und das war noch nicht alles. In keinem einzigen Haus brannte Licht und auf der Straße war keine Menschenseele zu sehen. Es gab nur sie und dieses unheimliche, antiquierte Gespann. Und …

Leonie sog scharf die Luft zwischen den Zähnen ein. »Sie bleibt die ganze Zeit hinter uns«, murmelte sie ungläubig.

»Und das seit mindestens fünf Minuten«, bestätigte Frank. »Dabei fahren wie gute sechzig Stundenkilometer.«

» Das … das kann doch wohl nicht wahr sein!«, ächzte Leonie.

»Es sei denn, die haben ein Turbo-Pferd da hinten.« Frank schürzte grimmig die Lippen. »Mal sehen, wie schnell es wirklich ist.« Er trat das Gaspedal durch und der Wagen beschleunigte mit einem schrillen Surren. Die Tachometernadel erreichte die siebzig, dann die achtzig und neunzig und zitterte schließlich dicht unter der Einhundert-Kilometer-Marke.

Die Droschke fiel nicht zurück.

»Das ist doch völlig unmöglich«, keuchte Leonie. Aber unmöglich oder nicht – das einspännige Fuhrwerk blieb an ihnen dran. Das schwarze Pferd, von dem es gezogen wurde, war in einen gleichmäßigen raschen Trab gefallen. Aber es galoppierte nicht einmal. Dennoch kam die Droschke langsam, aber beständig näher.

»Können Sie nicht schneller fahren?«, fragte sie unbehaglich.

»Kein Wagen fährt schneller als hundert«, antwortete Frank. »Das ist überhaupt nicht erlaubt!«

Leonie zog es vor, nicht allzu intensiv über diese Antwort nachzudenken. Stattdessen drehte sie sich um und sah wieder zu der Droschke zurück. Diesmal war sie ganz sicher: Der Wagen *war* näher gekommen.

»Anscheinend gilt das nicht für Einspänner«, murmelte sie.

Frank blieb ernst. »Du hast außer keulenschwingenden Ungeheuern nicht zufällig noch ein paar andere Freunde, mit denen irgendetwas nicht ganz koscher ist?«, fragte er.

Leonie antwortete nicht. Sie starrte mit klopfendem Herzen zu der Droschke zurück. Sie hatte weiter aufgeholt und eigentlich hätte sie längst den Fahrer auf dem Bock erkennen müssen. Sonderbarerweise konnte sie es nicht. Alles, was sie sah, war ein verschwommener Schatten.

»Verdammt!«, fluchte Frank. Er schlug mit der flachen Hand auf das Lenkrad und versuchte das Gaspedal noch weiter durchzutreten. Der Wagen wurde kein Stück schneller, aber die Droschke kam unerbittlich näher. Mittlerweile trennten sie allerhöchstens noch fünfzehn oder zwanzig Meter von dem schweren Geländewagen und die Distanz schmolz zusehends weiter zusammen. Der Kutscher war immer noch nicht zu erkennen.

»So!«, knurrte Frank. »Das wollen wir doch mal sehen!«

Er schaltete zurück, riss plötzlich das Lenkrad herum und gab wieder Gas. Leonie schrie erschrocken auf, als der Wagen in nahezu rechtem Winkel von der Straße abbog und dann mit einem Knall die Bordsteinkante hinaufsprang. Eine sorgsam geschnittene Hecke fiel dem verchromten Stoßfänger ebenso zum Opfer wie die beiden pedantisch gestutzen Büsche dahinter, dann rammte der Wagen etwas, das widerstandsfähig genug war, Funken aus dem verchromten Stahl zu schlagen und den gesamten Wagen ein Stück zur Seite hüpfen zu lassen. Frank kurbelte fluchend am Lenkrad, bekam den Wagen wie durch ein Wunder wieder unter Kontrolle und gab erneut Gas. Unter den Rädern stoben Fontänen aus Gras und Erdreich hoch, als der Geländewagen in einen großen, völlig verlassen daliegenden Park hineinschoss.

Leonie warf einen hastigen Blick auf den Tachometer und bedauerte ihn sofort. Noch vor ein paar Sekunden waren ihr hundert Stundenkilometer erbärmlich langsam vorgekommen. Wenn man in diesem Tempo zwischen dicht stehenden Bäumen hindurchraste und durch Gebüsch und Sträucher brach, hinter denen sich alles Mögliche verbergen konnte – von einem nichts ahnenden Kaninchen bis zu einem ausgewachsenen Felsbrocken –, sah die Sache allerdings schon etwas anders aus.

»Wollen doch mal sehen, ob er das auch kann«, sagte Frank grimmig. Er sah in den Rückspiegel, riss die Augen auf und erbleichte.

Er konnte.

Der Einspänner war noch immer hinter ihnen und schien sogar weiter aufgeholt zu haben. Anders als der Geländewagen walzte er Sträucher und Gebüsch allerdings nicht nieder, sondern schien auf unheimliche Weise geradewegs durch jedes Hindernis hindurchzugleiten, so als wäre er nicht mehr als ein flüchtiger Schemen.

»Das kann doch alles nicht wahr sein!«, brüllte Frank. »Ich …«

Urplötzlich brach sich das Scheinwerferlicht auf der Oberfläche eines kleinen Teichs, der wie aus dem Nichts vor ihnen auftauchte. Frank riss wie wild am Steuer und arbeitete gleichzeitig mit Bremse, Gaspedal und Kupplung, aber nichts von alledem vermochte das Unglück noch aufzuhalten. Wasser spritzte in einer doppelten Fontäne unter den Vorderrädern hoch und klatschte auf die Windschutzscheibe. Leonie fühlte, wie die Räder durchdrehten. Anstelle von Wasser spritzte plötzlich Schlamm unter den Rädern hoch, dann konnte sie spüren, wie der ganze Wagen ins Schleudern geriet und langsam, aber unerbittlich zu kippen begann. Sie schrie auf, ebenso wie Frank, klammerte sich instinktiv irgendwo fest und stieß mit einem schmerzerfüllten Ächzen die Luft aus, als sich der Wagen krachend auf die Seite legte. Eiskaltes Wasser strömte durch die beiden Türen auf ihrer Seite herein und ließ Leonie wie unter Peitschenhieben aufheulen.

Der Schock war so gewaltig, dass sie einen Moment lang ernsthaft in Gefahr war, das Bewusstsein zu verlieren. Unter Aufbietung aller Willenskraft gelang es ihr zwar, nicht in Ohnmacht zu fallen, aber sie lag wie gelähmt da und war vollkommen unfähig, auch nur einen Muskel zu rühren, während das eiskalte Wasser rings um sie herum rasend schnell anstieg. Im buchstäblich allerletzten Moment spürte sie, wie eine starke Hand nach ihr tastete, rasch den Sicherheitsgurt löste und sie dann grob in die Höhe riss.

Leonies ohnehin bereits ansehnliche Sammlung von Schrammen und Prellungen bekam noch reichlich Zuwachs, als Frank sie aus dem umgestürzten Wagen zerrte und ans Ufer trug. Keuchend sank sie auf die Knie, krümmte sich und spuckte hustend und würgend Wasser aus.

Frank beugte sich zu ihr herab und setzte dazu an, etwas zu sagen, doch dann sog er stattdessen nur scharf die Luft ein und spannte sich. Leonie bemerkte aus den Augenwinkeln, wie er wieder aufsprang und seine Pistole zog. Keine drei Meter von ihnen entfernt war die schwarze Kutsche zum Stehen gekommen.

»Nicht!«, sagte sie erschrocken.

Frank steckte seine Waffe nicht ein, sondern zielte ganz im Gegenteil nun mit beiden Händen auf den schemenhaft erkennbaren Kutscher. Aber wenigstens schoss er nicht sofort, sondern sah Leonie fragend und fast hoffnungsvoll an.

Leonie war allerdings froh, dass er die Frage, die ihm so deutlich auf den Lippen lag, nicht laut aussprach. Sie hätte sie kaum beantworten können.

Der Anblick der schwarzen Kutsche ließ ihr Herz bis zum Hals klopfen. Sie war auf ihre Art ebenso unheimlich und beängstigend, wie es die krallenbewehrten Ungeheuer gewesen waren, und trotzdem spürte sie tief in sich, dass sie keinen Grund hatte, sich zu fürchten. Sie hätte dieses Gefühl nicht erklären können, aber es war so stark, dass sie auch nicht den mindestens Zweifel daran hatte.

Frank machte zwei Schritte zurück und zur Seite, wodurch er nun direkt zwischen Leonie und der Kutsche stand. Die Pistole in seiner Hand zielte noch immer auf die verschwommene Gestalt auf dem Kutschbock, aber Leonie entging auch nicht, wie heftig er mittlerweile zitterte. Er hielt die Waffe nicht mit beiden Händen, weil er Angst gehabt hätte, aus drei Metern Entfernung daneben zu schießen, sondern weil er sie sonst womöglich fallen gelassen hätte. Trotzdem bewunderte Leonie seinen Mut. Jeder andere an seiner Stelle hätte die Pistole vermutlich schon längst weggeworfen und wäre schreiend davongelaufen.

»Was ist denn jetzt?«, fragte er nervös. »Weißt du, wer das ist, oder sollte ich anfangen mir Sorgen zu machen?«

Leonie stand auf und wollte an Frank vorbeigehen, aber er schüttelte nur heftig den Kopf und scheuchte sie mit einer unwilligen Geste zurück. »Nicht bevor ich nicht weiß, wer das ist.« Seine Stimme klang zu gleichen Teilen nervös wie auch sehr entschlossen. Leonie versuchte nicht noch einmal an ihm vorbeizugehen.

Er war auch nicht nötig. Der unheimliche Schatten auf dem Kutschbock gerann zu einem Körper, und nicht nur Leonie riss ungläubig die Augen auf, als sie einen grauhaarigen uralten Mann mit Soutane und weißem Priesterkragen erkannte.

»Vater Gutfried?«, murmelte sie ungläubig.

Frank ließ den Wagen für einen kurzen Moment aus den Augen, um ihr einen stirnrunzelnden Blick zuzuwerfen. »Ich denke, du weißt nicht, wer das ist?«

»Ich fürchte, das weiß sie auch nicht.«

Frank fuhr wie elektrisiert herum und hob seine Waffe noch ein bisschen höher, als die Tür des Wagens aufging und eine dunkelhaarige junge Frau in einem modisch geschnittenen Kostüm ausstieg. Ihr Gesicht kam Leonie vage bekannt vor, aber sie konnte einfach nicht sagen woher.

»Das ist doch so, nicht wahr, Leonie?«, fuhr Theresa fort.

»Ich …« Leonie brach hilflos ab. Theresa. Sie wusste plötzlich, dass sie Theresa gegenüberstand, aber sie wusste nicht einmal, woher sie es wusste.

»Immerhin scheint noch nicht alles verloren zu sein«, sagte Theresa. Sie wandte sich mit einem leicht verärgerten Blick an Frank. »Würden Sie mir einen großen Gefallen erweisen und aufhören, mit diesem Ding vor meiner Nase herumzufuchteln, junger Mann?«, fragte sie.

Frank riss verblüfft die Augen auf, aber Leonie konnte nicht sagen, ob das nun an Theresas vermeintlicher Unverfrorenheit lag oder daran, dass sie ihn *junger Mann* genannt hatte. Frank war gut und gerne zehn Jahre älter als sie.

»Erst wenn ich weiß, was hier vor sich geht«, antwortete er grimmig. »Leonie! Was hat das zu bedeuten? Wer sind diese Leute?«

»Geben Sie sich keine Mühe«, seufzte Theresa. »Ich fürchte, sie kann Ihnen Ihre Fragen nicht beantworten. Dafür hat ihr Vater gesorgt.« Ohne der Pistole, die noch immer drohend auf ihr Gesicht gerichtet war, auch nur die geringste Beachtung zu schenken, kam sie näher und blieb erst unmittelbar vor Leonie stehen, um ihr ernst und nachdenklich in die Augen zu sehen. »Das ist doch so, oder?«

»Hä?«, machte Frank. Er ließ die Waffe sinken, aber Leonie hatte das sichere Gefühl, dass das aus reiner Verblüffung geschah, nicht weil er Theresa etwa plötzlich getraut hätte.

»Geben Sie sich keine Mühe, meine Liebe«, rief eine Stimme aus dem Inneren der Kutsche. »Wenn sie in der Lage wäre, diese Frage zu beantworten, dann müsste die Antwort zwangsläufig ein ganz klares ›Nein‹ sein.«

Eine zweite Gestalt kletterte deutlich umständlicher als Theresa aus dem Wagen und kurz darauf noch eine dritte. Es waren zwei hochbetagte, auf völlig unterschiedliche Weise elegant gekleidete Männer, die ebenso wie das antiquierte Gefährt, dem sie entstiegen, einem zurückliegenden Jahrhundert zu entstammen schienen.

»Professor Wohlgemut! Doktor Fröhlich«, rief Leonie überrascht. Auf Fröhlichs Gesicht erschien ein erfreuter Ausdruck, aber Wohlgemut wirkte eher noch besorgter.

»Ja«, meinte Theresa traurig. »Die ganze Truppe. Alles, was davon übrig ist.« Sie lächelte flüchtig. »Na, um ehrlich zu sein, alles, woraus sie je bestanden hat.«

»Also, ich will ja nicht aufdringlich erscheinen«, rief Frank. Sowohl Theresa als auch die anderen ignorierten ihn.

»Du musst dich erinnern, Leonie!«, sagte Theresa in leisem, eindringlichem Ton.

Leonie wollte es ja. Sie versuchte mit aller Konzentration, die sie nur aufbringen konnte, die Mauer in ihrem Kopf niederzureißen, aber es wollte ihr einfach nicht gelingen. Sie erinnerte sich an Theresas Namen, ebenso wie an die Namen der drei Männer, und sie wusste auch, dass Theresa und diese Männer eine sehr wichtige Rolle in ihrem Leben gespielt hatten – aber das war auch alles. Wo ihre Erinnerungen sein sollten, war keineswegs ein schwarzes Loch. Sie erinnerte sich an ihr gesamtes Leben – so weit das möglich war –, doch nichts davon war echt. Ihr war, als betrachte sie ein perfektes Bild, das aber eben nicht mehr war als ein Bild, das jemand auf eine Wand gemalt hatte, hinter der sich ihr wirkliches Leben verbarg. Und sosehr sie es auch versuchte, gelang es ihr doch nicht, diese Mauer einzureißen.

»Also Entschuldigung«, mischte sich Frank ein. »Ich meine: Selbst wenn Sie der Meinung sein sollten, dass mich das alles hier nichts angeht, würde mich doch interessieren …«

»Junger Mann, bitte«, wies ihn Fröhlich zurecht. »Es ist wichtig.«

»Ah so«, sagte Frank geknickt. »Das konnte ich ja nicht ahnen.« Plötzlich schrie er: »*Seid ihr allesamt verrückt geworden oder wollt ihr mich verarschen? Ich will jetzt auf der Stelle wissen, was hier los ist!*«

»Frank, bitte«, meinte Leonie leise. »Ich kann es Ihnen auch nicht erklären, aber es ist alles in Ordnung. Das sind meine Freunde.«

»Obwohl du mir nicht sagen kannst, wer sie eigentlich sind«, vergewisserte sich Frank. »Geschweige denn, was sie von dir wollen.«

»Wir müssen mit Leonie sprechen«, erklärteTheresa. »Sie muss uns begleiten.«

»Ganz bestimmt nicht«, knurrte Frank.

Leonie sah, wie Vater Gutfried umständlich vom Kutschbock herabstieg und näher kam. Aber auch Frank war die Bewegung nicht entgangen. Er drehte sich um und fuchtelte drohend mit seiner Pistole.

Gutfried blieb stehen und hob übertrieben erschreckt die Arme. »Mein Sohn«, keuchte er. »Versündige dich nicht!«

»Nicht, wenn Sie mir keinen Grund dazu geben, *Vater«*, antwortete Frank höhnisch. Aber sein Lächeln erlosch so schnell, wie es gekommen war. »Ich will jetzt wissen, was hier los ist! Was seid ihr für Vögel?«

»Glauben Sie uns doch einfach, dass wir auf derselben Seite stehen«, antwortete Theresa. »Wir sind Leonies Freunde. Wir haben sie nur angehalten um sie zu warnen.«

Frank warf einen viel sagenden Blick auf den Geländewagen, der auf die Seite gestürzt im Wasser lag. »Das hätten Sie einfacher haben können«, sagte er säuerlich. »Leonies Vater bringt mich um, wenn er das sieht.«

»Das hat er gar nicht nötig«, erwiderte Theresa ernst. »Er würde einfach dafür sorgen, dass Sie niemals gelebt haben.«

Frank starrte sie an. »Wie?«

Etwas geschah. Diesmal spürte Leonie es ganz deutlich, vielleicht eine Sekunde, bevor die Wirklichkeit Wellen schlug und etwas wie eine zweite, veränderte Realität aus den Schatten hervorzubrechen und Gestalt anzunehmen versuchte. Die unheimliche Erscheinung verschwand so schnell, wie sie gekommen war, aber Leonie war nicht die Einzige, die sie bemerkt hatte.

»Er kommt!«, rief Fröhlich erschrocken.

»Wer?«, fragte Frank.

»Sie haben Recht«, sagte Theresa. »Er hat uns entdeckt.«

»Was?«, donnerte Frank.

»Wir müssen weg«, bestätigte Wohlgemut.

»Sofort«, fügte Vater Gutfried hinzu.

»Ihr geht nirgendwohin«, knurrte Frank und wedelte drohend mit seiner Pistole. »Und schon gar nicht mit Leonie! Nur über meine Leiche!«

»Das wäre denn doch eine etwas zu drastische Maßnahme«, sagte Vater Gutfried. Er machte ein betrübtes Gesicht, seufzte und schlug zuerst das Kreuzzeichen und Frank dann die Faust mit solcher Gewalt unter das Kinn, dass Leonies Leibwächter lautlos die Augen verdrehte und dann nach hinten kippte.

»Aber was …?«, entfuhr es Leonie.

»Mach dir keine Sorgen um ihn«, unterbrach sie Theresa. »Ihm wird nichts geschehen. Man kann deinem Vater vieles nachsagen, aber nicht, dass er seine Wut an Unschuldigen auslässt.« Sie deutete mit einer plötzlich ungeduldigen Handbewegung auf die Karosse. Wohlgemut und Fröhlich waren bereits wieder eingestiegen, und auch Vater Gutfried schickte sich an, auf seinen Kutschbock zu steigen. Leonie erwartete halbwegs, dass er sich wieder in einen rauchigen Schatten zurückverwandeln würde, aber er blieb, was er war.

»Wir müssen fort, Leonie. Ich fürchte, dein Vater hat uns bereits entdeckt. Seine Männer werden jeden Moment hier sein.«

»Aber ich weiß doch gar nicht, was …«, begann Leonie, doch Theresa unterbrach sie auch jetzt wieder. »Wir müssen sofort verschwinden, Leonie, oder wir sind verloren. Ich werde all deine Fragen beantworten, aber erst wenn wir unterwegs sind.«

Leonie zögerte noch einen allerletzten Moment, doch dann gab sie sich einen Ruck und stieg hinter Theresa in den Wagen. Als sie die Tür hinter sich zuzog, fiel ihr Blick noch einmal auf Frank, der noch immer reglos und mit ausgebreiteten Armen auf dem Rücken lag. Sie spürte, dass Theresa die Wahrheit gesagt hatte, was ihren Vater anging. Er würde Frank nichts tun – und dennoch kam sie sich unendlich schäbig vor; als hätte sie den einzigen Freund verraten, der ihr noch geblieben war. Und sie hatte das schreckliche Gefühl, dass sie Frank niemals wiedersehen würde.

Der leichte Ruck, mit dem sich die Kalesche in Bewegung setzte, ließ Leonie unsanft auf die gesteppte Lederbank plumpsen. Sie fand mit einiger Mühe ihre Fassung wieder und grinste verlegen in die Runde. Doktor Fröhlich machte seinem Namen alle Ehre und lächelte zurück, aber der Ausdruck von Sorge in Wohlgemuts Blick schien sich eher noch zu verstärken.

»Du musst dich erinnern, Leonie«, drängte Theresa. »Bitte versuch es! Es ist unglaublich wichtig!«

Leonie versuchte es, aber das Ergebnis war eine eher noch größere Verwirrung. In ihrem Kopf purzelten die Gedanken und Bilder so wild durcheinander, dass ihr schwindelig wurde.

»Das hat keinen Sinn«, seufzte Wohlgemut. »Diesmal hat er ganze Arbeit geleistet.«

»Ich fürchte, Sie haben Recht«, meinte Theresa. Sie sah sehr niedergeschlagen aus, fast verzweifelt. »Mir bleibt wohl keine andere Wahl.«

Keine andere Wahl? Leonie sah Theresa misstrauisch an. Sie wusste nicht, was diese Worte bedeuteten, aber was auch immer es war – es gefiel ihr nicht.

»Es tut mir Leid, Liebes«, sagte Theresa in mitfühlendem Ton. »Ich hätte dir das gerne erspart, aber es ist unendlich wichtig, dass du dich erinnerst – nicht nur für dich, sondern für uns alle.«

»Woran erinnern?«, fragte Leonie unsicher. »Und …?« Der Rest ihrer Frage ging in einem ungläubigen Keuchen unter, als sie Theresa ins Gesicht blickte.

Es war nicht mehr Theresa.

Auf der schmalen, ledergepolsterten Bank saß Leonies Großmutter.

Kriegsrat

Zehn Sekunden, zwanzig Sekunden, schließlich eine geschlagene Minute lang starrte Leonie die uralte Frau auf der anderen Seite nur an, reglos, ohne zu blinzeln, ohne zu atmen, ja sogar ohne zu *denken* – und dann schlugen die Erinnerungen mit solcher Macht über ihr zusammen, dass sie sich wie unter einem Hieb im Sitz zusammenkrümmte und ein leises, gequältes Wimmern ausstieß. Plötzlich wusste sie wieder alles. Die falschen Erinnerungen, die sie die ganze Zeit über gequält hatten, waren wie weggefegt; zwar noch da, aber bedeutungslos.

Ihre Großmutter war am Leben! Sie war die ganze Zeit über da gewesen, direkt neben ihr, und sie hatte es nicht einmal gemerkt!

»Aber warum?«, wimmerte sie. Ihre Augen füllten sich mit heißen Tränen, die sie weder zurückhalten konnte noch wollte. »Warum … warum hast du das getan?«

»Es tut mir so unendlich Leid, mein Schatz«, sagte Großmutter sanft. Sie beugte sich vor. Ihre schmale Hand berührte die Leonies und streichelte sie sanft. Ihre Haut fühlte sich so rau und trocken an wie warmes Sandpapier.

»Aber warum? Warum hast du uns …« Leonies Stimme versagte endgültig.

»… in dem Glauben gelassen, ich wäre tot?« Auch Großmutters Augen schimmerten feucht. »Oh, glaube nicht, dass auch nur eine einzige Sekunde vergangen wäre, in der ich nicht gewusst hätte, welchen Schmerz ich euch allen damit zufüge – und dir vor allem, Leonie. Aber ich hatte keine Wahl.«

»Aber warum?!« Leonie schrie fast.

»Weil sie wusste, dass sie dem Archivar nicht gewachsen ist«, antwortete Wohlgemut an Großmutters Stelle. »Deine Großmutter ist eine sehr tapfere Frau, Leonie, und vielleicht die mächtigste *Hüterin,* die jemals gelebt hat. Doch auch ihre Kräfte sind nichts im Vergleich zu denen des Archivars. Erinnerst du dich an jenen Tag, an dem ihr gemeinsam zu mir in die Bibliothek gekommen seid?«

Leonie sah ihn aus tränenverschleierten Augen an. Sie nickte nur. Ihre Kehle war wie zugeschnürt.

»Du hast geglaubt, deine Großmutter hätte dich wegen der Praktikantenstelle zu mir gebracht, aber das ist nicht die Wahrheit«, fuhr Wohlgemut fort. »Sie ist gekommen, um mich und die anderen zu warnen.«

»Warnen? Vor wem?«

»Vor dem Archivar, Liebes«, antwortete Großmutter. Sie sah sehr traurig aus und auf eine Weise schuldbewusst, die Leonie fast das Herz brach. »Das alles tut mir so unendlich Leid, dass …«

»Vielleicht sollten wir darüber in aller Ruhe sprechen, meine Liebe, und an einem anderen Ort«, unterbrach sie Fröhlich mit einer sanften Geste. Umständlich griff er in die Tasche seiner altmodischen Weste und förderte eine noch viel altmodischere Taschenuhr zutage, die an einer langen goldenen Kette hing. Nachdem er den Deckel aufgeklappt und einen Moment seine kurzsichtigen Augen zusammengekniffen hatte, um das Ziffernblatt erkennen zu können, sagte er: »Es ist noch ein wenig Zeit. Ich schlage vor, wir setzen die Unterredung in einer etwas gastlicheren Umgebung fort.«

Er klappte die Uhr wieder zu, steckte sie ein und warf einen fragenden Blick in die Runde. Wohlgemut deutete ein Nicken an und auch Großmutter signalisierte ihre Zustimmung, wenn auch nur mit einem entsprechenden Blick. Leonie beschlich ein sonderbares Gefühl. Sie spürte, dass es bei Fröhlichs Vorschlag um mehr ging als um das, was er laut ausgesprochen hatte. Aber sie war noch immer viel zu verwirrt und durcheinander, um auch nur einen einzigen wirklich klaren Gedanken zu fassen.

»Gut«, sagte Fröhlich munter. »Bist du hungrig, Leonie?«

Hungrig?! Leonie starrte ihn fassungslos an. Wie konnte er in einem Moment wie diesem ans *Essen* denken?

Fröhlich schien ihren erstaunten Blick jedoch als Zustimmung zu werten, denn er beantwortete seine eigene Frage mit einem Nicken, beugte sich aus dem Fenster und rief Vater Gutfried, der vorn auf dem Kutschbock saß, etwas zu. Leonie hatte das Gefühl, dass der Wagen schneller wurde, aber ganz sicher konnte sie nicht sein. So wenig, wie es ihr vorher gelungen war, die Gestalt auf dem Kutschbock eindeutig zu erkennen, war es ihr nun möglich, die Umgebung deutlich auszumachen, die hinter den schmalen Fenstern des Einspänners vorüberglitt. Alles schien wie hinter einem grauen Schleier zu liegen, der die Konturen der Dinge verwischte und den Farben ihre Leuchtkraft nahm. Manchmal war es ihr, als hätten die Umrisse einen ganz sachten, in blassem Grün schimmernden Schatten. Der Gedanke entglitt ihr, bevor sie ihn wirklich fassen konnte, doch Leonie begriff immerhin, dass sie sich wohl nicht in der wirklichen Welt befanden.

Falls es so etwas wie die wirkliche Welt überhaupt jemals gegeben hatte.

Sie fuhren eine ganze Weile durch die noch immer wie ausgestorben daliegende Stadt, und trotz des gleichmachenden grauen Schleiers vor den Fenstern konnte Leonie erkennen, wie sich ihre

Umgebung allmählich zu verändern begann. Die Häuser wurden größer und rückten enger zusammen, die Vorgärten begannen zu schrumpfen – blieben allerdings ausnahmslos tadellos gepflegt – und auch die Straße wurde allmählich schmaler. Dafür sah sie jedoch nach einer Weile die ersten Menschen; sonderbar blasse, tiefenlose Gestalten zuerst, die jedoch bald an Substanz und Realität gewannen und auch zahlreicher wurden. Nach einer Weile gesellten sich die ersten Automobile hinzu und hinter den Fenstern der Häuser brannte jetzt Licht. Gleichzeitig wurde die Kutsche wieder langsamer, um sich in den fließenden Verkehr einzureihen, der dichter wurde, je weiter sie sich dem Stadtzentrum näherten.

Leonie drehte sich vom Fenster weg und wollte eine entsprechende Frage an ihre Großmutter richten, fing aber im letzten Moment einen warnenden Blick aus Fröhlichs Augen auf.

Sie wäre auch nicht sicher gewesen, ob Großmutter ihre Worte überhaupt verstanden hätte. Die alte Frau saß leicht vornüber gebeugt und mit hängenden Schultern da. Ihr Gesicht war vollkommen unbewegt, aber in ihren Augen stand ein Ausdruck von so unendlich tiefer Trauer und Verzweiflung geschrieben, dass Leonie ein eisiger Schauer über den Rücken lief und sich ihr schlechtes Gewissen bemerkbar machte. Wie kam sie eigentlich auf die Idee, das alleinige Recht auf Schmerz und Enttäuschung für sich zu reklamieren? Hastig wandte sie den Blick wieder ab und sah für den Rest der Fahrt wortlos aus dem Fenster.

Sie dauerte nicht mehr allzu lange. Im gleichen Maße, in dem der Verkehr zunahm, wurden die Häuser größer und die Lichter strahlender, und schließlich rollte die Kalesche nur noch im Schritttempo durch eine hell erleuchtete, dicht bevölkerte Innenstadt, die Leonie so fremd vorkam, als befände sie sich nicht nur in einem anderen Land, sondern gleich auf einem anderen Planeten.

Das änderte sich auch nicht, als die Droschke schließlich an den Straßenrand rollte und Fröhlich ihr mit einer Kopfbewegung zu verstehen gab, dass sie ihr Ziel erreicht hatten und sie aussteigen sollte.

Leonie war die Erste, die umständlich aus dem altmodischen Gefährt kletterte und auf den breiten Bürgersteig trat. Staunend sah sie sich um.

Die Droschke hatte am Straßenrand zwischen zwei flachen, eleganten Sportflitzern angehalten, aber niemand schien von dem altertümlichen Gefährt nur Notiz zu nehmen. Die Leute waren hier sowieso irgendwie komisch, fand Leonie – wenn auch auf eine durchaus angenehme Art. Obwohl der Bürgersteig voller Menschen war, gab es kein Gedränge, nirgendwo entstand ein Stau, auf keinem Gesicht war auch nur ein Anflug von Unmut zu erblicken. Ganz in Gegenteil: So ungeschickt, wie sich Leonie anstellte, wäre sie um ein Haar mit einer jungen Frau zusammengestoßen, die ihr im letzten Augenblick gerade noch ausweichen konnte und dabei beinahe gestolpert wäre. Statt jedoch verärgert zu reagieren, lächelte sie Leonie nur verzeihend an und setzte ihren Weg dann unbeeindruckt fort. Leonie sah ihr vollkommen fassungslos hinterher.

»Es leben wirklich freundliche Menschen in dieser Stadt, nicht wahr?«, fragte Fröhlich. Etwas an der Art, wie er die Frage aussprach, gefiel Leonie nicht, aber sie hätte nicht sagen können, was es war, und sah Fröhlich nur irritiert an.

Mittlerweile waren auch Leonies Großmutter und der Professor aus dem Wagen gestiegen, nur Vater Gutfried machte keine Anstalten, von seinem Kutschbock herunterzukommen. Ganz im Gegenteil: Kaum hatte Wohlgemut die Tür hinter sich geschlossen, ließ er die Zügel knallen und der Wagen setzte sich knarrend wieder in Bewegung. Ein Auto, das gerade zügig hinter ihm angefahren kam, musste scharf abbremsen, doch statt der erwarteten Schimpfkanonade lächelte der Fahrer nur und geduldete sich, bis die Droschke ganz auf die Straße hinausgefahren war und Fahrt aufnahm.

»Ich dachte, wir sollten uns unauffällig verhalten«, murmelte Leonie.

»Oh, keine Sorge«, antwortete Fröhlich lächelnd. »Für alle anderen hier ist das ein ganz normales Automobil.«

Was immer man hier unter *normal* verstehen mochte, dachte Leonie verwirrt. Sie trat wortlos an einen der beiden Sportwagen heran, zwischen denen die Droschke gestanden hatte, und beugte sich vor, um einen Blick ins Innere zu werfen. Der Wagen sah genauso aus, wie sie es erwartet hatte – Leder, verchromte Armaturen und elegantes, dunkles Holz –, mit einer einzigen Ausnahme: Der Tachometer reichte nur bis einhundertzehn.

Stirnrunzelnd trat sie zurück und wandte ihre Aufmerksamkeit dem übrigen Verkehr zu. Die Straße war voller großer, eleganter Automobile, die mit nahezu lautlos summenden Elektromotoren dahinglitten, ohne dass sie sich jemals auch nur nahe zu kommen schienen. Leonie hatte noch niemals so disziplinierte Autofahrer gesehen.

»Hast du Lust auf einen kleinen Schaufensterbummel?«, fragte Fröhlich. »Das Restaurant ist nur zwei Straßen entfernt.«

Es war keine Frage, das war Leonie klar. Fröhlich wandte sich dann auch um, ohne ihre Antwort abzuwarten, und ging in gemächlichem Tempo los – allerdings erst, nachdem sich Großmutter und der Professor in Bewegung gesetzt und ein paar Schritte Vorsprung hatten. Leonie wollte zu ihnen aufschließen, aber Fröhlich legte ihr rasch die Hand auf den Unterarm und schüttelte den Kopf.

»Gib ihr einen kleinen Moment«, bat er, wobei er so leise sprach, dass Großmutter und Wohlgemut die Worte nicht hören konnten. »Deine Großmutter leidet sehr. Sie ist womöglich die tapferste Frau, die ich jemals kennen lernen durfte, aber sie weiß auch, was sie dir und deinen Eltern angetan hat. Sie hat große Angst vor dem Moment gehabt, in dem sie dir die Wahrheit sagen musste.« Er zwang ein zuversichtliches Lächeln auf sein Gesicht, was ihm nur halb gelang. »Aber keine Sorge. Wohlgemut kümmert sich um sie. Er ist der beste Freund, den man sich wünschen kann.«

Leonie sah ihn nur wortlos an, aber ihr wurde spätestens jetzt klar, dass Fröhlich sie keineswegs zu diesem Spaziergang eingeladen hatte, um einen *Schaufensterbummel* zu machen. Er wollte mit ihr reden, und zwar ohne dass ihre Großmutter hörte, was er zu sagen hatte.

»Ich war damals selbst erbost, als sie zu mir kam und mir von ihrem Vorhaben berichtete«, fuhr Fröhlich fort, als er nach ein paar Augenblicken zu begreifen schien, dass sie nicht antworten würde. Er lächelte flüchtig. »Du hast ja unseren kleinen Streit belauscht.«

Leonie nickte, fragte sich aber zugleich, woher Fröhlich das eigentlich wusste. Bisher war sie der Meinung gewesen, dass weder er noch Großmutter ihre kleine Lauschaktion mitbekommen hatten.

»Im Nachhinein muss ich deiner Großmutter Abbitte tun«, erklärte Fröhlich weiter. »Ihr war im Gegensatz zu uns schon damals der wirkliche Ernst der Lage klar. Der Archivar war bereits auf sie aufmerksam geworden, weißt du. Und niemand, dessen Fährte dieses Geschöpf einmal aufgenommen hat, vermag ihm jemals wieder zu entkommen. Sie musste ihn in dem Glauben lassen, dass sie tot ist.«

»Aber warum so?«, fragte Leonie bitter. »Warum hat sie es nicht wenigstens uns gesagt?«

»Weil er es gewusst hätte«, erwiderte Fröhlich ernst. »Der Archivar ist ein Geschöpf der Dunkelheit, Leonie. Schmerz und Kummer sind sein Lebenselixier. Er kann sie spüren. Glaube nicht, dass es deiner Großmutter leicht gefallen wäre, euch so viel Leid zuzufügen. Aber sie musste es tun, um den Archivar davon zu überzeugen, dass sie wirklich tot ist. Kannst du das verstehen?«

Leonie nickte zwar, aber das war nicht die ganze Wahrheit. Sie konnte nachvollziehen, wieso ihre Großmutter zu dieser List Zuflucht gesucht hatte, denn sie war nicht nur eine äußerst liebenswerte, sondern auch eine sehr kluge Frau. Aber zugleich weigerte sie sich auch beharrlich zu glauben, dass Großmutter den Menschen, die sie von allen auf der Welt am meisten liebte, einen solchen Schmerz zufügen würde, ganz egal aus welchem Grund.

»Wer ist der Archivar?«, fragte sie, wenn auch in Wirklichkeit nur, um das Thema zu wechseln und die nagenden Zweifel zu verdrängen, die Fröhlichs Worte in ihr geweckt hatten.

»Das weiß niemand wirklich«, antwortete Fröhlich nach einigen Sekunden. »Vielleicht so etwas wie der Teufel des Archivs.« Er hob die Schultern. »Er war schon immer da und es wird ihn wohl auch immer geben. Vielleicht ist es einfach so, dass es für jede Kraft im Universum auch eine Gegenkraft geben muss. Ich glaube nicht, dass man ihn jemals wirklich besiegen kann.«

»Welchen Sinn hat es dann, gegen ihn zu kämpfen?«, fragte Leonie.

Fröhlich lächelte, als hätte er genau diese Frage erwartet. »Würdest du Vater Gutfried fragen, welchen Sinn es hat, gegen den Teufel zu kämpfen?«, gab er zurück und schüttelte zugleich den Kopf, um seine eigene Frage zu beantworten. »Gewiss nicht. Und doch bekämpfen die Menschen das Böse – die meisten jedenfalls.«

»Aber was will er?«, fragte Leonie. »Worum geht es ihm?«

»Um das, worum es immer geht«, erklärte Fröhlich. »Das Einzige, was überhaupt zählt. Um Macht. Macht über das *Buch* und damit über das Schicksal aller Menschen.«

»Aber warum nimmt er es sich nicht einfach?«, wunderte sich Leonie. »Wenn er der Herr des Archivs ist, dann ist es doch bereits in seinem Besitz!«

»Weil es so einfach eben nicht ist«, erwiderte Fröhlich. »Keines der Geschöpfe des Archivs hat Macht über das *Buch*, der Archivar selbst so wenig wie der geringste seiner Diener. Sie zeichnen nur auf, was geschieht. Sie können das Buch nicht verändern. Nur der rechtmäßige Besitzer des Buches ist dazu in der Lage.«

Das erschien Leonie wenig glaubhaft. »Ach, und wer sagt das?«, fragte sie in leicht spöttischem Ton. »Ich meine: Hat jemand eine Archiv-Hausordnung aufgestellt oder gibt es einen Knigge für Scriptoren?«

Fröhlich blieb ernst. »Es gibt auch dort Gesetze und Regeln«, entgegnete er. Ein flüchtiges Lächeln huschte über sein Gesicht. »Ich als Jurist dürfte es eigentlich nicht zugeben, aber niemand von uns versteht sie alle und niemand weiß, wer sie aufgestellt hat. Aber es gibt sie und selbst der Archivar muss sie beachten.

Nur der, in dessen rechtmäßigem Besitz sich das Buch befindet, hat die Macht, es zu verändern.«

Es dauerte nicht einmal eine Sekunde, bis Leonie der fundamentale Fehler in diesem Gedanken auffiel. »Und was will der Archivar dann damit?«, fragte sie. »Ich meine, wenn er doch gar nichts damit anfangen kann?«

Spätestens jetzt wurde Leonie klar, dass Fröhlich dieses Frage-und-Antwort-Spielchen ganz bewusst spielte, anstatt ihr einfach zu erzählen, was genau geschehen war – warum auch immer. Der grauhaarige Notar wirkte gleichermaßen zufrieden darüber, dass sie von selbst auf diese Frage gekommen war, wie auch besorgt.

»Die Situation hat sich geändert«, erklärte er. »Es ist etwas gesehen, was noch nie zuvor geschehen ist. Das Buch wurde aus dem Archiv entfernt.«

»Vater«, murmelte Leonie.

Fröhlich nickte sehr ernst. »Zum allerersten Mal befindet sich das Buch nicht mehr an seinem angestammten Platz. Und der, der es besitzt, verfügt nicht über die *Gabe.*«

»Also will er es meinem Vater stehlen?«

»Das würde ihm nichts nutzen«, verneinte Fröhlich. »Es hilft nicht, das Buch zu stehlen. Nur der legitime Erbe hat auch Macht über seinen Inhalt.« Er zögerte einen ganz kurzen Moment, bevor er in fast beiläufigem Ton fortfuhr: »Allerdings könnte er es deinem Vater abkaufen.«

»Abkaufen?« Beinahe hätte Leonie laut gedacht. »Unsinn! Er würde das Buch niemals verkaufen. Und schon gar nicht diesem … Ding!«

»Und wenn er etwas hätte, wogegen es sich zu tauschen lohnt?«, fragte Fröhlich.

»Unsinn!«, sagte Leonie noch einmal und mit noch größerem Nachdruck. »Was sollte es denn geben, das …?« Sie brach mitten im Satz ab und sie konnte selbst spüren, wie ihr das Blut aus dem Gesicht wich.

»Mich«, hauchte sie.

»Ja«, antwortete Fröhlich. Er wehrte ab, als Leonie eine weitere

Frage stellen wollte. »Deine Großmutter wird dir alles erklären. Es steht mir nicht zu, noch mehr zu offenbaren. Vielleicht habe ich schon mehr gesagt, als ich eigentlich dürfte. Aber ich wollte, dass du weißt, weshalb deine Großmutter so gehandelt hat. Sie hat euch sicher großen Schmerz zugefügt, aber ebenso sicher hat sie dir und deinen Eltern damit das Leben gerettet.«

Es war die pure Gewalt zwingender Logik, die Leonie beeindruckte, nicht unbedingt Fröhlichs Erklärung. Der Anwalt hatte Recht, mit jedem einzelnen Wort, daran gab es nicht den leisesten Zweifel, und doch weigerte sich etwas in Leonie noch immer beharrlich, diese rein logischen Gründe zu akzeptieren. Die Vorstellung einer Frau, die so kühl und berechnend vorging, wollte so gar nicht zu dem Bild passen, das Leonie von ihrer Großmutter hatte.

Leonie rief sich in Gedanken zur Ordnung. Sie war noch immer verbittert und voller Groll über den Schmerz, den man ihr zugefügt hatte. Sie musste aufpassen, dass sie ihren gerechten Zorn auch an dem Richtigen ausließ. Ihre Großmutter hatte gar nicht anders handeln können.

»Ist es noch weit?«, fragte sie.

»Ein paar Dutzend Schritte«, antwortete Fröhlich. Er deutete auf die dezente Leuchtreklame eines Restaurants, vielleicht vierzig oder fünfzig Meter entfernt. »Dort vorne, siehst du?«

Leonie nickte zwar, aber sie war nicht ganz sicher, ob sie begeistert sein sollte. Obwohl sie das Restaurant nicht kannte, sagte ihr doch allein schon die Art der Leuchtreklame genug. Ihr Vater schleppte sie ab und zu in solche Nobelschuppen und glaubte wahrscheinlich auch noch, dass er ihr einen besonderen Gefallen damit tat. »Es kann auch was Einfacheres sein«, sagte sie. »McDonald's oder KFC tun's auch.«

Fröhlich lächelte, als hätte sie einen besonders guten Witz zum Besten gegeben. »Ich fürchte, so etwas gibt es nicht mehr«, meinte er und wedelte gleichzeitig mit der Hand. »Komm, schau dir die Auslagen an. Ich bin sicher, dass sie dir gefallen.«

Womit er Recht hatte. Leonie gehorchte fast widerwillig und

lenkte ihre Blicke auf die Schaufenster, an denen sie vorübergingen, aber schon nach wenigen Schritten schlug sie das, was sie sah, doch in seinen Bann. Offensichtlich befanden sie sich in einer der teuersten Einkaufsstraßen der Stadt. Noble Boutiquen wechselten sich mit Schmuck- und edlen Möbelgeschäften ab, Uhrengeschäfte mit Hi-Fi- und Computerläden, teuren Schuhgeschäften und gemütlichen Cafés. Trotz der fortgeschrittenen Stunde waren sämtliche Geschäfte noch geöffnet.

»Noble Gegend«, bemerkte sie anerkennend, aber Fröhlich schüttelte den Kopf.

»Eine ganz normale Gegend«, behauptete er.

Leonie hätte selbst nicht sagen können warum, aber diese Worte erschreckten sie zutiefst. Sie sah den alten Notar fragend an, aber Fröhlich schüttelte nur abermals den Kopf und forderte sie mit einer entsprechenden Geste auf, sich weiter umzusehen. Nicht dass es noch nötig gewesen wäre. Sie hatte längst begriffen, was er ihr zeigen wollte. Sie wollte es nur noch nicht wahrhaben, das war alles.

Wohlgemut und ihre Großmutter gingen nun etwas langsamer, sodass sie das Restaurant gleichzeitig erreichten.

Die Erwartung, die die Leuchtreklame in Leonie geweckt hatte, wurde vollständig erfüllt. Der Raum war an sich sehr groß, wurde jedoch von zahlreichen spanischen Wänden und gemauerten Raumteilern in viele kleinere Bereiche unterteilt, sodass trotz seiner Größe sofort ein Eindruck von Behaglichkeit entstand. Wertvolle kristallene Lüster und eine Unzahl kleiner Wand- und Tischlämpchen sorgten für ein gedämpftes, anheimelndes Licht, und aus verborgenen Lautsprechern drang dezente Gitarrenmusik, die gerade laut genug war, dass man ihr lauschen konnte, wenn einem danach zumute war, ohne ansonsten aber zu stören. »Schick«, sagte Leonie, machte aber sofort eine abwehrende Geste in Fröhlichs Richtung. »Nein, sagen Sie es nicht. Ich weiß: ganz normal.«

Fröhlich lächelte. »Nun, nicht unbedingt. Aber nicht wirklich außergewöhnlich.«

Eine junge Kellnerin in einem eleganten Kostüm trat auf sie zu, um sie zu einem Tisch zu geleiten, an dem bereits gedeckt war – zu Leonies Erstaunen allerdings nur für vier Personen. »Komme ich ungelegen?«, fragte sie. »Ich meine: Ich kann später wiederkommen, wenn ihr in Ruhe essen wollt.«

Professor Wohlgemut sah sie fast bestürzt an, aber Fröhlich lachte leise. »Nein, das hat schon seine Richtigkeit«, erwiderte er. »Wir sind nur zu viert, oder?«

»Ich dachte, Vater Gutfried käme noch nach«, erklärte Leonie.

»Das hier ist nicht seine Welt«, antwortete Fröhlich. »Er würde sich … deplatziert fühlen. Darüber hinaus ist er … beschäftigt.«

Leonie nahm zögernd Platz. Die Kellnerin wartete, bis auch alle anderen sich gesetzt hatten, dann verteilte sie die Speisekarte und ging. Leonie geduldete sich mit Mühe und Not, bis sie außer Hörweite war, aber dann platzte sie heraus: »Also, was soll das hier? Ihr habt mich doch nicht hierher gebracht, weil ihr Hunger habt, oder?«

»Es ist ein sicherer Ort«, antwortete Wohlgemut.

»Das habe ich heute Abend schon ein paarmal gehört«, knurrte Leonie. »Aber irgendwie hat es nie gestimmt.«

»Manchmal ist die Öffentlichkeit das beste Versteck«, beharrte Wohlgemut. »Dein Vater muss längst gemerkt haben, dass du weg bist. Er wird Himmel und Hölle in Bewegung setzen um dich zu finden. Wir können an keinen der Orte gehen, die wir kennen, denn das würde automatisch bedeuten, dass er sie auch kennt.«

»Und dieses Restaurant hier nicht?«

»Keiner von uns war jemals zuvor hier«, sagte Fröhlich. Er hob die Schultern. »Das ist alles andere als ein perfekter Schutz, aber trotzdem der beste, den wir haben.«

Leonie brachte es auf den Punkt. »Ihr seid auf der Flucht.«

Weder ihre Großmutter noch die beiden alten Männer antworteten auf ihre Frage, aber Leonie hätte schon blind sein müssen, um die betretenen Blicke nicht zu bemerken, die sie untereinander tauschten.

»Aber das ist doch … ich meine, das kann doch gar nicht stimmen«, sagte sie hilflos. »Warum sollte Vater euch etwas tun? Außerdem hätte er es längst gekonnt, wenn …« Sie verstummte. Ihre Augen wurden groß, während ihr Blick immer hektischer von einem Gesicht zum anderen irrte.

»Ihr seid erst seit heute auf der Flucht, habe ich Recht?«, fragte sie. Nach einer kurzen, aber bedeutungsschweren Pause und noch leiser fügte sie hinzu: »Meinetwegen.«

Wieder vergingen endlose Augenblicke, in denen sich Großmutter, Professor Wohlgemut und Doktor Fröhlich nur betreten ansahen. Schließlich erwiderte Großmutter traurig ihren Blick und schüttelte den Kopf. »Nicht deinetwegen, Liebes.« Sie machte eine ausholende Geste, die das gesamte Lokal einschloss. Einer der anderen Gäste sah hoch, durch die Bewegung aufmerksam geworden, und nickte ihr lächelnd zu. Großmutter erwiderte dieses Lächeln und sagte: »Deswegen.«

»Das verstehe ich nicht«, bekannte Leonie.

»Warum bestellst du dir nicht etwas zu trinken?«, fragte Fröhlich. Er klappte die Speisekarte auf und bedeutete ihr mit einer Kopfbewegung, dasselbe zu tun.

Leonie sah ihn mehr als nur *ein wenig* irritiert an, dann sagte sie unwillig: »Eine Cola. Ist das jetzt wirklich wichtig?«

Fröhlich sah sie nur an. Leonie griff widerwillig nach der Speisekarte, klappte sie auf und blätterte ärgerlich darin herum. Nach einem Moment erschien ein Ausdruck von Überraschung auf ihrem Gesicht, der sich schnell in Bestürzung verwandelte.

»Keine Cola?«

»Und kein Bier«, ergänzte Wohlgemut. »Kein Wein oder Champagner. Wenn ich es mir recht überlege, überhaupt kein Alkohol.«

»Und sieh dir erst einmal die Speisekarte an«, fügte Großmutter hinzu.

Leonie gehorchte, aber diesmal brauchte sie einen Moment um es zu bemerken. »Was ist daran nicht in Ordnung?«, fragte sie.

»Nichts«, antwortete Fröhlich. »Nur gesundes, ausgewogenes

Essen, wie überall. Das ist es ja gerade.« Er seufzte. »Nicht dass ich nicht um die Gefahren von Alkohol, Cholesterin und Schwermetallen und all diesen Dingen wüsste, aber eine kleine Sünde dann und wann macht das Leben doch erst lebenswert.« Er machte eine unauffällige Kopfbewegung zum Nachbartisch hin. »Fällt dir nichts auf?«

»Nein«, sagte Leonie wahrheitsgemäß.

»Lauter glückliche, gesunde und freundliche Leute«, meinte Großmutter bitter. »Hast du unser Gespräch auf der Galerie vergessen, Leonie?«

Das hatte Leonie tatsächlich, auch wenn es ihr im ersten Moment selbst unglaublich erschien. Es wollte ihr einfach nicht gelingen, die alte Frau, die ihr gegenübersaß, mit der lebenslustigen, quirligen Theresa in Verbindung zu bringen, die gemeinsam mit ihr die Gefangenschaft im Reich des Archivars und die Flucht vor seinen Kriegern überlebt hatte und wie sie in den klinischen Computersaal geblickt hatte, in den ihr Vater das Scriptorium verwandelt hatte. Dennoch nickte sie nach ein paar Sekunden.

»Ich mache mir schwere Vorwürfe, Leonie«, sagte Großmutter. »Ich habe alles verdorben bei diesem Gespräch. Es ist alles meine Schuld.«

»Was?«, fragte Leonie verständnislos.

»Das alles hier!«, antwortete Großmutter heftig und so laut, dass etliche Gäste an den Nebentischen und auch eine der Kellnerinnen die Köpfe wandten und in ihre Richtung sahen. Leonie lief ein eisiger Schauer über den Rücken, als sie in ihre Gesichter blickte. Sie entdeckte nirgendwo ein missbilligendes Stirnrunzeln, keinen abfälligen Blick, kein verärgertes Verziehen der Lippen, allenfalls einen Ausdruck leiser Verwunderung, und wohin sie auch sah, schenkte man ihr ein freundliches Lächeln. Plötzlich wurde ihr wirklich klar, was Großmutter gemeint hatte. Diese Leute waren so glücklich, dass es schon fast widerlich war.

»Ich habe einfach die Beherrschung verloren«, fuhr Großmutter – leiser – fort. »Es tut mir Leid. Vielleicht wäre alles anders gekommen, wenn ich ruhig mit ihm gesprochen hätte. Ich kenne deinen Vater. Er ist trotz allem ein vernünftiger Mann. Aber ich habe ihm keine Chance gegeben, zur Besinnung zu kommen, weil ich die Beherrschung verloren und mich wie eine Wilde aufgeführt habe.« Sie schüttelte niedergeschlagen den Kopf. »Ich hätte es besser wissen müssen. Ich kenne deinen Vater und weiß, wie er reagiert, wenn man versucht ihn unter Druck zu setzen. Ich habe alles verdorben.«

Wohlgemut legte ihr beruhigend die Hand auf den Unterarm. »Es ist nicht Ihre Schuld, meine Liebe«, sagte er leise. »Machen Sie sich keine Vorwürfe. Es wäre in jedem Fall genau so gekommen und das wissen Sie auch.«

Leonie begann sich immer unbehaglicher zu fühlen. Es machte ihr zu schaffen, ihre Großmutter so leiden zu sehen, und darüber hinaus erregte Großmutter mittlerweile immer mehr Aufsehen – auch wenn die Blicke, die sie trafen, ausnahmslos verwirrt und überrascht waren. Diese Leute hier, begriff Leonie, waren es einfach nicht *gewohnt*, einen unglücklichen Menschen zu sehen.

»Ich verstehe deine Erregung ja, meine Liebe«, sagte Fröhlich mit gesenkter Stimme und einem mahnenden Blick in Großmutters Gesicht. »Aber über begangene Fehler zu jammern hat noch nie sonderlich viel gebracht. Wir sollten die Zeit, die uns noch bleibt, nutzen, um nach einer Lösung unseres Problems zu suchen.«

»Und wie genau soll die aussehen?«, fragte Leonie. »Wir können nicht gegen den Archivar kämpfen.«

»Der Archivar«, antwortete Wohlgemut ernst, »ist nicht unser Problem, Leonie. Ich glaube nicht, dass er noch einmal versuchen wird dich zu entführen.«

»Wieso nicht?«

»Weil er in dieser Welt über keine wirklich Macht mehr verfügt«, erklärte Großmutter. Sie hatte sich jetzt wieder in der Gewalt und sprach mit leiser, gefasster Stimme und auch ihr Gesicht wirkte nahezu unbewegt. Nur der Schmerz in ihren Augen schien eher noch größer geworden zu sein.

»Den Eindruck hatte ich nicht unbedingt«, bemerkte Leonie säuerlich.

»*Das hier* ist das Problem, Leonie«, sagte Wohlgemut eindringlich. »Nicht der Archivar. Deine Großmutter hat Recht! Seine Macht schwindet. Der Überfall vorhin war vielleicht so etwas wie eine letzte Verzweiflungstat.« Er schüttelte heftig den Kopf. »Ginge es nur um den Archivar, so bräuchten wir dich nur für ein paar Tage zu verstecken und abzuwarten. Das Problem ist das alles hier, Leonie.« Er warf Großmutter einen raschen, wie um Vergebung bittenden Blick zu, dem diese mit allen Anzeichen von Schuldbewusstsein auswich, bevor er in leicht verändertem Tonfall fortfuhr: »Ich weiß, es ist trotz allem immer noch dein Vater, über den wir reden – aber sieh dir doch an, was er bereits getan hat! Schau dir diese Welt an, die er mit seinen *Computern* und *Maschinen* erschaffen hat!«

Die beiden Worte *Computer* und *Maschinen* hatte er fast wie einen Fluch ausgespien, und vielleicht war dies der einzige Grund, aus dem Leonie noch ein letztes Mal widersprach. Das – und die Tatsache, die Wohlgemut ja eben gerade selbst ausgesprochen hatte: dass der Mann, über den alle hier sprachen, als wäre er der verabscheuungswürdigste Schwerverbrecher aller Zeiten, noch immer ihr *Vater* war.

»Und was ist so schlimm an dem, was er getan hat?«

Wohlgemut erbleichte für einen Moment und holte dann tief Luft für eine geharnischte Antwort, aber Doktor Fröhlich kam ihm mit einer raschen Geste zuvor. »Nein, nein, Leonie hat vollkommen Recht«, sagte er – nicht nur zu Leonies Verblüffung. »Lassen Sie mich für einen Moment den Advocatus Diaboli spielen. Was ist so schlimm an dieser neuen Welt, die dein Vater nach seinen eigenen Vorstellungen erschaffen hat?« Er wandte sich direkt an Leonie. »Ich verstehe deine Zweifel, Leonie. Diese Welt ist zweifellos besser als die, die wir alle kennen. Es gibt keine Kriege mehr, keine Verbrechen, keine Armut und keine Ungerechtigkeit. Fast alle Krankheiten sind besiegt, es gibt keine Arbeitslosigkeit und keine politischen Querelen. Die ganze Welt lebt in Frieden miteinander. Die Menschen sind glücklich.« Er zögerte einen ganz kurzen – und Leonie war vollkommen sicher: genau berechneten – Moment und fuhr dann fort: »Jedenfalls sollte man meinen, dass sie es sind. Was meinst du? Sind sie es? Schau dich um.«

Das brauchte Leonie nicht. Sie kannte die Antwort. Sie hatte es schon draußen gespürt, lange bevor sie hierher gekommen waren. »Nein«, murmelte sie. Ihre Augen wollten sich mit Tränen füllen, und sie brauchte all ihre Kraft um sie zurückzuhalten.

»Das stimmt«, sagte Fröhlich sanft. Von wegen *Advocatus Diaboli!* Er hatte sie hereingelegt. Aber was erwartete sie von einem Rechtsanwalt?

»Aber warum?«, flüsterte sie hilflos.

»Weil *nicht unglücklich sein* nicht automatisch bedeutet, *glücklich* zu sein«, antwortete ihre Großmutter leise. »Das ist es, was dein Vater getan hat, Leonie. Ich weiß, dass es in bester Absicht geschah, und doch hat er einen schrecklichen Fehler gemacht. Und du weißt es auch. Du hast es so deutlich gespürt wie ich, als wir dort oben auf der Galerie gestanden sind. Habe ich Recht?«

Leonie nickte. Sie hatte den Kampf gegen die brennende Nässe in ihren Augen längst verloren, aber auch das war ihr mittlerweile egal. »Die Computer«, murmelte sie. »Wohlgemut hat Recht. Sie sind … wie Roboter. Wie glückliche Roboter, vielleicht. Aber dennoch nicht mehr als Roboter.«

Auch wenn sie immer noch nicht verstand warum.

»Das war die einzige Möglichkeit, all diese gewaltigen Veränderungen und Verbesserungen vorzunehmen, all diese Millionen und Abermillionen von Leben zu verändern«, bestätigte Großmutter. »Kein lebendes Wesen wäre in der Lage, all die kleinen und großen Unterschiede im Auge zu behalten. Du änderst eine Winzigkeit im Leben eines Menschen, und es hat Auswirkungen auf die Schicksale jedes einzelnen anderen Menschen, dem er fortan jemals begegnet ist. Und dasselbe gilt auch für diese Menschen, und so weiter. Es ist eine Kettenreaktion universellen Ausmaßes, an deren Ende eine unvorstellbare Katastrophe stehen könnte. Es hat einen guten Grund, warum es den Scriptoren nicht erlaubt ist, auch nur ein Komma im Buch eines Menschenlebens zu ändern. Kein lebendes Wesen wäre in der Lage, diese Aufgabe zu bewältigen. Nicht einmal der Archivar selbst.«

»Aber Vaters Computer können es.«

»Wie es aussieht, ja«, bestätigte Wohlgemut an Großmutters Stelle. Er klang fast widerwillig. »Ich hätte es nicht für möglich gehalten, aber anscheinend sind sie der Aufgabe gewachsen.«

»Und warum funktioniert es dann trotzdem nicht?«, fragte Leonie.

»Weil Computer keine Seele haben«, antwortete Großmutter. »So wenig wie all die Menschen hier. Computer machen keine Fehler, aber es ist nun einmal die Natur der Menschen, Fehler zu machen und daraus zu lernen. Nimm ihnen dieses Recht und du nimmst ihnen ihre Menschlichkeit.«

Leonie schüttelte zwar impulsiv den Kopf, aber sie spürte sogar selbst, dass es nichts als eine hilflose Abwehrreaktion auf eine Wahrheit war, die sie längst verinnerlicht hatte. All diese Menschen, hier im Restaurant, aber auch draußen auf der Straße, die gut gekleidet, gesund und ordentlich waren, stets vernünftig und gut gelaunt und so entsetzlich glücklich – im Grunde waren sie nichts anderes als künstlich programmierte Maschinen.

»Und was können wir jetzt tun?«, fragte sie.

»Vielleicht gar nichts mehr«, erwiderte Großmutter traurig. »Solange dein Vater im Besitz des Buches ist, gibt es rein gar nichts, was wir tun können, weder du noch ich.«

»Und wenn ich mit ihm reden würde?«, fragte Leonie. »Er ist immerhin mein Vater!«

»Das wäre sinnlos«, sagte Fröhlich ernst. »Hast du schon vergessen, dass er erst gerade wieder versucht hat, deine kompletten Erinnerungen auszutauschen und dich in ein vollkommen fremdes und gar nicht zu dir passendes Leben zu pressen? Wenn du noch einmal zu deinem Vater gehst, dann wird er dafür sorgen, dass du die Erinnerungen an dein wirkliches Leben endgültig verlierst. Du wirst nicht mehr wissen, wer wir sind. Du würdest nicht einmal mehr wissen, dass es uns je gegeben hat.«

Leonie dachte an die Zeit vor dem Überfall der Archivkrieger zurück und ein eisiger Schauer lief ihr den Rücken hinab. Die Erinnerungen waren so *echt* gewesen! Sie wusste, dass Fröhlich Recht hatte. Und dennoch weigerte sie sich noch immer zu glauben, dass ihr eigener Vater ihr das antun würde.

»Dann gibt es gar nichts mehr, was wir noch tun könnten?«, fragte sie.

»Er ist im Moment sein rechtmäßiger Besitzer«, erklärte Fröhlich. »Und damit ist er der Einzige, der Macht über das Buch hat. Allerdings, wenn du …« Er verstummte. Ein nachdenklicher Ausdruck erschien auf seinem Gesicht.

»Ja?«, fragte Leonie, als er nicht weitersprach.

»Bedenkt man die … äh … etwas fragwürdigen Umstände, unter denen dein Vater in den Besitz des *Buches* gelangt ist, könnte ich mir vorstellen, dass es ausreicht, wenn du es seiner legitimen Besitzerin zurückgibst«, antwortete Fröhlich ausweichend.

Es dauerte einen Moment, bis Leonie wirklich begriff, was er damit sagen wollte. »Sie meinen, ich soll ihm das Buch stehlen!«

Fröhlich fuhr sichtbar zusammen und sah sich hastig und erschrocken um, als hätte er Angst, dass irgendjemand am Nebentisch Leonies Worte gehört hatte. Sie hatte auch wirklich sehr laut gesprochen. »Also ich als Jurist würde dir natürlich niemals einen solchen Rat geben«, sagte er mit einem nervösen Lächeln, »aber …« Er hob seufzend die Schultern. »Außergewöhnliche Situationen bedingen manchmal auch außergewöhnliche Maßnahmen. Streng genommen hat deine Großmutter dir das Buch vermacht. Dass das Testament wegen irgendeiner Spitzfindigkeit nicht in Kraft trat, ändert nichts an der Tatsache, dass sie ihrem freien Willen deutlich Ausdruck verliehen hat.«

»Das sind doch juristische Haarspaltereien«, sagte Wohlgemut ärgerlich.

»Das mag sein«, gestand Fröhlich unumwunden. »Aber ich habe mein Lebtag von juristischen Haarspaltereien gelebt, und das nicht schlecht.« Er grinste und brachte Wohlgemutes Protest mit einem entschiedenen Kopfschütteln zum Verstummen. »Im Ernst, mein Lieber: Wenn dies hier ein normaler Rechtsstreit wäre, würde ich mir vor jedem Gericht eine gute Chance ausrechnen, mit meiner Argumentation zum Ziel zu gelangen.«

»Ist es aber nicht«, erwiderte Wohlgemut patzig.

Fröhlich setzte seinerseits zu einer Antwort an, doch zu Leonies Erleichterung kam in diesem Moment die Kellnerin, um sich nach ihren Wünschen zu erkundigen. Sie gaben ihre Bestellung auf, und als die junge Frau ging, war der schwelende Streit zwischen Fröhlich und dem Professor wieder erloschen. Dennoch war die gereizte Stimmung zwischen den beiden hochbetagten Männern deutlich zu spüren.

»Bitte hört auf«, sagte Großmutter leise. Sie warf Leonie einen Verzeihung heischenden Blick zu. »Dieser Streit ist ohnehin müßig. Es gibt keine Möglichkeit, an das Buch heranzukommen. Dein Vater hat den Zugang verschlossen. Du hast es selbst gesehen.«

»Seit wann halten mich Türen auf?«, fragte Leonie.

»Die magischen Türen des Archivs vielleicht nicht«, antwortete Fröhlich trocken. »Eine fünf Tonnen schwere Tür aus Stahl aber sehr wohl. Dein Vater hat sich etwas dabei gedacht, dieses Monstrum in eurem Keller einbauen zu lassen.«

»Dann suchen wir uns einen anderen Eingang«, meinte Leonie.

Ihre Großmutter lächelte traurig. »Das geht nicht, Liebes. Es gibt für jede *Hüterin* immer nur einen Weg ins Archiv. Die Tür, durch die deine Mutter und du gegangen seid, ist die einzige, die wir benutzen können. Das ist der Grund, aus dem sich unsere Buchhandlung seit Generationen am gleichen Ort befindet.«

»Dann suchen wir einen anderen Eingang«, sagte Leonie noch einmal. »Irgendeinen!« Allmählich begann sich so etwas wie Verzweiflung in ihr breit zu machen. Es *musste* doch einfach einen Weg geben! »Wir gehen einfach zu einer der anderen *Hüterinnen* und …«

»Es gibt keine anderen mehr«, unterbrach sie Wohlgemut.

Leonie starrte ihn an. »Was?«

»Das war das Erste, was dein Vater geändert hat«, erklärte Fröhlich mit ernstem Gesichtsausdruck. »Es gibt niemanden mehr, der über die Gabe verfügt. Nur deine Großmutter und dich. Deine Großmutter, weil er nicht weiß, dass sie überhaupt noch lebt, und du, weil du seine Tochter bist. Auch wenn der gute Professor das vielleicht anders sieht, bin ich doch sicher, dass er dir niemals ein Leid zufügen würde.«

»Das hat er ja auch gar nicht nötig«, sagte Wohlgemut spitz. Fröhlich schenkte ihm einen giftigen Blick, den der Professor mit eisiger Miene erwiderte. Leonie war verwirrt. Sie war bisher davon ausgegangen, dass die beiden Männer, die ja auch aussahen wie Brüder, gute Freunde waren, aber so ganz schien das nicht zu stimmen.

Überhaupt kam ihr die Situation immer unwirklicher vor. Irgendetwas war hier nicht in Ordnung. Es war Leonie nicht möglich, das Gefühl in Worte zu kleiden, aber tief in ihr war ein nagender Zweifel, der mit jedem Moment stärker wurde. Da war etwas an dem, was ihre Großmutter gesagt hatte, etwas, das mit …

Großmutter sah ihr tief in die Augen und schenkte ihr ein trauriges Lächeln, das Leonie sich schäbig und gemein vorkommen ließ. Natürlich stimmte mit dieser Situation etwas nicht. Mit der ganzen *Welt*, in der sie sich befanden, stimmte etwas nicht! Sie sollte sich schämen, so über ihre Großmutter zu denken, nach allem, was die alte Frau ihretwegen auf sich genommen und erlitten hatte!

»Aber wenn Vater das Buch in sicherem Gewahrsam hat«, sagte Leonie, statt weiter diesen sinnlosen Gedanken nachzuhängen, »wie sollen wir dann in seinen Besitz kommen? Ich kann doch schlecht zu meinem Vater gehen und ihn um das Buch bitten …«

Wohlgemut riss verblüfft die Augen auf und Großmutter zuckte zusammen, und bevor Leonie begriff, was geschehen war, sagte jemand hinter der halbhohen spanischen Wand, vor der Wohlgemut und sie saßen: »Warum solltest du das nicht können?«

Leonie fuhr so erschrocken zusammen, dass der Stuhl unter ihr hörbar knarrte, und Fröhlich stieß einen kleinen, ächzenden Schrei aus, als Frank hinter der spanischen Wand hervorkam und dann beinahe gemächlich an ihren Tisch trat. In der rechten Hand trug er eine Pistole. »Und wisst ihr was, ihr komischen Vögel?«, fuhr er mit einem bösen Grinsen fort. »Ich tue euch sogar den Gefallen und bringe euch direkt zu eurem ominösen Buch!«

Verraten!

Der Wagen wartete vor dem Restaurant. Beide Türen auf der Fahrerseite standen offen und ragten ein gutes Stück weit auf die Fahrbahn hinaus, sodass die vorüberfahrenden Autos in weitem Bogen ausweichen mussten und zum Teil auf die Gegenfahrbahn gerieten; dennoch hupte niemand, es gab keine bösen Blicke, keine wütenden Kommentare oder gar Beschimpfungen. Die Autofahrer wichen dem Hindernis diszipliniert und ruhig aus und auch die Passanten auf dem Bürgersteig schenkten der Szenerie höchstens einen irritierten Blick, wenn überhaupt.

Wenigstens hatte Frank seine Pistole eingesteckt, bevor sie das Restaurant verließen, aber Leonie ahnte, dass er sie blitzschnell ziehen würde, wenn es darauf ankam.

»Ein bisschen Beeilung, wenn ich bitten darf!«, raunzte er, als sie sich dem Wagen näherten und Wohlgemut unsicher stehen blieb. »Wir werden erwartet und es ist unhöflich, zu spät zu kommen.« Er wies mit einer ärgerlichen Kopfbewegung auf die Fahrertür und sah Wohlgemut dann noch unwilliger an. »Sie fahren!«

Wohlgemut wurde ein bisschen blass um die Nase herum. »Aber ich kann doch gar nicht …«, begann er, wurde aber von Frank sofort und in rüdem Ton wieder unterbrochen: »Dann wird es Zeit, dass du es lernst, Opa!«

Er versetzte Wohlgemut einen recht unsanften Stoß zwischen die Schulterblätter, der diesen ungeschickt auf die Straße und auf den Wagen zustolpern ließ. Noch eine Winzigkeit mehr, dachte Leonie entsetzt, und Wohlgemut wäre gefallen; offensichtlich hatte Frank vergessen, dass er es nicht mit seinesgleichen, sondern mit einem hochbetagten Mann zu hatte. Allerdings schien sie die Einzige zu sein, der Franks unmögliches Verhalten auffiel. Er versetzte Wohlgemut noch einen weiteren Stoß, als der Professor für seinen Geschmack zu langsam ging, und Wohlgemut stolperte nun tatsächlich gegen die offene Tür und fand erst im allerletzten Moment daran Halt, aber niemand nahm auch nur Notiz davon. Die wenigen Passanten, die überhaupt in ihre Richtung blickten, wirkten bestenfalls verwirrt, als wäre es ihnen nicht möglich, dem Gesehenen irgendeinen Sinn abzugewinnen. Leonie konnte nicht einmal sagen, was sie mehr erschreckte: Franks Rohheit oder die völlige Teilnahmslosigkeit der Leute, die sie beobachteten.

Frank fuchtelte ungeduldig mit seiner nun wieder gezogenen Pistole herum und dirigierte Fröhlich, Leonie und ihre Großmutter auf die Rückbank des geräumigen Wagens, ehe er selbst auf die andere Seite des Fahrzeugs eilte und auf dem Beifahrersitz Platz nahm.

»Los!«, befahl er unwillig.

Wohlgemuts Blick irrte fast hilflos über die Armaturen der schweren Limousine. Frank verdrehte die Augen, drückte auf einen Knopf und der starke Elektromotor des Wagens erwachte mit einem kaum hörbaren Surren zum Leben. »Einfach nur Gas geben und lenken«, sagte er. »Alles andere macht der Wagen von selbst.«

»Und … wohin?«, fragte Wohlgemut hilflos. Seine Hände zitterten fast so stark wie seine Stimme, als er das Lenkrad ergriff.

»Zurück«, blaffte Frank. »Ich habe doch gesagt, wir werden erwartet.«

»Sie wissen ja nicht, was Sie da tun«, sagte Fröhlich leise.

Frank lachte böse. »Wenn euer Freund auch dabei wäre, dieser rabiate Pfaffe, dann könnte ich mich wirklich vergessen«, sagte er, wobei er sich demonstrativ mit der freien Hand das Kinn rieb.

»Aber noch weiß ich, was ich tue. Ich kann allerdings nicht garantieren, wie lange das so bleiben wird!« Er wedelte ungeduldig mit der Pistole vor Wohlgemuts Gesicht herum. »Fahren Sie endlich los!«

Wohlgemut tat wirklich sein Bestes, aber das war leider nicht besonders gut. Einen normalen Benzinmotor hätte er vermutlich mindestens drei- oder viermal abgewürgt, bevor es ihm auch nur gelungen wäre, die Limousine auf die Straße zu bugsieren, aber auch so brach der Verkehr ringsum diesmal tatsächlich zusammen, als Wohlgemut den Wagen auf die Fahrbahn im wahrsten Sinne des Wortes hinauskriechen ließ. Das nach Leonies Erfahrungen bei solchen Anlässen übliche Hupkonzert, die bösen Blicke und das wütende Herumgefuchtele hinter Windschutzscheiben blieben aus – wie sollte es hier auch anders sein! –, aber Frank verdrehte gequält die Augen, und Leonie atmete erleichtert auf, als es Wohlgemut endlich geschafft hatte, den Wagen in den fließenden Verkehr einzufädeln, ohne eine Massenkarambolage zu verursachen. Wenigstens ließ Frank seinen Unmut nicht mehr länger an dem völlig eingeschüchterten Professor aus. Er hatte wohl eingesehen, dass Wohlgemuts Behauptung, er könne nicht Auto fahren, *keine* Lüge gewesen war.

»Und … wohin?«, fragte Wohlgemut nach einer Weile wieder.

»Zurück!«, antwortete Frank. Wohlgemut blickte ihn hilflos an und Frank verdrehte seufzend die Augen und sagte: »An der nächsten Kreuzung rechts.«

»Bitte, überlegen Sie noch einmal, was Sie tun«, sagte Fröhlich, zwar an Frank gewandt, aber nicht ohne Wohlgemut einen raschen, deutlich nervösen Blick zugeworfen zu haben. »Ich weiß ja nicht, wie viel von unserem Gespräch Sie belauscht haben …«

»Auf jeden Fall genug um zu wissen, dass ihr alle einen gehörigen Sprung in der Schüssel habt!«, unterbrach ihn Frank grob. Er lachte leise und abfällig. »Irgendjemand verändert also die Wirklichkeit, wie? Einfach so, indem er mit den Fingern schnippt und einen Zauberspruch murmelt, nehme ich an.«

»Anscheinend haben Sie doch nicht so genau zugehört, wie Sie zu glauben scheinen, junger Mann«, bemerkte Großmutter ruhig. »Nicht *irgendjemand*. Leonies Vater. Der Mann, zu dem Sie uns jetzt zurückbringen wollen. Und er tut es ganz bestimmt nicht, indem er mit den Fingern schnippt und dabei einen Zauberspruch murmelt, sondern weil er einen bestimmten Gegenstand in seine Gewalt gebracht hat, der ihm Macht über das Schicksal verleiht.«

Frank blickte sie irritiert an. Eine steile Falte erschien auf seiner Stirn, aber Leonie war nicht einmal sicher, dass dieser nachdenkliche, fast erschrockene Ausdruck tatsächlich Großmutters *Erklärung* galt – die sie, nebenbei bemerkt, wohl auch nicht geglaubt hätte. Vielmehr war das nachdenkliche Stirnrunzeln in dem Moment auf seinem Gesicht erschienen, in dem Großmutter ihn *junger Mann* genannt hatte, und das auf eine Art, die er an diesem Abend schon einmal gehört hatte.

»Richtig«, sagte er gedehnt. »Wo ist überhaupt die Vierte im Bunde?«

»Welche Vierte?«, fragte Großmutter.

»Ihre Kollegin«, erwiderte Frank unsicher. »Ihre Tochter, schätze ich. Oder eher Ihre Enkelin. Na, die eben, die am See aus der Kutsche gestiegen ist.«

»Da war niemand außer uns«, antwortete Großmutter. »Und Vater Gutfried natürlich.«

»Blödsinn!«, antwortete Frank überzeugt – zumindest versuchte er überzeugt zu klingen. Aber völlig gelang es ihm nicht. Er hörte sich ein bisschen unsicher an, und der Blick, mit dem er Großmutters Gesicht taxierte, sah deutlich mehr als nur *ein bisschen* unsicher aus. Er schien noch etwas sagen zu wollen, sog aber nur erschrocken die Luft ein und versteifte sich für eine Sekunde auf seinem Platz, als Wohlgemut beim Abbiegen beinahe einen Fußgänger überfahren hätte, der nicht schnell genug aus dem Weg sprang. Mit zusammengekniffenen Augenlidern wartete er, bis der Professor wieder halbwegs Gewalt über den Wagen hatte, und fuhr erst dann und in hörbar beherrschterem Tonfall fort: »Was soll dieser ganze Unsinn?«

»Sie wissen, dass es kein Unsinn ist«, sagte Großmutter. »Sie haben die Ungeheuer doch gesehen, die hinter Leonie her waren. Waren die auch nur ... *Unsinn?*«

Frank schwieg unbehaglich. Er rettete sich schließlich damit, scheinbar konzentriert Wohlgemuts unzulänglichen Versuchen zu folgen, den Wagen über die Straße zu chauffieren, ohne dabei eine Spur aus zertrümmerten Fahrzeugen und niedergewalzten Fußgängern zu hinterlassen. Leonie konnte sein Gesicht nur noch im Innenspiegel beobachten, aber sie sah, wie es hinter seiner Stirn arbeitete.

»Dort vorn wieder rechts«, befahl Frank, »und dann die nächste links. Danach geht es nur noch geradeaus.« Er fuhr sich demonstrativ mit dem Handrücken über die Stirn und atmete hörbar auf. »Mit ein bisschen Glück kommen wir sogar lebend an.«

»Nur werden wir es nicht mehr allzu lange bleiben«, fügte Fröhlich hinzu.

Frank schenkte ihm einen bösen Blick über den Spiegel hinweg, schwieg aber beharrlich weiter und auch Fröhlich sagte nichts mehr. Für die nächsten fünf oder zehn Minuten fuhren sie in verbissenem Schweigen dahin. Leonies Gedanken drehten sich immer schneller im Kreis. Ihr war buchstäblich zum Heulen zumute. Nach allem, was sie geschafft, nach allen Gefahren, die sie überwunden hatte, allen Feinden und Fallen, denen sie entkommen war, sollte es nun so enden? Das war einfach nicht fair!

»Was glauben Sie, was mit uns geschieht, wenn Sie uns abgeliefert haben?« Fröhlich war offensichtlich nicht bereit, so einfach aufzugeben. Frank drehte den Kopf und warf ihm einen ärgerlichen Blick zu, aber der Notar fuhr ungerührt fort. »Und auch mit Ihnen?«

»Das wird sich zeigen«, antwortete Frank. »Seien Sie jetzt still.«

»Warum?«, fragte Fröhlich. »Sie haben doch nicht etwa Angst vor der Antwort?«

Frank blickte ihn noch wütender an, sagte aber nichts. Leonie konnte sehen, wie es hinter seiner Stirn arbeitete. Vielleicht war er ja nicht mehr ganz so sehr von seinen eigenen Worten überzeugt. Schließlich – ohne dass einer von ihnen noch irgendetwas hätte sagen müssen – fragte er, leise und in fast widerwilligem Ton: »Und was erwarten Sie jetzt von mir?«

»Nichts, als dass Sie einfach Ihren gesunden Menschenverstand gebrauchen«, antwortete Großmutter. »Denken Sie einfach noch einmal an alles, was Sie gesehen und gehört haben. Und dann bilden Sie sich ein Urteil.«

»Ich weiß nicht, was ich gesehen habe«, murmelte Frank leise, unsicher und fast mehr an sich selbst als an sie gewandt. »Das alles ist …« Er hob hilflos die Schultern. »Total verrückt.«

»Ich wünschte, es wäre so«, sagte Großmutter. Dann gab sie sich einen Ruck, tippte Wohlgemut leicht mit der Hand auf die Schulter und deutete gleichzeitig mit der anderen zum Straßenrand. »Halten Sie bitte dort vorne an, Professor.«

»Nichts da!«, protestierte Frank. »Wir fahren weiter, und zwar zügig!«

Er gestikulierte drohend mit seiner Waffen, um seinen Befehl zu unterstreichen, und Wohlgemut nickte nervös – was ihn allerdings nicht daran hinderte, den Fuß vom Gas zu nehmen und den Wagen gehorsam am Straßenrand ausrollen zu lassen. Frank ächzte, ließ Wohlgemut aber unbehelligt und drehte sich stattdessen im Sitz herum, um Großmutter einen ärgerlichen Blick zuzuwerfen. »Was soll das?«

Großmutter lächelte müde. Sie sah nicht sehr glücklich aus. In ihren Augen war ein Ausdruck, als koste sie das, was sie nun tun musste, nicht nur große Kraft, sondern auch noch größere Überwindung, und als hätte sie beinahe ein wenig Angst davor. Ohne Franks Frage zu beantworten, hob sie beide Hände vor das Gesicht und ließ sie einige Sekunden dort.

Obwohl Leonie geahnt hatte, was kam, erschrak sie so sehr, dass sie einen kleinen, spitzen Schrei ausstieß. Frank schrie nicht. Er starrte Großmutter nur an und seine Augen quollen vor Unglauben und Entsetzen schier aus den Höhlen. Das Gesicht, in das er sah, als Großmutter die Hände wieder herunternahm, war nicht mehr das einer uralten Frau, sondern das Gesicht Theresas.

»Aber das … das ist doch …«, stammelte er.

»Ich tue das nicht gern, glauben Sie mir«, sagte Theresa sanft, »aber ich fürchte, es ist der einzige Weg, um Sie davon zu überzeugen, dass wir die Wahrheit sagen.«

Leonie war nicht sicher, dass Frank die Worte überhaupt verstanden hatte. Er starrte das plötzlich wieder jung gewordene, strahlend schöne Gesicht vor sich weiter an und begann dann am ganzen Leib zu zittern. »Das ist doch unmöglich«, flüsterte er. »Ich … ich muss den Verstand verloren haben!«

»Ich wünschte fast, es wäre so«, seufzte Theresa. »Es wäre für uns alle besser.«

»Aber …«, stammelte Frank. Er sah so hilflos aus, dass er Leonie beinahe Leid tat.

»Jetzt ist weder die Zeit noch die Gelegenheit, Ihnen alles zu erklären«, fuhr Theresa fort. Sie warf einen raschen, nervösen Blick aus dem Fenster, und in ihrer Stimme war plötzlich ein ängstlicher Unterton. »Sie müssen mir einfach glauben, dass Sie Leonie nicht zurückbringen dürfen! Nicht nur für sie, sondern für uns alle. Diese Ungeheuer, die Sie gesehen haben – sie könnten bald die ganze Welt beherrschen. Und das wäre nicht einmal das Schlimmste.«

Franks Gesichtsausdruck wirkte nun beinahe gequält. Er blickte wieder auf die Waffe in seiner Hand, aber Leonie war fast sicher, dass er nun daran dachte, wie wenig sie ihm gegen die Krieger des Archivars geholfen hatte. Auf seinem Gesicht lag ein Ausdruck, als hätte er körperliche Schmerzen, und schließlich senkte er die Pistole nicht nur, sondern drückte den Sicherungshebel nach oben und steckte die Waffe unter seinen Gürtel.

Leonie atmete vorsichtig auf. Vielleicht war ja doch noch nicht alles verloren.

Frank sah hoch, blickte zuerst Fröhlich, dann ein wenig länger Großmutter – besser gesagt Theresa – und schließlich noch länger Leonie an. »Ihr behauptet also, das alles hier wäre nicht real?«

Leonie wollte antworten, doch Großmutter (Theresa!) kam ihr zuvor: »Nein«, sagte sie mit einem heftigen Kopfschütteln.

»Niemand würde so etwas behaupten. Das wäre Unsinn. Diese Welt hier ist nur zu real, das ist ja gerade das Problem.«

»Aha«, machte Frank. Er sah hilfloser aus als jemals zuvor, obwohl Leonie das noch vor einer Sekunde gar nicht für möglich gehalten hätte.

»Das Buch gibt seinem Besitzer nicht die Macht, Illusionen zu erzeugen«, erklärte Theresa. »Wäre es so, dann hätten wir nichts zu befürchten. Niemand kann auf die Dauer eine ganze *Welt* täuschen, ganz egal, wie geschickt er es auch anstellt.« Sie wiederholte ihr Kopfschütteln, und der Blick, mit dem sie den jungen Leibwächter ansah, wurde fast hypnotisch. »Das Buch gibt seinem Besitzer die Macht, die *Wirklichkeit* zu verändern.«

»Ja, das klingt logisch«, meinte Frank. Er lachte ganz leise, aber es klang fast hysterisch.

»Ich weiß, wie sich das anhört«, beharrte Theresa. »Ich an Ihrer Stelle würde wahrscheinlich auch kein Wort davon glauben. Aber es ist so. Ich habe keine Ahnung, wie ich es Ihnen beweisen soll, ich kann Sie nur bitten mir zu glauben.«

Vielleicht für drei Sekunden, die sich aber zu einer Ewigkeit dehnten, wurde es sehr still im Wagen. Schließlich fragte Frank: »Und wie soll das funktionieren?«

»Was ist Wirklichkeit?«, fragte Fröhlich an Theresas Stelle. Er ließ eine dramatische Pause verstreichen und beantwortete seine Frage dann selbst: »Es gibt sogar eine wissenschaftliche Erklärung für den Begriff Gegenwart, wussten Sie das?«

Frank schüttelte den Kopf und Fröhlich fuhr fort: »Rein physiologisch betrachtet, ist die Zeitspanne, die wir als Gegenwart definieren, genau drei Sekunden lang.« Er tippte sich mit dem Zeigefinger gegen die Schläfe. »Danach speichert unser Gehirn das Erlebte als Erinnerung ab.«

»Wie interessant«, sagte Frank und zog eine Grimasse. »Und?«

»Was ich damit sagen will«, erklärte Fröhlich, »ist, dass im Grunde unser gesamtes Leben nur aus Erinnerungen besteht. Manche sind frisch, weil sie erst einige Augenblicke zurückliegen, manche fast vergessen und manche sogar ganz. Und trotzdem:

Stellen Sie sich vor, Sie hätten die Macht, die Erinnerungen der Menschen zu ändern. *Aller* Menschen.« Ein dünnes, humorloses Lächeln erschien auf seinen Lippen und er machte eine angedeutete Handbewegung. »Sie haben da eine Packung Zigaretten in der rechten Hosentasche, habe ich Recht?«

»Woher wissen Sie das?«, entfuhr es Frank. Er sah nicht wirklich erschrocken aus, aber doch ein wenig ertappt.

»Weil Sie sie immer bei sich haben«, antwortete Fröhlich. »Dabei rauchen Sie gar nicht. Schon lange nicht mehr. Sie haben nur das Gefühl, Sie müssten sie bei sich haben, nicht wahr?«

Frank sagte nichts dazu, aber das Entsetzen in seinem Blick machte Leonie klar, wie nahe Fröhlich mit seiner Vermutung der Wahrheit gekommen sein musste.

»Können Sie sich erinnern, wann Sie mit diesem Laster aufgehört haben?«, fragte Fröhlich.

»Ich …« Frank schüttelte hilflos den Kopf. »Manchmal passiert so etwas«, sagte Großmutter. »Die Erinnerung eines Menschen zu ändern kann eine Kettenreaktion in Gang setzen.«

»Wieso denn das?«

»Nehmen Sie das, was Sie gerade selbst getan haben«, erklärte Theresa. »Sie haben den Herrn Professor ziemlich unsanft auf die Straße hinausgeschoben. Etliche Menschen haben es beobachtet. Manche davon werden sich ihre Gedanken gemacht und mit anderen darüber gesprochen haben. Sie erzählen es vielleicht zu Hause ihren Männern oder Frauen und diese wiederum erzählen es im Büro oder im Supermarkt weiter. Jemand ist nur kurz stehen geblieben, um Ihnen zuzusehen und sich zu wundern, und befindet sich deshalb, sagen wir eine halbe Stunde später, nicht genau an der Stelle, an der er gewesen wäre, hätte er seinen Weg im gleichen Tempo fortgesetzt. Wer weiß – vielleicht stürzt ein Dachziegel herunter und erschlägt ihn, nur weil er eine halbe Sekunde später an der betreffenden Stelle ankommt. Damit wäre nicht nur sein Leben zu Ende, sondern es würde auch Auswirkungen auf das Leben seiner Familie, seiner Freunde, seiner Arbeitskollegen haben … auf alles. Und nun stellen Sie sich vor, jemand besitzt die Macht, genau diese Szene zu ändern. Sie stoß den Herrn Professor nicht so grob auf die Straße. Niemand mu ihm ausweichen und niemand hat etwas zu erzählen. Der Dachziegel verfehlt sein Opfer und er bleibt am Leben. Was aber, wenn genau dieser Mensch irgendwann selbst einen Unfall verursacht, bei dem ein anderer ums Leben kommt? Oder eine gewaltige Katastrophe mit Hunderten von Opfern?«

»Das ist …«, murmelte Frank.

»Es ist unglaublich gefährlich, an der Wirklichkeit herumzupfuschen«, unterbrach ihn Fröhlich. Er seufzte. »Und genau *das* hat Leonies Vater getan. Und er ist noch lange nicht damit fertig.«

»Das ist ziemlich verrückt«, meinte Frank. »Ich kann das nicht glauben.«

»Bitte, versuchen Sie es!«, sagte Theresa. »Wenn Sie uns nicht glauben, dann glauben Sie Leonie. Warum sollte sie Sie belügen, wenn es doch um ihren eigenen Vater geht?«

Lange, endlos lange, wie es Leonie vorkam, sah Frank sie nur an. Der Zweifel in seinem Blick war unübersehbar. Er hockte verkrümmt auf seinem Sitz, als hätte er Schmerzen, und seine Hände zitterten immer noch ganz leicht. Sie konnte sehen, wie sich die Gedanken in seinem Kopf überschlugen, und schließlich presste er für einige Sekunden die Augenlider aufeinander, atmete hörbar ein und kam zu einem Entschluss.

»Und?«, fragte Leonie.

»Das ist vollkommen verrückt«, sagte Frank zum wiederholten Mal. »Ich glaube euch kein Wort!«

»Aber …!«, entfuhr es Leonie.

»Genug jetzt!« Frank zog die Pistole wieder aus dem Hosenbund hervor und deutete damit hektisch in Wohlgemuts Richtung. »Fahren Sie weiter!«

»Und wenn ich mich weigere?«, erkundigte sich Wohlgemut. »Was würden Sie dann tun? Mich erschießen?« Er lachte leise. »Machen Sie sich nicht lächerlich, junger Mann. Sie sind kein Mörder.«

gene Sekunde lang starrte Frank den Professor fas- dann riss er plötzlich die Wagentür auf, stürmte um rum und öffnete die Tür neben Wohlgemut, bevor ei- hnen auch nur richtig begriff, was er vorhatte. »Rut- ie rüber!«, befahl er.

ohlgemut gehorchte, zumal Frank seinen Worten durch ein hendes Gestikulieren mit der Waffe weiteren Nachdruck ver- eh. Umständlich kletterte er auf den Beifahrersitz und Frank steckte die Pistole endgültig weg, setzte sich hinter das Steuer und warf die Tür mit solcher Wucht hinter sich zu, dass der gesamte Wagen erzitterte. Praktisch in der gleichen Bewegung startete er den Motor und fuhr los. »Kommt bloß nicht auf irgendwelche verrückten Ideen«, sagte er. »Ich habe keine Hemmungen, auch einen alten Mann zu schlagen, wenn es sein muss.«

»Das glaube ich Ihnen aufs Wort«, murmelte Theresa.

»Frank, bitte!«, flehte Leonie.

»Ich will jetzt nichts mehr hören!«, schnitt ihr Frank das Wort ab. »Von niemandem!«

Leonie setzte dennoch dazu an, etwas zu sagen, aber Theresa berührte sie nur sacht am Arm und schüttelte dann stumm und traurig den Kopf. Vermutlich hatte sie Recht. Vielleicht war Frank einfach zu verwirrt und erschrocken, um ihr überhaupt glauben zu *können.* »Und was sollen wir jetzt tun?«, flüsterte sie.

Theresa deutete ein Achselzucken an. »Nichts«, gab sie ebenso leise zurück. Und vermutlich hatte sie auch damit Recht, dachte Leonie. Aber alles in ihr sträubte sich einfach dagegen, das zu akzeptieren. Nach allem, was passiert war, *durfte* es nicht so enden! Für einen Moment wurde ihre Verzweiflung so groß, dass sie allen Ernstes mit dem Gedanken spielte, Frank einfach ins Lenkrad zu fallen und darauf zu vertrauen, dass es ihnen zu viert schon irgendwie gelingen würde, ihn zu überwältigen. Aber sie verwarf diese Idee fast ebenso rasch wieder, wie sie gekommen war. Selbst zu viert waren sie Frank nicht gewachsen, und die Gefahr, einen Unfall zu verursachen, bei dem sie allesamt zu Schaden oder möglicherweise ums Leben kommen konnten, war einfach zu groß.

Niedergeschlagen ließ sie sich im Sitz zurücksink
schloss die Augen. Das bittere Gefühl, verloren zu haben,
sich in ihr breit. Es war nicht das erste Mal. Seit diese gan
heimliche Geschichte begonnen hatte, war sie oft genug in
Situation gewesen, die ihr ausweglos erschienen war, und h
mehr als einmal gedacht, dass es vorbei wäre. Und doch war
diesmal anders. Dem Gefühl, sich in einer ausweglosen Situatio
zu befinden, hatte sich eines der Endgültigkeit hinzugesellt, da
mit jedem Augenblick stärker wurde. Es gab nichts mehr, was sie noch tun konnten. Selbst wenn es ihnen durch ein Wunder gelänge, Frank zu überwältigen und irgendwie aus diesem Wagen zu entkommen – wohin sollten sie gehen? Was sollten sie noch tun? Die Antwort war so einfach wie niederschmetternd: nichts.

Der Wagen bewegte sich fast lautlos die gleiche Straße hinab, die sie auch heraufgekommen waren, aber es gab einen Unterschied: Auf dem Hinweg waren sie allein gewesen, das einzige Fahrzeug auf der Straße, und die Häuser hatten dunkel und wie verlassen dagelegen, jetzt aber brannte überall Licht. Die Straße war voller Menschen und anderer Automobile und überall rings um sie herum war einfach nur *Leben* – ihr Vater lernte ganz offensichtlich dazu. Was noch vor kurzem wie eine schlechte, computeranimierte Kopie der Wirklichkeit ausgesehen hatte, näherte sich ihr nun an, und zwar so schnell, dass der Unterschied kaum noch sichtbar war, nicht einmal dann, wenn man danach suchte. Vielleicht war es das, was sie die ganze Zeit über gespürt hatte und was ihr die Kraft nahm, sich abermals gegen das vermeintlich Unausweichliche aufzulehnen: Ihr Kampf war sinnlos geworden, denn er war längst entschieden. Diese neue Wirklichkeit – ob gut oder schlecht – hatte ihren Platz längst eingenommen. Und sie würde ihn behalten.

Die Fahrt schien gleichzeitig endlos zu dauern wie in wenigen Augenblicken vorüber zu sein, was vielleicht daran lag, dass sie sich vor nichts mehr fürchtete als vor dem Moment, in dem sie nach Hause zurückkehren und ihrem Vater gegenübertreten würde. Leonie schrak wie aus einem üblen Traum hoch, als sie

…rank den Wagen dann in die Ausfahrt …haus führte. Der Anblick, der sich ih… …fast erschreckender Normalität: Nichts …erbarmungslose Schlacht hin, die hier noch …ner Stunde getobt hatte. Die Monster waren …nden wie ihre Gegner und jede andere Spur der …tzung, bis hin zu dem zertrümmerten Wagen, aus … gerade noch mit Mühe und Not entkommen war.

… fuhr bis unmittelbar vor die Tür, öffnete den Wagen… und riss ungläubig die Augen auf, als er das Garagentor …, das sich ihren Blicken nun wieder vollkommen unversehrt …arbot. Bevor er jedoch etwas sagen konnte, wurde die Haustür geöffnet und zwei auf die Leonie schon bekannte Art gekleidete Männer (schwarze Anzüge, Sonnenbrille und Knopf im Ohr) traten mit raschen Schritten auf ihn zu. Einer begann mit leiser Stimme und aufgeregt gestikulierend auf Frank einzureden, der andere öffnete die Beifahrertür und forderte Wohlgemut mit einer ruppigen Geste auf auszusteigen. Nachdem der Professor der Aufforderung Folge geleistet hatte, riss er die hintere Tür auf und verlangte dasselbe von Fröhlich, Leonie und Theresa.

Hintereinander betraten sie das Haus. Auch hier drinnen waren keine Spuren des zurückliegenden Kampfes mehr zu entdecken, den Leonie zwar nicht gesehen, dafür aber umso deutlicher gehört hatte. Alles war ordentlich, sauber und so penibel aufgeräumt, wie es nur ging. Nur eines hatte sich verändert: Die getarnte Panzertür am Ende des langen Korridors stand offen und mit ihr der Weg ins Arbeitszimmer ihres Vaters.

Ein sonderbares Gefühl von Trauer überkam Leonie, während sie mit Schritten, die immer zögerlicher wurden, je mehr sie sich ihrem Ziel näherte, darauf zuging. Im ersten Moment konnte sie es sich selbst nicht erklären, dann aber wurde ihr klar, dass es wohl die Erinnerung an das letzte Mal war, als sie in diesem Zimmer gewesen war. Der Moment lag erst wenige Tage zurück, ihr aber kam es vor, als wären es Monate, wenn nicht Jahre. Damals waren nicht nur sie und Vater in diesem Zimmer gewesen, sondern auch ihre Mutter, und die Erinnerung versetzte Leonie einen tiefen, schmerzhaften Stich in die Brust. Nicht einmal so sehr, weil sie so traurig war, sondern weil es das erste Mal seit Tagen war, dass sie sich überhaupt wieder an ihre Mutter erinnerte. Es musste wohl so sein, wie Großmutter gesagt hatte: Ihr Vater beherrschte das Buch nun beinahe perfekt. Obwohl sie sich noch an ihre Vergangenheit erinnern konnte, kamen ihr diese Erinnerungen mit jedem Moment unwirklicher und irrealer vor. Und es konnte nicht mehr lange dauern, bis sie ihr vollständig entschwanden.

Mit klopfendem Herzen trat sie durch die Tür und sah sich um. Der Anblick war beinahe enttäuschend; Leonie hätte selbst nicht sagen können, was sie erwartet hatte –, aber das Bild unterschied sich in nichts von dem, das sie seit Jahren kannte und in Erinnerung hatte – in *jeder* Erinnerung. Da war der übergroße Schreibtisch ihres Vaters, die schmalen Wandregale, auf denen sich Bücher mit Vasen und Schmuckgegenständen aus buntem Muranoglas um den Platz stritten, und gleich neben der Tür der wuchtige Tresor. Ihr Vater saß in einer lässig zurückgelehnten Haltung, die nicht wirklich über seine innere Anspannung hinwegzutäuschen vermochte, in dem großen Ledersessel hinter dem Schreibtisch und empfing sie mit einem Blick, bei dem es Leonie kalt über den Rücken lief. Er setzte dazu an, etwas zu sagen, runzelte aber stattdessen dann mit gespielter Überraschung die Stirn, als er die beiden alten Männer und schließlich Theresa erblickte, die hinter ihr hereinkamen. »Du hast Besuch mitgebracht«, stellte er fest. »Wie nett.«

Leonie fand diese Bemerkung ebenso überflüssig wie albern. Von der Stelle aus, an der sie stand, konnte sie den kleinen Monitor auf dem Schreibtisch vor ihrem Vater zwar nicht einsehen, aber sie war ziemlich sicher, dass er das Bild des Eingangsbereichs und des Flures zeigte und ihr Vater also schon gewusst hatte, dass sie nicht allein kam, bevor sie auch nur dem Auto entstiegen waren.

»Die Freude ist ganz auf meiner Seite«, sagte Theresa.

In den Augen ihres Vaters blitzte es ärgerlich auf, aber das war auch alles. Er beherrschte sich meisterhaft. Sowohl sein Lächeln als auch der freundliche Klang seiner Stimme waren durchaus überzeugend, als er antwortete: »Charmant wie immer, meine Liebe. Schade nur, dass Sie so uneinsichtig sind. Sie hätten sich und uns allen eine Menge Zeit und Mühe ersparen können, wenn Sie gleich zu mir gekommen wären.«

Theresa machte ein verächtliches Geräusch. »Wir sind hier nicht in einem schlechten Krimi. Sag uns einfach, was du von uns willst.«

Diesmal schien der Ausdruck leiser Verwirrung im Blick ihres Vaters echt zu sein, als er antwortete. »Ich? Nichts.«

»Natürlich nicht«, entgegnete Theresa abfällig. »Deshalb hast du uns ja auch von deinen Bluthunden jagen lassen.«

Leonies Vater runzelte die Stirn. »Ich kann mich täuschen«, sagte er gedehnt und in übertrieben verwundertem Ton, »aber ich hatte den Eindruck, dass *Sie* und Ihre … Freunde es waren, die Leonie entführt haben. Ich habe Frank lediglich gebeten Leonie zurückzubringen. Sicher zurückzubringen.«

»Vielleicht verstehen wir ja unter dem Wort *sicher* etwas grundsätzlich Verschiedenes.«

Vaters Blick verdüsterte sich, und für einen Moment presste er die Hand so fest auf die blank polierte Tischplatte, dass die Knöchel weiß durch seine Haut stachen. Aber er beherrschte seinen Zorn auch diesmal, schenkte Theresa nur einen letzten, eisigen Blick und wandte sich dann an Leonie. »Bist du in Ordnung?«

»Ich schon«, erwiderte Leonie. »Nur der Rest der Welt nicht.«

Auch darauf antwortete ihr Vater nicht. Er sah nur Theresa erneut (und deutlich ärgerlicher) an, dann stand er mit einem Ruck auf, ging um den Schreibtisch herum und ließ sich vor dem Safe in die Hocke sinken. Leonie fiel erst jetzt auf, dass der massige Würfel aus Metall das Einzige hier drinnen war, das sich wirklich verändert hatte. Größe und Form waren ungefähr gleich geblieben, doch statt eines schwarz lackierten Stahlschranks mit einem altmodischen Zahlenschloss stand nun ein chromblitzender Würfel neben der Tür, der überhaupt kein Schloss zu haben schien, auch keine Tastatur oder irgendeinen anderen Mechanismus um ihn zu öffnen. Ihr Vater entriegelte die Tür, indem er für eine knappe Sekunde die gespreizten Finger der linken Hand darauf drückte. »Macht euch keine falschen Hoffnungen«, sagte er, »das Ding reagiert nicht nur auf meine Fingerabdrücke. Es würde euch nichts nutzen, mir die Hand abzuschlagen und sie dagegenzupressen.«

Leonie spürte ein kurzes, eisiges Frösteln. Natürlich waren diese Worte nicht ernst gemeint, das hörte sie allein schon an Vaters Tonfall – aber eigentlich waren geschmacklose Scherze wie dieser nie seine Art gewesen. Einen kurzen Moment lang schien er vergeblich darauf zu warten, dass irgendjemand etwas dazu sagte, dann deutete er ein Achselzucken an, richtete sich aus der Hocke auf und die Safetür schwang mit einem lautlosen Summen nach außen. Der überraschend kleine Innenraum dahinter war vollkommen leer bis auf ein großes, in uraltes grobes Leder gebundenes Buch. Theresa sog scharf die Luft ein, als Leonies Vater sich vorbeugte um es herauszunehmen, und als Leonie selbst kurz aufsah und in ihre Augen blickte, da erkannte sie darin einen Ausdruck, der an Gier grenzte. Aber sie musste sich wohl getäuscht haben.

Ihren Vater jedenfalls schien Theresas Blick eher zu amüsieren, denn er lächelte flüchtig, während er sich umwandte, das Buch zum Schreibtisch trug und es in der Mitte aufgeschlagen auf das blank polierte Holz legte.

»Und deshalb also diese ganze Aufregung?«, fragte er spöttisch. »Nur wegen eines alten, vergammelten Buches.«

Theresa sog abermals scharf die Luft ein und machte einen halben Schritt auf den Schreibtisch zu, blieb aber sofort wieder stehen, als Frank warnend die Hand hob. Der unheimliche Ausdruck in ihren Augen war stärker geworden. Wenn es keine Gier war, dann etwas anderes, für das Leonie zwar die Worte fehlten, das ihr aber fast ebensolche Angst machte. Sie kannte Theresa (ihre Großmutter!) lange genug um zu wissen, dass ihr solche Gefühle eigentlich vollkommen fremd waren, aber andererseits: Sie hatte sie auch noch nie einer Situation wie dieser erlebt, bei der es um nichts Geringeres als um das Schicksal der ganzen Welt ging! Sie wandte sich wieder ihrem Vater zu.

»Bitte!«, versuchte sie es ein letztes Mal. »Du darfst das nicht tun!«

Vater sah sie einen Moment lang sehr ernst an, dann schüttelte er bedächtig den Kopf und sagte leise: »Ich bin es müde, immer wieder die gleichen Gespräche zu führen, Leonie.«

»Sie haben nicht einmal das Recht dazu!«, sagte Fröhlich erregt. »Von Rechts wegen gehört Ihnen das Buch nicht. Ihre Tochter ...«

»... wird bekommen, was ihr zusteht, sobald sie alt genug dazu ist«, fiel ihm Leonies Vater ins Wort.

»Und wann soll das sein?«

»Wenn sie reif dafür ist«, antwortete Vater ernst. »Sie erwarten doch nicht, dass ich eine solche Macht in die Hand eines Kindes lege?« Er warf Leonie einen raschen, Verzeihung heischenden Blick zu. »Entschuldige.«

»Dann ... dann ist das alles wahr?«, murmelte Frank. Er blickte verstört von einem zum anderen und dazwischen immer wieder auf das aufgeschlagene Buch, dessen Seiten mit einer winzig kleinen, gestochen scharfen Handschrift bedeckt waren. »Sie ... Sie können ... die Wirklichkeit verändern? *Damit?*«

Leonies Vater sah Frank an, als würde er sich dessen Gegenwart erst in diesem Moment bewusst. Kurz blitzte so etwas wie Ärger in seinen Augen auf und Leonie war vollkommen sicher, dass er Frank hinauswerfen oder mit einer rüden Bemerkung abfertigen würde. Dann aber schüttelte er fast traurig den Kopf und legte die rechte Hand mit gespreizten Fingern behutsam auf die vergilbten Seiten des Buches. »Ich weiß nicht, was Ihnen die junge Dame da oder ihre beiden Begleiter erzählt haben, aber was immer es ist, Sie sollten kein vorschnelles Urteil fällen. Haben Sie sich noch nie gewünscht, die Welt zu einem besseren Ort machen zu können? Einem Ort ohne Kriege und Hunger, ohne Ungerechtigkeit und Verbrechen?«

»Aber das ist sie doch längst«, antwortete Frank verwirrt. »Diese Zeiten sind …«

»… längst vorbei?«, unterbrach ihn Vater mit einem dünnen Lächeln und einem Kopfschütteln. »Vielleicht nicht ganz so lange, wie Sie zu glauben scheinen.« Er schenkte Leonie einen viel sagenden Blick, dann erlosch sein Lächeln wie abgeschaltet und er klappte das Buch zu. »Genug«, sagte er. »Sie haben gute Arbeit geleistet, Frank. Ich werde mich dafür erkenntlich zeigen. Aber nun müssen wir uns um unsere Gäste kümmern.«

»Und was soll das heißen?«, fragte Theresa. Sie deutete mit einer Kopfbewegung auf das Buch. »Willst du deinen Stift zücken und dafür sorgen, dass es uns niemals gegeben hat?«

»Ich frage mich wirklich, warum Sie mir immerzu solche schrecklichen Dinge unterstellen, junge Dame.« Vater klang verletzt. »Einmal davon abgesehen, dass es viel zu kompliziert wäre, würde ich so etwas nie tun.«

»So wie bei deiner Frau, nicht?«, fragte Theresa böse.

Ein Schatten huschte über Vaters Gesicht. Eine Sekunde lang starrte er sie nur so wütend an, wie Leonie ihn selten zuvor gesehen hatte, dann schlug er das Buch mit einem Knall zu und stand in der gleichen Bewegung auf. »Das reicht!«, sagte er scharf. »Keinem von Ihnen wird etwas geschehen, das verspreche ich Ihnen. Aber ich verspreche Ihnen auch, dass ich dafür Sorge tragen werde, dass Sie nie wieder Gelegenheit haben, meiner Tochter auch nur nahe zu kommen.« Er drückte einen verborgenen Knopf unter der Schreibtischkante und fügte lauter und offenbar in Richtung eines versteckt angebrachten Mikrofons hinzu: »Hendrik! Sie können unsere Gäste jetzt wegbringen. Um meine Tochter kümmere ich mich selbst.«

Draußen auf dem Gang wurden Schritte laut, die rasch näher kamen. Leonie starrte ihren Vater an, dann Theresa und für einen winzigen, aber endlosen Moment noch einmal ihren Vater – und dann tat sie etwas, was sie selbst von allen Anwesenden vielleicht am meisten überraschte: Sie beugte sich blitzschnell vor, ergriff das Buch mit beiden Händen und riss es an sich.

»Leonie«, seufzte ihr Vater. »Was soll denn das?« Er machte zwei Schritte um den Schreibtisch herum und streckte die Hand aus, blieb aber wieder stehen, als Leonie das Buch wie einen kostbaren Schatz an die Brust presste und erschrocken vor ihm zurückwich. Er sah nicht wirklich ärgerlich aus, sondern vielmehr ein bisschen enttäuscht.

»Du hast kein Recht dazu!«, rief Leonie. »Verstehst du denn nicht, wie falsch das ist, was du tust?«

Ihr Vater seufzte erneut. »Leonie, bitte sei vernünftig! Zwing mich doch nicht, es dir mit Gewalt wegzunehmen.«

Leonie wich einen weiteren Schritt vor ihm zurück und drückte das Buch noch fester an sich. Ihr Vater machte einen halben Schritt, dann ließ er den Arm mit einem resignierten Laut sinken und wandte sich mit einem auffordernden Blick an Frank.

»Frank.«

Leonie versuchte noch weiter vor ihrem Vater zurückzuweichen, aber hinter ihr war jetzt nur noch das geschlossene Fenster. Sie presste sich so fest an das kalte Glas, dass sie Angst gehabt hätte, es zu zerbrechen, wäre es nicht eine Panzerglasscheibe gewesen. Ihr Blick irrte verzweifelt auf der Suche nach einem Fluchtweg umher. Aber es gab keinen. Der einzige Weg hier hinaus war die Tür, vor der Frank stand, und selbst wenn sie irgendwie an ihm vorbeigekommen wäre (was vollkommen unmöglich war), so hörte sie von draußen Hendriks Schritte, der in längstens drei oder vier Sekunden ebenfalls hier sein musste.

»Worauf warten Sie?«, fragte ihr Vater unwillig.

Die Worte galten Frank, der noch einen ganz kurzen Moment unschlüssig dastand – und sich dann umdrehte und die Tür schloss!

Leonies Vater blinzelte. Anscheinend verstand er nicht genau, was Frank tat, ebenso wenig wie Leonie selbst. »Was soll das?«, fragte er.

Statt einer Antwort legte Frank den Riegel vor, drehte sich um und zog seine Pistole.

Vater ächzte. »Sind Sie verrückt geworden? Sie sollen Leonie das Buch wegnehmen, nicht sie mit der Waffe ...« Seine Stimme versagte und seine Augen weiteten sich ungläubig, als er sah, dass die Pistole in Franks Hand nicht auf Leonie deutete.

Sondern auf ihn.

»Sind ... sind Sie komplett wahnsinnig geworden?«, murmelte er.

Frank fuhr sich nervös mit der Zungenspitze über die Lippen. Seine Hände begannen zu zittern, aber die Mündung der Pistole blieb unverrückbar auf Vaters Brust gerichtet. »Leonie«, sagte er.

Leonie rührte sich nicht, sondern starrte ihn nur ebenso fassungslos wie ihr Vater an. Sie verstand womöglich noch weniger als er, was hier überhaupt vorging.

»Was soll das?«, fragte ihr Vater wieder. Er hatte seine Überraschung überwunden und machte eine energische Bewegung auf Frank zu, blieb aber sofort stehen, als dieser drohend mit der Pistole herumfuchtelte. »Sie ... Sie schießen nicht auf mich«, behauptete er. Aber seine Stimme klang nicht so überzeugt, wie er es vielleicht selbst gern gehabt hätte. »Sie würden mich doch nicht umbringen, oder?«

»Nein«, antwortete Frank. »Aber ich hätte kein Problem damit, Ihnen ins Bein zu schießen, wenn es sein muss, oder in die Schulter.«

Leonies Blick wanderte immer verstörter von einem Gesicht zum anderen. Ihr Vater sah ebenso verwirrt und bestürzt aus wie Frank nervös, nur Theresas Gesicht wirkte auf sonderbare Weise gefasst, als überraschte sie das alles hier nicht im Geringsten. Leonie hingegen fühlte sich immer hilfloser. Sie presste das Buch weiter wie einen Schatz an sich, und sie hätte einfach nicht sagen können, was sie tun sollte. Ihre Gedanken drehten sich wie wild im Kreis, aber die Verwirrung hinter ihrer Stirn wurde immer nur noch größer.

Ihr Vater hingegen schien seine Fassung mittlerweile vollends zurückgewonnen zu haben. Er ging nicht weiter auf Frank zu, und sei es nur aus Angst, dass der arme Bursche vielleicht aus lauter Nervosität auf ihn schoss, aber er verschränkte trotzig die Arme vor der Brust und zwang sogar so etwas wie ein abfälliges Lächeln auf seine Lippen. »Und jetzt?«, fragte er herausfordernd. »Wie soll es jetzt weitergehen?«

»Das weiß ich nicht«, gestand Frank. »Ich weiß nur, dass Ihre Tochter Recht hat. Dieses … *Ding* steht Ihnen nicht zu. Kein Mensch sollte eine solche Macht haben.«

»Ich wusste ja gar nicht, dass Sie ein Philosoph sind«, antwortete Leonies Vater mit ätzendem Spott. Er schüttelte den Kopf. »Aber reden Sie ruhig. Wir haben Zeit. Die Tür ist ziemlich stabil. Ihre Kollegen werden eine Weile brauchen um sie aufzubekommen. Aber sie *bekommen* sie auf, mein Wort darauf.« Er wartete einen Moment vergebens auf eine Antwort, dann nahm er die Arme herunter und wandte sich Leonie zu. »Und du?«, fragte er. »Siehst du das auch so?«

Leonie hatte nicht die Kraft, zu antworten, so wenig wie sie die Kraft hatte, seinem Blick standzuhalten. Sie presste das Buch nur weiter an sich. Ihre Gedanken tobten immer noch wild hinter ihrer Stirn, und sie hätte in diesem Moment zehn Jahre ihres Lebens dafür gegeben, auch nur auf eine der tausend Fragen, die sie quälten, eine Antwort zu finden.

»Du beanspruchst das Buch also für dich?«, fuhr ihr Vater fort. »Nur zu. Nimm einen Stift und fang an.« Er lachte böse und deutete auf Theresa. »Deine Freundin hat mir vorgeworfen, ich wollte Gott spielen. Willst du jetzt dasselbe tun?« Er schüttelte heftig den Kopf, um seine eigene Frage zu beantworten. »Du weißt, dass du nicht damit umgehen kannst, Leonie. Du würdest nur Schaden damit anrichten.«

Und das Schlimmste war, dass er damit Recht hatte. Leonie gestand sich ein, noch nicht ein einziges Mal daran gedacht zu haben, was sie eigentlich mit dem Buch anfangen würde, sollte es tatsächlich irgendwie in ihren Besitz gelangen. Ihr Vater hatte Recht. Selbst wenn sie die Möglichkeit dazu hatte – sie *konnte*

Millionen und Abermillionen Veränderungen, die er bereits vorgenommen hatte, nicht rückgängig machen. Alles, was sie konnte, war noch mehr Schaden anrichten.

»Sei vernünftig, Leonie«, drängte ihr Vater. Er deutete auf Theresa, dann auf Frank. »Von deiner Freundin da habe ich nichts anderes erwartet und von diesem romantischen jungen Dummkopf auch nicht. Aber von dir erwarte ich mehr. Du weißt, dass ich Recht habe. Du kannst nichts mit dem Buch anfangen.«

Leonie nickte zögernd. »Das muss ich auch nicht«, antwortete sie. Plötzlich war alles ganz klar, und sie fragte sich, wieso sie nicht gleich auf die einzige mögliche Lösung gekommen war, die doch so deutlich auf der Hand lag.

»Was meinst du damit?«, fragte Vater misstrauisch.

Leonie antwortete nicht, sondern trat langsam auf Theresa zu. In den Augen der jungen Frau erschien ein überraschter Ausdruck, aber da war noch mehr. Etwas, das Leonie verwirrte und sogar alarmiert hätte, wäre sie nicht viel zu durcheinander gewesen, um an irgendetwas anderes zu denken als an das Buch in ihren Armen und die schreckliche Verantwortung, die sein Besitz bedeutete. »Ich gebe es dir zurück«, erklärte sie. »Es hat immer dir gehört und es soll dir auch weiter gehören. Ich will es nicht.«

Theresas Augen leuchteten auf und hinter Leonie sog ihr Vater scharf und fast entsetzt die Luft ein. »Was tust du da?!«, keuchte er. »Leonie!«

»Nimm es«, sagte Leonie. Plötzlich hatte sie das Gefühl, dass das Buch in ihren Armen eine Tonne wog. »Nimm es zurück«, sagte sie noch einmal.

Theresa streckte die Arme nach dem Buch aus, hielt dann aber mitten in der Bewegung inne und sah sie sehr ernst und durchdringend an. »Bist du sicher?«, fragte sie, machte aber auch gleichzeitig eine rasche, abwehrende Handbewegung, als Leonie sofort antworten wollte. »Ich meine: Bist du wirklich sicher, dass du das auch willst? Du weißt, dass ich nicht das bin, was du im Moment in mir siehst.«

Natürlich war sie das nicht. Sie sah aus wie Theresa, sie sprach wie Theresa und bewegte sich wie Theresa, aber Leonie hatte schließlich mit eigenen Augen gesehen, wer sie wirklich war.

»Ich bin sicher«, antwortete sie. Wenn sie sich jemals über etwas völlig sicher gewesen war, dann in diesem Moment. Ihr Vater hatte vollkommen Recht, wenn auch auf eine gänzlich andere Weise, als er selbst annehmen mochte: Sie war dieser entsetzlichen Verantwortung nicht nur nicht gewachsen, sie wollte sie nicht. Um nichts in der Welt. »Nimm es!«, bat sie. »Ich will, dass es *dir* gehört.«

Hinter ihr ächzte ihr Vater in schierem Entsetzen. »Leonie! Ich flehe dich an! Du weißt ja nicht, was du tust!«

Aber sie hatte noch niemals etwas so genau gewusst wie jetzt. Sie schüttelte noch einmal den Kopf, um ihren Entschluss zu bekräftigen, und streckte die Arme aus, in denen sie das Buch hielt. Theresa griff jedoch auch jetzt noch nicht danach, sondern sah sie abermals für eine endlose Sekunde lang durchdringend an und fragte dann mit leiser, sehr ernster Stimme: »Und es ist wirklich dein freier Entschluss? Du gibst mir das Buch und damit die Macht, es zu ändern?«

»Ja«, antwortete Leonie.

Theresa schloss für eine Sekunde die Augen. Ein Ausdruck unendlicher Erleichterung machte sich auf ihrem Gesicht breit, dann griff sie langsam, mit einer fast feierlichen Bewegung nach dem Buch, nahm es Leonie aus den Armen und presste es auf die gleiche Weise an sich wie Leonie zuvor, als wäre es der kostbarste Schatz der Welt. »Danke«, sagte sie.

Aber sie sagte es nicht mehr mit Theresas Stimme. Sie trat einen Schritt zurück, dann einen zweiten, bis sie genau zwischen Wohlgemut und Fröhlich stand, und ihre Gestalt begann auf unheimliche Weise zu … *zerfließen.* Ihre Umrisse wurden unscharf, flackerten, setzten sich neu zusammen, und es vergingen nur wenige Augenblicke, bis Leonie nicht mehr in Theresas vertrautes Gesicht blickte.

Aber auch nicht in das ihrer Großmutter.

Hinter ihr keuchte ihr Vater vor Entsetzen auf, und auch Leonie taumelte zurück, als hätte ihr jemand ins Gesicht geschlagen, und starrte die Gestalt, die zwei Schritte vor ihr stand und das Buch an sich drückte, aus hervorquellenden Augen an. Ihr Denken setzte für einen Moment aus, und ihr war, als würde sie innerlich zu Eis erstarren. Sie wusste, wem sie gegenüberstand, aber sie weigerte sich einfach es zu glauben.

»Ich danke dir«, sagte der Archivar.

Der Archivar

Die Luft war feucht und roch muffig nach dem faulenden Stroh, das auf dem Boden der steinernen Zelle lag. Es war sehr dunkel und so kalt, dass sie ihren Atem als regelmäßige Folge grauer Dampfwölkchen vor dem Gesicht hätte erkennen können, hätte sie etwas gesehen. Die schweren Eisenringe, mit denen ihr rechtes Hand- und ihr linkes Fußgelenk an der Wand festgekettet waren, hatten ihre Haut längst wund gescheuert, sodass jede noch so vorsichtige Bewegung Wellen von Schmerz durch ihren Körper toben ließ, und sie hatte entsetzlichen Durst. Seit man sie hier hereingebracht hatte – vor vielen, vielen Stunden –, hatte sie weder etwas zu essen noch etwas zu trinken bekommen. Die Tür hatte sich kein einziges Mal wieder geöffnet, nachdem sie das Geräusch des großen Schlüssels gehört hatte, der sich in dem altmodischen Schloss drehte. Niemand hatte sich um sie gekümmert. Niemand schien sich für sie zu interessieren.

Nichts von alledem berührte Leonie wirklich. Die Dunkelheit, die sie umgab, hatte sich auch in ihrem Inneren eingenistet. Es war eine Dunkelheit, die allumfassend war, die nicht nur ihre Gedanken und ihre Seele verschlungen hatte, sondern tiefer ging. Es war das Gefühl, besiegt zu sein, ein für alle Mal und endgültig. So wie vorhin, als sie zusammen mit den anderen im Wagen auf dem Rückweg zu ihrem Elternhaus gewesen war, nur ungleich stärker, lähmender und auf eine schwer in Worte zu kleidende

Weise quälender. Es war Leonie gleich, was mit ihr geschah. Seit die Krieger des Archivars sie gepackt und hier heruntergeschleppt hatten, hatte sie nicht einen einzigen Gedanken an ihr Schicksal verschwendet. Wozu auch? Es war vorbei. Sie hatte den größten Kampf ihres Lebens gekämpft und verloren, und das Allerschlimmste daran war vielleicht, dass sie selbst das erst begriffen hatte, als es längst zu spät war.

Das Einzige, was sie wirklich fühlte, war Verbitterung. Sie war so naiv gewesen! Wie hatte sie sich auch nur eine einzige Sekunde lang einbilden können, es mit einem Geschöpf wie dem Archivar aufnehmen zu können, einem Wesen, dessen Essenz Bosheit und Tücke waren und das unendlich viel Zeit gehabt hatte, sich auf diesen Moment vorzubereiten?

Auf der anderen Seite der massiven Eisentür, die ihr Gefängnis verschloss, erscholl für einen Moment Lärm: Hastige Schritte und ein dumpfes Poltern und Krachen, etwas wie grunzende Schreie und vielleicht ein Schlag, dem ein dumpfes Stöhnen folgte. Leonie schrak für einen Moment aus dem dumpfen Brüten hoch, in das sie versunken war. Plötzlich spürte sie, wie kalt es hier drinnen war, wie sehr ihre Fesseln schmerzten und wie hungrig und durstig sie war. Instinktiv bewegte sie sich, aber das Ergebnis war nur eine Woge neuen Schmerzes, die durch ihren Körper schoss. Dennoch bäumte sie sich in einem Anfall fast kindlichen Trotzes noch stärker gegen ihre Fesseln auf und stieß einen kleinen, gequälten Schrei aus, als der brennende Schmerz, der von den aufgeschürften Stellen an ihren Hand- und Fußgelenken ausging, nur noch schlimmer wurde.

Der Lärm draußen auf dem Gang nahm für einen Moment noch zu und brach dann schlagartig ab, um einer umfassenden Stille Platz zu machen. Das Geräusch eines Schlüssels erklang, der in einem uralten, hörbar seit langer Zeit nicht mehr benutzten Schloss gedreht wurde, dann erschien ein senkrechter Streifen aus grellem Licht, der rasch breiter wurde und sich in das hell erleuchtete Rechteck einer offen stehenden Tür verwandelte. Leonie presste für einen Moment die Lider aufeinander, als das grelle

Licht in ihren an die Dunkelheit gewöhnten Augen schmerzte, aber dann zwang sie sich, in das hell erleuchtete Rechteck zu sehen. Unter der Tür war eine große, nur als scharf abgegrenzter, schwarzer Umriss erkennbare Gestalt erschienen. Sie hatte keine Hörner, Klauenhände oder irgendwelche Waffen, und doch erschreckte ihr Anblick Leonie mehr, als es der jedes Ungeheuers gekonnt hätte.

Einige Sekunden lang stand der Archivar einfach nur da und starrte sie aus seinen schrecklichen, unsichtbaren Augen an, dann wich er zurück und an seiner Stelle wuselten drei oder vier Scriptoren herein. Eine der kleinen Kreaturen trug eine Fackel, deren flackerndes rotes Licht den Bewegungen der kindsgroßen, in schwarze Mäntel gehüllten Gestalten etwas seltsam Unwirkliches verlieh. Der Fackelträger blieb unter der Tür stehen, während die anderen rasch auf Leonie zuschritten und sich an den beiden Eisenringen zu schaffen machten, die sie an die Wand fesselten. Sie gingen dabei alles andere als sanft vor, sodass Leonie vor Schmerz die Tränen in die Augen schossen, aber es dauerte nur einen Moment, bis sie frei war.

Das Einzige, wozu sie ihre neu gewonnene Freiheit allerdings im ersten Augenblick nutzen konnte, war, mit einem schmerzerfüllten Seufzen zusammenzubrechen. Sie musste doch länger in dieser unbequemen Stellung an die Wand gefesselt dagestanden haben, als ihr bisher selbst bewusst gewesen war, denn ihre Beine verwehrten ihr einfach den Dienst. Sie wäre zu Boden gestürzt, hätten die beiden Scriptoren sie nicht im letzten Moment aufgefangen.

Die Scriptoren wären allerdings keine Scriptoren gewesen, hätten sie die Gelegenheit nicht genutzt, sie ein bisschen zu kneifen und zu zwicken, sodass Leonie vor Schmerz schon wieder die Luft zwischen den Zähnen einsog und sich mit einer ganz instinktiven Bewegung zu befreien versuchte.

»Lass das!«, keifte einer der Scriptoren. »Das nutzt dir sowieso nichts.«

Die beiden Knirpse zerrten sie grob auf die Füße und einer

von ihnen versetzte Leonie einen Stoß, der sie in Richtung Tür stolpern und beinahe hinfallen ließ.

»Stell dich nicht so an!«, giftete er. »Das hier ist noch gar nichts gegen das, was dich erwartet.« Er lachte meckernd, sah Leonie aufmerksam ins Gesicht, wie um sich davon zu überzeugen, dass seine Drohung auch entsprechend angekommen war, und wirkte dann ein bisschen enttäuscht. Leonie nahm seine Drohung durchaus ernst, aber sie hatte einfach keine Kraft mehr, wirklich zu erschrecken. Es war, als wäre etwas in ihr bereits gestorben. Alles, was man ihr antun konnte, hatte man ihr bereits angetan.

Obwohl es nicht nötig war, ergriffen die beiden Scriptoren sie grob an den Armen und zerrten sie auf den Gang hinaus. Während sie unsanft davongeschleift wurde, versuchte Leonie sich zu orientieren, aber viel zu sehen gab es nicht. Der Gang unterschied sich nicht von den unzähligen anderen Stollen und Korridoren, die sie hier unten schon kennen gelernt hatte: düstere Wände aus grob vermauerten Ziegelsteinen, in deren Fugen sich Schimmel und Moder eingenistet hatten, eine gewölbte Decke und überall niedrige Türen aus rostigem, schwarzem Eisen, in die winzige vergitterte Gucklöcher eingelassen waren. Er schien endlos zu sein. Sowohl vor als auch hinter ihr verlor er sich in dunstig-grüner Weite, in der manchmal die vage Andeutung einer Bewegung zu erkennen war und aus der dann und wann unheimliche, hallende Laute an ihr Ohr drangen. Von dem Archivar selbst war nichts mehr zu sehen, aber Leonie glaubte seine Anwesenheit zu spüren, als wäre er unsichtbar überall um sie herum und starrte sie aus seinen schrecklichen, alles durchdringenden Augen an.

»Wohin bringt ihr mich?«, murmelte sie.

Einer der Scriptoren lachte hässlich. »Nur Geduld«, höhnte er. »Du landest schon noch früh genug im Leimtopf. Aber vorher haben wir noch eine kleine Überraschung für dich.«

»Wir sind ja keine Unmenschen«, kicherte der andere Scriptor. »Da wartet jemand auf dich. So etwas wie eine … Familienzusammenführung, gewissermaßen.«

Leonie ersparte es sich, eine weitere Frage zu stellen, die die Scriptoren ohnehin gar nicht oder nur mit einer neuen Gehässigkeit beantwortet hätten. Sie versuchte ihre Schritte ein wenig zu beschleunigen, damit die beiden kleinen Quälgeister nicht mehr ganz so derb an ihren Armen zerren mussten, erreichte damit aber nur, dass die Scriptoren ihrerseits schneller gingen und sich nichts änderte; abgesehen davon, dass ihr das Gehen nun noch mehr Mühe bereitete.

Glücklicherweise war der Weg nicht mehr allzu weit. Sie passierten vielleicht noch ein Dutzend der geschlossenen Eisentüren, dann hielten die Scriptoren vor einer Zelle an. Einer von ihnen kramte einen gewaltigen Schlüsselbund unter seinem Mantel hervor, an dem sich sicherlich dreißig oder vierzig vollkommen gleich aussehende Schlüssel befanden, pickte mit unglaublicher Zielgenauigkeit den richtigen heraus und schob ihn ins Schloss. Leonie registrierte, dass er ihn mindestens vier- oder fünfmal herumdrehte, bevor die Tür mit einem Klacken aufsprang.

Die Zelle dahinter war so winzig und dunkel wie die, in der sie bis eben noch gewesen war. Ein Schwall feucht-kalter, verbraucht riechender Luft schlug ihr entgegen, und sie hörte ein gedämpftes Rascheln, als bewege sich etwas in der Dunkelheit jenseits der Tür. Möglicherweise war da auch ein Schatten, aber sie war nicht ganz sicher.

»Nur keine Hemmungen«, kicherte einer ihrer gnomenhaften Begleiter. Der andere machte eine auffordernde Handbewegung und deutete eine spöttische Verbeugung an, wobei er sich gleichzeitig rückwärts gehend auf die Tür zubewegte wie ein Höfling, der eine Prinzessin zu ihrem Bräutigam geleitet hatte. Leonie machte einen einzelnen, zögernden Schritt in die Zelle hinein und blieb wieder stehen. Das Rascheln wiederholte sich und wurde nun von einem leisen Klirren begleitet, das sie an das Geräusch erinnerte, das ihre eigenen Ketten verursachten, wenn sie versucht hatte sich zu bewegen. Ihre Augen gewöhnten sich schneller an die Dunkelheit hier drinnen, als sie zu hoffen gewagt hatte. Sie konnte immer noch keine Einzelheiten sehen, erkannte aber zumindest einen zusammengekauerten Schatten vor der gegenüberliegenden Wand. Ihr Herz begann schneller zu schlagen.

»Du bist ein ungezogenes Mädchen, weißt du das eigentlich?«, höhnte einer der Scriptoren von der Tür her. »Willst du deine liebe Verwandte nicht in die Arme schließen und gebührend begrüßen, nach so langer Zeit?«

Leonie warf dem hässlichen Zwerg einen raschen, verwirrten Blick zu, als sich dieser kurzerhand umdrehte und seinem Kumpan auf den Gang hinaus folgte, und machte dann einen weiteren, noch zaghafteren Schritt in die Zelle hinein. Und dann schrie sie auf.

»*Großmutter!*«

Mit einem einzigen Satz war sie bei der zusammengesunkenen Gestalt, ließ sich auf die Knie fallen und breitete die Arme aus – doch dann erstarrte sie im allerletzten Moment wieder. Ihr Herz hämmerte so sehr, dass sie es bis in die Fingerspitzen fühlen konnte, und ihre Gedanken überschlugen sich. Aus weit aufgerissenen Augen starrte sie in das Gesicht ihrer Großmutter, und dennoch wagte sie es nicht, sie zu berühren. Es w*ar* ihre Großmutter, daran bestand nicht der geringste Zweifel, auch wenn sie sich auf schreckliche Weise verändert hatte.

Sie sah älter aus, als Leonie sie in Erinnerung hatte, ausgezehrt und unendlich müde. Ihr Haar hing ihr wirr in die Stirn und ihre Kleider bestanden nur noch aus schmutzigen Fetzen, die um ihre abgemagerten Glieder schlotterten. Genau wie Leonie selbst war auch sie mit schweren eisernen Ringen an die Wand gekettet, die jede Bewegung zu einer Tortur machen mussten, und genau wie sie schien sie jeden Lebenswillen und jedes bisschen Kraft verloren zu haben, denn obwohl in ihren trüb gewordenen Augen ein schwacher Funke von Wiedersehensfreude aufglomm, als sie Leonie erkannte, schaffte sie es nicht einmal mehr, den Kopf zu heben, und das Lächeln, das sie auf ihre ausgetrockneten, rissigen Lippen zwingen wollte, geriet zu einer Grimasse.

Aber war es wirklich ihre Großmutter? Für einen Moment loderte eine wilde Wiedersehensfreude in Leonie hoch. Sie wollte nichts mehr als ihre Großmutter – endlich! – in die Arme zu schließen. Aber sie wagte es nicht. Die Erinnerung an die grausame Täuschung, der sie schon einmal erlegen war, war einfach zu stark. Wer sagte ihr denn, dass es tatsächlich Großmutter war und nicht nur ein weiterer, grausamer Scherz, den sich der Archivar mit ihr erlaubte?

»Leonie«, murmelte Großmutter. Ihre Stimme war nur ein Flüstern. »Also hat er dich am Ende auch noch bekommen.« Sie schüttelte müde den Kopf. »Und ich hatte so gehofft, dass du meine Warnung erhältst.«

Es dauerte noch einen Moment, aber dann begriff Leonie, wie diese Worte gemeint waren. Und in der gleichen Sekunde wurde ihr auch klar, dass sie genau diese Zelle und dieses erbarmungswürdige Zerrbild dessen, was ihre Großmutter einmal gewesen war, nicht zum ersten Mal sah.

Es war noch nicht einmal lange her. Es war das Bild, das sie auf dem Fernsehschirm gesehen hatte, kurz bevor Frank und seine Männer das Haus stürmten und ihre Welt endgültig in Stücke brach. Und es war diese Erkenntnis, die Leonie endgültig davon überzeugte, diesmal nicht einem Trugbild zu erliegen, das der Archivar geschickt hatte um sie zu quälen.

Mit einem Aufschrei warf sie sich vor und schloss ihre Großmutter in die Arme.

Lange spürte sie nichts anderes als Erleichterung und unendliche Freude darüber, ihre geliebte Großmutter wiederzusehen. Sie lebte! Hätte sie noch einen weiteren Beweis gebraucht, dass sie es wirklich war und kein diabolischer Doppelgänger, hätte ihr diese Umarmung endgültige Gewissheit gegeben: In dem Moment, in dem sie sie berührte, *spürte* sie, dass es ihre Großmutter war.

Leonie hätte sicher noch länger so dagesessen und ihre Großmutter an sich gedrückt, hätte diese nicht plötzlich ein leises Seufzen von sich gegeben, das ihr klar machte, dass ihr die stürmische Begrüßung vermutlich Schmerzen bereitete, zumindest aber den Atem raubte. Hastig ließ Leonie sie los, kroch auf den

Knien ein kleines Stück zurück und stammelte: »Entschuldige. Ich … ich wollte dir nicht …«

»Ist schon gut.« Großmutter lächelte, auch wenn ihre Kraft nicht mehr ausreichte, dieses Lächeln irgendwo anders als in ihren Augen Gestalt annehmen zu lassen. »Ich bin so erleichtert, dass du hier bist.« Sie stutzte, deutete ein Kopfschütteln an und verbesserte sich hastig: »Natürlich nicht, dass du hier bist. Aber dich lebendig zu sehen.«

»Aber was ist denn nur passiert?«, murmelte Leonie verständnislos. »Wie kommst du hierher? Wieso …« Sie sprach nicht weiter, sondern biss sich fast schuldbewusst auf die Lippen, aber ihre Großmutter führte die Frage an ihrer Stelle zu Ende.

»Wieso ich noch lebe?«

»Nein! Ich meine natürlich …« Wieder versagte Leonie die Stimme. Ihre Gedanken drehten sich so ziellos im Kreis, dass ihr beinahe schwindelig davon wurde.

»Es ist eine lange Geschichte«, sagte Großmutter. »Ich war so dumm. Es tut mir so unendlich Leid, Leonie. Alles, was ich dir und deiner Mutter und deinem Vater angetan habe … ich wollte, ich könnte es ungeschehen machen.«

»Du?«

Diesmal antwortete Großmutter nicht gleich, sondern versuchte sich etwas bequemer hinzusetzen, was aber von den eng anliegenden eisernen Fesseln verhindert wurde. Immerhin gelang es ihr, den Kopf gegen den rauen Stein hinter sich sinken zu lassen und für einen Moment die Augen zu schließen. Leonie brach fast das Herz, als sie sah, *wie* krank, erschöpft und mitgenommen ihre Großmutter wirklich aussah. Bevor diese ganze schreckliche Geschichte ihren Anfang genommen hatte, war Leonie immer voller Bewunderung darüber gewesen, wie kraftvoll und jung ihre Großmutter trotz ihrer mehr als achtzig Jahre noch wirkte. Die Frau, in deren Gesicht sie nun blickte, sah aus, als wäre sie mindestens hundert und von einer langen, schweren Krankheit gezeichnet. Ihr Gesicht war so eingefallen, dass die Knochen scharf durch die Haut stachen, und ihr Haar war dünn geworden und begann hier und da in Strähnen auszufallen. Selbst ohne die schweren Eisenketten, die sie an die Wand fesselten, hätte sie ihr Gefängnis kaum verlassen, ja vielleicht nicht einmal aufstehen können. Als sie nach Sekunden, die Leonie wie eine Ewigkeit vorkamen, die Lider hob, da waren ihre Augen von einem Schmerz erfüllt, dessen bloßer Anblick Leonie auch beinahe die Tränen in die Augen steigen ließ.

»Es tut mir so unendlich Leid«, murmelte sie. »Kannst du mir verzeihen?«

»Aber was denn nur?«, wunderte sich Leonie. Sie verstand nicht, wovon Großmutter überhaupt sprach.

»Es ist alles meine Schuld«, sagte Großmutter, nicht zum ersten Mal, aber nun in sonderbar bitterem und zugleich fast ausdruckslosem Ton. »Ich hätte es besser wissen müssen. Ich war eine dumme alte Frau, die gedacht hat, dass ihr nichts mehr passieren kann. Dabei hätte ich wissen müssen, dass Hochmut vielleicht die schlimmste aller Sünden ist. Zumindest aber die dümmste.«

»Hochmut?«

Großmutter nickte. »Es war nicht das erste Mal, weißt du? Er hat schon einmal versucht, mich zu überlisten, und es wäre ihm beinahe gelungen.«

»Der Archivar?«, fragte Leonie.

»Ich war damals nicht viel älter als du heute«, bestätigte Großmutter. Ihre Stimme wurde noch leiser und ihr Blick schien auf eine unendlich lange zurückliegende Vergangenheit gerichtet. Leonie war nicht einmal sicher, dass Großmutter tatsächlich noch mit ihr sprach. Vielleicht waren die Erinnerungen, die ihre eigenen Worte heraufbeschworen hatten, einfach so übermächtig, dass sie sie aussprechen musste, um nicht daran zu zerbrechen. »Meine Mutter – deine Urgroßmutter – ist früh gestorben. Viel zu früh. Ich hatte kaum Zeit, sie wirklich kennen zu lernen, und noch viel weniger, zu begreifen, was die Gabe wirklich bedeutet, die sie mir hinterlassen hatte. *Er* hat das gewusst. Und er hat seine Chance erkannt und versucht sie zu nutzen.«

»Der Archivar«, sagte Leonie noch einmal. Als ihre Großmutter nickte, fragte sie: »Was ist passiert?«

»Es ist eine lange und schlimme Geschichte, mein Kind«, antwortete Großmutter. »Jetzt ist nicht der Moment, sie zu erzählen, und ich fürchte, uns würde auch nicht genügend Zeit dafür bleiben. Ich war damals noch viel mehr ein Kind, als du es heute bist. Viel naiver und gutgläubiger. Und auch viel dümmer, wie mir heute klar ist. Um ein Haar hätte er sein Ziel erreicht, und hätten die anderen *Hüterinnen* und viele gute Freunde und Freundinnen nicht alles riskiert um mir zu helfen, dann hätte er schon damals die Macht über das Archiv an sich gerissen. Wir konnten seinen Angriff abwehren, doch um einen schrecklichen Preis.«

Sie schwieg wieder einige Sekunden lang traurig. Leonie wartete darauf, zu erfahren, wie dieser Preis ausgesehen hatte – und vor allem, wie es Großmutter und den anderen am Ende gelungen war, den Angriff des Archivars zurückzuschlagen –, aber die Zeit verging, die Sekunden reihten sich aneinander und wurden schließlich zu einer Minute, dann seufzte ihre Großmutter tief und ihr Blick kehrte aus den Abgründen einer längst begraben gehofften Vergangenheit zurück in die Gegenwart und suchte den Leonies. »Seither haben weder ich noch eine der anderen jemals wieder etwas von ihm gehört. Fast ein ganzes Menschenleben lang hat er sich im Verborgenen gehalten, aber nun ist mir klar, dass genau dies sein Plan war. Uns in Sicherheit zu wiegen. Uns glauben zu lassen, er wäre endgültig besiegt und keine Gefahr mehr. Und dieser Plan ist aufgegangen. Durch meine Schuld.«

»Aber wieso denn nur?«

»Weil ich es gewusst habe«, antwortete Großmutter. Leonie spürte, wie schwer es der alten Frau fiel, diese fünf simplen Worte auszusprechen. Sie hatte plötzlich nicht mehr die Kraft, Leonies Blick standzuhalten, sondern starrte auf den mit faulem Stroh bedeckten Boden. »Erinnerst du dich an jenen Morgen, an dem wir zusammen zur Zentralbibliothek gefahren sind?«

»Natürlich«, antwortete Leonie. Wie sollte sie diesen Tag vergessen haben?

»Ich habe dir nicht die Wahrheit gesagt, Leonie«, fuhr Großmutter fort. »Ich habe dir gesagt, dass wir dorthin gehen, um dir eine Stelle als Praktikantin zu besorgen, und das war die Wahrheit – aber längst nicht die ganze. Ich hatte schon seit einer Weile gespürt, dass sich seine Macht wieder regte. Am Anfang wollte ich es nicht wahrhaben und hielt es für die albernen Ängste einer alt und nervös gewordenen Frau. Ich war so dumm! Ich hätte die anderen warnen, Jüngere um Hilfe bitten müssen. Aber ich hatte ihn schon einmal besiegt und ein ganzes Leben in Ruhe und Frieden hatten mich leichtsinnig und überheblich werden lassen. Ich bin an diesem Morgen zusammen mit dir zu Wohlgemut gefahren, um ihm von meinen Befürchtungen zu erzählen. Er ist einer der wenigen, die mir damals geholfen haben und heute noch am Leben sind.« Sie lachte bitter. »Ich dachte, er und ich wären gemeinsam stark und …«, sie betonte das Wort auf sonderbare Art, »*weise* genug, um dir alles erzählen und dich auf das vorbereiten zu können, was vielleicht käme. Ich Närrin!«

»Aber du hast nichts gesagt«, wunderte sich Leonie. Ihr wurde zu spät klar, dass diese Worte durchaus als Vorwurf aufgefasst werden konnten, zumal ihre Großmutter sichtlich zusammenfuhr und die dünnen, knochig gewordenen Hände zu ringen begann.

»Wie konnte ich auch?«, murmelte ihre Großmutter. »Ich habe ihn nie erreicht.«

»Wen?«

»Wohlgemut«, antwortete Großmutter.

»Aber das kann nicht stimmen!«, protestierte Leonie. »Wir waren doch zusammen …« Sie brach ab, als ihre Großmutter den Blick hob und sie nun doch ansah. Was sie in ihren Augen las, das schnürte ihr die Kehle zu, und ein neuer, eisiger Schauer lief ihr über den Rücken. »Wir sind doch zusammen in die Bibliothek gegangen«, murmelte sie. »Und du hast mich Wohlgemut vorgestellt.«

»Nein«, sagte Großmutter traurig. »Das habe ich nicht.« Sie hob die freie Hand, als Leonie etwas sagen wollte, und fuhr mit noch immer zitternder, nun aber wieder deutlich gefassterer Stimme fort: »Das war nicht ich, mit der du zusammen bei Wohlgemut warst, Leonie. Er lauerte mir auf, als ich Wohlgemuts Büro betrat.«

Im allerersten Moment verstand Leonie nicht, wovon ihre Großmutter überhaupt sprach, dann aber erinnerte sie sich an die kurze Szene, der sie bisher keinerlei Bedeutung zugemessen hatte. Ihre Großmutter war allein in das Zimmer hinter der großen Doppeltür getreten, nachdem die Sekretärin sie dazu aufgefordert hatte, und sie hatte tatsächlich sonderbare Laute daraus hervordringen hören, die sie damals nur verwirrt hatten. Jetzt, im Nachhinein und mit dem Wissen, das sie nun hatte, wurde ihr klar, dass es sehr wohl die Geräusche eines Kampfes gewesen sein konnten.

»Aber du bist doch herausgekommen und mit mir zu Wohlgemut gegangen«, murmelte sie hilflos. Natürlich glaubte sie ihrer Großmutter. Mehr noch: Sie *wusste*, dass es so und nicht anders gewesen war, aber die Vorstellung war einfach so entsetzlich, dass sie gar nicht anders konnte, als sich noch einmal, für einen allerletzten Moment, gegen die Erkenntnis zu sträuben.

»Ein Trugbild, das der Archivar geschickt hat«, erklärte ihre Großmutter. »Seine Kreaturen haben mich überwältigt und davongeschleppt. Ich habe versucht mich zu wehren, aber sie waren viel zu stark. Seitdem bin ich hier. Ich weiß nicht, was weiter geschehen ist. Ich habe versucht dich zu warnen, aber ich war nicht stark genug.«

»Das ist nicht wahr«, erwiderte Leonie mit leiser, tränenerstickter Stimme. »Ich habe dich gehört. Aber ich habe nicht verstanden, was du mir sagen wolltest.« Sie gab ein Geräusch von sich, von dem sie selbst nicht genau sagen konnte, ob es ein bitteres Lachen oder ein mühsam unterdrücktes Schluchzen war. »Vielleicht bin ich doch nicht so viel klüger als du.«

»Mach dir keine Vorwürfe, Leonie.« Ihre Großmutter hob die Hand und streichelte ihr sanft über die Wange. Ihre Haut fühlte sich heiß, trocken und auf schaudern machende Art *krank* an.

»Wenn jemanden die Schuld trifft, dann mich. Ich habe seine Tücke und Verschlagenheit unterschätzt und das ist ein unverzeihlicher Fehler.«

Leonie wollte etwas dazu sagen, doch dann schoss ihr plötzlich ein ganz anderer Gedanke durch den Kopf: »Der Archivar hat behauptet, er wäre mir in deiner Gestalt erschienen, nur eben jünger – aber wie kann er Theresa gewesen sein, wenn er und Theresa im Archiv gleichzeitig auftauchten?«

Großmutter schüttelte traurig den Kopf: »Manchmal wird er dir wohl selbst als Theresa erschienen sein, manchmal aber auch nur eines seiner Geschöpfe geschickt haben.«

Leonie fuhr zur Tür herum; einen flüchtigen Moment lang hatte sie geglaubt, dort eine schwarze, schattenhafte Gestalt zu sehen, die hoch aufgerichtet im Gang stand und jede ihrer Regungen verfolgte. Aber sie musste sich getäuscht haben; dort war niemand. Und dennoch konnte sie sich des unheimlichen Gefühls nicht erwehren, von unsichtbaren Augen angestarrt zu werden, die unter einer schwarzen Kapuze verborgen waren.

»Hab keine Angst«, sagte ihre Großmutter hastig. Auch sie sah zur Tür hin, aber in ihren Augen waren nur Verbitterung und dumpfer Zorn zu lesen, nicht die mindeste Spur von Angst. »Er wird uns nichts tun. Jetzt noch nicht.«

»Warum nicht?«

»Weil er seinen Triumph genießen will«, antwortete Großmutter. »Du darfst ihn nicht fürchten, Leonie. Ich weiß, das ist viel verlangt, aber du musst deine Furcht bekämpfen. Angst und Leid sind sein Lebenselixier. Er braucht es um zu existieren, so wie wir Luft, Sonnenlicht und Nahrung. In einer Welt ohne Furcht und ohne Leid könnte er nicht überleben.«

Es dauerte nur einen ganz kurzen Moment, bis Leonie der offensichtliche Fehler in diesen Worten auffiel. »Das ist verrückt. Ganz genau *diese* Welt wollte Vater doch erschaffen!«

Ihre Großmutter blinzelte – und Leonie begriff, dass sie gar nicht verstehen konnte, was sie ihr hatte sagen wollen. Mit wenigen Worten erzählte sie ihrer Großmutter, wie Vater das Buch in seine Gewalt gebracht und was er damit getan hatte. Großmutter hörte schweigend zu, und von all den Reaktionen, die Leonie erwartet hatte, erfolgte keine einzige. Sie wirkte weder erschrocken noch zornig oder gar entsetzt. Als Leonie ihren Bericht beendet hatte, schüttelte sie nur traurig den Kopf und seufzte.

»Ja, das hätte ich mir eigentlich denken können«, sagte sie, mit einem sonderbar milden Lächeln, das Leonie nun endgültig nicht mehr nachvollziehen konnte. »Dein Vater war schon immer ein unverbesserlicher Romantiker, aber leider nie sehr realistisch.«

Diese Beschreibung hatte wenig mit dem Mann gemein, den Leonie in den letzten Tagen erlebt hatte, sehr wohl aber eine Menge mit dem, an den sie sich aus einer längst vergangenen Zeit erinnerte. »Du bist gar nicht zornig auf ihn?«, erkundigte sie sich in leicht verwundertem Ton.

»Aber warum sollte ich?«, antwortete Großmutter. »Wenn ich, die ich mein Leben lang um die Macht des Archivars wusste und schon einmal mit ihm gekämpft habe, seiner Heimtücke nicht gewachsen war, wie könnte ich es dann von deinem Vater verlangen? Der Archivar ist kein Mensch, Leonie. Ich bin nicht einmal sicher, ob er ein lebendes Wesen in dem Sinn ist, in dem wir dieses Wort benutzen. Er ist so alt wie die Zeit, und er hat in all diesen Unendlichkeiten das Leid, den Schmerz, jeden hasserfüllten Gedanken, alle Bosheit und Heimtücke aufgesogen, die es auf dieser Welt gegeben hat. Wie kannst du erwarten, dass ein sterblicher Mensch seine Pläne durchschaut oder gar durchkreuzt?« Sie schüttelte abermals den Kopf und wiederholte: »Nein, ich bin deinem Vater nicht böse. Ganz im Gegenteil. Er ist vielleicht einer der gütigsten und sanftmütigsten Menschen, die ich jemals kennen gelernt habe, aber er ist ein Mensch. Niemand ist gegen die Verlockung gefeit, nicht einmal ein Heiliger wäre das. Wenn er wirklich geglaubt hat, es läge in seiner Hand, diese Welt zu einem besseren Ort zu machen, dann musste er dieser Verlockung einfach erliegen.«

Leonie war verwirrt. Sie hatte erwartet, dass ihre Großmutter zornig oder zumindest enttäuscht reagieren würde, wenn sie erfuhr, was geschehen war – dass ausgerechnet sie Vaters Handeln nun auch noch verteidigte, das war das Letzte, womit sie gerechnet hätte. Ganz kurz wandte sie den Kopf und sah wieder zur Tür hin. Noch immer war dort niemand zu sehen, und doch glaubte sie eine finstere Macht zu spüren, die höhnisch jeden ihrer noch so kleinen Schritte verfolgte.

»Erzähl mir, was geschehen ist«, bat Großmutter.

»Du weißt nichts?«

»Ich habe versucht dich zu warnen«, erwiderte Großmutter, »aber mehr konnte ich nicht tun. Ich bin hier, seit mich die Krieger des Archivars überwältigt haben.«

Leonie erschrak bis ins Mark. Obwohl es ihr viel länger vorkam, waren seit dem Morgen, an dem Großmutter und sie in die Zentralbibliothek gegangen waren, doch erst wenige Tage verstrichen. Für sie. Doch die Zeit gehorchte hier unten anderen Gesetzen. Wenige Tage oder Wochen in der richtigen Welt mussten Monate, wenn nicht *Jahre* im Reich des Archivars bedeuten. »Aber das heißt ja, dass du ...« Ihre Stimme versagte, aber ihre Großmutter wusste auch so, was sie meinte. Sie nickte müde.

»Ich weiß nicht, wie lange ich schon hier bin«, sagte sie. »Aber es war eine lange Zeit. Eine *endlos* lange Zeit. Ich glaube, das Einzige, was mir die Kraft gegeben hat, am Leben zu bleiben, war die Angst um dich und die Hoffnung, dich vielleicht doch noch warnen zu können.« Sie raffte sich zu einem aufmunternden Lächeln auf, als sie den Ausdruck von Schmerz auf Leonies Gesicht erkannte, und hob noch einmal die Hand, um ihre Wange zu berühren. »Also? Erzähl mir, was geschehen ist.«

Leonie war noch immer zutiefst erschüttert, aber schließlich kämpfte sie ihren Kummer nieder und begann mit leiser, sehr ruhiger Stimme von all den unheimlichen und erschreckenden Geschehnissen zu berichten, die sich seit jenem schicksalhaften Morgen zugetragen hatten. Sie brauchte lange dazu, aber ihre Großmutter unterbrach sie kein einziges Mal, auch wenn sich ihr Blick des Öfteren verdüsterte und mehr als einmal blankes Entsetzen oder auch Wut in ihren Augen aufleuchteten – vor allem, so schien es Leonie, jedes Mal dann, wenn sie von Wohlgemut,

Dr. Fröhlich oder Vater Gutfried erzählte. Sie nahm sich vor, ihrer Großmutter eine entsprechende Frage zu stellen, hielt aber nicht in ihrem Bericht inne, sondern zwang sich ganz im Gegenteil sogar, sich an jede noch so winzige Kleinigkeit zu erinnern und nichts auszulassen. So war es auch nicht weiter verwunderlich, dass sie bestimmt eine Stunde brauchte, ehe sie endlich an dem Punkt angelangt war, an dem die Geschichte endete. Als sie von ihren Gefühlen zu berichten versuchte, die sie beim Anblick des Archivars empfunden hatte – vor allem in dem Moment, als er sich ihr offenbart hatte, begann ihre Stimme zu zittern und versagte ihr kurz darauf den Dienst.

»Oh, du armes Kind«, bedauerte sie Großmutter. »Was musst du nur gelitten haben!«

»Gelitten?« Leonie riss die Augen auf. »Nein. Längst nicht genug, wenn du mich fragst. So dumm, wie ich war, kann ich gar nicht genug leiden, um dafür bestraft zu werden. Die ganze Zeit über habe ich gedacht, ich kämpfe gegen den Archivar. Aber er war ständig in meiner Nähe.«

Ihre Großmutter antwortete nicht gleich, sondern sah sie nur auf sonderbare Weise an. Dann fragte sie: »Und jetzt machst du dir Vorwürfe, weil du auf seine Lügen hereingefallen bist?«

»Ich verstehe nicht, wie ich so dumm sein konnte«, bestätigte Leonie.

»Was ich gerade über deinen Vater gesagt habe, Leonie«, fragte Großmutter, »hast du das verstanden? Dass er nur ein Mensch ist und der Verschlagenheit und Heimtücke des Archivars nicht gewachsen?«

Leonie nickte.

»Du verstehst also deinen Vater«, fuhr Großmutter fort. »Aber warum verstehst du dann nicht dich selbst? Wieso gilt für dich nicht, was für ihn gilt?« Sie schüttelte heftig den Kopf, als Leonie antworten wollte. »Dich trifft am allerwenigsten Schuld, Leonie.« Sie seufzte. »Vielleicht trifft niemanden die Schuld. Dieser Kampf ist so alt wie die Zeit und vielleicht musste er einmal enden.«

Die Mutlosigkeit in der Stimme ihrer Großmutter erschütterte

Leonie. Bevor sie etwas sagte, wandte sie noch einmal den Kopf und sah zur Tür. Die Tür stand immer noch offen und von draußen drang nicht der mindeste Laut herein, aber Leonie wusste dennoch, dass es vollkommen sinnlos wäre, fliehen zu wollen. Müde wandte sie sich wieder ihrer Großmutter zu und fragte: »Und was tun wir jetzt?«

»Tun?« Leonie verstand zwar nicht warum, aber ihre Großmutter klang ehrlich verwirrt.

»Wir müssen etwas unternehmen«, antwortete sie. »Wir müssen …«

»Was?«, unterbrach sie Großmutter. »Ihm das Buch wieder wegnehmen?«

»Sicher!« Leonie nickte heftig.

»Aber hast du denn nicht verstanden, was ich dir die ganze Zeit zu erklären versucht habe?«, fragte ihre Großmutter. »Es gibt nichts mehr, was wir tun könnten.«

»Aber wir können doch nicht einfach aufgeben!«, protestierte Leonie. »Wir müssen das Buch wieder in unseren Besitz bringen! Wenn dieses … dieses *Ding* Macht über das Schicksal jedes einzelnen Menschen hat …«

»… dann wird die Welt zu einem anderen Ort werden als dem, den wir kennen«, unterbrach sie ihre Großmutter leise, traurig und in einem Ton, der etwas in Leonie berührte und sie schier zu Eis erstarren ließ. »Einem dunklen Ort. Vielleicht ist es gut, dass wir ihn nicht mehr erleben werden.«

»Du willst einfach so aufgeben?« Leonie weigerte sich zu glauben, dass ihre Großmutter dieser Meinung sein könnte. »Du hast es doch selber gesagt! Du hast ihn schon einmal besiegt! Und jetzt sind wir zu zweit!«

»Und doch gibt es nichts, was wir noch tun könnten«, beharrte ihre Großmutter. »Es ist das oberste Gesetz des Archivs, dass die Macht über das Buch nur vererbt oder aus freien Stück weitergegeben werden kann. Selbst wenn es uns gelänge, ihm das Buch mit Gewalt wegzunehmen, würde das nichts ändern. Er müsste es dir schon freiwillig zurückgeben.«

»Heißt das, dass … dass …« Leonies Stimme versagte endgültig. Sie war nicht einmal überrascht, denn im Grunde hatte sie längst gewusst, was ihre Großmutter ihr nun gesagt hatte. Aber es war eine Sache, etwas zu wissen, und eine ganz andere, es auch zu akzeptieren. Und je schlimmer die Erkenntnis war, desto gewaltiger war dieser Unterschied.

»Ich wünschte, ich könnte dir etwas anderes sagen, Leonie«, sagte Großmutter. Sie streckte die Hand aus und berührte tröstend Leonies Gesicht. »Ich wünschte so sehr, ich könnte es. Ich gäbe mein Leben dafür. Aber es ist so. Der Kampf ist entschieden, Leonie. Wir haben verloren. Endgültig.«

Meister Bernhards Entscheidung

»Was für eine herzergreifende Rede!«

Leonie fuhr so erschrocken herum, dass sie beinahe das Gleichgewicht verloren hätte und rasch die Hand ausstreckte, um sich an der Wand abzustützen, fast hätte sie überrascht aufgeschrien, als sie die schlanke Gestalt erkannte, die unter der Tür erschienen war. Von allen Menschen auf der Welt hätte sie den nicht sehr großen dunkelhaarigen Mann mit der Lockenfrisur und dem kurz geschnittenen, aber stets ein wenig ungepflegt wirkenden Vollbart am wenigsten hier erwartet. Sie konnte sein Gesicht vor dem hell erleuchteten Hintergrund des Korridors nicht richtig erkennen, aber dennoch registrierte sie das böse, triumphierende Glitzern in seinen Augen.

»Ich habe dir doch versprochen, dass wir uns wiedersehen, du kleine Kröte«, sagte Meister Bernhard.

»Sie?«, murmelte Leonie überrascht.

»Wer ist das?«, fragte Großmutter.

»Niemand«, antwortete Leonie. Etwas leiser und mit einem zornigen Blick in Bernhards Gesicht fügte sie hinzu: »Jedenfalls niemand, den du kennen lernen möchtest.«

Bernhards hämisches Grinsen wurde noch breiter. »In diesem

Punkt sind wir wohl ausnahmsweise einmal einer Meinung, edles Fräulein«, meinte er spöttisch. »Möchtest du mich der Dame des Hauses nicht vorstellen?«

Leonies Antwort bestand nur aus einem eisigen Blick, aber ihre Gedanken überschlugen sich. Das letzte Mal, als sie den Schausteller und Dieb gesehen hatte, hatte er sich im eisernen Griff eines von Hendriks Männern befunden und war wesentlich kleinlauter gewesen als jetzt, und sie war nicht nur vollkommen sicher gewesen, ihn niemals wiederzusehen, sondern hatte ihn schlichtweg vergessen. Mit einiger Verzögerung deutete sie eine Handbewegung in seine Richtung an und sagte: »Das ist Meister Bernhard, Großmutter. Ich habe dir von ihm erzählt.«

Sie sah nicht zu Großmutter zurück, aber sie konnte hören, wie ihre Ketten leise klirrten, als sie nickte. »Ja«, sagte sie. »Ich erinnere mich.«

Meister Bernhard trat einen halben Schritt von der Tür zurück, sodass das Licht nun vollends auf sein Gesicht fiel und Leonie den übertrieben verletzten Ausdruck auf seinen Zügen erkennen konnte. »Aber wie unhöflich von dir, mein Kind«, sagte er spöttisch. »Du musst deiner Großmutter ja schlimme Sachen über mich erzählt haben. Dabei bin ich extra hierher gekommen, um mich mit eigenen Augen davon zu überzeugen, dass es dir auch gut geht.«

»Ja, das glaube ich«, erwiderte Leonie düster.

»Aber es ist wahr!«, behauptete Bernhard. »Glaub mir – in all der Zeit, in der ich in der luxuriösen Unterkunft saß, die dein Vater für mich und meine Familie bereitgestellt hat, habe ich praktisch nur an dich gedacht und an den Moment, in dem wir uns wiedersehen.« Er seufzte. »Die Jugend von heute ist undankbar.«

»Was wollen Sie?«, fragte Leonie. Eine leise, aber dringliche Stimme mahnte sie sich genau zu überlegen, was sie sagte. Ihr letztes Aufeinandertreffen war zwar lange her, aber sie hatte den hasserfüllten Blick nicht vergessen, den Bernhard ihr zum Abschied zugeworfen hatte. Ein eisiger Schauer lief ihr über den Rücken. Vorhin, als sie hierher gebracht worden war, da hatte sie geglaubt, dass es nicht mehr schlimmer kommen konnte. Aber es hatte sich wieder einmal bestätigt, was sie eigentlich nach dieser ganzen Geschichte hätte wissen müssen: Es konnte *immer* noch eine Wendung zum Schlimmeren geben.

»Aber habe ich das denn nicht gesagt?«, wunderte sich Bernhard. »Ich wollte mich davon überzeugen, dass es dir gut geht. O ja – und ich soll dich und deine entzückende Großmutter abholen. Wenn die Damen dann so weit wären …« Er trat noch weiter zurück, grinste breit und machte eine spöttisch-einladende Armbewegung.

Leonie stand langsam auf, doch ihre Großmutter rührte sich nicht. Wie konnte sie auch – die beiden Eisenringe hielten sie ja unbarmherzig an der Wand fest. Bevor sie jedoch etwas Entsprechendes zu Bernhard sagen konnte, trat der Gaukler endgültig zur Seite und zwei Scriptoren wuselten herein. Der eine scheuchte Leonie heftig gestikulierend und mit einer Flut von Beschimpfungen bis zum anderen Ende der kleinen Zelle, der zweite machte sich derweil an Großmutters Ketten zu schaffen. Mit einem leisen Klirren, das fast im schmerzerfüllten Seufzen der alten Frau unterging, denn der Scriptor war alles andere als vorsichtig, lösten sie sich und fielen zu Boden. Großmutter versuchte aufzustehen, aber ihr fehlte sichtlich die Kraft dazu. Sie fiel sofort auf die Knie und wäre nach vorn gestürzt, hätte der Scriptor nicht mit seinen dürren Händen zugegriffen und sie aufgefangen. Aber er tat auch das nur, um sie so derb auf die Füße zu reißen, dass sie einen erneuten Schmerzenslaut ausstieß.

»Was tust du denn da, du dummer Tölpel?« Bernhard war mit zwei schnellen Schritten in der Zelle und versetzte dem Scriptor einen Fußtritt, der ihn gegen die Wand schleuderte, wo er keuchend in sich zusammensank und einen Moment benommen liegen blieb. »Unser Herr hat gesagt, wir sollen ihr nichts antun!«

Meister Bernhard griff ebenso rasch zu wie der Scriptor vor ihm, als Großmutter erneut zusammenzubrechen drohte, aber Leonie fiel auf, dass er trotz der Schnelligkeit seiner Bewegungen und seiner groben Worte erstaunlich behutsam zu Werke ging. Er ließ sie beinahe vorsichtig in seine ausgestreckten Arme fallen, beugte sich ein wenig vor und legte dann ihren rechten Arm über seine Schulter. Als er sich wieder aufrichtete, schlang er den anderen Arm um Großmutters Taille, um sie auf diese Weise zu stützen.

Der zweite Scriptor rappelte sich umständlich wieder in die Höhe, bedachte Bernhard mit einem hasserfüllten Blick und ließ seinen Zorn dann an Leonie aus, indem er ihr mit dem nackten Fuß kräftig vor das Schienbein trat. Es tat nicht einmal besonders weh, aber Leonie musste sich beherrschen, um den Knirps nicht zu packen und so lange zu schütteln, bis ihm die Frechheiten vergingen. Statt jedoch zu tun, wonach ihr zumute war, verzog sie ganz im Gegenteil die Lippen und tat so, als hätte ihr der Tritt deutlich mehr wehgetan, als es in Wahrheit der Fall war. Der Scriptor zeigte sich daraufhin zufrieden, krallte seine dürre Skelethand in ihren Unterarm und zerrte sie brutal in Richtung Tür, während sein Kamerad ihr einen zusätzlichen und vollkommen überflüssigen Stoß in den Rücken versetzte. Leonie tat ihm den Gefallen, einen hastigen Stolperschritt zu machen, als hätte sie seine Attacke tatsächlich fast aus dem Gleichgewicht gebracht, und die beiden Quälgeister hörten damit auf, ihren Ärger an ihr auszulassen. Dicht hinter Bernhard und ihrer Großmutter verließ sie die Kerkerzelle.

Leonie hatte erwartet, draußen weitere Wachen vorzufinden; noch mehr Scriptoren, vielleicht auch einige Aufseher oder einen der schrecklichen Redigatoren, doch der Gang war vollkommen leer. Wie fast jeder Stollen, durch den sie bisher hier unten gekommen war, verlor er sich in weiter Entfernung in einem unheimlichen, grün leuchtenden Nebel, aber sie hörte ein ganzes Konzert der bizarrsten und zum Teil erschreckendsten Laute: Schreien, das Knirschen und Ächzen uralter, geheimnisvoller Maschinen, ein dumpfes Stampfen, manchmal etwas, das wie ein Peitschenschlag in ihren Ohren klang und zwei- oder dreimal auch von einem gellenden Schrei beantwortet wurde, und über all dem lag ein dumpfes, unendlich langsames und schweres

Wummern, das an das Schlagen eines gewaltigen Herzens erinnerte.

All diese Laute vermengten sich zu etwas, das Leonie mit jedem Schritt mehr Angst einflößte. Ihr Herz begann zu pochen, und obwohl sie sich mit aller Kraft dagegen wehrte, dauerte es doch nur wenige Augenblicke, bis das an- und abschwellende Dröhnen, das die grässlichen Schreie und das Kreischen fast übertönte, auch ihr eigenes Herz in seinen Takt zwang. Es war eine Geräuschkulisse, als näherten sie sich dem tiefsten Pfuhl der Hölle, und dass sie nichts von alledem sah, was sie verursachte, machte es beinahe noch schlimmer.

»Wohin bringen Sie uns?«, fragte sie nach einer Weile. Dem Scriptor, der sie noch immer am Arm gepackt hielt, schien diese Frage nicht zu gefallen, denn er kniff sie kräftig mit seinen langen Fingernägeln und warf ihr einen zornsprühenden Blick zu, aber fast zu ihrer Überraschung antwortete Bernhard doch darauf.

»Unser Herr will euch sehen«, sagte er.

»Ihr Herr?«, wiederholte Leonie.

Bernhard deutete ein Achselzucken an und drehte den Kopf, um im Gehen zu ihr zurückzublicken. »Mein neuer Auftraggeber eben.«

»Sie haben keine Ahnung, mit wem Sie sich da eingelassen haben, habe ich Recht?«, fragte Leonie.

Abermals hob er im Gehen die Schultern. »Man muss sehen, wo man bleibt. Die Gastfreundschaft deines Vaters jedenfalls war nicht dazu angetan, in mir die Sehnsucht nach noch mehr davon wachzurufen.«

Leonie ersparte es sich, darauf zu antworten. Aber ihr fiel etwas auf, wovon sie im ersten Moment nicht einmal ganz sicher war, ob sie es wirklich sah oder nur zu sehen glaubte, weil sie es gern gehabt hätte: Bernhard ging deutlich langsamer, als nötig gewesen wäre, und Leonie bemerkte auch, wie angespannt sein rechter Arm war, mit dem er die schmale Taille ihrer Großmutter umfasst hielt. Wäre es nicht völlig absurd gewesen, dann hätte Leonie geschworen, dass er ganz unauffällig versuchte, ihre

Großmutter mehr zu tragen als zu stützen und ihr das Gehen auf diese Weise so leicht wie möglich zu machen. Schließlich fragte sie: »Und was will Ihr *neuer Auftraggeber* von uns?«

Bernhard lachte hässlich. »Das wirst du schon noch früh genug herausfinden, Kleines«, sagte er böse. »Aber ich bin fast sicher, dass es dir nicht gefallen wird.«

Wahrscheinlich zum ersten Mal, seit Leonie diesen sonderbaren Schausteller kennen gelernt hatte, waren sie vollkommen einer Meinung. Sie ersparte es sich, irgendetwas darauf zu erwidern, das hätte Bernhard ohnehin nur Gelegenheit zu einer neuen gehässigen Bemerkung gegeben, sondern konzentrierte sich stattdessen darauf, den grünen Nebel am Ende des Stollens mit Blicken zu durchdringen. Es blieb jedoch bei dem Versuch. Ohne dass sie in der Lage gewesen wäre, den Unterschied irgendwie in Worte zu kleiden, war ihr doch klar, dass sich die unterirdische Welt des Labyrinths verändert hatte. Und auch wenn es schier unmöglich war, den Finger auf diese Veränderung zu legen, so gab es doch keinen Zweifel daran, dass sie nicht zum Guten war. Alles schien auf den ersten Blick auszusehen wie immer und doch wirkten die uralten, gemauerten Wände düsterer, die Türen gedrungener und abweisender. Selbst der Unterschied zwischen Licht und Schatten erschien ihr gewaltiger, als er eigentlich hätte sein dürfen, als hätte die Helligkeit in gleichem Maße an Kraft verloren, wie die Finsternis an Substanz gewonnen.

Der Weg war noch weit, aber doch nicht mehr so weit, wie sie befürchtet hatte. Leonie schätzte, dass sie vielleicht noch zwei- oder dreihundert Schritte zurücklegten, bis der blassgrüne Schein vor ihnen allmählich lichter wurde. Auch war es ihr, als wären sie nicht mehr allein in dem Gang; zwei- oder dreimal glaubte sie eine Bewegung vor sich zu erkennen und ebenso oft einen vagen Umriss, den sie nur aus den Augenwinkeln wahrzunehmen vermochte und der sofort verschwand, wenn sie versuchte ihn mit Blicken zu fixieren, und mindestens einmal war sie vollkommen sicher, eine große, schemenhafte Gestalt in einem schwarzen Kapuzenmantel zu erkennen, die inmitten des grünen Leuchtens stand, sich aber irgendwie auf dem schmalen Grat zwischen Helligkeit und Finsternis bewegte, als wäre sie nichts von beidem, sondern ein Geschöpf des Zwielichts.

Endlich aber hatten sie das Ende des Ganges erreicht, und vor ihnen lag die Tür zu einer der Leonie schon zur Genüge bekannten Galerien, die um den gewaltigen runden Kuppelsaal führten.

Es war das Scriptorium. Noch bevor Leonie ganz auf das schmale Felsband hinaus- und an das nur hüfthohe Geländer herantrat und einen Blick in die Tiefe werfen konnte, wusste sie, wo sie waren. Sie hatten nahezu den gleichen Weg genommen, den sie auch bei ihrem allerersten Besuch hier unten gewählt hatte, und unter ihr lag der gigantische Schreibsaal, in dem nun wieder Tausende und Abertausende hässlicher kleiner Scriptoren an ebenso vielen hölzernen Stehpulten damit beschäftigt waren, mit Federkielen in große, ledergebundene Bücher zu schreiben. Der klinisch saubere, von jedem Leben verlassene Computersaal, zu dem ihr Vater diesen Raum gemacht hatte, war ebenso verschwunden wie die moderne Einrichtung, die Glaswände und die verborgenen Wandregale voller Datenträger und CDs, die den Platz der handgeschriebenen Bücher eingenommen hatten.

Und doch hatte sich etwas geändert. Es war wie auf dem Weg hierher, nur ungleich stärker – Leonie konnte den Unterschied auch jetzt nicht greifen, aber er war zu deutlich, um ihn zu ignorieren oder sich auch nur einreden zu können, dass es ihn nicht gab. Alles wirkte … düsterer. Die Bewegungen der Scriptoren waren hektischer, härter, das Geräusch, mit dem ihre Schreibfedern über das alte Pergament kratzten, klang unangenehmer, wie das von Fingernägeln auf Schiefertafeln, alle Schatten wirkten tiefer, das Licht dunkler, als verbreite es außer Helligkeit auch noch etwas anderes, etwas Finsteres. Der größte Unterschied aber war: Bei ihrem ersten Besuch im Archiv hatte der Schreibsaal erschreckend auf sie gewirkt wegen seiner Fremdartigkeit und der unheimlichen und vor allem unverständlichen Dinge, die hier geschahen, jetzt aber lag etwas wie ein körperlich fühlbarer Atem der Furcht über dem gewaltigen Raum.

Kaum hatte sie diesen Gedanken gedacht, da sah sie die Gestalt wieder, die sie schon auf dem Weg hierher ein paarmal wahrzunehmen geglaubt hatte. Diesmal war es anders. Sie konnte sie ganz deutlich sehen, ein gutes Stück von ihnen entfernt, fast auf der anderen Seite des Saales, aber so klar zu erkennen, als sorge ein unheimlicher Zauber dafür, dass die Distanz zwischen ihnen keine Rolle mehr spielte. Der Archivar.

»Er beobachtet uns«, sagte Großmutter. Sie hatte die unheimliche Gestalt im gleichen Moment entdeckt wie Leonie.

»Aber warum?«

»Weil er deine Furcht spürt«, antwortete Großmutter. »Du darfst ihm diesen Triumph nicht gönnen, Leonie. Er spürt deine Angst und zieht Kraft daraus. Und das ist auch der Grund, warum er uns all dies zeigt. Er will, dass du siehst, wie gewaltig sein Sieg ist.«

Leonie blickte die unheimliche Gestalt auf der anderen Seite der Galerie traurig an. Sie wusste, dass ihre Großmutter Recht hatte, aber zugleich irrte sie sich auch. So unglaublich es ihr auch selbst erschien: Sie suchte vergeblich nach *Angst* in sich. Sie war niedergeschlagen und mutlos und hatte jede Hoffnung verloren, doch vielleicht hatte sie genau deshalb keine Angst mehr.

»Sie sollten jetzt lieber die Klappe halten, Oma«, bemerkte Bernhard. »Ich habe das Gefühl, dass er Sie hört und nicht besonders erbaut über Ihre Worte ist. Ich an Ihrer Stelle würde ihn nicht reizen.«

»Wohin bringen Sie uns?«, fragte Leonie zum wiederholten Mal. Sie hatte nicht ernsthaft mit einer Antwort gerechnet, aber Bernhard deutete mit einer Kopfbewegung zu einer der zahlreichen Treppen, die von der Galerie hinunter in das eigentliche Scriptorium führten.

»Spar dir deinen Atem, Kleine«, sagte er. »Der Weg ist noch ziemlich weit.«

Auch das war Leonie nicht neu. Sie war diesen Weg ja schon einmal gegangen und wusste, dass ihre Kräfte beinahe nicht gereicht hätten, die gewaltige Halle zu durchschreiten und das finstere Tor an ihrem anderen Ende zu erreichen. Sie wusste aber auch, dass sie sich jede entsprechende Bemerkung Bernhard gegenüber sparen konnte, aber der dunkelhaarige Gaukler überraschte sie ein weiteres Mal.

Sie erreichten die Treppe und Bernhard hatte kaum die erste Stufe genommen, als Leonies Großmutter ins Stolpern kam und ihn um ein Haar mit sich in die Tiefe gerissen hätte. Meister Bernhard fluchte, drehte sich aber mit einer überraschend schnellen und geschickten Bewegung zur Seite und fing den drohenden Sturz ab, indem er sich mit Rücken und Hinterkopf gegen die Wand sinken ließ. Praktisch in der gleichen Bewegung löste er die Hand von Großmutters Arm, der noch immer über seinen Schultern lag, schob den freien Arm unter ihre Kniekehlen und trug sie nun, scheinbar ohne die geringste Mühe, auf beiden Armen die Treppe hinab. Unten angekommen stellte er sie zwar wieder auf die Füße, hob sie aber sofort wieder hoch, als sie erneut zusammenzubrechen drohte. Ohne auch nur einen Blick zu Leonie und ihren beiden hässlichen Bewachern zurückzuwerfen, wandte er sich um und marschierte in scharfem Tempo weiter in die Halle hinein.

»Sie können mich jetzt wieder herunterlassen«, sagte Großmutter, nachdem er das erste Dutzend Schritte zurückgelegt hatte.

»Das werde ich bestimmt nicht tun«, knurrte Bernhard. »Ich möchte in diesem Leben noch auf der anderen Seite ankommen. Außerdem soll ich Sie lebendig abliefern. Ich habe keine Lust, nur deshalb Ärger zu bekommen, weil Sie mir unterwegs schlapp gemacht haben.«

Leonie war noch verwirrter. Meister Bernhards Worte mochten im ersten Moment einleuchtend klingen, denn Leonie hatte die ganze Zeit über bezweifelt, dass ihre Großmutter in der Verfassung war, den weiten Weg durch das Scriptorium und vielleicht noch die endlose Treppe auf der anderen Seite hinab durchzustehen, aber Tatsache war, dass er sich bisher schon alle Mühe gegeben hatte, ihr das Gehen so leicht wie möglich zu machen, und sie nun auf den Armen trug; und das, obwohl er sich bislang keineswegs als feinfühlig oder rücksichtsvoll hervorgetan hatte.

Leonie verscheuchte den Gedanken. Mit Sicherheit bewegten Meister Bernhard ganz genau die Gründe, die er gerade selbst genannt hatte. Sie war wohl verzweifelt genug, sich an Hoffnungen zu klammern, die es gar nicht gab.

Was sie vorhin schon gespürt hatte, wurde zur Gewissheit, während sie den riesigen Schreibsaal durchquerten. Er *hatte* sich verändert. Von einem unheimlichen und fremden Ort war er zu einer Welt geworden, in der die Angst herrschte. Keiner der Scriptoren, an denen sie vorüberkamen, wagte es auch nur, von seiner Arbeit aufzusehen oder ihnen einen verstohlenen Blick zuzuwerfen, und aus jeder ihrer schnellen, hektischen Bewegungen sprach nackte Furcht. Selbst die riesigen Aufseher, die da und dort zwischen den Pultreihen patrouillierten und mit Argusaugen darüber wachten, dass jeder seine Arbeit tat, wirkten auf ihre Weise verängstigt, obwohl Leonie sie doch als Geschöpfe kennen gelernt hatte, die selbst Angst und Schrecken verbreiteten. Sie musste an das denken, was ihre Großmutter vorhin zu ihr gesagt hatte. Wenn die Welt, zu der der Archivar die Wirklichkeit machen würde, so war wie dieser gespenstische Saal, dann war es vielleicht tatsächlich besser, wenn sie sie nie kennen lernten.

Nach einer kleinen Ewigkeit erreichten sie die Mitte des riesigen Saals und damit den düsteren Steinturm, in dem Leonie damals den Scriptor gefangen genommen hatte, aber diesmal machten sie dort nicht Halt, sondern setzten ihren Weg in unveränderter Geschwindigkeit fort. Leonie war bereits müde. Ihr Rücken begann zu schmerzen und sie hatte nicht nur das Gefühl, dass sie jeder weitere Schritt ein kleines bisschen mehr Anstrengung kostete als der vorherige, sondern auch dass sich das jenseitige Ende der Halle fast im gleichen Tempo von ihnen entfernte, in dem sie sich darauf zubewegten.

Und sie war nicht die Einzige, der es so erging. Auch wenn Meister Bernhard sich alle Mühe gab, sich nichts anmerken zu lassen, so entging Leonie doch keineswegs, dass seine Schritte eine Menge von ihrem anfänglichen Elan verloren hatten und es ihm nun deutlich immer schwerer fiel, Großmutter zu tragen. Ein- oder zweimal geriet er ins Stolpern und fand nur allmählich in seinen gewohnten Rhythmus zurück, und auf dem letzten Stück des Weges war sie beinahe sicher, dass er es nicht mehr schaffen würde. Als sie endlich am Fuß der Treppe ankamen, über der sich das gewaltige Eisentor erhob, wankte er merklich, und seine Kräfte versagten endgültig, noch bevor sie die Hälfte der Stufen hinter sich gebracht hatten. Mit einem erschöpften Seufzen stellte er ihre Großmutter auf die Füße, machte noch einen halben, wankenden Schritt und sank dann zitternd vor Schwäche und Erschöpfung auf die schwarzen Steinfliesen.

»Nur einen Moment«, murmelte er. »Es geht ... gleich weiter.«

Leonie war über ihre eigene Reaktion einigermaßen erstaunt; ob Bernhard erschöpft war oder nicht, hätte ihr herzlich egal sein oder sie sogar mit Schadenfreude erfüllen sollen, aber sie empfand ganz im Gegenteil Mitleid. So wie sie Meister Bernhard und seine Truppe kennen gelernt hatte, hätte sie alles von ihm erwartet – nur nicht die fast rührende Art, auf die er sich um ihre Großmutter gekümmert hatte, auch wenn er sich alle Mühe gab, dies zu überspielen. Sie kam jedoch nicht dazu, eine entsprechende Bemerkung zu machen, denn Bernhard hatte sich kaum auf die Stufen sinken lassen und das Gesicht in den Händen verborgen, da ertönte ein dumpfes, lang nachhallendes Dröhnen und einer der beiden gewaltigen eisernen Torflügel bewegte sich scharrend nach innen. Leonie und ihre Großmutter sahen alarmiert hoch und auch Bernhard hob müde den Kopf und warf einen Blick über die Schulter zurück.

Das Tor schwang weiter auf und gab den Blick auf den dahinter liegenden, düsteren Gang frei, in dem sich verschwommene, auf unheimliche Weise missgestaltete Schemen bewegten, dann erschien wie aus dem Nichts eine schlanke Frauengestalt unter der Öffnung mit langem glattem Haar, das ihr bis weit über die Schultern fiel. Im allerersten Moment war Leonie einfach nur verwirrt, aber dann begriff sie, dass sie niemand anderem als dem Archivar gegenüberstanden, der wieder die Gestalt Theresas angenommen hatte. Trotz dieses Wissens fühlte sie ein Aufwallen von fast grenzenloser Erleichterung über diese erneute Verwandlung und – noch absurder – beinahe so etwas wie Sympathie. Auch wenn ihr Anblick Leonie einen tiefen, schmerzhaften Stich versetzte, war Theresa doch für lange Zeit der einzige Mensch gewesen, den sie für ihren Freund gehalten hatte, und obwohl dies vielleicht die grausamste aller Lügen gewesen war, konnte sie sich noch immer nicht von dieser Vorstellung lösen.

Vielleicht war sie jedoch die Einzige, die die Gestalt am Ende der Treppe *so* sah. Ihre Großmutter sog scharf die Luft ein und der Ausdruck auf dem Gesicht Meister Bernhards war nur mit purem Entsetzen zu beschreiben. Er sprang auf die Füße, nahm die Hände herunter und alles Blut wich aus seinem Gesicht.

»Verzeiht, Herr«, stammelte er. »Ich …«

Theresa – der Archivar – schnitt ihm mit einer herrischen Geste das Wort ab. »Schon gut!«, sagte sie, ohne den Blick auch nur einen Sekundenbruchteil von Leonies Gesicht zu nehmen. »Da ist jemand, der auf dich wartet.«

Leonie schluckte die Antwort hinunter, die ihr auf der Zunge lag. Sie hatte nicht vergessen, was ihre Großmutter vorhin in der Zelle gesagt hatte. Es gab nichts mehr, was sie noch tun konnten, und nichts, was sie noch hätte sagen können. Ganz gleich, was es gewesen wäre, es hätte den Triumph des Archivars nur noch vergrößert.

Als sie ohne ein Wort weiterging, blitzte es für einen Moment in Theresas Augen auf; ein kurzes Funkeln, das Leonie im ersten Moment für Zorn hielt, bis ihr klar wurde, dass selbst ihr trotziges Schweigen das unheimliche Geschöpf nur amüsierte. Vielleicht war *das* überhaupt das Allerschlimmste.

Bernhard drehte sich müde um und streckte die Hand nach Großmutter aus, führte die Bewegung aber nicht zu Ende, als ihn ein eisiger Blick aus den Augen der alten Frau traf. Mühsam, aber mit stolz erhobenem Kopf bewegte sich Großmutter die Treppe hinauf und auf den Archivar zu. Das unheimliche Wesen, das ihr in der Gestalt einer jungen Frau entgegenblickte, schien ebenso wie Leonie und sicherlich auch Meister Bernhard darauf zu warten, dass sie stehen blieb, aber sie setzte ihren Weg ohne zu zögern fort, und etwas ganz und gar Unglaubliches geschah: Es war am Ende der Archivar, der zur Seite wich.

Hintereinander durchschritten sie das gewaltige eiserne Tor. Leonie konnte sich nicht mehr ganz genau daran erinnern, wie es hier ausgesehen hatte, als sie diesen Weg das erste Mal genommen hatte, aber der Gang kam ihr auf die gleiche, schaudern machende Art verändert vor wie das Scriptorium: Alles wirkte düsterer, unförmiger, als hätte es sich ein kleines Stück weiter in Richtung jener Welt verschoben, in der die Albträume und die Angst zu Hause waren.

Erst nachdem sie schon eine ganze Strecke zurückgelegt hatten, fiel Leonie auf, dass die beiden Scriptoren ihnen nicht mehr folgten. Auch sonst begegnete ihnen keiner der unheimlichen Bewohner dieses unterirdischen Reiches, während sie durch den langen, von schweren eisernen Türen gesäumten Gang schritten.

Das Unglück geschah, als sie ihr Ziel fast erreicht hatten und der grün leuchtende Nebel vor ihnen wieder heller zu werden begann. Großmutters Schritte waren immer langsamer und schleppender geworden, sodass Meister Bernhard noch zweimal den Arm nach ihr ausgestreckt hatte um ihr zu helfen, was sie aber jedes Mal mit dem gleichen trotzigen Kopfschütteln abgelehnt hatte. Plötzlich aber strauchelte sie, streckte mit einem erschrockenen Seufzen den Arm nach der Wand aus um sich abzustützen und wäre dennoch gestürzt, wären nicht Bernhard und Leonie gleichzeitig vorgesprungen um sie aufzufangen.

Der Archivar ging noch einige Schritte weiter, drehte sich dann langsam herum und sah ebenso spöttisch wie mitleidlos zu ihnen zurück, während Leonie sich mit einem raschen Blick davon überzeugte, dass ihrer Großmutter auch tatsächlich nichts passiert war, bevor sie sie behutsam wieder auf die Füße stellte. Erneut wollte Bernhard die alte Frau einfach auf die Arme nehmen, um sie wie ein Kind zu tragen, und wieder lehnte sie seine Hilfe mit einem schwachen, aber entschiedenen Kopfschütteln ab, ließ es aber immerhin zu, dass er ihren linken Arm um seine Schultern legte und seinerseits mit dem rechten Arm ihre Hüfte umschlang, um sie auf diese Weise zu stützen.

»Danke«, sagte Leonie leise. Bernhard sah sie auf eine seltsam schuldbewusste Art an und Leonie fügte flüsternd und mit einem raschen Blick in Richtung des Archivars hinzu: »Weißt du eigentlich, mit wem du dich da eingelassen hast?«

Sie las die Antwort in Bernhards Augen; ebenso wie den Umstand, dass er es nicht wagte, sie laut auszusprechen.

»Wie geht es deiner Familie?«, fragte sie, als sie weitergingen, laut und im Grunde mehr an den Archivar gewandt als an Bernhard. Zugleich wurde ihr klar, wie albern der Versuch war, dieses Geschöpf zu täuschen. Der Archivar war nicht darauf angewiesen, gesprochene Worte zu verstehen, sondern las ihre Gedanken so mühelos, wie Leonie in einem Buch gelesen hätte.

Dennoch antwortete Bernhard. »Sie sind tot«, sagte er hart. »Außer mir und Maus hat niemand die Gastfreundschaft Eures Vaters überlebt, ehrwürdiges Fräulein.«

Leonie fuhr unter den Worten zusammen wie unter einem Hieb. Hinter Bernhards zornigem Ton verbarg sich ein Schmerz, den auch sie selbst wie einen tiefen Stich in die Brust fühlte. »Das tut mir Leid«, sagte sie, und das war ehrlich gemeint.

»Ja«, versetzte Bernhard bitter. »Mir auch.«

Sie legten den Rest des Weges schweigend zurück. Leonies Herz begann stärker zu klopfen, als sie sich dem Ende des gewölbten Tunnels näherten. Obwohl sich hier alles auf schreckliche Weise verändert hatte, glaubte sie ihre Umgebung nun doch wiederzuerkennen. Die Erinnerung war nicht deutlich genug um sie zu greifen, aber es handelte sich auf keinen Fall um eine *gute* Erinnerung. Da war etwas mit den niedrigen Eisentüren, an denen sie vorbeikamen, etwas das … Der Archivar blieb mitten im Schritt stehen und drehte sich zu ihr um. Für einen winzigen Moment schien sein Gesicht zu flackern, als versuche unter den vertrauten Zügen Theresas etwas anderes Gestalt anzunehmen, etwas Düsteres, dann hatte er sich wieder in der Gewalt und bedeutete Bernhard und ihr mit einer herrischen Geste, schneller zu gehen. Hätte Leonie nicht gewusst, dass nichts dazu in der Lage war, sie wäre überzeugt gewesen, gerade mit angesehen zu haben, wie irgendetwas das Geschöpf zutiefst erschreckt hatte. Aber natürlich war das nichts als reines Wunschdenken.

Aus Leonies böser Vorahnung wurde Gewissheit, als sie auf die schmale Galerie am Ende des Ganges hinaustraten. Unter ihnen lag der Leimtopf.

Allerdings erkannte Leonie ihn kaum wieder. Der gewaltige Raum war voller Bewegung. Leonie erblickte auf Anhieb Hunderte von Aufsehern, Arbeitern und Scriptoren, dazu buchstäblich Tausende von Schusterjungen und auch etliche der schrecklichen Redigatoren, die scheinbar ziel- und sinnlos durcheinander hasteten.

Aber es waren nicht nur die Geschöpfe des Archivars, die den riesigen runden Raum füllten. Zwischen ihnen erkannte Leonie lange Schlangen menschlicher Gestalten in weiß-rot gestreiften Hemden und ledernen Kniehosen, die von Aufsehern mit derben Stößen und Peitschenknallen vorwärts gezwungen wurden, bis sie …

Leonies Herz machte einen erschrockenen Satz und schien weit oben in ihrem Hals weiterzuklopfen, als sie die offen stehende, rechteckige Klappe entdeckte, auf die die Männer zugetrieben wurden. Sie kannte diesen Ort. Seit sie das letzte Mal hier gewesen war, hatte er sich verändert: Das grässliche Sprungbrett war nicht mehr da, und neben der offen stehenden Klappe standen nun mehr und deutlich schwerer bewaffnete Aufseher, die mit den Händen an ihren Waffen und Argusaugen darüber wachten, dass niemand aus der langsam vorrückenden Reihe ausbrach, aber der brodelnde grüne Sumpf unter der Klappe im Metallgitterboden, aus dem klebriger Dampf und dann und wann eine träge schillernde Blase aufstiegen, die an der Oberfläche mit einem dumpfen Geräusch platzte, war derselbe geblieben.

Einer nach dem anderen wurden die bisher so unbesiegbaren Krieger der Stadtgarde auf den Rand der offen stehenden Klappe zugetrieben. Und Leonies Herz begann in purem Entsetzen zu hämmern, als sie dabei zusah, wie die Männer kurz darauf in die blubbernde grüne Masse gestoßen wurden, in der sie lautlos versanken.

»Aber ... aber das kannst du doch nicht machen«, krächzte sie. »All diese Menschen! Du kannst sie doch nicht ... nicht *einfach umbringen!«*

Der Archivar drehte sich langsam in ihre Richtung. Und ein kaltes, durch und durch mitleidloses Lächeln erschien auf dem wunderschönen Frauengesicht, hinter dem sich das wahre Antlitz des Ungeheuers verbarg, und zugleich schien in seinen Augen etwas wie ein wilder Triumph aufzulodern.

»Du darfst nicht glauben, was du siehst«, sagte Großmutter ruhig. Ihre Stimme war leise, kaum mehr als ein Flüstern, und zitterte vor Schwäche – und doch war sie zugleich von einer solchen Kraft und Stärke erfüllt, dass der Archivar für einen Moment den Kopf wandte und sie unsicher ansah.

Aber wirklich nur für einen Moment. Dann wandte er sich wieder ganz zu Leonie um, und abermals flammte in seinen Augen dieser schreckliche Ausdruck auf, der Leonie das Gefühl gab, irgendetwas würde aus ihr herausgerissen.

»Warum tust du das?«

Es war ihre Großmutter, die antwortete, nicht Theresa. »Um dich zu quälen«, sagte sie leise. »Du darfst ihn deinen Schmerz nicht spüren lassen. Er macht ihn nur stärker.«

Leonie starrte ihre Großmutter fast entsetzt an. »Nicht spüren lassen?«, wiederholte sie ungläubig. »Aber das sind ...«

»Menschen?«, unterbrach sie ihre Großmutter. Sie schüttelte traurig den Kopf. »Hast du denn alles vergessen, was ich dir gesagt habe?«, fragte sie. »Nichts hier ist das, wonach es aussieht. Keiner von diesen Männern hat jemals wirklich gelebt. So wenig wie Sie, mein Freund.«

Der letzte Satz hatte Meister Bernhard gegolten, der sie aus großen Augen anstarrte. Er sagte nichts, aber aus seinem Gesicht wich nun auch noch das allerletzte bisschen Farbe, und Leonie konnte regelrecht sehen, wie es hinter seiner Stirn zu arbeiten begann.

»Das ist genug!«, sagte der Archivar scharf. Er machte einen Schritt, der ihn genau zwischen Leonie und ihre Großmutter brachte, sodass er den Blickkontakt zwischen ihnen unterbrach.

Irgendetwas schien mit ihm nicht zu stimmen, dachte Leonie. Theresas Gesicht … verlor irgendwie an Glaubwürdigkeit. Es war ihr nicht möglich, einen anderen Ausdruck dafür zu finden. Nichts an Theresas vertrauten Zügen schien sich *wirklich* zu verändern, und doch spürte sie mit jedem Atemzug mehr, dass sie nichts weiter als einem raffinierten Trugbild gegenüberstand. Hatte sie den schwachen Punkt des Archivars gefunden? Vielleicht war dieses scheinbar so allmächtige Geschöpf doch nicht so unüberwindlich …

Mühsam riss sie ihren Blick von den grausamen Augen der Kreatur los und zwang sich, noch einmal in die Halle hinabzusehen. Der Anblick hatte nichts von seiner Schrecklichkeit verloren. Wahrscheinlich hatte ihre Großmutter Recht, dachte Leonie. Nichts von alledem, was sie zu sehen glaubte, war real. Sie sah nur das, was ihr ihre menschlichen Sinne zu sehen *vorgaukelten*, weil das, was dieser unbegreifliche Ort *wirklich* war, einfach zu fremd und erschreckend gewesen wäre, um den Anblick zu ertragen.

Aber dieses Wissen nutzte ihr nichts.

Damals als Theresa ihr erklärt hatte, dass die Schusterjungen und Arbeiter nicht real waren, da hatte ihr dieses Wissen durchaus geholfen, die lebensverachtende Grausamkeit zu ertragen, mit der die Aufseher mit ihren kleineren Brüdern umsprangen. Nun aber sah sie *Menschen*, die wie wehrlose Opferlämmer zur Schlachtbank geführt wurden, und dieser Anblick war beinahe mehr, als sie ertragen konnte.

»Sie … sie sehen so *echt* aus«, murmelte sie.

»Aber sie sind es nicht«, erklärte Großmutter. »Kind, glaubst du denn tatsächlich, dass dein Vater mit dem Leben wirklicher Menschen spielen würde wie mit Schachfiguren?«

Leonie hätte diese Frage nicht einmal beantworten können, wenn sie es gewollt hätte. Die Wahrheit war: Sie wusste es nicht. Sie war nicht mehr sicher, ob sie den Mann, zu dem ihr Vater geworden war, wirklich noch kannte.

»Und wo ist der Unterschied?«, fragte Theresa gehässig. Großmutter wollte etwas sagen, aber Theresa schnitt ihr mit einer herrischen Geste das Wort ab. »Wo ist der Unterschied?«, fragte sie noch einmal. Sie deutete auf Bernhard. »Sieh dir diesen Dummkopf an. Hat er existiert, bevor ich ihn erschaffen habe?« Sie beantwortete ihre eigene Frage kurzerhand mit einem heftigen Kopfschütteln selbst. »Nein. Mit ihm verhält es sich wie mit den …«, sie betonte das von einem leisen Lachen begleitete Wort auf sonderbare Weise, »… *Kriegern* deines Vaters. Es hat ihn nicht gegeben. Nicht bevor *ich* entschieden habe, dass er zu existieren hat.«

»Aber das … das … das ist … das ist doch blanker Unsinn«, stieß Meister Bernhard hervor. »Ich bin …«

Theresa brachte ihn mit einem verächtlichen Blick zum Verstummen. »Oh, du glaubst, es wäre nicht wahr?«, fragte sie höhnisch. »Du glaubst, du wärst ein richtiger, lebender Mensch mit einer Vergangenheit und einer Zukunft?« Sie lachte böse, schnippte mit den Fingern und wie aus dem Nichts erschien ein Scriptor zwischen ihr und Leonie. Er sah ein bisschen verdattert aus, fand Leonie, aber er kam nicht dazu, irgendetwas zu sagen, denn Theresa fuhr mit einer spöttischen Geste in seine Richtung fort: »Ich habe dich erschaffen, genauso wie ich ihn erschaffen habe. Du solltest das niemals vergessen. Denn wenn mir danach ist …«, sie streckte den Arm aus, ergriff den total verblüfften Scriptor am Schlafittchen und schleuderte ihn mit einer fast beiläufigen Geste über die Brüstung, »… kann ich dich genauso mühelos wieder vernichten.«

Meister Bernhard starrte eine Sekunde lang aus hervorquellenden Augen in die Richtung, in die der kreischende Gnom verschwunden war. Dann wandte er sich langsam und unendlich mühevoll zu Theresa um. »Aber … aber ich erinnere mich doch«, stammelte er. Seine Stimme zitterte, so als könne er nur noch mit Mühe die Tränen zurückhalten. »Ich weiß doch alles! Mein … mein ganzes Leben. Jeder einzelne Tag! Meine Jugend. Meine Eltern und …«

»Das alles habe ich dir gegeben«, unterbrach ihn Theresa. »Ich weiß, dass du dich erinnerst, denn ich habe diese Erinnerungen erschaffen. Du erinnerst dich an den Tag, an dem du deinen ersten Diebstahl begangen hast. An deinen Vater, von dem du mehr Schläge als Essen bekommen hast, und deine Mutter, die keine Gelegenheit ausgelassen hat, dir zu sagen, dass sie dich nicht wollte und du die Schuld an ihrem erbärmlichen Leben trägst.«

Bernhard starrte sie an. Er stand wie gelähmt da.

»O ja, und all die anderen schlimmen Dinge, die dir widerfahren sind«, fuhr Theresa höhnisch fort. »Du hattest eine so schreckliche Jugend, dass aus dir gar nichts anderes werden konnte als ein verbitterter, böser Mensch. Das ist bedauerlich.« Sie zuckte betont beiläufig mit den Achseln. »Aber es war notwendig. Schließlich brauchte ich einen durch und durch bösen und skrupellosen Menschen für meine Zwecke.«

»Aber das … das kann doch nicht sein!«, stotterte Bernhard. Er zitterte am ganzen Leib.

»Aber warum denn nicht?«, kicherte Theresa. »Es war ganz leicht, weißt du?«

»Hör auf!«, schrie Leonie. Der Anblick des zitternden, leichenblassen Mannes brach ihr fast das Herz.

»Aber warum denn?«, erkundigte sich Theresa. »Er tut dir doch nicht etwa Leid, oder? Nach allem, was er dir angetan hat?« Das hämische Grinsen verschwand so plötzlich von ihrem Gesicht, wie es erschienen war, und machte einer womöglich noch schlimmeren Kälte Platz, vielleicht der einzig wahre Ausdruck, zu dem das Geschöpf fähig war, das in der Maske einer harmlosen jungen Frau vor Leonie stand.

»Nun, wenn das so ist, dann sag mir, weshalb *sie* dir nicht Leid tun?« Sie deutete auf die nicht enden wollende Kette weiß-rot gekleideter Gestalten, die unter ihnen entlangzog. »Ein jeder von ihnen hat die Erinnerungen an ein ganzes Leben voller Leid und Glück, voller Freude und Schmerz. Es ist nicht damit getan, sich einen Körper vorzustellen. Und es ist leichter, Leben zu erschaffen als die Verantwortung dafür zu übernehmen.«

»Hör ihm nicht zu, Leonie!«, rief Großmutter. »Er will dich nur quälen. Dein Schmerz ist sein Lebenselixier. Glaub ihm nicht! Benutze die Gabe! Du kannst die Dinge so sehen, wie sie wirklich sind!«

Wieder ... *flackerte* Theresas Gesicht auf diese unheimliche, mit Worten kaum zu beschreibende Art, als versuchte etwas durch und durch Unmenschliches, Böses darunter Gestalt anzunehmen. Einen Moment lang schien es Leonie, als gewänne die vorgetäuschte Realität noch einmal die Oberhand, dann zerfloss das schmale Frauengesicht endgültig und die düstere Erscheinung des Archivars stand wieder vor ihnen.

Ich verstehe, wisperte seine unheimliche Stimme hinter Leonies Stirn. *Ihr besteht also auf den Anblick wirklicher Menschen? Ganz wie ihr wollt.* Mit einem Ruck fuhr er herum und gab ihnen mit einer herrischen Geste zu verstehen, dass sie ihm folgen sollten.

Im ersten Moment wollte Leonie sich seinem Befehl widersetzen, denn keine Strafe des Archivars konnte so schlimm sein wie das, was sie dort unten erwarten musste. Aber dann wurde ihr klar, dass dieser kindische Trotz den Triumph des Archivars nur noch vergrößern würde, und sie setzte sich mit einem Ruck in Bewegung und folgte ihrer Großmutter und Meister Bernhard, die das Ende der Galerie schon fast erreicht hatten. Sie betraten eine der Leonie wohl bekannten, in steilem Winkel nach unten führenden Treppen. Die schmalen Stufen, die schon Leonie Probleme bereiteten, erwiesen sich für ihre Großmutter als nahezu unüberwindliches Hindernis, sodass sie dieses Mal keine Einwände erhob, als Bernhard ihr helfen wollte.

Auch wenn es sich auf der schmalen Treppe als sehr schwierig erwies, bemühte sich Leonie, mit den beiden Schritt zu halten und möglichst sogar neben Bernhard herzugehen, nur für den Fall, dass ihn die Kräfte verlassen sollten. Doch obwohl er sehr langsam ging und manchmal sogar vor Schwäche zu wanken schien, war seinem Gesicht nicht die geringste Spur von Erschöpfung anzusehen – allerdings auch kein anderes Gefühl. Sein Gesicht war leer und seine Augen schienen in eine weit entfernte Unendlichkeit zu blicken, die von einem namenlosen Schrecken erfüllt war.

Erst nachdem Bernhard unten angekommen war, stieß er einen erschöpften Laut aus, blieb stehen und wankte einen Moment lang so stark, dass Leonie ernsthaft befürchtete, dass nun *er* es war, der gestützt werden musste. Sie wollte tatsächlich die Hand ausstrecken, aber Bernhard schüttelte müde den Kopf und lehnte sich kurz gegen die Mauer, um neue Kräfte zu schöpfen. Sie standen auf einem schmalen Streifen des Metallgitterbodens, unter dem der kochende grüne Leim brodelte. Die Hitze, die davon aufstieg, war nahezu unerträglich und trieb Leonie nicht nur den Schweiß auf die Stirn, sondern ließ auch jeden Atemzug zu einer Qual werden.

»Geht es noch?«, fragte sie mitfühlend. Ganz gleich, was dieser Mann ihr auch angetan haben mochte – alles, was sie in diesem Augenblick für ihn empfand, war Mitleid. Der Archivar hatte Recht, dachte sie niedergeschlagen. Es spielte keine Rolle, woher ein Mensch kam. Was ihn ausmachte, das war nicht seine Herkunft, sondern das Leben, das er gelebt hatte.

»Nur … einen kleinen Moment«, bat der schwarzhaarige Gaukler. »Ich bin … gleich wieder bei Kräften.«

Zu Leonies Erstaunen erhob der Archivar keinerlei Einwände, sondern stand nur in einiger Entfernung da und starrte reglos zu ihnen zurück. Sicher hatte sein Schweigen nichts mit Verständnis für Meister Bernhards Schwäche zu tun oder gar Mitleid, sondern hatte gänzlich andere, finsterere Gründe, aber das war Leonie vollkommen gleich.

»Die Zelle«, flüsterte Bernhard. »Gleich die zweite Tür auf der linken Seite.«

Um ein Haar hätte Leonie sich verraten, denn sie verstand zunächst gar nicht, wovon er sprach. Buchstäblich im allerletzten Moment, bevor sie eine entsprechende Frage stellen und möglicherweise alles verderben konnte, fing sie einen warnenden Blick ihrer Großmutter auf; und alles, was sie in diesem Moment hoffen konnte, war, dass der Archivar nicht ständig ihre Gedanken las. Statt irgendetwas zu sagen, deutete sie nur ein Schulterzucken an und tat so, als werfe sie einen langen, aufmerksamen Blick in die Halle.

Was sie beinahe sofort wieder bedauerte. Von der Galerie aus betrachtet hatte der Leimtopf einen entsetzlichen Anblick geboten, doch von hier unten wirkte die ganze Szene noch ungleich schrecklicher. Sie standen buchstäblich an der Pforte zur Hölle. Kaum einen Meter vor ihren Füßen brodelte der grüne Leim. Da waren Hunderte und Aberhunderte riesiger gepanzerter Gestalten, das Klirren von Metall und das Rasseln von Ketten, Peitschenknallen und Schreie, und über alldem das wie das Tosen einer düsteren Meeresbrandung an- und abschwellende Stöhnen der Gefangenen, die noch immer in einer schier endlosen Schlange auf die Richtstätte zugetrieben wurden.

»Sieh nicht hin«, flüsterte ihre Großmutter. »Das ist es, was er will! Deine Angst macht ihn stärker! Schau nicht hin! Sie leben nicht wirklich!«

Aber wie konnte sie das? Vielleicht hatte ihre Großmutter ja Recht, und all diese zahllosen Männer dort vorne waren nichts als dienstbare Geister, die ihr Vater durch die Macht des Buches erschaffen hatte. Und dennoch: Wie konnte sie dieser Gedanke trösten, nach dem, was sie gerade in Bernhards Augen gelesen hatte?

»Hast du uns deshalb hierher gebracht?«, fragte sie mit einer trotzigen Kopfbewegung auf den Leimtopf. »Um uns zu zeigen, was uns erwartet?« Sie versuchte herausfordernd zu lachen, aber sie spürte selbst, wie kläglich es misslang. Selbst in ihren eigenen Ohren klang der Laut fast wie ein Schluchzen. Dennoch fuhr sie fort: »Ich habe keine Angst vor dem Tod. Bring mich doch um, wenn es dir Spaß macht!«

Dich töten? Die lautlose Stimme des Archivars klang ehrlich erstaunt. *Warum sollte ich das tun?*

Offensichtlich war sie nicht die Einzige, die die lautlose Stimme des Archivars gehört hatte. Ihre Großmutter schüttelte traurig den Kopf und sah sie mit einem Ausdruck von Schmerz in den Augen an, der Leonie schier das Herz brach, obwohl sie ihn nicht verstand. »Er wird uns nicht töten, Leonida«, sagte sie. »So weit reicht seine Macht nicht.« Müde hob sie den Arm und deutete mit einer schmalen, vor Schwäche zitternden Hand tiefer in die Halle hinein. »Er wird uns etwas viel Schlimmeres antun.«

Leonies Blick folgte der Geste. Im ersten Moment verstand sie nicht, was ihre Großmutter ihr zeigen wollte – aber dann stockte ihr buchstäblich der Atem, als ihr Blick an einer der riesigen, in stachelbewehrtes, schwarzes Eisen gehüllten Gestalten hängen blieb.

Es war kein Aufseher.

Die Gestalt stand ein wenig abseits von den anderen, zwar in der Kette der Aufseher, die ihre Gefangenen weiter antrieben, und wie sie mit einer großen, mehrschwänzigen Peitsche bewaffnet, aber ohne sich an der erbarmungslosen Treibjagd zu beteiligen. Und auch das Gesicht unter dem schwarzen eisernen Helm war nicht das eines Aufsehers.

Es war das Gesicht ihres Vaters.

»Nein«, hauchte Leonie. »Das … das kann nicht sein!«

Nicht mehr lange, flüsterte die lautlose Stimme des Archivars hinter ihrer Stirn. *Noch wehrt er sich, doch schon bald wird er einer meiner treuesten Diener sein.* Das unheimliche Geschöpf drehte sich ganz zu ihr um, und obwohl sein Gesicht unter der schwarzen Kapuze nach wie vor unsichtbar blieb, spürte sie den Blick seiner schrecklichen Augen wie die Berührung einer unsichtbaren, glühenden Hand. *Und du.*

»Nein!« Leonie schrie fast. »Niemals!«

Der Archivar machte sich nicht einmal die Mühe, darauf zu antworten. Und wozu auch? Leonie wusste, dass er Recht hatte. Sie würde sich wehren. Sie würde kämpfen, mit all ihrer Kraft und jedem bisschen Mut, das in ihr war. Doch wie sollte sie gegen einen Feind bestehen, der alle Zeit des Universums hatte und weder Erbarmen noch Schwäche kannte? Irgendwann würde auch sie der Versuchung erliegen, vielleicht nach einem Jahr, vielleicht nach zehn oder auch hundert Jahren, aber irgendwann würde sie zerbrechen.

Die lautlose Stimme des Archivars in ihrem Kopf sprach aus, was sie selbst sich nicht zu denken gestattete: *Warum kämpfen, wenn es nichts zu gewinnen gibt?*

»Ja«, flüsterte Meister Bernhard. »Nicht in der Welt, die du erschaffen wirst, du Ungeheuer.« Und plötzlich schrie er: »*Lauft!*«

Mit einem gellenden Schrei stürzte er vor und warf sich mit weit ausgebreiteten Armen auf den Archivar.

Leonie war noch immer viel zu erschüttert, um auch nur zu begreifen, was Bernhard meinte, und womöglich hätte sie diese unwiderruflich allerletzte Chance verstreichen lassen, wäre ihre Großmutter nicht gewesen. Noch während Bernhard mit weit ausgebreiteten Armen auf den Archivar zusprang, fuhr sie herum, war mit einem Satz bei Leonie und riss sie so grob mit sich, dass sie um ein Haar gestürzt wäre. Nur mit Mühe fand sie ihre Balance zurück, und es kostete sie sogar noch mehr Mühe, mit ihrer Großmutter Schritt zu halten, die ein geradezu unglaubliches Tempo entwickelte. Sie stolperte förmlich hinter ihrer Großmutter her, als diese auf einen der zahllosen Tunnel zustürmte, die in den Leimtopf hineinführten. Das Letzte, was sie sah, war Meister Bernhard, der gegen den Archivar prallte und ihn mit sich von den Füßen riss. Eng aneinander geklammert stürzten die beiden nach hinten und fielen in den kochenden Leim, der hoch aufspritzte und sich mit einem saugenden Geräusch über ihnen schloss. Dann rasten sie in den gemauerten Tunnel hinein und ihre Großmutter machte noch zwei stolpernde Schritte und sank dann zitternd vor Erschöpfung gegen die Wand.

»Wohin?«, keuchte sie. »Was hat er gesagt? *Leonie!*«

Was hatte wer gesagt? Leonies Gedanken überschlugen sich dermaßen, dass ihr schwindelte. Der Gang schien sich um sie zu drehen. Sie verstand weder, wovon ihre Großmutter überhaupt sprach, noch warum Bernhard das getan hatte. Diese Flucht war vollkommen sinnlos. Der Einzige, der bei Meister Bernhards selbstmörderischer Aktion den sicheren Tod fand, war er selbst, ganz gewiss nicht der Archivar, der hinterher nur umso zorniger reagieren würde. Und die Verfolger waren zweifellos bereits auf dem Weg. Leonie konnte ihr wütendes Gebrüll und das schwere Stampfen ihrer Schritte bereits hinter sich hören. Und selbst wenn sie ihnen entkommen könnten – wohin sollten sie schon fliehen?

»*Leonie!*«

Was hatte Meister Bernhard gesagt? Die zweite Tür auf der linken Seite? Leonies Blick irrte verzweifelt über die niedrigen Eisentüren mit den vergitterten Gucklöchern, die den Gang zu beiden Seiten säumten. Der Tunnel ähnelte jenem, in den sie damals zusammen mit ihren Eltern geflohen war, aber gerade das gab ihrer Verzweiflung nur noch neue Nahrung, denn sie wusste ja, dass sich dahinter nichts als winzige Kerkerzellen befanden, ganz ähnlich der, in der ihre Eltern und sie sich damals …

Leonie verschenkte noch eine weitere kostbare Sekunde, in der sie einfach dastand und sich unbeschreiblich blöd vorkam. Wie hatte sie das nur *vergessen* können?! Mit einem einzigen Satz war sie an der alles entscheidenden Tür und riss sie auf. »Komm!«, keuchte sie. »Schnell!«

Ihre Großmutter versuchte es sogar, aber ihre Kräfte reichten nicht mehr. Die kurze Flucht hierher in den Gang musste sie restlos erschöpft haben. Sie machte einen taumelnden Schritt, stolperte und wäre gestürzt, hätte Leonie sie nicht in letzten Moment aufgefangen.

»Großmutter!«, rief Leonie entsetzt. »Was ist mit dir?«

»Nichts«, antwortete Großmutter matt. Schon der Klang ihrer Stimme strafte das Wort Lügen. Ihr Gesicht war grau vor Schwäche und sie zitterte am ganzen Leib. Trotzdem schüttelte sie den Kopf, als Leonie etwas sagen wollte, und machte sogar Anstalten, ihre Hände wegzuschieben, um sich aus ihrer Umarmung zu befreien.

»Geh«, murmelte sie. »Ich halte dich nur auf. Bring dich in Sicherheit!«

»Kommt überhaupt nicht in Frage«, sagte Leonie grimmig. Sie schüttelte den Kopf, um ihren Worten Nachdruck zu verleihen. »Du kommst mit!«

»Ich wäre dir nur ein Klotz am Bein«, beharrte ihre Großmutter. Abermals versuchte sie sich aus Leonies Griff zu lösen. »Lass mich hier. Vielleicht kann ich ihn … irgendwie aufhalten.«

»Wenn ich das täte, dann wäre ich nicht besser als der Archivar«, antwortete Leonie ernst. Sie zwang sich zu einem Lächeln. »Also, was ist? Wollen wir uns streiten, bis sie hier sind, oder bist du vernünftig?«

Für die Dauer eines Herzschlages sah ihre Großmutter sie nur fast verzweifelt an, aber dann erschien ein Ausdruck von übertrieben gespielter Empörung auf ihren Zügen. »Junge Dame«, sagte sie streng. »Eine solche Frage – noch dazu in diesem Ton – sollte *ich dir* stellen, nicht *du mir!*«

Leonie grinste. »Das tut mir ausgesprochen Leid, verehrte Frau Großmama«, erwiderte sie. »Ich gelobe, später entsprechend Buße zu tun. Vielleicht streue ich mir ein bisschen Asche aufs Haupt oder *so was.*« Sie stand auf. »Aber jetzt schlage ich vor, dass wir von hier verschwinden.«

Im Mauseloch

Die schwere Tür fiel mit einem dumpfen Geräusch ins Schloss. Leonie tastete einen Moment lang wie wild in der fast vollständigen Dunkelheit nach dem Riegel, bevor sie sich klar machte, dass sie sich ja in einer Kerkerzelle befanden, an deren Innenseite es ganz bestimmt keinen Öffnungsmechanismus gab. Sie konnte nur hoffen, dass draußen jemand auf die Idee kam, die Tür zu öffnen und einen neugierigen Blick in den Raum dahinter zu werfen.

Nicht dass er irgendetwas gesehen hätte. Zumindest ging es Leonie so. Es war zwar nicht vollkommen dunkel hier drinnen, aber doch nahezu. Durch das vergitterte Guckloch, das sich in Augenhöhe in der schweren Eisentür befand, fiel ein schwacher Schimmer blassgrünen Lichts herein, der sie lediglich Umrisse erahnen ließ. Selbst ihre Großmutter, die einen Schritt neben ihr stand, war kaum mehr als ein blasser Schemen, den sie vielleicht nur deshalb sah, weil sie wusste, dass er da war. Dafür hörte sie ihre schweren, mühsamen Atemzüge umso deutlicher. Für einen Moment konnte Leonie nicht sagen, welches Gefühl stärker in ihr war: Ihre Bewunderung für die Kraft, die die alte Frau trotz des Martyriums, das hinter ihr lag, immer noch aufbrachte, oder die Sorge um sie.

Auf der anderen Seite der Tür erscholl ein dumpfes Poltern und dann das Stampfen zahlreicher Schritte, die rasch auf sie zuhielten. Leonie bedeutete ihrer Großmutter mit einem hastigen Wink, möglichst still zu sein, und spähte mit klopfendem Herzen durch das Guckloch nach draußen. Schatten huschten durch den Gang, die Schritte waren jetzt so laut wie Kanonenschläge, und dann rannte mehr als ein Dutzend Aufseher und Redigatoren brüllend und Waffen schwingend an der Tür vorbei, und dazu eine mindestens doppelt so große Anzahl von Scriptoren und Schusterjungen. Leonies Herz machte einen erschrockenen Sprung, als eine der kaum handgroßen Kreaturen für einen Moment im Laufen innehielt und sie fast sicher war, dass sie kehrtmachen und sich der Tür zuwenden würde. Dann aber setzte der hässliche Zwerg seinen Weg fort, und nur einen Moment später war die wilde Horde verschwunden und Leonie trat mit einem erleichterten Aufatmen von der Tür zurück. Sie waren keineswegs in Sicherheit, doch vielleicht hatten sie zumindest eine kleine Atempause gewonnen.

»Sind sie fort?«, fragte Großmutter.

Leonie wollte antworten, doch genau in diesem Moment erscholl in der Zelle hinter ihnen ein leises Klirren und etwas wie schweres Atmen und so fuhr sie stattdessen erschrocken herum und versuchte die fast vollkommene Dunkelheit mit Blicken zu durchdringen.

Im ersten Moment erkannte sie fast noch weniger. Dann aber

gewahrte sie eine verschwommene Gestalt, die zusammengekauert in der hintersten Ecke der Zelle hockte, und glaubte ein leises, unterdrücktes Stöhnen zu hören.

»Wer ist da?«, fragte sie.

Sie rechnete nicht ernsthaft mit einer Antwort, bekam sie aber doch zumindest indirekt: Das Klirren wiederholte sich und auch das Stöhnen war nun deutlicher zu vernehmen und klang beinahe so, als versuche jemand Worte zu formen, ohne dass es ihm wirklich gelang.

»Wer ist da?«, fragte sie abermals. Ihr Herz klopfte. Obwohl sie schreckliche Angst hatte, machte sie einen vorsichtigen Schritt auf den Schatten zu, und dann noch einen und schließlich einen dritten, bis sie erneut stehen blieb und ungläubig die Augen aufriss.

Aus dem Schemen war mittlerweile ein Körper geworden, der in zusammengekauerter Haltung und mit ausgebreiteten Armen an die Wand gekettet dasaß. Er war kaum größer als ein Kind und trug einen zerschlissenen, schwarzen Kapuzenmantel, der nicht nur wie das typische Kleidungsstück der Scriptoren aussah, sondern ganz zweifellos auch von einem solchen stammte. Das Gesicht darunter gehörte jedoch keinem hässlichen, hakennasigen Zwerg, sondern einem vielleicht neun- oder zehnjährigen, sehr blassen Jungen mit eingefallenen Wangen, dunklem Haar und einer verschorften Schramme auf dem Nasenrücken. Es war …

»*Maus!*«, schrie Leonie und war mit einem Satz neben dem Gauklerjungen.

Der Junge hob mühsam die Lider. Im allerersten Moment blieben seine Augen leer. Dann aber flackerte es darin auf, und nur den Bruchteil einer Sekunde später füllten sie sich mit einer wilden Hoffnung, die Leonie wie ein Stich in die Brust traf, denn sie wusste, dass sie sie nicht erfüllen konnte. »Edles Fräulein?«, murmelte Maus benommen.

»Leonie«, verbesserte sie ihn automatisch und schüttelte dann hastig den Kopf, als Maus widersprechen wollte. »Was tust du hier? Ich meine: Wie kommst du hierher? Wo sind die anderen?«

Die Fragen waren so überflüssig wie dumm, aber sie waren das

Einzige, was ihr im ersten Moment einfiel. Sie hatte den Jungen nicht mehr gesehen, seit er Hendriks Häschern im Haus ihrer Eltern entkommen war, und sie verspürte einen heftigen Anflug schlechten Gewissens, als ihr klar wurde, dass sie seitdem kaum an ihn gedacht hatte.

»Sie haben sie … erschlagen«, antwortete Maus. Seine Stimme war so schwach, dass Leonie ihn kaum verstand, obwohl sie ihr Gesicht so nahe an das seine herangebracht hatte, dass sie sich fast berührten. »Nur Meister Bernhard und ich … sind noch am Leben. Habt ihr ihn gesehen?«

Leonie presste im letzten Moment die Lippen aufeinander, bevor ihr eine Antwort entschlüpfen konnte, aber Großmutter, die ihr gefolgt war, sagte mit leiser, mitfühlender Stimme: »Er ist tot, mein armer Junge. War er dein Vater?«

Maus drehte den Hals, um in Großmutters Gesicht hinaufblicken zu können. Er schüttelte den Kopf. »Tot?« Seine Augen wollten sich mit Tränen füllen, die er mit letzter Kraft niederkämpfte. »Was ist geschehen?«

»Er war ein sehr tapferer Mann«, antwortete Großmutter. »Er hat sein Leben geopfert, damit wir fliehen können.«

»Dann … solltet ihr … gehen.« Maus versuchte sich zu bewegen, erstarrte aber sofort wieder und sog mit einem schmerzerfüllten Laut die Luft zwischen den Zähnen ein. Auch Leonie presste erschrocken die Lippen aufeinander, als sie sah, was die rostigen Eisenfesseln den schmalen Handgelenken des Jungen angetan hatten. Seine Haut war zerschunden, blutig und von schwärenden Wunden übersät, wo er vergeblich versucht hatte, die eisernen Fesseln zu sprengen. Leonie streckte instinktiv die Hände aus, aber sie wagte es nicht, ihn zu berühren.

»Er hat Recht, Leonie«, sagte Großmutter. »Sie werden bald hier sein.«

»Nicht ohne ihn«, antwortete Leonie leise, aber in einem Ton, der keinen Widerspruch zuließ. Meister Bernhard mochte sein Leben geopfert haben, um das ihre zu retten, aber sie waren zugleich auch einen Handel eingegangen. Er hatte ihnen diese Zelle genannt, weil Maus hier gefangen war; und ganz bestimmt nicht nur, damit sie ihn *sahen*. Sie griff nach Maus' Handfesseln und zerrte einen Moment mit aller Kraft daran, aber alles, was sie erreichte, war, dass der Junge ein leises Wimmern ausstieß.

»Das hat keinen Sinn«, sagte sie niedergeschlagen. »Vielleicht kann ich sie aus der Wand reißen.« Sie versuchte es, aber die rostigen Ketten saßen so fest wie einzementiert. Maus keuchte vor Schmerz.

»Die Scharniere«, wimmerte er. »Du musst die Scharniere öffnen!«

Im ersten Moment begriff Leonie nicht, was er meinte, aber dann unterzog sie die eisernen Handfesseln einer zweiten, etwas genaueren Inspektion und verstand. Die breiten Metallringe waren konstruiert wie Handschellen: zwei Halbkreise, die auf der einen Seite von einem Vorhängeschloss und auf der anderen von grobschlächtigen Scharnieren zusammengehalten wurden. Wenn es ihr gelang, die Splinte aus den Scharnieren zu drücken, fielen sie wahrscheinlich einfach auseinander. Unverzüglich versuchte sie es, aber das einzige Ergebnis ihrer Bemühungen war ein abgebrochener Fingernagel.

»Du brauchst ein Werkzeug«, stöhnte Maus. »Irgendetwas, um wenigstens einen Splint rauszuschieben. Den Rest mache ich dann schon.«

Leonie nickte hastig und sah sich verzweifelt in der finsteren kahlen Zelle um, aber abgesehen von dem fauligen Stroh auf dem Boden war da absolut nichts.

Draußen polterten wieder Schritte. Leonie unterdrückte den Impuls, hinauszusehen, aber sie konnte hören, dass es sich um einen deutlich größeren Trupp handelte als beim ersten Mal und dass sich die Verfolger diesmal mehr Zeit ließen. Sie glaubte in einiger Entfernung das dumpfe Zuschlagen einer Tür zu hören. Anscheinend begannen sie nun damit, die Umgebung gründlicher abzusuchen.

»Das hat keinen Zweck«, murmelte Maus. »Bringt euch in Sicherheit.«

»Wir gehen alle zusammen oder gar nicht«, antwortete Leonie grimmig.

»Und es hat überhaupt keinen Sinn, ihr zu widersprechen«, fügte Großmutter hinzu. »Glaub mir, ich weiß das.« Ernster und an Leonie gewandt sagte sie: »Beeil dich lieber. Sie werden gleich hier sein.«

Wie um ihre Worte auf der Stelle zu bestätigen, drang erneut das dumpfe Knallen einer Tür zu ihnen herein; aber im gleichen Moment hatte sie die rettende Idee. Hastig griff sie nach oben, streifte die Kette, die Theresa ihr zurückgegeben hatte, über den Kopf und nestelte mit zitternden Fingern die verchromte Piercing-Nadel ab. Einen winzigen Moment lang drohte sie in Panik zu geraten, als es ihr nicht sofort gelang, die kaum stecknadelkopfgroße Kugel von einem Ende abzuschrauben, dann löste sich das mikroskopisch feine Gewinde und die Kugel fiel zu Boden und hüpfte in die Dunkelheit davon. Das Ende der Nadel, das darunter zum Vorschein kam, war stumpf. Leonie beugte sich hastig vor und drückte es auf den Splint – im ersten Moment ohne den geringsten Erfolg. Dann aber begann sich der rostige Metallstab langsam und widerwillig zu bewegen.

Nicht weit entfernt schlug eine Tür. Schritte polterten.

»Uns bleibt nicht mehr viel Zeit«, warnte Großmutter.

Leonie tat, was sie konnte, aber sie wagte es nicht, noch mehr Kraft aufzuwenden. Die dünne Nadel begann sich bereits gefährlich durchzubiegen. Wenn sie zerbrach und sie ihr einziges Werkzeug verloren, war alles vorbei. Der Splint war jetzt gut zur Hälfte herausgerutscht, aber er bewegte sich nur quälend langsam weiter.

Wieder schlug eine Tür. Leonie schätzte, dass ihre Verfolger allerhöchstens noch zwei oder drei Zellen entfernt waren.

»Leonie«, drängte Großmutter.

»Ja!«, schnappte Leonie. »Ich tue ja, was ich kann!«

Der Splint bewegte sich weiter, drohte sich für einen kurzen schrecklichen Moment zu verkanten und rutschte dann plötzlich fast widerstandslos aus dem Scharnier und fiel mit einem hellen

Klirren zu Boden. Leonie ließ sich mit einem erleichterten Seufzen zurücksinken, und Maus streifte hastig die Handfessel ab, bückte sich nach dem Splint und machte sich damit an der anderen Schelle zu schaffen. Obwohl er in einer sehr unglücklichen Position dasaß und sein nunmehr freies Handgelenk blutüberströmt war und er bestimmt große Schmerzen hatte, stellte er sich wesentlich geschickter an als Leonie.

»Schnell jetzt«, keuchte er. »Lauft! Ich mache das hier schon.«

Daran zweifelte Leonie keinen Augenblick, als sie sah, wie beinahe mühelos Maus die Handfessel löste, an der sie selbst gerade fast verzweifelt war. Meister Bernhard hatte anscheinend nicht übertrieben, als er behauptet hatte, dass es kein Schloss auf der Welt gab, das Maus widerstehen konnte.

Unmittelbar neben ihnen fiel eine Tür ins Schloss. Leonie hörte ein dumpfes, wütendes Knurren und stampfende Schritte, die auf sie zuhielten. Hastig streifte sie sich die Kette wieder über und stand in der gleichen Bewegung auf. Ihr Blick irrte durch den Raum, tastete nahezu verzweifelt über die schimmligen Wände – und dann war die Tür da.

Sie war nicht einmal überrascht. Ganz im Gegenteil hatte sie tief in sich die ganze Zeit über gewusst, dass es hier einen Ausweg geben musste, ebenso wie sie damals eine Tür gefunden hatte, als sie zusammen mit ihren Eltern in einer ganz ähnlichen Zelle eingesperrt gewesen war.

Nur dass diese Tür vollkommen anders aussah.

Es war eigentlich gar keine richtige Tür, eher ein rechteckiges Loch mit nicht ganz sauberen Rändern, als hätte jemand damit begonnen, eine Tür in die Wand zu brechen, wäre aber nicht ganz fertig geworden. Was dahinter lag, konnte sie nicht erkennen.

Langsam ging sie darauf zu, blieb noch einmal stehen und trat dann mit klopfendem Herzen hindurch. Hinter ihr erscholl ein helles Klirren, mit der Maus' zweite Handfessel zu Boden fiel, und als Leonie sich umdrehte, sah sie, wie die Tür hinter ihnen aufflog. Ein riesiger Aufseher versuchte sich hereinzudrängen und blieb mit seinen breiten Schultern im Türrahmen stecken wie ein stacheliger Korken in einem zu engen Flaschenhals. Zwischen seinen Beinen wuselten zwei, drei Schusterjungen herein, dann versuchte ein Scriptor dasselbe Kunststück und blieb seinerseits zwischen den Beinen des gepanzerten Riesen stecken und damit war der Eingang ebenso zuverlässig verschlossen wie mit einer meterdicken Stahltür.

Die Schusterjungen, die es hereingeschafft hatten, waren nicht viel glücklicher dran: Maus stampfte einen von ihnen kurzerhand in den Boden, der zweite hatte das Pech, ihrer Großmutter über den Weg zu laufen und sich einen saftigen Tritt einzufangen, und der dritte überlegte es sich angesichts dessen, was seinen Kameraden widerfahren war, offensichtlich im letzten Moment anders und bog in scharfem Winkel ab – dummerweise aber in die falsche Richtung, sodass er in vollem Lauf gegen die Wand klatschte und dann stocksteif umfiel. Nur einen Augenblick später stürmten Großmutter und Maus an ihr vorbei durch die Tür und Leonie trat rasch einen Schritt zurück. Als sie sich umdrehte, blieb Großmutter stehen, schnippte mit den Fingern und die Tür verschwand und machte einer massiven Wand aus grauem Fels Platz.

Leonie riss ungläubig die Augen auf. »Wie hast du das gemacht?«

»Genauso wie du die Tür erschaffen hast.« Großmutter hob mit einer leicht verlegenen Bewegung und einem ebensolchen Lächeln die Schultern und fügte hinzu: »Ehrlich gesagt ist das Fingerschnippen nicht unbedingt nötig. Aber es macht die Sache irgendwie dramatischer, finde ich.«

Leonie fragte sich, woher ihre Großmutter die Kraft zu einem Scherz nahm, aber sie ging nicht darauf ein, sondern sagte: »Ich? Ich habe diese Tür nicht erschaffen.«

»Das hast sie vielleicht nicht im Sinne des Wortes erschaffen, sie uns aber nutzbar gemacht«, beharrte Großmutter. »Denn obwohl diese Tür immer schon da war, können sie die gewöhnlichen Menschen nicht sehen.«

»So wie die Tür in unserem Keller.« Leonie sah sich schaudernd um. Anders als damals, als sie zusammen mit ihren Eltern geflohen war, befanden sie sich jetzt nicht in einem gemauerten Gang, sondern in einem unregelmäßig geformten Tunnel, der eher so aussah, als hätte ihn ein riesiger Wurm mit wenig Sorgfalt aus dem Fels herausgeknabbert. Sie sagte nichts dazu, sondern drehte sich noch einmal in die Richtung um, aus der sie gekommen waren. Die Felswand hinter ihnen sah aus, als gäbe es nichts, was sie erschüttern könnte.

Großmutter schien ihren Blick wohl richtig gedeutet zu haben, denn sie schüttelte mit einem bedauernden Seufzen den Kopf und sagte: »Sie werden den Archivar alarmieren. Und für ihn existiert diese Wand ebenso wenig wie für dich. Wir sollten gehen.«

Leonie widersprach nicht, aber sie fragte sich insgeheim doch, wohin sie gehen sollten. Der Tunnel unterschied sich nicht wirklich von den endlosen Stollen und Gängen des Archivs. Auch er zog sich vollkommen gleichförmig dahin, bis er sich in graugrünem Dunst verlor. Weit niedergeschlagener und mutloser, als sie sich selbst eingestehen wollte, marschierte sie los.

Es war nicht das erste Mal, dass ihr schon nach wenigen Schritten jedes Zeitgefühl abhanden kam. Sie hätte nicht sagen können, ob sie eine Stunde oder eine Minute unterwegs gewesen waren, als sich die graugrüne Unendlichkeit vor ihnen wieder aufhellte und sie schließlich in einen vollkommen leeren Raum traten, dessen Wände und Decke ebenso unregelmäßig geformt waren wie die des Ganges, der sie hierher geführt hatte. Für einen Moment hatte sie das Gefühl, ein rasches Huschen irgendwo vor sich zu erkennen, doch als sie genauer hinsah, war da nichts. Es überraschte Leonie allerdings kaum, dass ihre Nerven anfingen, ihr den einen oder anderen bösen Streich zu spielen.

»Was ist das hier?«, fragte sie. Obwohl sie die Stimme unwillkürlich zu einem Flüstern gesenkt hatte, warfen die leeren Wände sie als unheimlich verzerrtes Echo zurück, das Leonie ein eisiges Frösteln über den Rücken jagte. Diese Umgebung flößte ihr eine Angst ein, die sie sich nicht erklären konnte. Alles hier wirkte so … *unfertig.*

»Ich glaube, wir sind in *seinem* Buch.« Großmutter machte eine angedeutete Kopfbewegung in Richtung Maus. Sie flüsterte ebenfalls, wenn auch vermutlich aus anderen Gründen als Leonie. Maus stand wie gelähmt da und sah sich aus fast entsetzt aufgerissenen Augen um. Dem Gauklerjungen machte dieser unheimliche leere Raum offensichtlich noch mehr Angst als ihr.

Langsam gingen sie weiter. Der Raum war ihr auf den ersten Blick nicht besonders groß vorgekommen, aber sie brauchten erstaunlich lange um ihn zu durchqueren, und als sie versuchte seine Größe mit Blicken zu erfassen, gelang es ihr nicht.

Dafür glaubte sie abermals, ein blitzartiges Huschen aus den Augenwinkeln heraus wahrzunehmen. Doch es war auch diesmal wieder verschwunden, als sie genauer hinsah. Dennoch blieb ein komisches Gefühl zurück. Sie war jetzt nicht mehr sicher wie noch vor einem Moment, wirklich nur einer Täuschung aufgesessen zu sein.

Der Raum endete in einem kurzen Gang, von dem mehrere Kammern abzweigten. Die beiden ersten, an denen sie vorüberkamen, waren ebenso leer wie die erste, in der dritten aber nahm sie wieder eine Bewegung wahr, und diesmal war sie davon überzeugt, sie sich nicht nur eingebildet zu haben. Leonie kämpfte ihre nagende Furcht nieder und trat mit einem entschlossenen Schritt in den Raum.

Unmittelbar vor ihr saß eine Maus.

Leonie blinzelte. Eigentlich war an der Maus nichts Besonderes; es war eine ganz normale graue Hausmaus, vielleicht fünf oder sechs Zentimeter lang und mit einem dünnen, nackten Schwanz. Und einer dick verschorften Schramme auf der Nase.

»Conan?«, murmelte sie.

Die Maus setzte sich auf die Hinterläufe auf und schnüffelte so aufgeregt in ihre Richtung, dass ihre Barthaare zitterten. Es war Conan, daran bestand nicht der geringste Zweifel. Leonie wollte sich ganz automatisch in die Hocke sinken lassen und die Hand nach ihr ausstrecken, aber die Maus drehte sich plötzlich um und war dann mit wenigen trippelnden Schritten verschwunden. Leonie blinzelte noch einen Augenblick lang verständnislos ins Leere, dann kehrte sie zu Maus und ihrer Großmutter zurück. Großmutter warf ihr einen fragenden Blick zu, auf den Leonie aber nur mit einem angedeuteten Achselzucken reagierte, und zu ihrer Erleichterung gab sich ihre Großmutter damit zufrieden. Sie gingen schweigend weiter.

Auch der nächste Raum war groß und nicht ganz symmetrisch geformt, aber anders als die, durch die sie bisher gekommen waren, nicht vollkommen leer – auch wenn Leonie beim allerbesten Willen nicht sagen konnte, *was* er eigentlich enthielt. Es gab eine Anzahl sonderbar formloser Umrisse, die sich in unentwegter nebelhafter Bewegung zu befinden schienen, sodass es unmöglich war, sie wirklich zu erkennen. Auf eine kaum in Worte zu fassende Weise kamen sie ihr vage vertraut und zugleich unendlich fremd vor.

»Was ... was ist das?«, murmelte sie. Ihr Herz klopfte. Sie rechnete nicht wirklich mit einer Antwort. Aber sie bekam sie zumindest indirekt, als sie in Maus' Gesicht blickte. Er war kreidebleich geworden, und in seinen Augen stand ein Erschrecken geschrieben, dessen wahres Ausmaß sie noch nicht einmal zu erahnen vermochte.

»Er tut mir so unendlich Leid, mein Junge«, sagte Großmutter leise. Sie trat dichter an Maus heran und legte ihm tröstend die Hand auf die Schulter. »Ich hätte es dir sagen sollen.«

»Ihm *was* sagen?«, fragte Leonie.

»Dass das hier *sein* Buch ist«, erklärte Großmutter. »Alles, was in den Annalen des Archivs über sein Leben aufgezeichnet ist.«

»Aber es ist vollkommen leer!«

Sie las die Antwort in den Augen ihrer Großmutter, und nur einen Moment später sprach Maus aus, was Leonie kaum wagte zu denken. »So wie mein Leben«, murmelte er. »Hier ist nichts, weil ich nie gelebt habe.«

»Aber das stimmt doch nicht«, protestierte Leonie. »Du bist ...«

»… ein *Ding*, das der Archivar erschaffen hat«, fiel ihr Maus ins Wort. »Nichts als ein Werkzeug.« Er lachte, aber es klang nicht echt, nur ein Laut, mit dem er die Tatsache verbergen wollte, dass er mit Mühe die Tränen zurückhielt. »Hier ist nichts, weil ich nie gelebt habe. Ich bin gar kein richtiger Mensch.«

Der Schmerz, der aus diesen Worten sprach, brach Leonie fast das Herz. »Das ist nicht wahr«, sagte sie wütend. »Du bist hundertmal mehr Mensch als viele andere, die ich kenne!«

Maus sah sie an. Seine Augen schimmerten feucht. »Das ist sehr freundlich von Euch, edles Fräulein«, sagte er, und dass er dabei wieder in seine alte, förmliche Anrede zurückfiel, war für Leonie in diesem Moment vielleicht das Allerschlimmste. »Aber ich fürchte, dass die Wahrheit deutlich zu sehen ist.« Er zog die Nase hoch. »Jedenfalls verstehe ich jetzt, warum Meister Bernhard nicht mehr leben wollte.«

»Du irrst dich, mein lieber Junge«, erwiderte Großmutter sanft. »Ich weiß wenig über Meister Bernhard, aber ich habe selten jemanden getroffen, der etwas Menschlicheres getan hätte. Er wurde vielleicht nicht als Mensch geboren, aber mit dem, was er getan hat, ist er unwiderruflich dazu geworden.«

»Dann sollte ich mich vielleicht auch dem Archivar zum Fraß vorwerfen«, sagte Maus bitter.

Großmutter ignorierte seine Worte. »Es ist nicht wichtig, woher du dein Leben hast, mein Junge. Wichtig ist einzig und allein, was du damit machst.«

Maus schwieg. In seinen Augen glitzerten immer noch Tränen, aber irgendetwas in seinem Gesicht … veränderte sich. Leonie konnte nicht sagen was, aber sie spürte deutlich, dass etwas in Maus vorging. Etwas Wichtiges. Zwei oder drei Atemzüge lang starrte Maus sie noch auf diese sonderbare, fast furchteinflößende Art an – dann fuhr er auf dem Absatz herum und war wie der Blitz verschwunden. Leonie wollte ihm nacheilen, aber ihre Großmutter hielt sie mit einer raschen Bewegung zurück.

»Lass ihn«, meinte sie. »Er braucht jetzt Zeit für sich alleine.«

Das bezweifelte Leonie nicht – nur war im Moment ganz und

gar nicht der richtige Zeitpunkt dafür. Sie sah sich unschlüssig um und ein ganz kleines bisschen ängstlich.

Und vielleicht sogar mehr als nur ein ganz kleines bisschen.

»Und wie kommen wir jetzt hier hinaus?«

»So wie wir hereingekommen sind.« Großmutter deutete nach vorne. »Mach dir keine Sorgen um den Jungen. Ich bin sicher, er findet aus eigener Kraft raus. Man sieht es ihm zwar nicht an, aber er ist sehr stark und verfügt über ganz spezielle Fähigkeiten. Ich spüre so etwas.«

Das war nicht die Antwort, die Leonie hatte hören wollen. Aber sie kannte ihre Großmutter auch gut genug um zu wissen, dass sie zumindest im Moment keine andere bekommen würde, und so gingen sie weiter. Insgeheim war Leonie froh, diese gespenstische Kammer zu verlassen. Es wurde jedoch nicht besser, als sie wieder in den düsteren Gang hinaustraten. Leonie hätte geschworen, dass sie gerade noch nicht da gewesen war, nun aber lagen wenige Schritte vor ihnen die ersten Stufen einer ausgetretenen, in einem gefährlichen Winkel nach oben führenden Treppe. Von Maus war nichts zu entdecken.

Zwischen ihnen und der Treppe lag jetzt nur noch eine einzige Tür. Sie ging mit schnellen Schritten daran vorbei – nach dem, was sie gerade erlebt hatte, wollte sie gar nicht mehr sehen, was sich dahinter verbarg –, aber ihre Großmutter blieb stehen und trat nach kurzem Zögern vollends hindurch. Widerwillig machte Leonie kehrt und folgte ihr.

Allerdings nur, um diesen Entschluss sofort wieder zu bereuen.

Der Raum, der vor ihnen lag, war noch weitaus unheimlicher als der vorhergehende. Nichts war hier so, wie es sein sollte. Das Ganze hatte eine Form, die mit Blicken nicht zu erfassen war, als wäre all das hier nach den Regeln einer Geometrie errichtet, die nicht Teil der vertrauten Schöpfung war. Das Licht wirkte ... krank, und auch dieser Raum war voller sonderbarer Gegenstände, deren bloßer Anblick allein schon reichte, um Leonie mit Unbehagen zu erfüllen.

Einen Unterschied jedoch gab es: Diesmal dauerte es nur einen Moment, bis Leonie die Bedeutung des einen oder anderen Umrisses zu erkennen begann. Da war eine riesige, zusammengestauchte Kommode, deren halb offen stehende Schubladen an gierig gefletschte Raubtiermäuler erinnerten. Etwas wie ein auf grässliche Weise verzerrtes Gitterbett, über dem der Albtraum eines Mobiles hing, das nur aus Zähnen und rasiermesserscharfen Klingen zu bestehen schien. An den Wänden waren Bilder, die schauderhafte Monster und mörderische Clownsgesichter zeigten, und andere, noch schlimmere Dinge. Auch wenn schon dieser erste schemenhafte Eindruck reichte, Leonie einen kalten Schauer über den Rücken zu jagen, so war dies doch nichts anderes als ein Kinderzimmer, oder genauer gesagt: der Albtraum eines Kinderzimmers.

»Großer Gott«, hauchte sie.

Ihre Großmutter reagierte nicht darauf, ja, sie schien Leonie nicht einmal gehört zu haben. Sie verharrte wie gelähmt und auf ihrem Gesicht stand ein Ausdruck blanken Entsetzens geschrieben. Dabei sah sie nicht so aus, als hätte sie der bloße Anblick dieses grässlichen Zimmers so erschreckt. Vielmehr wirkte sie wie ein Mensch, der etwas sah, was zu erkennen er sich einfach weigerte.

»Aber das ... das kann doch unmöglich ...« Ihre Stimme versagte. Leonie sah, wie sie ihre schmalen Hände so fest zu Fäusten ballte, dass die Knöchel wie weiße Narben durch die Haut stachen.

»Großmutter?«, fragte Leonie alarmiert.

Weitere fünf oder zehn quälend endlose Sekunden verstrichen, in denen ihre Großmutter aus aufgerissenen Augen auf das unglaubliche Bild starrte. Dann gab sie sich einen sichtlichen Ruck, murmelte: »Nein. Das kann nicht sein«, und drehte sich zu Leonie um. Ein reichlich verunglücktes Lächeln erschien auf ihrem Gesicht. »Entschuldige. Ich habe nur für einen Moment gedacht ...« Wieder brach sie ab und schüttelte den Kopf, um kurz darauf mit gepresster Stimme neu anzusetzen: »Ich muss mich getäuscht haben. Komm jetzt. Wir müssen gehen.«

Sie gab Leonie gar keine Gelegenheit, zuzustimmen oder zu widersprechen, sondern ging mit schnellen Schritten an ihr vorbei und wandte sich der Treppe zu. Leonie warf ihr einen vollkommen verstörten Blick hinterher und beeilte sich dann, ihr zu folgen.

Sie hatten die Treppe kaum erreicht, da ertönte hinter ihnen ein ohrenbetäubendes, dumpfes Krachen; Felsgestein barst und einzelne Steinbrocken polterten auf den Boden. Leonie hätte nicht einmal zurückblicken müssen um zu wissen, was den Lärm verursachte.

Sie tat es trotzdem und sie wurde nicht enttäuscht.

Immerhin waren es keine Aufseher, die mit wehenden Mänteln hinter ihnen herangestürmt kamen, sondern nur drei oder vier Scriptoren und eine Hand voll Schusterjungen. Und wäre sie allein gewesen, dann hätte sie keine Sekunde lang daran gezweifelt, dass sie ihren Verfolgern ohne sonderliche Anstrengung davonlaufen könnte.

Unglückseligerweise war sie das nicht. Ihre Großmutter hatte zwar bereits zwei oder drei Stufen Vorsprung gewonnen, aber sie wurde auch mit jeder Stufe langsamer, und Leonie hatte keineswegs vergessen, dass sie vor kurzem schon einmal vor Erschöpfung in ihren Armen zusammengebrochen war. Woher sie die Kraft nahm, überhaupt noch weiterzulaufen, war ihr ein Rätsel. Während Leonie mit weit ausholenden Sätzen zu ihr aufholte, überschlug sie in Gedanken ihre Chancen und kam zu dem Schluss, dass die Scriptoren sie spätestens auf der Hälfte der Treppe eingeholt haben würden.

»Lauf!«, keuchte Großmutter. »Bring dich in Sicherheit! Du kannst es schaffen!«

Leonie machte sich nicht einmal die Mühe, zu antworten, sondern griff kommentarlos nach ihrem Arm und versuchte sie zu stützen, damit sie wenigstens ein bisschen schneller laufen konnte. Es half tatsächlich, allerdings nur für einen kurzen Moment, dann sank ihre Großmutter mit einem erschöpften Stöhnen gegen die Wand und versuchte ihre Hände abzustreifen.

»Das hat keinen Sinn mehr«, murmelte sie. »Ich schaffe es nicht.«

Das Schlimme war, dass sie vermutlich Recht hatte. Leonie musste nur einen einzigen Blick in Großmutters Gesicht werfen um zu erkennen, dass sie nun endgültig und unwiderruflich am Ende ihrer Kräfte angelangt war. Und die Treppe führte noch gute zwanzig oder dreißig Stufen weit nach oben, bevor sie vor einer wuchtigen hölzernen Tür endete.

Der Verzweiflung nahe sah sie nach unten; gerade im richtigen Moment, um einen Schusterjungen zu erblicken, der hereingefegt kam und wie ein lebender Gummiball die Treppe hinaufsprang.

Wenigstens eine Stufe weit.

Als er die zweite hinaufhüpfen wollte, tauchte eine winzige graue Maus vor ihm auf, die ihm ohne das mindeste Zögern ins Gesicht sprang. Der Schusterjunge kreischte erschrocken, verlor vor lauter Überraschung das Gleichgewicht und stürzte mit hilflos rudernden Armen nach hinten.

So komisch der Anblick war, viel nutzte Conans Mut nicht. Schon stürmte gleich ein halbes Dutzend weiterer Schusterjungen heran, gefolgt von drei oder vier Scriptoren, die triumphierend aufkreischten, als sie ihrer Beute ansichtig wurden, und ihre Schritte noch einmal beschleunigten.

Keiner von ihnen schaffte es bis zur Treppe.

Conan hüpfte von seinem ersten Opfer herunter und grub seine winzigen, aber nadelspitzen Zähne in die nackten Zehen eines weiteren Schusterjungen, und plötzlich war eine zweite Maus da, dann eine dritte, eine vierte und fünfte, und schließlich wimmelte der Bereich unmittelbar vor der Treppe nur so von Mäusen, die scheinbar aus dem Nichts auftauchten – was sie aber nicht daran hinderte, sich unverzüglich auf die Scriptoren und ihre kleineren Brüder zu stürzen.

Leonie spürte eine sanfte Berührung am Fuß, senkte den Blick und fuhr erschrocken zusammen, als sie die quirlige braungraue Flutwelle sah, die irgendwo hinter ihnen begann und sich piepsend und pfeifend über die Treppe ergoss, um über die schwarz gekleideten Gnome herzufallen. So ungestüm war der Anprall der lebenden Woge aus Hunderten und Aberhunderten von Mäusen, dass die Schusterjungen einfach von den Füßen gerissen wurden und selbst die viel größeren Scriptoren wankten und einer von ihnen gar auf die Knie herabfiel.

»*Leonie! Hierher!*«

Der Schrei war unter dem Fiepen Hunderter wütender Mäusestimmen und dem Kratzen und Scharren Tausender scharfer Krallen auf hartem Stein kaum zu hören. Dennoch fuhr Leonie instinktiv herum und blinzelte zum oberen Ende der Treppe hinauf. Die Tür stand jetzt weit offen und war von fast schmerzhaft grellem Licht erfüllt, sodass sie die kleinwüchsige Gestalt, die darunter erschienen war und ihr hektisch zuwinkte, nur als schwarzen Umriss ausmachen konnte. Aber sie erkannte die *Stimme.*

Ohne noch einen Blick nach unten zu werfen, ergriff sie die Hand ihrer Großmutter und lief weiter, so schnell es die immer rascher nachlassenden Kräfte der alten Frau zuließen. Im ersten Moment hatte sie das Gefühl, kaum von der Stelle zu kommen, doch dann löste sich Maus von seinem Platz unter der Tür und eilte ihnen entgegen, und mit seiner Hilfe ging es besser. Ihre Großmutter schwankte immer stärker, und Leonie bezweifelte ernsthaft, dass sie aus eigener Kraft auch nur eine einzige weitere Stufe geschafft hätte. Maus und sie trugen die alte Frau im Grunde mehr als dass sie aus eigener Kraft ging. Trotzdem näherten sie sich dem Ende der Treppe rasch und erreichten die rettende Tür binnen weniger Augenblicke.

Und beinahe hätten sie es sogar geschafft.

Maus erreichte die Tür als Erster, stürmte hindurch und zog Großmutter so heftig hinter sich her, dass sie um ein Haar und Leonie tatsächlich das Gleichgewicht verlor. Sie geriet ins Stolpern, streckte den Arm aus und fing sich an der Wand ab, bevor sie stürzen und sich auf den steinernen Stufen womöglich schwer verletzen konnte.

Als sie sich aufrappeln wollte, schloss sich eine knochige Hand um ihr linkes Fußgelenk und riss so derb daran, dass Leonie endgültig nach vorne fiel.

Irgendwie schaffte sie es im letzten Moment, ihren Sturz mit den Armen halbwegs abzufangen, aber sie prellte sich dabei so heftig beide Handgelenke, dass sie vor Schmerz aufstöhnte und bunte Sterne vor ihren Augen explodierten. Sie blieb etliche Sekunden lang benommen liegen und biss die Zähne zusammen, bevor sie Schmerz und Tränen so weit zurückgekämpft hatte, dass sie den Kopf wenden und zurücksehen konnte.

Soweit ihr Blick reichte, schien sich die Treppe in einen lebendigen brodelnden Teppich verwandelt zu haben. Es waren buchstäblich Tausende von Mäusen, die wie aus dem Nichts aufgetaucht waren und sich todesmutig auf die Scriptoren und ihre kleineren Brüder gestürzt hatten. Von den Schusterjungen war nichts mehr zu erkennen, abgesehen von einer Hand hier und einem Fuß dort, die wie die Glieder von Ertrinkenden aus der Oberfläche eines kochenden Sumpfes ragten. Selbst die meisten Scriptoren waren unter dem Ansturm der Mäusearmee zu Boden gegangen, auch wenn sie nicht ganz so große Schwierigkeiten hatten, sich der kleinen Quälgeister zu erwehren.

Die meisten. Aber nicht alle.

Ein einzelner Scriptor hatte es bis zu ihr hinauf geschafft. Auch er war auf Hände und Knie herabgesunken. Mäuse krabbelten zu Hunderten auf ihm herum, zerrten an seinem Mantel und zerkratzten sein Gesicht und seine Hände, und obwohl die Angreifer winzig waren, blutete der hässliche Gnom bereits aus zahlreichen Wunden. Dennoch stemmte er sich mit nur einer Hand in die Höhe und zerrte mit der anderen nochmals kräftig an ihrem Fuß.

Leonie benutzte den anderen Fuß, um wuchtig in ihn hineinzutreten. Der Scriptor kreischte und begann heftig aus der Nase zu bluten, ließ ihren Fuß aber trotzdem nicht los, sondern klammerte sich nur mit noch größerer Kraft daran fest und nahm nun auch noch die andere Hand zu Hilfe, um sie in die Tiefe zu zerren. Leonie versetzte ihm einen weiteren, noch härteren Tritt, dann gab sie es auf und begann mit zusammengebissenen Zähnen die Stufen hinaufzukriechen, wobei sie den Scriptor einfach hinter sich herschleifte. Auf den ersten ein oder zwei Stufen ging es noch ganz gut, dann aber verstärkte der Scriptor seinen Griff plötzlich so sehr, dass sie vor Schmerz aufstöhnte. Zu allem Überfluss hatte er sich offensichtlich mit den Füßen irgendwo festgehakt, denn sosehr sich Leonie auch anstrengte, sie kam einfach nicht mehr von der Stelle. Nicht einmal zwei weitere deftige Fußtritte auf seine gewiss ohnehin schon gebrochene Nase brachten den hässlichen Gnom dazu, sie loszulassen. Ganz in Gegenteil spürte Leonie, wie sie allmählich, aber auch unaufhaltsam, die Treppe wieder hinabgezogen wurde. Verzweifelt verdoppelte sie ihre Anstrengungen, sich loszureißen, erreichte damit aber nur, dass sich die rasiermesserscharfen Fingernägel des Scriptors noch tiefer in ihr Fleisch gruben und der Schmerz ihr schon wieder die Tränen in die Augen schießen ließ.

Plötzlich erscholl über ihr ein wütendes Knurren. Leonie sah einen verschwommenen Schemen in einem zerfetzten schwarzen Mantel über sich hinwegspringen, den Scriptor packen und ohne die geringste Mühe in die Tiefe schleudern; dann wirbelte Maus herum, riss sie grob am Arm in die Höhe und schleifte sie so unsanft hinter sich her, dass sie sich zu allem Überfluss auch noch die Schienbeine aufschürfte. Dennoch erreichten sie auf diese Weise binnen weniger Augenblicke die rettende Tür, und Maus stieß sie so derb weiter, dass sie hindurchstolperte und nach zwei ungeschickt taumelnden Schritten auf die Knie fiel. Diesmal war der Schmerz so schlimm, dass ihr übel wurde.

Leonie sank kraftlos nach vorne und konnte nur noch mit Mühe verhindern, dass sie gänzlich stürzte. Alles drehte sich um sie, und ihre Knie fühlten sich an, als hätte sie jemand mit einem Vorschlaghammer behandelt. Wie durch einen dämpfenden Nebel hindurch hörte sie, dass Maus hinter ihr die Tür zuwarf und mit fliegenden Fingern den Riegel vorlegte, und gleichzeitig sagte Maus vor ihr: »Leonie! Ist alles in Ordnung?«

»Schon gut«, murmelte sie benommen. »Hauptsache, ich …« Sie stockte. Für die Dauer eines einzelnen schweren Herzschlags blinzelte sie verständnislos in Maus' Gesicht, das durch den Schleier ihrer Tränen immer wieder auseinander zu fließen schien, dann drehte sie mit einem Ruck den Kopf und starrte die kleine, in einen zerfetzten schwarzen Kapuzenmantel gehüllte Gestalt an, die gerade damit beschäftigt war, mit sichtbarer Mühe einen überdimensionalen Riegel vor die Tür zu wuchten, durch die sie gerade gestolpert waren. Aber wie konnte Maus gleichzeitig den Riegel vorlegen und hier stehen und sie fragen, wie sie sich fühlte?

Maus – *der* Maus, der an der Tür stand – drehte sich um und Leonie kannte die Antwort auf ihre Frage: Maus war nicht Maus.

Das Gesicht, das unter der zerknitterten schwarzen Kapuze zum Vorschein kam, gehörte einem Scriptor.

Leonie fiel in Ohnmacht.

In die Enge getrieben

Jemand schlug ihr sanft (wenn auch nicht annähernd *so* sanft, wie für Leonies Geschmack angemessen gewesen wäre) und abwechselnd rechts und links ins Gesicht um sie aufzuwecken. Noch bevor sie den zweiten oder dritten Schlag richtig registrierte, wurde ihr irgendwie klar, dass sie nur wenige Augenblicke bewusstlos gewesen sein konnte, und noch bevor sie mühsam blinzelnd die Augen öffnete, wurde ihr die ganze Geschichte unvorstellbar peinlich. War sie wirklich wie eine hysterische Jungfer in Ohnmacht gefallen, nur weil sie einen …

… *Scriptor gesehen hatte?*

Leonie setzte sich so abrupt auf, dass ihr prompt schwindelig wurde und sie wahrscheinlich sofort wieder auf die Nase gefallen wäre, hätte Maus, der vor ihr auf den Knien hockte, sie nicht gedankenschnell aufgefangen.

»Es ist alles in Ordnung«, sagte er hastig. »Keine Angst!«

»Alles in Ordnung?«, keuchte Leonie. »Aber das … das da … das da ist … das da ist ein …« Sie atmete keuchend ein. »Das da ist ein Scriptor!«, stieß sie schließlich hervor.

»Scharf beobachtet, dumme Kuh«, giftete der Scriptor. Er stand mit vor der Brust verschränkten Armen vor der Tür, die er gerade zugeworfen hatte, und funkelte sie zornig an. »Soll ich mich jetzt geehrt fühlen, dass du mich wiedererkannt hast?«

Es dauerte einen Moment, bis Leonie diesen Worten überhaupt einen Sinn abgewinnen konnte. Aber dann nahm sie das hässliche Greisengesicht des Scriptors noch einmal und genauer in Augenschein, und tatsächlich: Etwas daran kam ihr vage bekannt vor.

»Du?«, murmelte sie zweifelnd.

Der Scriptor zog eine Grimasse. »Das ist zwar nicht unbedingt mein Name, aber ich glaube, ich weiß, was du meinst. Ja, ja, ich bin es.« Er zog wieder eine Grimasse. »Weiber!«

Leonie machte sich umständlich aus Maus' Armen los und setzte sich weiter auf. Irritiert blickte sie abwechselnd von Maus zu dem Scriptor und wieder zurück. »Was geht denn hier vor?«, fragte sie hilflos.

»Nichts, was dir Angst machen müsste«, sagte eine Stimme hinter ihr. »Es ist alles in Ordnung.«

Leonie drehte sich überrascht um und hätte um ein Haar entsetzt aufgeschrien, und Wohlgemut fuhr mit einem angedeuteten Lächeln, aber ansonsten vollkommen ungerührt fort: »Aber ich schlage vor, dass wir das an einem anderen Ort besprechen. Diese Tür sieht zwar recht stabil aus, aber ich weiß trotzdem nicht, wie lange sie standhalten wird.«

Leonie starrte ihn aus weit aufgerissenen Augen an. »Was … geht hier vor?«, ächzte sie.

»Der Professor hat Recht«, sagte Maus. »Wir müssen hier weg!«

Leonie starrte abwechselnd ihn, Maus, den Scriptor und Professor Wohlgemut verständnislos an, und dann drehte sie sich weiter um und zweifelte nun vollends an ihrem Verstand, denn am anderen Ende des großen Raumes gewahrte sie niemand anderen als ihre Großmutter, die auf dem Boden saß und mit zwei alten Männern mit Brille und schütterem, trotzdem aber zu einem dünnen Pferdeschwanz zusammengebundenen Haar sprach. Doktor Fröhlich und Vater Gutfried.

Also gut, dachte sie. Dann war es eben so. Sie war tot und in der Hölle oder – schlimmer noch – endgültig übergeschnappt und in der Klapsmühle.

»Was … bedeutet das?«, murmelte sie.

»Das sind deine Verbündeten«, sagte Maus mit einer erklärenden Geste. Leonie ächzte und Maus fügte im gleichen Tonfall hinzu: »Die einzigen, die du noch hast, fürchte ich.«

Nein, dachte Leonie, sie war weder tot noch meschugge, sondern im allerübelsten aller nur vorstellbaren üblen Träume gefangen.

»Aha«, sagte sie.

Irgendetwas schlug mit einem so dumpfen Krachen gegen die Tür, dass der Scriptor einen erschrockenen Satz machte und um ein Haar auf die Nase gefallen wäre. Großmutter und Fröhlich unterbrachen alarmiert ihr Gespräch, und Vater Gutfried stand hastig auf und sagte: »Ich glaube, ich hole besser den Wagen.«

Er ging. Großmutter stand mit Fröhlichs Hilfe auf und kam mit mühsamen kleinen Schritten näher. »Komm, Leonie. Der Professor hat Recht. Die Tür wird nicht ewig halten. Und wir haben noch einen weiten Weg vor uns.«

»Aha«, sagte Leonie abermals. Es war nach wie vor das Geistreichste, was ihr einfiel. Sie verstand nichts mehr.

Maus half ihr auf die Beine zu kommen, während der Scriptor in zwei oder drei Schritten Entfernung dastand und sie feindselig anstarrte. »Was soll denn das heißen, meine einzigen Verbündeten?«, fragte Leonie.

Maus wollte antworten, aber Großmutter kam ihm zuvor. »Dein kleiner Freund hat mit Wohlgemut und den anderen gesprochen«, erklärte sie. »Komm.«

»Gesprochen? Worüber?«

»Über dich. Und Meister Bernhard.« Großmutter wollte fortfahren, doch in diesem Moment erzitterte die Tür unter einem Schlag, der das Holz knirschen ließ. Staub rieselte zwischen den massiven Balken hervor, und selbst die metallenen Beschläge ächzten hörbar. Großmutter warf einen erschrockenen Blick auf die Tür und drehte sich dann hastig um, und auch Leonie und die anderen beeilten sich ihr zu folgen.

Die Tür erzitterte unter einem weiteren, noch härteren Schlag, als sie den Ausgang fast erreicht hatten. Leonie dachte vorsichtshalber nicht darüber nach, was da von der anderen Seite gegen sie hämmerte – aber ein Scriptor war es auf keinen Fall. Und erst Recht kein Schusterjunge.

Erst als sie durch die Tür traten, erkannte Leonie ihre Umgebung wieder: Sie fanden sich unvermittelt in einem weitläufigen, düsteren Gewölbekeller wieder, der zum Großteil von schweren Eichentischen und den dazugehörigen Stühlen ausgefüllt wurde. Auf der linken Seite stand eine kompliziert aussehende, grobschlächtige Konstruktion, die Leonie erst auf den zweiten Blick als altertümliche Druckerpresse erkannte. Die Wand dahinter wurde von einem deckenhohen Regal voller schwerer ledergebundener Bücher eingenommen. Sie befanden sich im Speisesaal des *Burgkellers*, des Lokales, in dem sie damals das Ritteressen eingenommen hatten.

Und in dem sie Maus, Meister Bernhard und die anderen zum ersten Mal gesehen hatte.

Jemand versetzte ihr einen unsanften Stoß in den Rücken, der sie nicht nur zwei Schritte nach vorne stolpern ließ, sondern auch ziemlich unsanft wieder in die Wirklichkeit zurückriss. Verärgert fuhr sie herum und schluckte die scharfe Bemerkung hinunter, die ihr auf der Zunge lag, als sie in die wässrig funkelnden Augen des Scriptors blickte, der nur darauf zu warten schien, dass sie irgendetwas sagte, was er zum Anlass nehmen konnte, sie zu beschimpfen oder gleich einen Streit vom Zaun zu brechen.

Stattdessen nutzte sie die Gelegenheit, das dürre Geschöpf noch einmal und etwas genauer in Augenschein zu nehmen.

Auch wenn sich der für Logik zuständige Teil ihres Verstandes noch immer weigerte, die bloße *Möglichkeit* anzuerkennen, sagte ihr doch ihr Gefühl, dass es sich genau um den Scriptor handelte, der ihren Eltern und ihr damals zur Flucht verholfen hatte. Aber wie war das nur möglich?

Sichtlich enttäuscht, dass sie ihm keine Gelegenheit gab, sie mit wüsten Beschimpfungen zu überschütten, drehte sich der Scriptor um und knallte die Tür hinter sich zu. Nur den Bruchteil einer Sekunde darauf erscholl aus dem Raum dahinter ein zweiter, viel lauterer Schlag wie ein bizarres Echo. Leonie war jetzt fast sicher, das Splittern von Holz zu vernehmen.

Sie war nicht die Einzige, die das Geräusch gehört hatte. Auch ihre Großmutter warf einen nervösen Blick über die Schulter zurück, und Maus sagte leise: »Wir sollten uns lieber beeilen.«

Nicht, dass diese Aufforderung noch nötig gewesen wäre. Sowohl der Professor als auch Fröhlich beschleunigten ihre Schritte so sehr, wie sie konnten, und zweifellos wären sie sogar gerannt, hätten sie nicht Rücksicht auf Großmutter nehmen müssen, der es sichtlich immer schwerer fiel, überhaupt noch einen Fuß vor den anderen zu setzen.

Die Treppe nach oben hätte sie um ein Haar nicht geschafft. Mehr von Wohlgemut und Fröhlich getragen als aus eigener Kraft, erreichte sie den oberen Schankraum, der ebenso leer und auf fast unheimliche Weise verlassen war wie der große Rittersaal im Keller.

Erneut fiel Leonie auf, wie ähnlich sich die beiden alten Männer trotz aller äußerlichen Unterschiede waren – und das bezog sich nicht nur auf die alberne Frisur und ihr sichtbar fortgeschrittenes Alter. Vielmehr hätten sie – und das schloss auch Vater Gutfried mit ein, den Dritten im Bunde – ohne weiteres Brüder sein können. Die Macht des Archivars mochte durchaus groß genug sein um Leben zu erschaffen, aber seine Fantasie war eher bescheiden, wenn es um die Erschaffung seines *Hilfspersonals* ging. Denn immerhin waren die drei hochbetagten Männer ja nichts weiter als seine Kreaturen, und dass sie sich wie Meister Bernhard nun gegen ihn wandten, zeugte zwar von einer Schwäche des Archivars – der die menschliche Seele wohl doch nicht so gut verstand, wie er geglaubt hatte –, aber ihre Existenz zeigte auch, wie langfristig und voller Boshaftigkeit er seinen Plan verfolgt hatte.

Leonie, die vorsichtshalber den Abschluss bildete, um sich von ihren so genannten *Verbündeten* nicht schon wieder einen derben Stoß einzufangen, warf noch einmal einen Blick zurück nach unten – gerade rechtzeitig genug um zu sehen, wie die Tür wie von einem Hammerschlag getroffen auseinander flog und ein riesiger, stachelumrahmter Schatten unter der gewaltsam geschaffenen Öffnung erschien. »Schnell«, schrie sie. »Sie kommen!«

Fröhlich und der Professor stürmten los, wobei sie Großmutter nun endgültig unter den Armen ergriffen und kurzerhand zwischen sich trugen. Zu dem Splittern von Holz unten im Keller gesellte sich nun das Geräusch stampfender Schritte und dann ein so wütendes Brüllen, dass etwas in Leonie schier zu Eis zu erstarren schien.

Obwohl sie wusste, wie sinnlos es war, warf sie die schwere Tür hinter sich ins Schloss, ehe sie ihrem eigenen Rat folgte und so schnell losrannte, wie es nur ging. Das Brüllen und Splittern unten im Keller hielt nicht nur weiter an, sondern wurde auch immer lauter, als versammele sich unter ihnen eine ganze Armee, und die stampfenden Schritte kamen entsetzlich schnell näher.

Die Tür barst, von einem einzigen wuchtigen Schlag zerschmettert, noch bevor sie die Gaststube auch nur zur Hälfte durchquert hatte, und ein riesiger Aufseher stürmte herein. Leonie schrie auf und beschleunigte ihre Schritte noch mehr. Wäre sie allein gewesen, hätte sie möglicherweise sogar eine gute Chance gehabt, ihrem dämonischen Verfolger zu entkommen, denn auch wenn diese Kreatur die Kraft eines wütenden Elefantenbullen haben mochte, so war er doch zugleich auch kaum geschickter als ein solcher und vermutlich auch nicht sehr viel schlauer. Aber sie war eben nicht allein. Praktisch gleichzeitig mit ihrer Großmutter und den beiden auf so unheimliche Weise ähnlichen alten Männern erreichte sie die Tür.

Hinter ihnen setzte der Aufseher weit weniger elegant, dafür jedoch um so spektakulärer zur Verfolgung an: Er schwang seine gewaltige Stachelkeule und hackte und schlug sich kurzerhand seinen Weg durch den Raum. Zertrümmerte Tische und Stühle flogen in alle Richtungen davon, Glas zersplitterte, und selbst die rechtwinklige Theke ging unter den wuchtigen Keulenhieben des Ungeheuers zu Bruch, das anscheinend nicht bereit war von dem alten Irrglauben abzulassen, dass der *kürzeste* Weg auch automatisch der *schnellste* war.

Fröhlich riss die Tür des *Burgkellers* auf, bugsierte Großmutter und den Professor unsanft, aber zügig hindurch und winkte Leonie heran. Das Splittern und Krachen zerberstenden Holzes hinter ihr motivierte Leonie noch zusätzlich schneller zu laufen, und vielleicht sogar schneller als gut war: Sie machte noch einen einzelnen Schritt, verhakte sich mit dem Fuß an einem Hindernis, das sie in der Dunkelheit übersehen hatte, und fiel der Länge nach hin.

Instinktiv zog sie nicht nur den Kopf ein und rollte sich über die Schulter ab, sodass sie sich nicht verletzte, sondern nutzte den Schwung ihrer eigenen Bewegung ganz im Gegenteil aus, um sofort wieder auf die Füße zu kommen, aber damit endete die Ähnlichkeit zwischen dieser Situation und ihren Trainingsstunden im Dojo dann auch schon. Statt mit einer eleganten Bewegung in die Höhe zu federn, stolperte sie ungeschickt zur Seite, und dann sah sie einen riesigen, stachelbewehrten Schatten aus den Augenwinkeln auf sich zurasen, schrie in blanker Todesangst auf und fiel endgültig wieder auf die Knie, als Fröhlich ihren Arm ergriff und sie fast brutal herumzerrte.

Mit ziemlicher Sicherheit rettete er Leonie damit das Leben, denn der stachelige Schatten, den sie wahrgenommen hatte, entpuppte sich als die riesige Eisenkeule des Aufsehers, die genau dort durch die Luft pfiff, wo sie gewesen wäre, hätte Fröhlich sie nicht wegzerrt. Sie prallte mit so ungeheurer Wucht gegen einen der schweren Stützbalken, die die Decke trugen, dass dieser wie ein morsches Streichholz zersplitterte. Brüllend vor Enttäuschung, nichtsdestoweniger aber vom Schwung seiner eigenen Bewegung weitergerissen, stolperte der Koloss an Leonie vorbei, kämpfte einen Moment mit wild rudernden Armen um sein Gleichgewicht und verwandelte die Tür in Kleinholz, als er dagegen stürzte.

»Danke«, keuchte Leonie. »Das war verdammt knapp.«

»Und ich fürchte, es ist noch nicht ganz vorbei«, fügte Fröhlich in bedauerndem Ton hinzu. Mit erstaunlicher Kraft zog er Leonie auf die Füße, zugleich aber auch zurück und hinter die Deckung dessen, was der Aufseher von der Theke übrig gelassen hatte. Hastig legte er den Zeigefinger über die Lippen, als Leonie etwas sagen wollte, und machte mit der anderen Hand eine Geste in Richtung des gestürzten Aufsehers.

Leonies Blick folgte der Bewegung und ihr Herz machte einen erschrockenen Sprung. Der Aufseher lag auf dem Boden wie eine auf den Rücken gestürzte Schildkröte, und er stellte sich bei dem Versuch, wieder auf die Beine zu kommen, auch ungefähr so geschickt an, aber das änderte nichts daran, dass er zugleich auch vor dem einzigen *Ausgang* lag, den der Raum hatte, und ihn nachhaltig blockierte. Er hatte die Tür zertrümmert, als er zusammengebrochen war, und Leonie konnte Wohlgemut und die anderen draußen auf der Straße erkennen, nicht einmal ganze zehn Meter von ihnen entfernt – aber ebenso gut hätten sie sich auch auf dem Mond befinden können. Es gab für sie und Fröhlich keine Möglichkeit, an dem Aufseher vorbeizukommen.

Leonie duckte sich hastig tiefer unter den Rand der zertrümmerten Theke, als der gepanzerte Koloss in die Höhe kam und der Blick seiner winzigen, tückischen Augen misstrauisch durch den Raum tastete. Sie hatte keine Ahnung, wie gut diese Kreaturen sehen konnten, aber wenn ihre Sehkraft mit der eines Menschen vergleichbar war, dann hatte sie eine gute Chance. Es war nahezu stockfinster hier drin. Das einzige Licht fiel durch die zertrümmerte Eingangstür herein und die große Fensterwand, die auf den Innenhof hinausging.

Einen Moment lang spielte sie mit dem Gedanken, es einfach in diese Richtung zu versuchen, verwarf die Idee aber fast sofort wieder. Der Innenhof war an allen Seiten von Mauern umschlossen. Weder hatte sie eine Ahnung, wohin die Türen führten, die es darin gab, noch die Zeit, es herauszufinden. Sobald sie und Fröhlich ihre Deckung verließen, würde sich der Aufseher auf sie stürzen.

Und vielleicht auch schon eher, denn der Koloss war mittlerweile auf die Beine gekommen und begann unverzüglich nach Fröhlich und ihr zu suchen – auf seine ganz eigene Art, indem er seine Stachelkeule hin- und herschwenkte wie ein Bauer seine Sense und das ohnehin schon zertrümmerte Mobiliar noch weiter zerkrümelte. Und das war noch nicht alles. Leonie hatte den Lärm aus dem Keller keine Sekunde lang vergessen. Dass bisher noch keine weiteren Verfolger hier oben aufgetaucht waren, glich bereits einem kleinen Wunder, aber das würde ganz bestimmt nicht mehr lange so bleiben.

»Wir müssen hier raus«, flüsterte sie.

Fröhlich nickte. »Ja«, sagte er gepresst. »Dieser Gedanke ist mir auch gerade gekommen.« Er legte den Kopf in den Nacken und ließ seinen Blick an dem zerborstenen Balken hinaufgleiten, den der Aufseher zertrümmert hatte. Ein Teil der Decke darüber war eingebrochen. Das Gebäude schien nicht nur uralt zu sein, sondern auch baufällig.

»Ich könnte ihn ablenken«, schlug Leonie vor. »Er ist bestimmt nicht sehr schnell. Mit ein bisschen Glück schaffen Sie es bis zur Tür, ehe er Sie überhaupt bemerkt.«

Sie war nicht sicher, ob Fröhlich ihre Worte überhaupt gehört hatte. Sein Blick tastete immer noch über die holzverkleidete Decke, und auf seinem Gesicht war ein sehr nachdenklicher Ausdruck erschienen. Leonie hätte eine Menge darum gegeben, zu wissen, worüber er in diesem Moment nachdachte, aber sie hatte zugleich auch das sichere Gefühl, dass es ihr nicht gefallen würde.

Der Aufseher schwang seine Keule und Fröhlich zog instinktiv den Kopf zwischen die Schultern, als ein wahrer Sprühregen aus Holzsplittern und Sägemehl auf sie herabregnete. »Ablenken, ja«, murmelte er. »Das ist … eine ausgezeichnete Idee.«

Leonie wollte sich aus der Hocke erheben, aber Fröhlich legte ihr rasch die Hand auf den Unterarm und schüttelte den Kopf. »Nein. Ich werde ihn ablenken und du wirst zu deiner Großmutter gehen.«

Keine zwei Meter hinter ihnen zersplitterte der Rest der Einrichtung unter einem gewaltigen Keulenhieb, und sie musste sich nicht umdrehen um zu wissen, dass ihr unheimlicher Verfolger wie eine lebendige Lawine aus Muskeln und stacheligem schwarzem Eisen heranwalzte. Dennoch zögerte sie. »Und Sie?«, fragte sie.

»Ich halte ihn auf«, antwortete Fröhlich.

»*Sie*«, keuchte Leonie. »*Dieses* Ungeheuer? Aber … aber wie denn?«

Fröhlich lächelte nervös, nahm seine altmodische Brille ab und klappte sie umständlich zusammen. Fast noch umständlicher verstaute er sie in der Brusttasche seines zweireihigen Anzuges, ehe er antwortete: »Du vergisst anscheinend, dass ich Rechtsanwalt bin, junge Dame. Und wenn ein Mann meines Schlages etwas wirklich gelernt hat, dann jemanden hinzuhalten.« Er atmete hörbar ein. Es war schwer, bei der herrschenden Dunkelheit hier drinnen irgendeine Regung auf seinem Gesicht zu erkennen, aber Leonie glaubte einen neuen Ausdruck in seiner Stimme zu vernehmen. Da war eindeutig Angst, aber auch noch etwas anderes, was ihr einen kalten Schauer über den Rücken laufen ließ.

»Und nun geh«, sagte er. »Hilf deiner Großmutter. Noch ist es nicht zu spät.« Abermals atmete er tief ein, dann räusperte er sich, straffte die Schultern und stand auf. Umständlich trat er hinter der zerstörten Theke hervor und auf den Aufseher zu.

Das Ungeheuer war mittlerweile bis auf zwei Schritte herangekommen und hob gerade sein gewaltiges eisernes Schlagwerkzeug, um das letzte Hindernis aus dem Weg zu fegen.

»Entschuldigung«, sagte Fröhlich.

Der Aufseher erstarrte mitten in der Bewegung. Die buschigen Augenbrauen unter dem schwarzen Eisenhelm zogen sich fragend zusammen, während ihr Besitzer mit sichtlicher Verwirrung auf das winzige Menschlein herabstarrte, das nicht nur die Unverschämtheit besaß, ihm den Weg zu vertreten, sondern noch nicht einmal Angst zeigte.

»Es geht mich zwar nichts an«, fuhr Fröhlich nach einem neuerlichen gekünstelten Räuspern fort, »aber ich möchte Sie dennoch darauf hinweisen, dass das, was Sie da gerade tun, ganz eindeutig eine vorsätzliche Sachbeschädigung darstellt.«

Der Ausdruck von Verwirrung in den winzigen Äuglein des Aufsehers wuchs ins Grenzenlose. Fröhlich machte einen unauffälligen halben Schritt zur Seite und winkte Leonie zugleich mit der linken Hand verstohlen zu. Leonie begann auch gehorsam loszukriechen, aber sie bewegte sich nur sehr langsam. Noch stand der titanische Aufseher viel zu nahe bei der Tür, als dass sie es wagen konnte, einfach loszustürmen. Das Monstrum war möglicherweise nicht sehr schnell, aber groß. Selbst von dort aus, wo er stand, brauchte er nur den Arm auszustrecken, um mit seiner Keule mühelos die Tür zu erreichen.

Fröhlich bewegte sich zwei weitere Schritte nach links. Der Aufseher stand mit misstrauisch zusammengekniffenen Augen und wiegenden Armen da. Die Stachelkeule in seiner rechten Hand bewegte sich hin und her wie das Pendel einer bizarren höllischen Standuhr, wobei die fast fingerlangen eisernen Stacheln tiefe Furchen in den Fußboden rissen. »Ihnen ist doch hoffentlich klar, dass Sie für den angerichteten Schaden in vollem Umgang haftbar sind«, fuhr Fröhlich fort.

Der Aufseher machte einen halben Schritt, unter dem das gesamte Haus zu erzittern schien, um Fröhlich den Weg zu versperren, und Fröhlich vollzog die Bewegung getreulich nach. »Und ich rede hier nicht allein von dem angerichteten materiellen Schaden«, fügte er hinzu.

Der Aufseher hob seine Keule, und Fröhlich machte einen weiteren, diesmal sehr raschen Schritt, der die Distanz zwischen ihm und dem gepanzerten Koloss auf gute zwei Meter vergrößerte. Gleichzeitig wiederholte er sein verstohlenes Winken in Leonies Richtung, endlich zu verschwinden.

»Viel größer dürfte der nachfolgende Schaden sein, für den Sie der Besitzer dieses Etablissements ganz zweifellos – und zwar in vollem Umfang – regresspflichtig machen wird«, meinte Fröhlich. »Allein der Verdienstausfall dürfte ein erkleckliches Sümmchen ergeben, und dazu kommt noch …«

Der Aufseher schwang mit einem wütenden Knurren seine Keule, und Leonie war vollkommen sicher, dass sie Fröhlich treffen und auf der Stelle zerschmettern müsste, aber der greise Anwalt überraschte sie ein weiteres Mal. Mit einer fast tänzerisch anmutenden Bewegung wich er dem Hieb aus und machte gleichzeitig zwei, drei Schritte zurück und zur Seite. Die Keule pfiff harmlos vor ihm durch die Luft, und Fröhlich wäre zweifellos noch weiter zurückgewichen, wäre er nicht mit dem Rücken gegen einen der mächtigen Eichenbalken gestoßen, die die Decke stützten.

»Und dazu kommt noch mein Honorar, das nicht unwesentlich ist«, fuhr er fort, »sowie die Gerichtskosten. Ich würde Ihnen also wirklich dringend anraten …«

Der Aufseher schwang mit einem zornigen Brüllen seine Keule, aber wieder zog Fröhlich im letzten Moment den Kopf ein, sodass der mörderische Hieb sein Ziel verfehlte und stattdessen den Stützbalken abrasierte.

Fröhlich brachte sich mit einem hastigen Sprung in Sicherheit, als Holztrümmer und sogar ein Teil der Decke niederregneten, und Leonie nutzte den Lärm, um hastig ein gutes Stück weiter in Richtung Tür zu kriechen. Noch wagte sie es nicht, aufzuspringen und einfach loszurennen, aber Fröhlich hatte sich bereits wieder gefangen und lockte den Aufseher rückwärts gehend tiefer in den verwüsteten Raum hinein. Nur noch ein Augenblick und der Weg nach draußen war frei.

»Aber ich bitte Sie!«, keuchte Fröhlich. »Gewalt ist noch nie eine Lösung gewesen. Sie machen doch alles nur noch schlimmer!«

Der Aufseher schwang brüllend seine Keule. Wieder entging Fröhlich dem Hieb mit einer Leichtfüßigkeit, die Leonie bei einem Mann seines Alters nie und nimmer erwartet hätte, und näherte sich dabei gleichzeitig einem weiteren Stützbalken.

Auch Leonie kroch auf Händen und Knien weiter. Sie hatte das Ende der zerstörten Theke erreicht, und zwischen ihr und dem rettenden Ausgang lagen jetzt nur noch wenige Schritte.

Dennoch riskierte sie es noch nicht aufzuspringen und zu fliehen, sondern sah noch einmal mit klopfendem Herzen zu Fröhlich und dem Aufseher zurück. Der gepanzerte Koloss näherte sich dem alten Notar mit wiegenden Schritten und hackte ab und zu mit seiner Keule nach ihm, aber Fröhlich wich den Hieben immer wieder im letzten Moment aus, bis er mit dem Rücken gegen den Stützbalken stieß.

»Ihr grobes Verhalten könnte übrigens durchaus ein weiteres Strafverfahren nach sich ziehen«, keuchte Fröhlich. Sein Atem ging jetzt schwer und seine Stimme zitterte. Dennoch wich er auch dem nächsten Hieb mit scheinbar spielerischer Leichtigkeit aus, und er war sogar schon gute zwei Schritte entfernt, als die Stachelkeule den Balken kappte und Holzsplitter und Steine und Putz dort niedergingen, wo er gerade noch gestanden hatte.

Ein schweres machtvolles Zittern lief durch das Haus. Leonie hörte ein unheimliches, mahlendes Knirschen, und trotz der Dunkelheit glaubte sie zu sehen, wie sich die gesamte Decke durchbog, wie eine Zeltplane, auf der sich Regenwasser sammelte.

»Sie machen alles nur noch schlimmer, so glauben Sie mir doch!«, ächzte Fröhlich. Er sprang zur Seite, um der heranzischenden Keule auszuweichen, und näherte sich im Zickzack dem nächsten Balken. »Vorsätzliche Körperverletzung ist kein Kavaliersdelikt, seien Sie dessen versichert!«

Wieder verfehlte ihn die Keule nur um Haaresbreite, und Leonie nahm allen Mut zusammen, richtete sich hinter ihrer Deckung auf und war mit drei, vier schnellen Schritten an der Tür, genau in dem Moment, in dem der Aufseher den höchsten Stützpfeiler kappte und Fröhlich mit einem entsetzten Hüpfer zur Seite sprang.

Diesmal erbebte das ganze Haus. Leonie spürte, wie sich der Fußboden unter ihr ein deutliches Stück senkte, und für einen Moment schien eine träge, wellenförmige Bewegung durch die Decke zu laufen. Überall regneten jetzt Staub und Teile der hölzernen Deckenverkleidung nieder, und das unheimliche Ächzen und Knirschen, das sie schon einmal gehört hatte, hob wieder an, ohne diesmal jedoch wieder aufzuhören. Es wurde ganz eindeutig Zeit, das Haus zu verlassen.

Stattdessen blieb sie aber unter der Tür noch einmal stehen und sah zu Fröhlich und dem Aufseher zurück. Es überraschte sie nicht einmal besonders, dass Fröhlich gezielt einen weiteren Pfeiler ansteuerte, während der Aufseher ihm knurrend und keulenschwingend folgte.

Aber sie sah auch noch etwas.

Die Tür, durch die sie hereingekommen waren, war nicht mehr leer. Eine hoch gewachsene, schlanke Gestalt in einem schwarzen Kapuzenmantel war unter der Öffnung erschienen, und Leonie musste das Gesicht unter der Kapuze nicht erkennen um zu wissen, um wen es sich bei der düsteren Erscheinung handelte.

Der Archivar selbst war gekommen um sie zu holen.

»Fröhlich!«, schrie sie.

Der alte Notar ignorierte sie ebenso wie sein in Stacheln gepanzerter Gegner. Er hatte den vierten und somit vorletzten Stützbalken erreicht und sah den Aufseher mit einem Ausdruck perfekt gespielten Bedauerns im Gesicht an. »Ich muss Sie noch einmal dringend auf die möglichen Konsequenzen Ihres ungebührlichen Verhaltens aufmerksam machen. Was Sie da tun, ist zumindest grober Unfug, wenn nicht mehr.«

Der Aufseher brüllte vor Wut und schwang seine Keule, und gleichzeitig machte der Archivar auf der anderen Seite des Raumes eine erschrockene Handbewegung.

Aber er war zu spät.

Fröhlich duckte sich und sprang mit einer schnellen Bewegung zur Seite, und die Keule knickte den dreißig Zentimeter durchmessenden Eichenbalken so mühelos, wie Leonie ein Streichholz zwischen Daumen und Zeigefinger zerbrochen hätte.

Sie wartete nicht ab, was weiter geschah, sondern warf sich mit einer einzigen Bewegung herum und stürmte aus dem Haus.

Auf der schmalen Gasse vor dem *Burgkeller* war eine altmodische, zweispännige Kutsche vorgefahren. Wie schon einmal saß Vater Gutfried oben auf dem Bock, doch dieses Mal war er nicht allein. Vielmehr gewahrte Leonie Professor Wohlgemut neben ihm, und auf dem Dach der Kutsche hatten sich zwei weitere, deutlich kleinere Schatten zusammengekauert.

Ein berstender Schlag wehte aus dem Haus hinter ihr heraus. Leonie fuhr erschrocken zusammen und war mit einem einzigen Satz bei der offen stehenden Tür des altertümlichen Gefährts. Das Dröhnen und Splittern aus dem Haus hielt nicht nur an, sondern nahm ganz im Gegenteil noch weiter zu.

Genau in dem Moment, in dem sich Leonie durch die offen stehende Tür warf, explodierten sämtliche Fensterscheiben des Gebäudes. Millionen winziger Glassplitter überschütteten die Straße wie kleine, gefährliche Geschosse, schlugen Funken auf dem Kopfsteinpflaster und hämmerten in das Holz der Kutsche. Die Pferde schrien gepeinigt auf, irgendetwas zerschlitzte das lederne Polster unmittelbar neben ihr mit einem ekelhaften Laut, der an das Geräusch eines Rasiermessers erinnerte, das durch Fleisch glitt, und dann schrie auch sie gequält auf, als zwei oder drei der heimtückischen kleinen Geschosse in ihre nackten Beine bissen.

Großmutter beugte sich trotz des anhaltenden Trommelfeuers gläserner Wurfgeschosse vor und knallte die Tür zu, und im gleichen Moment setzte sich die Kutsche mit einem Ruck in Bewegung, der Leonie endgültig von der Bank schleuderte.

Hastig rappelte sie sich auf und fuhr zum Fenster herum. Das gesamte Gebäude war mittlerweile in einer Wolke aus Staub und fliegenden Trümmern gehüllt, die sich rasend schnell auf der ganzen Straße ausbreitete. Dennoch sah Leonie, wie sich das Gasthaus allmählich nach vorne zu neigen begann. Die Wände des Erdgeschosses beulten sich aus, als hätten sie plötzlich nicht mehr die Kraft, das Gewicht der auf ihr lastenden Stockwerke zu tragen, dann brach das ganze Haus in einer gewaltigen Implosion aus Staub und fliegenden Trümmern zusammen.

Leonie ließ sich mit einem erschöpften Laut auf den Sitz zurücksinken. Ihr Herz hämmerte wie verrückt und sie zitterte am ganzen Leib. Die Schnittwunden in ihrem Bein taten entsetzlich weh.

»Fröhlich?«, fragte Großmutter leise. Auch sie schien mindestens einen der gefährlichen Glassplitter abbekommen zu haben, denn sie presste die linke Hand gegen die Wange. Ein dünnes Rinnsal aus hellrotem Blut sickerte zwischen ihren Fingern hervor.

»Ja.« Leonie nickte traurig »Warum hat er das getan?«

Es dauerte eine Weile, bis ihre Großmutter antwortete. »Vielleicht aus demselben Grund, aus dem Meister Bernhard sein Leben geopfert hat um uns zu retten. Und aus dem uns die anderen helfen.«

»Wohlgemut und Vater Gutfried?«

»Ja.«

»Aber sie sind Geschöpfe des Archivars!«, murmelte Leonie verständnislos. »*Er* hat sie erschaffen! Wieso stellen sie sich jetzt gegen ihn?«

»Vielleicht weil es die einzige Möglichkeit für sie ist, ihrem Leben einen Sinn zu geben«, antwortete Großmutter leise. Sie seufzte tief, zog ein spitzenbesetztes Taschentuch hervor und begann das Blut von ihrer Wange zu tupfen. Leonie sah, dass die Wunde weit tiefer war, als sie bisher angenommen hatte, aber Großmutter gab nicht den geringsten Laut der Klage von sich, und auch sie sagte nichts dazu, sondern beugte sich wieder zur Seite und sah aus dem Fenster.

Das zusammengebrochene Gasthaus war mittlerweile nicht mehr zu sehen. Die Kutsche rumpelte in halsbrecherischem Tempo über das ausgefahrene Kopfsteinpflaster der Altstadt und wurde immer noch schneller.

»Wohin fahren wir?«, fragte sie.

Großmutter tupfte weiter über die heftig blutende Wunde in ihrem Gesicht und hob mit einem neuerlichen Seufzen die Schultern. »Nach Hause.« Sie klang mutlos. »Vielleicht haben wir noch eine winzige Chance. Auch wenn ich nicht wirklich daran glaube.«

»Fröhlich hat gesagt, es wäre noch nicht zu spät«, sagte Leonie leise.

Sie wartete vergeblich darauf, dass Großmutter antwortete. Schließlich beugte sie sich wieder zur Seite und sah aus dem Fenster. Die Kutsche hatte die schmalen Straßen der Altstadt mittlerweile verlassen und beschleunigte immer noch, sodass die Häuser beiderseits der Straße zu ineinander fließenden grauen Schemen zu werden schienen. Irgendetwas stimmte nicht damit, fand Leonie, ebenso wenig wie mit der Straße selbst, über die die Kutsche stetig schneller werdend jagte. Aber Leonie war im Moment nicht in der Verfassung, darüber nachzudenken.

Sie sah wieder nach hinten – und fuhr erschrocken zusammen. Sehr weit hinter ihnen, aber dennoch deutlich zu erkennen, war eine schwarze Gestalt in einem Kapuzenmantel erschienen. Der Anblick war beinahe grotesk, aber er ließ Leonie dennoch für einen Moment vor Furcht erstarren. Der Archivar schritt gemächlich aus ohne zu rennen oder auch nur schnell zu gehen, und dennoch wurde der Abstand zwischen ihm und der dahinpreschenden Kutsche langsam, aber unerbittlich kleiner.

»Er kommt näher, habe ich Recht?«, fragte Großmutter leise.

Leonie nickte. »Können wir ihm entkommen?«

»Nein«, antwortete Großmutter. »Niemand kann einem Geschöpf entkommen, das die Realität beherrscht. Aber vielleicht …« Sie brach ab und presste die Lippen aufeinander.

»Vielleicht?«, hakte Leonie nach.

»Das Buch«, antwortete Großmutter schleppend. »Es ist immer noch im Safe deines Vaters eingeschlossen.«

»*Dein* Buch?«, vergewisserte sich Leonie. Großmutter nickte, aber es fiel Leonie reichlich schwer, das zu glauben. »Aber wieso lässt er etwas von so ungeheurem Wert einfach zurück?«, fragte sie zweifelnd.

»Weil er es nicht braucht«, antwortete Großmutter. »Er hat jetzt die Macht über das ganze Archiv. Welche Rolle spielt da ein einziges Leben?«

Leonie wollte widersprechen, aber ihre Großmutter unterbrach sie mit einer raschen, zugleich aber auch sonderbar mutlosen Geste. Sie schüttelte traurig den Kopf. »Sieh aus dem Fenster, Leonie«, sagte sie.

Leonie sah ihre Großmutter eine halbe Sekunde lang einfach nur verständnislos an, aber dann drehte sie sich gehorsam auf dem Sitz um und kam ihrem Wunsch nach.

Im ersten Moment konnte sie auch jetzt kaum mehr als vorbeijagende Schatten erkennen, aber dann sah sie, was ihre Großmutter meinte. Die Straße, über die die Kutsche ratterte, kam ihr durchaus bekannt vor, und trotzdem hatte sie fast keine Ähnlichkeit mehr mit der Stadt, in der sie geboren und aufgewachsen war.

Die Häuser waren alt und trist; monotone, gleichförmige Ziegelsteinbauten mit winzigen schmutzstarrenden Fenstern und eingesunkenen Dächern. Überquellende Mülltonnen flankierten die schmalen Türen und hier und da schlurfte eine zerlumpte Gestalt mit hängenden Schultern und grauem Gesicht den Gehsteig entlang. Eine fast greifbare Atmosphäre von Furcht und Niedergeschlagenheit lag über der Szenerie. Nirgends war ein Auto zu sehen, oder auch nur ein Fahrrad. Selbst die wenigen Bäume, an denen sie vorüberkamen, wirkten farblos und blass, und noch während Leonie hinsah, begann sich das Bild weiter zu verändern: Schwarze, schmutzige Wolkenbänke schoben sich über den Himmel und begannen den Mond und die Sterne zu verschlingen, und hinter den monotonen Häuserzeilen wuchsen ganze Wälder voll rauchender Schlote in die Höhe, die noch mehr schwarzen Qualm in die Luft spien. Plötzlich waren die Bürgersteige doch voller Menschen: ausgemergelten, in Lumpen gehüllten Reihen graugesichtiger Männer und Frauen, die sich mit hängenden Köpfen dahinschleppten. Etwas in Leonie schien sich bei diesem Anblick zu einem eisigen Ball zusammenzuziehen, an dem sie zu ersticken meinte.

»Aber das …«, krächzte sie. »Das ist …«

»… die Welt, die der Archivar erschaffen hat«, führte Großmutter den Satz zu Ende, als Leonies Stimme versagte.

»Aber das ist die Hölle!«, keuchte Leonie. So entsetzlich der Anblick auch sein mochte, war es ihr doch zugleich auch unmöglich, den Blick davon loszureißen. »Warum … warum tut er das?«

»Weil ihm menschliche Gefühle und Empfindungen fremd sind«, antwortete Großmutter. »Die Menschen gehen zur Arbeit, essen und schlafen und gehen wieder zur Arbeit, und das ist alles, was zählt. Sie funktionieren.«

»Wie Maschinen«, murmelte Leonie.

Wieder nickte Großmutter. Leonie spürte die Bewegung nur, denn der schreckliche Anblick schlug sie noch immer vollkommen in seinen Bann. »Beinahe wie in Orwells 1984. Nur schlimmer. Ich frage mich, ob er vielleicht einen Blick in die Zukunft getan hat, ohne es selbst zu wissen.«

»Nein! Das darf nicht sein«, murmelte Leonie. »So … so *darf* es nicht enden!«

Plötzlich konnte sie nur noch mit Mühe die Tränen zurückhalten. Vielleicht einzig, damit ihre Großmutter das feuchte Schimmern in ihren Augen nicht sah, drehte sie den Kopf hastig in die andere Richtung.

Der Archivar war näher gekommen. Obwohl nur wenige Augenblicke vergangen waren, seit sie das letzte Mal zu ihm zurückgeblickt hatte, war die Distanz zwischen der unheimlichen Gestalt und der Kutsche auf weniger als die Hälfte zusammengeschmolzen. Leonie schätzte, dass ihnen nur noch vier oder fünf Minuten blieben, bis er sie eingeholt hatte. Hinter dem Archivar tobte eine ganze Armee düsterer Schatten heran, die nicht genau zu erkennen waren, so als versuche die Finsternis selbst Gestalt anzunehmen. Leonie wusste jedoch nur zu gut, woraus diese Woge heranrasender Schwärze bestand: Es waren die Heerscharen des Archivars, die ihrem finsteren Herrn auf dem Fuß folgten, um …

Ja, dachte Leonie. *Warum eigentlich?*

Sie sprach den Gedanken laut aus. »Er muss einen Grund haben, uns zu verfolgen«, murmelte sie nachdenklich. Ihre Großmutter sah sie nur fragend an, und Leonie fuhr aufgeregt fort: »Er würde uns bestimmt nicht mit all seinen Kriegern verfolgen, wenn wir ihm nicht gefährlich werden könnten!«

Ein nachdenklicher Ausdruck erschien auf Großmutters Gesicht. Sie sagte nichts.

»Das Buch in Vaters Safe«, fuhr Leonie aufgeregt fort. Ihre Gedanken überschlugen sich schier. »Es ist das einzige, das sich nicht im Archiv befindet, habe ich Recht?«

»Ja«, murmelte Großmutter. »Aber es ist doch nur ein …«

»Es ist *dein* Buch«, unterbrach sie Leonie.

Großmutters Augen wurden groß. »Und *ich* war es, die ihm diese Verschwörung überhaupt erst ermöglicht hat«, fügte sie hinzu. »Natürlich! Deshalb will er um jeden Preis verhindern, dass …« Sie brach mitten im Wort ab, sprang auf und beugte sich aus dem Fenster, so weit sie konnte. »*Gutfried!*«, schrie sie. »*Fahren Sie schneller! Jede Sekunde zählt!*«

Tatsächlich hörte Leonie das Knallen einer Peitsche, und noch bevor ihre Großmutter sich wieder ganz setzen konnte, beschleunigte der Wagen mit einem plötzlichen Ruck noch einmal, sodass sie reichlich unsanft in die Polster zurückgeworfen wurde.

Vollkommen unbeeindruckt davon und mittlerweile mindestens genauso aufgeregt wie Leonie fuhr sie fort: »Ich kann ihn aufhalten, verstehst du? Ich muss nur zurück bis zu jenem Tag, an dem ich ihn das erste Mal besiegt habe, und dafür sorgen, dass ich niemals vergesse, wie gefährlich er ist! Ich kann alles ungeschehen machen!«

»Das würde bedeuten, dass du dein ganzes Leben umschreiben musst«, sagte Leonie ernst, aber Großmutter fegte ihre Worte mit einer unwilligen Handbewegung zur Seite. »Nein. Es gibt einen Punkt, an dem ich angefangen habe leichtsinnig zu sein. Es ist lange her, viele, viele Jahre, bevor du überhaupt auf die Welt gekommen bist, Leonie. Aber ich kann mich noch genau erinnern. Ich weiß, was ich zu tun habe!«

Das Fenster wurde aufgerissen, und Maus, der offensichtlich bäuchlings auf dem Dach lag, streckte den Kopf herein. »Wir sind gleich da«, verkündete er aufgeregt. »Aber viel Zeit bleibt uns nicht. Was immer Sie vorhaben, es sollte besser schnell gehen.«

»Das wird es«, versicherte Großmutter. »Ich weiß genau, was ich tun muss.« Sie maß Maus dabei mit einem so sonderbaren Blick und einem so warmen Lächeln, dass Leonie sich verwirrt fragte, ob sie vielleicht irgendetwas nicht mitbekommen hatte.

Die Kutsche wurde tatsächlich noch einmal schneller, sodass Leonie nicht mehr dazu kam, ihrer Großmutter eine entsprechende Frage zu stellen, sondern für die nächsten Minuten voll und ganz damit beschäftigt war, sich irgendwo festzuklammern, um nicht von der wild hin und her schaukelnden Bank geschleudert zu werden.

Gottlob dauerte die wilde Jagd jedoch nicht mehr lange. Es vergingen nur noch wenige Minuten, bis sie ihr Ziel erreicht hatten. Die Gebäude, an denen sie vorüberrasten, begannen allmählich kleiner zu werden und, soweit das überhaupt möglich war, sogar noch schäbiger. Dennoch erkannte Leonie endlich die Straße wieder, in der ihr Elternhaus lag – auch wenn sie wie die ganze Stadt selbst eher ein Zerrbild dessen war, woran sie sich erinnerte; die Häuser waren winzig und verfallen, und die wenigen Vorgärten waren hoffnungslos verwildert. Hinter keinem einzigen Fenster brannte Licht, obwohl es noch nicht einmal besonders spät war.

Endlich wurde der Wagen langsamer, rumpelte noch einmal so unsanft über ein Hindernis, dass Leonie um ein Haar mit dem Kopf gegen die Decke geprallt wäre, und hielt dann mit einem so harten Ruck, dass sie auf den glatten Lederpolstern den Halt verlor und nach vorne rutschte. Gedankenschnell streckte sie die Hand aus, bekam den Türgriff zu fassen und nutzte den

Schwung ihrer eigenen Bewegung, um die Tür aufzureißen und sich gleichzeitig nach außen zu schwingen. Ihre Großmutter kletterte auf der anderen Seite deutlich langsamer aus dem Wagen, und auch Maus und die anderen stiegen mehr oder weniger umständlich von dem antiquierten Gefährt herunter.

Leonie stand einfach nur da und starrte das Haus aus ungläubig aufgerissenen Augen an.

Nach dem, was sie auf dem Weg hierher gesehen hatte, hätte sie eigentlich gewarnt sein müssen, und trotzdem traf sie der Anblick wie ein Schlag ins Gesicht.

Das Haus, vor dem sie angehalten hatten, hatte nur noch grobe Ähnlichkeit mit dem Gebäude, in dem sie ihr ganzes Leben verbracht hatte. Die äußerliche Form war möglicherweise gleich, aber das war dann auch schon alles. Die meisten Fenster hatten kein Glas mehr. Überall bröckelte der Putz von den Wänden und das Dach war an mehreren Stellen eingesunken. Die Fenster des Anbaus waren mit Brettern vernagelt, Papierfetzen, trockenes Laub und Unrat hatten sich in Winkeln und Nischen eingenistet, und der Wind spielte klappernd mit den morschen Fensterläden. Hinter der offen stehenden Haustür brannte Licht, aber es war nur ein trüber, flackernder Schein, der die Dunkelheit, die von dem Haus Besitz ergriffen hatte, nur noch zu betonen schien.

»Wir können es ungeschehen machen«, sagte Großmutter mit leiser, mitfühlender Stimme. Sie berührte Leonie sanft an der Schulter und versuchte aufmunternd zu lächeln, aber es misslang. »Aber du musst mir dabei helfen. Und du auch, mein junger Freund. Kommt!«

Die letzten Worte hatten Maus gegolten, der sie reichlich irritiert ansah, ihr aber dennoch widerspruchslos folgte, als sie mit trippelnden kleinen Schritten auf die offen stehende Tür zuging. Auch Wohlgemut, Gutfried und selbst der Scriptor schlossen sich ihnen an, beinahe wie um sie abzuschirmen. Als sie die kurze, aus nur drei Stufen bestehende Treppe zur Tür hinaufgingen, drehte sich Leonie noch einmal um und sah die Straße zurück.

Der Archivar hatte sie fast erreicht. Vielleicht blieb ihnen noch eine Minute, wahrscheinlich aber noch nicht einmal das. Sie begannen zu rennen.

Drinnen im Haus wurde es nicht besser, sondern schlimmer. Das Licht, das sie von außen gesehen hatten, stammte von einer Hand voll dicker roter Wachskerzen, die auf den Treppenstufen und dem Geländer aufgereiht waren. Falls es in diesem Haus jemals elektrischen Strom gegeben hatte, dann musste es Jahre her sein, denn dort, wo die Kerzen standen, hatten sich bizarre Gebilde aus geschmolzenem Wachs gebildet, die über lange Zeit hinweg zu Boden getropft waren, und Decke und Wände waren voller schwarzem, schmierigem Ruß. Das Licht reichte nicht wirklich aus, um Einzelheiten zu erkennen, aber Leonie war fast froh darüber, denn das wenige, was sie sehen konnte, war schon eindeutig mehr, als sie eigentlich sehen *wollte*. Die Tapeten waren so alt, dass sie überall gerissen waren und sich an zahllosen Stellen von den Wänden zu lösen begannen und ihr Muster unter dem Schmutz der Jahre kaum noch zu erahnen war. Die Türen hingen schief in den Angeln und der ehemals sorgsam gepflegte Parkettboden war aufgequollen und überall gerissen. Ein schwer definierbarer, aber ebenso durchdringender wie unangenehmer Geruch hing in der Luft, und aus dem Obergeschoss drang das Klappern eines losen Fensterladens herab, den der Wind in nahezu regelmäßigem Takt aufriss und wieder gegen die Wand schmetterte.

Etwas an diesem Geräusch schien Großmutter über die Maßen zu irritieren, denn sie blieb mitten in der Bewegung stehen und legte den Kopf in den Nacken, um mit eng zusammengekniffenen Augen nach oben zu sehen, und auch Maus blickte verwirrt in die gleiche Richtung.

Dann geschah etwas Seltsames: Wie auf ein geheimes Zeichen hin drehten sich die beiden um und sahen sich auf eine Weise an, die Leonie einen eisigen Schauer über den Rücken jagte.

»Was ist los?«, fragte sie alarmiert.

»Nichts«, antwortete Großmutter hastig. »Komm weiter.«

Wäre die Situation auch nur ein bisschen weniger unheimlich

gewesen, hätte sich Leonie mit dieser Antwort ganz bestimmt nicht zufrieden gegeben. Aber ihre Großmutter hatte Recht: Es war vollkommen egal, wer oder was dort oben war. In spätestens einer Minute würde der Archivar hier sein, und dann war alles andere gleichgültig.

Zumindest der Grundriss des Hauses war gleich geblieben. Sie gingen den langen Korridor entlang zum Arbeitszimmer ihres Vaters, dessen Tür nun eine zwar massive, dennoch aber ganz normale Zimmertür war; so weit man eine Zimmertür mit gleich drei Schlössern und zwei wuchtigen Riegeln als normal bezeichnen konnte, hieß das. Dennoch war Leonie zutiefst erleichtert. Hätte es hier noch dieses Monstrum von Sicherheitstür gegeben, das sie das letzte Mal gesehen hatte, als sie hier gewesen war, so hätten sie vermutlich keine Chance gehabt, sie aufzubekommen, nicht in einer Stunde, und schon gar nicht in der knappen Minute, die ihnen allerhöchstens noch blieb.

Als sie noch drei Schritte von der Tür entfernt waren, wurde sie von innen geöffnet und Frank trat heraus. Er trug eine großkalibrige Pistole in der einen Hand und ein riesiges Schrotgewehr unter dem anderen Arm.

Leonie keuchte erschrocken und auch ihre Großmutter sog scharf die Luft zwischen den Zähnen ein.

»Keine Angst«, sagte Frank rasch. »Ich stehe auf eurer Seite.«

»Fragt sich nur, welche Seite unsere Seite ist«, antwortete Großmutter. »Und was Sie dafür halten, junger Mann.«

Frank wollte antworten, aber Vater Gutfried kam ihm zuvor. »Nicht«, sagte er hastig. »Er sagt die Wahrheit.«

Leonie blickte unschlüssig von ihm zu Frank und wieder zurück. Gutfried und Frank sahen sich auf sonderbare Weise an, und plötzlich und zum ersten Mal, aber vollkommen jenseits allen Zweifels, fiel ihr auf, wie frappierend ähnlich sich die beiden Männer waren, sah man einmal von dem Altersunterschied und der grundverschiedenen Haartracht ab. Wo Wohlgemut und Gutfried Brüder sein konnten, wären Frank und er ohne Probleme als Vater und Sohn durchgegangen, oder auch als Großvater und Enkel. Über ein Übermaß an Fantasie schien sich der Archivar tatsächlich nicht beklagen zu können.

Eines der Pferde draußen vor dem Haus stieß ein erschrockenes Wiehern aus, und in der nächsten Sekunde hörte Leonie, wie die Kutsche mit gewaltigem Getöse davonfuhr, als die beiden Zugpferde gemeinsam durchgingen. Erschrocken drehte sie den Kopf und sah eine düstere Gestalt in einem schwarzen Kapuzenmantel auf die Tür zukommen.

»Dann bleibt uns wohl nichts anderes übrig, als Ihnen zu vertrauen«, sagte Wohlgemut. »Los.«

Frank wich mit einem raschen Schritt wieder durch die Tür zurück und wartete, bis sie an ihm vorbeigegangen waren. Leonie erwartete, dass er sie nun schließen würde, aber stattdessen hob er sein Gewehr und gab einen einzelnen Schuss auf den Archivar ab. Die Explosion war so laut, dass Leonie das Gefühl hatte, ihre Trommelfelle würden platzen. Automatisch schlug sie die Hände auf die Ohren, aber sie sah trotzdem, wie der Archivar für einen Moment im Schritt stockte – wenn auch vermutlich nicht, weil ihn die Schrotladung in irgendeiner Form verletzt hätte; die im Übrigen glatt durch ihn hindurchzugehen schien, denn Leonie sah, wie der altersschwache Türrahmen hinter ihm samt eines Teils der Wand einfach in Fetzen gerissen wurde.

Frank knallte die Tür zu und legte rasch hintereinander die massiven Eisenriegel vor, von denen es auch auf der Innenseite gleich drei Stück gab. »Nur um die Fronten zu klären«, sagte er grimmig.

Großmutter schüttelte den Kopf, enthielt sich aber jeglichen Kommentars und wandte sich stattdessen mit einer entsprechenden Geste an Maus. »Leonie hat mir erzählt, du wärst stolz darauf, dass es kein Schloss auf der Welt gibt, das du nicht aufbekommst. Stimmt das?«

Maus nickte heftig und Großmutter deutete auf den uralten Tresor, der in der Ecke neben der Tür stand, und sagte: »Dann hast du jetzt Gelegenheit, es zu beweisen.«

Maus drehte sich siegessicher zum Tresor um – und sein

Lächeln entgleiste zu einer Grimasse, als er sich dem Safe gegenübersah, an dem er schon einmal gescheitert war. Wie alles hier drinnen hatte auch er sich zurückverwandelt und war jetzt wieder der ganz normale, betagte Geldschrank, nicht mehr das nahezu bombensichere Monstrum mit Handabdruck-Scanner und allem anderen hochmodernen Schnickschnack, an dem selbst der König aller Safeknacker gescheitert wäre.

Was nichts daran änderte, dass Maus ganz offenbar in seinem ganzen Leben noch nie ein Zahlenschloss gesehen hatte.

»Aber da … da ist ja gar kein Schloss«, sagte er hilflos.

Ein dumpfer Schlag traf die Tür. Einer der eisernen Riegel flog einfach davon, aus einem zweiten löste sich der größte Teil der Schrauben und regnete klirrend zu Boden. Wohlgemut und Vater Gutfried stellten sich schützend vor Großmutter und Frank hob sein Gewehr.

»Es ist im Grunde ganz einfach«, erklärte Leonie hastig. »Du musst nur an dem kleinen Rad drehen und die richtigen Zahlen eingeben, dann geht das Schloss auf.«

Maus sah sie noch einen Moment lang fragend an, aber dann ließ er sich vor dem Safe in die Hocke sinken und begann mit fliegenden Fingern an dem kleinen Zahlenfeld zu drehen. Obwohl er in seinem ganzen Leben bestimmt noch keinen Kriminalfilm gesehen hatte, legte er in perfekter Safeknacker-Manier das Ohr gegen die schwere Stahltür und lauschte, während er das Rädchen behutsam drehte. Ein leises Klicken erscholl, dann noch eines und noch eines, und plötzlich stieß er einen kleinen, triumphierenden Schrei aus und zog die schwere Eisentür nach außen auf.

Praktisch im gleichen Sekundenbruchteil flog die Zimmertür nach innen und der Archivar stand wie hingezaubert unter der Öffnung.

Frank feuerte sein Schrotgewehr ab. Diesmal konnte Leonie sehen, wie die Schrotladung einfach durch den Archivar hindurchging, ohne auf den geringsten Widerstand zu treffen, und ein Stück des Treppengeländers hinter ihm pulverisierte. Der Archivar machte eine rasche Handbewegung, und das Gewehr wurde Frank aus den Fingern gerissen und prallte mit solcher Wucht gegen die Wand, dass sich noch ein zweiter Schuss löste und es in Stücke brach. Frank versuchte seine Pistole zu ziehen, und der Archivar machte eine zweite, wütendere Handbewegung, und Frank flog quer durch den Raum und prallte mit kaum geringerer Wucht gegen die Wand. Er brach zusammen und blieb reglos und mit geschlossenen Augen liegen.

Maus riss das schwere ledergebundene Buch aus dem Safe, fuhr herum und machte einen Schritt, um es Großmutter zu bringen, und der Archivar trat vollends ein und streckte die Hand aus, um nach dem Jungen zu greifen. Ganz zweifellos hätte er ihn auch erwischt, wäre da nicht plötzlich ein zweiter, kaum weniger großer Schatten gewesen, der an Maus vorbeistürmte und den Archivar mit seinem wütenden Kreischen ansprang. Alles ging so schnell, dass Leonie nicht einmal wirklich begriff, was sie sah, bevor es auch schon wieder vorüber war.

Dennoch tat der selbstmörderische Angriff des Scriptors seine Wirkung. Leonie beobachtete voller Entsetzen, wie der Archivar unter dem Anprall des Geschöpfes, das er selbst erschaffen hatte, zwar tatsächlich einen Schritt weit zurücktaumelte, dann aber die Arme hob und den Scriptor regelrecht in Stücke riss. Der winzige Augenblick aber, den das unheimliche Geschöpf abgelenkt war, reichte aus. Maus war mit einem Satz bei Großmutter, warf ihr das Buch zu und sank dann mit einem qualvollen Stöhnen auf die Knie, als der Archivar eine zornige Handbewegung in seine Richtung machte. Leonie konnte gerade noch rechtzeitig hinzuspringen um ihn aufzufangen, als er bewusstlos zur Seite kippte.

Der Archivar schleuderte die Überreste des Scriptors zu Boden und stampfte mit einem wütenden Schritt auf Großmutter zu. Leonie versuchte ihn anzugreifen, aber sie kam nicht einmal in seine Nähe. Der Archivar wiederholte seine zornige Handbewegung und Leonie hatte das Gefühl, von einem unsichtbaren Vorschlaghammer getroffen und quer durch den Raum geschleudert zu werden.

Hilflos taumelte sie an Gutfried, ihrer Großmutter und Professor Wohlgemut vorbei und prallte mit dem Rücken gegen die Tischkante, wo sie wimmernd zusammenbrach. Sie hatte plötzlich Mühe, überhaupt noch klar zu sehen. Alles drehte sich um sie, ihr Rücken schien in reinem weißem Schmerz zu explodieren und die Gestalten Großmutters und ihrer beiden letzten übrig gebliebenen Verbündeten begannen vor ihren Augen zu verschwimmen. Aber nichts davon spielte eine Rolle. Es kam einzig und allein darauf an, Großmutter Zeit zu verschaffen, das Buch aufzuschlagen und die passende Seite zu finden.

Vater Gutfried schien das wohl ebenso zu sehen, denn plötzlich fuhr auch er herum und trat dem Archivar hoch aufgerichtet und ohne das mindeste Anzeichen von Furcht entgegen.

Und etwas sehr Seltsames geschah: Statt ihn einfach mit einer wütenden Handbewegung aus dem Weg zu fegen, blieb der Archivar stehen und sah den greisen Geistlichen aus seinen unsichtbaren, schrecklichen Augen an. *Du also auch,* dröhnte seine lautlose Stimme. *Du weißt, was mit Verrätern geschieht.*

»Ich habe keine Angst vor dir«, antwortete Gutfried. »Jetzt nicht mehr. Keiner von uns fürchtet dich noch.«

Dann seid ihr noch größere Narren, als ich dachte, erwiderte der Archivar.

»Wir sind genau das, wozu du uns gemacht hast«, erklärte Gutfried. »Aber keiner von uns will noch länger dein Werkzeug sein!«

Genug, donnerte der Archivar. Er fegte Gutfried mit einer fast beiläufigen Geste zur Seite, und nun war es an Wohlgemut, ihm in den Weg zu treten. Nach dem, was er gerade gesehen hatte, musste ihm vollkommen klar sein, wie sinnlos sein Tun war, und dennoch trat er dem Archivar ebenso ruhig und ohne Angst entgegen wie Bruder Gutfried gerade.

Großmutter hatte aufgehört, mit fliegenden Fingern im Buch ihres eigenen Lebens zu blättern, und kramte einen altmodischen schwarzen Füllfederhalter hervor.

Geh aus dem Weg, donnerte der Archivar.

Wohlgemut schüttelte ruhig den Kopf. »Niemals.«

Ganz wie du willst. Der Archivar fegte ihn beiseite, machte einen Schritt und beugte sich vor, um die Hand nach Großmutter auszustrecken, und Leonie schrie gellend auf und warf sich mit dem Mut purer Verzweiflung zum zweiten Mal auf ihn. Ihre Großmutter hatte mittlerweile die Kappe des Füllers abgeschraubt und setzte die Feder an.

Der Kopf des Archivars flog mit einem Ruck in den Nacken. Seine Hand kam in einer zornigen Bewegung hoch, doch dieses Mal waren selbst seine übermenschlich schnellen Reaktionen zu langsam. Leonie spürte, wie dieselbe unsichtbare Macht, die Wohlgemut und die anderen niedergestreckt hatte, dicht an ihr vorüberraste und mit solcher Gewalt den Tisch traf, gegen den sie gerade gestürzt war, dass das altersschwache Möbel regelrecht pulverisiert wurde, dann prallte sie mit weit vorgestreckten Armen gegen den Herrn des Archivs.

Ebenso gut hätte sie versuchen können, den Tresor mit bloßen Händen aus der Wand zu reißen. Die unheimliche Kreatur wankte nicht einmal – und sie machte sich auch nicht die Mühe, ihre dämonischen Kräfte ein zweites Mal gegen sie einzusetzen. Stattdessen versetzte sie Leonie einen fast beiläufigen Hieb mit der flachen Hand, der sie zurücktaumeln und halb bewusstlos zusammenbrechen ließ. Unmittelbar neben ihrer Großmutter blieb sie liegen. Wie durch einen immer dichter werdenden Schleier sah sie, wie Großmutter die Feder ansetzte und zu schreiben begann und …

Der Archivar machte eine weitere Handbewegung. Großmutter schrie auf und krümmte sich wie unter einem Hieb. Das Buch wurde ihr aus den Händen gerissen und schlitterte davon, der Federhalter prallte klirrend auf den Boden und rollte zielsicher in Leonies ausgestreckte Hand.

Mein Kompliment, alte Freundin, sagte der Archivar. *Ich gebe zu, dass ich dich zum zweiten Mal unterschätzt habe. Fast hättest du mich abermals besiegt. Aber nun ist es vorbei. Gib auf.*

Großmutter krümmte sich noch immer wie unter Schmerzen.

Stöhnend drehte sie sich auf die Seite und ihr Blick suchte den Leonies.

»Es ist niemals vorbei«, keuchte sie. »Selbst wenn du mich umbringst, wird eine andere kommen, die dich aufhält. Irgendwann. Die Welt, die du erschaffen willst, kann keinen Bestand haben.«

Die Worte galten dem Archivar, aber ihr Blick hielt Leonies Augen unverrückbar fest. Ein so verzweifeltes Flehen stand darin geschrieben, dass Leonie an sich halten musste, um nicht laut aufzustöhnen, aber das durfte sie nicht, denn sie hatte ganz plötzlich begriffen, was es war, was Großmutter von ihr verlangte. Auch ihre Worte hatten keinen anderen Sinn als den, um dessentwillen sich schon Frank, Wohlgemut und Gutfried und selbst der Scriptor geopfert hatten: ihr Zeit zu verschaffen. Das Buch lag nur ein kleines Stück neben ihr, praktisch zum Greifen nahe, und sie musste wortwörtlich nur die Finger schließen, um den Stift zu ergreifen.

Aber es ist niemand mehr da, der mich aufhalten könnte, antwortete der Archivar. *Verstehst du denn nicht? Du bist die Letzte, die die Macht dazu gehabt hätte.*

Leonie schloss die Hand um den Füllfederhalter und drehte sich zugleich behutsam auf die Seite. Ihr Herz machte einen erschrockenen Sprung, als sie sah, dass das Buch nicht mehr aufgeschlagen war.

»Irgendwann wird jemand kommen, der dich besiegt«, fuhr Großmutter fort. Leonie drehte sich unendlich behutsam herum, streckte die Hand nach dem Buch aus und zog es zu sich heran. »Jemand, der klüger ist als ich.«

Du hast dich nicht verändert, alte Freundin, antwortete der Archivar. *In all den Jahren nicht. Sei vernünftig. Kommt auf meine Seite. Du und deine Enkelin. Euch wird nichts geschehen.*

»Niemals«, erwiderte Großmutter. Leonie hatte das Buch mittlerweile endgültig zu sich herangezogen, aber sie wusste einfach nicht, was sie tun sollte. Ein Moment, viele Jahre vor ihrer Geburt! Wie sollte sie wissen, wovon ihre Großmutter überhaupt gesprochen hatte! »Lieber sterbe ich!«

Ich würde es bedauern, dazu gezwungen zu sein, meinte der Archivar. *Aber es ist deine Entscheidung.*

Leonie schlug das Buch auf. Das uralte, trockene Pergament knisterte, als sie die ersten Seiten umschlug, und so leise das Geräusch auch war, es entging der unheimlichen Kreatur nicht.

Der Archivar sah mit einem Ruck auf, und Leonie konnte die jähe Wut, die urplötzlich in dem grausamen Geschöpf aufflammte, fast körperlich spüren. Der Archivar streckte die Hand in ihre Richtung aus.

»Jetzt!«, schrie Großmutter. Plötzlich wirkte sie alles andere als kraftlos und schwach, sondern bäumte sich auf, krallte die Hände in den schwarzen Umhang des Archivars und zerrte ihn zu sich herab.

»Schnell, Leonie!«, schrie sie. »Eine Minute! Länger kann ich ihn nicht halten!«

Leonie verschenkte drei oder vier der ihr verbleibenden kostbaren sechzig Sekunden damit, ihre Großmutter nur entsetzt anzustarren, dann aber fuhr sie herum und begann mit fliegenden Fingern in dem Buch zu blättern. Was sollte sie nur tun? Sie konnte unmöglich erraten, von welchem Moment in ihrer Vergangenheit Großmutter gesprochen hatte, nicht in einem Buch, in dem die Erinnerungen *eines ganzen Lebens* aufgeschrieben waren!

»Schnell, Leonie«, schrie Großmutter. »Ich kann ihn nicht mehr halten!«

Aber was sollte sie denn nur tun? Sie wusste doch nicht, wovon ihre Großmutter überhaupt sprach, und sie konnte doch unmöglich …

Hinter ihr erscholl ein markerschütterndes Brüllen, als der Archivar all seine ungeheuren Kräfte entfesselte, um den Griff ihrer Großmutter zu sprengen, und dann …

… wusste Leonie, was sie zu tun hatte.

Mit fliegenden Fingern blätterte sie um, fand die richtige Seite und begann zu schreiben …

Willkommen in der Wirklichkeit

»Hier?« Irgendwie hatte Leonie das Kunststück fertig gebracht, ihren Gesichtsausdruck auf ein bloßes missbilligendes Stirnrunzeln zu reduzieren – das ihre Großmutter wahrscheinlich nicht einmal bemerkte, denn sie stand seit einer geschlagenen Minute da, starrte auf die Fassade des altehrwürdigen Gebäudes, und auf *ihrem* Gesicht hatte sich ein Ausdruck ausgebreitet, den Leonie nur noch als Verzückung bezeichnen konnte; auch wenn sie diese Begeisterung beim besten Willen nicht verstand. Was sie anging, erfüllte sie der Anblick mit einem Gefühl, das verdächtig nahe an blankes Entsetzen heranreichte.

Leonie räusperte sich. »Hier?«, fragte sie wieder, und diesmal gelang es ihr nicht nur, die Frage mit vollkommen ausdrucksloser Miene zu stellen, sondern sogar den leicht hysterischen Unterton aus ihrer Stimme zu verbannen.

Nicht dass es irgendeinen Unterschied gemacht hätte. Leonie war – zu Recht – stolz auf ihre schauspielerische Leistung, die Großmutter aber gar nicht zur Kenntnis nahm. Sie stand immer noch wie zur Salzsäule erstarrt da, blickte auf die gewaltige Sandsteinfassade dieses jahrhundertealten Monstrums von Haus und schien alle Mühe zu haben, nicht vor lauter Begeisterung die Fassung zu verlieren.

Und zumindest das, dachte Leonie mit einer Mischung aus Resignation und immer noch schwelendem Entsetzen, war etwas, das sie im Moment durchaus gemeinsam hatten: Auch sie selbst stand kurz davor, die Fassung zu verlieren und möglicherweise etwas sehr Dummes zu tun.

Wenn auch aus vollkommen anderen Gründen …

Sie war schon mit einem unguten Gefühl aufgestanden und daran hatte sich seither nichts geändert. Ganz im Gegenteil. Der bloße Anblick dieses Monstrums aus Sandstein und barock erstarrter Zeit flößte ihr Unbehagen ein. Leonie hielt von Vorahnungen ungefähr ebenso viel wie von alter Architektur – aber Tatsache war, dass ihr dieses Gebäude nicht nur Unbehagen einflößte, sondern ihr das intensive Gefühl einer drohenden Gefahr vermittelte. Vielleicht war es besser, dort nicht hineinzugehen …

Unsinn. Leonie hob die Hand, um die juckende Stelle am Kinn zu kratzen, und ließ den Arm dann wieder sinken, ohne die Bewegung zu Ende geführt zu haben. Die Stelle, wo sie das Piercing am Morgen entfernt hatte, juckte nicht nur wie wild, sie tat auch verteufelt weh – und sie war keineswegs sicher, ob sie den kleinen Chromstift so ohne weiteres wieder einsetzen konnte. Und das Allerschlimmste war: Großmutter wusste das Opfer, das Leonie für sie gebracht hatte, nicht einmal zu würdigen.

»Ja, ja, hier«, sagte Großmutter plötzlich. Leonie blinzelte und brauchte ein paar Augenblicke um zu begreifen, dass das die Antwort auf die Frage war, die sie vor einer guten Minute – zweimal! – gestellt hatte. Anscheinend schlug der Anblick des gewaltigen Bibliotheksgebäudes die alte Frau so sehr in seinen Bann, dass sie sich nur mit Mühe auf das konzentrieren konnte, was um sie herum vorging. »Damit hast du nicht gerechnet, wie? Die Überraschung ist mir gelungen, nicht wahr? Sag schon.«

Leonie schluckte ein paarmal, nicht nur um den bitteren Speichel loszuwerden, der sich immer wieder dort sammelte, wo vor ein paar Stunden noch das Piercing gewesen war, sondern vor allem um nicht auszusprechen, was ihr *wirklich* auf der Zunge lag. Sie lächelte gequält. »Stimmt«, antwortete sie. »Damit habe ich wirklich nicht gerechnet.«

Das war nicht einmal gelogen.

Großmutters Gesicht hellte sich auf. Mit deutlicher Anstrengung riss sie sich vom Anblick des riesigen Gebäudes los und wandte sich Leonie zu. Ihre Augen schienen von innen heraus zu leuchten, als sie zu ihrer Enkelin hochsah – und das im buchstäblichen Sinne des Wortes. Leonie – fünfzehn, sportlich, eine gute Schülerin und (nach eigener Einschätzung) verdammt gut aussehend – war alles andere als hoch gewachsen, aber ihre Großmutter reichte ihr trotzdem nur bis zum Kinn.

»Und das Beste kommt erst noch!«, sagte Großmutter. »Die eigentliche Überraschung steht dir erst noch bevor. Wart's nur ab!«

»So, so«, machte Leonie. Sie lächelte – wenigstens hoffte sie, dass ihre Großmutter das gequälte Verziehen der Lippen, zu dem sie sich durchrang, als Lächeln auffassen würde. Ein Lächeln, das ihr umso schwerer fiel, als das unheimliche Gefühl, das dieses Gebäude in ihr erzeugte, mit jedem Moment stärker wurde.

»Du wirst sehen«, versprach Großmutter nochmals. »Komm!« Sie ging los und Leonie erlebte eine weitere Überraschung. Sie kannte ihre Großmutter als zwar agile, aber dennoch *alte* Frau, die sich eher vorsichtig bewegte, um nicht zu sagen: betulich. Jetzt aber eilte sie mit kleinen, trippelnden Schritten so schnell voraus, dass Leonie im ersten Moment Mühe hatte, überhaupt mitzukommen, als gäbe ihr der Anblick des uralten Gemäuers etwas von der Kraft zurück, die ihr die vielen Jahrzehnte abverlangt hatten, die auf ihren schmalen Schultern lasteten.

Leonie runzelte die Stirn, ein wenig verwundert über ihre eigenen Gedanken. Trotzdem beeilte sie sich weiterzugehen, um mit ihrer Großmutter Schritt zu halten. Auf der Mitte der breiten Freitreppe, die zu dem beeindruckenden, von mehr als mannshohen steinernen Säulen flankierten Eingang des Bibliotheksgebäudes hinaufführte, holte sie sie ein, konnte aber trotzdem nicht wirklich langsamer werden. Ihre Großmutter legte ein Tempo vor, das sie immer mehr in Erstaunen versetzte. Noch vor einer knappen Stunde, als sie in den Bus gestiegen waren, hatte Großmutter ihre liebe Not gehabt, die beiden Stufen hinaufzukommen, jetzt schien sie mit jedem Schritt, den sie sich dem Eingang näherten, an Kraft und Schnelligkeit zu gewinnen.

Vielleicht war es ja die Kraft der Erinnerung, überlegte Leonie. Sie selbst hatte mit Büchern nie viel am Hut gehabt – wozu auch in einer Welt, in der es Fernseher, Notebooks, Gameboys, Walkmans und MP3-Player gab? –, aber Großmutter war zeit ihres Lebens von Büchern umgeben gewesen. Sie hatte (großer Gott: vor mehr als *sechzig* Jahren!) eine Lehre als Buchhändlerin abgeschlossen und niemals in einem anderen Beruf gearbeitet. Die kleine Buchhandlung am Stadtrand, von der Leonies Eltern lebten und die sie eines Tages übernehmen sollte, hatte sie vor nahezu einem halben Jahrhundert gegründet, und obwohl sie mittlerweile die achtzig weit überschritten hatte, stand sie auch jetzt noch dann und wann im Laden; und sei es nur, um ein Schwätzchen mit einem Kunden zu halten.

Wobei sie beim Thema waren, dachte Leonie mit einem lautlosen, aber inbrünstigen Seufzer. Natürlich war ihr vollkommen klar, was der *wirkliche* Grund für das immer stärker werdende Gefühl von Unbehagen war, das das uralte Bibliotheksgebäude in ihr erzeugte. Buchhändler. Ihre Eltern erwarteten allen Ernstes, dass sie eine Lehre als *Buchhändlerin* machte und den elterlichen Laden übernahm! Dass ihre Großmutter, die eine alte Frau war und mehr in der Vergangenheit lebte als in der Gegenwart, davon träumte, dass sie als ihre einzige Enkelin den Familienbetrieb in der dritten Generation weiterführte, das konnte Leonie ja noch halbwegs nachvollziehen. Aber ihre Eltern? Sie konnten doch nicht im Ernst annehmen, dass ein modernes, aufgeschlossenes junges Mädchen des einundzwanzigsten Jahrhunderts auch nur die *Möglichkeit* in Betracht zog, den Rest seines Lebens in einem muffigen, kleinen Laden zu verbringen, in den sich an manchen Tagen nur ein einziger Kunde verirrte und in dem es nichts anderes als *Bücher* gab! Noch dazu eine ganz besondere Art von Büchern. Nicht etwa spannende Thriller und Fantasy-Romane von Stephen King, Grisham oder Rowling, sondern uralte Schwarten – Goethe, Kleist, Shakespeare und der ganze Kram, der keinem anderen Zweck diente, als unschuldige Schüler damit zu quälen.

Nein, für Leonie stand fest, dass sie dieses *großzügige* Ansinnen ihrer Eltern ausschlagen würde. Auch wenn Mutters Augen bei der Nachricht ihres bevorstehenden Praktikums vor Freude geleuchtet hatten. Sie war überhaupt nur mit hierher gekommen, um ihrer Großmutter einen Gefallen zu tun. Selbst das bedauerte sie mittlerweile – spätestens seit dem Moment, in dem sie sich das Piercing aus der Unterlippe gezogen hatte und ihr dabei Tränen in die Augen geschossen waren –, aber nun war es zu spät, um noch einen Rückzieher zu machen. Leonie seufzte erneut, und diesmal sogar hörbar. Na schön: Sie würde eben gute Miene zum bösen Spiel machen und den Rest dieses verlorenen Nachmittags auch noch durchstehen. Auch wenn sie beim besten Willen nicht wusste wie.

Als sie das Gebäude betraten, wurde das Gefühl einer drohenden Gefahr für einen Moment so übermächtig, dass Leonie all ihre Kraft aufwenden musste, um nicht auf dem Absatz herumzufahren und einfach davonzurennen. Außerdem wurde es spürbar kühler und Leonie sah überrascht hoch, als sie das Brummen einer Klimaanlage vernahm; nach der brütenden Sommerhitze draußen eine reine Wohltat, mit der sie in einem altehrwürdigen Gebäude wie diesem zu allerletzt gerechnet hätte.

Falsch, dachte sie fast hysterisch. Irgendetwas hier war vollkommen *falsch*.

Überhaupt sah es hier eigentlich nicht so aus, wie sie sich eine Jahrhunderte alte Bibliothek vorgestellt hatte. Der Raum erinnerte sie eher an das Foyer eines Mittelklassehotels aus den Fünfzigerjahren, nur dass er sehr viel größer war. Der Boden war mit schwarz-weißen, hoffnungslos verkratzten Kacheln bedeckt und überall standen schmucklose, rechteckige Tische mit zerschrammten Resopalplatten und dazu passende billige Kunststoffstühle, die aussahen, als wären sie nur zu dem einzigen Zweck entworfen worden, möglichst unbequem zu sein; an zwei oder drei Tischen saßen sogar Leute, die in Büchern lasen oder in Zeitschriften blätterten, die meisten aber waren leer. Es roch auch nicht nach alten Büchern oder Staub, sondern nach Putzmittel. Die dem Eingang gegenüberliegende Wand bestand aus einer beeindruckenden Reihe deckenhoher Milchglastüren, bewacht von einem noch beeindruckenderen Tresen, der das Gefühl, sich in einem heruntergekommenen Hotel zu befinden, noch verstärkte. Ein grauhaariger Mann, der tatsächlich so etwas wie eine Livree trug, stand dahinter und wachte mit Argusaugen darüber, dass niemand die heilige Ruhe des Lesesaales störte.

Großmutter steuerte mit energischen Schritten auf diesen Tresen zu, was offensichtlich das Missfallen des Livreeträgers erweckte, denn auf seinem Gesicht erschien ein Ausdruck, der mindestens so finster war wie Leonies Gedanken. Dann aber hellten sich seine Züge ganz plötzlich auf und ein strahlendes Lächeln breitete sich auf seinem Gesicht aus.

»Aber das ist doch ... Frau Kammer!«

Die beiden letzten Worte hatte er fast geschrien, jetzt kam er mit schnellen, weit ausgreifenden Schritten um seinen Tresen herum, eilte auf Großmutter zu und schloss sie so stürmisch in die Arme, dass er sie fast von den Füßen gerissen hätte.

Irgendetwas stimmte mit seiner Stimme nicht, dachte Leonie. Sie hörte sich ... nicht wirklich an wie eine menschliche Stimme, eher wie das Kratzen einer uralten Schreibfeder auf noch älterem Pergament.

»Frau Kammer!«, rief er immer wieder. »Das ist ja eine Überraschung! Dass wir uns nach so langer Zeit noch einmal wiedersehen!« Plötzlich schien ihm sein eigenes Benehmen peinlich zu werden. Er ließ Großmutter los, trat fast hastig einen Schritt zurück und rang einen Moment lang unbehaglich die Hände. »Das ... ist ja wirklich eine Überraschung«, wiederholte er und räusperte sich. »Womit kann ich Ihnen dienen, meine Gnädigste?«

Meine Gnädigste!, dachte Leonie. Wo war sie hier bloß gelandet?

»Ich würde mich ja liebend gerne mit Ihnen über alte Zeiten austauschen, Albert«, sagte Großmutter lächelnd. »Aber zumindest im Moment passt es schlecht. Wir haben nämlich einen Termin bei Herrn Professor Wohlgemut und ich fürchte, wir sind schon jetzt zu spät dran.«

»Professor Wohlgemut?« Albert sah regelrecht erschrocken aus. Seine Stimme klang immer mehr wie das Kratzen einer alten Feder auf uraltem Papier. Er wirkte hilflos. »Aber ich ... ich weiß gar nicht ...?«

»Ja?«, fragte Großmutter.

Kratz, kratz, kratz.

»Also der Professor ...« Albert druckste kurz herum, dann gab er sich sichtlich einen Ruck. »Ich verstehe.« Er sah Leonie und ihre Großmutter noch einen Moment lang hilflos an und verschwand dann mit schnellen Schritten hinter seinem Tresen und drückte einen Knopf. Ein Summen erklang und eine der Milchglastüren hinter ihm sprang einen Spaltbreit auf.

»Wir finden sicher noch Gelegenheit, in aller Ruhe über alte Zeiten zu plaudern.« Er wies mit einer einladenden Handbewegung auf die offen stehende Tür. »Sie kennen ja den Weg. Ich melde Sie schon mal beim Herrn Professor an.«

Großmutter bedankte sich mit einem Kopfnicken (und einem Lächeln, das sie für einen Moment zwanzig Jahre jünger aussehen ließ) und ging auf die offene Tür zu, und Leonie beeilte sich ihr zu folgen, bevor Albert vielleicht auf die Idee kam, irgendwelche selbst erlebten Geschichten aus dem Dreißigjährigen Krieg zu erzählen.

»Professor Wohlgemut wird dir gefallen«, bemerkte Großmutter, nachdem sie die Tür durchschritten hatten und einen langen, nur matt erhellten Gang mit weiß getünchten Wänden hinuntergingen, von dem zahlreiche Türen abzweigten. Auch hier sah es nicht aus wie in einer Bibliothek, fand Leonie, allerdings auch nicht mehr wie in einem Fünfziger-Jahre-Hotel, eher schon wie in einem hundertfünfzig Jahre alten Krankenhaus. »Er ist ein wirklich guter Freund von mir.«

Großmutter steuerte eine Gittertür ganz am Ende des Flures an, hinter der eine altmodische Liftkabine mit verspiegelten Wänden lag. »Er ist ein sehr netter Mann.« Sie blinzelte Leonie zu. »Und kaum älter als ich. Nicht einmal ganz zehn Jahre, glaube ich.«

»Aha«, sagte Leonie. Bedeutete das, dass sie sich jetzt auch noch selbst erlebte Geschichten von der Schlacht im Teutoburger Wald anhören musste?

»Das Ganze hier gefällt dir nicht, habe ich Recht?«, fragte Großmutter, als sie die Liftkabine betreten hatten und darauf warteten, dass sich das altmodische Gefährt in Bewegung setzte. Leonie wollte widersprechen, aber Großmutter hob rasch die

Hand und schnitt ihr das Wort ab. »Oh, mach mir nichts vor. Ich weiß sehr wohl, dass du nur mitgekommen bist, um mir einen Gefallen zu tun.« Sie lächelte. »Das ist schon in Ordnung, wie ihr jungen Leute heute sagt. Ich erwarte nicht, dass du dich auf irgendetwas einlässt, was du nicht wirklich willst. Tu mir nur einen Gefallen und sieh dir an, was wir dir zeigen. Ist das in Ordnung?«

Leonie sagte gar nichts, sondern starrte ihre Großmutter nur verdattert – und mit einem heftigen schlechten Gewissen – an, aber Großmutter schien ihr Schweigen als Zustimmung zu werten, denn nach ein paar Sekunden nickte sie und drückte den Knopf für die dritte und zugleich oberste Etage und der an drei Seiten verspiegelte Eisenkäfig setzte sich schnaubend und wackelnd in Bewegung. Durch das Gitter, das die Tür bildete, konnte Leonie die anderen Etagen sehen, an denen sie vorüberglitten. Sie unterschieden sich nicht vom Erdgeschoss: lange, weiß gestrichene Flure mit zahlreichen Türen, sonst nichts. Und sie sah kein einziges Buch.

Die Kabine hielt an und Großmutter trat als Erste hinaus und wandte sich nach links. »Da hinten ist das Büro des Professors. Er wird uns herumführen und dir alles zeigen.«

»Hast du früher hier gearbeitet?«, erkundigte sich Leonie.

»Weil ich mich hier auskenne und wegen Albert und dem Professor?« Großmutter schüttelte lächelnd den Kopf. »O nein, ich war immer nur eine kleine Buchhändlerin mit einem noch kleineren Laden, in den sich kaum noch Kunden verirren. Aber wenn man sein Leben mit Büchern verbringt und noch dazu das große Glück hat, in dieser Stadt zu wohnen, dann kann man gar nicht anders, als die Zentralbibliothek kennen zu lernen.«

Sie hatten eine gewaltige zweiflügelige Tür erreicht, die mindestens drei Meter hoch war und aussah, als wöge sie eine Tonne. Großmutter machte auch keine Anstalten, sie zu öffnen, sondern drückte einen Klingelknopf, der an der Wand daneben angebracht war. »Ich finde es einen wunderschönen Gedanken, dass etwas, das ein Mensch vor über hundert Jahren niedergeschrieben hat, noch immer da ist. Der Mensch selbst ist schon lange verschwunden und vielleicht sogar schon vergessen, aber seine Gedanken sind immer noch da. Bücher sind Boten aus der Vergangenheit, weißt du? Botschaften aus der Vergangenheit für die Menschen der Zukunft. Wie kleine Zeitmaschinen.« Sie sah Leonie Beifall heischend an. »Das müsste dir doch gefallen. Das sind doch die Geschichten, die ihr jungen Leute heutzutage lest, oder? Wie nennt ihr sie doch gleich? Zukunftsromane?«

»Science-Fiction«, antwortete Leonie. »Aber Science-Fiction ist out. Heute ist Fantasy angesagt.«

»Fantasie, so.« Großmutter sprach es irgendwie so aus, dass man die deutsche Schreibweise hörte. »Früher nannte man es Märchen, glaube ich. Aber das Wort gefällt mir auch.«

Die Tür wurde geöffnet und eine junge Frau, der man die Sekretärin so deutlich ansah, als hätte sie sich ihre Berufsbezeichnung auf die Stirn tätowieren lassen, blickte Großmutter fragend an. Leonie lächelte ganz automatisch, aber sie war auch ein ganz kleines bisschen verwirrt: Abgesehen von dem Altersunterschied (der gute sechzig Jahre betragen musste) hätte die junge Frau eine Schwester ihrer Großmutter sein können.

Kratz, kratz, kratz. Etwas ... *veränderte* sich. Lautlos, aber nachhaltig.

»Guten Tag«, begann Großmutter. »Der Herr Professor erwartet uns.«

»Professor Wohl...« Das Gesicht der Sekretärin hellte sich auf. »Sie müssen Frau Kammer sein. Ja, der Herr Professor hat mich informiert.« Sie trat einen halben Schritt zurück und machte eine einladende Handbewegung. »Wenn Sie einen Moment hereinkommen, erkläre ich Ihnen den Weg.«

Großmutter trat auf die Tür zu, aber als Leonie ihr folgen wollte, machte die dunkelhaarige junge Frau eine knappe, aber sehr entschiedene Bewegung. In ihren Augen blitzte etwas auf, das an blanken Hass grenzte.

Aber auch eine Spur von Furcht ...

»Es tut mir Leid«, sagte sie. »Aber Unbefugten ist das Betreten der Verwaltungsräume streng verboten.«

»Was soll denn der Unsinn?«, murrte Leonie. »Haben Sie Angst, dass ich …«

Sie verstummte, als sie einen mahnenden Blick aus Großmutters Augen auffing. Wäre sie allein gewesen, hätte sie dieser eingebildeten Tussi gehörig die Meinung gesagt, aber sie wollte Großmutter nicht in Verlegenheit bringen. So beließ sie es bei einem Achselzucken und einem trotzigen Blick und trat wieder zurück. Ihre Großmutter stand jetzt im Türrahmen und Leonie sah sich gelangweilt um. Sie hoffte, dass es nicht zu lange dauerte. Andererseits – dieser Tag war sowieso im Eimer. Was machten da schon ein paar Minuten?

Alles.

Die Erkenntnis erschien so deutlich in ihren Gedanken, als hätte sie jemand mit einer glühenden Stahlfeder auf die Innenseite ihrer Stirn tätowiert. Ganz egal, was geschah – ihre Großmutter *durfte* nicht durch diese Tür treten. Gerade als die Sekretärin die Tür hinter sich schließen wollte, streckte Leonie die Hand aus und riss sie mit aller Kraft zurück.

»Nein!«, schrie sie. »Geh nicht dort hinein!«

Ihre Großmutter, die schon fast eingetreten war, hielt mitten in der Bewegung inne und drehte sich verwirrt zu ihr um. »Aber Kind!«, rief sie. »Was ist denn nur los mit dir?«

Die Sekretärin sah nicht verwirrt aus. Ihre Augen sprühten vor Hass. Aber sonderbarerweise sagte sie nichts, sondern griff nur ihrerseits nach der Türklinke und versuchte die Tür ins Schloss zu ziehen. Ihre Kraft war erschreckend. Etwas an ihr … *veränderte* sich. Für einen winzigen, aber entsetzlichen Moment schien zuerst ihr Gesicht, dann ihre ganze Gestalt auf unheimliche Weise an Substanz zu verlieren, als begänne etwas anderes, durch und durch Fremdes und Feindseliges unter der vertrauten menschlichen Erscheinung Gestalt anzunehmen, und ein Gefühl fast übermächtiger Furcht schloss sich um Leonies Herz und presste es zusammen. Sie bekam keine Luft mehr. Sie *kratz, kratz, kratz* wollte nichts mehr, als auf der Stelle herumfahren und von hier verschwinden, so schnell und so weit weg, wie sie nur konnte, aber das *kratz, kratz, kratz* durfte sie nicht. Etwas unvorstellbar Schreckliches würde geschehen, wenn sie zuließ, dass ihre Großmutter auch nur einen Fuß in den Raum hinter dieser Tür setzte. Statt loszulassen stemmte sie sich nur noch mit größerer Kraft gegen den Griff *des Archivars* der Sekretärin und versuchte gleichzeitig mit der anderen Hand ihre Großmutter wieder zu sich auf den Flur hinauszuziehen.

»Aber Leonie!«, keuchte Großmutter. »Was ist denn nur plötzlich in dich gefah…«

Weder die vermeintliche Sekretärin noch Leonie wollte loslassen, und obwohl *der Archivar* Wohlgemuts Sekretärin mit schier übermenschlicher Gewalt an der Türklinke zerrte, kämpfte Leonie auf der anderen Seite mit der absoluten Kraft der Todesangst, mit der sie die bloße Vorstellung erfüllte, ihre Großmutter könnte in jenen schrecklichen Raum treten.

Schließlich war es die altersschwache Türklinke, die kapitulierte.

Irgendetwas im Inneren der Tür zerbrach. Die Sekretärin riss ungläubig die Augen auf und taumelte zurück, als sie plötzlich nur noch die abgebrochene Hälfte der Türklinke in der Hand hielt, kämpfte für einen Moment mit wild rudernden Armen um ihr Gleichgewicht und stürzte dann zu Boden, und zugleich stolperten Leonie und ihre Großmutter in die entgegengesetzte Richtung und wieder endgültig auf den Flur hinaus. Die Tür schwang knarrend auf und gab den Blick auf den dahinter liegenden Raum frei.

Nur dass es nicht das Büro des Bibliotheksleiters war.

Es war überhaupt kein Büro. Es war nicht einmal ein *Zimmer.*

Leonie starrte aus ungläubig aufgerissenen Augen auf den gewaltigen, aus uraltem, moderndem Ziegelstein gemauerten Saal, der sich da auftat, wo sie ein altmodisch eingerichtetes Büro erwartet hatte. Der Raum war gigantisch, mit einer turmhohen Decke, die von riesigen Spitzbögen getragen wurde, und voll von unheimlichen … *Dingen,* die an grobschlächtige Maschinen erinnerten, deren Zweck Leonie nicht einmal zu erraten vermochte. Ein flackerndes blassgrünes Licht, das aus dem Nirgendwo zu kommen schien, erhellte die gespenstische Szenerie, und in der Luft lag ein durchdringender, heißer Geruch nach Marzipan.

Die Sekretärin stand auf, aber sie war nun keine Sekretärin mehr.

Vor Leonie stand eine unheimliche, fast nur als Schatten erkennbare Gestalt, die einen schwarzen Kapuzenmantel trug, ein Schemen, riesig und düster, mit den Umrissen eines Menschen, aber gleichzeitig anders als ein Mensch, vollkommen *anders* und *un*menschlich.

»Du!«, keuchte Großmutter. »Aber das kann doch nicht sein! Nicht nach all den …« Ihre Stimme versagte. Alle Farbe wich aus ihrem Gesicht und mit einem Mal wirkte sie unendlich alt und müde.

Komm zu mir, befahl der Archivar. Er streckte die Hand aus, und Leonie konnte spüren, wie sein Wille wie eine unwiderstehliche Woge über ihrer Großmutter zusammenschlug und *kratz, kratz, kratz, das Geräusch einer altertümlichen Schreibfeder auf uraltem Pergament* ihren eigenen Willen einfach brach und *kratz, kratz, kratz. Der Archivar kommt näher. Die Kräfte ihrer Großmutter beginnen jetzt immer rascher zu erlahmen. Leonie weiß, dass sie ihn nur noch für ein paar Sekunden aufhalten kann, und ihre Feder fährt immer hastiger über das Papier, löscht Buchstaben aus und fügt andere hinzu. Das Ungeheuer hat sie jetzt fast erreicht. Sie kann spüren, wie es die Hand nach ihr ausstreckt, aber sie wagt es nicht, den Blick von den brüchigen Seiten des uralten Buches zu nehmen, sondern* die Sekretärin fuhr sich mit einer verwirrten Geste durch das kurz geschnittene blonde Haar und maß Leonie mit einem Blick, in dem sich Verwirrung und mühsam zurückgehaltener Ärger ein stummes Duell lieferten.

»Also, ich weiß wirklich nicht, ob …«, begann sie.

»Bitte entschuldigen Sie das Benehmen meiner Enkelin«, sagte Großmutter verlegen. »Die jungen Leute heute … Sie wissen ja.«

Dem Gesichtsausdruck der jungen Frau nach zu urteilen, wusste sie ganz eindeutig *nicht*, was Großmutter meinte, aber sie beließ es bei einem Achselzucken und wechselte das Thema.

»Also gut«, sagte sie. »Ich habe ohnehin noch viel zu tun und Sie kennen sich ja hier aus. Der Professor ist im großen Lesesaal. Finden Sie den Weg?«

»Selbstverständlich«, antwortete Großmutter hastig. Sie warf Leonie einen halb verwirrten, halb vorwurfsvollen Blick zu. »Gehen Sie ruhig an Ihre Arbeit. Ich finde mich schon zurecht.«

Noch einmal, ein allerletztes Mal, sah die Sekretärin Großmutter unschlüssig (und fast ein bisschen wütend) an, aber dann zuckte sie wortlos mit den Schultern und drehte sich auf dem Absatz um. Die Tür flog mit einem dumpfen Knall hinter ihr ins Schloss. *Der Archivar hat sie erreicht, aber er hat so wenig Macht über sie, wie sein Körper noch Substanz besitzt. Als seine grässlichen Hände Leonie berühren, sind sie nicht mehr als Schatten. Und einen Augenblick später gänzlich verschwunden.*

Mit einer ärgerlichen Bewegung fuhr Großmutter zu Leonie herum. »Was sollte denn das?«, fragte sie. »Musstest du unbedingt …« Sie brach ab, runzelte die Stirn und sah erst Leonie, dann die geschlossene Tür hinter sich und dann wieder ihre Enkelin nachdenklich an. Ein Ausdruck zwischen Bestürzung und maßlosem Entsetzen erschien auf ihrem Gesicht.

»Was wolltest du sagen?«, fragte Leonie.

»Nichts«, antwortete Großmutter. Sie strich sich eine Strähne ihres dünnen, grauen Haares zurück, die ihr in die Stirn gerutscht war, und fuhr in der gleichen Bewegung glättend über ihre Kleidung. Sie wirkte ein bisschen zerrupft, fand Leonie.

Großmutter wandte sich um und bedeutete Leonie mit einer entsprechenden Handbewegung, ihr zu folgen. Sie ging den Flur in umgekehrter Richtung zurück, am Lift vorbei und durch mehrere Türen, und mit jeder Tür, die sie durchschritten, konnte sie ein bisschen besser verstehen, was Großmutter gerade gemeint hatte, als sie von einer Zeitmaschine sprach. Es war tatsächlich wie eine kleine Zeitreise, denn sie bewegten sich eindeutig mit jedem Schritt ein winziges Stückchen weiter in die Vergangenheit. Die Türen wurden älter und hatten jetzt schwere, kunstvoll geschmiedete Griffe und Beschläge aus Messing, die ausgetretenen

Bodendielen, über die sie gingen, knirschten unter ihren Füßen, und unter den Decken hingen keine Neonröhren mehr, sondern schimmernde Kristalllüster; und dann öffnete Großmutter eine letzte Tür und der Schritt hindurch schien endgültig der in ein lange zurückliegendes Jahrhundert zu sein.

Leonie war noch nie hier gewesen, aber ihr war sofort klar, dass das der große Saal sein musste, von dem Großmutter erzählt hatte – wobei die Betonung eindeutig auf dem Wort *groß* lag.

Sie war niemals in einem größeren Raum gewesen und sie hatte niemals mehr Bücher an einem Ort versammelt gesehen. Leonie schätzte, dass der Saal mindestens dreißig, wenn nicht vierzig oder mehr Meter lang war, gute fünfzehn Meter breit und dort, wo sich die Decke zu einem kunstvoll aus farbigem Glas gestalteten Kuppeldach emporschwang, mindestens zehn Meter hoch, wenn nicht mehr. In einer fast schon erschreckend großen Anzahl gläserner Vitrinen waren besonders kostbare Bücher und Handschriften ausgestellt, aber eine schier unvorstellbare Menge von Büchern – Zehn-, wenn nicht Hunderttausende! – war in endlosen Reihen von Regalen untergebracht, die jeden Zentimeter der Wände beanspruchten und sich bis unter die Decke hinaufzogen. Auf halber Höhe – in drei bis fünf Metern, schätzte Leonie – lief eine Galerie mit einem kunstvoll geschnitzten Holzgeländer entlang und auch dort standen Bücher, Bücher, Bücher.

»Na?«, fragte Großmutter. Ihre Augen leuchteten. »Habe ich zu viel versprochen?«

Irgendwie wirkte sie immer noch ein bisschen unsicher, fand Leonie. Und auch sie selbst fühlte sich irgendwie … *irreal.* Aber es war ihr nicht möglich, das Gefühl in Worte zu kleiden. Irgendetwas hier war … *falsch.* Aber auf eine vollkommen absurde Art … *richtig* falsch.

Leonie schüttelte wortlos den Kopf und den ehrfürchtigen Ausdruck, der sich dabei auf ihrem Gesicht breit machte, musste sie dieses Mal nicht einmal schauspielern. Sie *war* beeindruckt, und das weit mehr, als sie sich selbst erklären konnte. Es war ja keineswegs so, als wäre sie das erste Mal in einer Bibliothek. Dass sie Discman und MP3-Player gedruckten Büchern vorzog, änderte nichts daran, dass sie praktisch in einer Buchhandlung aufgewachsen war und schon mehr als eine *wirklich große* Bibliothek gesehen hatte.

Aber das hier war … anders.

Leonie konnte den Unterschied gar nicht richtig in Worte fassen, aber er war da, und er war einfach zu deutlich, um ihn mit einem bloßen Achselzucken abzutun.

Es begann mit dem Geruch. Es roch nach Büchern, aber eben nicht nur. Da war noch mehr; etwas, von dem Leonie ganz genau wusste, dass sie es noch nie zuvor gerochen hatte, und das ihr trotzdem auf fast schon gespenstische Weise vertraut war. Vor allem aber verstand sie plötzlich ganz genau, was ihre Großmutter vorhin hatte sagen wollen. Sie spürte plötzlich, dass all diese Bücher rings um sie herum viel mehr als nur eine gewaltige Masse bedruckten Papiers waren. Leonie weigerte sich selbst jetzt noch in Gedanken, das Wort zu benutzen, aber im Grunde wusste sie sehr wohl, was es war, das sie für einen Moment wie erstarrt innehalten und erschauern ließ: Ehrfurcht.

»Da hinten ist der Professor!« Großmutters Stimme riss Leonie zurück in die Wirklichkeit, aber etwas von dem sonderbaren Gefühl, das sie für einen Moment überkommen hatte, blieb.

Nur dass es ihr jetzt fast ein bisschen unheimlich war.

Leonie versuchte ihre Gedanken zu ordnen, während sie ihrer Großmutter folgte, die lächelnd einem Mann entgegenging, bei dem es sich einfach um den Professor handeln *musste:* Er sah aus, als wäre er mindestens fünfhundert Jahre alt, und war auf eine Weise gekleidet, die an jedem anderen Platz der Welt einfach nur lächerlich gewirkt hätte, nur eben hier nicht. Er trug braune Cordhosen und ein abgewetztes, beigefarbenes Samtjackett, dessen Ellbogen und Manschetten mit kleinen Lederflicken verstärkt waren, eine altmodische Fliege und eine gewaltige Hornbrille, deren Gläser dicker zu sein schienen als die Böden von Cola-Flaschen. Er war fast kahlköpfig, aber die wenigen Haare, die ihm verblieben waren, hatte er sich lang wachsen lassen und zu einem albernen Pferdeschwanz zusammengebunden, der kaum so dick wie ein Babyfinger war. Wäre Leonie nicht viel zu sehr damit beschäftigt gewesen, sich über ihre eigenen Gedanken zu wundern, dann wäre sie bei seinem Anblick wahrscheinlich in schallendes Gelächter ausgebrochen.

Aber da war noch etwas, das beinahe noch unheimlicher war. Obwohl sie wusste, dass es ganz und gar ausgeschlossen war, hatte sie das sichere Gefühl, den Professor zu *kennen.*

Gleichzeitig hatte sie fast Mühe, mit ihrer Großmutter Schritt zu halten, ohne über ihre eigenen Füße zu stolpern. Sie verstand einfach nicht, was mit ihr los war. Seit sie dieses sonderbare Gebäude betreten hatte, wandelten ihre Gedanken auf Pfaden, die ihr so unbekannt und vor allem unverständlich waren wie die einer Fremden.

Wohlgemut hatte Großmutter mittlerweile ebenfalls entdeckt und eilte ihr mit einem strahlenden Lächeln entgegen. Leonie hörte nicht hin, aber man konnte gar nicht übersehen, dass die beiden sich wie gute alte Freunde begrüßten. Danach wandte sich Wohlgemut an sie.

»Du musst Leonida sein. Deine Großmutter hat mir sehr viel von dir erzählt, aber ich glaube, das wäre gar nicht nötig gewesen. Weißt du, dass du ganz genauso aussiehst wie sie in deinem Alter?«

Leonie verzog das Gesicht. Sie hasste es, wenn sie mit dem Namen angesprochen wurde, der in ihrer Geburtsurkunde stand. Sie hasste auch ihre Eltern dafür, sie auf diesen Namen getauft zu haben. Wenigstens manchmal.

»Leonie«, entgegnete sie, während sie widerstrebend Wohlgemuts ausgestreckte Hand ergriff und sie schüttelte. »Meine Freunde nennen mich Leonie.« Sie starrte Wohlgemut an. Auf eine gespenstische Weise war ihr der greise Professor so vertraut, als kenne sie ihn schon seit Jahren.

»Du willst also in die Fußstapfen deiner Großmutter und deiner Eltern treten und ebenfalls Buchhändlerin werden«, sagte Wohlgemut. »Das freut mich aufrichtig, Leonie. Dass Kinder eine so alte Familientradition fortführen, kommt heute leider nur noch selten vor.«

»Ganz so weit sind wir noch nicht«, sprang ihre Großmutter ihr bei. »Im Moment geht es nur um ein Praktikum von zwei Wochen.«

»Und da haben Sie natürlich an die Zentralbibliothek gedacht, meine Liebe.« Wohlgemut lächelte geschmeichelt. »Eine sehr kluge Entscheidung. Wir nehmen zwar eigentlich seit Jahren keine Praktikanten mehr auf, aber in diesem Fall kann ich sicher eine Ausnahme machen.« Er wandte sich direkt an Leonie. »Falls die junge Dame überhaupt Interesse hat, heißt das.«

Leonie machte eine Bewegung, die irgendwo zwischen einem Kopfschütteln, einem Nicken und einem Achselzucken angesiedelt war und deren eigentliche Bedeutung sich Wohlgemut selbst aussuchen konnte.

»Vielleicht beginnen wir mit einem kleinen Rundgang durch die Bibliothek«, schlug Wohlgemut vor. »Möglicherweise änderst du deine Meinung ja noch, wenn du erst einmal alles gesehen hast.«

»Es lohnt sich wirklich«, versprach Großmutter. »Professor Wohlgemuts Führungen waren früher legendär, aber seit ein paar Jahren veranstaltet er sie nur noch für ganz ausgesuchte Gäste.«

Und wie sich zeigte, war das keineswegs übertrieben. Es fiel Leonie am Anfang verständlicherweise schwer, Wohlgemuts Erklärungen und Ausführungen zu folgen, aber nach und nach schlugen sie seine Worte doch in ihren Bann. Was Wohlgemut erzählte, war einfach zu interessant – selbst für jemanden, der Bücher normalerweise nur dazu benutzte, Fliegen zu erschlagen oder sie hoch genug aufzustapeln, damit man sie als Leiter benutzen konnte, um an die CDs auf dem obersten Regalbrett heranzukommen.

Sie erfuhr, dass die Bibliothek offiziell schon seit mehr als dreihundert Jahren existierte, in Wirklichkeit aber sehr viel älter sein musste. Niemand wusste genau, wann die ersten Mönche angefangen hatten, uralte Handschriften und Pergamente in den

Mauern des Klosters zu sammeln, das früher einmal an dieser Stelle gestanden hatte, aber die Vermutungen reichten von fünfhundert Jahren bis zurück in eine Zeit, in der noch keltische Druiden über dieses Land geherrscht hatten. Seit dem siebzehnten Jahrhundert jedenfalls war das die Zentralbibliothek des ganzen Landes.

»Und wie viele Bücher haben Sie hier?«, fragte Leonie, als Wohlgemut – nach einer geschlagenen Stunde! – am Ende seines Vortrags angelangt war. Sie befanden sich auf einer der Galerien, die auf halber Höhe um den gesamten Raum herumführten, und Leonie hatte die Frage im Grunde nur gestellt, um Wohlgemuts endlosen Redefluss wenigstens für einen Moment zu unterbrechen. Was er zu erzählen hatte, war wirklich interessant, aber es war einfach zu *viel.* Leonie schwirrte der Kopf von all den Zahlen und Daten, mit denen der Professor sie zugeschüttet hatte.

»So ungefähr zweihunderttausend«, antwortete Wohlgemut stolz.

»Das ist eine Menge«, sagte Leonie automatisch, dann stutzte sie. »Äh … Moment. Großmutter hat erzählt, dass hier seit hundert Jahren ein Exemplar jedes Buches aufbewahrt wird, das im Land erscheint.«

»Seit hundertfünfzehn, um genau zu sein«, verbesserte sie Wohlgemut und blinzelte ihr zu. »Und auch jeder einzelnen Zeitschrift. Und jetzt wunderst du dich, weil es doch eigentlich viel mehr sein müssten in all der Zeit.« Er nickte heftig, um seine eigene Frage gleich zu beantworten. »Die zweihunderttausend sind natürlich nur die Exemplare, die wir hier oben aufbewahren, im historischen Teil der Bibliothek: alte Handschriften, unersetzliche Originale und sehr seltene Ausgaben. Alles andere lagern wir unten im Zentralarchiv im Keller.«

»Das muss aber ein wirklich großer Keller sein«, bemerkte Leonie. »Ich meine: Es müssen doch ein paar Millionen Bücher sein!«

»Viele Millionen sogar«, bestätigte Wohlgemut. Er lächelte geheimnisvoll. »Aber es ist auch ein wirklich großer Keller. Ich zeige ihn dir später einmal. Für heute sollten wir uns auf den historischen Teil konzentrieren, meine ich. Wir haben ja später Zeit genug und hier oben gibt es noch eine Menge interessanter Dinge. Da fällt mir ein …«, er wandte sich zu Großmutter um, »… erinnern Sie sich noch an die Handschrift von Walther von der Vogelweide, nach der ich so lange gesucht habe, meine Liebe?«

»Mehr als zehn Jahre, wenn ich mich richtig erinnere«, antwortete Großmutter. »Sagen Sie nicht, Sie haben sie bekommen?«

»Vor zwei Monaten«, bestätigte Wohlgemut. Er strahlte wie ein undichtes Atomkraftwerk. »Wollen Sie sie sehen?«

»Was für eine Frage!?«, rief Großmutter.

»Und du?«, wandte sich Wohlgemut an Leonie.

Walther von der Vogelweide? Leonie verspürte einen kurzen, aber heftigen Anfall blanken Entsetzens. »Nicht … unbedingt«, antwortete sie vorsichtig. »Haben Sie vielleicht etwas von King da? Oder Clive Barker oder Jason Dark?«

Wohlgemut wirkte jetzt für einen Moment so hilflos, dass er Leonie beinahe Leid tat, aber nur beinahe. »Unten im Zentralarchiv sicher«, meinte er schließlich. »Aber hier …«

»Schon gut«, sagte Leonie. »Geht ihr nur ruhig zu eurer Handschrift. Ich warte so lange. Es gibt hier ja genug interessante Dinge, die ich mir ansehen kann. Bücher zum Beispiel.«

»Wunderbar!« Wohlgemut rieb sich begeistert die Hände. »Kommen Sie, meine Liebe, kommen Sie. Ich freue mich schon seit Monaten darauf, Ihnen dieses Prachtexemplar zeigen zu können!«

Er hielt Großmutter den Arm hin und sie hakte sich bei ihm unter – ganz perfekter Gentleman und feine Lady gingen sie über die Galerie davon und die Treppe hinunter und Leonie blieb allein zurück. Zunächst war sie fast erleichtert, endlich einen Moment Ruhe zu haben, aber schon nach wenigen Minuten kam es ihr als eine gar nicht mehr so gute Idee vor, ganz allein hier zurückgeblieben zu sein, nur in Gesellschaft von *Büchern.* Sie kannte ihre Großmutter. Wenn sie erst einmal anfing sich für ein bestimmtes

Buch zu interessieren – oder gar für eine so kostbare Handschrift wie die, von der der Professor geschwärmt hatte! –, dann konnte es gut sein, dass sie alles andere um sich herum einfach vergaß; einschließlich ihrer Enkeltochter. Wenn sie Pech hatte, dann konnte sie eine Stunde hier oben warten oder auch zwei.

Aber das hatte sie sich schließlich selbst eingebrockt.

Leonie seufzte tief, drehte sich um und ließ ihren Blick über die Rücken der dicht an dicht stehenden Bücher schweifen. Einige davon waren so alt, dass die Schrift längst verblichen und unleserlich geworden war, und Leonie argwöhnte, dass das bei dem einen oder anderen Band nicht nur auf das Äußere zutraf.

Sie drehte sich weiter und hielt inne, als ihr Blick auf einen Riss zwischen zwei der schweren, handgeschnitzten Bücherregale fiel. Eigentlich war es gar kein Riss, sondern ein Spalt von gut zwei Fingern Breite, und als Leonie näher trat, spürte sie, wie ihr ein kühler Lufthauch entgegenkam. Zögernd legte sie die Hand darauf und das gesamte Regal bewegte sich knirschend ein Stück nach innen. Leonie machte einen erschrockenen Schritt zurück und hätte am liebsten über ihre eigene Reaktion gelacht. Der Riss war kein Riss, so wenig wie das Regal ein einfaches Bücherregal war, vielmehr handelte es sich um eine Art Geheimtür, die in einen Raum dahinter zu führen schien, aus dem ein grauer, flackernder Lichtschein drang.

Urplötzlich war ihr Forscherdrang geweckt. Leonie sah sich noch einmal nach rechts und links um – nicht dass sie wirklich glaubte, etwas Verbotenes zu tun, aber so war es einfach spannender –, dann trat sie erneut an das Regal heran und drückte dagegen.

Angesichts des enormen Gewichtes, das die mindestens hundertfünfzig bis zweihundert Bücher auf die Regalbretter brachten, bewegte sich die Geheimtür überraschend leicht. Mit einem leisen, aber durchdringenden Quietschen schwang sie nach innen und Leonie trat mit klopfendem Herzen in den dahinter liegenden Raum.

Der voller Bücher war.

Leonie blieb geschlagene zehn Sekunden völlig reglos stehen und tat nichts anderes, als sich unbeschreiblich blöd vorzukommen. Was hatte sie denn erwartet in einer Bibliothek? Den Schatz der Nibelungen vielleicht? Sie schüttelte den Kopf, lächelte über ihre eigene Naivität und wollte sich umdrehen, um den Raum wieder zu verlassen, überlegte es sich dann aber anders und machte stattdessen einen weiteren Schritt hinein. Wenn sie schon einmal hier war, konnte sie sich ebenso gut auch noch ein bisschen umsehen.

Sie rechnete allerdings nicht ernsthaft damit, irgendetwas Außergewöhnliches zu entdecken. Wohlgemut hatte Worte wie *kostbar*, *einzigartig* und *unersetzlich* zwar äußerst verschwenderisch benutzt, aber sie glaubte nicht, dass die wirklich wertvollen Bücher in einer so staubigen Kammer aufbewahrt wurden. Ganz davon abgesehen, dass sie ein kostbares Buch selbst dann nicht erkennen würde, wenn es ihr vor die Füße fiele. Außerdem war es in der Kammer so dunkel, dass sie ohnehin nicht viel sehen konnte. Fast der gesamte vorhandene Platz wurde von bis unter die Decke reichenden Bücherregalen eingenommen, und die Scheiben des einzigen kleinen Fensters waren so verdreckt, dass das hereinfallende Licht zu einer Art grauem Nebel wurde, in dem sich die Umrisse der Dinge fortwährend auf schwer greifbare, aber beunruhigende Weise zu verändern schienen.

Nein, dachte Leonie schaudernd, das war gewiss nicht der Ort, um auf Großmutters Rückkehr zu warten.

Irgendetwas raschelte. Leonie blieb noch einmal stehen und kniff die Augen zusammen, um in dem sonderbar milchigen Licht hier drinnen mehr erkennen zu können. Sie war sich jetzt ganz sicher: Irgendetwas bewegte sich in dem schattendurchwobenen Halbdunkel zwischen ihr und dem schmutzigen Fenster, etwas, das dort absolut nicht hingehörte. Für einen Augenblick war es ihr, als sähe sie dem eleganten Tanz verspielter, kleiner Schattenwesen zu, die einander umkreisten und immer wieder im letzten Moment zurückwichen, bevor sie sich wirklich berührten, und für die Dauer eines Atemzugs hatte sie das unheimliche Gefühl, ein sonderbares

Geräusch zu hören, wie das Scharren einer altmodischen Goldfeder auf noch altmodischerem Pergamentpapier.

Kratz, kratz, kratz.

Das Geräusch weckte eine Anzahl sonderbar unangenehmer Assoziationen in Leonie, die sie sich zwar nicht erklären konnte, die ihr aber schwer zu schaffen machten. Da war irgendetwas mit Wohlgemuts Sekretärin gewesen, das sie auf keinen Fall hätte vergessen dürfen. Darüber hinaus beunruhigte sie der Nachhall einer weit größeren Unstimmigkeit, die mit der Tür zu Wohlgemuts Büro zu tun hatte, und vor allem mit dem, was *dahinter* lag, aber auch dieser Gedanke entschlüpfte ihr, bevor sie danach greifen oder ihn gar *festhalten* konnte.

Und dann war da für einen kleinen Moment der Irrealität nur noch dieses geisterhafte Kratzen und Schaben und schließlich ein Geräusch, als würde eine Seite in einem uralten, großen Buch umgeschlagen.

Leonies Gesicht verdüsterte sich, als sich ihre Augen vollends an das dämmerige Zwielicht hier drinnen gewöhnt hatten und sie die Ursache für die merkwürdigen Kratzgeräusche erkannte: Nicht weit von ihr befand sich ein altertümliches Stehpult, das an jedem anderen Ort auf der Welt ebenso antiquiert wie fehl am Platze gewirkt hätte. Es war nicht besonders groß, so als wäre es nicht für einen Erwachsenen, sondern speziell für ein Kind oder einen zwergwüchsigen Menschen angefertigt worden. Trotzdem hatte sein momentaner Benutzer alle Mühe, daran zu arbeiten, denn er war gute anderthalb Köpfe kleiner als Leonie, sodass er sich auf die Zehenspitzen stellen und weit nach vorne beugen musste, um überhaupt an das Buch zu gelangen, das auf der abgeschrägten Platte des Stehpultes lag.

Leonie fuhr entsetzt zusammen, als sie sah, was die kleinwüchsige Gestalt in dem langen Kapuzenmantel da tat.

»*Maus*«, keuchte sie vollkommen überrascht, als sie erkannte, *wer* in dem Kapuzenmantel steckte; jemand, der hier überhaupt nicht hingehörte, nicht in die Zentralbibliothek und schon gar nicht in einen Raum, der verborgen hinter einer Geheimtür lag.

»Bist du jetzt endgültig verrückt geworden? Was machst du da? Und wie kommst du überhaupt hierher?«

Ihr Bruder – der in Wahrheit natürlich nicht *Maus* hieß, wegen seines zarten Körperbaus und seines quirligen Wesens aber von jedermann so genannt wurde, manchmal sogar von ihren Eltern – richtete sich hinter dem Schreibpult auf und trat einen halben Schritt zur Seite. Leonie war mit einer hastigen Bewegung bei ihm – und riss ebenso verblüfft wie peinlich berührt die Augen auf. Die Platte des antiquierten Schreibpultes war leer. Dabei hätte sie schwören können, dass sie ein aufgeschlagenes, uraltes Buch darauf liegen gesehen hatte.

»Was ist denn los, Schwesterherz?«, fragte Maus harmlos.

Leonie blickte irritiert von ihm zu dem leeren Pult und wieder zurück. »Du kannst doch nicht einfach wie ein Dieb hier eindringen und in einem dieser alten Bücher herumkritzeln«, murmelte sie. »Wohlgemut trifft glatt der Schlag.«

»Hä?«, machte Maus.

Für ihren leicht depperten Bruder war das eigentlich schon eine hochintelligente Antwort, fand Leonie – wäre da nicht das gehässige Glitzern in seinen Augen gewesen, das in Leonie den Verdacht weckte, dass die kleine Pestbeule ihr nicht nur in die Zentralbibliothek gefolgt war, sich hier versteckt und an Dingen zu schaffen gemacht hatte, die sie überhaupt nichts angingen, sondern mehr ausgefressen hatte. Manchmal waren kleine Brüder noch schlimmer als uralte, vertrocknete Männer!

»Was tust du hier überhaupt?«, fragte sie unsicher – und hauptsächlich auch nur, um von ihrer eigenen seltsamen Bemerkung bezüglich des Buches abzulenken. Dabei konnte sie allerdings nicht verhindern, dass ihr Blick noch einmal und gänzlich ohne ihr Zutun über die verschrammte, ansonsten aber vollkommen *leere* Platte des Stehpultes glitt. Sie hätte *schwören* können, dass dort ein Buch gelegen hatte!

Etwas raschelte und neben ihrem Bruder tauchte ein pelziges, rundes Katzengesicht auf, bevor Maus auf ihre Frage antwortete. Leonies stieß ein erschrockenes Keuchen aus. Dabei hätte sie eigentlich gar nicht überrascht sein dürfen. Mausetod folgte ihrem Bruder wie ein Hund auf Schritt und Tritt. Maus bewegte sich praktisch keinen Zentimeter ohne den flohverseuchten wandelnden Bettvorleger – aber ihn ausgerechnet hierher mitzubringen, wo er selbst nichts verloren hatte, das war wirklich dreist!

»Ich wollte mal nachsehen, wo du in Zukunft deine Tage verbringst, Schwesterherz«, griente Maus. Leonie hasste es, wenn er sie *Schwesterherz* nannte – vermutlich der einzige Grund, aus dem er es tat, denn normalerweise wäre er viel zu faul gewesen, ein so langes Wort auszusprechen. »Mutter hat mir gesagt, dass du mit Oma hierher gefahren bist.«

Beim Klang des Wortes *Mutter* durchfuhr Leonie ein intensives Gefühl von Erleichterung, das ihr wie ein warmer, wohliger Schauer über den Rücken lief und für sie absolut unerklärlich war. Verwirrt sah sie sich in der winzigen, mit Büchern voll gestopften Kammer um. Nein, diese Umgebung übte eindeutig keinen guten Einfluss auf sie aus.

»Ich werde nicht *meine Tage hier verbringen*«, sagte sie betont, »sondern nur ein Praktikum. Vielleicht«, fügte sie nach einem merklichen Zögern hinzu.

Maus war klug genug, sich jeden Kommentar zu verkneifen, aber Leonie fand, dass ein einziger Blick in sein unverschämtes Grinsegesicht vollkommen reichte.

Leonie betrachtete den frischen Kratzer auf der Nase ihres Bruders, der von seiner letzten Balgerei mit Mausetod herrührte, und erwog einen Moment lang ernsthaft die verschiedenen Möglichkeiten, der Schramme noch ein wenig Gesellschaft zu verpassen, ohne den heiligen Zorn ihrer Eltern herabzubeschwören, denn selbstredend war Maus nicht nur das Nesthäkchen der Familie, sondern genoss auch absolute Narrenfreiheit, seit er im Alter von zwei Jahren schwer krank geworden war und beinahe gestorben wäre.

»Also ich finde, der Laden passt zu dir«, sagte Maus hämisch. »Alt, verstaubt und furztrocken.«

»Das habe ich gehört, junger Mann«, rief eine strenge Stimme von der Tür her. Leonie drehte sich überrascht um und erblickte ihre Großmutter, die halb hereingekommen war, ohne dass Maus oder sie es bemerkt hätten. Für eine Frau ihres Alters vermochte sie sich manchmal mit schon unheimlicher Leichtfüßigkeit zu bewegen.

»Du weißt, dass ich solche unflätigen Ausdrücke nicht mag«, fuhr sie fort und hob spielerisch drohend den Finger. »Abgesehen davon, dass ich mich ernsthaft frage, wie du es geschafft hast, hierher zu kommen!«

Maus legte das Gesicht in Falten, was aber Leonies Meinung nach weniger an Großmutters Ermahnung lag, sondern wohl eher daran, dass er vermutlich ebenso angestrengt wie vergeblich über die Bedeutung des Wortes *unflätig* nachdachte.

Sie hob die Schultern, drehte sich vollends um und trat ohne ein weiteres Wort durch die Tür und zu ihrer Großmutter auf die Galerie hinaus. Hinter ihr ergriff Maus seine transportable Katzenfloh-Aufzuchtstation, klemmte sie sich kurzerhand unter den Arm und folgte ihnen.

Auf dem Korridor wäre Leonie fast in einen dunkelhaarigen Mann im grauen Anzug hineingekracht, *der eine großkalibrige Pistole in der einen Hand und ein riesiges Schrotgewehr unter dem anderen Arm trug*; doch als sie erschrocken blinzelte, entpuppte sich das Schrotgewehr als ein Bücherkatalog im Großformat und die Pistole als Handy. »Hoppla, nicht ganz so schnell, meine junge Dame«, sagte der Dunkelhaarige und grinste breit.

Irgendetwas an der Art, wie er die Worte aussprach, kam Leonie vage bekannt vor, und ohne dass sie hätte sagen können warum, blickte sie auf sein Ohr in der Erwartung, dort den Knopf eines Funkgerätes zu sehen, wie es Bodyguards hatten. Aber natürlich war da nichts – was hätte ein Bodyguard auch in der Zentralbibliothek verloren?

Professor Wohlgemut, der hinter dem deutlich jüngeren Mann stand, der ihm trotzdem und auf eine schwer beschreibbare Art ähnlich sah, räusperte sich umständlich. »Das ist übrigens Frank, mein Assistent …« Er brach ab und verzog missbilligend und leicht überrascht das Gesicht, als er Leonies Bruder mit der Katze im Arm bemerkte. »Abgesehen davon, dass du selbst hier nichts zu suchen hast«, sagte er zu Maus, »sind Haustiere in der Bibliothek streng verboten!«

»Aber das weiß ich doch, mein lieber Professor«, unterbrach ihn Großmutter hastig – und mit einem raschen, leicht vorwurfsvollen Blick in Maus' Richtung. »Es wird auch ganz bestimmt nicht noch einmal vorkommen. Leonies Bruder wusste nicht, dass Tiere hier nicht erlaubt sind.«

Wohlgemut seufzte. Leonie hatte das sichere Gefühl, dass er eigentlich etwas ganz anderes sagen wollte, aber dann räusperte er sich wieder gekünstelt, zwang sich zu einem leicht verkrampften Lächeln und ging vor Maus in die Hocke.

»Na ja, bei einer so wunderschönen Dame können wir ja vielleicht einmal eine Ausnahme machen«, sagte er, während Frank bereits den Bücherkatalog ablegte und die Hand ausstreckte, um Mausetod hinter den Ohren zu kraulen. Leonie wünschte, er hätte es nicht getan.

Nur einen Augenblick später wünschte sich Frank vermutlich dasselbe, denn Mausetod schlug so blitzartig zu, dass der junge Mann die Bewegung wahrscheinlich nicht einmal *sah*, sondern sich allerhöchstens wunderte, woher die vier dünnen, blutigen Kratzer auf seinem Handrücken kamen.

»Ups«, sagte Maus. Er machte sich nicht einmal die Mühe, Bedauern zu heucheln. »Ich hätte Ihnen vielleicht sagen sollen, dass sich Mausetod nur von mir anfassen lässt.«

»Mausetod?« Frank richtete sich mitsamt Bücherkatalog wieder auf und sah abwechselnd die blutigen Schrammen auf seiner Hand und die blauweiße Perserkatze an, die seinen Blick mit jener überzeugenden Unschuldsmiene erwiderte, zu der von allen lebenden Geschöpfen auf der Welt nur Katzen imstande sind. »Ein origineller Name für eine Katze.«

Mausetod fauchte zustimmend, sprang mit einem Satz zu Boden und verschwand blitzartig und mit steil aufgerichtetem Schwanz zwischen den Bücherregalen.

»Keine Sorge«, meinte Großmutter hastig. »Sie ist vollkommen stubenrein. Wahrscheinlich sucht sie nur nach einer Zwischenmahlzeit.«

»Mausetod frisst keine Mäuse!«, rief Maus empört.

»Da hätte sie hier auch Pech«, erwiderte Wohlgemut. »Obwohl all dieses Papier eigentlich ein Paradies für Mäuse sein müsste, haben wir nie ein Problem damit gehabt.«

»Ich könnte Ihnen sogar sagen, warum das so ist«, erklärte Maus.

»So?«

»Die Antwort auf die Frage, welche Rolle die Mäuse in dieser Geschichte spielen, steht auf den Seiten des Buches, die nie geschrieben wurden«, fuhr Maus fort und seufzte. »Wie so manches andere dieses Albtraums, durch den ich geschlittert bin bei dem Versuch, mein Leben zu retten – und dann ganz nebenbei auch deines, Leonie. Aber leider beginnen mir die Details dieser Geschichte zu entfallen und ich fürchte«, er sah plötzlich so aus, als wüsste er selbst gar nicht, wovon er eigentlich redete, »gleich werde ich alles vergessen haben, weil man das, was nie geschrieben wurde, natürlich auch nicht behalten kann ...«

Wohlgemut und Frank sahen ihn verwirrt an, und auch Leonie blinzelte irritiert und setzte dazu an, eine entsprechende Frage zu stellen, doch in diesem Moment blieb ihr Blick an etwas Kleinem, Glitzerndem hängen, das Maus aus der Tasche gefallen sein musste, als die Katze von seinem Arm gesprungen war. Hastig bückte sie sich danach – und ihre Augen wurden zuerst groß vor Staunen und dann nahezu schwarz vor Zorn.

Es war die verchromte Piercing-Nadel, die sie am Morgen unter erheblichen Schmerzen und noch größerer seelischer Pein aus ihrer Unterlippe gepult hatte.

»Das ist meine Nadel«, murmelte sie. »Wo hast du sie her?«

Maus spielte perfekt den Ahnungslosen. »Deine?«, fragte er. »Tatsächlich?«

»Sie ist kaputt«, sagte Leonie vorwurfsvoll. Eine der beiden winzigen verchromten Kugeln fehlte und das Gewinde war hoffnungslos demoliert. »Was hast du damit gemacht, du kleine Eiterbeule?«

Großmutter sah sie strafend an, aber Wohlgemut beugte sich neugierig vor, um die kleine Silbernadel auf ihrer Handfläche näher zu betrachten. »Interessant. Wozu braucht man so etwas?«

»Oh, man kann alles Mögliche damit anfangen«, meinte Maus, bevor Leonie Gelegenheit fand, zu antworten. »Man kann sie als Gedankenstütze verwenden oder auch Schlösser damit knacken.« Er grinste Leonie unverschämt an. »Und natürlich kann man sie sich auch durch die Backe rammen und darauf warten, dass man eine dicke Lippe kriegt und aussieht wie ein Kannibalen auf dem Kriegspfad.«

»Jetzt reicht's aber, du elender kleiner …«, begann Leonie.

»Aber Kinder, bitte«, fiel ihr Großmutter ins Wort, zwar in strengem Ton, trotzdem aber mit einem ebenso milden wie verständnisvollen Lächeln. »Bitte hört doch auf zu streiten.«

Leonie spießte ihren Bruder mit Blicken regelrecht auf. Viel lieber hätte sie dasselbe zwar mit dem abgebrochenen Ende der Nadel getan, aber stattdessen begnügte sie sich damit, der Liste der Grausamkeiten, die sie ihm anzutun gedachte, noch ein paar hässliche Punkte hinzuzufügen, und schloss die Hand um die beschädigte Nadel. Und – seltsam – obwohl sie zu absolut nichts mehr zu gebrauchen und somit vollkommen wertlos war, durchströmte sie für einen Moment ein unendlich warmes, *wohltuendes* Gefühl, so als hielte sie den wertvollsten Schatz der Welt in der Hand.

»Professor Wohlgemut hat mir gerade gesagt, dass du schon morgen mit deinem Praktikum beginnen kannst, wenn du willst«, fuhr Großmutter nach einer kleinen Weile fort. »Was hältst du davon?«

Leonie sah ihre Großmutter nachdenklich an und wartete darauf, dass sich wieder dasselbe Entsetzen in ihr regte wie vorhin, als sie sich vorzustellen versucht hatte, wie es sein musste, zwischen all diesen verstaubten alten Büchern herumzukramen. Aber es kam nicht. Ganz im Gegenteil. Mit einem Mal fand sie die Idee gar nicht mehr so übel.

»Warum eigentlich nicht?«, fragte sie.

Ihre Großmutter strahlte und auch Wohlgemut sah auf eine sonderbar erleichterte Art zufrieden aus.

»Und wo wir schon einmal dabei sind«, rief Großmutter plötzlich, »wäre das jetzt vielleicht der richtige Moment, dich in eines der großen Geheimnisse unserer Familie einzuweihen.«

»Geheimnis?«, murmelte Leonie. Plötzlich hatte sie ein sehr merkwürdiges Gefühl. »Was für ein Geheimnis?«

Großmutter sah sie verschwörerisch an. »Eigentlich ist es eine reine Frauensache, aber es soll ja auch männliche Nachfahren in der Hüterinnenlinie geben, die über gewisse Fähigkeiten verfügen«, sagte sie mit einem Augenzwinkern in Maus' Richtung.

»Besondere Fähigkeiten?«, fragte Leonie verblüfft.

»Aber ja.« Großmutter nickte fröhlich. »Indem sie sich zum Beispiel nicht nur mit Katzen hervorragend verstehen, sondern auch mit ihren ganz speziellen Freunden, den Mäusen – man könnte sogar fast sagen, mit einer ganz *speziellen* Art von Mäusen …«

»Conan«, flüsterte Leonie, ohne allerdings die geringste Ahnung zu haben, wie sie auf diesen Namen kam.

»Daher glaube ich, dass wir in diesem speziellen Fall eine Ausnahme machen können«, fuhr Großmutter fort, ohne auf Leonies Bemerkung einzugehen. »Am besten wir drei gehen erst einmal ein großes Eis essen und dann erzähle ich euch alles. Es ist eine etwas längere Geschichte, und sie hat etwas mit einem ganz besonderen Archivar zu tun, der … nun ja, man könnte sagen, uns nicht gerade freundlich gesonnen ist und alles daran setzt, unsere Sicht der Wirklichkeit zu verdrehen. Aber genau das werden wir verhindern, und du, Leonie, spielst dabei eine ganz besondere Rolle – denn in dir spüre ich die Gabe in einer fast unglaublichen Stärke. Und wenn du dann alles verstanden hast, werden wir zu meinem alten Freund Dr. Fröhlich fahren, damit er sicherstellt, dass du meine Nachfolge irgendwann einmal auch juristisch korrekt antreten kannst. Vater Gutfrieds Segen dazu hast du jedenfalls, davon bin ich überzeugt!«

Verwirrt, aber auch auf eine seltsame Weise aufgeregt, machte sich Leonie daran, ihrer Großmutter, Wohlgemut, Frank und Maus zu folgen, die bereits den Korridor hinuntergingen, und für den Bruchteil eines Lidschlages blieb ihr Blick an einem der geschnitzten Holzköpfe hängen, die die als Bücherregal getarnte Tür flankierten, und für den gleichen, unendlich kurzen Moment glaubte sie zu sehen, wie ihr das winzige Dämonengesicht gutmütig zublinzelte. Aber das war natürlich ganz und gar unmöglich.

Und noch einmal, ein allerletztes Mal, glaubte Leonie ein sonderbar unwirkliches Geräusch zu hören. Aber diesmal war es nicht das Scharren einer Schreibfeder auf Papier, sondern etwas, das sich wie das Zuschlagen eines sehr großen, sehr alten Buches anhörte.

Werkverzeichnis der im Heyne Verlag von Wolfgang und Heike Hohlbein erschienenen Titel

› Werkverzeichnis

© Tom Platzer

HEYNE‹

Die Autoren

› Werkverzeichnis

Wolfgang Hohlbein wurde 1953 in Weimar geboren. Schon als Jugendlicher begann er, fantastische Geschichten zu schreiben. Nach der Schulzeit in Nordrhein-Westfalen machte er eine Ausbildung zum Industriekaufmann und arbeitete daraufhin in diesem Beruf.

Bei einem Wettbewerb des Ueberreuter Verlags im Jahre 1982 belegte er zusammen mit seiner Frau Heike den ersten Platz: mit dem Jugendbuch ***Märchenmond***, das ursprünglich der Fantasie seiner Frau entsprang und mit über 700.000 verkauften Exemplaren zum Bestseller wurde. Im gleichen Jahr erschien Hohlbeins Roman ***Der wandernde Wald***, der ebenfalls großen Erfolg hatte. Wolfgang Hohlbein verlegte sich daraufhin ganz auf das Schreiben und hat inzwischen ein Millionenpublikum gewonnen.

Er ist einer der beliebtesten deutschen Autoren auf dem Gebiet der fantastischen Literatur und zählt mit seinen Romanen aus den verschiedensten Genres – Thriller, Horror, Science-Fiction und historischer Roman – zu den erfolgreichsten und produktivsten deutschen Autoren überhaupt. Zusammen mit seiner Frau Heike, der gemeinsamen Tochter Rebecca und etlichen anderen Co-Autoren hat er bislang mehr als 220 Bücher und Geschichten verfasst.

Heute leben Wolfgang und Heike Hohlbein mit ihren sechs Kindern in der Nähe von Düsseldorf.

1. Fantasy von Wolfgang Hohlbein

Die Nacht des Drachen

Die 13jährige Yori begegnet auf der Jagd einer verwundeten Smaragdechse und rettet ihr das Leben. Doch damit beschwört sie die Rache eines brutalen Sklavenhändlers herauf, der sie und ihr Dorf vernichten will. In einem riesigen alten Drachen findet Yori einen mächtigen, aber auch gefährlichen Verbündeten.

Saint Nick

Eigentlich ist Nikolaus der Schutzheilige der Kinder, doch jetzt ist er als Weihnachtsmann der Manager des großen Festes – und hat den Sinn von Weihnachten völlig vergessen! Da setzen die Elfen ein Ultimatum: Ein neuer Elf muss her, sonst wird Weihnachten ausfallen. Gelingt es Saint Nick, mit Hilfe der Waisen Virginia und Stan das Weihnachtsfest zu retten?

Die Magier-Trilogie

Erbe der Nacht (Band 1)

Der junge Robert Craven erfährt, dass er der Nachfahre eines großen Magiers ist. Nun ist in längst vergangener Zeit eine geheimnisvolle Kraft erwacht, die die Gegenwart bedroht. Als sein Großvater umkommt, erkennt Robert, dass er in großer Gefahr schwebt. Kann er dem nächtlichen Besucher trauen, der ihm seine Hilfe anbietet?

Tor ins Nichts (Band 2)

Seit Robert Craven erfahren hat, dass er magische Kräfte besitzt, beschäftigt er sich mit dem Okkulten. Noch ist er ein Anfänger und erhofft sich Hilfe und Anleitung von dem Holländer DeVries. Dieser jedoch nutzt seine magischen Kenntnisse auf zerstörerische Weise. Um ihn aufzuhalten, begibt sich Robert in einen gefährlichen Kampf.

Sand der Zeit (Band 3)
Robert wird von Visionen aus den Wikingerzeiten gequält. Um diesen auf den Grund zu gehen, reist er mit seinem Freund Jake Becker nach Mexiko zu Professor Havilland, einem bedeutenden Wikingerforscher. Doch dort wartet das Grauen auf sie.

2. Fantasy von Wolfgang & Heike Hohlbein

Märchenmond

Nach einer Blinddarmoperation liegt Kims kleine Schwester im Koma. Da erfährt Kim von dem Land Märchenmond, in dem der böse Boraas seine Schwester gefangenhält. Kim gelangt in das magische Land und macht sich mit seinen neuen Freunden auf die abenteuerliche Suche nach seiner Schwester.

Märchenmonds Erben

Bei seiner Rückkehr nach Märchenmond stellt Kim erschrocken fest, dass sich vieles verändert hat: Niemand glaubt mehr an Träume und Magie, alte Bräuche und Riten werden missachtet. Kim versucht mit Hilfe des Zauberers Themistokles, Märchenmond zu retten. Denn ohne seine magischen Kräfte ist die Welt verloren.

Der Greif

Als Mark in den schwarzen Turm eindringt, ahnt er nicht, welche Kräfte er entfesselt. Der Greif, magischer Herrscher über dieses alptraumhafte Reich, versucht den Jungen in seine Gewalt zu bringen. Doch inmitten von Feuer und Schatten liegt ein Paradies, und um dieses zu retten, nimmt Mark den aussichtslos scheinenden Kampf gegen den mächtigen Greif auf.

Schattenjagd

»Schattenjagd« ist für David das beste Computerspiel aller Zeiten. Bald greift die virtuelle Welt jedoch nach der Wirklichkeit, und ihre Geschöpfe entwickeln ein unheimliches Eigenleben. David muss ein letztes Mal in das Spiel einsteigen, um die bedrohlichen Geschöpfe aufzuhalten.

Krieg der Engel

Der 15-jährige Eric hat stets denselben Traum. Ein weißer Engel steht mit brennendem Gefieder auf dem Dach einer gigantischen schwarzen Kathedrale, die sich über einer trostlosen Landschaft erhebt. Als Erics Eltern plötzlich in die Gewalt der schwarzen Engel geraten, entbrennt ein gnadenloser Kampf.

Dreizehn

Das Mädchen Thirteen entdeckt im alten Haus ihres Großvaters ein Labyrinth, in dem sechs Kinder gefangen gehalten werden – die letzten Kinder, die der Rattenfänger damals aus Hameln entführte. Beim Versuch, sie zu retten, geraten Thirteen und ihr Freund Frank in Lebensgefahr. Am Freitag den 13. wird sich ihr Schicksal entscheiden.

Das Buch

Leonie stammt aus einer altehrwürdigen Buchhändlerfamilie. Wie schon ihre Großmutter ist auch sie eine »Hüterin der Wirklichkeit«. Als zwei Unbefugte ein Buch aus dem Archiv entwenden, muss sich Leonie einem gefährlichen Kampf um die einzig gültige Wahrheit stellen, denn die beiden schreiben die Wirklichkeit um - mit katastrophalen Folgen!

Die Legende von Camelot (Trilogie)

Gralszauber (Band 1)

Der Küchenjunge Dulac träumt davon, ein heldenhafter Ritter zu werden. Als er eine alte Rüstung und ein Schwert findet, verwandelt er sich in den tapferen Helden seiner Träume. Als Silberner Ritter Lancelot zieht er an der Seite von König Artus in den Kampf gegen den finsteren Mordred. Das Schicksal Britanniens steht auf dem Spiel.

Elbenschwert (Band 2)

Die Hochzeit von König Artus und Gwinneth soll gefeiert werden. Doch Morgaine, die Mutter des finsteren Mordred, entführt die junge Braut. Lancelot macht sich auf, um Gwinneth zu retten. Währenddessen sammelt Mordred seine Krieger zum Angriff auf Camelot.

Runenschild (Band 3)

Nach Lancelots Flucht von Camelot geraten er und Gwinneth in die sagenhafte Welt von Avalon. Ohne sein Schwert glaubt Lancelot, chancenlos gegen die Dunkelelben zu sein. Doch sein Schild erweist sich als rettende, magische Waffe. Und noch etwas erfährt Lancelot: Das Schicksal aller liegt in den Händen der Dunkelelben.

Die Bedrohung

Die friedliche Zeit im Tal ist vorbei, als Ungeheuer Elben und Menschen bedrohen. Ger Frey bietet den verzweifelten Menschen seine Hilfe an – zu spät durchschauen Anders und die Elbin Madras, dass sich sein Plan gegen das Volk der Elben richtet. Können sie den Angriff der Menschen auf die Elben noch verhindern?

Spiegelzeit

In einem Glaslabyrinth auf einem Rummelplatz gelangt Julian durch einen Spiegel in eine längst vergangene Zeit, in der sich eine schreckliche Katastrophe Tag für Tag aufs Neue ereignet. Nur er kann die unschuldigen Opfer erlösen.

Unterland

Bei einem Ausflug in die Katakomben trifft Michael auf den Schriftsteller Henry Wolf, mit dem er in ein Labyrinth finsterer Gänge gerät. Von bizarren Wesen verfolgt, stoßen sie unter einem See auf eine uralte Stadt. Michael wird in den Kampf zwischen zwei gewaltigen Mächten hineingerissen.

Die Prophezeiung

Vor mehr als dreitausend Jahren sprach der sterbende Pharao Echnaton einen Fluch aus, dessen Magie bis in die heutige Zeit reicht. Der junge Aton ist nun ausersehen, die Prophezeiung zu erfüllen. Doch dunkle Mächte haben sich verschworen, um dies zu verhindern.

Drachenfeuer

Hinter einem Wasserfall entdeckt Chris ein Bronzetor. Als er es durchschreitet, findet er sich im geheimnisvollen Land der Feen wieder, das von einem kriegerischen Volk bedroht wird. Chris ist erwählt, das Land zu retten: Er soll den mächtigen Drachen wecken, der hoch im Norden schläft. Doch der Drache selbst wird zur tödlichen Gefahr.

3. Mystery-Thriller

Die Azrael-Bücher

Azrael (Band 1)
Mehrere Menschen bringen sich in Berlin auf außergewöhnliche Weise um, nachdem sie mit ihrem eigenen Blut den Namen des Todesengels Azrael an die Wand geschrieben haben. Hinweise auf Fremdverschulden scheint es nicht zu geben, bis man im Blut eines der Toten eine unbekannte Droge entdeckt.

Azrael - Die Wiederkehr (Band 2)
Eine rätselhafte Mordserie sucht Berlin heim, an jedem Tatort findet sich der Schriftzug »Azrael«. Kriminalinspektor Bremer wird an die Geschehnisse vor einigen Jahren erinnert, die er lange verdrängt hat. Dann entdeckt er einen Mann, der im Koma liegt und stets reagiert, wenn der geheimnisvolle Mörder zuschlägt. Hat das Ungeheuer überlebt?

Wyrm
In Maggoty gehen seltsame Dinge vor. Schon bei der Anfahrt des Landvermessers Joffrey Coppelstone wird sein Auto von einer unheimlichen Substanz regelrecht aufgefressen. Als er im Dorf Hilfe sucht, begegnet man ihm mit unverhohlener Feindseligkeit. Er gerät in einen Sumpf von Aberglauben und sklavischer Vergötterung einer dämonischen Macht.

Katzenwinter
Nach dem Tod von Justins Großmutter liegt etwas Bedrohliches über der kleinen Stadt. Justin entdeckt die Quelle der Gefahr: in den Ruinen eines alten Klosters, wo im Mittelalter finstere Magie herrschte. Justin muss die Kräfte zurückzudrängen, andernfalls droht der Untergang. Doch die Tore zu dieser dunklen Welt sind bereits geöffnet.

Druidentor
Uhren laufen rückwärts und Menschen verschwinden, ein Tunnel in den Schweizer Bergen wird zur schwarzen Hölle. Schon bald ist klar, dass hier Dinge geschehen, die die Existenz des Lebens auf der Erde gefährden und vernichten werden, wenn nichts Entscheidendes passiert.

Im Netz der Spinnen
Den Horrorstreifen auf seinem Videogerät findet der Kriminalbeamte Fred Issler eher lächerlich. Bis zum Abspann, als eine Horde Vogelspinnen aus der Bildröhre kriecht. Ein mörderischer Alptraum beginnt – und die Polizei ist machtlos.

Teufelsloch
In der Mine Devil's Hole geschieht Entsetzliches. Als Bergbauingenieur Harrison in den Stollen hinabsteigt, stößt er auf einen entstellten Toten und ein Labyrinth von Gängen. An den Wänden findet er Bilder jener Kreaturen, die auch seine Träume vergiften. Dort unten lauert etwas Grauenhaftes.

Die Dark-Skies-Bücher

Dark Skies - Das Rätsel um Majestic 12 (Band 1)
Der jungen John Loengard ist entsetzt. Bei Recherchen über UFO-Sichtungen stößt er auf ein geheimes Projekt der US-Regierung: Majestic 12. Unfassbares soll vertuscht werden: Aliens haben sich unter die Menschheit gemischt. Bald wissen John und seine Verlobte zuviel. Ihnen bleibt nur noch die Flucht.

Majestic – Die Saat des Todes (Band 2)
Nov. 1963, Kennedys Ermordung erschüttert die Welt. Keiner ahnt, dass zur gleichen Zeit eine außerirdische Macht die Weltherrschaft anstrebt. Sie hat sich schon der wichtigsten Entscheidungsträger Washingtons bemächtigt. Nur John Loengard kann das Schlimmste verhindern, doch es ist schon fast zu spät

4. Historische Romane von Wolfgang Hohlbein

Die Nibelungensaga

Der Ring der Nibelungen (Band 1)
Als der junge Drachentöter Siegfried an den Hof der Burgunder kommt, verliebt er sich in die schöne Kriemhild. Er bietet sich an, ihrem Bruder König Gunther bei dessen Brautwerbung zu Seite stehen. Die beiden schließen einen verräterischen Pakt, der beiden das Eheglück sichern soll, jedoch nur Tod und Verderben bringt.

Die Rache der Nibelungen (Band 2)
Siebzehn dunkle Winter sind seit dem verräterischen Mord an Siegfried vergangen. Weitab vom Schatz der Nibelungen wächst sein Sohn Sigurd in Island auf. Als dort die Dunklen Horden von König Wulfgar von Xanten einfallen, greift er nach dem Schwert seines Vaters und eine Odyssee durch den ganzen Kontinent beginnt.

Odysseus
Auf der Fahrt zu seiner Heimat Ithaka gerät Odysseus in einen schrecklichen Sturm. Während der darauf folgenden Irrfahrt muss er unglaubliche Hindernisse überwinden. Als Odysseus nach langen Jahren endlich nach Hause gelangt, stellt er fest, dass sein Königreich in großer Gefahr ist.

Das Siegel
Am frühen Morgen landet ein Schiff im Hafen von Alexandria. Unter den Gefangenen ist Ulrich von Wolfenstein, der als Kreuzfahrer ins Heilige Land ziehen wollte und es nun als Sklave betritt. Er wird zum Mittelpunkt einer Intrige der Tempelritter und Sarazenen und das Schicksal Jerusalems liegt in seiner Hand.

Hagen von Tronje

Hagen von Tronje gilt als der einsame, finstere Verräter und Königsmörder, während Siegfried, der Drachentöter und Herrscher der Nibelungen, der strahlendste aller Helden ist. Im Spannungsfeld dieser beiden großen, schillernden Gestalten entwickelt sich das dramatische Geschehen des Nibelungenepos.

Die Templer-Saga

Die Templerin (Band 1)

Friesland im 12. Jahrhundert: Robin ist noch ein junges Mädchen, als Fremde ihr Dorf überfallen und ihre Mutter töten. Man verdächtigt die Tempelritter, doch Robin kennt die Wahrheit. Sie sucht Zuflucht vor den wirklichen Mördern bei den Templern und beginnt ihr eigenes, geheimnisvolles Schicksal zu begreifen.

Der Ring des Sarazenen (Band 2)

Die junge Friesin Robin ist in der Rüstung eines Tempelritters unterwegs ins Gelobte Land. Sie gerät in die Fänge eines Sklavenhändlers und soll als Haremsdame verkauft werden. Als einziger Schutz bleibt ihr der geheimnisvolle Ring, den sie von ihrem treuen Freund und Begleiter Salim bekam.

Die Rückkehr der Templerin (Band 3)

Um ihr eigenes Leben zu retten, sieht sich Robin noch einmal gezwungen, im Heiligen Land für die Sache der Templer zu kämpfen. Während das Heer der Kreuzfahrer in Auflösung begriffen ist, rettet sie dem König von Jerusalem das Leben und wird Zeugin eines weiteren heimtückischen Mordanschlags. Bald steht sie im Mittelpunkt einer groß angelegten Intrige.

Die Templerin - Das Wasser des Lebens (Band 4)

Das Heilige Land im Jahr 1179: Balduin, der junge König von Jerusalem, leidet an Lepra. Seine inneren und äußeren Feinde wittern in dieser Schwäche ihre Chance. In geheimer Mission bricht die königstreue Templerin Robin nach Ägypten auf, um das rettende „Wasser des Lebens" zu finden. Aber die Feinde sind allgegenwärtig ... Wolfgang und Rebecca Hohlbein haben die Fortsetzung der großen Saga um die legendäre Templerin Robin geschrieben.

5. Kurzgeschichten von Wolfgang Hohlbein

Wolfgang Hohlbeins Fantasy Selection
Von Wolfgang Hohlbein zusammengestellte Fantasy-Geschichten verschiedener Autoren mit Spannung vom Feinsten, die den Leser mit dunklem Grauen erfüllen.

Wolfgang Hohlbeins New Fantasy Selection
Geschichten, die dem Leser Schauder über den Rücken laufen lassen! Die in diesem Band versammelten Erzählungen erfolgreicher Autoren sind nichts für furchtsame Gemüter, denn in ihnen regiert der Schrecken. Hohlbein selbst leitet jede Erzählung ein.

Nächtliche Begegnung. Wolfgang Hohlbeins Fantasy Selection
Blutsaugende Zeitgenossen, verlogene Engel und ein gefühlskalter Arzt, der seinem todgeweihten Patienten um jeden Preis das Augenlicht zurückgeben will, sorgen in der von Wolfgang Hohlbein zusammengestellten Kurzgeschichtensammlung für hochgradigen Nervenkitzel.